中級希臘文文法

Greek Grammar
Beyond the Basics

An Exegetical Syntax of the New Testament

華勒斯（Daniel B. Wallace）◎著　　吳存仁◎譯

華神出版社　出版

目錄

句法本論

單字與片語的句法

第一部分：名詞與名詞性的字的句法

第二部分：動詞與動詞的字的句法

譯者序

　　這本《中級希臘文文法》是作者 Daniel B. Wallace 十五年希臘文教學的經驗整理，其中的成果展現是具體地反映了他對新約經文句法結構的敏銳判斷。有鑑於第一年「（初級）希臘文」的課程，學生多半集中心力在單字記憶與字詞解析上，卻往往失落在逐字翻譯文句的茫然裡。作者觀察到，困境是因為解經者沒有恰當地將他的努力奠基在語法的研究上，或者是白花了功夫在語法上的研究、卻沒有與解經的目的相聯結。因此，這本「中級希臘文文法」書就是希望針對這個現況，提供一個進階性的導引，盼望藉著奠基解經的功夫在語法用詞上、好使得語法研究的功夫可以直指解經的成果。

　　我個人在中華福音神學院教「（初級）希臘文」與「中級希臘文文法」的課程，累積下來也已經有快整十個全年的希臘文教學行程了。這本「中級希臘文文法」課本也已經用了幾年了，然而困擾的是，學生們總還要透過英文來學進階的希臘文文法，這當然是增加了不少不必要的麻煩，因此，早就動了想將這本書翻譯出來的想法，只是屢屢下不了決心。如今藉著幾位同學的鼓勵、一起努力，我們終於完成了這份翻譯。我要特別感謝洪偉能、劉加恩、陳品竹、邱慕天幾位同學的協助翻譯，以及蕭玉明的審閱。相信這份成果能為後繼、有志於希臘文解經／釋經的讀者，提供一點必要的進路參考、清除一些摸索解決釋經難題的障礙。願主祝福所有曾為這本書擺上努力的同工們，也賜福使用這本書的讀者得以從中獲益。

吳存仁

華神新約老師、神學碩科主任

前言

I. 為什麼要寫這本書？

當 Mounce 在他 *Basics of Biblical Greek* 這本書的前言以半開玩笑的口吻，寫下「希臘文文法書與希臘文教授的比例是十比九」這個觀察時，[1] 他指的是*第*一年、初級希臘文課本。但是中級希臘文文法是直到最近，才稍微不一樣：其實中級希臘文文法書一直都屈指可數，但在過去二十年裡，這個情況有了改變。許多作者在這個領域貢獻了他們的心力，這中間包括了 Brooks 與 Winbery, Vaughan 與 Gideon, Hoffmann 與 von Siebenthal（雖沒有翻譯成英文），Porter, 與 Young 等等。[2] 既然如此，那又為什麼需這本書呢？

A. 這本書成書的背景

沒有任何低估其他人著作的意思（事實上，我從他們的著作裡曾經獲益良多），我想說明何以還需要這本書的理由是有必要的，順便指出它的特點。我先要說的是，這個第一次*出版*的文法書，事實上是它成書前稿的*第六個*版本。這本書的底本在一九七九年時，是份150頁作為達拉斯神學院第三學期希臘文的教案（在那時候，它是稱為《希臘文句法專論》）。在後來的三年裡，它逐漸擴充篇幅成為三百頁的份量。其中許多的圖表、案例討論、以及文法類別，早在一九八二年都還只是草稿雛型。有意將這份曾經與同學和同工們切磋的成果發表，不是要吹噓自己的成就，而只是個新手教授學習歷程的呈現。我的確期盼這份成果是反映了對新約經文句法結構的精細判斷。

B. 動機

我預備這本書的動機一直以來沒有改變，就是要鼓勵學生超越文法的基本分類，能以看到句法與解經的關連。因為作為一個教授「希臘文文法與解經」的教師，我深切感受到這份需要！通常當一個學生完成了「中級希臘文文法」課程，理想幻滅並失志，是因無數的文法類別而產生的「死蔭幽谷」。希臘文文法學者往往給一個

---

1   W. D. Mounce, *Basics of Biblical Greek* (Grand Rapids: Zondervan, 1993) x.
2   在縮寫欄，可以找到完整的目錄資料，因為這些著作在本書中持續都會提到。儘管是二十年以前的著作了，但是 Funk 的這本書仍不該被忽略。

很長系列、排滿了字形——句法的功能表，夾雜著一些說明。再加上古典文法的範例，仔細檢查一些文稿（因為所有語言的片語，都必然是奠基於先前不夠明確的例子）。[3] 但是以這種進路去研讀新約經文，學生很容易落入一種不正確的印象、以為句法功能是緊附在段落中的文字上，誤會解經是一種黑白分明的「科學」。

可是當學生學一點解經之後，另一方面（同樣也是錯誤地）的印象產生：以為解經不過是按著個人觀點引進一個與個人前理解 (preunderstanding) 相符的句法類別的技藝。前面的例子，視文法句法如同一個死板僵化的解經工頭，儘管不可或缺、卻是無趣。後者看句法的歸類不過是注釋者所玩 Wittgensteinian 這類的遊戲。

因此，解經往往沒有恰當地奠基在句法的研究上：許多的功夫花在句法上的研究，沒有注意到解經。這樣二極化的結果是，一位「中級希臘文文法」的學生沒有看到句法與解經的關連，以致解經者往往在解經過程中誤用了句法。這本書就是希望針對這種情況，提供一點修正，藉著奠基解經在語言用詞上、同時導引句法研究的功夫有解經的成果。

C. 獨特處

1. 重要的解經範例

本書會先探討那些有明確說明案例的類別，然後才來看看那些界線較為模糊的解經案例。這些經文都會仔細探究，這樣不但使解經較為有趣，也會進一步鼓勵學生以解經的角度思考問題（並且發現句法並不能解決所有的解經問題）。

2. 語意學與「語意的處境」

在本書中，語意學與「語意的處境」會常常被提到。也就是說，不只是句法的類別需要定義，就是連類別的細節（語意學）與它的處境（包括情境、插入的字彙等）[4] 都需要仔細地分析。這樣的分析將顯示出，句法的描述不是好像 Mad Hatter 字謎遊戲，而是語言的慣用法的確左右了解經的原則。有些時候，結構方面的細節（往往中級希臘文的學生會忽略）是有透露訊息的（好比說，「表達一個過去已經發生的事件的現在時態用法 (the historical present) 往往出現在直說語氣裡，而新約中所有這樣的例子都是第三人稱」）。思考這類結構的語意意涵，會幫助學生看到不

---

3   這並不是說，句法歸類的繁冗是必要的。這類的繁冗，儘管就教育而言是較易控管，但是實際上對學生而言卻是沒有什麼用處。在這本書裡，各個類別的分類目的會在以下仔細討論。

4   語意的處境會在「本書的進路」這章更深入的探討。

同句法類型對解經的重要性。[5]

3. 清晰、容易理解的定義

本書嘗試給予清晰、廣泛的定義，再附上翻譯的註解（稱之為「辨認要訣 (key to identification)」）。好比說，ingressive imperfect（表達一個在過去已經開始了一段時間的動作的不完成時態用法）這個類別的動詞用法，學生就應該翻譯成「開始做（某事）」，而 customary present（表達一個習慣性動作的現在時態用法）這個類別，學生就應該翻譯成「習慣於做（某事）」。

4. 許多的解經例證

如果只有一二個解經範例被討論，那學生可能會專注在不具代表性的特徵上，但是若是有夠多的例證（均衡地從福音書、使徒行傳、保羅書信、一般書信、啟示錄出來），那學生就得以接觸新約各類的文體、從而熟悉每一個句法類別的特徵。[6] 因此，在本書中當解說的例證都只從一個文體中出來時，這並不是偶然：它透露出這種用法是只侷限在這種文體而已（好比說，historical presents 僅出現在敘事文中）。所有的例證都以粗體字標定特別的翻譯字。要進深研讀的學生可能需要了解相關的、不同抄本的證據。[7]

5. 文法的統計資料

不同字形特徵的字尾與組成，它們出現的頻率都列在每章的一開始。[8] 學生若

---

[5] 有時候這樣的討論會相當細瑣，並且就中級希臘文課程而言、可能會太過深入（好比說，本書針對作同位格用途的所有格，給了相當長的篇幅）事實上，倘若教師期待他的學生以*語言學*的角度來思考、而不只是記憶和反芻 (regurgitate) 既定的文法類別，那這個部分就得仔細研讀了。因為缺少了對語言的敏感，許多新約的學生容易犯解經的錯誤。知道如何翻譯經文或者做正確的語句分析，跟知道如何理解一段經文的語意，還是有差別的。

[6] 有些這類的文法書也許更合適稱為「馬太福音的句法，以及若干從其他書卷來的例證」，因為它們並不是刻意地要從新約的不同文體裡找出例證。

[7] 為著統計的目的，本書使用 Nestle-Aland[26/27]/UBS[3/4] 的希臘文聖經。往往經文會列出來，用來解說（也會討論不同文本、相關的文法問題）．若是解說的內容會用到其他經文，也會一併列出來。
多說一點有關於例證的形式。偶而質詞 (particles) 或其他無關乎句法討論的字詞，都會省略掉（以 "……" 這樣的符號表示）。希臘經文也是如此讓它愈短愈好，通常是選足夠長、可用來討論要解說的類別即可。

[8] 統計資料是藉著 Macintosh 所提供的 *acCordance* 軟體（由 Gramcord Institute, Vancouver, WA 販購），這個軟體在希臘文聖經經文裡 (Nestle-Aland [26])、希伯來經文 (*BHS*)、以及七十士譯本（七十士譯本, Rahlfs）中，執行極複雜的搜尋。

是知道某種結構其實是罕見的，這對他／她是有某些幫助的，特別當他／她知道未來、被動、分詞只出現一次，而祈願語氣總共只出現六十八次，這個「罕見」的概念就為具體。若是沒有這樣的統計，學生可能會以為第一種類別的假設語氣出現得比完成時態還多。

6. 列表、表格、圖示

數十個列表、表格、圖示分布在這本《解經性句法》解經句法的討論區裡。愈多這類圓形圖示、棒狀圖示、交叉圖示，學生就愈容易從其中了解、記憶。這樣一目了然的表示法，用以表達用法、語意、出現頻率等等。舉例說，用棒狀圖示來顯示不同介系詞的出頻率，就立刻讓學生感到介系詞 ἐν 的重要性。

7. 多重的句法類別

本書的一個特色就是提供了多重的句法類別，有的是從來沒有人提出的。關於這一點，可以再多說一點。近來文法學者不再致力於細分句法的類別，是基於三方面的理由。

第一，經由現代語言學的訓練，普遍來說，愈來愈能辨認許多字形——句法 (syntactic) 的基本型（我們稱為「*不受影響的意涵* (the *unaffected meaning*)」）。因此，就有像「所有格基本上不是用作主詞所有格 (subjective genitives) 就是受詞所有格 (objective genitives)」或「簡單過去式是作者使用的最基本時態，除非作者有意改變他描述的用意」這類的敘述浮現出來。

第二，許多特殊的類別侷限在一些特定的「*語意的處境*」裡（包括文體、情境、字彙的意思等等），往往被理解為只是基本意涵的*應用*，而非本身合法的語意類別。特別是若干單字的類別，*趨勢*是看這些類別不是文法的分類，因此不合適放在文法書裡來討論。[9]

第三，往往是藉用教育的理由，縮減了類別的數目。將幾個類別合併在一起（好比說，在一本最近出版的文法書裡，間接受格作方法用、作原因用、作施做者用、作態度用等，都置於同一個類別裡）。[10] 至於其他較為罕見的用法，則根本就忽略

9　舉例，在最近單字／語言的研究裡，說的話 (an utterance) 與句子 (a sentence) 是有區別的（譬如說，參看 Peter Cotterell 與 Max Turner, *Linguistics and Biblical Interpretation* [Downers Grove, IL: InterVarsity, 1989] 22-23）這本好書。說話是一個獨特、一次的陳述。同樣的用字可以在其他場合重覆，但那不就是同樣說的話了。但是仍然是同樣的句子。將此用在單字研究上，就需要區別意思 (meaning) 與實例 (instance)——否則一字典就需要把所有單字出現的實例都列出、分別給予不同的意涵。

10　S. E. Porter, *Idioms of the Greek New Testament* (Sheffield: JSOT, 1992) 98-99.

了它們。[11]

　　這個趨勢有的時候有幫助，但是一般而言卻是過於簡化了。它缺少精細的描述。儘管我們是對於字形──句法的「不受影響的意涵」有更多的理解了，但是*離開了基礎的句法討論*，就不再具有語言學的敏感度或教育功能的助益了。語言的本質是它的文法本來就*離不開若干因素*，包括情境、字根 (lexeme)、以及其他文法的特性。我們傾向於不看某些細分的類別僅僅是應用而已，它們是屬於「*會受影響的意涵 (the affected meaning)*」這樣的類別。事實上，我們一個基本的進路就是探究「不受影響的意涵」與「會受影響的意涵」的區別，並且注意導致這樣差異的語言特徵。

　　比如說，我們看到的不是一個現在時態。我們看到的是一個動詞有七種不同字形的附加在字根的後尾（其中一種是現在時態），都侷限在某個情境之下（文學與歷史的）。儘管我們可以試圖分析現在時態的含意，但是其他語言的特色都簇擁而上、同在這個圖像裡。這本文法的一個中心主旨就是，*在研究中其他語言的特色影響著（也因此有助於）某個文法類別的意思*。

　　文法學者對於字形──句法（好比所有格、現在時態等）「不受影響的意涵」的假說，[12]是奠基於普遍的取樣、並且通過語言類別的篩選。舊時的作法模糊了「不受影響的意涵」的理解，因為他們的取樣不足。譬如說現在時態的禁止用法，*本質上*「不要再做某個行動」，這其實是個*特別的用法*、不能普遍理解為所有現在時態的禁止用法都是如此。需要找到一個關於這種用法的抽象概念，一個既是獨特的、又能解釋大部分的例證。

　　但是僅僅是擴大取樣，還不一定保證有進展。更多的文法特色還必須被檢驗，如果我們想要發掘真正有意義的類別的話。因此，下一步就是要檢驗現在時態的禁止用法在不同上下文、文體、字彙下的用法。唯有當一些語意的句型被偵測到，我們才能肯定這個用法的不同類別。當這一步驟完成時，現在時態的禁止用法可以明確地說成是「*會受影響的意涵*」的一個類別是禁止一個正在進行的動作，但這不代表「不會受影響的意涵」也有這樣的細分類。

11　對於一本中級希臘文文法（就像本書），是有足夠理由不將一些這樣的類別列入。

12　如果「不受影響的意涵 (the *unaffected meaning*)」這樣的術語有點困難拿捏，或許你可以回想一個特例。動詞運用的*觀點 (Verbal aspect)* 與*特異點 (Aktionsart)* 的意思相反）就是不同時態的動作所有的「不受影響的意涵」。它不受用字或上下文影響。*特異點*，相反地，是「會受影響的意涵」，受動詞的用字影響。（當然，這個例子對那些還未接觸*特異點*這個詞彙的人而言，就沒什麼啟發性了）。我是在將動詞運用觀點的類別應用到更大解經的範圍（因此，舉例說，在探討所有格的基本意思時，這個抽象概念在許多具體例證裡發現，它如同公分母一般反覆出現）。

用一個課堂上的例子，會有助於了解。在第二年希臘文學生當中教授句法，新約教學部門給了一些作業是關於翻譯與句法分析的。當我們逐句進行時，學生就翻譯、並分析語句的特色。許多時候，課堂裡的討論就會像以下的狀況。

學生：我認為這是一種表示「擁有」的所有格用法。

老師：那可能是一種作為形容用法的所有格。請注意它的上下文，之前，保羅有話這樣說……。

學生：我以為這是一門希臘文文法的課，那它的用法與它上下文有什麼關係？

老師：每一點都有關係。

從這一點起開始了一個很有啟發性（我期盼）的討論，針對著為什麼*句法唯有伴隨著其他語言的特色才能被了解*（學生剛從第一年希臘文課程結束、背了許多字形的變化，顯然還沒有預備好要面對這樣的新概念。但是現在他們被期待再思想一次，而不是複習已經知道的）。特殊的句法類別從來就不僅僅是句法類別而已。*句法，事實上，是嘗試分析若干重複的、可預測的、可組織化的溝通特徵（亦可稱為是語意的處境）是如何影響字形——句法的型式。*

探究句法的每一個特例到最基本的底線，既不見得有幫助、也不太可能行得通。我的經驗是，大部分修習新約希臘文的學生對文法、希臘文或語言本身並沒有興趣。他們僅對註釋與解經有興趣。因此，他們避免討論（好比說）所有格的用法，結果是造成他們解經的不精準。至於那些更複雜的類別。他們不在意語意處境的結果是引入「個人主觀的讀經」(eisegesis)。因此，儘管探究這些句法類別偶爾是有點麻煩，但是從教育的角度來看，把它們教給學生還是有助益的，因為學生到底想要學的是解經、不僅僅是希臘文。

8. 不跨入段落分析 (Discourse Analysis) 的領域

本書採取稍微與一般趨勢相反的作法，不涉足段落分析 (DA) 的領域。所以不這麼做，有四重的理由：(1) 段落分析還在它發展的起始階段，它的方法、術語、成果都還不穩定、過於主觀。[13] (2) 段落分析的方法還在改變，傾向於不從基礎開始（也就是說，它們不從單字起始，甚至不從句子起始）。這並不是否定段落分析的功能，但是它的進路的確是相當不同於句法探究的路徑。(3) 循著這個思路，本書是

13　在一個更廣的層面上，這就好像 Robinson 挖苦評論 Noam Chomsky 文法的話（儘管已經二十
　　年了）：語言學的新戲碼很快來去，提醒我們有足夠的理由懷疑「語言學是一種科學」這樣
　　的講法 (Ian Robinson, *The New Grammarians' Funeral: A Critique of Noam Chomsky's Linguistics*
　　[Cambridge: CUP, 1975] x)。

探究*句法*；段落分析既然關注僅在段落的層次，當然就不在本書的範疇內。[14](4) 最後，段落分析這樣的題目，當然不能只用一個像附在本書最後的一段落，就以為能解決。它需要更多充分的討論，如下列這些學者所已經討論的：Cotterell 與 Turner, D. A. Black, 以及其他人。[15]

9. 優先處理結構問題

另一個當今文法學者的趨勢（不論希臘文或是其他語言），是他們都優先以語意作為分類的基準、而不是用語句結構。因此，焦點是放在*如何*表達目的、擁有、結果、條件等觀念，而不是用以表達這些觀念的*形式*。

語意優先的文法對於分析活著的語言中的*結構* (composition)，是最有幫助的，但是對於分析一種已死語言的文件而言，幫助很是有限。這並不是說，這種進路對遠古希臘文文法研究沒有幫助，而是說，一種按著字形──句法語言特色組織起來的文法對於學習中級希臘文、解經，更為有用。

本書並不期盼它的一般讀者得具備能力，會思考所有文法的可能性，好比說，在希臘文中「目的」是如何表達的。但是讀者得能辨識新約希臘文的單字字型。當他們在句子中看到 ἵνα 或一個帶所有格冠詞的不定詞時，第一個問題不是問「為什麼在這裡用表『目的』的句法？」、而是「這個字在這裡的功能是什麼？」。第一個問題永遠都跟它的*形式*有關連。解經性文法 (an exegetical grammar) 是直接跟它解經的目的有關連：因為解經是自經文中的字形開始、然後看他表達的概念，因此，解經性文法也當如此做。

以這樣一種按著字形──句法語言特色來架構文法，一個實際的好處就是，關於句子的句法就變得相對的短，特別是與名詞、動詞相比。這並不是說，我看單字是句子意思的基本單位。這種不管上下文的理解方式幾十年以前，就已經被放棄了。相反地，決定以字型優先來組成文法的架構，是基於教育的動機、而不是語言的。因此，我看這種著重字型的文法結構是有利於學生對話。對素材的*呈現*是*形式性的*，而對素材的*分析*是*語意性的*。

---

14   P. H. Matthews, *Syntax* (Cambridge: CUP, 1981)，在他的這本書中定義句法是「有別於文體學 (stylistics)，在於『句法離開了句子，是沒有意義的』。」(xvix) 我不會那麼絕對，但的確是往那個方向走。

15   很高興發現 Matthews 有與我一致的看法：這個領域（段落分析以及句子分析）很重要，而它們都有各自獨特研究的方法，所以最好不要只是附錄在一本基本上只討論片語與子句彼此之間關係的書後面 (*Syntax*, xix)。

10. 儘可能縮小字彙──句法的類別

　　一些字形──句法的類別包含著相當量的字彙（諸如名詞、形容詞、動詞）。另一些類別僅有有限的字彙，好比介系詞、代名詞、連接詞。後者稱為字彙──句法的類別 (lexico-syntactic categories)。我們認為標準的詞語字典，好比說 BAGD，已經將詞語作了完好的處理──容易搜尋（按著字母）並且目錄、抄本資訊、解經注釋（儘管簡潔）都有。[16] 再者，不需要慫恿對*解經性*語法有興趣的人，都去買一本辭典；它是（或應該是）解經家圖書館中最容易取得的工具之一。

　　有著以上這些考慮，就無須再重複那些在詞語字典裡會找到的內容。[17] 因此，這本書一般性而言，我們討論字彙──句法的類別是包括了以下三個部分：(1) 以*大綱*呈現術語；(2) 仔細探討若干較為重要的解經範例；(3) 至於更大的句法類別（如連接詞、介系詞等），則以字彙──句法的分類法列舉一般性原則。

11. 全書綜覽

　　這本書是為相當廣泛的讀者所預備的，不論是生手的學生，還是經驗老到、沐浴希臘文多年的牧者。為了使你們在本書發現它最大的貢獻，我們建議以下事項：

　　•所有的**例證**都以希臘文與英文並列，並將相關的句法重點粗體化。

　　•全書的編寫分成三個*解經句法*的**層次**

　　1)最簡單的層次，就是置於全書末尾的「句法摘要」。「句法摘要」的每一個項目，都包含有該類別的標題、簡述、以及翻譯的概述（稱為「辨認要訣」）。在這裡，沒有範例、解說或語言學的討論，僅僅有全書的大綱，專門提供給那些已經仔細走過這些類別的人作記憶用的。

　　2)中級的層次，在全書中都以一般大小的字體書寫。這包括了定義、解說、以及類別相關的語意討論。

　　3)最進深的部分，往往以較小字體書寫。它包括了附註、以及其中許多有關句法的深入探討。若干特選經節的討論，也置於此類小字體，但是中等程度的學生也被鼓勵來讀它們（至少看一看）；因為它們是特選出來、具有代表性的解經範例。[18]

16　唯一的例外就是冠詞，因為冠詞是新約中最普遍的用詞（二倍於另一個出現次數最多的字，καί），它需要在文法書中有更為仔細的探討。

17　早期的文法書（好比 Robertson's）花很大的篇幅在字彙──句法這個類別，主要的原因是因為缺乏容易理解且有更新的語詞字典。有趣的是，好些最近出版的文法書仍然採用這個進路，其實已經沒有必要了。

18　然而有許多解經的討論是比較複雜的。那樣的討論可以很快看過去，無須罪咎。

最後，**經文目錄**是特別為研究的牧者所預備的。它不只是列舉在書中出現過的經文，那些經過仔細探討（特別具有解經意涵）的經文都用粗體字標起來。

在下面這個段落，全書的展現以更仔細的方式探討，並以標示指明如何在一學期中級希臘文課程中進行教學。

II. 如何在課堂上使用本書
（或者，對全書的厚度說抱歉）

儘管我在這本書中使用語言學，但是這本書並不是為語言學家寫的。我寫這本書不是為了那些只對新約翻譯有興趣的人，雖然這本書對這些投入者有幫助。[19] 我是為著那些關注經文解釋、解經、注釋的人寫的。因此，它是設計著為著某一群的讀者：中級希臘文課程的學生、想要進深的希臘文學生、聖經的注釋者、以及那些希臘文對他而言彷彿變成是稅吏或外邦人的人。簡言之。這本書是為課堂研修以及牧者進深之用。

這本書的厚度可能顯示了我沒有足夠的課堂教經驗。有些中級希臘文課程的老師可能對這本書的厚度有意見，認為要在一學期把內容教完是太多了。以下依序解釋這本書的內容、標示的重點，以及如何在有限的時間內教授完畢。

本書大部分的內容是由以下這些不是總在一般中級希臘文文法課本內會有的部分組成：

1. 豐富的例證，以容易閱讀的方式陳列
2. 詳盡的附註資料
3. 數十個解說的列表、圖示
4. 重要的解經範例都有解說
5. 對稀有語法類別的分析
6. 語意學的討論

你可以看到，不是所有的篇幅都需要特別的工夫。尤其是圖表和說明，將會使你在課堂上的教學容易得多。（同樣地，Mounce 的 *Basics of Biblical Greek* 這本書是比一般第一年的文法書還厚，但是它備有許多教學功能的資訊，它的厚度是有助於它的教學、而不是轉移焦點）。為了使這份材料能在一個學期上完，我鼓勵你依循以下二項建議。如果還可以增加其他的指定作業，那以下的第三、第四項才考慮進去。

19　一般來說，神學院的課程多少都以解經為主，然而大學就較為著重翻譯的技巧。

1) 讓*中級*希臘文課程的學生只看內文就好、不需要看*附註*。附註是特別給教師及進深的學生看的。

2) 那些*較罕見*的類別，可以讓學生很快瀏覽一下即可。有些類別是如此地少見，以至於就是讓他們知道這些類別的存在就好；讓他們把文法書當作參考書，有需要時備查即可。不需要在課堂上討論它們或列入考試內容。讓學生知道有它們就好，略過即可。如此，老師可以只叫學生注意摘要、並在課文中標記出來即可。[20] 用法普遍的類別都已經用粗體*箭頭*、在每章開始的大綱左側標明了。這些當然都是必要讀的。

3) 有些教中級希臘文的老師，可能會叫學生跳過或很快瀏覽那些在解經範例下面的討論。我個人認為，其實這些才是本書會推動學生學習的特色。當然，你也可能非常不同意我的解釋，以至於你不希望你的學生看到它們。[21]

4) 有些老師（特別是在大學裡的）可能只希望學生注意定義、辨認要訣、解說等部分，而忽略其他的地方。那這本書其餘的部分，就可以只作參考用。[22]

以下是一份提議，可以補強前二項的建議。學生應該將每天的份量讀三次，第一遍先略讀、以取得全貌，熟悉內容的性質；其次，他當熟記定義及一二個例證；最後、第三遍是為複習並反思，特別是那些較難解的題例。這樣的程序應該逐*週*透過「句法概述」這樣的段落來進行。同樣地，「句法概述」也可以在分析經文時，用以提出句法的問題。

簡言之，有許多方法可以使用這本書作為一學期的內容。我們衷心期盼當一個學期結束時，儘管學生或許覺得沒有能掌握全書的內容，這本書《解經性句法》仍然會持續對他有幫助。[23]

III. 致謝

這本書成書，光是它的骨幹就花了我至少十五年的時光，我需要感謝的人有一大串名單。不幸的是，許多有助於本書成書的人名，我無法都全部記得（無論就篇

20　這種作法唯一的例外是，這些少見的類別卻常在注釋中被提到（好比說，表達動作施做者的間接受格 (dative of agency)、表達命令語氣的分詞用法 (imperatival participle]）；這需要提醒他們，只要他們留意在解經的步驟中不要過度濫用。許多容易被如此濫用的類別，都用*劍號*在大綱左側標明了。

21　本書若作為大學課本用（著重翻譯的技巧），就可以跳過那些解經的討論。

22　如此使用這本文法書，學生就會學得比一般簡略的中級希臘文文法書還要少。

23　這本書有如此的厚度是跟它的目的有關。它是為連接第一年希臘文課本（如 Mounce 的 *Basics of Biblical Greek*）與像 BDF 這樣的參考書，並且將句法與解經相連。這二個目的增加了它的厚度。更短的篇幅將無法達成這雙重的目標。

幅或記憶）。以下所提到的，不過是冰山的一角。

首先，我要感謝我歷年來的學生，他們仔細讀過這些材料、考過試，校對過其中的若干錯誤，並且鼓勵我將這份材料發表出來。這包括了達拉斯神學院中級希臘文課程 (1979-81)、恩典神學院中級希臘文課程 (1981-83)、以及達拉斯神學院進深希臘文課程 (1988-94)。

許多感謝要歸給 Pamela Bingham 與 Christine Wakitsch 二位，他們將手稿輸入電腦作為課堂使用。他們努力精準的工作，使我得以專心於內容、不必花功夫在它的形式上。

Κῦδος 歸給這些精選的能手：Mike Burer, Charlie Cummings, Ben Ellis, Joe Fantin, R. Elliott Greene, Don Hartley, Greg Herrick, Shil Kwan Jeon, "Bobs" Johnson, J. Will Johnston, Donald Leung, Brian Ortner, Richard Smith, Brad Van Eerden, and "Benwa" Wallace。他們協助尋找例證、檢查參考書目、校對手稿與希臘文經文、收集主要與次要的數據、預備索引、提供許多寶貴的建議與評語。許多都是在1993-1996之間跟著我的達拉斯神學院學生；另外都是一些對這份事工有興趣的朋友，他們付出勞力、熱愛「新約句法與解經」。

我也要感謝許多作測試工作的朋友，他們在1994-1995之間檢視了這份工作最後的手稿。特別要提到的是 Dr. Stephen M. Baugh, Dr. William H. Heth, and Dr. Dale Wheeler。

在每一個階段，我都從圖書館與圖書館員那裡得到許多幫助。最先要提到的是達拉斯神學院 Turpin 圖書館的 Teresa Ingalls（館際合作）與 Marvin Hunn（助理圖書館員）。此外，英國 Cambridge University Library 的 Tyndale House 所提供的資源，恩典神學院 Morgan Library（助理圖書館員 Jerry Lincoln 給了我許多幫助），還有許多其他的學校與圖書館員。

這本文法書沒有 *acCordance* 這個 Macintosh 電腦軟體是不可能成書的（它是由 Gramcord Institute, Vancouver, WA 所販售），這個軟體在希臘文聖經經文裡 (Nestle-Aland 26)、希伯來經文 (*BHS*)、以及七十士譯本 (LXX, Rahlfs) 中，執行極複雜的搜尋。它在我書寫的過程中，幾乎成為不可或缺的工具。它不但為我預備統計數字，並且提供我若干寶貴的例證說明。謝謝 James Boyer，他為這些新約希臘字提供了分析資料；感謝 Paul Miller（他是原先 *Gramcord* DOS 版本的發展者）與 Roy Brown（他進一步發展了 Macintosh 版本）。

也要感謝已故的 Philip R. Williams，特別是他那本書 *Grammar Notes on the Noun and Verb* 提供了許多很清楚的定義。事實上，我最初的課堂講義，就是他這本書的補充材料。他在達拉斯神學院的任教期只與我有些許重疊，但是卻大大地影響我對

句法的觀點。

Williams 的影響持續在達拉斯神學院延續，新約部門多年以來反覆修訂它的希臘文句法要點 (*Greek Syntax Notes*)，作為課堂之用。這份成果來自於許多人的努力。這份要點在過去十年來，是達拉斯神學院中級希臘文的核心部分；它組織的方式、例證、解說都成為這本《解經性句法》的經緯。我謹向新約部門的同仁、為他們整體在新約句法的洞見，表達我的感謝。

對我的妻子 Pati，她極力地鼓勵我將我的課堂講義發表。她比其他人更努力，好說歹說、堅持要使這份材料有超越課堂的貢獻。

對我自孩童起、多年的朋友 Bill Mounce，我感謝他那具有感染力的熱情，是他的建議使這本書得以在 Zondervan 的聖經希臘文系列出版。我也要為著這本書最後的版面設定而謝謝他。

對於 Zondervan 出社的同工，我也是心懷感謝：對 Ed Vandermaas, Stan Gundry, 與 Jack Kragt，為他們從開始以來，一直的鼓勵。特別是編輯 Verlyn Verbrugge，他銳利的眼目一直盯著它，直到出書。Verlyn 作為勝任的校對者、編輯、語言學家、希臘文學者、解經專家，都融合在他恩慈的舉止裡，使他成為一位完美的編輯；特別是當作者偶而心有不悅時。

為著在經費上支持這個寫作計畫的二個機構，我表示感謝：達拉斯神學院給我一個安息的假期、可以專心寫作 (1994-95)；聖經研究基金會 (Biblical Studies Foundation) 支助我在一九九五春前往英國。此外，許多朋友在過去這麼多年裡，以經濟支持我們、深深期盼這本書的出版。對於這樣的朋友、你們，我特別要向你們說謝謝。

最後，我要特別感謝二個人，是他們灌輸我豐富的新約希臘文知識：Dr. Buist M. Fanning III 與已故的 Dr. Harry A. Sturz。 Dr. Sturz 是我最初的希臘文老師 (Biola University)，他帶著我讀希臘文文法與版本校勘學等希臘文課程好多個學期，包括一年針對啟示文學的不規則文法。雖然他為人熱心，但是他總會給我批評指教，緩和我第二年學習的傲慢。這樣的誠懇正直與他的為人相稱。Dr. Fanning 則是我進深希臘文文法課程（一九九七夏，達拉斯神學院）的老師，他沈穩的影響直到如今，不但影響我思考句法的方式，甚至他的影響力可以在這本書的每一頁感受到。儘管他看他自己是我的同事，但我總看他是我的指導老師──在那些與文法有關的事上。

既然有這麼多的見證人，這本書就該是個里程碑，指出希臘文文法研究的一個新時代。但是很快地瀏覽一下這本書的內容，你就不會這樣想了。我並沒有這樣的幻想。事實上，我為全書的內容與架構負責。錯誤都是來自於我倔強的本性與心思的脆弱。這樣的倔強產生錯誤，而心思的脆弱帶出比我已知更多的錯誤。儘管如此，

我期待這本《解經性句法》會有貢獻，鼓舞並強化那些願意透過查考經文來追尋真理的人──甚至不惜放棄他們自己的偏見。

至死要為真理奮鬥

—德訓篇4:33（思高聖經）

ἀγώνισαι περὶ τῆς ἀληθείας

— Sirach 4:28

圖表索引

表格

圖表 [24]

24　我們是很寬鬆地使用「圖表」這個詞：它可以包括列表、圖表、數字圖、以及所有非表格類的圖示。

縮略表

AB	Anchor 聖經注釋系列
Abel, *Grammaire*	Abel, F.-M. *Grammaire du grec biblique: Suive d'un choix de papyrus*, 2d ed. Paris: Gabalda, 1927.
acc.	直接受格
acCordance	這是一個麥金塔的軟體，可以在希臘文聖經 (Nestle-Aland[26])、或希伯來文舊約 (*BHS*) 中作複雜的搜尋；它是由 Gramcord Institute, Vancouver, WA 所發行、由 Roy Brown 設計。
AJP	*American Journal of Philology*
BAGD	*A Greek-English Lexicon of the New Testament and Other Early Christian Literature*. By W. Bauer. Trans. and rev. by W. F. Arndt, F. W. Gingrich, and F. W. Danker. Chicago: University of Chicago Press, 1979.
BDF	Blass, F., and A. Debrunner. *A Greek Grammar of the New Testament and Other Early Christian Literature*. Trans. and rev. by R. W. Funk. Chicago: University of Chicago Press, 1961.
Bib	*Biblica*
BNTC	Black's New Testament Commentaries
Brooks-Winbery	Brooks, J. A., and C. L. Winbery. *Syntax of New Testament Greek*. Washington, D.C.: University Press of America, 1979.
BSac	*Bibliotheca Sacra*
BT	*Bible Translator*
Byz	Majority of the Byzantine minuscules
CBC	Cambridge Bible Commentary
CBQ	*Catholic Biblical Quarterly*
Chamberlain, *Exegetical Grammar*	Chamberlain, W. D, *An Exegetical Grammar of the Greek New Testament*. New York: Macmillan, 1941.
CTR	*Criswell Theological Review*

Dana-Mantey	Dana, H. E., and J. R. Mantey. *A Manual Grammar of the Greek New Testament*. Toronto: Macmillan, 1927.
dat.	間接受格
EKKNT	Evangelisch-katholischer Kommentar zum Neuen Testament
ExpTim	*Expository Times*
Fanning, *Verbal Aspect*	Fanning, B. M. *Verbal Aspect in New Testament Greek*. Oxford: Clarendon, 1990.
FilolNT	*Filología Neotestamentaria*
Funk, *Intermediate Grammar*	Funk., R. W. *A Beginning-Intermediate Grammar of Hellenistic Greek*. 3 vols. 2d, corrected ed. Missoula, Mont.: Scholars, 1973.
gen.	所有格
GKC	Kautzsch, E., and A. E. Cowley, editors. *Gesenius Hebrew Grammar*. 2d English ed. Oxford: Clarendon, 1910.
Gildersleeve, *Classical Greek*	Gildersleeve, B. L. *Syntax of Classical Greek from Homer to Demosthenes*. 2 vols. New York: American Book Company, 1900-11.
Givón, *Syntax*	Givón, T. *Syntax: A Functional-Typological Introduction*. Amsterdam: Benjamins, 1984.
Goetchius, *Language*	Goetchius, E. V. N. *The Language of the New Testament*. New York: Scribner's, 1965.
Gramcord	這是一個 DOS 的軟體，可以在希臘文聖經 (Nestle-Aland[26])、或希伯來文舊約 (*BHS*) 中作複雜的搜尋；它是由 Gramcord Institute, Institute, Vancouver, WA 所發行、由 Paul Miller 設計。
GTJ	Grace Theological Journal
Hoffmann-von Siebenthal, *Grammatik*	Hoffmann, E. G., und H. von Siebenthal. *Griechische Grammatik zum Neuen Testament*. Riehen, 1985.
HTKNT	Herders theologischer Kommentar zum Neuen Testament
ICC	International Critical Commentary
Jannaris, *Historical Greek Grammar*	Jannaris, A. N. *An Historical Greek Grammar Chiefly of the Attic Dialect*. Hildesheim: Georg Olms, 1968 (reprint

ed.)

.JB	Jerusalem Bible
JBL	*Journal of Biblical Literature*
JBR	*Journal of Bible and Religion*
JETS	*Journal of the Evangelical Theological Society*
JT	*Journal of Theology*
KJV	King James Version
KNT	Kommentar zum Neuen Testament
LSJ	Liddell, H. G., and R. Scott. *A Greek-English Lexicon*. 9th ed. with supplement. Rev. by H. S. Jones. Oxford: Oxford University Press, 1968.
LXX	七十士譯本
𝔐	Majority of Greek witnesses, most of which are of the Byzantine texttype
Matthews, *Syntax*	Matthews, P. H. *Syntax*. Cambridge: Cambridge University Press, 1981.
Metzger, *Textual Commentary*	Metzger, B. M. *A Textual Commentary on the Greek New Testament*. 2d ed. Stuttgart: Deutsche Bibelgesellschaft, 1994.
MM	Moulton, J. H., and G. Milligan. *The Vocabulary of the Greek Testament: Illustrated from the Papyri and Other Non-Literary Sources*. Grand Rapids: Eerdmans, 1930.
Moule, *Idiom Book*	Moule, C. F. D. *An Idiom Book of New Testament Greek*. 2d ed. Cambridge: Cambridge University Press, 1959.
Moulton, *Prolegomena*	Moulton, J. H. *A Grammar of New Testament Greek*. 4 vols. Edinburgh: T. & T. Clark, 1908-76. Vol. 1 (1908): *Prolegomena*, by J. H. Moulton. 1st ed. (1906); 3d ed. (1908).
Moulton-Howard, *Accidence*	Moulton, J. H. *A Grammar of New Testament Greek*. 4 vols. Edinburgh: T. & T. Clark, 1908-76. Vol. 2 (1929): *Accidence and Word Formation*, by W. F. Howard.
Mounce, *Basics of Biblical Greek*	Mounce, W. D. *Basics of Biblical Greek*. Grand Rapids: Zondervan, 1993.

MS (S)	手抄本
NAC	The New American Commentary
NASB	New American Standard Bible
NCBC	New Century Bible Commentary
NEB	New English Bible
Neot	*Neotestamentaria*
Nestle-Aland[26]	*Novum Testamentum Graece*. Ed. by K. Aland. M. Black, C. M. Martini, B. M. Metzger, A. Wikgren. 26th ed. Stuttgart: Deutsche Bibelgesellschaft, 1979.
Nestle-Aland[27]	*Novum Testamentum Graece*. Ed. by B. Aland, K. Aland, J. Karavidopoulos, C. M. Martini, B. M. Metzger. 27th ed. Stuttgart: Deutsche Bibelgesellschaft, 1993.
NIBC	New International Biblical Commentary
NICNT	New International Commentary on the New Testament
NIGTC	New International Greek Testament Commentary
NKJV	New King James Version
NIV	New International Version
nom.	主格
NovT	*Novum Testamentum*
NRSV	New Revised Standard Version
NT	新約
NTC	New Testament Commentary
NTD	Das Neue Testament Deutsch
NTS	*New Testament Studies*
OT	舊約
Porter, *Idioms*	Porter, S. E. *Idioms of the Greek New Testament*. Sheffield: JSOT, 1992.
Porter, *Verbal Aspect*	Porter, S. E. *Verbal Aspect in the Greek of the New Testament, with Reference to Tense and Mood*. Bern/New York: Peter Lang, 1989.
Radermacher, *Grammatik*	Radermacher, L. *Neutestamentliche Grammatik*. 2d ed. Tübingen: J. C. B. Mohr, 1925.
Robertson, *Grammar*	Robertson, A. T. *A Grammar of the Greek New Testament*

	in the Light of Historical Research. 4th ed. New York: Hodder & Stoughton, 1923.
Robertson, *Short Grammar*	Robertson, A. T., and W. H. Davis. *A New Short Grammar of the Greek Testament, for Students Familiar with the Elements of Greek*. 10th ed. New York: Harper & Brothers, 1958.
Rosenthal	Rosenthal, F. *A Grammar of Biblical Aramaic*. Wiesbaden: Otto Harrassowitz, 1963.
RSV	Revised Standard Version
Schmidt, *Hellenistic*	Schmidt, D. D. *Hellenistic Greek Grammar and Noam Chomsky: Nominalizing Transformations*. Chico, CA: Scholars Press, 1981.
Smyth, *Greek Grammar*	Smyth, H. W. *Greek Grammar*. Rev. by G. M. Messing. Cambridge, MA: Harvard University Press, 1956.
TAPA	*Transactions of the American Philological Association*
TDNT	*Theological Dictionary of the New Testament*. Ed. by G. Kittel and G. Friedrich. 10 vols. Grand Rapids: Eerdmans, 1964-76.
TG	transformational grammar
THNT	Theologischer Handkommentar zum Neuen Testament
Tischendorf	Tischendorf, C. *Novum Testamentum Graece*, 8th ed., 2 vols. Lipsiae: Giesecke & Devrient, 1869-72.
TNTC	Tyndale New Testament Commentaries
TS	*Theological Studies*
Turner, *Insights*	Turner, N. *Grammatical Insights into the New Testament*. Edinburgh: T. & T. Clark, 1965.
Turner, *Syntax*	Moulton, J. H. *A Grammar of New Testament Greek*. 4 vols. Edinburgh: T. & T. Clark, 1908-76. Vol. 3 (1963): *Syntax*, by N. Turner.
Turner, *Style*	Moulton, J. H. *A Grammar of New Testament Greek*. 4 vols. Edinburgh: T. & T. Clark, 1908-76. Vol. 4 (1976): *Style*, by N. Turner.
TynBul	*Tyndale Bulletin*

UBS[3]	*The Greek New Testament*. Ed. by K. Aland. M. Black, C. M. Martini, B. M. Metzger, A. Wikgren. 3d ed., corrected. Stuttgart: United Bible Societies, 1983.
UBS[4]	*The Greek New Testament*. Ed. by B. Aland, K. Aland, J. Karavidopoulos, C. M. Martini, B. M. Metzger. 4th ed., corrected. Stuttgart: United Bible Societies, 1994.
Vaughan-Gideon	Vaughan, C., and V. E. Gideon. *A Greek Grammar of the New Testament*. Nashville: Broadman, 1979.
VE	*Vox Evangelica*
v.l. (*l*)	經文變體
voc.	呼格
WBC	Word Biblical Commentary
Williams, *Grammar Notes*	Williams, P. R. *Grammar Notes on the Noun and the Verb and Certain Other Items*, rev. ed. Tacoma, WA: Northwest Baptist Seminary, 1988.
Winer-Moulton	Winer, G. B. *A Treatise on the Grammar of New Testament Greek*. Trans. and rev. by W. F. Moulton. 3d ed., rev. Edinburgh: T. & T. Clark, 1882.
Young, *Intermediate Greek*	Young, R. A. *Intermediate New Testament Greek: A Linguistic and Exegetical Approach*. Nashville: Broadman, 1994.
Zerwick, *Biblical Greek*	Zerwick, M. *Biblical Greek Illustrated by Examples*. Rome: Pontificii Instituti Biblici, 1963.
ZNW	*Zeitschrift für Neutestamentliche Wissenschaft*
†	學生應當特別留意、經常被誤用的類別。
→	學生應當識別的基本類別。

本書進路

鑑於現代語言學的影響日深、進入聖經研究已逾三十年了，並有鑑於眾多語言學派對術語、方法論、或目的的諸多歧見，因此有必要在本書的一開始就介紹我的進路。新約希臘文句法會以八種方法論考量來檢視。其中大部分是自明的，然而奇特的是許多點在上個世紀，卻受到文法及解經研究的違犯（其中若干被高度讚揚）。[1]但簡言之，要記得這是本*解經性的*句法書，因而，我們最重要的目標是能看見文法對於解釋聖經經文的價值。[2]

1. 充足的資料庫

任何特定結構語意有意義的陳述，都必須基於大量的例證。「新約中每一個擁有這種結構的明顯例子，都指 X」，這樣的陳述本身是沒有價值的。而這樣說「在新約中沒有『在間述句中是以簡單過去、不定詞表達直述句的簡單過去、直說語氣動詞』這樣的例子」、[3]或說「在希伯來書六章4節中的 γευσαμ[ένους] 跟它其他出處一樣，是表示一種經驗性的認識（與淺嘗相反）」，也都沒有什麼意義，如果新約中只有二個文字或結構的例子有問題的話。[4]這不是說，我們就不能說「所有的印地安人都沿著同樣的路徑走；至少，我是這樣看到的」。[5]而是說，這樣子的敘述會誤導人，因為它們往往呈現得好像原來結構真是有那樣意思似的。

---

1   這裡所採用的標準，從語言學邏輯學，或經驗論的觀點看來，多半是極其明顯的。請參見 D. A. Carson, *Exegetical Fallacies* (Grand Rapids: Baker, 1984) 這本書中對於一個人在解經時必需考量的諸多方法論有極多的例證。

2   本章是特別為老師與進階的學生的，一般中級希臘文班的學生，從第一章開始就可以了。
     這一章的內容是從 D. B. Wallace, "The Article with Multiple Substantives Connected by Kai, in the New Testament: Semantics and Significance" (Ph.D. dissertation, Dallas Theological Seminary, 1995) 頁8-23 這裡摘錄的。

3   E. D. W. Burton, *Syntax of the Moods and Tenses in New Testament Greek*, 3d ed. (Chicago: University of Chicago, 1900) 53, §114. Burton 並沒有提供例證說明，但是這種對弗4:22 簡單過去式、不定詞的理解，是常常被假定的，彷彿之前「脫去舊人」之舉是藉此完成的。

4   M. Dods, "The Epistle to the Hebrews," vol. 4 in *The Expositor's Greek Testament* (ed. W. R. Nicoll; New York: Dodd, Mead & Co., 1897) 296. Cf. P. E. Hughes, *A Commentary on the Epistle to the Hebrews* (Grand Rapids: Eerdmans, 1977) 209, 有相似的評論。

5   A. Duane Litfin（我的一位老師）經常在達拉斯神學院講道課說的一個例證。

2. 從那些沒有語意爭議的例證開始

那些沒有爭議例證的語意模式（在本書中，將以「語意的處境 (semantic situation)」稱呼）[6] 必需先分析，然後才考慮些比較有爭議的段落。唯有先從那些有共識、被承認的意思開始，才能導出合適的。大體而言，負責任的解經一定會承認這種原則，但不一定會注意這種原則的細節。舉例說，若要辯稱羅7:14-25 的第一人稱現在時態的動詞是個歷史性現在時態 (historical present)，就是忽略了現在時態的定型語意內涵，因為新約中有上百個成例都是*第三人稱*的。或是，不加審視地將弗4:26 的 ὀργίζεσθε 視為條件式命令語氣是一種心照不宣的假設，[7] 這種假設認為上述的命令語氣可以藉著 καί 與另一個不同語意 (semantic force) 的命令式相連，但對此新約中並沒有毫無爭議的例子。針對任何有爭議的經文段落所作的語意判斷，都必須根據那些擁有相同元素、卻是語意清晰的例證來作評估。

3. 看重「不受影響的意涵 (the unaffected meaning)」與「會受影響的意涵 (the affected meaning)」的區別

基於類似的考慮，我們刻意區隔結構上「不受影響（本體論的 (ontological)）意涵」與「會受影響（現象學的 (phenomenological)）意涵」。前者「不受影響的意涵」是指結構本身不受上下文、所用字彙、以及其他文法的影響。至於「會受影響的意涵」是指結構在所置身「真實」的處境中、所具有的意涵（如同許多語言學家所注意到的，這種區別有如對動詞來說觀點 (aspect) 與特異點 (Aktionsart) 的區別：前者不受詞位 (lexeme)、上下文的影響，後者則必需考慮進入使用詞位。上下文的影響）。因為「不受影響的意涵」[8] 是個抽象的觀念、僅能從已觀察到的實例中歸納出來，因此，有必要根據那些經過仔細檢視、具有代表性的例證來證實。

至於那些區別不明確的文法研究，我們提供了豐富的例證。有許多語意方面的

---

6   這就是一些語言學者所稱為「文法規則所存在的環境條件」(P. H. Matthews, "Formalization," in *Linguistic Controversies: Essays in Linguistic Theory and Practice in Honour of F. R. Palmer*, ed. D. Crystal [London: Edward Arnold, 1982] 7)。這個語意的處境包括字形——句法的特色、字彙——文法的特色、上下文（包括段落分析）、講說內容中的人物等。

7   *BDF*, 195 (§387) 亦同。亦可參考 H. Schlier, *Der Brief an die Epheser* (Düsseldorf: Patmos, 1963) 224, n. 3。

8   使用「本體的」這個詞彙，不是要表達該詞彙的意思總是全然存在；它可能因為字彙、上下文、文法因素而有所偏重。因此，它沒有最小公分母。任何作者因為某種原因而選擇某個時態，正如他選擇某個語氣、字根一樣。這些都對他所要表達的「意思」有貢獻，它們的影響彼此抗衡。要說詞彙的某一的意涵必然存在，是低估了語言中語意運作的方式。

短視先例，在新約研究中最惡名昭彰的就是吠犬 (barking dag) 例證。八十多年來，新約學生都接受一個關於命令與禁制的語意觀點。這個觀點常被追溯到1904年、Henry Jackson 的一份短文。[9] 他提到他的朋友 Thomas Davidson、曾經困擾於現代希臘文中命令與禁制的用法：

> Davidson 告訴我他在學現代希臘文的時候，一直都對現代希臘文的區別很困擾，直到他聽到一位希臘朋友用現在時態命令語氣對一隻在吠的狗說話。這給了他一絲線索。他轉向 Plato 的 *Apology*，並且意外地發現20 E μὴ θορυβήσητε（在喧嚷以先，被吩咐「不要大聲」）【譯按，所用的是簡單過去時態】以及21 A μὴ θορυβεῖτε（在喧嚷之後，被吩咐「不要持續大聲」）【譯按，所用的是現在時態】的絕佳例證。[10]

這個觀點二年之後、被 J. H. Moulton 的緒論所推廣，[11] 他說過去時態的禁制是針對一個尚未開始的動作，而現在時態的禁制則是針對一個正在進行中的動作。從此，這個現在時態禁制與過去時態禁制的「已經開始、但尚未結束」觀點，就進入了新約的文法課本，並且持續了好幾十年。[12]

基本的問題是，它使用了合法的現象學用法並且假設「會受影響、現象的意涵」是表達了「不受影響、本體的意涵」。但是這個例證本身不夠一般性、不足以用作關於過去時態與現在時態禁制用法有實質上不同的結論。如此一廂情願，終會導致不與這個觀點相符的經文，就被忽略、扭曲、或甚被稱為是例外。[13]

9　"Prohibitions in Greek," *Classical Review* 18 (1904) 262-63.

10　Jackson, "Prohibitions in Greek," 263.

11　J. H. Moulton, *Prolegomena*, vol. 1 of *A Grammar of New Testament Greek* (Edinburgh: T. & T. Clark, 1906) 122.

12　Dana-Mantey 的說明是個典型的例子。他們定義時態的用法如下：(1)「現在時態的禁制是要求一個已經在進行中的動作停止」(301-2)；(2)「過去時態的禁制是針對一個尚未開始的動作、給予警告或勸誡。」(302) Brooks-Winbery, 116 也給了類似的定義。

13　K. L. McKay 1985年在一篇很重要的論文、"Aspect in Imperatival Constructions in New Testament Greek," *NovT* 27 (1985) 201-226 當中，挑戰這個觀點。連同很多所給的例證，他證實「簡單過去時態與不完成時態的最基本差別就是，前者看一個動作有一個整體，後者卻看它有如一個持續的程序。」(206-7) 不論這個動作是否已經發生，都不是命令語氣所關涉的重點（參見弗5:18 的現在時態、或羅3:7 的簡單過去時態）。
我們以下也會論證這個「不受影響的意涵」與「會受影響的意涵」二者的區別，並沒有在 S. E. Porter 的動詞觀點中被描述得明確。也就是說，他並不仔細區別二者，只是從有限的後者案例中抽取「不受影響的意涵」而已。

4. 優先看重共時的案例

隨著現代語言學者 Ferdinand de Saussure 的《普通語言學教程》(*Cours de linguistique générale*) 這本書，[14] 大部分的字彙學者與許多的字典編輯學者都認識到，共時研究比歷時研究更為重要。[15]（*共時* (synchrony) 是有關特定時期之內的語言使用；所謂*歷時* (*diachrony*) 指的是語言貫穿歷史或者至少是一段很長的時間）不過，文法學者（當然指的是古典希臘文學者）是遠遠地更慢改變經年累月的習慣。[16] 在這本書中，共時研究也比歷時研究更為重要。特別是因為新約夾雜在希臘文著作中，是特別落在希臘化時期的希臘文著作中（從主前330年到主後330年）。這並不是說，歷時研究就沒有價值，只是共時研究提供新約句法研究、有更多同時代的經文的範例。

不過有時候語言學者過份高估了共時研究的貢獻。一局還在進行中的棋賽，有時被比喻作共時研究的運作（出於 Saussure 的比擬）：[17] 人不需要知道這局棋賽先前走過的步數，也可以了解現況。而以足球賽比喻可能更好：儘管有有關這場比賽的重要事項都已經列在看板上了，現今的比數、還剩多少時間、那一隊（運球）更有運動量、那一隊有球員受傷等等，都是知道這場比賽現況、預測最後比數的重要因素。應用到字彙與句法的研究上（特別是聖經領域），了解過去的背景、並過去與現在的關連，是得著現今知識全貌的關鍵點。必須要強調的是，*歷時性研究的價值是針對現代研究者而言，而非古代臘化時代的讀者*。[18] 由於殘存共時性素材的經常性缺乏以及歷史性意外，再加上所有以口語希臘文 (Koine Greek) 為母語的人都過世了，並且研究者對於新約希臘文的本質都有先入為主的前見，因而歷時性的分析

---

14   F. de Saussure, *Cours de linguistique générale* (Paris: Payot, 1916)。W. Baskin 已經將這本書翻譯成英文、*Course in General Linguistics* (New York: Philosophical Library, 1959). 以下所有的引文頁數，都引自英文譯本。

15   Saussure, *General Linguistics*, 101-90。Saussure 的這份洞見深深地透過 James Barr、影響了聖經批判學，他在 *Semantics of Biblical Language* 這本書中給了當時極負盛名的《新約神學辭典》(*TDNT*) 一份厚重而又尖銳的批判、指出許多語言學上的錯謬。

16   請見 J. P. Louw, "New Testament Greek-The Present State of the Art," *Neot* 24.2 (1990), 給了一份簡短的回溯。他指出傳統的字源進路「每一個字都有一個基本的意思或基本的文法結構，可以用來解釋這個字所有出處的意涵。」(161) 儘管這種方法今日已經不再被新約的字典接受，但仍然在若干文法書中會看到。

17   Saussure, *General Linguistics*, 22-23, 110, and especially 88-89.

18   語言學的研究往往從古代讀者的觀點、低估歷時性分析，但是在今天讀者當中、若也同樣低估歷時性分析，那就意味著是假設這位語言學者不但取了「便道」、直接進入共時的研究，而且他是無所不知的。

也必須被審慎地使用。[19]

5. 優先看重結構本身

我們的探討會先從結構開始，期望可以得著語意的結論。預定的方向是從結構（也就是字形-句法的結構）到語意。[20]但若是從語意著手、刻意引入結構一個預定的意思，這樣多少就會導致置入性的錯誤 (the prescriptive fallacy)。

本世紀初，一個新約文法的規則正是犯了這裡所說的錯誤。這就是後來所知的「Colwell 規則」，一九三三年由 E. C. Colwell 在 "A Definite Rule for the Use of the Article in the Greek New Testament" 這篇文章發表。[21]這個規則說「動詞以前、作限定性述詞的名詞，往往是不帶冠詞的……而在動詞以前、一個作主格述詞的，不能翻譯為不限定或定性的名詞，因為它沒有冠詞；但若是上下文暗示這個述詞是限定性的，它就當翻譯為一個限定名詞……。」[22]這個規則是有效的，但它卻沒有什麼句法功能，因為它預設了主格述詞的語意功能。[23]Colwell 並不是從結構（一個在動詞以前、不帶冠詞的主格述詞）開始他的討論，而是從語意開始（限定性的主格述

---

19 藉著假設語氣，我們可以用以說明句法研究是十分需要共時研究的。許多文法書在討論到第三類型的條件子句時，它們認為希臘的讀者可以選用祈願語氣 (the optative mood) 如同他們使用假設語氣一樣（儘管第四類型的條件子句也有可能）。Cf., e.g., *BDF*, 188-89 (§371.2, 4); Robertson, *Grammar*, 1016-1022; Radermacher, *Neutestamentliche Grammatik*, 160, 174-76。但是，事實上，新約中並沒有完整的第四類型的條件子句，也只有六十八次祈願語氣的用法（根據 Nestle-Aland[26/27]test）。其實這些新約文法書還在依循古典希臘文的模式，即使希臘化時代的希臘文 (Hellenistic Greek) 中假設語氣已經侵入祈願語氣的領域。這樣的描繪當然是不準確的，這個基於文法學者的前解、而一廂情願對共時研究的理解，其實是引用了一個過時的模式。

20 L. C. McGaughy 這本很有見解的書 *Toward a Descriptive Analysis of Εἰναι as a Linking Verb in New Testament Greek* (Missoula, Mont.: Society of Biblical Literature, 1972)，就是本著這個原則。循著相同的考量，Haiim B. Rosén (*Early Greek Grammar and Thought in Heraclitus: The Emergence of the Article* [Jerusalem: Israel Academy of Sciences and Humanities, 1988]) 觀察到：「……儘管文法分析可以是很經驗性、很客觀的，但是下一步，抉擇……詞彙的概念內涵、或情境的形式內涵，就不是那麼簡單了……。」(30) 我的方法是比大部分語言學者更靠近他的理論。

21 E. C. Colwell, "A Definite Rule for the Use of the Article in the Greek New Testament," *JBL* 52 (1933) 12-21.

22 Ibid., 20.

23 Colwell 在文本校勘學方面的遺產遠遠超過文法方面的。他的規則（如他所注意到的 (ibid., 20)）對於文本校勘學來說是有價值的（因為若是在「對等動詞以前 (precopulative) 的主格述詞是限定性的」這個陳述是確定的，那文本更可能是不帶冠詞的、而不是會帶冠詞），然而 Colwell 相信他的規則作為語法規則來說是更有價值的。(ibid.)

詞）。儘管許多人都以為（甚至包括 Colwell 自己）他的這項研究是「增加了一個在對等動詞以前、不帶冠詞的述詞名詞的限定性」，[24] 甚至一個在對等動詞以前 (precopulative)、不帶冠詞的主格述詞都常被視為是限定性的；[25] 這樣的結論是預設了這個規則的反向描述也跟這個規則本身一樣正確。這就好比說「每一次下雨，都有雲在天上；因此，只要有雲在天上，就會下雨」。[26] 一個合適的句法研究探究所有相關的字形——句法結構，並且為它的語意內涵作結論，而不是僅就些許的取樣就強加上一個語意的內容。

很令人驚訝地，正如現代語言學者健忘地會犯以上強加語意的錯誤 (prescriptive fallacy)，許多語言學規則也是如此。[27] 這正是語言學者（特別是語意學學者）的職業病，因為「意思」以及「可預測性」正是他們待賣的商品。David Crystal 曾在 *Linguistic Controversies* 這本書的前言抱怨說：「理論模塑與模式建構的程序，與經驗性研究有嚴重的脫節：需要一個更好的資料庫是本書一半以上篇章的小結……。」[28] 而 Ian Robinson 對 Noam Chomsky 語言學[29]有挖苦的批判，說：

24　Ibid., 21.

25　Cf., e.g., Turner, *Grammatical Insights*, 17; Zerwick, Biblical Greek, 56; L. Cignelli and G. C. Bottini, "L' Articolo nel Greco Biblico," *Studium Biblicum Franciscanum Liber Annuus* 41 (1991) 187.

26　神學立場比較保守的學者，往往將這個規則的反向敘述用在約1:1上 (cf., e.g., B. M. Metzger, "On the Translation of John i.1," *ExpTim* 63 [1951-52] 125-26; among Roman Catholics, cf. Zerwick)，沒有了解到 Colwell 是將 θεός *假定為定*性的用法 (Colwell, "Definite Rule," 20)。他的規則並沒有對此解釋。對於「Colwell 規則」的批判，請見 P. B. Harner, "Qualitative Anarthrous Predicate Nouns: Mark 15:39 and John 1:1," *JBL* 92 (1973) 75-87.

27　語言學者往往很小心地避免「正確的文法」、「錯誤的文法」這樣的稱呼。藉著若干限制，他們得以避免觸犯這類強加語意的錯誤。至於說，稱呼某類結構是「不合文法」、「不合乎英文文法」、「不合乎希臘文文法」，只因為它不與語言學者對語言的認知相符，這樣的稱呼是強加己意於語言學的一種方式。

另一方面，儘管以「好」、「壞」這樣的語詞來稱呼語言是不恰當的，但是語言中用那與時間、空間關連的語彙的確讓讀者有對語言「好」、「壞」的觀感。進一步說，所謂「好」、「壞」的文法都與語言使用的階層（無論是口語的、會話的、或文學的）、講者與聽者的語言能力、對談的處境等等有關。（在 Society of Biblical Literature 這種聚會中說出 "ain't" 或 "we goes" 這樣的用詞，就必然有人要發笑了；但是在美國的一些農村、貧民窟裡，不*用*這樣的語言說話，就必有人要皺眉頭了）。因此，儘管啟示文學中若干不合乎文法的用法也見於其他希臘文作品，但若因此將這些特異視為*正常*文法的用法，則是另一回事 (contra S. E. Porter, "The Language of the Apocalypse in Recent Discussion," *NTS* 35 [1989] 582-603; Young, *Intermediate Greek*, 13)。

28　*Linguistic Controversies*, xi. See also S. C. Dik, *Coordination: Its Implication for the Theory of General Linguistics* (Amsterdam: North-Holland, 1968) 5.

29　Ian Robinson, *The New Grammarians' Funeral: A Critique of Noam Chomsky's Linguistics*

　　　　他 (Chomsky) *常常描述（語意的）規則彷彿它們是有如數學般地精*
準。顯而易見的危險是文法成為邏輯分析、而不是指向語言使用的常規。
結果是當語言使用沒有符合文法規則時，它就被視為是「不合文法」：規
則凌駕在語言之上，而文法強加語意在語言上。[30]

　　事實上，結構——語意的雙重考慮，構成解經的螺旋線 (a hermeneutical spiral)。
儘管傳統的文法書是描述性的，功能只不過是給不同結構各自不同的名稱[31]與附帶
許多的說明而已，但現代語意學的進路往往帶有支配性、純理論、缺少實質成效。
既然句法研究的目標，是要確定所予結構的意思，它當然就該至少是根據一些具有
代表性的例子。簡言之，傳統正式的句法研究不足取法，主要是因為它往往不努力
探求意思；但現代語意學卻又太不根據實例了。[32]

6. 理解語言是有它的神祕面的

　　語言本身是壓縮的、神祕的、具符號性的，這可以在許多層面上看到。*單字本*
身並沒有任何意思，因為它可以用來代表許多意義，若沒有上下文，它不能夠被定
義；好比說 "bank"、"fine" 或 "trust"[33] 這些字都是這樣。新約中，ἀφίημι 這個字
可以許多不同的意思，「饒恕」、「放棄」、「離開」、「分離」、「允准」等。
沒有上下文理解，我們就不能決定單字的意思。

　　在沒有上下文的情況下，就是一整個句子也仍然充滿不確定。因此，代名詞能
夠被精確的使用，正是因為它與前述詞之間有共同的意思。"He went to the bank and
sat down" 這句話有許多不清楚的地方：誰是這裡的「他」？這裡的 "bank" 是什

　　(Cambridge: CUP, 1975). 儘管這是二十年以前的書了，這本薄書仍然有它的可讀之處，特別是
　　它所提供的語言學資訊。

30　Ibid., 21.

31　Louw, "Present State," 165.

32　有時候若干老方法被遺忘，不是因為原則的理由、而是因為經驗。諷刺的是，當傳統文法不
　　再適用時，都是因為它輕易地將*語言學的*想像變成教義般的精準、卻缺乏實際例證的支持。
　　（從語言學的觀點看，那些想像揣測都太過天真，往往都是源於語言學學者匆促的決定）其
　　實語言學學者不需要那麼快棄舊而去追逐新潮，若是能夠從新舊語言學中萃取出精華、組合
　　成新觀點，就能有裨益於文法學者與語言學學者。關於這一點，Louw 作了*清楚的*描繪，「我
　　們不當將（新約希臘文的）語言學全都擱置」(Louw, "Present State," 161)。但是他的確多少
　　是認為，傳統的方法已經差不多是走到盡頭了；若還有什麼價值的話，就是過去曾經辛苦收
　　集的數據。但是隨著電子時代的來臨，即使是那些成果也被認為是不夠完全的。

33　就是將那些單字並列在同一個句子當中，也並不必然表示它們將指向一個意思。"I trust this
　　fine bank" 這句話可能有一個以上的意思：一間銀行或是河岸。

麼意思？那一個 bank（因為它帶有冠詞）？約1:21，「他就明說：『不』。」沒有上下文，這個回答沒有意義。[34]

進一步說，就是在*段*落的層次，儘管不確定性少一點，但還是有詮釋的空間。比單純字面意義上下文更寬廣的脈絡，對理解來說是有必要的。出名的 Abbott 與 Costello 棒球語（「誰是第一棒？」）往往被誤解。許多電視的肥皂劇，就是繼續發展一個不斷誤解某個人意義的情節。聖經中有更多這樣的例子。耶穌說了一個簡單的比喻，但沒有人懂。誰是約15 章中的「枝子」？誰是羅馬書7章的「我」？希伯來書6章是對誰說的？都充滿了爭議。

高層次的誤解，同樣地是來自語言本身的壓縮性、神祕性、以及符號性。所有的書信，都以相當不一樣的方法在作研讀。部分的理由是原作者、讀者與今日的注釋者之間有著相當遠的距離，這就如同我們是隔著電話聽筒理解會談的內容。更不必說，就是原初的讀者也不一定都懂作者的意思（參見，林前5:9-13；彼後3:15-16）。也就是說，並不是所有書信上寫的，都那麼清楚。事實上，有些事情的確是不夠清楚。[35]

那以上這些是如何與這本關乎*句法*的書相關連的呢？至少有三方面：

1) 任何關於新約句法的研究，若是沒有注意到語言本身是有壓縮性的特質的話，就免不了要犯錯。（手術房裡）當醫生對護士說「手術刀」，那是一個名詞，但他說話的語氣表明那是一個命令句。若是我們不能看到這點，那我們就是誤解了他的意思。句法的目的，就是要「解開」這樣壓縮的用語。這一點在關於所有格與分詞的那二章，就尤其如此（因而這二章的篇幅是格外的長）。

2) 當數據不足或是用語本身是可以多重理解時，就要格外謙卑小心。舉例說，儘管我們不認為羅7章 是「描述一個過去（已經發生）的事件的現在時態」(historical

---

34　即使是帶著前一個問題（「你就是那位先知嗎？」），若是沒有猶太歷史、猶太期盼、以及舊約的背景（特別是申18:15），這句話仍然沒有意義。若是在伊斯蘭教裡，這個問題則指向一個完全不同的意涵。

35　R. M. Krauss and S. Glucksberg, "Social and Nonsocial Speech," *Scientific American* 236 (February 1977) 100-105，描述了一個關於溝通的實驗，顯示語言是壓縮了許多講者與聽者的前解 (preunderstanding)。有一位研究員去了牛津的 Harvard Square，在那裡，他問路人要如何去 Central Square。他的穿著、語態、詢問方式，給人一種感覺，他是 Bostonian 本地的住民。因此，回應他的人多半給他一個相當簡略的指示「地鐵的下一站」。隔天，同一位研究員在同樣地點、問相同的問題，但是這一次他假裝是一位遊客。結果，回應他的人都給了他相當仔細、詳盡的指示。
當我們閱讀新約書信時，我們就好像是在旁偷聽二位當地人說話的第三者。唯有借助熟悉第一世紀的當地風俗、文化、歷史、語言，我們才可能越過溝通的障礙，更不必說保羅與他的教會之間的特殊對談。

present)（因為新約中所有這種用法，都是發生在第三人稱），但是 我們不能拒絕「這裡的『我』有可能是指著信主前的保羅說的」這個選項。就在這裡，還有其他的議題要處理（特別是象徵性的語言）。這使我們得進入第三點。

3) 許多會引起誤解的理由，是來自於句法以外的理由。儘管句法是解經的基本功夫，但是它並不是對付所有解經難題的萬靈丹。有在極少的情況下，文法本身就可以輕易解決注釋者的解經問題。但是在大部分情況，我們愈了解新約的句法，我們有效的解經選項就愈短。

7. 很有可能性 (Probability) 與只是有可能性 (Possibility)

在一份歷史——文學的探討裡，我們面對的是很有可能性與只是有可能性之間的抉擇。我們努力在探索（文獻內容的）意思，但卻往往沒有全部相關的數據。這也不是個自然科學問題。沒有從文獻中摘錄而來的例子，是可以在實驗室中重複演練的。也不像自然科學，一個基於人性、可能有誤的假設，是很難證實的，因為數據都有不同程度的模糊不確定（在我們的情況，經文的一個不確定性是來自於它的作者無法商談）。[36] 特別是許多所謂沒有爭議的例證，仍然有人有意見；相反地，有些我們認為是有爭議的例證，卻對另外的人來說，沒有本質上的可議之處。就文學與語言學來說，統計的可能性 (statistical probabilities) 不是用小數點來度量的，而是用模式與合成的圖片。我們的目標，不是在試管中創造出可以複製的結果出來，而是，首先，在殘存的文件中找出語言的模式；其次，將這些發現的模式應用在有解經問題的經文上。

在解經研究尚未能夠作出結論來以前，要求某個字形——句法的結構必然會符合某個語意的內涵，是無視於人類行為的反覆不定、硬性訴諸他們當然會遵守規則（彷彿物理定律一般）。儘管有人可能會在聖經或在語言領域採取如此一廂情願觀點，但是此舉並不會在現實的領域裡就「弄假成真」。

反過來說，許多異端（無論在神學或是解經上）的立場都建立在「只是有可能」(possible)，但是否真的「可能」(probable)，就是另一個問題了。一種觀點僅僅是

---

36 Karl Popper, 這位出名的科學哲學家，有一次論到自然科學時說：一個好的假說 (hypothesis)，必須包含原則上能夠被經驗觀察證明為假的陳述 (The Logic of Scientific Discovery [New York: Basic, 1959] 40-42)。既然大部分情況，一個絕對的歸納是不可能的，也就是說，假說的真確性是不可能被證實的。但是一個好的假說卻可能是可被證明為假的。這個原則用在人類（語言）也是一樣重要 (N. Chomsky, Syntactic Structures [The Hague: Mouton, 1957] 5)，儘管用在後者是更為困難，因為不能重複、也更為主觀。這就是為什麼數據庫必須夠大、並且語意學必須夠清楚，才可能取得重要的句法結論。

「有可能」，並不會使它存在於一個已知的經文中。

8.「描繪的圖像」相對於「現實」

一項對語言的真認識，就是了解到*在語言與現實之間，並不是必然一對一的關係*。若真是如此，那麼所有的反諷與小說就都沒辦法寫出來了。[37] 不幸的是，聖經科的學生（解經的或是文法的）太常預設這種對應的關係。譬如說，許多時候直說語氣被錯誤地當成一種描述*事實*的語氣。因此，A. T. Robertson 機敏地指出：

> 直說語氣的確在*描述*一個事物是真的，但並不保證該事物的*實在性*。意思是，僅有該*敘述*是被關注的。能夠掌握住這一點，是很大的幫助。直說語氣對描述與事物的實在性無關。言說者*提出*某事物為真……但是它到底是不是真的就是另一回事了。大部分不是真實的事，都是由直說語氣陳述的。[38]

簡單過去時態是最多被濫用的，因為許多解經者錯誤地理解文法的用詞，例如點態 (punctiliar)。這個詞彙不是在表達一個在過去開始運作、直到如今的動作（正是這個概念使得不少人以為，簡單過去時態表達一種「一次過 (once and for all) 的觀念」），但是其實簡單過去時態的基本概念是表達過去一個單純的動作。換言之，簡單過去時態呈現過去某一個動作的瞬間成像。[39] 這個動作可能在某一段時段內重複著、或是持續著、或者是開始持續運作等等，但是簡單過去時態本身並不傳遞這些細節。

這些都是常見的錯解，但這只是冰山的一角。文法學者喜歡說，字形——句法

---

[37] Robinson 對這種果效給了以下說明 (*New Grammarians' Funeral*, 48)：「核心句子是有特效的，因為它們建立命題，『她穿著一件舊的藍外套』給了一個有關事實、可證實的陳述。」但是若這是一部小說的開場白，那怎麼樣呢？這個句子就不是可證實的了；但是這個句子有給人不尋常的印象嗎？反而，如果一個故事是以某種可以證實的事物來開頭，那就會很不尋常了。「從前有一個非常邪惡的老巫師，住在陰森黑暗的叢林深處裡」，當然你可以這樣回應：「這不是一個真實的陳述！根本沒有什麼所謂的巫師，是說的人自己有盲點，因為根本不曾有人證實過真的有巫師。」同樣的論述，可以一樣在耶穌的比喻裡辯論。
就在下一頁，Robinson 又說：「（儘管從俗語也可以得知，但是）TG 文法 (transformational-generative grammar) 無法顯示，用諷刺的句法說話會比有話直說更困難。我相信一個語言的共識：我不能想像有一種語言是不能說反諷話的。」

[38] Robertson, *Grammar*, 915.

[39] 最近的研究已經將這一點作了更為仔細的描述，但是可以簡單這樣說，現在一般文法學者的確是這樣認為的。

的類別（譬如說，假設語氣、單字μή、第一類形的條件句）多少與說者對現實的*觀點 (viewpoint of reality)* 有關。（他們也認為）動詞的觀點 (verbal aspect) 是主觀的，不過*特異點*卻是客觀的，因為*特異點*基本上是客觀的。事實上，語言本身並沒有告訴我們任何有關於現實 (reality) 或透露說者／作者的對現實的觀點；它只傳遞了說者/作者表達的內容而已。因此，當 Robertson 說，魔鬼用第一類型的假設法語氣試探耶穌（「如果你真是神的兒子」，路4:3），是因為「牠知道牠所說的是真實的。」[40] 這就是對語言的特質、以及它與現實對應的關係作了錯誤的假設。

　　在任何一個案例，語言與現實之間有沒有對應的關係，這要由文法學者自己來決定。無神論者會否認，在聖經中任何「神說話」的經文與現實之間有任何對應的關係。但是作為一位信徒而言，我的認知是不一樣的。然而，即使是一位接受督信仰的基要真理者，他也可以接受在正典聖經中的反諷、觀點、修辭、以及誇飾。

40　Robertson, *Grammar*, 1009.

新約的語言

本章綜覽

　　本章我們有兩個主要目的：(1) 了解新約希臘文在希臘語發展史的位置（這被稱為歷時和外部研究）及 (2) 了解與新約希臘文本身相關的某些問題（這是共時和內部研究）。並非所有的材料都同樣重要，有些部分可能會很快帶過僅供參考。本章大綱如下（與中級學生直接相關的段落會用粗體字表示）：

參考書目

A. W. Argyle, "Greek Among the Jews of Palestine in New Testament Times," *NTS* 20 (1973) 87-89; **M. Black**, *An Aramaic Approach to the Gospels and Acts*, 3d ed. (Oxford, 1967); **BDF**, 1-6 (§1-7); **C. D. Buck**, *Introduction to the Study of the Greek Dialects*, 2d ed. (1928) 3-16, 136-40; **C. F. Burney**, *The Aramaic Origin of the Fourth Gospel* (Oxford, 1922); **E. C. Colwell**, "The Character of the Greek of the Fourth Gospel . . . Parallels from Epictetus" (Ph.D. dissertation, University of Chicago, 1930); **G. A. Deissmann**, *Bibelstudien* (1895); **idem**, *Light from the Ancient East* (1923); *J. A. Fitzmyer*, "The Languages of Palestine in the First Century A.D.," *CBQ* 32 (1970) 501-31; *R. G. Hoerber*, "The Greek of the New Testament: Some Theological Implications," *Concor-dia Journal* 2 (1976) 251-56; **Hoffmann—von Siebenthal**, *Grammatik*, 2-5; **G. Horsley**, "Divergent Views on the Nature of the Greek of the Bible," *Bib* 65 (1984) 393-403; **P. E. Hughes**, "The Languages Spoken by Jesus," *New Dimensions in New Testament Study* (ed. R. N. Longenecker and M. C. Tenney; Grand Rapids: Zondervan, 1974) 127-43; **A. N. Jannaris**, *Historical Greek Grammar*; **E. V. McKnight**, "Is the New Testament Writ-ten in 'Holy Ghost' Greek?" , *BT* 16 (1965) 87-93; idem, "The New Testament and 'Bib-lical Greek' ," *JBR* 34 (1966) 36-42; *B. M. Metzger*, "The Language of the New Testament," *The Interpreter's Bible* (New York: Abingdon, 1951) 7.43-59; **E. M. Meyers and J. F. Strange**, *Archaeology, the Rabbis, and Early Christianity* (Nashville: Abing-don, 1981) 62-91, 92-124, 166-73; **Moule**, *Idiom Book*, 1-4; **Moulton**, *Prolegomena*, 1-41; **Moulton-Howard**, *Accidence*, 412-85 (on Semitisms in the NT); **G. Mussies**, *The Morphology of Koine Greek* (Leiden: Brill, 1971); **E. Oikonomos**, "The New Testament in Modern Greek," *BT* 21 (1970) 114-25; **L. R. Palmer**, *The Greek Language* (London: Faber & Faber, 1980); **S. E. Porter**, *Verbal Aspect in the Greek of the New Testament* (Bern: Peter Lang, 1989) 111-56; idem, "Did Jesus Ever Teach in Greek?" *TynBul* 44 (1993) 195-235; **L. Radermacher**, "Besonderheiten der Koine-Syntax," *Wiener Studien* (*Zeitschrift für Klassische Philologie*) 31 (1909) 1-12; **Robertson**, *Grammar*, 31-75; **L. Rydbeck**, "What Happened to Greek Grammar after Albert Debrunner?" *NTS* 21 (1975) 424-27; **E. Schürer**, *The History of the Jewish People in the Age of Jesus Christ* (rev. and ed. by G. Vermes, F. Millar, M. Black; Edinburgh: T. & T. Clark, 1979) 2.29-80, esp. 74-80; **J. N. Sevenster**, *Do You Know Greek? How Much Greek Could the First Jewish Christians have Known?* (Leiden: E. J. Brill, 1968); **M. Silva**, "Bilingualism and the Character of New Testament Greek," *Bib* 69 (1980) 198-219; **Smyth**, *Greek Grammar*, 1-4b; **Turner**, *Insights*, 174-88; idem, "The Literary Character of New Testament Greek," *NTS* 20 (1973) 107-114; **idem**, *Syntax*, 1-9; **idem**, "The Unique Character of Biblical Greek," *Vetus Testamentum* 5 (1955) 208-213; **Zerwick**, *Biblical Greek*, 161-64.[1]

---

1 這個書目跟本書中其他的書目並非沒有遺漏，只是建議的書目。（這裡所列的書目比其他章

I. 希臘文的起源

希臘文與其他語言的關係為何？藉著追尋不同語言的語言特徵（特別是不變的字典詞彙，例如：單字的其中一部分），語言學家已能確定不同的語言在語言發展中彼此的關係（例如：*tres*〔拉丁文〕、τρεῖς〔希臘文〕與 *tryas*〔梵文〕）。雖然希臘文與拉丁文不是從梵文演變而來，梵文至少也是它們古老的姊妹語言，而這些全都能追朔到現在已經消失的印歐語。

顯然所有的語言都能追朔到一個共同的母語言，這個母語言也至少有十個以上的子語言，每個子語言也都自成一個龐大的語系。其中一個子語言就是「原始印歐語」，希臘文、拉丁文、羅曼語、日耳曼語等都是從它而來。

II. 希臘文的發展階段（歷時研究）

希臘文的發展有五個重大階段[2]

A. 荷馬時期之前（西元前一千年之前）

也就是說，當他們定居下來時彼此中斷了聯繫，結果造成每個區域都有自己的方言。遺憾的是，因為留下來的文字資料很少，所以我們對這個時期的希臘語所知有限。[3]

B. 方言時代或古典時代（西元前一千年~西元前三三〇年）

地理及政治上（例如：獨立城邦）的因素使希臘語發展成許多方言，其中最主要的有四種。[4] 今日其他方言所留下來的資料非常的少。[5]

主要的方言[6]有愛奧流語 (*Aeolic*) 文獻只有詩，例如：Sappho、多利語 (*Doric*)

節所列的更詳盡，是因為本章主題的關係）。比較常用的書目會以縮寫的方式列出（例如：作者的姓，或是期刊縮寫），這一類的書目請看縮寫表。

2　　比較細的分法，見 Jannaris, 1-20。

3　　關於原始希臘文 (proto-Greek) 歷史（一九五二年，定 Linear B 為原始希臘文）的討論，見 Palmer, *The Greek Language*, 27-56。直到西元前十二世紀，碑文的證據沒有顯示出有不同的方言。

4　　Buck, *The Greek Dialects*，列了十八至二十個方言。

5　　碑文所顯示出來的是另一幅圖畫。事實上，檢驗方言時，可以從地理或文學的角度。從地理的角度，有四個主要方言（Arcado-Cypriot、West Greek〔包括 Doric 和 Northwest Greek〕、Attic-Ionic〔包括 Ionic 和 Attic〕、及 Aeolic〔包括 Lesbian (named after the island Lesbos) 及 Boeotian〕）。見 Palmer, *The Greek Language*, 57-58，有簡單的描述。而我們所用的進路是從文學方面，是依照文學遺產來處理的。

6　　相關的討論，見 Smyth, *Greek Grammar*, 3-4及 Palmer, *The Greek Language*, 57-58。

只有詩留下來，最著名的是 Plindar 及 Theocritus、*愛昂尼克語 (Ionic)* 見於 Homer、Hesiod、Herodotus、Hippocrates 及直今最有影響力的*亞提喀語 (Attic)*。

從愛昂尼克語發展過來的亞提喀語，在古典希臘文（西元前第四至第五世紀）的「黃金時期」，它是雅典的方言。在這個黃金時期，雅典是希臘的政治及文學中心。嚴格來說，「古典希臘文」所指的包含了這四種方言，但通常所指的就是亞提喀希臘語，因為有大量的文獻是來自這個方言。亞提喀語是一種優雅、精準又美麗[7]的語言，世上許多偉大的文學作品都是透過它來傳達，如「Aeschylus、Sophocles、Euripides 的悲劇，Aristophanies 的喜劇，Thucydides、Xenophon 的歷史劇，Demosthenes 的演說，和 Plato 的哲學論著等，都是用這個語言寫作的。」[8]

C. Κοινή 希臘語（口語希臘文；西元前三三〇年～西元三三〇年）

當原始印歐部落進入希臘時，或許他們還說單一語言，但地理及政治的因素讓這個語言發展成許多的方言，而只有在戰場上才會統一地使用原來的語言。有趣的是，西元前三千年的第一場戰役時，原本語言是混亂的；但最後一場戰役時，不僅恢復了統一的語言，甚至形成了一種新的語言，而這語言也注定要成為世界語言 (*Weltsprache*)。

口語希臘文誕生於亞歷山大大帝的征服行動。首先，他來自雅典的軍隊，如同來自希臘其他城市或區域的軍隊一樣，必須能相互溝通。這樣緊密的接觸，無可避免地使某些方言較粗糙的地方變得平滑，也消除了彼此間細微的差別，進而產生了一種能讓來自不同地區的人共同使用的希臘語。第二，被征服的城市和殖民地學習希臘語成為他們的第二語言。直到第一世紀時，希臘語已是整個地中海沿岸甚至是以外地區的共通語言 (*lingua franca*)。由於多數使用希臘文的人都以它為第二語言，這也加速了細微差別的消失，使之更為簡潔（例如：第二個名詞前的介系詞，亞提喀語很自然的就把它省略）。

D. 拜占庭（中世紀）希臘語（西元三三〇年～一四五三年）

1. 口語希臘語在君士坦丁歸信的時候轉變成拜占庭希臘語。君士坦丁不僅收回了戴克里先迫害基督徒的敕令 (303-311)，並給了希臘語大量的宗教色彩，教會希臘語由然而生。

2. 當整個帝國分裂成東西兩大帝國時，希臘語就失去了它世界語言的地位。西

7　Smyth, 4.

8　Metzger, 44.

羅馬帝國（羅馬）使用的是拉丁文；東羅馬帝國（君士坦丁堡）則使用希臘文。

E. 現代希臘語（西元一四五三年至今）

一四五三年，土耳其入侵拜占庭帝國，希臘語不再獨立於世界其他語言之外。當學者帶著古典希臘文的抄本逃往四方的結果，在西方帶來了文藝復興；當基督徒學者開始能自己閱讀新約希臘文抄本的結果，在北歐帶來了宗教改革。

僅管希臘文走出了東方，但歐洲並沒有進入希臘語的世界。這意思是說，雖然古希臘文學最終把歐洲帶離了黑暗世紀，但歐洲並沒有對這個語言造成影響。土耳其人大致將東方與歐洲的其他地域切割出來，阻礙了這個語言的成長（也就是說，直到一八二○年，希臘反抗土耳其重獲自由，才使得現代希臘言不致那麼不同於拜占庭口語，也才因此與 Κοινή 口語希臘文再重新連結）。[9] Hoerber 做了個類比：「希臘文三千年來的變化比英文從 Chaucer (?1340-1400) 或 *Beowulf*（八世紀）以來的變化還要少。」[10]

今日的希臘文分成兩個層次：

1. 純正希臘語（καθαρεύουσα =「文學語言」）

這並非全然就是希臘文的歷史發展，而是「書寫形式的希臘語」或著說是一種人工語言，嘗試在現代恢復亞提喀方言。Moulton 多少有點諷刺的說，「這種語言進展就像在發展一種共通的國際語言一般；它全然是一種混合體，比將 Cynewulf 與 Kipling 二個人的文筆放在一起還更複雜。[11]

2. 通俗希臘語 (δημοτική)

這是今日希臘的口說語言，是「口語希臘文的直接後代」。[12]

III. 口語 (Κοινή) 希臘文（共時研究）

A. 專有名詞

Κοινή 是 κοινός（共通的）的陰性形容詞。使用陰性的原因是它直接修飾了陰性名詞 διάλεκτος（第二格變式）。Koine 的同義詞是「共通」希臘文，或更常稱為

---

9   Robertson, 44.

10   Hoerber, 253.

11   Moulton, *Prolegomena*, 26.

12   *BDF*, 2, n. 1 (§ 3).

希臘化希臘文（這通常意謂著希臘文是第二語言，也就說這些人是被希臘化的〔參照，徒6:1〕）。

新約希臘文和七十士譯本希臘文都被認為是 Koine 的基礎。（不過 七十士譯本是高度閃族語化的，準確地說，它是直接翻譯成希臘文的，因此它通常被認為自成一類。）

B. 歷史發展

下列八點是希臘化希臘文令人關注的歷史事實：

1. 希臘文學的黃金時代實際上是隨著亞里斯多德的死（西元前三二二年）而結束。

2. 口語希臘文誕生於亞歷山大大帝的征服行動。

3. 希臘化希臘文始於亞歷山大來自希臘全域所組成的軍隊。這軍隊遂產生了*均一化*的影響。

4. 亞歷山大的勝利使得希臘殖民地快速增加，讓這個語言進一步發展成被征服人民的第二語。征服行動讓希臘文自然地成為*共通語言*。

5. 口語希臘文幾乎是從亞提喀希臘文發展來的（若你還記得，它是希臘黃金時代的方言），因為它是亞歷山大所用的方言，同時也受了亞歷山大的士兵所用的方言的影響。「希臘化希臘文是強勢少數（亞提喀語）及弱勢多數（其他方言）間的妥協產物。」[13]

6. 這是個新的方言，但不能認為它是比亞提喀語低等的。它不是純金的古典希臘文受了污染後的產物，而是更適合大眾的。[14]

7. 到了第一世紀時，它已成為整個羅馬帝國的共通語言。[15]

8. 口語希臘文什麼時候成為共通語言？

雖然口語希臘文誕生在西元前三三〇年，這是它實際誕生的日子，不是語言學上的，我們不該以為當亞歷山大結束他最後一場戰役時，所有的人就開始說口語希臘文。（請記住，當亞歷山大在征服世界的同時，希臘仍保有許多的方言）就像一個新生兒不會馬上說話一樣，口語希臘文真正成形之前還需要一段時間。

13　Moule, 1.

14　Ibid.

15　特別參照 Porter, "Did Jesus Ever Teach in Greek?" 205-23（頁205-9，稱希臘文為羅馬帝國的 *lingua franca*；頁209-23，處理巴勒斯坦的希臘文）。

C. Κοινή 希臘文的範圍

1. 時間

大約是西元前三三〇年到西元三三〇年，或是從 Alexander 的征服到羅馬帝國從羅馬遷都到君士坦丁堡。西元前三二二年，隨著 Aristotle 的死，古典希臘文也從現行語言開始逐漸式微。口語希臘文的高峰在西元前第一世紀到西元第一世紀。

2. 地點

這是希臘文首度普級化。當殖民地在亞歷山大的日子建立，並且持續地受希臘人的統治時，希臘文仍然在外地被大量使用。即使羅馬在第一世紀時，已是世界強權，希臘文仍持續滲入遠方國度。（這是因為羅馬以文化融合為政策，而非消滅或取代）結果即使羅馬已取得絕對控制，拉丁文卻不是世界語言，至少到第一世紀結束時，希臘文仍然是*共通*語言。大約從第二世紀開始，拉丁文才開始在義大利民間流行；接著當君士坦丁堡成為羅馬帝國的首都時，流行到西羅馬帝國。希臘文成為共通語言只有一段短暫的時間。

D. 自古典希臘文以來的轉變

簡言之，希臘文變得*越來越簡單*。就形態學來說，這語言失去了一些觀點、減少了跟其他語言的差異、也把比較複雜的形式簡化成較常見的形式。它也傾向於更短更簡單，一些句法上的細微差異已經消失或者至少也衰退了。以更簡潔的方式取代了古典希臘文的優雅與精確。[16]

1. 形態學

由於希臘化希臘文是由其他的方言混合而成，在尋找型態的規則時我們必須很小心，只能說大部分的動詞是這些規則的「例外」。很多例外都能追溯到是從其他方言沒有規則地借用過來的（例如：愛奧流語第三人稱單數第一簡單過去祈願式字尾 -αι 到了亞提喀語變為 -ειε[ν]）；當然也有一些是因為口語希臘文把自己塑造成更熟悉或類似的樣式（就像是把第一簡單過去的字尾放在第二簡單過去的動詞上──以εἶπαν 代替 εἶπον）。有時新約中一個特定的主要部有多種不同的形式（例如：

---

16 這是 Zerwick 最主要的論點。他在他的 *Biblical Greek* 整本書裡，用了許多例子來支持這個論點。

ἀνοίγω 的第四和第五主要部）也能用同樣的方式來解釋。

　　總之，並非新約中所有的不規則形式都有恰當的語言學規則可依循。如同規則需要記憶一樣，要分辨這些不規則只能熟記它們。大部分的不規則可以簡單的歸因於歷史偶發事件，不是語言學的原則。[17]

2. 句子結構

　　a. 以更短更簡潔的句子取代古典希臘文常是結構複雜的句子。

　　b. 用較少的分詞與連接詞，其中一些被利用來達成不同的工作。

　　c. 並列結構（並列子句）增加；附屬結構（複合句子使用附屬子句）減少。

　　d. 偏好直接論述多過間接論述。

3. 名詞與動詞的風格／句法

　　希臘化希臘文不僅是從之前不同方言融合而來，也成為被征服之民的第二語言，因此有三項特徵是預期會發生的：(1) 細微的差別會被丟棄；(2) 細緻的技巧會漸模糊；(3) 語言傾向更精簡。[18] 例如：

a. 介系詞：

　　1) 在名詞之前會重覆，但亞提喀希臘文只會用一個介系詞。

　　2) 喜將同系的介系詞與帶這個介系詞的複合動詞連用。

　　3) 用介系詞的地方，亞提喀希臘文通常只會用一個有適當格的名詞。

　　4) 介系詞的混淆／重疊（例如：εἰς/ἐν, ὑπέρ/περί ）。

b. 代名詞：更常使用（更清楚直接）。

c. 人稱代名詞：當作動詞的主詞；亞提喀語通常會省略。

d. 單複數：沒有複數。

e. 時態：以現在時態作未來時態用（用以生動表達未來的「未來現在時態」）。

f. 語態：關身的用法逐漸式微；通常使用主動語態加反身代名詞。

g. 語氣：沒有祈願語氣。

17　以下有些形態改變的例子：(1) σσ 變為 ττ（例如：θάλασσα 變為 θάλαττα ）；(2) 減少使用 -μι 動詞、祈願語態、最高級；(3) 不使用雙數（名詞、動詞、形容詞用來指二個人的一種形式）；(4)形式同化成更常用的樣式，例如：第二簡單過去動詞卻用第一簡單過去的字尾（例如：ἦλθαν 變為 ἦλθον、εἶπαν 變為 εἶπον 等等）、第三格變式名詞卻用第一格變式的字尾（例如：θυγατέραν 變為 θυγατέρα〔儘管只有第三人稱的格變式可以在新約中見到〕）；以及 (5) 更常使用基本型，雖然意思跟原來的形式一樣。

18　Metzger, 45; Zerwick, 161.

h. ἵνα 子句的用法逐漸取代了不定詞；ἵνα 子句的用法更寬。

i. 分詞：更常使用冗長結構。

E. 口語希臘文的類形

許多學者認為實際上只分兩個程度：日常生活用語與文學用語。[19] 但這是個錯誤的分法，因為：

(1) 這樣的觀點並不敏感於書寫的 Koine 與（希臘化的）亞提喀希臘文之間差別；(2) 這個問題以非黑即白的方式呈現：彷彿 Koine 語文僅能在二個極端之間被理解； (3) 大部分的新約書卷絕不是以文學寫作為目的，因此不能把它們拿來與本來就是以文學為著書目的的作品相比。另一方面，新約書卷並不完全相似於收據、遺囑、衣物清單、專業文件、備忘錄、法律文件、甚至士兵從戰場寫回的信件；因為它們都不是私人性的、而是要在公開場合大聲讀出來的。並且，它們的主題以及護教的目的，說明了要在二者之間尋找相似的關係並不容易。

為了這個緣故，一些學者認為日常與文學的兩個極端中，可能至少有一個居中的口語希臘文。這樣的評估看起來是正確的，下列的資料反應了這件事。

1. 日常生活用語（例如：蒲草紙、陶片）

這是一種街頭口語、普遍使用的鄉土語。通常在埃及考古發現的蒲草紙中看得出來，這種語言是種混合的語言。

這些蒲草紙的殘存文件，就像二十世紀的美國人將他們的字紙簍中的廢紙片倒於一處極其乾燥的垃圾場、並且保存近二千年。然後學者們將它們挖掘出來、仔細研讀，特別關注二十世紀所用的英文。我們幾乎可以推斷，這些學者所歸納出來、二十世紀美國人的語文能力必然是個狹窄、扭曲的圖片。[20]

19　BDF 提出這個問題：「新約文件是屬於蒲草紙文書那種日常生活的用語，還是屬於亞提喀語那種文學形式的用語呢？大致來說，*新約書信作者們的語言是近於日常通用語的希臘文……*。」(2 [§ 3])

20　Hoerber, 252.

2. 文學用語（例如：Polybius、Josephus、Philo、Diodorus、Strabo、Epictetus、Plutarch）

這是一種較優美的*口語*希臘文，是學者、歷史學家所用的語言。文學式希臘文與日常希臘文的不同，就像是日常生活所講的英文與高等教育場合所說的英文之間的不同。Epictetus 可能所用的希臘文是比較低階的，但是 E. C. Colwell 甚至說第四福音書的希臘文與 Epictetus 有點相近。Josephus 所用的希臘文略帶閃族色彩，但是算是相當好的了。

3. 會話式用語（新約、一些蒲草紙）

會話式口語希臘文，一般來說是受過教育的人在*說*的。大部分的文法是正確的，但還不至於到文學用語的希臘文程度（不夠精緻；但是使用更直接更短的句子、更多的並列結構）。不管是蒲草紙文獻（往往這些是受教育不多的人群）、或較為具有文學深度的作者（他們多半使用一種靠近書寫形式的希臘文）兩者之間並沒有太多的平行處。這種語言的分野也在今天的西方文化中可以見到。

a. 這可以進一步用*講道*來類比。講道用語的程度一般來說比日常生活，比文學用語低。事實上，今天很多講道者認為，一個理想的講道必須放在「生動的會話層次」（例如：羅賓森）以下對新約的分析是不錯的：大部分的新約原來實際上就是講道；是後來的人把它抄寫下來。一些書信本來的目的就是講道；大部分至少是能在教會朗讀的。也許我們不可能恢復當時流行的口語希臘文，但新約至少看起來非常地接近。

b.「實際上，西方文明在每個時代，特別是當荷馬史詩的組成及記錄之後，顯示出了語言基本的三個層次：文學的、會話的、及「生活的」。……現存的古希臘及羅馬文獻幾乎都是文學層次的。」[21] Cicero 的講論就是會話式拉丁文很好的例子。

c. 最後，所有不同時期的希臘文，都有這三個層次，如 Jannaris 所說：

> 這個時期（古典時期）的文學名著，並不代表著當時的人就是說這種語言。……一般人（包括受過教育與未受教育的）的言談不太會高過口語的普通生活用詞，往往現實上它會更為退化到極為口語、甚至是鄙俗的用詞。優美的文學形式跟普羅大眾的口語同時存在，在它們之間的是稱為會

---

21 Hoerber, 252.

話用語的階層。是根據邏輯、歷史考察、與現代語言類推，就如同生活經
驗。[22]

Jannaris 更進一步地說到口語與書寫語言的差別：

　　……沒有一個作家在寫作及說話時會用同樣的用語。相反的，他們會
或多或少的用優美的文詞來表達他們的思想……整個（古典）希臘文學
（古希臘的榮耀），幾乎沒有例外地使用文學用語。對於口語或大眾語言
來說，很難被記錄下來當作紀念而存留之今。[23]

最後，針對口語希臘文時期，Jannaris 認為有四個不同的層次：(1) 雅典風格的
優雅用語、(2) 會話的（＝文學式的）、(3) 巴勒斯坦當地的口語（＝會話的；特別是
希臘化的外國人所說的希臘文，包括新約）、及 (4) 口語或鄉土話（＝日常生活用
語）。[24]

　　d. 最後，當初很興奮的以為蒲草紙可以平行地用到新約，這個說法太過誇大了。
也就是說，蒲草紙雖有助於我們了解新約的辭彙，但我們在蒲草紙中還沒找到完美
的*句法上的*平行。就句法的層次來說，大部分的蒲草紙是低於新約的；而新約也不
到 Josephus、Polybius 等人的文學層次。絕大多數是在日常生活與文學層次之間，
也就是會話式的用法。[25]

4. 仿古式（例如：Lucian、Dionysius of Halicarnasus、Dio Chrysostom、Aristides、 Phrynichus、Moeris）

　　這是一種常為文藝人士刻意所用的語言，他們不在意現今通用的句法（有點像
現今仍喜愛 KJV 版本聖經的支持者，總是聲稱那是在英文最高峰、Shakespeare 時
代的成品）。

　　　　隨著羅馬的統治，語言發展的條件（文化或智識層面）都無法與先前
雅典獨霸、亞提喀語獨尊時期相比，許多學者跟他們的繼承者都致力於這
種「共同」語言（也就是新版的亞提喀語）、期望復興亞提喀語，因此，
他們也被稱為是「*亞提喀語的好用者*」。意指「純粹主義者」並不是指他

22　　Jannaris, 4.

23　　Ibid., 5.

24　　Ibid., 8.

25　　Hoffmann-von Siebenthal 得到類似的結論 (2-3)。

們的原創性，而是指他們的*模仿與形式*。[26]

IV. 新約希臘文

關於新約希臘文的本質有兩個不同卻又相關的問題必須回答：(1) 第一世紀巴勒斯坦當時的語言為何？ (2) 新約希臘文屬於口語希臘文的哪個部分？

A. 巴勒斯坦的語言環境

亞蘭文、希伯來文、希臘文已逐漸地被公認為是西元第一世紀巴勒斯坦所使用的語言。[27] 這些語言到底多常見仍有爭議，跟這個議題有關的是耶穌所說的語言。不過這跟新約希臘文所要談的是不同的（雖然有相關），因此我們只會簡單地介紹。

1. 亞蘭文

西元第一世紀時，亞蘭文很可能是至少幾個猶太地區的口說語言。然而，這是否為巴勒斯坦所有猶太人的主要語言仍具爭議，特別是來自加利利的人。今日大多數學者都認為這是耶穌教導時主要的語言，雖然他很可能會希伯來文（參路4），很有可能也說希臘文。

2. 希伯來文

有些學者辯稱（米示拿式的）希伯來文才是第一世紀巴勒斯坦的主要語言。不過，希伯來文顯然不被大眾廣泛使用，缺乏證據便是明證：這個時期的巴勒斯坦幾乎找不到任何希伯來文碑文。

3. 希臘文

越來越多的學者認為希臘文是耶穌時代，甚至是他出來服事時，巴勒斯坦的主要口說語言。「這觀點的論證是基於：希臘文是羅馬帝國的共通語、第一世紀下加利利的語言及文化特徵、新約最早的文件已用希臘文傳達的語言事實、碑文證據的多樣性、具關鍵性的文學證據及福音書中一些重要經文……。」[28]

26　Jannaris, 7.

27　摘要，見 Porter, *Verbal Aspect*, 111-56。

28　Porter, "Did Jesus Ever Teach in Greek?" 204。這本書第195到235頁中，有此論點的詳細說明，也列了相當好的書目。

B. 新約的語言在希臘化的希臘文中的地位

1. 議題

新約希臘文受閃族語言的影響有多大？新約希臘文受其他影響又有多大？

2. 提案

1863年，J. B. Lightfoot 預期蒲草紙的平行用語會有大發現，他說：「若我們只能恢復一般老百姓相互往來的信件，那就極有可能幫助我們了解新約的語言」。[29]

32年後的1985年，Adolf Deissmann 出版了他的 *Bibelstudien*——書名簡單但卻對新約希臘文起了革命性的影響。Deissmann 在這本書中（稍後翻成英文，書名為 *Bible Study*）表示，新約的的希臘文不是聖靈所啟示的語言（Hermann Cremer 曾稱之為「聖靈希臘文」，因為有百分之十的字彙沒有世俗的平行用法）。

Deissmann 表示新約中絕大部分的字彙都能在蒲草紙中找到。Deissmann 帶來的影響是，幾乎所有在那個世紀之前所寫的字典和辭典注釋書，都必須淘汰（一八八六年出版的Thayer辭典，也因此在出版不久後就過時了，不過諷刺的是，今天很多新約學生還是依賴它）。

James Hope Moulton 持續 Deissmann 的工作，他展示出新約跟蒲草紙之間，在句法及形態學上的平行。*基本上，Deissmann 做的是辭典學，Moulton 做的是文法。*他表示，某些之前不平行的新約結構，在蒲草紙中找到了（例如，表示方法的ἐν）。然而，他舉的例子並沒有讓人信服，為此，爭論仍不停息，到底新約希臘文中有多少閃族語言的影響？

今天一般來說新約希臘文有三大觀點，範圍從日常通用語到高度閃族化的希臘文。

a. 新約希臘文 = 日常通用語希臘文

這是 Deissmann 及 Moulton 的觀點，也被 Robertson、Radermacher、Colwell、Silva、及 Rydbeck 等人修正後加以推廣。這些學者全都同意在引用舊約及耶穌的某些講論用的是閃族句法。

這個觀點的問題是：(1) 不容許新約作者們有豐富的變化—有些符合這個模式，有些可能是下列兩類的其中一類；(2) 很多蒲草紙在猶太居住區找到，因此，這些也可能是閃族化的；而最重要的問題是 (3) 句法上的平行似乎不如字詞的平行，大部

---

[29] 引自 Moulton, *Prolegomena*, 242。

分時候，新約似乎比蒲草紙更高層。

b. 新約希臘文＝部分高度閃族語化的日常用希臘文

某些學者（例如：Dalman、Torrey、Burney、Black、R. H. Charles、M. Wilcox）認為福音書、使徒行傳前十五章、啟示錄，事實上是被翻譯成希臘文的。也就是說，原來是用亞蘭文寫的，如今尚存的複本是希臘文譯本。

這個觀點的問題是：(1)絕對沒有早期的經文證據支持這個理論（亦即，在希臘文版本的福音書、使徒行傳及啟示錄之前，沒有更早的亞蘭文抄本能聲稱這件事）；(2)雖然很有創意，但大部分據稱是閃族用語（例如，在希臘文譯本中消失的文字遊戲、誤譯等）都遭至嚴重的推翻。

c. 新約希臘文＝另一不同的方言

這個看法很像是又回到了「聖靈希臘文」，是由 Nigel Turner 強烈提議的。論到所說的「聖靈希臘文」，他誇張地認為「我們必須承認，不只是聖經的用詞獨特，就是這個語言的書寫或翻譯也都很獨特」。[30] 他也在其他地方說到：聖經希臘文是一種獨特的語言，有它自己的一貫性與特點。」[31] 當他用「聖經希臘文」這詞時，是包含了七十士譯本所用的希臘文。事實上就語言的角度來說，七十士譯本是新約的基礎。

這個觀點，除了上面的問題之外，還有第二個：(1) 一些研究顯示，新約的句法很難同等於七十士譯本，而且兩者並非相同的文體；[32] (2) 兩者的平行是有選擇性的平行；[33] (3) 這個觀點會把風格跟句法混淆（以下有更多討論）。

總的來說，今天的學者所持的觀點大約介於第一和第二之間。但越來越多學者認為應該是第一個觀點，也就是說，新約希臘文是一種好的、「共通的」希臘文，可以在雅典街道或是耶路撒冷郊區被聽到。不過以上各點都有困難，特別是議題仍

30　Turner, *Syntax*, 9.

31　Ibid., 4.

32　例如，獨立分詞片語在新約中很常用，但在七十士譯本中很少，而且這是很特殊的希臘文成語；新約希臘文中一些動詞觀點的特色，在閃族語言中沒有平行的用法。冠詞——名詞——καί——名詞的結構，在新約中也很常見，但在七十士譯本中很少（而且兩者在語意上並不相同）。在沒有冠詞的形容詞名詞結構中，形容詞對名詞的關係，比起七十士譯本，新約比較像亞提喀語跟蒲草紙。

33　最近有篇文章，L. Cignelli and G. C. Bottini, "L'Articolo nel Greco Biblico," *Studium Biblicum Franciscanum Liber Annuus* 41 (1991) 159-99，就是這樣的例子。他們認為冠詞的用法，新約跟亞提喀語是對立的 (159)。無論如何，這個方法是拿出七十士譯本（翻譯過的希臘文）的例子，並且假設這些例子是同等於新約的。但是把新約跟七十士譯本混在一起，並把兩者視為相同的文體，這種說法有點太過。

然不清楚。

3. 議題重述

或許還有其他的方式來看新約希臘文的本質。以下就提供了更為複雜一點的考量來面對。

a. 風格與句法的差別[34]

那些認為新約的希臘文是一般口語希臘文的人,是把句法及風格做了很大的區別(例如: Deissmann、Moulton、Radermacher、Debrunner);那些認為新約的希臘文是「另一不同的方言」的人,則不認為這種區別存在。閃族語影響了新約的*風格*;*句法*則仍是受希臘化希臘文的影響。句法對作者來說是外在的,是一個群體中,語言的基本特性,沒有這個就不能溝通。另一方面,風格是每個作者內在的東西。例如:作用介係詞或是對等連接詞(如 καί)的使用頻率,是各人不同的。使用亞提喀語的作者比使用 Koine 的作者少用介係詞和對等連接詞,並不表示他們的句法就不同。那些認為新約希臘文是「另一不同的方言」的人,多認為介在二者之間有相當的差異。但只有二者真有*質的*變化時(無論是在亞提喀語與新約希臘文之間,或是在新約希臘文與 Koine 之間),看新約希臘文是「另一種不同的方言」才是可行的。

b. 口語希臘文的層次

如同我們先前提到,新約希臘文不是蒲草紙的層次,也不是文學口語希臘文的層次,而是會話式的希臘文。許多學者沒有意識到中間這一層,這也是造成新約希臘文本質混淆的原因。

c. 多面相,而非線性

文法跟風格並非唯一要處理的問題,字彙也是很關鍵的。Deissmann 已經漂亮的展示出,新約新臘文詞彙大部分跟口語希臘文方言的詞彙是一樣的。因此,我們確信*新約的語言*所考慮的不只一個,而是三個支柱,包括風格、句法及字彙。很大的程度來說,*風格*是閃族語的,*句法*是會話/文學希臘文用語(亞提喀語的後代),而*字彙*是口語希臘文。當然,並不總是可以這麼清楚的畫分。[35]它們之間的關係如圖表1。

34　相關討論,見 Rydbeck, 424-27。

35　這個是說,作者的閃族語言背景,有時會影響他們的句法及用字(特別是受七十士譯本的影響);Koine 方言,也會影響他們的句法,如同影響他們的風格一般。

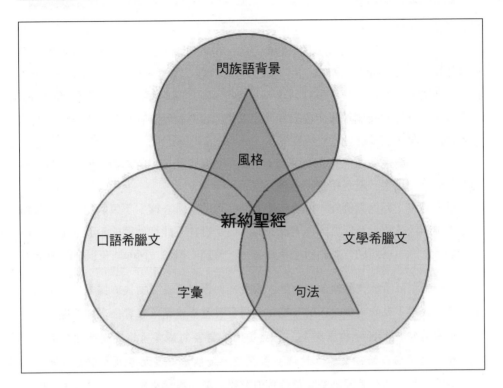

圖表1　新約希臘文本質的多面相

d. 多重作者

　　有一個因素必須考慮的：新約是由許多作者所寫的，有些在句子結構中表現多一點的文學用語（例如，希伯來書的作者、路加，保羅偶爾也會）；有的則使用得低層次得多（例如：馬可福音、約翰福音、啟示錄、彼得後書）。因此，*不可能說所有的新約希臘文都是一致的*。這當然是反對 Tuner 的論點，因為新約並非「獨一語言」（只要大略的比較希伯來書跟啟示錄就可以曉得）；同時也某程度地反對了 Deissmann 及 Moulton，因為新約希臘文也不是全部都跟蒲草紙在同一個層次上。對某些新約作者來說，希臘文似乎不是他們的母語；有些則是生長在雙語的環境之下，雖然很可能是先學亞蘭文、再學希臘文，有些則是長大之後才學的。

4. 一些結論

　　新約希臘文，這個議題有點複雜，我們的觀點總結如下：

　　a. 新約希臘文，絕大部分就*句法*來說是*會話式的希臘文*——其句子結構比優雅的文學用 Koine 層次低一點；但是比蒲草紙上又再高一點（雖然有時在句法中也有

閃族語言的影響）。

b. 另一方面，它的*風格*，是很*閃族語的*。也就是說，雖然幾乎所有的新約書卷作者都是猶太人。他們的寫作風格不僅受了宗教傳統的影響，也受語言背景的影響。再者，新約的風格也受一件事實影響——這些作者之間有個共通性，他們都信耶穌基督。（這就好像兩個基督徒在教會及在工作場合的對話：在這兩個地方所用的語言風格及字彙，在某範圍裡是不同的）。

c. 新約的*詞彙*，雖然大大受了七十士譯本及基督徒經驗的影響，但跟當時平日的蒲草紙文件用字，還是相當程度是一樣的。

以上的每一點仍有例外，就像它們並非完美的區分一樣。不只這一點，儘管新約是由不同語言背景及能力的作者寫成的，但是實在不能把他們的希臘文都看為僅僅一種。不過，這幫助我們對新約希臘文有一整體的概念，Moule 有很好的總結：

> 把聖經希臘文等同於「世俗」希臘文的鐘擺朝這方向或許擺得有點遠了；我們不允許這個迷人的發現使我們盲目看不清楚，事實上聖經希臘文仍有其特色。部分的原因是，它受了閃族語言的影響（這點對新約的影響，遠超過口語或文學「世俗」希臘文，這個影響甚至普及整個猶太社群）；另一部分是因為基督徒經驗的影響，某個程度來說，它創造了自己的句法〔＝風格〕及字彙。[36]

5. 個別新約作者

一般來說，新約作者的文學程度範圍表列如下：[37]

閃族語／通俗	會話	文學希臘文
啟示錄 馬可福音 約翰福音、約翰壹、貳、參書 彼得後書	大部分的保羅書信 馬太福音	希伯來書 路加福音至使徒行傳 雅各書 教牧書信 彼得前書 猶大書

表格1　新約作者的文學程度

36　Moule, 3-4.

37　詳細的討論，見 Metzger, 46-52 及標準的批判注釋書。

注意，以上的表格是以降冪排列其純度。因此希伯來書是比彼得前書更文學化；啟示錄比馬可福音更加閃族語化，以此類推。[38]

---

[38] 這個表格的缺乏之處是，我們不曉得馬太福音是比較接近通俗語言還是文學的 Koine。另一個是，我們把風格、句法及字彙（儘管這份表格主要是根據不同書卷的句法而定）混在一起，以單一層次來看待。

格
簡介

「格」在決定字與字間的關係時，扮演了重要的角色。雖然「格」只有五種不同的形式（主格、呼格、所有格、間接受格、直接受格），卻有豐富的功能。進一步來說，新約希臘文將近140,000個字中，[1] 約五分之三是有格的形式[2]（包括名詞、形容詞、分詞、代名詞及冠詞），再加上每一種「格」都有許多不同的用法，因此實在有理由仔細地探究希臘文中的「格」。[3] 詳細的資料如下圖所示。

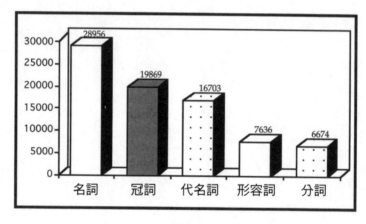

圖表2

新約中格變化的字數統計（根據字的類別）

1　Nestle-Aland[27] / UBS[4] 有 138,162 個字。

2　某些字尾不變化的名詞（如閃族人名），雖然技術上來說它們並沒有「格」的字尾，但仍算在其中。根據 *acCordance* 目前的版本，確切的數量為 79,838 個字（總數為 138,162 字）。

3　實際上，「格」的研究限定在實名詞，也就是作名詞功能用的字。雖然分詞、形容詞，甚至是冠詞也能站在名詞的地位，最常見的實名詞是名詞及代名詞。這些全加起來，在新約中將近有 50,000 個實名詞。

「格」系統
五格及八格的討論

簡介：這個議題的重要性

　　希臘文中有多少「格」，這個問題就像是在問有多少天使能在筆尖上跳舞（譯注：比喻沒有價值的討論，不需浪費時間）。然而，格的問題確實有一*些*重要性。

　　首先，文法學者在這個議題上並沒有統一的看法（雖然今日多數是支持五格系統）。這本身並不那麼重要，但事實上文法學者和注釋學者假設兩種對「格」不同的觀點會造成混淆，若此議題沒有被仔細辨識的話[4]（見以下表格二，兩個系統中格名稱的比較）。

　　第二，這兩個系統的差異基本上就是*定義*的不同。八格系統以*功能*來定義格；而五格系統則以*形式*來定義。

　　第三，這樣的不同某程度來說會影響一個人的詮釋。在兩種系統中，關於一段經文中的某個名詞，都只會看到一種格。而八格系統中，用功能來定義格跟用形式來定義幾乎是一樣的；看見某個名詞是*什麼格*通常表示它就是某種功能。但是，在五格系統中，以形式來定義格遠多於以功能來定義；某個特定字的一種格，偶爾*可能會有多於一種的功能*。（馬可福音1:8是呈現這兩種差異的一個好例子，ἐγὼ ἐβάπτισα ὑμᾶς ὕδατι, αὐτὸς δὲ βαπτίσει ὑμᾶς ἐν πνεύματι ἁγίῳ〔「我是用水給你們施洗，他卻要用聖靈給你們施洗」〕。[5] 按照八格系統，ὕδατι 不是方法的就是地區的，但不會兩個都是。而在五格系統中，有可能視 ὕδατι 為*同時*表示約翰施行水禮的方法及地方。〔因此，他的施洗是同時用水及在水面上完成。〕同樣的原則也用在耶穌受洗 ἐν πνεύματι，這在哥林多前書12:13的產生了某些神學上的議題）。[6]

　　總之，這些格系統真正的*重要性*[7]是詮釋上的。八格系統是以功能為取向，五

---

[4] 支持八格系統的文法學者有 Robertson、Dana-Mantey、Sum-mers、Brooks-Winbery、Vaughan-Gideon 似其他一些人。剩下其他所有的人（無論是新約或古典希臘文文法學者）幾乎都擁抱五格系統。有趣的是，八格系統的支持者都是典型的 Southern Baptists（在此宗派中有如此多八格系統支持者，A. T. Rob-ertson's 的影響是最主要可能的原因）。

[5] 雖然大部分的抄本在 ὕδατι 之前有 ἐν (e.g., A [D] E F G L P W S f¹,¹³ 28 565 579 700 1241 1424 Byz)，這似乎是後來加上的，但無論如何並不影響我們的論點。

[6] 我們會在介系詞的章節討論這一段經文。

[7] 這並不是說這個議題由詮釋來解決，雖然它有某些決定性的地位。當前的聖經研究認知道，一個作者有時會有故意的矛盾現象。雙關語、多重意義（保守定義）、雙關語、以及文字遊戲等的出現都說證實了新約中此現象的事實。這仍需要全面的處理。但參考 Saeed Hamidkhani

格系統則有些空間可以看作者用某個格來承載比功能所能承載的更全面的意涵。

I. 八格系統

A. 支持

有兩個論點支持八格系統，一個是歷史的，另一個是語言的。第一，透過比較語言學（也就是比較兩個語言當中的現象），因為梵文在語系上是希臘文較老的旁系，而梵文是八格系統，因此希臘文必然也有八格。第二，「這個結論也是基於相當名顯的事實，格跟功能比較有關，跟形式較無關。」[8]

B. 批判

首先，歷史論點本質上是*歷時的*而非共時的。也就是說，它訴諸於早期的用法（*此例中，是另一個語言*），而這可能跟現在的狀態只有些許甚至沒有關連。然而，一個人如何了解自己的語言，決大部分取決於現在的用法，而非歷史。[9] 再者，訴諸於梵文這麼老的語言，是以*形式*為基礎，而應用到希臘文卻是按照功能。[10] 一個較好的比較關係是，梵文和希臘文兩者都是以形式而論而非功能。我們只有少數（如果有的話）原始希臘文和早期希臘文仍保留，並暗示多於五種形式。[11]

第二，這「非常明顯的事實」－格與功能有關與形式無關，這對於八格系統的支持者似乎並不明顯。如果格真的只與功能有關，則在希臘文中應該有*超過百種*的格。光是所有格就有*幾十種*的功能。[12]

的博士論文 "Revelation and Concealment: The Nature and Function of Ambiguity in the Fourth Gospel" (Cambridge University, 1996)。

8 Dana-Mantey, 65.

9 給予共時法比歷史法有較高的權威是現代語言學的一大進展（參考 F. de Saussure, *Cours de linguistique générale* [Paris: Payot, 1916]）。此著作已譯為英文作為普通語言學的課本 (New York: Philosophical Library, 1959)。歷時的討論在101-90頁。

10 關於梵文的八格形式，參考 W. D. Whitney, *A Sanskrit Grammar, Including Both the Classical Language, and the Older Dialects, of Veda and Brahmana*, 3d ed. (Leipzig: Breitkopf & Härtel, 1896) 89 (§266), 103-5 (§307)。

11 Palmer 在他的 "The Greekness of Greek" 章節中提到，即使是最早的碑文證據，希臘文的特色之一是它的五格形式：「名詞的構詞中，希臘文最突出的創新是將印歐語的八格縮減到五格……。」(L. R. Palmer, *The Greek Language* [London: Faber & Faber, 1980] 5)

12 我們可以再多說一點，若是句法的判決是從語意開始，就好像把拖車放在拖車的馬前面。句法的判決必須從句句結構的檢視與解釋開始。堅持從語意開始著手，將會扭曲了數據（參，「簡介：本書進路」這個章節）。

C. 教學上的價值

八格系統有一個正面價值是，可以清楚地看到每個格的*基本概念*[13]（雖然對此仍有許多的例外），這在五格系統中比較難以辨別。八格系統對於記住所有格、間接受格與直接受格之間的差異特別有幫助。

II. 五格系統下對格的定義

「格」是一個名詞形態上的變異 (inflectional variation)[14] 包括不同的語義功能或與其他字的關係。

或簡單來說，格跟*形式*有關而非*功能*。每個格只有一種形式卻有許多功能。

五格系統	八格系統
主格	主格
所有格	所有格 奪格
間接受格	間接受格 位置格 憑藉格
直接受格	直接受格
呼格	呼格

表格2　五格系統與八格系統

假設五格系統是合理的，我們可以決定，僅以形式特徵為基楚來看，新約中這些不的格出現有多少次。根據五格系統，詳細資料如下：

13　事實上，我們許多對於格的辨識將建立於此基本觀念之上。因此，例如，所有格有一較廣的區分叫「形容詞用法」，一個叫「奪格用法」。

14　當然，確切的說，格並非僅限於名詞。實際上，格的討論主要在名詞和其他的實名詞，因為形容詞和其他修飾詞是載於實名詞之上，因此不具各別的意義。

主格：[15]	24,618
所有格：[16]	19,633
間接受格：[17]	12,173
直接受格：[18]	23,105
呼格：[19]	317
總共：	79,846[20]

---

[15]　主格：7794 個名詞、3145 個代名詞、6009 個冠詞、4621 個分詞、3049 個形容詞。

[16]　所有格：7681 個名詞、4986 個代名詞、5028 個冠詞、743 個分詞、1195 個形容詞。

[17]　間接受格：4375 個名詞、3565 個代名詞、2944 個冠詞、353 個分詞、936 個形容詞。

[18]　直接受格：8815 個名詞、5009 個代名詞、5889 個冠詞、957 個分詞、2435 個形容詞。

[19]　呼格：292 個名詞、0 個代名詞、0 個冠詞、一個分詞、二十四 個形容詞。雖然這些資料直接取於最新版本的 *acCordance*，此軟體資料庫對對於呼格的處理有些瑕疵。所有*用做*呼格的主格都變格為呼格。此外，因為複數主格與複數呼格之間沒有差別，必須做出語意上的決定（當然都是完全隨意的）。所有這些格的複數都被 *acCordance* 視為呼格，但我們視為主格。（同樣的，我們視所有非格變的名詞為主格作呼格用）。

[20]　本章中兩次 *acCordance* 搜尋相差八個格：79,838 比 79,846。如同我們先前所指出，*acCordance* 並非完美的工具，但它的精確率仍相當的高（此例為99.99%）。

主格

綜覽

參考書目

Abel, *Grammaire*, 165-67; **BDF**, 79-82 (§143-45, 147); **Brooks-Winbery**, 4-7, 59; **Dana-Mantey**, 68-71 (§83); **Goetchius**, *Language*, 45-46; **Funk**, *Intermediate Greek*, 395-404 (§530-37), 709-10 (§885-86); **Hoffmann-von Siebenthal**, *Grammatik*, 214-16; **L. C. McGaughy**, *Toward a Descriptive Analysis of Εἶναι as a Linking Verb in New Testament Greek* (Missoula, Mont.: Society of Biblical Literature, 1972); **Matthews**, *Syntax*, 96-120; **Moule**, *Idiom Book*, 30-31; **Moulton**, *Prolegomena*, 69-71; **Porter**, *Idioms*, 83-87; **Radermacher**, *Grammatik*, 118-19; **Robertson**, *Grammar*, 456-61; **Smyth**, *Greek Grammar*, 256-57 (§906-18); **Turner**, *Syntax*, 34, 230-31; **Young**, *Intermediate Greek*, 9-15; **Zerwick**, *Biblical Greek*, 9-11 (§25-34).

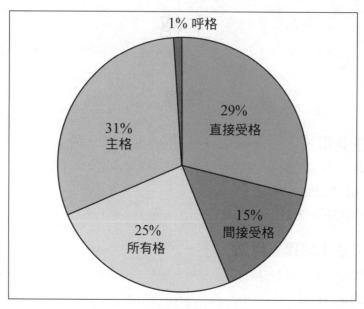

圖表3

新約中各種格的出現比例

簡介：意涵不受影響的特色 (Unaffected Features)

主格是用來作特定指示的格，希臘文用它作為「命名格」，因為它通常用來為句子的主題命名。一個句子中，*語意上的*主題當然與*句法上的*主詞會非常相似，但兩者不總是完全一樣。[1] 因此，主格最常作主詞用。[2] 在新約中，主格[3]出現的次數比其他的格還多，雖然直接受格及所有格也不少。[4]

---

1   準確的說，一個句子的主題比單一個字廣得多。不過即使在英文的用法中，我們仍使用「主詞」來指主題及文法上的主詞。例如：「這男孩打這個球」，這個句子文法上的主詞是「男孩」，但主題（或語意、邏輯上的主詞）必須同時處理動作者（男孩）及動作（打球）。

2   Gildersleeve 解釋為何中性名詞的主格與直接受格有相同的字型，他給了一個有趣的說明：「主格隱含著人物或擬人化的施做者……這也就是為什麼中性名詞沒有主格的形式，而抽象名詞的擬人化用法不見於一般的散文當中、只見於詩歌體或哲學中。」(B. L. Gildersleeve, "I. — Problems in Greek Syntax," *AJP* 23 [1902] 17-18) 也就是說，句子的主詞，如果不是動作的施做者、也往往是個人物（因為物件不能施做意志性的行動）。當然，偶有例外，但是 Gildersleeve 的論點是論到語言的歷史因素、而不是它的用法。

3   統計資料如下，新約中有24,618個主格，其中32%是名詞 (7794)，24%是冠詞 (6009)，19%是分詞 (4621)，13%是代名詞 (3145)，12%是形容詞 (3049)。

4   「不受影響的 (unaffected)」這個術語在本書中是用為指著某一特殊字形（a particular morphological tag，如直說語氣、現在時態、主格等），所具有固定的特徵或特色。也就是說，現在時態「不受影響的」特色就是不考慮外加因素（諸如上下文、動詞的詞彙意義、或

特定用法

主格的主要用法

→ I. 主詞

A. 定義

主格實名詞[5] 通常是主要動詞[6] 的主詞，這個動詞可能會出現在句子或隱含在主詞之中。[7] 反過來說，主詞也可能隱含在動詞內，好像嵌在裡面一樣（例如：ἔρχεται 的意思是「*他來*」）。這是主格用法中最常見的。

B. 詳述

1. 與動詞語態的關係

主詞與動詞的動作或狀態的關係，決大部分是由動詞的語態所決定的。若語態是*主動*，則主詞做了這個動作（例如：約3:22，ἦλθεν ὁ Ἰησοῦς εἰς τὴν Ἰουδαίαν γῆν「耶穌到了猶太地」）；若是*被動*，則這個動作做在主詞上；若是*關身*，則主詞把動作做在自己身上、或是在這個動作裡面要強調主詞本身（例如：弗1:3-4，ὁ θεὸς ἐξελέξατο「神（為他自己）揀選了我們」）。

者其他的文法因素〔如現在時態〕等）的基本涵義。更為詳盡的討論及例證，請見之前導論中「本書進路」這個段落。

5　任何字當名詞用都是「實名詞」，如同我們在格的介紹中所提到的，通常名詞會比其他詞多。但代名詞、形容詞、分詞、甚至敘述的其他部分，都可以如同名詞般地運作。為了完整性的緣故，下面不同的形式是可以拿來放在*主詞*的位置的：(1) 名詞、(2) 代名詞、(3) 分詞（特別是帶有冠詞的）、(4) 形容詞（通常也是帶有冠詞的）、(5) 數詞、(6) 冠詞跟以下用字的連結：(a) μέν 或 δε、(b) 介系詞片語、(c) 所有格片語、(d) 副詞，或 (e) 敘述的任何部分（請見「冠詞」這一章）、(7) 不定詞，不論有沒有冠詞、(8) 介系詞＋數詞、(9) 一整個子句，沒有給任何形式上的指示（如 ἵνα 或 ὅτι 子句）。參照 Smyth, *Greek Grammar*, 256 (§908); Young, *Intermediate Greek*, 11。

6　*限定動詞* (*finite* verb) 的意思是在分析時包含了人*稱*。因此直說語氣、假設語氣、祈願語氣及命令語氣動詞會有一個主格的主詞；而不定詞及分詞則沒有主詞。

7　最常見的隱含動詞是對等動詞，通常是 εἰμί，而且通常是第三人稱。其他動詞也可能隱含，雖然幾乎只有在前面的經文也有此動詞時。

當然還是有例外，例如：關身形主動意 (deponent middle) 及被動形主動意 (deponent passive) 都是主動的意思。對等動詞也不意謂著動作，而是一種狀態。

2. 與動詞型態的關係

除了分析動詞的語態之外，分析它們是及物動詞、不及物動詞或是對等動詞也是很有幫助的。簡單來說，及物動詞會接直接受詞，而且通常可以轉換成被動結構（「男孩打中了球」可以轉換成「球被男孩打中了」）。不及物動詞不會接直接受詞，而且也不能轉換成被動結構（「她來到教會」不能改為「教會被她來到」）。對等動詞大概介於兩者之間：它的功能像是及物動詞，通常有兩個實名詞藉由一個動詞連結起來；也像是不能轉換的不及物動詞；但有時兩種都不像，如第二個實名詞與第一個實名詞屬於同樣的格（「約翰是個人」）。

雖然在此只是很簡單的分析，但當你想到句法結構時，心中有這些不同的動詞型態是很重要的。舉例來說，主詞比具述詞功能的主格更常見，因為具述詞功能的主格只會跟對等動詞一同出現，而主詞則會出現在所有這三種型態中。[8]

3. 就語意而言主詞的類別

在有關動詞語態的形式下，主詞可以被字形——句法式地（也就是藉由諸如數與性的形式特徵）、或字典——語意式地分析。在字典語意這一層中，並非所有主動動詞的主詞都有主動的功能。例如，「我聽了演講」、「我接受了禮物」或「我有一隻狗」等句子，即使動詞是主動（且是及物動詞），也不一定表示主詞有主動的成分在裡面。[9] 因此不能說主動動詞的主詞就是動作的*施做者*。分析這一類動詞與主詞之間的關係是非常有幫助的，這個主題會在「時態：導論」這一章再提到。[10]

4. 消失的元素

動詞（特別是對等動詞）可能會隱含在主詞中而不出現在子句裡（例如：約1:23，ἐγὼ φωνή「我就是那聲音」）。主詞也同樣可能隱含在動詞裡面而沒有出現（例如：可10:13，προσέφερον αὐτῷ παιδία「他們帶著小孩子來到他那裡」）。

---

8   在我們分析斜格（也就是所有格、間接間格、直接受格）的時候，我們也注意到這些不同的動詞型態。譬如說，作為驅動者的所有格 (subjective genitives) 是出現得比表達驅動行為或成果的所有格 (objective genitives) 更為頻繁，因為他們可與動名詞一起用，該動詞包括有及物或不及物的概念；而表達驅動行為或成果的所有格僅能伴隨著及物動詞出現。

9   Matthews, *Syntax*, 99.

10   進一步的討論，見 Fanning, *Verbal Aspect*, 126-96; cf. also Givón, *Syntax*, 139-45 (§5.3)。

C. 舉例說明

約3:16　　ἠγάπησεν **ὁ θεός** τὸν κόσμον

　　　　　神愛世人

來11:8　　πίστει **Ἀβραὰμ** ὑπήκουσεν

　　　　　因著信**亞伯拉罕**順服

羅6:4　　　ἠγέρθη **Χριστὸς** ἐκ νεκρῶν

　　　　　基督從死人中復活

徒1:7　　　**ὁ πατὴρ** ἔθετο ἐν τῇ ἰδίᾳ ἐξουσίᾳ

　　　　　父憑著自己的權柄所定

弗5:23　　**ὁ Χριστὸς** κεφαλὴ τῆς ἐκκλησίας

　　　　　基督〔是〕教會的頭

➔ II. 具述詞功能的主格

A. 定義

　　具述詞功能的主格 (PN) 與主詞 (S) 大致*相同*，它藉著對等動詞與主詞連結，無論動詞是否出現或隱含在主詞中。這種用法很常見。S 和 PN 的等式不必然也沒有隱含著全然符應的意思（例如：就像數學公式中，A=B、B=A 的可互換性）。反而 PN 通常描述一個 S 所屬的更大類別（或*狀態*）。無論如何請記得，S-PN 結構有兩種不同的型態，這些以下會繼續討論。

B. 詳述

1. 這種用法的動詞

　　這「等式」中最常用的動詞是 εἰμι、γίνομαι 及 ὑπάρχω，此外也用一些及物動詞的被動型，例如：καλέω（雅2:23，φίλος θεοῦ ἐκλήθη「他被稱為神的朋友」）、εὑρίσκω（加2:17，εὑρέθημεν καὶ αὐτοὶ ἁμαρτωλοί「我們仍舊是罪人」）等等。[11]

11　有時即便是 μένω 也能當對等動詞。當它這樣用時，並不帶有原來有的不及物概念（參照徒27:41；林前7:11；提後2:13；來7:3）。

2.「主詞──具述詞功能的主格」子句的翻譯

英文翻譯時需要先翻譯 S。[12] 但希臘文中並不一定是這樣。例如約翰福音1:1，
θεὸς ἦν ὁ λόγος 應該翻成「*道就是神*」而非「*神就是道*」。希臘文的字序比英文還
要有彈性，這就產生了一個問題：如果字序並不是那麼清楚的話，我們如何分別 S
與 PN 呢？以下將會提供詳細的解決辦法。

3.「主詞──具述詞功能的主格」結構的語意學及其解經上的特殊意義

a. 兩種語意關係

S-PN 結構的重要性不僅影響翻譯的結果，準確地說是因為 S 和 PN 不常是完全
互換的。通常兩者的關係是：*具述詞功能的主格描述了主詞所屬的類別*。[13] 這是「*子
集合命題*」（S 是 PN 的子集合）。所以「道是肉身」的意思不等於「肉身是道」，
因為肉身比「道」要廣。「十字架的道理為愚拙」（林前1:18）的意思不是「愚拙
為十字架的道理」，因為還有其他種類的愚拙。「神是愛」不等於「愛是神」。從
這些例子來看，「*是*」並不必然是「*等於*」。[14]

在 S 與 PN 之間有另一種比較少見的語意關係，有時稱作「***互換命題***」。這種
結構表示一種完全互換性，也就是說兩個名詞都指向同一件事，用數學公式來表示
就是 A=B、B=A。例如：「Michael Jordan 是 NBA 歷史上最偉大的運動員」與
「NBA 歷史上最偉大的運動員是 Michael Jordan」的意義是一樣的，這兩者能夠完
全互換。[15]

---

12 實際上對所有的句子來說這是正確的，除了疑問句的字序是相反的以外（例如：太12:48，
τίς ἐστιν ἡ μήτηρ μου（「誰是我的母親？」）。主詞是「我的母親」，具述詞功能的主格是
「誰」）。疑問詞，就其本質而言，表示未知的成份，因此不能當主詞（見 McGaughy,
Descriptive Analysis of Εἶναι, 46, 68-72）。（另一個例外的類別，雖然更為少見，是指示代名
詞跟著同位或解釋子句，因為代名詞的內容在接下去的子句中會*揭示*〔參照，例如：雅1:
27〕）。

13 在語言學的術語中，較窄的類別（主詞）是下義詞 (hyponym)，而較廣的類別（具述詞功能
的主格）是上義詞(superordinate)。例如，足球員是運動員的下義詞；運動員是足球員的上義
詞。在這樣的關係中兩者是不能相互交換的。

14 假設文法上的對等動詞與數學上的等號有相同的意思，這是耶和華見證人會在思想基督的神
性時、一個非常基本的缺陷。關於約翰福音1:1，參照他們的小冊《你應當相信三位一體
嗎？》（守望台聖經書社），即然1b 說「*道與神同在*」，那麼1c 就不能說「道就是神」：
「某人與另一個人同在，某人跟另一人就不能是同一個人」(27)。這樣的論述似乎是假設所
有的 S-PN 結構都是互換命題的類型。

15 然而這並非表示區分何者為主詞不重要：「誰是Michael Jordan？」，第一個句子回答了這個
問題；第二個句子回答了「誰是 NBA 歷史中最偉大的球員？」參照：McGaughy, *Descriptive
Analysis of* Εἶναι, 68-72。

這兩種關係如圖表4所表示。

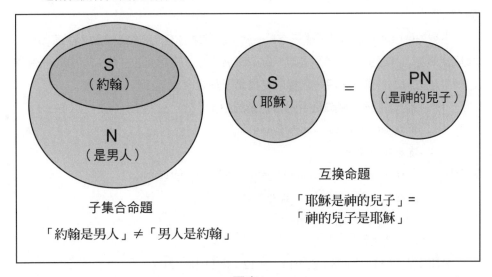

圖表4

主詞與具述詞功能的主格的語意關係

因此，在檢視 S-PN 子句時，必須回答兩個基本問題：(1)當字序不能清楚分辨 S 和 PN 時，該如區分呢？(2) 兩者的語意關係為何？S 是屬於 PN 這個更大類別中的一部分，還是能與 PN 完全互換？

b. 如何區分主詞及具述詞功能的主格[16]

區分 S 與 PN 的一般原則是：S 是*已知*項目。[17] 這個原則對於兩種 S-PN 結構都

16　這一方面 Geotchius 有一極具影響力的作品，*Language*, 45-46。他清楚明白的指出區分出主詞 (S) 的五個特徵：(a) 專有名詞，(b) 有冠詞的名詞，(c) 若兩者 (主詞與主格述詞) 都為限定性，範圍較為窄的那個是 S，(d) S 會在前面鄰近的經文，及 (e) 代名詞。McGaughy 檢視了 Geotchius 的規則，並且發現有其不足，*Descriptive Analysis of Eἶναι*, 29-33。McGaughy 在 Goetchius 的方法中找到了兩個問題：「(1) Goetchius 的分類是混雜的：(a)、(b) 及 (e) 是文法的 (字形的及句法的)，(d) 是上下文的，(c) 是以意義為基礎的 (語意的)。(2) Goetchius 沒有將他的規則安排優先次序。」如同他提到「在 Goetchius 分析裡，他在 S-II 中呈現辨識主詞的過程，事實上他以語意原則 (有限定對無限定) 開始，但這卻使他達不到他的最終目標。」(33)

　　McGaughy 依循結構語言學的原則 (本書採用了其中大部分原則)，較好的文法分析必須從結構開始以至於語意 (ibid., 10-16)。除此以外，無解的困惑以及先存的成見，不太容易解決。一個語言的文法結構可能是比字彙或語意的特色更能反映作者本人或他所在的那個時代 (這當然也適用於解釋者在內)。請見之前導論中「本書進路」這個段落。

　　最後我要對 Steve Casselli 及 Gennadi Sergienko 表達我的謝意，他們分別在一九九二及一九九三年的達拉斯神學院的進階希臘文文法課程中，協助了這一段內容的論證與釐清。

17　McGaughy, *Descriptive Analysis of Eἶναι*, 68-72.

是有效的。希臘文對等子句中，有三種方法（以下討論）把已知項目 (S) 與 PN 區分開來。[18]

下列三個原則的重點是，*當只有「一個」主格實名詞有這樣的文法「標籤」時，語意關係是：這個主格實名詞是屬於這個類別（具述詞功能的主格）*[19] *中的一個特定項目（主詞）*。也就是說，這樣的結構是子集合命題。

1) 代名詞是主詞，無論是否隱含在動詞中。[20]

太3:17　οὗτός ἐστιν ὁ υἱός μου ὁ ἀγαπητός

　　　　這是我的愛子

路1:18　εἶπεν Ζαχαρίας πρὸς τὸν ἄγγελον, ἐγὼ εἰμι πρεσβύτης

　　　　撒迦利亞對天使說：「我是個老人了。」

徒2:15　ἔστιν ὥρα τρίτη τῆς ἡμέρας

　　　　現在是三點鐘

參照：太27:54；約9:8；羅5:14；猶12；啟13:18，21:7。

2) 帶冠詞的是主詞

約4:24　πνεῦμα ὁ θεός

　　　　神是個靈

來1:10　ἔργα τῶν χειρῶν σού εἰσιν οἱ οὐρανοί

　　　　天是你手所造的

可2:28　κύριός ἐστιν ὁ υἱὸς τοῦ ἀνθρώπου καὶ τοῦ σαββάτου.

　　　　人子是安息日的主

3) 專有名詞是主詞[21]

路11:30　ἐγένετο Ἰωνᾶς τοῖς Νινευίταις σημεῖον[22]

　　　　　約拿為尼尼微人成了神蹟

林前3:5　τί οὖν ἐστιν Ἀπολλῶς;

　　　　　亞波羅算什麼？

18　這一段大部分是由 McGaughy 的方法進行一些修改而來。

19　明顯的例外可以在限定性、卻不是代名詞、專有名詞等的 PN 找到。相關討論見冠詞那一章。

20　除了疑問代名詞是 PN 之外，這個原則都是對的。

21　當另一個主格述詞是 ὄνομα 這個字時，就不一定真確，因為 ὄνομα 這個字隱含一項已知的性質。舉例說，路1:63 (Ἰωάννης ἐστιν ὄνομα αὐτοῦ) 可以理解為「他的名字是約翰」或「約翰是他的名字」。但是這個孩子必然有一個名字，只是那到底是什麼、不知道。因此，語意上最好的翻譯應該是「他的名字是約翰」。另參見太13:55（以下有討論）。

22　B Λ *et pauci* 在 Ἰωνᾶς 之前插了入 ὁ。

即使另一個主格是 S，疑問代名詞仍會先翻譯。照我們的一般原則，這裡很容易看得出來 S 是*已知的*。這一句話的意思可以重寫成「亞波羅屬於哪個更大的類別呢？」

雅五17　'Ηλίας ἄνθρωπος ἦν

　　　　以利亞是個人

c.「挑選」順序[23]

如果 S 和 PN *都有*這三種其中一種標籤該怎麼辦呢？哪一個會是 S？語意關係又為何？首先，當兩個實名詞都有這樣的文法標籤，「挑選」順序如下：

1)**代名詞有最高優先權：**無論另一個實名詞有什麼文法標籤，代名詞都會是 S。[24]

太 11:14　καὶ εἰ θέλετε δέξασθαι, **αὐτός** ἐστιν 'Ηλίας

　　　　你們若肯領受，**他**就是以利亞。

徒 9:20　**οὗτός** ἐστιν ὁ υἱὸς τοῦ θεοῦ

　　　　他是神的兒子

約壹 5:9　ἡ μαρτυρία τοῦ θεοῦ μείζων ἐστίν, ὅτι **αὕτη** ἐστὶν ἡ μαρτυρία τοῦ θεοῦ

　　　　神的見證是更大的：**這**是神的見證。

2)**帶冠詞的名詞及專有名詞似乎有相同的優先權。**當一個實名詞帶冠詞，另一個是專有名詞（或兩個都帶冠詞），字序可能是決定因素。[25]

23　Goetchius 的規則論到「主詞必須在鄰近的上文被提到」，我們基於二個理由，並不在此回應。第一，這是有上下文考慮、而非字形的考慮。第二，就實務上而言，新約中幾乎沒有什麼例子不能被以下規則涵蓋。也就是說，這個名詞在鄰近的上文總是以前述詞在前面的冠詞、或者是代名詞表明（二者都容易區別出主詞與主格述詞）。這個上下文的考量明顯是正確的，因為不管在S-PN 結構中的實名詞是代名詞、冠詞、或是專有名詞都適用。（參見，來11:1，二個實名詞都不帶冠詞，但是來10:38-39 的 πίστις 卻是主詞〔如同弗5:23〕）。但是在這些例證中，無須討論考量順位，因為上下文的考量與其他考量不衝突。

24　同樣地，這個規則不包括疑問代名詞，因為：人稱代名詞、指示代名詞、關係代名詞都是在上文中已有所指的人事物，但是疑問代名詞卻是指尚未明確指涉的人事物。前者指向已有前述的事物，後者期望後來會說到這裡所指涉的人事物。

25　McGaughy, *Descriptive Analysis of Εἶναι*, 51-52, 辯稱不帶冠詞的名詞可以是主詞。儘管他所舉特殊的例子，可能以可稱為是例外，但是反面的例子也有，就是，也有專有名詞作主詞的。既然沒有幾個例證是符合這個規則的，因此，我們對這個規則也是有所保留。但是在許多清楚的例子裡，專有名詞是作主詞的，不管它的字序如何（請參見符合公式的結構，約壹2:22；4:15；5:1；5:5）另見約8:39（下面會有進一步的討論）。

關於這個問題的複雜性，可見林前11:3（不帶冠詞的 Χριστός 在 B* D* F G *et pauci* 中；παντὸς ἀνδρὸς ἡ κεφαλὴ Χριστός ἐστιν：「**基督**是所有人的頭」或「所有人的頭就是基督」）。儘管 κεφαλή（「頭」）這個字在絕大部分譯本中都當作主詞，但是在後半句的平行結構裡，κεφαλή 這個字都是主格述詞：κεφαλὴ δὲ γυναικὸς ὁ ἀνήρ, κεφαλὴ δὲ τοῦ Χριστοῦ ὁ θεός（「丈夫是妻子的頭；神是基督的頭」）。另一方面，因為 κεφαλή 這個字在二種情況都是跟在所有格名

約8:39   ὁ πατὴρ ἡμῶν 'Αβραάμ ἐστιν

我們的父就是亞伯拉罕[26]

約15:1   ὁ πατήρ μου ὁ γεωργός ἐστιν

我父是栽培的人

太13:55 οὐχ ἡ μήτηρ αὐτοῦ λέγεται Μαριὰμ καὶ οἱ ἀδελφοὶ αὐτοῦ Ἰάκωβος καὶ

Ἰωσὴφ καὶ Σίμων καὶ Ἰούδας;

他母親不是叫馬利亞嗎？他弟兄們不是叫雅各、約西、西門、猶大嗎？[27]

亦可參照：太6:22；約壹2:7。

d. 語意關係：可互換命題

第二種的語意關係是互換命題，也就是說，當兩個實名詞都符合了作 S 的三種
資格的其中之一時，這兩者是可以完全互換的（見上一節的範例）。

e. 解經上有特殊意義的經文

有許多經文受到 S-PN 結構語意的影響，如下列提到的幾段。

1) 子集合命題

約壹4:8   ὁ θεὸς ἀγάπη ἐστίν

神就是愛

這一節經文可以清楚的看到是子集合命題。神有愛的性質，但神不等同於愛。
若這是可互換命題，肯定是泛神論 (pantheism) 或者至少是「萬有在神論」
(panentheism)。

約1:1   ὁ λόγος ἦν πρὸς τὸν θεόν, καὶ θεὸς ἦν ὁ λόγος.

道與神同在，道就是神

這裡又是一個子集合命題。λόγος 是屬於一個更大的類別 θεός。這個結構比較
像是要強調道的本質，而非他的身份。[28] 也就是說道有真實的神性，但他與經
文前面所提到的 θεός 不是同一位格。

腓2:13   θεὸς γάρ ἐστιν ὁ ἐνεργῶν ἐν ὑμῖν

在你們心裡運行的是神

詞後面，並且似乎隱含的問題「誰是丈夫的頭？」（而不是「基督與丈夫有什麼關係？」）
是眾所周知，因此，κεφαλή 可以作為這個句子的主詞。不過由於新約中沒有足夠的證據，可
以作最後的定論，這還有待更多在希臘化希臘文文獻中的研究才能確定。

26   這裡可能可以翻譯成「亞伯拉罕就是我們的父」（RSV 就是如此翻譯的，但是請另參見
     McGaughy, *Descriptive Analysis of Εἶναι*, 50）。

27   請參見先前路1:63 的討論。

28   見後面「冠詞：第二部分」的討論。

雖然多數的英文譯者把 θεός 當作 S，[29] 但具有實名詞功能的分詞才是 S，因為它帶冠詞。[30] 這一句的 θεός 放在前面的目的是為了強調。再說 ὁ θεός 與 θεός 之間有些微的差異：沒有冠詞的 θεός 似乎比較從質方面來看。保羅在強調神的能力勝過他個人的能力，12節所提到的問題是要問*如何*成聖，不是問誰。

2) 可互換命題

約20:31   ταῦτα γέγραπται ἵνα πιστεύσητε ὅτι Ἰησοῦς ἐστιν ὁ χριστὸς

       記這些事，要叫你們信耶穌是基督。[31]

       D. A. Carson 對約翰福音20:31有個有趣的假設。他認為約翰所回答的這個問題不是「誰是耶穌？」（基督徒會問的問題），而是「誰是彌賽亞？」（猶太人會問的問題）。所以經文應該翻譯成「要叫你們信彌賽亞是耶穌」。因此，第四福音實際上是寫給猶太讀者的。Carson的論證基礎之一是來自文法，亦即帶冠詞的名詞比專有名詞的優先權更高。[32] 他認為新約有「強烈的句法證據」[33] 支持這個結果。但如同我們看過的，這樣的論證是含糊不清的，很有可能會走向另一個方向：第一個名詞或是專有名詞都有可能是 S，因此這樣的文法證據是站不住腳的。此外，在約翰一書中，相同的結構出現了四次（特別是 Ἰησοῦς ἐστιν ὁ υἱός τοῦ θεοῦ〔約壹4:15，5:5〕或 Ἰησοῦς ἐστιν ὁ Χριστός〔約壹2:22，5:1〕），而讀者似乎很清楚是外邦人（參照5:21）。簡言之，沒有文法的證據說約翰是寫給猶太人的。這樣的觀點必定是基於文法以外的證據，而事實上似乎並不充分。[34]

---

29   可以這樣堅持，θεός 這個字的位置與特性，都很可能是主詞。這也可能是為什麼自第九世紀以來的手稿，都在之前加上冠詞 ὁ（除了 𝔐，還有 D¹ L Ψ 075 0278 1379ᶜ 等等）。

30   θεός 在希臘文中不是專有名詞。有一個簡單的規則來辨別希臘文中的專有名詞，只要問這個名詞是否能夠變成複數？因為 θεοί有出現（參照約10:34），所以 θεός 不是專有名詞。有關 θεός 在新約中用法的文法討論，參照 B. Weiss, "Der Gebrauch des Artikels bei den Gottesnamen," *TSK* 84 (1911) 319-92, 503-38。也請注意近來的神學用法，N. T. Wright 把 θεός 當成一般名詞，見於其著作 *The New Testament and the People of God* (Minneapolis: Fortress, 1992) xiv-xv 及全書。

31   在 D 中的異文（Ἰησοῦς Χριστὸς υἱὸς ἐστιν τοῦ θεοῦ）以及 W 的異文（Ἰησοῦς ὁ χριστὸς ἐστιν ὁ υἱὸς τοῦ θεοῦ），都是明顯的劣質抄本。

32   D. A. Carson, "The Purpose of the Fourth Gospel: John20:31 Reconsidered," *JBL* 106 (1987) 639-51; 特別參照頁642-644。Carson 依據 E. V. N. Goetchius 發表在 *JBL* 95 (1976) 147-49對 McGaughy 學位論文的批判做為他的文法證據。

33   D. A. Carson, *The Gospel According to John* (Grand Rapids: Eerdmans, 1991) 90.

34   然而 Carson 的主要論證卻是文法性的（*John*, 662）：「最重要的是，極可能這裡的 *hina*——子句根據句法的理由應該翻譯為『這樣，你們可以信基督、神的兒子，是耶穌』」。很明顯地，這裡的受詞-受詞補語結構是在語意上平行於主詞——主格述詞的結構，因而，字序是主要決定因素、或者專有名詞有比不帶冠詞的名詞更有可能是主詞。請參見徒18:28「（保羅）在眾人面前極有能力、駁倒猶太人，引聖經證明耶穌是基督（或基督是耶穌）(τοῖς Ἰουδαίοις

C. 具述詞功能的主格的替換（εἰς + 直接受格）

Eἰς + 直接受格在新約中有時用來取代具述詞功能的主格。雖然這樣的結構也在蒲草紙中出現，[35] 但通常是受了閃族語言的影響（希伯來文 ל）。這種慣用句法在引用舊約時很常見（如下面的例子）。這樣的結構與 S-PN 結構完全相等，如馬太福音19:5-6。第5節中，引進一個新的陳述就是用這個結構（ἔσονται οἱ δύο εἰς σάρκα μίαν）「二人成為一體」，下一節經文用一個標準的 PN (ὥστε οὐκέτι εἰσὶν δύο ἀλλὰ σὰρξ μία) 來結束此敘述。

這樣的結構會跟 (1) γίνομαι、(2) εἰμί（一般是未來時態）一起出現，跟 (3) λογίζομαι[36] 的機會比較少。

1. 跟 Γίνομαι[37]

徒4:11　　ὁ λίθος ...... ὁ γενόμενος **εἰς κεφαλὴν** γωνίας

　　　　　石頭……已成了**頭塊房角石**

　　　　　根據詩118:22，在新約中很常用在基督身上。

羅11:9　　γενηθήτω ἡ τράπεζα αὐτῶν **εἰς παγίδα** καὶ **εἰς θήραν**

　　　　　願他們的筵席變為**網羅和機檻**（=詩68:23）

2. 跟 Εἰμί[38]

可10:8　　ἔσονται οἱ δύο **εἰς σάρκα μίαν**

　　　　　兩個人變成**一體**。

　　διακατηλέ-γχετο δημοσίᾳ ἐπιδεικνὺς ...... εἶναι τὸν Χριστὸν Ἰησοῦν)。」這正是 Carson 所堅持、在約20:31向猶太人講說的處境。但是與約20:31不同的是，這裡 Ἰησοῦς 是跟在一個帶冠詞的名詞後面。Goetchius（Carson 以他的論點為依據）引用徒18:5、28。5:42 來證明「帶有冠詞的名詞有更優先的順位作主詞」，但是在他所引用的例子裡、帶有冠詞的名詞總是站第一個位置（Goetchius 忽略了徒11:20中的專有名詞，雖然是第二順位的卻更具優先性位作主詞）。

35　見 Moulton, *Prolegomena*, 71-72; BAGD, s.v. εἰς, 8.a。

36　參照 Zerwick, *Biblical Greek*, 10-11 (§32); *BDF*, 80 (§145); BAGD, s.v. εἰς, 8.a。

37　除了上面列的經文之外，還有太21:42 = 可12:10 = 路20:17（詩118:22）；路13:19；約16:20；徒5:36；彼前2:7（詩118:22）；啟8:11，16:19。

38　除了上述經文，另參見太19:5=可10:8（創2:24）；路3:5（賽40:4）；約17:23（現在時態、假設語氣）；林後6:18（撒下7:14）；弗5:31（創2:24）；來8:10（王下6:16）；約壹5:8。最後一段聖經是比較不尋常的（有εἰμι動詞在內），一方面是這個εἰμί 動詞是現在時態、直說語氣，而不是未來時態，其次，它並不暗示任何舊約經文的背景。與此最接近的平行經文是約17:23 (with εἰς + acc.) 與約10:30 (ἐν + εἰμί)。

來1:5　　ἐγὼ ἔσομαι αὐτῷ **εἰς πατέρα**, καὶ αὐτὸς ἔσται μοι **εἰς υἱόν**

　　　　我要作他的父，他要作我的子

　　　　上文引自撒母耳記下7章14節，是一段新約常引用有關彌賽亞的經文。

3. 跟 Λογίζομαι[39]

徒十九27　τὸ τῆς μεγάλης θεᾶς ᾽Αρτέμιδος ἱερὸν **εἰς οὐθὲν** λογισθῆναι

　　　　大女神亞底米的廟也要被視為算不得什麼。

羅四3　　ἐπίστευσεν ᾽Αβραὰμ τῷ θεῷ, καὶ ἐλογίσθη αὐτῷ **εἰς δικαιοσύνην**

　　　　亞伯拉罕信神、這就算他為義

→ *III. 作同位詞的主格*

　　主格（如同其他格）可以作另一個*同格*實名詞的同位詞，這樣的用法很常見。同位詞有四個特徵（前兩個是結構上的線索，後兩個是語意上的）：*一個同位詞結構包括 (1) 兩個相鄰的實名詞，(2) 有同樣的格，*[40] *(3) 指到同樣的人或事，(4) 並且子句的剩下部分有相同的句法關係。*

　　第一個實名詞可以屬於*任何*類別（例如：主詞、具述詞功能的主格等等），第二個只是用來釐清、描述或認定前面所題到的。[41] 因此，可以說，同位詞是「附屬於」主格的用法之上的。因此作同位詞的主格不屬*獨立*句法類別。

　　這樣的同位詞功能非常類似互換命題中的 PN，也就是說它與第一個名詞所指的是同一件事。[42] 然而它的不同點在於，PN用來*確認*S（對等動詞可能出現或隱含於 S）；而同位詞只有假定，而非確認（沒有動詞概念）。「保羅是位使徒」這句話中，使徒是 PN；「使徒保羅正在監獄中」這句話裡，*使徒*是*保羅*的同位詞。與專有名詞一起時，通常第一個名詞沒有冠詞，第二個同位名詞則有冠詞。[43]

39　參見羅2:26; 4:5, 22（見 4:3，引用的是創15:6）；9:8；加3:6（創15:6）；雅2:23（創15:6）。

40　主格偶而會與斜格同位，但是語意是都一樣。請見以下的討論。

41　同位詞，嚴格地說，就是一個*實名詞*、而不是形容詞。因此，在第二修飾位置的形容詞或分詞，多半都不是同位詞，而是修飾的功能。

42　關於這點的重要性，將在以下的所有格部分深入討論，因為這種所有格用法也是一個句法的類別，就是作為同位補語的所有格 (genetive of apposition)。這種用法是不同於作為同位詞的所有格 (simple apposition)。

43　雖然二者的結構相同，但是二個實名詞的語意並不同，前者作為形容詞用（如 ἄνδρες ἀδελφοί 徒1:16）、往往沒有翻譯出來。這種帶有 ἀνήρ 這字的片語，意涵已見於古典希臘文（參 *BDF*, 126 [§242]）。

太3:1   παραγίνεται Ἰωάννης **ὁ βαπτιστὴς** κηρύσσων

施洗約翰出來傳道

可15:40   ἐν αἷς καὶ Μαρία **ἡ Μαγδαληνή** ......

在他們中間有**抹大拉的**馬利亞……

路1:24   συνέλαβεν Ἐλισάβετ **ἡ γυνὴ** αὐτοῦ

他的**妻子**以利沙伯懷了孕

啟1:—5   ὁ μάρτυς ὁ πιστός, **ὁ πρωτότοκος** τῶν νεκρῶν

那誠實作見證的、**從死人中先復活**

主格在文法上的獨立用法

有些文法，包括「作標題、稱呼用的主格」、「獨立主格」、「作為插話的主格」、「破格主詞補語」。「引入諺語的主格」全都放在這個更大的類別中，沒有細分。然而，這些子群組不僅彼此有差別，嚴格地來說有些主格的用法是彼此獨立的。

所有的獨立主格都照著一般規則：*就文法的角度來說，主格中的實名詞與句子中剩下的部分沒有關係。*

→ *I. 作標題、稱呼用的主格*

A. 定義

作標題、稱呼用的主格及破格主詞補語是彼此獨立的主格，卻又經常放在一起處理。[44] 它們在語意上還是有差別的。[45] *作標題、稱呼用的主格是用來作介紹之用（例如題目標題、問候、稱呼），這些並不構成句子。*[46]

B. 簡述

要記住「破格主詞補語」及「作標題、稱呼用的主格」的不同，最簡單的方法是：*作標題、稱呼用的主格不會出現在句子中，只出現標題、問候及其他引導片語。*

---

44   這是因為獨立主格用法，往往被解釋為沒有其他文法連結的主格。我們賦予這個名詞較為特定的涵義，因為不同獨立主格的用法各有不同的語意情況。

45   在亞提喀希臘文中，主格是用在提到名字、數點數目、以及不限定的敘述 (Gildersleeve, *Syntax of Classical Greek*, 1.2)。

46   Funk, *Intermediate Grammar*, 2.710 (§886.4).

C. 例外

這個定義唯一的例外是，當一個*分詞*主格在文法上與句子剩下的部分無關時，通常會*稱*為主格獨立分詞片語（nominative absolute participle，因為它跟獨立分詞片語有相似的地方）。這也是主格獨立（nominative absolute）跟*破格主詞補語*（*nominativus pendens*）容易讓人混淆的地方，因為主格獨立分詞片語雖然稱為主格獨立，但仍屬於破格主詞補語的類別。只有當*分詞*存在的時候，兩個類別才重疊一致。（不過，主格獨立分詞片語仍必須放在破格主詞補語的類別之下來處理，因為它跟這個類別有相同的*特徵*；儘管後者只有與這個主格獨立的類別分享其*名稱*）。

D. 實例

1. 標題

太1:1　**Βίβλος** γενέσεως ᾽Ιησοῦ Χριστοῦ
　　　耶穌基督的家譜

可1:1　**᾽Αρχὴ** τοῦ εὐαγγελίου ᾽Ιησοῦ Χριστοῦ
　　　耶穌基督福音的起頭

啟1:1　**᾽Αποκάλυψις** ᾽Ιησοῦ Χριστοῦ
　　　耶穌基督的啟示

2. 稱呼 [47]

羅1:1　**Παῦλος** δοῦλος Χριστοῦ ᾽Ιησοῦ
　　　保羅，耶穌基督的僕人

林前1:1　**Παῦλος** ...... καὶ **Σωσθένης**
　　　保羅……和所提尼

3. 問候

羅1:7　**χάρις** ὑμῖν καὶ **εἰρήνη** ἀπὸ θεοῦ πατρὸς ἡμῶν καὶ κυρίου ᾽Ιησοῦ Χριστοῦ
　　　願恩惠平安從神我們的父並主耶穌基督歸與你們

---

[47]　有的文法學者認為這類引言公式是有一個隱含的動詞，諸如 γράφει（因而，「保羅寫著說……」），但是 Young 指出，「插入一個『寫』或『傳給』這樣的動詞是不必要的，有如在信封的標籤上寫著動詞一般。」(*Intermediate Greek*, 14)

問候必須與稱呼分開來看，因為偶爾會有動詞出現。這樣的例子中，主格並非作標題或稱呼用，反而像是主要動詞的主詞（參照彼前1:2；彼後1:2；猶2；約2:3）。不過這動詞未曾在保羅作品中出現，這樣的重要性在於，若「恩惠平安」是保羅自創的問候語（或至少是通俗用法），那麼這可能是辨識保羅作品的「記號」（這也被他的教會所知道）。因為其他的作者在寫稱呼時可能需要用額外的動詞。

亦可參照：林前1:3；林後1:2；加1:3；弗1:2；腓1:2；西1:2；帖前1:1；帖後1:2；提前1:2；提後1:2；多1:3；門3。[48]

→ II. 破格主詞補語

A. 定義

破格主詞補語與作標題、稱呼用的主格相似，並且就文法而言它是獨立的。作標題、稱呼用的主格不用在句子中；但破格主詞補語卻是。主格實名詞在一個句子的開頭，*是邏輯上而非句法上的主詞*。後面接著的句子，主詞被一個代名詞所取代，代名詞的格則視句法需要而定。[49]

B. 釐清

「主詞」（邏輯的，非文法的）可能是名詞或分詞，[50]就文法上來說與句子剩下的部分無關。後面用代名詞（不同格）純粹是因為再指定一次名詞會太多餘。破格主詞補語表現出了主格的精神：它用來凸顯一個句子的主*題*，無論它是否為文法上的主詞。[51]

---

[48]　所有的保羅書信都有 χάρις 與 εἰρήνη 的字樣（「恩惠與平安」），但是教牧書信 更動了 ὑμῖν 成為單數，並且提摩太前後書還增添了 ἔλεος 一字。即使如此，就是在教牧書信的問候語中，也沒有動詞，儘管一般書信都有。

[49]　Zerwick, *Biblical Greek*, 9 (§25)，給了很清楚的定義，儘管他並不區別破格主詞補語 (*nominativus pendens*) 與獨立主格用法。

[50]　當分詞是個破格主格時，常被稱為是獨立主格分詞用法（見以下「獨立主格」的段落）。

[51]　這種結構組成一種原初語言的說法。當一個孩子牙牙學語之初，常常是藉著一個伸出來的食指輔助一個單字來陳述一個完整的句子。「玩具」是「那個玩具，就是我要的」這話的兒語縮略。語言的後期發展，是將*邏輯性主詞*，置於句子的開始，然後將該字詞置於句子正確的句法位置。舉例說，「冰淇淋，我要冰淇淋！」由這些例子可看得出來，說話時候的*情緒*是導致用這種破格結構的原因。

在更為複雜的講說時，破格結構往往出現在語詞之首，有時的確顯得古怪；如例，「約翰——昨晚我不是看到他在節目當中嗎？」或者「毒品的問題——我不認為它會就此消失」。

破格主詞補語有下列其中一種意思：*情緒*或*強調*。第二種用法是比較常見的，可以叫作*指涉意涵的主格*（事實上，用來檢視一個主格是否為破格的辦法是問：能不能把這個破格主詞插入在子句的開頭「論到（這個破格主詞）……」）。

C. 實例

1. 強調

啟3:12　**ὁ νικῶν** ποιήσω αὐτὸν στῦλον[52]

得勝的，我要叫他作柱子

這是一個 nom. absolute participle 後面接著一個代名詞，因為句子句法的需要，它是受格。這一句可以讀成「論到那得勝的，我要叫他……。」

約1:12　**ὅσοι** δὲ ἔλαβον αὐτόν, ἔδωκεν αὐτοῖς ἐξουσίαν

凡接待他的，他就賜他們權柄，

徒7:七40　**ὁ γὰρ Μωϋσῆς οὗτος** ...... οὐκ οἴδαμεν τί ἐγένετο αὐτῷ

那個摩西，我們不知道他遭了什麼事

亦可參照：路21:6；約7:38；啟2:26，3:21。

2. 情緒

以下兩個例子是有爭議的。兩個例子中的破格主詞補語比較像是強調，而非情緒（或可能兩者都是）。必須注意的是，這些句子都在高度情緒的情境當中。

路12:10　**πᾶς ὃς** ἐρεῖ λόγον εἰς τὸν υἱὸν τοῦ ἀνθρώπου, ἀφεθήσεται αὐτῷ

凡那些說話干犯人子的、還可得赦免[53]

這個句子的主題（那些說話反對人子的）用一個受格代名詞放在後面，這樣寫法的情緒要比 "it shall be forgiven everyone who shall speak a word against the Son of Man." 還要強烈。

約 18:11　**τὸ ποτήριον** ὃ δέδωκέν μοι ὁ πατὴρ οὐ μὴ πίω αὐτό;

我父所給我的那杯、我豈可不喝呢？

52　很少的幾個抄本是以 αὐτῷ 代替 αὐτόν (א* 241 1611 1854 2027 2351 *et pauci*)。

53　在《第五福音書：尋找真實的耶穌》（ed. R. W. Funk, R. W. Hoover, and the Jesus Seminar [New York: Macmillan, 1993]）這本書中，作者不認為經文與歷史上的耶穌有任何關連（書中以黑色粗體字標明「耶穌自己並沒有說這些話，是後來教會傳統的觀點」[p. 36]）。然而，這句話的句法不是路加的格式，除非它是來自耶穌本人（譬如，路21:6）。其實 Jesus Seminar 應該將句法作為它判斷真實性的一項指標。

→ *III. 作為插話的主格*

A. 定義

作為插話的主格就是句子中子句的主詞；這句子可能不一定有其他主詞。

B. 澄清

雖然這很像「作標題、稱呼用的主格」及「破格主詞補語」，還是有與這兩者不同的地方：(1) 不像作標題、稱呼用的主格，作為插話的主格出現在句子中；(2) 不像作標題、稱呼用的主格及破格主詞補語，作為插話的主格通常不會出現在結構的開頭（特別是不會出現在句子的開頭）；(3) 不像破格主詞補語，作為插話的主格不用來表示作者在寫作時的情緒，本質上也不是主要用作強調。它的主要用法是*解釋*，像是作者的旁白，在第四福音中特別多。

C. 簡述

*作為插話的主格是一個在另外的子句之中，用來解釋之子句的主詞。*雖然新約的作者在處理插話時並非那麼一致，但若一個子句看起來不太自然，在翻譯時僅用逗號也沒辦法分得很好時，那麼它可能是一個插話，而它的*主詞*就是作為插話的主格。

D. 詳述

判定解釋子句為插入語（也因此它的主詞是一作為插話的主格）[54] 時並非那麼固定。Robertson 給了許多例子可以看出新約不同的作者是多麼的不同。[55] 一般來說，在福音書中找到的插話比較和緩且僅是作者旁白，但在書信中就比較多破格，會突然戲劇性地中斷思路。[56]

---

[54]　當然也有可能，將括弧內的敘述以子句表達、而不是獨立出來。但是為了教育的理由，我們
　　　將討論也置於此。

[55]　Robertson, *Grammar*, 433-35.

[56]　同上。許多文法學者 (Robertson, Moulton, Williams, *et al.*) 認為表達時間的主格是屬於該置於
　　　括弧內的主格用法。

E. 實例

約1:6 ἐγένετο ἄνθρωπος ἀπεσταλμένος παρὰ θεοῦ, **ὄνομα** αὐτῷ Ἰωάννης.

有一個人，是從神那裡差來的（他的**名字**叫約翰）。

太24:15 ὅταν οὖν ἴδητε τὸ βδέλυγμα τῆς ἐρημώσεως τὸ ῥηθὲν διὰ Δανιὴλ τοῦ προφήτου

ἑστὸς ἐν τόπῳ ἁγίῳ, **ὁ ἀναγινώσκων** νοείτω, τότε

你們看見先知但以理所說的「那行毀壞可憎的」站在聖地（**讀這經的人須要會意**）

加2:6 ἀπὸ δὲ τῶν δοκούντων εἶναί τι – ὁποῖοί ποτε ἦσαν οὐδέν μοι διαφέρει·

πρόσωπον **ὁ θεὸς** ἀνθρώπου οὐ λαμβάνει – ἐμοὶ γὰρ οἱ δοκοῦντες οὐδὲν

προσανέθεντο.

至於那些有名望的（不論他是何等人，都與我無干。神不以外貌取人）那些有名望的，並沒有加增我什麼。[57]

這裡有雙重插話：「神不以外貌取人」是在一個更大的插話結構中，主詞隱含在動詞裡「他們是」(ἦσαν)。（譯注：和合本的翻譯為「他是」，原文是多數「他們是」）

啟2:9 οἶδά σου τὴν θλῖψιν καὶ τὴν πτωχείαν, ἀλλὰ πλούσιος **εἶ**

我知道你的患難，你的貧窮，（你〔實際上〕卻是富足的！）

這裡的主格隱含在動詞中。

亦可參照：可2:10（主格隱含在動詞中，如同啟2:9）；約1:15，3:1，4:1-3；加2:5；啟3:9。

IV. 引入諺語的主格用法[58]

A. 定義

當主格實名詞用作引入諺語時，它不會有*限定動詞*。[59] 一般來說，句法結構上

57　B C D F G K L 1739 1881 𝔐 等等抄本在 θεός 這個字之前，沒有冠詞。儘管這是個很特別的寫法，但是並沒有不一樣的涵義。

58　見 Brooks-Winbery, 7，一個有創意的討論。

59　這並不是說所有箴言式的表達都沒有限定動詞（參路4:23; 徒20:35; 林前15:33），而是說，那些符合一般句法規則的例子無須在此討論。

多1:12 這句沒有動詞的箴言，很可能是從 Epimenides 引述而來（但它殘存的文件並沒有包括這個句子），通常翻譯成一個完整的句子（「革哩底人常說謊話，乃是惡獸，又饞又懶」）；但是因為沒有原稿，無法評估這個翻譯。J. D. Quinn, *The Letter to Titus* (AB; New York:

不是被壓縮就是省略（如「偷盜一次、做賊一世」）或是片斷的文句，跟新的內容看來不太相關（例如當作者引用一個次要的子句）。這樣異常的句法結構的原因在於即使諺語是片斷的，在文學傳統中卻已經固定了。即然大家已經熟悉種簡潔的用法，若要刻意把句子結構弄得完整反而損害了原來的效果。[60]

B. 實例

彼後 2:22 *κύων* ἐπιστρέψας ἐπὶ τὸ ἴδιον ἐξέραμα,

καί *ὗς* λουσαμένη εἰς κυλισμὸν βορβόρου

狗所吐的，牠轉過來又吃；

豬洗淨了，又回到泥裡去滾。[61]

兩個子句在翻譯成英文時，都必須把分詞當作限定動詞（不同於 ASV）。這兩個動詞形式很可能是相依分詞，因為這兩行已經不在它們原來的文脈中。[62] 第一行是引自詩篇26章11節（雖然不是逐字的引自七十士譯本，在新約及七十士譯本中都是在次要子句中）；第二行的來源目前仍有爭議。[63]

林前 3:19 *ὁ δρασσόμενος* τοὺς σοφοὺς ἐν τῇ πανουργίᾳ αὐτῶν

主叫有智慧的中了自己的詭計

這個實名詞功能的分詞必須翻譯得像一個限定動詞。並非有任何句法上的理由要樣做，而是因為這是引用一個片斷，句法上是省略的。原來的句子在約伯記5章12節，是同位分詞子句，指回到第8節的「神」（9-11節的功能類似）。因此是「我訴請神來裁判……。」[64]

Doubleday, 1990) 107，依照希臘六步格詩的精神翻譯為：

革哩底人，總是騙子，

生來貪食，鄙下畜牲。

60　當然，也沒有必要，名詞必得是主格（參見例子，太5:38）。

61　至於其他翻譯的可能性，見 BAGD, s.v. βόρβορος。

62　至少就文體而言，很難說分詞必得是獨立分詞。

63　Heraclitus 的名字常被提到，但無法證實。見 R. J. Bauckham, *Jude, 2 Peter* (WBC; Waco: Word, 1983) 279-80。

64　這種形式與七十士譯本還是有差別。後者使用直接受格（與 v 8 的句法一致）、不同的動詞、不帶冠詞。

➔ *V. 作呼格用的主格* [65]

A. 定義

把主格實名詞放在呼格的地位來使用，像是呼格一樣，用來直接稱呼一個指定的對象。

B. 詳述：這是一個合法的類別嗎？

主格能用來作呼格是因為它們的形式重疊，它們在複數及中性單數的形式上並無區別，就好像某些陽性及陰性單數的形式一樣。「因此這個趨勢是傾向消除呼格與主格的差別，即使它有自己的形式……。」[66]

支持八格系統的文法學家，因為他們對格的定義是從功能面來看，而不是從字形變化。因此他們通常反對作呼格用的主格這個分類。[67] 反對的部分原因也是因為，八格系統的提倡者比較以歷時的 (diachronically)，而非共時的 (synchronically) 方式來看語言；特別是看重語源的研究過於它的用法。但是主格作為命名格，在發展的過程中當作呼格用是很正常的，特別是對於母語中並沒有明顯的呼格可以使用的人。[68]

C. 結構和語意 [69]

作呼格用的主格能再分為兩種結構類別：無冠詞及有冠詞。*無冠詞用法*又有兩種結構：有 ὦ 及沒有 ὦ。這兩種用法有類似的平行呼格結構（也就是有質詞 ὦ 時，

---

[65] 謝謝 J. Will Johnston，他在「進深希臘文文法」這門課裡的努力 (Dallas Seminary, Spring 1993)，實在有助於澄清、補強這一段落的敘述。

[66] Zerwick, 11 (§33). 亦可參考 *BDF*, 81 (§147)。

[67] *Gramcord/acCordance* 軟體的標示（將主格作呼格用的例子都歸在呼格的類別中）有點與此相反。

[68] 除了關於這個類別的型式與合法性的問題外，*BDF*, 81 (§147) 還提供了簡潔、很有幫助的語意說明。

[69] Gildersleeve 對古典希臘文中這個現象的評論，指出：「主格往往在沒有呼格的情況下，用作呼格。但有呼格存在時，主格作為呼格的用法則有顯著不同的語調。這種用法是較為嚴肅恭敬的（因為它向角色呼籲），雖然有時詩韻的考量也是重要的」(*Syntax of Classical Greek*, 1.4)。新約希臘文有不同的意思，第一，關於帶冠詞的主格，「以帶冠詞的主格作為稱呼，在新約中顯然有增加；新約中有六十個例子……這可能是古老「*決定性 (decisiveness)*」用法的重現。不過「*描述性 (descriptiveness)*」可能更是新約中帶冠詞主格作為稱呼的用法……至於不帶冠詞主格的用法，可能是作為呼格的代替用法吧……。」(Moulton, *Prolegomena*, 70)

稱呼者有比較多的強調或情緒；反之則較少）。[70]

有冠詞用法也包含兩種：對較低位者的稱呼，及閃族名詞的稱呼的簡單替換，無論是對下或上的稱呼。[71] 要決定一段經文是哪種用法的關鍵是，必須確定其來源是否為閃族語言（例如引用七十士譯本）。

有另一個用法，嚴格地來說不是句法上，僅是功能上的：主格同位於呼格。

D. 實例 [72]

1. 無冠詞

a. 沒有 ὦ [73]

約17:25　**πατὴρ** δίκαιε,[74] καὶ ὁ κόσμος σε οὐκ ἔγνω

公義的父啊，世人未曾認識你

作呼格用的主格與主要句子的主詞（世人）是不同的。注意用來修飾主格的形容詞是呼格。

太16:17　μακάριος εἶ, **Σίμων** Βαριωνᾶ

你是有福的，西門巴約拿

羅1:13　οὐ θέλω δὲ ὑμᾶς ἀγνοεῖν, **ἀδελφοί**

我不願意你們不知道，**弟兄們**

b. 有 ὦ

可9:19　Ὦ **γενεὰ** ἄπιστος, ἕως πότε πρὸς ὑμᾶς ἔσομαι;

噯！不信的**世代**啊！[75] 我在你們這裡要到幾時呢？

參照平行經文，馬太福音17章17節及路加福音9章41節。

70　至於使用這個質詞作為直接稱呼的細節，請見「呼格」那一章。

71　希伯來文的稱呼，常帶有冠詞；參見撒下14:4（尊稱也可以如此，[GKC, 405 (§126f)]）。在七十士譯本，神 (*Elohim*) 這個字往往帶有冠詞（而 θεέ 這種用法只出現七次，其中五次是在次經中）。Porter 如同 Louw（"Linguistic Theory," 80），對於「以主格來作為呼格用」有不太一樣的看法，他認為這種用法較委婉、更正式、比較客氣 (Porter, *Idioms*, 87)。這個看法在希臘化的希臘文中或許可能，但是新約希臘文較受閃族語言的影響。耶穌溫柔的呼喊「孩子，起來」（路8:54），一點也不正式、客套、委婉。

72　新約中有六百個以主格來作為呼格用的例子—是真正呼格次數的二倍。其中只有六十次，該主格是帶有冠詞的 (Moulton, *Prolegomena*, 70)。

73　呼格帶有或不帶 ὦ 個質詞，其差別請見「呼格」那一章。

74　UBS[3,4] 跟 𝔓[59vid] ℵ C D L W Θ Ψ 𝔐 等這些抄本支持 πάτερ 這個讀法。但是 Nestle-Aland[25] 與 A B N *pauci* 支持 πατήρ 這個讀法。

75　D W Θ 565 帶有的形容詞的呼格是 ἄπιστε。

加三1　ὦ ἀνόητοι Γαλάται, τίς ὑμᾶς ἐβάσκανεν

無知的加拉太人哪，誰迷惑了你們呢？

保羅的憂愁在這節經文中表露無遺，他對加拉太人如此快速背棄福音有極深的
擔憂。

亦可參照：太17:17＝可9:19＝路9:41，24:25；徒13:10（這裡的形容詞），18:
14，27:21；羅11:33（βάθος 也可以視為表驚嘆的主格，見以下的討論）。[76]

2. 有冠詞

可5:8　ἔξελθε τὸ πνεῦμα τὸ ἀκάθαρτον ἐκ τοῦ ἀνθρώπου.

污鬼啊，從這人身上出來吧！

路8:54　ἡ παῖς, ἔγειρε.

女兒，起來吧！

這裡是對下的稱呼，可能因為路加的希臘文（比較是文學式的 Koine 風格）或
是閃族語言的宣告直接翻成希臘文（參照平行經文在馬可福音5章41節）。

約19:3　χαῖρε, ὁ Βασιλεὺς τῶν Ἰουδαίων

恭喜，猶太人的王啊！[77]

在這裡，福音派學者認為這些兵丁用的是有冠詞的主格，但是 BDF 認為這裡
是古典用法：「口語希臘文的用法中，帶冠詞的主格接簡單實名詞，只能用作
對下的稱呼……。」(BDF, 81, [§147]) 因此，雖然他們稱他為「王」，但他們
用的宣告形式卻是完全與這個稱呼相反（參照路加福音26:7）。馬可福音15:18
也是用呼格（這一段平行經文，大部分後來的手抄本把呼格改為帶冠詞的主
格）。Moulton 同意這裡用的是呼格，他宣稱「那只不過是這個作者沒有正確
的體會到希臘文這種比較精細的用法。」(*Prolegomena*，71)

弗5:22　αἱ γυναῖκες τοῖς ἰδίοις ἀνδράσιν

作妻子的，當順服自己的丈夫

認為這個帶冠詞的主格是對下位者的說法，不可能完全正確，在5:25中也用同
樣的方式來稱呼丈夫。

約20:28　Θωμᾶς εἶπεν αὐτῷ, ὁ κύριός μου καὶ ὁ θεός μου.

多馬對他說：我的主！我的神！

所有新約中，除了兩處（都在同一節，馬太福音27:46）之外，對神的稱呼都用

76　新約中 ὦ 跟主格實際上要比跟呼格來得多：上面九個例子中，有八個（太15:28；徒1:1；羅
　　2:1、3，9:20；提前6:11、20；雅2:20）。

77　𝔓⁶⁶ ℵ 中呼格 βασιλεῦ 取代了有冠詞的主格。

主格，很可能是受了閃族語言影響。

3. 作呼格的同位詞（總是帶冠詞）

啟15:3　μεγάλα καὶ θαυμαστὰ τὰ ἔργα σου, κύριε ὁ θεὸς ὁ παντοκράτωρ

　　　　主神，全能者啊，你的作為大哉，奇哉！

E. 神學上有重要意義的經文

來1:8　πρὸς δὲ τὸν υἱόν, ὁ θρόνος σου, ὁ θεός, εἰς τὸν αἰῶνα τοῦ αἰῶνος

　　　　論到子〔他卻說〕：「你的寶座，神啊，是永永遠遠的」

這裡的 θεός 在語上法有三種可能：當主詞（「神是你的寶座」），[78] 具述詞功能的主格（「你的寶座是神」），[79] 及作呼格用的主格（如同上面的翻譯）。[80] 翻譯時可以一個當 S，另一個當 PN，[81] 這樣的譯法與作呼格的主格對立。我們認為這裡比較像是作呼格用的主格，有幾個理由：(1) 若作者想要稱呼神，他可以用呼格 θεέ，這樣的說法有點太過，因為整個新約中，除了太27:46有這樣用之外，沒有其他地方了。作呼格用的主格是最普遍的選擇。(2) 在引用七十士譯本時（如來1:8；參照來10:7）就是用這個格，因為七十士譯本同樣沒有用呼格，最可能的原因是希伯來文沒有呼格的形式。(3) 詩篇45:7中希伯來文的重音表示「寶座」跟「神」應該有停頓（表示傳統認為「神」是直接稱呼）。[82] (4) 這樣的看法也認真地看待 7-8節中的 μέν……δέ 結構；S-PN 的看法則沒有充分的處理這些連接詞。特別是，若我們把第8節讀成「你的寶座是神」，[83] 那麼 δέ 就失去了反面的意思，這樣的描述也能用在天使，也就是神統管他們。[84]

78　Westcott, Moffatt, RSV 邊頁，NRSV 邊頁，NEB 邊頁也是如此翻譯。

79　Harris 在他對來1:8 的研究中透露，在諸多注釋書中只有 Hort 與 Nairne 持與他相同的立場 (M. J. Harris, *Jesus as God: The New Testament Use of Theos in Reference to Jesus* [Grand Rapids: Baker, 1992] 212)。

80　絕大多數的翻譯、注釋書、文法學者都持這個立場。

81　至於二者之間何者是較好的選項，我們認為字序的因素支持前者是主詞（見「主格述詞」這個段落）。因此，ὁ θρόνος σου 才是主詞、而不是 ὁ θεός（不同於大部分、在二者當中擇一的學者）。Harris 認為 θεός 是 PN，所以才會不帶冠詞（同上，215）；但這是不對的，沒有考慮到 S-PN 的可交換性。

82　Harris 有說服力地指出，七十士譯本與希伯來經文詩45:7中的「神」是個稱謂（同上，215）。

83　認為這是一個「怪異解釋」的翻譯，Turner 這樣的反對是奇怪迂迴的；在這段注釋中，好像他想像了基督坐在上帝側旁 (*Insights*, 15)！但聖經的語言顯然是隱喻性的。

84　其他的論述，見 Harris, *Jesus as God*, 212-18。

VI. 表驚嘆的主格

A. 定義

主格實名詞用來表示驚嘆，不與句子的其他部分有文法上的連結。

B. 釐清和重要性

這一類的用法實際上是作呼格用的主格的子類別。然而我們把它分開來看，某個程度來說有些不同：表驚嘆的主格不會直接用來稱呼。這是這個語言比較原始的用法，它的情緒推翻了句法：情緒的主題在驚嘆時沒有出現動詞。[85]

Robertson 指出這是「插入主格的一種」，[86] 某個程度上像是情緒的爆發。判斷表驚嘆的主格的關鍵是：(1) 缺少動詞（雖然有可能是隱含動詞），(2) 作者有明顯的情緒，及 (3) 在翻譯上有驚嘆的必要性，有時 ὦ 會跟主格一起出現。

C. 實例

羅7:24　　ταλαίπωρος ἐγὼ **ἄνθρωπος**

〔哦〕我真是個可憐的人啊！

羅11:33　　ʼΩ **βάθος** πλούτου καὶ σοφίας καὶ γνώσεως θεοῦ

深哉，神豐富的智慧和知識[87]

這些例子中，作呼格的主格並不在句子中。即使是羅7:24隱含著英文 "that" 的意思，讓它看起來像是一個句子，但還是沒有例外。一個好的簡單的驗證方法是，如果一個可能示表驚嘆的主格在結構上可以建構成句子的話，那麼這個主格應該把它當成主詞就好。因此，哥林多前書15章57節不應視為是一個表驚嘆的主格，而是祈願介系詞。

可3:34　　ἴδε **ἡ μήτηρ** μου καὶ **οἱ ἀδελφοί** μου

看哪，我的**母親**，我的**弟兄**

在新約中的用法中，ἴδε 和 ἰδού 習慣上後面會接著一個主格。[88] 它們原來就是

85　Smyth, *Greek Grammar*, 607 (§2684).

86　Robertson, *Grammar*, 461.

87　儘管有些版本有 ʼΩ、而不是ʺΩ，後者往往與主格連用，而前者則多與呼格連用（BAGD 亦同）。

88　雖然也有其他結構連用（特別是子句），二次有直接受格作 ἴδε 或 ἰδού 的受詞（約20:27；羅11:22）；相反於 Porter, *Idioms*, 87。帶主格的有：可13:1（ἴδε 在 W 中被省略）；16:6（D 以εἴδετε ...... τὸν τόπον 代替 ἴδε ὁ τόπος）；約1:29, 36; 19:14, 26, 27。

動詞的形式（分別是 ὁράω 的主動過去及關身過去祈使語氣），根據古典用法，需要接一直接受格。但是在 Koine 希臘文中，特別是新約，僅僅像是一個插入語的功能。

主格代替斜格[89]
（所謂斜格指的是所有格、間接受格、直接受格的總合）

I. 作為稱謂的主格[90]

A. 定義

一個稱謂以主格的樣子出現，並且有著專有名詞的功能。用其他的格應該會比較合適，但主格是為敘述中之個別人物的特殊性質而使用的。

B. 釐清和重要性

關鍵在於這個主格*被視為*專有名詞，雖然它應該以其他的格出現。它當它與一個特定個體連結使用時，它的用法就好像普通名詞一樣。雖然古希臘語中沒有引號，可以用作為稱謂的主格來表示相同的概念。新約中這種主格的用法只有少數幾個例子。

這是特定名詞最特別的用法。識別的關鍵是以下兩者之一：大寫的名詞、或是放在引號中的名詞。

C. 實例

約13:13　ὑμεῖς φωνεῖτέ με **ὁ διδάσκαλος** καὶ **ὁ κύριος**

你們稱呼我夫子，稱呼我主

啟9:11　ἐν τῇ Ἑλληνικῇ ὄνομα ἔχει Ἀπολλύων

按希臘話，他的字名是亞玻倫

亦可參照啟示錄2章13節有另一個例子。若是路加福音19:29及21:37中的讀法是

89　這種主格用法是相當罕見的，只有在啟示錄中才有。其原因多有爭議，有因為閃族文學的影響，又或者是當日街頭口語希臘文的用法，也可能是仿效七十士譯本保留原格的用法（但是如今是在新的上下文裡），來提醒他的讀者所引用的是舊約經文。無論如何，以下*這些*類別都是很特殊（或很古怪）的，即使是在口語希臘文中也是。

90　主格的獨立用法，可以用同心圓展示；彼此有許多重疊。然而，然而，一項關鍵要素是，它們都強調了主格本體上的細節，也就是說要使句子的主題明確，不管它是不是文法上的主詞。

Ἐλαιών 而非 Ἐλαιῶν，是可接受的話〔如 BAGD〕，那麼我們就對於這種主格的用法就會多另外兩個例子。啟示錄1章4節中，若我們把 ὁ ὤν 看為名字，那麼這會是另一個例子（這一節中神不改變的本質有重音）。

II. 作為斜格同位詞的主格

A. 定義

同位結構包含了兩個相臨的實名詞，它們指到相同的人或事，並且跟子句剩下的部分有同樣的句法關係。如此，第二個實名詞就可以說是同位於第一個實名詞。一般來說，兩個實名詞會是同樣的格（無論是主格、呼格、所有格、間接受格或直接受格）。[91] 這個與所有格名詞同位的用法，是一樣的──亦即兩個實名詞所指稱的對象是同一個。[92]

在新約中有一個很少見的現象（特別在啟示錄）是主格同於於斜格。

B. 重要性

啟示錄的先見在下列大部分情形中，似乎會把實名詞用主格表現：沒有字尾變化的稱呼 (2:13)、引述 (1:5, 17:5)，[93] 或是彷效七十士譯本的用法 (1:5, 17:4)。看起來是要用主格來*強調*這個字，因為他的讀者會注意到這樣的結構。

C. 實例

啟1:5 　ἀπὸ Ἰησοῦ Χριστοῦ, **ὁ μάρτυς** ὁ πιστός

　　　　從耶穌基督，誠實的見證（或可能是「作見證的、誠實的那位」）

　　　　這個引自詩篇89篇38節的句字，保存了它原來在七十士譯本中的格。詩人把這個主格與所有格並列，以稱耶穌基督是誠實作見證的。

啟9:14　λέγοντα τῷ ἕκτῳ ἀγγέλῳ, **ὁ ἔχων** τὴν σάλπιγγα

　　　　對第六位天使，是有號角的那位。

　亦可參照：啟3:12，7:9，14:12，16:13。

91　這點唯一的例外是，主格與呼格同位，主格與斜格同位（意即，所有格、間接受格、直接受格），或是「作為同位語的所有格」同位。

92　作為同位詞的所有格，是相當於一個次等的類別，而非可交換的 S-PN 結構。見「所有格」這個段落。

93　在這個例子，主格也可以是作為「稱謂」的主格。

III. 作為介系詞受詞的主格

新約中似乎只有一個例子。[94]

啟1:4　　ἀπὸ ὁ ὤν[95] καὶ ὁ ἦν καὶ ὁ ἐρχόμενος

　　　　從「今在」、「昔在」、「以後永在」

這是啟示錄中第一個也是最不正常的文法破格，之後也有許多。有兩個比較粗略的方式來處理：要不是作者無心的錯誤，就是他故意違反標準句法。[96] 若是無心的，可能是因為高度閃語化的希臘文，或只是反應出一個沒受過什麼教育者所用的語言技巧（如同在民間蒲草紙中的一樣）[97] 這兩種說法在這裡都是可疑，因為 (1) 對這樣基本的希臘文有如此明顯的誤解表示作者根本無法以希臘文來寫作，但啟示錄本身就反駁了這個看法。(2) 在其他地方我們看不到先見在一個介系詞之後緊跟著一個主格（事實上他用了三十二次 ἀπό 緊跟著一個所有格）。

若作者是故意的，那他想要表達什麼？一些學者不會同意 Charles 的看法，他說：「先見故意違反文法規則是為了保持神聖名字神性，不因為形式的變化而破壞，因此在此的神性名字會用主格。」[98] 這好像一個美國人對另一個說：

94　除非在 א* B D* 131 1319 中所發現、在路19:29中的讀法 (εἰς......Βηθανία) 能被接受。同樣地路19:29的 (εἰς) Βηθφαγή 很可能是個沒有格變式的名詞 (BAGD, 140)，儘管有幾個抄本有 Βηθφαγήν 這個字樣 (063 1 179 713) 或者類似的形式 (Γ Θ 22 118 205 209 230 472 *pauci*)。

95　並不希奇大多數的抄本將 τοῦ θεοῦ 插在 ὁ ὤν 之前，是由於這個文法異例的性質與嚴格性的結果。

96　許多以語言學為基礎的研究，不喜歡這些選項。例如，Young (*Intermediate Greek*, 13) 辯稱啟1:4 違反了文法規則；只不過是在口語希臘文容許的範圍裡。這有點循環論證的味道：因為有這種現象被觀察到，所以它是被容許的。我們先前在「本書進路」有討論過，我們今日所認為文法的規範性 (Prescriptivism) 與描述性，都沒有足夠的論據。

97　今天許多語言學者都避免「正確的文法」、「錯誤的文法」這樣的稱呼，因為這樣的語言本身已經是有指定性的意味（見 Young, *Intermediate Greek*, 13，對啟1:4 的評論）。不過，「規範性」當然得仔細定義。我們當然不合適以亞提喀希臘文（一種古典希臘文）來評斷新約希臘文，正如以伊利莎白時代的英文來評定今日的英文一樣（或者反向為之）。但是若是一種文法結構，在某一個時空下太不尋常，社群當然可以評定其為「錯誤的文法」（見「本書進路」）。

這就是有關啟1:4 的觀點，至少起碼是。不太可能有人會接受「這是一種可以在口語希臘文裡被容許的用法」的說法 (Young, *Intermediate Greek*, 13)（Young 彷彿在說，文法本身是永不會犯錯的——我想就是他的高中英文老師也不會同意他）。規範性往往強加己意於語言學的規則內，並且賦予它本身所沒有的普遍涵義（正如現今許多語言學學者所做的——參 Ian Robinson, *A New Grammarians' Funeral* [CUP, 1975], esp. ch. 2）。但是人們在各自的文化、時代裡，都仍然有一套標準來判斷這種文法的規範性是否成立。

98　R. H. Charles, *A Critical and Exegetical Commentary on the Revelation of St. John* (ICC; Edinburgh: T. & T. Clark, 1920) 1.10.

"Do you believe in 'We the People'？" 若是問題變成是 "Do you believe in us the people?" 那原來有意要暗指（美國）憲法前言的隱意，就會失落了。

作者約翰在這裡無疑地是暗指七十士譯本中出埃及記3章14節 (ἐγὼ εἰμι ὁ ὤν － "I am who I am")，這是早期外邦基督徒都熟悉的經文。雖然整體而言，各人對於啟示錄的文法可能有不同的看法，[99] 但是啟示錄1章4節的這種表達法，對於這卷書許多處破格的用法，可能是相當具有代表性的。作者約翰剛才提醒他的讀者，要注意他的話 (1:3)；1:4沒有再如此。但實際上，他是要他的讀者透過這種保存在七十士譯本中的形式回到舊約去，即使跟經文看起來不太協調。（例如，他繼續在1章5節這樣做，在那裡用一個主格同位於一個所有格：這個主格是引自詩篇89篇。）即使不說「經上記著說」，作者也能讓讀者意識到他在引用舊約經文。[100]

IV. 表時距的主格

A. 定義

在新約中，很少用主格而不用其他格來量測時間的長度。資料並不足以告訴我們主格通常取代哪一種斜格（雖然大部分討論認為大概等於表達時間的直接受格）。每一個例子必須由上下文來決定。[101]

99　許多卓越的處理，如下：T. C. Laughlin, *The Solecisms of the Apocalypse* (Princeton: University Publishers, 1902 [originally a doctor's dissertation at Princeton Seminary]); Charles, *Revelation*, 1. cxvii-clix; D. R. Younce, "The Grammar of the Apocalypse" (unpublished doctoral dissertation, Dallas Theological Seminary, 1968); G. Mussies, *The Morphology of Koine Greek as Used in the Apocalypse of St. John* (Leiden: E. J. Brill, 1971); S. Thompson, *The Apocalypse and Semitic Syntax* (Cambridge: Cambridge University Press, 1985); S. E. Porter, "The Language of the Apocalypse in Recent Discussion," *NTS* 35 (1989) 582-603; D. D. Schmidt, "Semitisms and Septuagintalisms in the Book of Revelation," *NTS* 37 (1991) 592-603。

100　這個方法當然無法處理所有的破格用法。有些是基於啟示文學的文體，或者作者當時的情緒因素。至於是否有閃族文學的因素或者是口語希臘文的背景，儘管很重要，但仍然無法解決一些基本的問題（如1:4）。

101　由異文可見，文士對此用法的不確定。他們各自以不同的斜格代替主格，即便在平行的經文中：可8:2（主格的用法ἡμέραι τρεῖς ἡμέραις τρίσιν 見於 B *pc*）；但在太15:32的平行經文卻有 ἡμέρας in ℵΘ Ω *fam*[13] *et al.*）；路9:28的主格，ἡμέραι ὀκτὼ ἡμέρας ὀκτὼ 另見於1313 與 1338 抄本。

B. 實例

可8:2   ἤδη **ἡμέραι τρεῖς** προσμένουσίν μοι

他們同我在一起已經三天了

亦可參照：馬太十五32；路加九28。

V. 表達情感憎惡的主格 (Nominative ad Nauseum)

這個類別亦可稱為*表達情感憎惡的主格*（*aporetic* nominative，源自於ἀπορέω這個字「我是全然一無所知」），用以表達一種罕見的用法，就是當一個人花了許多功夫、卻一無所得的情緒。

呼格

呼格用法綜覽

參考書目

Abel, *Grammaire*, 67; **K. Barnwell**, "Vocative Phrases," *Notes on Translation* 53 (1974) 9-17; **BDF**, 81 (§146); **Brooks-Winbery**, 59; **Dana-Mantey**, 71-72 (§84); **Funk**, *Intermediate Greek*, 710-11 (§886); **Hoffmann-von Siebenthal**, 215-16 (§148); **Moule**, *Idiom Book*, 31-32; **Moulton**, *Prolegomena*, 60, 71-72; **Porter**, *Idioms*, 87-88; **Robertson**, *Grammar*, 461-66; **Smyth**, *Greek Grammar*, 312-13 (§1283-88); **Turner**, *Syntax*, 34, 230-31; **Young**, *Intermediate Greek*, 15-16; **Zerwick**, *Biblical Greek*, 11-12 (§35).[1]

I. 定義

　　呼格是用來稱呼某人的格，偶爾也表驚嘆。它與主要子句完全沒有句法上的關係。就這點來考慮它很像獨立主格的用法。

　　像在英文中，直接稱呼的意思是隨著情況而變的，它的範圍可以從高興到驚訝到生氣。[2] 雖然上下文扮演了決定呼格意的關鍵，但有沒有質詞 ὦ 也是很重要的（見以下討論）。

II. 它是一個合法的格？

　　呼格是否是個合法的格，其爭議點有二：(1) *形式*：它沒有與其他格完全地區分。它完全沒有出現在複數之中，甚至在單數中的每一個性──格變式組合中也不

1　特別感謝 Buist M. Fanning、Kevin Warstler 及 J. Will Johnston 對本章的貢獻。

2　見 Smyth, *Greek Grammar*, 312 (§1284); Turner, *Syntax*, 33; Barnwell, "Vocative Phrases," 9-17。

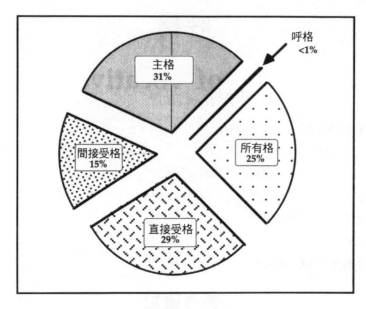

圖表5

新約中呼格的出現比例[3]

是都有出現（例如：陰性第一格變式）；[4] (2)*功能*：呼格就語意而言是獨立於整個
句子的。因此，若我們本質性地將格定義為必須在句子的層次上有它的句法功能，
那麼呼格將不符合條件。

　　這兩個反對意見並不夠強。首先，雖然呼格沒有完全發展，但有時它是能從形
式上來區別的。若呼格在某些性——格變式的組合中不是真正的格，那中性直接受
格在第二、第三格變式也不是（因為它跟主格也無法區別）。事實是，至少在單數
中，是有一*些*形式上（與重音上）[5] 的不同，足以使呼格被視為獨立的格。第二，
儘管在*句子*的層次，呼格在文法上是獨立的，但是在段落的層面上，它還是有語意

3　　呼格的分析如下：292個名詞、0個代名詞、0個冠詞、1個分詞（徒廿三3）及24個形容詞。

4　　對於類型的討論，請見 Mounce, *Basics of Biblical Greek*, 105 (§13.10); Moulton-Howard,
　　Accidence, 54-55, 59, 118-20, 129, 134-37, 142; and W. D. Mounce, *The Morphology of Biblical*
　　Greek (Grand Rapids: Zondervan, 1994) 167。

5　　呼格的重音常常是往前推、推至第一音節（譬如說 γυνή 成為 γύναι，πατήρ 成為 πάτερ，
　　θυγάτηρ 成為 θύγατερ 等。同時也注意到它的詞型變化，常常是變得較短。可能是因為口語緣
　　故，英文也是這樣（在下面這個句子裡，「父親」是發音得不完全相同，當直接稱呼時，是
　　在第一音節給予較大的重音：「我父親是在一家銀行裡工作」；「父親，我可以向你借點錢
　　嗎？」）。

上的份量。也就是說,儘管呼格是在句子內,但它確實是讀者 (audience) 的指標,因而是「超越句子的」(supra-sentential),藉此協助讀者了解在對誰說話、如何說話。[6]

III. 呼格的用法

呼格有三種基本用法:直接稱呼、驚嘆及作同位詞。第三個類別(如同所有的同位詞)並不真的是一個獨立的句法類別(這個格僅是「背上」它所同位的實名詞)。第一類,直接稱呼,到目前為止是最常用的。

A. 直接的稱呼

用一個呼格實名詞來直接稱呼要指稱的對象。新約中除了兩段經文之外,都是稱呼個人的。[7] 這個類別可以分成兩個子類別。第一個類別是很常用的;第二個只有九次。[8]

➔ 1. 普通的稱呼

a. 定義

這種呼格用法前面*不會有* ὦ。大部分的例子中,這種呼格用法並沒有什麼特別的重要性。(然而也有不少例子,很明顯地在話語中有強烈的情緒,這類的例子會由上下文來決定)。[9]

b. 實例

太9:22　ὁ Ἰησοῦς ...... εἶπεν, Θάρσει, **θύγατερ**· ἡ πίστις σου σέσωκέν σε.[10]

　　　　耶穌說:「放心,**女兒**!你的信救了你。」

路4:23　πάντως ἐρεῖτέ μοι τὴν παραβολὴν ταύτην· Ἰατρέ, θεράπευσον σεαυτόν·

6　名詞作呼格的用法、闖進傳統上是呼格的領域,這在新約中有二倍於一般呼格出現的次數。(因為複數的呼格與主格有一致的形式,我們都看為主格。在那些帶冠詞的例子,這當然是確定的,因為呼格是不帶冠詞的)。見前一章的「主格作呼格使用」段落。

7　林前 15:55 θάνατε(「死啊」)是用了二次;啟18:20 οὐρανε,(「天啊」)也有一次。

8　新約中僅有九個這樣 ὦ 帶有呼格的例子,不都是用作強調(使徒行傳中的例外用法,大致是依循著古典的用法)。至於 ὦ 帶著複數的例子不算在內(因為複數跟主格有相同的形態)。

9　耶穌(跟其他人偶而)使用呼格,常是帶有情緒的、即使不帶冠詞的情況。參照:太4:10,7:5,8:29,11:21,18:32,23:26,25:26,27:46;可1:24,8:33,10:47;路4:34,19:22;徒5:3,林前15:55。也就是說,「不帶冠詞的呼格」(naked vocative) 基本上是包括了所有的可能,不單是頭銜、也用作強調或帶有情緒的稱呼;它沒有特別的標記,但是上下文透露出它的意涵。

你們必引這俗語向我說：「醫生，你醫治自己吧。」

林前7:16　τί γὰρ οἶδας, **γύναι**, εἰ τὸν ἄνδρα σώσεις;

　　　　　你這作妻子的，怎麼知道不能救你的丈夫呢？

來1:10　Σὺ κατ' ἀρχάς, **κύριε**, τὴν γῆν ἐθεμελίωσας

　　　　　主啊，你起初立了地的根基

　　　　在這個例子中，我們看到新約中最常放在呼格的字 κύριος（雖然只在八卷書中出現，但在317個呼格中占了119個）。

　　　　亦參照：太7:21，20:13；可8:33；路7:14；約2:4；羅11:3；腓4:3；啟7:14，22:20。

2. 強調的（或情緒性的）稱呼

a. 定義

　　　　這種呼格用法前面會有 ὧ。出現質詞 ὧ 的經文，會發現裡面有強烈的情緒。可以從下面的例子看出來，「它只是個小質詞，但是它透露了我們的主以及他門徒的心境，但是沒有人在讀這些經文時、會忽略掉它所透露的意涵。」[11]

b. 實例

太15:28　ὁ Ἰησοῦς εἶπεν αὐτῇ, **Ὦ γύναι**, μεγάλη σου ἡ πίστις

　　　　　耶穌對她說：「哦！婦人啊，你的信心是大的！」

　　　　　耶穌驚訝這位迦南婦人的謙卑和有洞見的回應（「但是狗也吃它主人桌子上掉下來的碎渣兒。」〔27節〕）而發出這樣的評論。

雅2:20　θέλεις δὲ γνῶναι, **ὦ ἄνθρωπε κενέ**, ὅτι ἡ πίστις χωρὶς τῶν ἔργων ἀργή ἐστιν;

　　　　　虛浮的人哪，你願意知道沒有行為的信心是死的嗎？

　　　　亦可參照：羅2:1、3，9:20；提前6:11、20。[12]

3. 使徒行傳中的例外用法

　　　　古典希臘文在呼格的用法上有兩點跟希臘化希臘文不同：[13] (1) 有 ὧ 的呼格並不特別重要，也就是說，這是很一般的用法，用在禮貌性及普通的稱呼。(2) 不管是

10　　主格 θυγάτηρ 出現在 D G L N W Q *et pauci*。

11　　Zerwick, *Biblical Greek*, 12 (§35).

12　　新約中有八個這樣 ὧ 帶有呼格的例子（太 15:28；徒 1:1；羅 2:1、3，9:20；提前 6:11、20；雅2:20），以及另外九個帶主格的例子（太 17:17=可 9:19=路 9:41；24:25；徒 13:10，18:14，27:21；羅 11:33；加 3:1）。針對徒1:1的討論，見以下的「使徒行傳中的例外用法」段落。

13　　簡潔的討論，請見 Smyth, *Greek Grammar*, 312-13 (§1283-88)。

有沒有 ὦ 的呼格，通常會在句子之中而不會在前面。希臘化希臘文的用法剛好相反，特別是第一點，某個程度來說第二點也是。因此，一般來說，ὦ 加呼格表示需要注意或用做強調、情緒等。並且呼格通常在靠近句首的地方。

使徒行傳中的用法比起典型的口語希臘文更像是古典用法。然而這不能說是路加福音比較偏文學式口語希臘文，只因為*俗語出現在使徒行傳中，而沒有在路加福音裡*。[14] 我們這樣說，(1) 在使徒行傳中，ὦ 帶呼格（或主格）用字出現在句中，並非強調（徒1:1〔在序中稱呼提阿非羅——ὦ Θεόφιλε〕；18:14，27:21），同時 (2) ὦ 在句首是強調／情緒的（徒13:10〔保羅在這裡斥責行法術的以呂馬；見以下討論〕）。如何評估使徒行傳這樣的差異，很難有滿意的解釋。其中一個吸引人的假設，路加還另有來源（好比說，卷首的引言以及徒16至28章的〔我們〕段落），他個人的風格是比較文學書卷氣一點，但是他所引用的其他來源有希臘化希臘文用語。這解釋了何以在路加福音與使徒行傳之間的差異，不過這樣的解釋不是就沒有問題了。[15]

4. 簡述／識別的關鍵

以下是記住呼格的用法及重要性的關鍵：

1) 前面沒有 ὦ（除了使徒行傳）：普通的稱呼
2) 前面有 ὦ（除了使徒行傳）：刻意的稱呼或驚嘆

B. 驚嘆

呼格實名詞在驚嘆的用法中，只有極少數不會與句子的其他部分有文法上的連結。雖然用以稱呼某人，但這種例子下的呼格，多少有點是持續性情感的迸發。這類的例子全部都有爭議，並且也可能屬於強調性稱呼的呼格用法之下。參照：羅2:1、3；徒13:10（下面也有討論）。

C. 作為同位詞的呼格

1. 定義

呼格實名詞可以作為其他呼格的同位詞。這樣的情形下，第一個呼格會有上面

14　使徒行傳中 ὦ 帶有主格的用法，就是這種類型。

15　並不是說就因此反對這個假設，不接受「我們」是親眼目擊者的見證。而是說，若是這個假設是真的，它就有其他意涵（可以適度地指出，作者是如何使用這個來源的）。問題是若干經文並不完全符合這個進路的期待（特別是注意到 路 1:3對提阿非羅的稱呼沒有用到 ὦ）。

提到的兩種意思之一（亦即直接稱呼或驚嘆）。作同位詞的呼格出現時，幾乎是指整個呼格結構是強調／情緒的稱呼或是驚嘆（相對於普通的稱呼），但是在稱呼之後、再重疊上呼格的用字，其實就語言學而言，是不必要的、但具有修辭學的效力。[16]

2. 實例

可5:7　Τί ἐμοὶ καὶ σοί, Ἰησοῦ **υἱὲ** τοῦ θεοῦ τοῦ ὑψίστου

你為什麼干擾我，耶穌，至高神的兒子！

污鬼的回應中充滿了情緒及恐懼，這可在所用的呼格與詰問句 Τί ἐμοὶ καὶ σοί 見到。[17]

徒1:24　Σὺ κύριε, **καρδιογνῶστα** πάντων, ἀνάδειξον ὃν ἐξελέξω ἐκ τούτων τῶν δύο ἕνα

主啊，你知道萬人的心，求你從這兩個人中，指明你所揀選的是誰

這個禱告是發生在選馬提亞出來代替猶大的使徒位置；它透露了使徒們在進行這項使命的低沉心境。

徒13:10　 Ὦ **πλήρης** παντὸς δόλου καὶ πάσης ῥαδιουργίας, **υἱὲ** διαβόλου, **ἐχθρὲ** πάσης δικαιοσύνης ......

你這魔鬼的兒子，充滿各樣詭詐奸惡，一切正義的**仇敵**……

對於這位意圖敵擋福音的以呂馬，保羅很明顯地是打了他耳光。根據路加的記載，保羅隨即咒詛這位行法術的（不知道保羅當代是否有類似今天的公民權維護組織，但是似乎並沒有他們的聲音）。

啟廿二20　Ναί, ἔρχομαι ταχύ. Ἀμήν, ἔρχου, κύριε **Ἰησοῦ**.

是了，我必快來！阿們！主耶穌啊！

亦可參照：可10:47；路4:34，8:28，10:21，17:13，18:38。

16　一項例外是作為緊密的同位格使用，如「亞基帕王」（徒25:26; 26:19）。也就是說，這個用法不是作修辭用。

17　一般性的討論，請見 BAGD, s.v. ἐγώ, 217。

所有格

所有格用法綜覽

參考書目

Abel, *Grammaire*, 175-92 (§44); ***BDF***, 89-100 (§162-86); **Brooks-Winbery**, 7-29; **Funk**, *Intermediate Grammar*, 711-17 (§888-90); **Hoffmann-von Siebenthal**, *Grammatik*, 227-45 (§158-72); **E. Mayser**, *Grammatik der griechischen Papyri aus der Ptolemäerzeit* (Berlin/ Leipzig: Walter de Gruyter, 1933) 2.2.185-240; **Moule**, *Idiom Book*, 36-43; Μουλτον, *Prolegomena*, 72-74; **Porter**, *Idioms*, 92-97; **Radermacher**, *Grammatik*, 123-26; **Robertson**, *Grammar*, 491-520; **Smyth**, *Greek Grammar*, 313-37 (§1290-1449); **Turner**, *Syntax*, 231-36; **G. H. Waterman**, "The Greek 'Verbal Genitive'," *Current Issues in Biblical and Patristic Interpretation: Studies in Honor of Merrill C. Tenney Presented by his Former Students*, ed. G. F. Hawthorne (Grand Rapids: Eerdmans, 1975) 289-93; **Young**, *Intermediate Greek*, 23-41; **Zerwick**, *Biblical Greek*, 12-19 (§36-50).

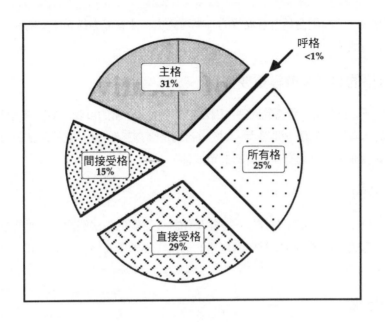

圖表6

新約中所有格的出現比例[1]

I. 簡介

A. 導言

1. 與英文介系詞 Of 的關係

　　所有格是希臘文句法中最重要的元素之一。幸運的是，大部分希臘文所有格的用法很類似於英文的介系詞 of。這不僅讓所有格的學習變得容易，在對一般信徒解釋某些關鍵經文，特別是因為所有格用法而來的，也比較容易。例如，在羅馬書8章35節，保羅寫到「誰能使我們與基督的愛隔絕呢？」這裡在英文跟希臘文都很清楚，他的意思是「基督對我們的愛」而不是「我們對基督的愛」。

　　同時我們也得注意，希臘文的所有格有些不同於英文 of 的用法（例如：比較、目的等等）。對一般信徒解釋這些時要小心，特別是當你的解釋不同於一般人所認

1　　所有格統計資料如下：7681個名詞、4986個代名詞、5028個冠詞、734個分詞、1195個形容詞。

為的 of 翻譯。只有勤奮並帶著渴望的心來看經文，才有能力從希臘文的觀點看出這些理解的可能。

2. 所有格的語意及解經重要性

學習所有格將帶來豐富的回饋，因為它在解經上非常的重要，遠超過其他的格。原因在於所有格的解釋空間很大。[2] 換句話說是因為三件事：[3] 它的用法很有彈性，它的意涵隱祕，並且擁有伴偶意涵的可能性。

a. 有彈性的

所有格比其他的格更有彈性，它能延伸許多不同的句法範圍。主要的原因是，因為這個形式包括了印歐語言的兩個格的形式（亦即所有格及奪格：of 及 from 的觀念）。

b. 意涵隱祕

語言，就它的本質而言是壓縮的、有神祕性 (cryptic)、具符號性的 (symbolic)。[4] 語言有一個很模糊的地帶就是在所有格。所有格常用得很精簡而需要解開其意義。一般而言，所有格會跟另一個實名詞有關，但他們之間的關係可以很不同。「耶穌基督的啟示」、「神的愛」、「可怒之子」、「敬虔的奧祕」等都可以有一種以上的精確解釋，因為「的」(of) 這個字包含了許多的語意關係。「名詞——所有格名詞」(Noun-Noun-gen) 結構 (N-Ng)[5] 本質上就是用一種精簡的形式來呈現不同的語意（例如主詞－述詞、及物動詞－直接受詞、主詞－及物動詞等）[6] 本章很大的部分

2　Moule 稱所有格是一種「非常多樣」而且「很難處理」的格 (*Idiom Book*, 37)。

3　嚴格來說不是三個分開的概念，他們之間有相當的重疊性（特別是具有彈性及意涵隱祕這二個項目）。

4　見「簡介：本書進路」的討論。

5　傳統上稱作 *nomen regens-nomen rectm* 或是「被修飾的名詞 (head noun)——所有格名詞 (genitive noun)」。以下我們將用簡化的符號 N-Ng 來代稱這個術語。

6　進一步尋求開創且激勵人的研究，其中作者以轉換文法套用到 N-Ng 結構，見 Waterman, "The Greek 'Verbal Genitive'," 289-93。這套方法使用了 Chomsky 語言學的用詞，見 Young, *Intermediate Greek*, 29（雖然我們已從 Chomsky 得到許多益處，但本章所用的標題是比較傳統及描述性的）。

還得注意 Kiki Nikiforidou, "The Meanings of the Genitive: A Case Study in Semantic Structure and Semantic Change," *Cognitive Linguistics* 2.2 (1991) 149-205。他認為所有的所有格概念都來自於既有的概念，不過透過歷時的分析，作者指出，這些不同用法到最後用法跟原來所擁有的概念已相去甚遠。

就是要*解開*這種 N-Ng 結構，[7] 並且儘可能顯示它各種用法產生的語意處境。[8]

c. 擁有對偶意涵的可能性 (Antithetical Possibilities)

不同於主格及呼格（其結構就有足夠的線索說明是哪一種用法），所有格一般來說需要更仔細地從上下文、字詞所涉及的詞彙意思（也就是在 N-Ng 結構中的意思）、及其他文法的特徵，如該字是否帶有冠詞或者單複數不同 (articularity or number) 來察驗其差異。[9] 此外，某些結構（例如那些包含動詞性名詞 (verbal noun) 的結構）的意思可能會有相反的解釋。因此「基督的啟示」可以理解為「關於基督的啟示」或是「來自基督的啟示」。因為可能有如此不同的解釋，所有格的意涵就必須小心的檢視。

3. 所有格鍊 (Genitive Chains)

格鍊（也被稱為連結的所有格 (concatentive genitive)）的情況就有些複雜，一般而言，每一個所有格都與緊鄰在它前面的字相關，雖然不是每種情況都如此（更多的說明，見「具形容功能的所有格」，羅 8:21底下的討論）。

B. 所有格的定義：不受影響的意義 [10]

1.有關斜格 (Oblique Cases) 的一般說明

a. 所有格與直接受格的不同

所有格與直接受格非常相似，他們都是用來表現某種*限制*的格。所有格的限制功能可以從以下看出來：「**神的國**」，表明了這個國是屬於誰的；「**古利奈的西門**」指出了是哪一個西門；「**鳥的肉體**」說明是哪一種肉體。直接受格也是限定的，如同「我聽到**一個聲音**」指出什麼被聽到；「**他們敬拜主**」表明了敬拜的對象。

從上面的例子可以看出這兩個格之間的差異有兩方面：(1)「所有格限定在某一

7　所有格當然可以跟非名詞一起用（例如：動詞、副詞、形容詞等等）。但大部分仍出現在N-Ng 結構，而且大部分在解經上會有問題也是這種用法。

8　見「簡介：本書進路」，有此表示方式的討論。摘要見下文。

9　如你所記得的，這三個元素（上下文〔廣義來說包括文學及歷史〕、語義及其他文法特徵）是「語意情境」的基本要素。

10　也就是不被上下文、文體及選用的字彙影響。當單單檢視意涵時，這就是所有格的意涵。對詞語的討論，見「簡介：本書進路」。

個種類，直接受格限定在程度。」[11] 另一種說法是，所有格的限定在於*質*；而直接
受格的限定在於*量*。(2) 所有格通常跟另一個名詞有關，直接受格則跟動詞有關。

b. 所有格與間接受格的不同

所有格通常有形容詞的意思，而間接受格基本的涵意是副詞。這兩種格的用法
雖有某些重疊，不過這樣的差異能幫助你更清楚每一個格的重點在哪裡。另外，所
有格通常跟另一個名詞有關，而間接受格（如同直接受格）通常跟動詞有關。[12]

2. 在八格系統中

在八格系統中，所有格用來定義、描述、修飾、限定及限制。[13] 就這方面來說，
它很像形容詞，但是有更為強調的性質。[14] 我們要注意有一些文法學家及注釋書作
者是以八格系統為前題，當他們說到所有格時，這就是他們全部的意思（也就是並
不包含奪格所有「分離」的概念），但那些支持五格系統的，就需要更廣泛的定義。

3. 在五格系統中

既然所有格與奪格有相同的形式，我們必須把他們看成一*個*格（如此，「格」
的定義是根據形式而非功能）。在某些方面，五個系統中的所有格，只是簡單地把
八格系統中的所有格與*奪格*合起來。奪格的基本意涵是*分離*。這是*from*的概念。這
樣的分離可以是靜態的（亦即一個分離的狀態）或是動態的（從某處離開，而造成
分離）。也可能是強調結果或原因（後者較多強調起源或來源）。

另一個方式看所有格是視其所有的用法、包括形容用法及奪格的用法，都來自
同一個概念。無論最基本的概念是擁有[15]或是限制[16]或是其他的概念，語言學者都比
解經學者有更大的興趣。在希臘化希臘文中，*of*與*from*的概念通常是不同的，其間

---

11   Dana-Mantey, 73.

12   當然有所謂的所有格直接受詞（跟動詞有關），這類所有格並沒有減輕它*修飾*的意思。所有
     格直接受詞的重要性，可以看到與直接受格直接受詞有關（差別總在於種類與程度），因為
     許多動詞都會接直接受格及所有格，不過就我所知，新約希臘文中，沒有動詞可以接所有格
     直接受詞、又*接間接受格直接受詞*。

13   在此，我們並非代表八格系統，只是認定格在文學當中如何被看待。值得注意的是，雖然文
     法學家採取五格系統，但不只一位簡單地把所有格定義為限定 (qualification)。

14   Dana-Mantey, 72-74.

15   Nikiforidou, "The Meanings of the Genitive," 也提供了可信的論證。

16   Louw, 83-85 也同意；Porter, *Idioms*, 92也跟隨 Louw 的觀點。

巨大的差別使得奪格的觀念逐漸地發展成用 ἀπό 或 ἐκ 來表示、而不用「單純的」所有格。（至少這解釋為什麼口語希臘文的使用者越來越不用所有格來表示分離的概念）。[17]

因此，在五格系統之下，所有格可以定義為一種有定性（或限定種類）及（偶爾）分離的功能的格。

II. 特定用法

我們的方法是將所有格分成幾個主要的類別，每一類別底下又分成許多子類別。這樣的方法（許多文法學家也用）有助於顯示不同類別的所有格之間的相似性。

本章的安排可能會有點難讀。看到下列類別的直接反應，可能是匆匆帶過這些類別前面不斷增加的素材。這些乍看之下極度吹毛求疵的內容，是在*語意實意* (*semantic reality*) 與*解經重要性* (*exegetical significance*) 的原則影響之下產生的。也就是說，鑑於已知所有格的許多功能分類、並所有格可能引致的解經重要性，熟悉這個格的所有類別就顯得十分重要了。[18]

A. 具形容詞功能的所有格 (Adjectival Genitive)

這個廣泛的類別真正觸摸到了所有格的核心。如果所有格主要是用來作描述性的，那麼它的功能就非常地像形容詞。「最需要記住的是，所有格實際上常常做形容詞所做的事，用以區別兩個類似的事情……。」[19] 然而，雖然所有格主要為形容詞的意思，但它比一般的形容詞更具強調的功能。[20]

17　有些文法學者把單純的所有格，跟那些與介系詞＋所有格的混在一起（例如：Brooks-Winbery, 7-64）。這只會混淆這個問題，而產生一堆解經上的誤解。更詳細的討論，見介系詞的章節。

18　要記得存在於語意類別與解經結果之間的張力。一方面，任何*清楚的*例子都證實了語意類別，若我們嚴格的把描述性的所有格再細分，我們可能會得到超過一百種的所有格類別！（光是反對「語意是與上下文無關」是沒有意義的，因為*上下文*〔一如字彙、字形〕也是句法的一項因素〔這一點與 Porter, *Idioms*, 82相反，他對句法及上下文之間，有明確的分割〕。所以可以想像得到，新約中的*某些*所有格用法在希臘化希臘文的文獻中是找不到的）。另一方面，如此疊加的語意類別，儘管在語言學層面或許有用，但是仍得受到解經原則的約束。因此，雖然本章中所有格的類別要比大部分文法書上的還多，但我們深信這些多出來的類別不僅合理而且有助於解經。

19　Moule, *Idiom Book*, 38.

20　形容用法所有格與形容詞之間的另一個不同是，所有格並沒有失去它的實名詞特質，它可以修飾名詞，而形容詞通常只能作具有副詞功能的修飾字。唯一不作實名詞修飾字的，只有具形容功能的所有格，但是即使如此，它的衍生涵意 (connotation) 也比一般的所有格更為強調。

† 1. 描述性所有格 (Descriptive, "Aporetic" Genitive)[21]
   [characterized by, described by]

a. 定義

　　所有格實名詞以寬鬆的方式來描述被修飾的名詞 (head noun)。在這個結構之下，兩個名詞排列的性質通常不是很明確。

b. 詳述

　　這是一個「概括承受」的所有格類別，試著納入許多所有格。某程度來說，*所有作形容詞用的所有格都是描述性的，但也都不是描述性的*。意思是說，雖然所有作形容詞用的所有格，就其本質而言是都描述性的，但只有很少、如果還有的話，是單單屬於這個特定類別的用法。這用法真實地表達了（作形容詞用）所有格最根本的概念。這種作形容詞的用法，是指如果沒有受到其他語言因素影響的話；也就是說，在沒有其他上下文、字彙，或文法因素影響而需要考慮更特殊的情況下。[22]

　　然而，它通常很接近於具形容功能的所有格，但它不是*不同於*這種具形容功能的所有格、就是較這種具形容功能的所有格用法*更廣泛*（見圖表七）。[23] 因此，這種所有格用法是*最後選擇*。如果你無法為某個所有格找到一個*更窄*的類別，那麼你可以把它歸到這一個類裡。[24]

21　也就是「不知該如何分類」的所有格（J. Will Johnston 所提的從希臘字 ἀπορέω 音譯過來）。當無法找到其他更合適的類別時，會分到這一類。這個標題不是用來指所有格，而是指的一個人花了許多時間、卻還是不知道該如何歸類的感覺。

22　實際上，這可以稱為「有限應用的所有格」。上下文有時的確會支持這個用法（因為所有格常作一般性的描述），但是更多的是，所有格用法通常「不能被理解」。進階級的學生可以隨著 TG 文法 (transformational-generative grammar) 來做解開的練習。

23　Williams, *Grammar Notes*, 5.

24　因為已經有過多的所有格類別了，我們必須停下來。這個具形容功能的所有格的類別包含有許多還等待建立共識的子類型（儘管這是個值得研究的計劃）。可以這樣說，具形容功能的所有格這個類別往往帶有閃族用法的片語、象徵、或傳述，不管是在修飾的所有格名詞或是被修飾的實名詞 (either the head noun or the gen. noun)。因此，「υἱός + 所有格名詞」很可能常常是描述性的（例如：「悖逆之子」(son of disobedience)）。所以，僅僅理解它是具形容功能用法（「悖逆之子」(disobedient son)）還不夠精準，因為沒有解釋到「兒子」（υἱός 加所有格是眾所周知的複雜：用法摘要，見 Zerwick, *Biblical Greek*, 15-16 [§42-43]）。而且，當被修飾的名詞是象徵性的，如「苦的根」（ῥίζα πικρίας，來12:15），所有格通常為描述性的。

同時，整體來說，我們在本章的進路不同於其他文法，不願分析具形容功能的所有格（例如：

c. 識別的關鍵

把「的」這個字用「有……特徵」或「被描述為……」的句子取代。如果解釋得通順，同時也沒有其他類別合適，那麼很可能它就是描述性的所有格。[25]

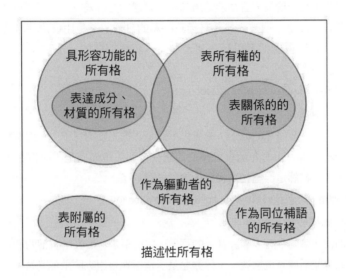

圖表7

描述性所有格與其他不同所有格用法的關係

d. 實例

可1:4　Ἰωάννης ...... κηρύσσων βάπτισμα **μετανοίας**

*約翰……宣講**悔改**的洗禮*

這一節有很多可能的解釋：「基於悔改的洗禮」（原因），「帶出悔改的洗禮」（目的或成果），「象徵悔改的洗禮」。考慮到如此多樣的解釋時，最好的方法可能是不要解釋的太清楚：「跟悔改有某種關係的洗禮」。

約2:16　μὴ ποιεῖτε τὸν οἶκον τοῦ πατρός μου οἶκον **ἐμπορίου**

*不要把我父的殿當作賣**商品**的房屋（買賣的地方〔和合本〕）*

這個概念是「一個賣商品的房屋」。

Young, *Intermediate Greek*, 23、Moule, *Idiom Book*, 37）。因為我們相信這樣的分析對多數的希臘文學生來說，不是直覺的，此外，這些額外的類別也有解經上的價值。

25　注釋學者通常喜歡把所有格只標為「描述性的」，而不給予更精確的意思。我們建議至少要試試看一個所有格是否可能屬於其他的類別。

羅13:12   ἐνδυσώμεθα τὰ ὅπλα **τοῦ φωτός**

　　　　　讓我們穿上光明的軍裝

林後6:2   ἐν ἡμέρᾳ **σωτηρίας**

　　　　　在拯救的日子

　　　　　這不能是一個具形容功能的所有格，這樣的話會變成「一個*被拯救的*日子」！
　　　　　其實，那是一個被描述為有拯救特點的日子，這是比較清楚能被接受的。然
　　　　　而，我們也能把意思解得更清楚：「救恩顯現的日子」或「救恩來到的日
　　　　　子」。[26]

帖前5:5   πάντες γὰρ ὑμεῖς υἱοὶ **φωτός** ἐστε

　　　　　你們都是光明之子

　　　　　這不是「會發亮的兒子」的意思，而是「被光照的兒子」。這個具圖像且精簡
　　　　　的語言所表達的內涵有更多的情感在裡面，不僅僅是「居住在光明底下的兒
　　　　　子」，雖然這已經相當接近所表示的意思了。[27]

啟9:1   ἐδόθη αὐτῷ ἡ κλεὶς **τοῦ φρέατος** τῆς ἀβύσσου

　　　　　無底坑的鑰匙已給了他

　　　　　即便在諺語中有「屬於誰」的意思，這仍不是一個表所有權的所有格（因為無
　　　　　底坑並不擁有這鑰匙）。這觀念是「這鑰匙是用來開啟無底坑」。[28]

　　　亦可參照：太24:27；林後11:14；弗2:2；來1:9（可能也是），12:15。

→ ## 2. 表所有權的所有格 (Possessive Genitive)

　　 [*belonging to, possessed by*]

a. 定義

　　　所有格實名詞擁有它所修飾的，某種意義上是，被修飾的名詞被所有格名詞擁
有。這種所有關係有時可以定義得更廣，而不需照字面意思來勉強說、有實際物質
上的擁有。這是很普遍的用法。

26　這節經文顯示出一個特定的模式，也就是，被修飾的名詞建立起一個架構（例如時間或空
　　間），所有格是其中隱含事件的主詞。特別常發生於有 ἡμέρα 這個字時，例如：馬太11:12
　　「施洗約翰的日子」意思是「施洗約翰〔所有格是其中隱含事件的主詞〕活著〔隱含的動詞〕
　　的那些日子〔時間架構〕」；馬太10:15 / 11:22「審判的日子」意思是「審判發生的日子」
　　（亦參：路21:22；徒7:45；弗4:30；腓2:16。但路1:80；彼前2:12中的諺語，有些微的不
　　同）。如同先前所建議，分析這些較廣及不定的類別，會得到很多的益處。

27　既然沒有像居住這種類別的所有格 (gen. of domicile)（這類指涉在新約中也是很少見），就歸
　　在描述性所有格的類別裡：「有光明特徵的兒子」。

28　見以上林後6:2的討論；隱含的子句顯然是相似的。

b. 識別的關鍵

用「屬於……」或「被……擁有來」取代的這個字。如果解釋得通,那這個所有格很可能是表所有權的所有格。

c. 詳述

雖然這個類別定義的範圍很寬,但只有當一個所有格無法再歸到更細的類別時,才會歸到較大的類別(這將會常常發生)。除非這個類別是一個所有格能歸屬的*最細的類別*,否則不能說它是表所有權的所有格。如果它關係到一個動詞性名詞,那麼它很可能是表驅動行為或成果的所有格或作為驅動者的所有格。[29]

另外,表所有權的*代名詞*會是表所有權的所有格的主要用字。事實上,當你看到表所有權的代名詞,通常可以假定所有權是它主要的特色。

最後,被修飾的名詞和所有格名詞,通常從*字詞*意義上就看得出符合擁有的概念。例如:約翰的書、這女人的名字,狗的尾巴等等。在這些例子中可以發現,*所有格名詞通常是有生命的,而且是個人的*;而被修飾的名詞則通常是*可以被擁有的*事物(例如:有實體、而非抽象觀念)。

d. 實例 [30]

太26:51　τὸν δοῦλον **τοῦ ἀρχιερέως**

　　　　大祭司的僕人

太26:51　**αὐτοῦ** τὸ ὠτίον

　　　　他的耳朵

此所有格與表附屬的所有格之間的不同是,表附屬的所有格中,被修飾的名詞是沒有人稱的或是有行使能力/權力在所有格之上的。因此「汽車的保險桿」

29　我的同事 John Grassmick 教授建議以下的方案:作為驅動者的所有格、表所有權的所有格跟表達事物源頭的所有格非常相近。在各方面條件都一樣時,若上下文允許,表所有權的所有格會優先於表達事物源頭的所有格,當有動名詞時,作為驅動者的所有格會優先於表所有權的所有格。

30　有些文法學者認為以下經文也包含表所有權的所有格:「神的兒女」(約1:12)、「基督耶穌的使徒」(林後1:1)、「他們的弟兄」(來7:5)、「基督耶穌的囚徒」(弗3:1)。這所有的例子確實都是表所有權的所有格,但他們的特色不僅於此。例如:「神的兒女」可以是表關係的所有格;「基督耶穌的使徒」也是作為驅動者的所有格(表示基督耶穌所差派的使徒保羅)。因此,雖然廣義來說,表所有權的所有格非常普通;但狹義來說(此文法所採用的),這些例子是比較受限的。

跟「這個人的腳」是不同的。這個例子解釋了句法的判決是不能離開其現象學的事例的，也就是字彙的介入。[31]

約20:28　Θωμᾶς εἶπεν αὐτῷ, ὁ κύριός μου καὶ ὁ θεός μου

多馬對他說：「**我的主，我的神**」

這裡所描述的擁有概念不是說主被多馬擁有，而是更廣的意思，主現在這個時候是屬於多馬的，對比於以前的不是。

林前1:12　ἕκαστος ὑμῶν λέγει, ἐγὼ μέν εἰμι Παύλου, ἐγὼ δὲ Ἀπολλῶ

你們各人說：「**我是屬保羅的**」；「**我是屬亞波羅的**」。

這裡的專有名詞並非指到個人，而是指跟隨他的黨派。否則表所有權的所有格可能含有個人的擁有關係。然而當我們分析這個比喻語言，它的意思是清楚的：「我屬於保羅一黨的」。[32]

來11:25　τῷ λαῷ τοῦ θεοῦ

神的百姓

亦可參照：可12:17；約18:15；徒17:5；21:8；雅3:3；啟13:17。

3. 表關係的所有格 (Genitive of Relationship)

a. 定義

這個所有格實名詞表示一個*家族性的*關係，通常是被修飾的名詞所指的那人的祖先。這個類別相對來說比較少。

b. 辨別的關鍵／詳述

這是表所有權的所有格的子類別（見圖表7）。判斷表所有權的所有格是否為表關係的所有格的關鍵是 (1) 如果所有格所修飾的是一個家族關係的名詞（例如：兒子、母親等）或 (2) 如果所有格所修飾的是*已知的*（亦即必須有上下文提供）、並且是一個家族關係的名詞，那麼這個表所有權的所有格就歸屬是（一個更窄的類別）表關係的所有格。[33] 同樣，所有格名詞通常會是專有名詞。

31　同時，這個考慮字彙的因素，並不必然就作為判別所有格功能的指標。例如，林前15:39中，雖然「人的肉體、野獸的肉體、鳥的肉體、魚的肉體」儘管也合於表附屬的所有格，整個上下文指出這些是具形容功能的所有格的概念（亦即，有人樣子的肉體、野獸樣子的肉體、鳥樣子的肉體、魚樣子的肉體 (manly flesh, beastly flesh, birdly flesh, fishy flesh)）。

32　像這樣的例子、表所有權的所有格作主詞的述詞補語，並不多見。亦參照：太5:10。

33　Young (*Intermediate Greek*, 25-26) 有不同看法，他把「社會性的」(social) 關係放在這進這類別中。

c. 釐清

特別在福音書，所有格所修飾的名詞通常會提供足夠的資訊。若是這樣，這個所有格就*通常*就提供「（家世）出身於那裡」或「是誰的後代」的概念。因此，當被修飾的名詞不是名字的時候，我們通常可以假設所有格講的是祖先（但有例外，參可16:1。那裡所有格指的是後代而不是祖先）。

d. 實例

太20:20　ἡ μήτηρ τῶν υἱῶν Ζεβεδαίου

西庇太的兒子的母親

這是一個雙重範例，第一個（按希臘文結構）所有格（「兒子們的」）是第一個名詞（「母親」）的後代，後面跟著的所有格是他們的直系祖先（「西庇太」）。

約21:15　Σίμων Ἰωάννου

約翰的〔兒子〕西門

路24:10　Μαρία ἡ Ἰακώβου

雅各的〔母親〕馬利亞

太4:21　Ἰάκωβον τὸν τοῦ Ζεβεδαίου

西庇太的〔兒子〕雅各

➔ 4. 表附屬的所有格 (Partitive Genitive, "Wholative")
[which is a part of][34]

a. 定義

這個所有格實名詞表示*整體*，被修飾的名詞是其中的一部分。這種用法在新約中很常見。

b. 識別的關鍵

用「*是……的一部分*」來取代「*的*」

34　"partitive" 這個詞令人混淆，這令人想到被修飾的名詞是全部，而所有格是其中一部分。因此用 "wholative" 是比較好的用字。有些人稱之為整體區分的所有格 (gen. of the divided whole)，但這並沒有比 "partitive" 更好。

c. 詳述和語意 [35]

1) 這是一種所有格的現象學用法，這種用法要求被修飾的名詞要有一種指向*部分*、字彙上的細微差別。例如：「一些法利賽人」、「你們當中的一人」、「城的十分之一」、「樹的枝子」、「一小塊派」。

2) 這個所有格的用法很像某一種表所有權的所有格（解剖學觀點的所有權所有格），但有一項重大的差異。「狗的尾巴」是表擁有，「汽車的保險桿」是表附屬。這兩者之間的差別是有沒有生命。有一個*很粗糙的*方法可以來判定所有格是表附屬的所有格、還是表所有權的所有格，就是問這個所有格實名詞有沒有可能與被修飾的名詞的分離。一隻狗可以（表所有權的所有格）；一輛車不可以（表附屬的所有格）。[36]

3) *表附屬的所有格在語意上與作為同位修飾語的所有格相反。表附屬的所有格*指的是全部，而被修飾的名詞指的是部分；作為同位修飾語的所有格表附屬的所有格所指的是整體，這種整體對被修飾的名詞來說是部分為被修飾的名詞類別中的一個特定項目。在這裡要記住的是，雖然語意上是相反的，但有時他們在結構上是完全一樣的（見「作為同位修飾的所有格」有圖表及討論）。

4) 有時，所有格所修飾的名詞不會出現，不過可以從上下文來理解（你可能常看到 ἐκ + 所有格〔例如：太27:48；約11:49，16:17〕，通常有附屬的意思在裡面）。[37] 所有以時候必須把「部分」的意思*放進去*、以決定是不是表附屬的所有格。

5) 有個幾乎不變的公式是：表附屬的所有格會跟 τις[38]、ἕκαστος[39]。特別是 εἷς[40] 等名詞之。也就是說，這種結構中的所有格通常是表附屬的所有格。[41]

---

[35] 我們在這裡的討論，很容易就會被延伸超出它被允許的範圍。參 BDF, 90-91 (§164)，有進一步的分析。

[36] 不過，這個測試方法有很多例外，例如，「城的十分之一」這例子，若十分之一不在，十分之九可能會反對！但是在一些情況（好比說啟11:13的情況），「有生命的人物主體 (animation)」倒不一定必然出現。「婦女中的一些」這例子，所有格名詞不可能擁有被修飾的名詞（啟9:18中的「人的三分之一」也是），因此，表附屬的所有格是唯一的選項。或許一個解決的方法，就是得將個別和群組分開處理（Winer 許久前提示過〔Winer-Moulton, 244〕）：這個基本原則不適用於語意上的多數（像「城」、「婦女」等），只適用於單數。

[37] 事實上，表附屬的所有格在口語希臘語中被 ἐκ + 所有格取代 (*BDF*, 90 [§164])。

[38] 例如：可14:47；路9:8；雅1:18（修飾 ἀπαρχήν）。

[39] 例如：來11:21；啟21:21。

[40] 例如：太5:19；可5:22；路5:3、12、17。

[41] 然而，πάντες ὑμῶν 未曾在新約中出現。有兩處經文我們看到 πᾶς + 人稱代名詞有部分的概念，而兩處都有介系詞 ἐκ（路14:33；約壹2:19）。因此，有可能腓1:4、7的 πάντων ὑμῶν 不是表附屬的所有格，而是作為同位詞的所有格（「你們眾人」）；參第7節 (πάντας ὑμᾶς)，第8節 (πάντας ὑμᾶς)，似乎可以確認這一點。

d. 實例

1) 清楚的例子

路19:8　τὰ ἡμίσιά μου **τῶν ὑπαρχόντων**

　　　　我所有的一半

羅11:17　τινες **τῶν κλάδων**

　　　　有幾根枝子

羅15:26　τοὺς πτωχοὺς **τῶν ἁγίων**

　　　　聖徒中的窮人

啟11:13　τὸ δέκατον **τῆς πόλεως**

　　　　城的十分之一

雅1:18　εἰς τὸ εἶναι ἡμᾶς ἀπαρχήν τινα **τῶν** αὐτοῦ **κτισμάτων**

　　　　叫我們在他所造的萬物中好像初熟的果子

　　　亦可參照：太21:11；可2:16；路4:29，8:44，16:24，18:11；約2:1；猶13。

2) 有爭議的例子

弗4:9　τὸ δὲ Ἀνέβη τί ἐστιν εἰ μὴ ὅτι καὶ κατέβη εἰς τὰ κατώτερα μέρη **τῆς γῆς**

　　　「他升上」這是什麼意思呢？豈不是指他曾降到地下嗎？

　　　雖然一般在此都當作表附屬的所有格（如此是指主下到陰間），但這不是這裡
　　　唯一的可能。在此更像是一個表同位修飾的所有格（更詳細的討論請看「表同
　　　位修飾的所有格」）。

→ 5. 呈現形容功能的所有格
(Attributive Genitive, Hebrew Genitive, Genitive of Quality)[42]

a. 定義

　　所有格實名詞指出被修飾的名詞的*屬性*或是內在的素質。它的語意很像一個普
通形容詞，不過更為強調：它「確實呈現出像形容詞的特質，且更鮮明、更清晰。」[43]

42　參 Robertson, *Grammar*, 496, Moule, *Idiom Book*, 37-38, Zerwick, *Biblical Greek*, 14-15, *BDF*,
　　91-92 (§165) 等研究，特別有幫助。

43　Robertson, *Grammar*, 496.

這個類別在新約中很常見，大部分的原因是許多作者有閃族語系的思考。[44]

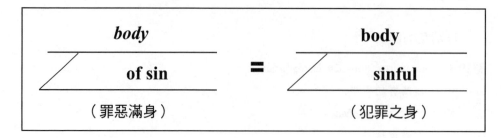

圖表8

呈現形容功能的所有格的語意

b. 識別的關鍵

如果所有格名詞可以轉變成一個具形容功能的形容詞，用來修飾所有格所修飾的名詞，那麼這個所有格很可能是一個具形容功能的所有格。

c. 語意及重要性

1) 這個所有格比形容詞更為強調。因此，雖然外延 (denotation) 相同，但內涵 (connotation) 不同。「罪惡滿身」(Body of sin) 的意思比「犯罪之身」(sinful body) 更強烈。

2) 表達*成份材質*的所有格算是具形容功能的所有格的子類別，但是它還包含有其他的細微差別。若一個所有格可以歸類為這兩者，那麼它應該歸在後者。[45]

3) 某些字也常出現在這個結構之中，例如 σῶμα 當被修飾的名詞（參羅6:6，7:24；腓3:21；西2:11）[46] 或是 δόξης 用在所有格（參太19:28，25:31；徒7:2；羅8:21；

44　「反應出……希伯來文的用法，在這個結構中填補了幾乎不存在的形容詞。古典希臘文只在詩體當中零星地呈現這類的平行結構」(*BDF*, 91 [§165])。（古典的範例，見 A. C. Moorhouse, *The Syntax of Sophocles* [Leiden: Brill, 1982] 54; Smyth, *Greek Grammar*, 317 [§1320]。）這並非說具形容功能的所有格不存在於古典或希臘化希臘文；而是它出現的頻率（以及某些特異的並列結構）主要是來自於新約作者的語言及宗教背景（特別是受到七十士譯本的影響）。
　　此外，這個用法在路加、保羅跟在約翰、馬可一樣多；這項觀察是把這個用法放在閃族風格的水平來看，而非句法本身，因此，對「這個用法是在新約希臘文中獨有的」的說法，不置可否。參 Lars Rydbeck, "What Happened to Greek Grammar after Albert Debrunner?", *NTS* 21 (1974-75) 424-27。

45　見稍後表達成分、材質的所有格的討論。二者都給予仔細的描述。

46　*BDF*, 91 (§165) 認為 ἡμέρα 常在這種結構中當作被修飾的名詞。我們必須以不同方式來處理所有這樣的例子（見「描述性的所有格」中林後6:2註腳的討論）。

林前2:8）。

　　4) 雖然兩個實名詞之間往往有著*明顯的*特定關係，但不總是這樣。例如，當所有格轉變成形容詞時，它是否有主動或被動的意思？例如：「平安的人 (man of peace)」是指「和氣的人 (peaceful man)」或「帶來平安的人 (peacemaking man)」？又如「死的身體 (body of death)」是指「已經死去的身體 (deadly body)」還是「垂死的身體 (dying body)」？每一個抉擇都必須從上下文來檢驗。

d. 實例

路18:6　ὁ κριτὴς **τῆς ἀδικίας**

　　　　不義的官 (judge of **unrighteousness** = **unrighteous** judge)

羅6:6　τὸ σῶμα **τῆς ἁμαρτίας**

　　　　罪的身體 (body **of sin** = **sinful** body)

　　　　藉由使用具形容功能的所有格，而不只是用一個形容詞，保羅在此要強調人性的光景是有罪。

羅8:21　τὴν ἐλευθερίαν **τῆς δόξης** τῶν τέκνων τοῦ θεοῦ

　　　　神兒女榮耀的自由 (the freedom **of the glory** ..... = the **glorious** freedom ......)

　　通常在所有格鍊中，後面的所有格修飾它前一個所有格。[47] 但是當有具形容詞功能的所有格混在其中時，情況就變得比較複雜。既然具形容詞功能的所有格的本質是具形容功能的所有格，最好是把它轉成一般形容詞之後，把它拿出所有格鍊。羅8:21這樣做的結果會產生一個相依的階層結構如下：

　　　　　　自由 (Freedom)

　　　　　　　　兒女的 (of children)

　　　　　　　　神的 (of God)

將 δόξης 重新排進整個結構中，它們之間的關係圖如下：

　　上圖證明了 δόξης 跟 ἐλευθερίαν 有相依關係，但 τῶν τέκνων 跟 δόξης 並沒有。如同我們先前所說的，具形容詞功能的所有格通常不另帶有一個修飾語 (modifier)。

47　*BDF*, 93 (§168) 為「總是」。

西1:22　ἐν τῷ σώματι **τῆς σαρκὸς** αὐτοῦ

在他**肉體的**身體 (in the body **of** his **flesh**= "in his **fleshly** body")

這個所有格也可以歸為表達成份、材質的所有格。

提前1:17　τῷ δὲ βασιλεῖ **τῶν αἰώνων**

現在歸給**永生的**君王（=「永遠的君王」）

把這個所有格視為具形容詞功能的所有格有一個困難是，這個所有格是複數的。然而如果它是單數，意思也不會是「永世的君王」（「king of the age」只是一個暫時的王 (a temporal king)）。RSV、NRSV 都用 "king of the ages"。[48] ASV 等則用 "eternal king"。

雅2:4　ἐγένεσθε κριταὶ **διαλογισμῶν** πονηρῶν

你成了心懷**惡意的**審判官 (judges **with** evil **motives**)

這裡的概念不是「你成了審判惡意的官」（這是表達驅動行為的所有格）；但翻譯為 "evil-motived judges" 又很難處理。這個例子讓我們看到，經意要從文本來看，而非只從不同翻譯方式來處理。

　　亦可參照：路16:9；徒9:15；羅11:8；林後1:12（可能的）；[49] 加6:1；腓2:1（可能的），3:21；西1:25（可能的）；來1:3，7:2。

6. 具被形容功能的所有格 (Attributed Genitive)

a. 定義

　　這個所有格在語意上與呈現形容功能的所有格相反：具有形容功能的形容詞是被修飾的名詞 (head noun)、而非所有格。雖然比具形容詞功能的所有格，也並非不常見。[50]

48　「永世的君王」是表達隸屬的所有格，亦即「那位在永世中掌權的」見以下的討論。

49　僅管跟 θεοῦ 或 πνεύματος 一起出現的例子不多，它們仍是引人注目的。當所有格定性的意思 (a qualitative force) 可以給予滿意的解釋時，注釋者們太常就假設是神 (Godhead) 的一員。

50　大部分的文法學家並不關注這個類別，因此多數注釋學者也沒有花心思考慮這種用法的可能性。這是句法的另一個領域，可以好好發展，因為確定有大量的文獻有這個用法、提供了可信且未經確認的選項。

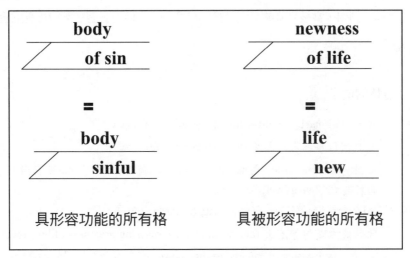

圖表9

「具形容功能的所有格」與「具被形容功能的所有格」的語意圖

如上圖所示,「具形容功能的所有格」的圖上下反轉(此圖解也顯示出圖析的限制)。[51] 因此有些文法學家稱之為「反轉的所有格」(reverse genitive)。[52]

b. 識別的關鍵

如果可以把被修飾的名詞轉換成跟它相關的形容詞,那麼這個所有格很可能就是這個類別的。

有一個很簡單的轉換方法是在翻譯中省略掉「*的*」,並且把被修飾的名詞改為相對應的形容詞,因此「新生命」(newness *of* life) 變成「新的生命」(new life)。

c. 語意

如果 N-Ng 結構整體來看,具形容功能的所有格與具形容功能的所有格在語意上是非常相似的。你可以在我們討論具形容功能的所有格中找到大部分的資料,並簡單地把「(具形容功能的)所有格」取代為「被修飾的名詞」。因此,(1) 被修飾的名詞會比形容詞更具強調的功能:「新生命」(newness of life) 在意思上比「新的生命」(new life) 更強。(2) 兩個實名詞之間的特殊關係雖然顯而易見,但也得注意

---

51 希臘文圖析對於看清表面結構 (surface structure) 是很有幫助的,然而它有所限制,通常它無法反應出不同的「深層結構」(deep structure)。

52 *BDF*, 91 (§165); Zerwick, *Biblical Greek*, 15 (n. 6); BAGD, 參 ἀλήθεια,羅1:25。

可能的差異。例如，當被修飾的名詞轉換為形容詞，有時它會有主動或被動的意思。

d. 實例

1) 清楚的例子

羅6:4　οὕτως καὶ ἡμεῖς ἐν καινότητι **ζωῆς** περιπατήσωμεν

要我們行事為人有新**生命** (newness of life) 的樣子

這裡「newness of life」等於「new life」。若視為具形容功能的所有格，則不太有意義：「living/lively newness」！[53]

弗1:19　καὶ τί τὸ ὑπερβάλλον μέγεθος **τῆς δυνάμεως** αὐτοῦ

他的**能力**是何等浩大 (and what is the surpassing greatness of his power)

這裡「(surpassing greatness of his power」可以視為 "surpassingly great power"。

腓1:22　τοῦτό μοι καρπὸς **ἔργου**

這〔意思是〕我**工作**的果子

這裡「工作的果子」(the fruit of labor) 等於「結果子的工作」(fruitful labor)。若是視為 attributive genitive，則意思為 "laboring fruit"！

彼前1:7　τὸ δοκίμιον ὑμῶν **τῆς πίστεως** πολυτιμότερον χρυσίου

你信心的真實，比金子更寶貴。

概念是他們純正的信仰比金子更寶貴。

亦可參照：腓3:8；雅3:9。

2) 可能的（解經上重要的）例子

弗1:18　τίς ὁ πλοῦτος **τῆς δόξης** τῆς κληρονομίας αὐτοῦ

他的基業有何等**榮耀**的豐盛

雖然理解為具被形容功能的所有格（豐盛的榮耀 (riches of the glory = rich glory)）是有可能的，但是具形容功能的所有格還是較為可能的（「榮耀的豐盛」(glorious riches)）」。

羅1:25　οἵτινες μετήλλαξεν τὴν ἀλήθειαν **τοῦ θεοῦ**

他們替代了**神的**真實

「神的真實」(truth of God) 很可能等於「真神」(true God)。

53　特別的是，Robertson 稱此為具形容功能的所有格 (*Grammar*, 496)！

弗1:17　　πνεῦμα **σοφίας** καὶ **ἀποκαλύψεως**

　　　　　　智慧的和啟示的靈

這裡的經文有三種可能：(1) 一位智慧和啟示的「靈」，(2) 智慧和啟示的「聖靈」或 (3)「屬靈的」智慧和啟示。最後一個是把「智慧」和「啟示」當成具被形容功能的所有格；文法與解經的考慮都有利於此一後者。解經上，要說作者禱告，求神賜給讀者聖靈，似乎跟他在先前的經文13-14節才提過的有衝突（雖然這可能只是以原因代替結果的轉喻）。另一方面，「一位啟示的靈」也是不明確的。文法上，當一個沒有冠詞的所有格修飾一個沒有冠詞的被修飾的名詞時，兩者通常是相等的；無論是限定、非限定或表示性質的用法。[54] 這裡，若「智慧」和「啟示」是*性質*，最自然的方法是也視「靈」為性質、把 πνεῦμα 翻成「屬靈的」，而帶出性質的意涵。[55]

　　亦可參照：弗4:18；帖後2:11 (NRSV)。

7. 表達成分、材質的所有格 (Genitive of Material)

[*made out of, consisting of*]

a. 定義

　　所有格實名詞為製造被修飾的名詞 (head noun) 的材料。這種用法在新約中很少見（製作材料的概念比較常用 ἐκ + 所有格來表示）。

b. 識別的關鍵

　　以「*用……做成*」或「*由……組成*」來取代「*的*」，如果意思能通，這個所有格很可能就是表達成分、材質的所有格。

c. 語意

　　表達成分、材質的所有格屬於具形容功能的所有格的子類別，但它仍有其他特色。若一個所有格可以同時符合具形容功能的所有格及表達成分、材質的所有格二個類別，那麼它應被歸類在後者。它特別跟實際物質有關，所以是詞彙——句法 (lexico-syntactic) 類別，也就是說，若所有格是個表達成分、材質的所有格用法，那

54　見「冠詞」那一章，有討論 Apollonius' Corollary。

55　弗1:17是眾人皆知的問題，但所有的討論幾乎總是圍繞在「一個靈」或「聖靈」。例如參考 A. T. Lincoln, *Ephesians* (WBC; Dallas: Word, 1990) 57-58、M. Barth, *Ephesians* (AB; Garden City, New York: Doubleday, 1974) 1.148、T. K. Abbott, *A Critical and Exegetical Commentary On the Epistles to the Ephesians and to the Colossians* (ICC; Edinburgh, T. & T. Clark, 1897)。

麼 N-Ng 結構中兩個實名詞要表現出具體物質的特性。此外，這個所有格比較偏描
述性而非形容，然而就具形容功能的所有格而言，描述的範圍很廣，這裡的*焦點放
在成份*。[56]（進一步的資訊，請見圖表7）。

d. 實例

可2:21　　ἐπίβλημα **ῥάκους** ἀγνάφου

　　　　　　一片〔用〕新布〔做成〕的布塊

啟18:12　　γόμον **χρυσοῦ** καὶ **ἀργύρου** καὶ **λίθου** τιμίου[57]

　　　　　　金的、銀的、寶石的貨物（等於由金、銀、寶石組成的貨物）

　　亦可參照：約19:39；可能是的：西1:22和2:11（但見「具形容功能的所有
格」）。

8. 表達內容物的所有格 (Genitive of Content) [full of containing]

a. 定義

　　所有格實名詞指的是被它修飾的字的內容物，這個字可能是名詞、形容詞或動
詞。雖然只會跟幾個特定的字出現，這個用法在新約中很常見。

b. 識別的關鍵

　　若所有格所修飾的那個字是名詞，用「*裝滿*」(*full of*) 或「*包含*」(*containing*) 來
取代「*的*」(*of*)；[58] 若是動詞，一般會把用 (with) 的意思放進所有格中。（比起其
他點，這一點的幫助比較不大，因為有許多的例外。這個類別的真正關鍵在於所有
格所修飾的那個字的意思）

c. 詳述

　　(1) 表達內容物的所有格有兩種：一種是與名詞或形容詞連用（名詞性的表達
內容物的所有格），另一種與動詞連用（動詞性的表達內容物的所有格）。[59] 表達

56　雖然表達成分、材質的所有格是具形容功能的所有格的子集合，把它翻譯成形容詞還是很奇
　　怪。

57　在 C P *et pauci* 中找到 χρυσοῦ、ἀργύρου、λίθου、τιμίου 的形容詞，分別是 χρύσουν、ἀργύρουν、
　　λίθουν 及 τιμίουν。

58　實際上，大部分的情況下，被修飾的名詞作為形容詞用的意涵，已經指出這個辭典意義來了。

59　大部分文法學者把跟動詞相關聯的這一類別，歸在直接受詞所有格（跟充滿之類的動詞在一
　　起）。雖然合理，但只把它列在那裡並不是很有幫助（這個類別無論在解經或句法上，本身
　　就很重要）。

內容物的所有格屬於是詞彙——句法的類別的，其中的動詞或被修飾的名詞是一種
用來指量的詞[60]（例如，動詞：γέμω、πίμπλημι、πληρόω；名詞／形容詞：βάθος、
μέστος、πλήρης、πλήρωμα、πλοῦτος 等）。(2) 名詞性的表達內容物的所有格與表達
成分、材質的所有格的不同在於，內容指的是裡面所包含的東西，而材質指的是由
什麼成分做成。其間的差異如圖表10所示。

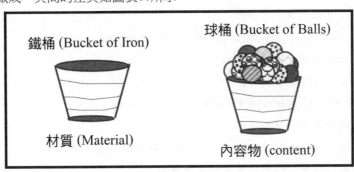

圖表10

「表達內容物的所有格」與「表達成分、材質的所有格」的差異

d. 語意

在*名詞性*用法中，所有格有較重的語意比重。它是比被修飾的名詞更重要的字。
通常這種結構都以比喻語言作為修辭性手法。[61]

關於動詞性用法有件重要的事要記得，*在希臘文中用來指一個動詞的內容會用
所有格，而非間接受格*。雖然間接受格常翻為 "with"，當用到充滿的動詞時，看
他後面接的是什麼詞是非常關鍵的，若是所有格，"with" 的翻譯是合適的；若是
間接受格，其他的翻譯（如 by、in、because of）會更反應出這個希臘文成語，因為
按照規則，間接受格並不用來指動詞的內容物。[62]

60　關於名詞性用法，「所有格所修飾的那個字，暗指所有格裡東西的量的多寡，而不是那個裝
　　了東西的容器。」(Williams, *Grammar Notes*, 6)

61　Williams, *Grammar Notes*, 6.

62　*單*一間接受格做內容物用法，在新約中只有三或四個地方（其中一處，還有異文〔參：路2:
　　40，見以下討論〕）。聖經希臘文中，沒有任何例子是 πληρόω 之後接 ἐν + dative for content
　　（表達內容物的間接受格）。新約中一段最被誤解的經文在弗5:18，那裡 πληρόω 後面接著
　　(ἐν) πνεύματι。典型的翻譯是「被聖靈充滿」，這意味著聖靈是充滿的內容，但從希臘文的觀
　　點來看這樣的解釋有高度存疑。見後面討論介系詞 ἐν 的章節。

e. 實例

1) 名詞性的表達內容物的所有格

約21:8　τὸ δίκτυον **τῶν ἰχθύων**

〔裝滿〕魚〔的〕網

徒6:3　ἄνδρας ...... ἑπτὰ πλήρεις **πνεύματος** καὶ **σοφίας**

七個滿有聖靈和智慧的人

這裡的表達內容物的所有格前面接的是形容詞

西2:3　πάντες οἱ θησαυροὶ **τῆς σοφίας** καὶ **γνώσεως**

所積蓄的一切智慧知識

西2:9　ἐν αὐτῷ κατοικεῖ πᾶν τὸ πλήρωμα **τῆς θεότητος** σωματικῶς

神一切豐富的形體都居住在他裡面

亦可參照：羅11:33；林後8:2。

2) 動詞性的表達內容物的所有格

路2:40　τὸ δὲ παιδίον ηὔξανεν καὶ ἐκραταιοῦτο πληρούμενον **σοφίας**[63]

孩子漸漸長大，強健起來，充滿智慧

路4:28　ἐπλήσθησαν πάντες **θυμοῦ** ἐν τῇ συναγωγῇ

會堂裡的眾人都充滿了怒氣

約6:13　ἐγέμισαν δώδεκα κοφίνους **κλασμάτων**

他們裝滿了十二個籃子的零碎

徒2:4　ἐπλήσθησαν πάντες **πνεύματος** ἁγίου, καὶ ἤρξαντο λαλεῖν ἑτέραις γλώσσαις

他們都被聖靈充滿，說起別國的話來。

這裡值得注意的是，不論是動詞或是跟著動詞後面的字的格，都跟以弗所書5章18節不同。（這裡是 πίμπλημι；那裡是 πληρόω；這裡是所有格，那裡是〔ἐν 加〕間接受格）。那裡要被聖靈充滿的命令與說起別國的話完全無關。使徒行傳中的聖靈充滿 (πίμπλημι) 從來就不是個命令，特別也跟成聖無關。反倒像是聖靈為了特定的工作、而進到人裡面（類似在舊約中聖靈的工作）。此外，每一次用來表示被內容物所充滿時都用所有格，不是間接受格。參照徒4:8、31，9:17，13:9（亦可參照：路1:15、41）。

亦可參照：路6:11；徒3:10，5:17，13:45，19:29。

63　ℵ* A D Θ X Γ Δ Λ Π *f*[1, 13] *Byz* 的讀法是 σοφίας；ℵ[c] B L W Ψ 33 *et pauci* 的讀法則為 σοφίᾳ。

→ 9. 作為同位詞的所有格 (Genitive in Simple Apposition)

請同時參看下一節討論這個所有格用法及作為同位修飾語的所有格。這兩者需要小心的區別（要注意，這個所有格是合理的，但因為它在語意上容易混淆，所以我們在下一節處理）。作為同位詞的所有格需要兩個名詞有相同的格（不論是主格、所有格、直接受格、間接受格或呼格），而作為同位補語的所有格只要第二個名詞是所有格就可以。如果句子在句法上要求前面的被修飾的名詞也必須是所有格時，會造成不確定是哪一種同位詞所有格的結果。

→ 10. 作為同位補語的所有格
(Genitive of Apposition, Definition, Epexegetical Genitive)

這個所有格用法相當常見，雖然大部分時候容易誤解。它有時候會跟表達內容物的所有格或表達成分、材質的所有格混在一起，雖然他們三個在語意上都是不同的。它也很容易跟作為同位補語的所有格混淆。

a. 定義

所有格實名詞所指的，跟它所修飾的實名詞是同一類事物，但並不完全相同。作為同位補語的所有格通常指的是被修飾名詞這個類別中的一個特例。當被修飾的名詞不確定或是比喻時，常常會這樣用（因此，叫做「作為補語的所有格 (epexegetical genitive)」或許更為恰當）。

b. 識別的關鍵（那就是 (which is)、那人就是 (who is)）

就像其他所有格的用法一樣，每一個作為同位補語的所有格都能翻譯成「的」＋所有格。要檢驗一個所有格是不是作為同位補語的所有格，只要把「的」這個字用「那就是」(whichis, that is, namely) 來取代，若是人稱名詞的話用「那人就是」(who is) 來取代。如果取代的結果不合理，那就不太可能是作為同位補語的所有格；反之就可能是。[64]

---

[64] 下一步當然是藉著合理的解經方式，來分析這點，並對其他的可能性進行分析。

c. 語意：作為同位補語的所有格與作為同位詞的所有格不同

1) 延伸定義

這兩種所有格用法很容易就混淆，就算所有格所修飾的名詞也是個所有格，也會覺得像是個同位詞，那麼它是哪一*類*的同位詞所有格呢？這不僅是個學術問題，在作為同位詞的所有格與作為同位補語的所有格之間，語意上有很重要的差別。因此，在這裡有必要把這樣的所有格結構解開，並試著決定到底是哪一種用法。

a) 如同我們所說，在*作為同位補語的所有格*的結構中，被修飾的名詞：(1) 是指一個比較大的類別，(2) 會有不確定性，(3) 它的意義會是比喻性的。而所有格則給了具體或特定的例子，可能會落在這一類之*中*，或是釐清它的不確性，或者是把比喻顯明出來。

①埃及的地 (the land of Egypt)（類別──例子）

②割禮的記號 (the sign of circumcision)（不確定──釐清）

③公義的護胸甲 (the breastplate of righteousness)（比喻──意義）

實際上，辨別某個所有格是否為*作為同位補語的所有格*，其中一個主要的理由是被修飾的名詞是否需要被定義。被修飾的名詞的不確定性被所有格澄清了。但是作者把被修飾的名詞放在前面的理由（按希臘文的語句結構）就變得更清楚了：兩個名詞並列給人吸引眼目的圖像（「公義的護胸甲」、「聖靈的憑據」、「他身體的殿」），若所有格只是單純地取代被修飾的名詞，那麼功能就減弱了。因此，這兩個名詞是共生關係如果澄清與涵義同時出現，它們彼此就缺一不可。

b) 在*作為同位詞*的所有格結構中，兩個名詞需為相同的格，並且同位語不是指稱一個與這個同位語相關的名詞所指稱的類別之特例。作為同位詞的所有格只是以不同的指稱來澄清誰是被指稱的對象、或顯示與句子其他部分的不同關係，而不是指稱第一個名詞本身能夠顯示的內容。雖然兩個字用了不同的詞彙，但都指到同一個對象。

例如：在「使徒保羅」中，「使徒」是「保羅」的同位詞。這個同位詞使得這個人的身分更為清楚。在「神我們的父」中，「父」是「神」的同位詞，並且「父」對於整個句子剩下的部分來說，展現出另一個關係。

2) 內嵌的對等子句

如同我們在介紹所有格時所講的，解開 N-Ng 結構是有價值的；同樣地，在一個較大的語句結構裡，看出其中的次結構也是如此。一般來說，同位詞所有格（包

括作為同位補語的所有格與作為同位詞的所有格二者），表現了兩種*主詞──述詞主格*的結構。[65]

在*作為同位補語的所有格*結構中，所有格在語意上全等於主詞，它屬於一個更大的群體中的一個例子（述詞主格）。因此，「割禮的記號」可以解成「割禮是一個記號」（不是「一個記號是割禮」）。這個例子中，「記號」的意思範圍就比「割禮」大得多。[66]

在作為同位詞的所有格中，兩個名詞完全相等，可以互換。因此「使徒保羅」可以解成「保羅就是這位使徒」或「這位使徒就是保羅」。

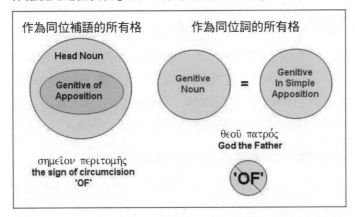

圖表11

「作為同位補語的所有格」與「作為同位詞的所有格」的區別

65　相關討論見主格那一章的「主格述詞」段落。

66　隨著這個方向再繼續分析內嵌句子，會有兩種作為同位補語的所有格，一種跟實名詞性的名詞 (a "nominal" noun) 相連，另一種跟動詞性的名詞 (a "verbal" noun) 相連，例如：「耶路撒冷城」（實名詞性的名詞）只能表示一種句子，亦即一種包括主詞及述詞主格的句子（「耶路撒冷是座城市」）。但「割禮的記號」（動詞性的名詞）可以表示為對等句子（「割禮是一種記號」）或是及物句子（「割禮象徵著……」(circumcision signifies)）。實名詞性的名詞的用法似乎比動詞性的名詞的用法少。

　　實名詞性的名詞用法跟作為同位詞的所有格只有些許的不同（從語意上來說）：「耶路撒冷城」可以轉換成「耶路撒冷，就是那座城」；但「聖靈的贖價」不會轉換成「聖靈，就是贖價」（*BDF* §167 認為「以名字作為城市的同位所有格在古典希臘文中極少出現，總是在詩體當中較多……」他們引用彼後2:6為新約中唯一合法的範例〔而這一節有些文法學家仍有爭議〕。）在這樣的例子中，問題在於被修飾的名詞的模糊／比喻性語言：「城」在上下文中已經相當清楚；而「贖價」、「記號」等則需要接在後面的所有格給予解釋。一般來說，這種模糊的被修飾的名詞往往會是動詞性的，只有少數會是實名詞性的（例如參：約2:21）。

根據這些語意上的差異，很明顯的，作為同位補語的所有格不會出現在兩個都是人稱名詞 (personal) 的情況下。「作使徒的保羅」(The apostle of Paul) 的意思跟「這使徒是保羅」(the apostle is Paul) 的意思是不同的。當我們看到解經上的重要經文時，我們便會發現這個差異的價值。

d. 簡述

我們對作為同位補語的所有格的討論已經有些長了，所以把這個討論簡化或許會有幫助，並且給予兩個步驟的判斷程序，以決定某個所有格是屬於哪一類。

1) 同位詞所有格與其他所有格用法

當我們說「同位詞所有格」時，意思是包括兩種同位用法（作為同位詞的所有格及作為同位補語的所有格）。首先要決定的當然就是哪一種同位用法是比較合適。作法是把「那就是」(which is)、「也就是」(namely) 或「那人就是」(who is) 放在被修飾的名詞及所有格名詞之間，如果合理，很可能就是作為同位詞的所有格。

2) 作為同位補語的所有格與作為同位詞的所有格

當兩種都符合「那就是」(which is) 公式時，我們需要另一個測試來分別兩者。如果「的」這個字能放在所有格之前（按希臘文的語句結構），那麼它可能是作為同位補語的所有格；如果不行，它就是作為同位詞的所有格（請記得，唯一會混淆的情況是，當被修飾的名詞和所有格名詞都是同樣的格時，不過這樣的情況很少發生）。

e. 實例

1) 清楚的例子

a) 作為同位補語的所有格 (Genitive of apposition)

路22:1　　　ἡ ἑορτὴ *τῶν ἀζύμων*

　　　　　　除酵餅的節慶（＝這節慶，**也就是**〔節慶〕[67]）

約2:21　　　ἔλεγεν περὶ τοῦ ναοῦ **τοῦ σώματος** αὐτοῦ

　　　　　　他說這話是關於他**身體**的殿（＝這殿，**就是他的身體**）

　　　　　　這裡的作為同位補語的所有格關聯到另一個所有格。因此，這樣的*結構*有成為

67　　參 *BDF* §141.3; *BAGD*, ἄζυμος 1.b。

作為同位詞的所有格的可能。然而，他符合「……的」(of......)的翻譯，因此排除作為同位詞所有格的可能。解經上，約翰福音2:19-21節在這一節到達最高峰，有三重意義：首先，它清楚地的指出，新約看基督的復活是身體的復活。[68]第二，耶穌在這裡所表現的像是他自己復活的代理人。因此新約所講的是三一神參與在耶穌的復活中（參弗1:20；彼前3:18）。第三，將「殿」與「身體」排在一起的理由就清楚了：神榮耀的顯現（很久以前從聖殿離開）如今又真又活地住在耶穌裡。[69]

羅4:11　καὶ σημεῖον ἔλαβεν περιτομῆς[70]

並且他接受了割禮的記號（＝記號，就是割禮）

彼後2:6　πόλεις Σοδόμων καὶ Γομόρρας

所多瑪和蛾摩拉城

啟1:3　τοὺς λόγους τῆς προφητείας

預言的話

亦可參照：路2:41；約11:13，13:1；徒2:33；林後1:22，5:5；弗1:14；啟14:10。

b) 作為同位詞的所有格 (genitive in simple apposition)

太2:11　εἶδον τὸ παιδίον μετὰ Μαρίας τῆς μητρὸς αὐτοῦ

他們看見那小孩和馬利亞，他的母親

弗1:2　χάρις ὑμῖν καὶ εἰρήνη ἀπὸ θεοῦ πατρὸς ἡμῶν

願恩惠平安從神，我們的父，歸於你們

如果把「的」放在「父」的後面（按希臘文的語句結構），概念就會是「從我們父親的神」！這裡很顯然地是作為同位詞的所有格。

西1:18　αὐτός ἐστιν ἡ κεφαλὴ τοῦ σώματος, τῆς ἐκκλησίας

他是身體的頭，這身體就是教會

---

68 偶爾這個觀點意味著這裡的所有格是被動的、而不是同位的。若是這樣，這殿會屬於主的身體，而可能得到不是身體復活的結果。不過，這樣的觀點不僅忽略作為同位補語的所有格的語意（亦即跟抽象的或意涵模糊的被修飾名詞有關），並且對意象造成嚴重的破壞：聖殿在這裡並非上帝寓居 (housed) 之所——這是滿有耶和華榮光的房子。

69 很重要的一點，新約中有多位作者發展出神的榮耀在「身體」裡的主題，而且有兩個方向：第一，指到基督（例如參：約1:14；西2:9）；第二，指到那些「在基督裡」的人（參：林前6:19；弗2:20-22）。

70 一些抄本 (A C* 1506 1739 1881 pc) 以直接受格 περιτομήν 作為受詞補語（「他接受了割禮成為記號」）。

多2:13　σωτῆρος ἡμῶν Ἰησοῦ Χριστοῦ

我們的救主，就是耶穌基督 (our Savior, **Jesus Christ**)

這裡很明顯，也不是作為同位補語的所有格，因為翻譯成「耶穌*的*我們的救主」(our Savior *of* Jesus Christ)／「我們耶穌基督的救主」(the Savior of our Jesus Christ) 跟上面所給的譯文很不相同，而且跟新約的理解極為不同！

亦可參照：太2:1；可6:17；路3:4；約7:42；徒22:20；羅5:17。[71]

2) 仍具爭議（解經上有重要意義）的例子

弗4:9　τὸ δὲ Ἀνέβη τί ἐστιν εἰ μὴ ὅτι καὶ κατέβη εἰς τὰ κατώτερα μέρη **τῆς γῆς**

「他升上」這是什麼意思呢？豈不是指他曾降到**地**下嗎？

「地的」(of the earth) 大部分的人都理解為表附屬的所有格，然而當作為同位補語的所有格也是可以的，翻譯為「他曾下到〔宇宙的〕底下，也就是地上」。乍看之下第二種看法似乎很怪異，因為單數所有格所修飾的是一個*複數名詞*。然而，用單數的作為同位補語的所有格（地的）修飾μέρη（複數）是很普通的習慣用語，參：賽9:1（七十士譯本）；太2:22。在這樣的結構中，似乎看起來是一個需要上下文來補足的*表附屬*的所有格（弗4:9可能也是這樣的例子）。例如，馬太福音2:22節我們讀到ἀνεχώρησεν εἰς τὰ μέρη τῆς Γαλιλαίας，翻譯可能是「他起程往〔以色列的〕那個地區去，那地名叫加利利」或是「他起程往那組成加利利的地方去」。因此，既然有作為同位補語的所有格是單數、卻修飾複數的*地理*名詞 μέρη ，就有足夠的文法證據認為弗4:9也是這種用法（其他有這種現象的例子，參：太15:21，16:13；可8:10；徒2:10。）

這節經文中，表附屬的所有格跟作為同位補語的所有格之間的差異，不小於主死下到陰間跟他*道成肉身*下到地上之間的差異。[72]文法確實沒有辦法解決這個問題，但至少提供了可能的解釋。[73]

亦可參照：弗2:2（其中的「邪靈」有時是不正確地被當作是「首領」的作為同位補語的所有格）。[74] 弗2:20也可能有個作為同位補語的所有格 (τῷ θεμελίῳ τῶν

---

[71] 作同位詞功能（不論任何格）的普遍例子是，一個無冠詞的專有名詞後面跟著帶冠詞的描述性名詞。我們大部分的例子，是屬於這一類。

[72] 另一種基於作為同位補語的所有格的解釋（這一論點很值得評論）是降下發生在上升之後，因此，是指五旬節的聖靈降下。參 W. Hall Harris III, "The Ascent and Descent of Christ in Ephesians 4:9-10," *BSac* 151 (1994) 198-214。

[73] 需要注意的是，作為同位補語的所有格是以弗所書作者的寫作風格，出現超過十二次（完整的列表，參 Harris, "Ephesians 4:9-10," 204）。

[74] 請記得，作為同位補語的所有格從來不會兩個都是人稱名詞，「靈的掌權者」(the ruler of the spirit) 的意思不是「掌權者就是那靈」。這個所有格比較可能的用法是表達隸屬的意思（「掌管 (over) 那靈的掌權者」）。此類別稍後討論。

ἀποστόλων καὶ προφητῶν)，雖然這個所有格可能是作為驅動者的所有格。[75]

亦參照：西1:5、13。

11. 表達目的、結局的所有格 (Genitive of Destination、Genitive of Purpose) [*destined for, toward*]

a. 定義

所有格實名詞指的是被修飾的名詞要去的地方（或是「移動」的方向）或是它存在的目的。[76] 這是很少用到的類別。

b. 識別的關鍵

把「的」字換成「為了」(*for the purpose of*)、「注定」(*destined for*)、「朝向」(*toward*)、「進入」(*into*)。

c. 詳述

就表達的意義而言，有兩個子群組都有朝向一個目的移動的概念。某個人或事的移動方向，不必然是他的目的。例如「這輛車的剎車，意外的被放開，使它滑下懸崖*掉到海中*。」這句話的意思不是「它滑下懸崖，*目的是為了要進入海中*」，解釋成「注定」、「朝向」是比較合適的。

因此，一種含有刻意的意思，另一種僅僅是指方向（有時甚至指傾向）。

d. 實例

1) 清楚的例子

羅8:36　ἐλογίσθημεν ὡς πρόβατα **σφαγῆς**
　　　　把我們看作**注定被宰殺**的羊

加2:7　πεπίστευμαι τὸ εὐαγγέλιον **τῆς ἀκροβυστίας** καθὼς Πέτρος **τῆς περιτομῆς**
　　　　我受託把福音傳給**未受割禮的人**，正如彼得〔受託傳福音〕給**未受割禮**

75　在這裡所有格名詞是人稱名詞、但被修飾的名詞不是人稱名詞的情況，並不否定此例是同位詞所有格的可能性。

76　*BDF*, 92 (§166) 列出約10:7 (ἡ θύρα τῶν προβάτων) 作為例證，但是門並不會離開樞紐，因此這個歸類是有疑問的。這裡的概念是「門為羊而開」，被修飾的名詞跟所有格名詞的排列位置，意味著有某種動作的意思（見「描述性的所有格」中林後6:2的討論）。

之人。

亦可參照：太10:5；來9:8。

2) 仍具爭議的例子

約5:29   ἀνάστασιν **ζωῆς** ...... ἀνάστασιν **κρίσεως**

生命的復活……**審判的復活**

這兩個所有格似乎同時要表達目的及*結果*，因此「復活的目的及結果是生命／審判」。解釋似乎包含兩種概念「復活導致生命／審判」。[77]

徒16:17   οὗτοι οἱ ἄνθρωποι ...... καταγγέλλουσιν ὑμῖν ὁδὸν **σωτηρίας**

這些人……對你們傳說**引至救恩**的道。

羅9:22   σκεύη **ὀργῆς** κατηρτισμένα εἰς ἀπώλειαν

可怒的器皿、預備遭受毀滅（＝「**注定遭怒的器皿**」）

有些人只把這個所有格僅僅看為描述性的所有格或具形容功能的所有格，但是平行的敘述「預備遭受毀滅」似乎至少指出，這些器皿是注定要毀滅的。[78] 或者有更多的意涵，端看分詞 κατηρτισμένα 是關身或被動語態。

弗2:3   καὶ ἤμεθα τέκνα φύσει **ὀργῆς** ὡς καὶ οἱ λοιποί·

我們是**可怒的孩子**（＝「**注定遭怒的孩子**」），和別人一樣。

根據2:1-10，這節經文的重點不在用屬性的方式來描述人性（例如讓人發怒的孩子），而是說那些沒有基督的人、他們沒有盼望的光景。

12. 作為述詞的所有格 (Predicate Genitive)

a. 定義

所有格實名詞對另一個所有格實名詞做出聲明，很像具述詞功能的主格所做的，不過仍有不同，作為述詞的所有格的對等動詞 (equative verb) 是一個所有格分詞、而非主要動詞。這個類別相當地較少見。

---

77   參 *BDF*, 92 (§166)。

78   此外，保羅著作中的證據顯示 ὀργή 通常有末世論的色彩，特別在羅馬書（參照：羅2:5、8，3:5，5:9；弗5:6；西3:6；帖前1:10，5:9）。

b. 識別的關鍵：見定義

c. 釐清與重要性

這種所有格，實際上是一種*具強調性的同位詞*所有格（因為對等動詞以分詞形式出現而具強調性）。[79] 形容詞性的分詞 (adjectival participles) 及獨立分詞片語 (genitive absolute participle)（視情況而定）都可以這樣用。

d. 實例

徒1:12　ὄρους τοῦ καλουμένου Ἐλαίωνος

〔這座〕山，名叫「**橄欖山**」

徒7:58　νεανίου καλουμένου Σαύλου

一個少年，名叫**掃羅**

羅5:8　ἔτι **ἁμαρτωλῶν** ὄντων ἡμῶν Χριστὸς ὑπὲρ ἡμῶν ἀπέθανεν

在我們還作罪人時，基督為我們死

這是個獨立分詞片語結構的例子，對等動詞包含在分詞中。[80]

弗2:20　ὄντος **ἀκρογωνιαίου** αὐτοῦ Χριστοῦ Ἰησοῦ

督耶穌自己為**房角石**

這是另一個獨立分詞片語結構。

亦可參照：約4:9；徒18:12，[81] 21:8。[82]

13. 表達隸屬的所有格 (Genitive of Subordination) [*over*]

a. 定義

所有格實名詞，隸屬於被修飾的名詞或是在其統治之下。

79　注意，從某些例子看見，對等動詞不必然要是 εἰμί（正如具述詞功能的主格不必要，是一樣的）。

80　要注意的是，用來分別主詞跟主格述詞的相同規則，似乎可以套用到這個結構。明顯的例外是徒1:12，7:58，它們落在一般規則之中，當某事物*被命名時*，專有名詞就成為描述性名詞。

81　這也是個獨立分詞片語結構。

82　這個例子中，必須填入一個作為述詞的所有格 (ἑνός) 的插字。

b. 識別的關鍵

把「*的*」用「*在……之上*」或類似管轄、優先的字來取代。

c. 詳述/語意

這種所有格屬於詞彙——句法類別，也就是說，它只跟某特定被修飾的名詞（或分詞）有關，這樣的名詞原來就有某程度的掌管或權柄的意思。βασιλεύς 和 ἄρχων 之類的字通常屬於這類。最重要是，這種所有格常是表達驅動行為或成果的所有格的子類別，[83] 儘管不總是這樣。[84]

d. 實例

1) 清楚的例子

太9:34　τῷ ἄρχοντι τῶν δαιμονίων

　　　　統管眾鬼的統治者

可15:32　ὁ βασιλεὺς Ἰσραήλ

　　　　統管以色列的王

林後4:4　ὁ θεὸς τοῦ αἰῶνος τούτου

　　　　這世界的神

亦可參照：約12:13；徒4:26；啟1:5，15:3。

2) 仍具爭議的例子

提前1:17　τῷ δὲ βασιλεῖ τῶν αἰώνων

　　　　歸與那永世的君王（＝那位掌權永世的）

　　　　把這個所有格視為具形容功能的所有格（如 ASV 等）的問題在於，這個所有格是複數。不過，就算這裡是單數，意思也不會是「永世的王」，而是「這世

83　很有可能為了這個原因，因此在標準文法中找不到這個類別。

84　被修飾的名詞有沒有動詞性概念時，就成為表達隸屬的所有格與表達驅動行為或成果的所有格的區別之處。表達隸屬的所有格再細分的類別會是「跟最獨特 (*par excellence*) 名詞相關的所有格」（雖然有時意義上已經不再有隸屬的概念了）。也就是說，所有格指一個類別，被修飾的名詞指其中最重要的成員，雖然極少出現。但當這種情況發生時，被修飾的名詞和所有格名詞有相同的語意。例如，啟19:16 的 βασιλεὺς βασιλέων、來9:3的 ἅγια ἁγίων（意思不是隸屬，而是最獨特的）；亦參：啟17:14。類似的有徒23:6（「法利賽人，法利賽人的子孫」），以及腓3:5（「希伯來人所生的希伯來人」，雖然這裡跟 ἐκ 一起用）。

代的王」，這是個暫時的王。RSV、NRSV 視之為表達隸屬的所有格──「永世的君王」。[85]

弗2:2　ποτε περιεπατήσατε …… κατὰ τὸν ἄρχοντα **τῆς ἐξουσίας** τοῦ ἀέρος, τοῦ πνεύματος τοῦ νῦν ἐνεργοῦντος ἐν τοῖς υἱοῖς τῆς ἀπειθείας

你們行事為人順服那位首領，他掌管空中的領域 (over the domain of the air)、掌管靈界（和合本：你們行事為人順服空中掌權者的首領、就是現今……運行的邪靈）。

隸屬關係在這裡的語意會是「那位首領，他掌管空中的領域 (over the domain of the air)、掌管靈界 (over the spirit)……」。雖然有人把 πνεύματος 視為 ἄρχοντά 的同位詞所有格，但在語意上這不太可能，因為不能兩者都是人稱名詞。[86]（見作為同位補語的所有格的討論，上面已提過）。所以，這段經文的概念是，那控制不信之人的惡者，不僅控制外在（環境、空中的領域），也控制內在（態度或靈界）。

西1:15　ὅς ἐστιν εἰκὼν τοῦ θεοῦ τοῦ ἀοράτου, πρωτότοκος πάσης **κτίσεως**

他是那不能看見之神的像，是一切被造物的首生者

雖然有些人基於兩個原因認為這個所有格是作為述詞的所有格（首生的那位是受造的一部分）：其一是「首生」的字義中包含了「超越」[87]（只是按字面上來看是出生的時序）；另一個是後面接的因果關係子句（因為 (ὅτι) 一切在他裡面被造），但若只看時序的話，比較不合理。雖然如此，最有可能的還是表達隸屬的所有格。此外，雖然多數的表達隸屬的所有格例子中，被修飾的多是動詞性的名詞 (a verbal head noun)，但也不盡然是這樣（如上面的林後4:4及徒13:17）。這樣的結果似乎是早期對於基督是君王的認信，也因此是暗示了他的神性。

85　見稍早在具形容詞功能的所有格底下的討論（翻譯為「永世的君王」）。問題是，到底強調的是內在特質或是實際的領土。這個所有格的彈性足以包括這兩者；或許也為這個緣故，保留所有格的譯文、好凸顯它豐富的涵義。

86　是的，在我們的觀點中兩個都不是人稱名詞（因為我們視「靈」為一種內在的看法），但作為同位補語的所有格的看法則視兩者為人稱名詞，因為它對等了「掌權者」跟「靈」。

87　參照：這個神學陳述是受了代上5:1；詩89:27；羅8:29；啟1:5等的影響。

14. 作為施做（行為或成果）者的所有格 (Genitive of Production/Producer) [produced by] [88]

a. 定義

所有格實名詞*產生*它所修飾的名詞，這個用法並不常見。

b. 識別的關鍵

把「*的*」(*of*) 用「*產生*」(*produced by*) 來取代。

c. 詳述

作為施做（行為或成果）者的所有格的用法很像作為驅動者的所有格，不過它跟動詞性名詞沒有關聯，也沒有表現出跟動詞性名詞的關係。所以，較好的翻譯是「由……產生」，會比把所有格轉換成主詞而把被修飾的名詞轉換成相關（語意上）的動詞，要來得好。[89]

這也類似於表達事物源頭的所有格，但所有格的角色有比較多主動的動作。所以「天上來的天使」（來源）單純指出天使的出處來源，但「神的平安」同時指來源，也指出神所參與的那部分。

d. （可能的）實例

弗4:3   τὴν ἑνότητα **τοῦ πνεύματος**

聖靈的合一

這裡的「聖靈的合一」可能等於「聖靈所帶來的合一」。雖然這個所有格關聯到的是個動詞性名詞，但說成「〔竭力保守〕聖靈所聯合的」還是失去一些意思。因此，稱 τοῦ πνεύματος 是作為驅動者的所有格似乎無法完全表達作者在這裡的意思。

---

88   感謝 Jo Ann Pulliam 對作為施做（行為或成果）者的所有格的貢獻，這是她於一九九四年在達拉斯神學院進階希臘文文法課程所做的。

89   大部分學者把我們所說的作為施做（行為或成果）者的所有格稱為作為驅動者的所有格，不過語意上不盡相同。作為驅動者的所有格：被修飾的名詞會轉換成（語意上的）動詞；作為施做（行為或成果）者的所有格：被修飾的名詞會轉換成「誰產生」這動詞的直接受詞。所以，若「聖靈的合一」變成「聖靈所帶來的合一」，那麼這所有格是作為施做（行為或成果）者的所有格、而非作為驅動者的所有格。有其他的學者則不區分這個類別跟來源或起源的差異。（關於這個類別的討論，誠然是帶著有創意的形式）。

腓2:8　θανατοῦ δὲ **σταυροῦ**

甚至是十字架的死

σταυροῦ 可能是表達方法的所有格，理解為「以十字架的方式死」；或許也有可能是表達地方的所有格，理解為「死在十字架上」。不過，以作為施做（行為或成果）者的所有格來理解比較能夠帶出作者的意思：「藉由十字架所產生、帶來的死」。δὲ 讓整個句子變為強調（「甚至」），[90] 這也符合作為施做（行為或成果）者的所有格的理解。

弗5:9　ὁ γὰρ καρπὸς **τοῦ φωτὸς** ἐν πάσῃ ἀγαθωσύνῃ ......

光明的[91] **果子就是一切的良善……**

光明產生果子看來很切合上下文，這裡光明的比喻似乎包含著信徒在救恩中的地位。

腓4:7　καὶ ἡ εἰρήνη **τοῦ θεοῦ** ἡ ὑπερέχουσα πάντα νοῦν φρουρήσει τὰς καρδίας ὑμῶν[92]

神的平安，超越一切智慧，將會保守你的心。

雖然這可以是具被形容功能的所有格（「賜平安的神」），但在這裡的上下文中，這種讀法是有疑慮的，因為顯然是講神超越所有的智慧（此外，這點在稍後的第9節也提到〔ὁ θεὸς τῆς εἰρήνης〕）。作為驅動者的所有格的讀法也不對，因為其中的平安不是動詞性名詞。而表達事物源頭的所有格的讀法雖然很有可能，不過在此字義上沒有隱含經文有意願的元素。作為施做（行為或成果）者的所有格的讀法是「這平安是由神產生的」。

亦可參照：羅1:5（可能的），4:11；加3:13（可能的），5:22；帖前1:3。

15. 表達行為或成果的所有格 (Genitive of Product)
[*which produces*]

a. 定義

所有格實名詞為被修飾的名詞*所產生*。通常 θεός 為被修飾的名詞，所有格為一抽象詞。這個類別類似於表達驅動行為或成果的所有格，但被修飾的名詞必須轉換成（語意上的）*動詞*，而在此仍保持為名詞。動詞的概念隱含在「*的*」裡面。這個

90　事實上有人因為覺得這一節經文的意涵太過於強調、而打亂了這首詩的格律（參 J. Jeremias, "Zur Gedankenfuhrung in den paulinischen Briefen," *Studia Paulina in Honorem J. de Zwaan*, ed. J. N. Sevenster and W. C. van Unnik [Haarlem, 1953] 146-54）！若是如此，這一點極有可能是保羅在原來的詩上加上去的，以適合當時的聽眾。

91　一些抄本在此有「聖靈的果子」的字樣 (καρπὸς τοῦ πνεύματος)（例如：𝔓[46] D[c] Ψ *Byz* 等等）。

92　A *pc* 抄本中，θεοῦ 由 Χριστοῦ 所取代，不過文法上的重點不受此影響。

所有格用法並不常見。

b. 識別的關鍵

把「*的*」(*of*) 換成「*產生*」(*which produces*)。

c. 實例

1) 清楚的例子

羅15:13　ὁ θεὸς **τῆς ἐλπίδος**

賜下盼望的神

顯然，具形容功能的所有格（「盼望的神」？）並不合適；表達驅動行為或成果的所有格也是，因為那會把被修飾的名詞轉換成（語意上的）動詞。「**賜下盼望**〔給我們〕的神」是最合理的解釋。

羅15:33　ὁ δὲ θεὸς **τῆς εἰρήνης** μετὰ πάντων ὑμῶν

願平安的神常與你們同在

=願賜平安〔給你們〕的神常與你們同在。

亦可參照：羅16:20。

2) 可能的例子

羅15:5　ὁ θεὸς **τῆς ὑπομονῆς καὶ τῆς παρακλήσεως**

堅忍及安慰的神

雖然經文可能是兩個具形容功能的所有格，仍必須注意其中的差別：堅忍及安慰的神（與受安慰的神相反）。[93] 此外，神安慰隱含了一個動詞概念：祂是那位*賜下安慰*給我們的神。這兩個所有格在句法上的平行就意味著：τῆς ὑπομονῆς 的意思是「〔神是那位〕*賜下忍耐*給我們的」（事實上有件事可能是重要的，θεός 加所有格在羅馬書十五章中出現了三次，每次看來都像是表達行為或成果的所有格。）

來1:9　ἔλαιον **ἀγαλλιάσεως**

喜樂的油

*可能*作者的意思是這油帶來喜樂，（或可能是喜樂產生的油——表達行為或成果的所有格）。因為考察的部分中將近一半都是隱喻性的，使得文法的決定變得格外困難，因此很多人乾脆就把它放在描述性的所有格的黑洞中。

93　參見之前關於具被形容功能的所有格主動及被動觀念的討論。

亦可參照：林前14:33；林後13:11；腓4:9。[94]

B. 具奪格功能的所有格 (*Ablatival Genitive*)

具奪格功能的所有格，基本上包含了分離的觀念。（雖然多數時候翻譯為*來自*(*from*)，但這樣的解釋並不會與作比較的所有格混淆；後者會翻譯成比較 (*than*)）。這個觀念可以是靜態（亦即，在一個分離的狀態）或是進行中（從某處離開而造成分離）。強調的重點可能在分離後的狀態或是導致分離的原因（後者在強調起因或來源）。大部分情況下，具奪格功能的所有格在口語希臘文中已被 ἐκ 或 ἀπό 加上所有格所取代。[95]

1. 表達驅離動作的所有格 (Genitive of Separation)
[out of, away from, from]

a. 定義

*動詞*或被修飾的名詞從所有格實名詞分離，因此所有格用來指出發離開的那一點。這個用法在新約中很少。

b. 識別的關鍵

把「的」(*of*) 用「*脫離*」(*out of*)、「*遠離*」(*away from*) 或「*來自*」(*from*) 取代看看；另一個識別的關鍵是，這種所有格*通常*倚賴一個動詞（動詞性的名詞）、而非倚賴名詞。

c. 詳述／語意

1) 古典希臘文中，常常在普通所有格裡有分離的觀念。然而在口語希臘文中，分離的概念越來越多被介系詞 ἀπό 或有時以 ἐκ 取代。[96] 因此，表達分離的所有格在新約中比較少，較常見的是用介系詞 ἀπο（或 ἐκ）加所有格來表達分離。[97]

94　亦參：約4:14的 ὕδατος[2] 是另一個可能的例子（雖然那裡的所有格可能是 genitive of material 〔表達成分、材質的所有格〕或表達內容物的所有格，這要視 πηγή 在上下文中的意思來判斷）。

95　細部的討論，見本章的簡介。

96　這一點當然是一致地配合著口語希臘文愈趨平易簡單的步調。參見 Zerwick 卓越又精簡的處理，Zerwick, *Biblical Greek*, 161-64 (§480-94)。

97　參照：來7:26，即使是在新約中最文學性的口語希臘文用法裡，ἀπό 都還是都用來表達分離的意思。

2) 這是一個詞彙──句法類別：這是由所有格所修飾的這個字的意思來決定。只有當這個字（通常是動詞）隱含著從哪裡離開的動作、距離、或分離，所有格才能作表達分離之用。[98]

3) 分離的觀念可能是實體的（空間的）或比喻的。以下第一個例子是空間的，第二個是比喻的。

d. 實例

太10:14　ἐκτινάξατε τὸν κονιορτὸν **τῶν ποδῶν** ὑμῶν[99]

將塵土從你們的腳上踩下。

徒15:29　ἀπέχεσθαι **εἰδωλοθύτων** καὶ **αἵματος** καὶ **πνικτῶν** καὶ **πορνείας**

〔你們應當〕禁戒祭偶像的物和血，並勒死的牲畜和姦淫。

弗2:12　ἀπηλλοτριωμένοι **τῆς πολιτείας** τοῦ Ἰσραήλ

是與以色列國民疏離。

彼前3:21　καὶ ὑμᾶς ...... νῦν σῴζει βάπτισμα, οὐ **σαρκὸς** ἀπόθεσις ῥύπου

這洗禮……拯救你們──不在乎從肉體除掉污穢

這是個所有格從被修飾的名詞分離出來的例子，雖然它有動詞性名詞的概念。

彼前4:1　πέπαυται ἁμαρτίας[100]

已經與罪斷絕了

亦可參照：路2:37；羅1:4；林前9:21，15:41；加5:7；啟8:5。羅1:17雖仍有爭議，或許也算。

2. 表達事物源頭的所有格 (Genitive of Source)
[*out of, derived from, dependent on*]

a. 定義

所有格實名詞是被修飾的名詞取得或依靠的源頭。這一類在口語希臘文中很少見。

98　見 *BDF*, 97 (§180) 有常用動詞的列表。

99　在 ℵᶜ 33 0281 892 *et pauci* 找到 ἐκ 在 τῶν ποδῶν 之前。配合著口語希臘文愈趨平易簡單的步調、以及奪格功能的愈發罕見，這並不令人驚訝。

100　在 𝔓⁷² ℵ* A C K L P 1739 *Byz* 中找到 ἁμαρτίας；在 ℵ² B Ψ *et pauci* 中找到 ἁμαρτίαις；在1881 *pauci* 中找到 ἀπὸ ἁμαρτίας。

b. 識別的關鍵

把「*的*」(*of*) 用「*來自*」(*out of*)，「*得自*」(*derived from*)，「*依賴於*」(*dependent on*) 或「*源自*」(*sourced in*) 來取代。

c. 詳述

和表達驅離動作的所有格一樣，在口語希臘文中，普通所有格被介系詞片語取代（在此是 ἐκ + 所有格）來指源頭。所強調的是來源：往往強調和明確通常是並行的。

因為這個用法並不常見，因此當所有格也可能符合其他類別時，就不應當以此為最優先考量。某種程度來說，表所有權的所有格、作為驅動者的所有格及表達事物源頭的所有格是相似的。在任何情況下，若三種都有可能，那麼以作為驅動者的所有格為最優先。若被修飾的名詞不是動詞性名詞，表所有權的所有格仍比表達事物源頭的所有格優先。然而，在來源及分離之間，很難區分，通常僅是強調的地方不同：分離著重在結果，來源著重在原因[101]（以下的某些例子可以同時屬於這兩種）。[102]

d. 實例

羅9:16　οὐ τοῦ **θέλοντος** οὐδὲ τοῦ **τρέχοντος**, ἀλλὰ τοῦ **ἐλεῶντος θεοῦ**

這不在乎那定意的，也不在乎那奔跑的，只在乎發憐憫的神

羅10:3　ἀγνοοῦντες τὴν **τοῦ θεοῦ** δικαιοσύνην

不知道神所認可的義

林後3:3　ἐστὲ ἐπιστολὴ **Χριστοῦ**

你們是從基督來的信

啟9:11　ἔχουσιν ἐπ᾽ αὐτῶν βασιλέα τὸν ἄγγελον **τῆς ἀβύσσου**

有無底坑的使者作牠們的王

這裡有可能是具形容功能的所有格或描述性的所有格。然而表達事物源頭的所有格指出來源過於特質，因此看來更符合這裡的上下文。

101　在這方面，這兩個類別類似於用以強調一個先前運作，導致現今結果／效果行動的完成式 (extensive perfect) 與用以強週一個先前運作、導致現今結果／效果行動的完成式 (the intensive perfect) 二種完成時態的功能。

102　同時，表達驅離動作的所有格似乎比表達事物源頭的所有格更常見（這句話在介系詞結構中也是對的，因為分離的概念可以用 ἐκ 或 ἀπό 來表示，而來源只能用 ἐκ）。

亦可參照：羅15:18、22（在這裡，不定詞帶有一個所有格的冠詞）；林後4:7，11:26；西2:19（可能的）。

→ 3. 作比較的所有格 (Genitive of Comparison) [*than*]

a. 定義

所有格實名詞，通常在比較*形容詞*之後，用來作比較用。所有格為比較的基礎（亦即，「Ｘ比Ｙ大」，所有格是Ｙ）。這個用法很常見。

b. 識別的關鍵

定義中已給了關鍵：一個在*比較形容詞*之後的所有格，翻譯需要在之前有「*比*」(*than*) 這個字（取代「*的*」(*of*)）。

c. 詳述及語意

首先必須注意，比較形容詞不會是*具形容功能的形容詞*。也就是說，你不會在冠詞－形容詞－名詞結構中找到它。[103] 第二，比較形容詞*通常*是介於已知及未知之間，其中所有格實名詞是已知的項目。然而有時候兩個都是已知，它們之間的比較則著重在強調（無論是修辭的、驚訝的或是不尋常的排列）。第三，不是每個比較形容詞（站在述詞的位置）之後、帶有所有格的，都必然是作比較的所有格。[104] 部分的原因是，並非每個比較形容詞都根據它的形式來界定它的功能：比較形容詞可以是最高級或作為強調用 (elative)。[105] 最後，作比較功能的所有格多半是接著比較形容詞（而較少跟著表達比較意涵的動詞或*副詞*）。

---

103 雖然我沒有在新約希臘文之外作全面性的研究，但在新約中確是如此。也就是說，*沒有作比較的所有格是在描述性形容詞 (an attributive adjective) 之後的*。語義上也同樣如此，似乎不太可能：為了讓比較形容詞確實達到比較的功能，它需要對它所修飾的名詞作出聲明，因此必須是敘述性的、而非形容性的 (predicate, not attributive)。

104 參照：例如，林前12:23，15:19（同時表達驅動者或驅動成果的所有格）；腓1:14（同時表達驅動者或驅動成果的所有格）；來3:3（比較形容詞修飾所有格名詞〔這節經文中也有適切的作比較的所有格〕，相似的有來7:19、22）。

105 相關討論，見「形容詞」章節。

d. 實例

1) 清楚的例子

太6:25　οὐχὶ ἡ ψυχὴ πλεῖόν ἐστιν **τῆς τροφῆς**

生命不勝於飲食嗎？

在這裡將「生命」和「飲食」並列，顯示出強烈的情緒因素：有意要在聽者產生以下這樣的回答，「哦，是的，我的生命的確勝於飲食！你的意思是神了解這點，並且他會照顧我的生活嗎？」

太10:31　**πολλῶν στρουθίων** διαφέρετε ὑμεῖς

你們比許多麻雀還貴重

這裡是個不用比較形容詞、而用動詞的例子，儘管 διαφέρω 很少用到，它可能是最常跟作比較的所有格一起使用的動詞。[106]

約14:28　ὁ πατὴρ μείζων **μού ἐστιν**

父是比我大的

這段經文很明顯耶穌所指的是他的職分、而不是他的位格。所以父有較高的職責位階，但子的神性並不小於父（參約14:8）。這跟第四福音的主要信息之一很接近——明顯地指出道的神性。

約20:4　ὁ ἄλλος μαθητὴς προέδραμεν τάχιον **τοῦ Πέτρου**

另外那門徒跑得比彼得快

這是一個罕見的例子，作比較的所有格接在比較副詞之後。

林前1:25　τὸ μωρὸν τοῦ θεοῦ σοφώτερον **τῶν ἀνθρώπων ἐστίν**

神的愚拙總比人智慧

來1:4　κρείττων γενόμενος **τῶν ἀγγέλων**

〔**子**〕**比天使更尊貴**

來7:26　ἀρχιερεύς ...... ὑψηλότερος **τῶν οὐρανῶν**

大祭司……比諸天更高

彼前1:7　τὸ δοκίμιον ὑμῶν τῆς πίστεως πολυτιμότερον **χρυσίου**

你信心的真實是比金子〔的價值〕更寶貴（和合譯本：你真實的信心比金子更寶貴）

106　參照：路12:7（雖然24節帶有比較形容詞）；林前15:41可能也是（但很可能是表達驅離動作的所有格）；加4:1。

比較形容詞指向「真實」（而非信心本身），[107] 所以功能是作述詞的形容詞。這個句子中的已知項目是金子的珍貴，而信心的真實遠比金子更寶貴！

亦可參照：來3:3，11:26（值得注意的是，比較形容詞在希伯來書中被大量的使用，因為主題是建立在基督比先知、天使、舊約、摩西等都更高的概念之上。）

2) 仍具爭議的例子

可4:31　（＝太13:32）──參「形容詞」那一章的討論

弗4:9　τὸ δὲ ᾿Ανέβη τί ἐστιν εἰ μὴ ὅτι καὶ κατέβη εἰς τὰ κατώτερα μέρη **τῆς γῆς**

「他升上」這是什麼意思呢？豈不是指他曾降到地下嗎？

見前面的討論，在「作為同位補語的所有格」同一段經文底下。在那裡，我們僅希望指出，某些學者把這個所有格當成比較用─「他下到比地更底下的地方」[108] 雖然表附屬的所有格跟作為同位補語的所有格都有可能，但作比較的所有格就句法而言是不太可能的：比較形容詞應該是站在 μέρη 的形容位置上。若有人要忽略這樣的句法特徵，那麼馬太福音23:23的意思會變成「那比律法更重要的事你們反倒不行」（以此取代「那律法上更重要的事你們反倒不行」）。[109]

C. 具動詞功能的所有格 (Verbal Genitive)

（與動詞性名詞相關的所有格）

雖然在這個類別底下的子類別，實際上屬於「具形容詞功能的所有格」，把它們分別出來成為另一個類別「具動詞功能的所有格」是有好處的。部分的原因是因為表達驅動行為或成果的所有格及作為驅動者的所有格是非常重要、且又容易混淆，也因為這個類別通常在其他的新約文法書中不會列出來。

作為驅動者的所有格、表達驅動行為或成果的所有格和同時表達驅動者或驅動成果的所有格所修飾的名詞者含有動詞的概念，也就是說這個被修飾的名詞有同源的動詞（例如，βασιλεύς 有同源動詞 βασιλεύω）。因此，verbal genitive 結構就語意而言，內含了一個有動詞概念的句子；這動詞概念在被修飾的名詞中，且通常是及物動詞。以下的順序（作為驅動者的所有格、表達驅動行為或成果的所有格、同時

107　至少不是文法上的。但「信心的真實」(genuineness of faith) 等於「真實的信心」(genuine faith)，所以是具被形容功能的所有格，見先前的討論。

108　參照：例如 Meyer, *Ephesians* (MeyerK) 213、F. Buchsel, "κατώτερος," *TDNT* 3.641-43。Turner, *Syntax*, 215, 也支持這種可能性。

109　ἀφήκατε τὰ βαρύτερα τοῦ νόμου. 亦可參照來6:9。

表達驅動者或驅動成果的所有格）按照出現的頻率遞減。

→ 1. 作為驅動者的所有格 (Subjective Genitive)

a. 定義

就語意上來說，所有格實名詞的功能像是主詞，其動詞為被修飾的名詞所隱含的動作概念。這在新約中很常見。

b. 識別的關鍵

若可能是表達驅動者或驅動成果的所有格，試著把所有格所修飾的動詞性名詞轉換成動詞，把所有格轉成動詞的主詞。例如，加拉太書1:12「耶穌基督的啟示……」改為「耶穌基督所啟示的……」。

c. 語意／詳述

1) 這是個詞彙──句法類別，也就是說，會歸在這類的原因跟其中一個字所涉及的*特殊詞彙意義*有關（在此為被修飾的名詞）。在此，被修飾的名詞稱為「動詞性名詞」[110] 必須隱含動作的概念。如「愛」、「盼望」、「啟示」、「見證」及「道」等字，在某些情況下可以隱含動作的概念。當然必須從希臘文語文、而非英文的觀點來看。例如，「王」(king) 在英文中沒有同源動詞（沒有「作王」的動詞），但在希臘文中有（βασιλεύς 有 βασιλεύω）。

2) 就本質而言，作為驅動者的所有格會出現的結構類型比表達驅動行為或成果的所有格更多。原因在於兩者的語意：主詞可以接及物和不及物動詞，[111] 但受詞只能接在及物動詞之後。因此，ἡ παρουσία τοῦ Χριστοῦ（「基督的來臨」）中，所有格*不能*是表達驅動行為或成果的所有格，因為這裡的動詞概念不是及物的；但可以當作為驅動者的所有格（「〔當〕基督來臨」）。[112]

3) 當表達驅動行為或成果的所有格和作為驅動者的所有格同時存在一個結構之中（那麼允許作語意上相反的解釋）主要動詞有及*物*動詞的意思。這是到目前為止

---

110 不要跟不定詞搞混了。*就句法而言* (syntactically)，不定詞是動詞性的名詞。這裡所說的「動詞性的名詞」，是指著字彙說的（帶有動作概念的單字）。

111 它也可以接對等動詞，但作為驅動者的所有格的概念不會用這種結構來表達；希臘文是另用作為述詞的所有格及作同位詞的所有格來表示這樣的概念。（不過，例如路9:43，「神的大能」可以讀為「神是如此的偉大」）。

112 例外的用法，見「表達驅動行為或成果的所有格」底下的討論。

最常見動詞性名詞在特定的上下文中。如「神的愛」可以是「〔我／你／他們〕對神的愛」或是「神對我〔你／他們〕的愛」。這種例子之中，詞彙——句法特徵是完全相同的，因此必須考慮上下文、作者的用法及更廣的解經考量。

　　見以下圖表12，作為驅動者的所有格及表達驅動行為或成果的所有格的圖。

d. 實例

1) 清楚的例子

太24:27　οὕτως ἔσται ἡ παρουσία **τοῦ υἱοῦ** τοῦ ἀνθρώπου

人子的降臨，也要這樣（＝「當人子降臨時，也要這樣」）。

可14:59　οὐδὲ οὕτως ἴση ἦν ἡ μαρτυρία **αὐτῶν**

他們的見證也不相合（＝「他們並非見證同一件事」）

徒12:11　ἐξείλατό με ἐκ χειρὸς Ἡρῴδου καὶ πάσης τῆς προσδοκίας **τοῦ λαοῦ** τῶν Ἰουδαίων

〔主的使者〕救我脫離希律的手和猶太**百姓**的一切盼望（＝「一切猶太百姓所盼望的」）

羅8:35　τίς ἡμᾶς χωρίσει ἀπὸ τῆς ἀγάπης **τοῦ Χριστοῦ**;[113]

誰能使我們與基督的愛隔絕（＝誰能使我們與基督對我們的愛隔絕？）

這段經文在上下文中很清楚是作為驅動者的所有格。重點不在我們做什麼，使我們不與天上分離；而在於神在基督裡已做成的，要帶著選民進入榮耀裡。參照30到39節，經文所強調的是神過去、現在及未來的作為，39節特別指出這一點，也等於是為這章下了標題：「〔沒有任何人〕能使我們與*神的愛* (τῆς ἀγάπης τοῦ θεοῦ) 隔絕，這愛是在我們的主基督耶穌裡的。」

林後7:15　τὴν **πάντων ὑμῶν** ὑπακοήν

你們眾人的順服（＝「你們順服的事實」）

　　亦可參照：路7:30；羅9:11，13:2；林前16:17；林後7:6，8:24；約壹5:9；啟3:14。

2) 可能（也是解經上具有特殊意義）的例子，包括 Πίστις Χριστοῦ

　　最有爭議的經文類別可以說是含有 πίστις Χριστοῦ 的經文：應該翻譯為「信基督」(faith *in* christ)（表達驅動行為或成果的所有格）或是「基督*的*信／信實」（作為驅動者的所有格）？

113　雖然有一些抄本用 θεοῦ 取代 Χριστοῦ（例如：a [B] 365 *et pauci*），但是句法不受影響。

羅3:22　δικαιοσύνη δὲ θεοῦ διὰ πίστεως Ἰησοῦ Χριστοῦ

　　　　神的義，因著耶穌基督的信實

腓3:9　μὴ ἔχων ἐμὴν δικαιοσύνην τὴν ἐκ νόμου ἀλλὰ τὴν διὰ πίστεως Χριστοῦ

　　　不是有自己因律法而得的義，乃是有因基督的信實的義。

弗3:12　ἔχομεν τὴν παρρησίαν καὶ προσαγωγὴν ...... διὰ τῆς πίστεως αὐτοῦ

　　　　我們因他的信實就放膽無懼

　亦可參照：羅3:26；加2:16（兩次）、20，3:22。

　比較舊的注釋書（可能像路德的釋義）視 Χριστοῦ 為表達驅動行為或成果的所有格，「信基督」(faith *in* christ)。然而，越來越多學者認為這些經文的意涵為作為驅動者的所有格（為「基督的信」[114]或「基督的信實」）。我們不試著決定哪一個才是對的，只希望跟不同觀點的文法論證作互動：

　1) 表達驅動行為或成果的所有格觀點認為，在新約中，當兩個名詞都沒有冠詞時，πίστις 為表達驅動行為或成果的所有格；若都有冠詞，則為作為驅動者的所有格。[115] 對這點回應為，這些資料必須有輕重之分，大部分的例子，所有格名詞都有所有格代名詞，這通常也表示被修飾的名詞需要有冠詞。[116] 此外，*所有的* πίστις

114　Cranfield 在1975年的羅馬書注釋書第一冊裡，認為作為驅動者的所有格（羅3:22）的觀點「是完全沒有說服力」，不過他沒有給太多的支持證據（*Romans* [ICC], 1.203），只引用了一篇早期持作為驅動者的所有格觀點的文章：J. Haussleiter, "Der Glaube Jesu Christi und der christliche Glaube: ein Beitrag zur Erklarung des Romerbriefes," *NKZ* 2 (1891) 109-45。而過去二、三十年裡，也有許多擁護者捍衛作為驅動者的所有格的觀點，但反對的聲音也沒有消失。例如，持作為驅動者的所有格觀點的有 R. N. Longenecker, *Paul, Apostle of Liberty* (New York: Harper & Row, 1964) 149-52、G. Howard, "The 'Faith of Christ' ," *ExpTim* 85 (1974) 212-15、S. K. Williams, "The 'Righteousness of God' in Romans," *JBL* 99 (1980) 272-78、同上， "Again Pistis Christou," *CBQ* 49 (1987) 431-47、R. B. Hays, *The Faith of Jesus Christ: An Investigation of the Narrative Substructure of Galatians 3:1-4:11* (SBLDS 56; Chico: Scholars, 1983)、M. D. Hooker, "Πίστις Χριστοῦ," *NTS* 35 (1989) 321-42、R. B. Hays, "ΠΙΣΤΙΣ and Pauline Christology: What Is at Stake?" , *SBL 1991 Seminar Papers*, 714-29、B. W. Longenecker, "Defining the Faithful Character of the Covenant Community: Galatians 2.15-21 and Beyond," 論文初稿，Durham, England, 1995。持 objective genitive 觀點的有 A. Hultgren, "The Pistis Christou Formulations in Paul," *NovT* 22 (1980) 248-63、J. D. G. Dunn, "Once More, PISTIS CRISTOU," *SBL 1991 Seminar Papers*, 730-44，以及差不多所有較早期的羅馬書及加拉太書的注釋書。

115　見 Dunn, "Once More," 732-34。Dunn 把此看為他三個主要論點的一個（同上744頁）。

116　參照：*BDF*, 148-49 (§284)。Dunn 認出用 ὑμῶν 論證的弱點，但 μου 沒有 (Dunn, "Once More," 732)，彷彿一個代名詞可能有不同的含意（在字彙層面，有可能，但是這裡有的是句法的層面）。

Χριστοῦ 經文都在介系詞片語之內（介系詞的受詞，在此為 πίστις，通常是沒有冠詞的）。[117]即使介系詞的受詞是限定的，介系詞片語仍傾向省略冠詞。[118]表達驅動行為或成果的所有格的文法論據，比較少人支持。[119]

2) 作為驅動者的所有格觀點認為，「*Pistis* 接人稱所有格是很罕見的，但當它出現時，幾乎都不是接表達驅動行為或成果的所有格……。」[120]這個觀點還有可說之處，當然它也有弱點。新約中有兩個或三個例子是 πίστις + 人稱的*表達驅動行為或成果的所有格*（可11:22；雅2:1；啟2:13），同樣也有兩個清楚的例子是非人稱的所有格名詞（西2:12；帖後2:13）。然而，新約中主要的用法還是接作為驅動者的所有格。[121]　實際上，若作為驅動者的所有格觀點是正確的，這些經文（不管是將 πίστις 譯為「信心」或「信實」）[122]都反對「暗示幻影說的基督論」。[123]此外，基督的信／信實並不否定信基督，如同保羅的概念（這樣的概念呈現在很多經文之中，只是都用動詞 πιστεύω、而非名詞）；反而意味著信心的對象是一個值得的對象，因為他自己是信實的。雖然這個問題不能單靠文法來解決，但文法考量似乎也贊同作為驅動者的所有格的看法。

→ 2. 表達驅動行為或成果的所有格 (Objective Genitive)

a. 定義

就語意上來說，所有格實名詞的功能像是*直接受詞*，其動詞為被修飾的名詞所

117　保羅的作品中，「介系詞+無冠詞名詞」的結構幾乎是「介系詞+冠詞+名詞」結構的兩倍多（1107比599）。而當 πίστις 是受詞時，比例更高（四十比十七）。

118　見稍後討論「冠詞」的章節。

119　Dunn（"Once More," 732-33）提供四段他認為是作為驅動者的所有格的經文，他指出這些跟羅3:22等不同，是包含有冠詞的 πίστις（羅3:3；雅2:1；啟2:13，14:12）。不過他沒有提到的是，這些都是高度爭議的經文，確切的說，幾乎所有的都是表達驅動行為或成果的所有格的例子（雅2:1；啟2:13，14:12），而且這每一節經文中，πίστις 都是作直接受詞，所以通常都是有冠詞的。至少在講一個特定的信心時，我們會期待看到 πίστις 帶有冠詞。

120　Howard, "The 'Faith of Christ'," 213.

121　參照：太 9:2、22、29；可 5:5，5:34，10:52；路 5:20，7:50，8:25、48，17:19，18:42，22:32；羅1:8、12、3:3（這裡是「神的信實 [the faithfulness of God]」），4:5、12、16；林前2:5，15:14、17；林後10:15；腓2:17；西1:4，2:5；帖前1:8，3:2、5、10；帖後1:3；多1:1；門6；彼前1:9、21；彼後1:5。除了保羅的 πίστις Χριστοῦ 公式之外，徒3:16和啟14:12現在也是有爭議的經文。腓1:27（「faith of the gospel」）也是不確定的。

122　Longenecker 認為「信實」(faithfulness) 是比較好的翻譯，因為它包含了兩個概念，而且也比較符合保羅的神學（"Galatians 2.15-21 and Beyond," 4, n.14）。

123　Hays, "ΠΙΣΤΙΣ and Pauline Christology," 728.

隱含的動作概念，這在新約中很常見。

b. 識別的關鍵

若可能是表達驅動行為或成果的所有格，試著把所有格修飾的動詞性名詞轉換成動詞，且把所有格轉換成它的直接受詞。例如：羅馬書3:25「他公義的顯明」會變成「顯明他的公義」。

一個較為簡單、且不致愚魯的作法，就是以「的」(of) 這個字代替可能的「為」(for)，「*關於*」(about)，「*有關*」(concerning)，「*對於*」(toward)或「*反對*」(against)。

c. 語意／詳述

1) 這是個詞彙——句法類別，亦即會歸在這類的原因跟其中一個字有*特殊的詞彙意義*有關（在此為被修飾的名詞）。在此，被修飾的名詞稱為「動詞性名詞」[124]必須隱含有的動作的概念。如「愛」、「盼望」、「啟示」、「見證」及「道」等字，在某些情況下可以隱含動作的概念。當然必須從希臘文，而非英文的觀點。例如，「王」(king) 在英文中沒有同源動詞（沒有「作王」的動詞），但在希臘文中有（βασιλεῦς 有 βασιλεύω）。

2) 就本質而言表達驅動行為或成果的所有格會出現的結構類型比作為驅動者的所有格更少，這是因為兩者的語意：主詞可以接及物和不及物動詞，[125] 但受詞只能接在及物動詞之後。因此，*表達驅動行為或成果的所有格只能與隱含及物動詞的動詞性名詞一起用*。[126]

3) 當表達驅動行為或成果的所有格和作為驅動者的所有格同時存在一個結構之中，那麼允許作相反的解釋——被修飾的名詞有及*物*動詞的意思。這是到目前為止最常見動詞性名詞，如「神的愛」可以是「〔我／你／他們〕對神的愛」或是「神對我〔你／他們〕的愛」。這個例子裡，詞彙——句法特徵是完全相同的，因此必

---

124 不要跟不定詞搞混了。*就句法而言* (syntactically)，不定詞是動詞性的名詞。這裡所說的「動詞性的名詞」，是*指著字彙說的*（帶有動作概念的單字，a *lexical* title）。

125 它也可以接對等動詞，但作為驅動者的所有格的概念不會用這種結構來表達；希臘文是另用作為述詞的所有格及作同位詞的所有格來表示這樣的概念。

126 所以，在 ἡ παρουσία τοῦ Χριστοῦ（「基督的來臨」）中，因為動詞性概念是不及物的，所以其中的所有格不會是表達驅動行為或成果的所有格。但是它可以是作為驅動者的所有格（「〔當〕基督來臨」）。路6:12是個有趣的例外：τῇ προσευχῇ τοῦ θεοῦ 的意思是「向神禱告」（所有格是表達驅動行為或成果的所有格，但卻在一個不及物動詞性名詞之後）。即使是這裡，某些文士也不滿意這個結構（D, it^d 省略了 τοῦ θεοῦ）。亦參照：徒4:9，太1:12 或許也是（雖然 Βαβυλῶνος 可以是表達目的、結局的所有格）。

須考慮上下文、作者的用法及更廣的解經考量。

圖表12

「作為驅動者」和「表達驅動行為或成果」的圖示[127]

d. 實例 [128]

1) 清楚的例子

太12:31　ἡ δὲ **τοῦ πνεύματος** βλασφημία οὐκ ἀφεθήσεται

但聖靈的褻瀆總不得赦免（＝「對聖靈的褻瀆」或「褻瀆聖靈」）

路11:42　οὐαὶ ὑμῖν τοῖς Φαρισαίοις, ὅτι ...... παρέρχεσθε τὴν κρίσιν καὶ τὴν ἀγάπην **τοῦ θεοῦ**

你們法利賽人有禍了！因為那公義和愛神的事你們倒不行！

羅3:25　ὃν προέθετο ὁ θεὸς ...... εἰς ἔνδειξιν **τῆς δικαιοσύνης** αὐτοῦ

神設立耶穌作挽回祭⋯⋯要顯明神的義

觀念是「神設立耶穌基督，為的是顯現他的公義」。[129]

127　要注意，這個語意層面的同等，並不完全正確。N-Ng結構無法很簡單的轉換成S-V-O結構，因為一個是名詞片語，另一個是完整的句子。所以「基督的愛激勵我」不能簡單的轉成「基督愛我、激勵我」或「我愛基督、基督激勵我」，因為這不太合理。「我愛基督／基督愛我」仍必須維持名詞片語。這個例子中「『基督愛我』的事實激勵我」會比較合理，如同「『我愛基督』的事實激勵我」一樣（雖然這樣子的表示有些衍生的意思消失了）。然而，每個情況都不同，重要的是記得名詞片語不能簡單的轉成一個句子，必須做些調整。

128　羅1:19 (τὸ γνωστὸν τοῦ θεοῦ) 的表示稍微有些不同，「關乎神的知識」不同於「認識神」這件事。形容詞的被動詞尾，使這個片語不必考慮為表達驅動行為或成果的所有格。

129　這一節可以更進一步的分解：「神公開地顯明耶穌基督，為的是顯現他（自己）的公義」。

羅11:34 τίς γὰρ ἔγνω νοῦν κυρίου; ἢ τίς σύμβουλος **αὐτοῦ** ἐγένετο;

誰知道主的心？誰作過他的謀士呢？

這裡的意思是「誰與神商議呢？」[130]

彼前3:21 καὶ ὑμᾶς ...... νῦν σῴζει βάπτισμα, οὐ σαρκὸς ἀπόθεσις **ῥύπου**

洗禮……要拯救你們，不在乎從肉體除掉污穢

這個句子的語意是：「洗禮要拯救你，我說的不是那種除掉身體污穢的洗……」也就是說，這裡沒有否定水本身的價值。

這裡有兩個所有格跟 ἀπόθεσις（除掉）相關——ῥύπου（塵土）及 σαρκός（肉身，或這裡的身體）。其中一個是表達驅動行為或成果的所有格另一個是表達驅離動作的所有格。

亦可參照：可11:22；路22:25；[131] 徒2:42；羅2:23，13:4；林前15:34；林後9:13；弗4:13；西1:10；來4:2；彼前2:19；彼後1:2。

2) 仍具爭議的例子

羅8:17（見後面的討論）；約5:42；彼前3:21（「基督的復活」）[132] 此外，見「作為驅動者的所有格」底下關於 πίστις Χριστοῦ 公式及其他經文的討論。

3. 同時表達驅動者或驅動成果的所有格 (Plenary Genitive)

a. 定義

這種結構中，所有格名詞*同時*是語意上的主詞及受詞。一般的情況是主詞產生受詞的概念。

儘管大部分的情況，文法學者都不會喜歡看到一個雙重承認的情況。Zerwick 是很機敏地指出，「在解釋經文的時候，我們必須小心，否則我們就會見樹、不見林。」[133] 除非我們看這種聖經語言本身是一個獨立的類別（因為一般而言，用詞不該有雙關語、雙重意義、或類似的用法），否則我們不能否認有這種類別存在。以下例證不一定都屬於這個類別，但是

130　見這經文在「透露關聯的所有格」的討論，關聯的概念在詞彙層面被否定了。

131　這也可以被歸類在表達隸屬的所有格（「外邦人的君王」）。

132　這裡的問題以及類似表達的問題是，我們該視之為「基督〔從死裡〕復活」或是「〔神〕使基督〔從死裡〕復活」。新約的教導兩者都有，即使是認為基督是主動參與在他自己的復活裡（參照：約2:21及我們在「作為同位補語的所有格」的經文討論）。

133　Zerwick, *Biblical Greek*, 13 (§39).

這並不否認有這種用法存在。[134]

　　　這裡比較大的問題不是某段特殊經文的解經，而是我們怎麼整體地來處理解經，如同我們處理聖經一樣。幾乎絕大部分的情況是這樣，當有關於理解所有格的問題發生時，注釋者往往傾向於在二者之間做一個決定。但這樣的處理方式，是假定說話者沒有刻意地使用雙關或模糊的意思。然而這在人類語言中卻的確看得到（我相信即使在各個文化中很少見，這仍是很普遍的），那為什麼我們要否定聖經作者也可能會這樣呢？

b. 識別的關鍵

　　　把作為驅動者的所有格跟表達驅動行為或成果的所有格的「識別的關鍵」套用到經文上，如果兩個觀念都符合，*並且不相抵觸，反而有互補功能*，那麼這很可能是一個同時表達驅動者或驅動成果的所有格。

c. （可能的）實例

林後5:14　ἡ γὰρ ἀγάπη **τοῦ Χριστοῦ** συνέχει ἡμᾶς

　　　因為基督的愛激勵我們

　　　在此，多數新教基督徒會採作為驅動者的所有格，但其他人則認為是表達驅動行為或成果的所有格，不過也有可能保羅有意讓兩個觀念都存在。[135] 「從基督來的愛產生了我們對基督的愛，而這一整件事情激勵我們。」在這個例子中是作為驅動者的意義產生作為驅動行為或成果的意義：「基督對我們的愛──激發我們使我們能愛祂，──激勵我們（愛祂）。」[136]

134　大部分的文法學家對這個類別持保留態度，一個很重要的原因是他們多數人是新教基督徒。新教傳統對這段經文採取單數意義的理解，這已經成為他們思考的基礎（從歷史的角度看，這是對中世紀發展的四重意義的回應）。然而，現在的聖經研究指出作者有時會*刻意*給予不確定性。聖經的例子，如雙重意義、經文背後的意思、雙關語、字謎等都顯示出支持這個觀點。值得注意的是，其中有兩本出色的約翰福音注釋是由羅馬天主教學者寫的（Raymond Brown 及 Rudolf Schnackenburg）：約翰福音比起其他新約書卷用了更多的雙關語。傳統使得新教基督徒在某個程度上忽略了這點，但如今新教基督徒的觀點已經不同了，見 Saeed Hamidkhani 的著作 "Revelation and Concealment: The Nature, Significance and Function of Ambiguity in the Fourth Gospel"（劍橋大學博士論文，將在1996完成）。

135　Spicq, "L'etreinte de la charite," *Studia Theologica* 8 (1954) 124 也持這種看法，亦參照 Lietzmann, Allo, *loc. cit* 等的注釋。

136　ἀγάπη θεοῦ Χριστοῦ 在新約中作表達驅動行為或成果的所有格用（參照：路11:42；約壹2:5、15，5:3）也作為驅動者的所有格用（參照：羅8:35、39；林後13:13；弗3:19；約壹4:9）。但有些經文很難決定（如：羅5:5；林後5:14；帖後3:5〔這裡前面的經文是支持表達驅動行為

啟1:1　　　ἀποκάλυψις Ἰησοῦ Χριστοῦ, ἣν ἔδωκεν αὐτῷ ὁ θεός, δεῖξαι τοῖς δούλοις αὐτοῦ

耶穌基督的啟示，就是神賜給他，叫他指示他的眾僕人。

這是約翰給這卷書的標題，這個啟示是*從*基督來的，還是*關於*基督呢？在22:16，耶穌告訴約翰說，這書的內容是*他*的使者所宣告的。因此，這卷書是確定是*從*基督來的啟示（所以，1章1節我們會有個作為驅動者的所有格）。但這也是*關於*基督至高的、終極的啟示，因此1章1節的所有格也可能是個表達驅動行為或成果的所有格。問題是，無論作者在1章1節的意圖為何，既然是這卷書的*標題*，是用來描述整卷書的，這很可能是個同時表達驅動者或驅動成果的所有格。

羅5:5　　　ἡ ἀγάπη **τοῦ θεοῦ** ἐκκέχυται ἐν ταῖς καρδίαις ἡμῶν διὰ πνεύματος ἁγίου τοῦ δοθέντος ἡμῖν

因為所賜給我們的聖靈將**神的**愛澆灌在我們心裡。

很多早期的注釋書作者把這裡翻譯為表達驅動行為或成果的所有格（例如，奧古斯丁、路德）；而現代多數的作者認為是作為驅動者的所有格（如 Dunn、Fitzmyer、Moo、Käsemann、Lagrange）。經文很清楚是指神為我們做的事，而不是我們為神做的。因此，從上下文來看，這個所有格似乎是作為驅動者的：「從神來的愛澆灌在我們心裡」。然而事實上，這愛已經澆灌在我們*裡面*（與僅僅是澆灌在我們身上，或對我們澆灌相對），意味著這愛是我們回應祂愛的源頭。因此，這裡「神的愛」這個所有格*也*可能是表達驅動行為或成果的所有格。概念是「因為所賜給我們的聖靈，將神的愛澆灌在我們心裡，這愛是*從*神來的、也使我們產生*對*神的愛。」

　　參照：可能的例子，約5:42；帖後3:5；其他的 εὐαγγέλιον θεοῦ 例子（可1:1、14；羅1:1，15:16；帖前2:2、8、9）。

D. 具副詞功能的所有格 (Adverbial Genitive)

　　這種所有格的功能很像副詞。同樣地，它的功能有如介系詞片語（當然功能也像副詞）。因此，這種所有格跟動詞或形容詞比較有關、跟名詞較無關（若干例證即使是僅跟名詞相關，也通常在名詞中隱含有動作的概念）。

或成果的所有格，但後面的平行經文似乎又站在作為驅動者的所有格的立場；猶21也有類似情況）；約壹3:17；甚至是約5:42〔Robertson, *Grammar*, 499也支持〕）。這裡我們不跟隨一些學者（如 Meyer、Plummer、Furnish、Thrall）、做相同的推論，認為在保羅著作中不可能是表達驅動行為或成果的所有格，因為整個保羅著作中只出現七次，其中三次是有爭議的！還有，就是在這裡，這個觀點也是有爭議的。

1. 表達價值、數量的所有格 (Genitive of Price or Value or Quantity) [*for*]

a. 定義

所有格實名詞為其所修飾的那個字的價格、價值，這在新約中相對罕見。

b. 識別的關鍵

把 of 這個字取代成 *for*（要回答「多少錢」的問題？）。同時也要記得，這個所有格名詞是跟金錢／物質相關的字，而且跟動詞有關（只有一兩次跟名詞）、若干特殊的字彙（通常帶有買、賣、價值的意思，例如：ἀγοράζω、πιπράσκω、πωλέω）。

c. 實例

太20:13 οὐχὶ **δηναρίου** συνεφώνησάς μοὶ

你與我講定的不是〔做工得〕**一錢銀子**嗎？

值得的字彙觀念有時是隱含的，像這裡。

約6:7 **διακοσίων δηναρίων** ἄρτοι οὐκ ἀρκοῦσιν αὐτοῖς

值**二十兩銀子**的餅是不夠他們吃的

這裡表達價值的所有格跟名詞相關，是個不平常的例子（亦可參照：啟6:6）。

徒7:16 τῷ μνήματι ᾧ ὠνήσατο Ἀβραὰμ **τιμῆς** ἀργυρίου

亞伯拉罕用**銀子**買來的墳墓

林前6:20 ἠγοράσθητε γὰρ **τιμῆς**

你們是**重價**買來的

其餘相關的經文都列在下面：太10:29，16:26，20:2，26:9；可6:37，14:5；路12:6；約12:5；徒5:8，22:28；林前7:23；來12:16；猶11。[137]

→ 2. 表達時間的所有格 (Genitive of Time)
（在某個時間或一段時間中）

a. 定義

所有格實名詞表示*某種*時間 (the *kind* of time)，或它所修飾的那個字發生在這個

---

[137] 羅3:1（「割禮的益處」）不符合這個類別，因為*所有格名詞*不是指價格或價值。

時間之*中*。

最容易記得表達時間的所有格的方法，是回到所有格最基本的意義，所有格是表達質量、形容、描述或種類的格，[138] 因此，表達時間的所有格指時間的種類（這個用法並不常見，但通常會期待跟時間元素相關的詞彙一起出現）。[139]

b. 識別的關鍵

只要記得所有格中的名詞是指著時間，「*的*」(*of*) 通常變成「*在……期間*」(*during*) 或「*當*」(*at*) 或「*在……時間內*」(*within*)。

c. 詳述／語意

當只有所有格時（亦即沒有介系詞），它表示*某種*時間；而當帶有 ἐκ 或 ἀπό 一起用時，它的意思則完全不同，重點會放在開始（參照，例如：馬可福音9:21－ ἐκ παιδιόθεν 〔「從小的時候」〕）。[140] 這跟所有格的用法並不衝突，前者指在某個時間中，後者指時間的延伸。緊跟在 ἐκ 或 ἀπό 後面、用指時間的所有格，類別上是屬「作為介系詞受詞」的子類別。是介系詞需要歸類。

我們說過，表達時間的所有格的重點是從時間的*種類*來看。作者要表示時間可以選則三種不同的格：所有格、直接受格、間接受格。一般來說，他們的意思分別為：時間的種類（或某一段時間）、某一個時間點（回答「什麼時候」）及時間的延伸（回答「多久」）。所以要小心地去發現，到底作者要表達什麼——有時候不是那麼容易翻譯。

d. 實例

路18:12　νηστεύω δὶς τοῦ σαββάτου

我一個禮拜禁食兩次

概念是這法利賽人*在一個禮拜內*，禁食兩次。

138　當然我們講的是八格系統。在這裡，似乎還很有用，也就是說，儘管就語言學而言，它是錯的，但是它有教育上功能。

139　雖然新約中從未用過 ὥρας。

140　這顯示了把「介系詞+格」的用法跟一般格的用法相混的錯誤（不只一本中級文法書中有這樣的積習）。介系詞本身並不顯明這個格的意思。在這個例子中，ἐκ +所有格指*來源*或分離，而一般所有格則指*種類*，但沒有一般所有格用來指*時間*的來源的。這個概念需要介系詞。參照：例如，腓1:5, ἀπὸ τῆς πρώτης ἡμέρας ἄχρι τοῦ νῦν（「從第一天直到如今」）：這不是時間的種類、而是時間的延伸。

約3:2   ἦλθεν πρὸς αὐτὸν **νυκτός**

他夜裡來見他。

福音書作者若是用的是*間接受格*，重點是尼哥底母在夜裡來的那個時間點。然而，若是用所有格，重點則是尼哥底母來見主是在*什麼樣的*時間。福音書的作者放了很大的比例在講暗和光，genitive for time 也突顯出這點。至少我們可以說，尼哥底母不是被認為光明正大地來的（對比於約19:39）！

帖前2:9   **νυκτὸς καὶ ἡμέρας** ἐργαζόμενοι

晝夜做工

保羅在此並不是說，他和他的同工要二十四小時都要在帖撒羅尼迦做工，而是要白天、晚上都要做工。重點不在於時間的長度，而是什麼樣的時間。[141]

啟21:25   καὶ οἱ πυλῶνες αὐτῆς οὐ μὴ κλεισθῶσιν **ἡμέρας**

城門**白晝**總不關閉。

亦可參照：太2:14，14:25，24:20，28:13；可6:48，路2:8，18:7；約11:9、49；徒9:25；帖前3:10；提前5:5；啟7:15。

3. 表達地方／空間的所有格 (Genitive of Place/Space)
（哪裡或在什麼裡面）

a. 定義

所有格實名詞所指的是它所修飾的*動詞*發生動作*的地方*。這個用法在新約中非常的罕見，除非沒有其他類別合適才選擇這個。

b. 識別的關鍵

把「*的*」(*of*) 這個字以「*在……裡*」(*in*)，「*在*」(*at*) 或「*通過*」(*through*) 取代。

c. 語意

這個用法像表達時間的所有格一樣，重點在種類或品質（與直接受格不同，它的重是某一點或特定空間）。

---

[141] 啟4:8找到相同的強調，雖然加上了四活物無止息的敬拜。當然，也可能「晝夜」只是很常用的用法，並沒有他原來文法上的意思。啟20:10也有類似的情況。

d. 實例

路16:24 πέμψον Λάζαρον ἵνα βάψῃ τὸ ἄκρον τοῦ δακτύλου αὐτοῦ **ὕδατος**

打發拉撒路來，用指頭尖蘸點水

路19:4 **ἐκείνης** ἤμελλεν διέρχεσθαι

他必須從那裡經過

這裡翻譯成「經過」是因為動詞有介系詞字首，以及所有格的特色。

腓2:8 γενόμενος ὑπήκοος μέχρι θανάτου, θανάτου δὲ **σταυροῦ**

順服以至於死，且死在十字架上

這是個可能的例子：它也適合歸在表達方法的所有格（「藉著十字架」），更好的是（「由十字架所產生的」）。見這兩類的討論。

亦可參照：林前4:5；彼前3:4（都是隱喻）為其他可能的例子。[142]

4. 表達方法的所有格 (Genitive of Mean) [by]

a. 定義

所有格實名詞指的是動作（隱含在被修飾的名詞〔或形容詞〕或由動詞直接指出）藉以完成的方法、手段。它回答了一個問題——「如何」。這個用法很少見。（比較常見的是加介系詞ἐκ，雖然嚴格來說這不是表達方法的所有格，因為有介系詞）。

b. 識別的關鍵

用「*藉由*」(by)這個字來代替「*的*」(of)。之後往往帶有一個非人稱的所有格名詞，至少語意上是如此。

c. 語意／詳述

表達方法的所有格*有時*似乎比表達方法的間接受格表達更清楚的因果概念（間接受格是一般用來表達方式的格）。[143] 但是比普通所有格更多用來表達的方式，是

---

142 腓2:10也屬於此 (πᾶν γόνυ κάμψῃ ἐπουρανίων καὶ ἐπιγείων καὶ καταχθονίων)，因此是「眾膝都要跪下，無論是天上的、地上的，和地底下的」。但這個所有格更可能是表所有權的所有格，指的是誰的膝要跪（「那些在天上的膝，等等」）。

143 注意，例如，徒1:18 (ἐκτήσατο χωρίον ἐκ μισθοῦ τῆς ἀδικίας) 中，所有格意味著「作惡的代價」，這裡很難區分方法或原因／產物。

ἐκ + 所有格的結構。

d. 實例

羅4:11　τῆς δικαιοσύνης **τῆς πίστεως**

　　　　因信〔的方法〕稱為義

林前2:13　ἃ καὶ λαλοῦμεν οὐκ ἐν διδακτοῖς ἀνθρωπίνης **σοφίας** λόγοις

　　　　我們講說這些事－不是用人智慧所指教的言語

雅1:13　ὁ γὰρ θεὸς ἀπείραστός ἐστιν **κακῶν**

　　　　因為神不能被惡試探

腓2:8　θανάτου δὲ **σταυροῦ**

　　　　藉由十字架這方法的死

　　　　這是個爭議的例子，這裡的所有格可能是表達地方的所有格或更好的是作為施作成果者的所有格。

5. 表達動作施做者的所有格 (Genitive of Agency) [by]

a. 定義

　　所有格實名詞指的是一位施加動作*的*人，由他完成這個動作。這幾乎都關聯到動詞性形容詞，通常用來作實名詞而且有被動字形結尾-τος 的特徵。這個用法相當罕見。

b. 識別的關鍵

　　這個用法的特徵是，一個通常是-τος 結尾的形容詞，接著一個所有格的人稱名詞。用「*由……*」(*by*) 這個字來代替「*的*」(*of*)，例如：διδακτὸς θεοῦ，「神的教導」變成「神所教導的」。其他的組合如：ἀγαπητός + 所有格、διδακτός + 所有格、ἐκλεκτός + 所有格。

c. 結構與語意

　　這種結構中，所有格通常跟一形容詞連結使用，而這個形容詞：(a) 是個實名詞（亦即，形容詞顯示實名詞的功能 (substantival)）、(b) 字尾是-τος、(c) 隱含著被動概念。[144]

---

[144] *BDF*, 98 (§ 183) 附有簡潔有助的討論。*BDF* 指出這三重規則的兩個例外：(1) 林前2:13，形容詞修飾的是個名詞（所以，不是作 substantival 用）；(2) 太25:34，跟所有格一起用的是個完

作施做者的所有格的意思較接近 ὑπό＋所有格（表達終極的動作施做者），而
非 διά＋所有格（表達在中間過程的動作施做者）。

d. 實例

1) 清楚的例子

約18:16　ὁ μαθητὴς ὁ ἄλλος ὁ γνωστὸς **τοῦ ἀρχιερέως**[145]

　　　　另一個門徒，是**大祭司**所認識的

約6:45　ἔσονται πάντες διδακτοὶ **θεοῦ**

　　　　他們都要蒙**神**的教訓

羅1:7　πᾶσιν τοῖς οὖσιν ἐν Ῥώμῃ ἀγαπητοῖς **θεοῦ**[146]

　　　　給你們在羅馬為**神**所愛的眾人

羅8:33　τίς ἐγκαλέσει κατὰ ἐκλεκτῶν **θεοῦ**;

　　　　誰能控告**神**所揀選的人呢？

林前2:13　ἐν διδακτοῖς **πνεύματος**

　　　　用**聖靈**所指教的〔言語〕

2) 仍具爭議的例子

羅1:6　ἐν οἷς ἐστε καὶ ὑμεῖς κλητοὶ **Ἰησοῦ Χριστοῦ**

　　　　其中也有你們這蒙召**屬耶穌基督**的人

　　　　根據和第7節 (ἀγαπητοὶ θεοῦ) 的平行結構，這裡的描述可能是作施做者的所有
　　　　格。另一個可能是表所有權的所有格：「蒙召**屬耶穌基督**」[147] 首先，新約中
　　　　只有很少數的經文說到基督呼召聖徒。[148] 第二，通常終極施做者的概念在作施
　　　　做者的所有格中表現出來，而只有少數的地方被認為是終極的施做者。[149] 第
　　　　三，要在字尾為-τος 的形容詞之後找到一個表所有權的所有格，並不困難，特

　　　　成時態、被動分詞（而不是形容詞）。但約6:45也是個例外，用的是具描述功能的形容詞 (a
　　　　predicate adjective)；約18:16也是，用的是具形容功能的形容詞 (an attributive adjective)。

145　在 B C*vid L et pauci 有這個讀法；在 ℵ A C² Dˢ W Y Γ Δ Θ Λ Π Ψ f¹,¹³ 33 Byz. 中則是 ὁ ἄλλος
　　　ὃς ἦν γνωστὸς τῷ ἀρχιερεῖ 。

146　在 G et pauci 中找到 ἐν ἀγάπῃ θεοῦ 。

147　BDF, 98 (§183) 支持；NRSV 反對這點，見 Cranfield, *Romans* (ICC) 1.68，他稱這種擁有觀點
　　　為「純理論的觀點」(doctrinaire)。

148　使徒的呼召（例如：太4:21）是不同的，但參照太9:13。

149　然而，根據林前2:13（πνεῦμα 是動作的施做者），這個論點並不如它所宣稱的那麼強。

別在羅馬書。[150]句法不能解決這個問題，但至少可以提供不同觀點的證據。

➔ ## 6. 獨立分詞片語 (Genitive Absolute)

見「Adverbial Participles」。

7. 作指涉意涵的所有格 (Genitive of Reference) [*with reference to*]

a. 定義

所有格實名詞在這種用法裡，是表達名詞或形容詞意涵的參考點。這種用法並不普遍。

b. 識別的關鍵

用「*關於……*」(*with reference to*) 或「*有關……*」(*with respect to*) 這個譯字來代替「*的*」(*of*)。

c. 詳述

這種所有格通常修飾一個形容詞（只有少數情況會修飾名詞），因此，它被視為是具有副詞功能。所有格在這裡是作為形容詞的參考點。

如同主格一樣（通常說的是 pendent nominative），所有的斜格 (oblique cases) 可以用來指涉意涵，到目前為止，最常見的是表達指涉涵義的間接受格，最少見的是作指涉意涵的所有格。

d. 實例

1) 跟形容詞

來3:12　　καρδία πονηρὰ **ἀπιστίας**
　　　　　不信的惡心

來5:13　　πᾶς γὰρ ὁ μετέχων γάλακτος ἄπειρος **λόγου** δικαιοσύνης
　　　　　凡只能吃奶的、都不熟練**關於**仁義的道理

---

[150]　亦參照：羅1:20、21，2:4，6:12，8:11，9:22；比較不那麼明確的例子，參照太24:31；路18:7；羅2:16，有16:5、8、9。其中某些例子可能也屬於不同類別，但是沒有爭議地，它們至少是擁有功能、如果不都是施做者的話。另一方面，所有清楚的例子都有所有代名詞，不像羅1:6。

2) 跟名詞（或實名詞）

太21:21　οὐ μόνον τὸ **τῆς συκῆς** ποιήσετε

你們能行無花果樹上所行的事 (with reference to the fig tree)

西1:15　ὅς ἐστιν ...... πρωτότοκος **πάσης κτίσεως**

他是首生的、在一切被造的以先

其他的可能有表附屬的所有格和表達隸屬的所有格。若這是個表附屬的所有格，概念是基督是受造的一部分，亦即是被造的。但保羅在整卷書信中都清楚的說到，耶穌基督是至高的創造者，是成了肉身的神——例如，參照1:15，2:9。在這經文所在的段落裡 (1:9-20)，作者就在強調他的主的神性。[151] 無論如何，表達隸屬的所有格在所有可能中是最可能的選項（見之前的討論）。

8. 透露關連的所有格 (Genitive of Association) [*in association with*]

a. 定義

　　所有格實名詞所指的跟它所修飾的名詞有關。這個用法算常見，但只限於某些組合（見下面）。

b. 識別的關鍵

　　用「*與*」(*with*) 或「*與……相關*」(*in association with*) 這個譯字來代替「*的*」(*of*)。

c. 詳述及重要性

　　這種所有格用法中，被修飾的名詞字首通常會有 συν-，這種組合名詞自然就帶有關連的概念。而某些名詞跟形容詞本身詞彙就有「跟什麼有關」的概念，所以不需要字首的 συν-，就能作為透露關連的所有格。

　　這個用法在保羅書信中有特別的解經意義，因為它通常使一些 ἐν Χριστῷ 公式的分支更明確（既然信徒已被稱為在基督裡，他們跟祂是有機的連結，[152] 那他們現

151　在此有一個關乎基督神性的論證，因為這是首*讚美詩* (1:15-20)。讚美詩是對神唱、而不僅是對人。亦參照 R. T. France, "The Worship of Jesus-A Neglected Factor in Christological Debate?" *VE* 12 (1981) 19-33。

152　他們不只是與祂有法理上的連結：特別參照羅5，那裡有法理和生命有機的連結 (forensic and organic connections)。

在就以多面深廣的方式跟祂連結）。[153]

d. 實例

1) 清楚的例子

太23:30　οὐκ ἂν ἤμεθα **αὐτῶν** κοινωνοὶ ἐν τῷ αἵματι τῶν προφητῶν[154]

我們必不和他們同流先知的血

這是少數幾個例子之一，被修飾的名詞／形容詞的字首不是 συν-開頭。

羅8:17　εἰ δὲ Τέκνα, καὶ κληρονόμοι· κληρονόμοι μὲν θεοῦ, συγκληρονόμοι δὲ **Χριστοῦ**

若我們是兒女，〔我們〕便是後嗣：一方面是神的後嗣；另一方面**與基督同作後嗣**。

第一個所有格 (θεοῦ) 不是表所有權的所有格（神擁有信徒）、就是表達驅動行為或成果的所有格（信徒繼承神）。然而第二個所有格 (Χριστοῦ)，跟在 συν-名詞之後，表達「基督自己所享有的遺產也同樣屬於那些與他相連聯的信徒」。

弗2:19　ἐστὲ συμπολῖται **τῶν ἁγίων**

你們是**與聖徒同國**的人

弗5:7　μὴ οὖν γίνεσθε συμμέτοχοι **αὐτῶν**

所以，你們不要**與他同夥**

西4:10　Ἀρίσταρχος ὁ συναιχμάλωτός **μου**

亞里達古，**我的**同監人（＝「與我一同坐監的」）

在英文用法中，"my" 要比 "with me" 自然，雖然很明顯意思不是保羅*擁有*亞里達古。

啟19:10　καὶ ἔπεσα ἔμπροσθεν τῶν ποδῶν αὐτοῦ προσκυνῆσαι αὐτῷ. καὶ λέγει μοι, Ὅρα μή· σύνδουλός **σού** εἰμι

我就俯伏在〔天使的〕腳前要拜他，他說：「千萬不可！我和你**同是僕人**」。

天使對先知對他的尊崇的反應，跟耶穌對多馬讚嘆「我的主、我的神」（約20:28）的反應極為不同。這裡，天使反對的原因是因為他跟約翰是一樣的、都是神的僕人；而耶穌則接受多馬的尊崇。

　　亦可參照：太18:29、31、33；徒19:29；羅16:3；門24。

153　亦參照保羅著作的成語用法，是 συν──動詞之後有間接受格緊接著。

154　αὐτῶν 在 Θ Σ *et pauci* 被省略了。

2) 仍具爭議的例子

腓3:17　συμμιμηταί **μου** γίνεσθε, ἀδελφοί

弟兄們、你們要與我同作效法者

NRSV 譯為「一同效法我」(join in imitating me)（視所有格為表達驅動行為或成果的所有格，被修飾的名詞隱含關聯——亦即「兩者相聯」）。當然也有可能性（雖然不那麼可能）看這裡的所有格是關聯性質；至於被模仿的對象顯然是有預設的。不過在緊鄰的上下文中，顯然只有保羅是這位被模仿的對象。NRSV 的翻譯是很可取的。

羅11:34　Τίς γὰρ ἔγνω νοῦν κυρίου; ἢ τίς σύμβουλος **αὐτοῦ** ἐγένετο;

誰知道主的心？誰作過他的謀士？

雖然語源上有可能是透露關連的所有格，但 σύμβουλος 的用法在古典及口語希臘文中的意思，都只是單純的「顧問」、而非「同作顧問」。[155] 這個所有格必須是表達驅動行為或成果的所有格（「為神作謀士」），這份理解當然是十分明顯的，因為這位假想的謀士當然不會是與神聯盟、而是在祂之上。

林前3:9　**θεοῦ** γὰρ ἐσμεν συνεργοί

我們是神的同工

這裡保羅或許是在說，他跟亞波羅在服事的事上，是與神一起工作的（視為透露關連的所有格）。[156] 不過比較好的看法是加上「彼此互相」的譯詞、而且把 θεοῦ 看作表所有權的所有格（「我們彼此互為同工，都屬於神」）。從上下文來看，這裡的論證非常直接：保羅跟亞波羅算不得什麼，只有神帶來救恩及成聖的結果（5-7節）。就句法而言，還有其他例子是字首有 συν-的名詞帶有隱含著透露關連的所有格功能的用法，儘管它的所有格在經文中有的是其他的功能[157]。請參照，例如：羅11:17（〔與猶太信徒〕同享這根〔所提供的汁漿〕）；林前1:20，9:23；弗3:6；彼前3:7。[158] 所以，透露關連的所有格這種理解比較可能，是因為使徒在此並非宣稱他和亞波羅是神的伙伴、而是祂的僕人。

155　大多數的註釋學者都會假設這一點，不過都沒有任何討論（例如： Cranfield, *Romans* [ICC] 2.590-91）。另一方面，BDF 似乎支相反假設，但也沒有任何證明 (104, [§194.2])。至於古早時期的用法，參見 Herodotus 5.24; Aristophanes, *Thesmophoriazusae* 9.21; P Petr II. 13. 6. 11.

156　Robertson-Plummer, *I Corinthians* (ICC) 58-59也支持這觀點。就這一節經文，通常解經書中都假設這觀點。

157　亦參照：徒21:30有類似的，也就是作為驅動者的所有格接在 συν-名詞之後。

158　帖前3:2兩種所有格都用了，一種是透露關連的所有格，另一種是表所有權的所有格（「*作神同工的弟兄*」）。這段經文跟林前3:9就思想及用字上都很相近。亦參照腓1:7。

E. 在特定字詞之後

有些所有格用法無法符合上述任一種類別。或著雖然符合其中一種，但卻不關聯到名詞。這構成了一個龐雜的類別，把他們歸為「在特定字詞之後」的所有格用法。

→ 1. 作為動詞受詞的所有格（作直接受詞）

a. 定義

某些動詞以所有格實名詞為直接受詞。

b. 識別的關鍵

有些典型的動詞會接所有格直接受詞。這些動詞通常相當於其他某些所有格的功能，例如：分離、部分、來源等等。主要的用法可以分為四個動詞組別：*感受、情緒／意願、分享、治理*。

若所有動詞組別都包含進來可以分成九類，**BDF** 則分成十類（其中一類是所有格接「充滿、被充滿」之類的動詞，我們歸為〔動詞性的〕表達內容物的所有格）：1) 分享或參與的動詞，以及有表附屬的所有格概念的動詞；2) 有「觸摸、抓住」之意的動詞；3) 有「努力、渴望」及「得到，取得」意思的動詞；4) 有「充滿、被充滿」意思的動詞〔已在別處列過〕；5) 認知能力的動詞；6) 嗅覺動詞；7) 「記得、忘記」意思的動詞；8) 情緒動詞；9) 有「管理、統治、超越」意思的動詞；10) 指控的動詞。[159]

c. 釐清及語意上重要性

所有格直接受詞通常暗指一種所有格功能。某程度來說，這是所有格直接受詞的語意。並且，某些接所有格作直接受詞的動詞，也會接直接受格作直接受詞。因此，當作者選用不同的格做直接受詞時，他所選用的格對於他所要表達的概念就很有重要性。

---

[159] 見 *BDF*, 93-96 (§§169-78) 有這類動詞列表。在這裡就不再重複，因為這類所有格可以在辭典中找到，若有疑慮應當查閱 BAGD。

d. 實例

因為這是個很廣泛的類別，也因為開明地使用好辭典很容易就會發現這種用法，所以在這裡只給幾個例子。

1) 感受

可5:41　κρατήσας **τῆς χειρὸς** τοῦ παιδίου λέγει αὐτῇ, Ταλιθα κουμ

觸摸小女孩的頭，他對她說「大利大，古米」

在此我們看到用所有格來表達溫柔，對比於直接受格：κρατέω＋直接受格通常指整個抓住或完全的擁抱（參照：太12:11，28:9；可7:3；徒3:11），而且常有負面的涵意如奪取或逮捕（參照：太14:3，18:28；可3:21）。相比之下，「κρατέω＋所有格」結構的後者是表附屬的所有格，通常暗指溫和的觸摸（參照：太9:25；可1:31）。[160]

可7:33　πτύσας ἥψατο **τῆς γλώσσης** αὐτοῦ

吐完唾沫之後，他摸他的舌頭

ἅπτομαι 通常接所有格直接受詞（當意思是「觸摸」時，只有在新約）。[161] 表附屬的意思內嵌在動詞的意義之中。

2) 情緒／意願

路10:35　ἐπιμελήθητι **αὐτοῦ**

照顧他

提前3:1　εἴ τις ἐπισκοπῆς ὀρέγεται, **καλοῦ ἔργου** ἐπιθυμεῖ.

若有人想望監督的職份，他是在羨慕一件美事。

在新約中，所有格加ἐπιθυμέω不能做其他的，只能作所有格直接受詞，除非它後面跟著互補的不定詞（英文中有同樣的表示："he is desirous of a noble work"）。

160　這或許是成語的緣故，因為 χείρ 通常是所有格名詞。來4:14也不符合這個圖畫：即使接納這份教義宣告是個全然的擁護，這裡使用的仍然是所有格（如可7:3；8；西2:19；帖後2:15；啟2:13、14，都是接直接受格）。

161　這個動詞也有「照亮、點亮」的意思，這樣字用時通常是接著直接受格（參照：路8:16，11:33，15:8；徒28:2）。

3) 分享

來12:10　ὁ δὲ ἐπὶ τὸ συμφέρον εἰς τὸ μεταλαβεῖν **τῆς ἁγιότητος** αὐτοῦ

但他〔管教我們〕是為了我們的益處，使我們在他的聖潔上有分。

這是個表*附屬*直接受詞的例子。（一般來說，若一個動詞可以接所有格直接受詞或*直接受格*直接受詞，若受詞會考慮到*整體*，那麼會用*直接受格*；[162]　若是*部分的*話，會用所有格）。[163] 信徒所參與的神的聖潔並非完整，而是從神獲取的、部分的，所以用所有格比較能夠反應出來。[164]

徒9:7　οἱ δὲ Ἄνδρες οἱ συνοδεύοντες αὐτῷ εἱστήκεισαν ἐνεοί, ἀκούοντες μὲν **τῆς φωνῆς** μηδένα δὲ θεωροῦντες.

同行的人站在那裡，說不出話來，因為他們聽見聲音，卻看不見人。

這裡所記載的保羅的轉信，似乎跟使徒行傳22章的記載有矛盾，那裡他說「跟我一起的人……*沒有聽見聲音*……」然而，在徒22:9的動詞 ἀκούω 接了*直接受格直接受詞*。對於這兩節經文，Robertson 說：「……這個例子，藉由兩段明顯相互矛盾的經文：ἀκούοντες μὲν τῆς φωνῆς（徒9:7）及 τὴν δὲ φωνὴν οὐκ ἤκουσαν（徒22:9），正好可以顯示出兩者的差異。直接受格（表達程度的格）重點放在對聲音理智上的理解；而所有格（指定的格）則把重點放在聲音上，不強調對聲音的認知。ἀκούω 這個字本身有這兩種意思，也符合兩種不同的格的用法，一個是『聽到』另一個是『理解』。」[165]

NIV的翻譯似乎也支持這個看法：徒9:7譯為「他們聽見聲音，但沒有看見任何人」(they heard the *sound* but did not see anyone)；22:9為「我的同伴看見了那光，但無法理解那聲音」(my companions saw the light, but did not understand the voice)。ἀκούω（聽、理解）及 φωνή（聲音、人聲）這兩個字的意義範圍，藉由改變格的組合，可以調和這兩段敘述。

另一方面，在希臘化希臘文中，ἀκούω 因為不同格的用法而造成差異，這一點是有疑慮的：新約（包括大部分的文學作者）充滿了 ἀκούω ＋*所有格指理解的例子*（太2:9；約5:25，18:37；徒3:23，11:7；啟3:20，6:3、5，[166] 8:13，11:12，14:13，16:1、5、7，21:3）；同樣，ἀκούω ＋*直接受格指較少或沒有理解*

162　或者在新約中較多用 ἐκ ＋所有格。

163　參照 *BDF*, 93 (§169.2)。

164　新約中有一個例子是 μεταλαμβάνω 接直接受格作直接受詞（提後2:6），雖然這是個新約之外標準的成語（參照：LSJ，μεταλαμβάνω）。

165　Robertson, *Grammar*, 506.

166　啟6:7找到使用直接受格的平行經文！

的情況[167]（明顯的有：太13:19；可13:7／太24:6／路21:9；徒5:24；林前11:18；弗3:2；西1:4；門5；雅5:11；啟14:2）。事實上，例外的情況似乎比符合規則的還多！

因此，無論如何處保羅歸信的經文，不同格的方法，不應該成為解法的任何一部分。[168]

4) 治理

路22:25　οἱ βασιλεῖς τῶν ἐθνῶν κυριεύουσιν **αὐτῶν**

　　　　　外邦人的君王治理**他們**

羅15:12　ἔσται ἡ ῥίζα τοῦ Ἰεσσαί, καὶ ὁ ἀνιστάμενος ἄρχειν **ἐθνῶν**

　　　　　將來有耶西的根，就是那興起來要治理**列邦**的

2. 緊接著若干形容詞（及副詞）

a. 定義

某些形容詞（如ἄξιος，「值得」）及副詞會接所有格「受詞」。許多例子中，形容詞／副詞是個內嵌的及物動詞，因此需要接objective genitive（表達驅動行為或成果的所有格）（例如：「他是值得 X 的」(he is deserving of X) 的意思是「他值得 X」(he deserves X)）或包含表附屬的概念。

b. 識別的關鍵／詳述

就好像我們先前所見的有格直接受詞，讀者你應當接著 BDF (98, [§182]) 所列的形容詞、副詞，用BAGD來查考。實際上，大部分例子也都符合所有格的其他類別，例如表附屬的所有格、表達驅動行為或成果的所有格、表達內容物的所有格、作指涉意涵的所有格等。不過事實上，某些形容詞就會在其後接所有格，而自成為

167　有些例子中不是直接聽到的（例如：聽見*有關*打仗的風聲〔可13:7及平行經文〕；聽見分裂*的事*〔林前11:18〕），這些地方若照 Robertson 來說，應該要是所有格。其他例子也顯示出這個方法的錯誤：耶穌催促聽眾要聆聽並遵守他的話，參照平行經文在太7:24（直接受格）及路6:47（所有格）；當天使揭開印的時候，他們呼喊「來！」（啟6:3、5是所有格；6:7是直接受格）。

168　最合理的結論仍是，不把這些關於保羅的同伴所聽到的經文敘述看為是對立的。最可能的解法見路加從不同來源所收集的不同傳統（包括徒26:14），路加以保守的方式對此資料進行匯編，甚至保存了大部分他所引用來源的用詞（ἀκούω 及 φωνή在每個來源中有不同的意思）。因此，雖然看來像是對立的經文，事實上正是路加沒有變更他手邊不同傳統的證據。

一個可預測且穩定的類別（因為包含固定的一組詞彙）。[169]

c. 實例

以下只會給幾個例子，因為這個用法透過辭典可以很容易的發現。

太26:66　ἔνοχος θανάτου ἐστίν

他是讓死的

這全等於「他該死」，表達驅動行為或成果的所有格。

路12:48　ποιήσας ἄξια πληγῶν

做了當受責打的事

路23:15　οὐδὲν ἄξιον θανάτου ἐστὶν πεπραγμένον αὐτῷ

他沒做什麼該死的事

ἄξιος θανάτου 這個片語也出現在徒23:29，25:11；羅1:32。

腓1:27　ἀξίως τοῦ εὐαγγελίου τοῦ Χριστοῦ πολιτεύεσθε

你們行事為人要與基督的福音相稱

亦可參照：路7:6；林前6:2；來9:7；彼後2:14。

3. 緊接著若干名詞 [170]

a. 定義

所有格實名詞*很少*出現在某些本身就需要接所有格的名詞之後，這類的所有格不符合任一種「標準」的所有格類別，最常見的例子是兩個所有格用 καί 連接，而有「在之間」的意思。這個類別相當少。

b. 識別的關鍵

學生如果有疑慮需要查閱 BAGD。

c. 實例

徒23:7　ἐγένετο στάσις τῶν Φαρισαίων καὶ Σαδδουκαίων

法利賽人和撒都該人爭論起來

169　然而，這個用法在新約中並沒有像在古典希臘文中多。

170　表達「在其間」(between) 這概念，往往是藉著「非正規介系詞」(improper preposition) μεταξύ 來表達的；至少其中一處是用 ἐκ（腓1:23）。

啟5:6   ἐν μέσῳ τοῦ θρόνου καὶ τῶν τεσσάρων ζῴων

　　　　　*寶座*和*四個活物*之間

　　亦可參照：羅10:12；提前2:5。

4. 緊接著若干介系詞

a. 定義及識別的關鍵

　　某些介系詞之後會接所有格，相關討論見介系詞的章節。若要複習哪個介系詞接什麼格，參照如 Mounce, *Basics of Biblical Greek*, 55-62。[171]

b. 重要性

　　當介系詞帶有所有格在後面時，你*不能*只靠所有格的用法來決定它的功能。而要查閱BAGD或是介系詞章節裡的跟介系詞的格的特殊用法。許多普通的所有格用與介系詞＋所有格的結構，有重疊的意思（特別是 ἐκ+所有格）。但這種平行的現象並不都是這樣：有些普通所有格用法無法用「介系詞＋所有格的結構」來表示，而有些「介系詞＋所有格」找不到對等的普通所有格。此外，有重疊用法的，但不都出現的時候都這樣。

171　此外，四十二個非正規介系詞中，有四十個接所有格（例如：ἄχρι(ς)、ἔμπροσθεν、ἕνεκα、ἕως、ὀψέ、πλησίον、ὑπεράνω、ὑποκάτω、χωρίς）。若有疑慮，需要查閱辭典。

間接受格

綜覽

參考書目

BDF, 100-109 (§187-202); **Moule**, *Idiom Book*, 43-47; **Moulton**, *Prolegomena*, 62-64; **Porter**, *Idioms*, 97-102; **Robertson**, *Grammar*, 520-44; **Smyth**, *Greek Grammar*, 337-53 (§1450-1550); **Turner**, *Syntax*, 236-44; **Winer-Moulton**, 260-77; **Young**, *Intermediate Greek*, 43-54; **Zerwick**, *Biblical Greek*, 19-23 (§51-65).

簡介

　　間接受格在解經上的重要性不如所有格，但這並不是說間接受格在解經決定上的角色不重要，而是間接受格在歸類上要比所有格容易得多，有兩個原因：(1) 間接受格用法的大分類比較容易分別；(2) 內嵌的子句比較不需要「解開」(unpacking)，因為間接受格已經跟動詞相關，而所有格通常修飾名詞，所以比較隱晦及省略。[1]

　　同時，在某些情況之下，間接受格的功能可能不只一種（例如：同時有指明工具 (instrumental) 及作度量衡使用 (local)），其中有不少在做決定上仍不容易。在這些情況下，間接受格會有較高的重要性。

　　最後，普通的間接受格 (simple dative) 在口語希臘文中已經不再使用，被介系詞、特別是 ἐν + 間接受格所取代。[2] 這不是說普通間接受格跟 ἐν + 間接受格是完全相互對應，在以下對於不同間接受格用法的檢視中，會使這一點更加清楚。

間接受格的定義

1. 在八格系統中

　　間接受格 (dative)、做度量衡使用 (locative)、以及指明工具 (instrumental) 的情況，都以同樣的格變式 (inflectional form) 來表示，但功能上的區別是非常清楚的

1　所有格與斜格之間的分別，見所有格的「簡介」。

2　參 BAGD，頁258-61，特別是261頁 §IV.4.a。

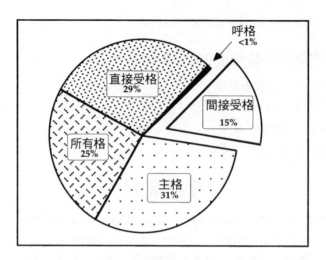

圖表13

新約間接受格出現的比例[3]

──遠比奪格和所有格之間的區別還要清楚。」[4] 然而這不表示在八格系統中,你可以很清楚的斷定某個特定的格變式是屬於哪一種。還有,在一些情況下,同樣形式的格會有兩種功能。八個系統無法處理這種雙重功能,因為同一種功能包括了兩種不同的格。因此,以功能而不以形式來定義格,有時會太過僵化而漏失了作者的意涵。[5]

真正的間接受格被用來指稱一個與動詞有相當關連的人。[6] 這是個*對人比較有興趣* (personal interest) 的格,它指出*對誰*或*為誰*做了某些事情。[7]

這不是說間接受格不能跟事情有關,因為有許多這類的例子。當它這樣用的時候力它有指涉的功能。一般來說,當間接受格是人的用法時,它說到某個(某些)關係到這個動作(或被這個動作影響)的人;但當用在事情上,它指的是這個動作所在的*架構*。

---

3   間接受格的統計資訊如下:4375個名詞、3565個代名詞、2944個冠詞、936個形容詞、353個分詞。

4   Dana-Mantey, 83.

5   參「所有格:簡介」,針對這一點有更多深入的討論。

6   *BDF*, 100.

7   Funk, *Intermediate Grammar*, 2.718 支持此點。

2. 在五格系統中

因為間接受格、做度量衡使用與指明工具有同樣的形式，所以我們視之為*同一個格*（因此「格」的定義就根據形式，而非八格系統的功能）。[8] *指明工具*的觀念包含了方法，一般性地回答了「如何？」的問題；*做度量衡使用*的概念包含了地方，回答了「哪裡？」的問題。因此，間接受格（包含單純的間接受格(pure dative)、做度量衡使用與指明工具等用法）比較廣泛的觀點是，它回答了下列三個問題中的一個：對／為誰？如何？或哪裡？

Chamberlain（雖然他持八格系統）提供了相關、而且非常有用的理解提示：

> 當譯者碰到「間接受格」形式時，他應該記得下列三個基本概念的任何一個，可能透過這個形式來表示：
>
> 1. 地方的概念（地點）
>
> 2. 工具的概念（工具）
>
> 3. 真實的間接受格（間接受格）
>
> 有一節經文可以用來測驗：τῇ γὰρ ἐλπίδι ἐσώθημεν（羅8:24）。保羅的意思是「我們藉著盼望得拯救」（工具）、「在盼望中」（地點）或「對」（或「為了」）「盼望」（間接受格）？若是「純」間接受格，盼望某個意義上是擬人化的，成為救恩的終點，而非到達終點的方式。若是工具用法，盼望被視為是用來拯救人們的方法。要決定這類問題，唯一科學的方法就是去看新約所反應出來的保羅觀點。[9]

因此，在五格系統中，間接受格可以定義為*跟人關連、表達指涉意涵* (pure dative)、*表達地點* (locative) 及*方法* (instrumental) 的格。

8　儘管 Dana-Mantey 的立場在此有點搖擺，但是論述仍有深思的必要：「即使是在句法這個領域，我們仍然不能忽略形式，因為除了形式，我們完全不能決定〔作者用字的〕意涵 (the intended function)。」(Dana-Mantey, 86)

9　Chamberlain, *Exegetical Grammar*, 34-35.

特定用法

單純的間接受格用法 (Pure Dative Uses)

這裡的子類別是特定用法，是建立在*跟人相關*及*表達指涉意涵*的基本概念上。

→ 1. 用作間接受詞 (Dative Indirect Object)

a. 定義

間接受格實名詞是某個動詞產生動作的對象。間接受詞*只會發生在及物動詞中*。當及物動詞為*主動語態*，[10] 間接受詞接受直接受詞（"the boy hit the ball *to me*"）；當動詞是*被動*語態時，間接受詞接受動詞的主詞（"the ball was hit *to me*"）。間接受詞是主動[11]動詞的直接受詞的接受者，或是被動動詞的主詞的接受者。

更簡單的說：「間接受格的名詞或代名詞，就是被給予（或接受）來自（及物動詞的）直接受詞的人或事，（或接受被動動詞的主詞）。」[12] 這個類別是間接受格功能中*最普遍的*。

b. 辨識的關鍵

關鍵是：(1) 動詞必須是及物動詞；[13] 並且 (2) 若間接受格可以譯為「對」(to)或「為了」(for)，那麼它很可能是間接受詞。

c. 語意及澄清

1)間接受格跟及物動詞時，譯成「*對*」(to)或「*為了*」(for)是最常見的翻譯（像所有格的「*的*」(of)）。有許多的間接受格用法是落在間接受詞這個大傘之下的（例如：表達與利益關連的間接受格 (dative of Interest)、表達發言角度或立場的間接受格 (ethical dative)），因此，間接受詞是最常見的間接受格。正如所有格的「*的*」(of)概念，「*對*」(to)的概念是間接受格最常有的。然而，用來表達「*對*」(to)的概念，

---

10   有時是關身語態（關身型主動意 (deponent middle)，可視為主動）。

11   從英文的觀點是主動。

12   Williams, *Grammar Notes*, 15.

13   「及物」可能可以從兩方面來定義，一個是文法的，另一個是詞彙的。文法上，及物動詞可以接直接受詞，而且可以用為被動語態。詞彙上，這種及物動詞會接間接受格的間接受詞，而且通常在意思上都是將直接受詞從一個地方移到另一個地方。因此「給」、「償還」、「差派」、「帶來」、「說」等，本質上都接間接受詞，而「有」或「活」等動詞則沒有。

間接受格是比所有格更為「明確清楚的」(unpacked)，因為間接受格已經跟一個明確的動詞相關（相對於所有格的隱含動詞性 (an implicit verb with the genitive)）。所以，間接受格用法比所有格用法更容易覺察，也因此它們在解經上的意義比較容易決定，因為它們較少模糊不清（動詞的出現降低了模糊不清）。

2) 在 "He gave the book to the boy" 的句子中，"to the boy" 是間接受詞，它接受了及物（且主動）動詞「給」的直接受詞 "the book"。這樣的句子可以用*被動式*來表示："The book was given to the boy by him"。這裡，"The book" 變成主詞（原來是直接受詞），但 "to the boy" 仍然是間接受詞。主動語態動詞「給」的主詞，成為被動語態動詞「被給」這個動作的施做者。主動語態動詞「給」的主詞，變成為被動語態動詞「被給」，這兩個句子中，間接受格保留不變，並且在語意上是一樣的，雖然文法上不同（亦即，它每次都接受了「書」，但不是每次都接受句子相同的部分）。

d.實例

約4:10　καὶ ἔδωκεν ἄν **σοι** ὕδωρ ζῶν

他必早給你活水

路1:13　ἡ γυνή σου Ἐλισάβετ γεννήσει υἱόν **σοι**, καὶ καλέσεις τὸ ὄνομα αὐτοῦ Ἰωάννην.[14]

你的妻子要給你生一個孩子，你要給他起名叫約翰。

雅2:16　εἴπῃ δέ τις **αὐτοῖς** ἐξ ὑμῶν, Ὑπάγετε ἐν εἰρήνῃ, θερμαίνεσθε καὶ χορτάζεσθε, μὴ δῶτε δὲ **αὐτοῖς** τὰ ἐπιτήδεια τοῦ σώματος, τί τὸ ὄφελος;

你們中間有人對他們說：「平平安安的去吧！願你們穿得暖，吃得飽」；卻不給他們身體所需用的，這有什麼益處呢？

這個例子中，緊隨的*陳述*是直接受詞；或者說，間接受格的間接受詞所接受的陳述。

林後5:11　**θεῷ** πεφανερώμεθα

我們在神面前是顯明的

林後12:7　ἐδόθη **μοι** σκόλοψ τῇ σαρκί

有一根刺加在我的肉體上

這是 ἔδωκεν **μοι** σκόλοπα τῇ σαρκί,「他給我一根刺在肉體中」子句的被動式，更多被動式的例子，參照：太14:11，21:43；徒7:13，14:26；弗3:8；啟6:2等

14　σοι 沒有出現在 D Δ 1 579 *et pauci*。

等。

亦可參照：太7:6；可14:44；約10:28；徒13:22；彼前4:19；啟16:6。

→ 2. 表達與利益關連的間接受格（Dative of Interest；利益歸屬 (Advantage) 或惡耗歸屬 (Disadvantage) 的概念）

a. 定義

間接受格實名詞指的是一個人（或事情，但很少）對於這個動作感興趣。表達利益歸屬的間接受格有對或為了 (*to* or *for*) 的概念，而表達惡耗歸屬的間接受格有反對的概念 (*against* idea)。表達利益歸屬的間接受格發生的次數比表達惡耗歸屬的間接受格要多，雖然兩個都相當常見。

雖然兩者都落在表達與利益關連的間接受格這個大傘之下，但在表達利益歸屬的間接受格及表達惡耗歸屬的間接受格二者之間作出區別仍然是很重要的（因為結果的意思會相反）。

b. 辨識的關鍵

如果不用「*對*」或「*為了*」的譯字，表達利益歸屬的間接受格可以用「*為了……的利益*」或「*對……有興趣*」的譯字來代替；表達惡耗歸屬的間接受格，則可換成「*有損於……*」、「*不利於……*」或「*反對*」。這樣的譯字有助於澄清這個間接受格的意思，不是要作為最終的翻譯，因為那樣太拗口了。

c.語意／重要性

• 表達與利益關連的間接受格通常（但不總是）屬於間接受詞裡較大的類別，兩者的差別在於，前者有強調興趣，後者則沒有。

• 判斷某個間接受格僅是間接受詞或是表達與利益關連的間接受格，所使用的*動詞涵義*通常是主要的線索。例如：「若我說 ἔδωκεν τὸ βιβλίον μοι（「他把書給我」），很清楚的，所給的書是我所感興趣的，而這樣的理解若說成 τὸ βιβλίον μοι ἠγοράσθη（*這本書被帶來給我*，實質上並沒有太大的改變，只是個人興趣的部分更強烈。[15]

• 因為單純的間接受格的根本概念是對人有興趣的（亦即，是指涉到人的），並不是說此與單純間接受格的其他用法截然不同。而是說，*一般意義下，每一個單*

---

15   Dana-Mantey, 84-85.

純的間接受格都是個一種表達與利益關連的間接受格。不過，表達與利益關連的間接受格這個類別包含了間接受格更具體的用法，不是強調得利、就是強調受損。因而，例如，「這是給我的食物」會是一般概念的表達與利益關連的間接受格。不過，「過多的食物」則是表達惡耗歸屬的間接受格的概念；「*我的太太為我煮的大餐*」是表達利益歸屬的間接受格。表達惡耗歸屬的間接受格／表達與利益關連的間接受格往往可能也屬於其他的類別，但是當得利或受損的概念呈現出來時，它就該被歸類在這個類別裡。

d. 實例

1) 惡耗歸屬 (Disadvantage, *Incommodi*)

太23:31　μαρτυρεῖτε **ἑαυτοῖς**

你們就**指證自己**

林前11:29　ὁ γὰρ ἐσθίων καὶ πίνων κρίμα **ἑαυτῷ** ἐσθίει καὶ πίνει

因為那吃喝的人，是吃喝定**在自己**的身上的罪了

腓1:28　ἥτις ἐστὶν **αὐτοῖς** ἔνδειξις ἀπωλείας

這是證明**他們**沉淪

這裡的間接受格，同時是表達指涉意涵的間接受格（「這是一個指明他們沉淪的記號」）*與*表達惡耗歸屬的間接受格。然而，*所強調的*是惡耗歸屬（這是一個關於他們沉淪的記號）。在這類例句中，二者都是對的，但是我們選擇那範圍更為狹窄的類別、就是*表達受損概念的間接受格*。使徒的論點透過後面跟著的*所有格* ὑμῶν δὲ σωτηρίας 而凸顯。[16] 也就是說，福音的敵人並不擁有他們的沉淪，而是這沉淪的不幸接受者；但信徒確實擁有他們的救恩。兩種情況的對比不僅在格式上的，而是有豐富的意思，這通常是翻譯過程中無法表現的。

來6:6　ἀνασταυροῦντας **ἑαυτοῖς** τὸν υἱὸν τοῦ θεοῦ

為他們自己，把神的兒子重釘十字架

亦參照：林前4:4；雅5:3；可13:9可能也是。

2) 利益歸屬 (Advantage, *Commodi*)

林前6:13　τὰ βρώματα **τῇ κοιλίᾳ**

食物是**為了肚腹**的好處。

16　這一點在許多抄本的異文中都失去了，ὑμῶν 在 D¹ K L P 075 *et pauci*,當中有的是 ὑμῖν，而在 C* D* F G *et pauci* 有的是 ἡμῖν。

林後5:13　εἴτε γὰρ ἐξέστημεν, **θεῷ**· εἴτε σωφρονοῦμεν, **ὑμῖν**.

　　　　　我們若果顛狂，是為神；若果謹守，是為你們。

太5:39　ὅστις σε ῥαπίζει εἰς τὴν δεξιὰν σιαγόνα σου, στρέψον **αὐτῷ** καὶ τὴν ἄλλην

　　　　　有人打你的右臉，連左臉也轉過來由他打

弗5:19　λαλοῦντες **ἑαυτοῖς** ἐν ψαλμοῖς καὶ ὕμνοις καὶ ᾠδαῖς πνευματικαῖς, ᾄδοντες καὶ

　　　　　ψάλλοντες τῇ καρδίᾳ ὑμῶν τῷ κυρίῳ

　　　　　要用詩篇、讚美詩、靈歌彼此對說，口唱心和地讚美主。這是間接受詞，
　　　　　但卻是為了接受者的好處，如同經文清楚指明的。

猶1　　τοῖς ἐν θεῷ πατρὶ ἠγαπημένοις καὶ Ἰησοῦ Χριστῷ τετηρημένοις κλητοῖς[17]

　　　　　寫信給那些被召、在父上帝裡蒙愛、為耶穌基督保守的人

　　　　　雖然有人會視此間接受格為表達動作施做者的間接受格（「被耶穌基督保
　　　　　守」），但是或許視它為表達利益歸屬的間接受格更好。見以下表達動作施做
　　　　　者的間接受格的討論。

啟21:2　Ἰερουσαλὴμ καινὴν εἶδον ...... ὡς νύμφην κεκοσμημένην **τῷ ἀνδρὶ** αὐτῆς.

　　　　　我看見新耶路撒冷⋯⋯ 打扮整齊如同新娘等候她的丈夫。

➔ 3. 表達指涉意涵 (Dative of Reference/Respect) [with reference to]

a. 定義

　　間接受格實名詞指涉到某件呈現出來為真實的事。作者會用這種間接受格用法
來確認某件事情，否則那件事通常會被認為是不真實。[18] 因此這個間接受格也被稱
作是一種關於指涉的間接受格用法，限制性間接受格、規範性間接受格、或甚情境
化間接受格 (contextualizing dative)。這是間接受格一種常見的用法，此外也是最常
用作指涉的。[19]

17　少數晚期的抄本（例如：1505 1611 1898 2138）沒有 Ἰησοῦ Χριστῷ τετηρημένοις。

18　一些文法學家把 ethical dative 與 dative of reference 分別出來。他們會說，例如： "beautiful to
　　God" 的意思是「對神而言，是俊美的」（徒7:20）。另一個看法是把它視為 dative of
　　reference，為間接受格的人稱名詞。我們會把這兩類區別開來，並認為 ethical datives 是 dative
　　of reference 的子類。

19　第二多的是直接受格，不過距離第一有點差距（但在古典希臘文中，直接受格是最多被使用
　　的）。另外，也有 genitive of reference 及 nominative of reference（亦即 *nominativus pendens*）
　　的用法。

b. 辨識的關鍵

不用「對」(to) 這個字，而在間接受格之前加上「關於」(with reference to) 這樣的詞句（其他的詞彙有「論到」(concerning)、「關於」(about)、「至於」(in regard to) 等等）。當間接受格裡的名詞是*事物*時，若把間接受格拿掉，通常整個句子會沒什麼道理；例如，羅6:2：「我們這（向罪）死了的人，豈可仍在罪中活著呢？」

c. 詳述

當單純的間接受格特別指著事物時，它會減低利害 (interest) 的份量、而跟指涉或架構相關。它通常跟形容詞一起出現。但表達指涉涵義的間接受格也偶爾用在人稱上（見以下例子）。[20]

d. 提醒

表達指涉涵義的間接受格很容易跟表達範疇的間接受格混淆。不過，它們各自帶出來的概念往往有相反的意思。弗2:1，不論 ὑμᾶς ὄντας νεκροὺς ...... ταῖς ἁμαρτίαις ὑμῶν 的意思是「雖然你們死*在你們的罪惡之中*」或「雖然你們死是*指涉到你們的罪*」是相當不同的（同樣的問題也發生在羅6:2）。（在另外的情況，這二者的意涵有點彼此重疊〔如同太5:8，以下會討論〕）。因此，要很小心，不要僅根據文法的理由就決定句法的關連，也要注意經文的上下文以及作者的意向 (author's intent)。

e. 實例

羅6:2　οἵτινες ἀπεθάνομεν **τῇ ἁμαρτίᾳ**, πῶς ἔτι ζήσομεν ἐν αὐτῇ;

　　　　我們在罪上死了的人，豈可仍在罪中活著呢？

羅6:11　λογίζεσθε ἑαυτοὺς εἶναι νεκροὺς μὲν **τῇ ἁμαρτίᾳ**, ζῶντας δὲ **τῷ θεῷ**

　　　　你們向罪當看自己是死的；卻**向神**是活的。

　　　　τῇ ἁμαρτίᾳ 及 τῷ θεῷ 之間的平行指出了它們有相同的功能。第一個是表達指涉涵義的間接受格（「從罪的觀點看自己是已經死了」(dead with reference to sin)），而雖然第二個是人稱名詞，它也符合這個類別（「從神的觀點看自己是已經活了的」(but alive with reference to God)）。

20　關於表達指涉涵義的間接受格及表達發言角度或立場的間接受格的差別，見以下「表達發言角度或立場的間接受格」的討論。

路18:31   πάντα τὰ γεγραμμένα διὰ τῶν προφητῶν **τῷ υἱῷ** τοῦ ἀνθρώπου[21]

先知所寫的一切關於人子的事

這裡是表達指涉涵義的間接受格加上人稱名詞的另一個例子，雖然 **τῷ υἱῷ** 不是文法上的受詞，卻是語意上的受詞，也就是這節經文在討論的。

徒16:5   αἱ ...... ἐκκλησίαι ἐστερεοῦντο **τῇ πίστει**[22]

眾教會在信心裡／在信心這事上越發堅固

太5:8   μακάριοι οἱ καθαροὶ **τῇ καρδίᾳ**

清心的人有福了

這也可以視為表達範疇的間接受格（「心裡單純的」），兩者在這節經文中都是可以的。

亦可參照：徒14:22；羅4:19；林前14:20；腓2:7；多2:2；雅2:5；彼前4:6。

4. 表達發言角度或立場 (Ethical Dative) 〔as far as I am concerned〕

a. 定義

間接受格實名詞指著某人，他的感覺或觀點是親密地與動詞的動作（或狀態）連結在一起的。這個用法相當地少。

b. 辨識的關鍵

不用「對」(to)，而把間接受格中的人*稱名詞*換成「*就我而言*」(*as far I am concerned*)、「*就我來看*」(*as I look at it*)、或「*根據我的觀點*」(*in my opinion*)（或你、他、她等等）。[24]

c. 語意與澄清

1) 你也可以稱此為「*存在的間接受格*」(*existential dative*) 或「*意見式的間接受格*」(*dative of opinion*)，它要說的是，某件事情只有在所指涉到的人的身分（可以透過名詞或代名詞）是放在間接受格裡時，這件事情才為真（或應該為真）。因此，這不是絕對的，而是根據某個特別的觀點來說的。

2)這個用法跟表達指涉涵義的間接受格有某程度上的關係，差別如下：(1) 表達

---

21   D (Θ) *f*[13] 1216 1579 *et pauci* 中，περὶ τοῦ θεοῦ 取代了 τῷ υἱῷ。

22   D 中沒有間接受格 τῇ πίστει。

23   見上一節，有可以能僅視之為表達指涉涵義的間接受格的子類。

24   So Robertson, *Short Grammar*, 243.

指涉涵義的間接受格通常涉及事物，而表達發言角度或立場的間接受格總是跟人有關；(2) 人稱的表達指涉涵義的間接受格指的是（所根據的）架構（所以比較客觀），而表達發言角度或立場的間接受格指的是持有觀點的人（用法比較主觀）。

3) 這個類別也跟表達與利益關連的間接受格有關（特別是表達利益歸屬的間接受格），差別在於觀點的不同。τοῦτο τὸ βρῶμα μοι 這個句子，若間接受格是表達發言角度或立場的間接受格，翻譯為「就我而言，這是食物」；若是表達利益歸屬的間接受格，意思是「這是給我的食物」。

d. 實例

徒7:20　　ἀστεῖος τῷ θεῷ

　　　　　對神是俊美的（＝「對神而言，是俊美的」）

腓1:21　　ἐμοὶ γὰρ τὸ ζῆν Χριστός

　　　　　因為**對我而言**，活著就是基督（＝「就我來看，活著就是基督」或「就我而言，活著就是基督」）

　　　　亦可參照：彼後3:14（可能的）。

5. 表達運動目標 (Dative of Destination)

a. 定義

　　這是個很像間接受詞的間接受格，除了它是跟不及物動詞（特別是ἔρχομαι）一起出現之外。當使用非及物動詞時，它是 "to" 的概念。通常是某件東西從一個地方傳送到另一個地方，它指著這個動詞動作的最終目的。這個用法相當地少用，在口語希臘文中已被介系詞取代（例如ἐν、ἐπί、εἰς）。

b. 辨識的關鍵（及澄清）

　　基本上要記得，這個廣義的「對」(to) 的概念是跟不及物動詞有關的（亦即，動詞並不接直接受詞）。最常出現的是ἔρχομαι 加間接受詞。

c. 實例

太21:5　　ὁ βασιλεύς σου ἔρχεταί σοι

　　　　　你的王來**到你這裡**

路15:25　　ὡς ἐρχόμενος ἤγγισεν τῇ οἰκίᾳ

　　　　　當他來，他接近**房子**

來12:22　προσεληλύθατε Σιὼν **ὄρει** καὶ **πόλει** θεοῦ ζῶντος ...... καὶ **μυριάσιν** ἀγγέλων[25]

你們來到錫安山和永活神的城……到千萬的天使

不是每個表達運動目標的間接受格都是非人稱的，如同這裡最後一個間接受格 μυριάσιν (ἀγγέλων)。亦參照上面的太21:5。

亦可參照：路7:21，23:52；約12:21；徒9:1，21:31；來11:6；啟2:5。

6. 作為動作的接受者 (Dative of Recipient)

a. 定義

這是個通常作間接受詞的間接受格，除了它是出現在*無動詞的子句結構*中（如在標題或問候中），[26] 它也用來指明顯或隱含的受詞的接受者。這個用法不常見。

b. 辨識的關鍵／語意 [27]

基本上，記得這是個人*稱名詞*，出現*在無動詞子句結構*的間接受格之中。這個間接受格出現在兩種類型的結構：(1) 標題或問候，其中沒有隱含的動詞；(2) 句子結構中的間接受格跟隱含有及物動詞概念的*動詞性名詞*相關。

c. 實例

徒23:26　Κλαύδιος Λυσίας **τῷ κρατίστῳ ἡγεμόνι Φήλικι** χαίρειν.

克勞第‧呂西亞向腓力斯總督大人請安

林前1:2　**τῇ ἐκκλησίᾳ** τοῦ θεοῦ τῇ οὔσῃ ἐν Κορίνθῳ

寫信給在哥林多神的教會

腓1:1　**πᾶσιν τοῖς ἁγίοις**

給眾聖徒

25　D*中以 μυρίων ἅγιων 取代間接受格的 μυριάσιν（在 D² 已經更正為 μυριάσιν ἅγιων），使得 θεοῦ 用 καὶ 跟 ἀγγέλων 連結，且都附屬於 πόλει（你們乃是來到錫安山、永生神及千萬天使的城邑）。

26　有人看問候語中的間接受格，是一個隱藏動詞 γράφω 的間接受格（有如「保羅寫信給在哥林多　教會……」）。然而這個隱藏動詞不是必要的，昔日一如今日。

27　表達運動目標的間接受格跟作為動作接受者的間接受格是類似的，僅管有兩方面的差異：(1) 前者通常是非人稱的，後者是人稱的；(2) 前者跟不及物動詞一起出現，後者則出現在不具動詞的結構裡。

彼前3:15　κύριον δὲ τὸν Χριστὸν ἁγιάσατε ἐν ταῖς καρδίαις ὑμῶν, ἕτοιμοι ἀεὶ πρὸς

ἀπολογίαν **παντὶ τῷ αἰτοῦντι** ὑμᾶς λόγον περὶ τῆς ἐν ὑμῖν ἐλπίδος

只要心裡尊主基督為聖。要常作準備以備有人問你們心中盼望的緣由。[28]

亦可參照：羅1:7；林後1:1；加1:2；猶11。

7. 作為物件或情感擁有者 (Dative of Possession)〔屬於 belonging to〕

a. 定義

在某些條件下，作為物件或情感擁有者的間接受格的功能像是表所有權的所有格；見以下語意的討論。

間接受格實名詞擁有跟它相關連的名詞，換句話說，對等動詞 (equative verb) 的主詞所歸屬於作為物件或情感擁有者的間接受格，這些對等動詞有εἰμί、γίνομαι及ὑπάρχω，它擁有這些動詞的主詞。這種用法並不特別常見。

b. 辨識的關鍵

譯字不用「對」(to)、而改用「*被擁有*」(*possessed by*) 或「*屬於*」(*belonging to*)。

有時（特別是間接受格實名詞是在對等動詞之後的敘述位置），把間接受格實名詞視為語意對等的主格主詞，而把實際的主詞當作述詞（例如，視之為直接受詞），或許會有幫助，例如：

徒8:21　οὐκ ἔστιν **σοι** μερὶς οὐδὲ κλῆρος ἐν τῷ λόγῳ τούτῳ

你在這道上、無分無關

這可以轉換成「關於這道，你沒有任何關係」（間接受格變成主詞，而主詞被放在敘述的位置，在此是直接受詞。）

徒2:43　Ἐγίνετο δὲ **πάσῃ ψυχῇ** φόβος, πολλά τε τέρατα καὶ σημεῖα διὰ τῶν ἀποστόλων ἐγίνετο.

眾人都起了敬畏的心；使徒又行了許多奇事神蹟。

第一個子句可以轉換成「每個心都敬畏」。再一次，間接受格成為主詞，而主詞被放在敘述的位置（這個例子中，它變成具述詞功能的形容詞）。

28　或許等於 "defend yourselves to anyone"（回答各人）。πρὸς ἀπολογίαν 的結構在語意上有如及物動詞，因此彷彿帶有間接受詞。類似的例子，參照：林前9:3。

c.語意

1) 一般而言，間接受詞跟作為物件或情感擁有者的間接受格之間的差別，在於*動作*（就如及物動詞所施做的）與造成的*狀態*（就如不及物動詞所描述的）。例如：ἔδωκεν τὸ βιβλίον μοι（「他給我書」）變成 τὸ βιβλίον ἐστί μοι（「這書是我的」）。[29]

2) 在這個連結之下，表所有權的所有格跟作為物件或情感擁有者的間接受格之間意思的不同可以作以下分析：「最近獲得或是強調擁有者時，會用所有格……而強調受詞被擁有，會用間接受格。」[30] 這兩者之間的差別，與動詞較有關連、而不是與格：作為物件或情感擁有者的間接受格幾乎只跟對等動詞一起用，而被擁有的受詞通常是動詞的*主詞*。因此，既然重點在狀態、而非在動作，強調的重點自然落在受詞上，而且沒有任何「最近獲得」的概念。

d. 實例

太18:12　Τί ὑμῖν δοκεῖ; ἐὰν γένηταί **τινι ἀνθρώπῳ** ἑκατὸν πρόβατα

你們的意思如何？若一百隻羊屬於一個人。

路1:14　καὶ ἔσται χαρά **σοι** καὶ ἀγαλλίασις

歡喜和快樂必給你（＝「歡喜和快樂必是你的」）

約1:6　ὄνομα **αὐτῷ** Ἰωάννης

屬於他的名字是約翰（＝「他的名字是約翰」）

羅7:3　ἐὰν γένηται **ἀνδρὶ ἑτέρῳ**

若她歸於別的男人（＝「她成為別的男人的」或「她成為別的男人所屬的」）[31]

約2:4　λέγει αὐτῇ ὁ Ἰησοῦς, Τί **ἐμοὶ** καὶ **σοί**, γύναι;

耶穌對她說：「婦人，那與你、與我何干？」

29　參照：Dana-Mantey, 85.

30　*BDF*, 102 (§189).

31　*BDF* 把這一節標為此規則的「例外」，作為物件或情感擁有者的間接受格不是用在「最近的獲得」。但這不是「對等動詞＋作為物件或情感擁有者的間接受格」結構的例外。此外，如同上述，這個間接受格不用來強調「最近的獲得」的理由是，因為它跟對等動詞一起用（最常用來表示狀態、而非動作）。羅7:3的間接受格表示「最近的獲得」是因為 γίνομαι 這詞彙的意思、而非因為（緊接字的）格的關係。Winer (264) 說得不錯：跟 εἰμί 連用字的概念是「屬於」(belonging to)，而跟 γίνομαι 連用字的概念是「成為……的財產」(becoming the property of)。

這節經文的問題比間接受格的歸類還多。整個句子是個諺語，而且被譯成多樣的句子，如「我要和你做什麼？」；「我們有什麼相干？離我去吧！」[32] 若這個結構是作為物件或情感擁有者的間接受格，那它的概念是「我們有什麼相同？」[33] 除了這節經文之外，也出現在可5:7；路8:28；ἡμῖν 跟 ἐμοί 一起出現的有太8:29；可1:24；路4:34。

亦可參照：徒8:21；彼後1:8。

8. 作為物件或情感擁有者（Dative of Thing Possessed；這個類別有爭議性）(who possesses)

a. 定義

間接受格實名詞指的是被某人（跟間接受格相關連名詞）擁有的東西。這個用法相當罕見，事實上，它的分類是有爭議的。

b. 辨識的關鍵

首先，記得這個用法跟*作為物件或情感擁有者*的間接受格在語意上是*相反的*。第二，記得 *with* + 間接受格在英文中通常表示擁有。第三，把 *with* 轉換成「*誰擁有*」(*who possesses*)，放在間接受格的名詞的前面。

c.這是個合法的 (legitimate) 類別嗎？

在新約中，*沒有清楚的例子*是跟普通間接受格的，雖然 ἐν+ 間接受格有時有這樣的意思（參照：可1:23；弗6:2）。至少，這凸顯出普通間接受格與之前有介系詞的間接受格之間意涵的差異。

d. 實例

林後1:15　Καὶ *ταύτῃ τῇ πεποιθήσει* ἐβουλόμην πρότερον πρὸς ὑμᾶς ἐλθεῖν

我既然這樣深信，就早有意到你們那裡去

這裡的間接受詞，還有其他意涵的可能性：表達範疇的間接受格，表達方法或工具的間接受格或表達態度的間接受格。

相似的有徒28:11。[34]

32　參照：BAGD 的 ἐγώ；*BDF*, 156-57 (§299.3)。雖然通常視為是閃族語，它確實出現在整個口語希臘文之中（BAGD 亦同，ibid.；Smyth, *Greek Grammar*, 341 [§1479]）。

33　So Smyth, *Greek Grammar*, 341-42 (§1479-80).

34　有時林前4:21，15:35；腓2:6可以作例子，但都可以作其他解釋。

9. 作為述詞 (Predicate Dative)

a. 定義

　　間接受格實名詞為另一個間接受格實名詞作出聲明，很像具述詞功能的主格所做的。[35] 然而，不同的是，作為述詞的間接受格是用在當對等動詞是個（間接受格的）分詞時，而非限定動詞 (finite verb)。這個類別相當地少。

b. 辨識的關鍵：見定義

c. 澄清及重要性

　　這種間接受格實際上一種間接受格中，*強調性的簡單同位語*（強調的原因，是因為有分詞形式的對等動詞）。

d. 實例

徒16:21　　ἡμῖν ...... 'Ρωμαίοις οὖσιν
　　　　　　我們……是羅馬人

徒24:24　　Δρουσίλλῃ τῇ ἰδίᾳ γυναικὶ οὔσῃ Ἰουδαίᾳ
　　　　　　土西拉，他的妻子，是猶太人

加4:8　　　ἐδουλεύσατε τοῖς φύσει μὴ οὖσιν θεοῖς
　　　　　　你們是給那些本來不是諸神的作奴僕

→ 10. 作為同位語 (Simple Apposition)

a. 定義

　　雖然嚴格來說這不是個句法類別，[36] 間接受格（如同其他格般）也能做為其他*同*格實名詞的同位語。同位結構包含了兩個相鄰的實名詞，同指著相同的人或事，都跟子句的其他部分有著相同的句法關係。第一個間接受格實名詞可以屬於任何間接受格類別，而第二個使被提及的人或事更加清楚。因此，同位語是承載在第一個

35　作為述詞的間接受格依從與具述詞功能的主格相同的規則，除了主詞與述詞的區別以外（例如：「主詞」有冠詞或是個代名詞）。相關的討論、實例，見「主格：主格述詞」章節。

36　因此，這個類別可以屬於間接受格、locative 或工具群組，列在這裡是為了方便的緣故。

間接受格用法上。[37] 這個用法很普遍。

b. 實例

太27:2　παρέδωκαν Πιλάτῳ **τῷ ἡγεμόνι**

他們捆綁〔他〕解去給總督彼拉多

路1:47　ἠγαλλίασεν τὸ πνεῦμά μου ἐπὶ τῷ θεῷ **τῷ σωτῆρί** μου

我靈以神我的救主為樂

徒24:24　Δρουσίλλῃ **τῇ ἰδίᾳ γυναικί**

土西拉，他的妻子

羅6:23　ἐν Χριστῷ Ἰησοῦ **τῷ κυρίῳ** ἡμῶν

在我們的主基督耶穌裡

來12:22　προσεληλύθατε Σιὼν ὄρει καὶ πόλει θεοῦ ζῶντος, Ἰερουσαλὴμ ἐπουρανίῳ, καὶ μυριάσιν ἀγγέλων

你們來到錫安山與永生神的城邑，就是天上的耶路撒冷，那裡有千萬的天使。

這節經文也包含了不是同位語的一組間接受格。沒有絕對的結構提示，可以用來決定哪個格是同位、哪個是平行；任何的決定必定是基於非句法的基礎而作的。

亦可參照：可1:2；路11:15；約4:5；徒5:1；啟11:18。

作度量衡使用 (Local Dative Uses)

這個子類別是建立以*度量衡*為基本概念的特定用法，包括空間的、非物理層面的和時間的。

1. 表達地點 (Dative of Place)

見表達範疇的間接受格。[38]

37　更多關於同位語的用法，參照主格及所有格的章節。

38　我不認為這是個適切的類別；它跟表達範疇的間接受格不同。我把這個標題加入是因為免得某些使用者會質疑我有疏忽。我的理由是，表達範疇的間接受格跟表達地點的間接受格是相同類別的不同應用，一個是比喻的、另一個是照字面說的。唯一的差別是在字彙上，而非語意上的 (lexical, not semantic)。

➔ 2. 表達範疇 (Dative of Sphere) [in the sphere of]

a. 定義

間接受格實名詞指是一個範疇或領域;一個與它所相關的字詞發生在這個範疇或領域之內。這個字往往是動詞,但不總是這樣。[39] 這是間接受格的普遍用法。

b. 辨識的關鍵

在間接受格名詞之前,加上「*在……範疇內*」(*in the sphere of*),或「*在……領域內*」(*in the vealm of*)。

c. 提醒╱澄清

如同先前所提出的,表達指涉涵義的間接受格跟表達範疇的間接受格很容易混淆,即使所帶出來的結果*常常是相反的*意思。弗2:1中,ὑμᾶς ὄντας νεκροὺς ...... ταῖς ἁμαρτίαις ὑμῶν 的意思是「雖然你是死*在你的罪惡的領域當中*」或是「雖然*就你的罪而言* (*with reference to your sins*),你是死的」,意思是很不同的(羅6:2也是)。(有時,表達範疇的間接受格跟表達指涉涵義的間接受格彼此會有交疊,如太5:8,以下會討論)因此,必須小心,在作句法選擇的時候,不能只看是否符合文法,也要從上下文及作者的意圖來看。

一般而言,說*表達指涉涵義*的間接受格視它所修飾的字跟它有某程度的*分離*,而*表達範疇*的間接受格視它所修飾的字是與間接受格的領域*相結合的*。例如,羅6:2,保羅用表達指涉涵義的間接受格:「我們向罪死 ([with reference] to sin) 的人,豈可仍在罪中活著?」這裡「我們死」是跟「罪」分離。弗2:1中,則看到表達範疇的間接受格:「雖然你們死在過犯罪惡之中 ([in the sphere of] you sins)」,這裡「你們死」是與罪惡的領域中連結的。這個基本原則也有例外,但那些例外的經文看來似乎是違反此「規則」的例子,要在表達指涉涵義的間接受格和表達範疇的間接受格之間作出區別似乎不容易。[40]

39　在我們的觀點中,表達範疇的間接受格跟表達地點的間接受格實在是同一件事。差別是字彙上的,而非文法的─在這個層面上,並無須深究,因為解經並不受這個區別所影響。

40　偶爾會模糊的理由是,表達指涉涵義的間接受格強調*關於某件*已經完成的動作。而表達範疇的間接受格在強調*內在於*事情完成的領域。在某些例子裡,這兩個領域可能無法區別出來。

d. 實例

徒16:5　αἱ ...... ἐκκλησίαι ἐστερεοῦντο **τῇ πίστει**[41]

眾教會在信心中成長

這裡同樣也可以作表達指涉涵義的間接受格（「有在信心方面的成長」），兩者的意思都可以。

太5:8　μακάριοι οἱ καθαροὶ **τῇ καρδίᾳ**

有福的是那心裡純潔的人

這裡同樣也可以作表達指涉涵義的間接受格（「心靈層面的純潔」）。

彼前3:18　Χριστὸς ἅπαξ περὶ ἁμαρτιῶν ἔπαθεν, δίκαιος ὑπὲρ ἀδίκων, ... θανατωθεὶς μὲν **σαρκί**

基督也曾一次為罪受死，就是義的代替不義的，在肉身中，他被治死

太5:3　οἱ πτωχοὶ **τῷ πνεύματι**

靈裡貧窮的

這裡的間接受格實際上是作副詞用，所以是「靈裡的貧窮」。

約21:8　**τῷ πλοιαρίῳ** ἦλθον

他們坐小船中過來

路3:16　ἐγὼ μὲν **ὕδατι** βαπτίζω ὑμᾶς

我在水裡給你施洗

這裡的 ὕδατι 偶爾會跟 dative of sphere 一起出現，似乎有雙重功能，同時指施洗的*地方及方式*。

亦可參照：羅4:19；弗2:1（上面討論過）；彼前4:1；猶11。

→ 3. 表達時間 (Dative of Time)〔當〕

a. 定義

間接受格名詞指的是主要動詞完成動作的時間。間接受格通常指*時間點*，回答了「何時」的問題，在八格系統中，指的是時刻 (locative of time)。[42] 雖然相當普

41　D 少了 τῇ πίστει。

42　雖然從說話者的觀點而言，時間可能是確定的，但這並不暗示聽者是知情的。亦參照：路12:20（以下討論），17:29-30。其他情況，間接受格可能只一般性地用來問一個平常的問題「何時」。也就是說，雖然答案可能是一般性的（「在那一天」、「在那個時刻」），但重點不在於問時間的*種類*（像所有格那樣）、而只是一般性提到發生的時間。因此，表達時間的間接受格可能*看*來像是表達時間的所有格，但實際上等同的例子相當地少。

遍，這個用法在口語希臘文中也漸漸地被 ἐν + 間接受格這樣的片語用法所取代。[43]

b. 辨識的關鍵

記得間接受格名詞指出時間。

c. 重要性／語意

表達時間的間接受格跟表達時間的所有格及表達時間的直接受格都有不同的意涵。要記得它們之間對於時間概念的差異，最簡單的方法是記得這些格的基本概念。（純）所有格的基本概念是質、屬性或種類。因此表達時間的所有格表達時間的*種類*（或在某段時間中）。直接受格是給時間一個限制，因此表達時間的直接受格表達的是時間的*長度*。作*度量使用*的間接受格的基本概念是指位置，因此表達時間的間接受格表達的是時間*點*（只要記得作度量衡使用的間接受格是「給予落點的格」）。

d. 澄清

雖然間接受格可以說主要在描述一個*點*，但偶爾也會跟表達時間的直接受格的特點重疊，[44] 卻很少跟表達時間的所有格重疊。[45]

我所了解它們之間的不同在於，所有格的用法要表達時間的種類／或一個有*延伸性*的時距；但間接受格的用法通常要表達這某一*片刻*發生的時間點。無論這個事件發生了沒，間接受格所關注的都是這個特點。若間接受格等於過去時態（總結動作的觀念），那麼所有格就是現在時態（看事件的內部進展）。

43　這在 Koine 中並非新的，因為以 ἐν + 間接受格來表示時間，是「早就在古典語言中廣泛使用」(*BDF*, 107 [§200])。

44　*BDF* 僅舉出一些間接受格代替表達時間的直接受格、呈現這項功能的例子，都是與及物動詞連用，不是主動、就是被動 (108 [§201])，但只引用了路8:29（可以解釋為具有多次發生意思 (on many occasions) 的間接受格）；羅16:25。但是參照了路1:75，8:27；約14:9；徒8:11，13:20，及可能的約2:20（雖然這個格在這裡的用法較為複雜，見「簡單過去時態」章節的討論）。（大部分的例子作為間接受格的詞，不是「時間」(χρόνος)，就是「年」(ἔτος)）啟18:10中的μιᾷ ὥρᾳ有可能是指程度，如同在抄本A及其他許多手抄本中所使用直接受格的意思，但是上下文卻建議更有可能作「時距 (time within which)」的意思（所以是作表達時間的所有格來理解）。
　　間接受格的用法已有多種理由被提出：依附於拉丁文的奪格 (*BDF*, 108 [§201]) 以及間接受格的工具用法（相對於地方用法），是在幾種理由中是最被接受的 (Robertson, *Grammar*, 527也支持)。Robertson 的立場較接近事實，參照他對 Blass 的評論，在528頁。

45　*BDF* 認為普通間接受格在新約中從來不解作「時距」（＝表達時間的所有格），說它是「不可能的」，雖然同意ἐν+間接受格有時會這樣用 (*BDF*, 107 [§200])。然而，儘管相當地少見，普通間接受格是可以作表達時間的所有格使用的（參照：啟18:10、17、19〔各處的異文〕）。

e. 實例

太17:23　τῇ τρίτῃ ἡμέρᾳ ἐγερθήσεται[46]

第三天〔這個時間點〕他要復活。

福音書中，所有跟耶穌復活「第三天」相關的經文，都用間接受格，而且沒有介系詞。參照：太16:21，20:19；路9:22，18:33，24:7，46。[47]

太24:20　προσεύχεσθε δὲ ἵνα μὴ γένηται ἡ φυγὴ ὑμῶν χειμῶνος μηδὲ **σαββάτῳ**[48]

你們要祈求，好讓你們逃走的時候，不遇見冬天或**安息日**

這裡有個好的對比，可以看到表達時間的所有格 (χειμῶνος) 指一段時間，表達時間的間接受格指一個時間點。

可6:21　Ἡρῴδης **τοῖς γενεσίοις** αὐτοῦ δεῖπνον ἐποίησεν

希律**在他生日那天**擺設宴席

路12:20　**ταύτῃ τῇ νυκτὶ** τὴν ψυχήν σου ἀπαιτοῦσιν ἀπὸ σοῦ

就**在今夜**〔某個時間點〕就要你的性命[49]

加6:9　τὸ δὲ καλὸν ποιοῦντες μὴ ἐγκακῶμεν, **καιρῷ** γὰρ **ἰδίῳ** θερίσομεν μὴ ἐκλυόμενοι

我們行善不可喪志，因為若不灰心，到**了適當的時候**就有收成

雖然通常譯為「在適當的時候」(in due season)（如 KJV、ASV、RSV），這個間接受格結構更可能有「到了時候」(at just the right moment) 的意思。[50]

　　亦可參照：太24:42；可12:2，14:12、30；路9:37，13:14、16，20:10；徒12:6，23:11；林後6:2。

→ 4. 表達規則 (Dative of Rule) [in conformity with]

a. 定義

　　間接受格實名詞指是的人要遵守的規則、準則或行為的標準，這個用法相當少。

46　在 D 中找到 μετὰ τρεῖς ἡμέρας。

47　這個只出現在馬太及路加福音中的寫法，不太可能沒有意義；馬可則不同，有更原始的寫法「過三天」（參照：可9:31，10:34）。

48　在 D L M Φ 047 et pauci 中有的是 σαββάτου；094有 σαββάτων（兩個所有格都是因為平行於 χειμῶνος 的關係）；E F G H 28 565 1424 et alii 有 ἐν σαββάτῳ。但只有間接受格的情況，是最早、也是最廣泛使用的 (א B K S U V W Y Z Γ Δ Θ Π Σ Ω f[1,13] et alii)。

49　上面翻譯的基本原則（跟「今夜他們會要你的靈魂」這樣的譯句相反），見 Indefinite Plural（不定詞複數）章節中的 Person and Number 子題。

50　這個例子是新約中唯一出現單數 καιρῷ ἰδίῳ 的地方，雖然是複數的意思（參照：提前2:6，6:15；多1:3，也參照 RSV 版的這個地方）。

b. 辨識的關鍵

在間接受格之前加上「*根據*」(*according to*)、或「*與……一致*」(*in comformity with*)。

c. 澄清／語意

(1)這個類別似乎是以一種較鬆散的方式，符合在作度量衡使用的間接受格這個大類之下。它的意思看來跟表達範疇的間接受格及表達方法或工具的間接受格很相近。事實上，有時當會看到表達規則的間接受格顯然有雙重功能，有這兩者之一的意思。然而，我們仍把它放在作度量衡使用的間接受格這一類底下，因為它有範圍的意思，也就是說，是一個量度人立足的「標準」。

(2)間接受格的詞彙本身就有此意義：這些字隱含標準、規則、行為規章等意思（如 ἔθος、ἴχνος、κανών 及類似的用字）。同樣，大部分的例子是跟某些特定動詞一起，這些動詞也隱含有行為的標準（如 περιπατέω 和 στοιχέω）。

d. 實例

1) 清楚的例子

徒14:16　εἴασεν πάντα τὰ ἔθνη πορεύεσθαι **ταῖς ὁδοῖς** αὐτῶν
　　　　他任憑萬國**各行其道**（＝「根據他們自己的方式」）

加6:16　ὅσοι **τῷ κανόνι τούτῳ** στοιχήσουσιν, εἰρήνη ἐπ᾽ αὐτοὺς
　　　　任何願意**按照這準則**而生活的人，願平安加給他們。

彼前2:21　Χριστὸς ἔπαθεν ὑπὲρ ὑμῶν, ὑμῖν ὑπολιμπάνων ὑπογραμμὸν ἵνα ἐπακολου-
　　　　θήσητε **τοῖς ἴχνεσιν** αὐτοῦ
　　　　基督也為你們受過苦，給你們留下榜樣，為要使你們跟隨他的**腳蹤**
　　　亦可參照：路6:38；徒15:1，21:21；羅4:12；林後10:12，12:18；腓3:16。

2) 重要的例子

加5:16　**πνεύματι** περιπατεῖτε καὶ ἐπιθυμίαν σαρκὸς οὐ μὴ τελέσητε
　　　　你們要順著聖靈而行，就不放縱肉體的情慾了
　　　　間接受格的 πνεύματι 可以有很多種解釋，它可以作表達範疇的間接受格或表達方法或工具的間接受格，雖然25節有 στοιχέω 一起出現，但我們不必要如同某些學者一般假設為在此為表達規則的間接受格，有兩個基本原因：(1) πνεῦμα

本來就沒有隱含作為規則或標準的意思；(2) 上下文的意思及整個加拉太書也反對這一點：這不是聖靈的*準則*使人能抗拒肉體，而是聖靈*給予能力*。保羅很清楚的表示任何律法都不能制衡肉體的力量。

指明工具 (Instrumental Dative Uses)

這裡的子類都是以根植於方法這個概念所產生的特殊用法，儘管有些許部分不是那麼合適於這個類別的大傘下。

➔ 1. 表達關連或伴隨的 (Dative of Association/Accompaniment) [in association with]

a. 定義

實名詞之間接受格指稱一個人或物件時，表達關連或伴隨的意涵，這個用法相當地普遍。

b. 辨識的關鍵

在一個名詞之前使用間接受格，則表達「*與……聯合*」(*in associa fion with*)。

c. 澄清

‧這個間接受格的用法不是精確地屬於工具類間接受格用法這個概括的類別之下，然而比起其他類別而言，這個用法歸類於這裡較為自然。[51]

‧即使不是全部的情況，但通常來說，間接受格的字將與帶有 σύν 的複合動詞連用。特別在使徒行傳當中可以看到，而在保羅書信中就比較少用。另一方面而言，並不是每一個緊接著一個以 σύν 為字首的動詞的間接受格，都表達關連（見下列有爭議之例子的討論）。[52]

‧透露關連的所有格與表達關連的間接受格之間是有用法上的差別的：所有格常跟隨著（以 σύν 為字首的）*名詞*，而間接受格則常跟隨著（通常以 σύν 為字首）*動詞*。

---

[51] Dana-Mantey (88) 在關連與方法之間 (between association and instrumentality) 提出一個天真、卻不可能的關係：「第二人稱提供了表達關係的方法。」

[52] 參見 BDF，103-4 (§193) 關於各種動詞用法的討論。除了以 σύν 為字首的動詞外，*BDF* 提到的字首還有 παρά、ἐπί πρός、διά 等，以及那些本身就帶有關連概念的動詞（諸如 κοινωνέω、ἑτεροζυγέω、κολλάω）。

d. 警告

即使表達方法與表達關連之間的用法相當類似，仍得小心區分這兩者。在以下這個句子「他拄著枴杖、與他的朋友一起走」當中，「與他的朋友」表達出關連，而「拄著枴杖」表達出方法。當中的區別當然是，拄著枴杖走路是必須的，但他卻不一定要與他的朋友一起走。

e. 例子

1）清楚的例子

徒9:7　οἱ δὲ ἄνδρες οἱ συνοδεύοντες **αὐτῷ**

與他同行的人

這是動詞的字首為 σύν 典型的例子。

林後6:14　μὴ γίνεσθε ἑτεροζυγοῦντες **ἀπίστοις**

你們和**不信的**原不相配，不要同負一軛

這是一個動詞*字根*帶有伴隨意涵的例子

弗2:5　συνεζωοποίησεν **τῷ Χριστῷ**[53]

叫我們**與基督**一同活過來

來11:31　Πίστει Ῥαὰβ ἡ πόρνη οὐ συναπώλετο **τοῖς ἀπειθήσασιν**

妓女喇合因著信，就不**與那些不順從的人**一同滅亡

雅2:22　ἡ πίστις συνήργει **τοῖς ἔργοις** αὐτοῦ

信心**與他的行為**並行

這裡間接受格表達伴隨含意，帶著非人*稱*名詞的情況，是一個不尋常的句子。但是這裡的 πίστις 與 ἔργοις 在作者眼中，可能被擬人化了。

亦可參照可2:15，9:4；約4:9，6:22；徒9:39，10:45，11:3，13:31；林前5:9，6:16、17；西3:1；帖後3:14；來11:25；約參8；啟8:4。

2）仍具爭議的例子

羅8:16　αὐτὸ τὸ πνεῦμα συμμαρτυρεῖ **τῷ πνεύματι** ἡμῶν ὅτι ἐσμὲν τέκνα θεοῦ

聖靈**與我們的心**同證我們是神的兒女

這個爭議，從文法上來說，是提到聖靈與我們的心*同*證（表達伴隨的間接受格），或者是祂證實*我們的心*（間接受詞）使我們知道我們是神的兒女？如果

53　在 𝔓[46] B 33 *et pauci* 中，τῷ Χριστῷ之前出現了 ἐν 。

是前者，領受證實的人是誰並沒有說明（是神？還是信者？）。如果是後者，信徒自己領受證實，並且透過聖靈內在的見證，確認了自己所蒙的救恩。第一個觀點有以 σύν 為字首的動詞作為證據，因為這個動詞於是可以說是表達伴隨的間接受格用法（為新英文聖經、耶路撒冷聖經等版本所採用）。

但是卻有三個理由不鼓勵將 πνεύματι 視為伴隨的概念：(1) 從文法上來說，一個間接受格帶以 σύν 為字首的動詞，並不一定要表達伴隨的概念。[54]當然這並不排除此種理解的可能性，但是這至少容許此段經文有不同的翻譯。(2) 從詞彙來說，雖然 συμμαρτυρέω 原本帶有伴隨的概念，是由 μαρτυρέω 這個動詞強化而來。但在新約中只有一處經文，有這樣的用法（羅9:1）。[55](3) 從上下文來說，表達伴隨的間接受格似乎不支持保羅的觀點：「我們的心在*這個*議題上是處於什麼地位？我們的心根本沒有權利證實我們是神的兒女。」[56]

總結來說，羅8:16似乎是一個保證，是一段讓信徒基於聖靈內證而能夠得到救恩確據的經文。這裡可以找到救恩論的意涵：「客觀的證據就如所期待的，並不提供他們得救恩的*確據*；信徒還需要（並且接受了）一個與神的靈面對面、持續的互動，使我們能有後嗣〔應許〕的安慰。」[57]

2. 表達態度 (Dative of Manner)[58] [*with*, *in* (answering "How?")]

a. 定義

實名詞的間接受格用以表達態度的時候，其動詞的動作乃是已經完成的。就好像很多副詞的用法，這個間接受格的用法回答了「如何？」（並且典型地帶「以」或「在……之中」的片語）。這個態度可能伴隨著動作、看法、情緒或情境。因而，這種間接受格用法就慣常地帶有抽象的特性。這個用法相當地普遍，[59]在口語希臘

54　雖然大部分非表達關連的間接受格，所跟隨之字首為 σύν 的動詞是非人稱用法（如路11:48；徒8:1，18:7；羅7:22，8:26，12:2；弗5:11；腓1:27；提前1:8；啟18:4），但人稱用法的間接受格也不是沒有出現（在林前4:4中，ἐμαυτῷ、跟在 σύνοιδα 之後，是一個表達受損的間接受格 (dative of disadvantage, *incommodi*) 用法；在徒6:9中，τῷ Στεφάνῳ跟隨在 συζητέω 之後作間接受詞〔在這個結構中，直接受詞只是以隱含的方式呈現，參見可9:10、16；路22:23〕）。

55　BAGD 提到主前六世紀的時候，字首為 συν 的字用來表達最高級的強調功能（見 συμμαρτυρέω, 778）。

56　Cranfield, *Romans* (ICC) 1.403（原本是斜體字）。

57　也許在現代美國福音派學者關於救恩論的爭論中，最被忽略的就是聖靈在過程中的角色。

58　在表達態度的間接受格中，有一個子類別是與同字源動詞連用的間接受格 (cognate dative)（見以下的討論）。

59　如果包含屬於同字源的間接受格用法。許多口語希臘文的副詞應當視為表達態度的間接受格：如 εἰκῇ, κρυφῇ, λάθρᾳ 等，但是將這些字視為間接受格用法可能是弄錯時代了。然而有些字，諸如 δημοσίᾳ，卻持續在形容詞（徒5:18）與副詞用法之間搖擺（參見徒16:37）。

文中是以 ἐν ＋ 間接受格來取代（或 μετά＋所有格）。

b. 辨識的關鍵

　　間接受格名詞之前，有一個「*以*」或「*在……之中*」的片語。同時如果一個間接受格能夠被轉換為副詞（如「以感恩 (with thanksgiving)」轉為「感恩地 (thankfully)」），那它就很有可能是屬於表達態度的間接受格用法（然而應當注意的是，不是每次都可以如此把間接受格轉換為副詞）。

c. 澄清

　　第一個關鍵是，是否間接受格的名詞回答了「*如何？*」的問題，而後應當問的是這個間接受格的用法是否定義了該動詞的動作（表達方法的間接受格）或增添了動詞表達的色彩（態度）。以下的句子「他拄著枴杖、並怒氣往前走」當中，「拄著枴杖」表達了方法、「怒氣」表達了態度。因而，分辨方法與態度的方法之一，就是表達態度的間接受格往往使用抽象的名詞，而表達方法的間接受格則使用較為具體的名詞。

d. 例子

約7:26　　**παρρησίᾳ** λαλεῖ
　　　　　他還**明明**的講道

林前10:30 εἰ ἐγὼ **χάριτι** μετέχω
　　　　　我若**謝恩**而吃

腓1:18　　εἴτε **προφάσει** εἴτε **ἀληθείᾳ**, Χριστὸς καταγγέλλεται
　　　　　或是**假意**，或是**真心**，無論怎樣，基督究竟被傳開了

可14:65　οἱ ὑπηρέται **ῥαπίσμασιν** αὐτὸν ἔλαβον
　　　　　差役接過他來，**用手掌**打他
　　　　　這個句子使用的是具體的名詞，但是功能上仍舊是屬於表達態度的用法。暴力並非「歡迎」耶穌的必要方式，但是這裡描繪出態度、以及完成這種「歡迎」的動作。

林後7:4　ὑπερπερισσεύομαι **τῇ χαρᾷ** ἐπὶ πάσῃ τῇ θλίψει ἡμῶν[60]
　　　　　我們在一切患難中分外的**快樂**
　　亦可參照約7:13；徒11:23，16:37；林前11:5；啟5:12，18:21。

60　Codex B 中將 ἐν 置於 τῇ χαρᾷ 之前。

→ **3. 表達方法或工具 (Dative of Means/Instrument)**
   [by、by means of、with]

a. 定義

間接受格實名詞用以表達完成一個詞語行為 (verbal action) 的方法或工具。這是間接受格相當普遍的用法，也是間接受格最根本的意思（亦即表達工具的用法）。

b. 辨識的關鍵

在一個間接受格的名詞之前，表達「*透過……的方法*」(*by means of*) 或單單用「*以*」(*with*) 表達。

c. 詳述

相對於表達態度、這種較為抽象的用法，這種表達方法或工具的間接受格是比較具體的。這類的間接受格名詞常*被認為是非人稱的*，但並不必然如此。但是有兩個方式可以辨識人稱的動作施做者 (personal agency)：(1) 沒有人稱的稱謂在那裡；(2) 方法包含著使用該方法的動作施做者（不論這位動作施做者有沒有被明顯提及）。

d. 例子

太8:16　ἐξέβαλεν τὰ πνεύματα **λόγῳ**

　　　　他只用**一句話**就把鬼都趕出去

約11:2　ἐκμάξασα τοὺς πόδας αὐτοῦ **ταῖς θριξὶν** αὐτῆς

　　　　用**頭髮**擦他腳

徒12:2　ἀνεῖλεν δὲ Ἰάκωβον τὸν ἀδελφὸν Ἰωάννου **μαχαίρῃ**

　　　　用**刀**殺了約翰的哥哥雅各

羅3:28　λογιζόμεθα δικαιοῦσθαι **πίστει** ἄνθρωπον[61]

　　　　我們看定了：人稱義是**因著信**

加2:8　ὁ γὰρ ἐνεργήσας **Πέτρῳ** εἰς ἀποστολὴν τῆς περιτομῆς ἐνήργησεν καὶ **ἐμοὶ** εἰς τὰ ἔθνη

　　　　那感動**彼得**、叫他為受割禮之人作使徒的，也感動**我**，叫我為外邦人作

61　F G 將 πίστει 改為 διὰ πίστεως、一個異文，至少是表達了作為方法的概念。

　　　使徒

　　　雖然彼得和保羅都是人稱的動作施作者，但在此處沒有看見他們人稱的描述；
　　　他們是被視為在神手中的工具。

腓4:6　　ἐν παντὶ **τῇ προσευχῇ καὶ τῇ δεήσει** μετὰ εὐχαριστίας τὰ αἰτήματα ὑμῶν
　　　γνωριζέσθω πρὸς τὸν θεόν

　　　凡事藉著禱告、祈求，和感謝，將你們所要的告訴神

　　　亦可參照徒12:6，26:18；林後1:11，8:9（除非這是原因）；來11:17；彼後3:
5；啟22:14。[62]

✝ 4. 表達動作的施做者 (Dative of Agency) [by, through]

a. 定義

　　　間接受格實名詞用以表達完成一個動詞的動作的人*稱施做者*；是藉著他完成該
動作的。這種用法在新約當中是屬於*相當少見*的類別，在古典希臘文當中也是如此。

b. 辨識的關鍵，結構和語意

　　　(1)根據以上的定義，如果間接受格是用以表達動作的施做者，那麼這個間接受
格不僅必須為人稱的，同時也必須是動作的施做者。許多新約學生對這個類別有困
擾。一般來說，宣稱是這個類別的情況遠比真是這個類別的例子多。[63]

　　　關於表示動作施做者的用法有*四個鑑定的關鍵*：(a)*詞彙上的*：必須是人稱的間
接受格。(b) *上下文的*：間接受格所指涉的名詞是動作的決定者 (exercising volition)。[64]
(c)*文法的*：唯一清楚的經文，包含一個完成時態、被動語態的動詞，[65]就好像在古
典用法中的片語一樣。[66](d) *語言學的*：區別間接受格是施做者或方式的*基本原則*

62　約8:6 (τῷ δακτύλῳ κατέγραφεν) 是個表達方式具體的例子，雖然行淫被抓的婦人這段經文並非
　　原本經文中的文字。

63　即使文法學家也偶爾如此。參見，如 Young, *Intermediate Greek*, 50 （他從羅8:14與提前3:16提
　　到的例子，具爭議性；見以下關於這些經文的討論）；Brooks-Winbery, 45。

64　回想加2:8（於以上「表達方法的間接受格」章節中），彼得與保羅都被視為神手中的工具；
　　但他們的意願在此處並無討論。

65　*BDF* (102 [§191]) 在討論路23:15時，將之視為新約中的唯一例子，可能是太過悲觀了。

66　見 Smyth, *Greek Grammar*, 343-44 (§1488-94) 有更進深的討論。Smyth 提到一個概念：「這種
　　間接受格用法對於連用的動詞，有必須是『已經完成動作』的時態限制 (restriction to tenses of
　　completed action)，是因為是從動作的施做者的角度，來看這個動作與他自己之間的關係
　　……。」（同上，343-44 [§1489]）

是：被動語態的施做者能夠成為主動語態的主詞，而表達方法的間接受格則通常不能如此。[67]

(2)當間接受格表達的是*方法*時，此工具是*被該動作的施做者*所使用。當動作施做者被提及時，此施做者並*不是被他人所用*、而是直接施行該動作或使用工具的人。因此，一個表達方法的間接受格*可以是*（也通常是）*人稱的*，儘管他們是被理解為非人稱的用法（亦即作為被他人使用的工具）。舉例來說，在以下的句子：「神透過我的父母教養我」，當中的「神」就是動作的施做者，而神使用「父母」作為完成該項任務的*工具*，當然父母是人稱用法。但是在這裡，他們被理解為非人稱的，因為關注的焦點並非他們的人稱，而是他們在施做者手中的工具性功能。

c. 新約中如何表達動作的施做者

除了將動作的施做者視為主詞以外，新約還有兩個普遍的方式表達動作的施做者：ὑπό＋所有格通常是用為*表達終極的動作施做者*；διά＋所有格則是*表達第一線的動施做者*。舉例來說，在太1:22中，我們看到：「這一切的事成就是要*應驗主* (ὑπὸ κυρίου) *藉先知* (διὰ τοῦ προφήτου) 所說的話」。在這裡，主是終極的動作施做者，儘管祂是透過先知傳遞信息。[68]

最後總結，這裡的澄清是相當重要的，因為間接受格是人稱〔實名詞〕、並且隱含有工具性用法時，就當找出使用此工具（人稱）的*動作施做者*。

d. 例子

1)清楚的例子

路23:15　οὐδὲν ἄξιον θανάτου ἐστὶν πεπραγμένον **αὐτῷ** [69]

　　　　他沒有做什麼該死的事

　　　　這是新約中的典型、包含有完成時態、被動語態的動詞。

雅3:7　πᾶσα γὰρ φύσις θηρίων ...... δεδάμασται **τῇ φύσει τῇ ἀνθρωπίνῃ**

　　　　各類的走獸……已經被人制伏了

67　見 T. Givón, *Syntax*,139, n. 7 (§ 5.3)：「據我所知，沒有表達*工具*或*態度*的格，可以成為簡單子句主詞的例子」。亦可參見 § 5.3.4 (142) and § 5.3.5 (143)。但 Givón 似乎給了一些例外的例子：將「這個鐵鎚擊碎了窗戶」轉換為「這個窗戶被鐵鎚擊碎」(143)。

68　關於動作施做者帶有介系詞的爭議，將在「介系詞」章節與「動詞語態」章節中更完整地討論。

69　D N X Γ 0211 *f*[13] *et pauci* 等文獻中在 αὐτῷ 之前加上 ἐν 的用法，是屬於後期的修改。

亦可參照約18:15；羅14:18；[70] 彼後2:19（如果 ᾧ 是人稱用法的話）是其他可能的經文。

2)仍具爭議的例子

猶1　τοῖς ἐν θεῷ πατρὶ ἠγαπημένοις καὶ Ἰησοῦ Χριστῷ τετηρημένοις κλητοῖς[71]

給那被召、在父神裡蒙愛、為耶穌基督保守的人

可能更好的方式是將 Ἰησοῦ Χριστῷ 看為表達與利益有關的間接受格 (dat. of advantage)（「為了耶穌基督而被保守」）。但是若是接受這裡的間接受格是動作施做者的話，是符合在完成時態、被動語態動詞之後使用間接受格的模式。

提前3:16　ὤφθη ἀγγέλοις

被天使看見

這個經文（好像其他經文使用 ὤφθη 和類似的動詞）可以有多元的解釋：可以翻譯為「祂向天使顯現」或「祂曾經被天使看見」。如果是前者，間接受格就是作為動作的接受者（被動語態的動詞就應當看為非及物動詞）。[72]如果是後者，那麼這裡的間接受格是不符合表達動作施做者的情境，不論從上下文來看（看見這個動作不必然有意志的決定）或從文法上來看（動詞是簡單過去、而非完成時態）都是一樣。

加5:16　πνεύματι περιπατεῖτε καὶ ἐπιθυμίαν σαρκὸς οὐ μὴ τελέσητε

你們要順著聖靈而行，就不放縱肉體的情慾了

將 πνεύματι 視為表達動作施做者的間接受格，是許多注釋者之間普遍的觀點，[73]但是這樣的解釋卻有兩個基本的問題：(1) 這個用法在新約當中相當少見（當然，除非我們假設許多出現 πνεύματι 的經文也是屬於此類）；(2) πνεύματι 在這裡並不帶被動語態動詞，更不必說是完成時態；可是新約中這個類別的例子，都是帶著完成時態、被動語態的動詞的。也就是說，以上觀察揭露了許多注釋

70　這些經文都帶有-τος 字尾的形容詞，就好像在古典希臘文中的用法一樣 (Smyth, *Greek Grammar*, 343 [§1488])。不過，他們容許有其他的解釋。

71　Ἰησοῦ Χριστῷ τετηρημένοις 在晚期的手抄本中被省略（如 1505 1611 1898 2138）。

72　應當注意的是，新約當中每次 ὤφθη 與簡單間接受格連用時，都是動詞的主詞有意識地開啟顯現；沒有例子是人稱在間接受格、作出這個顯現的動作。換句話說，這個動作完全取決於主詞，而間接受格的名詞只不過是動作的接受者而已。參見路1:11，22:43，24:34；徒7:2、26、30、13:31，16:9；林前15:5、6、7、8（唯一有問題的經文是可9:4和其平行經文；太17:3；但這裡以利亞和摩西的顯現，很明顯地門徒並沒有預期）。

73　參見，如 E. D. W. Burton, *Galatians* (ICC) 303; Hendriksen, *Galatians* (NTC) 216-17; Bruce, *Galatians* (NIGTC) 245-46; Guthrie, *Galatians* (NCBC) 136.

者的錯誤*假設*；他們認為早期教父已經有了對聖靈位格獨特性的認識，而以較晚的神學觀點來詮釋這個用法。但是這個假設明顯地有許多問題，文法的資訊很難讓我們往這個方向解釋。[74]

這樣明顯地就會產生一些問題，在這裡只討論部分的內容：我們並不是要辯爭，彷彿新約並沒有論及聖靈的位格與神性，而是說新約*中*有的是漸進的啟示，就好像在兩約之*間*的情況一樣。因此，在早期的書信中（比如說加拉太書），我們能夠看到的聖靈位格，只不過是「透過模糊的眼鏡」。[75]神學家能夠從經文中蒐集資訊，但必須承認聖經並非系統神學的教科書。聖經書卷必須放在它們各自的歷史背景裡來理解。

這對這裡的間接受格用法有什麼意義嗎？最有可能這裡的間接受格是在表達方法。[76]這個歸類*並*不否認聖靈的位格，在所有的可能性當中，新約裡*沒有一個*例子將 πνεύματι 放在動作施做者的類別裡。[77]

5. 表達量度 (Dative of Measure/Degree of Difference) [by]

a. 定義

間接受格的實名詞在一個比較級的形容詞或副詞前後，指明比較的真實性或差異的程度。這類用法相當少見。

b. 辨識的關鍵

相較於翻譯為 *than*、作比較功能的所有格用法來看，[78] 作比較功能的間接受格用法（兩個概念相當類似，但卻不完全相同）是藉著 *by* 表達量化的差異。希臘文的典型句型是 πολλῷ（間接受格用字）+ μᾶλλον。

74　有趣的是，新約中 ὑπό + πνεύματος 的例子，所有指出聖靈位格的經文，都出現在較晚期的書卷中（參見太4:1；路2:26；徒13:4，16:6；彼後1:21）。

75　這裡找到關於基督神性的平行敘述：只有在晚期的書卷中，基督才明顯地被稱為 θεός。這當然是因為新約所起源自嚴格的一神觀念的背景。R. T. France 曾經提到：「這是相當令人震驚的用語，儘管這項基本信仰是基礎穩固，但是以較為間接的詞彙來表達這項信仰內涵似乎是較為容易的、較為政治考量的作法。希奇的是不僅新約不多描述耶穌為神，周圍的處境也是如此」("The Worship of Jesus—A Neglected Factor in Christological Debate?" *VE* 12 [1981] 25)。

76　就如我們即將談及的，在林前12:13中關於 ἐν πνεύματι 的討論（在「介系詞」的章節中），把 (ἐν) πνεύματι 視為動作的施做者，將導致其他神學上或解經上的困難。

77　參見 羅8:13、14；林前14:2；加3:3、5:5、18、25；弗1:13；彼前3:18，當中的經文可能都是屬於表達方法的間接受格用法。

78　兩者可能出現在同一個句子當中；參見來1:4以下的討論。

c. 例子

羅5:8-9　ἔτι ἁμαρτωλῶν ὄντων ἡμῶν Χριστὸς ὑπὲρ ἡμῶν ἀπέθανεν. (9) **πολλῷ** οὖν μᾶλλον δικαιωθέντες νῦν ἐν τῷ αἵματι αὐτοῦ σωθησόμεθα δι' αὐτοῦ ἀπὸ τῆς ὀργῆς

　　　　　惟有基督在我們還作罪人的時候為我們死……(9) 現在我們既靠著他的血稱義，就更要藉著他免去神的忿怒

腓2:12　ὑπηκούσατε ...... **πολλῷ** μᾶλλον ἐν τῇ ἀπουσίᾳ μου

　　　　　你們既是常順服的……我如今不在你們那裡，更是順服的

來1:4　**τοσούτῳ** κρείττων γενόμενος τῶν ἀγγέλων

　　　　　就遠超過天使

　　　　　在希伯來書當中有一個關鍵的主題，就是關於子的超越，在1:4-14中，子被拿來與天使作比較，清楚地指稱（在 v8 中清楚指出）祂是道成肉身的神。

　　　　亦可參見太6:30；可10:48；路18:39；羅5:10、15、17；林後3:9、11；腓1:23；來10:25

➔ 6. 表達原因 (Dative of Cause) [because of]

a. 定義

　　　　實名詞的間接受格指出原因、或者指出動作的基礎。這類的用法相當普遍。

b. 辨識的關鍵

　　　　在間接受格之前加上「*因為*」(*because*) 或「*基於*」(*on the basis of*) 的片語。

c. 澄清

　　　　這種間接受格的用法與表達方法的間接受格，相當類似卻不完全相同（然而有時候這兩者不容易區分）。[79] *後者指出如何，前者指出為何；後者指出方法，前者指出根據*。然而並不是每一次都可以將這種間接受格用法翻譯為「因為」，是由於英文的「因為」表達原因或動機。這兩個概念雖然類似、卻不是完全相同。因此，偶爾可以將此表達原因的間接受格翻譯為「因著」(by)或「基於」(on the basis of)。舉例來說，弗2:8 (τῇ γὰρ χάριτι ἐστε σεσῳσμένοι διὰ πίστεως) 的 τῇ χάριτι 是我們蒙恩的原因（而 διὰ πίστεως 表達方法）。然而，比較好的翻譯會是「因著恩典」(by

---

79　這是因為終極的原因可能有時候是完成動作的方法。

grace) 或是「基於恩典」(on the basis of grace)，而非「因為」(because of grace) 恩典，因為後者可能被理解為神的動機、而非救恩的原因。

d. 例子

路15:17　Πόσοι μίσθιοι τοῦ πατρός μου περισσεύονται ἄρτων, ἐγὼ δὲ **λιμῷ** ὧδε ἀπόλλυμαῖ

　　　　　我父親有多少的雇工，口糧有餘，我倒在這裡（**因為饑荒**）餓死？

羅4:20　οὐ διεκρίθη **τῇ ἀπιστίᾳ**

　　　　　沒有**因不信**心裡起疑惑

加6:12　μόνον ἵνα **τῷ σταυρῷ** τοῦ Χριστοῦ μὴ διώκωνται

　　　　　是怕自己**為基督的十字架**受逼迫

腓1:14　...... τοὺς πλείονας τῶν ἀδελφῶν ἐν κυρίῳ πεποιθότας **τοῖς δεσμοῖς** μου

　　　　　……在主裡的弟兄多半**因我受的捆鎖**就篤信不疑

　　　亦可參照羅11:30-32；林後2:7；弗2:8（見以上討論）；彼前4:12。

7. 與同字源動詞連用 (Cognate Dative)[80]

a. 定義

　　間接受格的名詞[81]是為動詞的同字源，可能是形式上的（名詞與動詞同時有著相同的字根）或概念上的（兩者的字根不同）。這不是相當普遍的情況。

b. 辨識的關鍵

　　關鍵當然是此間接受格的同字源*功能*。然而，另外的線索是，通常這種間接受格可以翻譯為修飾動詞的副詞用法。[82]

c. 意義與澄清

　　與同字源動詞連用之間接受格主要是用以*強調動詞的動作*。然而，這個間接受格的用法通常也符合其他間接受格的用法（特別是表達態度的用法）。但是當一個

80　見表達態度的間接受格章節；這是這個間接受格用法較大的分類別。

81　從定義來說，這個間接受格的用法並不能與代名詞連用，因為間接受格字彙的意義與所連用的動詞密切關連。

82　下列有一些例子並不符合副詞性用法的概念，但是在廣泛的涵義上屬於同字源的間接受格用法。

作者選擇間接受格的用詞與動詞同字源，這是一個同字源用法的線索（用以強調該動詞的動作）。

d. 例子

1) 形式上同字源

路22:15   **ἐπιθυμίᾳ** ἐπεθύμησα

我很願意 (I desired **with desire**)

（＝我非常願意）

徒2:17   οἱ πρεσβύτεροι ὑμῶν **ἐνυπνίοις** ἐνυπνιασθήσονται

老年人要作異夢 (dream dreams)

這裡的間接受格用法似乎也可以有直接受詞的功能。

雅5:17   Ἠλίας ...... **προσευχῇ** προσηύξατο

以利亞……**懇切禱告**

啟14:2   κιθαρῳδῶν κιθαριζόντων **ταῖς κιθάραις**（異文）

彈琴的所彈的琴聲

不是只有間接受格與動詞同字源（分詞）的情況才有這樣的功能，所有格的名詞也可以有此用法。亦可參見來8:10與10:16的類似現象（在這些句子當中，是同字源主格的用法）。[83]

亦可參照可1:26；約3:29；西2:11；啟14:18。

2) 意義上的同字源

彼前1:8   ἀγαλλιᾶσθε **χαρᾷ**

大喜樂

啟5:11-12   ἤκουσα φωνὴν ...... λέγοντες **φωνῇ μεγάλῃ**

我聽見……**大聲說**

亦可參照啟5:2，7:10，8:13，10:3，14:7、9。[84]

---

[83]   在所有的希臘文抄本證據中，ταῖς κιθάραις 這個間接受格之前有 ἐν。因此，雖然上列是一個鮮明的例子，但卻不太可能是原本的用字。

[84]   這種用法在啟示錄中之所以常見的原因，是由於作者閃族語言的背景。至於他是不是以希伯來文的想法思考，然後以希臘文寫作，倒是一個需要分開討論的議題。

8. 表達材質 (Dative of Material)

a. 定義

實名詞的間接受格指出完成此動作的材質。這個用法相當少見。

b. 辨識的關鍵與澄清

這個間接受格的名詞通常是一個表達*數量*的詞彙（雖然有時候可以看到比喻的應用方式）。這個用法與表達方法用法之間的差異，在於是否所使用的詞彙是一個*工具*。如果是一個工具，則是表達方法的用法；如果不是工具，那麼就是指著材質（舉例來說，我們用筆、墨水書寫，當中的墨水是屬於材質、而筆則是方法的用法）。這種表達材質的間接受格用法與*所有格用法*之間的差異，在於後者與*名詞*有關，而前者則是和*動詞*有關。

c. 例子

約11:2 Μαριὰμ ...... ἀλείψασα τὸν κύριον **μύρῳ**

馬利亞⋯⋯**用香膏抹主**

用油抹膏的概念提供了該受詞屬材質的應用。因此，好像在徒10:38當中（神怎樣以聖靈和能力膏 [ἔχρισεν] ⋯⋯），間接受格的用法則表達為材質的概念。

林後3:3 ἐγγραμμένη οὐ **μέλανι**

不是用墨寫的

來2:7 **δόξῃ** καὶ **τιμῇ** ἐστεφάνωσας αὐτόν

賜他榮耀尊貴為冠冕

亦可參照可6:13；路7:38、46；加6:11；來2:9；雅5:14。

† 9. 指明內容物 (Dative of Content)

a. 定義

表達內容物的間接受格是用*表達填充意涵*的動詞表達。這個用法在新約中有爭議（部分原因是因為這個用法與表達材質的用法不容易區分，另方面是這種用法相當少見）。

b. 辨識的關鍵

這個間接受格是一個表達量化的字，與*填充*的動詞有關。的確，表達內容物與表達材質用法之間的差異，主要在於 (1) 表達材質的用法包含了一個表達量化 (quantitative) 的用字，而表達內容物的用法則是表達實質 (qualititative)（或甚是抽象的）的概念；(2) 表達內容物的用法特別與表達填充意涵的動詞有關。

c. 澄清

正常的情況下，表達填充意涵的動詞往往帶著表達內容物的*所有格*用法。然而在新約中有三個可能的例子；當中 πληρόω 則是帶表達內容物的*間接受格*。然而應當注意的是，在古典希臘文當中並沒有清楚的例子；新約聖經是以 ἐν ＋間接受格的方式來表達內容物[85]（因而弗5:18關於 πληροῦσθε ἐν πνεύματι 最普遍的解釋是「被聖靈充滿」、以聖靈為內容物；這樣「被聖靈充滿」的概念很可能不正確）。[86]

d. 例子

羅1:29   πεπληρωμένους **πάσῃ ἀδικίᾳ** κτλ.

　　　　　裝滿了各樣不義等

林後7:4   πεπλήρωμαι **τῇ παρακλήσει**

　　　　　滿得安慰

路2:40   πληρούμενον **σοφίᾳ**[87]

　　　　　充滿智慧

跟在若干特定的字彙後面的特殊用法

有一些間接受格的用法並不恰好符合以上的任何類別。這些用法構成了一個大而龐雜的類別，我們稱之為*跟在若干特定的字彙後面的特殊用法*。

---

85   Abbott 提到「以 ἐν 與 πληρόω 連用，來表達了內容物的意義；這種用法還未有其他案例」
      (*Ephesians* [ICC] 161)，見他在161-62頁、關於弗5:18 ἐν πνεύματι 的討論。

86   這個經文將在「介系詞」章節中有更多討論。

87   在 ℵ* A D Θ X Γ Δ Λ Π *f*[1,13] *Byz* 中有 σοφίας 的讀法；而在 ℵ[c] B L W Ψ 33 *et pauci*，有 σοφίᾳ
      的讀法。

→ 1. 作為動詞受詞的間接受格

a. 定義

有許多動詞帶間接受格作為其受詞。並且這些動詞都表達與人際關係有關。因此，這些動詞的意義，就與純粹的間接受格基本概念相對應。這個類別有許多例子。

b. 辨識的關鍵與澄清

BAGD 這個好的經文彙編、或是 *BDF*，都有這類動詞的清單。[88]很明顯看到這些間接受格，是作為動詞的直接受格。但是因為間接受格常與*動詞*、而不是與名詞有關；偶爾會產生一些混淆。

一項規則：一個帶這類間接受格的動詞，通常可以翻譯為「*對*」(*to*)或「*於*」(*in*)。因而，ὑπακούω 可以翻譯為「我順服於……」，διακονῶ可以翻譯為「我服事於……」，εὐχαριστῶ可以翻譯為「我對……很感恩」，πιστεύω 可以翻譯為「我相信於……」（使用這些動詞時，我們需要有一些想像力，因為通常我們簡略翻譯為「我順服」、「我服事」、「我感恩」、「我相信」）。

另一個觀察這類帶間接受格的動詞：它們大部分屬於下列的群體（有點偶然，它們都用於門徒訓練）：*信靠*（如 πιστεύω）、*順服*（如 ὑπακούω）、*服事*（如 διακονέω）、*敬拜*（如 λατρεύω）、*感恩*（如 εὐχαριστέω）、*跟隨*（如 ἀκολουθέω）。

c. 意義

之前已經提過，這類作為動詞受詞的間接受格，通常與表達人稱關係之動詞連結。這就是這類間接受格的特殊意義。同樣地，有一些帶這類間接受格作直接受詞的動詞，同時也帶直接受格作為直接受詞。因此，當一個作者選擇用不同的格作直接受詞，用以表達其觀念的格可能會是重要的。

d. 例子

顯然地，因為這是一個非常廣泛的類別，所選擇的例子可能不能充分反映這個用法。我選擇當中一個較具特殊的動詞，它既帶間接受格、也帶直接受格做為受詞 (προσκυνέω)。

88　雖然許多中級的文法列出這些動詞，我們卻確信，文法不需要重複詞典的功能。我們的進路是試著要盡可能避免侵入字詞意涵的範圍。

1) 簡介：關於 Προσκυνέω ＋ 間接受格作為動詞的直接受詞

既然間接受格具有人稱用法的傾向，我們就很容易可以理解當作者採用間接受格，作為 προσκυνέω 之受詞時所要表達的概念。人稱的用法用來表達人際關係，因此在新約當中*可能*具有特殊意義；當 προσκυνέω 是以間接受格作直接受詞時，往往是以真神為敬拜對象時（參見太14:33，28:9；約4:21；林前14:25；來1:6；啟4:10，7:11，11:16，19:10，22:9）。暗示著神是真神——是能夠與人類有真正關係的神。但當提到敬拜假神的時候，就會使用直接受格作為直接受詞。（參見啟9:20，13:8、12，14:9、11，20:4）。

當然也有可能作者以間接受格作為 προσκυνέω 的受詞，表達在敬拜*假*神的時候，有位格的關係存在（參見啟13:4），是由於敬拜的對象是真人 (*person*)，儘管所敬拜的不是真神。[89]偶爾當 προσκυνέω 帶直接受格為受詞時，表達在敬拜真神的情況時。這類的例子隱含著敬拜者對神有錯誤的概念（參見約4:22），或者是發生在遠處的敬拜（參見太4:10以下的討論）。[90]

2) Προσκυνέω ＋ 間接受格的例子

來1:6　ὅταν δὲ πάλιν εἰσαγάγῃ τὸν πρωτότοκον εἰς τὴν οἰκουμένην, λέγει καὶ προσκυνησάτωσαν **αὐτῷ** πάντες ἄγγελοι θεοῦ.

再者，神使長子到世上來的時候，就說：神的使都要拜他。

在希伯來書1章，作者要建立基督超越天使的優越性——單單屬於神的優越性——作為直接受詞的*間接受格*應當用在基督身上是唯一合適的。

太4:9　ταῦτά σοι πάντα δώσω, ἐὰν πεσὼν προσκυνήσῃς **μοι.**

你若俯伏拜我，我就把這一切都賜給你

這裡的經文中，試探者嘗試著要讓耶穌拜他。但是從福音書作者的觀點來看，這裡間接受格做為直接受詞的用法，表達出魔鬼不單單只是要表面上的降服，

89　即使在啟13:15，16:2，19:20中，將「獸像」置於間接受格。但是當它第一次出現時，牠是「被描述為在說話」(13:15)，因此是以人稱的方式出現。

90　誠然，還有許多關於 προσκυνέω 不同格用法的研究當進行。以上的解釋只是建議性，並不能涵蓋所有的數據。還有，它並不能簡單地就說「簡單的定律，就是好」。若干最有問題的經文，如路24:52（直接受格用法）；約4:23-24（間接受格與直接受格互換）；並且在啟示錄當中多變的經文。（有一個解決啟示錄中這種用法的進路，就是注意複合受詞的用法：它們總是以直接受格方式出現〔如『獸和牠的像』〕，儘管另有間接受格使用的情況。但是任何最後解決這個句法難題的方法，都需要考慮詞彙的人稱關連 (personal relation)（間接受格）與程度的差異 (extent)（直接受格）用法的分別。

而是要他承認牠是神。

亦可參見太2:11，8:2，14:33，28:9；約4:21；啟4:10，19:4。

3) Προσκυνέω ＋ 直接受格的例子

太4:10　**κύριον τὸν θεόν** σου προσκυνήσεις

當拜主你的神

耶穌引用經文拒絕試探者。祂引用了申命記6:13；該處是以 φοβηθήσῃ 取代這裡的 προσκυνήσεις。因此，προσκυνέω 加上直接受格的用法，並不是源自於七十士譯本。而是一個針對此試探者所做的人稱性應用。雖然只有主神是真神，魔鬼卻沒有任何和神產生*個*人關係的可能，即便牠有這樣的義務（參見腓2:10中有類似的主題）。

亦可參照啟9:20；13:8；14:9、11。

2. 緊接著若干名詞

a. 定義

某些名詞之後帶著間接受格。往往人際關係的概念總在這裡看到。這個類別並不是相當普遍。

b. 辨識的關鍵

這些名詞是為*動詞化*的名詞（亦即這些字與動詞同字源，例如 ὀφειλέτης (ὀφείλω)、ὑπάντησις (ὑπαντάω)）。也就是說，這類的名詞通常可以在帶間接受格的動詞前後找到對應的字：διακονία-διακονέω、εὐχαριστία-εὐχαριστέω 等。

c. 例子

太8:34　πᾶσα ἡ πόλις ἐξῆλθεν εἰς ὑπάντησιν **τῷ Ἰησοῦ**

合城的人都出來迎見耶穌

與之同字源的動詞 ὑπαντάω，可以帶表達關連 (association) 的間接受格，或作直接受詞用法的間接受格（參見可5:2；約4:51）。

林前16:15 διακονίαν **τοῖς ἁγίοις**

服事聖徒

亦可參照羅8:12 (ὀφειλέτης)；林後9:11 (εὐχαριστία)。

3. 緊接著若干形容詞

a. 定義

有些形容詞跟隨著間接受格的名詞。當人際關係的概念是關注時，自然就會使用間接受格。這個類別相當普遍。

b. 辨識的關鍵

並沒有真正的理解關鍵，因為這是一個雜亂的類別：最普遍的類別是表達「類似 (likeness)」的形容詞（亦即相似 (correspondence)），如 ὅμοιος、ἴσος。[91]同樣地，許多形容詞屬於表達指涉意涵的間接受格之更廣泛的類別。

c. 例子

太13:31 ὁμοία ἐστὶν ἡ βασιλεία τῶν οὐρανῶν **κόκκῳ** σινάπεως
        天國好像一粒芥菜種

羅1:30 **γονεῦσιν** ἀπειθεῖς
        違背父母

腓2:6 οὐχ ἁρπαγμὸν ἡγήσατο τὸ εἶναι ἴσα **θεῷ**
        不以自己與神同等為強奪的

提前4:15 ἵνα σου ἡ προκοπὴ φανερὰ ᾖ **πᾶσιν**
        眾人看出你的長進

啟2:18 ὁ υἱὸς τοῦ θεοῦ οἱ πόδες αὐτοῦ ὅμοιοι **χαλκολιβάνῳ**
        腳像光明銅的神之子

亦可參照太20:12；約18:15；徒7:13，26:19；多2:11。

→ 4. 緊接著若干介系詞

a. 定義和辨識的關鍵

有些介系詞帶間接受格。見介系詞章節的討論。關於帶各種不同格之介系詞的討論，參見 Mounce, *Basics of Biblical Greek*, 55-62。

---

[91]   參見 Robertson's *Short Grammar*, 240。

b. 意義

　　當間接受格跟著一個介系詞時，我們*不當*只是從它的格來理解這個用法。相反地，得參照BAGD的建議，注意介系詞的用法。雖然有許多格的用法，與「介系詞＋間接受格」（特別是 ἐν ＋間接受格）的用法重疊，但當中的平行關係並不完全一樣。還有，用法上的重疊，並不意味出現頻率的重疊（也就是說，儘管單純的間接受格與「ἐν ＋間接受格」的用法，都可以表達動作的範疇，但是前者出現的頻率就遠遠高過後者）。[92]

---

[92] 　關於單純的間接受格用法與「介系詞＋間接受格」用法之別，請見「介系詞」的章節。

直接受格

綜覽

參考書目

BDF, 82-89 (§148-61); **Brooks-Winbery**, 45-59; **E. Crespo**, "The Semantic and Syntactic Functions of the Accusative," *In the Footsteps of Raphael Kühner*, ed. A. Rijksbaron, H. A. Mulder, G. C. Wakker (Amsterdam: J. C. Gieben, 1986) 99-120; **Dana-Mantey**, 91-95 (§96); **A. C. Moorhouse**, "The Role of the Accusative Case," *In the Footsteps of Raphael Kühner*, 209-18; **Moule**, *Idiom Book*, 32-37; **Porter**, *Idioms*, 88-92; **Robertson**, *Grammar*, 466-91; **Smyth**, *Greek Grammar*, 353-64 (§1551-1633); **Turner**, *Syntax*, 220-21, 244-48; **Young**, *Intermediate Greek*, 16-22; **Zerwick**, *Biblical Greek*, 23-26 (§66-74).

簡介

1. 古典希臘文中的直接受格

在古典希臘文中，直接受格是被用來作為最典型的斜格。[1] 這有二點理由：(1) 它是斜格中（包括所有格、間接受格、直接受格）使用頻率最高的；[2] (2) 它是斜格中使用最普遍的，出現在各種情境裡。因此，可以這樣說，它是斜格之中最不是特色、預設的格。它是最基本被使用的格，除非有特別的理由要使用所有格與間接受格。

2. 新約中的直接受格

儘管新約學者都一般性地假設，新約希臘文擁有和古典希臘文一樣的情況，[3] 但是統計學卻告訴我們不一樣結果。與古典文獻不一樣的是，新約擁有更多的主格（31%的主格、29%的直接受格）。不只如此，古典希臘文獻中，直接受格的使用遠遠地多過所有格與間接受格的總和，但是在新約中後二者（各自有25%、15%）的總和 (40%)，卻明顯地多於直接受格，雖然直接受格還是相當地多數。

這些差異有什麼意義呢？可以分幾方面來說。第一，當希臘文從古典變遷到口語希臘文，許多語言的細緻處都逐漸失落，而成為各國間貿易的語言。因而，舉例說，用於稱呼、破格用法 (pendent accusative)、表達驚訝、作為標題、作為同位語、獨立直接受格 (accusative absolute) 等這些用法，雖然常見於古典希臘文，[4] 但在新約中卻相當罕見或甚不曾出現。[5] 第二，伴隨著希臘化希臘文愈來愈平易的趨勢，介系詞在新約文獻裡有很顯著的角色，替代了早期單純格 (a simple case) 的功能；特別是直接受格。許多這類介系詞不連接直接受格在後面。第三，受到閃族語言的影響，更高比例的所有格被使用（例如，希伯來書或形容性的所有格）。

---

1   Moorhouse, "The Role of the Accusative Case," 209.
2   Moorhouse（同上，211）注意到，「從 Homer 到 Demosthenes 八位作者所使用的直接受格次數，都超過主格、並且是遠遠地超過所有格與間接受格的總和（除了 Thucydides）。」我們以下的比較是根據這項觀察。
3   請參見 Robertson, *Grammar*, 466-67; Porter, *Idioms*, 88.
4   請參見 Moorhouse, "The Role of the Accusative Case," 212-17。
5   這些用法，簡稱為獨立用法，促使古典文法學者稱直接受格為作背景的格 (the unmarked case)。

3. 一般性的定義

　　總之，雖然在古典希臘文中，直接受格可以被視為是預設的格 (default case)，但是在新約中它的角色還有更為精細的呈現。也就是說，直接受格是直接受詞的首選。但是它還有其他使用的類別、有其他的語意範疇。因此，我們不能簡單地說它在新約中是沒有設定內涵的格。

　　至少可以被用來描述直接受格的是，它是個設定「*程度*」(*extent*) 或「*限度*」(*limitation*) 的格。「直接受格用來描述一個概念的內容 (content)、量度 (scope)、方向 (direction)」。[6] *它主要被用來限定動詞動作的程度 (extent)、方向 (direction)、目標 (goal)*。因此，它主要是回答「多遠？」這樣的問題。[7] 許多時候，所說的是一個變動、不確定的概念。[8] 直接受格準確的意涵是決定於它所用的字彙與連帶使用的動詞。[9]

4. 直接受格與其他斜格成分的關係

　　直接受格與所有格有點類似，都對相關字詞設限。只是*所有格是對質* (*quality*) 設限，而*直接受格是對量* (*quantity*) 設限。並且，直接受格與間接受格有點類似，都與動詞有密切關連。只不過間接受格關切的是動詞動作的內容、地點、完成的方法，而直接受格關切的是動詞動作的程度與量度。

6　Robertson, *Grammar*, 468。這並沒有涵蓋每一種用法。Robertson 提醒我們，Brugmann 與 Delbrck 早就「放棄要尋找一個統一的概念。」(*Grammar*, 467) 就某個觀點而言，這些前輩賦予了口語希臘文、特別是新約文法的概廓，因此，我們可以描述直接受格的各種用法，而無需混為一談。至於*程度*的概念，都涉及許多直接受格的用法（當然不是所有的）。特別是直接受格的*副詞*用法，包含有許多程度概念的例外用法。

7　So Robertson, *Grammar*, 215-16.

8　這一點相當接近於「不受影響的意涵」(the *unaffected meaning*)，但是在這裡有許多的例外。

9　Crespo, "The Semantic and Syntactic Functions of the Accusative," 100-101，提出異議說，根據所連帶使用的動詞，直接受格可視為與所有格或間接受格很像。他似乎在建議一個直接受格的句法受詞是「不受影響的意涵」(115)。但是因為他研究僅偏限於荷馬時代的希臘文，第一世紀的共時現況 (the synchronic realities) 不鼓勵我們接受這樣的觀點。

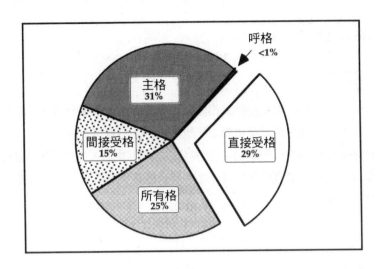

圖表14

新約中直接受格的出現頻率[10]

特殊的用法

直接受格的功能可以大致分為三方面：作實名詞用、作副詞用、跟在若干介系詞後面。這些分類不是全然不連續的，但還是有利於理解。

直接受格作實名詞用

➔ 1. 作直接受詞的直接受格

a. 定義

直接受格作實名詞用，是指作及物動詞的直接受詞而言。它接受動詞的動作。也因此，它限制了動詞的動作。這種用法非常普遍，以致於作實名詞的直接受格，就被當作是直接受詞。反過來說，動詞的直接受詞往往被期待為是個直接受格。

10　將直接受格按詞類分類：8815個是名詞、5009個是代名詞、5889個是冠詞、957個是分詞、2435個是形容詞（總數是23,105）。

b. 辨識的線索：參考定義

c. 澄清與重要性

　　第一，直接受格往往與及物動詞相關聯。[11] 動詞往往是主動語態（才有直接受格的受詞），但就是關身或甚至被動語態也可以帶一個直接受詞。第二，直接受格不一定是直接受詞，有時，所有格與間接受格跟著某些動詞，也可以作為直接受詞。通常只有當直接受詞不是直接受格時，才可能有解經上的重要性（也就是說，直接受格預設為直接受詞）。

d. 實例

太5:46　　ἐὰν ἀγαπήσητε τοὺς ἀγαπῶντας **ὑμᾶς**

你們若單愛那愛你們的人

正如 ὑμᾶς 是分詞 ἀγαπῶντας 的直接受詞，同樣地，ἀγαπῶντας 也是這個句子主要動詞 ἀγαπήσητε 的直接受詞。

可2:17　　οὐκ ἦλθον καλέσαι **δικαίους** ἀλλὰ **ἁμαρτωλούς**

我來本不是召義人、乃是召罪人

約3:16　　ἠγάπησεν ὁ θεὸς **τὸν κόσμον**

神愛世人

徒10:14　　οὐδέποτε ἔφαγον **πᾶν κοινὸν καὶ ἀκάθαρτον**

我從來沒有吃過不潔淨的物

徒14:24　　διελθόντες **τὴν Πισιδίαν**

經過彼西底

偶爾一個不及物動詞（好比 ἔρχομαι）以藉著連結一個介系詞字首（構成複合動詞），而成為一個及物動詞（好比加上 διά，而成為 διέρχομαι）。[12]

弗2:7　　ἵνα ἐνδείξηται...... **τὸ ὑπερβάλλον πλοῦτος** τῆς χάριτος αὐτοῦ[13]

要將他極豐富的恩典顯明給......

雅2:6　　ὑμεῖς δὲ ἠτιμάσατε **τὸν πτωχόν**

你們反倒羞辱貧窮人

11　不是所有的動詞都一致性地是及物的或不及物的；及物動詞也不都帶有明顯的直接受詞。相關的議題，請見「語態」這一章節。

12　請參見 *BDF*, 83-84 (§150). BAGD 視此為一表達地方的用法 (s.v. διέρχομαι)。

13　D¹ E K L P Ψ *Byz* 有 τὸν ὑπερβάλλοντα πλοῦτον 這樣的字句。

羅8:28　τοῖς ἀγαπῶσιν τὸν θεὸν **πάντα** συνεργεῖ [ὁ θεὸς] εἰς ἀγαθόν[14]

神使萬事都互相效力，叫愛神的人得益處

有時候句子本身很難判斷是否有直接受詞。在這個子句，這個困難是來自於經文文本的不確定與動詞句法的範圍。συνεργέω 這個動詞，可以是及物、也可以是不及物。若是 ὁ θεός 這個詞的確在原本裡，這個動詞在這裡就是及物的（並且 πάντα 是直接受格的直接受詞）。但是因為 ὁ θεός 是否在文本裡有爭議，[15]因此，我們最好不預設有它來理解這節經文。這就留下二個選項：「*他使萬事都互相效力*」或者「*萬事本身就互相效力*」。第一個選項，主詞是隱藏在動詞裡、清楚是指著「神」說的（如同 8:29所述）。第二個選項，πάντα 成為不及物詞的主詞。[16]二者都認定「在這裡都清楚指出聖經的肯定，就是神的主權」。[17]另外有二點值得注意的：(1) 這裡提到的「益處」，明顯是為*信徒*所預備的；(2)這個「益處」是連結於基督透過受苦所成就的（正如 8:17-30所說）。因此，若說（好像近來常聽到的，甚至是在非基督徒的圈子裡）「萬事最後都會帶來好的結果的」，彷彿萬事自己本身就會如此走向，並且所帶的好處足以安慰人；這顯然不是保羅、也不是聖經的教訓。這樣世界觀正確地被 C. H. Dodd 稱為是「進化論式的樂觀主義（"evolutionary optimism"）」。

→ 2. 緊接著動詞的雙重直接受格

有二種帶著雙重直接受格的結構，都由動詞帶著。由於語意不同，因此分辨它們是很重要的。

→ a. 其一為人、另一為物

1) 定義

有些動詞帶有二個直接受詞，一個是人稱的、另一個是東西。東西往往較為靠近動詞，而人則較為遠離。[18] 另一種解釋就是，人是*被影響的*物件 (the object *affected*)，東西則是*使動作生效的*物件 (the object *effected*)。這種結構非常普遍。

14　𝔓[46] 以單數的 πᾶν 取代了 πάντα。

15　𝔓[46] A B 81 *et pauci* 有 ὁ θεός 這樣的文本，儘管有許多抄本的支持，但是不支持的也有 ℵ C D F G 33 1739 與一些佔有廣泛地域分布的抄本。此外，較長文本可能是來自於文士的解說。

16　當然有可能的是，中性複數主詞習慣性地跟了單數動詞。進深的討論請見 BAGD, s.v. συνεργέω; Cranfield, *Romans* (ICC) 1.425-29.

17　Cranfield, *Romans* (ICC) 1.427.

18　請參見 Moule, *Idiom Book*, 33; Winer-Moulton, 284-85。

2) 說明實例

　　一般而言，我們期待人稱的直接受格是間接受格、而非直接受格。因此，"I teach you Greek"，與 "I teach Greek to you" 是一樣的。[19] 但是在希臘文當中，有些動詞帶有二個直接受格，而不是一個人稱的間接受格與一個東西的間接受格。大部分情況，人接受事物，正如間接受格的間接受詞接受一個直接受詞一般（因此，人往往站在離動詞比較的位置）。這類與「人稱——東西」雙重直接受格連用的動詞，可以被歸納成四個字彙的類別。

a) 教導、提醒

約14:26　ἐκεῖνος ὑμᾶς διδάξει πάντα

　　　　他要將一切的事〔事物〕、指教你們〔人稱〕

林前4:17　ὅς ὑμᾶς ἀναμνήσει τὰς ὁδούς μου

　　　　他必提醒你們〔人稱〕、記念我是怎樣行事的〔事物〕

b) 穿著、膏抹

太27:31　ἐξέδυσαν αὐτὸν τὴν χλαμύδα καὶ ἐνέδυσαν αὐτὸν τὰ ἱμάτια αὐτοῦ

　　　　他們給他〔人稱〕脫了袍子〔人稱〕、仍穿上他自己的〔人稱〕衣服〔人稱〕

來1:9　ἔχρισέν σε ...... ἔλαιον

　　　　他用喜樂油〔事物〕膏你〔人稱〕

c) 探詢、尋問

太21:24　ἐρωτήσω ὑμᾶς κἀγὼ λόγον ἕνα

　　　　我也要問你們〔人稱〕一句話〔事物〕

可6:22　αἴτησόν με ὅ ἐὰν θέλῃς

　　　　你隨意向我〔人稱〕求什麼〔事物〕、我必給你

d) 其他帶有*驅使*意涵的用法

林前3:2　γάλα ὑμᾶς ἐπότισα

　　　　我是用奶〔事物〕餵你們〔人稱〕

路11:46　φορτίζετε τοὺς ἀνθρώπους φορτία

　　　　你們把難擔的擔子〔事物〕、放在人身上〔人稱〕

19　也有可能在二者之間有語意的差異。Smyth 認為「當使用人稱間接受格時，是指為他所做的動作、而不是對他做的。」(*Greek Grammar*, 363 [§1624])

→ b. 其一為受詞、另一為受詞補語[20]

1) 定義

「受詞──受詞補語」這個雙重直接受格的結構，一個是動詞的直接受詞、另一個是受詞補語（這可以是名詞、形容詞、分詞、不定詞）；後者緊跟在受詞後面。受詞補語可以是實名詞或是形容詞。[21] 這種用法僅與某些動詞配對出現。它是直接受格的普遍用法。

在這種結構裡，受詞的正式名稱是「受詞──受詞補語結構中的受詞」，而補語稱為是這個結構裡的受詞補語。[22]

2) 結構與語意的辨識線索

許多經文中，這種直接受格的用法具有解經上的關鍵性。因此，如何鑑別它的用法、以及如何解釋它，就變得很重要。這一點沒有一個通則，但是有幾個特點需要注意：

a) 直接受格往往與動詞連用，合成一個新的動詞性概念；後者還帶有另一個直接受格作受詞補語。[23]

b) 如同前述「人──物」的雙重直接受格的結構，這裡「受詞──受詞補語」的結構有更多與字彙的關聯。也就是說，它只與某些動詞字彙有關連。[24] 但是每一

---

20 進深的討論，請參見 D. B. Wallace, "The Semantics and Exegetical Significance of the Object-Complement Construction in the New Testament," *GTJ* 6 (1985) 91-112. 以下討論是列舉了該文的重點。

21 實名詞作為受詞，可以是名詞、代名詞、分詞、形容詞、不定詞。

22 這裡的受詞補語稱謂 (object complement) 不使用連字符號 (hyphen)，是要保留有連字符號、用來指「受詞──受詞補語」(object-complement) 這樣的結構。其間差別是因為語意。因此，只有直接受詞與述詞直接受格並不夠，因為不足以解釋其他直接受格的類別。至於其他文法學者所用的術語，請見 Wallace, "Object-Complement Construction," 93。

23 請見 W. W. Goodwin, *Greek Grammar*, rev. by C. B. Gulick (Boston: Ginn & Co., 1930) 227.

24 新約中可以帶「受詞──受詞補語」(object-complement) 結構的動詞有以下：ἁγιάζω, ἄγω, αἰτέω, ἀνατρέφω, ἀποδείκνυμι, ἀπολύω, ἀποστέλλω, γεύομαι, γινώσκω, δέχομαι, δίδωμι, δοκέω, ἐγείρω, ἐκβάλλω, ἐκλέγω, ἐνδείκνυμι, ἐπιδείκνυμι, ἐπικαλέω, εὑρίσκω, ἔχω, ἡγέομαι, θέλω, θεωρέω, ἱκανόω, ἵστημι, καθίστημι, καλέω, κηρύσσω, κρίνω, λαμβάνω, λέγω, λογίζομαι, νομίζω (*contra BDF*, 86 [§157] and Robertson, *Grammar*, 480；請參見林前7:26；提前6:5)，οἶδα, ὁμολογέω, ὀνομάζω, ὁράω, παραλαμβάνω, παρέχω, παρίστημι, πείθω, περιάγω, πιστεύω, ποιέω, προορίζω, προσφέρω, προτίθημι, προχειρίζω, συνίημι, συνίστημι (συνιστάνω), τίθημι, ὑποκρίνομαι, ὑπονοέω, ὑψόω, φάσκω, χρηματίζω. 更完整的列表，請參見 Wallace, "Object-Complement Construction," 96, n. 23.

個*可以*帶這種結構的動詞，並不是都*帶著這種結構*。[25] 這當然帶來若干解經的問題：往往一個重要的議題是決定於，經文中的二個直接受格是同位語嗎？或是「受詞——受詞補語」的關係？[26]

c) 偶爾這個結構還在受詞補語之前帶有 εἰς 或 ὡς，或者在二個直接受格之間帶有 εἶναι。[27] 因此，林前4:1 保羅說：「人應當以我們為基督的執事」(ἡμᾶς λογιζέσθω ἄνθρωπος ὡς ὑπηρέτας Χριστοῦ)。[28]

儘管這些字詞往往不見得都在經文中看到，但是翻譯時，可以插入 "as" "to be" 或 "namely" 之類的字在二個直接受格之間。

d) 常常這個補語是個形容詞。在這種情形時，它是作為一個述語形容詞。這種情況下，而受詞多半都是帶有冠詞。

3) 補語的語意與辨識線索

a) 補語的辨識線索

補語的辨識線索，不總是明顯的。往往受詞在先，但是也有20%的例子是有相反次序的。（舉例說，腓3:17 保羅說：「你們要一同效法我 [ἔχετε τύπον ἡμᾶς]」）。但是要決定何者是什麼，並不困難，因為「*受詞——受詞補語*」這個結構在語意上與「*主詞——主格補語*」相等同；[29] 前者就是一個隱含的「主詞——主格補語」子句。[30] 因此，用來區別主詞與主格補語的原則，也可以同樣用在這裡區別受詞與受詞補語。[31] 特別是當：

• 二者當中有一個是*代名詞*時，它優先被考慮為主詞。

25　請參見 E. V. N. Goetchius, *The Language of the New Testament* (New York: Charles Scribner's Sons, 1965) 141. 不過，新約中有些動詞是經常性地或沒有例外地帶著「受詞——受詞補語」(object-complement)結構（例如 ἡγέομαί ὀνομάζω φάσκω）。

26　對於有爭議的經文，請參見太27:32；徒11:20、13:6、23；羅10:9，13:14；腓3:18；西2:6；彼前3:15；啟13:17。

27　當有不定詞存在時，其中一個直接受格可能是不定詞的主詞、另一個是述詞直接受格 (a predicate acc.)。這樣結構的語意，請參見「不定詞的主詞」與「述詞直接受格」。

28　不過，得注意的是，不是每個帶有第二個直接受格的 ὡς 或 εἰς 情況，都指向「受詞——受詞補語」結構（請參見太9:38；羅6:22；約10）。

29　相關證明，請參見 Wallace, "Object-Complement Construction," 101-3。

30　S-PN 結構與「受詞——受詞補語」結構之間，有一項明顯的差別。前者平行地提供狀態或類別，但是後者則為狀態的*進深*。這不是由於結構的緣故，而是由於主要動詞。因此，連同 making, sending, presenting 這類意涵的動詞，它的受詞就成為補語（好比，約4:46中 ἐποίησεν τὸ ὕδωρ οἶνον ιν）。

31　請參見「主格」這一章「主格述詞」這一節的討論，有仔細的討論。

・二者當中有一個是*專有名詞*時，它優先被考慮為主詞。

・二者當中有一個是*帶有冠詞的實名詞*時，它優先被考慮為主詞。[32]

b) 補語的語意

一般而言，受詞補語的*語意*是決定於它的字序。從確定的、到定性的、到不確定的光譜中，受詞往往落在「確定的」這個範疇裡，但是受詞補語卻傾向落在「定性的──不確定的」的連續光譜裡。[33]因此，舉例可10:45，我們看到「因為人子來……要捨命、作多人的*贖價*」（δοῦναι τὴν ψυχὴν αὐτοῦ λύτρον ἀντὶ πολλῶν）；徒28:6保羅被稱為「一個神」(ἔλεγον αὐτὸν εἶναιθεόν)。

但是當受詞與受詞補語的次序*對調*時，補語的語意卻*傾向*落在「確定的──定性的」的連續光譜裡。[34]這與它的位置很有關聯：它的位置愈往前挪動時，它的語意就愈明確。

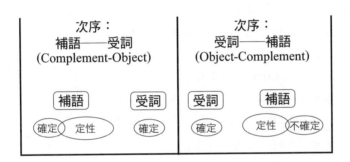

圖表15

「受詞──受詞補語」結構的語意

4) 實例

會帶「受詞──受詞補語」這種結構的動詞，都歸類在下面。

---

[32]　這裡的優先順位與 S-PN 結構相同：代名詞最為優先、其次是專有名詞、最後是帶冠詞的名詞。請參見徒5:42，它帶有第二順位的專有名詞，而以帶冠詞的名詞為補語。

[33]　多作為補語的，都是述詞形容詞(predicate adjectives)（參見徒5:10，16:15；雅2:5），但是就是名詞也都傾向作為定性的或是不確定的 (qualitative-indefinite)。請參見約4:46；徒24:5；羅6:13、19；腓3:7；來1:7；約壹4:10、14。

[34]　這一點也與 S-PN 結構相同，但是對於直接受格的情況則有許多例外。進深的討論，請參見 Wallace, "Object-Complement Construction," 106-8。

a) 呼召、指定、宣告

太22:43　Δαυὶδ ἐν πνεύματι καλεῖ **αὐτὸν κύριον**[35]

大衛被聖靈感動……稱他〔受詞〕為主〔補語〕

約5:18　**πατέρα** ἴδιον ἔλεγεν **τὸν θεόν**

他稱神〔受詞〕為他的父〔補語〕

這節經文包括兩個語意的議題。受詞補語在受詞以先、並且帶有冠詞。用來區別主詞與主格補語的規則，也適用於此。若只是看字序，這句話可能被理解為「他稱他的父為神」。受詞補語被往前送、是為了強調，因此，被看為是「確定的」(definite)。但若是看受詞補語是定性的，那這句話放在「定性的──不確定的」的連續光譜裡（「他稱神為他的一位父親」(calling God a father of his)）。為了避免混淆，福音書的作者使用了冠詞，但是這個舉動有可能模糊了受詞與補語的區別。這裡的字彙，是個簡潔的神學敘述。

約15:15　οὐκέτι λέγω **ὑμᾶς δούλους**

以後我不再稱你們〔受詞〕為僕人〔補語〕

b) 製作、指定

太4:19　ποιήσω **ὑμᾶς ἁλιεῖς** ἀνθρώπων[36]

我要叫你們〔補語〕成為得人的漁夫〔受詞〕

約4:46　ἐποίησεν **τὸ ὕδωρ οἶνον**

他變水〔受詞〕為酒〔補語〕

約5:11　ὁ ποιήσας **με ὑγιῆ**

那使我〔受詞〕痊癒〔補語〕的

c) 差遣、排擠

約壹4:14　πατὴρ ἀπέσταλκεν **τὸν υἱὸν σωτῆρα**

父差子〔受詞〕作世人的救主〔補語〕

路6:22　ὅταν ...... ἐκβάλωσιν **τὸ ὄνομα** ὑμῶν **ὡς πονηρόν**

棄掉你們的名〔受詞〕、以為是惡〔補語〕

d) 思慮、視為

腓3:7　ταῦτα ἥγημαι...... **ζημίαν**

我現在都（將那些東西）〔受詞〕當作有損的〔補語〕

35　「受詞──受詞補語」結構有幾種不同的樣式，好比 אL Z 892中的 καλεῖ κύριον αὐτόν；W E F G H K Γ Δ 0102 (0161) f^{1, 13} Byz 中的 κύριον αὐτὸν καλεῖ。

36　א^c D 33 et alii 在 ἁλιεῖς 之前加上了 γενέσθαι。

羅6:11　λογίζεσθε **έαυτοὺς** εἶναι **νεκροὺς** τῇ ἁμαρτίᾳ

你們向罪也當看**自己**〔受詞〕是**死的**〔補語〕

腓2:6　ὃς ἐν μορφῇ θεοῦ ὑπάρχων οὐχ **ἁρπαγμὸν** ἡγήσατο **τὸ εἶναι** ἴσα θεῷ

他本有神的形像、不以**自己**〔受詞〕與神同等為**強奪的**〔補語〕

在這節經文中，不定詞是受詞，而ἁρπαγμόν這個不帶冠詞的字，是補語。[37] 而不定詞 (εἶναι) 前帶有冠詞，是為了明顯標示它是個受詞。[38]

e) 擁有、拿取

可12:23　οἱ γὰρ ἑπτὰ ἔσχον **αὐτὴν** γυναῖκα

因為他們七個人都曾娶**她**〔受詞〕為**妻**〔補語〕

雅5:10　**ὑπόδειγμα** λάβετε ...... **τοὺς προφήτας**

你們要把**眾先知**〔受詞〕、當作能受苦能忍耐的**榜樣**〔補語〕

f) 宣告、呈現

羅3:25　**ὃν** προέθετο ὁ θεὸς **ἱλαστήριον**

神設立**耶穌**〔受詞〕作**挽回祭**〔補語〕

西1:28　ἵνα παραστήσωμεν **πάντα ἄνθρωπον τέλειον** ἐν Χριστῷ

要把**各人**〔受詞〕在基督裡**完完全全的**〔補語〕引到神面前

要避免看句子中的 τέλειον 為一個形容用法的形容詞 (attributive adjective)。（要記得，形容詞作補語，*往往*是個敘述用法的形容詞）。若是看要 τέλειον 為形容用法的形容詞，對應的翻譯就會非常不一樣：「要把每個完全的人……」。因而，重點就*不再*是「在基督裡」或「因著基督」、每位基督徒可以被完全地領到神面前來，而是*只有*那些在基督裡完全的信徒才會被領到神面前來。明顯地，如何理解 τέλειον 這字的語意，是深深地影響這節經文的神學意涵。

亦可參照可1:3；路6:22；約7:23，10:35，14:18；徒10:28，26:29；林前4:9，7:26；弗5:2；腓2:20；提前2:6，6:14；約壹4:10。

5) 有爭議的經文

約4:54　**τοῦτο δεύτερον σημεῖον** ἐποίησεν ὁ Ἰησοῦς

耶穌在加利利行了**這事**〔受詞〕、**第二件神蹟**〔補語〕

大部分譯者視此 τοῦτο 為主詞、而不是受詞（參 ASV, RSV, NASB, NIV 這些譯

37　這裡是一個希臘文片語 ἁρπαγμόν τι ἡγεῖσθαι。

38　與以下觀點相反。N. T. Wright, "ἁρπαγμός and the Meaning of Philippians 2:5-11," *JTS*, NS 37 (1986) 344，他看這裡的冠詞是回指前面的 μορφῇ θεοῦ。儘管這樣的看法很有神學的趣味，但在文法上卻是沒有基礎的。

本）：「這是耶穌在加利利行的第二件神蹟」。然而更準確一點的翻譯，是看這個結構為「受詞──受詞補語」。[39] 這個議題並非故弄亦虛，若是看它是「受詞──受詞補語」，那福音書作者的強調就明顯了：耶穌是既有權柄、又有尊榮。約2:11 有相似的結構（ταύτην ἐποίησεν ἀρχὴν τῶν σημείων ὁ Ἰησοῦς〔耶穌行了這事、第一件神蹟〕）。[40]

羅10:9　ἐὰν ὁμολογήσῃς ἐν τῇ στόματί σου **κύριον Ἰησοῦν** …… σωθήσῃ

你若口裡認耶穌為主……就必得救

這裡有兩個有待解決的議題。[41] 第一，何者為受詞、何者為補語？因為「受詞──受詞補語」的結構，是隱含著主詞──主格補語的子句，因此，相同的評斷原則也適用這裡。既然 Ἰησοῦν 是專有名詞，那它就是受詞（κύριον 是補語）。

第二，受詞補語的語意是什麼呢？也就是說，保羅這裡用「主」是什麼意思？因為受詞補語κύριον 在這裡是在受詞以先，它的語意有可能是「確定的」，儘管它沒有帶冠詞。因此，在這裡的信仰宣告就是：耶穌是主、是神（*Yahweh*）。[42] 這樣說是有上下文支持的，因為保羅在此是暗示著或甚是引用舊約經文、他的思想帶著舊約的思路。羅10:11 與12，都是指著基督說的。並且 10:13 也以κύριος 稱呼，沒有另一位主的人選。因此，宣告耶穌是主，也就是10:13「求告主名的」所指涉的「主」。這節經文是引自珥3:5（希伯來聖經章節；七十士譯本為2:32），在那裡「主」是指耶和華說的。這樣的暗示當然不是偶然的，而是保羅的救恩論宣告。[43] 對保羅而言，宣告耶穌是主，意即宣告他是神。

---

[39]　雖然 τοῦτο 可以是主格，但在上下文中卻是 ἐποίησεν 的受詞。

[40]　NASB 翻譯為 "This beginning of [his] signs Jesus did ……"。這個翻譯的問題是，它將指示代名詞視為是修飾用的形容詞、而不是獨立的代名詞。但是因為在 ἀρχήν 之前沒有冠詞，不太可能可以這樣翻譯。

[41]　儘管幾乎所有的英文譯本都如此認定這個結構是「受詞──受詞補語」（不同於 Douay, KJV, and NKJV 的理解），還是得問真是如此嗎，有沒有可能它是個作為同位修飾語 (simple apposition)（也就是「耶穌基督」）。我們也認為該是「受詞──受詞補語」的結構，因為：(a) 動詞 (ὁμολογέω) 是可以帶「受詞──受詞補語」結構的（參見約9:22；約壹4:2；約7）；(b) 一個表達宣告意涵的動詞所連結的不帶冠詞結構，κύριος Ἰησοῦς 必然不是緊密的同位語（參見 林前8:6，12:3；腓2:11。很重要的是，這些經文有信仰認信的內容）；(c) 有些抄本（大部分是 Vaticanus）將這個直接受格結構改變成一個「主詞──主格述詞」的結構。

[42]　有人以用詞獨特的理由、認為這裡的「主」指的是耶和華（因為耶和華比誰都更合適這個頭銜，特別是因為七十士譯本一致性地以 κύριος 來翻譯 YHWH 耶和華這個名字）。

[43]　另外二處包含有宣告「耶穌是主」的經文，都有引喻舊約經文論到耶和華本身（腓2:11引用了賽45:23；彼前3:15引用了賽8:13）。這二處經文中的 κύριος 顯然是指著耶和華說的，儘管這裡的述詞名詞不帶冠詞，但是聖經作者卻將它置於受詞/主詞之前、以表明它是確定的 (definite)。很明顯地，不只冠詞在這裡是不必要的，就是字序的顛倒也是正常的方式表達「κύριος 是確定的」這個概念。關於羅10:9的進深討論，請參見 Wallace, "Object-Complement Construction," 108-11。

多2:10   *πᾶσαν πίστιν ἐνδεικνυμένους ἀγαθήν*[44]

       要顯為忠誠

       這節經文多半翻譯為「向多人顯出好的信心」，也就是說，經文中的 ἀγαθήν 被視為是個*具形容功能的形容詞* (*attributive* adjective)、而不是是 πίστιν 這個字的受詞補語。但是有充分的文法與解經證據，支持 ἀγαθήν 是作敘述用法、作為受詞補語：(1) ἐνδείκνυμι 在新約他處帶有受詞補語（參，羅2:15）。[45] (2) 有好幾處平行經文都是不帶冠詞的受詞與作述詞用形容詞的組合；這項觀察支持 πίστιν 必然是落在一個「雙重直接受格作受詞」結構裡的假設。[46] (3) 在字序的結構上，具形容功能的形容詞與它所修飾、不帶冠詞的名詞中插入某字（特別是*動詞*），使兩者彼此分離，是很不尋常的；[47] 但若 ἀγαθήν 是具敘述用法的形容詞 (predicate adjective)，倒是很平常的事。[48] (4) 按著這些理解、重新翻譯經文，就揭開這節經文前後二個部分和諧的結連：「僕人要順服自己的主人……當流露出（真正的）[49] 信心是會帶出成果的，以致〔表示結果的 ἵνα〕他們會尊榮神的教導」。若是可以這樣理解的話，經文就支持「那導致人得救的信心必不會徒然，必然帶出好的行為」這樣概念。

     至於其他有爭議（並且有解經重要性）的經文，請參見腓3:18；彼前3:15。

3. 與同字源動詞運用的直接受格 (Accusative of Inner Object)

a. 定義

     直接受格的名詞不是與動詞的詞根，就是與動詞的意義有相同的字源。[50] 兩種

---

44   由於許多不同的抄本，使得這節經文的句法更複雜、沒有一種更有說服力。還有，較為可信的異文是顛倒了字序（33的文本是 πᾶσαν ἐνδεικνυμένους ἀγάπη）。有的抄本將 πίστιν 與 ἀγαθήν 更為相連（參 πᾶσαν ἐνδεικνυμένους πίστιν ἀγαθήν in F^gr G），另外更動了前二個字（πίστιν πᾶσαν ἐνδεικνυμένους ἀγαθήν 見於 K L Ψ *Byz*）。ℵ 有的是 πᾶσαν ἐνδεικνυμένους ἀγαθήν，無意義的讀法。

45   同樣地，字根 -δείκνυμι 的動詞往往帶著「受詞——受詞補語」(object-complement) 結構。

46   請參見路3:8；約9:1；徒10:28；西1:28。

47   儘管 約10:32 可能可以是一個例證。當然，動詞介在一個形容功能的形容詞與一個帶冠詞的名詞之間是不太可能的。

48   請參見可7:2，8:19；徒4:16；啟15:1。

49   「真正的」這個意涵可能是由思路衍生出來的，也可能是 πᾶς 這個字與抽象名詞連用時的含意（參 BAGD, s.v. πᾶς, 1.a.δ）。

50   偶爾同字根直接受格，會是「人——物」雙重直接受格中的「物」（例如 太27:31的 ἐνέδυσαν αὐτὸν τὰ ἱμάτια αὐτοῦ，同字根在這裡作直接受詞；啟14:7在 𝔓^47有 δοξάσατε αὐτὸν δόξαν 字樣），或在「受詞——受詞補語」結構中作補語（例如路9:14的 κατακλίνατε αὐτοὺς κλισίας）。*BDF* 稱第一個直接受格為同字根受詞、稱第一個直接受格為結果 (87 [§158])，彷彿它們彼此之間是

用法皆不常見。

b. 語意與重要性

不同於「與同字源動詞連用的間接受格」，後者用法有較強的副詞性作用、強調動詞之中隱含的動作（或許有時同源詞有其他細微涵義），[51] 這種用法的直接受格只作受詞，即使它帶有修飾語（形容詞或者所有格實名詞），整體結構都作強調用。[52]

c. 實例

1) 相同字根

太2:10　ἐχάρησαν **χαρὰν** μεγάλην σφόδρα

　　　　他們就**大大的**歡喜

太6:19　μὴ θησαυρίζετε ὑμῖν **θησαυρούς**

　　　　不要為自己積攢**財寶**

弗4:8　ἀνβὰς εἰς ὕψος ᾐχμαλώτευσεν **αἰχμαλωσίαν**

　　　　他升上高天的時候、擄掠了**仇敵**

提前6:12　ἀγωνίζου τὸν καλὸν **ἀγῶνα** ...... ὡμολόγησας τὴν καλὴν **ὁμολογίαν**

　　　　你要為真道打那美好的**仗**⋯⋯你已經作了那美好的**見證**

亦可參照太22:3；可4:41；路2:8-9；約7:24；徒2:17；西2:19；提後4:7；彼前5:2；約壹5:16。

2) 相同概念的名詞

彼前3:6　μὴ φοβούμεναι μηδεμίαν **πτόησιν**

　　　　不因**恐嚇**而害怕

路1:73　ὅρκον ὃν ὤμοσεν πρὸς ᾽Αβραὰμ τὸν πατέρα ἡμῶν

　　　　就是他對我們祖宗亞伯拉罕所起的**誓**

好像「人──物」或者「受詞──受詞補語」一般、可以如此區別的。但是它們只是更大類別裡、帶著特殊字彙例子。「受詞──受詞補語」結構往往帶有結果的概念（參見之前「受詞──受詞補語」結構的討論）。

51　儘管同字根直接受格亦稱為 acc. of the inner object，這個描述預設了很強的副詞功能。但是僅有很少數的同字根直接受格不作直接受詞、卻呈現副詞的功能（例如路2:9，或者太6:19 也是）。

52　*BDF*, 84-85 (§153) 也是如此說。請參見 Smyth, *Greek Grammar*, 355-56 (§1563-77) 進一步的討論。

這裡的直接受格是作受詞用，與作誓言的直接受格用法很接近，只是後者是作副詞用。

約21:16　ποίμαινε τὰ **πρόβατά** μου

你牧養我的羊

4. 作為述詞的直接受格 (Predicate Accusative)

a. 定義

直接受格的實名詞（或形容詞）作另一個直接受格實名詞的述詞。二者以一對等動詞 (an equative verb) 連結，不論這個對等動詞的形式是分詞或不定詞。這種用法在保羅或路加著作中都相當常見。

b. 澄清與重要性

這類敘述用法的直接受格，有二種形式。第一類是與作敘述用法的所有格或間接受格相似，以一個對等動詞的分詞強調同位語。

第二類敘述用法的直接受格，是用以修飾另一個作不定詞語意主詞，因此，它是一個與「主格主詞——主格述詞」相似的結構，[53] 並且擁有相同區別的原則，[54] 往往這類不定詞是出現在間述句中。[55]

c. 實例

1) 帶有分詞的實例

約2:9　ἐγεύσατο ὁ ἀρχιτρίκλινος τὸ ὕδωρ **οἶνον** γεγενημένον

管筵席的嘗了那水變的酒

這裡的結構*在語意上*是不同於連結於分詞、作述詞功能的直接受格；它比作為同位語更為強調。同樣地，這裡的結構*在結構上*也不同於一般作述詞功能的直接受格，因為儘管第一個直接受格帶有冠詞、但分詞卻沒有。[56] 這裡的結構可

53　當然有可能直接受詞作述詞，卻沒有對等動詞。所有的「受詞——受詞補語」結構，舉例說，都有敘述功能 (predication)，雖然大部分並沒有一個明顯的不定詞。

54　也就是說，「主詞」優先於代名詞、專有名詞、帶冠詞的名詞。見以下例證。

55　屬於第二個類別的例子，多半也都是「受詞——受詞補語」結構，雖然有幾個例子是 εἰς 所帶的結果或目的子句。

56　可以視此分詞的功能是說明附屬的動作 (circumstantially)（當水變成酒的時候），雖然不必要，因為分詞與這述詞直接受格的關係是形容性的 (adjectival)。

以被視為是一個「受詞──受詞補語」的結構。

徒9:11　τὴν ῥύμην τὴν καλουμένην Εὐθεῖαν

被叫做直的街

弗2:1　ὑμᾶς ὄντας **νεκρούς** τοῖς παραπτώμασιν

你們死在過犯罪惡之中

這節經文的語意與結構都與約2:9相似。分詞的性質是說明附屬的動作 (circumstantial)，很可能是為了表達動作的連續。

提前1:12-13πιστόν με ἡγήσατο …… (13) τὸ πρότερον ὄντα **βλάσφημον**

他以我有忠心……我從前是褻瀆神的

　　亦可參照太4:18，9:9；路21:37，23:33；徒3:2，15:37，17:16，27:8、16；羅16:1；西1:21，2:13；啟16:16。

2) 帶有不定詞的實例

太16:13　**τίνα** λέγουσιν οἱ ἄνθρωποι εἶναι τὸν υἱὸν τοῦ ἀνθρώπου;

人說我人子是誰？[57]

路4:41　ᾔδεισαν **τὸν Χριστὸν** αὐτὸν εἶναι

他們知道他是基督

羅4:18　εἰς τὸ γενέσθαι αὐτὸν **πατέρα** πολλῶν ἐθνῶν

得以作多國的父

弗3:5-6　νῦν ἀπεκαλύφθη …… εἶναι τὰ ἔθνη **συγκληρονόμα** καὶ **σύσσωμα** καὶ **συμμέτοχα**

這奧祕如今啟示……就是外邦人在基督耶穌裡、藉著福音、得以同為後嗣、同為一體、同蒙應許。

雅1:18　εἰς τὸ εἶναι ἡμᾶς **ἀπαρχήν τινα** τῶν αὐτοῦ κτισμάτων

叫我們好像初熟的果子

　　亦可參照路11:8，20:6、41，23:2；徒17:7，18:5、28，27:4；羅2:19，3:26，4:11、16，7:3，15:16；林後9:5；腓1:13；提前3:2；多2:2；彼前5:12。[58]

57　好像 S-PN 結構一樣，要記得疑/問代名詞是述詞、而不是「主詞」。

58　彼前1:21是有爭議的經文。

→ 5. 作不定詞主詞的直接受格

a. 定義

直接受格實名詞，常作為不定詞語意上的主詞。儘管舊的文法書堅持這是藉著直接受格表達尊重 (accusative of respect)、從描述與功能性的角度觀之，但是最好還是看為不定詞語意上的主詞。這種用法非常普遍，特別是當直接受格此接人稱代名詞時。

b. 澄清

一般而言，不定詞的主詞與主要動詞的主詞相同，因此，也是主格。好比說，路19:47 的 οἱ γραμματεῖς ἐζήτουν αὐτὸν ἀπολέσαι（「文士想要殺他」）就是如此。[59] 但是當不定詞的主詞與主要動詞的主詞不同時，那這個主詞在句中往往就呈現直接受詞。[60]

1) 在英文中的類比

儘管直接受詞的用法不容易掌握，它在英文中並不是沒有平行用法的。在 "She wanted me to learn something" 這個句子裡，"me" 同時是 "wanted" 這個動詞的受詞以及 "to learn" 這個動詞的主詞。希臘文的用法也相仿，只是更多變化（也就是說，不定詞的主詞不總是具有雙重作用的直接受詞）。請見腓1:12-13：γινώσκειν δὲ ὑμᾶς βούλομαι …… ὥστε τοὺς δεσμούς μου φανεροὺς …… γενέσθαι（「弟兄們、我願意你們知道。……以致我受的捆鎖顯明是為了……」）。1:12中的直接受格，既是動詞 βούλομαι 的主詞，也是不定詞 γινώσκειν 的受詞，[61] 儘管1:13 中的直接受格是跟在 ὥστε 表達結果的子句後、γενέσθαι 的主詞。

59　請參見太16:25；可8:11，13:5，15:8；路9:12；約11:8；徒13:44。作為輔助動詞的不定詞是與主格主詞一起用。偶爾主詞與受詞有相互的關係 (a reciprocal relationship)，結果是不定詞帶著一個直接受格主詞，是與主格主詞指涉同一個對象（例如 來5:5）。

60　偶爾也有斜格可以*作為*不定詞主格的。在這種情況，往往是作關係代名詞。請參見約4:7；腓1:7、29；猶24。

61　結構上而言，隱含的*子句* γινώσκειν ὑμᾶς κτλ. 動詞 βούλομαι 的直接受詞，但是「你」作為實作動作的施做者、很自然地被放直接受格的位置（參見路11:1）。見「不定詞」章、「輔助動詞」這一節。

2) 當不定詞帶有二個直接受格時

在新約裡，有時候句子中有一個直接受格主詞，以及一個直接受格述詞或直接受格直接受詞。在這種情況底下，人要如何區分呢？舉例說，腓1:7 的 διὰ τὸ ἔχειν με ἐν τῇ καρδίᾳ ὑμᾶς 句子，意思是「因你們常在我心裡」或是「因你們常有我在你們心裡」？早期學者多看重字序或靠近不定詞的這個因素。但是字序因素只是*次要的*，而且只有當與若干結構連用時才是重要的。[62] M. A. Cripe 最近的研究顯示：[63]

• 「*直接受格主詞──直接受格述詞 (S-P)*」結構，可以以它們的平行結構（「主格主詞──主格述詞(S-P)」）同樣原則地處理。無論是字序或是否靠近不定詞這個因素，都不是用以決定主詞的指標。[64] 關鍵在該直接受格是代名詞、帶冠詞的實名詞、或專有名詞（若是如此，它優先作主詞）。[65]

62　這項爭議在三十年以前就被 Henry R. Moeller 與 Arnold Kramer 提出來了，"An Overlooked Structural Pattern in New Testament Greek," *NovT* 5 (1963) 25-35。雖然它很早就被討論，特別是在 Clyde Votaw's *The Use of the Infinitive in Biblical Greek* (Chicago: by the author, 1896). Moeller 與 Kramer 作成結論：「二個連續的直接受格實名詞，與一個不定詞連用，頭一個是作主詞、第二個是作述詞。」(27)

　　這項議題在三十年之後再度被 Reed 提出來，Jeffrey T. Reed, "The Infinitive with Two Substantival Accusatives: An Ambiguous Construction", *NovT* 33 (1991) 1-27. 他的結論大致是相同的（「與不定詞連用的名詞、代名詞、形容詞的實名詞，最前面的優先作主詞，其次作受詞／述詞 [同上，8]，儘管他提醒 Moeller、Kramer 忽略掉了幾種結構（他們列出來七十七節相關經文；Reed 發現九十五處）。

　　以上任何一個方法都不足以分辨「主詞──主格述詞結構」(S-P) 與「主詞──直接受詞結構」(S-O)──也就是說，在「帶對等動詞不定詞」結構與「帶及物動詞不定詞」結構二者之間作出區別。二者都認為字序是很重要的辨識線索。

　　在 Reed 的報告發表以後一年，有另一份報告作了深度的研究。儘管沒有發表，Matthew A. Cripe（"An Analysis of Infinitive Clauses Containing Both Subject and Object in the Accusative Case in the Greek New Testament" [Th.M. thesis, Dallas Seminary, 1992]）的報告重新拿起 Reed 的方法，正式提升討論到新的層次。在許多項目當中，他特別批判先前的研究 (1) 太過強調字序的重要性，事實上事實上有26%連帶有對等動詞的例子中是字序顛倒的 (P-S order)（六十八例子中間的十八個例子 [同上，57]）與17%連帶有及物動詞的例子中是字序顛倒的 (O-S order)（八十一例子中間的14個例子 [同上，67]）；(2) 沒有區分開來 S-P 與 S-O 結構；(3) 忽視了許多相關的結構（Cripe 發現了149個例子）。（不過，Cripe 對 Reed 的第三個批判是不夠準確的，因為 Reed 明顯限制他的研究在雙重直接受格實名詞，雖然 Cripe 也有將非實名詞形容詞與分詞視為述詞直接受格）。

63　請參見上個附註的書目。

64　請參見路20:20，23:2；徒17:7；羅2:19，4:16；林前10:20；提前6:5；彼後3:11；啟2:9。他最後以一句話總結對 Reed 的批判：「74%的比率是太低，不足以認定字序是重要的，有如 Reed 所期待的」（同上，58）。

65　請參見「主格述詞」這一章節。

・「*直接受格主詞──直接受詞*」(*S-O*) 結構，則需要另外的鑑別原則，因為這個結構與之前的S-P結構沒有語意上的連結。[66] Cripe 注意到，關於 S-O 結構只有四節可能的經文，[67] 至於其他（無論字序如何）憑著常識都可分辨（也就是說，注意上下文）。

儘管新約聖經以外的分析會有助於理解 S-O 結構，但是期待字序或靠近不定詞的這個因素[68]來解決這個問題是一廂情願，太過於簡單，並且可能誤導。確定的是，字序僅是個次要考慮，它甚至不是個重要的原則。

c. 實例

1) 沒有模糊的結構（帶有一個直接受格實名詞）

太22:3　ἀπέστειλεν **τοὺς δούλους** αὐτοῦ καλέσαι τοὺς κεκλημένους

就打發**僕人**去、請那些被召的人來赴席

路18:16　ἄφετε **τὰ παιδία** ἔρχεσθαι πρός με

讓**小孩子**到我這裡來

徒11:15　ἐν δὲ τῷ ἄρξασθαί **με** λαλεῖν ἐπέπεσεν τὸ πνεῦμα τὸ ἅγιον ἐπ' αὐτούς

我一開講、聖靈便降在他們身上

林前10:13　πιστὸς ὁ θεός, ὃς οὐκ ἐάσει **ὑμᾶς** πειρασθῆναι ὑπὲρ ὃ δύνασθε

神是信實的、必不叫**你們**受試探過於所能受的。在受試探的時候、總要給你們開一條出路，叫你們能忍受得住

啟10:11　δεῖ **σε** πάλιν προφητεῦσαι

你必再說預言

亦可參照太5:32；約6:10；徒7:19，8:31；羅1:13；加2:14；帖前5:27；提後2:18；來9:26；啟19:19，22:16。

2) 有若干模糊的結構（帶有二個直接受格實名詞）

a) 兼作主詞與直接受格述詞（帶有對等動詞的不定詞）

66　舉例說，「有可能，主詞是不確定的，但是受詞卻是確定的；好比說，『某人打了這個球。』」Cripe 給了來5:12 這個經文的例子。

67　路18:5；林後2:13，8:6；腓1:7。

68　Votaw 首先提出靠近的這個因素，後來被 M. Silva 用在 腓1:7 (*Philippians*, Wycliffe Exegetical Commentary [Chicago: Moody, 1988] 56, n. 21). Cripe 評論說：「靠近的這個因素，在這個研究中被證實是錯誤的，因為它忽略了不定詞將二個直接受格分開、這樣的結構。」(Cripe, 86)

可14:64　　κατέκριναν **αὐτὸν** ἔνοχον εἶναι θανάτου[69]

　　　　　　他們都定他該死的罪

　　　　　　往往這類二個直接受格中，有一個是作述詞功能的形容詞或是作述詞功能的分詞。[70]除非這個形容詞是作實名詞（但這很罕見），否則它都當被視為是作述詞。

徒28:6　　ἔλεγον **αὐτὸν** εἶναι θεόν

　　　　　　土人說、他是個神

　　　　　　如同「主詞──主格述詞」(S-PN) 結構的考量，若是二者之中有一個是代名詞，那這個直接受格就該是主詞。[71]

提前6:5　　νομιζόντων πορισμὸν εἶναι **τὴν εὐσέβειαν**

　　　　　　他們以敬虔為得利的門路

　　　　　　如同「主詞──主格述詞」(S-PN) 結構的考量，若是二者之中有一個是帶冠詞，那這個直接受格就該是主詞。[72]在這個例子裡，主詞跟在述詞後面，說明了字序真的不是個決定性的指標。

路20:6　　πεπεισμένος ἐστιν **Ἰωάννην** προφήτην εἶναι

　　　　　　他們信約翰是先知

　　　　　　如同「主詞──主格述詞」(S-PN) 結構的考量，若是二者之中有一個是專有名詞，那這個直接受格就該是主詞。[73]

路4:41　　ᾔδεισαν τὸν χριστὸν **αὐτὸν** εἶναι

　　　　　　他們知道他是基督

　　　　　　如同「主詞──主格述詞」(S-PN) 結構的考量，若是二者之中有一個是代名詞、而另一個帶冠詞，那這個代名詞就該是主詞（再度，字序不是個決定性的指標）。[74]

69　D* 以 αὐτῷ 代替 αὐτόν。

70　請參見徒19:36；羅14:14；林後7:11，11:16；弗1:4。

71　其他直接受格代名詞作對等動詞不定詞的主詞的例子還有：可1:17；路23:2；羅2:19，4:11、18，7:3，8:29；林前10:6、20；帖前1:7；雅1:18；彼前5:12；啟2:9，3:9。路9:18（及平行經文）的二個代名詞彼此相連 (τίνα με λέγουσιν οἱ ὄχλοι εἶναι)。*疑問*代名詞就是述詞，因為就字彙而言，它回答了未知的內容（誰？）。因此，雖然作為代名詞，它在文法上是可以作主詞的，而*疑問*代名詞就字彙而言，是可以作述詞的（這充分說明了字彙與句法之間的互動，它們不能分開處理）。請參見太16:15；可8:27、29；路9:20；徒2:12，17:20 在類似結構裡有疑問代名詞；徒5:36，8:9 有不定代名詞作述詞。

72　帶冠詞直接受格作對等動詞不定詞主詞的例子，請見路20:41；徒26:29（這裡是定性代名詞作述詞）；弗3:6。儘管只列出了幾個例子，但大部分都有形容詞作述詞。

73　Cripe 只找到三個例子：路20:6；徒17:7；羅15:8。

74　請參見羅4:13。

b) 兼作主詞與直接受詞（帶有及物動詞的不定詞）

路2:27　　ἐν τῷ εἰσαγαγεῖν **τοὺς γονεῖς** τὸ παιδίον Ἰησοῦν[75]

　　　　　　正遇見耶穌的父母抱著孩子進來

　　　　　　很明顯地，常識就決定了那一個直接受格是主詞、那一個直接受格是受詞。

約1:48　　πρὸ τοῦ σε **Φίλιππον** φωνῆσαι ὄντα ὑπὸ τὴν συκῆν εἶδόν σε

　　　　　　腓力還沒有招呼你、你在無花果樹底下、我就看見你了

來5:12　　χρείαν ἔχετε τοῦ διδάσκειν ὑμᾶς **τινά**

　　　　　　還得有人教導你們

　　　　　　在這節經文中，字序是「直接受格主詞——直接受詞」(S-O) 結構緊接著不確
　　　　　　定的直接受格主詞 (an indefinite acc. Subject)。因此，不是字序、也不是與不定
　　　　　　詞靠近的因素，決定了何者是主詞、何者不是，上下文才是決定的關鍵。[76]

　　亦可參照可8:31；徒16:30；羅12:2；林前7:11；腓1:10；提後3:15。

3) 有爭議的經文

腓1:7　　διὰ τὸ ἔχειν **με** ἐν τῇ καρδίᾳ **ὑμᾶς**

　　　　　　「*你們有我在你們心裡……*」或「*我有你們在我心裡……*」

　　　　　　這節經文是 Cripe 認為有爭議的。可以翻譯成「*你們有我在你們心裡……*」或
　　　　　　者「*我有你們在我心裡……*」。二者都有可能，因為：(a) 主詞與直接受詞都
　　　　　　是直接受格；(b) 冠詞 τῇ (καρδίᾳ) 指涉擁有的意涵（「我的」或「你們的」）；
　　　　　　(c) 保羅書書信中的「心」字常用作集合名詞、單數（也就是說，指著複數的
　　　　　　所有物說的）。畢竟上下文才是最後的裁決。但是二種說法都各自堅持。像這
　　　　　　樣的例子，最好就是依字序決定了一不是因為其他因素不重要、而是權衡諸多
　　　　　　之後、字序這個因素給了臨門一腳的影響力。[77]

林後2:13　οὐκ ἔσχηκα ἄνεσιν τῷ πνεύματί μου τῷ μὴ εὑρεῖν **με** Τίτον

　　　　　　「*因為沒有遇見兄弟提多、我心裡不安*」或「*因為沒有被兄弟提多找到、
　　　　　　我心裡不安*」

　　　　　　儘管經文可以在不同情境裡，有不同的解讀。但是它較可能是「我沒有遇見兄
　　　　　　弟提多」。不定詞子句與 ἔσχηκα ἄνεσιν 的連結顯示：若是保羅沒有見到提多，
　　　　　　他就心裡不安。

---

[75]　　在一些抄本中 τοὺς γονεῖς 被省略了 (245 1347 1510 2643)。

[76]　　同樣的結構還有：徒3:21；林前5:1；來8:3。

[77]　　這是因為儘管在希臘文中所謂的*正常*字序也是很難決定的，但是所有的研究都顯示，主詞總
　　　　是領先受詞。因此，除非是含意模糊的經文，作者總是有留下若干線索讓我們明白他的意思。

亦可參照林後8:6 (S-O)；徒18:5，28 (S-P)。這二節使徒行傳的經節，都有 εἶναι τὸν χριστὸν Ἰησοῦν 的字樣。可是有譯文的差別：「耶穌是基督」(AV、NASB、NIV) 與「基督是耶穌」(RSV、NEB)。[78]

6. 作為殘存直接受詞的直接受格 (Retained Object)

a. 定義

在「人——物」的雙重直接受格的結構裡，指涉「物」的直接受格在動詞由主動變為被動時，仍然保留它的格。而指涉「人」的直接受格在這種情況，改變成為主格。[79] 這種變化常發生在使役動詞 (causative verbs)，儘管在約中並不多見。

「我教導你這個功課」，當動詞改為被動時，變成「你被我教這個功課」。當動詞改為被動時，指涉「人」的直接受格變成主詞（主格），而指涉「物」的直接受格仍然保持原狀。

b. 實例

林前12:13 πάντες **ἐν πνεῦμα** ἐποτίσθημεν[80]

　　　　我們都飲於一位聖靈

　　　　「都」(all) 指涉的是「人」，它是主格、連帶被動的動詞。指涉「物」的直接受格、「聖靈」，在這裡仍然保持原狀。若是動詞呈現主動，經文就會讀成「祂使我們所有人飲於一位聖靈」(ἐπότισε πάντα ἐν πνεῦμα)。

路7:29 οἱ τελῶναι ἐδικαίωσαν τὸν θεὸν βαπτισθέντες **τὸ βάπτισμα** Ἰωάννου

　　　　稅吏既受過約翰的**洗**，就以　神為義

帖後 2:15 κρατεῖτε τὰς παραδόσεις **ἃς** ἐδιδάχθητε

　　　　凡所領受口傳，都要堅守

啟16:9 ἐκαυματίσθησαν οἱ ἄνθρωποι **καῦμα μέγα**

　　　　人被**大熱**所烤

　　　　這裡也是一個同字根直接受格的例子。

亦可參照加2:7；腓1:11；來6:9。

78　很可能這裡的 τὸν χριστόν 該被視為是主詞。不過，這不是因為它帶有冠詞，而是因為字序。請見「主格述詞」這一章節。

79　不過這一點不總是清楚的，參見帖後2:15；以下就要看到。

80　若干抄本以 πόμα 代替 πνεῦμα (177 630 920 1505 1738 1881)：「所有人都得飲一種*飲料*」，將這個意象轉化為主餐 (the Lord's Supper)（同樣地，BAGD, s.v. πόμα）。

7. 破格直接受格補語 (Accusativum Pendens)

a. 定義

破格直接受格在使用上，其實與直接受格無關。句子中的直接受格被視為*破格*、「掛」在那裡，是因為它在句子中彷彿是直接受詞，但是句子卻奇怪地結束了、留下一個直接受格「懸」在那裡。如同之前的破格主格補語 (pendent nominative) 一樣，這裡的破格直接受格補語 (pendent accusative) 被推到句首，在緊接著的句子裡以一個代名詞代替這個補語，這個代名詞的格由它在句中的語法來決定。這個類別僅有少數幾個例證。

b. 澄清與辨識的線索

將破格直接受格視為表達指涉涵義的直接受格的一個子類，或許會有助於了解它的用法。辨識的關鍵是看它能否在句首被翻譯為「關於……」？另一方面，它也有別典型的表達指涉涵義的直接受格，因為它畢竟是*破格*，從語意的角度而言，是句子結構不完整。

c. 實例

太21:42　**λίθον** ὃν ἀπεδοκίμασαν οἱ οἰκοδομοῦντες, οὗτος ἐγενήθη εἰς κεφαλὴν γωνίας
　　　　匠人所棄的石頭，已作了房角的頭塊石頭
　　　　這句話可以被理解為：「關於這塊匠人所棄的石頭；它已作了房角的頭塊石頭」。新約中多有這類結構，是從舊約中引述而來（在這裡是從詩 118:22）。

可6:16　ὃν ἐγὼ ἀπεκεφάλισα **Ἰωάννην**, οὗτος ἠγέρθη[81]
　　　　我所斬的約翰，他復活了
　　亦可參照約15:2；加5:17；6:7。

➜ 8. 指明簡單的同位語 (Simple Apposition)

a. 定義

儘管還不能說是一個類別，但是直接受格也可以（好其他格一樣）作另一*同樣*格實名詞的同位語。如此同位結構是指二個鄰近（指涉人或物的）相同格的實名詞，

81　少數文士顯然對直接受格的 Ἰωάννην 覺得不妥，因此他們將它替換為 Ἰωάννης（א* 中有 οὗτος Ἰωάννης；οὗτος ἐστιν Ἰωάννης 可見於 Θ 565 700 *et pauci*）。

擁有相同語意的地位。第一個直接受格實名詞可以屬於*任何*直接受格的語意類別，但是第二個直接受格實名詞的功能就在澄清前者的語意意涵。因此，同位語「跟在」第一個直接受格實名詞後面。[82] 這種直接受格的用法相當普遍，雖然尾隨其後第二個直接受格實名詞的語意不一定容易確定（同位或平行〔參見以下，弗2:2〕）。

b. 實例

可1:16　Ἀνδρέαν **τὸν ἀδελφὸν** Σίμωνος

西門的**兄弟**安得烈

徒16:31　πίστευσον ἐπὶ τὸν κύριον Ἰησοῦν καὶ σωθήσῃ σύ

當信主耶穌，你和你一家都必得救

弗1:7　ἐν ᾧ ἔχομεν τὴν ἀπολύτρωσιν διὰ τοῦ αἵματος αὐτοῦ, **τὴν ἄφεσιν** τῶν παραπτωμάτων

我們藉這愛子的血，得蒙救贖，**過犯得以赦免**

弗2:2　ἐν αἷς ποτε περιεπατήσατε κατὰ τὸν αἰῶνα τοῦ κόσμου τούτου, κατὰ **τὸν ἄρχοντα** τῆς ἐξουσίας τοῦ ἀέρος

那時、你們在其中行事為人隨從今世的風俗、順服空中掌權者的**首領**

這節經文有點爭議。如果 τὸν αἰῶνα 指的是靈界的活物，[83] 那它可能是 τὸν ἄρχοντα 的同位語。[84] 但是它若指的是「現今這個世代」，那這個結構就是平行而不是同位了。參見同樣模糊的經文如下：路3:8；徒11:20，13:23；羅13:14；西2:6；彼前3:15；啟13:17。

亦可參照太2:6；徒1:23，2:22，3:13；腓2:25；西1:14；帖前3:2；來13:23；啟2:20。

直接受格作副詞用

翻譯作副詞用的直接受格，最大的困難就是沒有對應的（英文）類別。在古典希臘文中，直接受格是斜格中最普遍使用的格了，擁有各種不同的意涵。但是當口語希臘文被普遍使用之後，當作副詞用的直接受格功能就漸漸使用受到限制、被間接受格或介系詞取代了。因此，現今的學生得以舒緩他們的不自在，因為知道其實其他學生也都有這樣的困擾。

82　關於「同位語」的進深資料，請參見「主格同位語」與「所有格同位語」。

83　請參見 BAGD, s.v. αἰών, 4 (28)。

84　從結構來看，這二個介系詞片語是彼此互為同位語。

1. 表達態度 (Accusative of Manner)

a. 定義

直接受格實名詞的語意功能，就好像一個副詞，因為它*修飾*動詞的動作而不是動作的程度或*量*。它呈現的是表達態度的副詞功能，儘管不總是如此（因此，對應的類別其實是個子類別，儘管它是出現最頻繁的一類）。除了若干常出現的那幾個字，這種用法並不常見。[85]

b. 解說與提醒

這種用法與同字根直接受格很相似，但是也僅只是相似而已。前者的用法只限於某幾個字，用得有如副詞。也就是說，好些副詞是由名詞的直接受格或是形容詞衍生而來。

此種作副詞用的直接受格，可以分成二類：實名詞類與形容詞類。名詞 δωρεάν 常被用在此實名詞類，[86] 但是除此以外，沒有什麼其他的字也作如此用了。不過有較多的形容詞作副詞用。[87]

c. 實例

1) 實名詞類 (Nominal Examples)

太10:8　δωρεὰν ἐλάβετε, δωρεὰν δότε

你們*白白的*得來、也要*白白的*捨去

若 δωρεάν 是與動詞同字源的直接受格，翻譯就變為：「你接受禮物（所以）給出禮物」這就像是副詞用法的直接受格，而典型著達「程度」概念的直接受格的用就消失了！

85　許多文法學者將作副詞用的直接受格與表達觀點的直接受格 (acc. of respect) 用法混在一起。這當然有它的道理，但是我們處理作副詞用的直接受格名詞是更為限定性的，看它們可翻譯為副詞，儘管表達觀點的直接受格是可以理解為「關於」(with respect to ......) 。

86　δωρεάν 都不帶冠詞，最好視它為作副詞用的直接受格（每一次都指著態度說的）。請參見約 15:25；羅3:24；林後11:7；加2:21；帖後3:8；啟21:6，22:17。有趣的是，NRSV 常將這個類別視為實名詞（放在「受詞──受詞補語」(object-complement) 結構的這個類別裡），雖然它們並不符合這個類別的條件（也就是說，二個實名詞都不帶冠詞）。

87　從結構來看，形容詞並不屬於格的類別，因為它們是依賴實名詞、跟隨所修飾字詞的格。但是直接受格形容詞並不依賴任何一個名詞，也不屬於任何分類。因此，放在「形容詞」這個類別底下討論是有點誤導，如同放在「直接受格」這個類別底下討論一樣。

加2:21   εἰ γὰρ διὰ νόμου δικαιοσύνη, ἄρα Χριστὸς **δωρεὰν** ἀπέθανεν

         義若是藉著律法得的、基督就是徒然死了

2) 形容詞類 (Adjectival Examples)

太6:33   ζητεῖτε δὲ **πρῶτον** τὴν βασιλείαν τοῦ θεοῦ

         你們要先求他的國

約10:10   ἐγὼ ἦλθον ἵνα ζωὴν ἔχωσιν καὶ **περισσὸν** ἔχωσιν.[88]

         我來了、是要叫羊〔或作人〕得生命、並且得的更豐盛

腓3:1   **τὸ λοιπόν**, ἀδελφοί μου, χαίρετε ἐν κυρίῳ

         最後，弟兄們你們要靠主喜樂

     亦可參照太8:30 (μακράν)，[89]9:14 (πολλά)，15:16 (ἀκμήν)，路17:25 (πρῶτον)，約
1:41 (πρῶτον)，徒27:20 (λοιπόν)，林後13:11 (λοιπόν)。

→ 2. 表達時空量度 (Accusative of Measure, Extent of Space or Time)

a. 定義

     直接受格實名詞的語意功能，指出動作的程度 (extent)。所指涉的內容可以是多
遠（空間的）或是多久（時間的）。前者的用法較罕見，但是後者就較為普遍。

b. 辨識的線索

     在直接受格以前，填入譯詞 *for the extent of* 或（指時間時）*for the duration of*。

c. 澄清與重要性

     這種直接受格的用法，擁有這個格的最基本含意。表達「空間」意涵的直接受
格，回答「多遠」這樣問題，而表達「時間」意涵的直接受格，回答「多久」這樣
問題。因此，確認直接受格所屬的類別（「空間」的或「時間」的）是很重要的。

     當直接受格帶有 ὥρα 這個字時，它表達「時間」的概念好像一個*間接受格*，因
為它回答一個「何時」這樣問題。在這種情況下，直接受格應當歸類於表達「*時間*」

---

88   𝔓[66]* D *et pauci* 省略了 καὶ περισσὸν ἔχωσιν 字樣；𝔓[44] 𝔓[75] X Γ Ψ 69 1010 *et pauci* 有的是形
      容詞的比較級 (περισσότερον)。

89   μακράν 的用法應該歸類在作副詞用的直接受格、或指明程度的差異 (acc. of extent of space)，
      預設了有 ὁδόν 這個字存在（BAGD 也是如此觀點）。請參見可12:34；路15:20；約21:8；徒
      22:21；弗2:13、17。

的這個類別（而不是表達「時間的*長度*」）。[90]

d. 實例

1) 表達「空間多長」意涵的直接受格

路2:44　νομίσαντες δὲ αὐτὸν εἶναι ἐν τῇ συνοδίᾳ ἦλθον ἡμέρας **ὁδόν**

以為他在同行的人中間，走了一天的路程

約6:19　ἐληλακότες οὖν ὡς **σταδίους** εἴκοσι πέντε ἢ τριάκοντα

門徒搖櫓約行了十里多路

亦可參照太4:15；可12:34；路22:41。

2) 表達「時間多久」意涵的直接受格

太20:6　τί ὧδε ἑστήκατε **ὅλην τὴν ἡμέραν** ἀργοῖ

你們為什麼整天在這裡閒站呢

太4:2　νηστεύσας **ἡμέρας** τεσσεράκοντα καὶ **νύκτας** τεσσεράκοντα

他禁食四十晝夜

如果福音書作者描述耶穌禁食四十晝夜，是用*所有格*表達「時間」意涵的話，那他的意思會是，耶穌是在白晝的*時距*裡（*during* that time period）禁食、而不必然是整天。就有可能是，耶穌白晝禁食，但是他在夜裡用餐。[91] 另參見可1:13。

徒7:20　ἀνετράφη **μῆνας τρεῖς** ἐν τῷ οἴκῳ τοῦ πατρός

摩西生下來、在他父親家裡撫養了三個月

太28:20　μεθ᾽ ὑμῶν εἰμι **πάσας τὰς ἡμέρας** ἕως τῆς συντελείας τοῦ αἰῶνος

我就常與你們同在、直到世界的末了

耶穌給門徒的應許，不是他要在現世與他們同在（如果用是所有格的話），而是與他們同在的*程度*。

90　請參見 *BDF*, 88 (§161) 的相關記述。或許這是由於 ὥρα 這個字的意涵鬆散 (the growing lexical latitude)，因為它可以理解為「小時」(hour)「時刻」(moment)（*BAGD*, s.v. ὥρα, 2.b：「作為一段時距，是以幾個小時來記數的」）。

91　請參見路18:12，對於在這裡的所有格沒有什麼特別要多說的（「一個禮拜二次」）。但是法利賽人僅在白晝禁食（參 E. Schrer, *The History of the Jewish People in the Age of Jesus Christ*, rev. and ed. by G. Vermes, F. Millar, M. Black [Edinburgh: T. & T. Clark, 1979] 2.484）。還有，Didache 文獻似乎提醒二者之間有性質的差別。在 *Didache* 8.1，作者勸告他的讀者不要像猶太人那樣禁食，只在週一與週四（使用間接受格 [δευτέρᾳ σαββάτων καὶ πέμπῃ]），而是要在週三與週五（使用直接受格 [τετράδα καὶ παρασκευήν]）。

路2:37　ἀφίστατο τοῦ ἱεροῦ ...... λατρεύουσα *νύκτα καὶ ἡμέραν*

並不離開聖殿、晝夜事奉神

「晝夜」這用詞所表達的是「日日夜夜」；可譯為「全部的時間」，指的是延伸的一段時間、或是一個重覆的動作。另參見可4:27；徒26:7；帖後3:8（異文）。

亦可參照可2:19；徒9:9，10:30，21:7；啟9:10。

e. 簡述不同的格所表達「時間」的概念

不同的格所表達「時間」概念的差異，是源於它們各自的基本概念。在五格系統中，這有一點困擾。因此，以下試著從八格系統來解釋。*所有格的基本概念是種類*，因此表達時間概念的所有格所表達的是「時間的種類」，或是「在什麼樣的時距之內」(time within which)。*表達時刻的格* (locative)（而非間接受格）的基本概念是*位置*，所表達的是時間點。*直接受格的基本概念是程度* (extent)，因此，直接受格表達的「時間」意涵，是關於時間的*長度* (the *extent* of time)。

舉一例說明會有幫助的。如果我說「我昨晚工作」，意思是 (1) 夜間、(2) 整個晚上、或者 (3) 夜間某時。但是在希臘文，是用*夜晚*一字的格來表達所說的這些差異。若用的是所有格 (νυκτός)，那要表達的是「在夜間」(during the night)。若用的是間接受格 (νυκτί)，那要表達的是「夜間某時（好比說，凌晨一時）」。若用的是直接受格 (νυκτά)，那要表達的是「整個晚上」。整個差別，請見以下圖示（圖16）。

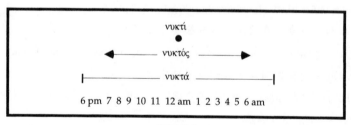

圖表16

不同的格所表達「時間」的概念

3. 表達指涉涵義 (Accusative of Respect or Reference)

a. 定義

這種直接受格實名詞用法，限制了所指涉動作的範圍。它指出*關於* (with reference to) *所指涉*的動作在什麼範疇內是真實的。

作者可以用這樣的直接受格來定義一件敘述是真實的。這樣的直接受格用法，被稱為作參考用的直接受格、或有限定功能的直接受格 (limiting accusative)。這種用法在口語希臘文中，並不常見。[92]

b. 辨識的線索

在這樣的直接受格實名詞之前，可以填入 *with reference to* 或 *concerning* 這樣的譯字。這種用法在新約中，並不多見；只作為最後的選項，當其他類別都不合適時才考慮這可能。

c. 實例

太27:57 ἄνθρωπος πλούσιος ἀπὸ Ἀριμαθαίας, **τοὔνομα** Ἰωσήφ

有一個財主，**名叫**約瑟，是亞利馬太來的

約6:10 ἀνέπεσαν οὖν οἱ ἄνδρες **τὸν ἀριθμὸν** ὡς πεντακισχίλιοι

眾人就坐下、**數目**約有五千

羅10:5 Μωυσῆς γὰρ γράφει **τὴν δικαιοσύνην** τὴν ἐκ τοῦ νόμου

摩西寫著說：**那出於律法的義**

啟1:20 **τὸ μυστήριον** τῶν ἑπτὰ ἀστέρων οὓς εἶδες ἐπὶ τῆς δεξιᾶς μου, ... · οἱ ἑπτὰ ἀστέρες ἄγγελοι εἰσιν ......

論到你所看見在我右手中七星的奧祕，那七星就是七個教會的使者

亦可參照徒2:37；羅8:28（有可能）；[93] 林前9:25；林後12:13；弗4:15；腓1:27（有可能）；來2:17。

---

92 在古典希臘文中，直接受格是最普遍用來作指涉用的格。但在 Koine 裡，它是僅次於間接受格用來作指涉用（原來直接受格的功能被間接受格取代了），因為對於非本地的希臘文使用者而言，間接受格用來表達指涉是較為自然。所有格與主格也都有如此功能（也就是 *nominativus pendens*）。

93 見 Cranfield, *Romans* (ICC) 1.425-29，他刪去了 πάντα 用來作指涉用的可能性（接受較長的經文）。他是對的。我們認為，若直接受格也有可以滿足其他功能的可能性（好比說直接受詞），那硬要視它為作指涉用，就是個未經證實的推斷 (*petitio principii*)。

4. 表達據以起誓 (Accusative in Oaths)

a. 定義

　　這種直接受格實名詞用法，指出起誓者賴以起誓的人或物。這種用法在新約中並不常見。

b. 辨識的線索

　　在這樣的直接受格實名詞之前，可以填入 *by* 這樣的譯字。這種用法*僅*與*起誓*之類的單字運用（如 ὀρκίζω、ὀμνύω 等），緊接著（儘管不是每次）一個神的頭銜。

c. 解說

　　儘管結構上這樣直接受格實名詞的用法，與前述的雙重直接受格用法（「人──物」；「受詞──受詞補語」）很像，但它們的語意卻是不同的：(1) 作起誓用直接受格，可以是一個人，即使直接受詞也是一個人。因此，這種用法不是「人──物」雙重直接受格的用法；(2) 這裡的雙重直接受格並不指向同樣一個物件，因此，它也不是「受詞──受詞補語」雙重直接受格的用法。[94] 在實務上，這種用法是一種作副詞用的直接受格，雖然將它逕自翻譯成副詞並不恰當。[95]

　　有時候介系詞片語取代了起誓用的直接受詞，表達藉以起誓的人、事、物，[96]有如（表達方法）間接受格的用法。[97]

d. 實例

可5:7　　Ἰησοῦ υἱὲ τοῦ θεοῦ τοῦ ὑψίστου; ὁρκίζω σε **τὸν θεόν**, μή με βασανίσῃς

　　　　至高神的兒子耶穌，**我指著神**懇求你、不要叫我受苦

帖前5:27　ἐνορκίζω ὑμᾶς **τὸν κύριον**

　　　　我指著主囑咐你們

94　在作為起誓用的直接受格用法裡，並無須有另一個直接受格；這說明了它與雙重直接受格的差異。

95　在古典希臘文中，這個類別是在作祈願用的直接受格 (acc. in invocations)、這個更大的類別底下。見 Moorhouse, "The Role of the Accusative Case," 212-13。

96　例如 ἐν 在太5:34、36，23:16；啟10:6；κατά + gen.在太26:63；來6:13。

97　請參見徒2:30。

雅5:12　μὴ ὀμνύετε, μήτε **τὸν οὐρανὸν** μήτε **τὴν γῆν** μήτε ἄλλον τινὰ ὅρκον

不可起誓．不可指著天起誓、也不可指著地起誓、無論何誓都不可起

最後一個子句「無論何誓都不可起」(μήτε ἄλλον τινὰ ὅρκον) 似乎含有一個同字
根的直接受詞，儘管前面二個平行的 μήτε 片語似乎暗示，在這裡也有一個表達
起誓用直接受格的用法（彷彿是說「也不可指著任何人、物起誓」）。

亦可參照徒19:13；提後4:1。

→ 緊接著若干介系詞

1. 定義

　　若干介系詞帶著直接受格在它們的後面。請見以下「介系詞」這一章、並
Mounce, *Basics of Biblical Greek*, 55-62 的這一個相關部分。

2. 重要性

　　當介系詞帶著直接受格在它們的後面時，直接受格的功能並不單由它本身決定。
相反地，得參考 BAGD 有關介系詞的關聯部分。

這一章有關格的總結

　　這一章有關格的討論佔了相當長的篇幅，因為：(1) 格出現的高頻率要求這麼一
個冗長的討論（新約中60%的單字都有格變化的形式）；(2) 格的意涵相當有彈性，
在解經時佔有很重要的一席。正如 Robertson 所說的：「格的討論佔了我們相當多
的注意力，但是在希臘文句法裡，主詞還是最重要的。」[98]

98　Robertson, *Grammar*, 543.

冠詞　第一部分

來源、功能、一般用法
與無冠詞的狀況

參考書目

BAGD, 549-52; **BDF**, 131-45 (§249-76); **Brooks-Winbery**, 67-74; **L. Cignelli, and G. C. Bottini**, "L' Articolo nel Greco Biblico," *Studium Biblicum Franciscanum Liber Annuus* 41 (1991) 159-199; **Dana-Mantey**, 135-53 (§144-50); **F. Eakin**, "The Greek Article in First and Second Century Papyri," *AJP* 37 (1916) 333-40; **R. W. Funk**, *Intermediate Grammar*, 2.555-60 (§710-16); **idem**, "The Syntax of the Greek Article: Its Importance for Critical Pauline Problems" (Ph.D. dissertation, Vanderbilt University, 1953); **Gildersleeve**, *Classical Greek*, 2.514-608; **T. F. Middleton**, *The Doctrine of the Greek Article Applied to the Criticism and Illustration of the New Testament*, new [3d] ed., rev. by H. J. Rose (London: J. G. F. & J. Rivington, 1841); **Moule**, *Idiom Book*, 106-17; **Porter**, *Idioms*, 103-14; **Robertson**, *Grammar*, 754-96; **H. B. Rosén**, *Early Greek Grammar and Thought in Heraclitus: The Emergence of the Article* (Jerusalem: Israel Academy of Sciences and Humanities, 1988); **D. Sansone**, "Towards a New Doctrine of the Article in Greek: Some Observations on the Definite Article in Plato," *Classical Philology* 88.3 (1993) 191-205; **Turner**, *Syntax*, 13-18, 36-37, 165-88; **Völker**, *Syntax der griechischen Papyri*, vol. 1: *Der Artikel* (Münster: Westfälischen Vereinsdruckerei, 1903); **Young**, *Intermediate Greek*, 55-69; **Zerwick**, *Biblical Greek*, 53-62 (§165-92).

A. 序言

　　希臘文留給西方文明一項最重要的禮物即是冠詞的使用，歐洲知性的發展深深受其明性晰的影響，[1]到了西元第一世紀，其使用更加的細膩且精緻。必然地，在新

1　　參照 P. Chantraine, "Le grec et la structure les langues modernes de l'occident," *Travaux du cercle linguistique de Copenhague* 11 (1957) 20-21 。

約希臘文文法的研究當中，冠詞是其中最吸引人的研究範疇之一，卻也常常被忽略或濫用。儘管冠詞是新約希臘文中被使用最為廣泛的詞性（幾乎超越20,000次，差不多每七個字中就有一次），[2]卻仍有許多用法上的謎題等待著被解答，[3]Middleton 的 *The Doctrine of the Greek Article* 雖是最詳盡的討論，卻已經是超過一百五十年前的討論，[4]因此，關於希臘文的冠詞，有許多我們無法明白的部分，但也有許多我們明白的部分。如同 Robertson 提出：「在希臘文中，冠詞從來都不是無意義的，雖然很多時候沒有辦法在英文中找到相對應的詞彙……但其自由的用法可以使得語句更加精確且精巧。」[5]我們實在無法輕率地討論冠詞的用法，因為其出現與否，實際上成為新約經文中，解開許多意義謎底的重要元素。

簡短來說，在希臘文文法中，沒有更重要的觀點超過對於冠詞用法的認識，可以幫助我們瞭解新約作者的神學與思想。

順帶一提，KJV 的翻譯本通常在冠詞的處理上出錯，事實上 KJV 的翻譯本比較接近拉丁文，因為在拉丁文中沒有冠詞，KJV 的翻譯者時常漏掉希臘文冠詞的些微差異，Robertson 指出：

> 英王欽定本的翻譯者，受到武加大譯本的影響，常輕率且不精準地處理希臘文的冠詞。在「新約的修訂本」可以列出一長串這樣錯誤的清單，例如 τὸ πτερύγιον（太4:5）的翻譯是為殿頂，這裡的焦點在於冠詞，這個聖殿的旁側可以俯瞰整個深谷；又如在太5:1 τὸ ὄρος 乃是指著右手邊的那座山，而非指著一座山。另一方面而言，英王欽定本的翻譯者遺漏了 μετὰ γυναικός（約4:27）的要點，當他們談到「那女人」的時候，事實上是指著「一個女人」、「任何一個女人」，並非指討論中的特定女人。但坎特伯里的校訂者 (Canterbury Revisers) 仍不能免於其咎，因為他們忽略了在路

2　按照出現頻率與使用技巧，我們不能期待將所有冠詞用法加以分類，這一章將聚焦於主要的類別上，讀者可以參照參考書目更為詳盡的討論。

3　Sansone 提到：「即使只是評估單一作者對於冠詞的用法，仍舊需要研讀許多專文，並且仍有許多研究需要進行，似乎沒有可能給予古代希臘文冠詞用法一個全面性的說明，就是古典的用法也是一樣。」("New Doctrine of the Article," 195)

4　Adrian Kluit 的兩冊著作, *Vindiciae Articuli 'O, 'H, Tó, in Novo Testamento* (Paddenburg: Traiecti ad Rhenum, 1768)，有比較詳盡的論述，儘管他都著重在句法與字彙議題上，就是冠詞是如何與其他字彙的連用、而不是作一個有系統的呈現。相反地，Middleton 的著作花了一百五十頁在古典希臘文的冠詞句法，繼之以新約中關於冠詞的解經問題（從馬太福音依序到啟示錄中的討論超過五百頁）。

5　Robertson, *Grammar*, 756.

18:13，τῷ ἁμαρτωλῷ的冠詞，關鍵的事物在於從希臘文的角度觀看事件，
並且找出冠詞用法的各項緣由。[6]

B. 來源

冠詞的來源乃是從指示代名詞取得，亦即其來源中主要的功能在於*指出*某項事
物，因此冠詞大致保留了吸引對於某物注意力的功能。

C. 功能

1. 冠詞*不是什麼*

冠詞的首要功能*並非*用以指出限定與否，它主要不是要「限定化」。[7]在希臘文
的名詞使用當中，在無冠詞的狀況下，至少還有十種方式可以表達限定。例如專有
名詞本身就是限定名詞用法（Παῦλος 意即「保羅」，而非「*一個*保羅」）。然而專
有名詞時常帶有冠詞。由此看來，專有名詞帶冠詞的使用必定是為了其他理由。更
進一步來說，當冠詞與名詞以外的詞類並用時，並非用以指明限定，而是要使某事
物「*名詞化*」視之為一種概念。

論述關於冠詞之首要功能是為限定，乃是落入「現象學的謬誤」(phenomenological
fallacy)，將本體論述建立在被截短了的證據之上。沒有人會質疑冠詞通常是用以表
明限定，但將之視為主要的概念卻是另外一件事。

再多說一點：在希臘文用法中，不需要特別說明冠詞是*限定冠詞*，因為希臘文
中並沒有相對應表明非確定名詞冠詞。[8]

2. 冠詞*是什麼*

a. 以下，冠詞從本質上來說有著*概念化*的功能。又或者說，如同 Rosén 所提及
的，冠詞當附加於其他詞類時，可用來表達一個名詞的狀態，並且藉著這種表達方
式，呈現整個字串的狀態（無論這個原來不帶冠詞的字串表達什麼概念），因為人
的心智會理解明白的最後都會以一個名字來稱呼它。[9]換句話說，冠詞可以在論述的

6　同上，756-57。

7　*Contra* Brooks-Winbery, 67；Young, *Intermediate Greek*, 55.

8　Rosén (*Heraclitus*, 25) 觀察到：「這個詞彙的適用性只有當該語言有至少兩個以上之用法元素
　　時，其中一個可作為指定的因素。據我所知沒有一種語言賦予『冠詞』『不指定』的功能。」

9　同上，27。

任何一個部分中轉換為一個名詞，或說是一個概念。例如：「貧窮」(poor) 表達一種性質，但如果加上冠詞 (the poor)，則成為表達貧窮之概念的用法，就變成一個實體（貧窮者），這似乎可以說是冠詞最基本的功能。

b. 冠詞除了概念化之外是否有更多意義？當然！冠詞的基本功能與其最常被使用的功能應當做一個區分：就基本功能而論，冠詞是用以概念化；然而就其主要的*功能*而言，卻用以*識別*身分。[10]也就是說，其主要的用法為強調個體或階層或性質之身分。冠詞用以表達身分識別的強調，有許多不同的方式。舉例來說：冠詞可用以區分不同的類別，將區分某物是為普遍被知道的，或是獨一無二的，指出某物是真的存在，還是只是指明而已。因此就識別的層面而言，冠詞仍舊有相當多元的用法。

c. 希臘文中的冠詞偶爾也有指示的功能，也就是說可以用來*加以限定*，一方面而言，雖然認為冠詞的基本功能乃是將某物限定名詞的觀念不是很正確，但另一方面而言，不論冠詞的用法為何，其所修飾的詞必須是確定名詞。這三者之間的關係（概念化、識別、限定性）可以構成一個同心圓：所有用以確定名詞的冠詞同時作為識別之用；所有用以識別的冠詞同時有概念化的功能。

圖表17

冠詞的基本功能

D. 冠詞的一般用法

本章節的基本分類（例如：作為代名詞、跟隨著實名詞等），將冠詞視為某種

10　這個最常見的功能並不代表其概念化的功能消失，冠詞身分識別的能力是此概念的一個子集。再說，如果我們說它最基本的功能是為身分識別，我們將很難解釋其是如何用在非名詞的。

特定的結構，但其中一項要注意的是關於順序的問題：在一個*結構*的類別中要標記出冠詞的用法，並不一定要將之隔離於*語意*類別的範圍之外。如同 Sansone 所提：「要討論冠詞用法是如此困難的其中一個原因，在於雖然冠詞是一個不太起眼的字，這個字卻可以產生很大的作用。」[11]

　　主要的語意類別通常發生於與名詞連用的情況，但此類語意用法並非不常在其他結構中看出。如此一來，例如在徒14:4的冠詞屬於的類別是「多重略有對比含意的人群組」，在那樣的情況下，冠詞的用法與名詞同：ἐσχίσθη δὲ τὸ πλῆθος τῆς πόλεως, καὶ **οἱ** μὲν ἦσαν σὺν τοῖς Ἰουδαίοις **οἱ** δὲ σὺν τοῖς ἀποστόλοις（城裡的眾人就分了黨，*有*附從猶太人的，*有*附從使徒的。）同時此用法亦為前述詞在前的情況，指稱之前的「眾人」(τὸ πλῆθος)。如果說此處冠詞的用法不可能為前述詞在前面的情況，只因為這裡的冠詞是作為代名詞用，這樣的觀點是錯誤的。檢查的規則是：將冠詞嵌入其合適的結構類別中，之後檢查其是否符合該項語意類別。

→ 1. 作為代名詞用（特別為獨立用法）

　　‧在口語希臘文當中，冠詞並非一個真正的代名詞，即使冠詞是由指示詞中衍生出來的。然而在許多句子當中，冠詞的功能從語意的角度而言，可以作為代名詞地位的用法，而每一個類別都需要個別分析討論。

　　‧冠詞作為*人稱*代名詞或*多重略有對比*含意的人群組用法，來自於一個獨立用法，在這當中冠詞不再有其正常使用上的功能，此冠詞沒有修飾任何名詞，通常此類冠詞即無包含其他功能。

　　‧就實際的情況而言，我們認定冠詞的用法是*作為關係*代名詞，乃是從英文的立場來看待這個議題。在這些情況當中，該冠詞沒有喪失任何其冠詞的意義，也就是說，此冠詞仍舊依附著一個名詞或其他實名詞。

　　‧冠詞用作*所有*代名詞的情況也是非獨立的，表達擁有的概念可以從冠詞在某些經文中推論出來。在這些句子裡，該冠詞仍舊保留與實名詞連用時，所有的語意選項。

→ a. 人稱代名詞〔*他，她，它*〕

1) 定義

　　冠詞常使用在*第三*人稱來代替主格的人稱代名詞。這種用法只會與μὲν……δέ結

11　Sansone, "New Doctrine of the Article," 205.

構連結使用，不然就是單單與 δε 連結使用（也就是 ὁ μέν……ὁ δέ 或單純的 ὁ δέ）。這些結構較多出現於福音書或使徒行傳當中，幾乎未曾在這些書卷以外的地方看見。

2) 詳述

a) δέ 是用以指明當主詞改變時的情況；冠詞習慣用來指上一句提及的主詞。最常出現的情況是，主詞是言說者，而冠詞在此替換的是上文的句子。

b) 一般而言，ὁ δέ（或 ὁ μέν）的結構之後緊接著一個限定動詞或一個伴隨附屬的分詞 (circumstantial participle)。[12] 根據定義，一個伴隨附屬的分詞一定是不帶冠詞的字，但在這些結構當中，初學的學生應該會看到冠詞，並且假設之後伴隨附屬的分詞是為實名詞用法。然而，如果我們還記得當冠詞用以為代名詞時，是一個獨立性用法，該冠詞就不修飾任何分詞，我們可以看見此分詞的功能就為伴隨附屬的。因此這不會產生任何困擾，由於經文本身已經相當清楚交代該分詞是伴隨附屬的用法或是作為實名詞之用。[13]

3) 例子

太15:26-27 ὁ δὲ ἀποκριθεὶς εἶπεν, Οὐκ ἔστιν καλὸν λαβεῖν τὸν ἄρτον τῶν τέκνων…… (27)
ἡ δὲ εἶπεν ……

他回答說：「不好拿兒女的餅丟給狗吃。」……婦人說……

路5:33　　oἱ δὲ εἶπαν πρὸς αὐτόν· oἱ μαθηταὶ Ἰωάννου νηστεύουσιν ……, oἱ δὲ σοὶ
ἐσθίουσιν καὶ πίνουσιν

他們說：約翰的門徒屢次禁食祈禱……惟獨你的門徒又吃又喝。

約4:32　　ὁ δὲ εἶπεν αὐτοῖς

耶穌（對他們）說

徒15:3　　oἱ μὲν οὖν προπεμφθέντες ὑπὸ τῆς ἐκκλησίας

於是教會送他們起行

來7:24　　ὁ δὲ …… εἰς τὸν αἰῶνα …… ἔχει τὴν ἱερωσύνην

這位……祂祭司的職任就長久……

---

12 馬太使用分詞的情況比許多其他作者更為頻繁。路加與約翰使用冠詞的時候幾乎僅跟隨著動詞。在很少的情況底下，其後不跟隨動詞、卻以限定動詞代之（參照路7:40；徒17:18，19:2）。

13 Young, *Intermediate Greek*, 列舉太4:20，8:32，26:57 作為可能具有潛在的歧義性的經文，雖然其中所有的經文都包含這一類伴隨的分詞。太14:21、33乍看之下，亦可能被認為是歧義性的經文，但這些經文卻包含作實名詞用法之分詞。

亦可參照太13:28、29，14:8，17:11，27:23（兩次）；可6:24；路8:21，9:45；約2:8，7:41，20:25；徒3:5，4:21，5:8，16:31。

b. 多重略有對比含意的人群組〔其一……另一個〕

1) 定義

如同將冠詞用作人稱代名詞的情況，多重略有對比含意的人群組的用法，用於與 μέν 和 δέ 連用的狀況（並且，如同伴隨人稱代名詞的用法，此冠詞只出現主格）。這個用法與用為人稱代名詞用法之間的差異如下：(1) 在結構上，μέν 與 δέ 幾乎總是現在式，[14] 並且 (2) 在語意上，當中隱含了一個輕微的對比（最好的方式是將之視為人稱代名詞用法的子集合）。單數的情況通常被翻譯為「其一……另一個」，而複數的情況則為「某些……另一些」，然而這一類的用法在新約中鮮少出現。[15]

2) 例子

徒17:32　ἀκούσαντες δὲ ἀνάστασιν νεκρῶν **οἱ** μὲν ἐχλεύαζον, **οἱ** δὲ εἶπαν, Ἀκουσόμεθά σου περὶ τούτου καὶ πάλιν

眾人聽見從死裡復活的話，**就有（人）譏誚他的；又有人說**：我們再聽你講這個吧！

林前7:7　ἕκαστος ἴδιον ἔχει χάρισμα ἐκ θεοῦ, **ὁ** μὲν οὕτως, **ὁ** δὲ οὕτως[16]

只是各人領受神的恩賜，**一個是這樣，一個是那樣**。

這類冠詞在這裡亦可視為前述詞在前之用法，指稱在前面的 ἕκαστος。

來7:5-6　**οἱ** μὲν ἐκ τῶν υἱῶν Λευὶ τὴν ἱερατείαν λαμβάνοντες ἐντολὴν ἔχουσιν ἀποδεκατοῦν ...... τοὺς ἀδελφοὺς αὐτῶν, καίπερ ἐξεληλυθότας ἐκ τῆς ὀσφύος Ἀβραάμ· (6) **ὁ** δὲ μὴ γενεαλογούμενος ἐξ αὐτῶν δεδεκάτωκεν Ἀβραάμ ......

那得祭司職任的**利未子孫**，領命照例向百姓取十分之一，這百姓是自己的弟兄，雖是從亞伯拉罕身中生的，還是照例取十分之一；(6) **獨有麥基洗德**，不與他們同譜，倒收納亞伯拉罕的十分之一，為那蒙應許的亞伯拉罕祝福。

14　在徒17:18 中，我們有 τινες ...... οἱ δέ。

15　有時候冠詞的前述詞可能在前面，指向前面已經提過的名詞（如徒14:4）；另有一些情況，名詞性的意義已經由經文提供（如加4:23）。有一種情況是在一個受詞補語的結構當中，冠詞作為受詞之功能（弗4:11）。徒14:4的例子另有啟發性：既然冠詞在這裡的地位有多重功能，它就顯出冠詞功能的多元性。

16　許多手抄本以 ὅς 代替 ὁ（𝔓46 ℵc K L Ψ *Byz*）。

這兩個例子很可能屬於不同的類別：第一個例子當中的冠詞 οἱ 可能是作為實名詞之用（跟隨介系詞片語）；第二個可能是為跟隨分詞的實名詞（在該例子當中，翻譯將成為「這個人，不與他們同家譜」）。

亦可參照約7:12；徒14:4，17:18，28:24；加4:23；弗4:11；腓1:16-17；來7:20-21，12:10。

→ c. 關係代名詞 [who, which]

1) 定義

有時候冠詞*功能*上等同於關係代名詞，特別當這個冠詞在一個名詞之後、一個片語之前重複出現時更是如此（如一個所有格片語）例如：在林前1:18 ὁ λόγος ὁ τοῦ σταυροῦ的意思是「那十字架的道理」。

2) 詳述與語意

a) 明確地說，冠詞的用法在第二或第三形容位置的時候，也就是其修飾的字*並非一個形容詞*（第二修飾位置是一個冠詞——名詞——冠詞——修飾詞的情況，第三修飾位置是名詞——冠詞——修飾詞的情況）。如此當修飾詞是 (a) 一個*所有格片語*（如同上述）(b) 一個*介系詞片語*（如同在太6:9——「我們在天上的父」(Πάτερ ἡμῶν ὁ ἐν τοῖς οὐρανοῖς))，或 (c) 一個*分詞*（如可4:15——「撒（在他心裡）的道」(τὸν λόγον **τὸν** ἐσπαρμένον))，這裡冠詞將被翻譯為關係詞。

b) 若說冠詞的功能是與關係代名詞同，只是一個從英文角度出發的說法。這並不是冠詞真正的語意功能。冠詞仍舊依附於一個名詞或其他實名詞。通常有著前述詞在前之情況的功能，指出之前已經提過的實名詞。我們將之翻譯為關係代名詞乃是因為這是最不笨拙的方式，好過翻譯為「我們的父，那位在天上的」。

c) 當一個所有格或介系詞片語跟隨著一個實名詞時，該冠詞可能被省略，而其基本含意仍不會有所改變。[17] 回到林前1:18，我們注意到一些重要的抄本在所有格片語前省略了冠詞 (ὁ λόγος τοῦ σταυρου)。[18] 這裡所傳遞的概念比較不是強調（那十字架的道理），而是不具本質上的差異。那麼到底為什麼冠詞有時候被使用於所有

17　在分詞的情況，這個講法就不成立；一個不帶冠詞的分詞，跟隨一個帶冠詞的名詞，將作修飾功能的分詞（不論是副詞用法或述詞用法）。然而，當一個不帶冠詞之分詞跟隨著一個不帶冠詞之名詞，就可能作為形容用法。

18　如𝔓[46] B 1739 少量手抄本。

格或介系詞片語之前？它通常首要是被用以強調，其次是用以辨識。[19]

3) 例子

路7:32　ὅμοιοί εἰσιν παιδίοις **τοῖς** ἐν ἀγορᾷ καθημένοις

好像坐在街市上的孩童

徒15:1　ἐὰν μὴ περιτμηθῆτε τῷ ἔθει **τῷ** Μωϋσέως[20]

你們若不按規條（就是摩西的）受割禮

一個較為簡單的翻譯是「摩西的規條」(the custom of Moses)。然而此處冠詞的用法，強調這規條與舊約的連結。

腓3:9　εὑρεθῶ ἐν αὐτῷ, μὴ ἔχων ἐμὴν δικαιοσύνην **τὴν** ἐκ νόμου ἀλλὰ **τὴν** διὰ πίστεως Χριστοῦ

並且得以在他裡面，不是有自己因律法而得的義，乃是有信基督的義，就是因信神而來的義[21]

這裡的經文包含了第三修飾地位的用法與兩個介系詞片語，第二個冠詞接續了之前的論述；宛如使徒在說：「不是有我自己的義，乃是有信基督的義。」

雅2:7　τὸ καλὸν ὄνομα **τὸ** ἐπικληθὲν ἐφ' ὑμᾶς

你們所敬奉的尊名

　　亦可參照太2:16，21:25；可3:22，11:30；路10:23；約5:44；徒3:16；羅4:11；林前15:54；帖前2:4；多2:10；來9:3；啟5:12，20:8。

d. 所有代名詞〔他，她〕

1) 定義

　　有時候在上下文的脈絡中，冠詞的使用會隱含著擁有的意義。冠詞本身並沒有包含擁有的意義，但這一類的概念卻可能在某些經文脈絡中，看見只有冠詞獨立出現時，指向擁有的概念。

2) 詳述

　　a) 在表達擁有概念相當清楚的經文中，冠詞就有這一類的用法，特別是當在分

19　冠詞用以辨識的功能特別明顯，是它在介系詞子句之前時，不然這類子句將被視為附屬子句、而不是被看做句子中的實名詞。

20　有少數重要手抄本省略了第二個冠詞（Cᶜ D E H L P *alii*）。

21　此處討論所有格Χριστοῦ的用法，可參看所有格章節中討論「作為驅動者的所有格的部分」。

析人的身體結構之時。如此，在太8:3中，福音書作者不需要加入 αὐτοῦ，因為本身含意相當清楚：「耶穌伸出（祂的）手摸他」(ἐκτείνας τὴν χεῖρα)。

b) 相反地，有一個值得注意的是，除非此名詞被一個所有代名詞或至少一個冠詞修飾，否則該句子便沒有擁有的意義。如此，在弗5:18，πληροῦσθε ἐν πνεύματι 應當沒有隱含著「被*你自己的*靈所充滿」，而是「要被聖靈充滿」，[22]並在提前2:12的教導中提到女人不宜教導或施行權柄在ἀνδρός 身上，最有可能的不是提到這人跟她妻子之間的關係，而是更一般化地指著所有的男人。

3) 例子

太4:20　οἱ δὲ εὐθέως ἀφέντες **τὰ** δίκτυα ἠκολούθησαν αὐτῷ

　　　　　他們就立刻捨了（**他們的**）網，跟從了祂

　　　　　此處冠詞的用法是為有前述詞在前的情況，其前述詞出現在 v 18。

羅7:25　ἐγὼ **τῷ** μὲν νοΐ δουλεύω νόμῳ θεοῦ, **τῇ** δὲ σαρκὶ νόμῳ ἁμαρτίας.

　　　　　我以（**我的**）內心順服神的律，我肉體卻順服罪的律了。

弗5:25　οἱ ἄνδρες, ἀγαπᾶτε **τὰς** γυναῖκας

　　　　　你們作丈夫的，要愛你們的妻子

　　　　　此處的冠詞就種類而言是各自的意義：每一個作丈夫的要愛他自己的妻子。

太13:36　ἀφεὶς τοὺς ὄχλους ἦλθεν εἰς **τὴν** οἰκίαν[23]

　　　　　離開眾人，進了（**他的**）房子

　　　　　有可能這裡的冠詞只不過是一個有前述詞在前的情況，指著之前在第一節所提過的，但那是在三十五節以前的句子。同樣地，很可能在這裡耶穌是回到自己的房子中。

　　　　亦可參照太27:24；可1:41，7:32；腓1:7。

2. 與實名詞連用（附屬或修飾用法）

冠詞與實名詞連用的情況，從解經的角度來說，幾乎可以說是理解冠詞用法範圍中，最有成效的部分。其中有兩個最廣泛的類別如下：(1)特定化所指涉的物件或對象 (2) 與抽象實名詞連用所表達之特定類別。特定化用法中的冠詞特別詳細地陳述出兩個類似受詞之間的區別；與抽象實名詞連用的情況中，冠詞是用已區分特定化用法與其他用法之間的不同。

22　有些人認為此處與林前14:15是為平行，但是在那裡有冠詞。

23　許多晚期的手抄本加上了 αὐτοῦ (f¹ 118 1424 *et alii*)。

→ a. 表達特定化的冠詞

「最接近冠詞本身特性的功能，是用以*指出*特定的受詞〔斜體字為自加〕。」[24]
但是這一個類別不夠明確，並且至少可以再細分為八個子群。

→ 1) 單純同等

a) 定義

冠詞通常用以區分不同的特定化名詞。

b) 釐清

這是我們的「油滴板」類別，而且應當被使用為最後的考慮。事實上，並沒有
很多冠詞用法的例子*單單*符合這一個類別。然而對於文法學者來說，冠詞的用法仍
舊有許多部分尚未被挖掘。因此，務實而言，除非該冠詞符合以下七種用法當中的
某一種，或屬於與抽象實名詞連用的類別中（或其中一項特殊的用法），才能將冠
詞列入此「單純同等」的類別中。

c) 例子

太5:15　οὐδὲ καίουσιν λύχνον καὶ τιθέασιν αὐτὸν ὑπὸ **τὸν** μόδιον ἀλλ' ἐπὶ **τὴν** λυχνίαν

人點燈，不放在斗底下，是放在燈臺上，

這是一個在單純同等之用法中，很清楚的雙重例子：斗與燈臺都是在室內，並
且都是以冠詞的方式表示出來。

路4:20　πτύξας τὸ βιβλίον ἀποδοὺς **τῷ** ὑπηρέτῃ ἐκάθισεν

於是把書捲起來，交還執事，就坐下。

這裡提到的書是指著以賽亞的書，指回之前在第17節所提到的（如此，是為有
前述詞在前的情況），但這裡並沒有指出前述詞為何，這不是一個廣泛被知道
的前述詞，但在會堂中似乎容易被認出，因此這裡就以冠詞指出該物。

徒10:9　ἀνέβη Πέτρος ἐπὶ **τὸ** δῶμα προσεύξασθαι

彼得上房頂去禱告

在這一段經文之前並沒有提及任何房子，但從文化背景的角度來看，知道在房
頂禱告的習慣，因此路加在這裡便相當直接指出這個地點，而不是其他的地
方。

24　Dana-Mantey, 141.

林前4:5　τότε ὁ ἔπαινος γενήσεται ἑκάστῳ ἀπὸ τοῦ θεοῦ

那時，各人要從神那裡得著稱讚。

一個比較經過潤飾的翻譯法為「那時，各人要從神那裡得著稱讚。」但這樣的翻譯法可能會失去冠詞用法的意義：每一個個別的信徒乃是得到特別的稱讚，因此概念是「各人要從神那裡得著他或她的稱讚」。

林前5:9　ἔγραψα ὑμῖν ἐν τῇ ἐπιστολῇ ......

我先前寫信給你們說

保羅在先前已經寫信給哥林多教會的人，因此在這裡保羅提醒他們之前的那封信。雖然也有其他可能性，單純同等的用法乃是將標籤加在冠詞上。從一般的概念來說，這一類的冠詞有前述詞在前，回指那封信。這裡也可能比較不嚴謹地被視為表達擁有的概念（我的信），而功能與「從我所發的信」功能相等。同時，這裡的信也可能可以被視為一封眾所皆知的信或是具有唯一特質的用法（假設這是哥林多人從保羅得到的唯一一封信）

亦可參照約13:5；羅4:4；啟1:7。

→ 2) 前述詞在前面的情況

a) 定義

這一類的冠詞乃用以指稱之前已經提及過的前述詞（這個名稱，來自於希臘文動詞ἀναφέρειν「帶回、帶來」）第一種與實名詞連用的情況，通常之所以前述詞在前，是因為此處只不過稍稍提及。但第二種用法則相當倚重於此冠詞，因為此冠詞乃是用來指稱之前已經提及過的實名詞。如此一來，從本質上來說，這一類的冠詞則有指稱的功能，提醒讀者回憶之前已經提及過的人或物，這是最普遍的用法，且是最容易用以識別的方式。

例如，在約4:10中，耶穌對於井邊的婦人提到活水的概念 (ὕδωρ ζῶν)，在第11節中這個婦人提到水，說：「你從哪裡得到那活水呢？」(πόθεν οὖν ἔχεις τὸ ὕδωρ τὸ ζῶν) 這裡該冠詞的功能可以被翻譯出來，「你從哪裡得到**你剛剛說的這個活水**？」

b) 詳述

1] 大部分特定化所指涉的物件或對象之冠詞有著*廣泛的*意義，他們是用以指出稍早已經過的物件，或甚至是非常前段所提及的，例如，在約1:21中，猶太人問施洗約翰：「你是那先知嗎？」(ὁ προφήτης εἶ σύ;)，他們所想的那先知是指著申18:15（「一個先知像我」）所提及的。嚴格來說，這樣的句子是屬於具有出眾特質的指涉物件或對象之冠詞所帶出的句子（某種類型中最佳的部分），但同樣的，一般而

言，這是屬於前述詞在前的情況。然而如此稱呼為前述詞在前之情況的冠詞是不夠清楚的：我們必須要探究此冠詞是否也會屬於其他類別。

我們幾乎可以這樣說，將一個冠詞定義為前述詞在前之情況的冠詞，必須是這個冠詞在同一個著作中曾經用過，並且最好是沒有從上下文中抽離太多。

2] 從解說的用法來看，前述詞在前之情況的冠詞有決定性的意義，而主要是否定性的方式。當我們看到一個帶冠詞的字，我們可能會從中得到比作者意圖更多的東西。例如在約4:9我們讀到 ἡ γυνὴ ἡ Σαμαρῖτις（那個撒瑪利亞婦人），這裡很清楚是前述詞在前的情況，指著之前在第7節所提及無冠詞的 γυνή（該處此婦人已經提及），然而，如果我們不知道這是一個前述詞在前的情況，我們或許會疑惑為什麼福音書作者要藉著這個冠詞特別注意這個婦人，「這個撒瑪利亞婦人」，以致於我們的結論可能是：(1) 她被理解為一個撒瑪利亞婦人的代表或 (2) 她是一個特定的撒瑪利亞婦人－沒有其他人合適這個稱呼「*那個*撒瑪利亞婦人」。然而當我們理解這個冠詞只是單純用於前述詞在前的情況，僅僅用以指出之前已經提及過的婦人，我們將可以更精準地加以解釋而不會多說一些作者本無意圖要說的。

3] 最後，前述詞在前之情況的冠詞與名詞連用時，而這個名詞的*同義字*在之前的段落中已經提及。也就是說，雖然描述的用詞不同，可是如果這個冠詞指的是同一個名詞，這個冠詞卻仍是前述詞在前之情況的用法。

c) 例子

約4:40、43　ἔμεινεν ἐκεῖ δύο ἡμέρας ...... μετὰ δὲ **τὰς** δύο ἡμέρας......

　　　　　　他便在那裡住了兩天……過了*那*兩天……

約4:50　λέγει αὐτῷ ὁ Ἰησοῦς· πορεύου, ὁ υἱός σου ζῇ. ἐπίστευσεν ὁ ἄνθρωπος τῷ λόγῳ ὃν εἶπεν αὐτῷ ὁ Ἰησοῦς καὶ ἐπορεύετο

　　　　耶穌對他說：回去吧，你的兒子活了！那人信耶穌所說的話就回去了。

　　　　在第46節中，這個人曾經提過 τις βασιλικός（某位大臣），這個隨即而來的句子當中是以相當清楚的同義詞顯示，ὁ ἄνθρωπος，但之後的冠詞仍提醒我們是提到之前那個人。

徒19:15　**τὸν** Παῦλον ἐπίσταμαι

　　　　（這）保羅我也知道

　　　　這裡在第13節的先行詞 (Παῦλος) 是沒有冠詞的。

羅6:4　συνετάφημεν αὐτῷ διὰ **τοῦ** βαπτίσματος

　　　　我們藉著（那）洗禮歸入死，和他一同埋葬

　　　　在之前已經提及了洗禮，在第3節，動詞是用動詞 ἐβαπτίσθημεν 表示，如此這個

前述詞在前之情況的冠詞不單指著之前的同義詞，更是指稱那個並非實名詞的字。

雅2:14　Τί τὸ ὄφελος, ἀδελφοί μου, ἐὰν πίστιν λέγῃ τις ἔχειν, ἔργα δὲ μὴ ἔχῃ; μὴ δύναται ἡ πίστις σῶσαι αὐτόν;

我的弟兄們，若有人說自己有信心，卻沒有行為，有什麼益處呢？這信心能救他嗎？

這裡作者指出他的主題：信心沒有行為。接著他帶出一個問題，問到這信心能救他嗎？這裡冠詞的使用指著之前所提及、那種特定的信心，是由作者所定義的，並且用以詳述該項抽象的名詞。

違反著眾多註釋者的意見，Hodges論述到這個冠詞並非前述詞在前的情況，否則這個在接下來的經文中所提及之帶冠詞的 πίστις，必須是指稱之前那種沒有行為的信心，[25]於是他將經文簡單的翻譯為「信心不能救他，能嗎？」，[26]雖然這裡 πίστις 跟隨著的冠詞，在第17、18、20、22、26節的用法是為前述詞在前的情況，這個先行詞仍須被其鄰近的上下文評量，尤其是作者在2:14-26評斷兩種信心，定義出一種沒有行為的信心乃是不能帶來拯救的信心，而可以產生行為的信心是為可以帶來拯救的信心。我相信雅各與保羅都同意以下的敘述：「僅僅信心就可以帶來救贖，但帶來救贖的信心並不僅此而已。」

提後4:2　κήρυξον τὸν λόγον

務要傳（這）道

在這裡的 τὸν λόγον 最有可能是指著第3章16節所提過的，該處是提到 πᾶσα γραφὴ θεόπνευστος καὶ ὠφέλιμος——「聖經都是神所默示的、是有益的」，在此，認為冠詞與 λόγον 是同一的，一樣是前述詞在前之情況的用法，都是正常的（因為屬於前述詞在前的情況，此冠詞通常就是指著之前提過的同義字）並且也暗示了在第3章16節的經文，不應當翻譯為「每一段神所默示的經文都是有益的」，如同在美國標準本與新英文聖經的翻法。如果在第3章16節翻譯為「每一段神所默示的經文都是有益的」，或許我們會期待在第4章2節的經文中再有修飾語，翻譯為「務要傳神*所默示的*道」。[27]

腓2:6　ὃς ἐν μορφῇ θεοῦ ὑπάρχων οὐχ ἁρπαγμὸν ἡγήσατο τὸ εἶναι ἴσα θεῷ

他本有神的形像，不以自己與神同等為強奪的

這是一段非常具有爭議的經文，Wright論述這裡的冠詞是屬於前述詞在前的情

25　Z. C. Hodges, *The Gospel Under Siege* (Dallas: Redención Viva, 1981) 23.

26　同上，21。

27　論及關於這一段翻譯更清楚的辯護，可參看形容詞的章節。

況，指稱之前提過的 μορφῆ θεοῦ。[28]如此吸引人的觀點相當具有神學性，但文法上的基礎卻很薄弱。這個不定詞乃是做為受詞，並且不帶冠詞的詞，ἁρπαγμός 是作為補語。冠詞跟隨著不定詞最自然的理由，是單純作為受詞之用（參看冠詞作為標記功能的討論）。進一步來說，也有這樣的可能性，就是 μορφῆ θεοῦ 指著本質（亦即基督的神性），而 τὸ εἶναι ἴσα θεῷ 指著功能而言。如果這是經文的意思，那麼這兩者就不是同義詞：雖然基督是真神，但祂並沒有篡奪父神的角色。

亦可參照太2:1、7；約1:4，2:1、2；徒9:4、7；林後5:1、4；啟15:1、6。

3) 前述詞在後面的情況

a) 定義

在鮮少的用法中，冠詞是用以指著在經文中緊接著就要提及的物件（這個名稱是由希臘文動詞 καταφέρειν 演變而來，意思是「帶下來」）。關於這一類的冠詞，第一個提到的就是預期的概念，為一個片語或敘述所跟隨，而這個片語或敘述本身是用來定義或說明之前所提及的這個物件。

b) 例子

林後8:18　τὸν ἀδελφὸν οὗ ὁ ἔπαινος ἐν τῷ εὐαγγελίῳ

　　　　　這人在福音上得了眾教會的稱讚。

提前1:15　πιστὸς ὁ λόγος ...... ὅτι Χριστὸς Ἰησοῦς ἦλθεν εἰς τὸν κόσμον ἁμαρτωλοὺς σῶσαι

　　　　　基督耶穌降世，為要拯救罪人。這話是可信的

　　　　　亦可參照提前3:1，4:9；提後2:11；多3:8提到其他「可信的話」，在提前3:1與提後2:11的冠詞，可能是前述詞在前的情況，但更有可能的是前述詞在後的情況。[29]然而在提前4:9的經文中，冠詞就很可能是屬於前述詞在前的情況，指著第8節後半所提。[30]這也是在多3:8的例子。[31]

亦可參照約17:26；腓1:29。

28　N. T. Wright, "ἁρπαγμός and the Meaning of Philippians2:5-11," *JTS*, NS 37 (1986) 344.

29　G. D. Fee，提前、提後、提多 (NIBC) 79, 248-49。

30　同上，104-5。

31　同上，206-7。

4) 標定所指涉的物件或對象

a) 定義

冠詞有時會用以指出某個物件或某個人，而這個物件或人*出現*在談話的*當下*，因此特別有著指示的功能。這樣的用法事實上非常接近於冠詞的原始觀念，[32]然而在口語希臘文中，這類用法已經大致被指示代名詞代替（或增強）了。

b) 例子

太14:15 προσῆλθον αὐτῷ οἱ μαθηταὶ λέγοντες· ἔρημός ἐστιν **ὁ** τόπος

門徒進前來，說：這是野地

路17:6 εἶπεν ὁ κύριος· εἰ ἔχετε πίστιν ὡς κόκκον σινάπεως, ἐλέγετε ἂν **τῇ** συκαμίνῳ[33]

主說：你們若有信心像一粒芥菜種，就是對這棵桑樹說……。

約19:5 ἰδοὺ **ὁ** ἄνθρωπος[34]

你們看這個人

這裡我們可以想像彼拉多帶著耶穌示眾，並且以手勢指向他，向群眾清楚指明這個人，就是*那位*被嚴刑拷打的人。

帖前5:27 ἀναγνωσθῆναι **τὴν** ἐπιστολήν.

要把這信念給……

這裡冠詞的功能為：「要把這封在你們手上的信念給……」

啟1:3 μακάριος ὁ ἀναγινώσκων καὶ οἱ ἀκούοντες τοὺς λόγους **τῆς** προφητείας καὶ τηροῦντες τὰ ἐν αὐτῇ γεγραμμένα

唸這書上預言的和那些聽見又遵守其中所記載的，都是有福的

先知指的是他們現在、在這裡所擁有的那本預言書。

亦可參照可6:35；路1:66（在1443有異文）；羅16:22；林前16:21；西4:16；啟22:7（異文）。

---

[32] 有些文法學者將這個冠詞特定化的功能歸類為特定化 (deictic)。可是我們還是將這個特殊的分類加以保留。

[33] 這些讀法的來源：𝔓[75] ℵ D L X 213 579 *pauci*；Nestle-Aland[27] 跟隨 A B W Θ 𝔐 *et alii* 這些抄本、加上了 ταύτῃ。

[34] Codex Vaticanus 省略了冠詞；第一版的 𝔓[66] 則省略了整個片語

➜ 5) 具有出眾特質的指涉物件或對象

a) 定義

冠詞經常用來指出一個（在某種意義下）「獨一無二的」實名詞。它是唯一配得如此稱呼的。舉例來說，如果在一月底的時候有人對你說：「你有看那場比賽嗎？」你或許會回覆：「哪個比賽？」之後可能得到回覆：「就是那場比賽！那場唯一值得觀看的比賽！那個重大的比賽！你知道！超級盃橄欖球賽！」這就是冠詞用來說明具有出眾特質的指涉物件或對象的用法。

這個用法是說話者用來指出一個物件，作為那個唯一配得這個名稱的物件，雖然具有相同名稱的其他物件非常多。

b) 詳述

這個具有出眾特質的指涉物件或對象的冠詞並不一定只作為指出該項類別中*最好*的一項，這個冠詞也可以指出*最差*的一項——如果在該特定類別的詞彙的些微差異（或上下文的隱含）可以看出的情況下。從本質來說，具有出眾特質的指涉物件或對象的冠詞指出特定種類中的*極端*。「我是罪人中的罪魁」並不是說自己是罪人中最好的，而是說自己是罪人中最壞的。如果在我吃冰淇淋的時候、好像一頭豬一樣，並且命名為*「那頭豬」*，這個名稱並非是在說明一個多寶貴的稱呼。

這類具有出眾特質的指涉物件或對象的冠詞與具有出名、普遍為人所熟知特質的指涉物件或對象之冠詞通常很難區別出來，嚴謹地來說，這是因為具有出眾特質的指涉物件或對象的冠詞是為具有出名、普遍為人所熟知特質的指涉物件或對象之冠詞的子集合，這裡的基本原則是，如果一個冠詞並非指出某類別中*最好*（或最壞）的項目，卻仍是眾所皆知的，那麼這就是屬於具有出名、普遍為人所熟知特質的指涉物件或對象之冠詞，而這裡會出現的問題是：為*什麼*它是眾所皆知的？

c) 例子

約1:21　ὁ προφήτης εἶ σύ

是那先知嗎？

這裡質詢者問約翰，他是否就是申18:15所指的先知，當然過去曾有許多先知，但只有一位配得這個稱呼。

可1:10　εἶδεν ...... τὸ πνεῦμα ὡς περιστερὰν καταβαῖνον εἰς αὐτόν

（我）看見聖靈彷彿鴿子，降在他身上

徒1:7　οὐχ ὑμῶν ἐστιν γνῶναι χρόνους ...... οὓς ὁ πατὴρ ἔθετο ἐν τῇ ἰδίᾳ ἐξουσίᾳ

父憑著自己的權柄所定的時候、日期，不是你們可以知道的。

林前3:13　ἡ ἡμέρα δηλώσει

那日子要將它表明出來

這是指著審判的日子──（神的）大日

雅5:9　ἰδοὺ ὁ κριτὴς πρὸ τῶν θυρῶν ἔστηκεν.

看哪，審判的主站在門前了。

啟1:5　ὁ μάρτυς, ὁ πιστός

那誠實作見證的

這裡引用詩篇89篇的經文，基督被描述為那位配得稱讚的卓越者。

路18:13　ὁ θεός, ἱλασθητί μοι τῷ ἁμαρτωλῷ

神阿，開恩可憐我這個罪人！

這裡的冠詞如果不是具有出眾特質的指涉物件或對象之用法，就是單純用等同（或，*可能*是具有出名、普遍為人所熟知特質的指涉物件或對象的用法），如果這是單純等同，這個稅吏知道有法利賽人在那裡，並且以此將自己區別出來，因為他知道法利賽人是義人（在他們兩個人之中），而自己是*個*罪人，但如果這個冠詞的用法是指出具有出眾特質的指涉物件或對象，那麼這個人就是說明自己乃是罪人中最壞的（從他的觀點），這似乎符合他禱告的心志，因為只有法利賽人才會明確地與他人做出對比。

約3:10　ὁ διδάσκαλος τοῦ Ἰσραήλ

以色列人的老師

在以色列中有許多老師，但尼哥底母或者是眾所皆知的那位，或如果這個冠詞是用以指出具有出眾特質的指涉物件或對象，就是說明他是首屈一指的老師。通常「那福音」(τὸ εὐαγγέλιον) 與「那位主」(ὁ κύριος)，使用具有出眾特質的指涉物件或對象的冠詞，換句話說，在早期基督徒的觀念中，只有一*個*福音、只有一位主值得被提及。[35]

亦可參照太4:3；約1:32、45；羅1:16；雅4:12；彼前2:3、8；彼後3:18；約壹2:1、22。

---

[35] 在許多經文中，對於具有單一特質的指涉物件或對象之用法的冠詞，ὁ θεός 被視為較可能是具有出眾特質的、而不是唯一的。這不是說，新約聖經的作者認為有許多神明，而是說在當時有許多實體都被稱為 θεός，然而只有一位真正配得這個名稱。

➤ 6) 具有唯一特質的指涉物件或對象（獨一無二的）

a) 定義

這類的冠詞通常被用為識別出具有唯一特質的，或獨一無二的名詞，如同「魔鬼」、「太陽」、「基督」。

b) 詳述與釐清

1] 具有唯一特質的指涉物件或對象之冠詞與具有出眾特質的指涉物件或對象之冠詞的分別在於，前者指出那*唯一的*物件，而後者指出某種類別中*極端*的那一項，也就是說在眾多項目中值得這個稱呼的那一項。然而，具有出眾特質的指涉物件或對象的冠詞具有最高級的概念，舉例來說，「太陽」是為具有唯一特質的指涉物件或對象之冠詞，因為只有一個太陽，這並不是說這是眾多太陽中最好的那一項，而是說那個獨一無二的一項，[36]從*實在*的角度來說，它本身自成一類；但「主」就是具有出眾特質的指涉物件或對象的冠詞，因為當時有許多人稱呼為主，然而這裡冠詞被使用於承載這個概念，也就是根據說話者的觀點角度，只有一位主。

2] 若一個特定的實名詞伴隨著修飾語（如一個形容詞或所有格片語），整個解釋就很可能指向一個唯一的概念，如果沒有修飾語，那麼這個冠詞就作為具有出眾特質的指涉物件或對象的用法。如此，在可9:47中提到「神的國」(ἡ βασιλεία τοῦ θεοῦ)，就是指著唯一的物件，而在太9:35中所提「神的國」(ἡ βασιλεία)，就是屬於具有出眾特質的指涉物件或對象的用法；而徒18:26中提到「神的道」(ἡ ὁδὸς τοῦ θεοῦ)，就是作為具有出眾特質的指涉物件或對象的用法，[37]而在徒9:2中提到「這道」(ἡ ὁδός) 就是具有出眾特質的指涉物件或對象的用法。

c) 例子

太4:1　　ὁ Ἰησοῦς ἀνήχθη εἰς τὴν ἔρημον ὑπὸ τοῦ πνεύματος πειρασθῆναι ὑπὸ **τοῦ** διαβόλου

耶穌被聖靈引到曠野，受魔鬼的試探

36　我們必須記得讀者講論的世界。也就是說，雖然確實有一個以上的太陽，但第一世紀的讀者並不知道這件事。

37　在劍橋大學抄本中，則是屬於具有出眾特質的指涉物件或對象：ἡ ὁδός。

在英王欽定本的翻譯，則將 διάβολος 與 δαιμόνιον 都翻譯為魔鬼 (devil)，[38] 好像將「魔鬼」(the devil) 視為屬於具有出眾特質的指涉物件或對象的用法。但在希臘文的經文中，διάβολος 只有三次出現複數型，而這三次都是作為形容詞的功能，並且都是關於人（提前3:11；提後3:3；多2:3），διάβολος 作為實名詞之用的情況，可以視為唯一描述。

可13:24　ὁ ἥλιος σκοτισθήσεται, καὶ ἡ σελήνη οὐ δώσει τὸ φέγγος αὐτῆς

　　　　　日頭要變黑了，月亮也不放光

約1:29　ἴδε ὁ ἀμνὸς τοῦ θεοῦ ὁ αἴρων τὴν ἁμαρτίαν τοῦ κόσμου.

　　　　　看哪，神的羔羊，除去世人罪孽的！

　　　　　約翰關於耶穌的描述可以視為唯一描述，只要這裡「神的」這個所有格用法被認為是格式化的用語，因為這個用法在聖經中只用在耶穌身上。

雅5:8　ἡ παρουσία τοῦ κυρίου ἤγγικεν

　　　　　主來的日子近了。

　　亦可參照太4:5、8、11；羅14:10；弗4:26；雅1:12；彼後2:1；啟6:12。

➡ 7) 具有出名、普遍為人所熟知特質的指涉物件或對象（「著名」或「熟知」用法之冠詞）

a) 定義

這個冠詞指出眾所皆知的物件，但仍有將之與上述類別區分的原因（亦即，這不是前述詞在前的情況、標定所指涉的物件或對象、具有出眾特質的指涉物件或對象的用法，或具有唯一特質的指涉物件或對象的用法）。如此一來，這個用法指稱一個具有出名、普遍為人所熟知特質的指涉物件或對象物件，而這個物件並非在之前的經文中已經提及（前述詞在前的情況），也不是被認為是該項類別中最傑出的一項（具有出眾特質的指涉物件或對象），更不是指著特定的某一種（具有唯一特質的指涉物件或對象）。

b) 例子

太13:55　οὐχ οὗτός ἐστιν ὁ τοῦ τέκτονος υἱός;

　　　　　這不是木匠的兒子嗎？

　　　　　雖然對於基督徒讀者而言，會把這個冠詞視為具有出眾特質的指涉物件或對象

38　英王欽定本從未使用惡魔 (demon) 這個字，而新約中有六十三個使用 δαιμόνιον 的句子將之翻譯為魔鬼 (devil)（在徒17:18的複數型則翻譯為鬼神 (gods)），這可能會與單數、指著撒但之用法產生混淆：指著撒但或是指著其中一個鬼魔（參看太9:33 (demon)；13:39 (devil)；17:18 (demon)；可7:26 (demon)；路4:2 (devil)；等處）？

的用法，福音書作者仍會將這些迦百農的鄉民描繪成，將耶穌認定為是約瑟的兒子。

加4:22　τῆς παιδίσκης ...... τῆς ἐλευθέρας

一個是使女生的，一個是自主之婦人生的。

這兩個婦人並不是在她們各自的類別中被視為最傑出的，但卻因為聖經的記載，她們是眾所皆知的。

雅1:1　ταῖς δώδεκα φυλαῖς ταῖς ἐν τῇ διασπορᾷ

散住十二個支派之人

約貳1　Ὁ πρεσβύτερος ἐκλεκτῇ κυρίᾳ καὶ τοῖς τέκνοις αὐτῆς

作長老的寫信給蒙揀選的太太，和他的兒女，

不論我們翻譯為「長者」(the elder)、「作長老的」(the presbyter)、「長輩」(the old man)，這個冠詞幾乎可以確定是用來指稱，對於讀者來說，具有出名、普遍為人所熟知特質的指涉物件或對象。

約參15　ἀσπάζονταί σε οἱ φίλοι. ἀσπάζου τοὺς φίλους κατ' ὄνομα.

眾位朋友都問你安。請你替我按著姓名問眾位朋友安。

這些長老有著同伴 (οἱ φίλοι)，並該猶和他的朋友 (τοὺς φίλους)，很顯然地，雖然兩個群體在這些收信者當中都是眾所皆知的，仍不是在說明這個群體是比另一個群體更為顯著。

徒2:42　τῇ διδαχῇ ...... τῇ κοινωνίᾳ, τῇ κλάσει

使徒的教訓，彼此交接，擘餅

或者這種敬拜的模式在早期教會中是大家都知道的，因為這是非常普遍的方式，或者路加試圖要描述出這幾個敬拜中的元素是唯一值得被點出的幾個要點（具有出眾特質的指涉物件或對象）。

亦可參照可1:3；彼後2:1 (τῷ λαῷ)；約參1；或者太5:1。

➔ 8) 與抽象（實）名詞連用（亦即與抽象名詞連用）

a) 定義

從性質的角度來看，抽象名詞著重於其特質。[39]然而，當一個名詞是帶冠詞的

39　我們正在限制抽象名詞的定義，就大部分的角度來說，好像 Lyons 所提「第三類物項 (entities)」(J. Lyons, *Semantics* [Cambridge: CUP, 1977] 2.442-46)。第一類物項乃是物質層面；第二類物項是「屬於事件、過程、事務的狀態等，這些是建立於時間的因素；從英文的角度來說，是那些曾經出現、發生過的事件，而不在於強調存在的事實。」（同上，444）第三類的物項是「無法觀察、無法言說其存在、或無法在時空中被定位……『真』(true) 比『實』(real) 更能自然地描述它們；它們可以被確認或否認，記得或遺忘；它們可以是理由 (reason)，

字，其本質應當「繃緊」，好像我們更準確地定義，可以將之與其他概念區分出來。這樣的用法是非常頻繁的（帶冠詞的抽象名詞比起無冠詞的抽象名詞出現得更為頻繁）。

b) 詳述

當我們試著翻譯這個名詞，這個冠詞較少被使用（一般來說，只有當這個冠詞符合特定化所指涉的物件或對象之冠詞的類別之下，好比前述詞在前的情況之冠詞）。但就闡述來說，此冠詞的功能應當帶出。通常這一類跟隨著抽象名詞的冠詞符合具有出眾特質的指涉物件或對象之冠詞，或從更技術層面而言，是符合具有出名、普遍為人所熟知特質的指涉物件或對象之冠詞的類別。同樣地，這通常也詳述出一般性的特質。

這類伴隨著抽象名詞的冠詞通常有伴隨某*類別*之名詞的傾向，同時將焦點聚集於特徵與性質上。但仍有些許不同：其一根據詞位著重性質（與抽象〔實〕名詞連用），另一個則著重於文法分類（與抽象〔實〕名詞連用所表達的特定類別）。

c) 例子

太7:23 οἱ ἐργαζόμενοι **τὴν** ἀνομίαν

這些作惡的人

約4:22 **ἡ** σωτηρία ἐκ τῶν Ἰουδαίων ἐστίν

救恩是從猶太人出來的

這一類的冠詞在此處不需要翻譯，其中的功能提到這是唯一值得討論的救恩，也不需要釐清，因為這是眾所皆知的概念。

徒6:10 οὐκ ἴσχυον ἀντιστῆναι **τῇ** σοφίᾳ καὶ **τῷ** πνεύματι ᾧ ἐλάλει

司提反是以智慧和聖靈說話，眾人敵擋不住

這可能也是屬於前述詞在後面之情況的冠詞，因為這裡提到的智慧在描述的過程當中，與之後的句子之間有所連結。

羅12:9 **ἡ** ἀγάπη ἀνυπόκριτος. ἀποστυγοῦντες **τὸ** πονηρόν, κολλώμενοι **τῷ** ἀγαθῷ

愛人不可虛假；惡要厭惡，善要親近

在英文中，更自然的翻譯是將這個冠詞與之後兩個字彙一同考慮，因為這些字都是形容詞，並且某種程度來說這字隨著冠詞「具體化」，因此 τὸ πονηρόν 是指著「邪惡的事物」。

但不會是導因 (causes)……簡言之，這種物項，可以作為所謂命題態度（諸如信念、期待、與判斷）的對象來運作，它們是邏輯學家常說的有意向性的存有 (intentional objects)。」

亦可參照路22:45；約1:17；徒4:12；林前13:4-13；加5:13；帖前1:3；門9；來3:6；彼後1:7。

→ b. 表達一般化的冠詞（表達類別的冠詞）〔作為類別〕

1) 定義

*表達特定化*的冠詞分別出或識別出特定的物件屬於一個更大的類別，但*表達一般化*的冠詞區別物件的類別。這類的用法比起表達特定化的冠詞是較少出現的（雖然在新約當中仍舊出現了上百次）。它的功能作為分類、甚於特定化。

2) 識別的方法

識別這個冠詞是否可能是表達一般化的冠詞，關鍵在於這冠詞是否在其修飾的名詞之後可以嵌入片語中「作為一個類別」。

3) 詳述

a) 如果 ὁ ἄνθρωπος 被理解為是表達一般化的冠詞，概念可能就是指著「人類」（亦即人類本身作為一個類別），這裡的冠詞就可以將此*類別*與用於其他類別（如同「動物王國」或「天使掌權」等）之冠詞區分出來。

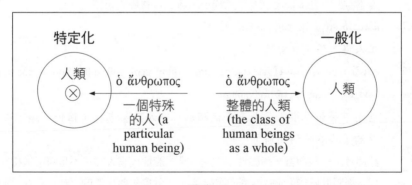

圖表18

「表達特定化」相對於「表達一般化」的冠詞

b) 大部分的文法學者同意 Gildersleeve 的觀點，認為「表達一般化的冠詞，是選擇一個*代表性*或一般性的個體。」[40]然而，只有當表達一般化的冠詞，是與*單數*名詞連用、絕非複數名詞，這概念才可能是正確的。但即便 Dana-Mantey 所給的例

---

[40]　Gildersleeve, *Classical Greek*, 2.255.

子是用於複數名詞（αἱ ἀλώπεκες φωλεοὺς ἔχουσιν ——「狐狸有洞」），主要的論述並不是指著主耶穌提到*特定的*狐狸有洞，更確切的說，祂是提到「狐狸（作為一*個類別*）有洞」。

因此，比較好的情況是看表達一般化的冠詞是區分不同的類別，而不是指定一個類別的代表。這樣的觀點是與一般用法相符，因為所有的文法學家都同意、複數的冠詞可以用為一般化的概念。[41]

c) 有時候，最自然的翻譯是以不定冠詞表達。這是因為不限定用法的名詞與表達一般化的名詞都共有某些特性：表達一般化的名詞分類或強調所給之類別，表達特定化的名詞則標定一個類別中的個體、而不給其他將之與其他成員區分出來的特徵。

4) 例子

太18:17　ἔστω σοι ὥσπερ **ὁ** ἐθνικὸς καὶ **ὁ** τελώνης

若是不聽教會，就看他像外邦人和稅吏一樣

我們可能會考慮翻譯為「**一個**外邦人和**一個**稅吏」，然而，這是因為表達一般化的冠詞是定性的，這個冠詞指出某人所屬的類別（因而是屬於*種類*），而不是識別出是某個特定的個體。有時候英文的不定冠詞表達得更清楚。我們也可以注意到，如果經文中的冠詞並不是要表達的特定類別，那麼耶穌可能是指著*某個特*的外邦人與*某個特定*的稅吏，雖然沒有線索可循。

路10:7　ἄξιος **ὁ** ἐργάτης τοῦ μισθοῦ αὐτοῦ

工人得工價是應當的

約2:25　καὶ ὅτι οὐ χρείαν εἶχεν ἵνα τις μαρτυρήσῃ περὶ **τοῦ** ἀνθρώπου· αὐτὸς γὰρ ἐγίνωσκεν τί ἦν ἐν **τῷ** ἀνθρώπῳ.

也用不著誰見證人〔是為一個類別——人類〕怎樣，因他知道人心裡所存的〔作為一個類別〕。

雖然今天一般而言，用陽性字「人」來一般性代表人類，不是普遍被接受的，但是不將此處的 ἄνθρωπος 翻譯為「人」，就會失落作者的原意。就在這個耶穌提到關於人的洞見的宣告之後，福音書作者介紹讀者這位特定的人、他符合所描述的失喪（3:1——「有一個人」）——一個人名叫尼哥底母。[42]

41　最通見的句型是「每一位」(everyone who)、「作丈夫的，愛你們的妻子」(husbands, love your wives)、「我的小子們」(my little children) 等一般化的表達方式。

42　新修訂標準本翻為「（耶穌）不需要任何人見證其*他人* (ὁ ἄνθρωπος)，因為祂自己知道各人 (ὁ ἄνθρωπος) 內心所存的。現在有一個法利賽人名叫尼哥底母，是猶太人的官」(3:1)。ἄνθρωπος 這個字在3:1並沒有翻譯出來，以致其中的關連就失去了。

羅13:4　οὐ εἰκῇ **τὴν** μάχαιραν φορεῖ

他不是空空的佩劍

弗5:25　**οἱ** ἄνδρες, ἀγαπᾶτε τὰς γυναῖκας

你們作丈夫的〔作為一個種類〕，要愛你們的妻子

這個命令不是要特別針對以弗所／小亞細亞，以及其他地方的丈夫們，而是要區別出教會之中，相對於妻子或小孩的丈夫們。他們集合性地被視為一個整體。

提前3:2　δεῖ **τὸν** ἐπίσκοπον ἀνεπίλημπτον εἶναι

作監督的，必須無可指責

從文法來說，冠詞可能是用以指稱具有特定性的物件或對象（指出在每個教會中，有某一位監督），或可能是表達一般化的用法（指出在看得見的地方將監督視為一個類別），然而當考慮其他層面的因素時，不太可能只有一位監督：(1) 具有特定性的用法並不容易解釋提前5:17（「那善於管理教會的長老，當以為配受加倍的敬奉」），或多1:5（「在各城設立長老」）；以及 (2) 在提前2:8-3:16的上下文中包含了交錯使用了表達一般化的單數名詞與複數名詞，強烈指出這裡的單數名詞是表達一般化的用法。[43]

來7:7　**τὸ** ἔλαττον ὑπὸ **τοῦ** κρείττονος εὐλογεῖται

位分大的給位分小的祝福

作者在這裡指出了一種原則，他應用於亞伯拉罕受麥基洗德祝福。注意這裡是使用形容詞的字彙，因此沒有將字的性別鎖定。作者可以使用陽性的用法，當他是特別指著亞伯拉罕與麥基洗德的時候；使用中性的用法，他就是指著通稱的原則：也就是位分大的要給位分小的祝福。

約壹2:23　πᾶς **ὁ** ἀρνούμενος τὸν υἱὸν οὐδὲ τὸν πατέρα ἔχει, **ὁ** ὁμολογῶν τὸν υἱὸν καὶ τὸν πατέρα ἔχει.[44]

凡不認子的，就沒有父；認子的，連父也有了。

---

[43]　注意以下這些表達一般化的字彙：τοὺς ἄνδρας (2:8)，γυναῖκας (2:9)，γυναιξίν (2:10)，γυνη (2:11)，γυναικί, ἀνδρός (2:12)。接下來的單數名詞指向在2:15的夏娃／女人，嵌入於動詞 σωθήσεται 之中，然後 μείνωσιν 複數的一般性用法指向婦女們。在這樣的上下文當中，要斷定3:2的 ἐπίσκοπον 是唯一特質的指涉是相當困難的。

這個議題有部分是關於教牧書信的寫作日期與作者身分。越晚期的作品，越可能是專制主教式的觀點，這個關連通常被用於教牧書信與 Ignatius (d. 117 CE) 之間。但如果教牧書信是保羅所寫（也就是第一世紀的作品），就有可能與新約其他經文提及末世論的觀點達到一致，那就是說，有許多長老在教會當中，請參照 G. W. Knight, *Commentary on the Pastoral Epistles* (NIGNTC；Grand Rapids: Eerdmans, 1992) 175-77。事實上那些反對保羅是作者的觀點，常假設提前3:2有支持專制主教式的觀點、使得教牧書信的教會觀與其他保羅作品不同。這樣的論證還是只是循環論證罷了。

[44]　拜占庭抄本不尋常地省略了整個句子 (ὁ ὁμολογῶν τὸν υἱὸν καὶ τὸν πατέρα ἔχει)，無疑地是由於重複字尾的緣故跳過前面的 ἔχει，而以緊跟著後面的 ἔχει 結束這個句子。這樣的撰寫提供了拜占庭抄本根源的線索，至少在約翰書信當中是如此（亦即，這似乎是源自於單一原型）。

　　　　這是一個雙重的例子，第一個句子包含了使用 πᾶς ὁ 的一般性公式（亦可參照
　　　太5:22、28、32；路6:47，14:11，20:18；約3:16，4:13；徒13:39；羅10:11；
　　　加3:13；提後2:19；約壹3:6）。

啟2:11　　ὁ νικῶν οὐ μὴ ἀδικηθῇ ἐκ τοῦ θανάτου τοῦ δευέρου

　　　　　得勝的，必不受第二次死的害

　　亦可參照太12:35，15:11、18；路4:4；約8:34；羅13:4；加2:10；雅2:26，3:5，
5:6（可能的例子）、7；彼前1:24；約貳9；啟13:18，16:15。

　　下面的表格描繪出表達特定化冠詞的語意關係。這個表格生動地向學生顯示出
這類冠詞的七種類別，並不是明確區隔的。相反地，他們大多是以一種「普遍──
特殊」的方式相互關連的。那就是說，在一個句子中每一個表達唯一的冠詞，是一
種*具有出眾特質的指涉物件或對象之冠詞*的特殊型式（也就是說，是該類別中唯一
的一個，*事實上最好的一個*）；每一個*具有出眾特質的指涉物件或對象之冠詞*是眾
所皆知的用法（但這用法更為特殊，*因為該物件是種類中最好的一項，所以是眾所
皆知的一項*）；每一個具有出名、普遍為人所熟知特質的指涉物件或對象之冠詞是
屬於前述詞在前的情況（可能是最廣義的意義），然而指向特定指涉對象用法的前
述詞在前的情況，又比單純地只是前述詞在前的情況的冠詞用法，是更為特殊的狀
況。

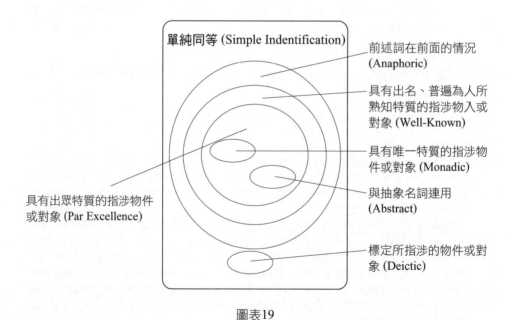

圖表19

特定化所指涉的物件或對象之冠詞的語意關係

　　下列的流程圖假設學生瞭解前一頁的表格用法。為了使用流程圖，我們應該嘗試找到特殊冠詞用法所屬之*最狹義的*種類，只要我們能夠理解特定的語意功能，我們就能繼續下去，直至我們找到特定冠詞用法中，最狹義的種類。

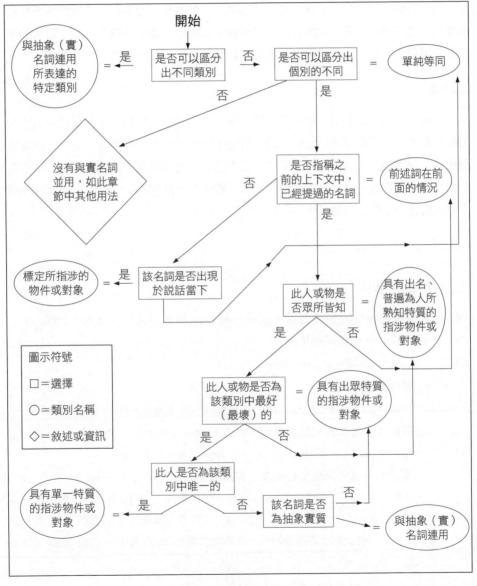

圖表20

與實名詞共用之冠詞的流程圖

→ 3. 與其他詞類連用、作實名詞用（在特定講論中）

a. 定義

　　冠詞幾乎可以將講論中任何部分，完全轉換為名詞：不論副詞、形容詞、介系詞片語、質詞、不定詞、分詞，甚至主要動詞。同樣地，冠詞可以將片語轉換為名詞實體，這個幾近不可思議的彈性，是希臘文冠詞中一部分的特殊功能，這樣的用法在各處相當常見，冠詞接形容詞與分詞的情況比冠詞接其他詞語更常出現。[45]

b. 詳述

　　做實名詞用法的冠詞，最多只能被考慮為一種*語意上*的類別；它語意的角色就是概念化。除了這個以外，這類冠詞的功能也同時具有先前描述過、一般冠詞的語意角色；也就是說，這種冠詞可能是一般化描述、也可能在與其他名詞並用時作特定化或類別化描述。當與分詞或形容詞並用的情況是常態的、一般的，因此許多例子都在前面的章節討論過了。

c. 例子

1) 與副詞連用

　　與副詞連用的情況相當常見，這些一般性的用法中有與 αὔριον、ἐπαύριον、νῦν、πέραν 和 πλησίον 並用的情況。

太8:28　　ἐλθόντος αὐτοῦ εἰς **τὸ** πέραν

　　　　　　耶穌既渡到那邊去

太24:21　　ἔσται τότε θλῖψις μεγάλη οἵα οὐ γέγονεν ἀπ᾽ ἀρχῆς κόσμου ἕως **τοῦ** νῦν

　　　　　　那時必有大災難，從世界的起頭直到如今，沒有這樣的災難

可11:12　　**τῇ** ἐπαύριον ἐξελθόντων αὐτῶν ἀπὸ Βηθανίας ἐπείνασεν

　　　　　　第二天，他們從伯大尼出來，耶穌餓了

　　　　　　在新約中每一個使用副詞ἐπαύριον的例子出現時，都與陰性間接受格之冠詞連用（請參照太27:62；約1:29；徒21:8），雖然這個副詞本身意思是「之後、下一個」，在新約中的用法則每一次都隱含著 ἡμέρα 在當中，（因此冠詞是為陰

45　雖然帶冠詞的不定詞是司空見慣的事，它們卻不是全都為實名詞用法。可以參照不定詞章節中的討論。

性的）並且提供所發生的事件所發生的時間（如此，冠詞是為間接受格）。[46]

約4:31　ἐν τῷ μεταξὺ ἠρώτων αὐτὸν οἱ μαθηταὶ λέγοντες· ῥαββί, φάγε.

這其間，門徒對耶穌說：拉比，請吃

約8:23　ὑμεῖς ἐκ τῶν κάτω ἐστέ, ἐγὼ ἐκ τῶν ἄνω εἰμί

你們是從下頭來的，我是從上頭來的

這裡冠詞指出一個僅僅一般性對於來源的觀點，也就是說這當中隱含了天堂與地獄的概念。

徒18:6　ἀπὸ τοῦ νῦν εἰς τὰ ἔθνη πορεύσομαι[47]

從今以後，我要往外邦人那裡去

西3:2　τὰ ἄνω φρονεῖτε, μὴ τὰ ἐπὶ τῆς γῆς

你們要思念上面的事，不要思念地上的事

亦可參照太5:43，23:26；可12:31；路11:40；徒5:38；羅8:22；林前5:12；提前3:7；來3:13。

2) 與形容詞連用

形容詞通常具有名詞的地位，特別是當特定群體的性質被強調的情況。以複數出現的例子很常是表達一般化的冠詞，雖然表達特定化的冠詞以單數和複數也出現都十分常見。

太5:5　μακάριοι οἱ πραεῖς, ὅτι αὐτοὶ κληρονομήσουσιν τὴν γῆν

溫柔的人有福了！因為他們必承受地土

太6:13　μὴ εἰσενέγκῃς ἡμᾶς εἰς πειρασμόν, ἀλλὰ ῥῦσαι ἡμᾶς ἀπὸ τοῦ πονηροῦ

不叫我們遇見試探；救我們脫離那惡者

雖然在英王欽定本提供了翻譯「救我們脫離兇惡」（deliver us from evil），但冠詞的出現指出並非是一般性的兇惡，而是指著那惡者。從馬太福音的上下文來看，這樣的拯救似乎與耶穌在4:1-10所受的試探有所關連，因為聖靈引導祂進入那惡者的試探，信徒如今則參與在祂的得勝中。

可6:7　προσκαλεῖται τοὺς δώδεκα

耶穌叫了十二個門徒來

「十二個門徒」在福音書當中具有特殊的意涵，指出當時他們是眾所皆知的一

46　αὔριον 有兩方面的差異：(1) 並不一直帶著冠詞（參照路12:28，13:32、33；徒23:20、25:22；林前15:32）；並 (2) 帶冠詞的形式從未以間接受格出現，雖然有時以主格（太6:34）、所有格的形式（雅4:14）、或直接受格（路10:35；徒4:3、5）的形式出現。

47　D* 抄本中有 ἀφ' ὑμῶν 取代 ἀπὸ τοῦ。

群人，如此這裡的冠詞用法也是屬於「具有出名、普遍為人所熟知特質的指涉物件或對象」的類別。亦可參照太26:14、20；可9:35，10:32，14:10；路9:1，18:31。

路23:49　εἱστήκεισαν πάντες **οἱ** γνωστοὶ αὐτῷ ἀπὸ μακρόθεν

　　　　　還有一切與耶穌熟識的人……都遠遠的站著……

羅5:7　　ὑπὲρ **τοῦ** ἀγαθοῦ τάχα τις καὶ τολμᾷ ἀποθανεῖν

　　　　　為仁人死、或者有敢作的

來1:6　　ὅταν εἰσαγάγῃ **τὸν** πρωτότοκον εἰς τὴν οἰκουμένην

　　　　　神使長子到世上來的時候

彼後3:16　ἃ **οἱ** ἀμαθεῖς καὶ ἀστήρικτοι στρεβλοῦσιν ...... πρὸς τὴν ἰδίαν αὐτῶν ἀπώλειαν

　　　　　那無學問、不堅固的人強解，……就自取沉淪

　　亦可參照可1:24，3:27；路6:35，16:25；約2:10，3:12；徒3:14，7:14；加6:10；多2:4；雅2:6，5:6；約參11；猶15；啟13:16。

3) 與分詞連用

　　與分詞連用的用法幾乎到處可見，如同與形容詞連用的情況，與分詞連用的冠詞可能是特定化所指涉的物件或對象的用法或作一般性描述。

太2:23　　ὅπως πληρωθῇ **τὸ** ῥηθὲν διὰ τῶν προφητῶν

　　　　　這是要應驗先知所說

路7:19　　σὺ εἶ **ὁ** ἐρχόμενος

　　　　　那將要來的是你嗎？

林後2:15　Χριστοῦ εὐωδία ἐσμὲν τῷ θεῷ ἐν **τοῖς** σωζομένοις

　　　　　我們……無論在得救的人身上……都有基督馨香之氣

弗4:28　　**ὁ** κλέπτων μηκέτι κλεπτέτω

　　　　　從前偷竊的，不要再偷

約壹3:6　　πᾶς **ὁ** ἁμαρτάνων οὐχ ἑώρακεν αὐτόν

　　　　　凡犯罪的，是未曾看見他

啟1:3　　μακάριος **ὁ** ἀναγινώσκων καὶ οἱ ἀκούοντες τοὺς λόγους τῆς προφητείας καὶ τηροῦντες τὰ ἐν αὐτῇ γεγραμμένα[48]

　　　　　唸這書上預言的和那些聽見又遵守其中所記載的，都是有福的

48　2053及2062抄本以 ἀκούων 代替 οἱ ἀκούοντες，藉著符合 Granville Sharp 原則、使得讀者和聽者為同一群體。

亦可參照太4:3；路6:21；約3:6；徒5:5；羅2:18；林前1:28；加5:12；弗1:6；帖前2:10；門8；雅2:5；彼前1:15；約貳9；啟20:11。

4) 與不定詞連用

雖然不定詞時常帶著冠詞，這類冠詞通常不是用以使這個不定詞名詞化，然而這類的情況相對來說是比較少見的，在書信中出現的頻率高過一般敘述文的文體中（不定詞在沒有冠詞的情況底下也能具有實名詞的功能），這裡的冠詞必為中性、單數的型式。

可10:40　τὸ δὲ καθίσαι ἐκ δεξιῶν μου ἢ ἐξ εὐωνύμων οὐκ ἔστιν ἐμὸν δοῦναι

　　　　　只是坐在我的左右，不是我可以賜的

　　　　　這裡帶冠詞的不定詞是為 ἔστιν 的主詞

徒27:20　περιῃρεῖτο ἐλπὶς πᾶσα τοῦ σῴζεσθαι ἡμᾶς

　　　　　我們得救的指望就都絕了

　　　　　這個帶著所有格冠詞的不定詞，其所有格是作為受詞、且跟隨著直接受格的受詞不定詞，因此按著字面直譯將成為「我們得救的指望就都絕了」。

羅7:18　τὸ θέλειν παράκειταί μοι, τὸ δὲ κατεργάζεσθαι τὸ καλὸν οὔ.

　　　　　立志為善由得我，只是行出來由不得我

林前14:39 ζηλοῦτε τὸ προφητεύειν καὶ τὸ λαλεῖν μὴ κωλύετε γλώσσαις[49]

　　　　　你們要切慕作先知講道，也不要禁止說方言

腓1:21-22 τὸ ζῆν Χριστὸς καὶ τὸ ἀποθανεῖν κέρδος. (22) εἰ δὲ τὸ ζῆν ἐν σαρκί ......

　　　　　我活著就是基督，我死了就有益處 (22) 但我在肉身活著……

　　　　　在第21節中帶冠詞的不定詞是各自子句的主詞。τὸ ζῆν 在第22節再次重複，跟隨著的冠詞，同時具有將不定詞作為實名詞功能，與前述詞在前之情況的用法。第22節較為平順的翻譯應當為「如果我還會活在肉身中的話」，但是按著字面直譯將會與第21節的經文有更為清楚的連結。

下列的參考例子包含新約中大部分不定詞作為實名詞用的實例：太20:23；可12:33；路10:19；羅13:8，14:21；林前9:10；林後1:8，8:10-11，9:1；腓1:24，2:6，2:13（可能的例子），[50] 3:21；來2:15，10:31；彼前3:10。

49　B 0243 630 1739 1881 *pauci* 抄本中，在 λαλεῖν 之前的冠詞是省略的。

50　如果 ἐνεργῶν 是及物的，那帶冠詞的不定詞 τὸ θέλειν 與 τὸ ἐνεργεῖν 應當被視為複合的直接受詞：「因為你們立志、行事，都是神在你們心裡運行。」

5) 與一個所有格的字或片語連用

　　一個非所有格型式的冠詞通常跟隨一個所有格型式的字或片語。雖然沒有全都一致，但這類冠詞可能被視為之後字彙或片語的「托架」，兩個最常出現的慣用語為：(1) 所有格專有名詞接在陽性單數冠詞之後，該處的冠詞隱含著「兒子」的意義（所跟隨的所有格是屬於表達關係的所有格），並 (2) 中性複數的冠詞跟隨著所有格形式的字，該處的中性冠詞隱含著「事物」的含意。

太10:3　　Ἰάκωβος ὁ τοῦ Ἁλφαίου

　　　　　亞勒腓的兒子雅各[51]

太16:23　οὐ φρονεῖς τὰ τοῦ θεοῦ ἀλλὰ τὰ τῶν ἀνθρώπων[52]

　　　　　你不體貼神的意思，只體貼人的意思

路5:33　　οἱ τῶν Φαρισαίων

　　　　　法利賽人的（門徒）

羅14:19　τὰ τῆς εἰρήνης διώκωμεν καὶ τὰ τῆς οἰκοδομῆς

　　　　　我們務要追求和睦的事與彼此建立德行的事

林前15:23 οἱ τοῦ Χριστοῦ ......

　　　　　那些屬基督的

雅4:14　　οὐκ ἐπίστασθε τὸ τῆς αὔριον[53]

　　　　　明天如何，你們還不知道

　　　　　這個概念是「明天的事」，或「不論明天發生什麼」。讀者或許可以知道關於明天的一部分事件，但沒辦法知道當中的細節。

　　亦可參照太22:21；可8:33，15:40；路2:49；徒19:26；羅2:14；林前2:14；林後11:30；約壹4:3。

6) 與介系詞片語連用

　　「冠詞與介係詞片語連用」和「冠詞與所有格的字或片語連用」的相似之處在於，冠詞使得連用的介係詞片語名詞化。這也是冠詞用法中相當普遍的項目。

徒11:2　　οἱ ἐκ περιτομῆς

　　　　　那些奉割禮的門徒

51　這裡可以看做冠詞用為關係代名詞（在第三形容地位）。通常這個結構當中的冠詞之前並無專有名詞，如同約21:2中的用法「西庇太的兒子」(οἱ τοῦ Ζεβεδαίου)。

52　D 抄本以 τοῦ ἀνθρώπου 代替 τὰ τῶν ἀνθρώπων。

53　B 抄本中省略了冠詞；許多手抄本則是中性複數。

林前13:9-10 ἐκ μέρους γινώσκομεν καὶ ἐκ μέρους προφητεύομεν· (10) ὅταν δὲ ἔλθη τὸ τέλειον, **τὸ** ἐκ μέρους καταργηθήσεται

> 我們現在所知道的有限，先知所講的也有限 (10) 等那完全的來到，這有限的必歸於無有了

第十節的冠詞是屬於前述詞在前的情況，指著第九節的有限ἐκ μέρους，就如保羅說「等那完全的來到，這有限的必歸於無有了」，重點在於當完全的來到時（非常可能是指著基督的再來），先知的恩賜與知識的恩賜都要歸於無有了。

腓1:27 **τὰ** περὶ ὑμῶν

> 你們的景況

腓1:29 ὑμῖν ἐχαρίσθη **τὸ** ὑπὲρ Χριστοῦ, οὐ μόνον **τὸ** εἰς αὐτὸν πιστεύειν ἀλλὰ καὶ **τὸ** ὑπὲρ αὐτοῦ πάσχειν

> 因為你們蒙恩，不但得以信服基督，並要為祂受苦

經文中第一個冠詞將介系詞片語ὑπὲρ Χριστοῦ轉換為句子的主詞，但英文不容易適切表達這個概念，一部分是因為這個冠詞是為前述詞在後的狀況、指向之後的雙重概念。按著字面直譯將會帶出這個冠詞的功能（以及之後的另兩個冠詞）：「『*那個*為著基督的事』已經交付給你，也就是說，不單是信祂的名、也為祂受苦的事。」此例中希臘文的句子就比英文更為具體。

西3:2 **τὰ** ἄνω φρονεῖτε, μὴ **τὰ** ἐπὶ τῆς γῆς

> 你們要思念上面的事，不要思念地上的事

約壹2:13 ἐγνώκατε **τὸν** ἀπ' ἀρχῆς

> 你們認識那從起初原有的

亦可參照路11:3，24:19；徒13:13；羅3:26；加2:12，3:7；來13:24。

7) 與質詞連用

與質詞連用的情況包含感嘆詞、否定語、對於質詞的強調等。這類的用法較為少見。

林前14:16 πῶς ἐρεῖ **τὸ** ἀμὴν;

> 怎能說……阿們呢？

林後1:17 ᾖ παρ' ἐμοὶ **τὸ** ναὶ ναὶ καὶ **τὸ** οὒ οὔ

> 叫我忽是忽非嗎？

雅5:12 ἤτω δὲ ὑμῶν **τὸ** ναὶ ναὶ καὶ **τὸ** οὒ οὔ

> 你們說話，是，就說是；不是，就說不是[54]

---

[54] 主要的教訓並沒有冠詞（在太5:37中，ἔστω δὲ ὁ λόγος ὑμῶν ναὶ ναί, οὒ ου〔雖然 Θ 213 *lectionary* 184 *et pauci* 包含冠詞，出現在第一個ναί與第一個οὔ 之前〕）。

啟3:14　τάδε λέγει ὁ ἀμήν .....

說：**那為阿們的**……

啟11:14　ἡ οὐαὶ ἡ δευέρα ἀπῆλθεν· ἰδοὺ ἡ οὐαὶ ἡ τρίτη ἔρχεται ταχυ[55]

第二樣災禍過去，第三樣災禍快到了。

亦可參照林後1:20；啟9:12。

8) 與主要動詞連用

這個用法只有一次出現於啟示文學的片語

啟1:4　χάρις ὑμῖν καὶ εἰρήνη ἀπὸ ὁ ὢν καὶ ὁ ἦν καὶ ὁ ἐρχόμενος

但願從那昔在、今在、以後永在的神……有恩惠、平安歸與你們

這裡的句法雙重特異：不但介系詞 ἀπό 跟隨著主格的名詞型式，[56]並且作者將一個主要動詞轉作實名詞之用。他使用了一個現在不完成式時態的動詞，很可能因為沒有對應的現在不完成式時態之分詞可以使用，並且作者不願意使用 γίνομαι 的簡單過去式時態。如果本書的作者與約翰福音的作者是同一位的話，我們可以看出在約翰福音的序言裡的 ἦν 與這裡的用法都是一樣、都確認主神本質的永恆性。

亦可參照啟1:8，4:8，11:17，16:5。

9) 與子句、前述句、引用語連用

通常在前述句、引用語或子句之前使用中性單數的冠詞，因為某些子句當中，冠詞需要以許多不同的方式翻譯：只有上下文可以幫助我們確定。對於直述句或引用語而言，通常最好的方式是以一個冠詞放引述句之前，並將引述句放括號內。

可9:23　Ἰησοῦς εἶπεν αὐτῷ· τὸ εἰ δύνῃ, πάντα δυνατὰ τῷ πιστεύοντι.[57]

耶穌對他說：你若能信，在信的人，凡事都能。

在第22節的經文提到這個人，他的兒子被鬼附著，於是他來請求耶穌：「你若能做什麼，幫助我們！」(εἴ τι δύνῃ, βοήθησον ἡμῖν)，耶穌的回答是回應了這個人先前的請求，這裡的冠詞功能上是屬於前述詞在前的情況，可以改寫為「你說『如果你能』，可是我告訴你，在信的人所有的事都有可能。」

路9:46　Εἰσῆλθεν δὲ διαλογισμὸς ἐν αὐτοῖς, τὸ τίς ἂν εἴη μείζων αὐτῶν.

門徒中間起了議論，誰將為大。

55　有一些晚期的抄本省略了 τρίτη 之前的冠詞 (1006 1424 1854 2050 2053 2329 2351)。

56　參看在「主格」之章節中關於這一節經文的討論。

57　許多重要的抄本省略了冠詞 (D K Θ f^{13} 28 131 565 700ᶜ)，而有些則以 τοῦτο 取代冠詞的位置 ($\mathfrak{P}^{45}$ W)。更困難的文稿（最可能是原稿的）是我們現在的經文。

中性的冠詞是寬鬆地回指之前的陽性字 διαλογισμός。雖然這是屬於前述詞在前的情況，其功能可能是用以帶出「論到其效果」「論到……而言」「其重點在於」等。

羅13:9　τὸ οὐ μοιχεύσεις, οὐ φονεύσεις, οὐ κλέψεις, οὐκ ἐπιθυμήσεις, καὶ εἴ τις ἑτέρα ἐντολή, ἐν τῷ λόγῳ τούτῳ ἀνακεφαλαιοῦται ἐν τῷ· ἀγαπήσεις τὸν πλησίον σου ὡς σεαυτόν.[58]

像那不可姦淫，不可殺人，不可偷盜，不可貪婪，或有別的誡命，都包在愛人如己這一句話之內了。

經文一開始的中性冠詞帶出十誡中的第二個部分，在經文最後的 ἐν τῷ 很可能是扼要的用法，指著之前的陽性字 λόγῳ，類似的用法可見加5:14。

弗4:9　τὸ δὲ ἀνέβη τί ἐστιν ...... ;

既說升上，豈不是……？

雖然這裡的經文是引用自詩68:18，這裡的用語卻指出整個經文是放在審問之下，換句話說，作者並不是在問：「『祂升上』的意義是什麼？」而是在說：「引用自詩68:18的意義是什麼？」

亦可參照太19:18；羅8:26；來12:27。

→ 4. 作為功能的標記

若一個冠詞是用為文法上功能的標記，這個冠詞可以承載著語意上的功能，也可以不承載這個功能。但一旦承載這個功能，文法上（結構上）的意義是更為顯著的。

a. 表明形容詞的功能

特別當這個冠詞被用為指明第二形容地位，我們可以說這個冠詞幾乎沒有語意上的意義。[59]

可8:38　ὅταν ἔλθῃ ἐν τῇ δόξῃ τοῦ πατρὸς αὐτοῦ μετὰ **τῶν** ἀγγέλων **τῶν** ἁγίων

人子在他父的榮耀裡，同聖天使降臨的時候

路15:22　ταχὺ ἐξενέγκατε στολὴν **τὴν** πρώτην καὶ ἐνδύσατε αὐτόν

把那上好的袍子快拿出來給他穿

58　關於這個冠詞，在許多西方抄本 (F G) 中，有 γέγραπται 這個字。

59　形容詞對於名詞的敘述用法或形容用法，會在形容詞的章節進行討論。雖然文法慣常在冠詞這個章節中討論，在新約中有超過2,000個不帶冠詞的名詞──形容詞結構、這麼高比例被忽略掉了。

這裡的冠詞是屬於較為罕見的第三類敘述地位用法（一個不帶冠詞的名詞，跟隨著一個冠詞與修飾語），較為流暢的翻譯（雖然可能會失去其中的關連）將是「快拿起最好的袍子⋯⋯」。

亦可參照可14:10；路11:44；約3:16；徒19:6；林前7:14。

b. 與表達擁有的代名詞連用

當一個所有代名詞被一個名詞所吸引時，幾乎總是使用這類冠詞（另一方面，這類的冠詞可以單獨使用，在某些經文當中，表達擁有的概念〔參看「冠詞作為所有代名詞」的討論〕）。

可1:41   ἐκτείνας **τὴν** χεῖρα αὐτοῦ

    伸出他的手

羅5:9   δικαιωθέντες νῦν ἐν **τῷ** αἵματι αὐτοῦ

    靠著祂的血稱義

亦可參照來3:5；彼前2:22；啟1:14。

c. 用在所有格片語中

在所有格片語中，所有格的名詞與其所修飾的名詞，通常都有或都沒有冠詞。

這個結構被稱為 Apollonius' Canon，以第二世紀的希臘文文法學家 Apollonius Dyscolus 來命名。Apollonius 觀察到，這個所有格的名詞與其所修飾的字，互相仿效而成為帶冠詞的字，它們鮮少以不同方式呈現，如此，我們可以期待應是 ὁ λόγος τοῦ θεοῦ 或 λόγος θεοῦ 而非 λόγος τοῦ θεοῦ 或 ὁ λόγος θεοῦ，然而這個規則在新約希臘文中，與在古典希臘文中類似，有非常多例外，[60]然而，在大部分的情況下，當這個冠詞出現於此種結構當中，我們可以期待所有格的名詞與其所修飾的字出現這樣的用法，在這些例子當中，冠詞時常只有中許語意上的價值，[61]這是因為即使這

---

60   見 S. D. Hull, "Exceptions to Apollonius' Canon in the New Testament: A Grammatical Study," *TrinJ* NS (1986) 3-16, 有詳細的討論。Hull 記著有七種會發生例外的情況；在461次例外中，只有三十二次不是在這些情況下出現。

61   其中一個例外是 ὁ υἱὸς τοῦ ἀνθρώπου。Moule 最近提出，這個片語並非如同一些人所說、是「語言學上的突變」(C. F. D. Moule, "The 'Son of Man': Some of the Facts," *NTS* 41 [1995] 277)。這個片語通常出現在初期的基督教與猶太教文學中，而通常都是用在主身上，Moule 提出一個結論：關於這種幾乎一致性的最簡單解釋就是，侷限於基督徒講說的限定性單數 (the definite singular) 用法，支持耶穌的確指著 Dan7、說到人子（就是你們在異象中所看到的）。將這個片語的來源歸於耶穌基督自己，並非否認在福音書中、關於人子的講法是在原來的教訓之外另加的；但我想不出任何理由，為什麼不可以在每一篇講論中都有主的這種來源（同上，278）。最後，Moule 藉著「相異性作為真實與否的斷準則」，在福音書中論述「人子」

兩個名詞並沒有冠詞，它們仍舊呈現確定名詞意義。[62]

太3:16　εἶδεν τὸ πνεῦμα τοῦ θεοῦ καταβαῖνον ὡσεὶ περιστερὰν

　　　　他就看見神的靈彷彿鴿子降下

　　　　手稿對於 πνεῦμα 與 θεοῦ 之前的冠詞有無，舉棋不定。אB copᵇᵒ 缺乏冠詞；大部
　　　　分的抄本都有冠詞，這裡值得注意的是抄本一致地呈現出，要不就是都有冠
　　　　詞、或都沒有冠詞，然而不論是帶有冠詞或不帶冠詞的情況，其翻譯與意義是
　　　　相同的。

可1:15　ἤγγικεν ἡ βασιλεία τοῦ θεοῦ

　　　　神的（那）國近了

徒26:13　τὴν λαμπρότητα τοῦ ἡλίου

　　　　比日頭（的光）還亮

林前13:1　ταῖς γλώσσαις τῶν ἀνθρώπων

　　　　萬人的方言

　　　　亦可參照路4:9；約3:14；徒27:19；林前10:16；弗1:7；來10:23。

d. 與無格變式的名詞連用

　　　這類的冠詞與無格變式的名詞連用，以凸顯出名詞的格。

路1:68　εὐλογητὸς κύριος ὁ θεὸς τοῦ Ἰσραήλ

　　　　主——以色列的神是應當稱頌的

約4:5　πλησίον τοῦ χωρίου ὃ ἔδωκεν Ἰακὼβ τῷ Ἰωσήφ

　　　　靠近雅各給他兒子約瑟的那塊地

　　　　不是帶間接受格的冠詞，可能會帶來誤會 Ἰωσήφ 作為 ἔδωκεν 的受詞，冠詞在
　　　　這裡的功能只是用以辨識出雅各與約瑟。[63]

論述的真實性。從文法的角度來看，他處理（我想是正確地）這個眾所皆知、帶冠詞的結構，
顯明它是指著 Dan7:13說的。

作為旁註，非常令人好奇的是，那些創作出 *The Five Gospels: The Search for the Authentic Words
of Jesus* 的學者，（亦即 R. W. Funk, R. W. Hoover, and the Jesus Seminar；New York: Macmillan,
1993），方法上皆擁抱著「相異性作為真實與否的斷準則」這個觀點(23-24)，實際上，卻否
認了許多有關「人子」講論的真實性。例如，在下列的經文當中被視為「黑的」、亦即「耶
穌並沒有這樣說；它呈現的是較晚期、不同傳統的觀點或內容。」（同上，36）：太9:6，10:
23、12:32、40，13:37、41，16:13、27-28，17:9、12、22，19:28，20:18、23:30、37、39、
44，25:31，26:2、24、45、64；可 2:10、8:31、38、9:12、31、10:33、3:26、4:21、41、62；
路 5:24；9:22、26、44，11:30、12:8、10、40，17:26、30，18:8、31，19:10，21:27、36，
22:22、48、69，24:7；約1:51，3:13，5:27，6:27、53、62，8:28，9:35，12:23，13:31。

62　參照下列「沒有用冠詞的情況」之章節。

63　即使如此，這也可能是後期加入的用法，用以向讀者表明其中的關係。大部分的手抄本省略

加3:29　　　τοῦ Ἀβραὰμ σπέρμα ἐστέ

你們是亞伯拉罕的後裔

亦可參照太3:9，8:10；路1:55；約1:45、49，4:6，8:39；徒7:40；彼前3:6。

e. 與分詞連用

分詞前的冠詞，同時具有實名詞用法以及功能標記的功用。冠詞的出現指出這個分詞有實名詞（或形容詞）的功能。當然，分詞也可能常在沒有冠詞的情況下仍有實名詞或形容詞功能，雖然在這類例子中，意義卻更可能是不明確的。

路6:21　　　μακάριοι οἱ κλαίοντες νῦν

你們哀哭的人有福了

羅1:16　　　δύναμις γὰρ θεοῦ ἐστιν εἰς σωτηρίαν παντὶ τῷ πιστεύοντι

這福音本是神的大能，要救一切相信的

約4:11　　　πόθεν οὖν ἔχεις τὸ ὕδωρ τὸ ζῶν

你從那裡得活水呢？

亦可參照徒1:19；羅7:2；林後4:3。[64]

f. 與指示代名詞（實名詞）連用

跟冠詞連用、又處於敘述地位的指示代名詞（實名詞），是作形容的功能。指示代名詞（實名詞）本身不能站在形容用法的地位（如：在冠詞與名詞之間），如果這些字與無冠詞之名詞有關連，它們具有獨立的功能，如同代名詞一般。只有當它們相對於一個帶冠詞的名詞是處於敘述地位之時，這個指示代名詞（實名詞）才能被視為是從屬與形容用法。[65]

偶而，翻譯時會忘記遺漏希臘文文法的基本原則。例如在約2:11 (ταύτην ἐποίησεν ἀρχὴν τῶν σημείων ὁ Ἰησοῦς)，在美國標準本中的翻譯為「這是耶穌所行的頭一件神蹟」(This beginning of his signs Jesus did) ——是一個不正確的翻譯，因為 ἀρχήν 不

這裡的冠詞 (A C D L Wˢ Γ Δ Θ Π Ψ 086 f¹, ¹³ 33 Byz)，明顯地這是假設這些文士們非常了解當中的觀念。

64　有些翻譯本（如英王欽定本、美國標準本）將約4:39中的分詞誤認為形容詞用法（「那作見證的婦人」）。但既然這名詞是帶冠詞，而此分詞並沒有 (τῆς γυναικὸς μαρτυρούσης)，那這分詞就應該以副詞來看待（那婦人，當她作見證的時候）。

65　當然，當指示代名詞與一個帶冠詞的名詞相鄰時，其功能上可以作為代名詞，如同在路8:11 這比喻乃是這樣 (Ἔστιν δὲ αὕτη ἡ παραβολή)）。但如果該名詞不帶冠詞的，此指示代名詞就不可能作形容詞用。

帶冠詞。[66]

太16:18　ἐπὶ ταύτῃ **τῇ** πέτρᾳ οἰκοδομήσω μου τὴν ἐκκλησίαν

　　　　　我要把我的教會建造在這磐石上

可15:39　ἀληθῶς οὗτος **ὁ** ἄνθρωπος υἱὸς θεοῦ ἦν.

　　　　　這人真是神的兒子

路7:44　βλέπεις ταύτην **τὴν** γυναῖκα;

　　　　　你看見這女人嗎？

　　　亦可參照可1:9；約4:15；徒1:11；林前11:25；多1:13；彼後1:18；猶4；啟11:10。

g. 用以標定主詞

　　　通常主詞都有冠詞（除非這是一個代名詞或專有名詞）。[67]

路11:7　ἡ θύρα κέκλεισται

　　　　　門已經關閉

約13:31　ὁ θεὸς ἐδοξάσθη ἐν αὐτῷ

　　　　　神在人子身上也得了榮耀

　　　亦可參照可13:28；約4:11；徒10:38；西3:1；多2:11。

h. 用以將主詞與主詞補語區別出來，或者將受詞與受詞補語區別出來

　　　一般而言，透過冠詞的使用，可以將主詞與主格的述詞區分出來。同樣的原則也適用於受詞和受詞補語的雙重直接受格結構中。[68]

66　這是在約4:54中最奇怪的用法，在這裡使用同樣的慣用語 (τοῦτο δὲ πάλιν δεύτερον σημεῖον ἐποίησεν ὁ Ἰησοῦς)，大部分最近的翻譯（包含美國標準本）辨識出這個無冠詞的名詞。不過，他們失落一些語言中句法上的考量，以致於產生一些不合宜的翻譯，新修訂標準本是典型的翻譯：「這是耶穌在加利利行的第二件神蹟」。錯誤有以下二方面：(a) 這個翻譯看 τοῦτο 是主格主詞的、而不是 ἐποίησεν 的直接受詞；(b) 因此，這個翻譯將主要動詞貶抑為關係子句，好像在希臘文中看起來是 τοῦτο δὲ πάλιν ἦν δεύτερον σημεῖον ὃ ἐποίησεν ὁ Ἰησοῦς。這似乎是一個不重要的議題，但這樣的翻譯使得作者的原始想法（在這裡，與在2:11）模糊了。這兩處的指示代名詞都是「受詞──受詞補語」結構的直接受詞，而後面跟隨的名詞是作補語用。2:11的概念是「這件耶穌所行的神蹟，是所有神蹟／兆頭 (signs) 之始」，而4:54為「這是耶穌在加利利行的第二件神蹟／兆頭」。福音書作者在這裡不只強調耶穌的能力，也是在強調其主權。

67　即使是與非專有名詞共用，仍然有許多例子顯示主詞是不帶冠詞的用法。參看羅1:16、7、18；約1:18。

68　更仔細的討論可以參看「主格」的章節（在主格述詞的章節），以及「受格」的章節（在「受詞──受詞補語」結構和作為不定詞的主詞的用法）。

太12:8 κύριος ἐστιν τοῦ σαββάτου **ὁ** υἱὸς τοῦ ἀνθρώπου

人子是安息日的主

約5:18 πατέρα ἴδιον ἔλεγεν **τὸν** θεόν

（他）稱神為他的父

腓1:8 μάρτυς μου **ὁ** θεός

神可以給我作見證的

提前6:5 νομιζόντων πορισμὸν εἶναι **τὴν** εὐσέβειαν

以敬虔為得利的門路

亦可參照約1:1；腓2:6；雅5:10；約壹4:14。

i. 與介系詞連用以指出不同的功能 [69]

E. 不帶冠詞的情況

1. 釐清

名詞不一定需要透過冠詞的使用才能表達確定名詞用法。但相反地，一個名詞*不能*在有冠詞的狀況底下表達*非*確定的用法。因此，不帶冠詞的*可以*表達確定用法，然而若有冠詞的話*必為限定*。

2. 重要性

當一個實名詞缺乏冠詞的時候，有三種可能的功能：指一不確定名詞、作定性表達、或指一確定名詞。但這三種功能之間不容易區分出來。然而，如果我們將它們置於連續的圖表中，我們可以看出其中表達*定性*的觀點，有時同時具有指一確定名詞的意義，有時則具有指一不確定名詞的意義。

指一不確定名詞
(INDEFINITE)　　作定性表達
(QUALITATIVE)　　指一確定名詞
(DEFINITE)

圖表21

無冠詞之名詞的語意用法

69　　參看不定詞的討論章節。

➡ a. 當指一不確定 (indefinite) 名詞時

一個非確定名詞是指著某一類型的成分，這個類型中的成分沒有明確指明。例如，在約4:7的經文中，看到「有一*個*撒瑪利亞婦人……」，這裡的 γυνή 是屬於沒有冠詞的非限定用法，告訴我們這不是一個特定的婦人，如此一個非確定名詞，是沒有特別被注意的名詞，經文沒有顯示出關於該成員在其所屬的類別中有什麼特別的資訊，與其他物件一樣，如同 Givón 所說，這類名詞缺乏「獨特指示的身分」。[70]

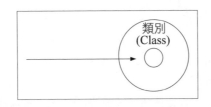

圖表22

指一不確定之名詞的語意功能

➡ b. 作定性 (qualitative) 表達

作定性表達的情況將重點放置於定性、本性、與本質的層面。它不僅僅指出該類型中的某類成分，而這類形容仍有其他成分（如一個非確定的名詞），也不是將重點放置在個別的身分識別（如同一個確定名詞）。

與普通名詞類似，其強調該*種類*。更進一步來說，就如一個普通名詞，其強調*某一種類的特性*。然而，與一般化名詞不同的是，作定性表達的名詞通常著重於個體，而非將一個類型整體看待。

抽象名詞應該特別處理，大部分的情況來說，就某類型中的成員特性而論，它們並非視為一般，例如：ὁ θεὸς ἀγάπη ἐστιν 不能直接翻譯為「神是一個愛」(God is **a** love)，或「神是那個愛」(God is **the** love)，ἀγάπη 這個字的本質是抽象意義甚於獨特意義，因此，就某一方面而言，大部分的抽象名詞是屬於作定性表達的名詞；另一方面而言，抽象名詞並不是屬於一般的名詞，因為在觀點中*並沒有*指向特定的*類別*，只是提到某些性質而已。

---

[70]　Givón 定義一個非確定的名詞：「如果說話者認為一個名詞是不確定的名詞，只要他認為這個名詞*不能*在聽者產生獨特的指涉對象來。」(*Syntax*, 399)

圖表23

關於作定性表達名詞的語意

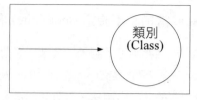

圖表24

關於一般化名詞的語意

約壹4:8   ὁ θεὸς **ἀγάπη** ἐστίν

神就是愛

約1:4   ἐν αὐτῷ **ζωὴ** ἦν

生命在他裡頭

在新約中，ζωή 是典型地抽象用詞，我們不容易將這個名詞視為非限定：「一個生命在他裡頭」。

來1:2   ἐπ᾽ ἐσχάτου τῶν ἡμερῶν τούτων ἐλάλησεν ἡμῖν ἐν **υἱῷ**

在這末世藉著祂兒子曉諭我們

雖然這裡可能翻譯為「一個兒子」（在英文中沒有一個適當的方式表達這種簡潔的概念），這裡的功能很清楚地是屬於作定性表達的涵義（當然，雖然從連續的概念來說，這裡比較可能是屬於非確定名詞類別，而非確定的），[71] 從啟示的角度來說，這裡的要點在於神已經向我們說話，透過有兒子特性的那位，祂的身分遠遠超過先知的身分（或在接下來的經文中指出，超過了天使）。

➔ c. 當指一確定 (definite) 名詞時

一個確定名詞特別強調個別的身分識別，是屬於某類別中一個看得見的成員，但這個特定的成員已經被作者標定出來；確定名詞擁有特殊的指示性的身分。[72]

雖然就定義而言，一個帶冠詞的名詞是屬於確定名詞，一個沒有冠詞的名詞也可能在某些狀況底下，表達為確定名詞，就如之前已經提及的，我們知道至少有十種結構，可以表達讓一個沒有冠詞的名詞表達出確定名詞意義，以下是這些結構的簡單描述：

---

71   有些翻譯者在這裡翻譯成「祂的兒子」，儘管這樣的翻譯可能表達得太過限定，並且在沒有冠詞、也沒有所有代名詞的狀況下，表達出擁有的概念。

72   Givón, *Syntax*, 399。他將確定的名詞定義如下：「如果說話者認為一個名詞是確定的名詞，只要他認為這個名詞可以在聽者產生獨特的指涉對象來。」

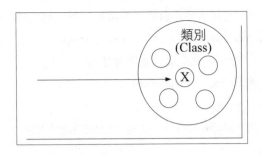

圖表25

確定名詞的語意

➙ 1) 專有名詞

　　根據這種情況的性質，專有名詞在沒有冠詞的情況底下是屬於確定名詞用法。如果我們讀到 Παῦλος 的時候，我們不會想到將之翻譯為「一個保羅」，進一步來說，「關於人名之前出現冠詞的用法是相當多元的，就如一般性的原則來說，如果一個人名出現冠詞，是指出這個人是已知的，而如果沒有冠詞，就單純只是說明其人名……然而，然而，這個規則會受到許多修正……。」[73]Robertson 加上這樣的說明：

　　　　這在英文裡似乎相當奇怪，因為專有名詞本身應該已經相當明確了……但，只因為專有名詞本身相當明顯是為限定，在這裡冠詞的使用就是超過英文的文法範圍，但若要就此說冠詞在希臘文中沒有任何意義似乎又太過。[74]

　　專有名詞帶冠詞所產生的困難是雙重的：(1) 英文並沒有相對應的用法 (2) 論到冠詞加專有名詞，我們還無法達到「解釋得令人滿意」(explanatory adequacy) [75] ——也就是說，我們沒辦法簡明清晰地，來說明在已知例子中冠詞的使用（例如，雖然有時候是因為重複法，但若要以此為主要的原則，卻仍有太多例外）。[76]然而我們

73　BAGD, s.v. ὁ, ἡ, τό, II. 1. b.

74　Robertson, *Grammar*, 759.

75　借用 Chomsky 的用詞，他曾藉此清楚解釋現代語言學一個主要的目標。

76　新約中專有名詞與冠詞共用更細節的研究，幾乎沒有詳細的研究（關於古典希臘文，見 B. L. Gildersleeve, "On the Article with Proper Names," *AJP* 11 [1890] 483-87），在 G. D. Fee's 富啟發性的研究 "The Use of the Definite Article with Personal Names in the Gospel of John," *NTS* 17 (1970-71), 168-83，作者反對以重複法作為主要的原則。在新約當中並不是只有第四福音書才

能夠這樣說，一個專有名詞，不論有或沒有帶著冠詞，總是屬於確定名詞用法。[77]

路5:8　　**Σίμων Πέτρος** προσέπεσεν τοῖς γόνασιν Ἰησοῦ[78]

　　　　西門彼得（看見，就）俯伏在耶穌膝前

約1:45　　εὑρίσκει **Φίλιππος** τὸν Ναθαναήλ

　　　　腓力找著拿但業

　　　　這裡冠詞與 Ναθαναήλ 連用，這是一個無字尾變化的名字，指出他是句子中的直接受詞。

徒19:13　ὁρκίζω ὑμᾶς τὸν Ἰησοῦν ὃν **Παῦλος** κηρύσσει

　　　　我奉保羅所傳的耶穌勒令你們出來

　　　　在句子中冠詞與 Ἰησοῦν 連用是屬於前述詞在後面的情況。

林前1:13　μὴ **Παῦλος** ἐσταυρώθη ὑπὲρ ὑμῶν, ἢ εἰς τὸ ὄνομα **Παύλου** ἐβαπτίσθητε;

　　　　保羅為你們釘了十字架嗎？你們是奉保羅的名受了洗嗎？

　　　　亦可參照路3:21；徒26:24；加2:1、11。

→ **2) 當作為介系詞的受詞時**

　　介系詞的受詞不需要以冠詞來表明限定。[79]然而，這不是說介系詞的受詞就是確定名詞用法。一個無冠詞的名詞作為介係詞的受詞不必然是限定的。它通常是屬於作定性表達的用法（例如在來1:2中的 υἱῷ 使之前已經提過的名詞）[80]或甚至有時

如此。例如在馬太的家譜當中，冠詞只用在直接受詞（例如在1:2：Ἀβραὰμ ἐγέννησεν τὸν Ἰσαάκ, Ἰσαὰκ δὲ ἐγέννησεν τὸν Ἰακώβ, Ἰακὼβ δὲ ἐγέννησεν τὸν Ἰούδαν καὶ τοὺς ἀδελφοὺς αὐτοῦ），從不用在之前的指涉物上。與直接受格的名詞連用是可以被理解的：在沒有格變式變化名詞的情況，冠詞都與斜格名詞連用、以和主詞區分出來。但這用法卻不排除與主格名詞連用、以指稱之前已經提過的名詞。

近來，J. Heimerdinger 與 S. Levinsohn 在 "The Use of the Definite Article before Names of People in the Greek Text of Acts with Particular Reference to Codex Bezae," *FilolNT* 5.9 (1992), 15-44, 論述到，第一次提及的名字幾乎是沒有冠詞的，而之後的名詞也可能沒有冠詞，但卻是在基於某種特殊的理由之下，作者希望抓住讀者注意力的情況（作者以「特點」的手法描述）。這樣的進路有真實的價值，但在找出結論前，需要將整個新約看為一個整體的前提下更寬廣地奠定基礎。

77　這裡有一個棘手的問題在於如何定義專有名詞。最好的定義如下：專有名詞就是不能以複數表示的名詞。如此一來，Χριστός θεός,與 κύριος 就不屬於專有名詞；Παῦλος, Πέτρος, 與 Ἰησοῦς 卻是。參看以下「冠詞第二部分」的討論。

78　D W 13 69 828 892 983 1005 1241 的抄本在 Σίμων 之前加入了冠詞；其他的則加冠詞在 Ἰησοῦ 之前（A C F L M X Θ Λ Ψ *f*[1, 13] 33 579 1241 1424）。

79　這是大部分文法學家所認定的。參看 Robertson, *Grammar*, 791；BDF, 133；Zerwick, *Biblical Greek*, 58-59。

80　亦可參照路1:39；徒4:27；林前3:13；雅1:6。大部分不帶冠詞的名詞是定性的，除非是用以指出唯一名詞、專有名詞、在所有格結構中、或有一個修飾的形容詞連用。

是屬於指著不確定的名詞（參看 μετὰ γυναικὸς ἐλάλει——「他（耶穌）和一*個*婦人說話」（約4:27））。[81]如此當一個名詞是屬於介系詞的受詞時，並不*需要*冠詞就能表達為限定：如果這個名詞帶冠詞，則必定為限定；如果*沒有*冠詞，它有*可能*是限定。至於為何帶冠詞，可能是因為其他理由存在（諸如重複法或功能標記等）。

路5:12　πεσὼν ἐπὶ **πρόσωπον**

　　　　就俯伏在地（他面前）

約1:1　Ἐν **ἀρχῇ** ἦν ὁ λόγος

　　　　太初有道

　　　　這個名詞同時也是屬於指向獨一名詞的情況，給予其餘的理由認定為限定。

羅1:4　τοῦ ὁρισθέντος υἱοῦ θεοῦ ἐν δυνάμει κατὰ **πνεῦμα** ἁγιωσύνης ἐξ **ἀναστάσεως** νεκρῶν

　　　　按聖善的靈說，因從死裡復活，以大能顯明是神的兒子

　　　　這裡的介系詞片語，三者中有兩個包含了限定用法的受詞；ἐν δυνάμει 是屬於作定性表達的用法。

　　　亦可參照太10:22；可2:1；路2:14；約1:13，6:64；林後10:3；來4:3，9:12；彼前1:12；啟7:5。

➜ 3) 當提及數詞時

　　　數字表達出「數量」是為實名詞用法，使之為限定。

太14:25　τετάρτῃ **φυλακῇ** τῆς νυκτὸς

　　　　　夜裡四更天

可15:25　ἦν **ὥρα** τρίτη καὶ ἐσταύρωσαν αὐτόν

　　　　　釘他在十字架上〔約〕是第三小時

約4:6　**ὥρα** ἦν ὡς ἕκτη

　　　　那時約是第六小時

　　　亦可參照可12:20；約4:52；徒2:15；林後12:2。

➜ 4) 當作為主詞補語時

　　　如果主詞補語置於聯繫動詞之*前*，即使是無冠詞的狀況亦**可能**屬於確定名詞用法，更進一步的說明，請見在「冠詞的特殊用法」章節中的 "Colwell's rule"。

81　亦可參照可4:1，5:2；路4:11，5:18；彼前3:15；啟1:11。

→ 5) 當作為受詞補語時

如果補語置於受詞之前，即使是沒有冠詞的情況，仍可能是屬於確定名詞用法，更進一步的說明，請見「直接受格」章節中的「其一為受詞、另一為受詞補語」部分。

約5:18　**πατέρα** ἴδιον ἔλεγεν τὸν θεόν

　　　　（他）稱神為他的父

羅10:9　ἐὰν ὁμολογήσῃς ἐν τῇ στόματί σου **κύριον Ἰησοῦν** ...... σωθήσῃ

　　　　你若口裡認耶穌為主……就必得救

→ 6) 當用來指具唯一特質的名詞時

當然，同一類型的某一個名詞並不需要冠詞用以表明限定（如日頭、地、魔鬼等）。當 πνεῦμα 被形容詞 ἅγιον 修飾時，我們也許會考慮這個字是屬於具唯一特質的名詞的用法。如果是如此，πνεῦμα ἅγιον 就是用以表達具唯一特質的名詞，並且單單指著*聖靈*而言。[82]至少這個例子說明一個事實，當我們認定這是屬於指著具唯一特質的名詞之用法時，我們需要整體地考慮一個*名詞片語*，而非只處理個別的字。舉例來說：表達「神的兒子」，是屬於指稱具唯一特質的名詞的用法，但若只有出現「子」的時候卻不是這個用法；「天上的父」是屬於這類用法而「父」則不是。

路21:25　ἔσονται σημεῖα ἐν **ἡλίῳ** καὶ **σελήνῃ**

　　　　　日、月要顯出異兆

約19:13　ὁ οὖν Πιλᾶτος ἀκούσας τῶν λόγων τούτων ἤγαγεν ἔξω τὸν Ἰησοῦν καὶ ἐκά
　　　　　θισεν ἐπὶ βήματος εἰς τόπον λεγόμενον **λιθόστρωτον** ......

　　　　　彼拉多聽見這話，就帶耶穌出來，到了一個地方，名叫鋪華石處，希伯
　　　　　來話叫厄巴大，就在那裡坐堂

路1:35　κληθήσεται **υἱὸς θεοῦ**

　　　　（他）必稱為**神的兒子**

約6:70　ἀπεκρίθη αὐτοῖς ὁ Ἰησοῦς· οὐκ ἐγὼ ὑμᾶς τοὺς δώδεκα ἐξελεξάμην; καὶ ἐξ ὑμῶν
　　　　εἷς **διάβολός** ἐστιν.

　　　　耶穌說：「我不是揀選了你們十二個門徒嗎？但你們中間有一個是**魔
　　　　鬼**。」

82　參看 Robertson, *Grammar*, 795；Moule, *Idiom Book*, 112-113（「對我而言，這樣以重複的使用
　　來解釋有點勉強……好像都是指著*神*的聖靈說的」）。

英譯本聖經中一個有個有趣的現象，在譯文中有冠詞加在在一個具唯一特質的名詞 διάβολος 之前。[83]英王欽定本的翻譯則將 διάβολος 與 δαιμόνιον 都翻譯為「魔鬼」(devil)，然而欽定本的翻譯者則認為「魔鬼」(devil) 並不是具唯一特質的名詞。現代的翻譯者則正確地將 δαιμόνιον 描繪為「惡魔」(demon)，而對於大部分的情況來說，認定 διάβολος 是為具唯一特質的名詞的用法（參照如彼前5:8；啟20:2）。[84]但現代的譯者在約6:70則犯了英王欽定本的錯誤，英王欽定本譯為「你們當中有一個魔鬼」(one of you is **a** devil.)，修訂標準本、新修訂標準本、美國標準本、新國際本、新英王欽定本與耶路撒冷聖經的翻譯也是如此。然而只有一位魔鬼。[85]關於「你們當中有一個是那個魔鬼」(one of you is **the** devil) 這個翻譯，一個典型的反對就是，這樣就會將猶大的身分識別為撒但。的確，從表面來看這是對的。可是很顯然地，這不是這句話所要表達的字*面意義*──不當按字面理解為「彼得就是撒但」（對比可8:33的經文）。英文欽定本的影響仍舊繼續著，即使在那些不應當被影響的地方。

亦可參照路1:15；徒13:10；林前15:41。

→ 7) 當用來指一抽象名詞時

如愛、喜樂、平安、信心等字彙，雖然不是屬於*非*限定用法，但通常都沒有冠詞。然而，它們可能是屬於定性──確定名詞用法，並且出現的結果可能有或沒有冠詞。然而，一般來說，「帶冠詞的抽象名詞與無冠詞的抽象名詞之間，並不一定有必然性的區別。」[86]不過偶而，冠詞若是用於重複法或其他可以分辨得出的理由（不論翻譯出來與否），對於此段落的認識必定有益處。

路19:9　σήμερον **σωτηρία** τῷ οἴκῳ τούτῳ ἐγένετο

　　　　今天*救恩*到了這家

約1:16　ἐκ τοῦ πληρώματος αὐτοῦ ἡμεῖς πάντες ἐλάβομεν καὶ **χάριν** ἀντὶ **χάριτος**

　　　　從他豐滿的恩典裡，我們都領受了，而且*恩*上加*恩*

約17:17　ὁ λόγος ὁ σὸς **ἀλήθειά** ἐστιν

　　　　你的道就是*真理*

加5:22-23　ὁ καρπὸς τοῦ πνεύματός ἐστιν **ἀγάπη χαρὰ εἰρήνη, μακροθυμία χρηστότης ἀγαθωσύνη, πίστις πραΰτης ἐγκράτεια**

　　　　聖靈所結的果子，就是*仁愛、喜樂、和平、忍耐、恩慈、良善、信實、*

83　嚴格說，是一個形容詞。但它在新約中相當一致地地以單數作實名詞用。

84　有兩次以無冠詞的方式出現。通常都是帶冠詞。偶而這個字都是複數或作為形容詞用法。

85　魔鬼 (devil) 應當被視為非確定名詞還有一個理由：這個字在對等動詞之前。見下列 "Colwell's rule" 的討論。

86　Robertson, *Grammar*, 794.

溫柔、節制

弗2:5、8　χάριτί ἐστε σεσῳσμένοι ...... τῇ χάριτί ἐστε σεσῳσμένοι

你們得救是本乎恩……你們得救是本乎恩

第一個 χάρις 是屬於無冠詞的狀況（第5節），而後面第8節所跟隨的是指著第
5節這個而言，屬於前述詞在前的情況，雖然這裡冠詞的功能並不一定可以自
然地翻譯出來，但這裡冠詞的出現卻是解經上不可忽略的。

亦可參照路 21:15；約 1:4、12；徒 7:10；羅 1:29，11:33；林後 11:10；加 5:
19-21；提後2:10；門3；來1:14；啟1:4，17:9。

➔ 8) 當用指一帶有不帶冠詞之所有格修飾字的名詞時（Apollonius 的推論）

一般的原則（本章節之前的討論）是所有格以及所有格所修飾的名詞，不是*同
時擁有冠詞、就是同時沒有冠詞*（Apollonius的準則）。此結構帶冠詞或不帶冠詞，
在語意上沒有多少差異，如此 ὁ λόγος τοῦ θεοῦ = λόγος θεοῦ。

這個原則的推論（Apollonius 的推論）由 David Hedges 發揚光大，[87]他提到*兩
者同時沒有冠詞的時候，將有相同的語意功能*，例如，同時都是當指一確定的名詞
時 (D-D)，是較常出現同時具有語意功能的情況。其次的是同時指一定性的涵義時
(Q-Q)，最少出現具有語意功能的是同時為指一不確定的名詞時 (I-I)。進一步來說，
雖然兩個實名詞之間有一個層次的落差是常有的（例如 D-Q），而二個層次的落差
這種情況就較少出現（I-D 或 D-I），Hedges 只有討論保羅書信的狀況，但他的結
論卻適用於整個新約。[88]

這個研究包含了透過 GRAMCORD，挑選出來在保羅的用法中，289
個無冠詞結構。這些結構被歸類為 N（包含了專有名詞或 κύριος）、T（包
含了 θεός）、P（介系詞的受詞）、E（對等動詞的主詞或述詞），總和以
上用法（例如 NP）以及 Z（以上討論之外的部分），而每一個名詞的限定
與否都已經被決定了。結論構成這個假設，雖然不是絕對的規則，但卻普
遍有效。平均而言，有74%是完全符合這個假設，而20%語意上只有一階

87　David W. Hedges, "Apollonius' Canon and Anarthrous Constructions in Pauline Literature: An
　　Hypothesis" (M.Div. thesis, Grace Theological Seminary, 1983).

88　雖然Hedges只討論保羅文獻，但他所提出的論點卻提供給Charles Cummings，在1992年達拉
　　斯神學院中所提出進深希臘文文法的論文重要的基礎。Cummings 討論彼得書信的部分。我
　　初初在敘述文體所做的，亦與 Hedges 與 Cummings 的觀察一致。

落差（例如：Q-D），而只有6%有兩階落差。然而更進一步來說，一般的
情況如果結構中包含 θεός，可以更清楚看見這裡的名詞可能都是屬於指一
確定的名詞的用法（68%）。如果結構只有介系詞，那麼可能都是屬於指
一定性的涵義的用法（52%）。而如果一個句法結構當中沒有專有名詞、
θεός、介系詞或對等動詞，雖然符合這個假設，卻可能屬於這三種的任何
一種類別。[89]

這裡值得討論的大概只有總體數目的6%，是包含一個非確定的名詞與一個確定
的名詞。[90]然而在許多解經上的考慮當中，I-D 大概預設為正常的情況，不論其功
能，此外，我們該注意：(1) I-I 的情況與 I-D 的情況都鮮少出現 (2) 只有非常少數的
狀況中，所有格名詞比在它之前、其所修飾的名詞更不限定的，[91]並且 (3) 所有格名
詞是屬於結構中的「驅使功能」：趨向限定並且驅使所修飾的名詞也為限定。[92]

a) 清楚的例子 (Definite-Definite)

太3:16　　πνεῦμα θεοῦ[93]

　　　　　神的靈

　　　　「一個神的一個靈」是沒意義的翻譯，Apollonius 的推論中，有一個重點提到，
　　　　兩個名詞都是無冠詞的情況，但如果當中有一個是確定名詞用法，則另一個就
　　　　是確定名詞情況。如此一來，在以上的例子當中，如果 θεοῦ是確定的名詞，
　　　　πνεῦμα 也就是確定名詞用法，如果有人要宣稱這裡的經文應該翻譯為「神的一
　　　　個靈」，則此人要承擔建立起這個不符合正常文法用法翻譯的擔子，我們可以
　　　　回憶起 I-D 可能屬於這種結構的可能性非常少。

約5:29　　οἱ τὰ ἀγαθὰ ποιήσαντες εἰς **ἀνάστασιν ζωῆς**, οἱ δὲ τὰ φαῦλα πράξαντες εἰς

　　　　　ἀνάστασιν κρίσεως

　　　　　行善的，**復活得生**；作惡的，**復活定罪**

徒7:8　　ἔδωκεν αὐτῷ **διαθήκην περιτομῆς**

　　　　　神又賜他**割禮的約**

89　Hedges, "Apollonius' Canon," 66-67.

90　雖然大部分的情況是 I-D 而不是 D-I，這種兩階落差仍是少見的。

91　Hedges, "Apollonius' Canon," 43, n. 1。他提出了林前12:10的例子，經文中 ἑρμηνεία γλωσσῶ
　　ν 的意義為「方言的翻譯」，「該處正確地以單數的解釋（確定性的）來指每一種方言（不
　　確定的）。」亦可參照徒6:15 (πρόσωπον ἀγγέλου (the ace of an angel))。

92　有部分的原因是這樣，當一個名詞加上了修飾語，這個名詞就更為明顯了。

93　這是在 ℵ B中的寫法；大部分的手抄本有 τὸ πνεῦμα τοῦ θεοῦ。亦可參照來9:3，有類似的用法。

羅1:18   ἀποκαλύπτεται **ὀργὴ θεοῦ**

       神的忿怒（從天上）顯明

亦可參照徒1:19，2:36；羅8:9；林前10:21；帖前2:13。

b) 模糊的例子

1] 使用 ἄγγελος κυρίου 的經文

有一個神學上非常重要的結構是 ἄγγελος κυρίου（參照1:20，28:2；路2:9；徒12:7；加4:14 (ἄγγελος θεοῦ)），在七十士譯本中這個片語是翻譯自 מלאך יהוה （神的使者）。[94]新約也呈現出相同的現象，促使 Nigel Turner 提出：「ἄγγελος κυρίου 並不是一*個天使*，而是指著（神的）*使者*。」[95] 的確，雖然許多學者認為在新約當中，ἄγγελος κυρίου 是指著「主的一個天使」，[96]但卻沒有任何*語言學*的基礎可以支持這樣的觀點，除了神學的論述之外，最有可能的是 ἄγγελος κυρίου 在新約當中是指著主的使者，並且視為與舊約當中，同樣的那位主的使者。[97]

2] 其他神學上有重要意義的經文

其他神學上有重要意義的經文包括：可15:39；林前15:10；帖前4:15-16，5:2。

→ 9) 當用來指一由形容詞構成的代名詞時

名詞若跟隨 πᾶς、ὅλος，[98]等，並不需要冠詞使之成為限定，因為該類別可能視為一個整體（"all"）或視為分配（"every"）的情況，都是明顯的用法。[99]不論哪一

94　不論在希伯來的文本或七十士譯本當中，都不帶冠詞，除非指涉物在前。這個情況在新約中也相同（對照太1:20與24節）。

95　*Syntax*, 180.

96　亦可參照新修訂標準本、新美國標準聖經、新國際本以及大部分的注釋和神學家。

97　W. G. MacDonald（"Christology and 'The Angel of the Lord'," *Current Issues in Biblical and Patristic Studies*, 324-35），他提出語言學論點上的份量，因為他認為在新約與舊約當中使用這個片語時，沒有什麼不同。但他的結論是，新舊約*都*當翻譯為「主的一位使者」。我同意在新舊約當中應該有相同的翻譯，但若考慮 Apollonius 的準則與推論，以及認定主的使者就是耶和華的觀點（這一點提醒我，這裡不僅是提到代表或如神的身分 [見 L. W. Hurtado, *One God, One Lord: Early Christian Devotion and Ancient Jewish Monotheism* (Philadelphia: Fortress, 1988)]），使我認為可以看見的是一位特定的「使者」。

98　一個 ὅλος 的例外，出現於約7:23 (ὅλον **ἄνθρωπον** ὑγιῆ ἐποίησα)，該處的翻譯為非確定名詞「我叫一個人全然好了」。

99　πᾶς 加上名詞是否該翻譯為「每一個」或「全部」，將不會討論細節。可以說的是，翻譯為「整體」的概念在聖經當中是屬於無冠詞的結構（亦可參照代上 28:8；摩3:1；太3:15；徒1:21），因此，在弗2:21，3:15；以及提後3:16也可以如此翻譯。亦可參照 Moule, *Idiom Book*, 94-95。

種，這類的結構都具指向一般名詞的功能。

太3:15　πρέπον ἐστὶν ἡμῖν πληρῶσαι πᾶσαν **δικαιοσύνην**

　　　　我們理當這樣盡諸般的**義**

路3:5　πᾶν **ὄρος** καὶ **βουνὸς** ταπεινωθήσεται

　　　　大小山岡都要削平

路5:5　ἐπιστάτα, δι' ὅλης **νυκτὸς** κοπιάσαντες[100]

　　　　夫子，我們整**夜**勞力

羅11:26　πᾶς Ἰσραὴλ σωθήσεται

　　　　以色列全家都要得救

啟21:4　ἐξαλείψει πᾶν **δάκρυον** ἐκ τῶν ὀφθαλμῶν αὐτῶν

　　　　神要擦去他們一切的**眼淚**

　　　參照太23:35；可13:20；約1:9；徒1:21，24:3；林後1:3；弗3:15；多2:11；彼前1:24；彼後1:20；猶15。

➔ 10) 當用指一個表達一般化的名詞時

　　要讓名詞具有一般性觀念不一定需要用表達一般性的冠詞。[101]雖然有些名詞通常會帶冠詞、有些不會，但表達一般性意涵的名詞不管帶不帶冠詞，在語意上差別不大。就如帶冠詞、表達一般化的名詞一樣，有時候更合適將不帶冠詞、表達一般化的名詞，以不定冠詞翻譯（理解所指的是一個整體）。

a) 清楚的例子

路18:2　κριτής τις ἦν ...... **ἄνθρωπον** μὴ ἐντρεπόμενος

　　　　有一個官……也不尊重**世人**

林前1:20　ποῦ **σόφος**; ποῦ **γραμματεὺς**;

　　　　智慧人在那裡？**文士**在那裡？

林前11:7　ἡ γυνὴ δόξα **ἀνδρός** ἐστιν

　　　　女人是**男人**的榮耀

　　　　這裡 γυνή 與冠詞連用，但不與 ἀνδρός 連用。而兩者都是一般名詞的用法。

提前2:11　**γυνὴ** ἐν ἡσυχίᾳ μανθανέτω

　　　　女人要沉靜學道

100　大多數的手抄本（特別是晚期的）在 νυκτός 之前加上 τῆς（C D X Γ Δ Θ Λ $f^{1,13}$ *Byz*）。

101　參看 Robertson, *Grammar*, 757。

亦可參照太10:35；約2:10；林前11:8、9，12:13；提前2:12；彼前3:18。

b) 可能的例子

啟13:18　　ἀριθμὸς **ἀνθρώπου** ἐστιν

　　　　　這是人的數目

　　　　　如果 ἀνθρώπου 是屬於一般名詞的用法，那麼這裡的概念則是「這是人的（那個）數目」，值得注意的是這個結構符合 Apollonius 的準則，（亦即，所有格與其修飾的名詞是屬於無冠詞的狀況）：如果一個名詞是確定名詞，則另一個也是。從文法上來說，那些爭論「這是一**個**人的（那個）數目」概念的人需要提出更多證據（因為它們將所修飾的名詞 ἀριθμός 視為限定，而所有格名詞 ἀνθρώπου 視為非限定——這是在所有可能性當中最少出現的狀況），[102] 按照約翰的用法，我們可以考慮在啟16:18中，作者相當*清楚地*使用無冠詞的 ἄνθρωπος 作為一般性名詞的概念，指著「人類」。這裡隱含了文法上的可能性，從解經上來說，說明「666」這個數字是人的數字。當然，這個個體是看得見的，但他的數字卻指向所有人類。在此作者可能是要表明，敵基督雖然是不需要基督的人類*最完美的*代表（也是他的主子（古蛇）所能招聚完美之人的最佳贗品），但比起真正的完美性仍顯為差（完美性要由七這個數字來表達）。

102　　參看 Apollonius' Corollary 以上的討論。

冠詞　第二部分

冠詞的特殊用法或特別不帶冠詞的用法

簡介

在這裡我們將考慮兩種結構，其中一個不使用冠詞，而另一個則使用冠詞：「主要動詞前、不帶冠詞的主格述詞補語」與「冠詞——名詞——καί——名詞」結構。這些結構值得特別提出來討論，因為兩者都有豐富的神學意涵（特別是在新約中，關於基督神性的主張），也因為在新約學界有一些普遍的濫用。然而，所有的素材並非同等重要，有一些或許太快被掩蓋過去，而只用在註腳。此章節所討論的內容如上（為了中級希臘文的學生，更緊密關連的部分都以粗體字標定）。

A. 在主要動詞前、不帶冠詞的主格述詞補語（包含 Colwell 的規則）

序言

1) 字彙的定義

首先，我們需要釐清幾個基本的術語。

- anarthrous = 不帶冠詞
- pre-verbal = 在主要動詞之*前*
- predicate nominative (PN) = 主詞補語，與主詞同（或多或少）。

因此，主要動詞前、一個不帶冠詞的主格述詞補語，歸類於主格述詞補語、不帶冠詞，使用位置出現於主要動詞之前。這是一九三三年 Ernest Cadman Colwell 那篇至今眾所皆知的文章中所研究的結構。因此，為了節省篇幅，我們考慮將每一個主要動詞前、不帶冠詞的主格述詞補語視為「Colwell 的*結構*」（即使不一定完全符合 Colwell *規則*）。

2) 一般的主格述詞補語

一般而言，一個主格述詞補語通常不帶冠詞，並且*跟在連接動詞之後*。大多屬於定性涵義或指不確定的名詞。

1. 發現「Colwell 規則」

C. Colwell 於一九三一年完成了他的博士論文 "The Character of the Greek of John's Gospel"。他仔細研究了約翰福音的文法，而發現了他的規則。

一九三三年他出版了一篇文章，名為 "A Definite Rule for the Use of the Article in the Greek New Testament," in *JBL* 52 (1933) 12-21。自此之後，他的規則就以 "Colwell's rule" 為人所知。

→ **2. 此規則的敘述**

Colwell 的規則如下：「在動詞以前的確定名詞補語 (definite predicate nouns)，通常沒有使用冠詞⋯⋯在動詞以前的主格述詞補語，不能因為不帶冠詞，就單純地翻譯為非限定用法 (indefinite) 或定性涵義 (qualitative) 的名詞；如果經文上下文暗示了此補語是確定性，那就應該翻譯為確定性名詞 (a definite noun)⋯⋯。」[1]

Colwell 以約1:49描繪了這個原則：ἀπεκρίθη αὐτῷ Ναθαναήλ· ῥαββί, σὺ εἶ ὁ υἱὸς τοῦ θεοῦ, σὺ βασιλεὺς εἶ τοῦ Ἰσραήλ（拿但業回答他：「拉比，你是神的兒子，你是以色列的王！」）Colwell 觀察到這兩個敘述之間的結構平行有兩點不同：(a) 在第二個敘述當中，主詞補語是不帶冠詞的用法，而在第一個敘述當中使用了冠詞；(b) 在第二個敘述當中，主格述詞補語出現於動詞之前，而在第一個敘述中則在動詞之後。然而文法意義在兩個敘述當中都適用：每一個敘述當中的主格述詞補語應當被視為確定名詞。從這個角度來說，Colwell 假設主格述詞補語的限定與否，除了透過冠詞使用來表現，亦可從字序的轉換中表達，他的文章討論了後者。

換句話說，在動詞 (copula) 以前的主格述詞補語，*在上下文中*明顯是確定性的 (definite)，通常都不帶冠詞。

3. 此規則的誤解

a. 自 Colwell 之後的學者

Colwell's rule 幾乎是立刻被許多學者所誤解（尤其是較為保守的一方）。他們在約1:1中，看見了這個規則所提供關於基督神性的正面價值。但他們所使用Colwell 概念討論所謂帶冠詞的名詞的原則，事實上是與這個規則*相反*，而非此規則本身。他們認為這個規則是如此：一個無冠詞的主詞補語，出現在動詞之前，通常都是確定名詞的用法。但這不是 Colwell 規則的敘述，甚至不是此規則所隱含的意義。

大部分的情況而言，他們引用 Colwell 的論點，但缺乏更多的互動，或他們把自己不存在這個規則中的意思，讀入了這個規則。舉例來說：Nigel Turner論述道：「〔在約1:1〕，冠詞的捨棄不會有教義上的重要性，因為這單純只是字序的問題。」[2] 意

1　Colwell, "A Definite Rule," 20.

2　Turner, *Grammatical Insights into the New Testament*, 17.

思是說，$\theta\epsilon\grave{o}\varsigma$ $\mathring{\eta}\nu$ $\acute{o}$ $\lambda\acute{o}\gamma o\varsigma$ 與 $\acute{o}$ $\lambda\acute{o}\gamma o\varsigma$ $\mathring{\eta}\nu$ $\acute{o}$ $\theta\epsilon\acute{o}\varsigma$ 的意義相同。[3]Bruce Metzger 結論道：「若考慮約1:1，Colwell 的研究拋出了一個相當嚴重的疑問，質疑翻譯的正確性：『道就是神』(Moffatt, Strachan) 或『這道就是神』(Goodspeed) 或（最差的情況）『這道就是一位神』（……新世界譯本）。」[4] 實際上，Colwell 的規則一點也沒有點出這個議題。[5] Walter Martin 就此提出：「Colwell 的規則很清楚地說明了一個確定名詞的主詞補語……當其出現於動詞之前，*從未帶冠詞*……就如在約1:1中。」[6] 雖然 Martin 說明了這個原則，而非其相反意義（雖然太過教義性，因為 Colwell 沒有說「從未」），而他之後馬上又採取此規則的反面。

我們的論點是 Colwell 的規則已經被學者們誤解且濫用。為了在約1:1中適用 Colwell的規則，他們好不容易跳脫亞流主義(Arianism) 的熱鍋、卻又進入撒伯流主義的火海。

b. Colwell 自己

Colwell 在他的文章中把他的例子講得太誇張了：「寬鬆地說，這個研究增加了在動詞以前、不帶冠詞述詞 (definite predicate nouns) 的確定性……。」[7]簡短地說，我將說明這不是一個十分準確的敘述。[8]

他的說法有時候不太一致：「〔稍早的資訊表達出〕在動詞以前的確定名詞補語，不能因為不帶冠詞就翻譯為非限定用法或作為『定性的』名詞；但若是*上下文暗示了*此補語是確定性，那就應該翻譯為確定性名詞，儘管它是不帶冠詞的情況。」[9] 這是一個精準的敘述，因為他識別出上下文決定這個主格述詞補語是否限定用法。但就在緊鄰的下一頁中卻有這樣的觀點：「在動詞以前的主格述詞補語是非限定用

---

3   亦可參照 Zerwick, *Biblical Greek*, 56；L. Cignelli, and G. C. Bottini, "L'Articolo nel Greco Biblico," *Studium Biblicum Franciscanum Liber Annuus* 41 (1991) 187。

4   B. M. Metzger, "On the Translation of John i. 1," *ExpTim* 63 (1951-52) 125-26.

5   事實上，我們稍後將力爭，Moffatt、Strachan 與 Goodspeed的翻譯 (1) 不應該與世界新譯本的翻譯混為一談 (2) 這可能是此段文句最合適的翻譯。

6   Walter Martin, *The Kingdom of the Cults: An Analysis of the Major Cult Systems in the Present Christian Era, Rev*. ed. (Minneapolis: Bethany Fellowship, 1968) 75, n. 31. 那些誤解了這個原則的人，有 Moule, *Idiom Book*, 116；C. Kuehne, "The Greek Article and the Doctrine of Christ's Deity: II. Colwell's Rule and John1:1," *Journal of Theology* 15.1 (1975) 12-14；L. Morris, *The Gospel According to John* (NICNT) 77, n. 15。

7   Colwell, "A Definite Rule," 21.

8   然而，從我們的觀點來說，仍是可以接受的，Colwell 吸引新約學生的注意力，認為那些在主要動詞前、不帶冠詞的主格述詞通常是確定用法。他提供了許多無可辯駁的例子，建立了一個清楚的使用類別。這允許新約的學生在這類的結構當中，看見它的確定性，不然他們可能會錯失這個看見。

9   Colwell, "A Definite Rule," 20.

法或作為定性的，不是由其帶不帶冠詞決定；*只有上下文才能決定它是為非限定用法。*」[10]在第一個敘述當中，Colwell指出論證的責任落在這個主格述詞補語身上，但在第二個敘述當中，他卻提出相反的意見：現在論證的責任卻不落在主格述詞補語身上！實際來說，不論哪一個敘述，都有方法論上的錯誤，因為在 Colwell 的研究，一開始就已經指出他只是檢視限定用法的主格述詞補語。

即使在這個規則已經眾所皆知，甚至被其他許多人濫用的情況，Colwell仍然認為這個規則的反面似乎與這個規則本身一樣，是可以令人信服的。[11]他提到自己感覺到這個規則提供了一個在主要動詞之前、不帶冠詞的主格述詞補語，*往往*是確定性的。

➜ 4. Colwell 規則的釐清

a. Harner 的觀點

當 Colwell 的文章在 *JBL* 出版以後四十年，Philip B. Harner 的文章在同一個期刊上發表出來，Harner指出：「Colwell幾乎完完全全地考慮這個問題，論及究竟無冠詞的補語名詞為限定或非限定，然而他完全沒有討論其中定性重要性的難題。」[12]這可能是因為許多早期的文法學者認為定性涵義的名詞與非限定用法的名詞，*並沒有什麼分別的原因。*[13]

其次，Harner 提出一些證據，說明一個在主要動詞前、不帶冠詞的主詞補語通常歸類於*定性涵義*，不是限定或非限定。一般而言，在他的研究當中，大概有80%的 Colwell 結構中，包含定性涵義的名詞，而只有20%包含限定用法的名詞。

b. Dixon 的觀點

Paul Stephen Dixon[14]引用 Colwell 規則中重要的敘述，開始了他的論文中的第

10　同上，21〔斜體為自加〕。

11　這是從我第一個希臘文教授 Dr. Harry A. Sturz 得到的二手資訊。他是 Colwell 在 Claremont 的學生，並且曾經在 Colwell 的學術生涯終期、請教於他，是否這個規則的反面敘述，仍然可信。

12　Philip B. Harner, "Qualitative Anarthrous Predicate Nouns: Mark15:39 and John1:1," *JBL* 92 (1973) 76。整篇文章是在75-87頁。

13　即使近期的文法學家 Kuehne 仍舊認為 qualitative = indefinite (C. Kuehne, "A Postscript to Colwell's Rule and John1:1," *Journal of Theology* 15 [1975] 22)。

14　Paul Stephen Dixon, "The Significance of the Anarthrous Predicate Nominative in John" (Th.M. thesis, Dallas Theological Seminary, 1975).

三章：「一個確定名詞的主格述詞補語……當此名詞出現於動詞之前，並不含冠詞。」然而，Dixon 繼續提到，從這個規則中產生了一個不夠說服力的推論：

> 這個規則並不是說：一個不帶冠詞的主格述詞補語，若它出現在動詞之前，是屬於確定名詞的用法，這是 Colwell 規則的反面，但這不是一個有效的推論。（敘述「A 含蘊 B」，不一定表示「B 含蘊 A」。敘述「帶冠詞的名詞是為確定名詞」，並不說明「確定名詞一定帶冠詞」，同樣地，敘述「確定名詞用法的主格述詞補語置於動詞前是不帶冠詞的」，並不說明「不帶冠詞的主格述詞補語，若置於動詞前就是確定性的」）。[15]

Dixon 也提出，一個在主要動詞前、不帶冠詞的主格述詞補語（至少在約翰福音當中）功能上歸類於定性涵義。[16]

➔ c. 總結

1) Colwell 提出：一個確定用法的主格述詞補語，出現在動詞之前通常不帶冠詞，但他*並沒有提出反面的敘述*，那就是：一個不帶冠詞的主詞補語出現在動詞之前，通常是確定名詞。然而，然而，這也是為何這篇文章自從在 *JBL* 發表後，這個規則會被大多數學者誤解的原因（包括 Colwell 自己）。

2) Colwell 限制自己的研究在不帶冠詞的主格述詞補語，就他所言，這類冠詞是*由上下文決定*是否為確定性用法。他並沒有討論*任何*在動詞前、不帶冠詞之主格述詞補語的其他狀況。然而，因為這些學者沒有理解到 Colwell 只是測試這類的結構，以致於誤解會產生。換句話說，Colwell 從*語意*類別出發，而非從*結構*類別，他的起點*不是*由以下的問題開始：一個在主要動詞前、不帶冠詞的主格述詞補語結構表達了什麼意思？而是，他開始問的問題是：確定用法的主格述詞補語帶不帶冠詞？並且這個字是在動詞之前還是之後？從他起始的問題來看，他*假設*了特定的意義（亦即：確定性的用法）並且尋找所包含的特定結構。[17]

因此，Colwell 並沒有考慮對這個結構，做出徹底的研究，他假設了許多被考慮的狀況已經被證實了！[18]

15　Dixon, "Anarthrous Predicate Nominative," 11-12.

16　他做出結論，在約翰福音當中，大約94%的主格述詞補語是屬於定性描述，只有6%是屬於確定性用法。

17　「很明顯地，這些數字的重要性決定於有多少不帶冠詞、確定性述詞被認定。」(Colwell, "A Definite Rule," 17)

18　這不是說他的規則有誤，而是說，此規則對於*經文鑑別*學比起對於文法來得有效。不論如何，

3) 關於定性用法或非確定名詞用法，Colwell 有一個過分單純的理解。不論是此名詞是為非確定名詞用法或是「定性涵義的用法」，或是確定名詞用法，他相信我們能夠分辨的方式，是決定於其*翻譯*。但就如同在此章的第一部分曾經提及的，*翻譯*並沒有總是指出一個名詞是為定性的、或非確定的、或確定的用法。顯然，如果某個名詞前面加上冠詞 "a/an" 看起來不太自然，Colwell 就會假設這個名詞是限定的。然而，希臘文與英文之間很不一樣，因此我們必須從意義來論證，而非從翻譯。

4) 我們可以從兩方面闡述出此假設的錯誤：

(a) 假設我們分析公證結婚者的離婚率。而假設結果顯示出90%的人結婚五年內會離婚。這樣的結論或許可以支持一個「規則」：假如你公證結婚，那麼你很有可能（將近九成的機會）在五年之內會離婚。然而，此規則的*反敘述*就不一定正確：如果你離婚了，很可能你是公證結婚的。此研究的反題之所以不一定正確的理由，在於因為此研究的範圍*只*落在那些公證結婚的人們，而*非*所有離婚的人。因此只有當我們進一步考慮所有離婚的狀況，*這一類*的敘述才有可能成立。

(b) 一個更簡單的說明：假設一個小男孩盡可能去檢驗下雨和雲朵之間的關係，每次只要下雨，他就跑到外面去觀察天空中的雲，他很可能會結論出以下的原則：*如果下雨，天空中一定有雲*。在這一類的敘述當中，事實上天空*只有*在下雨的時候才被觀察，此研究並沒有觀察所有天空有雲的情形，如果此孩童要將這個原則*反論*，他可能會發現邏輯上的錯漏：*如果天上有雲，必定會下雨*。

論到 Colwell 的規則，只有討論一個在主要動詞之前出現、不帶冠詞的主格述詞補語，從之前的上下文中可以決定出其為確定名詞。並非*所有*出現在主要動詞前、不帶冠詞的主詞補語都被研究了。但此規則的*反題*，通常都為新約學者擁抱，似乎已經假設所有的結構都被檢驗過了。在 Harner 的研究中，他拋出更廣的大網，他檢驗了所有在主要動詞前出現的主格述詞補語，而他的結論中提到有80%是屬於定性的描述。因此當我們看見一個在主要動詞前、不帶冠詞的主格述詞補語時，我們應該考慮這個字的功能*最有可能*是歸類於定性涵義，而只有當上下文或其他元素支持的情況底下，才屬於確定名詞的用法。

總歸而言，Colwell 的規則並不保證確定名詞的用法。其價值之處不在於文法本身，而是在經文鑑別學的範圍：論證帶冠詞的字與字序的問題。

經文鑑別學是 Colwell 真正覺得有趣的（他常被認為是現代美國新約鑑別學之父）。從經文鑑別學的角度來說此規則是有效的，意思是：如果一個在動詞之前的主格述詞補語是屬於確定性用法，那不帶冠詞的手抄本就會被認為是原來的寫法。重點不在意義，而是在於有沒有冠詞出現。

　　下列的圖表展示出檢驗 Colwell（Colwell 的規則）與 Harner（Colwell 的結構）之間的差異資料數據。

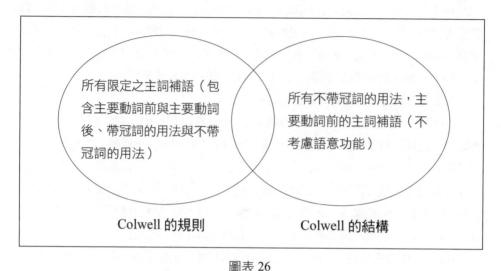

圖表 26

Colwell 的規則與 Colwell 的結構差異資料數據

　　就如從此圖表可以看見的，這些資料數據並不相同，事實上這當中有些重疊的部分產生了此規則的混淆。

➔ 5. Colwell 之結構在解經上的意義

　　Dixon 的研究與 Harner 特別指出的要點，提到一個在主要動詞前、不帶冠詞的主格述詞補語，比起一個在聯繫動詞之後、不帶冠詞的主詞補語來說，*更接近確定名詞的用法*，[19]並一個不帶冠詞的主格述詞補語，*跟隨在動詞之後*，通常如果不是定性涵義的用法，就是*非確定名詞的用法*。[20]

　　現在，我們可以提出關於此結構的一般性規則：*一個在主要動詞前、不帶冠詞的主格述詞補語，正常來說是屬於定性涵義的用法，有時候是為確定名詞的用法，而只有鮮少的情況是屬於不確定名詞的用法*。在這兩個研究當中，沒有發現任何一個主格述詞補語作為非確定名詞用法，我們相信也許在新約當中有一些例子，但這些仍然不夠產生此結構中，語意上的功能。

19　Dixon 自己否認了其在解經上的重要，說：「顯然地，這個規則在解經上沒有什麼價值。」(14) 就這個規則來說，沒錯，但對於這個結構，卻不是如此。尤其是 Dixon 在約翰福音中找到五十三個 Colwell 的結構，當中沒有一個是*非確定用法*。

20　除非有其他的理由可以認定它是確定用法（好比具有唯一特質的指涉物件或對象的用法）。

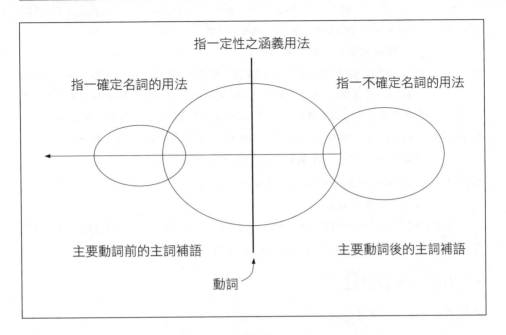

圖表 27

不帶冠詞之主格述詞補語在語意上的範圍

　　此圖表說明了一個事實：一個*在主要動詞前*、不帶冠詞的主格述詞補語通常落在定性涵義——*確定名詞用法*的範圍內，而一個在動詞之後、不帶冠詞的主格述詞補語則通常落在定性涵義——*非確定名詞用法*的範圍中。因此，從此假定來看，當我們面對一個在主要動詞前、不帶冠詞的主格述詞補語時，其應當是屬於定性涵義的用法，除非從上下文或其他考量的角度來看，可以支持其為確定名詞用法，或鮮少地，是為不確定名詞的用法。

a. 確定的主格述詞補語

太27:42　*ἄλλους ἔσωσεν, ἑαυτὸν οὐ δύναται σῶσαι· **βασιλεὺς** Ἰσραήλ ἐστιν, καταβάτω νῦν ἀπὸ τοῦ σταυροῦ*

　　　　他救了別人，不能救自己。他是以色列的**王**，現在可以從十字架上下來……

　　　　在這裡相當清楚可以看見主詞補語只能作為確定名詞用法，因為以色列一個時期只有一位王。[21]

21　然而，此處的主格述詞補語有一個所有格修飾語。在 Colwell 的結構中最有趣的是，那些特

約1:49　σὺ εἶ ὁ υἱὸς τοῦ θεοῦ, σὺ **βασιλεὺς** εἶ τοῦ Ἰσραήλ[22]

你是神的兒子，你是以色列的王

拿但業對耶穌的回答指出了兩個確認，在第一個結構當中，主格述詞補語跟隨著動詞，並且帶有冠詞；在第二個結構當中，主格述詞補語則出現於動詞之前，並且不帶冠詞。此段經文是 Colwell 用來說明他的原則的主要例證。[23]

林前1:18　ὁ λόγος τοῦ σταυροῦ τοῖς δὲ σῳζομένοις ἡμῖν **δύναμις** θεοῦ ἐστιν

十字架的道理……在我們得救的人，卻為神的**大能**

來1:10　**ἔργα** τῶν χειρῶν σού εἰσιν οἱ οὐρανοί·

天也是你手所造的

　　亦可參照太4:3、6，5:34、35，13:39，14:33；約3:29，10:2，11:51；徒13:33；羅1:16，10:4；林前4:4，11:3；林後6:16；加3:25；雅2:23；約壹2:2。

b. 定性的主格述詞補語 [24]

約1:14　ὁ λόγος **σὰρξ** ἐγένετο

道成了肉身

此處的概念並非道成了「那個肉身」，也不是成了「一個肉身」，而只是單純的「肉身」，也就是說，道參與在人性的層面中。一九三三年之前許多的解經（亦即在 Colwell 的規則發表出來之前），發現此段經文與約1:1是一段對比的句子，並且兩處的主格述詞補語都視為定性涵義用法。

約5:10　ἔλεγον οὖν οἱ Ἰουδαῖοι τῷ τεθεραπευμένῳ, **σάββατόν** ἐστιν

猶太人對那醫好的人說：「今天是**安息日**」

雖然此處可以翻譯為「今天是那個安息日」，或更自然的翻譯「一個安息日」，我們仍需要注意論述的重點應該從意義著手而不是從翻譯，此處法利賽人指出的重點乃是日子的*種類*，而此人竟然在這當中工作，因此，是屬於定性涵義的名詞。

　　別被視為限定用法的主格述詞補語，都還擁有其他的型態（例如：指唯一名詞、所有格修飾語、專有名詞），這透露出它們有限定性的用法，是獨立於 Colwell 結構之外的。

22　許多抄本將 βασιλεύς 放置於動詞之後，並且在之前加上了冠詞（例如：𝔓[66] ℵ X Γ Δ Θ 063 1241 *f*[13] Byz），Colwell 認為這些異文證實了他理論的有效性：限定性用法的主格述詞補語，一則出現在動詞之前、都是不帶冠詞的，要不然就是跟隨著動詞之後、並且帶冠詞。

23　「這一個研究是關於這些經文、特別是約1:49，支持此研究中所提出的規則：當仔細察究此段落，強調點呈現在字序、不在其限定性 (Colwell, "A Definite Rule," 13)。

24　有一種測試此主格述詞補語是為定性描述或是限定性用法的方式，是將主詞與主格述補語對調。如果此句子在經過對調之後會產生同樣的意義，則此主格述詞補語就是確定性用法，因為這個結構有著可逆的命題。更細節的討論，請參見「主格述詞補語」段落中「主格」的章節。

約壹4:8　ὁ θεὸς **ἀγάπη** ἐστίν

神就是愛

此處的意義相當清楚是不可逆為：「愛就是神」，ἀγάπη 這個字的定性涵義是提到神的本體、本質、本性就是愛，或神有著愛的特質。如此，愛是一種屬性，而不是關於神的身分識別。

腓2:13　**θεὸς** ἐστιν ὁ ἐνεργῶν

都是神在你們心裡運行

雖然在這裡無疑地 θεός 是屬於確定名詞的用法，[25] 此處上下文中的功能似乎更多一點強調神在信者身上的作為，而不單只是做此事的是誰。在稍前的經文中，使徒勸勉讀者行出他們自己的救恩。以免他們以為單是他們的努力，他很快地提醒他們，那位在他們心中運行的，有能力帶領他們達到完全的成聖。

亦可參照可14:70；路22:59，23:6；約3:6，9:27、28，10:33，12:36、50，13:35，18:35；徒7:26、33，16:21；羅14:23；林前2:14，3:19；林後11:22、23；約壹1:5。

c. 不確定的主格述詞補語

下列的例子，包括了在 Colwell 的結構中潛在的非確定用法的主格述詞補語。Harner 或 Dixon 認為，在新約當中沒有任何一個例子是直接可以歸類屬於此種用法（雖然有少數的補語名詞幾乎可以確定是屬於此種類別）。然而，從其他的希臘文學當中，建立了此種用法。以下有一個新約之外的例子。

提前6:10　**ῥίζα** πάντων τῶν κακῶν ἐστιν ἡ φιλαργυρία

這是一段不容易翻譯的經文，有以下幾種可能性：(1)「貪財是萬惡的*一個*根源」(2)「貪財是萬惡的*那個*根源」(3)「貪財激動起萬惡」(4)「貪財是萬惡的*一種*根源」(5)「貪財是萬惡的*那種*根源」(6)「貪財激動起各種的惡」。會有六種可能性的原因是，首先我們很難判定 ῥίζα 是屬於非確定名詞（第一、四個選項）或是確定名詞（第二、五個選項），或屬於定性涵義（第三、六個選項），其次是 πάντων 可能意思是「全部沒有例外」（一、二、三）或「全部沒有區分」（四、五、六）。

邏輯上來說，要認為 ῥίζα 為確定名詞是困難的，然而此段經文可能提供兩個選項：(1)萬惡的*唯*一根源是為貪財 (2)萬惡*最大*的根源在於貪財，這些選項都是將 πάντων 看為「全部沒有例外」，然而，若 πάντων 的意義在於「全部沒有區分」，就符合確定名詞的概念。

25　為了要釐清此點，大部分的抄本都在 θεός 之前加上了冠詞（亦可見 Dᶜ E L Ψ 1 69 104 326 1739ᶜ *Byz et alii*）。

文法上來說，要把 ῥίζα 看為非確定名詞是困難的。由於這是在新約中，出現在主要動詞之前、不帶冠詞的主格述詞補語最不能證實的意義。然而，從文法上來說，最可能的選項是將 ῥίζα 視為定性涵義。這樣的概念若不是認為萬惡是*可以被貪財所激動的*、所驅使，就是認為所有種類的惡*可能被貪財所激動*。定性的概念提出「激動」、「產生」的概念，簡單地描述出貪財確實可以激動／產生各類的邪惡。

約6:70　　ἐξ ὑμῶν εἷς **διάβολός** ἐστιν

你們中間有人是**一個／那個魔鬼**

這一段經文稍早，在「當用來指唯一名詞時」已經討論過（從更詳細的角度），總歸來說，雖然大部分的翻譯本都將 διάβολος 視為非確定名詞（因為英王欽定本的英文翻譯），但魔鬼只有一個，因此，既然這是屬於唯一名詞，意思就是「你們中間有一個，就是*那個*魔鬼」。

約4:19　　λέγει αὐτῷ ἡ γυνή, Κύριε, θεωρῶ ὅτι **προφήτης** εἶ σύ

婦人說：先生，我看出你是**先知**

這是在新約當中，討論到出現在動詞之前、非確定名詞的主格述詞補語，可能最符合的例子。然而仍有一些疑問在當中。首先，有極少的可能性，使得福音書作者認為此婦人會想到申命記第18章所提那位最大的先知。然而，因為 θεωρῶ 這個動詞的緣故，使得仍具有爭議。她的*感受*應當是認為此人就是*一個*先知，但耶穌在第18節所提出的回應，不夠支持她想到那位先知。進一步來說，「感受到」某人的身分不是很自然的狀況，然而察覺到某人屬於哪一個種類並不是身分識別換句話說，如果她確實想到申命記第18章的經文，我們可能會期待她說：「你就是那先知！」或可能的問句：「你是那先知嗎？」然而，這不是說此主格述詞補語就是不確定的名詞。此婦人可能著重在對於先知的描述，甚於僅僅耶穌認定為此種類中的一員。再次，θεωρῶ 這個動詞貢獻出這樣的概念。雖然最自然的翻譯可能是：「先知，我感受到你是一個先知」，視為非確定名詞──定性涵義的概念應當更準確描繪出來。可以翻譯為：「我察覺到你有先知性」，或「我感受到你有先知性的恩賜」。對於一個非確定名詞的著重點在於它是某個種類的一員；對於定性名詞的著重點在於該種類成員共享的*屬性*。

十二使徒遺訓11.8　　οὐ πᾶς ὁ λαλῶν ἐν πνεύματι **προφήτης** ἐστίν

並非每一位在靈裡說話的都是**先知**。

　　在使徒遺訓11.3-12中，προφήτης 或 ψευδοπροφήτης 五次都是屬於不帶冠詞的主格述詞補語。這個段落的焦點放在一種人身上，他們宣稱自己身為先知的菁英團體中的一員。如果一個特定的個體行動不合於該團體，他就被認為是假先知 (ψευδοπροφήτης)。那麼，此段落的焦點在於任何一個成員，而不需要明確說明究竟是哪一個成員（除

非其自身的行動將他表明出來），這是一個非確定名詞的主格述詞補語。[26]

對於其他潛在的非確定的主格述補語（許多可能更合適被歸類於「不確定——定性」類別或「定性——不確定」類別）。參照太14:26；路5:8；約8:34；徒28:4；羅13:6；林前6:19。

→ 6. Colwell 的結構應用在約 1:1[27]

約1:1描述：Ἐν ἀρχῇ ἦν ὁ λόγος, καὶ ὁ λόγος ἦν πρὸς τὸν θεόν, καὶ θεὸς ἦν ὁ λόγος。這一節經文最後的部分，καὶ θεὸς ἦν ὁ λόγος（約1:1c）這個子句中，θεός 是主詞補語，這是一個不帶冠詞的字，並且出現在動詞之前。因此，是符合 Colwell 的*結構*，雖然這不一定符合其規則（因為規則的敘述是，上下文決定或指出其為確定名詞與否，而非從文法）。它到底是指不確定名詞、定性涵義，或確定名詞成為爭議點。

a. 在約 1:1c Θεός 是否為非確定名詞？

如果 θεός 是非確定名詞，我們就應該翻譯為「一個神」（就好比新世界譯本的作法），若是如此，這裡的神學意涵就會變成多神論的一種模式，或許暗示著「道」僅是眾神中第二等的神。

文法上的論證要使這裡的主格述詞補語屬於非確定名詞，是非常薄弱的。通常，那些以此觀點論證的人（特別是新世界譯本的翻譯者），唯一的基礎就是這個字彙不帶冠詞。然而這卻無法前後一致，就如 R. H. Countess 所指出的：

> 在新約聖經中，有282次 θεός 出現時不帶冠詞，而新世界譯本的翻譯有十六次翻譯為一個神、神明、眾神或敬虔的。282次中的十六次，表示這些翻譯者非常相信*他們*這樣的翻譯原則，大概每次只有百分之六的把握……
>
> 約翰福音的第一部分（約1:1-18）提供了新世界譯本任意獨斷的清楚例子，Θεός 出現八次當中（1、2、6、12、13、18節）帶冠詞的只有兩次（1、2節），因此新世界譯本六次翻譯為「神」，一次翻譯為「一個

26　然而，要區分出非限定用法與定性用法有時候是非常困難的（就如另有一些時候要區分出定性描述的名詞與確定名詞是非常困難的），這樣的事實提到一個種類中的的任一個成員，從某個程度來說特別被指出來，可以成為某種定性的敘述。

27　亦可參照可15:39（並 Harner 的冠詞）這段神學上重要的經文。

神」，一次翻譯為「那位神」。[28]

　　如果我們延伸這個討論到約翰的序言中，其他不帶冠詞的詞彙之上，我們會發現在新世界譯本中不一致的部分：有趣的是新世界譯本把 θεός 翻為「一個神」，在一個過分簡化的基礎之上，也就是此字彙不帶冠詞。可以非常肯定這是一個不充分的基礎。若跟隨「不帶冠詞＝非確定名詞」的規則，ἀρχῆ 似乎意思是「一個開始」(1:1、2)、ζωή 就應該是「一個生命」(1:4)、παρὰ θεοῦ 就應該是「從一位神」(1:6)、Ἰωάννης 應該是「一個約翰」(1:6)、θεόν 應該是「一位神」(1:18) 等等。然而其他不帶冠詞的名詞，卻沒有被認定是屬於非確定名詞的用法，我們只能懷疑這個翻譯當中，是一種強烈偏頗的神學立場。

　　根據 Dixon 的研究，如果在約1:1當中，θεός 是屬於*不確定名詞*，這就是在約翰福音當中唯一一個出現在主要動詞之前、不帶冠詞的主格述詞補語。雖然我們已經論證到，這有點過度誇張，一般的要點仍是有效的：對於在主要動詞在前、不帶冠詞的主格述詞補語來說，認為它是非確定性用法是最差的選擇。因此，從文法上來說，這樣的解釋就不太可能。此外，上下文的意義似乎也不支持這樣的觀點，因為「道」已經從太初就存在了。從上下文的角度與從文法的角度來看，約翰將「道」看為「一位神」實在不太可能。最後，福音書作者特有的神學亦駁斥這個觀點，因為在第四福音書當中有著明確的基督論、認定耶穌基督的身分是神（參照5:23，8:58，10:30，20:28等）

b. 在約 1:1c 中，Θεός 是否為確定名詞？

　　自從 Colwell 之後，文法學者與解經學者將約1:1c 中的 θεός 視為確定名詞。然而他們的基礎卻*通常誤解了* Colwell 的規則。他們理解這個規則為一個在主要動詞之前、不帶冠詞的主格述詞補語，通常都是屬於確定名詞（而不是反面的敘述）。但 Colwell 的規則敘述卻是：一個主詞補語，從*上下文*來看可能是確定名詞，若出現在動詞之前，通常都不帶冠詞。如果我們查驗這個規則，看看是否在這裡可以適用，我們會發現先前提及的 θεός（在1:1b）是帶冠詞的。因此如果同樣的位格在1:1c 被提及為 θεός，那麼兩處都是確定名詞。雖然無疑地從文法的角度來說（雖然不是定性涵義），證據並不十分充足。大部分的情況，出現在主要動詞前、不帶冠詞的*確定名詞*主詞補語，是屬於唯一名詞的用法、或是屬於所有格結構、或是專有名詞，

28　R. H. Countess, *The Jehovah's Witnesses' New Testament: A Critical Analysis of the* New World Translation of the Christian Greek Scriptures (Philipsburg, N. J.: Presbyterian and Reformed, 1982) 54-55.

然而在此處卻沒有一個符合，減低在約1:1c中 θεός 是為確定名詞的可能性。

　　進一步來說，在1:1c中，認為 θεός 是為確定名詞的說法，如同假設這個字跟隨在動詞之後，就會帶有冠詞。如此，在 λόγος 的情況下，這將是一個可逆的命題（亦即「道」＝「神」與「神」＝「道」）。這個論證的問題在於，在1:1b所提到的 θεός（指的是父神，如此就是說在1:1c的 θεός 是指同一個位格，也就是說「道就是父神。」）[29]如此，就如早期的文法學家和解經學者所提出的，會落入初期的撒伯流主義或型態論 (modalism)。[30] 在新約當中，第四福音書是整本新約中最不可能是型態論的書卷。

c. 在約 1:1c 中，Θεός 是否為定性用法？

　　θεός 最有可能的用法是定性用法。這一點在文法上（一個在動詞之前、不帶冠詞的主格述詞補語比例上最有可能落入這個類別）以及神學上（不論是整體新約神學或是約翰福音的神學都是）。在此平衡了道（在太初已經存在）的神性 (ἐν ἀρχῇ……θεὸς ἦν [1:1])、及其（之後加添的）人性 (σὰρξ ἐγένετο [1:14])。此兩個敘述的文法結構相互反映，同時強調著道的本質而非道的身分。但 θεός 是祂永恆的本質（因此使用 εἰμί），但 σάρξ 是在道成肉身之後添加（因此使用 γίνομαι）。

　　這樣的選項並不會抨擊基督的神性。事實上這樣的選項強調基督的神性，雖然

29　這不是說從上下文來看，沒有辦法將耶穌識別為 ὁ θεός。例如在約20:28，該福音書在那增加張力，在多馬的認信中、稱呼耶穌為 ὁ θεός。但上下文卻沒有認定祂就是父神。

30　在一九三三年以前的新約注釋，都將 θεός 視為定性描述的用法。例如在 Westcott 對於約翰福音的注釋當中就提到：「不用冠詞是必須的（θεός 而非 ὁ θεός），因為在這裡描述了道的本質而非識別出其位格，因此如果說『道就是 ὁ θεός』，就完全是屬於撒伯流主義。」
　　Robertson, *Grammar*, 767-68：「ὁ θεὸς ἦν ὁ λόγος（可逆詞彙）則是明顯的撒伯流主義……在這裡不帶冠詞是特意的、為了表達這個概念。」
　　Lange 的約翰福音注釋提到：「不帶冠詞的 Θεός，指出了神性的本質，或神的一般概念以與人及天使做出區分；就如在第十四節的 σάρξ，表明了人類的本體與道 (Logos) 的本質。而如果在 θεός 之前有冠詞，則會摧毀父子的區別、混淆了聖子與聖父。」
　　Chemnitz 提到「θεός 有本質與位格雙重意涵。」
　　Alford 提到：「在 θεός 之前省略冠詞並不只是一種用法；在這裡可能沒有清楚描述，不論 ὁ λόγος ἦν ὁ θεός 這個句子在那裡，將會摧毀 λόγος 的概念。從本質與實體來說，θεός 必須被視為神、而非 ὁ θεός『父神』，他的位格就如在約1:14 σάρξ ἐγένετο 這句話裡，σάρξ 表達出的本質、就是神聖的道進入世界的限定行動狀態，因此，在 θεὸς ἦν 這句話裡，θεός 表達出的本質，就是那位 ἐν ἀρχῇ 就存在那位的本質：他就是神。因此第1節的經文應該如此看待：道是永恆的，與神（父神）同在，並且他本身就是神。」
　　Luther 簡潔地描述道：「『道就是神』是直接敵對亞流的思想；『道與神同在』敵對撒伯流主義。」

基督的位格與父神的位格不同，但其本質卻是相同的。合理的翻譯是：「神之所是，道亦是」(What God was, the Word was) (NEB)，或「道就是神」(the Word was divine) (a modified Moffatt)。在第二段翻譯「神聖」(divine) 的時候，*只有當這個詞彙被理解為真神時，這樣的翻譯才可以被接受*。然而從現代英文來看，我們將「神聖」(divine) 一字用在天使、神學家，甚至是餐點之上，如此「神聖」(divine) 可能在英文翻譯中被誤解。θεός 在這裡的定性描述這個*概念*，是說明道有「神」(1:1b) 所有的屬性與性質。換句話說，祂分享了父神的*本質*，雖然他們從位格來說是不同的。*福音書作者所選擇的結構，說明了這個概念，並且這也是最簡潔的方式，使我們可以說明道就是神並且將道與神之間的位格區分出來*。[31]

7. 附錄，關於 Colwell 的「結構」：當動詞不使用時

假設動詞不使用，當然一個主格述詞補語嚴格來說，就不能稱為出現在動詞之*前*。然而，這裡有一個結構，在這當中一個（*無*）聯繫的 (*a-copulative*) 主格述詞補語（因為沒有動詞）將與出現在動詞之前的*主詞*補語，擁有相同的語意價值，那就是說，當一個主格述詞補語出現在*主詞*之前的時候。如此一來，雖然有許多段落當中，沒有所謂的聯繫動詞，這些經文的功能仍舊可以透過主格述詞補語和主詞的字序而決定。[32]

當一個不帶冠詞的主詞補語出現在主格述詞之前，如果不是定性用法就是確定名詞用法。這是因為以下的理由：(1)動詞如果出現，很可能其位置出現在主格述詞補語之後 (2) 由於主格述詞補語的位置出現在主詞之前，作者使用主格述詞補語作為強調，如果是這樣的強調用法，那麼不是定性用法、就是確定的用法（既然一個*非*確定的主格述詞補語作為強調，不是一般性的用法，但也不是完全不可能）。

在約4:24，耶穌同樣對那個婦人說 πνεῦμα ὁ θεός，一個不帶冠詞的主格述詞補語出現在主格述詞之前，而這裡沒有使用動詞。此處的 πνεῦμα 是作為定性用法，強調神的本質與特質（英王欽定本不正確地翻譯為「神是一*個*靈」）。

在腓2:11保羅宣稱 κύριος Ἰησοῦς Χριστός（耶穌基督是主），這裡就如在約4:24，沒有使用聯繫動詞，並且這是一個不帶冠詞的主詞補語，出現在主詞之前。在

---

31 雖然我相信在1:1c中的θεός是定性用法，但我想最簡單且最直接的翻譯是「這道就是神」(and the Word was God)。這可能更好地澄清新約中有關基督神性的教導、說「祂*不是父神*」，好過對他神性模糊的描述、*說*「道就是神、但不是父」。

32 原因在於字被放在句子之首，會傾向於強調。因此，一個出現在動詞之前、不帶冠詞的主格述詞補語，透過其字序的改變，傾向作為限定用法。而一個出現在主詞之前、不帶冠詞與動詞的主格述詞補語，也是如此。

這個句子當中的主詞補語是為確定名詞用法：耶穌基督就是*那位主*，亦可參照腓1:
8（與羅1:9）。

　　總結來說，當一個不帶冠詞的主格述詞補語出現在無動詞的主詞之前，用法上
如果不是屬於定性用法，就是確定名詞用法，就如一個出現在主要動詞之前、不帶
冠詞的主格述詞補語一樣。

B. 冠詞與許多實名詞透過 Καί 連結的用法（Granville Sharp 規則與關連結構）[33]

簡介

　　在希臘文當中，當兩個名詞以 καί 連結的時候，而冠詞只出現在第一個名詞的
情況，這兩個名詞之間就有緊密的連結。這樣的連結從某個程度來說，總是指出某
種*整體*。從更高的層次來看，可以視為*對等*。從最高的層次來看，可以指著*相同的
身分*。當這個結構出現在三個特別的情況當中，那麼其中兩個名詞*總是*指著相同的
人稱。當這個結構並沒有在這樣的條件底下，可以有，也可以沒有指著相同的人稱
／對象。

1.「Granville Sharp 規則」的發現

　　Granville Sharp，是一個副主教的兒子、主教的孫子，是一個英國的慈善家與廢
奴主義者(1735-1813)。他是熟悉歷史的學生所熟知的「英國的林肯」，因為他也主
張廢奴的提案。雖然他沒有受過正規的神學訓練，他卻是勤讀聖經的學生。他強烈
地相信基督的神性，帶領著他研究聖經的原文，使得他能更能辯護信仰。透過這樣
的動機，他成為一個相當好的語言學者，能夠同時研讀希臘文與希伯來文經文。[34]
當他研讀聖經的原文時，他注意到一些特定的模式、「冠詞──實名詞──καί──
實名詞」這個結構 (the construction article-substantive-καί-substantive, TSKS)：如果其

33　關於主詞詳盡的討論，參見 D. B. Wallace, "The Article with Multiple Substantives Connected by
　　Καί in the New Testament: Semantics and Significance" (Ph.D. dissertation, Dallas Theological
　　Seminary, 1995), to be published by Peter Lang Publishers, c. 1997.

34　在 Sharp 寫了將近七十本的著作當中（大部分的著作討論社會議題，特別是奴隸制度），其
　　中有十六本是關於聖經研究。事實上其中第一本的著作處理了舊約經文鑑別學的問題，並且
　　批判了一個出名的牛津希伯來文學者, Benjamin Kennicott。Sharp 同時也寫了一冊關於希伯來
　　文發音的書，並且也有寫作希伯來文句法的書，他歸納了關於連續性子句 (*waw*-consecutive)
　　的規則；這在今天仍舊是正確的。

中所包含的都是單數的人稱代名詞、且非專有名詞，則這一些名詞是指向同樣一個人稱。他更進一步注意到這個規則適用於許多經文，[35]用以說明基督耶穌的神性。因此在一七九八他出版了一個短篇的文章：*Remarks on the Definitive Articles in the Greek Text of the New Testament, Containing Many New Proofs of the Divinity of Christ, from Passages Which Are Wrongly Translated in the Common English Version* [KJV]。[36]這個出版品一共更新了四版（三版在英國，一版在美國）[37]

→ 2. 此規則的敘述

Sharp 確切提出了六個關於冠詞用法的規則，而因為第一個規則對於經文討論中關於基督神性的重要性，這就成了著名的 Sharp 規則。「這一個規則比起其餘的產生更深的結果……」，[38]規則的敘述如下：

> 當一個聯繫詞 *και*, 連結了兩個同樣格變式的名詞，〔也就是說，名詞（不論是實名詞或形容詞或分詞）的人稱描述、有關職位、尊嚴、喜好或關係，以及特質、特性、身分，好或壞〕，如果冠詞 *ὁ* 或其他格在第一個名詞或分詞之前出現，並且在第二個名詞或分詞之前沒有冠詞，之後的幾項永遠與第一個名詞或分詞描述為同一個人稱：亦即，這表示對於第一個被提及的名詞作更進一步的描述……[39]

雖然 Sharp 在這裡只討論人稱的單數實名詞，從敘述本身不是很清楚可以確定是否他試圖限制這個規則。然而，在他的專論當中，他提到這個規則只能單單適用於單數、人稱化、非專有名詞的名詞上。[40]

換句話說，在這個 TSKS 結構當中，第二個名詞[41]與之前所提及的第一個名詞是指著*同一個人稱*，只有在以下的情況：

---

35   我們認為合法的情況只有兩個，他提到更多。他所提到其他的經文，不是經文異文的狀況（我們認為那不是原本的文字）、就是與 Sharp 他自己的基本度量標準不合。

36   在 Durham 為 L. Pennington 發行。

37   關於 Granville Sharp 更詳細的生平，請見 Wallace, "The Article with Multiple Substantives," 30-42。所有引用 Sharp 的專論都在較後期的版本、第一個美國版本中 (Philadelphia: B. B. Hopkins, 1807)。

38   Sharp, *Remarks on the Uses of the Definitive Article*, 2.

39   同上, 3 （斜體是原版的）。

40   See Wallace, "The Article with Multiple Substantives," 47-48，其中的說明。

41   我們用 Sharp 定義的「名詞」，就是：實名詞化的形容詞、實名詞化的分詞或名詞。

(1) 不包含*非*人稱名詞 (*im*personal)；

(2) 不包含*複數*

(3) 不包含*專有名詞*[42]

因此，根據 Sharp 的觀點，此規則完全只適用於人稱名詞、單數名詞與非專有名詞的情況，這些要求的意義很難被高估，因為那些誤解 Sharp 原則的人，幾乎沒有例外地，都沒有注意到 Sharp 所設定的限制。

3. Sharp 規則的忽略與濫用

再聖經研究史中一個有趣的諷刺是：Sharp 的規則在初期可以在古典文法學者與教父學學界中找到大量、證據充分的支持，卻幾乎被一個不支持的註腳給打倒。G. B. Winer 是十九世紀一個偉大的新約文法學家，他寫到：

> 在多2:13……從保羅的教義考量，我相信 σωτῆρος 並不是一個第二位的補語、與 θεοῦ 同等重要。
>
> ....
>
> 〔在同頁的附註n.2〕從以上的評論來看，從文法的角度來說，我的意圖並不是要否認 σωτῆρος ἡμῶν 可以被認為是第二述語、共同地依賴著冠詞 τοῦ，但保羅的作品中的教義認信是，使徒不可能稱呼基督為*至大的神*；這引導我看子句 καὶ σωτ......Χριστοῦ本身就是〔這個句子的〕第二個主詞，[43]並沒有任何文法困難。

雖然 Winer 沒有給正式的文法論述，但因他是有名的文法學者，他威嚇的意見足以廢止 Sharp 的規則在多2:13與彼後1:1等段落中的適用。這個敘述乎判了 Sharp 規則的死刑。[44] 從此以後，學者不是對 Sharp 的規則的有效性感到猶豫，就是對滿

42　專有名詞的定義是一個不能複數化的名詞——因此不包含頭銜。一個人的名字是為專有名詞，而且當然不能複數化。但是 θεός 這個字並不是專有名詞，因為這個字可複數化；因此，當 θεός 在一個 TSKS 結構當中，而當中的名詞都是人格化的且為單數，這就符合 Sharp 的規則。因此 θεοί 有可能（參看約10:34）不是一個專有名詞。在新約當中關於 θεός 的文法使用，請參看 B. Weiss, "Der Gebrauch des Artikels bei den Gottesnamen," *TSK* 84 (1911) 319-92, 503-38; R. W. Funk, "The Syntax of the Greek Article: Its Importance for Critical Pauline Problems" (Ph.D. dissertation, Vanderbilt University, 1953) 46, 154-67; Wallace, "The Article with Multiple Substantives," 260-63。

43　Winer-Moulton, 162.

44　今天，學者們如果不是拒絕保羅是教牧書信的作者，就是接受該書信對於基督的神性的肯定；（諷刺地）似乎無法同時擁有保羅與基督。

足它的必要條件沒有把握。[45] 舉例來說，Moulton 明白地指出：「我們不能在這裡討論關於多2:13的問題，因為我們必須，*像文法學家一樣*，保持這個議題開放；見WM [Winer-Moulton] 162, 156n。」[46] 而 Dana 與 Mantey 的文法——許多美國學生都不再跟從了——幾乎逐字地重現了 Sharp 規則，但沒有指出它的限制。[47]

對於 Sharp 規則不準確的認識，其結果就是那些訴諸自己規則而聲稱在多2:13等處有提到基督的神性的人，卻因為附加了複數名詞與非人稱名詞在這個規則底下，以致無法將這個規則用得絕對。換句話說，他們所找到關於此規則的例外情形，很清楚地是在此規則的敘述範圍之外，其實並非什麼例外。[48]

→ 4. 在新約中此規則的有效性

我們已經建立了 Sharp 規則的有效性，並我們論述了有許多誤解的狀況，在這個章節中我們的目標是要指出它在新約中的有效性。

→ a. 一般的討論

並非用來討論基督論的重要段落，在新約當中有八十個結構符合了 Sharp 的規則的必要條件。[49] 但他們是否符合此規則的*語意*——也就是說，這些實名詞是否總是指向一個人，並且是同一個人？簡言之，是的。Sharp 的反對者的確無法找到例外；所有人都必須承認這個規則在新約當中是有效的。[50]

45　更多的文件，見 Wallace, "The Article with Multiple Substantives," 53-80, esp. 66-80。

46　Moulton, *Prolegomena*, 84 (italics added).

47　Dana-Mantey, 147.

48　那些誤解此規則的著名學者，包括 J. H. Moulton, A. T. Robertson, Dana-Mantey, M. J. Harris, F. F. Bruce, C. F. D. Moule，等。

49　在人對這個數字有爭議，不論是經文變異、含有那些非人稱的名詞或複數的名詞、或對某些分詞的不同解釋（我認為是為形容詞的，有些人認為是實名詞，而這些都在他們的考量當中）。

50　最為反對 Sharp 規則的對手，就是 Calvin Winstanley (*A Vindication of Certain Passages in the Common English Version of the New Testament: Addressed to Granville Sharp, Esq.*, 2d ed. [Cambridge: University Press – Hilliard and Metcalf, 1819])。儘管他同意 Sharp 的規則在一般的情況下是有效的，卻仍說：「你的第一項規則奠基於語言的慣用法。」(36)。又說，在新約中的許多段落，Winstanley 承認：「你說，在新約中，你的規則沒有任何例外；我假定那是說，除非這些特定的經文〔亦即那些 Sharp 用以舉例說明基督神性的句子〕就是這些……不然會發現所有這些在討論的特定經文，會成為你所提出規則的例外，而且是在新約中的例外……。」(39-40)——明顯的是：除了那些基督論寓意深長的經文外，他找不到例外。台面上的另一邊，有 C. Kuehne 冗長的研究 "The Greek Article and the Doctrine of Christ's Deity," *Journal of Theology* 13 (September 1973) 12-28; 13 (December 1973) 14-30; 14 (March 1974) 11-20; 14 (June 1974) 16-25; 14 (September 1974) 21-33; 14 (December 1974) 8-19，這位路

　　以下有一些關於 Sharp 規則有代表性的段落，包含名詞、分詞、形容詞與混合的結構。

1) TSKS 人稱結構中的名詞

可6:3　oὗτός ἐστιν ὁ τέκτων, **ὁ υἱὸς** τῆς Μαρίας **καὶ ἀδελφὸς** Ἰακώβου[51]

　　　　這不是那木匠嗎？不是馬利亞的兒子雅各、約西、猶大、西門的長兄

約20:17　**τὸν πατέρα** μου **καὶ πατέρα** ὑμῶν **καὶ θεόν** μου **καὶ θεὸν** ὑμῶν

　　　　見我的父，也是你們的父，見我的神，也是你們的神

　　　　這裡的結構非尋常地將四個名詞連結在一起。當中的所有代名詞用以說明耶穌與門徒和天父關係之間的差異，但他們並沒有隱含著這是指著不同的人稱：這當中四個名詞指向三位一體中的第一個位格。其中有一個實名詞是 θεός 是相當重要的，這是一個很好的例子用以說明 θεός 並不是專有名詞（從希臘文的觀點），在這個句子中的第二個子句：θεόν μου καὶ θεὸν ὑμῶν，其中前一個 θεός 若是專有名詞，那後一個 θεός 也是，也就是前後二個各指一個「人」。但是依 Sharp 的結構而論，前一個 θεός 不是專有名詞，那後一個也就不是，因此，可以指的是同一個「人」。

弗6:21　Τυχικὸς ὁ ἀγαπητὸς **ἀδελφὸς** καὶ πιστὸς **διάκονος**

　　　　所親愛、忠心事奉主的兄弟推基古

來3:1　**τὸν ἀπόστολον καὶ ἀρχιερέα** τῆς ὁμολογίας ἡμῶν Ἰησοῦν

　　　　我們所認為使者、為大祭司的耶穌

彼前1:3　**ὁ θεὸς καὶ πατὴρ** τοῦ κυρίου ἡμῶν Ἰησοῦ Χριστοῦ

　　　　我們主耶穌基督的父神

啟1:9　ἐγὼ Ἰωάννης, **ὁ ἀδελφὸς** ὑμῶν **καὶ συγκοινωνός** ἐν τῇ θλίψει καὶ βασιλείᾳ

　　　　我——約翰就是你們的弟兄，和你們在耶穌的患難、國度——裡一同有分

　　　　這句經文包含了兩個 TSKS 結構，一個是人稱名詞，一個是非人稱名詞。很顯然地這個人稱結構符合此規則（約翰同時是其讀者的弟兄與一同有分的人），而非人稱名詞的結構很明顯地不適用此規則（患難與國度是完全不同的）。

　　亦可參照路20:37；羅15:6；林後1:3，11:31；加1:4；弗1:3，5:20；腓4:20；西4:7；帖前1:3，3:11、13；提前6:15；來12:2；雅1:27，3:9；彼前2:25，5:1；彼後1:11，2:20，3:2、18；啟1:6。

　　德宗的學者總結了他的發現：「……我們在新約當中找不到任何此規則的例外！」（*Journal of Theology* 14.4 [1974] 10）

51　א D L 892* 在 ἀδελφός 之前加上 ὁ；(Θ) 565 700 892c 省略了 καί、以保留其為同位語。

2) TSKS 人稱結構中的分詞

太27:40　ὁ **καταλύων** τὸν ναὸν **καὶ** ἐν τρισὶν ἡμέραις **οἰκοδομῶν**, σῶσον σεαυτόν

你這拆毀聖殿、三日又建造起來的，可以救自己罷

約6:33　ὁ **καταβαίνων** ἐκ τοῦ οὐρανοῦ **καὶ** ζωὴν **διδούς**

神的糧就是那從天上降下來、賜生命給世界的

徒15:38　τὸν **ἀποστάντα** ἀπ' αὐτῶν ἀπὸ Παμφυλίας **καὶ** μὴ **συνελθόντα** αὐτοῖς

從前在旁非利亞離開他們，不和他們同去作工

弗2:14　ὁ **ποιήσας** τὰ ἀμφότερα ἓν **καὶ** τὸ μεσότοιχον τοῦ φραγμοῦ **λύσας**

將兩下合而為一，拆毀了中間隔斷的牆

這個經文清楚地指出即使中間插入許多字彙，這個結構仍舊不因此而無效

雅1:25　ὁ δὲ **παρακύψας** εἰς νόμον τέλειον τὸν τῆς ἐλευθερίας **καὶ** **παραμείνας** .....

οὗτος μακάριος ἐν τῇ ποιήσει αὐτοῦ ἔσται

詳細察看那全備、使人自由之律法的……就在他所行的事上必然得福

啟22:8　κἀγὼ Ἰωάννης ὁ **ἀκούων** **καὶ** βλέπων ταῦτα

這些事是我約翰所聽見、所看見的

亦可參照太7:26，13:20；可15:29；路6:47，16:18；約5:24，6:54，9:8；徒10:35；林前11:29；林後1:21、22；加1:15；帖後2:4；來7:1；約壹2:4、9；約貳9；啟1:5，16:15。

3) TSKS 人稱結構中的形容詞

徒3:14　ὑμεῖς δὲ τὸν **ἅγιον** **καὶ** **δίκαιον** ἠρνήσασθε

你們棄絕了那聖潔公義者

啟3:17　σὺ εἶ ὁ **ταλαίπωρος** **καὶ** **ἐλεεινὸς** **καὶ** **πτωχὸς** **καὶ** **τυφλὸς** **καὶ** **γυμνός**[52]

你是那困苦、可憐、貧窮、瞎眼、赤身的

亦可參照門1。

4) TSKS 人稱結構中的混合元素

腓2:25　Ἐπαφρόδιτον τὸν **ἀδελφὸν** **καὶ** **συνεργὸν** **καὶ** **συστρατιώτην** μου

以巴弗提……他是我的兄弟，與我一同做工，一同當兵

這個段落指出，當這些名詞中有一個加入了所有代名詞，不會此規則使失效。

52　在 A 1006 1611 1841 2329 2351 *et alii* 等抄本在 ἐλεεινός 之前加上一個冠詞。

提前5:5　ἡ ὄντως χήρα καὶ μεμονωμένη

那獨居無靠、真為寡婦的[53]

亦可參照帖前3:2。

在 TSKS 結構中，關於單數人稱實名詞，一致地指稱同一個指示對象，將此實名詞隨即放置在不同於專有名詞、非人稱名詞、複數名詞的類別中。此統計數字強調出這樣的差異：在新約裡的 TSKS 結構，大約有一打專有名詞（沒有任何一個是指著同一指示對象）、將近五十個有非人稱名詞（只有一個是非模糊的，並且指向同一個指示對象）、超過七十個有複數實名詞（少於三分之一指向同一個指示名詞）、*八十個* TSKS 結構符合 Sharp 規則的要求（關於基督論重要的經文除外），*所有*這些都指向同一個指示名詞：明顯地，Sharp 規則限制單數人稱實名詞的條件確實有道理。

→ **b. 關於基督論重要的經文**

Granville Sharp 相信許多關於基督論重要的經文是包含著 TSKS 的結構。[54] 然而，這些經文中相當多的部分包含未定的抄本問題（例如：徒20:28；猶4），而其他的則包含專有名詞（弗5:5；帖後1:12；提前5:21；提後4:1）。[55]

這裡漏了兩段經文：多2:13與彼後1:1。

多2:13　τοῦ μεγάλου θεοῦ καὶ σωτῆρος ἡμῶν Ἰησοῦ Χριστοῦ

至大的神和我們救主耶穌基督

通常 θεός 都被認為是專有名詞，因此，Sharp 的規則就不能夠適用於這裡所使用的結構。我們已經論述到在希臘文中 θεός 並非專有名詞。[56] 我們只是希望可以在這裡指出，TSKS 結構中，θεός 在新約中使用了十幾次（例如：路20:37；約20:27；羅15:6；林後1:3；加1:4；雅1:27）並且總是（如果我們排除那些基

53　雖然 μεμονωμένη 作補語分詞是可能的，透過 καί 連結 χήρα 成為實名詞。

54　其中有一個 Sharp 沒有處理的經文在約壹5:20，即使此處符合 Sharp 規則與否是可爭辯的。關於此討論，請見 Wallace, "The Article with Multiple Substantives," 271-77.

55　很令人經訝的是，許多學者（其中最有名的是 R. Bultmann）接受帖後1:12是基督神性明確的肯定支持。只有透過將 κυρίου 與 Ἰησοῦ Χριστοῦ 分開的方式，才可以將此規則適用於 Sharp 的規則。但值得注意的是，Middleton 在他的 *Doctrine of the Greek Article* 支持它符合 Sharp 規則、而拒絕帖後1:12，因為 (1) κυρίου 不應當與 Ἰησοῦ Χριστοῦ 區分開來，因為整體在書信中是個一般性頭銜，如此有專有名詞的屬性；(2)雖然希臘早期教父的作者，多處引用多2:13與彼後1:1的用詞來肯定基督的神性，他們卻幾乎不真正注意此段落（帖後1:12）的意義（*Doctrine of the Greek Article*, 379-82）。亦可參照 Matthews, *Syntax*, 228-29, 從現代語言學的論述提到同位語的堆疊使用（在帖後 1:12，大多數的解經認為主耶穌基督是為所構成之「緊鄰同位語」）。

56　參看在 "Statement of the Rule" 稍早的討論。

督論重要的經文）指著同一個位格。這個現象在其他專有名詞出現於上述的結構當中時，並不適用（每一個包含真正專有名詞的例子，都是指著兩個不同的個體）。既然這個論述沒有衡量的價值，我們也就沒有足夠的理由拒絕多2:13是一個關於基督神性明確的斷言。

彼後1:1　　*τοῦ θεοῦ ἡμῶν καὶ σωτῆρος, Ἰησοῦ Χριστοῦ*[57]

　　　　　我們的神和救主耶穌基督

有一些文法學家反對說，既然 ἡμῶν 與 θεοῦ連在一起，所見的就是兩個位格。[58]代名詞似乎「托住」這個名詞，有效地分隔了延伸的名詞。然而在同一章的第11節當中（以及在2:20與3:18），作者寫下 τοῦ κυρίου ἡμῶν καὶ σωτῆρος, Ἰησοῦ Χριστοῦ，可以視為一個指向同一個位格（耶穌基督）的解釋：「為何拒絕接受同一個規則適用於彼後1:1？當所有人都承認這個規則在彼後1:11是適用的（至於2:20與3:18），就更不必說。」[59]再說，在新約的經文中，符合Sharp規則的結構者，超過一半在兩個實名詞當中又插入了其他的字。有一些插入了所有代名詞或所有格修飾語。[60]然而，在所有這些結構中都讓我們看見是指著同一個位格。[61]在所有這些例子當中，所插入的詞彙並不影響、破壞此結構。這裡就是一個例子，沒有好的理由拒絕彼後1:1是基督神性明確的肯定。[62]

57　ℵΨ *et pauci* 的抄本中以 κυρίου 取代 θεοῦ。

58　例如，E. Stauffer, θεός, *TDNT* 3.106。

59　A. T. Robertson, "The Greek Article and the Deity of Christ," *The Expositor*, 8th Series, vol 21 (1921) 185.

60　參看約20:17；林後1:3；帖前3:2；提前6:15；來12:2；啟1:9。

61　在一個非文學浦草文獻的樣本中，我找到了同樣的現象，並且同樣地，附屬於前一個名詞的所有格，*從未破壞* Sharp 規則的功能。舉例來說，P. Lond. 417.1 讀作「給我的主人與所親愛的兄弟」（τῷ δεσπότη μου καὶ ἀγαπητῷ ἀδελφῷ）；P. Oxy. 2106. 24-25 稱呼「我的主人與兄弟」（τῷ κυρίῳ μου καὶ ἀδελφῷ）。

62　Sharp 的規則在早期教父的文獻，可以找到確認，就如同應用在基督論的經文。在一八〇二年，在 Trinity College in Cambridge，有一位職員 Christopher Wordsworth（之後是為院長），出版了他的 *Six Letters to Granville Sharp, Esq. Respecting his Remarks on the Uses of the Definitive Article, in the Greek Text of the New Testament* (London: F. and C. Rivington, 1802)，Wordsworth 在早期教父的文獻中測試了 Sharp 的規則。他發現如果這個規則是正確的，那希臘教父應與 Sharp 一樣的方式明白基督論的重要經文。他一度說：「我完全相信，你的第一個規則，在新約聖經當中完全沒有例外：並且這個宣稱可以更廣闊地延伸。」（同上，103）在探索超過一千年的希臘基督教文獻之後，Wordsworth 做出令人驚奇的評論：「我發現……有上百個例子使用 ὁ μεγας θεος και σωτηρ（多2:13）；而不少於上千次使用以下這個格式 ὁ θεος και σωτηρ（彼後1:1），然而在這些用法當中，沒有任何一個例子不是指著單一的位格。」（同上，132）因此，就如 Wordsworth 所考慮的，包含基督神性的 TSKS 結構，不論是在新約聖經中或是在教父的作品裡，從未是模糊的、且完全支持 Sharp 的命題。

→ 5. 包含非人稱名詞、複數名詞與專有名詞之結構

a. 包含專有名詞

毫無例外，在新約當中，每當專有名詞在對等句法當中，就可以看出不同的個體被區分出來。舉例來說，在太17:1中「彼得、雅各與約翰」(τὸν Πέτρον καὶ Ἰάκωβον καὶ Ἰωάννην)、可15:47中「抹大拉的馬利亞與馬利亞」(ἡ δὲ Μαρία ἡ Μαγδαληνὴ καὶ Μαρία)、約11:19中「馬大與馬利亞」(τὴν Μάρθαν καὶ Μαριάμ)、徒13:2中「巴拿巴與掃羅」(τὸν Βαρναβᾶν καὶ Σαῦλον)。然而，他們都有為了當下的目的使用同一個冠詞的狀況。彼得、雅各與約翰乃是門徒當中更為核心的一群（太17:1），馬大與馬利亞則為姊妹（約11:19），巴拿巴和掃羅乃是被分派特殊任務的同工（徒13:2）。這些例子中單獨出現的冠詞是為了將一個在上下文中譯含確定的群體予以概念化。但因為這些名詞是為專有名詞，冠詞就不可能用以指稱同一個人。

b. 包含複數名詞 [63]

1) 語意和新約的資訊

有些擁抱 Sharp 規則的新約學者，在未有根據的情況下，假設這個規則適用於複數實名詞。另有一些理解 Sharp 規則是限定在單數名詞之要求的學者，卻仍然假設複數名詞仍舊可以適用在這個用法上，不論是用以指稱同一個名詞或是用以指另外的指稱。他們的語意進路並不恰當，而引發了一個問題：此兩個群體是為同一的或是不同的？這樣的問題如果用於單數名詞、人稱化的結構當中，當然是恰當的；不論是第一個名詞與第二個出現的名詞為同一個，或是用為不同的。但基於*複數名詞結構*的本質，需要提出許多問題，就是在於我們是否整全地看出其語意範圍？這就是說，既然複數名詞結構處理許多不同的*群體*，除了絕對的區分與絕對的聯合外，它們就必須有其他可能性。

事實上從理論來說，關於此複數名詞 TSKS 的結構，有五種語意上的可能性：(1) 區分的群體，仍舊是聯合的；(2) 重疊的群體；(3) 第一個群體為第二個群體之子群；(4) 第二個群體為第一個群體之子群；(5) 兩個群體是同一個。在新約當中，所

63　關於更細節的討論，請見 Wallace, "The Article with Multiple Substantives," 136-63, 219-44。較為初階的討論，雖然已經做出許多結論，請見 D. B. Wallace, "The Semantic Range of the Article-Noun-Καί-Noun Plural Construction in the New Testament," *GTJ* 4 (1983) 59-84。

有的情況都曾經出現，雖然沒有平均分配。我們將在看過以下一些例子之後，進一步討論這個統計的結果。

2) 清楚的例子

a) 區分的群體，仍舊是聯合的

在 TSKS 的結構當中，單獨出現的冠詞都是用為表達某種整體。在新約中相當大量的例子中，這點很清楚。我們在英文當中可以清楚看見這個情況。在句子「民主黨與共和黨員無異議地贊成這個提案」（ "the Democrats and Republicans approved the bill unanimously," ），兩個政治的黨派，雖然是分開的，但卻在特定的議題上聯合。[64]

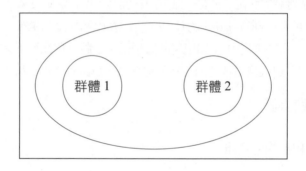

圖表28

區分的群體，仍舊是聯合的[65]

太3:7   τῶν Φαρισαίων καὶ Σαδδουκαίων

法利賽人和撒都該人

雖然這兩個群體是分開的，但在這裡用同一個冠詞，是為著當下的理由。這是在馬太福音當中第一次提到法利賽人與撒都該人，而這裡可能有非常重要的意義，福音書作者看待這兩個群體在歷史上是為對立的，但在抵擋彌賽亞的情況下卻為合一的。法利賽人與撒都該人在馬太福音當中，同時出現的情況只有出現四次，而每一次這一類 TSKS 結構都是提到他們抵擋耶穌。[66]

太16:21   τῶν πρεσβυτέρων καὶ ἀρχιερέων καὶ γραμματέων

長老、祭司長、文士

---

64   或許這個例子在現實世界中並不真實發生。

65   在這裡與以下的敘述，在第一個實名詞之前的冠詞、以及介在實名詞之間的καί，都被省略，因為這個圖示是要描繪出 TSKS 的*語意*關係，而非 TSKS 的結構。

66   請見太16:1、6、11、12。亦見徒23:7、這兩類結構唯一的另一次出現。

這乃是三個不同的團體，組成了猶太最高的評議會（有一些人錯誤地認為這個結構符合 Sharp 的規則，因為這三個群體全都是猶太最高評議會的成員，然而，要說 A＋B＋C＝D 與 A＝B＝C 是不同的，後者就是等同於 Sharp 的規則所提到的狀況）。[67]

徒17:12　τῶν ...... γυναικῶν ...... καὶ ἀνδρῶν

婦女……與男子……

亦可參照太2:4；可15:1；路9:22。

b) 重疊的群體

英文當中可以容易找到支持討論重疊群體的例子：「窮人與病人」(the poor and sick)「盲人與長者」(the blind and elderly) 等，然而在新約當中，這個類別並不很多，只有此三個例子

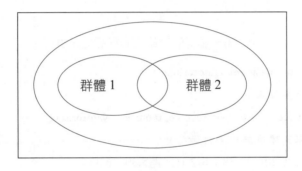

圖表29

重疊的群體

啟21:8　τοῖς δὲ δειλοῖς καὶ ἀπίστοις καὶ ἐβδελυγμένοις καὶ φονεῦσιν καὶ πόρνοις καὶ φαρμάκοις καὶ εἰδωλολάτραις ...... τὸ μέρος αὐτῶν ἐν τῇ λίμνῃ τῇ καιομένῃ πυρὶ καὶ θείῳ

惟有膽怯的、不信的、可憎的、殺人的、淫亂的、行邪術的、拜偶像的……他們的分就在燒著硫磺的火湖裡

在這裡相當明顯地，火湖並不是只給那些擁有全部「資格」的人，也不是只給那些只有滿足其中一項的，在這裡可以看出有重疊群體的意涵。

亦可參照太4:24；路14:21。

67　此兩個公式之間的差異，在於身分是否等同與指涉是否相等。只有當文士是與長老被認為相同的群體時，才能訴諸 Sharp 的原則。

c) 第一個群體為第二個群體之子群

當我們說第一個群體是第二個群體之子群時，我們的意思是這包含在第二類名稱的群體，這個概念可以是「X 與（另一個）Y」(the X and [other] Y)，例如：「聾子與殘障者」、「天使與受造活物」、「居民與定居者」。

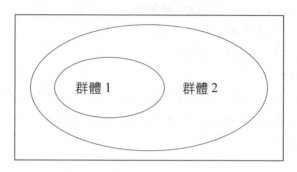

圖表30

第一個群體為第二個群體之子群

太9:11   *τῶν τελωνῶν καὶ ἁμαρτωλῶν*

稅吏並罪人

路14:3   *ὁ Ἰησοῦς εἶπεν πρὸς **τοὺς νομικοὺς καὶ Φαρισαίους***

耶穌對律法師和法利賽人說

亦可參照太5:20，12:38；可2:16；路5:30，6:35。

d) 第二個群體為第一個群體之子群

有時候在這些元素當中的次序，顯示出「第二個群體是第一個群體之子群」，上述用法的例子能夠轉換：「受造的活物與天使」、「殘障者與聾子」等，這個概念是「X 與特定的 Y」。

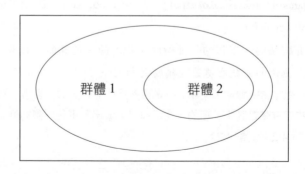

圖表31

第二個群體為第一個群體之子群

可2:16　ἰδόντες ὅτι ἐσθίει μετὰ **τῶν ἁμαρτωλῶν καὶ τελωνῶν** ἔλεγον τοῖς μαθηταῖς

αὐτοῦ· ὅτι μετὰ τῶν τελωνῶν καὶ ἁμαρτωλῶν ἐσθίει; [68]

法利賽人中的文士看見耶穌和罪人並稅吏一同吃飯，就對他門徒說：他

和稅吏並罪人一同吃喝麼？

這裡有兩個複數名詞在 TSKS 結構當中，兩者都使用同樣的用語，但卻非同一

個次序，第一個例子是屬於第二個群體是第一個群體之子群，而第二個例子

中，是屬於第一個群體為第二個群體之子群。

林前5:10　**τοῖς πλεονέκταις καὶ ἅρπαξιν**[69]

貪婪的，勒索的

雖然一個人可以是貪婪的，但卻不是一個勒索者，但反面敘述的正確與否卻是

被質疑的，那麼這個概念是「貪婪的，與（特別）那些勒索的」。

亦可參照提前5:8；約參5。

e) 兩個群體是同一個

這個概念是提到「X，也就是 Y」(the X who are Y.)，第二個實名詞的功能可以

是用以描述，或是限制性的說明。舉例來說：「舊金山四九人隊與超級盃冠軍」、

「吃得好又有運動的人會變壯」。這個類別在新約當中比起其他類別有更清楚的證

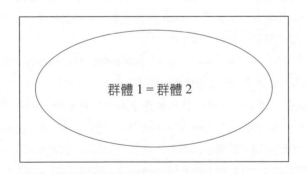

圖表32

兩個群體是同一個

68　א A C *f*[1, 13] *Byz et alii* 以 τῶν τελωνῶν καὶ ἁμαρτωλῶν 取代 τῶν ἁμαρτωλῶν καὶ τελωνῶν。

69　𝔓[46] א[2] D[2] Ψ *Byz* 以 καί 取代 ἤ、否定了大量希臘文本的支持（雖然一般公認是較為次等的證
據）。Chester Beatty 蒲草紙、儘管早期的證據，但卻不是可靠的抄本。除非找到更多早期的
可靠證據，不然這樣的說法仍需要打折扣。可以參看 Günther Zuntz 關於此抄本之官方的研究
(*The Text of the Epistles: A Disquisition on the Corpus Paulinum* [London: Oxford University Press,
1953])。從我初期的研究來看，Claromontanus 文獻的第二校對往往跟隨拜占庭抄本。因此，
此個寫法並非像剛出現時一樣地令人擔心。

明，雖然這個類別從未以名詞＋名詞的 TSKS 複數結構出現。[70]

約20:29　μακάριοι οἱ μὴ Ἰδόντες καὶ πιστεύσαντες

那沒有看見就信的有福了

反面的敘述，提到那些沒有見到復活之主的人，不適合獲得一種祝福。從這個上下文來看，主耶穌宣告這個祝福屬於那些沒有看見就信的人，來與多馬作出對比。

弗1:1　τοῖς ἁγίοις τοῖς οὖσιν [ἐν Ἐφέσῳ] καὶ πιστοῖς ἐν Χριστῷ Ἰησοῦ

寫信給在以弗所的聖徒，就是在基督耶穌裡有忠心的人

A. T. Lincoln 認為以弗所書是使用假名的書信，然而他仍認為可以按照保羅神學的軌跡進行論證，作者是否是指著這兩個無論如何都能區分的群體，仍有待商榷。[71] M. Barth 認定保羅是為以弗所書作者，做了良好的示範：

保羅不太可能在這裡試圖從基督徒當中區分出這兩個群體，也就是說，一群「忠信」的人與被大大小小認為是「聖徒」的群體區分出來。這樣的區分在保羅其他書信中似乎看不太出來。即便哥林多人被稱為「成聖的」與「完全人」（林前1:2，2:6），有時保羅預設那些「外在的」與「內在的」，「不信的」與「忠信的」，他並沒有把基督徒們分成一半、或四分之三。在希臘文當中的連接詞「和」(and) 很可能有著「那就是」(namely) 的意義。當這個解釋的概念存在時，它就很可能在翻譯中被省略。[72]

啟1:3　μακάριος ὁ ἀναγινώσκων καὶ οἱ ἀκούοντες τοὺς λόγους τῆς προφητείας καὶ τηροῦντες τὰ ἐν αὐτῇ γεγραμμένα[73]

念這書上預言的和那些聽見又遵守其中所記載的，都是有福的

這裡有明顯的證據，說明那一些僅僅聽到預言卻不遵守的人，將失落這些祝福。聆聽與遵守的雙重回應是必須的，這樣的人就會被認定為 μακάριοι。

　　亦可參照太5:6；可12:40；路7:32；約1:20；林後12:21；腓3:3；帖前5:12；彼後2:10；約貳9；啟18:9。

70　也就是說，那些經文是不明確的。往往是分詞（偶而形容詞）、不是名詞，符合這個「同一」類別的理由，是因為名詞傾向於聚焦於內在的、穩定的或恆常不變的特質，而分詞卻傾向於在時間的架構內、較為動態的特質（通常沒有明說；可能是也可能不是的特性）。因此，一個當下說實話的人，不一定就是一個誠實的人；一個當下在打棒球的人，並不一定是棒球選手；那些在學習的人，也不一定都是學生。不過，當一個活動為一個人貼了標籤、成為其特質，對於這個人的敘述，有時候就從分詞轉變成名詞了。

71　Lincoln, *Ephesians* (WBC) 3-7.

72　Barth, *Ephesians* (AB) 1.68.

73　2053 2062 *et pauci* 以 ἀκούων 取代 οἱ ἀκούοντες。

f) 摘要

在七十三個段落當中有六十二個是不明確的，區分如下：

區分的群體	全部的26%; 明確可以標記的結構中有31%
重疊的群體	4% 或 5%
第一群體為子群	10% 或 11%
第二群體為子群	5.5% 或 6.5%
同一群體	40% 或 47%

表格3

包含複數人稱名詞 TSKS 結構的語意

指稱實名詞用法的類型（只考慮那些不明確的段落），下列的表格顯露幾個有趣的型式：

	區分的群體	重疊的群體	第一群體為子群	第二群體為子群	同一群體	總和
名詞+名詞	11		2			13
形容詞+形容詞		1	1	1	2	5
分詞+分詞					24	24
混合：名詞－分詞的	8		4	3	2	17
混合：跟隨分詞		2			1	3
總和	19	3	7	4	29	62

表格 4

包含複數人稱名詞 TSKS 結構中實名詞的使用類型

3) 解經上或神學上重要的經文

TSKS 複數名詞結構當中有一些不明確的情況，其中有兩段有著特殊解經上的價值。[74]

74　對這些經文、以及其他模糊經文的仔細探討（e.g., 太21:12；徒15:2；弗3:5；來5:2），見 Wallace, "The Article with Multiple Substantives," 219-44。

弗4:11   αὐτὸς ἔδωκεν τοὺς μὲν ἀποστόλους, τοὺς δὲ προφήτας, τοὺς δὲ εὐαγγελιστάς,
         τοὺς δὲ **ποιμένας καὶ διδασκάλους**

         祂所賜的，有使徒，有先知，有傳福音的，有*牧師和教師*

         這一段經文討論有恩賜的領袖，他們是基督為著使教會成熟而賜下的。這一段
         經文爭議在於究竟提及一個或兩個恩賜。大部分的注釋者認為這裡只提到一個
         恩賜，但這是因為他們從起初，就誤以為 Granville Sharp 規則可以適用在複數
         結構上。如此，事實上與上述論點相反的是，並沒有清楚的例子可以說，TSKS
         結構中的複數名詞可以視為同一個群體。不過，我們並不反對「是同一個群
         體」的選項。

         這兩個名詞以同一個冠詞連結，把這兩個恩賜與其他恩賜區分出來。然而絕對
         的區分並不是這裡的觀念，按照長老與牧師在新約當中有著相似功能的概念來
         說，[75]既然長老是為教師，[76]牧師也同是教師。[77] 再說，並非所有的教師都是
         長老或牧師。[78] 這裡的證據似乎顯示，在弗4:11中，ποιμένας 是 διδασκάλους 的
         一部分，這樣的相似符合複數名詞結構的語意，因為第一個群體為第二個群體
         之子群的類別，在新約當中有清楚與不那清楚的經文證實。如此弗4:11的經文
         似乎證實所有的牧師應當為教師，但並非所有的教師都是牧師。[79]

弗2:20   ἐποικοδομηθέντες ἐπὶ τῷ θεμελίῳ **τῶν ἀποστόλων καὶ προφητῶν**

         並且被建造在*使徒和先知*的根基上

         這一段經文已經變成過去幾年當中，在美國保守派圈子當中一段神學性的避雷
         針，大部分是因為 Wayne Grudem 的貢獻。[80]Grudem 論證到使徒與先知在這裡
         是同一個類別。以下是他關於新約先知預言的重要觀點：一方面來說，他絕對
         相信聖經的真實性，也就是說，此處的親筆簽名是無誤的；另一方面來說，他

---

75   見 A. M. Malphurs, "The Relationship of Pastors and Teachers in Ephesians4:11" (Th.M. thesis,
      Dallas Theological Seminary, 1978) 46-53。

76   同上，52-53。

77   同上，41-46。

78   這是一個不容易評估的情況，因為只有在弗4:11的經文中同時提及牧師與教師。但幾處經文
      提及教師，卻沒有任何暗示提到他們是牧師，參見羅12:7；林前12:28-29；來5:12；雅3:1；或
      者也可見 提後2:2。

79   亦可參照 F. Rienecker, *Der Brief des Paulus an die Epheser* (Wuppertal: R. Brockhaus, 1961) 146;
      [J.] Calvin, *The Epistles of Paul to the Galatians, Ephesians, Philippians and Colossians* (Grand
      Rapids: Eerdmans, 1965) 179，有類似的結論（雖然都不是奠基於句型的考量）。

80   Grudem 寫了許多書與文章，討論新約當中先知預言的主題，產生了他的博士論文："The
      Gift of Prophecy in I Corinthians 12-14," Ph.D. dissertation, Cambridge University, 1978。亦可參
      照他的 *The Gift of Prophecy in I Corinthians* (Washington, D.C.: University Press of America,
      1982)，該處他花了二十四頁 (82-105) 討論弗2:20。

認為，所謂有*非*使徒性的先知的觀念，無論在早期教會與今日教會來說，都是對真理的混淆。如果弗2:20真是說，教會是建立在使徒與*其他*先知的基礎之上，那麼很可能 Grudem 若不是否定聖經的無誤，就是得堅持非使徒性的先知只能講真理（如此等同於舊約的先知）。因此，他花了許多篇幅論證到，*在這一段經文當中*，先知與使徒乃是同一類別，而在新約別處的先知乃是特別分出的類別。這樣的分別容許他繼續持守著新約無誤的教義，並且承認今日的先知（或者第一世紀非使徒性的先知）的講論可能犯錯。

我們必須避免從這一段經文中、太過深入討論靈恩與有謬誤的先知預言這些議題。[81]我們的觀點很簡單，句法上的證據非常反對「同一類群體」的觀點，即使句法是為首要的基礎表達此點。就如我們已經看見的，沒有清楚的例子說明複數*名詞*的 TSKS 結構是符合新約當中這個「同一類群體」的群體、缺乏有文法基礎的可能性。[82]

最有可能的是，若不是這兩個類別的區分清楚可見，就是使徒被認為是先知的子群體。如果舊約的先知也列入討論，那麼這裡就很清楚可以看見是屬於兩個區分的群體。但如果只考慮新約的先知，那麼就比較可能是將使徒認為是先知的子群。贊同此觀點的有兩點：(1) 如果舊約的先知列入考慮，很難理解會將它置於第二個位置；(2) 每當使徒出現在 TSKS 複數結構當中的時候，總是出

81　有人反對 Grudem 的命題。參考以下文獻：D.G. McCartney, Review of Wayne A. Grudem, *The Gift of Prophecy in I Corinthians*, in *WTJ* 45 (1983) 191-97; R. A. Pyne, "The Cessation of Special Revelation as Related to the Pentecostal Movement" (Th.M. thesis, Dallas Theological Seminary, 1985) 36-39: M. Turner, "Spiritual Gifts Then and Now," *VE* 15 (1985) 15-17; K. L. Gentry, *The Charismatic Gift of Prophecy: A Reformed Response to Wayne Grudem* (Memphis: Footstool, 1986); F. D. Farnell, "The New Testament Prophetic Gift: Its Nature and Duration" (Ph.D. dissertation, Dallas Theological Seminary, 1990) 7-8, 102-111, 189-309（特別是243-53頁），382-85，等處；同上："Fallible New Testament Prophecy/Prophets A Critique of Wayne Grudem's Hypothesis," *Master's Seminary Journal* 2.2 (1991) 157-79；同上："Is the Gift of Prophecy for Today The Current Debate about New Testament Prophecy," *BSac* 149 (1992) 277-303；同上："Is the Gift of Prophecy for Today The Gift of Prophecy in the Old and New Testaments," *BSac* 149 (1992) 387-410；同上："Does the New Testament Teach Two Prophetic Gifts" *BSac* 150 (1993) 62-88；同上："When Will the Gift of Prophecy Cease" *BSac* 150 (1993) 171-202；R. F. White, "Gaffin and Grudem on Eph2:20: In Defense of Gaffin's Cessationist Exegesis," *WTJ* 54 (1992) 303-20; R. L. Thomas, "Prophecy Rediscovered A Review of *The Gift of Prophecy in the New Testament and Today*," *BSac* 149 (1992) 83-96; D. B. McWilliams, "Something New Under the Sun" [Review of Wayne A. Grudem, *The Gift of Prophecy in the New Testament and Today*], *WTJ* 54 (1992) 321-330.

82　在 Grudem 的研究當中，他在弗2:20中混合了單數的 TSKS 結構與複數分詞的 TSKS 結構。但這些結構的語意模式，並不符合「名詞＋名詞複數」的 TSKS 結構：沒有清楚複數名詞的例子，是表明身分，但全部的單數與幾乎全部的複數分詞卻符合這個類別。
更多細節的討論，見 Wallace, "The Articles with Multiple Substantives," 223-40。

現在第一個位置，並且這個結構的語意價值，包含了第一個類別是為第二個類別的子群；(3) 既然建造的圖像包含了真教會的描繪，並且既然使徒與先知在這裡被視為建造的基礎，這似乎不容易說明作者心目中所想的是舊約先知；(4) 同樣的結構出現在3:5，該處揭露了奧祕*如今已經啟示祂*的聖使徒與先知，如此新約的先知在該處是相當清楚指明的。既然整個上下文仍是討論關於教會的基礎與起點，這就讓我們看出在2:20與3:5前後一致同樣指著先知的群體，因此，我們的結論是，在弗2:20提到的是「使徒與『其他』先知」。

→ c. 包含非人稱名詞

在新約當中大約有五十個非人稱名詞 TSKS 結構。[83]理論上來說，如此的結構與複數人稱結構有相同的語意範圍（亦即：區分、重疊、第一個群體為第二個群體之子群、第二個群體為第一群體之子群、同一群體〔參照以上的討論〕）。然而，「同一群體」的類別是相當少見的，只有一個清楚的例子。更為普遍可見的是區分的類別與重疊的類別（特別是第一個群體為第二個群體的子群）

1) 清楚的例子

a) 本質上區分，卻仍統一

路21:12　*διώξουσιν, παραδιδόντες εἰς τὰς συναγωγὰς καὶ φυλακάς*[84]

人要下手拿住你們，逼迫你們，把你們交給會堂，並且收在監裡

這裡單數冠詞的原因在於兩個群體都是敵對於門徒的。

弗3:12　*ἐν ᾧ ἔχομεν τὴν παρρησίαν καὶ προσαγωγήν*

就在他裡面放膽無懼

放膽與無懼有個相當緊密的關係，是一種與外在實質相應的內在態度。

弗3:18　*τὸ πλάτος καὶ μῆκος καὶ ὕψος καὶ βάθος*

長闊高深

作者在這裡以比喻性的語言提到神的愛，好像他在使用一個屬靈的鉛垂線，雖然每一個詞彙都指著神的愛，但每一個詞卻指稱不同的觀點，於是這些詞彙不能看為同一群體。[85]

83　非人稱實名詞呈現了特殊的問題，超過非專業的研究範圍。關於此討論，見 Wallace, "The Articles with Multiple Substantives," 167-84。

84　A L W X Γ Δ Θ Λ Ψ 0102 33 *f*[1, 13] *Byz* 省略了 τάς。

85　有些人對這段經文很困擾，會假設這個經文符合 Sharp 規則。通常這個困惑會加劇，因為 (1) 所有的詞彙確實指向神的愛，但我們卻不認為長與高是同樣的；(2) 比喻性的語言使問題更加惡化，因為這個比喻與其指稱物某種程度來說都是難以理解的；(3) 關於 Sharp 規則確實所指為何有著普遍性的混淆：不僅是同等，而是指著同一個身分。

啟1:9　ἐγὼ Ἰωάννης, ὁ ἀδελφὸς ὑμῶν καὶ συγκοινωνὸς ἐν τῇ θλίψει καὶ βασιλείᾳ

　　　　我——約翰就是你們的弟兄，和你們在耶穌的患難、國度

　　　　這裡有兩個 TSKS 結構，一個是人稱名詞的用法，另一個是非人稱名詞的用法。前面人稱名詞的結構，包含了一個同等的指稱對象；後面非人稱名詞顯然不是（患難與國度自然是不同的）。這裡的冠詞顯示約翰與他的讀者連合在苦難與榮耀裡。

　　　亦可參照路24:44；徒10:12，21:25；林後6:7；西2:19；啟20:10。

　　b) 本質上重疊

林後12:21　τῶν προημαρτηκότων καὶ μὴ μετανοησάντων ἐπὶ τῇ ἀκαθαρσίᾳ καὶ πορνείᾳ καὶ ἀσελγείᾳ

　　　　許多人從前犯罪，行污穢、姦淫、邪蕩的事不肯悔改

　　　　這是新約當中唯一一個清楚的例子，[86]但即使是重疊也只是部分重疊：姦淫與邪蕩是一種污穢。

　　c) 本質上第一個群體為第二個群體之子群

西2:22　τὰ ἐντάλματα καὶ διδασκαλίας τῶν ἀνθρώπων

　　　　人所吩咐、所教導的

　　　　並非所有的教導都是吩咐，但所有的吩咐都是教導。

啟9:15　ἐλύθησαν οἱ τέσσαρες ἄγγελοι οἱ ἡτοιμασμένοι εἰς τὴν ὥραν καὶ ἡμέραν καὶ μῆνα καὶ ἐνιαυτόν

　　　　那四個使者就被釋放；他們原是豫備好了，到某年某月某日某時

　　　亦可參照可12:33；路1:6，9:12；羅1:20，16:18；腓1:7。

　　d) 第二個群體是為第一個群體的子群

太24:36　Περὶ δὲ τῆς ἡμέρας ἐκείνης καὶ ὥρας οὐδεὶς οἶδεν

　　　　那日子，那時辰，沒有人知道

路6:17　πάσης τῆς Ἰουδαίας καὶ Ἰερουσαλήμ

　　　　猶太全地和耶路撒冷

　　　亦可參照可6:36；路5:17；來13:16；啟14:7。

86　其他可能的例子包括林前7:35；林後10:1；來7:18；啟17:13。

e) 本質上都是同一群體

這是新約當中唯一清楚的例子

徒1:25　ἀνάδειξον ὃν ἐξελέξω ...... (25) λαβεῖν τὸν τόπον **τῆς διακονίας** ταύτης **καὶ**
　　　　ἀποστολῆς

　　　　指明你所揀選的是誰⋯⋯ (25) 得這使徒的位分

　　　　指示代名詞 ταύτης 的出現，似乎是要在上下文中限制 διακονία，使得在討論之
　　　　中，名詞片語「*這個位分*」變得和 ἀποστολή 完全等同。

2) 解經與神學上有重要意義的經文

有幾個模糊的非人稱名詞 TSKS 結構，其中有一些在解經上有重要意義。[87]此
處提出三個：

徒2:23　τοῦτον **τῇ ὡρισμένῃ βουλῇ καὶ προγνώσει** τοῦ θεοῦ

　　　　他既按著神的定旨先見被交與人

　　　　如果「定旨」用以定義「預定」(predetermination)，則開了一個門（根據
　　　　πρόγνωσις 的定義），神的定旨乃是根據於神的全知。但如果這些詞彙可以區
　　　　分開來，其中的關係則可能會是相反的，亦即神的全知乃是憑藉著永恆的定
　　　　旨。我們沒有試著要完全解決這個神學爭議，仍可以論證到「同一群體」的概
　　　　念大概不適用於此處：經文含有非人稱名詞結構，就最不可能是指著同一群
　　　　體。[88]此處兩個詞彙之間的關係，可能是各自區別開來或其中一項包含於另一
　　　　項之中。在徒2的情境，按照路加基督論的論述「從預言與模式」，[89]最有可能
　　　　的選項是，πρόγνωσις 奠基於 ὡρισμένῃ βουλῇ（如此「先見」乃是「定旨」的一
　　　　部分），因為此章的一個焦點就是，神的定旨與彌賽亞受死與復活的關連。[90]
　　　　因此，神的定旨並非奠基於其預知道人類將要如何，而是人類的行動是奠基於
　　　　神的先見與預定的計畫。

87　參看太24:3；徒2:23，20:21；帖後2:1；多2:13；彼前1:21；彼後1:10。更詳盡的討論，請見
　　Wallace, "The Articles with Multiple Substantives," 188-219。

88　如果在這裡是隱含著同一群體的指稱，第二個詞彙就定義與解釋第一個詞彙。然而 ὡρισμένῃ
　　βουλῇ 乍看之下，比起 πρόγνωσις 較不模糊，因為 (1) 分詞的進一步說明與 (2) 與 πρόγνωσις 相
　　比，ὁρίζω 在解經上的爭辯較少（參見 R. Bultmann on πρόγνωσις in *TDNT* 1.715-16, and K. L.
　　Schmidt on ὁρίζω in *TDNT* 5.452-53）。

89　借用他的片語和主題：D. L. Bock, *Proclamation from Prophecy and Pattern: Lucan Old Testament
　　Christology* (Sheffield: JSOT, 1987)。

90　見 Bock，同上，155-87，透過討論舊約中的用法，用於支持徒2中的主題。

徒20:21　διαμαρτυρόμενος Ἰουδαίοις τε καὶ Ἕλλησιν **τὴν εἰς θεὸν μετάνοιαν καὶ πίστιν**
εἰς τὸν κύριον ἡμῶν Ἰησοῦν

又對猶太人和希利尼人證明當向神**悔改**，**信**靠我主耶穌基督

這段經文一個主要的解經問題，乃與保羅的講論、並且與這裡 μετάνοια 的用法
有關。其中最普遍的兩個觀點，彼此是不一致的。一方面來說，有些學者認為
這裡的結構乃是語句交錯排列法：猶太人當有信心而希臘人當悔改。[91] 雖然在
保羅向外邦人傳講福音的內容當中，轉向神是典型的模式（參照加4:8；帖前1:
9），[92]但這絕不是非典型保羅向猶太人的概念。[93] 也不是非典型路加神學的特
點。[94] 再說，TSKS 結構絲毫不暗示 μετάνοια 與 πίστις 之間有一致性。那些擁
抱交錯句法觀點的人，並沒有解釋這個問題。另一方面來說，許多學者論述到
兩個詞彙是為同一群體，或指向接近同一群體的所指，他們顯然是接受了 TSKS
結構所預設的結論。[95] 雖然這第二個觀點有考慮到希臘文的結構，但卻沒有考
量此結構中非人稱名詞的性質。

這裡的證據顯示，在路加的用法中，救贖的信心包含悔改。在那些簡單提到信
心的經文，似乎暗示著一個「神學的速寫」：路加認為悔改是為起初的行動，
而整段的行動才稱之為 πίστις。[96]如此，路加的認信觀並非一個兩階段的過程，
而是同一個階段；信心包含了悔改。當然，這樣的觀點正符合在含有非人稱名
詞之 TSKS 結構、第一個群體為第二個群體之子群，這個常見的用法。

91　參看 J. Roloff, *Die Apostelgeschichte: Übersetzt und Erklärt* (NTD；Göttingen: Vandenhoeck &
　　Ruprecht, 1981) 303；R. Pesch, *Die Apostelgeschichte* (EKKNT；Zürich: Benziger, 1986) 2.202。

92　在保羅描繪福音的文獻中，μετάνοια 不是個表達特性的用詞（μετανο——字群在保羅書信中只
　　有用過五次，大部分出現在哥林多後書，並且多數指著信徒而言〔羅2:4；林後7:9、10，12:
　　21；提後2:25〕）。為了避免犯語言學上的錯誤、以為是動詞化名詞的概念等同於動詞，然
　　而在路加轉述保羅在徒20的講論當中，的確可以在其他保羅書信中可以找到同樣措辭的例子。

93　在保羅書信當中，重複地闡述其對猶太人的頑固態度，不僅是對於基督、更是對著神以及他
　　們自身的罪（參看羅2:17-29，3:1-8，9:1-3，10:1-3，18-21，11:11-32；帖前2:13-16）。路加
　　描繪保羅的講論，也包含了猶太人需要悔改的信息（徒13:44-47，18:5-6，19:8-9，26:20，28:
　　24-28）。

94　實際的講論可以在路24:47主的敘述中找到，在那裡，悔改的信息乃是對著所有人傳講，而從
　　猶太人開始。亦可參照徒2:38，3:19，5:31。

95　參看例如：F. F. Bruce, *The Acts of the Apostles: The Greek Text with Introduction and Commentary*,
　　3d ed.rev. (Grand Rapids: Eerdmans, 1990) 431; S. D. Toussaint, "Acts," *The Bible Knowledge
　　Commentary: An Exposition of the Scriptures by Dallas Seminary Faculty: New Testament Edition*
　　(J. F. Walvoord and R. B. Zuck, editors；Wheaton: Victor, 1983) 413。

96　見 Wallace, "The Articles with Multiple Substantives," 210-13, 進一步的討論。

帖後2:1　Ἐρωτῶμεν δὲ ὑμᾶς, ἀδελφοί, ὑπὲρ **τῆς παρουσίας** τοῦ κυρίου ἡμῶν Ἰησοῦ
Χριστοῦ **καὶ** ἡμῶν **ἐπισυναγωγῆς** ἐπ᾽ αὐτόν

弟兄們，論到我們主耶穌基督降臨和我們到他那裡聚集

此段經文衝擊了美國福音派圈子中討論有關被提的課題。許多災後被提與非時
代主義學者認為兩者的所指相同，因為他們誤解了 Sharp 規則以及其所要求特
殊的必要條件。[97]

既然這個 TSKS 結構包含有非人稱名詞實名詞，因此，可以高程度懷疑這些詞
彙是指向同一事件。這裡正是一個這樣的例子，因為這些詞彙指向具體的時間
（耶穌的再來與聚集聖徒的時間），但是同一群體的類別在新約當中從未被證
實可以是為*具體的*非人稱名詞。

這不是說經文否定災後被提，因為即使這些字不指向相同的指涉，他們仍可能
會有重疊的二個類別。我們唯一的論點是，因為有一些學者誤用了句法，新約
神學上的若干進路因為沒有得到公平的聆聽而被拋棄了。

6. 結論

就如已經指出的，TSKS 結構在許多經文中使用，這些經文確實有著許多豐富
的神學議題（例如：我們主的神性、教會論、揀選與先見的聖經觀念、末世論等）。
雖然這個章節不成比例的長，且既然希臘文文法已經被不適當地應用於支持各種立
場，詳細的導正便是需要的。

C.冠詞，第二部分的結論

新約研究的歷史包含了許多諷刺的事。其中一個與冠詞的句法有關：一方面來
說 Colwell 的規則，就如在約1:1的應用，在許多基督論的爭議當中，已經成為三一
信仰者的王牌，即使整個規則事實上沒有解釋 θεός 的確定性。的確，在主要動詞
前、不帶冠詞的主格述詞補語，以及第四福音書中的基督論，對於此兩者個檢驗強
烈的支持了 θεός 的*定性*功能（此觀點肯定基督的神性，但卻基於不同的理由）。

另一方面而言，Sharp 的規則同樣也被誤用，以致於減低了基督論經文的價值。
在過去兩個世紀當中，相信三位一體者應用此規則在多2:13與彼後1:1時，顯得遲
疑。然而，適當的理解，卻顯示了此規則在新約應用中有高度的有效性。因此，這
兩個段落就如其他正典的部分，是穩固地確認基督的身分是 θεός。

97　參看例如：F. F. Bruce, *1 & 2 Thessalonians* (WBC；Waco, TX: Word, 1982) 163；L. Morris, *The First and Second Epistles to the Thessalonians* (NICNT；Grand Rapids: Eerdmans, 1959) 214。

形容詞

綜覽

參考書目

Abel, *Grammaire*, 127-30 (§32), 149-53 (§37); *BDF*, 125-29 (§241-46); **Brooks-Winbery**, 65-67；**Dana-Mantey**, 115-22 (§127-32); **Moule**, *Idiom Book*, 93-98；**Porter**, *Idioms*, 115-24；**Robertson**, *Grammar*, 401, 413, 650-75；**Turner**, *Syntax*, 29-32, 185-87, 225-26；**D. B. Wallace**, "Relation of Adjective to Noun in Anarthrous Constructions in the New Testament," NovT 26 (1984) 128-67; **Young**, *Intermediate Greek*, 80-84；**Zerwick**, *Biblical Greek*, 47-51 (§140-53).

序言

　　基本而言，關於形容詞只有三個問題需要討論：(1)此形容詞與名詞（或其他實名詞）之間的關係是什麼，如何分辨？(2)形容詞一般級、比較級與最高級的形式，是否在用法上有超出一般級、比較級與最高級的概念？(3)形容詞的功能是否能獨立於名詞之外？

　　這些問題將從相反的次序（或顛倒的次序）來處理，從最不具特殊意義（解經上）的問題，到最具特殊意義的問題。

I. 形容詞的非形容性用法

序言

　　形容詞最基本的角色便是用以修飾一個名詞或其他實名詞。如此一來，此形容詞可以被一個副詞所修飾。然而，在常見的狀況下，形容詞也超越此角色的範圍，在某一個層面上往前推進。也就是說，此形容詞能夠取代名詞的地位，或者可以取代副詞的地位。其名詞性的角色乃是形容詞用法上一種自然的延伸，而該情況當中句子省略名詞；其副詞性的功能則是約定俗成，一些特殊的詞彙通常都保有此種用法。

實名詞用法	形容用法	副詞用法
獨立用法	依附名詞	依附形容詞或動詞

表格5

形容詞的功能

A. 形容詞用作副詞

1. 定義

形容詞有些時候可用為副詞的功能。而有些用法乃對比於口語化的英文，如「我做得（或過得）不錯」(I am doing good) 或「快到這裡來！」(Come here quick!)。其他更為常見的情況中，則是使用形容詞慣用語的用法，諸如直接受格的形容詞在中性用法中常為副詞功能（或許出乎意外地發現，這一類慣用語的副詞性用法相當常見，即使不是慣常性，也至少是關鍵性的）。這些用法包含了許多套用陳規的詞彙群體，如 βραχύ、λοιπόν、μίκρον、μόνον、πολύ、πρῶτον、ὕστερον 等。

2. 例子

太6:33　ζητεῖτε δὲ **πρῶτον** τὴν βασιλείαν τοῦ θεοῦ

要**先**求他的國和他的義

約1:41　εὑρίσκει οὗτος **πρῶτον** τὸν ἀδελφὸν τὸν ἴδιον Σίμωνα

他**先**找著自己的哥哥西門

若異文 πρῶτος（ℵ* L Wˢᵘᵖᵖ Γ Δ Λ *Byz et alii* 所找到的）是為更早的文本，這裡的概念會是：「安得烈乃是歸從耶穌的第一人。πρῶτον……的意思在於，安得烈被呼召之後，第一件事就是找著自己的哥哥……。」[1]

約4:18　πέντε ἄνδρας ἔσχες καὶ νῦν ὃν ἔχεις οὐκ ἔστιν σου ἀνήρ· τοῦτο **ἀληθὲς** εἴρηκας.[2]

你已經有五個丈夫，你現在有的並不是你的丈夫。你這話是**真的**。

約10:10　ἐγὼ ἦλθον ἵνα ζωὴν ἔχωσιν καὶ **περισσὸν** ἔχωσιν

我來了，是要叫羊得生命，並且得的更**豐盛**。

腓3:1　**τὸ λοιπόν**, ἀδελφοί μου, χαίρετε ἐν κυρίῳ

最後，弟兄們，你們要靠主喜樂。

亦可參照太9:14 (πολλά)；太15:16 (ἀκμὴν)；可12:27 (πολύ)；路17:25 (πρῶτον)；徒27:20 (λοιπόν)；林後13:11 (λοιπόν)；彼前1:6 (ὀλίγον)。

1　B. M. Metzger，*A Textual Commentary on the Greek New Testament* (New York： United Bible Societies，1971) 200。

2　即使在希臘文當中，形容詞的用法也不是一致的。可預期地，許多文士將之轉為副詞ἀληθῶς（亦見 ℵE *pauci*），也可以注意在 徒14:19 (ἀληθὲς λέγουσιν) 的異文，出現於81 1739 *et alii*。

→ B. 形容詞獨立實名詞用法

1. 定義

　　形容詞的用法也常獨立於名詞之外。也就是說，形容詞可以有實名詞的功能（在這樣的情況底下，可以隱含著名詞或承擔名詞的詞彙意義）。

2. 釐清

　　雖非總是，但通常實名詞化的形容詞將帶有冠詞，用以指出其用法是為實名詞。有些字彙，諸如 κύριος（「主」），[3] ἔρημος（「沙漠」），διάβολος（「毀謗」或名詞用法「撒但」），並 ἅγιος（「聖潔」或名詞用法「聖人」），常常作實名詞用卻不帶冠詞，由於這些詞彙在新約中常會有獨立於名詞之外的用法，然而其他形容詞通常若要作為實名詞用法時，則多有使用冠詞。

　　進一步而言，當一個形容詞作為實名詞用法時，字的性別一般都被意義所限制而非文法考量。[4]也就是說，如果指稱男性，通常使用陽性形式；若指稱女性，則通常使用陰性形式；若指稱實體或概念，則使用中性形式。

3. 例子

太6:13　ῥῦσαι ἡμᾶς ἀπὸ τοῦ **πονηροῦ**

　　救我們脫離兇惡（惡者）

　　在這裡魔鬼的形象似乎明顯可見，而不是指著一般性的兇惡（然而，在5:39只提到邪惡的人）。這是英王欽定本中許多誤譯的例子：「救我們脫離兇惡。」這裡的祈求並非指著脫離一般性的兇惡，而是脫離那惡者的掌握。

太13:17　πολλοὶ προφῆται καὶ **δίκαιοι**

　　許多先知和義人

　　在這一段經文當中並沒有帶冠詞，但 δίκαιοι 卻很清楚地可以作為實名詞用法。這可能是基於 πολλοί，是一個代名詞化形容詞的事實，因此冠詞則不一定需要

---

[3]　雖然 κύριος 原來是為一個形容詞，在新約當中卻常有名詞的功能（BAGD，κύριος，詞彙分類一）。

[4]　有一個例外如下，當一個分詞化的名詞不斷被省略時，諸如 ἡμέρα（亦見來4:4中的 ἡ ἑβδόμη）或 χείρ（亦見太6：3中的 ἡ δεξια）。κοινή 這個詞彙、在希臘文，用來修飾已知的 διαλέκτος（一個第二格變式的陰性名詞）。在這個例子，形容詞的性別與被省略的名詞一致。同樣地，許多字彙是用中性，儘管是用來指稱人（見 Robertson，*Grammar*，653-54）。

存在。這是一個明顯的例子，結構上趨近於 Granville Sharp 結構的*複數*情況。（見上一章節，第二部分，將有此現象的討論）。

路6:45 ὁ ἀγαθὸς ἄνθρωπος ἐκ τοῦ ἀγαθοῦ θησαυροῦ τῆς καρδίας προφέρει **τὸ ἀγαθόν**, καὶ

ὁ **πονηρὸς** ἐκ τοῦ **πονηροῦ** προφέρει τὸ **πονηρόν**[5]

善人從他心裡所存的善就發出善來；惡人從他心裡所存的惡就發出惡來

徒2:33 τῇ **δεξιᾷ** τοῦ θεοῦ ὑψωθείς

他既被神的右手高舉

羅1:17 ὁ δὲ **δίκαιος** ἐκ πίστεως ζήσεται

義人必因信得生

林後6:15 τίς μερὶς **πιστῷ** μετὰ **ἀπίστου**;

信主的和不信主的有什麼相干呢？

林前13:10 ὅταν δὲ ἔλθῃ τὸ **τέλειον**, τὸ ἐκ μέρους καταργηθήσεται

等那完全的來到，這有限的必歸於無有了

雖然文法*上* τέλειον 可以指著「正典的完成」這件事（因為如果指涉的是事物，形容詞很自然會是中性，即使所指稱的名詞是陰性〔如 γραφή〕也一樣），但在這一段落當中很不容易看見此概念，所以這個概念預設 (1) 保羅與哥林多人都知道他所寫的是聖經，(2) 使徒預先看見新約在主回來之前已經完全。[6]一個比較可能的觀點是，「那完全的」指稱「基督的再臨」[7]（注意在12節所給的詞彙 [τότε] 作為「面對面」的含意，是一種人稱式的指稱，因此不容易與正典的觀點連結）。[8]

亦可參照太 19:17，27:29；可1:4；徒 5:31；羅 8:34，12:9、21；林前 1:20、25-28；加4:27；弗1:20，2:14、16；提前5:16；來1:3；彼前4:18；約壹2:20；啟3:7。

5　在 D W *et pauci* 之中，ἀγαθόν 之前的冠詞是省略的。

6　G. D. Fee, *The First Epistle to the Corinthians* (NICNT) 645, n. 23，提到這「當然是一個不可能的觀點，因為保羅自己不可能解釋。」

7　不能否認此指稱不是講到基督的再來，因為此形容詞是為中性形式；因為中性形式的形容詞基於修辭、格言原則與懸疑等理由而有時用以指稱人。見太12:6、41；林前1:27-28；來7:7。

8　不必認為神蹟的恩賜將持續至主第二次再來，因為在保羅的觀點中，基督回來時他仍會活著（見帖前4:15）。此份預期不認為此經文支持靈恩或神蹟恩賜終止的立場。

II. 形容詞的原級、比較級、最高級用法

序言

「原級」、「比較級」、「最高級」等詞彙，指的是同一個形容詞因應表達不同的程度而有的不同形式。如此在英文當中我們有「好」（原級）(nice)、「較好」（比較級）(nicer)與「最好」（最高級）(nicest)。[9]

*原級*形容詞專注於名詞詞彙的*類別*，而非程度。在這樣的意義當中，可以推論出一種絕對性的概念。如此，「綠色的房子」(the green house) 並不等同於與其他房子比較的「綠色」（"greenness" of one house to another）；而是，這個句子簡單指稱一個特定的綠色房子。然而句子「那位高大的婦女」(the tall woman)，雖然指出一個絕對的原則概念，（遑論有多少其他高大的婦女，這一位仍舊屬於此類別），但可以看出其中含蘊的比較級概念。在這些句子當中，我們或許能說這裡的比較級概念是類別*之間*的 (*inter*-categorical)，也就是說，存在於兩個不同的類別當中（諸如「高」、「矮」）。連同原級的形容詞，對照與比對並非相當明確，焦點著重於質而非程度。

*比較級*形容詞與*最高級*形容詞聚焦於名詞詞彙*程度上*的屬性，而非類別上的屬性。由此推論出一種相對關係而非絕對的概念，例如，「較高的婦女」(the taller woman)，這樣的詞彙只有指稱某一位婦女比起其他婦女而言有較高的身量，也有可能兩者都是矮小的。因此議題在於程度，因為高度是一種雙方共享的本質。因此，比較級與最高級形容詞的焦點可以說是*內在*類別的 (*intra*-categorical)。

比較級與最高級形容詞的區別並非類別、程度，而是在*數量上*。比較級形容詞基本而言只對比*兩個*實體（人、概念等），最高級形容詞基本上對比三者或以上。然而在新約（或一般用的口語希臘文）當中，這些類別中的用法有相當程度的重疊。

最後，*強調用法*同時適用於比較級與最高級的形容詞，表達了原級概念的*強化*（類同於在原級形式之前加上「*非常*」(very) 的意義）。這就是說，就如原級形容詞，用以強調的形容詞強調於類別而非程度上的，雖然這裡的*形式*既不是比較級也不是最高級的形式，因此意義上並沒有做出清楚的對比。例如：μείζων（比較級的形式，「較大」的意義 (greater)）有可能在某些時候有強調的功能，「*非常好*」(*very great*)。

9　感謝 Roberts（"Bobs"）Johnsons 在1993年春季，達拉斯神學院進深希臘文文法的課程中，所作關於新約中比較級與最高級形容詞用法的絕佳努力。

A. 形容詞的原級用法

→ 1. 一般用法

正常來說，原級的形容詞沒有對於其他受詞做出評論，而主要針對其所修飾的名詞（或者如果是敘述用法的形容詞，指著其用以主張的受詞）。它單單修飾所關連的名詞（例如，「一個好人」(a good man) 並不是指稱這個特定的人，比起其他人比較好〔比較級的概念〕），這樣的用法例行性地出現。

徒27:14　ἄνεμος τυφωνικός

狂風

羅7:12　ἡ ἐντολὴ ἁγία καὶ δικαία καὶ ἀγαθη,

誡命也是聖潔、公義、良善的

啟20:2　ὁ ὄφις ὁ ἀρχαῖος

古蛇

2. 原級作比較級用

在鮮少的情況底下，原級的形容詞能夠用為比較級之用。

太18:8　καλόν σοί ἐστιν εἰσελθεῖν εἰς τὴν ζωὴν κυλλόν

缺一隻手，或是一隻腳，進入永生，強如……

這裡的 ἤ 在句子之後使用，指出比較級的概念。顯然地，原級的形容詞概念並不充分，也就是說，「這樣是不好的！*傷殘進入永生。*」

路18:14　κατέβη οὗτος δεδικαιωμένος εἰς τὸν οἶκον αὐτοῦ παρ' ἐκεῖνον

這人回家去比那人倒算為義了

在這一段經文當中，形容詞用法的分詞，功能上作為形容詞之用，Zerwick 注意到耶穌所講的話，真正的焦點在於稅吏「倒算為義而其他人並非如此」，更好的註解是「*比起其他人更算為義*」。[10]

林前10:33　μὴ ζητῶν τὸ ἐμαυτοῦ σύμφορον ἀλλὰ τὸ τῶν πολλῶν

不求自己的益處，只求眾人的益處

10　Zerwick，*Biblical Greek*，48。形容詞化的分詞有比較功能，是因為與「παρ' ἐκεῖνον」並列使用。其中 παρα＋直接受格通常是用作比較（亦見路3:13；來1:4，3:3，9:23，11:4，12:24）。不過，在這樣的比較用法中，「其中一組（對比的一組）在整體的考量中會受到較少的關注，於是『比……更多』就成為『取代、更是、排除……的可能性 (*instead of, rather than, to the exclusion of*)』等類的表達。」（BAGD，παρά，詞類的敘述 III. 3 [p. 611]）

在這比照概念中詞彙上嵌入之特定的實名詞化形容詞（特別是 πολύς），用為含蘊地對照用法。如此的例子並不跟隨比較級形容詞結構上的形式（如它們不會被所有格或 ἤ 所跟隨）。

亦可參照太24:12；路16:10；約2:10。

3. 原級作最高級用

通常原級的形容詞在地位上可以作為最高級使用。當一個原級的形容詞作為形容地位，必且帶有具有出眾特質的指涉物件或對象之冠詞時，具有最高級形容詞的功能。鮮少的情況下也可以看見敘述用法的形容詞同樣具有最高級形容詞的功能。

太22:38　　αὕτη ἐστὶν ἡ **μεγάλη** καὶ πρώτη ἐντολή

　　　　　這是誡命中的**第一**，且是**最大的**

路9:48　　ὁ μικρότερος ἐν πᾶσιν ὑμῖν ...... ἐστιν **μέγας**

　　　　　你們中間最小的，他便為**大**

路10:42　　Μαριὰμ τὴν **ἀγαθὴν** μερίδα ἐξελέξατο

　　　　　馬利亞已經選擇那**上好**的福分

　　　　　當然在這裡的形容詞可能功能上是作為比較級之用（馬利亞已經選了*較好*的部分）。

來9:3　　**ἅγια** ἁγίων[11]

　　　　　至聖所

　　　　　這裡是「至聖所」的概念，由於希伯來文的用法中缺乏比較級與最高級的形式，因此有些情況底下就需要以這樣的方式提供此概念的使用。通常一個所有格與其所修飾的名詞為相同的詞彙用法，就如這裡的用法一樣。這一類的表達方式在希臘文並不常見的情況，因為在新約當中，大部分的情況是受到閃族語言的影響，並且許多是直接引自舊約的話，亦可參照啟17:14與19:16中 βασιλεὺς βασιλέων 與 κύριος κυρίων 的用法；腓3:5中Ἑβραῖος ἐξ Ἑβραίων 的用法。[12]

亦可參照路1:42（形容詞化的分詞）；啟22:13。

B. 比較級形容詞用法

比起原級形容詞的用法，出現頻率較少的情況是比較級與最高級的形式，新約當中*將近有7399*的原級形容詞用法、198種比較級用法、191種最高級用法。[13]

11　帶有雙重冠詞的結構 (τὰ ἅγια τῶν ἁγίων) 有多處使用的證據（如 ℵ^c B D^c K L 1241 *et pauci*）。

12　除非 κύριος 在這裡作為形容詞之用，來9:3 是新約中包含兩個形容詞結構的唯一例子。

13　根據 *acCordance* 的統計都不準確，新約中只有三十九次最高級用法。然而，這個數字需要修正，因為 *acCordance* 的最新版本錯誤地解析了字詞、以功能作為統計標準而非字形。例如，

→ 1. 一般用法

比較級的形容詞正常的情況下是作為比較之用（顧名思義）。當中有很大一部分包含了清楚的比較用法，在那些情況底下跟隨著比較用法的所有格，或質詞 ἤ，使用 παρά 或 ὑπέρ。但比較級的形容詞鮮少地用為實名詞的情況，通常都由比較級詞彙來暗示。

太12:6　λέγω ὑμῖν ὅτι τοῦ ἱεροῦ **μεῖζόν** ἐστιν ὧδε

但我告訴你們，在這裡有一人比殿**更大**

可10:25　**εὐκοπώτερον** ἐστιν κάμηλον διὰ τῆς τρυμαλιᾶς τῆς ῥαφίδος διελθεῖν ἢ
πλούσιον εἰς τὴν βασιλείαν τοῦ θεοῦ εἰσελθεῖν

駱駝穿過針的眼，比財主進神的國**還容易**呢

腓1:14　τοὺς **πλείονας** τῶν ἀδελφῶν ἐν κυρίῳ πεποιθότας τοῖς δεσμοῖς μου
περισσοτέρως τολμᾶν......

並且那在主裡的弟兄**多半**因我受的捆鎖就篤信不疑，**越發**放膽傳神的道，無所懼怕。

來4:12　ζῶν ὁ λόγος τοῦ θεοῦ καὶ ἐνεργὴς καὶ **τομώτερος** ὑπὲρ πᾶσαν μάχαιραν
δίστομον

神的道是活潑的，是有功效的，比一切兩刃的劍**更快**

亦可參照約4:41；羅9:12；來1:4；彼前3:7。

2. 比較級作最高級用

即使是相對少的情況，比較級形容詞可以作為最高級之用。就如 Turner 所指出，解經上的重要意義「在於比較級滲入了原本最高級該使用的情況，若有需要的話，有警覺的翻譯者不會放棄做出不同翻譯的機會……。」[14]

路9:48　ὁ **μικρότερος** ἐν πᾶσιν ὑμῖν...... ἐστιν μέγας

你們中間**最小**的，他便為大

同時也應注意原級形式的 μέγας 是作為最高級的意義。

πρῶτος（一百個句子）或 ἔσχατος（五十二個句子）在字的形式上都是最高級形容詞，卻沒有在 *acCordance/Gramcord* 中被標注出來。但它們卻在新約中最高級用法的191例中，包含了152例。同樣地，*acCordance* 將形容詞在功能上作為副詞的，都標記為副詞，而不是被標記為形容詞。還不知道像這些被標定的形容詞有多少。

14　Turner，*Syntax*，2-3.

提前4:1　ἐν ὑστέροις καιροῖς ἀποστήσονται τινες τῆς πίστεως

　　　　　在後來的時候，必有人離棄真道

林前13:13　νυνὶ δὲ μένει πίστις, ἐλπίς, ἀγάπη, τὰ τρία ταῦτα· μείζων δὲ τούτων ἡ ἀγάπη

　　　　　如今常存的有信，有望，有愛這三樣，其中最大的是愛

在這裡有時 μείζων 是作為最高級功能仍有爭議。因為一個「真正的比較級」概念，在希臘式的語言當中，雖然可以有很大的彈性，在功能中可用為比較級或最高級，但是在新約當中仍然鮮少將比較級作為最高級用。例如，Winer-Moulton 論證到，信心與盼望是一個單位，而愛心對比於此一單位，「信心——盼望」。[15]這個觀點所伴隨的一個問題在於過度細瑣並且缺乏文法上的基礎：信心與盼望並非與愛心分離的，反倒是應當放在同一個群體當中。[16]

近期，Martin 認為 μείζων 是真正的比較級用法，他論證到這個段落的意義是「這些三者中最大的是神的愛。」[17]這當中也有太過細瑣的問題：為什麼我們應該增加「神的」？不只上下文沒有線索提到這樣可以成立，而且在經文後段，ἀγάπη 之前的冠詞幾乎可以確定指的是在前的 ἀγάπη 這字，如果是如此，那麼透過這個經文我們便可以知道此處所指的愛與前處同。[18]

亦可參照太18:1；可9:34。

3. 比較級作強調用

有時後比較級形容詞可作為強調之用的意義，亦即此形容詞的本質是作為強化之用，而非作為比較級（如 ὁ ἰσχυρότερος ἀνήρ 可能指著「強壯非常的人」而非「比較強壯的人」）。在古典希臘文當中強調的概念通常保留為最高級的形式，但口語的希臘文則以比較級侵入最高級的範圍。

a. 清楚的例子

徒13:31　ὃς ὤφθη ἐπὶ ἡμέρας πλείους

　　　　　多日看見他

15　「我們必須翻譯為，*其中最大的是愛*；所以使用比較級，是因為愛心是以一*個*類別、與信心與盼望作比較。」(Winer-Moulton, 303)

16　再者，實際上要求 οὗτος 在這節的前半與後半有不同意義（「這三者」，「大於此〔兩者〕」）的這種觀點，實在不是一種尋常的進路。然而 Winer-Moulton 試圖繞過此問題，翻譯為「這些當中較大的是愛」，然而其實就是作為最高級的概念！

17　亦見 R. P. Martin，"A Suggested Exegesis of 1 Corinthians 13：13," *ExpTi* 82 (1970-71) 119-20.

18　其他反對 Martin 之觀點的討論，見 D. A. Carson，*Showing the Spirit*：*A Theological Exposition of 1 Corinthians 12-14* (Grand Rapids: Baker，1987) 72-74。

徒17:22　κατὰ πάντα ὡς **δεισιδαιμονεστέρους** ὑμᾶς θεωρῶ

我發現你們在各種事上非常敬虔

英王欽定本翻譯為：「我確切知道你們在所有事上都非常迷信。」(I perceive that in all things ye are too superstitious)，但這樣的翻譯在語言學上是不必要的，因為比較級在口語希臘文中作為強調用法是有相當完整的用法基礎。進一步而言，這個特殊的詞彙 δεισιδαίμων 在其他的文學作品中用為中性的意義；[19] 然而「保羅在亞略巴古的這一段表達讚美的序言⋯⋯必須作為宗教上的意義。」[20]

亦可參照徒21:10，24:17；林後8:17。

b. 解經上可能具有特殊意義的例子

太13:32　ὃ **μικρότερον** μέν ἐστιν πάντων τῶν σπερμάτων

〔芥菜種⋯⋯〕小於所有的種子

或許〔芥菜種〕在所有的種子中是很小的

第一種翻譯給予這個形容詞作為比較級的意義，而第二種的翻譯則給予強調性的意義。這個經文由許多美國的福音派學者發展出神學上的歧異：耶穌似乎是宣稱芥菜種比起其他的種子更小，事實上*並非*最小的（野生蘭花種子更小）。一個典型的解決方式是將此形容詞視為強調用法。有雙重的說詞：(1) 在新約當中有些時候作為強調用法，是早已經被建立的用法 (2) 所有格 πάντων τῶν σπερμάτων 不一定是作為比較用所有格，可能是表達「在⋯⋯其中」的概念，就如在以下經文中可以看見：太23:11；約8:7；徒19:35；林前2:11；加2:15等。然而，似乎從表面來說，*可能*將 μικρότερον 視為強調用法，但似乎並非最可能的情況，撇開我們現今的科學化知識，很少會將 μικρότερον 理解為強調用法。就如林前13:13，一個所有格跟隨在比較級形容詞之後，將被視為比較級的用法；在兩個情況當中，比較的觀念出現在兩者以上的詞彙當中，自此其功能則為最高級。其他的進路（都將 μικρότερον 視為最高級的概念）如下：(1) σπέρμα 是用以指稱一個撒出去的種子；在撒出去的種子當中芥菜種是為最小的；[21] (2) 在巴勒斯坦的農業觀點當中，芥菜種是最小的種子；(3) 此敘述是一句格言（如此，耶穌引用箴言作為修辭上的用意）。當然文法並不能解決這個問題，但確

19　見 BAGD，s.v. δεισιδαίμων; Moulton-Milligan, s.v. δεισιδαιμονία, δεισιδαίμων.

20　BAGD，同上 亦見 F. J. F. Jackson and K. Lake, *The Beginnings of Christianity, Part I：The Acts of the Apostles* (Grand Rapids: Baker, 1979 [reprint ed.]) ,vol. 4 (by K. Lake and H. J. Cadbury), 214，見其他論證。

21　可4:31增加了修飾語「當它被撒出去，它是較小的」(ὅταν σπαρῇ ἐπὶ τῆς γῆς, μικρότερον)。不過，σπέρμα 也是用於表示種子的典型用詞，不論是否將種子撒出去。

實指出一個方向（亦即比較級作最高級用），似乎指出在許多小山丘當中的大山（或從芥菜種長成大樹，就如此例子所提）！

C. 最高級形容詞用法

→ 1.「一般」用法

在希臘化希臘文當中，最高級形容詞來表達真正的最高級意義已經在逐漸淡出。因此這種用法雖是「正規的」，但已接近名存實亡了。雖然它們較其他用法頻繁，但彼此的差距是可有可無的。

這樣的「一般」用法相當大程度是基於 πρῶτος 與 ἔσχατος 的例子，這樣的情況在新約當中是出現最多的最高級的形式。這兩者需要分別討論，因為它們會影響數據的準確性。撇開這兩個詞彙，新約當中趨近於一半的最高級形式的詞彙功能上作為最高級。[22]

約11:24　　ἀναστήσεται ἐν τῇ ἀναστάσει ἐν τῇ **ἐσχάτῃ** ἡμέρᾳ

　　　　　　我知道在末日復活的時候，他必復活

徒16:17　　οὗτοι οἱ ἄνθρωποι δοῦλοι τοῦ θεοῦ τοῦ **ὑψίστου** εἰσίν

　　　　　　這些人是至高神的僕人

林前15:9　　ἐγὼ εἰμι ὁ **ἐλάχιστος** τῶν ἀποστόλων

　　　　　　我原是使徒中最小的

弗3:8　　　ἐμοὶ τῷ **ἐλαχιστοτέρῳ** πάντων ἁγίων

　　　　　　我本來比眾聖徒中最小的還小

　　　　　　這裡是最高級中的比較，可能是杜撰的情況！[23]一個更直譯的翻譯方式可能是「較小的」(leaster) 一類的意義。[24]有個對於以弗所書的真實性有趣的論證，是將其中自傳性的註記，與林前5:19相比較。哥林多前書，認定為成書時間早於以弗所書，該處保羅認定自己為使徒中最小的，而此處範圍則更大。一些學者（如 Barth、Beare、Bruce、Wood）認為在這個敘述當中可以看出使徒真實性的印記，一個偽造者不太可能像保羅一樣將自己看得如此低微。

　　　　　　Lincoln反對之論述道：「然而這個強化敘述也符合教會中後使徒時期的傾向，強調出使徒的卑微，用以更多聚焦於基督恩典在他們生命當中的偉大影響（見

22　大部分「真正」的最高級情況（不包括 πρῶτος 與 ἔσχατος）可以在 ὕψιστος 找到，通常作為神的頭銜（路1:35、76，6:35；徒7:48；來7:1）。

23　在新約當中沒有出現其他的最高級——比較級形式，雖然有一個重疊的比較級出現在約參4（μειζοτέραν）。

24　雖然 Robertson 質疑這裡是作為強調用法 (*Grammar*, 670)。

提前1:15，該處保羅並不只是成為基督徒中最小的，甚至認為自己是罪魁⋯⋯。」[25]
但Lincoln的進路幾乎假設教牧書信是不真實的（此觀點今日更加蓬勃發展），
使他的論證陷入循環。當一個人真正將新約當中使徒的自傳，與後使徒時期的
偽經作比較，他會注意到語氣上顯而易見的差異。在偽經當中，通常使徒被奉
為完人；在新約書信當中，他們驚訝於神在他們生命當中的恩典。[26]

亦可參照太2:6，20:8，21:9，22:25；可5:7，9:35，10:31；路2:14，16:5，20:
29；徒26:5；提前1:15；猶20；啟1:17，4:7，21:19，22:13。

→ ## 2. 最高級作強調用

除了 πρῶτος 與 ἔσχατος 之外，最高級用於強調用法的比例，與作為實際最高級
用法的比例相當。[27]然而，當 πρῶτος 與 ἔσχατος 列入考慮的時候，這個類別則落入
較小的區塊。[28]

可4:1   συνάγεται πρὸς αὐτὸν ὄχλος **πλεῖστος**

         有許多人到他那裡聚集

路1:3   **κράτιστε** Θεόφιλε

         提阿非羅大人

         κράτιστος 在希臘化文學當中，是用為術語的詞彙，指稱政府官員。[29]亦可參照
         徒23:26；24:3；26:25。

林前4:3   ἐμοὶ εἰς **ἐλάχιστόν** ἐστιν, ἵνα ὑφ' ὑμῶν ἀνακριθῶ

         我被你們論斷，或被別人論斷，我都以為極小的事

亦可參照太21:8；路12:26（可能的例子），16:10（可能的例子），19:17；林
後12:9、15；雅3:4；彼後1:4；啟18:12（可能的例子），21:11。

→ ## 3. 最高級作比較用

不少情況當中，最高級與比較級有相同的意義，用以比較*兩個*物件而非比較三
個以上的物件。這樣的用法常見於 πρῶτος（雖然正常的情況底下是用為最高級的用

---

25 Lincoln，*Ephesians* (WBC) 183.

26 Lincoln 引用巴拿巴書信 5.9作為後使徒時期貶抑使徒的例證。但這個敘述並非自傳的形式，
    也不是大部分後使徒時期著作的典型作品（例如 Ignatius，*Ephesians* 12.1-2）。

27 Robertson 隱暗地說，此用法「包含大部分新約中的最高級形式的用法」(*Grammar*, 670)。*BDF*
    做出類似的評論：「在新約當中，其餘的最高級形式大部分是用為『強調』功能，就如在蒲
    草文獻中類似」(32-33 [§60])。

28 很少帶有這兩個形容詞的例子，可以被視為是強調用法的。最可能的例子是路14:9、10與徒
    2:17。

29 BAGD，見 κράτιστος，1。

法），少數的情況出現在 ἔσχατος，而在其他最高級形式當中並沒有出現這樣的用法。

a. 清楚的例子

太21:28　ἄνθρωπος εἶχεν τέκνα δύο. καὶ προσελθὼν τῷ **πρώτῳ** εἶπεν ......

一個人有兩個兒子。他來對**大**兒子說……

約20:4　ὁ ἄλλος μαθητὴς ...... ἦλθεν **πρῶτος** εἰς τὸ μνημεῖον

那門徒（比彼得跑的更快，）**先**到了墳墓

在古典希臘文當中，πρῶτος 的用法通常指稱至少三*個*比較的物件，如果這裡是屬於這一類的例子，那麼在場應該有三個門徒（不同的例子 οἱ δύο 出現在較早的經文）但是在新約的用法中，如同現代口語化的英文，比起早先的世代中，放寬了許多文法標準。

亦可參照約1:15、30，20:8；提前2:13；來8:7，9:1，10:9；彼後2:20；啟20:5。[30]

b. 具爭議的例子與解經上有重要意義的例子

徒1:1　Τὸν μὲν **πρῶτον** λόγον ἐποιησα,μην

我已經作了前書

在這一段經文的解釋當中，Zerwick 提到：「πρῶτος 在句子中的用法，用以表達『先前的』、『在先的』，在解經上被認定具有一些重要性，因為如果這個用法並不算數，而正典中的古典用法卻使用，從序言到路加所寫的使徒行傳，試著要描述出，不僅在福音書跟使徒行傳，也出現在其他書卷系列當中；因為……πρῶτος 只有在古典用法當中是複數而非雙數，而這當中使用 πρότερος。」[31]
相反的觀點乃由 Theodor Zahn 提出，論證到路加打算寫成第三卷書，Zahn 的觀點今天已普遍被放棄。

路2:2　αὕτη ἀπογραφὴ **πρώτη** ἐγένετο ἡγεμονεύοντος τῆς Συρίας Κυρηνίου[32]

這是居里扭作敘利亞巡撫的時候

這裡的經文拋出路加寫作準確性的嚴重爭論，有兩個以下的原因：(1) 在巴勒斯坦最早的羅馬巡撫出現於公元六至七年；(2) 若有的話，鮮有證據提到居里扭在希律王於公元前四年去世之前，乃是敘利亞的巡撫。按照這些理論，許多學者相信路加乃是提到公元六至七年時期的巡撫，而當時是居里扭作為敘利亞

---

[30]　出現的例外在於 彼後2:20 (ἔσχατος)，這些經文全都使用 πρῶτος。

[31]　Zerwick, *Biblical Greek*, 50.

[32]　某些手抄本當中，在 αὕτη 之後加入 ἡ，雖然絕大多數是晚期的（如 אᶜ A C L W *f*[1,13] 33 *Byz*）。

的巡撫。同時，路加顯示他的寫作有精準的歷史性，他知道有後來的戶口普查（參見徒5:37），並且知道耶穌並非出生得那麼遲（參見路1:5）。

這個議題無法準確地被解決，雖然有兩三個觀點不太可能。第一，πρώτη 是否作為最高級的用法乃是被質疑的：「最後三者中的第一」，πρῶτος 被用為比較級用法的觀點，並非只在新約當中被建立，但不需要同時論及歷史紀錄的困難討論。[33]

第二，有時候可以看到在翻譯上有這樣的建議：「這次的戶口普查乃是在敘利亞巡撫居里扭*戶口普查之前*執行。」[34]論證到其他的比較級表達當中，常省略用字（如在約5:36與林前1:25），因此在這裡也有可能是如此，但這樣的基礎並非充足，有以下的理由：(a) 在約5:36與林前1:25中，所有格隨即跟隨著比較級形容詞，使得比較級更為凸顯，而這裡的經文當中，所有格 Κυρηνίου 與 πρώτη 字距太遠，因此為獨立所有格片語結構的一部分，[35]如此，在其他經文中必須提供的重要元素在此處經文中並未發現。[36] (b) 這樣的觀點預先假設了 αὕτη *修飾* ἀπογραφή。既然結構是不帶冠詞的結構，這樣的觀點幾乎是不可能的（因為當一個指示詞功能上修飾一個名詞，此名詞幾乎總是帶著冠詞）；[37]一個更為自然的翻譯應該是「這是第一次的戶口普查……」而非「這次戶口普查乃是……」。

第三，πρώτη 通常被視為副詞：「此次戶口普查發生於居里扭擔任敘利亞巡撫之前。」[38]此進路的優點在於避開了居里扭與希律重複統治該地的歷史性問題，然而，就如之前提過的觀點，其錯誤地預設了 αὕτη 修飾 ἀπογραφή。進一步而言，其忽略了 πρώτη 與 ἀπογραφή 之間的一致性，使得形容詞更可能發揮形容詞的功能，而非作為副詞性的功能。

總結而言，路2:2簡單易得的解答不會理所當然地出現。當然這不表示路加寫錯

33　希奇的是，Robertson 認為戶口普查「是一連串、我們所得知戶口登記的第一次」(669)！

34　見 Turner, *Insights*, 23-24，關於此觀點的辯護意見。此觀點早就在第十七世紀、由 Herwartus 清楚地解釋了，並為 Huschke、Tholuck、Lagrange、Heichelheim、Bruce、Turner，等所主張。

35　H. Hoehner, *Chronological Aspects of the Life of Christ* (Grand Rapids: Zondervan, 1977) 21，同樣論證：「路2:2與其他經文的明顯差異是，路2:2乃使用一個分詞片語『當居里扭擔任敘利亞巡撫時』，這很難以處理，也就是說，『此次戶口普查是早於居里扭擔任敘利亞巡撫時期所執行的。』」

36　Winer-Moulton, 306，準確地稱呼此觀點「笨拙的，如果不是不合文法的話。」

37　BAGD指出：「當不帶冠詞時，指示詞與名詞之間就沒有關連，二者中就有一為述詞……。」(οὗτος，2.c. [597])。它給了兩個例外，稱為「較難理解的」（徒1:5）與「最難理解的」（徒24:21）

38　亦見 A. J. B. Higgins, "Sidelights on Christian Beginnings in the Graeco-Roman World," *EvanQ* 41 (1969) 200-1。

了，Marshall 與 Schürmann 一致，說：「在此，告誡那些太快認定路加寫錯的論點；只有發掘新的歷史證據才有可能解決此難題。」[39]到這裡，我們必須離開這項討論了。

形容詞三種形式的多元功能歸納如下。

形式 功　　能	原級	比較級	最高級
原　　級	X	○	○
比 較 級	X	X	X
強調用法	○	X	X
最 高 級	X	X	X

圖表33

形容詞形式的語意範圍

III. 形容詞跟名詞的關係

形容詞與名詞之間的關係可以是形容用法或是敘述用法。也就是說可以是修飾名詞或維護關於此名詞的某個特性。除了代名詞化用法的形容詞與名詞的並用（如 πᾶς, ὅλος, εἷς），當冠詞出現時，通常可以輕易分辨其關係。

A. 當有冠詞存在時

→ 1. 作形容用法之形容詞位置

→ a. 第一形容位置

第一形容位置是冠詞──形容詞──名詞（如 ὁ ἀγαθὸς βασιλεύς ＝好君王）。在這樣的結構當中，「形容詞承襲了比起實名詞更多的強調功能。」[40]這樣的用法相當普遍。

太4:5　　τὴν ἁγίαν πόλιν

聖城

39　　I. H. Marshall, *Luke: Historian and Theologian* (Grand Rapids: Zondervan, 1971) 69, n. 5，列下 H. Schürmann, *Das Lukasevangelium* (Freiburg, 1969) 1.98-101 的論點作為他自己的支持。
關於此問題的解決，特別是從歷史的觀點，參見 Hoehner, Chronological Aspects, 13-23。

40　　Robertson, *Grammar,* 776.

路6:45 ὁ **ἀγαθὸς** ἄνθρωπος

　　　　善人

腓3:2 βλέπετε τοὺς **κακοὺς** ἐργάτας

　　　　防備作惡的

約壹4:18 ἡ **τελεία** ἀγάπη ἔξω βάλλει τὸν φόβον

　　　　愛既完全，就把懼怕除去

　　亦可參照太5:26；約2:10；徒9:31；羅7:2；弗3:5；雅1:21；猶3。

→ b. 第二形容位置

　　第二形容位置是冠詞──名詞──冠詞──形容詞（如 ὁ βασιλεὺς ὁ ἀγαθός ＝好君王），形容詞的配置差異並非討論關係的問題，而是在位置與強調的用法。在第二形容位置中，「實名詞與形容詞都接受了強調意義，而形容詞藉著添加的的冠詞站在同位詞的位置，表達了強調的口吻。」[41]一項文字（儘管有點特異）的旁註，帶出 ὁ βασιλεὺς ὁ ἀγαθός 這個結構的涵義，是指著「這位君王，是一位好王」，這樣的結構頻繁地出現。

太5:29 εἰ ὁ ὀφθαλμός σου ὁ **δεξιὸς** σκανδαλίζει σε

　　　　若是你的**右**眼叫你跌倒

徒11:15 ἐπέπεσεν τὸ πνεῦμα τὸ **ἅγιον** ἐπ᾽ αὐτούς

　　　　聖靈便降在他們身上

來6:4 γευσαμένους τῆς δωρεᾶς τῆς **ἐπουρανίου**

　　　　嘗過**天**恩的滋味

啟19:2 ἔκρινεν τὴν πόρνην τὴν **μεγάλην**

　　　　他判斷了**大**淫婦

　　亦可參照可3:29；路1:59；林前7:14；提前5:25；來4:4；雅3:7。

c. 第三形容位置

　　第三形容位置是名詞──冠詞──形容詞（如 βασιλεὺς ὁ ἀγαθός ＝好的君王）。「這裡實名詞〔通常〕是非限定且為一般性的，而形容用法的〔形容詞〕產生特殊的應用。」[42]為了要帶出此結構中的*功能*，我們或許可以翻譯 βασιλεὺς ὁ ἀγαθός 為「一個王，他是好的。」這是作形容用法之形容詞位置，最不常見的一種，只有少數與

41　同上，777。

42　同上。

形容詞一同出現的情況。[43]

路15:22   ταχὺ ἐξενέγκατε στολὴν τὴν **πρώτην**[44]

把那**上好**的袍子快拿出來

這裡的概念是「拿出那個袍子、上好的那個。」

約1:18   μονογενὴς θεὸς ὁ **ὢν** εἰς τὸν κόλπον τοῦ πατρός

在父懷裡的獨生子

在第三形容位置的情況當中，比起形容詞更常出現的情況是分詞，分詞使用的時候，冠詞應當被翻譯為類似關係代名詞的情況。

亦可參照太4:13；路23:49（形容詞化分詞）；徒2:20；羅16:10；加1:1（形容詞化分詞）；啟14:8。

2. 作述詞用法之形容詞位置

➜ a. 第一述詞位置

第一述詞位置是形容詞——冠詞——名詞（如 ἀγαθὸς ὁ βασιλεύς = 這個王是好的）。此處，形容詞似乎比起名詞稍多了一點強調，如此，為了要帶出此結構的功能，一種翻譯可能是 ἀγαθὸς ὁ βασιλεύς 就如「好的（王），是這個王。」這樣的用法相當普遍。

太5:9   **μακάριοι** οἱ εἰρηνοποιοί

使人和睦的人有**福**了

可9:50   **καλὸν** τὸ ἅλας

鹽本是**好**的

林後1:18   **πιστὸς** ὁ θεός

信實的神約

壹3:10   ἐν τούτῳ **φανερά** ἐστιν τὰ τέκνα τοῦ θεοῦ

從此就**顯**出誰是神的兒女

亦可參照太7:13；可6:35；路10:7；約3:19；徒7:39；羅7:13；多3:8；來6:10；彼前2:3；啟5:12。

---

43   在新約當中只有出現二十幾次（除了使用專有名詞的幾個句子）。不過，若修飾詞非為形容詞的情況時（諸如分詞、介系詞片語或所有格附屬語等），它常在第三形容位置。在這些情況，冠詞乃被翻譯得有如關係代名詞一般。見「冠詞第一部分：冠詞作為關係代名詞」中的討論

44   某些抄本在 στολήν 之前加上 τήν（亦見 𝔓[75] D[2] f[1,13] *Byz et alii*）。

➔ b. 第二形容位置

第二述詞位置是冠詞──名詞──形容詞（如 ὁ βασιλεὺς ἀγαθός ＝ 這個王是好的）此處強調若不是平均地處落在形容詞與名詞之上，就是落在名詞多一些，這樣的用法也相當普遍。

約3:33　　ὁ θεὸς **ἀληθής** ἐστιν

　　　　　神是真的

羅12:9　　ἡ ἀγάπη **ἀνυπόκριτος**

　　　　　愛（人）不可虛假

雅2:26　　ἡ πίστις χωρὶς ἔργων **νεκρά** ἐστιν

　　　　　信心沒有行為也是死的

彼前2:12　τὴν ἀναστροφὴν ὑμῶν ἐν τοῖς ἔθνεσιν ἔχοντες **καλήν**

　　　　　你們在外邦人中，應當品行端正

　　　　　在這個結構當中的述詞形容詞也是在「受詞──受詞補語」結構當中的補語。

　　　亦可參照太5:12；可9:3；路11:34；徒8:21；林前14:14；加4:1；來4:12、3；約叁12。

3. 摘要

當有冠詞存在時，形容詞跟名詞的關係相當容易決定。當形容詞出現在冠詞──名詞的結構*當中*（如：當有一個冠詞緊跟在這個詞之前），對於名詞而言此形容詞是為形容用法，故此是在某種程度上為修飾或限定該名詞。當形容詞出現在冠詞──名詞的群體之外，則此形容詞是作為名詞的敘述用法，更多強調該名詞。

這些規則的唯一例外是當有冠詞存在時，作為代名詞化形容詞的情況（也就是在功能上有時可以作為形容詞，有時可以作為代名詞的字詞，諸如 πᾶς、ὅλος）。這些字詞很可能是站在述詞*位置*，但卻與該名詞之間有著形容*關係*。除了代名詞化的形容詞之外，當有冠詞存在時，形容詞的（結構上的）與名詞之間位置關係，將決定它與名詞之間的位置，和它與名詞語意上的關係。

	第一	第二	第三
形容用法	冠詞——形容詞——名詞（ὁ ἀγαθὸς ἄνθρωπος ＝這個好人）	冠詞——名詞——冠詞—形容詞（ὁ ἄνθρωπος ὁ ἀγαθός ＝這個好人）	名詞——冠詞——形容詞（ἄνθρωπος ὁ ἀγαθός ＝這個好人）
敘述用法	形容詞——冠詞——名詞（ἀγαθὸς ὁ ἄνθρωπος ＝這個人是好的）	冠詞——名詞——形容詞（ὁ ἄνθρωπος ἀγαθός ＝這個人是好的）	無

表 6　形容詞的形容位置與述詞位置

B. 當沒有冠詞存在時

當冠詞不存在時，形容詞跟名詞的關係難以確定。在新約當中這樣的結構出現差不多2400次，超過四分之一為形容詞——名詞結構。可以理解地，無冠詞狀態的形容詞——名詞結構能夠表達出來的，若不是形容用法就是敘述用法關係。[45]例如，βασιλεὺς ἀγαθός 能夠表達「一個好的王」或「一個王是好的」。然而，有許多其他的規則將在以下的章節當中繼續討論。

→ 1. 無冠詞的形容詞——名詞結構

與其分開討論形容與述詞位置，兩者應該在相同的結構標題底下討論。這當中的原因在於，當有冠詞存在時，結構將支配語意。在無冠詞的結構當中，既然冠詞不存在，形容詞的位置並不決定此形容詞與名詞之間的關係。

a.（不帶冠詞）第一形容位置

如此，當我們可以*由上下文*決定形容詞是落在形容詞——名詞結構中（注意此字序：形容詞、之後才是名詞）表達出對於此名詞的形容關係，這是屬於*第一（不帶冠詞）形容位置*（如 ἀγαθὸς βασιλεύς ＝一個好王）。這樣的情況非常普遍出現，在新約當中出現了上百次。

b. 例子

路19:17　εὖγέ **ἀγαθὲ** δοῦλε
　　　　　好！良善的僕人

---

[45]　然而，我檢驗了三十項以上的新約文法討論，只有七項准許在這樣的結構當中，形容詞能夠與名詞保持述詞的關係，儘管它們對此現象都沒有提供任何真的例證。（亦見 Wallace, "Anarthrous Constructions," 129-30, n. 3）。

林前3:10　ὡς **σοφὸς** ἀρχιτέκτων θεμέλιον ἔθηκα

　　　　好像一個**聰明**的工頭，立好了根基

彼後1:19　ὡς λύχνῳ φαίνοντι ἐν **αὐχμηρῷ** τόπῳ

　　　　如同燈照在**暗處**

　　　參照太15:14；約貳1；猶6；啟3:8。

c.（不帶冠詞）第一述詞位置

　　然而，當同樣的結構可*由上下文*決定出，是用以表達述詞關係時，形容詞與名詞則為*第一（不帶冠詞）述詞*位置的用法，（如 ἀγαθὸς βασιλεύς＝一個王是好的），雖然這樣的情況比起形容關係的用法較不普遍，在對等子句中（即一個包含或隱含對等動詞的子句），這就不是那麼不普遍的用法了。

可12:31　**μείζων** τούτων ἄλλη ἐντολὴ οὐκ ἔστιν

　　　　再沒有比這兩條誡命**更大**的了

林前12:17 εἰ **ὅλον** ἀκοή ποῦ ἡ ὄσφρησις;

　　　　若**全身**是眼，從那裡聽聲呢？若**全身**是耳，從那裡聞味呢？

雅1:12　**μακάριος** ἀνὴρ ὃς ὑπομένει πειρασμόν

　　　　忍受試探的人是**有福的**

　　　參照羅9:2（可能的例子）；[46] 來6:5（可能的例子）；[47] 10:4；猶14。

➔ 2. 不帶冠詞的形容詞——名詞字組

a. 第四形容位置

　　當我們可以*從上下文*當中，看出一個形容詞在名詞——形容詞的結構當中，是用以表達與名詞之間的形容用法，這樣的結構是為*第四形容位置*。這當中的理由在於第二與第三形容位置的情況當中，形容詞*都*跟隨在一個名詞之後。[48] 如此一來，屬於第四形容位置的形容詞，結構當中並無出現冠詞（如 βασιλεὺς ἀγαθός＝一個好王），這樣的用法相當普遍。

46　λύπη μοι ἐστιν μεγάλη καὶ ἀδιάλειπτος ὀδύνη τῇ καρδίᾳ μου 的解釋可以是「我是大有憂愁，心裡時常傷痛」或是「我心裡的憂愁是大的，心裡的傷痛是時常有的」（對照 Wallace, "Anarthrous Constructions," 157，該處此結構被認為確定是述詞）。

47　καλὸν γευσαμένους θεοῦ ῥῆμα 可以解釋為「嘗過神善道的滋味」或是「嘗過神的道是善的」。

48　見 Wallace, "Anarthrous Constructions," 133-35，當中關於專門用語的討論。

b. 例子

可1:8　αὐτὸς βαπτίσει ὑμᾶς ἐν πνεύματι **ἁγίῳ**

　　　　他卻要用聖靈給你們施洗

約3:16　μὴ ἀπόληται ἀλλ' ἔχῃ ζωὴν **αἰώνιον**

　　　　不致滅亡反得永生

腓1:6　ὁ ἐναρξάμενος ἐν ὑμῖν ἔργον **ἀγαθὸν** ἐπιτελέσει

　　　　那在你們心裡動了善工的，必成全這工

　　　亦可參照太7:19；徒7:60；羅5:21；啟1:15，19:17。

c.（不帶冠詞）第二述詞位置

　　即使是相同的結構，當我們可以*從上下文當中*判斷出是作為述詞關係時，形容詞是作為與名詞之間的*第二（不帶冠詞）述詞*位置（如 βασιλεὺς ἀγαθός ＝ 一個王是好的），這樣的用法相當普遍，特別是在對等子句當中。

太13:57　οὐκ ἔστιν προφήτης **ἄτιμος** εἰ μὴ ἐν τῇ πατρίδι

　　　　先知，除了本地本家之外，沒有不被人尊敬的。

羅7:8　χωρὶς νόμου ἁμαρτία **νεκρά**

　　　　沒有律法，罪是死的

來9:17　διαθήκη ἐπὶ νεκροῖς **βεβαία**

　　　　遺命在死後才得確定

　　　參照太12:10；可6:4；約9:1；提前3:8；來4:13；約壹3:3。

3. 在無冠詞結構當中衡量形容詞跟名詞的關係：某些指引

　　一般的原則乃是一個*非對等子句*（即一個不是要給主詞確認的子句；如此這裡的動詞是非連接動詞）一個無冠詞的形容詞與無冠詞的名詞並用通常是形容用法（參照，如林前3:10；約貳1；猶6；啟3:3），然而也有一些例外（參照如來6:18，10:4；猶14）。

　　在*對等子句*當中（即一個要給主詞確認的子句；它的主要動詞〔不論是明白表達或是隱含用法〕是連接動詞），一般的原則是，當一個無冠詞的形容詞與一個無冠詞的名詞並用時，則為敘述用法。這樣的情況特別在字序為名詞——形容詞的情況中格外可以看出。[49] 關於述詞關係，參照，如林前12:17；羅7:8；來9:17；

---

[49]　在這樣對等子句的結構裡，我發現了127個確定是敘述關係，而只有四十個是形容關係。

雅1:12。在羅7:8的例子特別可以用以作為說明：ἁμαρτία νεκρά（罪是死的），但形
容關係也會出現，即使只是少數情況（參照，如太7:15；路5:8；弗6:2；來12:11；
約壹2:18）。

4. 某些解經與神學角度重要的段落

在無冠詞的結構中，有少數的段落，基於其解經或神學上的意義，仍然值得討
論。在這些經文當中，新約學者認為所討論的形容詞，仍是模糊的，或顯然是形容
用法。但仍有可能是作為敘述用法。

徒19:2   οὐδ' εἰ πνεῦμα **ἅγιον** ἔστιν ἠκούσαμεν[50]

這一段經文有三個可能的翻譯：(1)「我們沒有聽過有**聖靈**」；(2)「我們沒有聽
過**聖靈**賜下」；（參照約7:39）(3)「我們沒有聽過靈可以是**聖靈**。」

在文學作品之中，前兩個選項是相當典型的用法，這裡提出關於第三個翻譯方
式的理由，至少有幾個以下的原因：(1) 在形容詞與名詞之中無冠詞的使用可
以定位它們的關係，如此應當是敘述用法（確實，在對等子句當中，無冠詞的
第二述詞位置的形容詞數量上超過第四形容位置的形容詞三倍）；(2) 在耶穌
的時代與早期使徒時期中，邪靈的行動所造成的混亂使得這個翻譯較為合理；
(3) 事實上這些門徒來自於以弗所，以弗所是異端的溫床，使之成為可能的翻
譯。然而，這只是一個可能性，還需要在解經平台上有更進一步的討論。

多2:10   πᾶσαν πίστιν ἐνδεικνυμένους **ἀγαθήν**[51]

這裡有兩個可能性：(1) 顯示*良善*的忠心 (2) 顯示忠心是*良善*的

再者，第一個註解在文學當中常可以看見，但第二個翻譯的情況絕不薄弱：(1)
在新約當中的非對等子句中，*沒有字序上、形容詞跟隨著名詞的情況*，是作為
形容用法的，當(a)該處在名詞之前有一個形容詞 (b) 並且在名詞與第二個形容
詞中間有其他的字詞。(2) 另一方面而言，有另外四個例子（除了這一個句子
以外），是在一個非對等子句當中、包含著形容詞——名詞——形容詞的結
構，並且有另一個字介於第二個形容詞與名詞之間：第二個形容詞則每次都作
述詞用法（參照約7:2，8:19；徒4:16；啟15:1）。(3) 從詞彙的角度來看，πί
στις 在教牧書信中的用法（如果信心被定義為真信心），是能產生好行為的信
心（參照，如提後3:15-17；多1:13-16）。(4)ἐνδείκνυμι 這個動詞帶有受詞與受
詞補語的雙重直接受格。如此，若這個動詞有一個名詞、並帶有一個形容詞，
直接受格的，那證實的責任似乎落在那些認為形容詞作為形容用法而非敘述用

---

50   有一些手抄本，特別是西方的抄本，以λαμβάνουσιν τινες 用以代替ἔστιν （𝔓³⁸,⁴¹ D*）：「我
      們沒有聽過是否有人接受過聖靈。」

51   有一些手抄本在這一段經文當中改變了字序與替代詞彙。

法之人（並且這樣一來，此形容詞的功能是為直接受格的名詞作補語）。(5) 從上下文來說，這些經文的譯法揭示第10節前半與後半之間，一種綜合的（甚至是同義的）平行：「僕人要完全順服他們的主人……凡信仰所生之事顯為忠誠，[52] 以致於〔表達結果的 ἵνα〕尊榮我們救主神的道。」若這樣的理解是對的，經文的重點是勸誡僕人要顯明因為他們的忠誠而產生聖潔的行為，如果這樣來看，經文似乎支持這種觀念：「救贖的信心永不失敗」，甚至能夠產生出好的行為。

提後3:16　πᾶσα γραφὴ **θεόπνευστος** καὶ ὠφέλιμος

　　　　凡[53] 聖經都是神所**默示**的……是有益的

許多學者認為這裡的翻譯應當為「凡被神所**默示**的聖經都是有益的。」然而，這也許不是最好的翻譯，有以下幾個理由：(1) 上下文不支持 (a) 在那些認為教牧書信為可信之學者之中，論述的重點在於保羅不需要向提摩太主張聖經是神所默示的。確實，在此，作者可能這麼做，而這已成為反對教牧書信真實性的論證。但教牧書信具有真實性、同時使徒又如此主張是有可能的：[54] 他習慣提醒提摩太已經知道的真理，就如耶穌基督已經從死裡復活、保羅是為外邦人作使徒等信息。如此，就如 Fairbairn 所提出的：「對他而言，再次提出舊約聖經的神聖性，並不多餘。」[55] (b) 如果作者僅僅主張經文的益處，那麼在4:1-2當中的命令基礎為何？如果他只是主張經文的益處，他能否要求提摩太「嚴謹地在神與基督耶穌面前，務要傳道」？

(2) 從文法上來說：(a) 事實上在v16中省略連接詞（意即，開頭缺乏連接詞），並不一定是不能歸因於新的主題，而是由於敘述內容的神聖性，因為作者在v15已經討論過聖經。如此，將 θεόπνευστος 視為述詞用法，更合乎這節開頭所建立的嚴肅基調。(b) 既然缺乏連接動詞，在英文當中需要補上。而補上對等動詞最自然位置是將之置於主詞與所跟隨著的*第一個*字中間。實際上，作者通常會假設讀者知道連接動詞的位置該在何處，於是省略不寫是很重要的。(c) 當 καί 指「也」（副詞）的時候，又同時指「和」（連接詞）的情況有十二次；並且，同一個情況下，在兩個形容詞之間的 καί 翻譯為副詞「也」，是很不自然的。這兩個事實都支持 θεόπνευστος 是作為述詞用法。[56] (d) 既然冠詞可以回

52　「真信心」可能在論述當中隱含，也可能在與抽象名詞連用時，被視為 πᾶς 意義範圍中的一部分（參照 BAGD，詞 πᾶς, 1.a.δ）。

53　當然有可能將 πᾶσα 翻譯為「全」，但一般用法會將名詞 (γραφή) 用為有帶冠詞的情況。

54　雖然在本世紀當中，新約學者們確實質疑過教牧書信的真實性，但如今確有不少學者認定此為保羅的作品。亦見 Guthrie、Fee、Knight、Mounce，等人的注釋。

55　P. Fairbairn, *Commentary on the Pastoral Epistles* (Grand Rapids: Zondervan, 1956) 380.

56　有一個異文抄本省略 καί。如果這就是原本的經文，幾乎可以確定 θεόπνευστος 是屬於形容用法。不過，此論點的支持證據相當薄弱（不管 Nestle[27]或 Tischendorf 都沒有列出任何希臘文抄本是省略 καί的；他們只提供異文與教父的作品）。

指一個前述詞在前的同義詞，而且作者已經從上下文當中，以三個同義字討論過聖經的神聖性（vv15, 16，與4:2），因此很可能當作者在4:2宣稱「務要傳道」（κήρυξον τὸν λόγον），冠詞指是前述詞在前的用法。如果作者認為神的默示只適用於3:16的「聖經」，而告訴他的讀者（們）務要傳道（*所有的聖經*），那4:2將可能成為誤導性的句子，因為（提摩太）很可能不慎地傳講非神所默示的聖經。但是既然作者將 λόγον 看為限制在 v16中的 γραφή，很可能他是用 v16 的經文來涵蓋所有的聖經，亦即這是神所默示的。[57] (e) 最後，形容詞與名詞之間的關係必需是直接的：在新約、七十士譯本、古典希臘文或口語希臘文，一個形容詞——名詞——形容詞結構，在對等子句當中的語意功能是明顯可見的：第一個形容詞是作為形容用法，而第二個形容詞是作為敘述用法。[58]在新約與七十士譯本中有幾乎五十個句子顯示，在這樣的結構當中第二個形容詞是敘述用法、而第一個形容詞是形容用法（其中三十九項在名詞之前使用 πᾶς；大部分的情況出現在七十士譯本中）並沒有出現另一種情況的例子。這樣的論述證據相當明顯可見，我們幾乎可以認定是為一個「規則」：在 πᾶς ＋名詞＋形容詞的結構在對等子句當中，πᾶς 自然而然被認定為冠詞用法，冠詞是隱含的，如此使得跟隨著名詞後面的形容詞，不在隱含之冠詞——名詞結構群之中，因此是作為敘述用法。[59]因此，論述的證據顯示一些譯本（如新英文聖經版本）的譯法（所有默示經文有其功能 (every inspired scripture has its use)），是高度被質疑的。

---

[57] 不過，此論述沒有什麼分量。即使有一個形容用法的 θεόπνευστος 也不一定隱含著「並非所有經文都是神的默示」，因為這個形容詞能夠作為描述用法（針對所有經文）、而非只作為限制性的用法。

[58] 在新約當中可能只有一處例外，而在七十士譯本中可能一處都沒有。在希臘化的希臘文當中，我只找到一處或兩處的例外（一處在約瑟夫的作品中，另一處在十二使徒遺訓中），而在雅典式的希臘文作品當中目前沒有發現任何例子。此搜索的工作可能不是相當徹底，但機率顯示不太可能受 θεόπνευστος 為形容的用法。

[59] 關於此經文更詳盡的討論，請見 D. B. Wallace, "The Relation of Adjective to Noun in Anarthrous Constructions in the New Testament" (Th. M. thesis Dallas Theological Seminavy 1979), 51-61。在 *NovT* 的同樣標題的文章中，有同樣的論點，除了以下兩個部分：(a) 附件列表出在不帶冠詞結構中，所有明確或有爭議的敘述性用法形容詞 (73-102)，(b) 詳論若干有解經特殊意義的經文 (46-61)。

代名詞

綜覽

I. 參考書目

BAGD, s.v. various lexical entries; **BDF**, 145-61 (§277-306); **H. J. Cadbury**, "The Relative Pronouns in 徒 and Elsewhere," *JBL* 42 (1923) 150-57; **Dana-Mantey**, 122-35 (§133-43); **Hoffmann-von Siebenthal**, *Grammatik*, 194-211 (§139-44); **W.Michaelis**, "Das unbetonte καὶ αὐτός βει Lukas," *Studia Theologica* 4 (1950) 86-93; **Moule**, *Idiom Book*, 118-25; **Moulton**, *Prolegomena*, 84-98; **Porter**, *Idioms*, 128-38; **H. K. Moulton**, "Pronouns in the New Testament," *BT* 27.2 (1976) 237-40; **Robertson**, *Grammar*, 676-753; **Smyth**, *Greek Grammar*, 298-311 (§1190-1278); **V.Spottorno**, "The Relative Pronoun in the New Testament," *NTS* 28 (1982) 132-41; **Turner**, *Syntax*, 37-50; **Young**, I *ntermediate Greek*, 71-80; **Zerwick**, *Biblical Greek*, 7-8, 63-71 (§16-21, 195-223).

II. 一般評論

A. 定義

代名詞是一個詞，用來：「指出一個對象而不提及其名稱，此時所指涉的對象，是可由上下文或用法中得知，是已經提及的、暗示的，或是未知、待查的主詞或受詞。」[1] 既然代名詞是文法上作為代理該名詞的字，它們就必須透過某些手法表明它們所指稱的名詞。希臘文代名詞最基礎的規則即是：代名詞必須與其前述詞之性、數一致，至於格的部分則取決於句子中此代名詞之功能。然而這個一致的原則，卻也常有許多例外。

B. 語言學上的奢侈品

就許多層面而言，代名詞乃是語言學上的奢侈品。但不必然如此。因為就大部分的情況而言，他們乃是站在一般名詞、實名詞或名詞片語的地位。這個前述詞可以很容易地再重述一次。希臘文中，至少有第二個理由說明，為什麼有些代名詞常常是不必要的，意即，代名詞的意思如果不是嵌進於句子的結構中（如：動詞化的字尾），那麼就是能夠以其他方式推論出來（如：表示擁有之形容詞）。

---

[1] *Oxford English Dictionary*, s.v. "pronoun."

C. 贅詞的省略

　　或許有人會認為，既然有這麼多反面的因素，代名詞應該就應該很少被使用。然而卻遠非如此，在新約中代名詞的使用大約有16,500次！[2]在一節經文當中，它們佔了五分之四的地位。當代名詞會被視為是語言學上的奢侈品，那麼到底為什麼它們會出現得如此頻繁？風格上的理由與句法上的理由一樣多，也就是說這些時常被用來取代一般名詞的項目，可以避免單調、冗長的句型，並且使得論述得以流暢。

D. 釐清與誤解

　　一方面來說，代名詞延伸的用法有可能帶來更多錯誤解釋。例如：弗2:8，我們讀到 τῇ γὰρ χάριτί ἐστε σεσῳσμένοι διὰ πίστεως· καὶ **τοῦτο** οὐκ ἐξ ὑμῶν（「你們得救是本乎恩，也因著信；這並不是出於自己，乃是神所賜的」）。τοῦτο 所指的是什麼？是「恩」、「信」或其他不同的東西？前述詞就非常不清楚了。

　　另一方面而言，代名詞通常被用於*釐清*。例如：在耶穌與撒瑪利亞婦人的對話當中，人稱代名詞的使用便區分了說話者與傾聽者（約4:15-16）：λέγει πρὸς αὐτὸν ἡ γυνή· κύριε, δός μοι τοῦτο τὸ ὕδωρ, ἵνα μὴ διψῶ μηδὲ διέρχωμαι ἐνθάδε ἀντλεῖν. λέγει **αὐτῇ** ……（婦人說：先生，請把這水賜給我，叫我不渴，也不用來這麼遠打水。耶穌對*她*說：……）。

　　有時為了要清晰，會造成一種多餘使用（或重複）的代名詞，如同在約5:11：ὁ ποιήσας με ὑγιῆ **ἐκεῖνός** μοι εἶπεν（「那使我痊癒的，對我說」）代名詞在希臘化的希臘文中的使用，純粹是為了明確的緣故。然而對於雅典式希臘文的作者而言，既然代名詞的概念已經被動詞變化或其他方式所承載，這種明確性的表達只是徒增累贅而已。但既然這個語言的使用含括希臘地區與馬其頓地區，雅典式方言的細膩之處常常被許多明確陳述的項目所取代了。因此代名詞更頻繁地被使用乃與這個趨勢有關。[3]

2　用 *acCordance* 軟體可以找到16,703個代名詞。但如果是用類別搜尋，只能找到16,298個（根據代名詞的分類，408個帶 τις 的句子並沒有包含在當中；另有三個代名詞的句子亦沒有包含）。但多數較大數目的統計，也比我們的統計多。差異是定義上的：*acCordance/Gramcord* 所認為是代名詞的，我們認為是形容詞（例如 *acCordance* 認為 ἐμός, σός, ἡμέτερος, 與 ὑμέτερος 是表達「擁有」的代名詞；然而我們認為是表達「擁有」的形容詞）。

3　Zerwick, *Biblical Greek*, 63 (§196)：「代名詞如此頻繁使用，因為許多流行的講論中，自發性的所謂「分析性」傾向；此傾向用以明確地表達出那些隱含在表達方式中、或隱含在在主詞的本質裡的……。」

E. 衍生的價值

代名詞有時候在使用上也會有*衍生的*價值，從經文中可以清楚看出這些代名詞的意思，它們可以用以強調、對比等。特別是當人稱代名詞的情況。但這一切並非不可更改。如我們提過的，口語希臘文的一項特徵就是它漸漸遠離雅典希臘文的細膩，當 αὐτός 與第三人稱單數動詞並用時，很可能是用於強調或明確之用。現在有一些解經爭議是在討論這個字在經文中的功用。

F. 代名詞古典用法的鬆綁

此外，在代名詞的使用中有重疊的部分。再者，古典用法中的區別並不永遠保留。例如：新約的作者們並非總是保留指示代名詞 οὗτος 與 ἐκεῖνος 遠近的區別。[4]特別是在約翰福音當中，指示代名詞與人稱代名詞常有互換的情況，並且通常單純是指「他」的意思。

G. 前述詞與後述詞 (Antecedents and Postcedents)

最後，我們必須談到一些專門術語。當一個名詞（或其他作為名詞的詞類）在所指稱之代名詞之*前*出現，則稱為該代名詞之*前述詞*（如：**鮑伯**閱讀這本書，之後*他*將書給了珍妮）。這是最常見的用法。當這個名詞出現在代名詞之後，則稱為*後述詞*（如：當*他*讀完這本書之後，**鮑伯**將書給了珍妮）。在後者的狀況當中，此代名詞可以稱為預示用法 (proleptic)。

III. 語意類別：主要類別

雖然許多文法學家試著將希臘文中代名詞種類訂為八到十二種，[5]但事實上其數量實在難以評估。主要的困難在於某些字詞究竟是歸類於形容詞或代名詞。[6]然而，

4　例如，Dana-Mantey 建議：ἐκεῖνος 是用於「那些現實中或思想中是相對於較遠的。」(128) 而 οὗτος 是用於「那些現實中或思想中是相對於較近的。」(127) 這是一個關於雅典式希臘文合適的描述，但在新約中有許多例外。

5　*BDF* 列出至少十種；Robertson 認為有十一個；Dana-Mantey 提到九個；Smyth 提出十個；Porter 與 Hoffman-von Siebenthal 各提出八個；Young 與 *acCordance* 各建議了九個。然而這些清單當中沒有屬於同一個群體的。不過，表達附屬、表達所有、表達相同，三者是最具爭議的類別；這些概念在這本文法書中都被認定為形容詞（雖然表達所有的類別需要有更多的解釋〔參照以下的討論〕）。

6　文法學家對於代名詞與形容詞的區分，立場並不一致。的確，許多詞彙標記得模糊（關於 BDAG 中的形容詞與代名詞〔亦即實名詞〕。Young (*Intermediate Greek*, 71) 提到：「不同類

事實上某些類別毫無爭議可歸類於代名詞類別：人稱代名詞、指示代名詞、關係代名詞、疑問代名詞、不定代名詞、用為強調的代名詞、反身代名詞與相互代名詞。這些分類將成為之後討論的主要核心。此外，表示擁有的代名詞將在之後特別被討論，然而這樣的用法卻並非真正*希臘*文的類別。在下面的圖表中，將可以看見八個主要類別的相對出現率。[7]

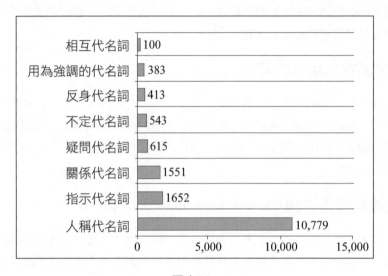

圖表34

新約中代名詞類別的出現頻率

別的代名詞、甚至是代名詞與形容詞之間的區分，通常是模糊不清的……單純的代名詞，與其前述詞的性、數一致。形容詞功能的代名詞，則與其修飾的名詞有性、數、格的一致。」這個區別的問題在於，沒有標準來說明一個字是具形容詞功能的代名詞，或一個字是具代名詞功能的形容詞。至於 ἐμός、σός、ἡμέτερος、與 ὑμέτερος 這些詞彙是形容詞或代名詞？它們大部分獨立運作、修飾一個名詞。從句法觀點來說，它們表現得如同形容詞一般，但許多文法學家認為它們是代名詞。

定義的問題是不可忽視的。也許定義代名詞本身就是個武斷的選擇。有些詞彙明顯為代名詞（如 ἐγώ），其他的詞彙明顯為形容詞（如 ἀγαθός），而許多詞彙乃是屬於這兩者之間的類別，是為代名詞化的形容詞或形容詞化的代名詞。一般來說，*我們認為代名詞乃具實名詞性的功能、不帶冠詞；形容詞則在具實名詞類功能時、帶冠詞。*另一方面，形容詞代替名詞時通常帶有冠詞。

7   這份統計是根據 *acCordance*，但有些許修改。

A. 人稱代名詞

1. 使用的定義與字彙

人稱代名詞當中，ἐγώ (ἡμεῖς) 表示第一人稱，而 σύ (ὑμεῖς) 表示第二人稱。在希臘化的希臘文中，αὐτός 用於第三人稱（或有時候用於第一或第二人稱）。[8]

人稱代名詞無疑地是新約中使用頻率最高的代名詞。代名詞的用法中，有三分之二是屬於這一類。在這個類別中，大約有一半的句子包含αὐτός。人稱代名詞的用法可以按格變式的用法再細分為主格或非主格（斜格）。[9]

其他的人稱代名詞還有 ἐκεῖνος 與 οὗτος。雖然嚴格來說，指示代名詞有不少已經減低其指示層面的功能（參「指示代名詞」的討論）。

2. 功能

a. 主格用法 [10]

1) 強調

主格用法的人稱代名詞最常見的用法在於強調，強調的意義同時包含某種程度的*對比*，在這一類的句子當中，兩個主詞通常都明顯可見，雖然其中一個很可能是隱含用法，這樣的對比用法不是表達種類（對立）就是表達程度（比較）。例如：「他清洗而她烘乾」，這裡的對比則是比較用法（兩個人同時在進行清理）然而「他睡著了而她在工作」這樣的句子當中則是一種表達對立的對比。

8　有時候雅典式希臘文中的第三人稱代名詞οὗ（所有格、單數，無主格型式）與σφεῖς（主格，複數）被認為在新約當中以 αὐτός 代替。儘管可信，但在雅典式的希臘文中，這些代名詞也很少使用：「在雅典式文體中，第三人稱代名詞的型式只有間接受格的οἱ 與 σφίσι(ν) 還被使用，而且只作間接反身用……。」(Smyth, *Greek Grammar*, 92 [§326.d])

9　所有格是最普遍的格，所有的人稱代名詞當中大概有40%屬於此類。大多數的語意*功能*是為表達擁有的代名詞。同樣地，所有格是人稱代名詞最常出現的用法（除了第二人稱複數的情況；間接受格比對所有格是608比561），而主格是最少出現的型式（除了第一人稱單數的狀況）。

10　除了以下的兩種用法之外，許多文法上列出「書信體複數」（又名「編輯式的『我們』」），如同第一人稱或第二人稱的用法取代第三人稱。既然大部分的例子出現在主格作為動詞之主詞的情況，因此使得代名詞變得可有可無（因為動詞字尾的人稱與數），我們覺得最合適將這個類別落在「人稱與數」這章的「動詞與相關字」的段落中。換句話說，這些類別與代名詞本身無關，而是與人稱有關。

　　　強調也可能看重該*主詞*過於動詞，聚焦於此的理由可能是為了辨識、凸顯或明確指出等。[11]在這樣的句子當中，並非沒有與其他主詞比較的含意，但也不表示這樣的比較會使之變得更為重要。

a) 對比

太2:6　　καὶ **σὺ** Βηθλέεμ, γῆ Ἰούδα, οὐδαμῶς ἐλαχίστη εἶ ἐν τοῖς ἡγεμόσιν Ἰούδα

　　　　　猶大地的伯利恆啊！**你**在猶大諸城中並不是最小的

可8:29　**σὺ** εἶ ὁ χριστός

　　　　　你是基督

　　　　　耶穌不是以利亞、先知中的一位，或施洗約翰死裡復活。 祂是在自己的範疇中。彼得宣告關於耶穌的身分，從論述的層級來說，可視為馬可福音中的樞紐。從這個轉折處開始，耶穌逐漸彰顯自己是雅威僕人的身分。在這之後，祂開始被瞭解為雅威受苦的僕人。當然，這個代名詞並沒有任何這方面的說明，但此代名詞在句子當中出現的位置需要特別釐清。

可10:28　Ἤρξατο λέγειν ὁ Πέτρος αὐτῷ· ἰδοὺ **ἡμεῖς** ἀφήκαμεν πάντα καὶ ἠκολουθήκαμέν σοι[12]

　　　　　彼得就對祂說：看哪，**我們**已經撇下所有的跟從你了

　　　　　彼得對於第22節所提及那一位，沒有辦法放棄豐富產業來跟從耶穌的富有少年官，所做出的評論，乃是一個強烈的對比。

路11:48　μάρτυρές ἐστε καὶ συνευδοκεῖτε τοῖς ἔργοις τῶν πατέρων ὑμῶν, ὅτι **αὐτοὶ** μὲν ἀπέκτειναν αὐτούς, **ὑμεῖς** δὲ οἰκοδομεῖτε.

　　　　　你們祖宗所作的事，你們又證明又喜歡；因為**他們**殺了先知，**你們**修造先知的墳墓。

　　　　　雖然他們和先知們的關係並不相同，但法利賽人與他們的祖先卻同出一轍（因此，做出比較）。

11　要分類強調的方式是很困難的。一些有效的方法如下：Dana-Mantey 提到兩類型的強調，「對立的」與「突出的」(123 [§134])。Porter 列出三項強調用法：對立、選擇與記敘 (*Idioms*, 129)。記敘的用法可能更合適於放在「前述詞在前的情況」，因為其回指之前的敘述。Young 採用段落分析的進路，分類強調用法為：「重要、慎重、驚奇、生氣、對照、類比或身分。」(*Intermediate Greek*, 72) 這些用法有助於掌控，但對於大部分的情況，只是強調之應用性的句子甚於內在或句法標記。其他語段的類別可以增加到清單當中，就如喜樂（約壹1:4）、最小的（林前15:9）、被囚（弗4:1）、信從（徒16:31）等；只需要運用想像力來看語段當中強調的理由。再說，如此的用法並不是受限於主格用法。不過，Young 的觀點可以接受：解經不當停在句法的層面。

12　ἡμεῖς 在 W 中被省略。

路24:18   σὺ μόνος παροικεῖς Ἰερουσαλὴμ καὶ οὐκ ἔγνως τὰ γενόμενα ἐν αὐτῇ;

你在耶路撒冷作客，還不知道這幾天在那裡所出的事嗎？

約15:16   οὐχ ὑμεῖς με ἐξελέξασθε, ἀλλ' ἐγὼ ἐξελεξάμην ὑμᾶς

不是你們揀選了我，是我揀選了你們

這裡耶穌和門徒之間的對比乃是清楚可見的：他做出了揀選，ἀλλά指出了
其中的對比，這裡的對比表達出：「你們並沒有如同我揀選你們一樣選擇了
我。」但這卻不是合乎上下文情境的句子。

帖前2:18   ἠθελήσαμεν ἐλθεῖν πρὸς ὑμᾶς, ἐγὼ μὲν Παῦλος καὶ ἅπαξ καὶ δίς, καὶ ἐνέκοψεν

ἡμᾶς ὁ σατανᾶς

所以我們有意到你們那裡；我保羅有一兩次要去，只是撒但阻擋了我們。
這裡的對比是用作種類上，抑或是程度上的對比，並不容易判斷：這裡的經文
是否「表示我們全都有意……〔至少〕我有意？或只是單純說明我有意〔即使
其他人無意〕？」[13]既然這裡的複數 (ἡμᾶς) 重複出現在保羅把自己獨立出來之
後，ἐγω 最有可能的功能就是比較（撒但阻擋了我們所有人，但我堅持嘗試要
前往）。

亦可參照太5:28；可1:8，5:40；約2:10，4:22；徒27:31；羅8:23；林後11:29；
來1:11，5:2；約壹4:19；啟3:10。

b) 以主詞為焦點

約1:23   ἐγὼ φωνὴ βοῶντος ἐν τῇ ἐρήμῳ

我就是那在曠野有人聲喊著說

這是約翰對於那個問題「你是誰？」(v22) 的回應，當然這裡隱含了一個對比
的用法，約翰不是以利亞 (v21)，這裡的焦點似乎更多放在他的正面的身分證
明。

雅1:13   πειράζει δὲ αὐτὸς οὐδένα

他也不試探人

彼後1:17   ὁ υἱός μου ὁ ἀγαπητός μου οὗτός ἐστιν εἰς ὃν ἐγὼ εὐδόκησα[14]

這是我的愛子，我所喜悅的

啟3:9   ἐγὼ ἠγάπησά σε[15]

我是已經愛你了

---

13   Moule, *Idiom Book*, 119.

14   ἐν ᾧ 在 Ψ 0209 33 1241 *et pauci* 被看為 εἰς ὅν。

15   主要的手抄本當中（雖然都是比較晚期的）都省略了 ἐγώ （參照 1006 1841 2351 & 𝔐^k），
但較早期或最好的見證（如 ℵ A C P *alii*），則有這個字。

復活的基督對非拉鐵非教會說，祂將使撒但一會的人知道「我是已經愛你了」，這裡隱含的意思（從上下文與這裡的人稱代名詞）似乎是主對這個教會的愛，已經因為這個社群起了爭議。

亦可參照太22:32；羅10:19；來12:1；彼前1:16；約壹2:25；約參1；猶17。

2) 贅詞

在主格用法中的人稱代名詞，並非總是用於強調。偶爾也可能只是嵌入動詞之代名詞概念的贅詞，[16]唯有透過上下文才能更進一步確定這個人稱代名詞是否用於強調。在敘述文中常常可以見到這一類的例子，如同一個轉接，用以表示之前提過之某人或某物的含意。[17]

路5:1　Ἐγένετο δὲ ἐν τῷ τὸν ὄχλον ἐπικεῖσθαι αὐτῷ καὶ ἀκούειν τὸν λόγον τοῦ θεοῦ καὶ **αὐτὸς** ἦν ἑστὼς παρὰ τὴν λίμνην Γεννησαρέτ[18]

眾人擁擠祂，要聽神的道，耶穌站在革尼撒勒湖邊

約6:24　ὅτε οὖν εἶδεν ὁ ὄχλος ὅτι Ἰησοῦς οὐκ ἔστιν ἐκεῖ οὐδὲ οἱ μαθηταὶ αὐτοῦ, ἐνέβησαν **αὐτοὶ** εἰς τὰ πλοιάρια καὶ ἦλθον εἰς Καφαρναοὺμ ζητοῦντες τὸν Ἰησοῦν.[19]

眾人見耶穌和門徒都不在那裡，就上了船，往迦百農去找耶穌。

亦可參照太14:2；路2:28，3:23，4:15，9:44；徒22:19。

b. 斜格

人稱代名詞在斜格（即：所有格、間接受格、直接受格）中，作為排除性用法的情況，大多作為取代一般名詞與名詞性字詞的地位。這樣的用法可以稱為前述詞在前面的情況的用法，功能是用來指稱之前的前述詞。兩種其他的用法值得特別一提。

1) 正常用法：前述詞在前面的情況

約4:7　ἔρχεται γυνή ...... λέγει **αὐτῇ** ὁ Ἰησοῦς

一個女人來……耶穌對她說

16　路加特別以這個方式使用 καὶ αὐτός 這個片語。見 Michaelis, "Das unbetonte," 有更仔細的討論。他大致跟隨 BAGD, *BDF*, 146 (§277)、Zerwick, *Biblical Greek*, 64 (§199) 等。

17　Young, *Intermediate Greek*, 75.

18　D 抄本中，在 καὶ αὐτὸς ἦν ἑστώς 這個段落中有一個所有格獨立分詞片語 ἑστῶτος αὐτοῦ。

19　許多證據改變了結構 αὐτοὶ εἰς τὰ πλοιάρια 而只有 Western text (Dit) 改變人稱代名詞為反身代名詞 (ἑαυτοῖς πλοιάρια)。D 亦以 ἔλαβον 取代 ἐνέβησαν （如此，「他們自己上了船」）。

這個句子是跟著第9節提到「一個女人對祂說」（λέγει **αὐτῷ** ἡ γυνή）；第10節說到：「耶穌對她說」（Ἰησοῦς εἶπεν **αὐτῇ**）；第11節說到：「女人對祂說」（λέγει **αὐτῷ** ἡ γυνή），並接下去的第13、15、16、17、19節等。

徒27:32　ἀπέκοψαν οἱ στρατιῶται τὰ σχοινία τῆς σκάφης καὶ εἴασαν **αὐτὴν** ἐκπεσεῖν

於是兵丁砍斷小船的繩子，由它飄去

羅6:8　εἰ ἀπεθάνομεν σὺν Χριστῷ, πιστεύομεν ὅτι καὶ συζήσομεν **αὐτῷ**[20]

我們若是與基督同死，就信必與祂同活

啟17:16　μισήσουσιν τὴν πόρνην καὶ ἠρημωμένην ποιήσουσιν **αὐτὴν** καὶ γυμνὴν καὶ τὰς σάρκας **αὐτῆς** φάγονται καὶ **αὐτὴν** κατακαύσουσιν ἐν πυρί [21]

你所看見的那十角與獸必恨這淫婦，使她冷落赤身，又要吃她的肉，用火將她燒盡

亦可參照太19:7-8；門10；雅2:16；約貳5。

2) 擁有的用法

人稱代名詞的所有格形式，通常都表達擁有的意義，有三種用法可以考慮：(1) 作為人稱代名詞一般用法的子類別，指稱之前提過的前述詞（見上面的例子：啟17:16）；(2) 作為表達擁有的所有格用法，即便表達擁有的概念並非詞幹的一部分，但卻有該格變式的字尾；(3) 作為表達擁有之代名詞（請參閱該處之討論）這是相當例常性的用法，以致於此處不特別提出例子說明（請參閱所有格章節中的例子與討論）。

3) 反身代名詞

人稱代名詞在新約當中很少用做反身代名詞使用，在那樣的例子當中，作為*他自身、她自身、它自身*的功能。[22]

太6:19　μὴ θησαυρίζετε **ὑμῖν** θησαυροὺς ἐπὶ τῆς γῆς

不要為**自己**積攢財寶在地上；

這一節與接下去的經文很可能是新約當中少數第二人稱代名詞用為反身代名詞

20　抄本 D* F G 以 τῷ Χριστῷ 取代 αὐτῷ。代名詞有高等的譜系支持：ℵ A B C Dᶜ E K L P *alii*。

21　少數較晚的手抄本有一些有趣、但不太可能的讀法：在1579中將 αὐτῆς 讀為 αὐτῶν；2025 2037 中則省略代名詞。而203 452 506 將 αὐτήν² 讀為 αὐτοί。

22　因為在希臘化的希臘文中、所有格人稱代名詞 ἑαυτοῦ 更為廣泛的用法，於是最近的新約希臘文版本以人稱代名詞 αὐτοῦ/αὐτῶν 代替縮略的反身代名詞 αὐτοῦ/αὐτῶν。見 BAGD, s.v. ἑαυτοῦ, *BDF*, 35 (§64), Robertson, *Grammar*, 226; Turner, *Syntax*, 190; Metzger, *Textual Commentary*, 616（腓3:21），718（約壹5:10）。

的經文，[23]其他的經文都使用第三人稱 (αὐτός)。

約2:24   Ἰησοῦς οὐκ ἐπίστευεν **αὐτὸν** αὐτοῖς[24]

          耶穌卻不將**自己**交託他們

弗2:15   ἵνα τοὺς δύο κτίσῃ ἐν **αὐτῷ** εἰς ἕνα καινὸν ἄνθρωπον[25]

          藉著**自己**造成一個新人

　　亦可參照可9:16；約20:10；徒14:17；腓3:21；來5:3；約壹5:10（異文）；啟8:
6，18:7。

B. 指示代名詞

1. 定義與字彙的用法

　　指示代名詞是一個指標物，以特殊的方式指出一個物體，新約中使用到的三個
指示代名詞為：οὗτος、ἐκεῖνος 和 ὅδε（最後一個很少使用，只出現十次）。οὗτος 通
常指著*較近的*物體（這個），而 ἐκεῖνος 通常指著*較遠的*物體（那個）。這個規則有
時出現例外：這兩個指示代名詞都作為人稱代名詞使用。同樣地，他們偶而也會違
背一般代名詞所依循的規則。這些例外通常都承載著解經上的重要意涵。

2. 功能

a. 一般用法（作為指示詞）

　　οὗτος 與 ἐκεῖνος 的些微差異在於 (1) 在上下文中 (2) 在作者的觀念中 (3) 在作者
與讀者的時間與空間當中，何者較近／遠。[26]有時候這些範疇彼此間也相互衝突：
在上下文當中較近的前述詞很可能在作者心中並非如此。有時候些許的想像力會幫
助觀察出這個代名詞用法為何。

---

23   亦見 Dana-Mantey, 124。

24   是否人稱代名詞在這裡是為適當，這個張力可以見於手抄本。$\mathfrak{P}^{66}$ $\aleph^2$ Ac Wc Θ Ψ 050 083 f^1,
      [13] 33 *Byz* 則改為反身代名詞 ἑαυτόν, 而 $\mathfrak{P}^{75}$ 579 *et pauci* 則同時省略了代名詞。人稱代名詞在
      以下抄本中可見：$\aleph$* A* B L 700 *et alii*。雖然這些證據都相當破碎，人稱代名詞乃在正統的
      經文當中找到，並且是最難的讀法。

25   多數的證據，大部分是西方與拜占庭抄本，改變了人稱代名詞成為更自然的 ἑαυτῷ ($\aleph^2$ D G Ψ
      Byz)。

26   亦見 Winer-Moulton, 195-96；Dana-Mantey, 127-28 (§136)；Young, *Intermediate Greek*, 78。
      Zerwick, *Biblical Greek*, 68 (§214)，妥善地總結了此爭議：「偏遠或鄰近都非按文法決定⋯⋯
      而是從心理層面來理解。」

1) οὗτος（鄰近）

太8:27 ποταπός ἐστιν **οὗτος** ὅτι καὶ οἱ ἄνεμοι καὶ ἡ θάλασσα αὐτῷ ὑπακούουσιν; [27]

這是怎樣的人？連風和海也聽從祂了！

約9:2 τίς ἥμαρτεν, **οὗτος** ἢ οἱ γονεῖς αὐτοῦ

是誰犯了罪？是這人呢？是他父母呢？

徒4:11 **οὗτός** ἐστιν ὁ λίθος, ὁ ἐξουθενηθεὶς ὑφ' ὑμῶν τῶν οἰκοδόμων

祂是你們匠人所棄的石頭

這裡是指著在第10節已經提過的基督。但 Ἰησοῦ Χριστοῦ在上下文當中並非最近的前述詞。第10節寫著：ἐν τῷ ὀνόματι Ἰησοῦ Χριστοῦ τοῦ Ναζωραίου ὃν ὑμεῖς ἐσταυρώσατε, ὃν ὁ θεὸς ἤγειρεν ἐκ νεκρῶν, ἐν τούτῳ οὗτος παρέστηκεν ἐνώπιον ὑμῶν ὑγιής（站在你們面前的這人得痊癒是因你們所釘十字架、神叫祂從死裡復活的拿撒勒人耶穌基督的名）。θεός 在這裡是最接近的名詞，而 οὗτος（指著那個被醫治的人）是最接近的實名詞。但由於 Ἰησοῦ Χριστοῦ是在作者心中鮮明地呈現著「*心理上最接近的名詞*」，甚於其他的名詞，[28] 因此他就是前述詞。

加4:24 **αὗται** εἰσιν δύο διαθῆκαι

那兩個婦人就是兩約

門18 εἰ δέ τι ἠδίκησέν σε ἢ ὀφείλει, **τοῦτο** ἐμοὶ ἐλλόγα

他若虧負你，或欠你什麼，（這）都歸在我的帳上

彼前1:25 τὸ ῥῆμα κυρίου μένει εἰς τὸν αἰῶνα. **τοῦτο** δέ ἐστιν τὸ ῥῆμα τὸ εὐαγγελισθὲν εἰς ὑμᾶς.

惟有主的道是永存的。所傳給你們的福音就是這道

約壹5:20 **οὗτός** ἐστιν ὁ ἀληθινὸς θεὸς καὶ ζωὴ αἰώνιος

這是真神，也是永生

這一段經文之所以成為解經的難題有許多原因。在這裡我們關切的是到底前述詞是什麼。許多學者認為 ὁ θεός 比 Χριστός 更合適作為前述詞，即使 Χριστός 更為接近。例如：Winer 論述到，首先 ἀληθινὸς θεός 是「父神」不變且獨佔的稱呼；第二，接下去的經文指出一段反對偶像崇拜的警告，而 ἀληθινὸς θεός 總是成為 εἴδωλα 的對比。[29]

27　抄本 W 加上了 ὁ ἄνθρωπος 在 οὗτος 之後。

28　Winer-Moulton, 195.

29　Winer-Moulton, 195.

認為 Χριστός 是前述詞者有以下幾個論證：(1) 雖然 ἀληθινὸς θεός 沒有在別處指向基督是對的，但 ἀλήθεια 在約翰著作中卻是如此（約14:6）。此外，ἀληθινὸς θεός 並非如同 Winer 所認為的是「不變的……稱號」，事實上這樣的假定只有從約17:3與約壹5:20看出！(2) 在約翰著作中基督是指向生命（約11:25，14:6；約壹1:1-2），並沒有在其他地方用於指向父神。(3) 在約翰的福音書與書信當中，指示詞 οὗτος 似乎被使用為神學上更豐富的用法。[30] 特別是趨近於七十個例子 οὗτος 有人稱指示對象當中有四十四次（幾乎是所有例子中的三分之二）指向聖子。甚至可以回溯到大部分的用法都隱含著與聖子有正面關連的情況。[31] 值得注意的是*從未*指向聖父。因為這當中的貢獻，這個數據大幅提昇了在約壹5:20中，Ἰησοῦ Χριστῷ 是前述詞的可能性。[32]

這個議題無法單靠文法因素而有所決定，但卻可以足夠說明在這裡沒有文法理由來反對 ἀληθινὸς θεός 是在描述基督。[33]

亦可參照太9:3；可1:38，8:4，9:7；路1:29；徒1:18，6:13；林前6:13，13:13，16:3；腓1:6，4:8；提後3:8；啟1:19。

2) ἐκεῖνος（遠處）

太13:11　ὑμῖν δέδοται γνῶναι τὰ μυστήρια τῆς βασιλείας τῶν οὐρανῶν, **ἐκείνοις** δὲ οὐ δέδοται

因為天國的奧祕只叫你們知道，**不叫他們**知道

約7:45　ἦλθον οὖν οἱ ὑπηρέται πρὸς τοὺς ἀρχιερεῖς καὶ Φαρισαίους, καὶ εἶπον αὐτοῖς **ἐκεῖνοι**· διὰ τί οὐκ ἠγάγετε αὐτόν;

差役回到祭司長和法利賽人那裡。**他們**對差役說；你們為什麼沒有帶他來呢？

雖然在這裡 ἐκεῖνοι 被使用，如我們從接下來的經文 (ἀπεκρίθησαν οἱ ὑπηρέται......) 中可見，前述詞是在上下文中最接近的字（祭司長與法利賽人）。可以看到 ἐκεῖνος 最有可能被使用來指稱這些猶太差役，因為在第32節中提到，他們是被

30　感謝 W. Hall 博士的提醒、指示代名詞在約翰著作當中可能的重要性。

31　如果這個用法指向某個神學主題，則作者就不是完全一致，因為有幾個出處並不全部符合這類的模式（如：約6:71；約壹2:22）。同樣的情況適用於 ἐγὼ εἰμί 的用法（除了約9:9），因而所有人都同意 ἐγὼ εἰμί 在約翰福音當中是一項神學主題。

32　對於其他提到 Ἰησοῦ Χριστῷ 是前述詞的，特別參見 Marshall, *The Epistles of John*, 254, n. 47; Brown, *The Epistles of John*, 625-626。

33　文法上的爭議相當複雜。相關討論請見 D. B. Wallace, "The Article with Multiple Substantives Connected by Καί in the New Testament: Semantics and Significance" (Ph.D. dissertation, Dallas Theological Seminary, 1995) 271-77。

指派要前往找尋耶穌，在作者的觀念中是比公會為更接近的字。敘事的發展從差人去捉拿耶穌、到耶穌在聖殿中講道 (vv 33-43)、再到差役們試圖捉拿 (v 44)、最後到這些差役們回到公會 (v 45)。似乎是因為祭司長與法利賽人在此論述中是「居於幕後的」，因此而使用 ἐκεῖνος。

羅6:21　τίνα καρπὸν εἴχετε τότε ἐφ' οἷς νῦν ἐπαισχύνεσθε; τὸ γὰρ τέλος **ἐκείνων** θάνατος.

你們現今所看為羞恥的事，當日有什麼果子呢？**那些事**的結局就是死。

雖然在這裡的情境似乎另一個代名詞更符合文句的使用，也更具有說服力，但顯然這裡使用 ἐκεῖνος 是因為讀者本身與他們先前生活的模式之間有著時間上的差距（留意「當日」與「現今」的使用）。

雅4:15　ἐὰν ὁ κύριος θελήσῃ καὶ ζήσομεν καὶ ποιήσομεν τοῦτο ἢ **ἐκεῖνο**

主若願意，我們就可以活著，也可以做這事，或做**那事**。

這些行動的選項，雖然沒有明確的指明，卻清楚列出當中的優先次序。概念在於「如果我們不能做這事，那我們就會做那事。」

亦可參照可12:4；路11:42；徒15:11；林前9:25；提後3:9；來11:15。

3) ὅδε

這個代名詞在新約當中只使用十次，其中的八次是用已說明 τάδε λέγει。這個使用總是在說明預期發生的事：「他說明接下來要發生的事情。」八次中有七次使用於啟示預言，[34]並且都是針對教會所發出的信息，這個代名詞的使用則加強了預言成就的必然性。[35]

徒21:11　**τάδε** λέγει τὸ πνεῦμα τὸ ἅγιον ......

聖靈說（**這些事**）……

啟2:18　**τάδε** λέγει ὁ υἱὸς τοῦ θεοῦ ......

神之子說（**這些事**）……

亦可參照路10:39；啟2:1、8、12，3:1、7、14。

34　關於這兩個句子，其中一個是追溯性的（路10:39）另一個是形容詞用法（雅4:13）。

35　在古典的戲劇當中，這被用於介紹一個新的演員入場 (Smyth, *Greek Grammar*, 307 [§1241])。但 τάδε λέγει 這個公式在新約當中源自舊約，用來引出先知性的講論 (BAGD, s.v. ὅδε, 1)，ὅδε 的用法比起 οὗτος 有更多強調的意味 (Smyth, *Greek Grammar*, 307 [§1241])。

b. 作為人稱代名詞

嚴格來說雖然 οὗτος 與 ἐκεῖνος 是為指示代名詞，但有時其指示的功能會被削弱。[36]
轉而成為人稱代名詞的用法，指向之前的前述詞，這樣的用法特別在約翰福音當中
常常可以見到，而當中又以 ἐκεῖνος 比 οὗτος 的使用更為頻繁。

約5:6   **τοῦτον** ἰδὼν ὁ Ἰησοῦς

          耶穌看見他

約8:44   **ἐκεῖνος** ἀνθρωποκτόνος ἦν ἀπ᾽ ἀρχῆς

          牠從起初是殺人的

約11:29   **ἐκείνη** ὡς ἤκουσεν ἠγέρθη ταχὺ καὶ ἤρχετο πρὸς αὐτόν

          馬利亞聽見了，（她）就急忙起來，到耶穌那裡去

提後2:26 ἀνανήψωσιν ἐκ τῆς τοῦ διαβόλου παγίδος, ἐζωγρημένοι ὑπ᾽ αὐτοῦ εἰς τὸ

          ἐκείνου θέλημα

          叫他們這已經被魔鬼任意擄去的，可以醒悟，脫離牠的網羅

αὐτοῦ 與 ἐκείνου 的前述詞並非確定。早期的解經家，假定古典用法的標準在新
約當中仍舊出現，因此他們認為這兩者的前述詞應當是在明顯可見之處。這兩
個代名詞如此接近，若是在雅典式的希臘文的用法中將成為「他 (αὐτός)⋯⋯另
一位 (ἐκεῖνος)。」於是產生兩種解釋：(1) αὐτοῦ 指著之前提到之主的僕人 (v24)
而 ἐκείνου 則是指著神而言 (v25)：「在他們被*主的僕人*擄回、〔來行〕*主的*旨
意之後，他們或許可以從魔鬼的網羅中省悟過來〔並且逃離〕。」(2) αὐτοῦ 指
著魔鬼而 ἐκείνου 則指著神：「在被*魔鬼*擄獲、〔而後逃離〕〔來行〕*神的*旨
意之後，他們或許可以從魔鬼的網羅中省悟過來〔並且逃離〕。」第一種解釋
較難讓人信服，因為這些前述詞的位置並不傾向這種解釋；第二種解釋亦是難
以置信，因為推論難以成立。[37]

許多現代的解經家則認為 διαβόλου 是這兩個代名詞的前述詞。這樣可以保留口
語希臘文的用法，亦即指示代名詞，特別是 ἐκεῖνος 可作為 αὐτός 之用，但為什
麼使用不同的代名詞？難道不能每次都使用 αὐτός？Hanson 提出十分有趣的建
議，指出 ἐκεῖνος 的使用通常是指向那位「共所皆知」、「令人畏懼」的那位。[38]

---

36   此用法在古典希臘文當中仍適用 (Smyth, *Greek Grammar*, 92 [§326.d])。

37   反對這些觀點的論證，請見 M. Dibelius-H. Conzelmann, *The Pastoral Epistles* (Hermeneia) 114;
     J. N. D. Kelly, *A Commentary on the Pastoral Epistles*, 191-92; A. T. Hanson, *The Pastoral Epistles*
     (NCB) 142-43。

38   Hanson, *Pastoral Epistles*, 143。雖然他的這個意義是基於 LSJ 所列出的用法，但 BAGD 亦指
     到 ἐκεῖνος 有時候使用為：「關於眾所皆知或惡名昭彰的人⋯⋯有著令人不悅的連結。」(s.v.
     ἐκεῖνος, 1.c.)

在這樣的情況底下，這個句子將成為「在被魔鬼擄獲、〔行〕那〔令人畏懼〕者的意念之後，他們或許可以從魔鬼的網羅中省悟過來〔並且逃離〕。」

亦可參照約1:7、8，3:2，10:6。

c. 不尋常的用法（從英文的觀點）

下列用法的類別當中，因為代名詞似乎看來不是必要存在（冗筆）的字彙，因此是屬於代名詞不常見的用法項目，或者會發現這一類代名詞不一定與其前述詞一致，或者是因為其他原因而使用這個代名詞。然而，大部分這一類代名詞的用法，是一般指示性代名詞的用法。

1) 冗筆用法

偶爾有些情況，當即使代名詞被省略，仍舊不會產生語意上的混淆，但這個指示代名詞在句子中仍被使用。特別出現在主格的情況當中：指示代名詞可能會重複出現已經提及過的主詞（通常是作實名詞用的分詞），即使動詞一直到代名詞出現之*前*並沒有引出。實際上來說，代名詞重複主詞，而這些主詞通常都被分詞結構與動詞分離。這稱為冗筆用法、多餘用法、概括用法等。在這樣的情況當中，代名詞最好是保留不翻譯。但有些情況這一類的代名詞有著修辭上的意義，是在英文當中可以顯示出來的。

約5:11　ὁ ποιήσας με ὑγιῆ **ἐκεῖνός** μοι εἶπεν· ἆρον τὸν κράβαττόν σου καὶ περιπάτει

那使我痊癒的，對我說：拿你的褥子走罷

羅8:30　οὓς δὲ προώρισεν, **τούτους** καὶ ἐκάλεσεν· καὶ οὓς ἐκάλεσεν, τούτους καὶ ἐδικαίωσεν· οὓς δὲ ἐδικαίωσεν, **τούτους** καὶ ἐδόξασεν

預先所定下的人又召他們來；所召來的人又稱他們為義；所稱為義的人又叫他們得榮耀

這樣的用法似乎需要被特別強調而不只是概括的。這裡的概念是提到那些神預先定下、召來並且要稱他們為義、也要叫他們得榮耀的人。這一類複合的代名詞形式，有著戲劇化的果效：沒有一個人在永恆的命令與永恆的地位之間會失落。

雅1:25　ὁ παρακύψας εἰς νόμον τέλειον τὸν τῆς ἐλευθερίας καὶ παραμείνας, οὐκ ἀκροατὴς ἐπιλησμονῆς γενόμενος ἀλλὰ ποιητὴς ἔργου, **οὗτος** μακάριος ἐν τῇ ποιήσει αὐτοῦ ἔσται.[39]

惟有詳細察看那全備、使人自由之律法的，並且時常如此，這人既不是

---

[39]　𝔓[74] *et pauci* 在此處省略代名詞。

聽了就忘，乃是實在行出來，就在他所行的事上必然得福。

即使在英文當中，概略性代名詞的用法亦需要被翻譯，因為大量的字彙使得主詞與動詞被隔開了。

約貳9　　ὁ μένων ἐν τῇ διδαχῇ, **οὗτος** καὶ τὸν πατέρα καὶ τὸν υἱὸν ἔχει

凡越過基督的教訓、不常守著的，就沒有神；常守這教訓的，就有父又有子

亦可參照約5:37，12:48，14:21；徒7:35；羅8:14；腓3:7；雅3:2。

2) 指示代名詞的人稱破格用法

若干代名詞與它們的前述詞有一種*自然*的一致，是與嚴格的文法規則不相符的。嚴格說來，它們是按照感覺 (*constructio ad sensum*) 而形成的。這種一致可能包含著性，或（比較罕見的）數。這個一致常常只是概念性的，因為代名詞指涉的是一個片語或句子，而非指涉一個名詞或其他實名詞。可以預期到，這些例子有不少具有爭議並且有解經的重要性。

a) 性

1] 清楚的例子

徒8:10　　**οὗτός** ἐστιν ἡ δύναμις τοῦ θεοῦ

這人就是那稱為神的大能者

羅2:14　　ὅταν ἔθνη τὰ μὴ νόμον ἔχοντα φύσει τὰ τοῦ νόμου ποιῶσιν, **οὗτοι** νόμον μὴ ἔχοντες ἑαυτοῖς εἰσιν νόμος[40]

沒有律法的外邦人若順著本性行律法上的事，他們雖然沒有律法，自己就是自己的律法

這裡代名詞的前述詞乃是 ἔθνη，雖然是中性的字，但仍是指著世人而言。

林前6:10-11 οὔτε κλέπται οὔτε πλεονέκται, οὐ μέθυσοι, οὐ λοίδοροι, οὐχ ἅρπαγες βασιλείαν θεοῦ κληρονομήσουσιν. (11) καὶ **ταῦτά** τινες ἦτε

偷竊的、貪婪的、醉酒的、辱罵的、勒索的，都不能承受神的國。(11) 你們中間也有人從前是這樣

雖然所有的前述詞都是陽性字，指示代名詞仍用中性表示。Robertson 說明「這裡的 ταῦτα 比較像是 τοιοῦτοι，但更為限定且強調。」[41]中性字的使用是為了說明墮落的可怕，如同他們在悔改前，已經淪為次等人類。

亦可參照徒9:15；腓3:7；彼前2:19；猶12。

40　抄本 G 以 οἱ τοιοῦτοι 取代 οὗτοι。

41　Robertson, *Grammar*, 704.

2] 仍具爭議的例子

約15:26　ὅταν ἔλθῃ ὁ παράκλητος ὃν ἐγὼ πέμψω ὑμῖν παρὰ τοῦ πατρός, τὸ πνεῦμα τῆς
ἀληθείας ὃ παρὰ τοῦ πατρὸς ἐκπορεύεται, **ἐκεῖνος** μαρτυρήσει περὶ ἐμοῦ

但我要從父那裡差保惠師來，就是從父出來真理的聖靈；祂來了，就要
為我作見證。

這裡 ἐκεῖνος 的使用常被新約的學生視為聖靈位格性得到肯定的證據。這樣的
進路是奠基於假定 ἐκεῖνος 的前述詞是 πνεῦμα：「在約14:26與16:13-14使用到的
陽性代名詞 ἐκεῖνος 是指著中性的名詞 πνεῦμα，是用以強調聖靈的位格性。」[42]
但這是錯的。在所有約翰的著作當中，πνεῦμα 作為陽性名詞的同位語，因此
ἐκεῖνος 的性與中性字 πνεῦμα 一點關係也沒有。在這個情況底下，ἐκεῖνος 的前
述詞是 παράκλητος，而非 πνεῦμα。約14:26的經文：ὁ παράκλητος, τὸ πνεῦμα τὸ ἅ
γιον, ὃ πέμψει ὁ πατὴρ ἐν τῷ ὀνόματί μου, **ἐκεῖνος** ὑμᾶς διδάξει πάντα（但保惠
師，就是父因我的名所要差來的聖靈，祂要將一切的事指教你們，並且要叫你
們想起我對你們所說的一切話）。πνεῦμα 不只是 παράκλητος 的同位語，而且相
關的關係代名詞也是中性的！因此這個例子很難成為說明此經文是支持聖靈之
位格的文法論證，在約16:13-14，接下來的經文更是令人迷惑：ὅταν δὲ ἔλθῃ **ἐκεῖ
νος**, τὸ πνεῦμα τῆς ἀληθείας, ὁδηγήσει ὑμᾶς ἐν τῇ ἀληθείᾳ πάσῃ· **ἐκεῖνος** ἐμὲ δοξά
σει（只等真理的聖靈來了，祂要進入你們明白一切的真理……祂要榮耀我），
這裡 ἐκεῖνος 是指著第7節的經文所提及之 παράκλητος。[43]於是，既然 παράκλητος
是陽性名詞，其代名詞也為陽性。雖然或許有人會論述聖靈的位格在這些經文
當中是可以看得出來的，但這個觀點必須考慮 παράκλητος 本身的用字以及經文
中論述到保惠師的相關敘述，而非透過這些文法的細微之處。更確切的說，很
難找到*任何*經文說明 πνεῦμα 在文法上是指著陽性字的情況。[44]

42　Young, *Intermediate Greek*, 78。同樣地，G. B. Stevens, *The Johannine Theology* (New York:
Scribner's, 1899) 196；L. Morris, *The Gospel According to John* (NICNT) 656。此觀點在神學
家當中特別受歡迎，並且多少就成為他們支持聖靈位格的論述（參照：J. I. Packer, *Keep In
Step With the Spirit* [Old Tappan, NJ: Fleming H. Revell, 1984] 61; C. C. Ryrie, *The Holy Spirit*
[Chicago: Moody, 1965] 14; R. C. Sproul, *The Mystery of the Holy Spirit* [Wheaton, Ill.: Tyndale,
1990] 17-18）。

43　雖然像 NRSV 在13節的翻譯可能誤導此句子的主詞（「當真理的聖靈來到，祂要引導你們
……」），但他們的目的不是成為學習希臘文學生的手冊。

44　除了約翰福音的經文之外，通常有另外三段常見的用法：弗1:14；帖後2:6-7；約壹5:7。這些
經文都有一些問題：在弗1:14 ὅς ἐστιν ἀρραβών 乃是指著之前提到的 τῷ πνεύματι (v13)，但陽
性關係代名詞（異文）很容易在忽略神學主題的情況底下就隨意解釋（見下列「關係代名詞」
章節中的討論）。在帖後2:6-7 πνεῦμα 並沒有被提及；τὸ κατέχον/ὁ κατέχων 常常被假設為都是
指著聖靈而言。但姑且不論這種觀點有多少長處，它確定無法從這類憑直覺認定性別的經文
(natural-gender) 得到支持，也不能成為解決這種句法的基本律。約壹5:7可能是所有列出經文

b) 數

約貳7　πολλοὶ πλάνοι ἐξῆλθον εἰς τὸν κόσμον, οἱ μὴ ὁμολογοῦντες Ἰησοῦν Χριστὸν ἐρχόμενον ἐν σαρκί· **οὗτός** ἐστιν ὁ πλάνος καὶ ὁ ἀντίχριστος.

因為世上有許多迷惑人的出來，他們不認耶穌基督是成了肉身來的；這就是那迷惑人、敵基督的。

指示代名詞實際上有著類別上的意涵：「這個人是迷惑人的、敵基督的。」

約參4　μειζοτέραν **τούτων** οὐκ ἔχω χαράν, ἵνα ἀκούω τὰ ἐμὰ τέκνα ἐν τῇ ἀληθείᾳ περιπατοῦντα

我聽見我的兒女們按真理而行，我的喜樂就沒有比這個大的。

雖然τούτων的後述詞是指著ἵνα子句裡的內容，但代名詞一般是被預期為單數的。

亦可參照林前6:8 (v.l.)；來11:12。

c) 指示代名詞的概念破格用法

οὗτος的中性字時常被使用作為指稱片語或子句的內容，在這樣的例子裡，這些被指稱的事物並非確實的名詞或實名詞。單數的使用在規則的用法中，用以指稱前述詞或後述詞，而複數的用法則幾乎不被使用為此回溯性用法。[45]某些公式化的片語有時候亦可使用，如 διὰ τοῦτο，則指稱著之前的論述（例：太6:25，12:27；可6:14；路11:19；羅1:26；來1:9），[46]或μετὰ ταῦτα，則指稱著之前的事件（路17:8；約5:1，21:1；徒13:20；彼前1:11；啟4:1）。

1] 清楚的例子

路4:28　ἐπλήσθησαν πάντες θυμοῦ ἐν τῇ συναγωγῇ ἀκούοντες **ταῦτα**[47]

會堂裡的人聽見這話，都怒氣滿胸，

會堂裡的人所聽見的是耶穌所講的話，雖然可以使用 λόγος（信息）或 λόγοι（話語），*中性*的代名詞卻是希臘文當中用以指稱此非明確概念的正規用法。[48]

中，看似最可信的。τρεῖς εἰσιν οἱ μαρτυροῦντες 中的陽性分詞乃是指著 τὸ πνεῦμα καὶ τὸ ὕδωρ καὶ τὸ αἶμα (v8)，這些全是中性名詞。有些人將這裡視為斜格用法，用以指稱聖靈的位格（如 I. H. Marshall, *The Epistles of John* [NICNT] 237, n. 20），但事實上作者亦使用人格化的水與血，將它們轉為與聖靈一同作見證者，因此足以解釋作者使用陽性字的理由。這樣的解釋可能也申19:15的理由（必要有兩三個見證人），在舊約中，見證者必須是男性才可以。如此，稍前的可以巧妙地（透過陽性分詞）指著聖靈、水與血，都是有效的見證。

45　亦見 Young, *Intermediate Greek*, 78。他提到：「ταῦτα 似乎只有指出前者。」但見約參4（上列所提）。

46　並非所有的句子都是回溯性用法（亦見太13:13；可12:24；約1:31；帖前2:13；門 15）。

47　抄本579以 αὐτά、827以 αὐτοῦ代替 ταῦτα。

48　推廣來說，林前13:10的 τὸ τέλειον 或許也有這種暗示（見形容詞章節中的討論）。

路14:20　γυναῖκα ἔγημα καὶ διὰ **τοῦτο** οὐ δύναμαι ἐλθεῖν[49]

　　　　我才娶了妻，所以不能去

　　　　此代名詞相當顯然是用以指稱結婚的事件，而不是指著妻子而言。[50]

羅6:6　　**τοῦτο** γινώσκοντες ὅτι ὁ παλαιὸς ἡμῶν ἄνθρωπος συνεσταυρώθη

　　　　因為知道我們的舊人和他同釘十字架

林前11:24 τοῦτό μού ἐστιν τὸ σῶμα τὸ ὑπὲρ ὑμῶν· **τοῦτο** ποιεῖτε εἰς τὴν ἐμὴν ἀνάμνησιν.

　　　　這是我的身體，為你們捨的，你們應當**如此行**，為的是記念我。

　　　　即使從之前的經文中可以找到中性的名詞 (σῶμα)，並且也有其代名詞 (τοῦτο)，第二個 τοῦτο 仍是指著吃餅的動作。

來9:27　καθ' ὅσον ἀπόκειται τοῖς ἀνθρώποις ἅπαξ ἀποθανεῖν, μετὰ δὲ **τοῦτο** κρίσις

　　　　按著定命，人人都有一死，死後且有審判

　　亦可參照路1:18，4:18，6:6，7:32，8:30，徒1:9，4:7；羅5:12，8:31，14:9；林前4:6，11:22；加3:2；西3:20；帖前4:15；來4:5。

　　2] 仍具爭議的例子

弗2:8　　τῇ γὰρ χάριτί ἐστε σεσῳσμένοι διὰ πίστεως· καὶ **τοῦτο** οὐκ ἐξ ὑμῶν, θεοῦ τὸ δῶρον

　　　　你們得救是本乎恩，也因著信；這並不是出於自己，乃是神所賜的

　　　　就前述詞的指示代名詞 τοῦτο 而言，這裡的經文是最具爭議的例子。一般標準的解釋包括：(1)「恩」是為前述詞 (2)「信」是為前述詞 (3) 因信稱義的概念是為前述詞 (4) καὶ τοῦτο 作為副詞功能的用法（尤其），因而無前述詞。

　　　　因為 τοῦτο 是為中性字，而 χάριτι 與 πίστεως 是為陰性字，因此第一、第二個選項有其相當的困難。有些人論述到性的改變不會造成問題，因為 (a) 在其他希臘文獻當中可以找到例子，說明中性指示代名詞指稱前面一個非中性的字，[51] (b) 這裡的 τοῦτο 被述詞主格 δῶρον 的性別所吸引。而這兩個論述必須要同時經過檢驗。

　　　　雖然在極少數的例子當中確實可以看見，前述詞與代名詞之間有性別上的差異，前述詞不同性的情況，代名詞的性總是個議題：一種情況是跟隨前述詞，

49　D 以 διό 代替 καὶ διὰ τοῦτο；157 則省略其中 διὰ τοῦτο 二字。

50　當然，如果使用了中性詞彙 γύναιον （「小婦人」〔鮮少用為表達親暱的詞彙，而通常是用於嘲弄的意義〕），當會讓解釋者遲疑一下。

51　特別注意 R. H. Countess, "Thank God for the Genitive!" *JETS* 12 (1969) 117-22。他列出三個從古典希臘文中的例子，聲稱這類的現象頻繁地出現在希臘文獻中 (120)。但是他的進路相當薄弱，他不僅沒有引用新約的例子，並且他所引兩個古典的例子，其實是指著概念而非實一個名詞。再說，這種用法並不頻繁、並且每一個例子都需要個別解釋。

另一種情況則是跟隨著述詞主格。例如：在徒8:10 (οὗτός ἐστιν ἡ δύναμις τοῦ θεοῦ) 的句子裡，代名詞是陽性字，因為其前述詞是陽性字，而述詞主格是陰性字。在太13:38則看到相反的例子（代名詞主詞被述詞主格所吸引而跟隨其性別）：τὸ δὲ καλὸν σπέρμα, οὗτοί εἰσιν οἱ υἱοὶ τῆς βασιλείας（好種就是天國之子）。[52] 然而在弗2:8的句法結構當中，卻呈現非平行的現象，因為 δῶρον 並非 τοῦτο 的述詞主格，在接下來的子句當中卻可以看見仍包含「它」的意涵。從文法的層面來看，τοῦτο 的前述詞是「信」或「恩」都有著相當的爭議。

看起來更有道理的似乎是第三個觀點，亦即 τοῦτο 是指著因信稱義的救恩道理，就如之前所看見的，不論信心在這裡是否被視為一份禮物，或在新約其他處有類似的提及，τοῦτο 通常都保留了前述詞的概念。[53]

第四個觀點是提到雖然我們會意外地發現這個觀點從文體的解釋上會有一些衝擊，[54] 我們仍將 καὶ τοῦτο 視為副詞功能的用法。如果是副詞功能的情況，καὶ τοῦτο 則是用以增強語氣，意思是「而且」、「尤其是」，並不需要任何前述詞，將焦點轉放在動詞而非其他名詞。在約參5我們可以看到這樣的用法：πιστὸν ποιεῖς ὃ ἐὰν ἐργάσῃ εἰς τοὺς ἀδελφοὺς καὶ τοῦτο ξένους [55]（凡你向作客旅之弟兄所行的都是忠心的）。若這也適用在弗2:8的情況，經文含意則為：「你們得救是本乎恩，也因著信，而且不是出於你們自己；乃是神所賜的。」

這個爭議較為複雜且沒有辦法單從文法找到答案，然而，句法上的考慮傾向後兩者的觀點。[56]

52　亦可參照太7:12；路2:12、8:11；約1:19；羅11:27；加4:24。

53　從解經的層面來說，我比較傾向同意 Lincoln 所提出，「在保羅的思想中，信心不能被視為功德，因為連結於稱義這個概念，他總是將信心與律法的工作對比（見加2:16；3:2-5、9、10；羅3:27、28）。」(A. T. Lincoln, *Ephesians* [WBC] 111) 如果信心不是功德，而是對救恩禮物的接受，則信心本身就不是一件禮物。這樣的觀點並不排除「神的靈必須開始人悔改的歷程」、好使人因信得救。

54　但參照 *BDF*, 151 (§290.5), BAGD, s.v. οὗτος 1.b.g。兩個權威都假設 καὶ τοῦτο 的功能在弗2:8當中沒有討論。

55　τοῦτο 由 εἰς τούς 取代，可見於抄本 P *Byz*；亦有被 τούς 取代的，可見抄本 81 *et pauci*。不過，代名詞倒是一致地在較早且廣泛的證據中被建立（如 ℵ A B C Ψ 048 33*vid* 323 1241*vid* 1739）。

56　值得注意的是，檢視新約中、二十二個包含 καὶ τοῦτο 的句子，（不包括弗2:8）可以得到以下的結果：十四或十五次指著概念性的意涵（例如：路3:20、5:6；約11:28、18:38；約20:20；徒7:60；林前7:37；腓1:9；來6:3〔腓1:28可能有〕）；四處是為副詞用法（羅13:11；林前6:6、8；約參5〔來11:12 在 BAGD 列為副詞用法，但該處是複數的用法 (καὶ ταῦτα)，比較靠近雅典式希臘文片語〕；三處包含同樣的性別用法（路2:12，13:8；約壹4:3）；沒有包含不同性別的例子（雖然腓1:28 可能是其中之一）。

C. 關係代名詞

1. 定義與字彙用法

關係代名詞（ὅς 與 ὅστις）之所以有此稱呼乃因其與一個以上的子句有所關連。它們是典型的「關鍵」用字，因為這一類的代名詞同時指稱前一子句所提及的前述詞，也在其自身的子句當中具有功能。例如：「*那棟傑克所購買的房子倒塌了*。」（ "the house *that* Jack built fell down." ）「*那*」指涉到前述詞（「房子」），同時在子句當中也成為主詞用法的字彙。轉換到希臘文的用法中，我們看見關係代名詞的一些基本原則：ὁ οἶκος **ὅν** Ἰάκωβος ᾠκοδόμησεν ἔπεσε。關係代名詞是為單數、陽性，因為 οἶκος 是單數、陽性，但 ὅν 是直接受格而非主格，作為 ᾠκοδόμησεν 的直接受詞，換句話說，*關係代名詞 (RP) 與其前述詞在性、數上是一致的，但其格則根據其在子句中的功能而定*。

2. 功能

ὅς 是關係代名詞中表示限定的用詞，而表示非限定的用詞則是 ὅστις，因為從解經的議題來說，兩者之間是不同的，因此這兩個用詞需要分別來討論。

a. ὅς

1) 一般用法

ὅς 總是用來將一個名詞、或其他實名詞與關係子句連結，不管這個關係子句用來描述、釐清、或限制此一名詞的意義。

約1:26　　μέσος ὑμῶν ἔστηκεν **ὅν** ὑμεῖς οὐκ οἴδατε

　　　　　但有一位站在你們中間，是你們不認識的

徒4:10　　Ἰησοῦ Χριστοῦ ...... **ὅν** ὑμεῖς ἐσταυρώσατε, **ὅν** ὁ θεὸς ἤγειρεν ἐκ νεκρῶν

　　　　　耶穌基督……因你們所釘十字架、神叫祂從死裡復活的

弗2:2-3　　τοῖς υἱοῖς τῆς ἀπειθείας, (3) ἐν **οἷς** καὶ ἡμεῖς πάντες ἀνεστράφημέν ποτε

　　　　　……在悖逆之子心中運行的邪靈。我們從前也都在*他們*中間，和別人一樣

　　　　　在第2-3節的關係子句當中，提供了一個平衡的結構：ἐν αἷς, ἐν οἷς：我們行在

　　　　　罪中，我們活在罪人中間。人性墮落的情況，以及其在以弗所書第2章起頭的

　　　　　經文中提到需要救贖的情況，以熟練且簡潔的方式陳明。

啟1:1　Ἀποκάλυψις Ἰησοῦ Χριστοῦ **ἣν** ἔδωκεν αὐτῷ ὁ θεός

　　　　耶穌基督的啟示，就是神賜給祂

太1:16　Ἰακὼβ ἐγέννησεν τὸν Ἰωσὴφ τὸν ἄνδρα Μαρίας, ἐξ **ἧς** ἐγεννήθη Ἰησοῦς[57]

　　　　雅各生約瑟，就是馬利亞的丈夫。那稱為基督的耶穌是從馬利亞生的

　　　　英文的翻譯並沒有帶出希臘文中字的性別 (ἐξ ἧς)，原來的字是陰性字，指著馬利亞而言。在猶太家譜中間接列出女性的名單不是平常的狀況（家譜中亦有他瑪、喇合、路得與烏利亞的妻），但將一個女人與其後裔直接連結列出，則令人驚訝。這個段落連接著一個解釋：耶穌的成孕乃是一個神蹟。

　　亦可參照可14:71；路2:11；約1:13；徒17:3；羅1:2；林後7:7；弗1:6；腓3:8；彼前2:22。

2)「非正常」用法

　　關係代名詞違反一致性的原則並非不常見的狀況。有時候關係代名詞的性並不與其前述詞相符合，通常是因為概念上的一致性取代了句法上的一致性（另一類的代名詞的破格用法）。就如之前提及的，一致性的規則並不常常適用於關係代名詞的*格*，然而有時候關係代名詞的格被其前述詞所影響（關係代名詞被前述詞的格影響），另有一些時候，雖然比較不常見，但有時候前述詞反而被關係代名詞所影響（前述詞的格被關係代名詞影響）。

　　更困難的是，關係代名詞與其前述詞的關係有時候是相當複雜的：前述詞有時候會省略，或關係代名詞子句有時候會作為副詞的功能，因此並不指向任何名詞或實名詞。與指示代名詞的情況一起對照，發掘這些句法上的「異常」，有時候會有解經的價值。

a) 性

1] 清楚的例子

約4:22　ὑμεῖς προσκυνεῖτε **ὃ** οὐκ οἴδατε· ἡμεῖς προσκυνοῦμεν **ὃ** οἴδαμεν

　　　　你們所拜的，你們不知道；我們所拜的，我們知道

　　　　在耶穌與撒瑪利亞婦人的對話當中，提及關於敬拜的問題，祂在 v21 提到真實的敬拜者就會敬拜父神 (ὁ πατήρ)。祂繼續在 v22 清晰地提出原則，但這一次使用中性代名詞用以表達敬拜的客體，隱含的意義似乎是如此：既然祂與祂的百

姓並列（而非真敬拜者本身），祂同意他們在教義上的忠實，而非屬靈的關係。[58]

門10　παρακαλῶ σε περὶ τοῦ ἐμοῦ τέκνου, **ὃν** ἐγέννησα ἐν τοῖς δεσμοῖς

就是為我在捆鎖中所生的兒子阿尼西母求你。

雖然 τέκνον 是中性名詞，關係代名詞仍以陽性表示，是因為自然性別 (natural gender) 考量。

林前15:10 χάριτι θεοῦ εἰμι **ὅ** εἰμι

我今日成了何等人，是蒙神的恩才成的

此處的前述詞是模糊的，但基於性別的考量是陽性。而這裡使用中性字，保羅似乎不強調其個人的部分，反而著重於他的使徒職分。

亦可參照徒26:17；林前4:17；西2:19；加4:19；彼後2:17；約貳1；啟13:14。

2] 仍具爭議的例子

弗1:13-14 ἐσφραγίσθητε τῷ πνεύματι τῆς ἐπαγγελίας τῷ ἁγίῳ, (14) **ὅς** ἐστιν ἀρραβὼν τῆς κληρονομίας ἡμῶν

就受了所應許的聖靈為印記。這聖靈是我們得基業的憑據

ὅς 的使用，雖在經文批判學上仍有爭議，[59]有時仍是用以證明聖靈的位格的文法證據。[60]但陽性關係代名詞仍可單純被視為是受到述詞 (ἀρραβών) 主格的性的影響。這一類受到述詞主格影響的關係代名詞用法，在新約當中相當普遍。（如：可15:16；加3:16；弗6:17；提前3:15），當子句的焦點著重於述詞主格時，這一類的用法便會出現：凸顯的性別顯示了段落中最重要的觀念。

不論在弗1:14或其他經文當中，都沒有著清楚之*句法上的*證據，顯示出聖靈的位格。[61]當然，有許多證據指向這個論證，但試圖從希臘文文法找證明，是順手可得、但是常製造更多的神學困擾。[62]

58　這裡的經文同時屬於「缺乏前述詞」的類別，由於前述詞隱藏在關係代名詞之中。然而，此關係代名詞回指前節經文的「父」，是因著上下文關係而非句法關係。

59　UBS[4] 以 ὅ 取代 ὅς。幾項爭議使得這個決定更為困難。不只是因為二方面都有有分量的手抄本（雖然古代與地理上的分佈有利於中性），但偶發性更動的可能性極高。就如旁註所指，列在 UBS[4] 上的 Itala 的證據，是因為每一種語言內在的文法很容易產生誤導：在希臘文中，前述詞 πνεῦμα 是為中性，而其主格述詞 ἀρραβών 是陽性；在拉丁文當中，前述詞是為陽性 (*spiritus*) 而其主格述詞（在大多數的手抄本中）為中性 (*pignus*)。如此一來，很可能在某些拉丁文手抄本中的中性關係代名詞，反映出的是早期希臘文抄本中的*陽性*關係代名詞；而在拉丁文中陽性的關係代名詞，反映出的是早期希臘文抄本中的*中性*關係代名詞。

60　早期的注釋家，特別論證這一個要點，即使是 Barth (*Ephesians* [AB] 1.96) 認為這個神學主題是作者使用陽性字 ὅς 的可能理由。

61　見稍早在指示代名詞章節中關於約15:26的討論。

62　舉例來說，使用 Colwell 規則在約1:1中確認基督的神性，是為了撒伯流主義的觀點，見「冠

b) 格

1] 關係代名詞被前述詞的格影響（又名直接同化）

關係代名詞的格，不同於其性與數，通常與其前述詞沒有關係，而是基於其在子句當中的功能決定。然而有時候，其格依舊會受到前述詞的影響，這樣的現象特別常見於關係代名詞為*直接受格*，而其前述詞是*所有格*或*間接受格*的情況。（也就是說，許多我們期待看見直接受格形式的關係代名詞，有時候會因為前述詞的影響，結果看見的是所有格或間接受格）。

太24:50　ἐν ὥρᾳ **ᾗ** οὐ γινώσκει

在（他）想不到的日子

約4:14　ὃς δ' ἂν πίῃ ἐκ τοῦ ὕδατος **οὗ** ἐγὼ δώσω αὐτῷ

人若喝我所賜的水

來6:10　τῆς ἀγάπης **ἧς** ἐνεδείξασθε εἰς τὸ ὄνομα αὐτοῦ[63]

你們為他名所顯的愛心，

約壹3:24　ἐκ τοῦ πνεύματος **οὗ** ἡμῖν ἔδωκεν

因他所賜給我們的聖靈

亦可參照可7:13；路5:9，12:46；約15:20，17:5；徒2:22；林前6:19；西1:23；啟18:6。

2] 前述詞的格被關係代名詞影響（又名非直接同化）

顧名思義發生於前述詞被關係代名詞的格影響的情況。

可12:10　λίθον **ὃν** ἀπεδοκίμασαν οἱ οἰκοδομοῦντες, οὗτος ἐγενήθη ......

匠人所棄的石頭，已作了……

林前10:16　τὸν ἄρτον **ὃν** κλῶμεν, οὐχὶ κοινωνία τοῦ σώματος τοῦ Χριστοῦ ἐστιν;

我們所擘開的餅，豈不是同領基督的身體嗎？

前一個句子是這樣寫的：τὸ ποτήριον τῆς εὐλογίας ὃ εὐλογοῦμεν, οὐχὶ κοινωνία ἐστὶν τοῦ αἵματος τοῦ Χριστοῦ;（我們所祝福的杯，豈不是同領基督的血麼？）雖然 τὸ ποτήριον 可以簡潔地用為主格，但從平行於 τὸν ἄρτον 的角度來看，會發現它應該是直接受格。

亦可參照太21:42；可6:16；路1:73；徒21:16；羅6:17。

詞第二章」的討論。同樣地，注意加5:16討論「間接受格：表達動作施做者的間接受格」之處，以及在林前12:13中討論「介系詞：ἐν」（兩者都是有關於聖靈位格的討論）。

63　擁有廣泛且多元的見證在此處使用直接受格 ἥν，反映出為直接影響的張力（如 𝔓[46] B[2] 1505 1739 1881 *et pauci*）。不過，所有格同時是較困難的讀法，且是出自於較好的譜系（如 ℵ A B* C D 0278 33 𝔐）。

c) 基於前述詞的特殊考量

1] 前述詞的省略

在希臘文中前述詞會因為許多不同的因素而省略。例如：有時關係代名詞會同時包含*指示*代名詞的用法，而在那樣的情況當中，經文裡的受詞非常清楚。這一類的情況出現頻率不高，但卻可能有非常重要之解經上的意義，在*詩句*題材中特別有此類子句中字彙彼此交織的狀況（參照以下提前3:16的討論）。

a] 指示代名詞之嵌入

約4:18　πέντε ἄνδρας ἔσχες καὶ νῦν **ὃν** ἔχεις οὐκ ἔστιν σου ἀνήρ

你已經有五個丈夫，你現在有的並不是你的丈夫

來5:8　καίπερ ὤν υἱός, ἔμαθεν ἀφ᾽ **ὧν** ἔπαθεν τὴν ὑπακοήν

祂雖然為兒子，還是因所受的苦難學了順從

其他例子包括：路9:36；約7:31。

彼前1:6　ἐν **ᾧ** ἀγαλλιᾶσθε[64]

你們（在這裡面）是大有喜樂

之前的經文寫到：εἰς σωτηρίαν ἑτοίμην ἀποκαλυφθῆναι ἐν καιρῷ ἐσχάτῳ（所預備，到末世要顯現的救恩），在Nestle-Aland[27]的版本中第5節的經文結束時帶有一個句點，使得第6節之關係代名詞嵌入了指示代名詞的功能。但這一類嵌入的情況並不常見，並且不會在句子結構具有完整的概念時出現雖然句子可能很複雜。再者，這是不自然的：在 Nestle-Aland[27] 的經文當中，這些標號的位置說明了這個關係代名詞被視為指示代名詞使用，而非同時具有關係代名詞與指示代名詞的情況。

這樣的觀點似乎在英文翻譯當中已經造成影響（特別是新國際本 (NIV)），句子越來越短，相當程度而言，這個情況影響了許多其他的文法議題，例如命令語氣的分詞出現之頻率，或其他在子句之間的隸屬關係（亦即某一字彙隸屬於另一字彙的情況），或其對等關係。[65]

這些爭議已經超過文法的範圍了，如：彼前5:7 (πᾶσαν τὴν μέριμναν ὑμῶν ἐπιρίψαντες ἐπ᾽ αὐτόν, ὅτι αὐτῷ μέλει περὶ ὑμῶν) 如果是一個獨立的子句，概念是：「要將一切的憂慮卸給祂，因為祂顧念你們。」但如果分詞乃是取決於之

64　ἐν ᾧ ἀγαλλιᾶσθε 在 𝔓[72] 使用分詞 ἀγαλλιάσαντες；C 之第二手的更正者捨棄了 ἐν ᾧ 但保留命令語氣。

65　相對Nestle-Aland[27]都採用短句子（這並沒有足夠的理由），這些長句子包括：彼前1:9-10、11-12（彼前1:3-12 確實是希臘文中一個相當長的句子）；弗1:3-14（也是希臘文中一個長的句子，可以分段為 vv 3-6、7-10、11-12、13-14；每一個部分以 ἐν ᾧ 開始）；弗5:18-21（沒有證據顯示在第21節中分段）。

前的動詞（「你們要自卑，服在神大能的手下」），概念則為自己謙卑的路徑，乃在於將一切憂慮卸給神（「你們要自卑……透過將憂慮卸給神」）。在兩個動詞之間放上一個句點，將會使得此段連結變為模糊。

b] 詩歌

大部分的學者都看出新約中各處都有詩歌的片段，如：腓2:6-11；西1:15-20；提前3:16；來1:3-4等，這一類的經文的開頭，通常由一個交織著散文語段之句法形式的關係子句帶出。事實上，希臘文詩歌的一個主要的特色便是以關係子句作為前言的用法。[66]然而，有時關係代名詞會因為詩文斷簡缺少句法連結的介紹，而沒有前述詞。

提前3:16　καὶ ὁμολογουμένως μέγα ἐστὶν τὸ τῆς εὐσεβείας μυστήριον·

> ὃς ἐφανερώθη ἐν σαρκί,
> ἐδικαιώθη ἐν πνεύματι,
> ὤφθη ἀγγέλοις,
> ἐκηρύχθη ἐν ἔθνεσιν,
> ἐπιστεύθη ἐν κόσμῳ,
> ἀνελήμφθη ἐν δόξῃ.

> 大哉，敬虔的奧祕！無人不以為然：
> 就是神在肉身顯現，
> 被聖靈稱義，
> 被天使看見，
> 被傳於外邦，
> 被世人信服，
> 被接在榮耀裡。

這一段經文的韻律模式是相當清楚的：六行平行被動式動詞，跟隨著平行 (ἐν +) 間接受格的結構。這些特徵，以一個前言用法 ὅς 連結，是詩歌文體的特徵。[67]

在這些特徵之中，這樣的確認所隱含的意義如下：(1) 如果要試著從這一首讚美詩之外尋找 ὅς 之前述詞，如某些人做過的，是一個不必要的途徑，事實上這

66　特別參見 R. P. Martin, "Aspects of Worship in the New Testament Church," *VE* 2 (1963) 16-18，將語言學規則用在詩句中。

67　P. T. O' Brien 妥善地總結了在新約當中、用以判斷詩歌素材的標準：「(a) *寫作風格*：某種可以大聲朗讀此段落的節奏、存在有對句的安排、某種類似於旋律的音節、修辭的手法（如，頭韻法 (alliteration)，語句交錯排列法 (chiasmus)，對偶法 (antithesis)）；(b) *語言學的手法*：一個非平常使用的字彙，特別是與上下文中用法不同的神學詞彙。」(*Commentary on Philippians* [NIGTC] 188-89) 關於提前3:16，請見 Fee, *1 and 2 Timothy, Titus* (NIBC) 92-93。

是錯讀了此文體、錯解了 τὸ τῆς εὐσεβείας μυστήριον 的功能。[68] (2) 在不同經文版本中認為 ὅς 是 θεός 錯異，這樣的觀點為某些學者堅決辯護，辯論，特別是那些「經文至上」的學者們。不僅這類的讀法難以證明，[69]從句法的觀點也可以看見，「*奧祕*」一詞是為中性名詞，不能被陽性代名詞 (ὅς) 跟隨，[70]因此根本不需要予以考慮。然而基於神學上的考量，可能產生前述詞吸引關係代名詞，以致於前述詞也有可能是 θεός。當然，在這邊的討論並非否認基督的神性，只是不願意在經文當中產生模糊之處。[71]

2] 副詞／連接詞用法

關係代名詞常常在介系詞之後使用，通常這一類介系詞片語具有副詞或連接詞的功能。在這樣的句子當中，關係代名詞如果不是沒有前述詞，就是其前述詞是為概念性、非文法性的用法。[72]

路12:3　ἀνθ' ὧν ὅσα ἐν τῇ σκοτίᾳ εἴπατε ἐν τῷ φωτὶ ἀκουσθήσεται

　　　因此，你們在暗中所說的，將要在明處被人聽見

徒26:12　ἐν οἷς πορευόμενος εἰς τὴν Δαμασκὸν

　　　那時／因此，我（領了祭司長的權柄和命令，）往大馬色去

　　　介系詞所帶出的說明，如果不是一般性的指向前句（「因此」，「因為這些事情」），就是表達時間性的用法（那時）。亦可參照路12:1（此處 ἐν οἷς 很清楚是時間性的用法）。

羅5:12　εἰς πάντας ἀνθρώπους ὁ θάνατος διῆλθεν, ἐφ' ᾧ πάντες ἥμαρτον

　　　於是死就臨到眾人，因為眾人都犯了罪。

　　　這裡的介系詞片語具有爭議性。很可能 ᾧ 是指著經文稍前所提及之「一人」(ἑνὸς

68　Young, *Intermediate Greek*, 76，列出這裡的經文作為性別轉換的例子，藉著 ὅς、論證「敬虔的奧祕」指著基督。大部分的注釋家偏好將「敬虔的奧祕」指稱基督徒的信仰，如Conzelmann-Dibelius、Fee、Guthrie、Hanson 等人。

69　要解釋拉丁文的中性關係代名詞是來自於θεός，幾乎是不可能，顯示 ὅς 是相當早期的用法。沒有任何證據顯明在八世紀之前，有任何第一手的希臘文獻採取這樣的方法，既然θεός 是一個聖名，在手抄本中縮略成 ΘΣ。很可能在第四世紀左右，將 ΟΣ 誤讀為 ΘΣ，因為後者有更多豐富的神學內涵，因此在多數手抄本中以此總結。（見Metzger, *Textual Commentary*, 641詳細的討論）。

70　J. W. Burgon, *The Revision Revised* (London: John Murray, 1883) 426（亦可參見 497-501）。Burgon 提到：「不論是對於文法或邏輯而言，這樣的解釋是令人不能接受的，不管是在希臘文或在英文當中都是不能被接受的。」雖然修辭上有說服力，但Burgon的論證仍在實質上有缺陷。

71　完整的處理新約中指稱耶穌是 θεός，可見 M. J. Harris, *Jesus as God: The New Testament Use of Theos in Reference to Jesus* (Grand Rapids: Baker, 1992)。關於提前3:16的討論則在267-68。

72　見 BAGD, s.v. ὅς, I.11. (585)。

ἀνθρώπου)。若是如此，這裡的概念就可能是提到「眾人在一人中犯罪」，或「眾人因為一人犯罪」。但是以正常的讀法來看，句子當中 ἑνὸς ἀνθρώπου 似乎又距離太遠。但如果 ἐφ᾽ ᾧ 的功能是作為連接詞，並沒有指向任何一個前述詞，而是解釋了死如何臨到眾人：「死因為特定原因而成普世性，這個特定的原因在於罪的普世性。」[73]這樣的用法與浦草紙上的用法平行，並符合保羅其他著作中的內容（參照林後5:4；腓3:12）。爭論中的神學爭議顯得深奧且複雜（如：不論人類的罪是個人性的，或在亞當的罪惡之中受到牽連），但這一類的議題只有少部分可以關係代名詞的文法解決。[74]雖說如此，既然沒有令人信服的反對證據，那 ἐφ᾽ ᾧ 就該被視為連接詞，因為既有希臘文獻的支持、又使前後文意通達。[75]

彼後3:4 **ἀφ᾽ ἧς** οἱ πατέρες ἐκοιμήθησαν, πάντα οὕτως διαμένει ἀπ᾽ ἀρχῆς κτίσεως

因為從列祖睡了以來，萬物與起初創造的時候仍是一樣

彼前3:19 **ἐν ᾧ** καὶ τοῖς ἐν φυλακῇ πνεύμασιν πορευθεὶς ἐκήρυξεν

他藉這靈曾去傳道給那些在監獄裡的靈聽

關係代名詞的前述詞絕對不是確定的。有些人認為是指著緊跟著的 πνεύματι，這樣的意思就會變成不是談到聖靈，就是談及屬靈的狀態。[76]另有些人則將此片語視為因果關係（為了某些原因、因為這個），代名詞就是指著整個子句而言；更有一些學者將整個片語視為時間性用法（若此，則前述詞就可有可無：那時、同時）。這些選項都與句法考慮有關。[77]然而，更重要的或許是，在彼

---

73 S. L. Johnson, Jr., "Romans5:12 – An Exercise in Exegesis and Theology" *New Dimensions in New Testament Study*, edd. R. N. Longenecker and M. C. Tenney (Grand Rapids: Zondervan, 1974) 305. 整篇文章針對這一段經文中解經與神學的爭議，有深入的討論。

74 關於解釋的選項的簡便討論，參見 Cranfield, *Romans* (ICC) 1.274-79。基於上下文，他拒絕看罪有獨立的位格（伯拉糾的觀點），因為「這樣一來會減低基督與亞當在此處的類比，甚至將使其實際的意義被倒空。」(277)

75 關於 ἐφ᾽ ᾧ 的功能討論，請見 D. L. Turner, "Adam, Christ, and Us: The Pauline Teaching of Solidarity in Romans 5:12-21" (Th.D. dissertation, Grace Theological Seminary, Winona Lake, Ind., 1982) 129-49, 不過，他選擇一個一般的介系詞用法，不指稱任何前述詞。

76 認為這裡不是提到聖靈的論點，通常都會被反駁，因為18節中兩個間接受格 (σαρκί, πνεύματι) 能有不同的句法功能（表達範疇，表達方法或工具）。如果彼前3:18是一首詩歌或禮儀文字的片段，基於「詩歌體的鬆散」，可能不被反駁：「詩歌充滿文法上或詞彙上的鬆散，雖在平行的用句用了相同的字形－句法類別，卻有不同的意涵（如提前3:16間接受格的用法）」。關於詩歌句法的基本介紹，請見 V. Bers, *Greek Poetic Syntax in the Classical Age* (New Haven: Yale University Press, 1984)。

77 儘管 Selwyn 反駁說：πνεύματι 不論在何處都不以間接受格，作一個關係代名詞的前述詞 (E. G. Selwyn, *The First Epistle of Peter*, 2d ed. [London: Macmillan, 1947] 197)，但有如 W. A. Grudem (*The First Epistle of Peter: An Introduction and Commentary* [TNTC] 228)所說：「要求

得前書中其他處多次使用到 ἐν ᾧ 的片語時，總是作副詞或連接詞用（參照1:
6，2:12，3:16〔這裡、時間性用法〕；4:40）。[78]

亦可參照路1:20，7:45，19:44；徒24:11；羅11:25；帖後1:11，2:10。

b. ὅστις

1) 一般性用法

一般而言，ὅστις 是非限定對象的代名詞，而 ὅς 是限定對象的代名詞（儘管 ὅς
與 ἄν 並用，具有非限定的功能）。幾乎半打的句子都出現在主格用法中。[79]

2) 釐清與子目錄

雖然傳統用法中，「非限定」並不是對於這個代名詞最好的選擇。這個概念必
須更廣泛被定義：典型地一般、由關係代名詞聚焦於整個類別（亦即，不論何人＝
任何一個人），或是定性地、由關係代名詞聚焦於人物的本質、本性。在第二種狀
況中，通常可以以強調來翻譯（特有的那位、特定的某位、正是某位）。[80] 然而，
要區分這兩者並不容易。

a) 作一般性用法的關係代名詞實例

太5:39　　ὅστις σε ῥαπίζει εἰς τὴν δεξιὰν σιαγόνα σου, στρέψον αὐτῷ καὶ τὴν ἄλλην

　　　　　有人打你的右臉，連左臉也轉過來由他打

路14:27　ὅστις οὐ βαστάζει τὸν σταυρὸν ἑαυτοῦ καὶ ἔρχεται ὀπίσω μου, οὐ δύναται
　　　　　εἶναί μου μαθητής

　　　　　凡不背著自己十字架跟從我的，也不能作我的門徒

加5:4　　κατηργήθητε ἀπὸ Χριστοῦ, οἵτινες ἐν νόμῳ δικαιοῦσθε

　　　　　你們（這要靠律法稱義的）是與基督隔絕，從恩典中墜落了

　　　有如此緊密擺列的例子有平行的例證，在解經上是不太合理的（如果真有這樣的例子的話）。
　　　因此，Selwyn 將他的解經判斷建立在虛構的區別上。」

[78] 本質上，這不是句法的爭議，而是寫作風格上的議題（與彼得一般用法不同）（BAGD 僅將
　　　這些經文列為新約中，ἐν ᾧ 作為連接詞的例子）。

[79] 根據 acCordance 軟體，有五處地方使用所有格、ἕως ὅτου 這樣的表達，而有一個句子是使用
　　　直接受格、ὅτι（約壹3:20），另有139處使用主格。BAGD 也列出在 D 的路13:25使用 ἀφ'
　　　ὅτου。

[80] 這些類別更多的細節，參見 BAGD。

b) 作定性描述的之關係代名詞實例

太7:15　　προσέχετε ἀπὸ τῶν ψευδοπροφητῶν, **οἵτινες** ἔρχονται πρὸς ὑμᾶς ἐν ἐνδύμασιν προβάτων, ἔσωθεν δέ εἰσιν λύκοι ἅρπαγες

　　　　　你們要防備假先知。**他們**到你們這裡來，外面披著羊皮，裡面卻是殘暴的狼

羅1:25　　**οἵτινες** μετήλλαξαν τὴν ἀλήθειαν τοῦ θεοῦ ἐν τῷ ψεύδει

　　　　　他們將神的真實變為虛謊

彼前2:11　παρακαλῶ ...... ἀπέχεσθαι τῶν σαρκικῶν ἐπιθυμιῶν **αἵτινες** στρατεύονται κατὰ τῆς ψυχῆς

　　　　　我勸你們要禁戒肉體的私慾；這私慾是與靈魂爭戰的

3) 並不與 ὅς 有明顯的用法區別

在新約中，ὅστις 功能上類同於 ὅς 的情況並非少數，具有限定的概念。在這些經文中，兩個代名詞的功能幾乎沒有什麼不同，特別在路加的作品中更為普遍。[81]

路9:30　　ἄνδρες δύο συνελάλουν αὐτῷ, **οἵτινες** ἦσαν Μωυσῆς καὶ Ἠλίας[82]

　　　　　忽然有摩西、以利亞兩個人同耶穌說話

徒16:12　κακεῖθεν εἰς Φιλίππους, **ἥτις** ἐστὶν πρώτης μερίδος τῆς Μακεδονίας πόλις

　　　　　從那裡來到腓立比，**就是**馬其頓這一方的頭一個城

提後2:18　Ὑμέναιος καὶ Φίλητος, (18) **οἵτινες** περὶ τὴν ἀλήθειαν ἠστόχησαν

　　　　　許米乃和腓理徒，**他們**偏離了真道

D. 疑問代名詞

1. 定義與字彙用法

疑問代名詞用以發出問題。最常見的疑問代名詞是 τίς，τί（出現超過五百次），相當典型地發出識別性的問題（「誰？」「什麼？」）。ποῖος 在新約的使用則更少了（只有三十三次），通常用以發出種類的問題（「哪一種？」），而 πόσος（出現二十七次）發出數量的問題（「多少？」）。

81　見 H. J. Cadbury, "The Relative Pronouns in Acts and Elsewhere," *JBL* 42 (1923) 150-57，影響深遠的研究。

82　在 D 中，使用 οἵτινές ἦν δέ 而 C 中使用 οἵ。

2. τίς 的功能

Τίς 用以帶出直述與間述疑問句，因此它可能用為實名詞用法（作為真正的代名詞），也可能是形容詞用法。若是中性的情況也可能用為副詞用法（「為何？」）。[83]大部分的情況，τίς 帶出識別性的問題，特別是當一個人看得見的時候；但有時也用於表達類別性或定性的問題（「哪一種？」），因此若要表達超出特定範圍的話則使用 ποῖος)。

可8:27　τίνα με λέγουσιν οἱ ἄνθρωποι εἶναι;

　　　　人說我是誰？

　　　　此實名詞用法是疑問代名詞中最普遍的用法。亦可參照太6:3；可2:7，5:9；路4:34；啟5:2。

可9:34　πρὸς ἀλλήλους διελέχθησαν …… τίς μείζων

　　　　他們在路上彼此爭論誰為大。

　　　　這是一個用以說明疑問代名詞被用於非直述問句中的例子。亦可參照路1:62；約4:10；徒10:17。

太5:46　τίνα μισθὸν ἔχετε;

　　　　（你們）有什麼賞賜呢？

　　　　這是用以說明疑問代名詞作為形容詞用法的例子。亦可參照太7:9；約2:18；羅6:21；帖前3:9；來12:7。

可1:27　ἐθαμβήθησαν ἅπαντες ὥστε συζητεῖν πρὸς ἑαυτοὺς λέγοντας· τί ἐστιν τοῦτο; διδαχὴ καινή[84]

　　　　眾人都驚訝，以致彼此對問說：這是什麼事？是個新道理啊！

　　　　這是一個種類性問題的例子（這是什麼事？）亦可參照路1:66；弗1:19；西1:27；來2:6。

徒1:11　τί ἑστήκατε ἐμβλέποντες εἰς τὸν οὐρανόν;

　　　　你們為什麼站著望天呢？

　　　　其他 τί 的副詞用法可參照太6:28；可8:12；路2:48；徒3:12；羅9:19；林前10:30；西2:20。

83　見 BAGD 關於其他用法的例子，如 (a) 兩者其一 (=πότερος)，(b) 關係代名詞的替代用法，(c) 作為驚嘆句（τί＝「怎麼會！」）。

84　τί ἐστιν τοῦτο 在 D W 中省略。

3. ποῖος 與 πόσος 的功能

Ποῖος 與 πόσος 正常來說是表達定性描述與定量描述的疑問代名詞：ποῖος 是「哪一類？」而 πόσος 是「多少？」。然而對於 ποῖος，這樣的分別不一定永遠成立；少數狀況中其功能等同於 τίς（參照約10:32）[85] 該處帶出一個識別性的疑問句。

可11:28　ἐν **ποίᾳ** ἐξουσίᾳ ταῦτα ποιεῖς;

你仗著什麼權柄作這些事？

約12:33　τοῦτο ἔλεγεν σημαίνων **ποίῳ** θανάτῳ ἤμελλεν ἀποθνῄσκειν

耶穌這話原是指著自己將要怎樣死說的

彼前1:11　ἐραυνῶντες εἰς τίνα ἢ **ποῖον** καιρὸν ἐδήλου τὸ ἐν αὐτοῖς πνεῦμα Χριστοῦ

προμαρτυρόμενον τὰ εἰς Χριστὸν παθήματα

就是考察在他們心裡基督的靈，預先證明基督受苦難

τίνα 亦可能被視為是表達「誰」這個意義的實名詞（英譯本修訂標準本、新美國標準本、新修訂標準本亦是如此〔考察一個人或時間〕）[86]

太15:34　**πόσους** ἄρτους ἔχετε;

你們有多少餅？

路16:7　σὺ **πόσον** ὀφείλεις;

你欠多少？

E. 不定代名詞

1. 定義與字彙用法

不定代名詞 (τις，τι) 的用法中，指出一個群體中的某個成員，但並沒有進一步地加以識別。同時用為實名詞用法（作為真正的代名詞）與形容詞用法。可以翻譯為「*任何人*」、「*某人*」、「*某位*」或單純翻譯為「*一位*」。[87]

85　BAGD 中亦列出太22:36，但關於 ποία ἐντολὴ μεγάλη 翻譯為「什麼是最大的誡命？」並不必然如此；一個同樣可信的譯文為：「哪一種誡命是最大的？」以上同樣的原則在約10:32也不合用；διὰ ποῖον αὐτῶν ἔργον ἐμὲ λιθάζετε 的意義可以是：「你們拿石頭打我是為了這些善行中的哪一類？」

86　關於選項的討論，見 Porter, *Idioms*, 137中已經彙整的摘要。

87　參見 BAGD 關於 τις 更仔細的討論，包含不同的變化。

2. 功能

a. 實名詞用法

太16:24　εἴ τις θέλει ὀπίσω μου ἐλθεῖν, ἀπαρνησάσθω ἑαυτὸν

　　　　若有人要跟從我，就當捨己

約6:51　ἐάν τις φάγῃ ἐκ τούτου τοῦ ἄρτου ζήσει εἰς τὸν αἰῶνα

　　　　人若吃這糧，就必永遠活著

來3:4　πᾶς οἶκος κατασκευάζεται ὑπό τινος

　　　　房屋都必**有人**建造

　　　亦可參照約3:3；徒4:35；羅5:7；門18；來2:9；雅1:5；彼前4:11；約貳10；啟3:20。

b. 形容詞用法

路10:25　νομικός τις ἀνέστη ἐκπειράζων αὐτόν[88]

　　　　　有**一個**律法師起來試探耶穌

羅8:39　οὔτε ὕψωμα οὔτε βάθος οὔτε τις κτίσις ἑτέρα δυνήσεται ἡμᾶς χωρίσαι ἀπὸ τῆς ἀγάπης τοῦ θεοῦ[89]

　　　　是高處的，是低處的，是**別的**受造之物，都不能叫我們與神的愛隔絕

腓2:1　εἴ τις παράκλησις ἐν Χριστῷ

　　　　在基督裡若有**什麼**勸勉

雅1:18　εἰς τὸ εἶναι ἡμᾶς ἀπαρχήν τινα

　　　　我們（在祂所造的萬物中）好像初熟的（**某種**）果子

　　　亦可參照太18:12；路8:27，9:8；約4:46；徒3:2，27:8；加6:1；來10:27；猶4。

F. 表達擁有的代名詞（＝形容詞）

1. 定義與字彙用法

　　希臘文中，並沒有特別表達擁有的代名詞。它是用表達擁有之形容詞(ἐμός、σός、

88　τις 在0211中是省略的。

89　τις 在𝔓[46] D F G 1505中省略，很可能是因為以下這個字 (κτίσις) 的因鄰近類似字而錯漏的情況 (homoiomeson)。

ἡμέτερος、ὑμέτερος)，[90]或人稱代名詞之所有格取代。[91]前者的*字根*就表達有擁有概念的詞彙（亦即擁有的概念是字根意涵的一部分）；後者以文法的方式表達擁有的概念（亦即擁有的概念是藉著格變式來表達）。事實上這不需要過多細節的討論，理由如下：(a) 表達擁有的代名詞並非希臘文實際分類的類型，(b) 這一類的概念可以透過字根或文法的方式檢驗。

2. 如何表達擁有

在新約中，表達所有，有四種方式：

1) 透過表達擁有的形容詞；

2) 透過人稱代名詞的所有格；

3) 透過冠詞的使用；

4) 透過 ἴδιος 的使用。

G. 用為強調的代名詞

1. 定義與字彙用法

用為強調的代名詞 αὐτός 無疑地是新約中最普遍被使用的代名詞。然而嚴格來說，作為強調之用法中（表達*自身*的概念），用代名詞的情況卻是相對地少。αὐτός 之強調性的功能，如同第三人稱代名詞在斜格中的替代。下面的例子即是討論*除了*作為人稱代名詞外，這類用法之兩個主要的類型。[92]

2. 功能

a. 作為強調的代名詞

當 αὐτός 作為一個帶冠詞的名詞（或一個無冠詞之專有名詞）的*述詞*地位時，有著*他自身*、*她自身*、*它自身*一類的功能。αὐτός 獨立存在時，亦可承載這樣的功

90　ἐμός、σός、ἡμέτερος、ὑμέτερος 是形容詞或代名詞？它們主要的功能是依附性的角色，用以修飾一個名詞。從所有句法上的觀點來看，這些詞彙可能是屬於形容詞類別，然而有許多文法學家認為是代名詞類別。

在新約當中，這些詞彙通常用以作為形容用法的地位，通常附屬於一個名詞，與其性、數、格一致。再者，這些詞彙即使沒有修飾名詞，通常也會加上冠詞（此為結構上的證據，顯示其為形容詞而非代名詞）。

91　然而，關於形容詞在語意類別中，表達擁有之概念的內含，確實是為一個英文式的觀點。

92　見 BAGD, 122-24，更仔細的討論 αὐτός 的多元用法。

能，也可作為一個動詞的主詞或以其他斜格呈現。一般而言，αὐτός 是用以「強調身分」。作強調指示代名詞用。[93]

可12:36　**αὐτὸς** Δαυὶδ εἶπεν ἐν τῷ πνεύματι

　　　　大衛既**自己**稱他為主

約2:24　**αὐτὸς** Ἰησοῦς οὐκ ἐπίστευεν **αὐτὸν** αὐτοῖς διὰ τὸ **αὐτὸν** γινώσκειν πάντας[94]

　　　　耶穌卻不將**自己**交託他們；因為**他**知道萬人

　　　　這個經文提供了有趣且深刻的例子，首先 αὐτός 是作為主詞的強調，接著它也作直接受詞（有著強調、反身的功能）。表面而言，這個代名詞似乎顯得累贅，但事實上這裡的重複，將耶穌與其他人做出對比，指出其無罪。

帖前4:16　**αὐτὸς** ὁ κύριος ἐν κελεύσματι ...... καταβήσεται ἀπ' οὐρανοῦ

　　　　因為主必**親自**從天降臨

雅2:7　οὐκ **αὐτοὶ** βλασφημοῦσιν;

　　　　他們不是褻瀆？

　　　亦可參照可16:8；徒18:15；林前15:28；啟21:3。

b. 作為識別的形容詞

　　當我們以*形容用法*，修飾一個帶冠詞的實名詞時，αὐτός 用以作為識別性的形容詞，就本身而論，其翻譯為*同一、同樣*。

路23:40　τῷ **αὐτῷ** κρίματι

　　　　一樣受刑的

林前12:5　ὁ **αὐτὸς** κύριος

　　　　主卻是**一位**

　　　　多樣性中的統一，在這一章裡面多次出現，透過 αὐτός 的識別性形容詞用法顯出。亦可參照8、9、11節（每一次都用 τὸ αὐτὸ πνεῦμα）。

腓2:2　τὴν **αὐτὴν** ἀγάπην ἔχοντες

　　　　愛心**相同**

雅3:10　ἐκ τοῦ **αὐτοῦ** στόματος ἐξέρχεται εὐλογία καὶ κατάρα

　　　　頌讚和咒詛從**一個**口裡出來

　　　亦可參照太26:44；可14:39；羅9:21；林後3:14；來10:1；彼後3:7。

93　Dana-Mantey, 129.

94　第二個 αὐτόν 由更自然的反身代名詞 ἑαυτόν 所取代，出現於 𝔓[66] ℵ[2] A[c] W[c] Θ Ψ 050 083 *f*[1, 13] 33 Byz。𝔓[75] 579 *et pauci* 則同時省略代名詞。人稱代名詞在 ℵ* A* B L 700 *et alii* 中使用。雖然這些證據非常零碎，人稱代名詞的用法在正統的經文中可以看見，並且是文法上最難理解的文本。它在陳述之中加入了些許修辭的力量。

H. 反身代名詞

1. 定義與字彙用法

反身代名詞有以下幾種：ἐμαυτοῦ（*我自身所有*）、σεαυτοῦ（*你自身所有*）、ἐαυτοῦ（*他自身所有*）、ἐαυτῶν（*他們自身所有*）。反身代名詞的功能*通常*是用以指出在該動作的動詞用法中，其主詞與受詞為同一位。因而此代名詞反映出主詞自己。但既然反身代名詞與直接受詞仍分別出現，這樣的敘述並不是很完整表達其定義。[95]

從更廣義的等級來說，反身代名詞是用以*凸顯主詞*在動作中的*參與*，作為直接、間接受詞、強調性的用法等。雖然反身代名詞是明顯地作為直接受詞之用，這無疑地不是唯一的功能。代名詞作為介系詞之受詞亦十分普遍。因此，可以預期地，反身代名詞只出現於斜格中，從這個觀點來說，某種程度而言，反身代名詞與作為強調的名詞在斜格中的功能有著重疊之處。

2. 例子

太4:6　　εἰ υἱὸς εἶ τοῦ θεοῦ, βάλε **σεαυτὸν** κάτω

　　　　　你若是神的兒子，可以（**自己**）跳下去

可5:30　　ὁ Ἰησοῦς ἐπιγνοὺς ἐν **ἐαυτῷ**[96]

　　　　　耶穌頓時心裡覺得（有能力）從**自己**身上出去

路1:24　　περιέκρυβεν **ἐαυτήν**[97]

　　　　　他的妻子（以利沙伯懷了孕，就）

路2:39　　ἐπέστρεψαν ...... εἰς πόλιν **ἐαυτῶν** Ναζαρέθ[98]

　　　　　約瑟和馬利亞……到**自己**的城拿撒勒去了

羅5:8　　συνίστησιν τὴν **ἐαυτοῦ** ἀγάπην εἰς ἡμᾶς ὁ θεός

　　　　　神的愛就在此向我們顯明了

弗5:19　　λαλοῦντες **ἐαυτοῖς** ἐν ψαλμοῖς καὶ ὕμνοις

　　　　　當用詩章、頌詞、靈歌彼此對說

　　　　　這裡是反身代名詞用為相互代名詞之少數的例子。亦可參照彼前4:10。

95　許多標準的文法描述了反身代名詞似乎只能作為直接受格的用法（參見 Dana-Mantey, 131; Porter, *Idioms*, 79）。

96　介系詞片語 ἐν ἐαυτῷ 在抄本 D 中省略。

97　αὐτήν 在 L 118 205 209 579 700 716 1247 1579 2643 2766 *et pauci* 改為 ἐαυτήν。然而 ἐαυτήν 卻在更早且更廣泛的抄本中發現。

98　αὐτῶν 在《公認經文》(*Textus Receptus*) 中發現，且為 D² H Λ *et alii* 所支持。

腓2:7　　**ἑαυτὸν** ἐκένωσεν μορφὴν δούλου λαβών

　　　　反倒虛己，取了奴僕的形像

來5:5　　ὁ Χριστὸς οὐχ **ἑαυτὸν** ἐδόξασεν

　　　　基督也不是自取榮耀

雅2:17　 ἡ πίστις, ἐὰν μὴ ἔχῃ ἔργα, νεκρά ἐστιν καθ' **ἑαυτήν**

　　　　信心若沒有行為（自己）就是死的

　　亦可參照太8:4，14:15，16:24；可5:5，9:10；路2:3；約5:18；徒1:3，12:11；羅2:14；加1:4；提前2:6；來6:6；雅1:22；彼前3:5；約壹1:8；啟19:7。

I. 相互代名詞

1. 定義與字彙用法

　　相互代名詞ἀλλήλων（*屬於彼此*）是用以指出兩個或以上的群體間的交替關係。因此相互代名詞總是*複數型*，並且與反身代名詞相同，只出現於斜格中。我們頻繁地發現到這樣的代名詞出現於勸勉類的經文中，為信徒與復活之基督之間有機性的關係奠下勸勉的基礎。

2. 例子

太24:10　τότε σκανδαλισθήσονται πολλοὶ καὶ **ἀλλήλους** παραδώσουσιν

　　　　那時，必有許多人跌倒，也要彼此陷害，彼此恨惡

可9:50　　εἰρηνεύετε ἐν **ἀλλήλοις**

　　　　彼此和睦

約13:34　 ἀγαπᾶτε **ἀλλήλους**

　　　　彼此相愛

弗4:25　　ἐσμὲν **ἀλλήλων** μέλη

　　　　我們是互相為肢體

雅5:16　　εὔχεσθε ὑπὲρ **ἀλλήλων**

　　　　互相代求

　　亦可參照太25:32；路12:1；約5:44；徒15:39；羅12:5；林後13:12；加6:2；來10:24；彼前4:9；約貳5；啟6:4。

IV. 字典——句法類型

主要字彙

前一節我們從*語意優先次序*的網絡中討論代名詞。本節要從**字型的排序**來開始。其基本理由在於，對那些可以辨識某些經文中代名詞字句的學生而言，這是比較親切的方式，但不一定可以清楚表達出其語意上的分類定位。然而這個章節的使用類似於大綱：當學生注意到，特定的形式在語意上有著多元的選項，他或她就應該回到與之前章節中的相關討論。此處列出語意上的用法並每個字的出現頻率。

A. Ἀλλήλων

1. 實例：100
2. 用法：相互代名詞

B. Αὐτός

1. 實例：5596
2. 用法
   - 人稱代名詞（通常為第三人稱）
   - 表達擁有的代名詞（所有格）
   - 用為強調的代名詞（包含識別用法之形容詞）

C. Ἑαυτοῦ

1. 實例：319
2. 用法：反身代名詞

D. Ἐγώ

1. 實例：1804
2. 用法
   - 人稱代名詞
   - 表達擁有的代名詞（所有格）

E. Ἐκεῖνος

1. 實例：265

2. 用法
  ‧指示代名詞
  ‧人稱代名詞

F. Ἐμαυτοῦ

1. 實例：37
2. 用法：反身代名詞

G. Ἡμεῖς

1. 實例：864
2. 用法
  ‧人稱代名詞
  ‧表達擁有的代名詞（所有格）

H. Ὅδε

1. 實例：10
2. 用法：指示代名詞

I. Ὅς

1. 實例：1406
2. 用法：關係代名詞（限定）

J. Ὅστις

1. 實例：145
2. 用法：關係代名詞（非限定）

K. Οὗτος

1. 實例：1387
2. 用法
  ‧指示代名詞
  ‧人稱代名詞

L. Ποῖος

　　1. 實例：33

　　2. 用法：疑問代名詞（定性之描述）

M. Πόσος

　　1. 實例：27

　　2. 用法：疑問代名詞（定量之描述）

N. Σεαυτοῦ

　　1. 實例：43

　　2. 用法：反身代名詞

O. Σύ

　　1. 實例：1067

　　2. 用法

　　　　・人稱代名詞

　　　　・表達擁有的代名詞（所有格）

P. Τίς

　　1. 實例：546

　　2. 用法：疑問代名詞

Q. Τις

　　1. 實例：543

　　2. 用法：不定代名詞

R. Ὑμεῖς

　　1. 實例：1840

　　2. 用法

　　　　・人稱代名詞

　　　　・表達擁有的代名詞（所有格變式）

這些代名詞之間的相對應出現頻率，從下列圖表中可以看出：

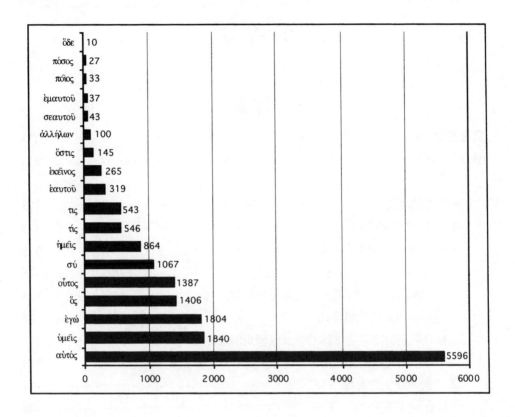

圖表35

新約中代名詞用法出現之頻率

介系詞

綜覽

參考書目

BDF, 110-25 (§203-40); **M. J. Harris**, "Prepositions and Theology in the Greek New Testament," *New International Dictionary of New Testament Theology*, ed. 西 in Brown (Grand Rapids: Zondervan, 1978) 3.1171-1215; **Howard**, *Accidence* 292-332; **E. Mayser**, *Grammatik der griechischen Papyri aus der Ptolemäerzeit* (Berlin/Leipzig: Walter de Gruyter, 1933) II. 2.152-68, 337-543; **Moule**, *Idiom Book*, 48-92; **Moulton**, *Prolegomena*, 98-107; **Porter**, *Idioms*, 139-80; **Radermacher**, *Grammatik* 137-46; **Robertson**, *Grammar*, 553-649; **Young**, *Intermediate Greek*, 85-104; **Zerwick**, *Biblical Greek*, 27-46 (§78-135).[1]

簡介

　　本章有三個基本的目標：提供對介系詞的基本認識，*概述*不同介系詞的基本用法，並且對於一些由於介系詞所造成解經顯著影響的經文上提出討論。學生應當隨時參考BAGD，當嘗試分辨介系詞間的細微差異，因為相較於本章，在BAGD中有更加詳細的討論。[2]

I. 一般性的考量

A.介系詞的本質

　　介系詞在某方面就像是副詞用法的延伸──它們經常修飾動詞，並且表達何事、何地、何法等資訊。但是與副詞不同的地方在於，它們常帶著一名詞，使得所提供的資訊又較副詞多得多。「基督住在你裡面」就比「基督住在裡面」要表達得更仔細。介系詞表現一個動詞和各式各樣受詞的關係，而如此的呈現方式，許多時候是的確令人驚嘆。

1　請同時參考在 BAGD 上的內容，ἀνά, 49；以及 Harris 所預備的書目，"Prepositions and Theology," 3.1214-15。對於不同介系詞，請參見 BAGD 的相對詞彙。

2　儘管有好幾本中級文法書是有對介系詞的專篇，但是其中卻不必要地重複若干字彙的討論。因為會用本書學習的人，無疑地都有一本BAGD，因此我們覺得本書最好的學習方法，就是不重複提供字典會提供的內容；這包括了*一般*的原則、格變的一般用法、以及解經討論。在本章末了，我們附有一份字彙──語意的分類，會有於學生深度利用BAGD或類似工具書。

　　然而其副詞性的用法亦有例外，有些時候介系詞帶有形容詞的功能。一般而言，帶有直接或間接受格的介系詞多作副詞用；而帶所有格的介系詞則常作形容詞用。[3]這和一般文法原則相符：因為直接和間接受格多接於動詞之後，而所有格通常是和名詞相連。

　　在解經上對於介系詞有正確的理解是很重要的。許多解經上的爭議，多在討論某一介系詞的用法。[4]在新約中介系詞的出現超過了一萬次，由此可見學習分辨介系詞之間細微差異的重要性。[5]介系詞的出現是如此頻繁，在80%的經節中，至少出現一個以上的介系詞。[6]一般而言，越常見的介系詞，其用法就越多元。

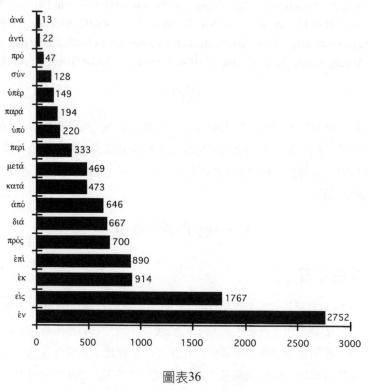

圖表36

新約中介系詞出現的頻率[7]

3　不過，帶所有格的介系詞，一般都是作副詞用；如 ἐκ 與 ἀπό 往往都有奪格的含意，因此往往都與動詞連用。

4　Harris, "Prepositions and Theology" 這篇文章提供了關於介系詞在解經與神學極詳盡的討論。

5　精準地說，是有10,384 次（還不包括那些稱為「假介系詞」(improper propositions) 的）。

6　這些有介系詞的經文包括5728 節。

7　這張表不包括所謂的「假介系詞」，因為它們不能放在動詞之前作字首。

B. 介系詞的功能：空間描述

1. 導論

在下圖表中，將幫助學生來瞭解不同的介系詞，對於位置或空間的描述。圓圈代表在一段句子中，介系詞所描述的主體。

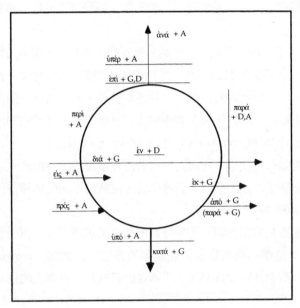

圖表37

介系詞的空間描述

這圖表僅概略地表達不同介系詞之間的空間性功能，實際上仍有許多細微差異是無法從這圖表中表現出來（比方說，考量到句子中動詞的影響，或是不同介系詞間意思的重疊等）。因此本圖表的主要目的在於區別不同介系詞之間的一般性用法，但不在介系詞意義的描述上，作絕對性的定義。

為了決定個別介系詞的可能意義，我們需要參考BAGD、來看每個介系詞所隱含的多種空間意義。

2. 介系詞和動詞間所表達的動態和狀態

介系詞的動態性和靜態性的判別是重要的。換句話說，特定的介系詞是表達一個狀態或指向一個動作？上述的圖表，表達動態的介系詞 (transitive prepositions) 以

箭頭表示，而表達狀態的介系詞 (stative prepositions) 則以一條直線表達。

不過，不是所有的介系詞都可以如此簡示。表達狀態的介系詞可以由一個動態動詞引進，正如表達動態的介系詞可以由一個表達狀態的動詞引進。這樣，那我們要如何解釋這個數據呢？舉例說，「πρός + 直接受格」表達一個*指向目標的運動*，例如路6:47 πᾶς ὁ ἐρχόμενος **πρός** με（「凡**到**我這裡來」）。其中的動詞與介系詞彼此配合：都含有運動的意涵。但是約1:1 ὁ λόγος ἦν **πρὸς** τὸν θεόν 句子中的 πρός，翻譯成「道**與**神同在」。在這種情況下，動詞與介系詞並不一致：前者表達狀態、後者表達運動。[8]

Πρός 並不是唯一的介系詞，會被動詞遮蓋的。事實上，所有這類表達狀態的動詞與表達運動的介系詞配對的組合，意涵都如此挪動。[9] 舉例說，表達狀態的動詞與 εἰς 連用。εἰς 一般而言有*從內往外*的運動涵意。但是當與一個表達狀態的動詞（如 τηρέω、κάθημαι、εἰμί 這類）連用時，它*運動*的涵意就被動詞所表達的狀態所遮蓋了（請參見徒25:4的 τηρέω εἰς；可13:3的 κάθημαι εἰς）。

這些經文描述一個規則：*表達狀態的動詞*會*遮蓋*表達運動的介系詞。往往一個表達狀態的動詞與表達運動的介系詞連用時，這個介系詞的特徵往往被遮蓋了、只剩下一個表達狀態的概念。

當一個表達運動的動詞與一個表達狀態的介系詞連用時，再一次，動詞的特徵往往佔了優勢：整個結構的意涵傳遞運動的意涵。好比說，πιστεύω + ἐν 相當於 πιστεύω + εἰς（參可1:15；約3:15），[10] 傳遞的意涵是「將個人的信心置於」；儘管所使用的是 ἐν。[11]

這對解經有什麼價值呢？往往，對介系詞的分析都太過簡單，只從字源、沒有考慮到所連用的動詞。因此介系詞往往單獨對待，彷彿它們「不受影響的意涵」(ontological meaning)（在任何處境中）都不會改變。注意以下的這個例證。

---

8 其他表達狀態的動詞（特別是 εἰμί）並帶有 πρός 、以表達狀態的經文，請參見太13:56，26: 18、55（異文）；可6:3，9:19，14:49；路9:41；徒10:48，12:20，18:3（異文）；林前16: 6-7；林後5:8，11:9；加1:18，2:5，4:18、20；帖前3:4，帖後2:5，3:10；門 13；來4:13；約壹1:2。

9 最明顯的例外，是 εἰμί 與 ἐκ 連用的情況。在這種情況，介系詞仍然保有它及物的特色。好比說，ἐκ Ναζαρὲτ δύναταί τι ἀγαθὸν εἶναι（約1:46），在這裡，動詞與介系詞的組合表達出「拿撒勒還*能*出什麼好的嗎？」參約3:31。

10 不過，若干處經文將 ἐν 與 πιστεύω 連用，用以表達「相信」這個動作發生的處所 (location)、而不是對象（如羅10:9；帖前1:7；提前3:16）。

11 那些 πιστεύω εἰς 的片語（在新約中〔特別是約翰福音〕，這個結構比 πιστεύω ἐν 用得多得多），參太18:6；可9:42；約1:12，2:11、23，3:16，4:39，8:30，9:35，11:25，12:44；徒10: 43；約壹5:10、13。

約1:18　μονογενὴς θεὸς ὁ ὢν **εἰς** τὸν κόλπον τοῦ πατρός

在父懷裡的獨生神

我們不可能太過分強調運動的概念，彷彿這裡的意思是「那位**進入**父懷裡的……(who was **into** the bosom of the Father)。」儘管有的學者要在這裡發掘出什麼神學觀念來（不管是父子之間活潑、有力的 (dynamic or energetic) 關係，或者是神子的永存），但是在口語希臘文中，εἰς 與 ἐν 這二字之間用法的互換、以及表達狀態的動詞（與表達運動的介系詞連用）壓倒性的影響，都不支持這個方向。這不是說，在父神、子神之間沒有活潑、有力的關係，只是要強調這節經文只有說到父子之間親密的關係。

其他與此討論有關的經文，參見約1:1；[12] 啟3:10。

C. 介系詞與單純的格應用

1. 介系詞決定了它受詞的格或僅僅是解說？

老一點的文法書一般都否認是介系詞決定了它受詞的格。好比說，Dana 與 Mantey 辯稱：

> 說介系詞*決定*它受詞的格（斜體為作者自行添加），是不正確的。但是「它的格是有限定的，且決定了動詞與實名詞的關係」，倒是確定的，因此，介系詞有助於更精準、有效地表達不同格所對應的差異。[13]

這個敘述就*古典*希臘文而言，算是準確的，但是就口語希臘文論，則不然。若干格在古典時候，是十分精細的。當這個語言在口語希臘文時期有了改變，其中一些細膩之處逐漸失落，代之以更明顯的表達。舉例說，表達分離的所有格用法，這種古典 (Attic) 方言的用法到口語希臘文時期已經很罕見了；可以這樣說，都已被「ἀπό + 所有格」的用法取代。同樣地，「ἐκ + 所有格」也一致被「表達來源」的所有格用法所取代。因此，介系詞片語並不比單一的介系詞傳遞訊息更為*明確*；有時候，它傳遞*有別於*單一介系詞所傳遞的訊息。從這個觀點來看，是可以說介系詞是決定了它受詞的格 (governing nouns)。[14]

12　前面已經有討論過了。

13　Dana-Mantey, 97-98 (§101)。Robertson 記著說：「因此，這個『介系詞掌控後繼用字的格』的概念，確定是該拋棄了。」(*Grammar*, 554) 另參 Moule, *Idiom Book*, 48。最近的，Porter, *Idioms*, 同樣堅持了這一點 (140)。

14　Young 提供了二派關於介系詞的理解：其一認為介系詞的功能在於解說（跟在介系詞後面名詞）格的意義，使得介系詞無法與格分開處理；另一派認為介系詞是主要決定因素，它才是

2. 介系詞與單純格應用之間的差異

看了前面的討論，是該有一個文法的方法區別出介系詞片語與單純的格應用。每當有斜格跟著介系詞出現時，就當首先檢視*介系詞*的應用、而不是跟在後面的格，來決定可能的細節。

剛入門的學生往往從跟在後面的格開始著手，彷彿前面沒有介系詞存在一樣。也就是說，他們嘗試理解格的意涵，是根據格的類別、而不是由介系詞的類別著手。這顯然是不夠精確的，因為那是假設了介系詞不會改變後面格的用法。但是在希臘化的希臘文中，因為語文逐漸平易，介系詞就有更為獨立運作的價值。因此，介系詞不單澄清後面格的用法，並且它*改變*它。

當然，在格的應用與「介系詞＋格」的應用之間，是有許多*重疊*的。在這些情況裡，應檢視這些格的應用（如同一般文法書所做的），好對格應用的*細節*有了解，但是若只是對格應用類別的*可能性*進行深究，仍然可能犯錯。舉例說，只從字典中對於「ἐν ＋ 間接受格」中的 ἐν 作討論，結果只能說是許多可能性中的一個，還得花點功夫在間接受格的文法意涵才行。文法書會很快地澄清、擴展字典的意涵。但是並不是說文法書的解釋就決定了這個片語的意涵。因此，學生若輕易地讓文法書上的間接受格說明，就決定了「ἐν ＋ 間接受格」這個片語類別上的*可能性*，也同樣要犯錯。

重述一下以上所討論的：介系詞伴隨著格的使用，是用來*解說、強化、*或*改變*所伴隨著格的功能。好比說，「ἐν ＋ 間接受格」極常被用來指涉「範疇」的意涵。「ἐκ ＋ 所有格」常用來指明「出處／來源」（但是在口語希臘文中，以所有格表達「出處／來源」是罕見的）。另外，以 ἀπό 來表達時間上的「之前」，是與單純所有格的時間用法然不同的（前者表達的是時距，強調的是開始；後者表達的是時間的種類）。[15] 因此，*連結使用一個介系詞與一個特別選定的格，是**截然不同於沒有介**

主要需要注意的因子 (Young, *Intermediate Greek*, 85)。Young 正確地選用了第二種觀點，認清：「口語希臘文中介系詞有更為獨立的功能。」(ibid.) 第一派看法可見於 Brooks-Winbery, 2-59，他們將介系詞的討論完全置於格的類別之下（儘管是有額外的附錄供查詢介系詞 [60-64]）。另見 Vaughan-Gideon, 30-77，他們沒有特別為介系詞的專論。我們留在下一節的討論。

15 很奇特地，不只一本文法書將單使用格變、與伴隨著介系詞共用的情況混雜起來，並將該格變用法*系統性地*分為帶與不帶介系詞的二種情況來描述。舉例來說，Brooks and Winbery, 9-10，在「表達時間的所有格的副詞性用法」細目下，有 (1) 不帶介系詞的實名詞； (2) 帶介系詞 διά 的實名詞； (3) 帶介系詞 ἐπί 的實名詞； (4) 帶有副詞性功能之介系詞的實名詞。儘管他們都說到，這種所有格「通常是表達時間的用法」(9)，但是那些帶 ἕως、ἄχρι 與 μέχρι 的例子並不與此相符；也不與帶 ἀπό 的例子相符。如此混雜於一個類別，只會誤導學生而已。

系詞的情況——不管是就它語意的類別或是它使用的頻率。

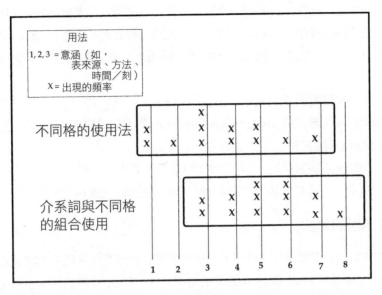

圖表38

單純格的應用與格帶介系詞情況的比較

D. 口語希臘文的影響

除了上述介系詞與單純格應用之間的討論以外，希臘化的希臘文對介系詞的使用有二點影響。

1. 意涵重疊

除了要使表達更為明確之外（在口語希臘文中，介系詞的使用是比單純使用格變來表達，更為普遍），介系詞的使用也使得所表達的意思更為*鬆散*。也就是說，許多介系詞在希臘化的希臘文中，擁有重疊的語意範疇；[16] 類於現今英文中介系詞的情況。「今天早上，我跳**進**池子裡 (I jumped **in** a pool)。」這句在現今英文中，指的是進入池子（"I jumped **into** a pool"），而不是一個在池子裡的活動（"I jumped **within** a pool"）。

16　請見 Zerwick, *Biblical Greek*, 28-35 (§87-106)，廣泛地處理介系詞功能重疊的問題（包括 ἀπο = ἐκ，ἀπό = ὑπό 與 παρά，ὑπέρ = ἀντί，ὑπέρ = περί，εἰς = πρός，εἰς = ἐν）。請留意 Harris, "Prepositions and Theology," 3.1198，也有對此重疊問題作了討論，在 ὑπό 與 διά，ὑπό 與 ἀπό，ὑπό 與 παρά 之間的問題。

　　不過，請注意一項警告：前述的意涵重疊並不均等地在每一個向度。在一些情況下，某一個介系詞的用法侵入另一個介系詞的意涵領域、不是雙向的；（比如說，ὑπέρ 在一些情況是替代了 ἀντί 的用法）。在另一些情況，這種「入侵」是雙向的（就如 εἰς 與 ἐν），但是即使如此，也非雙方等量的（這一點在以下 ὑπέρ 這一節還會討論）。

　　以下是最頻繁的例子：

* ἐκ 與 ἀπό（參帖前1:10的 ἐκ τῶν οὐρανῶν 與帖後1:7的 ἀπ᾽οὐρανοῦ；注意 ἀπό/ἐκ 在帖前2:6的互換）。[17]

* εἰς 與 ἐν（參路9:62，11:7；約1:18，3:15）。[18]

* ὑπέρ 與 περί（參太26:28；約1:30，17:9；羅8:3；弗6:18）。[19]

2. 迷信字根的錯謬

　　研究字根的學者很早就注意到了，單字字根的意思不必然是它在晚期文獻中用字意涵的必然指引。同樣的提醒用在字形 —— 句法的類別 (morpho-syntactic categories)，也是對的：不當指望介系詞擁有什麼不變的意涵。單字的意涵隨著時代在改變，單字可以有一片*領域*的意涵 (a *field* of meaning)，而非只有一個*單點*意涵 (a *point*)。同樣的理解，在介系詞的類別與其他字都一樣適用。[20]

17　介系詞功能重疊的現象，也可見於有關於基督復活的陳述。若是古典希臘文的區別仍然還在的話，ἀπὸ τῶν νεκρῶν 就不太可能是指著一個真實復活的案件（而是*遠離*死人），儘管 ἐκ (τῶν) νεκρῶν 這個片語可以指著一件真實事實（真實地*從*死人*中*復活）。並非所有的新約作者，都有這麼清楚的區隔；太 28:6 有 ἀπὸ τῶν νεκρῶν（另參27:64），但是路24:46 另有 ἐκ νεκρῶν，但是二者都是指著基督的復活說的。另外，馬太使用 ἐκ (τῶν) νεκρῶν（太17:9）。但是保羅卻從來沒有用過 ἀπὸ (τῶν) νεκρῶν 這個片語來指稱基督的復活。

18　至少這種意義重疊的理解，可以容許 可1:9 ἐβαπτίσθη εἰς τὸν Ἰορδάνην 不必將浸水禮翻譯得死板，儘管誰說這裡用到的是 εἰς (Young, *Intermediate Greek*, 86)。同時也要注意到，儘管 ἐν 在新約中是最多被使用到的介系詞，但是 εἰς 是已經侵入它的語意領域、多於反向的影響。在現今的希臘文中，εἰς 幾乎已經完全取代了 ἐν 的用法。

19　就如同在 εἰς 與 ἐν 之間，重疊的現象不是雙向均等的：ὑπέρ 也是如此、雙向地同時侵入 περί、且更嚴重地侵入 ἀντί。

20　一些文法書似乎還抱持著若干介系詞的字根涵義，如 Porter, *Idioms*, 142，還力爭說「關於它們被使用的處境（在其中、靠近、或遠離），大部分介系詞都有一個基本的意思」。這使得他會理解 約1:18 (μονογενὴς θεὸς ὁ ὢν εἰς τὸν κόλπον τοῦ πατρὸς) 這個句子，成為「這位獨生神，他是正面對著父的懷抱 (who is directed toward the bosom of the father)。」(ibid., 153)

II. 特定的介系詞

這一個段落將根據介系詞的基本用法，*依次列舉*不同的用字，並討論一些跟解經有關的經文。更仔細關於介系詞的用法，請參考BAGD。在這裡會討論到的，是那些獨自出現、不與動詞合併的介系詞，也就是 BAGD 稱之為真正的介系詞（"proper" prepositions）。

’Aνά

A. 基本的用法（*只與直接受格連用*）

　　1. 分配性的：*在……中間*（ἀνὰ μέσον + 所有格）；*每一個*（*each*）、*各個*（*apiece*）（帶有數目）

　　2. 空間性的（與動詞合併）：*向上的*（*up, motion upwards*）。

B. 包含有 ’Aνά 這字的重要經文

　　有幾段有趣的經文，其中介系詞是與動詞合併（就是，作為動詞的字首）。舉例可16:4；徒17:6；林後1:13，3:2；提後1:6。

’Aντί

A. 基本的用法（*只與所有格連用*）

　　1. 替代性的：代替（*instead of, in place of*）

　　2. 交換／等同於（Exchange/Equivalence）：*for, as, in the place of*

　　這裡交換與替代的觀念很類似，常常糾纏在一起。

　　3. 原因（這裡是有爭議的）：因為（*because of*）[21]

B. 包含有 ’Aντί 這字的重要經文

1. 一些與救贖有關連的經文

　　太20:28與可10:45這二段跟救贖有關的經文，都包含有 ἀντί 這個字。除了引言，二段經文完全一樣（καὶ γὰρ ὁ υἱὸς τοῦ ἀνθρώπου οὐκ ἦλθεν διακονηθῆναι ἀλλὰ διακονῆσαι καὶ δοῦναι τὴν ψυχὴν αὐτοῦ λύτρον **ἀντὶ** πολλῶν），因此我們當它們是一段經文。

21　即使承認 ἀντί 提供「因為」的意涵，也並不否認「代替／交換」的概念。見以下的討論。

有的學者不認為這裡的 ἀντί 是「*代替*」(*in place of*) 的意思，而是模糊的「*代表*」(*on behalf of*)，因此間接地否認了在這一段經文裡有代替性救贖 (substitutionary atonement) 的意思。如此認定 ἀντί 的用法，是有二段經文根據的—創44:33（七十士譯本）與太17:27。Arndt，Gingrich，與 Danker，跟隨著 Bauer 的腳步，認為這個觀點很重要。[22] Büchsel 也同樣認為太17:27的 ἀντί=ὑπέρ，[23] 但是他並沒有把這種意義應用於太20:28。[24]

宣稱 ἀντί 的意思就是「代表」(ὑπέρ)，基礎薄弱到令人訝異。但是認為在這段經文裡有「替代性救贖」概念的學者，分別有以下評論：[25]

Nigel Turner 論到太17:27的 ἀντί：[26]

> 按照出30:11，很明顯地，半舍客勒稅銀的性質是個救贖性的稅銀，因為摩西當以色列人被計算總數的時候，吩咐要把贖價奉給耶和華，因此，每個人都得繳納贖價。這個所要求的贖價，被理解為轉移身分的必須。因此，「你我」可以被理解為被贖之物，作為 *anti* 的受詞，而西門所付的半舍客勒正是這個價銀。

他最後結論：「結果是，我們可以很安全地排除 (4)『代表』是這裡 *anti* 可能會有的不同類別意思；這個字在新約中每一處出處，唯一重要的意思就是代替與交換。」[27]

R. E. Davies 對創44:33（七十士譯本）的 ἀντί 所給的評論：

> Walter Bauer 認為創44:33顯示了「代替」的涵義可以進展到「代表」某人的涵義，因而 ἀντί 會等同於 ὑπέρ。不過，「代替」的意思是十分明顯，如同任何人快速讀了以下經文，都會了解到：「現在求你容僕人住下，替這童子作我主的奴僕，叫童子和他哥哥們一同上去。」[28]

Davies 總結了 ἀντί 這個字在所有新約以外文獻中的使用（包括七十士譯本）：

22　見 BAGD, s.v. ἀντί, 3 (p. 73)。

23　*TDNT*, 1.372.

24　同上，373。

25　我們在這裡引用了相當長的內容，因為這個議題很重要。

26　*Insights*, 173.

27　同上。

28　"Christ in Our Place—The Contribution of the Prepositions," *TynBul* 21 (1970) 76.

很快地走過新約的背景文獻，足以充分地說，ἀντί 這字的意思基本上就是代替或交換。沒有什麼所謂更「寬廣」的意思存在。[29]

至於新約，特別是太20:28，Davies 總結說，ἀντί 必是意味著「代替」。「若要再說，就是，ἀντί 這個介系詞要求這樣的解釋。它*不可能*還有其他的理解。」[30] Harris [31] 記著說：

> 如同在提前2:6 (ἀντίλυτρον ὑπὲρ πάντων)，這個交換與替代的意涵都存在。不太可能有什麼必要為 *anti* （也就是，「代替」）尋求一個更「寬廣」、有爭議的意思來理解太17:27（或創44:33）的意思……

Waltke 在將新約以外、所有的希臘文文獻作了詳盡的探討之後，記著說：

> 介系詞的使用，自荷馬 (Homer) 以至於現今，幾乎沒有什麼改變，也就是說，這個字的涵義相當靜態、沒有什麼擴展或取捨來呈現其他的意涵。這個觀點看來，ἀντί 不太可能等同 ὑπέρ 的涵義。
>
> 同樣重要的是，ἀντί 始終維持著「替代」(substitution) 的獨立概念，無論是用在具體含義或是較為邏輯、心理指涉的「*交換*」(*in exchange for*)，或是以「*代替*」(*instead of*) 的涵義，因為「交換」的基本意思就是取代某人的地位、以便取得交易；就在這個「代替」(*instead of*) 的意涵裡，「替代」的基本涵義 (the substitutionary aspect) 是十分明顯了。
>
> ……ἀντί 的意思，要不是空間的「*對面*」、「*相對*」、就是隱喻性的「*替代*」，後者導致「*交換*」(*in exchange for*) 或「*代替*」(*instead of*) 的用法。
>
> 這個事實在二方面被肯定：1) 藉著辯駁；與2) 藉著詳查跨越不同時代的希臘文文獻。Liddell 與 Scott、跟 Bauer 二方面都不支持 ἀντί 有「替代」(substitution) 的涵義（除了它空間的涵義），因為他們所選定的例子並不反應出這個特點來。沒有任何例證必得作「*代表*」(*on behalf of*) 或者「*為著……的緣故*」(*for the sake of*) 這樣的理解……。作者同意 Moulton，不

---

29   同上。

30   同上，80-81。

31   "Prepositions and Theology," 3.1180.

但要在新約中到規則的概念，還得在新約以外的文獻中找到才算數。[32]

至於新約，Waltke 簡述他的結論：「新約中的 ἀντί 並不是特別具有神學的重要性，這一點是與當代新約以外的文獻一致的。」[33]

最後，論到太20:28／可10:45，Waltke 記著說：

> 因此，筆者認為，最好是承認並接受 ἀντί 在這段經文中有雙重的神學涵義。基督的生命，不單是多人的贖價、特別指著十字架的贖罪工作說的，也是「……代替他們」、挽回神的忿怒。「交換」(in exchange for) 的意思，指向他（耶穌）替代性受苦的結果；而「代替」(in place of) 的意思，指向他所以完成救贖工作的方法。如此將二個概念交織而成一個，並不是什麼特殊的作法。[34]

簡言之，證據似乎是一面倒地偏向將太20:28／可10:45的 ἀντί 理解為「代替」(in place of) 的意思，並且附帶有「交換」(in exchange for) 的意思；至於「代表」(on behalf of)、這個概念的證據頂多只能是模糊而存疑。不過，「替代贖罪」這個觀念卻另有包括有 ὑπέρ 的經文支持。正如 Davies 所指出的：

> 不過，就算可10:45真的教導「替代」(substitution) 的教義，卻也有人說，我們不該將基督的工作建立在一段（有人認為是）真實性有問題的經文上。其實，我們該考慮入還有介系詞（就是 ὑπέρ 跟所有格）是更頻繁地用在有關於基督死亡的敘述上，就是那些是指著「代表」(on behalf of) 而非「代替」(in place of) 的涵義。[35]

因此，關於新約作者是否理解基督的死是有代贖性的，這個爭議還得再討論 ὑπέρ 這個介系詞的用法。

32　B. K. Waltke, "The Theological Significations of 'Αντί and 'Υπέρ in the New Testament," Th.D. dissertation (Dallas Theological Seminary, 1958), 1.127-28.

33　同上，152。

34　同上，166。

35　Davies, "Christ in Our Place," 81.

2. 其他重要的經文

a) 來 12:2

這段經文 ὃς **ἀντί** τῆς προκειμένης αὐτῷ χαρᾶς ὑπέμεινεν σταυρόν（「他因 (**because of/instead of**) 那擺在前面的喜樂，就忍受了十字架的苦難」）：若是其中的 ἀντί 是 「*為著*」(because of) 的意思，那耶穌忍受十字架的苦難是期盼前面應許給他的喜樂 （指的是榮耀、產業？）。但若 ἀντί 是「*不取用*」(instead of) 的意思，那耶穌捨棄 了那原本已有的喜樂（參腓2:6-7），好讓他可以帶領其他人進入神的國。[36]

b) 約 1:16

對於這節經文探討，另參 Waltke, "Theological Significations of 'Αντί and 'Υπέρ," 1.166-76；Harris, "Prepositions and Theology," 3.1179-80。

'Από

A. 基本的用法（*只與所有格連用*）

ἀπό 這個介系詞在古典希臘中的意思是「*分離自*」(*separation from*)。在新約的 使用中，它闖入 ἐκ, ὑπό, παρά 等字的語意領域以及表達「分離」(separation) 的所有 格用法⋯⋯。[37]

1. 分離（時或地）：*away from*
2. 根源：*from，out of*
3. 原因：*because of*
4. 表達部分的（取代表達「部分」的所有格用法）：*of*
5. 動作的施做者（罕見）：*by，from*

B. 包含有 'Από 這字的重要經文

只有幾處是重要的：羅5:9；啟1:4，12:6。

---

36 請參照以下：(1)「*因為*」(*because of*): P. E. Hughes, *A Commentary on the Epistle to the Hebrews*, 523-24; Waltke, "Theological Significations of 'Αντί and 'Υπέρ," 1.176-80. (2)「*代替*」(*instead of*): BAGD, s.v. ἀντί, 1 (p. 73); Dana-Mantey, 100; Harris, "Prepositions and Theology," 3.1180; Turner, *Insights*, 172。

37 BAGD, s.v. ἀπό, 86.

Διά

A. 基本的用法（只與所有格與直接受格連用）

1. 帶所有格的情況

a. 動作的施做者：*by*，*through*

b. 方法：*through*

c. 空間：*through*

d. 時間：*through (out)*，*during*

2. 帶直接受格的情況

a. 原因：*because of*，*on account of*，*for the sake of*

b. 空間（罕見）：*through*

B. 包含有這字的重要經文 Διά

若干帶有 διά 這個介系詞的重要經文，有企圖心的解經者可以在此練習他們的解經技巧：太1:22；約1:3；羅3:25，4:25；弗2:8；提前2:15；來2:10；約壹5:6。[38]

Εἰς

A. 基本的用法（*只與直接受格連用*）

1. 空間：*into*，*toward*，*in*

2. 時間：*for*，*throughout*

3. 目的：*for*，*in order to*，*to*

4. 結果：*so that*，*with the result that*

5. 有關於：*with respect to*，*with reference to*

6. 好處：*for*

7. 損失：*against*

8. 代替 ἐν 的用法（在許多細節上）

---

[38]   對這類經文的探討，見「語態：被動（帶有動作的施做者）」。

B. 包含有 Eἰς 這字的重要經文

1. 徒 2:38 的 εἰς 是表達「原因」嗎

幾年以前開始一個針對 εἰς 功能的討論，特別是徒2:38：Πέτρος δὲ πρὸς αὐτούς μετανοήσατε, φησίν, καὶ βαπτισθήτω ἕκαστος ὑμῶν ἐπὶ τῷ ὀνόματι Ἰησοῦ Χριστοῦ **εἰς** ἄφεσιν τῶν ἁμαρτιῶν ὑμῶν ......（「彼得說：『你們各人要悔改，奉耶穌基督的名受洗，叫你們的罪得赦 (**because of/for/unto** the forgiveness of your sins)，就必領受所賜的聖靈』」）。

一方面來說，J. R. Mantey 解釋，εἰς 在新約一些經文中是用來表達原因，包括太3:11與徒2:38。似乎 Mantey 相信，非得如此解釋，否則恩典的救恩就會失色。[39]

另一方面，Ralph Marcus 質疑Mantey 這樣的解釋是不合乎聖經的一般例子，因此，在他一波波的反駁之後，他的答辯如下：

> 儘管這些新約經文中的 εἰς 有可能表達的是「原因」，但是那些從聖經以外希臘文文獻中作「原因」功能的 εἰς，並不因此就使「有可能性」(possibility) 變成「真的可能」(probability)。因此，若是 Mantey 教授對新約中論到洗禮、悔改、罪得赦免等相關經文的解釋是對的話，他並不是因為基於語言的緣故。[40]

Marcus 已經證實了，所謂表達「原因」功能的 εἰς，是沒有支持的。

如果εἰς不作為「原因」解的話，那我們要如何解釋徒2:38呢以下分別探究四種可能：

1) *此處的洗禮指的只是純**物質層次的***，εἰς 的涵義是 *for* 與 *unto*（「為著……」）。這樣的觀點，如果只有這樣的話，暗示救恩是奠基於善功。這個論點的基本問題在於，它與使徒行傳的神學缺少相符，也就是說，(a) 悔改先於洗禮（參徒3:19，26:20），並且 (b) 救恩是神的恩賜，不是經由水禮而來（徒10:43 [參 v47]；13:38-39、48，15:11，16:30-31，20:21，26:18）。

2) *此處的洗禮指的只是**屬靈層次的**。*儘管這個論點與使徒行傳的神學相符，但

39　見 J. R. Mantey, "The Causal Use of *Eis* in the New Testament," *JBL* 70 (1952) 45-58 and "On Causal *Eis* Again," JBL 70 (1952) 309-311。

40　Ralph Marcus, "The Elusive Causal *Eis*," JBL 71 (1953) 44. 另參 Marcus 的文章，"On Causal *Eis*," *JBL* 70 (1952) 129-130。

它顯然不與這卷書中「洗禮」的意思相符—特別是在這裡的上下文（參2:41）。

3)*這段經文應該截斷開來*，因為它從第二人稱複數轉成第三人稱單數、又再轉回第二人稱複數。若是這樣，那它就該讀成「你們要悔改，（各人奉耶穌基督的名受洗），叫你們的罪得赦……。」如果這是對的，那 εἰς 就是單單附屬於 μετανοήσατε 這個字、而不是附屬於 βαπτισθήτω。整體的概念是「為著你們的罪的緣故、你們要悔改，各人要……受洗。」這個理解處理 εἰς 的方式可以接受，但是細節與文意的古怪，都不支持這種理解方式。

4)最後，很可能就一個第一世紀的猶太人會眾而言（就如彼得一樣），*洗禮的概念本來就是伴隨著屬靈的實質與身體動作的象徵*。也就是說，當一個人提說洗禮時，他其實是意會著二*個*概念，這個儀式以及它所對應的意義。彼得在徒10、11就正是將此二者緊密相連。在11:15-16，他回溯哥尼流與他朋友的悔改，指出當他們悔改之時，是受了聖靈的*洗*。就在那時，他說「這些人既受了聖靈，誰能禁止用水給他們施洗呢？」(10:47)。意思看來是，若是他們已經有了聖靈藉著屬靈洗禮的內證，那當然應該有一個水禮作為公開的見證／宣信。這樣的理解，不但解釋了徒2:38（就是說，彼得是同時有意指著實體與圖像說的，儘管只有實質的意義才除掉罪），而且還解釋了為何新約只論到那些已受洗的基督徒（就我們所觀察到的）：水禮不但是救恩的原因、也是圖像，因而它不但作為那些在場看見受洗進行者公開承認的記號，也是受洗者的公開認信，都一起見證這人是從聖靈受洗。

總結一下，儘管 Mantey 的原意是對的，路加的神學的確看洗禮不是救恩的原因，但是他說「εἰς 表達的是『原因』」的理解也的確缺乏說服力。我們還有其他方法來和緩神學的爭議，但是為了勉強解釋「為什麼」而曲解文法，並不會比「堅持 ἀντί 必然是『代表』的意思」更有道理（見以上的討論）。

2. 其他重要的經文

其他有關 εἰς 的重要經文，請見約1:18 (= ἐν)；弗4:12-13（出現五處，但是並無關乎從屬或對等的問題）；腓1:10；彼前1:11。

Ἐκ

A. 基本的用法（*只與所有格連用*）

一般而言，ἐκ 功能是表達 *from*，*out of*，*away from*，*of*。

1. 來源：*out of*，*from*

2. 分離：*away from*，*from*

3. 時間：*from*，*from* [this point] ...... *on*

4. 原因：*because of*[41]

5. 表達部分的（取代表達「部分」的所有格用法）：of

6. 方法：*by*，*from*

B. 包含有 ἐκ 這字的重要經文

太26:27　πίετε ἐξ **αὐτοῦ** πάντες

　　　　你們都從這杯裡喝 (drink from it, all [of you])

　　KJV 版本聖經的譯文，引起了不小的困擾。S. Lewis Johnson, Jr. 常講到一個村落牧師的故事，這位牧師不懂希臘文，卻以為這裡的 "all" (πάντες) 指的是酒、"of it" (ἐξ αὐτοῦ) 修飾的是 "all" （πάντες，後者應該是直接受格，作為動詞 πίετε 的受詞）。在一個很小的會眾當中、遵守儀式的傳統，這位牧師每週主餐時將酒壺裝滿，卻遭遇道德的困境。每個主日，當他那群不算多的會眾離去時，這位好心的牧者大口喝酒壺中（剩下）的酒，以致酒醉——都因為他誤解了這節經文。[42]

　　其他有關 ἐκ 的重要經文，請見羅1:17；弗3:15；啟3:10。

ʼΕν

A. 基本的用法 （*只與間接受格連用*）

　　ʼΕν 是新約經文的基本架構，最常出現、也最多用法的變異。它相當高程度（但不是完全）地與實名詞間接受格的功能重疊。以下類別是主要的大分類：[43]

1. 空間或領域：*in*

2. 時間：*in*，*within*，*when*，*while*，*during*[44]

3. 連結：（常指著親密的關係）；*with*

4. 原因：*because of*

41　BAGD 稱此為「ἐκ 在合成字的『完成』意涵」。

42　這節經文不是解經的重要經文，除非看它屬於笑話類別。

43　即使 BAGD (s.v. ἐν, 258) 也看出區分出這個類別的勉強：「關於這個介系詞的使用，是有多面向的、並且容易混淆；一個系統化的分析是不太可能的。將主要的類別列出，會有助於個別例證的處理。」BAGD 的處理已經非常廣泛 (258-61)。

44　這個「在某個時距之內」的概念，是不曾發現在任何簡單的間接受格功能裡的（*BDF*, 107 [§200] 全然否認這個功能，參見以下「間接受格」這一章節）。

5. 工具性的：*by*，*with*

6. 有關於：*with respect to/with reference to*

7. 方法：*with*

8. 擁有之物：*with*（表達擁有的意思）[45]

9. 標準：（＝作為規則的間接受格用法）：*according to the standard of*

10. 擁有與 εἰς 相同的用法（帶有表達運動的動詞）

B. 包含有 ’Εν 這字的重要經文

正如ἐν的用法多樣，它的意涵也相當有彈性。以下討論集中在一些介系詞是表達「*動作施做者*」或「*內容*」的經文。

1.「’Εν ＋間接受格」作為動作施做者？

有人認為單純的間接受格或「ἐν ＋間接受格」的結構，都在新約中有作為「動作施做者」的用法。[46] 不過，若是清楚定義所謂的「動作施做者」，就會顯出這個類別是罕見或是不存在的類別。Williams 定義作為「動作施做者」的間接受格，是指「用以表明『完成動作的施做者』。表達『方法』與表達『動作施做者』之間的差別，在於前者是非人格化的 (impersonal)，後者是人格化的 (personal)。」[47]

這個區別當然有點太一般化了。最好這樣說，「ἐν ＋間接受格」表達的是「方法」的概念（一種*不同的*類別），工具就是*由*「*動作施做者*」所使用的。當動作確定之後，動作施做者就被指定、就是使用工具的那位。（在此提醒，往往中介的動作施做者 (an intermediate agent) 藉是著「διά ＋ 間接受格」表明的；他「*為著*」或「*代替*」某人完成動作。嚴格來說，他不是另外一個人*使用*的工具）。因而，「ἐν ＋間接受格」所表達的「*方法*」可以、也常是用指人，儘管常被看為是非人格化（也就是說，被某人使用如同工具）。舉例說，在「神藉著我的父母來管教我」這樣的句子中，神是以「父母」這個方法來成事的動作施做者。當然，父母是人格化的「工具」，但是卻被視為是非人格化的方法。

按照我們的定義，「ἐν ＋間接受格」的結構是被用作為「動作施做者」，其中為間接受格的名詞必須不只要是人格化的對象，並且是該動作的施做者。[48] *BDF* 正

---

45   參可1:23（參路4:33）；弗6:2。

46   參見以下「間接受格」這一章節裡「作為動作施做者」功能的討論，特別是那些帶有 πνεύματι 這個字的經文。

47   Williams, *Grammar Notes*, 18.

48   Andrews 很努力想要證明新約中「ἐν ＋間接受格」有可以用來表達「動作施做者」的功能，

確地評估了新約中以間接受格作為人格化的動作施做者的作法:「新約中可能只有唯一真正的例子,在路23:15,是與完成時態動詞連用。」[49] 簡言之,新約中沒有太多這樣的例子,但它們都帶有完成時態被動的動詞。

雖然「ἐν + 間接受格」細微差異的現象用來指稱「動作的施做者」是少見的,但有的例子都不是不模糊的。因此,「ἐν + 間接受格」被用來指涉「動作施做者」的用法,至多可以說是很*罕見的*。[50]

可1:8　αὐτὸς δὲ βαπτίσει ὑμᾶς **ἐν** πνεύματι ἁγίῳ[51]

　　　他卻要用聖靈給你們施洗

　　　這裡很明顯地,基督是動作的施做者(因為 αὐτός 是主詞),而聖靈是主神用以施洗的方法(或者是領域 [sphere])。

林前12:13 γὰρ **ἐν** ἑνὶ πνεύματι ἡμεῖς πάντες εἰς ἓν σῶμα ἐβαπτίσθημεν

　　　我們都藉著一位聖靈受洗,成了一個身體

　　　我們認為在這裡的ἐν是一個對於方法的描述。視聖靈是所使用的「方法」,並不意味著*否認*聖靈的人格化(personality)。[52] 而是說,看聖靈是基督用來施洗的工具,即使聖靈是人格化的對象。因為聖靈 (πνεύματι ἁγίῳ) 在可1:8明顯是被視為「方法」(如同它在許多其他論到聖靈洗禮的經文處的用法),把聖靈視為「方法」確定不是不合理的。

　　　還有,若是聖靈在這節經文中是作為「動作的施做者」,那就有神學方面的問題:可1:8的預言是什麼時候應驗的呢?基督是什麼時候用聖靈施洗的呢?既然林前12:13的πνεύματι,就文法而言,不太可能是用來表達「動作的施做者」,最好是看他是完成動作的「方法」、*因而*應驗了可1:8的預言。也就是說,基督是一位沒有說出來的「動作的施做者」。這也同時使得一個流傳的說法顯得不

但是他的立論一開始在定義上就失敗了:「『動作施做者』這個詞彙的意涵,是用作完成動作的人稱*工具*(a personal *instrument*;斜體是 Wallace 加上的)。」(James Warren Andrews, "The Use of Ἐν with the Passive Voice to Denote Personal Agency," [Th.M. thesis, Dallas Theological Seminary, 1963], 8)

49　*BDF*, 102 (§191).

50　最好的例子是 林前6:2:ἐν ὑμῖν κρίνεται ὁ κόσμος(「世界要*被*你們審判」)。但是這個翻譯並不是確定的。Robertson-Plummer 建議這個句子的意思是「處境/範疇」:「在你們的庭上」(in your court)、「在你們的管轄之下」(in your jurisdiction) (*First Corinthians* [ICC] 112)。*BDF*, 118 (§219.1) 也持類似立場,順便提到在異教文獻中的平行敘述。

51　在 B L 2427 *et pauci* 中,介系詞被省略。

52　不過,救贖歷史在此仍的有問題是否使徒已經認出聖靈的位格。另外,因為ἐν是個表達選用聖靈的介系詞(也就是說,當認為所表達的「動作施做者」/「方法」),因此,沿用這個理解的傳統解釋,就是在已經承認聖靈的位格之後,仍然是可能的。

太可能；就是，在新約中有說到二*個*聖靈的洗禮，一個是當人蒙恩之時，另一個是後來才經歷到的。[53]

2.「'Ἐν + 間接受格」的結構可以用來表達內容？

用間接受格、連同著「*盛裝*」(filling) 涵義的動詞，來表達「內容」的用法，是很罕見的。[54] 就「ἐν + 間接受格」而言，這種用法很有爭議。

一般而言，「*盛裝*」(filling) 涵義的動詞往往帶著「內容物」的*所有格*；極為罕有的，帶著間接受格來表達「內容」。[55] 不過，我們不知道在新約希臘文中有什麼清楚的例子是藉著「ἐν + 間接受格」表達「內容」的。[56] 因此，我們將在以下探討弗5:18這節經文，看看是否還有什麼其他的可能。

弗5:18　　πληροῦσθε ἐν πνεύματι

要被 (with, by, in) 聖靈充滿

要理解這裡的 ἐν πνεύματι 是指著「內容」說的，在文法上有困難（即使如此，在若干圈子裡，這還是主流）。只有當思路支持或再沒有其他可能性了，我們才可能考慮「內容」這個選項。新約中沒有其他的例子，在 πληρόω 後面用「ἐν + 間接受格」的結構、來表達「內容」的。[57] 還有，使用 οἴνῳ 這個字的平行用法、以及一般用來表達「*方法*」的文法類別，都傾向於理解這節經文是「信徒當*藉著*（聖）靈被充滿」。若果如此，那這裡就有一位沒有說出來的動作的施做者。

這節經文的涵義，唯有在理解以弗所書的 πληρόω 用詞後，才能充分體會到。這個詞彙常與三一真神，有密切連絡。三方面的考量至為關鍵：(1)弗3:19這個連結的禱告，引進本卷書的後半部、為信徒祈求「叫神一切所充滿的，充滿了你們」(πληρωθῆτε εἰς πᾶν τὸ πλήρωμα τοῦ θεοῦ)。這裡 πληρόω 動作的「*內容*」，就是神的一切豐富（很可能指是他的道德屬性）。(2) 在4:10，基督被視為是「要充滿萬有的」那位（伴隨著第11節，有他要賜下諸多恩賜的敘述）。(3)書卷的作者接著在5:18拉高他的論述：信徒都要被基督藉著聖靈、被神的豐滿充滿。

53　這往往跟五旬節神學有關連。

54　請見以下「間接受格」這一章節。

55　新約中有三個相關的例證（路2:40；羅1:29；林後7:4），儘管路加的經文有疑議。

56　至少，單純的間接受格並沒有明顯平行於「ἐν +間接受格」的用法。

57　Abbott 記著說「『πληρόω與ἐν連用，用以表達內容物』的用法，是沒有先例的。」(*Ephesians* [ICC] 161)。見他在第161-62 頁針對 弗5:18 ἐν πνεύματι 的討論。

3. 其他的重要經文

　　一組包括 ἐν Χριστῷ 這個介系詞片語的重要經文，都存在保羅書信中。學生當參考標準的詞典以及聖經神學的資料，好作進深的研究。[58]

　　其他的重要經文，請見約14:17；林前7:15；加1:16；彼前2:12。

Ἐπί

A. 基本的用法（*只與間接受格、所有格、直接受格連用*）

1. 帶所有格的情況

　　a. 空間：*on，upon，at, near*

　　b. 時間：*in the time of，during*

　　c. 原因：*on the basis of*

2. 帶間接受格的情況

　　a. 空間：*on，upon，against，at，near*

　　b. 時間：*at, at the time of，during*

　　c. 原因：*on the basis of*

3. 帶直接受格的情況

　　a. 空間：*on，upon，to，up to，against*

　　b. 時間：*for，over a period of*

B. 包含有 Ἐπί 這字的重要經文

　　其他有關 ἐπί 的重要經文，請見太19:9；可10:11；羅5:12；[59] 弗2:10；林後5:4；

58　*BDF*,118 (§219) 自認無力處理這個片語，因為它「屢次被保羅附加在不同的概念後面」，因而「完全抹殺了可以得到確定解釋的可能性……。」參 BAGD, s.v. ἐν, I.5.d. (259-60)（含有目錄）。另見 Oepke 在 *TDNT* 2.541-2 的文章；C. F. D. Moule, *Origin of Christology* (Cambridge: Cambridge University Press, 1977) 54-69（特別是 54-62），Harris, "Prepositions and Theology," 3.1192-93（是一篇簡潔的略述）。

59　要進一步探討經文，請參見 Cranfield, *The Epistle to the Romans* (ICC) 1.274-81; F. Danker, "Romans V. 12 Sin Under Law," *NTS* 14 (1968) 424-39; S. Lyonnet, "Le sens de ἐφ' ᾧ en Rom5, 12 et l'exégèse des Pères grecs," *Bib* 36 (1955) 436-56; S. L. Johnson, Jr., "Rom5:12—An Exercise

彼前2:24。

Κατά

A. 基本的用法（*只與所有格、直接受格連用*）

1. 所有格的情況

    a. 空間：*down from*，*throughout*

    b. 相對：*against*

    c. 來源：*from*

2. 帶直接受格的情況

    a. 標準：*in accordance with*，*corresponding to*

    b. 空間：*along*，*through*（延伸）；*toward*，*up to*（方向）

    c. 時間：*at*，*during*

    d. 分配：「在大群體中指出個別的部分」[60]

    e. 目的：*for the purpose of*

    f. 有關於：*with respect to*，*with reference to*

B. 包含有 Κατά 這字的重要經文

    其他有關 κατά 的重要經文，請見徒14:23（若看它是「分配」功能的話，那此處顯示有多數的長老）；羅8:5；林前15:3-4；彼前3:7。

---

in Exegesis and Theology," in *New Dimensions in New Testament Study*, ed. R. N. Longenecker and M. C. Tenney (Grand Rapids: Zondervan, 1974) 298-316; D. L. Turner, "Adam, Christ, and Us: The Pauline Teaching of Solidarity in Rom5:12-21" (Th.D. dissertation, Grace Theological Seminary, Winona Lake, Ind., 1982) 129-49。請留意本書在「代名詞」這章節、關係代名詞 ὅς 這一細目下，處理這節經文的地方。

60   BAGD, s.v. κατά II.3 (406).

Μετά

A. 基本的用法（*只與所有格、直接受格連用*）[61]

1. 所有格的情況

    a. 關連／陪同：*with*，*in company with*

    b. 空間：*with*，*among*

    c. 方法（伴隨的處境）：*with*

2. 帶直接受格的情況

    a. 時間：*after*，*behind*

    b. 空間（很罕用）：*after*，*behind*

B. 包含有 *Μετά* 這字的重要經文

1. *Μετά* 和 *Σύν* 的關係

儘管不是所有人都會同意 Harris 的觀點、在希臘化的希臘文中，二者簡直是同義的，[62] 但是即使他自己也承認

> 保羅往往在書信的末尾、以禱告結束，願有平安與他的讀者同在（總是用 μετά，從沒有用 σύν 過），儘管他總是描述基督徒生活是一個持續與主認同的生活、並且基督徒的人生努力就是要「與基督同在」（總是用 σύν、而不是用 μετά）。這使得 σύν 在二個介系詞當中，是更為清楚地表達一個親密的人際關係（如西 3:4），而 μετά 較多用來表達親近的關連或伴隨的處境（如帖前 3:13）。[63]

2. 其他的重要經文

參太 27:66；啟 2:16，12:7，13:4，17:14。

---

61   這個介系詞是在其他文獻中有與間接受格連用的情況，但是在新約中沒有。

62   Harris, "Prepositions and Theology," 3.1206.

63   同上，3.1206-1207。

Παρά

A. 基本的用法（*只與間接受格、所有格、直接受格連用*）

1. 所有格的情況

一般而言，這個字的意思是「*從（一側）*」(*from the side of*)（總是以一個人為受詞）。

a. 來源／空間：*from*

b. 動作做者：*from*，*by*

2. 帶間接受格的情況

一般而言，間接受格是用來表達靠近或近處。

a. 空間：*near*，*beside*

b. 領域：*in the sight of*，*before* (someone)

c. 關連：*with* (someone/something)

d. 如同一般的間接格

3. 帶直接受格的情況

a. 空間：*by*，*alongside of*，*near, on*

b. 比較：*in comparison to*，*more than*

c. 相反：*against*，*contrary to*

B. 包含有 *Παρά* 這字的重要經文

其他的重要經文，請見約1:6，6:46，1:14，15:26[64]；羅1:25；林前7:24，12:15。

---

[64] 請參見 Harris, "Prepositions and Theology," 3.1202-3 這一篇文章，提供了極好（儘管簡短）的討論，展示這些經文是如何與聖子 (the Son) 的「〔由父而〕生」(eternal generation)、聖靈的「〔由父而〕出」(eternal procession) 相關連的。

Περί

A. 基本的用法（*只與所有格、直接受格連用*）[65]

1. 所有格的情況

    a. 指涉：*concerning*

    b. 有利於／代表：*on behalf of*，*for* (= ὑπέρ)

2. 帶直接受格的情況

    a. 空間：*around*，*near*

    b. 時間：*about*，*near*

    c. 有關於：*with regard ／ reference to*

B. 包含有 περί 這字的重要經文

    其他的重要經文，請見徒25:18；約叁2；約11:19（異文）；帖前5:1。[66]

Πρό

A. 基本的用法（*只與所有格連用*）

    1. 空間：*before*，*in front of*，*at*

    2. 時間：*before*

    3. 層級／順序：*before*

B. 包含有 Πρό 這字的重要經文

    無法在這裡討論所有包括 πρό 這字的重要經文，因為它的用法都落在以下三個 BAGD 的類別中。不過，以下這些經文都有神學的重要性：路21:12；約1:48，12:1，13:19，17:5、24；林前2:7；加3:23；弗1:4；西1:17；提後1:9；多1:2；彼前1:20；猶25。[67]

65　這個介系詞是在其他文獻中有與間接受格連用的情況，但是在新約中沒有。

66　關於 περὶ ἁμαρτίας 的結構，參見 Harris, "Prepositions and Theology," 3.1203。

67　大部分這些經文都沒有模糊的地方，儘管有助於肯定的是神主權的不同面向，無論講到的是他在亙古以前所做或是他所知道的。只有二處經文有些模糊：路21:12（指的是時間或是層級，儘管前者較為可能）與西1:17（同樣地，指的是時間或是層級；這裡，很可能雙重的意義都有可能——因此，耶穌基督是有更尊榮的位分、並且是在萬有之上）。

Πρός

A. 基本的用法（*幾乎只與直接受格連用*）

這個介系詞僅有一次帶所有格、六次帶間接受格，卻有近七百次帶著直接受格。以下分析都只針對著帶直接受格的情況（其他的情況，請參見 BAGD）。

1. 目的：*for*，*for the purpose of*
2. 空間：*toward*
3. 時間：*toward*，*for* (duration)
4. 結果：*so that*，*with the result that*
5. 相反：*against*
6. 關連：*with*，*in company with*（當與表達狀態動詞連用時）

B. 包含有 Πρός 這字的重要經文

1. 啟 3:20

一個帶有 πρός 這個字，很重要、卻又普遍被會眾誤解的經文，就是啟3:20：Ἰδοὺ ἕστηκα ἐπὶ τὴν θύραν καὶ κρούω ἐάν τις ἀκούσῃ τῆς φωνῆς μου καὶ ἀνοίξῃ τὴν θύραν, καὶ εἰσελεύσομαι **πρὸς** αὐτὸν καὶ δειπνήσω μετ᾽ αὐτοῦ καὶ αὐτὸς μετ᾽ ἐμοῦ（「看哪，我站在門外叩門，若有聽見我聲音就開門的，我要進到他那裡去，我與他，他與我一同坐席」）。其中重要的句子是「我要*進到*他那裡去」。這節經文往往被視為是對失落的罪人說的。這種觀點，有二重理由：(1) 老底嘉人（或至少是其中一部分）實在是失落的；(2) εἰσελεύσομαι πρός 這個片語意思是「走*進*」(come *into*)。

不過，這二重理由實在是沒有足夠證據支持的。先討論第一個假設「老底嘉教會其實是還未信的人」，關鍵在之前的經文「凡我所疼愛的，我就責備管教他」。這裡的 φιλέω 這字，是用作「愛」——它在新約中從來不用來指神／耶穌對不信者的愛（事實上，要說神對不信者有這種愛，是不太可能的，因為它說到的是享樂與團契。ἀγαπάω 才是那用在神愛不信者的用字〔參約3:16〕，它經常性〔如果不只是一般性地〕是用來指委身、及無條件的愛〔特別是當主詞是神／耶穌的時候〕）。[68] 這個 φιλέω 字用在老底嘉人這裡，然後有結論「所以你要發熱心，也要悔改」。其

68　這並不是否認說，在二個動詞之間有語意的重疊（就如在 約21 所顯示的）。但是當 φιλέω 這個罕見字被選用時，並且是與 ἀγαπάω 同時被使用，我們會期盼它一般性的意涵。

中有最後歸納的 οὖν 字，將經節的二個部分連結起來、顯明*老底嘉人當悔改*，因為基督愛 (φιλέω) *他們*！[69]

第二個假設，認為 εἰσελεύσομαι πρός 意思是「走進」。這種理解是來自於不小心讀英文的經文。舉例來說，ASV、NASB、RSV、NRSV 這些版本都正確地翻譯為 "come in to"，（請注意介在二個介系詞之間的空隙）。翻譯為 "come into"，是將 εἰς 視為獨立的介系詞，表達穿透進入某人的意思（也就是，醞釀出「進入某人的心」這樣的概念來）。不過，帶有空間概念的 πρός 意思是「*走向*」、而不是「*走進*」(*toward*, not *into*)。新約中，八次 εἰσέρχομαι πρός 的出處，意思是「走靠近某人（"come in toward/before a person"）」（也就是，進入一棟建築、房子等，好出現在某人面前），*從來都沒有用*來指「*穿透進入某人*」(*penetration* into the person)。在某些情況，後者的理解，不僅是不合理的、而且還是不合適的（參可 6:25，15:43；路1:28；徒10:3，11:3，16:40，17:2，28:8）。[70]

那我們能對這節經文的涵義肯定了什麼？首先，我們可以說「它不是在講救恩」。這樣的理解，有多重涵義。說它有救恩的意涵，是由於曲解了單純的福音。許多人聲稱是「曾經接受基督到他們的心裡」，但是卻不了解那是什麼意思、或福音是什麼意思。儘管這節經文這樣理解是很生動，但是卻弄濁了救恩真理的水流。

接受基督是救恩的*結果*、而不是條件。[71] 就這節經文的*正面*意義來說，它可能

69　順便說到，這樣的理解可能有「聖徒的堅忍」(the perseverance of the saints) 這樣教義的暗示，因為神不太可能對一個人有這樣的愛，除非在某個程度上，神可以享受 (*enjoy*) 他。若果如此，那這個理解就會是，老底嘉人即使是在屬靈倒退的狀態，也仍然有成長。

70　在七十士譯本中，這種表達方式很頻繁地被使用，特別是用於「性關係」（參見創16:2、4，19:31、29:21、23、30、30:3、4、10，38:2、8、16；申 21:13，25:5，15:1，16:1；得4:13；撒下 3:7，16:21；詩 50:2；箴 6:29）。不過，每一個例子都可能指的是「進入帳篷、與她*親近*。」這個結論是基於用詞委婉 (probability of euphemistic) 細膩的緣故；一些例子沒有這麼明顯「性關係」的意涵（參創6:20，7:9、15，19:5，20:3，40:6；出 1:19，5:1，8:1，9:1，10:1；書2:4；士 3:20，4:21、22，18:10；得3:16、17；撒上10:14，16:21，28:21；撒下1:2，3:24，6:9，11:7，12:1，14:33；王上1:15；帖 4:11、16；詩 42:4；何9:10；耶43:20，48:6；但2:12、24），但是一些經文是有明顯「性關係」描述的（參創39:14；撒下 11:4，12:24）。還有，除了那些帶有性含意的經文以外，再沒有其他例證是以 πρός 帶受詞的組合。以上這些例子都指出 εἰσέρχομαι πρός 這個片語的功能往往是跟著 εἰσέρχομαι 的受詞、與 πρός 的受詞有關。但是二者的受格*從來就沒有*相同的。士4:21 提供一個有意思的例子：「希百的妻雅億取了帳棚的橛子，手裡拿著錘子，輕悄悄地到他（西西拉）旁邊 (went quietly in to [εἰσῆλθεν πρός] him)，將橛子從他鬢邊釘進去。」很明顯地，雅億是進了帳棚（參 v.20）、*走向*西西拉。因此，將 啟3:20 理解為「進入某人的心」，在聖經希臘文中缺乏平行經文的根據、誤解了經文的意思。

71　這個「邀請基督進入人（或自己）的心」的概念，常被說成是來自於二節經文，啟3:20 與 約 1:12。但是其實二者都沒有這樣說。約1:12 所說「凡*接待*『道』的人」，指的是巴勒斯坦那些接待耶穌到他們家裡、並且承認他是先知的猶太人。這是一個歷史敘述，不是救恩論的敘述。

是指基督在會眾中的超越性、或者是他向基督徒的邀請（當然也是一項提醒），有
分於他將要帶來的神國祝福。但是要決定二者之中何者才是對的，就不是這本文法
書的範疇了。但是所有的文法書都確定地告訴我們，其一是確定不對的——也就是，
它確定不是在提供救恩。

2. 其他的重要經文

其他有關 πρός 的重要經文，請見約1:1；[72] 林後5:8；提後3:16；約壹5:16。[73]

Σύν

A. 基本的用法（*只與間接受格連用*）

這個介系詞主要用來指出伴隨或連結的關係：*with*，*in association* (*company*)
with。

B. 包含有 Σύν 這字的重要經文

1. Σύν 和 μετά 的關係

見以上 μετά 那一節，討論的部分。

2. 包含有 Σύν 這字的重要經文

這些經文包括了腓1:23與帖前4:17。詳細的討論（二者都和信徒與基督的團契
有關），請見 Harris, "Prepositions and Theology," 3.1207。[74]

3. 包含有 Σύν 這字作為動詞字首的重要經文

進一步的討論，請見 B. McGrath, " '*Syn*' - Words in Paul," *CBQ* 14 (1952)
219-26; G. W. Linhart, "Paul's Doctrinal Use of Verbs Compounded with *Sun*" (Th.M.,
Dallas Theological Seminary, 1949)。

---

72   參看本章的導論。
73   關於約1:1；林後5:8與約壹5:16 的討論，請見 Harris, "Prepositions and Theology," 3.1204-6。
74   Harris 也將林後5:8 列入，但是所討論的介系詞是 πρός。

Ὑπέρ

→ A. 基本的用法（*幾乎只與所有格、直接受格連用*）

1. 所有格的情況

a. 代表／好處：*on behalf of*，*for the sake of*

b. 有關於：*concerning*，*with reference to* (= περί)

c. 替代：*in place of*，*instead of* (= ἀντί)（這些也都有代表的意思）

2. 帶直接受格的情況

a. 空間：*over*，*above*

b. 比較：*more than*，*beyond*

B. 包含有 Ὑπέρ 這字的重要經文

1. 與替代性救贖有關的討論（Ὑπέρ + 所有格）

在 ἀντί 的那一節，我們曾經指出，新約經文用以特特顯明基督替代性救贖的介系詞是 ὑπέρ。儘管反對「ἀντί同樣也可以表達這個概念」的論述不夠強，但是 ὑπέρ 這個介系詞在這些神學重要的經文裡、還有其他得等同考慮的細節（至少在字彙的層次）也遭遇困難。不過，BAGD 的確偶爾看 ὑπέρ 表達了替代性救贖的涵義（儘管它只列了一節相關的經文而已——林後5:14）。

這個議題值得我們再作延伸的討論。儘管以下的研討是有點太過簡化，但是它的確顯示出解經與神學和文法有所關連。

我們認為 ὑπέρ 這個字是合適於用來表達替代性的涵義，並且也的確在好幾處經文被用來表達基督的替代性救贖。以下針對一些帶有ὑπέρ這字、並具有替代性涵義的經文，作具體的討論：

a. 新約以外文獻中的替代性救贖概念

1) 在古典希臘文獻中

誠然，這種用法在古典時期是相當地罕見，但是請參見 Plato, *Republic* 590a；Xenophon, *Anabasis* 7.4.9-10等。[75]

2) 在七十士譯本中

參申24:16；賽43:3-4；猶滴傳8:12等。[76]

3) 在蒲草紙文獻中

參見 Oxyrhynchus Papyrus 1281.11, 12；Tebtunis Papyrus 380:43, 44等。[77] 在 Robertson 的研究中，他記著說：

> 但是蒲草紙文獻、特別是商業文件顯示，保羅「更多以 ὑπέρ、而不是 ἀντί，來表達替代性涵義」的用法是跟隨著他當代的用法……。肯定的是，在所有的情況裡，記載都是代表性的，但是事實並不因此就停在這裡。Winer (Winer-Thayer, p. 382) 正確地記著說：「所有的案例都是一個人代表其他人、站在他（們）的位置上。」單就這個在蒲草紙文獻裡的用詞而言，這當然是真確的；抄寫員代表、也代替（另）一位不知道如何書寫的人。當他寫著「為 (for) 某一位不能書寫的某某（代書）……」(ἔγραψα ὑπέρ αὐτοῦ μὴ ἰδότος γράμματα)。這個鄭重的宣示使得借貸的行為得以藉著契約，約束不識字的人。在這個藉著 ὑπέρ 表達的句子裡，沒有任何模糊的空間。這種句型儼然已經成為這類文件的公式化表達。

> ·

> 這類例證顯然否定了「二個介系詞 (ὑπέρ 與 ἀντί) 用法都是一樣」的說法。相反地，公式化的用法是一面倒地使用 ὑπέρ，而不是 ἀντί 來表達「代替」的意思。

> ·

> 無須再說得更多；所有這些都清楚凸顯出 ὑπέρ 這個介系詞用來表達「代替」的用法。[78]

---

75   參見 Davies, "Christ in Our Place," 82-83; Waltke, "Theological Significations of 'Αντί and 'Υπέρ," 2.199-210, 214-15。

76   參見 Davies, "Christ in Our Place," 83; Waltke, "Theological Significations of 'Αντί and 'Υπέρ," 2.227, 238-39。

77   參見 Mayser, *Grammatik der griechischen Papyri* II.2.460; A. T. Robertson, "The Use of 'Υπέρ in Business Documents in the Papyri," *The Expositor* 8.19 (1920) 321-27, 後來重印列入 Robertson, *The Minister and His Greek New Testament* (Nashville: Broadman, 1977) 35-42（我們的引述都來自於此）。

78   Robertson, *Minister*, 36-38.

Robertson的研究是很有幫助，但它卻沒有觸及字彙與文法的範疇。[79] 很可能是因為他只探討了不到十個例證，都是相同的類型。並且，若干例子還是晚於新約的，同時 Robertson 重建 ὑπέρ 剩下的也都還有時距的差異。[80] 因此，就算有這個片語在使用，除非這個介系詞也用在其他夠多的片語裡、在與新約同時代的蒲草紙文獻裡，否則 Robertson 的觀點還是不夠。很顯地，他的研究還需要再補強。

為補強 Robertson 的研究，我檢視若干具有代表性的蒲草紙文件。[81] 以下我將會以三種方式補強Robertson研究的結果，列在下面：(1) 多樣化的例證；(2) 一些*早期的*例證；以及 (3) 一些不符合以上片語的例證。在這裡列出幾個例證，其餘的都放在附註裡。總而言之，在Robertson的九個例證外，我們另加了七十八個例證。[82]

79　雖然 BDF 引述自 Robertson 的文章，但是卻將它列在「ὑπέρ + 直接受格」的子項裡 (*BDF*, 121 [§230])！還有，在緊跟著的段落裡（§231，討論的是「ὑπέρ + 直接受格」），它們並不容許一個「代替」的理解。

80　Robertson 在蒲草紙中只列出了九個例子。不過，最早的二個例子（都來自於同一份文件，大約30-29 BCE），有問題的字是在括弧內——也就是說，由於空白或污點，沒有復原。除了這二個例子，他只有一*個*例子是在主前的 (Tebt. P. 386, 25-28 [12 BCE])；其他的都是來自第一或是第二世紀的。

81　我檢視了 Loeb Classical Library 所擁有二冊關於非文學散文的蒲草文獻 (non-literary prose papyri)。我以前的一位學生，Charles Powell，也對 Oxyrhynchus papyri 做了研究、補強了我的研究，儘管在此我沒有列入他研究的成果。

82　對於那些較*早期*（150 BCE 或更）或使用的是與 Robertson 認定*不同類別的片語*，都以星號 (*) 置於前面區別。至於置有雙星號 (**) 的，是用以指明以上雙重性質兼俱。例子安排的次序，是與 *Select Papyri*（第一冊與第二冊，*SP* 1，*SP* 2）相同一也就是說，我是按著這二冊的編目與次序來探討的。

1. P. Oxy. 1631.39 (280 CE/*SP* 1.58);

2. Stud. Pal. xiii. p. 6 (line 25) (322 CE/*SP* 1.66);

3. P. Grenf. ii.87.40 (602 CE/*SP* 1.68);

4. P. Oxy. 138.46 (610-611 CE/*SP* 1.74);

5. P. Oxy. 139.32 (612 CE/*SP* 1.76);

6. P. Lond. 1722.46 (573 CE/*SP* 1.94);

7. P. Lond. 1722.51 (573 CE/*SP* 1.94);

8. P. Lond. 1164.30 (212 CE/*SP* 1.116);

9. P.S.I. 961,11.38 (176 CE/*SP* 1.138);

10. P. Oxy. 1129.18 (449 CE/*SP* 1.138);

11. P. Oxy. 1038.36 (568 CE/*SP* 1.142);

12. P. Oxy. 1890.21 (508 CE/*SP* 1.146);

13. P. Oxy. 1636.45 (249 CE/*SP* 1.150);

14. P. Grenf. ii.68.18-19 (247 CE/*SP* 1.150);

15. BGU 405.24 (348 CE/*SP* 1.170);

*16. P.Tebt.392.37 (AD 134-35/*SP*1.176);

17. P.Lond.992.24 (AD 507CE/*SP*1.184);

18. P. Ryl.177.17 (246CE/*SP*1.190);

19. P.Oxy.1892.44 (581CE/*SP*1.192);

*20. P.Oxy.269.17-18 (57CE/*SP*1.204);

*21. P. Amh.104.15-17 (125CE/*SP*1.212);

*22. P. Ryl.174.35-36 (112CE/*SP*1.216);

23. P.Ryl.174.37 (112CE/*SP*1.216);

24. P.Lond. 334.36 (166CE/*SP*1.222);

25. P.Oxy.91.39-40 (187CE/*SP*1.230);

26. P.Oxy.1900.33 (528CE/*SP*1.232);

27. PSI 786.23 (581CE/*SP*1.234);

28. P.Oxy.494.18 (156-165CE/*SP*1.246);

29. P.Lond.1727.7 (CE583-4/*SP*1.254)//(ὑπέρ 在括弧內);

(*)30. P. Oxy. 1295.8 (2nd or 3rd cent. CE/*SP* 1.332) (?): 也許在這裡，只有「代表」(on behalf of) 的意思。

*31. P. Grenf. ii.77.20 (3rd-4th cent. CE/*SP* 1.372) ;

*32. P. Fay. 100.21 (99 CE/*SP* 1.406);

*33. P. Fay. 100.28 (99 CE/*SP* 1.406); 以下的例證都是來自 P. Oxy. 2144，它們的概念都是「交換」(exchange)(全部都出現在 *SP* 1.430):

*34. P. Oxy. 2144.5（第三世紀末葉 CE/*SP* 1.430）；

*35. P. Oxy. 2144.7;

*36. P. Oxy. 2144.9;

*37. P. Oxy. 2144.11;

*38. P. Oxy. 2144.13;

*39. P. Oxy. 2144.18;

*40. P. Oxy. 2144.21;

*41. P. Hamb. i.4.14 (87 CE/*SP* 2.176);

42. P. Oxy. 1881.23 (427 CE/*SP* 2.184);

*43. P. Ryl. 94.15 (14-37 CE/*SP* 2.188);

*44. P. Bour. 20.2 (350+ CE/*SP* 2.210);

*45. P. Bour. 20.3 (350+ CE/*SP* 2.212);

**46. P. Lond. 23.28-29 (158 BCE/*SP* 2.244): ;

47. BGU 648.23-24 (164 or 196 CE/*SP* 2.272);

48. BGU 1022.30 (196 CE/*SP* 2.280);

49. P. Ryl. 114.28 (c.280 CE/*SP* 2.294):「交換」(in exchange for) ;

50. P. Thead. 17.21 (332 CE/*SP* 2.302);

51. PSI 1067.26 (235-37 CE/*SP* 2.320);

*52. P. Fay. 28.15 (150-51 CE/*SP* 2.332);

53. P. Oxy. 1464.16 (250 CE/*SP* 2.352);

54. P. Ryl. 12.10 (250 CE/*SP* 2.354);

*55. P. Oxy. 1453.39 (30-29 BCE/*SP* 2.370): 注意，ὑπέρ 是在括弧內；

*56. Raccolta Lumbroso, p. 46.22 (25 CE/*SP* 2.372);

在 P. Oxy. 494，第18行 (156-165 CE)，我們看到「交換」的概念：「我妻子每年用二百個銀幣 (drachma) 交換衣裳」。在 P. Grenf. ii. 77，第二十行 (3rd-4th century CE) 也有同樣的用法：「用十六個銀幣（交換）麵包與調味料。」在 P. Bour. 20，第二行 (350+ CE) 另有一個關於 ὑπέρ 作為「替代」（"proxy"; *in the place of*）的例證。在 P. Lond. 23，第二十八至二十九行 (158 BCE)，ὑπέρ 被用為「代表」(representation) 與「代替」(substitution) 的意思：「我或許可以*代表*或*代替*你及你的孩子們來施行獻祭。」

　　儘管我列在這裡的例證還不周全（因為我只是要瀏覽一下證據而已），但已經有七十八個例子是充分地補強了 Robertson 最初的研究，這肯定了他的理解。[83] 這項證據大大地有利於看新約時代的 ὑπέρ 用法，是帶有「代替」的意涵 (a substitutionary force)。

　　一項先前反對接受這個理解的理由是，在古典時候，ὑπέρ 沒有侵入 ἀντί 的語意範疇。只要花一點時間檢視這裡所附的例證，就會發現這裡大部分的例證是相當晚出現的，顯示出 ὑπέρ 較為鬆散的用法是口語希臘文時期後來發展的結果，隨著時

---

57. P. Oxy. 83.27 (327 CE/*SP* 2.378);

58. P. Oxy. 2124.22 (316 CE/*SP* 2.404);

59. P. Oxy. 1425.15 (318 CE/*SP* 2.404): 注意，參見第八行使用 ἀντί「代替」(in place of) 較為嚴格的意涵；

60. P. Oxy. 2109.63-64 (261 CE/*SP* 2.432);

61. P. Oxy. 896.21 (316 CE/*SP* 2.440);

*62. P. Oxy. 1626.12 (325 CE/*SP* 2.442):「交換」(exchange)；

63. P. Oxy. 1626.26 (325 CE/*SP* 2.442);

64. P. Oxy. 1627.27 (342 CE/*SP* 2.44?): 注意，參見第19行使用 ἀντί「代替」(instead of) 較為嚴格的意涵；

*65. P. Cairo Masp. 67032.48 (551 CE/*SP* 2.448):「交換」(in exchange for)；

*66. P. Cairo Masp. 67032.50 (551 CE/*SP* 2.450):「交換」(in exchange for)；

67. P. Strassb. 46.27 (566 CE/*SP* 2.456);

68. P. Hamb. 39 (33).19 (179 CE/*SP* 2.468);

*69. P. Thead. 35.7 (325 CE/*SP* 2.494):「交換」(exchange)；

**70. P. Lond. 1177.39 (113 CE/*SP* 2.536):「交換」(exchange)；

**71. P. Lond. 1177.55 (113 CE/*SP* 2.538):「交換」(exchange)；

*72-76. P. Oxy. 1920.5,7,10,12,14 (late 6th cent. CE/*SP* 2.544):「交換」(exchange)；

*77. P. Oxy. 1920.15 (late 6th cent. CE/*SP* 2.546):「交換」(exchange)；

*78. P.Oxy. 106.24 (135 CE/*SP* 2.578).

83　Powell 另外在 Oxyrhynchus Papyri 發現了好幾百個例子。顯然，ὑπέρ 的「代替」性的用法，對蒲草學者是相當熟悉，但是為著我們新約的學生（多半不熟悉典外文獻），我們還是將這些數據留在這裡。

間的進展而愈來愈固定。我們的假設是：*在整個口語希臘文時期，ὑπέρ 開始侵入 ἀντί 的語意範疇，且愈來愈明顯，儘管沒有全然取代。*[84]在希臘化時期裡，一個文法或字彙的形式取代另外一個形式的現象，是相當普遍的。

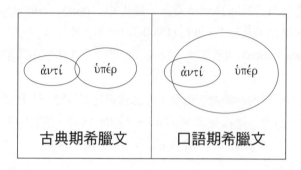

圖表 39

'Αντί 與 'Υπέρ 用法的重疊

b. 這個代贖概念出現在新約跟救恩論、無關緊要的經文裡

'Υπέρ 被用在那些跟新約救恩論無關緊要的經文裡、以表達一個代死救贖的概念，從而建立救恩論的細節。參羅9:3；門13。[85]

c. 這個代贖概念出現在至少一處跟救恩論、有直接相關的經文裡

'Υπέρ 被用在至少一處跟救恩論、有直接相關的新約經文裡，顯然有 BAGD 的肯定：林後5:14。[86] 同時，在另外那些跟救恩論、有直接相關的經文裡，很難否認在那裡 ὑπέρ 也的確有表達出代贖概念：加3:13；[87] 約11:50。[88]

84　一個定性的比較方法：ἀντί 在新約中出現二十二次；ὑπέρ 出現149次。若是所有來自聖經經文的例子都是直說語氣的，那歷時性的研究就顯示出，ὑπέρ 是逐漸侵入 ἀντί 的語意範圍，因為在七十士譯本中，ἀντί 出現390次，而ὑπέρ 僅有430次。這二個介系詞，在如今現代希臘文還有在使用。

85　參見 Waltke, "Theological Significations of 'Αντί and 'Υπέρ," 2.295-305。

86　參見 Davies, "Christ in Our Place," 87-88; Waltke, "Theological Significations of 'Αντί and 'Υπέρ," 2.370-78。

87　參見 Leon Morris, *The Apostolic Preaching of the Cross*, 59; Davies, "Christ in Our Place," 89; Robertson, *Minister*, 39-40; Waltke, "Theological Significations of 'Αντί and 'Υπέρ," 2.379-81。

88　參見 Davies, "Christ in Our Place," 85; Robertson, *Minister*, 39；Waltke, "Theological Significations of 'Αντί and 'Υπέρ," 2.358-61。

d. Ὑπέρ 與 λύτρον 至少在一處經文裡有一起出現

ὑπέρ 與 λύτρον 至少在一處經文裡有一起出現，後者 (ἀντίλυτρον) 的涵義藉著帶有 ἀντί 的字首而強化：提前2:6。針對這節經文，Davies 指出：

> 很明顯地，提前2:6所說的「（降世為人的基督耶穌）他捨自己作萬人
> 的贖價」(ἀντίλυτρον ὑπὲρ πάντων)，是有一個「代替」的涵義。「贖價」
> (ἀντίλυτρον) 這字的字首 ἀντί 強化了這個隱含在「贖價」這字裡、「代替」
> 的涵義，因此，就是將 ὑπέρ 視為「為著某人的好處」(for the benefit of) 來
> 理解，這個「代替」的涵義仍然存在在這節經文中。[89]

e. Ὑπέρ 有比 ἀντί 是個意涵更為豐富的用字

最後，問題可以這樣問：若是保羅的救贖教義的確是代贖性的，那他為什麼不選擇那意涵比較清楚的介系詞 ἀντί 來表達這個概念？要回答這個問題，得考慮以下事項：

1)「當新約時期，ἀντί 這個字已經不再那麼普遍使用了。」[90]

2) 如 Robertson 所說的，在口語希臘文中，「用以表達『代替』的涵義，是更多地使用 ὑπέρ、而不是 ἀντί。」[91]

3) Trench 很早以前就注意到了：

> 我們可以這樣宣講，「基督為我們而死」就是「他的死是代替我
> 們」。在這樣的宣告裡，介系詞 ὑπέρ 被選用，是因為它包含有這兩種意
> 涵、表達出基督是如何一次過地為我們死……且是代替我們；儘管 ἀντί 也
> 是有表達後者的意思。[92]

89　Davies, "Christ in Our Place," 89-90。不過，最後一個句子並沒有告訴我們什麼關於 ὑπέρ 的用法。另參見 Morris, *Apostolic Preaching*, 48, 59。

90　Davies, "Christ in Our Place," 90。參見我們上面的圖表，並請注意以上的統計：ὑπέρ 出現的頻率是 ἀντί 的九倍。

91　Robertson, *Minister*, 38.

92　R. C. Trench, *Synonyms of the New Testament*, 291。我引用 Trench 的資料，並不是完全贊同他如今已經過時的立場，我只是同意他當時的觀察是有洞見。同樣的討論，請另參見 Waltke, "Theological Significations of Ἀντί and Ὑπέρ," 2.403; Harris, "Prepositions and Theology," 3.1177-78, 1197。

　　總而言之，儘管 ὑπέρ 在一些有關救恩論的重要經文中不必然提供「代替」的意思，但是因為它在許多其他的經文中是這個意思，所以，若是有人要否認這字沒有這樣的意思，他就必須承擔證明的責任。至少，就那些在希臘化希臘文中的已然建立的「替代」用法而言，的確沒有理由不接受這種用法是被保羅用在（描述）救贖的教義裡。最後，我們對此作一個總結：

> ……沒有任何一個救贖的理論，說清楚了全部的真理，就是它們全部集合在一起也沒有。人所有的努力，都不可能探測真理的全部。「基督為我們而死」這真理超過我們能了解的……。不過，「基督代替我們而死」，始終都是他贖罪之功的最根本要素。[93]

2. Ὑπέρ 帶直接受格的情況

　　最重要的經文就是林前4:6。[94]

Ὑπό

A. 基本的用法（*只與所有格、直接受格連用*）[95]

1. 所有格的情況

　　a.（終極的）動作施做者：*by*[96]

　　b. 中介的動作施做者：（帶著主動的動詞）：*through*

　　c. 方法：*by*（少見）

2. 帶直接受格的情況

　　a. 空間：*under*，*below*

　　b. 從屬於：*under* (the rule of)

93　Robertson, *Minister*, 40-41.

94　參見 A. Legault, "Beyond the Things Which Are Written," *NTS* 18 (1972) 227-31。

95　在新約以及其他早期基督徒的作品中，間接受格從來沒有跟在 ὑπό 後面、一起連用的，儘管在更早期的希臘文獻中有這種用法。

96　更多的細節，請參見「語態」這一章節中的「被動」部分。

B. 包含有 ῾Υπό 這字的重要經文

其他的重要經文，請見太1:22，2:15等；羅3:9，6:14、15。[97]

---

97 至於介系詞之間語意的重疊（ὑπό 與 διά，ὑπό 與 ἀπό，ὑπό 與 παρά），參見 Harris, "Prepositions and Theology," 3.1198。

人稱與數

綜覽

參考書目

E. H. Askwith, " 'I' and 'We' in the Thessalonian Epistles," *Expositor*, 8th Series, 1 (1911) 149-59; **BDF**, 72-79, 146-47 (§129-37, 139-42, 280-82); **J. Beekman and J. Callow**, *Translating the Word of God* (Grand Rapids: Zondervan, 1974) 107-16 ; **M. Carrez**, "Le Nous en 2 Corinthiens," *NTS* 26 (1980) 474-86 ; *Dana-Mantey*, 164-65 (§159); **K. Dick**, *Der Schriftstellerische Plural bei Paulus* (Halle: Max Niemeyer, 1900); **J. H. Greenlee**, "II Corinthians (The Editorial 'We')," *Notes on Translation* 60 (1976) 31-32; **U. Holzmeister**, "De 'Plurali Categoriae' in Novo Testamento et a Patribus Adhibito," *Bib* 14 (1933) 68-95; **W. R. Hutton**, "Who Are We?" *BT* 4 (1953) 86-90; **M. P. John**, "When Does 'We' Include 'You' " *BT* 27 (1976) 237-40 ; **J. J. Kijne**, "We, Us, and Our in I and II Corinthians," *NovT* 8 (1966) 171-79; **W. F. Lofthouse**, " 'I' and 'We' in the Pauline Letters," *ExpTi* 64 (1952) 241-45; **Moule**, *Idiom Book*, 118-19, 180-81; **V. A. Pickett**, "Those Problem Pronouns, *We, Us*, and *Our* in the New Testament," *BT* 15.2 (1964) 88-92; **Robertson**, *Grammar*, 402-09, 1028-29 ; **Turner**, *Syntax*, 311-17; **T. K.**

Weis, " 'We' Means Who? An Investigation of the Literary Plural," Th.M. thesis, Dallas Theological Seminary, 1995; **Young**, *Intermediate Greek*, 73-74; **Zerwick**, *Biblical Greek*, 1-4 (§1-8).

簡介

一般而言，動詞通常與主詞在人稱與數（*句法上的一致*）的用法上一致。這類例行性的用法已經是中等程度以上之學生所有的前理解，在這裡不需要特別討論。[1] 有時亦有例外的用法，特別在討論人*稱*的時候，主詞與動詞之間並沒有不一致，但卻在語言上的人稱與實際的人稱上有不一致的現象。討論*數*的時候，有一些動詞與主詞之數不一致的例子。少數關於人稱與數比較有趣或是在解經上具有重要性的現象，將在這個章節當中進行討論。[2]

I. 人稱

A. 第一人稱代替第三人稱用（「我」=「某人」）

在鮮少的例子中，當我們要表達一般化的應用時，第一人稱單數可以用以表達其中的生動意義。[3]正常的情況下這樣的用法包含第一人稱（如此，「我」的意義將有「我們全部」），但顯然地卻又可以是不包含自己的用法（「我」的意義將是「其他人，但不包含我自己」）。

林前10:30 εἰ ἐγὼ χάριτι μετέχω, τί βλασφημοῦμαι ὑπὲρ οὗ ἐγὼ εὐχαριστῶ;

> 我若謝恩而吃，為什麼因我謝恩的物被人毀謗呢？
>
> 在之前的經文當中，保羅以第二人稱稱呼哥林多人（在 vv27-29中描述的假設狀態）。在vv29-30中轉變為第一人稱單數，之後在v31又回到第二人稱複數，他似乎透過使用第一人稱來憐憫那些強壯的弟兄。

加2:18 εἰ γὰρ ἃ κατέλυσα ταῦτα πάλιν οἰκοδομῶ, παραβάτην ἐμαυτὸν συνιστάνω.

> 我素來所拆毀的，（我）若重新建造，（我）這就證明自己是犯罪的人。
>
> 在這段經文中保羅論及加拉太人在所面對的景況中，不是透過憐憫、而是透過批判。如此第一人稱的功能，可以作為譴責讀者行為之委婉用法。

---

1 相關的討論，請見 Mounce, *Biblical Greek*, 116-18 (§15.3-15.5)。

2 有些文法學者將若干這些用法歸在其他的章節中，諸如將書信體複數的用法放在「代名詞」章節中討論。既然大部分動詞之主詞都是主格，使得特別針對代名詞的討論變得不是必要（因為這些代名詞嵌入在動詞字尾變化裡），因而似乎在「動詞」的章節中討論更為合理。

3 這樣的用法在希臘文裡，比起在其他的語言中使用的情況更少，並且是較為後期、在口語希臘文時期之前才出現 (*BDF*, 147 [§281])。

　　在羅7:7-25的第一人稱單數用法或許也可以符合這個類別。這裡的議題相當複雜，並且不能在文法層面得到解決。但可以這樣說：(1) 羅7:7-25是解經上一段特別困難的經文，沒有一個標準的觀點能夠在每一點看為正常的句法，(2) 如果在vv7-13中的「我」與vv14-25中的「我」相同，那麼幾乎可以確定這個用法是通用性的概念，因為v9（我以前沒有律法是活著的）很難用以指稱保羅信主前的狀態，而v14（我是屬乎肉體的，是已經賣給罪了），似乎不是描繪保羅信主後的狀態。一個普遍的概念是，人在討神喜悅的事上，透過遵行律法的方式（不論是信徒或是非信徒）都是不可行的。因此，儘管以一般化的涵義使用第一人稱是很鮮少的情況，但在此卻是唯一可以一致地解釋「我」的用法。

† B. 第二人稱代替第三人稱用（「你」=「某人」）

　　在新約希臘文中，可以這樣說，*沒有非限定之第二人稱的使用*，如同現今口語英文的用法。[4]（所謂「非限定」的用法，我是指以第二人稱代替第一人稱或第三人稱）。Webster 定義非限定第二人稱在現代英文中的用法為：一般性地指稱一個人或是一群人，相當於非限定的*某人*、如同「*你永遠不可能懂*」這樣的用法 (*New World Dictionary*)。

　　舉例說明，如果一個德州大學的校友之子問他：「你是如何成為代表隊的成員？」父親可能會回答他：「你首先必須先經過嚴苛的訓練。」在這樣的應對中，父子都不是針對對方在說話。

　　然而，希臘文中會採用合適的人稱表達我們口語中常用的第二人稱用法。古老的英文或文學式的英文也有相當類似的情況。[5] 然而，重點在於當你（我指著*你*，讀者說）在新約希臘文中遇見第二人稱，你應當要想到與口語中的英文不同。若可以考慮文學的層面，那最好！若能夠抓到*希臘*文中的觀點，就更好！但你應當記得，新約並不使用第二人稱作非限定用法。

約4:11　　πόθεν οὖν ἔχεις τὸ ὕδωρ τὸ ζῶν

　　　　　你從那裡得活水呢？

4　*BDF*, 147 (§281) 當中提到在新約中有這樣的現象，但卻沒有一個例子有說服力。特別是他們引羅8:2 (ὁ γὰρ νόμος τοῦ πνεύματος τῆς ζωῆς ἐν Χριστῷ Ἰησοῦ ἠλευθέρωσέν σε ἀπὸ τοῦ νόμου τῆς ἁμαρτίας καὶ τοῦ θανάτου) 作為清楚的例子，然而這裡是以單數表達複數的情況（並非第二人稱用以表達第三人稱的情況），因為使徒並非在作一般性的敘述，對於信徒與非信徒皆同。在所有的項目當中，*BDF* 承認，第二人稱的這種用法乃是罕見的。

5　這在古典希臘文 (BDF, 147 [§281]) 與文學式的英文當中，是少見的用法 (*Oxford English Dictionary*, s.v. "you," III. 6., 給予從1577之後說明的一些例子說明，有趣的是沒有使用 "thou" 的例子)。

這個女人並不是在問：「你怎麼*得到*這活水？」，就如指著自己的狀況（亦即「一個人應當怎麼得到活水？」）她詢問的是耶穌怎麼*保存*這活水？或更口語地說：「你從哪裡得到這活水的？」

羅8:13　εἰ γὰρ κατὰ σάρκα ζῆτε, μέλλετε ἀποθνῄσκειν ......

你們若順從肉體活著，必要死……

保羅在這裡並不是指著非限定的第三人稱，而是針對在羅馬的*基督徒*聽眾而言。在1:7保羅稱呼他們為聖徒。在這裡他很可能是指著肉體上的死，亦即一個基督徒按照他／她的肉體生活，此基督徒就沒有保證他／她將活過上帝所喜悅他／她的人生（意願(desire)上的命定、*而非*意旨(decree)上的命定）。這樣的解釋有本節其他部分的支持：「若靠著聖靈治死身體的惡行，必要活著」。顯然，贏取*屬靈*生命不是透過行為。但若以為經文的前半節是指著*屬靈*的死亡（不論是指著信徒有著失落救恩的危險，或是指著不信的人）要調和他／她，應該要在該節，後半節經文指的是*屬靈的*生命。這樣的解釋，是與保羅神學相反，特別在這一章裡。

這裡一個基本的解經要點為，新約作者區分第二人稱與第三人稱不能被忽略的（因為希臘文的用法比英文在這一點更為清晰）。從神學上來說，因為許多經文從表面上來看，似乎說明信徒可能失去他/她的救恩，經文在第三人稱中卻顯示出此「不安全性」（參約15:1-11〔特別注意 v.5與 v.6的人稱轉變〕；來6:4-6, 9)。

→ C. 第一人稱複數結構：「我們」的觀點

在新約中有許多情況，特別在書信當中，*我們*的用法並不總是明確的。[6]作者是否要將他的同工（或共同作者）、他的聽眾包含在內，或他只是單純地以*編輯*的方式單單指著自己？使用第一人稱複數單指著作者的情況，是*編輯性「我們」*的用法（或*書信體複數*）；使用第一人稱複數來指稱作者與他的同工、並與聽眾有別，是*排他性「我們」的用法* (exclusive "we")；而使用第一人稱複數來指稱作者、也括他的讀者，是*包容性「我們」的用法* (inclusive "we")。以上三種用法圖示如下。

6　感謝 Ted Weis 澄清許多「我們」的爭議；見他在達拉斯神學院一九九四年春季，對保羅使用第一人稱代名詞的研究。參見他的論文 " 'We' Means Who?" 。

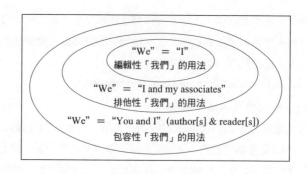

圖表40

新約中「我們」的用法

1. 編輯性「我們」的用法 (editorial "we", epistolary plural)

a. 定義

　　編輯性「我們」的用法，乃是當作者以第一人稱複數實際上只指他自己的時候。[7]
雖然此種用法在許多浦草文獻上出現，但不論在浦草文獻或新約當中都仍是不常見
的用法。[8] 許多經文仍是有爭議的；當經文產生模糊的時候，通常在這個用法是包含
其同工或只是單純指著他自己說的；但這類段落經文不常有三重的模糊：作者究竟
只是指稱自己、是指著他自己與他的同工，還是他所使用的「*我們*」也包含了*聽眾*？

b. 辨認的關鍵

　　一般會預設第一人稱複數的用法，並不是編輯性的。但當一個作者意外地從單
數轉移到複數的時候，我們有理由期待它是編輯性的「我們」。*上下文是重要的決
定性因素*，「*我們*」是不是編輯性的。然而這裡卻有一個字型上的線索：*編輯性「我
們」的用法，通常使用主格的型式*。[9] 即使當使用的是斜格的時候，也通常是主格
引導子句的開頭。

7　　某些文法學者將書信體複數與文學體複數混為一談。我們視後者是包容性「*我們*」的用法（亦
　　即第一人稱複數是包括聽眾）。

8　　Moule, *Idiom Book*, 118；Zerwick, *Biblical Greek*, 4.

9　　Moulton 從浦草文獻中引述了許多與此「規則」例外的例子 (*Prolegomena*, 86)。新約中也有這
　　樣例外，特別是所有格的人稱代名詞（雖然都與主詞有關連）。很自然地，例如，會從「我
　　們要求」(we ask) 轉移到「我們的要求」(our request)。

c. 例子

1)（相對）清楚的例子

新約中所有編輯性「*我們*」的例子都是有爭議性的，[10] 即便有些例子是對此類別來說最好的選項、注釋家較少批評。

林後10:11 οἷοί ἐσμεν τῷ λόγῳ δι' ἐπιστολῶν ἀπόντες, τοιοῦτοι καὶ παρόντες

> 這等人當想，**我們**不在那裡的時候，信上的言語如何，見面的時候，行
>
> 事也必如何

之前的經文內容裡提到保羅是本書信的唯一作者 (vv9-10)。因此，之後突然改變成複數的作法，最好的解釋就是編輯性「*我們*」的用法。

林後10:13 **ἡμεῖς** οὐκ εἰς τὰ ἄμετρα καυχησόμεθα

> **我們**不願意分外誇口

同樣地，之前的經文只提到保羅的誇口，雖然他在其他事上有提到他的同伴（vv1-2、8提到保羅的誇口；vv5、7似乎指著保羅與他的同工）。哥林多後書10-13包含了幾個編輯性「我們」的用法，特別是這些用法零星出現在常見的第一人稱單數中。這兩處的經文（10:11與10:13）只是其中兩處而已。至於其他可能為這類用法的例子，包括了10:12、14、15、13:4、6-9（藉著 vv1-3與 v10 的單數前後包裹）；有些具爭議的例子為11:6、12、21。在林後12:18-19，複數用法用在明白稱呼提多之後 (v17)，因此當被理解為排他性「*我們*」的用法。保羅在這幾章多次使用編輯性「我們」，一個可能的原因是因為他有意識地在當下顯示自己使徒身分的憑據，因而偶然轉換複數以表達尊重。值得注意的是，他並不是在自傳性描述的時候使用複數（亦即如果在自傳中使用複數，他的敵對者將會構陷為假的見證，因為只有保羅自己遭受了四十少一下的鞭打五次、只有保羅自己被石頭打等等）。

羅1:5 **ἐλάβομεν** χάριν καὶ ἀποστολήν

> **我們**從他受了恩惠並使徒的職分

保羅在這裡表達只有他自己是作者(v1)，因此在這裡的複數應當是編輯性「我們」的用法。還有，不太有可能在他心中有想到其他的使徒，因為緊接其後的

10　與此相反的是，Lofthouse 在 "'I' and 'We' in the Pouline Letters" 中，認為「*我們*」在保羅書信出現時：「保羅是設想自己乃為其中的一個成員，不管指的是他的同工群、他的讀者，或者信徒全體。所指的對象或大或小，都屬複數的用法，從來沒有不是的情況。」(241) 不遺有賴於解經的功夫，才能得到這樣結論。（Askwith 也有同樣的敘述，『我看不出任何理由可能認為保羅在說我們的時候，所指的只是我。」 ("'I' and 'We' in the Thessalonian Epistles," 159)）。

介系詞片語詳述其使徒職分的目的：εἰς ὑπακοὴν πίστεως ἐν πᾶσιν τοῖς ἔθνεσιν（在萬國之中叫人為他的名信服真道）。既然只有保羅自己為外邦人的使徒，那麼這裡的*我們*明顯是編輯性「*我們*」的用法。

加1:8-9　ἀλλὰ καὶ ἐὰν **ἡμεῖς** ἢ ἄγγελος ἐξ οὐρανοῦ εὐαγγελίζηται ὑμῖν παρ᾽ ὃ εὐηγγελισάμεθα ὑμῖν, ἀνάθεμα ἔστω. (9) ὡς **προειρήκαμεν** καὶ ἄρτι πάλιν λέγω· εἴ τις ὑμᾶς εὐαγγελίζεται παρ᾽ ὃ παρελάβετε, ἀνάθεμα ἔστω ......

但無論是**我們**，是天上來的使者，若傳福音給你們，與**我們**所傳給你們的不同，他就應當被咒詛。(9) **我們**已經說了，現在又說，若有人傳福音給你們，與你們所領受的不同，他就應當被咒詛。

儘管加拉太書的開頭是以「作使徒的保羅……和一切與我同在的眾弟兄」作為開始，但書信的主體卻以單數動詞 θαυμάζω (v6) 作為開始，而 vv8-9 之後都用的是第一人稱單數 (vv 10-24)。還有，vv 8-9 交替使用*我們*與*我*，如果只是提著保羅自己會比較容易解釋。因此第二節所提到的弟兄，是作為支持者的角色，如同保羅福音真理的見證人。

另參見林後3:1-6、12，7:12-16，8:1-8，9:1-5。

2) 仍有爭議的例子

帖前2:18　**ἠθελήσαμεν** ἐλθεῖν πρὸς ὑμᾶς, ἐγὼ μὲν Παῦλος καὶ ἅπαξ καὶ δίς, καὶ ἐνέκοψεν **ἡμᾶς** ὁ σατανᾶς

我們有意到你們那裡；我保羅有一兩次要去，只是撒但阻擋了**我們**

這裡的複數是指著保羅自己，還是指著保羅與西拉，或是指著保羅、西拉與提摩太？另參見3:1、2、5該處的複數穿叉使用在第一人稱單數中間。

約壹1:4　ταῦτα γράφομεν **ἡμεῖς**, ἵνα ἡ χαρὰ ἡμῶν ᾖ πεπληρωμένη

我們將這些話寫給你們，使你們（有古卷作：我們）的喜樂充足

長老在這裡是單單指著自己還是同時指著其他人？這個問題在 vv5 與6更加複雜，該處複數用法時常出現，但每次都有不同的指涉：在v5中似乎指著作者與其他的牧者；在v6則為一個包容性「*我們*」的用法（同時代表作者與讀者）。作者在這封書信中又用了十幾次的 γράφω，但每次都是使用單數。

來6:9　**πεπείσμεθα** περὶ ὑμῶν, ἀγαπητοί, τὰ κρείσσονα

親愛的弟兄們，**我們**……卻深信你們的行為強過這些

希伯來書乃是典型以兩種模式使用第一人稱複數之經文：編輯性「*我們*」的用法與包容性「*我們*」的用法，（那些可能為編輯性「*我們*」的用法，如2:5、5:11，6:9、11，8:1，9:5，13:18、23；那些可能為包容性「*我們*」的用法，參2:1、3，3:6，4:2、11、13、14，7:26，10:10、19，12:1）。第二個類別沒有爭

議：作者顯然且時常將他自己與讀者連結在一起。但是否是編輯性「我們」的用法較難確定。一方面是這卷書與其他新約書信不同：在其他書信中的內容中，幾乎一半以上的內容都使用「我」來表達。但在希伯來書中則不是這樣：第一人稱單數在第十一章(v32)之前都沒有出現，而且之後僅出現三次(13:19、22、23)。這是相當不尋常的情況，並且暗示了：希伯來書可能有兩個以上的作者，其一是會眾所熟識的。[11]

另參見羅3:28；林後4:1-6，5:11-16，11:6、12、21。

→ 2. 包容性「我們」(inclusive "we") 與排他性「我們」(exclusive "we") 的用法

a. 定義

包容性「*我們*」的用法是以第一人稱複數的型式，同時指稱作者與讀者。這種用法是與排他性「*我們*」的用法相對比，後者只包括作者與他的同工（不管是共同作者、與作者同在的人，或甚是那些與讀者不同、卻參與某些作者經驗的人。

b. 意義

要決定「*我們*」是包容性或排他性的用法，這不但是解經者有困難待解決的問題，更是譯經者待克服的學術議題。雖然第一人稱複數的用法——無論是包含性還是排他性——在大部分印歐語系是相同的型式，但在亞洲、大洋洲、印度或拉丁美洲的文化中卻是有區別的。因此，在地的翻譯者並沒有彈性的空間，非得在每一個句子都做出〔正確的〕選擇來。[12]

要解決這個爭議，必須要對經文作個別討論。上下文以及整卷書的主旨是最好的線索。[13] 特別是，第二人稱複數在相同的上下文中，通常為排他性的用法（但也

---

11 這個可能性在13:18得到支持，在那裡作者向會眾訴求、「為*我們*禱告」。ἡμῶν 在這裡是個不尋常的編輯性「我們」用法；這在新約當中並沒有平行經文，一部分的原因是編輯性「我們」的用法都不用在斜格，另方面是因為編輯性「我們」的用法（在訴諸權柄的場景，還講究謙虛、禮貌）不合適用在個人禱告裡。

12 本章的參考書目中，*Bible Translator* 與 *Notes on Translation* 有許多數目不成比例的文章，持與新約解經期刊有不同的意見（即使是*NovT*中Kijne的文章，也有許多跟翻譯、多過跟解經有關的議題）。

13 Pickett, "Those Problem Pronouns," 提出五方面的問題企圖解決這個爭議。她帶領了一個針對許多棘手經文的熱烈討論。雖然在這篇文章中有許多討論，她並沒有將經文鑑別的問題與ἡμεῖς/ὑμεῖς 互換的問題分離。往往經文鑑別的爭議（是相當常見的）需要先被解決，不過因為要了解經文的涵義以前，得先知道經文到底說了什麼。

有許多例外）。以下只提供部分的經文來討論這個議題。至於那些有興趣於完整討論的，我們建議以下參考書目。

c. 例子

1) 清楚的例子

a) 包容性「*我們*」的用法

羅5:1　δικαιωθέντες οὖν ἐκ πίστεως εἰρήνην **ἔχομεν** πρὸς τὸν θεόν

我們既因信稱義，就藉著我們的主耶穌基督（**我們**）得與神相和

弗2:18　δι' αὐτοῦ **ἔχομεν** τὴν προσαγωγὴν οἱ ἀμφότεροι ἐν ἑνὶ πνεύματι πρὸς τὸν πατέρα

藉著他被一個聖靈所感，（**我們**）得以進到父面前

這裡 ἀμφότεροι 的出現以及整個段落 (2:11-22) 指出，這乃是在耶穌基督的身體中，猶太人與外邦人之間的和好。

雅3:2　πολλὰ **πταίομεν** ἅπαντες

我們在許多事上都有過失

另參見羅1:12；加2:4；弗3:20；多3:3、5；來12:1；彼前2:24；彼後3:13；約參8。

b) 排他性「*我們*」的用法

林前4:10　**ἡμεῖς** μωροὶ διὰ Χριστόν, ὑμεῖς δὲ φρόνιμοι ἐν Χριστῷ· **ἡμεῖς** ἀσθενεῖς, ὑμεῖς δὲ ἰσχυροί

我們為基督的緣故算是愚拙的，你們在基督裡倒是聰明的；**我們**軟弱，你們倒強壯；**你們**有榮耀，我們倒被藐視。

帖後2:1　**ἐρωτῶμεν** δὲ ὑμᾶς, ἀδελφοί, ὑπὲρ τῆς παρουσίας τοῦ κυρίου ἡμῶν Ἰησοῦ Χριστοῦ καὶ ἡμῶν ἐπισυναγωγῆς ἐπ' αὐτόν

弟兄們，論到**我們**主耶穌基督降臨和我們到他那裡聚集

此處的第一人稱複數幾乎不知不覺地從排他性「我們」的用法，轉移到本節包容性「我們」的用法：「*我們*問你們」明顯是排他性「我們」的用法，而「*我們的主*」、「*我們的聚集*」則為包容性「我們」的用法。這個例子說明了即使在相同的上下文中，我們不能假定第二人稱（我們問**你們**），必然使得所有的第一人稱複數代名詞都為排他性的用法。

另參見約4:12；林前3:9，15:15；加2:9；西1:3；彼後1:16-19。

2) 仍具爭議的例子

約8:53　μὴ σὺ μείζων εἶ τοῦ πατρὸς **ἡμῶν** Ἀβραάμ;

難道你比**我們**的祖宗亞伯拉罕還大嗎？

因為猶太人以耶穌不名譽的出生 (v.41)、並家世的議題質疑他說話的權柄，儘管這裡的代名詞可以被當作是包容性「*我們*」的用法（猶太人認為亞伯拉罕也是耶穌的先祖），但是更有可能是排他性「*我們*」的用法。他們不但不認為耶穌有合法性的資格，還認為他可能是半外邦人 (half-Gentile)。

林後5:18　τὰ δὲ πάντα ἐκ τοῦ θεοῦ τοῦ καταλλάξαντος **ἡμᾶς** ἑαυτῷ διὰ Χριστοῦ καὶ δόντος **ἡμῖν** τὴν διακονίαν τῆς καταλλαγῆς

*一切都是出於神；他藉著基督使**我們**與他和好，又將勸人與他和好的職分賜給**我們**。*

雖然這裡沒有語言學上的基礎（上下文以及經文的內涵〔參 v20〕），指出指涉對象的轉移，但似乎可以看出這第一個代名詞是包含性的用法（神與所有的信徒和好），而第二個人稱代名詞則為排他性的用法（只有保羅與他的同工才是叫人和好的執事）。毫無疑問地，保羅必然是提示了這二者之間意思的轉換，因為當他急切地，用帶有情感的用字向外邦人作表達時（特別是在這封書信裡）為他羊群所流露的情感就遠遠勝過用字精準的考慮了。

約壹1:4　ταῦτα γράφομεν **ἡμεῖς**, ἵνα ἡ χαρὰ **ἡμῶν** ᾖ πεπληρωμένη

*我們將這些話寫給你們，使**我們**的喜樂充足*

在這裡寫作的目的，是指著作者本身的喜樂充足，還是同時包含作者與讀者都能夠經歷的喜樂？抄本的爭議使得問題更為複雜：有些抄本是用 ἡμῶν（如，א BLΨ 1241）、另有些抄本使用 ὑμῶν（如, ACKP 33 1739）。因此這裡的爭議很難有定論，但至少知道，第二人稱代名詞的用法暗示文士理解到會眾分享了這封信喜樂的目的。

　　另參見可4:38，6:37；路24:20（可能為包容性的用法）；[14]約21:24；徒6:3；羅10:16；林前9:10；林後1:20-21；加5:5；弗1:12，2:3；帖前3:4，4:15；啟5:10。

14　Pickett 提到在往以馬忤斯的路上，耶穌與門徒之間的討論提到「*我們的祭司長和官府*」，很可能是包容性「我們」的用法，因為他們邀請了這位陌生人來與他們一同吃飯 (vv 29-30)。

II. 數

→ A. 中性複數主詞使用單數動詞

雖然在這樣的結構當中失去了一致性，但這樣的用法卻不少見。我們的確看到一個複數的中性主詞，*常*帶著單數動詞。這是一個 *constructio ad sensum* 的例子（根據意義而有的結構，而非根據嚴格的文法一致性）。既然中性字通常指稱非人稱的物件（包含動物），因此單數動詞將複數的主詞視為一個*集合的*整體。因此將主詞與動詞以複數翻譯，不以單數翻譯是比較恰當的。

可4:4   ἦλθεν **τὰ πετεινὰ** καὶ κατέφαγεν αὐτό

            飛鳥來吃盡了

約9:3   φανερωθῇ **τὰ ἔργα** τοῦ θεοῦ ἐν αὐτῷ

            是要在他身上顯出神的作為來

            這裡「神的作為」乃是被看為集合單數用法──視為一個集體。

徒2:43   **πολλά τέρατα** καὶ **σημεῖα** διὰ τῶν ἀποστόλων ἐγίνετο

            使徒又行了許多奇事神蹟。

            在這裡的經文裡面，主詞不只是中性複數，並且是複合名詞：兩個中性複數的名詞作為主詞

林前10:11   **τὰ τέλη** τῶν αἰώνων κατήντηκεν

            這末世的人。

林後5:17   εἴτις ἐν Χριστῷ, καινὴ κτίσις· **τὰ ἀρχαῖα** παρῆλθεν, ἰδοὺ γέγονεν **καινά**

            若有人在基督裡，他就是新造的人，舊事已過，都變成新的了。

            這裡對信徒狀態的描述是地位性的，並且是完整地。

啟20:7   ὅταν τελεσθῇ **τὰ χίλια ἔτη**

            那一千年完了

另參見太13:4，15:27；路4:41，8:2，10:20；約7:7，10:4、21，19:31；徒18:15，26:24；弗4:17；來3:17；雅5:2；約壹3:12；啟11:18。

然而當作者要*強調*中性複數主詞中，各個主詞的個別性時，便會使用複數的動詞。「通常新約中複數中性名詞，帶有人稱或集合名詞意義時，就會使用複數動詞」。[15]以下提出幾個中性複數名詞使用複數動詞的例子：

---

15   Robertson, *Grammar*, 403。然而經常不是這樣使用的；有時候即使是中性、人稱複數主詞，
      也會使用單數動詞（亦可參照林前7:14；弗4:17；來2:14；啟11:18）。同樣地，偶爾會有一
      個非人稱主詞，卻帶了複數動詞（亦可參照太13:16；來1:12，11:30；啟16:20）。

太13:38　τὰ ζιζάνιά εἰσιν οἱ υἱοὶ τοῦ πονηροῦ

　　　　稗子就是那惡者之子

約10:27　τὰ πρόβατα τὰ ἐμὰ τῆς φωνῆς μου ἀκούουσιν, καγὼ γινώσκω αὐτὰ καὶ ἀκολουθοῦσίν μοι

　　　　我的羊聽我的聲音，我也認識他們，他們也跟著我

　　　　這裡的「羊」乃是指著人說的，而耶穌是強調他們的個別性，即使這裡的「羊」乃是中性字。每一隻羊個別地聽耶穌的聲音。使用複數的動詞並不意外：v27對比 v3的經文，後者提到羊是整群地聽牧羊人的聲音 (τὰ πρόβατα τῆς φωνῆς αὐτοῦ ἀκούει)，而 v4的經文則將羊群視為集合名詞 (τὰ πρόβατα αὐτῷ ἀκολουθεῖ)。

雅2:19　τὰ δαιμόνια πιστεύουσιν καὶ φρίσσουσιν

　　　　鬼魔也信，卻是戰驚

　　　另參見太6:32，10:21，25:32；可5:13；路12:30；徒13:48；羅15:12；啟5:14，17:9。

B. 集合（單數）名詞的主詞使用複數動詞

　　　通常，集合名詞的主詞都使用單數的動詞。在這種情況下，集合體被視為一個整體（參可3:7；路21:38，23:35）。不過，少數情況裡，這樣的集合名詞會帶複數動詞（另一個 *constructio ad sensum* 的例子），在這情況時強調的重心落在個集合體裡的每一個個體。[16]

可3:32　ὄχλος ...... λέγουσιν

　　　　有許多人……說

路6:19　πᾶς ὁ ὄχλος ἐζήτουν ἅπτεσθαι αὐτοῦ

　　　　眾人都想要摸他

　　　另參見太21:8；約7:49；徒6:7。

C. 複合主詞使用單數動詞

　　　如果有兩個主詞，個別都是單數，以一個連接詞彼此連結，動詞通常都是複數（如，徒15:35 Παῦλος καὶ Βαρναβᾶς διέτριβον ἐν Ἀντιοχείᾳ〔保羅和巴拿巴仍住在

16　經常動詞是隔了幾個字才出現，特別是在下一個子句中（亦可參照，例如，路8:40；約6:2，7:49，12:18）。不過，有時候動詞在與單數集合名詞連用時，會從單數轉為複數（亦可參照，例如，可5:24；約7:49）。我們是否當看待這個集合名詞為群體、而另一種情況視為個別嗎？或者更有可能的是，作者潛意識地因為數目的緣故而有所轉移。

安提阿〕）。不過，當作者要*強調*其中一個主詞時，就會使用單數動詞。[17]（情況也包括其中一個主詞是複數的情況），這類的情況，往往*第一個*提到的主詞是要被強調的。[18]

這樣的結構時常出現，就如我們所期待的，「耶穌與祂的門徒」是複合主詞時。在這樣的用法中門徒只是跟隨著耶穌，耶穌的行動才是關注重心。

太13:55　οὐχ **ἡ μήτηρ** αὐτοῦ λέγεται Μαριὰμ καὶ **οἱ ἀδελφοὶ** αὐτοῦ Ἰάκωβος καὶ Ἰωσὴφ καὶ Σίμων καὶ Ἰούδας;

他**母親**不是叫馬利亞嗎？他**弟兄們**不是叫雅各、約西、西門、猶大嗎？

這裡使用 λέγεται 單數動詞，點出焦點是在馬利亞、過於耶穌的弟兄們。

約2:2　ἐκλήθη **ὁ Ἰησοῦς** καὶ **οἱ μαθηταὶ** αὐτοῦ εἰς τὸν γάμον

耶穌和他的**門徒**也被請去赴席

這裡個關連似乎是如此：「耶穌被邀請前往婚宴，而他的門徒們跟著去」。

約4:36　ἵνα **ὁ σπείρων** ὁμοῦ χαίρῃ καὶ **ὁ θερίζων**

叫**撒種的**和**收割的**一同快樂

在這裡比喻裡，顯然是要凸顯撒種者：他才是真正歡呼的那人！這與許多今日傳福音的人有著相當不同的觀點，後者認為成功佈道的標準在於收穫的數量、而非耕耘的深度。

徒16:31　πίστευσον ἐπὶ τὸν κύριον Ἰησοῦν καὶ σωθήσῃ **σὺ** καὶ **ὁ οἶκός** σου

當信主耶穌，**你**和**你一家**都必得救

有時候這裡的經文會讓人認為只有腓立比獄卒需要信耶穌，好叫他的家人得救。這樣的觀點乃是根據兩個單數動詞 πίστευσον 與 σωθήσῃ。這樣的概念在希臘文當中是陌生的，因為在同樣例句中複合主詞與第二個主格名詞都同為動詞的主詞。應用在這裡，因為兩個動詞被 καί 連結起來，我們沒有理由將這兩個動詞分開看待：獄卒的一家得要有 πίστις，如果他們想要得到 σωτηρία 的話。這裡都用單數的原因，是因為對話的人只有獄卒在現場，他的家人並不在（因而保羅不太可能面對著一個人，卻說：「你們都要信耶穌……」）。有一個圓融的翻譯如下：「當信主耶穌，你將會得救——如果你家裡的人信耶穌，他們也會得救」。對於兩者而言，條件相同、應許也相同。

另參見可8:27，14:1；約3:22，4:53；徒5:29；提前6:4。

17　*BDF*, 75 (§135) 認為當兩個主詞為同等時，也是這樣；但是人*稱名詞*的例子卻不支持它（約18:15，20:3）。不過，非人稱主詞卻是這樣（例如, παρέληθ ὁ οὐρανὸς καὶ ἡ γῆ〔太5:18〕）。

18　*BDF* 認為只有當動詞在這兩個主詞之前，才是這樣 (74 [§135])，但有時候動詞卻出現在兩個主詞之間（亦可參照，例如，太13:55）。

D. 不定複數主詞（「他們」＝「有人」）

1. 定義

不定複數主詞通常使用第三人稱複數，指稱非特定的某人，而以譯為「有人」。跟現代口語英文的用法平行，例如：「我知道*他們*找到治療癌症的方法」。在這個句子當中，「他們」就等於「有人」。通常比較好理解的方式是，將非限定的複數改為被動，其中的受詞變為主詞（例如，以上句子可以翻譯為「我知道治療癌症的方法已經被發現」）

有時候不定複數主詞，也是用以避免直接以神為主詞的委婉說法。[19]

2. 例子

a. 清楚的例子

太7:16　μήτι **συλλέγουσιν** ἀπὸ ἀκανθῶν σταφυλάς;

荊棘上（他們）豈能摘葡萄呢？

耶穌指出假先知將按著他們的果子被認出。既然此處的動詞συλλέγουσιν與「假先知（複數）」有文法*上的*一致性，很可能就是指著這些假先知說的。但*語意上*，這卻是不合理的：「（假先知）不能從荊棘上摘葡萄」。因而這裡可以找到一個原則，需要提供一個一般性的主詞。這裡的重點是「葡萄不能在荊棘上被摘取」，於是我們應當將此處的動詞翻譯為被動，以致於不會使人錯誤地以為假先知是這裡的主詞。

路12:20　ταύτῃ τῇ νυκτὶ τὴν **ψυχήν** σου **ἀπαιτοῦσιν** ἀπὸ σοῦ

今夜（他們）必要你的靈魂

此處的「他們」指的是神，並不合適用以指稱三位一體的意義，因為這樣的用法在古典希臘文當中也有用於指稱單數人稱的情況。

另參見太5:15，9:2；路6:38，12:48，23:31；約15:6。

b. 一個具有爭議的段落

可3:21　ἀκούσαντες οἱ παρ' αὐτοῦ ἐξῆλθον κρατῆσαι αὐτόν· **ἔλεγον** γὰρ ὅτι ἐξέστη.

耶穌的親屬聽見，就出來要拉住他，因為**他們**說他癲狂了。

Zerwick 提到：「這裡 παρ᾽ αὐτοῦ 乃指著下文 (v.31) 所提到『他的母親與他的弟兄』。他們是否必然是認定耶穌為癲狂的人嗎？斷乎不是。」[20] 他試圖要認定這裡的非限定複數用法乃是在稍早的同一個段落中被許可：「這個經文似乎是冒犯了對神之母 (the Mother of God) 的榮耀……。」[21] 這裡的情況可以這樣說明：既然從文法和語意的角度來看，這裡既然已經有一個自然的前述詞，卻要將這段經文看為非限定複數的情況，這就需要提出更多證據來。[22]而31-34節中，耶穌隱約地責備他的家人（包含他的母親）使得較好的解釋是看 ἔλεγον 的主詞為 οἱ παρ᾽ αὐτοῦ。

E. 概括性稱呼的主詞 (Categorical Plural, Generalizing Plural)

1. 定義

這個的類別與之前的不定複數主詞相當類似。其間差異有三：(1) 概括性稱呼的主詞結構不能簡單地被轉換為被動；(2) 概括性稱呼的主詞可以是*名詞*，但不定複數主詞只能是代名詞（不論是明說或暗示）；[23] (3) 不定複數主詞的「*他們*」可以譯為「*某人*」，但概括性稱呼的「*他們*」指的是「*他*」或「*她*」。「稱為概括性或一般性稱呼的主詞，是有與不定複數主詞相似。前者……包含實際上指涉單數主詞的複數（個體的類別）[24]這個類別並不常見，有幾段經文待查考。

2. 語意與意義

• 使用複數的理由在於比較容易產生一般性或*概括性*的概念：這種用法較多強調*動作*甚於動作的施行者。這不是說動作的施行者不重要，而是說動作的施行者只有在一般性的概念中才是重要的；「這就是這種人才會做這種事情」。如此，要測試一段經文是否屬概括性稱呼的主詞用法，就將複數轉換為一般性單數試試看。

---

20   Zerwick, *Biblical Greek*, 2.
21   Turner（本身為新教基督徒）也注意到可3:21這個非限定複數的用法（*Syntax*, 292；他翻譯 ἔλεγον 為「有謠言這樣說」）。有許多新教基督徒或廣義基督徒也看此處為複數（例如，修訂標準版、新修訂標準版）。
22   在 Zerwick 的觀點中，證據在於敘述文體中人稱的突然改變，就好像在太7:16的情況（見以上的討論）。
23   這是由於概括性稱呼的主詞是指一個一般性的主詞，但不定複數主詞卻是指著一個非限定主詞。因此，儘管有特殊的主詞（門徒、先知）與概括性稱呼的主詞同時被提及時，可以指一個特殊的類別；但若跟隨著不定複數的主詞，卻不必然是個特定種類的人，而只是「某人」。
24   Zerwick, *Biblical Greek*, 3. Robertson 將這類複數置於一個更為寬廣的文學類別之下；後者也包含了編輯性「我們」的用法 (*Grammar*, 406)。我們則傾向將這幾種類別加以區分。

‧概括性稱呼的主詞也可以用於單一*受詞*（非主詞）的情況。

‧認出這個類別，將在一般的認定以外，開啟對於某些經文的新理解。特別是在概括性稱呼的主詞在某些地方，似乎可以協調兩段看起來有衝突的經文。當然這種理解不是可以隨人來任意解讀的；而是說，當一個人會讀到經文之間彷彿有衝突時，那可能是因為從英文的角度來讀的緣故。

3. 例子

a. 清楚的例子

太2:20　τεθνήκασιν οἱ ζητοῦντες τὴν ψυχὴν τοῦ παιδίου

（*那些*）要害小孩子性命的人已經死了

前一節經文提到希律已經死了。同樣地，第15節提到耶穌仍舊停留在埃及直到希律死了。因此，2:20的概念是「*那位*要害⋯⋯〔的人〕」。語意上這裡的要點是小孩子的性命不再受到威脅，因此他能夠平安地回到以色列。因而這裡的複數用法，是從動作施做者轉移焦點到動作去。

來11:37　ἐπρίσθησαν

（*他們*）被鋸鋸死

在這個章節中，特別是32-38節，作者一般性提到信心偉人的持守。他開始的時候提到「我又何必再說呢？若要一一細說，基甸、巴拉、參孫、耶弗他、大衛、撒母耳，和眾先知的事⋯⋯制伏了敵國⋯⋯堵了獅子的口⋯⋯」。很顯然地並不是上述提到的*所有*古代聖者，都制伏了敵國、堵了獅子的口。因此很可能在第37節，作者使用的是概括性稱呼的主詞，指著特定的一個人——先知以賽亞。

另參見太2:23，14:9；約6:26（參 v14）。

b. 可能（解經上有重要意義）的例子

可15:32　οἱ συνεσταυρωμένοι σὺν αὐτῷ ὠνείδιζον αὐτόν

那和他同釘的人也是譏誚他

在平行經文路23:39那裡，只提到其中一位強盜譏誚耶穌。其中一個可能的解釋是，馬可是用了概括性稱呼的主詞、而路加則強調那特定的一位。使得馬可的說法有如「甚至是與耶穌同釘的這種人，也譏誚他。」

太26:8　ἰδόντες οἱ μαθηταὶ ἠγανάκτησαν

門徒看見就很不喜悅

門徒剛剛看到一個女人倒了昂貴的香膏在耶穌頭上。然而另一段福音書的記載

提到，猶大就是對這個舉動感到憤怒的那位門徒（約12:4-6）。可能其他的門徒也一起感到惱怒，但是這裡概括性稱呼的主詞用法，容許馬太的表達是只提一*位*門徒，儘管他關心的是感到不喜悅的那個類別、而非那位特定的對象。

可16:17-18 δαιμόνια **ἐκβαλοῦσιν**, γλώσσαις **λαλήσουσιν** καιναῖς, (18) ...... ὄφεις **ἀροῦσιν**, κτλ.

（他們）就是奉我的名趕鬼；說新方言……手能拿蛇

如果馬可福音中的長段結尾是原始經文的話，[25]那麼這些經文就需要仔細斟酌。許多信仰團體對於耶穌在第17節開頭的話（信的人必有神蹟隨著他們）有兩點假設：(1) 未來時態(παρακολουθήσει) 是一項*應許*、而非一個陳述；(2) 這乃是對於*所有*信徒的應許。不過，這個陳述本身該是預言性用法、而非應許，而這裡的複數用法也可能是屬於概括性稱呼的主詞用法、指著一*個*人說的。這個觀點的主要困難在第18節，根據新美國標準聖經 (NASB)：「並且即使他們喝下的是什麼致命的（毒物），也不會受害」(and if they drink any deadly [poison], it shall not hurt them)（修訂標準版本 (RSV) 也雷同）。希臘文的句子是 κἂν θανάσιμόν τι πίωσιν οὐ μὴ αὐτοὺς βλάψῃ。這裡當然是有權宜的考量空間，因此新美國標準聖經 (NASB) 翻譯成條件子句。不過，因為 *κἂν* 是與非限定代名詞 τι 同時使用，這裡的權宜考量空間就會是指著所喝下毒物的種類，而非指著喝下毒物這個*事件*。相較之下，比較好的翻譯是「並且即使他們喝下了致命的（毒物），也不會受害」(and whatever deadly [poison] they should drink, it shall not hurt them)。在這個例子裡，假定子句跟結句都是預言性用法，整個敘述不是一個應許。

這裡繁瑣的討論並*不是*為了*證明* (1) 馬可福音中長段結尾是原始的經文（因為很可能不是），以及 (2) 這裡的複數用法是屬於概括性稱呼的主詞用法。相反地，這裡的討論是要闡釋，即使*假設*長段結尾是原始的經文，17-18節的經文也不必然該被理解為對所有信徒的應許。在這個假設底下，這個討論向我們提供一個以上的文法選項。既然如此，經文的思路發展是抉擇的關鍵因素。讀者必須決定經節的*強調*是在給讀者一個應許（用以增強他們的信心），或者在給讀者一份基督教真實性〔的憑據〕（在一個不信的世界中，有從神而來的可信度）。但是這個問題是超出文法的範疇。如果我們沒有對文法（關於使用複數的文法規則）有足夠的了解，也沒辦法提這類問題。

25　學者的共識是，這最後十二節經文並非原始的經文。我在這裡並不討論相關經文真實性的問題（因為事實上我認為這本福音書有意在第8節做一個了結），只是既然這是經文中的一部分，講道的人得在傳講信息時面對這個議題（基於他們自己的或他們會眾的立場），我覺得它應該被提到。

語態

本章綜覽

參考書目

BDF, 161-66 (§307-17); **Brooks-Winbery**, 99-103；**G. T. Christopher**, "Determining the 語態 of New Testament Verbs Whose 關身 and Passive Forms are Identical: A Consideration of the Perfect 關身/Passive" (Th.M thesis, Grace Theological Seminary, 1985); **Dana-Mantey**, 154-64 (§151-58); **Hoffmann-von Siebenthal**, *Grammatik*, 292-303 (§188-91); **S. E. Kemmer**, "The 關身 語態：A Typological and Diachronic Study" (Ph. D. dissertation, Stanford University, 1988); **Moule**, *Idiom Book*, 24-26；**Moulton**, *Prolegomena*, 152-64；**Porter**, *Idioms*, 62-73; **Robertson**, *Grammar*, 330-41, 797-820；**G. L. Ryle**, "The Significance of the 關身 語態 in the Greek New Testament" (Th.M. thesis, Dallas Theological Seminary, 1962); **Smyth**, *Greek Grammar*, 389-98 (§1703-60); **Turner**, *Syntax*, 51-58; **Young**, *Intermediate Greek*, 133-36; **Zerwick**, *Biblical Greek*, 72-76 (§225-36).

簡介：用詞定義

A. 語態

　　語態是一種動詞的性質，指在動詞中表達一個動作（或狀態）與主詞之間的關係。[1] 一般而言，動詞的語態可以顯示主詞*正在施行的動作*（主動）、*正在接受動作*（被動）、或是在動作的過程（至少是結果）中，同時施行與接受動作（反身）。

　　英文中「語態 (voice)」一詞以文法性意義出現，最早是在威克理夫聖經翻譯的序言中 (1382)，但一直以來我們無法為它下一個精準的定義。[2] 希

1　　感謝 W. Hall Harris 博士在本章節的提供。

2　　比較好一點的是德文的詞彙 *Genus*，這個詞彙也用在字的性別上。Hoffmann-von Siebenthal 在 *Grammatik* 中翻譯了希臘文 διάθεσις 的這個字，雖然較為準確、但是仍舊不為未門外漢所明白。

臘文中的對等名詞 διάθεσις 包含了多重意義，諸如：安排、狀態、情勢、影響、功能等。但可惜這無法表現在英文裡。有人建議使用像「翻轉」（turn；如 Jesperson 所提）、「指向」（direction；即一個體所做之動作進行的方向）來描述。但因為「*語態*」一詞在歷史中的使用淵遠流長，想要在短期中以任何其他名詞取代其根深蒂固的地位實屬不易。[3]

我們試用下列圖示表達希臘文中的三種語態：[4]

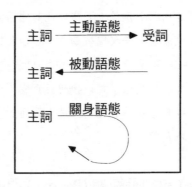

圖表41

在希臘文語態中表達動詞行動的方向

B. 「語態」與「及物性」(transitiveness) 的差異

動詞的「語態」和其「及物性」常易產生混淆，因此我們需要區別兩者間的差異。

「*及物性*」是指動詞的動作與「*受詞*」之間的關係，「*語態*」則是表達動作與「*主詞*」間的關係。

無論是明示或暗示在句子中，[5]一個「及物動詞」需要一個直接受詞。

3　確實，Kemmer 甚至在她的串珠研究中、以「*關身語態*」稱呼，儘管就語言而言並沒有這樣的類別（"Middle Voice," 1-6）。

4　表格的內容只有簡潔地提到及物動詞，並且關身動詞只有直接（反身）用法。然而這個表格對於學生而言還是很有幫助的。

5　希臘文通常將一個已經在上文提及的受詞隱藏起來不再贅述，參見如可14:16—— ἐξῆλθον οἱ μαθηταὶ καὶ ἦλθον εἰς τὴν πόλιν καὶ εὗρον καθὼς εἶπεν αὐτοῖς（門徒出去，進了城，所遇見的正如耶穌所說的）。亦可參見約19:1；腓3:12。

「不及物動詞」則不需要直接受詞。其他區分包括：及物動詞有主動（或
關身）和被動的型態，而「不及物動詞」則沒有被動型態。[6]對等動詞（連
繫動詞 (copula)）因為沒有被動型態，所以和不及物動詞相似；然而它與
及物動詞類似的地方，在於會在後面加上「補語」（也就是，作主格述詞
或形容詞 (predicate nominative/adjective)）。然而它與上述兩者皆不同，其
主要的功用是在肯定有關主詞的性質。

　　有時我們難以取決究竟它是及物、還是不及物動詞（事實上，有些動
詞可以同時有這兩種作用，取決於上下文以及其他因素決定）。因此最簡
單的判斷方式，就是試著將句子改成被動式：一個及物動詞可以被反轉成
被動型態，同時將主詞與受詞互換（在中文句法中可以加上「被」一
字）。舉例而言，「男孩打到球」可以換句話說成「球被男孩打到」；然
而，「女孩回到家」卻無法反轉成為「家被女孩回到」，即便表面上看起
來「回」像是一個及物動詞。

C. 關身語態 (Middle) 和被動語態 (Passive) 間的差異

　　關身與被動的語態只有在未來時態與簡單過去時態的時態中有明顯的差異。在
現在時態 (present)、未完成式時態 (imperfect)、完成時態 (perfect) 和過去完成時態
(pluperfect) 中，關身與被動語態的形式是相同的。雖然在文法分析上，許多希臘文
老師允許學生同時列出關身／被動的判斷；但是在句法的解析上，確認是關身或是
被動，卻是重要的。這並不見得是一件容易的工作，也沒有普遍性的原則讓我們遵
守。[7]下面討論一些具有解經重要性的段落皆與這個問題相關。同時，因為兩者的
相同形態，有時使得在統計及電腦搜尋上也會產生困難，並需要更多的闡釋空間。
但在多數的狀況下，關身／被動的形態並不會造成太大的問題。[8]

6　　當然，這種在英文中的區別，並不都見於希臘文（特別是異態動詞 (deponent verb)）。

7　　見 Christopher, "Determining the Voice of New Testament Verbs Whose Middle and Passive Forms
　　are Identical" 提供這些內容的指引。

8　　下列的圖表乃由 *AcCordance* 提供。撇開那些有待商榷的例子，這個程式從形式來認定關於
　　εἰμί的2,462個句子。如此一來，第一人稱單數的為不完成時態，在直說語氣中 (ἤμην) 被認定
　　為關身語態，而第三人稱單數的形式 (ἦν) 則被認定主動語態。所有關於φημί的六十六個句子
　　都被算為主動（附帶一提，所有四十三個帶往昔號的形式都被認定為不完成時態、而非簡單
　　過去時態）。並非所有文法學者都同意這個結論，許多學者仍舊傾向認定 εἰμί或 φημί並沒有
　　語態的分別。
　　奇怪的是，在羅9:22中有疑問的καταρτισμένα，沒有被認為有在字形上的爭議（沒有時態、語
　　態、語氣、數等）。

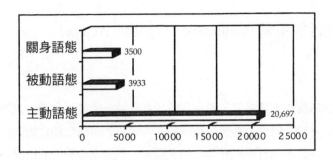

圖表42

新約中各種語態的統計結果

I. 主動語態（Active Voice）

定義

　　一般而言，主動語態表示主詞在「*執行*」、「*產生*」，或是「*體驗*」其動作，或是這動詞所表達「*存在*」的一個*狀態*。

➔ A.簡單的主動 (Simple Active)

　　表示主詞在「*執行*」或是「*體驗*」一個動作。這動詞可以是及物或不及物動詞。這也是最普遍常見的用法。

可 4:2 　　**ἐδίδασκεν** αὐτοὺς ἐν παραβολαῖς πολλά

　　　　耶穌就用比喻**教訓**他們許多道理

約1:7 　　οὗτος **ἦλθεν** εἰς μαρτυρίαν

　　　　這人**來**，為要作見證

徒27:32 　　**ἀπέκοψαν** οἱ στρατιῶται τὰ σχοινία

　　　　於是兵丁**砍斷**小船的繩子

多3:5 　　κατὰ τὸ αὐτοῦ ἔλεος **ἔσωσεν** ἡμᾶς

　　　　他便**救**了我們

猶23 　　**μισοῦντες** καὶ τὸν ἀπὸ τῆς σαρκὸς ἐσπιλωμένον χιτῶνα

　　　　連那被情慾沾染的衣服也當**厭惡**。

啟20:4 　　**ἐβασίλευσαν** μετὰ τοῦ Χριστοῦ χίλια ἔτη

　　　　（他們）與基督一同**作王**一千年

→ B. 驅使性的主動 (Causative , Ergative Active)

1. 定義

　　表達主詞雖沒有直接參與，卻是造成的動作執行的最終來源或起因。原因可能是有意願、刻意的，但也不必然如此。許多時候我們可以預期在動詞的字幹上看到驅使的型態（好比字尾有-όω 和-ίζω 的動詞），但這並非絕對的依據（可參考下述例句）。若是將動詞的字幹型態納入考量，這種句法也算是常見。

2. 辨識的關鍵

　　對簡單動詞來說，有時「使得」這個用詞可以用在動詞及其主詞之前；通常這類的例子最好是把動詞變成被動的表達（例如：*他「使得」他被施洗*）。然而這並不總是最恰當的方式。最好的關鍵是去理解所含有的語意：主詞不是行動的直接原因(agent)，而是行動背後的來源。

3. 例證

太5:45　　τὸν ἥλιον αὐτοῦ **ἀνατέλλει** ἐπὶ πονηροὺς καὶ ἀγαθοὺς καὶ **βρέχει** ἐπὶ δικαίους καὶ ἀδίκους

　　　　　因為他叫（使得）日頭照好人，也照歹人；**降雨給**義人，也給不義的人

約3:22　　ἦλθεν ὁ Ἰησοῦς καὶ οἱ μαθηταὶ αὐτοῦ εἰς τὴν Ἰουδαίαν γῆν καὶ ἐκεῖ διέτριβεν μετ' αὐτῶν καὶ **ἐβάπτιζεν**

　　　　　耶穌和門徒到了猶太地，在那裡居住，**施洗**

　　　　　我們無法從立即的上下文看出「使役」的跡象，但是從4:1-2的記載我們知道，法利賽人誤以為是耶穌親自施洗，但「其實不是耶穌親自施洗，乃是他的門徒施洗。」（約4:2）

約19:1　　**ἐμαστίγωσεν**

　　　　　將（耶穌）鞭打了

　　　　　彼拉多**使得**耶穌被鞭打，卻不是親身執行這動作。

徒21:11　　Τάδε λέγει τὸ πνεῦμα τὸ ἅγιον, Τὸν ἄνδρα οὗ ἐστιν ἡ ζώνη αὕτη οὕτως **δήσουσιν** ἐν Ἰερουσαλὴμ οἱ Ἰουδαῖοι καὶ **παραδώσουσιν** εἰς χεῖρας ἐθνῶν.

　　　　　聖靈說：猶太人在耶路撒冷，要如此**捆綁**這腰帶的主人，**把他交在外邦人手裡**。

　　　　　亞迦布的預言（在徒11:28已得知他是一位真先知）在徒21:33保羅被羅馬官兵

的逮捕綑綁開始，直到使徒行傳記載的末了（保羅以階下囚的身分，一路上訴至羅馬）中應驗。但是嚴格地來說，保羅並不是被猶太人*捆綁*，而是因為他在聖殿所造成的暴動導致他被羅馬官兵「吩咐捆鎖」。同樣地，我們也不能說他是被猶太人*交到*羅馬政府手中。事實上，因為猶太人密謀要刺殺他，保羅是被羅馬政府先逮捕之後又保護的。那我們又該如何解釋這預言呢？猶太人的*行動*仍舊導致保羅被捆綁並交在外邦人手中，他們雖然不知情，但仍是造成這結果的最終原因。[9]

林前3:6 ἐγὼ ἐφύτευσα, Ἀπολλῶς **ἐπότισεν**, ἀλλὰ ὁ θεὸς **ηὔξανεν**

   我栽種了，亞波羅澆灌了，惟有神叫（使）他生長。

   就像許多其他的驅使動動詞，動詞ποτίζω也有驅使型態的字幹（注意字尾-ίζω）。

  亦參照徒16:3；加2:4；弗4:16；彼前1:22；猶13；啟7:15，8:6。

➜ C. 靜態描述性的主動 (Stative Active)

1. 定義

  表達主詞存在於動詞所指示的狀態中。這種主動語態同時包含對等動詞，以及在*翻*譯時會在述詞跟著形容詞的動詞（例如：πλουτέω——「我很富有」）。這用法也很常見。

2. 辨識關鍵（我是 "X"）

  方法很簡單：狀態主動的語態多出現在對等動詞，或是動詞用「是」後面再加上一個形容詞作述詞。

3. 例證

路16:23 ὑπάρχων ἐν βασάνοις

   他（財主）**在**陰間**受**痛苦

約1:1 Ἐν ἀρχῇ **ἦν** ὁ λόγος

   太初**有**道

---

9 最近有一些學者認為亞迦布的預言並不是「準確的」，並且不認為驅使性動詞足以支持預言的準確性。爭議主要是在驅使性動詞似乎隱含了動作施做者的意志 (volition on the part of the ultimate agent)。這並不必然。在路加的用法中，包含了不知情的驅使性動作施做者。見以下關於徒1:18的討論，也可以注意約壹1:10的內容（「我們若說自己沒有犯過罪，便是以神為說謊的」）。

徒17:5   ζηλώσαντες οἱ Ἰουδαῖοι

          猶太人心裡嫉妒

林前13:4   ἡ ἀγάπη μακροθυμεῖ, χρηστεύεται ἡ ἀγάπη

          愛是恆久忍耐，又有恩慈

林後8:9   ἐπτώχευσεν πλούσιος ὤν

          他本來（是）富足，卻為你們成了貧窮

約二7   οὗτός ἐστιν ὁ πλάνος καὶ ὁ ἀντίχριστος

          這就是那迷惑人、敵基督的。

          亦參照太2:16；路1:53，15:28；腓2:6；帖前5:14；來6:15；彼後3:9；猶16；啟
12:17。

→ D. 有反身動作涵意的主動 (Reflexive Active)

1. 定義

        表示主詞的動作是做在自己身上。通常這種*反身代名詞*（如 ἑαυτόν）會出現在
句子中當作直接受詞用，而相對應的直接關身 (reflexive middle) 則會省略代名詞。
這類的用法相對常見。

        在古典希臘文中，這樣的觀念多以「關身語態」來表達。[10] 然而口語希臘文的
影響下，語言展現的明確性伴隨細節上的忽略，造成帶有反身代名詞的主動語態逐
漸取代關身的用法。[11] 母語使用者所容易掌握的語言精微之處，但在非母語人士學
習之下有逐漸消失的傾向。在希臘文中「直接的關身」就是其中一種未見於他種語
言的細微用法。[12]

2. 例證

可15:30   σῶσον σεαυτόν

          救自己

---

10   有些新約的文法學者認為直接關身的用法乃是古典希臘文的基準，但即便如此，反身涵義的
      主動用法仍佔有顯著的地位 (Smyth, *Greek Grammar*, 391 [§1723]: "Instead of the direct middle
      the active voice with the reflexive is usually employed")。

11   事實上，反身涵義的主動語態 (reflexive active) 侵入了間接關身 (indirect middle) 的領域。然
      而在這類的句子當中，反身代名詞通常以間接受格表達，指出受益的對象（參見在太14:15中
      的 ἀγοράσωσιν ἑαυτοῖς；亦可參見太25:9；徒5:35；羅2:5、14，11:4；提前3:13；來6:6）。間
      接關身的用法在新約當中，仍舊較反身涵義之主動語態用法更為多。

12   關於從古典希臘文轉移到口語希臘文的更多資訊，可以參見「新約的語言」章節。

約13:4   λαβὼν λέντιον **διέζωσεν** ἑαυτόν

（他）拿一條手巾束腰[13]

林前11:28 **δοκιμαζέτω** ἄνθρωπος ἑαυτόν

人應當自己省察

加6:3   εἰ δοκεῖ τις εἶναί τι μηδὲν ὤν, **φρεναπατᾷ** ἑαυτόν

人若無有，自己還以為有，就是自欺了

提前4:7 **γύμναζε** σεαυτὸν πρὸς εὐσέβειαν

在敬虔上操練自己

彼前3:5 αἱ ἅγιαι γυναῖκες αἱ ἐλπίζουσαι εἰς θεὸν **ἐκόσμουν** ἑαυτάς

仰賴神的聖潔婦人正是以此為妝飾（自己）

啟19:7 ἡ γυνὴ αὐτοῦ **ἡτοίμασεν** ἑαυτήν

新婦也自己預備好了

亦參照太4:6，19:12；路1:24；約5:18；徒13:46；林後4:2；腓2:8；來9:25；彼後2:1；約壹5:21；啟8:6（異文）。

II. 關身語態 (Middle Voice)

定義

要對關身語態下定義並不是容易的事，因為這當中包含大量、無規則的細微意義。但一般來說，在關身語態當中，主詞*執行*或*經驗*動詞所表達的*動作*，用來*強調主詞的參與*。我們也可以這樣說：主詞執行該動作是「帶著有意的參與」。「關身語態以對主詞的特別指涉來顯示動作的被執行。」[14] 故而最好的定義可能是：「關身語態喚起對主詞特別的關注……主詞以與自己有某種程度關連的方式執行該動作。」[15]

主動與關身的區別也是應當注意的。主動語態強調動詞所表達的*動作*，而關身語態強調動詞的*執行者*。「因而關身語態將動作與主詞之間以某種方式更緊密地相聯。」[16] 這裡的區別是多少能夠在（英文）翻譯當中表達出來的。許多關身語態（特別是間接的關身）將主詞透過*斜體*字的方式放置在強調的地位。

---

13 路加，比較文學性的作者，通常使用直接關身帶 -ζώννυμι 這類動詞（參見路12:37，17:8）。

14 Smyth, *Greek Grammar*, 390.

15 Robertson, *Grammar*, 804。雖然在應用上較為受限，這裡有另一個可以幫助理解的定義：「主詞緊密地參了在動作的成效中。」(Young, *Intermediate Greek*,134)

16 Dana-Mantey, 157.

釐清

在我們繼續討論之前，有幾點觀念先行釐清：

• 在口語希臘文當中，*關身語態*的用詞會被誤解，因為它本來是描繪一種介於主動與被動語態之間的表達。事實上，只有直接關身的語態才是如此（主詞同時是動作的動作施做者與接受者）。既然直接關身的用法在希臘化希臘文當中已經逐漸淘汰，該用法就不容易成為此語態表達的完整描述。

• 不少動詞的主動與關身語態，其間的差異僅是詞彙上、而非文法上的區別。有時候，當中的轉換乃是在及物動詞與不及物動詞之間介於驅使性與非驅使性。或類似的區別。儘管不是常常是可以清楚區分，但是從主動到關身意義上的改變，是有道理的、並且符合語態的概念。[17]如：

主動	關身
αἱρέω - *我拿*	αἱρέομαι - *我選取、偏好*
ἀναμιμνῄσκω - *我提醒*	ἀναμιμνῄσκομαι - *我記得*
ἀποδίδωμι - *我放棄*	ἀποδίδομαι - *我變賣*
ἀπόλλυμι - *我摧毀*	ἀπόλλυμαι - *我消逝*[18]
δανείζω - *我提供*	δανείζομαι - *我借來*
ἐνεργέω - *我做工*	ἐνεργέομαι - *我做工（只有在非人稱表達中）*[19]
ἐπικαλέω - *我命名*	ἐπικαλέομαι - *我顯露*
ἔχω - *我有、拿*	ἔχομαι - *我堅持*

---

17 有些動詞有主動與關身不同意義的應用，而這類方式在口語希臘文時期中，並沒有意義的重疊，如 ἅπτω（我點燈）—— ἅπτομαι（我觸碰），ἄρχω（我開始）—— ἄρχομαι（我治理）對於其他的動詞，在古典希臘文中有區別的，卻在希臘化希臘文時期中消失了。如在古典時期 γαμέω 的涵義是我娶（用於男人），而 γαμέομαι 則為我嫁（用於女人），但在口語希臘文時期，這類的區別則通常難以辨別（參見 P. El 弗. 2.8；BGU 717.16；可10:12；林後7:9-10；提前4:3），亦可參見 τίθημι —— τίθεμαι（BAGD, 816: "II. middle, basically not different in mng. fr. the act."）. γράφω —— γράφομαι 在新約當中不能被列為區別上模糊不清的類別，因為關身的形式並未出現。在任何情況當中，γράφομαι 的特定涵義如*起訴*，在新約當中並沒有找到太多的例子，即使找到合適的例子（如林後6），動詞 γράφω 並沒有被使用為任何其他語態。

18 ἀπόλλυμι 從主動到關身的轉變更為顯著：此時的關身表達有被動的功能（在新約當中並沒有出現這個型式）。

19 在新約和早期教父文學當中，兩種不同語態在意義上的不同，並非字義上的、而是句法上的。雖然一個非人稱的主詞 (impersonal subject) 以主動的型式表達相當常見（參見太14:2；林後12:11；弗2:2〔可能的例子〕），關身的情況則只以非人稱主詞的情況出現。因此在帖前2:13 中，ἐνεργεῖται 的主詞很顯然是 λόγος 而非 θεός。

主動	關身
κληρόω － *我任命、選擇*	κληρόομαι － *我得到、擁有、收取*
κομίζω － *我帶來*	κομίζομαι － *我得著、收取*
κρίνω － *我審判*	κρίνομαι － *我帶來訴訟*
παύω － *我停止*（及物動詞）	παύομαι － *我停止*（不及物動詞）
πείθω － *我說服、信服*	πείθομαι － *我順服、相信*[20]
φυλάσσω － *我看守*	φυλάσσομαι － *我提防*

† A. 直接關身 (Direct Middle, Reflexive or Direct Reflexive)

1. 定義

　　論及直接關身語態，主詞將動作執行*在自己身上*。關身語態所帶來的影響，可以在這類用法當中清楚看見，但是因為其中的差異相當微妙，許多母語非希臘文的使用者會以較為熟悉的型式取代之。[21]如此一來，即使直接關身語態在古典希臘文當中常被使用，卻因希臘化希臘文傾向更為顯白的表達，因而這種用法漸漸地被反身涵義的主動用法所取代。在新約當中，直接關身語態的用法相當少，即使出現也僅限於某些包含了反身概念（比如說穿衣等）的動詞，或者用若干約定俗成的片語中。[22]

　　有些文法學者對於新約中是否出現直接關身提出質疑，[23]但這些立場都過度討講得太誇張了，即使這些用法出現相當稀少，而每個例子又都不是非常明顯，我們卻仍舊可以找到足夠數量的例子來確立這個用法。

2. 辨認的關鍵（動詞＋*主詞自己*為直接受詞）

　　這個語態在語意上等同於主動語態的動詞加上反身代名詞作為受詞：只要加上*他自己* (himself)、*她自己* (herself) 等，作為該動詞的直接受詞。

20　在新約當中這類的區別通常是模糊的，特別是在完成時態與過去完成時態的型式當中（在這些時態裡，主動語態作為*我相信、我被說服*等涵義）。但參見羅2:8；加5:7。

21　確實，在古典希臘文時期，直接關身語態 (direct middle) 的用法並非用以表達反身概念最好的方式；反身主動 (reflexive active) 才是普遍的用法。(Smyth, *Greek Grammar*, 391 [§1723])。

22　同樣地，這種直接關身通常都受限於「外在、自然的動作」（同上, 390 [§1717]）。

23　特別參見 Moulton, *Prolegomena*, 155-57。

3. 例子

a. 清楚的例子

太27:5　　　ἀπήγξατο

　　　　　（他）吊死了

Moulton 認為這是新約當中最好的例子，但這當中對「吊死」的用法仍舊具有爭議。[24]但是在古典時期 ἀπάγχομαι 通常承載了自己吊自己的功能表達，[25]而這裡顯然地成為口語希臘文時期定約定俗成用法。

可14:54　　　ἦν ...... θερμαινόμενος πρὸς τὸ φῶς

　　　　　（彼得）烤火

路12:37　　　περιζώσεται

　　　　　自己束上帶

徒12:21　　　ὁ Ἡρῴδης ἐνδυσάμενος ἐσθῆτα βασιλικὴν

　　　　　希律穿上朝服

因為簡單過去式的關身與被動有截然不同的形式，因此不好翻譯為「希律被穿上朝服」。[26]

啟3:18　　　ἀγοράσαι παρ' ἐμοῦ ...... ἱμάτια λευκὰ ἵνα περιβάλῃ

　　　　　向我買……白衣穿上

　　亦可參見太6:29，27:24；可14:67；路7:6（可能的例子），12:15（可能的例子）；約18:18；林前14:8（可能的例子）；林後11:14（可能的例子）；帖後2:4（可能的例子）。

b. 仍具爭議或具有解經意義的經文

羅9:22　　　σκεύη ὀργῆς κατηρτισμένα εἰς ἀπώλειαν

　　　　　可怒預備遭毀滅的器皿

此處的完成式分詞是為關身語態，因而是直接關身的用法；這一點可以在 Chrysostom 的用法中找到其根源，之後有伯拉糾 (Pelagius) 跟隨。概念是那些可怒的器皿乃是「已經預備自己被毀滅」。然而也有人論述，這些器皿能夠改

24　Moulton, *Prolegomena*, 155; Moule, *Idiom Book*, 24.

25　見 LSJ, 174；Smyth, *Greek Grammar*, 391 (§1723)。

26　這個經文是直接關身語態，在雙重直接受格結構當中、帶著隱含之反身代詞用法的例子，偶爾可見反身代詞也出現在雙重直接受格結構（反身主動和冗筆關身）中。

變他們的命運：雖然他們是預備自己遭受毀滅，但是他們有能力避免災禍。[27]將這個動詞視為被動，意義就會變成「被預備遭毀滅」，沒有特別提及動作施做者為誰。

從關身語態來看，就沒有什麼可以討論的內容了。首先，從文法上來說，直接關身的用法相當少見，並且通常都是用為特定片語表達，特別是那些動詞用法與概念一致的動詞（好比穿衣的動詞）。這顯然不是關於 καταρτίζω 的例子：在新約其他地方這個字並沒有以直接關身的型式出現。[28]第二，在完成時態中，關身——被動的形式在新約裡總是作被動語態（路6:40；林前1:10；來11:3）——一項事實反對這個動詞在片語用法中作為直接關身。第三，καταρτίζω 在詞彙上的意義伴隨著完成時態，指出某件「已經決定」的事。儘管有些注釋者認為這個動詞指向*預備*毀滅的器皿，[29]不但字義是預備的涵義、並且文法上完成時態的用法，都不支持這個觀點。第四，上下文強烈支持被動、完成的概念，在20節中提到器皿是由神的旨意所造成，並非按照器皿自己的旨意（「受造之物豈能對造他的說：你為什麼這樣造我呢？」）；在21節中，保羅提出一個帶有 οὐκ 的問題（期待一個正面的回答）：窯匠難道沒有權柄從一團泥裡拿一塊作成貴重的器皿，又拿一塊作成卑賤的器皿嗎？22節就是這個問題的答案。因此，要堅持 κατηρτισμένα 是直接關身的用法，似乎是忽略掉了文法（語態與時態的一般用法）、詞彙與上下文的考慮。[30]

B. 冗筆的關身 (Redundant Middle)

1. 定義

冗筆的關身是以反身方式帶反身代名詞的關身語態用法。[31]就總體功能而言，

---

27 關於這個討論，請見 Cranfield, *Romans* (ICC) 2.495-96。

28 這個動詞在新約當中出現十三次，七次是為關身或被動語態；兩次為明確的關身，都是簡單過去時態（太21:16；來10:5）、且都顯然地是間接關身。其他四處（羅9:22不算在內）幾乎可以確定都是被動（路6:40；林後1:10；林後13:11；來11:3）。

29 亦見 B. Weiss 在 MeyerK 與 Cranfield (ICC) 的討論；引述同上。與此相反的是，G. Delling 認為毀滅的時機成熟之概念「並沒有語言學上的支持。」(*TDNT* 1.476, n. 2)

30 Cranfield 反對此觀點，他指出在23節當中保羅使用的是帶 προ-字首的主動語態動詞，表達出神預備此器皿的恩典。就算這個論點可信，動詞的轉換使得這段經文的焦點放在選民的益處上（注意在23節開頭的 ἵνα 句子〔要將他豐盛的榮耀彰顯在那蒙憐憫早豫備得榮耀的器皿上〕，指出神以忿怒對此器皿的目的〔22節〕）。進一步而言，此觀點忽略了上下文當中提到神對兩種器皿的預定旨意（20-23節）。

31 有些關身動詞加上了反身代名詞的例子，就產生了反身的功能，而不屬於這個類別，儘管它們有代名詞在介系詞片語裡。（參見可11:31；路20:5）。

這個語態的用法可以認定為直接關身的子類；然而，雖然直接關身帶有反身的意思，冗筆的關身用法卻需有清楚的代名詞以傳遞反身的概念。[32]就像它對應的部分更為細瑣，冗筆的關身在新約當中並不常見，而被有反身動作涵義的主動語態 (reflexive active) 所取代。

2. 辨認的關鍵

有否有反身代名詞作為關身語態動詞的直接受詞，是辨認的關鍵。

3. 例子

路20:20　*ἀπέστειλαν ἐγκαθέτους* **ὑποκρινομένους** *ἑαυτοὺς δικαίους εἶναι*

（他們）打發奸細裝作好人

羅6:11　**λογίζεσθε** *ἑαυτοὺς εἶναι νεκροὺς τῇ ἁμαρτίᾳ*

你們向罪也當看自己是死的

提後2:13　**ἀρνήσασθαι** *ἑαυτὸν οὐ δύναται*

他不能背乎自己

「背乎自己」(denying oneself) 這個片語也可以在呼召門徒的情況當中找到，該處使用相同的語態——代名詞的組合（參見太16:24；可8:34；路9:23）。

雅1:22　**παραλογιζόμενοι** *ἑαυτούς*

自己欺哄自己

C. 間接的關身 (indirect middle, indirect reflexive, benefactive, intensive, dynamic middle)[33]

1. 定義

主詞為了自己（或有時*藉著自己*），或為了自己*本身的利益*來行動。。以此，主詞的動作是有特殊關注的。這是新約中關身語態常見的用法，除了異態動詞外，這是最普遍的用法。此用法也最接近許多文法學家所提出關身語態的定義。例如，Robertson 認為：「關身使得主詞受到額外的注意……主詞以某種方式讓這個動作跟

32　另一個區別的內容是，冗筆的關身通常用在沒有主動形式的動詞（如 *ἀρνέομαι*）。這類的動詞有些時候可以被認定為異態動詞，雖然主詞包含了人稱（可說是關身語態的標記），但通常都可以從詞彙本身認出。

33　有些文法學者將動態關身 (dynamic middle) 與異態關身 (deponent middle) 視為同義詞。

自己有所關連。」[34]這是對於間接關身相當貼切的描述。

2. 釐清和語意

間接的關身通常被認為是廣泛、難以歸類的類別。然而有些文法學者試著區分*增強語氣的關身* (*intensive* middle) 與*間接的關身* (*indirect* middle)，認為前者著重在於主詞，如同增強語氣的代名詞 (αὐτός) 與主詞連用；[35]而間接的關身則好像反身代名詞在間接受格被使用情況一樣。這是一個簡易的區別。實用上，我們會把它們放在一塊，因為在大多數情況下他們相似到幾乎難以區分。

3. 關身語態與新約希臘文的本質

怎麼看新約希臘文的本質，是會相當影響理解關身語態的功能。如果我們認為新約希臘文拋棄了古典希臘文的規則，那麼我們就不會在已知的經文中過多強調關身語態的功能。舉例來說，Moule 認為：「通常，如果某個解經問題要靠語態來決定，那麼這個問題雙方立場的決斷要產生就絕非易事。」。[36]

然而，如果有人認為新約希臘文仍維持著大部分古典希臘文的規則，那麼這個人將從關身語態的用法當中找到很多重要的線索。從觀點的這一邊來看，Zerwick 提到：「關身語態的間接用法……特別顯示出作者刻意保留主動與關身形式之間的區分（即便是非常細微）。」[37]

我們試圖針對希臘化希臘文的關身語態做仔細的檢驗，好找出這個語態用法的亮光。從文法的角度來說，最常被提及的是討論關身語態是為間接用法抑或是異態字形用法。[38]要鼓勵同學仔細研讀討論間接關身語態，以及討論異態字形用法的這兩節，以便獲得做出判斷的指引。

34　Robertson, *Grammar*, 804.

35　確實有少數的句子當中，出現強調用詞 αὐτός 用以表達「增強語氣」的關身，這類的例子是否該歸類於*間接冗筆關身*？參見徒27:36，28:28；來5:2。

36　Moule, *Idiom Book*, 24.

37　Zerwick, *Biblical Greek*, 75.

38　其他會影響對於關身語態理解的因素，有片語、特殊涵義的動詞字幹、作者的文學背景和寫作技巧等。Winer-Moulton提到：「即使在古典希臘文的用法中，語態的表達都還是跟文化、個別不同作者的老練有關。」(322) 從這個觀點來看，我同意 Moule 的論點，困難並非源自於關身語態本身，而是源於解釋者對於此功能的理解程度。

4. 例子

a. 清楚的例子

太27:12　ἐν τῷ κατηγορεῖσθαι αὐτὸν ὑπὸ τῶν ἀρχιερέων καὶ πρεσβυτέρων οὐδὲν **ἀπεκρίνατο**

他被祭司長和長老控告的時候，什麼都不回答〔在他自己的答辯中〕

ἀποκρίνομαι 在新約中大多是簡單過去被動、異態字形的用法。在關身語態的用法中（七次是簡單過去的時態），[39] 此動詞表達出一個正式、法律性 (legal) 的宣告。[40] 這與關身語態的概念一致，用於法律性的辯護更甚於簡單的回應——考慮到說話者的權益。

亦可參見可14:61；路3:16，23:9；約5:17、19；徒3:12。

太27:24　ὁ Πιλᾶτος ...... **ἀπενίψατο** τὰς χεῖρας ...... λέγων· ἀθῷός εἰμι ἀπὸ τοῦ αἵματος τούτου

彼拉多洗他的手，說：流這義人的血，罪不在我

ἀπονίπτω 關身用法所產生的功能，特別關注於彼拉多身上，好像這個動作真的可以使他免責一樣。

路10:42　Μαριὰμ τὴν ἀγαθὴν μερίδα **ἐξελέξατο**

馬利亞已經〔為了自己〕選擇那上好的福分

這裡的概念是馬利亞已經為自己選擇了上好的福分，雖然 ἐκλέγω 在新約當中並沒有以主動的形式出現，但在希臘化希臘文當中卻是一般的用法，因此不應該將此處看為異態動詞字形的用法。

徒5:2　καὶ **ἐνοσφίσατο** ἀπὸ τῆς τιμῆς

把價銀私自留下幾分〔給自己〕

弗1:4　**ἐξελέξατο** ἡμᾶς

神（從創立世界以前，在基督裡）〔為他自己〕揀選了我們

神為了祂自己、透過祂自己揀選，或是為了祂自己的喜好。當然這不是說神需要信徒，而是在說就好像人的首要目的是為了榮耀神並且永遠以神為樂，而神也是在榮耀祂自己。並且就如在以弗所書第一章三次提到的，揀選歸於神是「使祂的榮耀得著稱讚」。關於 ἐκλέγω，可參見路10:42的討論。

---

[39]　現在時態也有出現，但是由於在現在時態中，關身與被動語態的形式並沒有區別，所以不容易看出究竟是哪一個語態。

[40]　BAGD 亦同。

弗5:16　**ἐξαγοραζόμενοι** τὸν καιρόν

〔為你們自己〕愛惜光陰

雅1:21　**δέξασθε** τὸν ἔμφυτον λόγον

〔為你們自己〕領受那所栽種的道

雖然 δέχομαι 從未以主動的形式出現，但我們仍不需要將之視為異態動詞字形，表接受、歡迎的詞彙概念隱含了對主詞的特殊興趣。

亦可參見太10:1；20:22；徒10:23；25:11；27:38；羅15:7；林後3:18；加4:10；腓1:22；西4:5；來9:12。

b. 一個具有爭議且在解經上有特殊意義的經文

林前13:8　εἴτε προφητεῖαι, καταργηθήσονται· εἴτε γλῶσσαι, **παύσονται**· εἴτε γνῶσις, καταργηθήσεται

先知講道之能終必歸於無有；說方言之能〔本身〕終必停止；知識也終必歸於無有。

如果這裡動詞的語態是重要的，那麼保羅的意思若不是方言會自己停止（直接關身），就是更可能的是，方言會自動停止，也就是說「會自己消失」、無需有中間的動作施做者（間接關身）。這樣便有值得注意之處，當保羅討論先知講道與知識的時候，他使用不同的動詞 (καταργέω) 並且將之放置在*被動*語態。在9-10節的經文中，這個論述繼續著：「我們現在所*知*道的有限，*先知所講*的也有限，等那完全的來到，這有限的必歸於無有了(καταργηθήσονται)。」這裡保羅再次使用同樣的被動語態，也就是他用於先知講道和知識的被動用法，並且他以同字根的動詞來補充「先知講道」與「知識」的涵義。然而他的意思並不是認為「在那完全的來到時」，*方言才要停止*。其內涵*可能*是方言將要在那完全的來到之前「消逝」。於是在這段經文中的關身語態，必須仔細探討好得到「方言何時要終止」這樣的結論。

不過，今日新約學者的主流意見認為 παύσονται 並非間接關身語態的用法。論點在於 παύω 的未來時態是異態動詞字形，而動詞的改變可能只是寫作風格不同而已。若然，則這段經文對於方言是否將自己消逝並沒有著墨，是只等到「那完全者」的來到。但是卻有三項論述反對它是異態動詞字形：首先，如果 παύσονται 是為異態動詞字形，那麼它的第二主要部動詞（未來時態形式）就不應當在希臘化希臘文呈現*主動*語態。但實際的情況卻是如此，並且還相當頻繁。[41]因此，這個動詞就*不能*以異態動詞字形來考慮。第二，有時候路8:24會

41　在*TLG*的一份調查當中，提出*數百*個這類的句子，並且通常的意思是「停止某事」。進一步而言，παύω 在未來時態、關身語態中，在同一個時期裡相當一致地表達為「停止」、「終

列入討論的內容：耶穌斥責風浪，於是風浪*就停止*（ἐπαύσαντο 簡單過去、關身語態）。[42]論點在於無生命的受詞並不能自己停止，因此 παύω 的關身用法可以看為與被動用法相當。但是這是對這段經文文學技巧的誤解：如果風浪不能自願性地停止，為什麼耶穌要斥責？又門徒為什麼會說連風浪都*聽從*耶穌？在路加福音第八章的經文當中，這些元素被擬人化，因而他們從狂風大作當中停止乃是一種對耶穌自願性的順服。若有任何可以再說的，路8:24是支持間接關身用法的經文。第三，異態動詞觀念是形式上為關身，但在意義上為*主動*。可是 παύσονται 在林前13:8主要是*被動*、而非主動的意思。[43]παύω 的關身語態是*非及物*的，可是主動語態卻是及物的。它的主動語態有使其他物體「停止」的意思，但關身語態卻是制止繼續從事自身的活動。

總而言之，持異態動詞字形的觀點是建立在一些有誤的假設之上，諸如把 παύσονται 視為異態動詞字形（平行經文在路 8:24），甚至誤解了異態字形的涵義。保羅在這裡將動詞轉換，似乎不只是寫作風格因素。但是這也不是說林前13:8這個關身語態的用法證明了方言已經終止。這節經文並沒有特別強調方言什麼時候終止，儘管它的確給了一個終止點，也就是當那完全的那一位來到之時。[44]

D. 驅使性關身 (Causative Middle)

1. 定義

主詞驅使某事為了他／她自己的緣故*而發生*。同樣地，主詞成為這個為了他／她自身而有之動作的背後*原因*。這類的用法雖然不多，但有些經文卻在解經上有非

止」（感謝 Ronnie Black 在一九九二年春天，於達拉斯神學院教授進階希臘文文法課程中，所提出關於這個主題的研究）

某種程度來說，忽略新約希臘文以外的希臘文用法研究，就以「異態動詞字形的觀點」作為解釋是令人訝異的。由於在希臘化希臘文當中，第二主要部出現主動的語態，如果要維持以異態動詞字形的觀點來討論 παύσονται，就需要假定新約作者所使用的語言獨樹一格。然而許多採取異態動詞字形觀點的學者，卻強烈地認定新約希臘文乃是希臘式語言當中的一支。

42　同樣地在 *TLG* 的討論當中，讓我們看到第三主要部的用法中，就好像第二主要部一樣，在口語希臘文裡是主動的形式。

43　雖然我們知道有時候未來式中的關身語態可以作為被動的涵義 (Smyth, *Greek Grammar*, 390 [§1715]；Winer-Moulton, 319)，但這也是因為片語用法的發展而在特定的動詞中適用，παύω 並不是用此例子。

44　就如我們在「形容詞」章節當中討論的，我們沒有理由將 τὸ τέλειον 視為正典的封閉。不幸的是上述關於 παύσονται 所討論的觀點，相當典型地與帶有「完全者」與正典的概念連結在一起。或許這也是為什麼這類觀點較少為人注意的原因。

常重要的意義。

2. 辨認的關鍵

參見定義。

3. 語意

驅使性關身語態的語意有三個向度：志願因素 (volition) 與非志願因素、驅使性主動 (causative active) 與驅使性關身 (causative middle)、驅使性關身與允准性關身 (permissive middle)。

• 動作的產生因素可以是*志願的*，但不一定必須是如此。將決定的意志假設為驅使性動詞的核心部分有時候不一定正確。當然它是動作背後的一種因素，但不論是人稱或非人稱主詞都可能有時候非自願性的執行該動作，並且在這種情況底下他們就會不知不覺地成為該動作的根源。

• 驅使性*主動*與驅使性*關*身的差別在於，前者簡明地隱含了動作背後的根源，而後者則同時隱含根源和結果：動作被某人引發，而這個人又同時是該項動作結果的接受者。因而驅使性關身語態是間接關身的用法，偶爾可以是直接關身的用法。

• *驅使性*關身非常接近*允准性*關身，前者隱含了終極根源，並且通常都是有意志的決定；後者則通常表達出動作的促使者在別處，並且主詞只表達贊成、允許或容忍。以下有一些例子可以透過文法以外的要素（如上下文、歷史背景等），歸屬於其中一種類別。

4. 例子

路11:38　ὁ Φαρισαῖος ἰδὼν ἐθαύμασεν ὅτι οὐ πρῶτον **ἐβαπτίσατο** πρὸ τοῦ ἀρίστου[45]
這法利賽人看見耶穌飯前*不洗手*便詫異
這是*直接*關身的例子（這類用以表達洗手的動詞不少），應該是屬於驅使性關身的用法：耶穌是法利賽人的客人，應該是別人幫他洗手。

徒21:24　τούτους παραλαβὼν ...... καὶ δαπάνησον ἐπ᾽ αὐτοῖς ἵνα **ξυρήσονται** τὴν κεφαλήν
你帶他們去……替他們拿出規費，叫他們*得以剃頭*

加5:12　ὄφελον καὶ **ἀποκόψονται** οἱ ἀναστατοῦντες ὑμᾶς[46]
恨不得那攪亂你們的人把自己*割絕了*

45　在 $\mathfrak{P}^{45}$ 700中讀為 ἐβαπτίσατο，而其他大部分的文獻則讀為 ἐβαπτίσθη。從外證與難易度來看，原本最有可能是被動語態的形式（法利賽人的詫異，想必是因為耶穌故意不洗手）。

46　在 $\mathfrak{P}^{46}$ D E F G 等其他地方的讀法為 ἀποκόψωνται。

這是驅使性*直接*關身的例子。

啟3:5　　ὁ νικῶν **περιβαλεῖται** ἐν ἱματίοις λευκοῖς

　　　　凡得勝的必這樣*穿白衣*

如同在加5:12的情況一樣，這是一個驅使性*直接*關身的例子，有許多直接關身的動詞可以用來表達「穿衣」這個動作。

徒1:18　　**ἐκτήσατο** χωρίον

　　　　他〔**給自己**〕買了一塊田

這段經文似乎論及猶大為自己買的田地就是接下來要埋葬他自己的地方，然而在太27:7特別指出大祭司在猶大死後買下這個地，使得這兩段經文如果從英文的角度來理解，就很難達到一致。但是從希臘文的角度來看，我們可以清楚看見 ἐκτήσατο 乃是*驅使性*關身，指出猶大終究買了這塊地，並且是以他的「血錢」所買。另有一種可能性在於既然這個動詞從未以主動形式出現，就應當屬於異態動詞字形，帶有驅使性*主動*的功能。[47]然而，似乎從古典希臘文轉換到口語希臘文的時候，保留了關身的*功能*，因而可以認定此為真正的關身用法。在古典希臘文中（特別是在 Sophocles、Euripides、與 Thucidydes 等作品中）κτάομαι 通常具有驅使性意義，解釋為「為某人帶來不幸」（參見 LSJ、BAGD），這類的觀點也可以適用於徒1:18中間接的角色來「取得」。

　　亦可參見太5:42，20:1。

E. 允准性關身 (Permissive Middle)

1. 定義

　　主詞*容許*某事*為*他／她自己的緣故發生，這類的用法雖然不多，但當中卻有一些解經上相當重要的經文。

　　　　不少的情況，一個用於片語中的動詞所表達的概念，會用於允准性（或驅使性）關身的用法是因為詞彙本身。[48] βαπτίζω 就是這樣的動詞。但是因為它通常被使用時，不帶任何容許概念的暗示，因此比較好的方式是將之視為偶然性用法 (occasional idiom)，本質上與詞彙沒有關連。然而如果一個特定動詞真的有表達允准性關身的用法，那它在一段具有爭議的經文當中，就有可能成為一個較強的支持點。

47　如此，則這個字的形式與在徒21:11中使用的非自願性驅使性主動 (involuntary causative active) 有著強烈的對比，見以上所論。

48　亦見 Robertson, *Grammar*, 808。

2. 辨認的關鍵

　　見定義，同樣地，一個好的、「粗略的」辨認方法是將該動詞翻譯為*被動*。如果仍舊可以成為句子，而容許、允准的概念仍舊隱含在其中，該動詞就是允准性關身動詞的好選項（值得注意的是大部分的允准性關身通常都可以翻譯為被動的表達，下列的解釋提供了此類用法的例子）。

3. 語意

　　允准性關身的語意可以在其他三個文法類別中有更清楚的了解：[49]

　　•*允准性*關身與*驅使性*關身非常接近。後者包含了終極的根源與意志；前者提示了催促來自於別處，除了贊同、允許或是容忍是來自主詞。以下這些例子要從文法以外的元素（如上下文、歷史背景等），來決定是屬於是二個類別中那一個。

　　•*允准性*關身有和*直接*關身有某種程度的類似，兩者都以主詞為動作的接受者，但在直接關身的主詞、也是動作施做者，而允准性關身的主詞不是動作的執行者。

　　•*允准性*關身也類似*被動*語態的用法，因為主詞乃是動作的接受者，但與被動不同的地方是，關身語態總是隱含著對動詞動作的確認、贊同、容忍或允許，而被動語態則通常沒有這些認知。

> 這個規則有一個例外是在允准性被動的用法上。應當注意的是雖然兩種語態的類別都是少見的（有些文法學者甚至爭論允准性被動類別的合法性），關身語態有表達意志的元素，但在被動語態中是缺乏的。[50]

4. 例子

路2:5　ἀνέβη Ἰωσὴφ ἀπὸ τῆς Γαλιλαίας ...... (5) *ἀπογράψασθαι* σὺν Μαριάμ

約瑟也從加利利（的拿撒勒城）上（猶太）……(5) 要和（他所聘之妻）馬利亞一同**報名上冊**

這裡個概念似乎是約瑟「允許自己報名上冊」。從1、3節可以看出這是允准性用法的證據，該處顯然使用被動語態 (ἀπογράφεσθαι)。而允准性關身則有相當清楚意志的介入；那是被動語態所沒有的。

49　見上述與驅使性關身用法語意對比。

50　這不是說被動語態的主詞對於該動作就*沒有*認知，而是在被動語態當中，*沒有論及*主詞對它的認知。學生通常犯的錯誤是，假設這種文法形式通常進行否定的敘述。如此，過去完成時態就通常被認定為某個在過去已經完成的事，並且在過去持續產生影響，但是一旦「現今」展開就會停止當中的影響；而簡單過去時態典型地被認定不可以用來描述動作是在進展中或反覆發生等等。這種「否定性評價」是一廂情願地推論。

徒22:16　ἀναστὰς **βάπτισαι** καὶ **ἀπόλουσαι** τὰς ἁμαρτίας σου

起來，求告他的名受洗，洗去你的罪

　　若 βάπτισαι 是直接關身的用法，這裡的概念會變成「自己讓自己受洗」，這不是聖經中的概念。[51]若 ἀπόλουσαι 是間接關身的用法，此處的概念會變成「透過你自己 (by yourself) 洗去你的罪」；這完全不是聖經的概念。這個動詞在聖經唯一另外的出處、林前6:11（見下列討論），有可能是驅使性關身或允准性關身。在這裡，βάπτισαι 似乎是驅使性或允准性直接關身，而 ἀπόλουσαι 歸為允准性間接關身。[52]

林前6:11　ταῦτά τινες ἦτε· ἀλλὰ **ἀπελούσασθε**, ἀλλὰ ἡγιάσθητε, ἀλλὰ ἐδικαιώθητε

你們中間也有人從前是這樣；但如今你們奉主耶穌基督的名，並藉著我們神的靈，已經洗淨，成聖，稱義了

林前10:2　πάντες εἰς τὸν Μωϋσῆν **ἐβαπτίσαντο**

都……受洗歸了摩西

　　此處關身的功能接近於被動語態，但卻另有對於動作的認知、容許及意願（這個例子也許更合適於驅使性關身的類別）。特別的是許多手抄本以被動語態 ἐβαπτίσθησαν 取代關身語態（的確，被動語態較可能是原始的讀法）。[53]要把關身功能帶出的翻譯應當會成為：「都允許自己受洗歸了磨西」（被動用法）或「都使自己受洗歸了摩西」（驅使性用法）。

　　亦可參見約13:10；[54] 徒15:22（可能的例子）；[55] 林前6:7（可以看為被動或關身），11:6；加5:12（更有可能是驅使性關身）。

51　雖然這是猶太教在第一世紀使用的方法。新約中 βαπτίζω 出現了七十七次：四十五次被動、卅次主動，只有兩次是關身語態（徒22:16 與 可7:4〔指著潔淨的禮儀〕），除非路11:38（見上列討論，在驅使性關身章節中）與林後10:2（見下列討論）的二處異文可以這樣理解。沒有任何證據顯示信徒自己讓自己受洗。尤其是，保羅先前異象中的歸信（徒9:1-19）是使用被動語態（第18節使用 ἀναστὰς ἐβαπτίσθη）。

52　亦見 Robertson, *Grammar*, 808。

53　關身的讀法出現在 𝔓⁴⁶ᶜ B K L P *et plu*（𝔓⁴⁶*則為 ἐβαπτίζοντο），雖然 NA²⁷並不支持。雖然它可能本身有一個更高的起源，但是 ἐβαπτίσθησαν 被動用法較早期並較廣泛的情況，似乎強烈的顯示了這可能是較原始的文稿。

54　根據上下文來看，νίψασθαι 最有可能的是允准性關身用法、而非直接關身：當耶穌洗彼得的腳，就做出了宣告。如此，第10節的概念就是「凡洗過澡的人，*不需要允許自己再洗*，只要把腳一洗，全身就乾淨了。」

55　ἐκλεξαμένους——如果主詞是男人（複數）(ἄνδρας)，指的就是西拉與巴拿巴*容許自己獲選*參與宣教。然而更有可能的是 ἄνδρας 作為受詞，而「使徒和長老」是為隱含的主詞，見 Winer-Moulton, 320。

F. 相互性關身 (Reciprocal Middle)

1. 定義

　　關身語態帶著*複數的主詞*，表達彼此之間內部的互動。主詞之間具有交換性的能力。這個片語在口語希臘文中，被主動動詞帶著相互代名詞 ἀλλήλων 所取代。[56]新約當中這個用法不多，大部分的例子也都還有爭議。

2. 例子

太26:4　**συνεβουλεύσαντο** ἵνα τὸν Ἰησοῦν ...... κρατήσωσιν

　　　　　大家商議要用詭計拿住耶穌

約9:22　ἤδη **συνετέθειντο** οἱ Ἰουδαῖοι

　　　　　猶太人彼此之間已經商議定了

　　亦可參見約12:10；林前5:9（可能的例子）。[57]

G. 作為異態動詞的字 (Deponent Middle)

1. 定義

　　異態動詞是一個關身語態的動詞，沒有主動語態的*形式*、但卻具有主動的意義。[58]在新約當中這是最普遍的關身用法，因為這些特定動詞頻繁的使用。英文（並許多其他現代印歐語言）的類比很少，要分析這個現象相當困難。[59]但是在*AV*中，我們讀到 "he is come" 的意思是 "he comes"（參見太12:44；約4:25）。比較古老的英文就沿用了這種類似作為異態動詞字形用法的表達。[60]

　　異態動詞字形 (deponent)，來自於拉丁文 *deponere*，與某個放在一邊的事物有

56　林前16:20有一個關身語態動詞，帶著相互代名詞做為受詞：ἀσπάσασθε ἀλλήλους，這可以被視為是冗筆*相互關身用法*，儘管從表面看來 ἀσπάζομαι 是異態動詞形式。

57　Robertson, *Grammar*, 在他的例子當中也列出 約6:52；徒19:8；林前6:1，但是這些都有爭議。

58　Robertson 和許多人認為異態動詞字形是一種*動態關身*（Robertson, *Grammar*, 811-12），其他文法學家將動態作為間接關身的同義詞，跟我們的看法相同。

59　「就好像我們其他的人一樣，Stahl 已經徹底失敗了。」這是 Gildersleeve 回應 Stahl 對於異態字的解釋（見 B. L. Gildersleeve's review of Stahl's *Syntax* in *AJP* 29 [1908] 278）。

60　這種類別只是作為教育之用，而非具有歷史價值。英文 "is come" 用法的根源，並不與希臘文中異態動詞字形相同。

關。英文字 *depone*，就是「*置於一旁*」的意思。因此，異態動詞字形的動詞的原意就是*放在一旁*（不論是關身或被動的異態字）、改以主動的意義取代之。[61]

2. 釐清

這兩個元素（沒有主動的字形、卻有主動的意義）根本上是由定義而來。然而，只因為一個動詞在新約當中沒有出現主動形式，並不足以判定它就是異態字。舉例來說，雖然在新約中 ἐκλέγω 並沒有以主動形式出現，但卻仍舊保有關身的意義（參見路10:42；弗1:4關於「間接關身」的討論）。下列的例子就是關於異態字的爭議（不管是關身或被動語態的動詞）：

a. 基本的原則是這樣：*一個作為異態字，是在**希臘化希臘文的特定主要部**當中沒有主動形式的動詞，**並且在該主要部顯然地是主動意義**。*如此一來，舉例來說 ἔρχομαι 在第一主要部中沒有主動的形式，但卻顯然地是主動的意義，同樣地，λήμψομαι 是 λαμβάνω 的第二主要部變化，就是異態字。動詞在一個或一個以上的主要部當中、有主動形式的，就被稱為*部分異態字 (partially* deponent)。其他動詞（如 δύναμαι），不管在那個主要部都沒有主動形式的動詞，就是*完全的*異態字 (*completely* deponent)。許多異態字沒有主動形式，因此這個在希臘化希臘文中的限制，就是最低的要求。[62]

b. 有一些動詞從未具有主動形式，並且關身的意義十分清楚可見。舉例來說，δέχομαι 的意思是*我接受、我歡迎*；是承襲了反身的概念。[63]然而這不足以認定這個字在歷史沿革中缺乏主動形式；必須也證明關身*功能*同樣缺乏才行。

61　即使 Robertson 認為這個詞彙「非常不合適」，因為許多異態動詞字形的用法從來就不具有主動的形式，因此根本談不上放在一邊的概念 (*Grammar*, 811)。但其他文法學者認為放在一旁的，是關身（或被動）的*功能*、並非主動，因而滿意於這個作為敘述的類別。此外，這個詞彙原來是用在表達拉丁文動詞的用法；其中許多異態動詞字形原來是具有主動形式的（亦見 B. L. Gildersleeve and G. Lodge, *Latin Grammar*, 3rd ed., 啟. and enlarged [New York: Macmillan, 1895] 110-14 [§163-66]）。進一步而言，英文中較早（且一致地）關於*異態動詞字形*的用法也包含了將意義放在一旁，並非只有形式而已（*Oxford English Dictionary*, s.v., "deponent"）。

62　同時，口語希臘文時期某些動詞的主動形式缺乏，顯示出對於某一個作者而言，關身形式是異態字，然而對另一個作者而言卻是真正的關身。好比在字彙庫中，同一時期的不同作者有不同的字彙庫。這還需要更多的研究。大部分新約解經者都認為新約本身的詞彙已經提供作者所用需用的詞庫。如此的進路，雖然相當便利，卻不是相當適當。

63　Robertson 將這個動詞列於異態動詞字中，但是指明「δέχομαι 不難看見它有反身的概念。」(*Grammar*, 813) c.實務上，我們應當如何決定一個動詞是否為異態字？並沒有簡單的解決方法。[64]下列是兩個不同進路的列表，一是*理想*、另一是*粗略*的進路。

1) 粗略的規則

最簡單的方式是如果在BAGD當中，一個字的最基本詞形 (lexical form) 是關身（或被動）而非主動的話，就考慮該關身（或被動）動詞為異態字。

這個進路的問題是BAGD通常列出一個字的詞形時，只討論出現在聖經、並早期教父文獻裡的情況。即使可能其有更廣泛的使用。舉例來說，ἐκλέγομαι 這個詞形，在希臘化希臘文文獻裡用的是主動涵義。BAGD就提醒學生：「主動語態沒有在我們的列表中出現。」

2) 理想的進路

一個解經的判斷，部分取決取於動詞的語態，就需要比較嚴格的進路。在這樣的例子當中，在決定此動詞是否異態字前，我們應當調查在口語希臘文中的字形（便捷的方式是透過Moulton-Milligan），以及在古典希臘文當中的用法。儘管如此，我們仍不能了解動詞的關身*功能*。[65]

d. 有些*真正的*異態字如下：

- ἅλλομαι
- ἀποκρίνομαι（在第六主要部中為異態動詞字形，但在第三主要部中不是）
- βούλομαι
- γίνομαι（但是在第四主要部當中為主動[γέγονα]）
- δύναμαι
- ἐργάζομαι
- ἔρχομαι（但是在第三、第四主要部中為主動 [ἦλθον, ἐλήλυθα]）
- λήμψομαι（是 λαμβάνω 的第二主要部變化）
- πορεύομαι

---

64   確實，沒有兩個文法學家同時在這個議題上有共識，特別是關身似乎有反身的意義在其中的時候。

65   Robertson正確地記述，心智活動的動詞具有增強的意味 (*Grammar*, 812)，但是他仍舊認為應當將之視為真正的異態動詞字。這個爭議是由於許多關身用法的詞彙具有反身的意涵：那些字幹存在有反身意義的動詞，是否是真正的關身？他們是否為異態動詞字（在這些例子當中，字幹需要在沒有變化的情況底下檢驗）？決定是否為異態動詞字的評判標準，仍舊等待最後的決定。

- προσεύχομαι（？）[66]
- χαρίζομαι

e. 有些是看起來像異態字、但應該不是的動詞如下：

- ἀπεκρινάμην（只有在第三主要部是真正的關身用法）[67]
- ἀρνέομαι
- ἀσπάζομαι
- βουλεύομαι
- δέχομαι
- ἐκλέγομαι
- καυχάομαι
- λογίζομαι[68]
- μιμνήσκομαι
- παύσομαι（παύω 的第二主要部變化）[69]
- προσκαλέομαι[70]

III. 被動語態 (Passive Voice)

定義

　　一般而言，在被動語態中，主詞接受動詞的動作。主詞對於這個動作不具有意志——或甚至可能沒有察覺到這個動作。也就是說主詞可能知道、可能不知道這個動作，或者可能有、也可能沒有執行這個動作的意志。但當使用被動語態的時候，這些都不是強調的重點。

　　被動語態可以從結構或語意來理解。較早的文法學者試著要從第一個進路來討論。[71]這兩個討論被動語態的進路都是相當重要的，因為他們從不同的問題切入，

66　見 BAGD。不需要想像就明白該動詞的（間接）關身意涵。

67　大部分異態動詞字都以簡單過去、被動出現，顯示出簡單過去、關身是有特殊意涵。見之前「間接關身」的章節中。

68　「思想」常跟著動詞，就顯示出這字的意涵。BAGD 定義這字的意思是「*考慮、評估、思考、沉思、表達出意見*」。

69　見之前的討論，在「間接關身」章節中，關於在林前13:8中 παύσονται 的討論。

70　BAGD, 715：「在世俗的希臘文中大多是這樣用法，七十士譯本與我們的文獻當中，一面倒地是關身的用法。」

71　如, Dana-Mantey, 161-63 (§157)；Robertson, *Grammar*, 814-20。但亦可參見 Porter, *Idioms*, 64-66。

並且在不同層面影響了解經。

A. 被動語態結構 (Passive Constructions)

1. 被動語態帶有或沒有帶動作的施做者

被動語態有時候伴隨著動作施做者（或方法），有時候沒有。所有被動的用法（除了異態字）都帶有動作施做者、或沒有。因此，動作施做者是否出現，並不影響被動的意義，而僅是屬於這個使用被動語態語句的結構。然而，動作施做者的出現與否是會透露作者整體的意思，該納入被動語態討論的內容。

a. 帶有動作的施做者 (With Agency Expressed)

希臘文當中三種提及動作施做者的用法：終極的動作施做者 (ultimate agency)、第一線的動作施做者 (intermediate agency)、與非人格化的方法 (impersonal means)。*終極*的動作施做者指出在動作執行時，最終極的推動者。[72]有時候終極的動作施做者可能同時是*第一線*的動作施做者。而*非人格化*的方法則是動作執行的媒介（嚴格來說，方法並不指出媒介，除非是更廣泛的意義）。

三個進深的說明：

· 英文不容易區分出這三個類別來，但有賴於更大的上下文。「藉由」(by) 可以包含許多的動作施做者。舉例來說，當美國總統要做出一個宣告時，他可以透過他的新聞秘書。我們如果說：「這個論述是*由總統*所發表的」，或者說「這個論述是*由新聞秘書*所發表」都是合適的。第一個句子指出終極的動作施做者；第二個句子指出第一線的動作施做者。或者當一個棒球選手站在本壘板，並且按著他教練的指示擊球，我們能夠說「球*被球棒*擊出」（非人格化的方法），我們也可以說「球*被棒球選手*擊出」（第一線的動作施做者，直接執行此動作），這兩個句子並沒有文法的區分。

但是在希臘文當中，不同的介系詞片語用以指出不同的施做者，而方法的表達則不需要帶介系詞，只要以間接受格表示即可。[73]

· 第三個類別並不是指著動作執行方法的無生命或非人稱說的。確實偶爾人也會被用為執行某一項動作的工具。非人格化的方法 (means)，被描繪為被使用的工具

---

[72] 許多文法學家認為這是*直接*動作施做者，但這不一定是合適的稱呼；事實上，更好的稱呼是第一線的動作施做者，因為終極動作施做者的動作乃由第一線動作施做者所執行。

[73] 見「表達方法的間接受格」章節中更詳細的討論。

(instrument)。在這個句子「神透過我的父母教養我」裡，父母被描繪為神手的工具。雖然在整個句子裡看不到他們的人格描述，但是不表示就可以說他們是無生命的物品。

・施做者可以與主動或關身動詞連用，正如可以與被動的動詞連用，儘管被動的表達較為常見（下列例子我們看到有些是以主動或關身表達）。

以下的列表總結了新約當中表達施作者的用法。[74]

施做者	介系詞（格）	翻　譯
終極的動作施做者	ὑπό（所有格） ἀπό（所有格） παρά（所有格）	被 被、由 從、被
第一線的動作施做者	διά（所有格）	透過、被
非人格化的工具性用法	ἐν（間接受格） 間接受格（無介詞） ἐκ（所有格）	被、用 被、用 被、由

表格7

新約中的施做者表達

1) 終極的動作施做者 (Ultimate Agent)

被動動詞的主詞接受此動作的情況，通常以 ὑπό ＋所有格表達。有時候以 ἀπό ＋所有格表達；偶爾以 παρά＋所有格表示。終極的動作施做者乃指動作施行的最終極負責人，他可能有、也可能沒有直接參與在其中（儘管通常是有參與）。

路1:26　　**ἀπεστάλη** ὁ ἄγγελος Γαβριὴλ ἀπὸ τοῦ θεοῦ[75]

　　　　　天使加百列奉神的**差遣**

約1:6　　　ἐγένετο ἄνθρωπος, **ἀπεσταλμένος** παρὰ θεοῦ

　　　　　有一個人，是從神那裡**差來的**

徒10:38　　πάντας τοὺς **καταδυναστευομένους** ὑπὸ τοῦ διαβόλου

　　　　　凡**被魔鬼壓制**的人

74　這個列表是一般性的簡介，並不是絕對的規則。並不是所有的作者寫作時都符合這個規則。
　　舉例來說，ὑπό 很少被用為表達中間的媒介（啟6:8）或是非人稱的方法（太8:24）； διά 則
　　鮮少用為表達第一線動作施做者（見下一個註腳說明）。

75　在 A C D X Γ Λ Π 33 *Byz* 中，是以 ἀπό代替 ὑπό。

羅13:1　οὐ γὰρ ἔστιν ἐξουσία εἰ μὴ ὑπὸ θεοῦ[76]

　　　　沒有權柄不是*出於神*的

林後1:4　**παρακαλούμεθα** αὐτοὶ ὑπὸ τοῦ θεοῦ

　　　　我們被神安慰

來11:23　Μωυσῆς γεννηθεὶς **ἐκρύβη** τρίμηνον ὑπὸ τῶν πατέρων αὐτοῦ

　　　　摩西生下來……（他的父母）*把他藏了*三個月

　　　　這裡的介系詞指出父母是要為藏起嬰孩這動作負責的人，但是並不表示其他人就沒有參與執行的可能（比如說摩西的姊姊），他們仍可能參與在此動作中。

雅1:13　μηδεὶς πειραζόμενος λεγέτω ὅτι ἀπὸ θεοῦ **πειράζομαι**[77]

　　　　被試探，不可說：我是*被神試探*

啟12:6　τόπον **ἡτοιμασμένον** ἀπὸ τοῦ θεοῦ[78]

　　　　神給他*預備*的地方

　　　關於 ὑπό，亦可參見太2:15，11:27，14:8；路4:2，7:30，8:29，17:20，21:16；約14:21；徒10:33、41、42，22:30，27:11；羅15:15；林前11:32；林後2:11；加3:17，4:9；腓3:12；帖前2:4；來5:4；彼後1:17；約參12。

　　　關於 ἀπό，亦可參見太10:28，12:38，20:23，27:9；可1:13，15:45；路7:35；徒2:22；林前1:30，4:5；加1:1；提前3:7；門3；來6:7；彼後1:21。

　　　關於 παρά，參見太21:42；可12:11；路1:37、45；約1:6。

2) 第一線的動作施做者 (Intermediate Agent)

　　被動動詞的主詞接受該動作的情況，以 διά ＋所有格表達。這裡的施做者稱為第一線的施做者、而非終極的動作施做者。[79] 雖然是相當普遍用法，但這個用法卻不如 ὑπό ＋所有格、表達為終極的動作施做者來得普遍。

太1:22　τὸ **ῥηθὲν** ὑπὸ κυρίου διὰ τοῦ προφήτου

　　　　*這一切的事成就是要應驗*主藉先知*所說*的話

　　　　這段經文當中，我們看見被動動詞伴隨著終極的動作施做者與第一線之動作施做者。強調似乎落在於預言的終極來源、神身上，但是先知的人格卻包含在當

76　在 D* E* F G 629 *et pauci* 中，是以 ἀπο 代替 ὑπό。

77　在 ℵ 429 630 1505 1611 *et alii* 中，是以 ὑπό 代替 ἀπο。

78　在1611 2351 *et plu* 中，是以 ὑπό代替 ἀπο。

79　在新約當中只有一次使用 διὰ θεοῦ（加4:7〔異文 διὰ Χριστοῦ 在許多手抄本中找到，顯示抄寫者在表達上的張力；見 J. Eadie, *Galatians*, 305-06的討論〕；加1:1 的用法接近 διὰ Ἰησοῦ Χριστοῦ καὶ θεοῦ πατρός；亦可參見 林後1:9），雖然 διὰ θελήματος θεοῦ 出現了八次，卻只是侷限於保羅的用法（羅15:32；林前1:1；林後1:1，8:5；弗1:1；西1:1；提後1:1）。

中影響著用詞。福音書作者一致地認為 ὑπό 是以神為施做者，而 διά 則是指著先知，關於 διὰ προφήτου 參見太2:5、15、17、23，3:3，4:14，8:17，12:17，13:35，21:4，24:15，27:9，關於 ὑπὸ θεοῦ 參見太2:15，22:31。[80]

約1:3   πάντα δι᾽ αὐτοῦ ἐγένετο

萬物是藉著他造的

道被描繪為親手執行的創造者，並且隱含了神是為終極的動作施做者。這是新約中典型（雖然不是獨特的）的模式：終極的動作施做者是父神（用 ὑπό），而第一線的施做者為基督（用 διά），而非人稱的方法被描繪為聖靈（用 ἐν 或單純使用間接受格）。[81]

約3:17   σωθῇ ὁ κόσμος δι᾽ αὐτοῦ

叫世人因他得救

加3:19   ὁ νόμος ...... διαταγεὶς δι᾽ ἀγγέλων

律法……藉天使（經中保之手）設立的

弗3:10   ἵνα γνωρισθῇ ...... διὰ τῆς ἐκκλησίας ἡ πολυποίκιλος σοφία τοῦ θεοῦ

為要藉著教會使……得知神百般的智慧

這裡的暗示似乎是神的智慧彰顯在教會整體的行事，而不僅是教會的存在（若是這樣會以 ἐν ἐκκλησίᾳ 表達）。

彼前4:11 δοξάζηται ὁ θεὸς διὰ Ἰησοῦ Χριστοῦ

神（在凡事上）因耶穌基督得榮耀

亦可參見路18:31；約1:2、17；徒2:16；羅5:9；林後1:19；弗3:16；腓1:11；西1:16；帖前4:14；門7；來2:3，7:25。

3) 非人格化的工具性用法 (Impersonal Means)

非人格化的方法乃是該動作以 ἐν ＋間接受格、或單只有間接受格表達（最常見的結構），僅有很少的情況會以 ἐκ ＋間接受格表達。這裡的間接受格不一定要是非人稱用法，而是被認為是這類的情況（亦即這當中隱含的動作施作者，*使用*這個間接受格的名詞作為工具）。[82]

路14:34 ἐὰν τὸ ἅλας μωρανθῇ, ἐν τίνι ἀρτυθήσεται;

鹽若失了味，可用什麼叫他再鹹呢？

---

80 並非所有新約的作者都整齊地做出此種區分（參見彼後3:2；猶17）。

81 參見新約作者看聖靈為動作施做者、在「表達動作施做者的間接受格」章節中的討論，特別是加5:16。

82 參見「表達動作施做者的間接受格」中的例子以及更完整的討論。

羅3:28　λογιζόμεθα **δικαιοῦσθαι** πίστει ἄνθρωπον[83]

　　　　人稱義是因著信

來9:22　ἐν αἵματι πάντα **καθαρίζεται**

　　　　凡物差不多都是用血潔淨的

雅2:22　ἐκ τῶν ἔργων ἡ πίστις **ἐτελειώθη**

　　　　信心因著行為才得成全

林前12:13　ἐν ἑνὶ πνεύματι ἡμεῖς πάντες εἰς ἓν σῶμα **ἐβαπτίσθημεν**

　　　　從一位聖靈受洗，成了一個身體

　　　　這裡使用「靈」並非否定聖靈的位格。聖靈乃是基督用以施洗的工具，即便聖靈具有位格。就好像施洗約翰以 ἐν ὕδατι 施洗，而耶穌以 ἐν πνέματι 施洗。[84]

　　　關於 ἐν，亦可參見太26:52；徒11:16；羅5:9（可能的例子）；帖後2:13；啟2:27，6:8，12:5，17:16。

　　　關於間接受格用法，亦可參見太8:16；約11:2；徒12:2；加2:8；腓4:6；來11:17；彼後3:5；啟22:14。

　　　關於 ἐκ，亦可參見約4:6；啟3:18，9:2，18:1。

b. 沒有帶動作施做者 (Without Agency Expressed)

　　　許多原因使得被動語態動詞並非總是帶著動作施做者，[85]以下是較為常見的例子：[86]

　　　1) 隱藏的動作施做者通常可以*明顯從上下文*或是聽眾的前理解 (preunderstandings) 得知。太5:25的法定流程是控告者把被告帶往法官、並且官交付法警之後，將他送入監牢 (εἰς φυλακὴν βληθήσῃ)。因此顯然是法警執行送入監牢的動作。在猶3中，作者與聽眾都知道交付者是誰「**從前一次交付**聖徒的真道」(τῇ ἅπαξ **παραδοθείσῃ** τοῖς ἁγίοις πίστει)。在約3:23，當作者寫到「**眾人都去受洗**」(παρεγίνοντο καὶ **ἐβαπτίζοντο**)[87] 時，他不需要一直重複提及「約翰施洗」（從這節經文的開始處即可看見）。

83　F G 中將 πίστει 讀為 διὰ πίστεως，是一個確認此為方法之概念的異文。

84　見介系詞，ἐν 章節當中關於此經文更詳細的表達。

85　見 J. Callow, "Some Initial Thoughts on the Passive in New Testament Greek," *Selected Technical Articles Related to Translation* 15 (1986) 32-37，當中有跟隨 Young, *Intermediate Greek*, 135-36 後續發展的討論，也可以注意 Givón, *Syntax*, 153-65中更一般的討論，既然這個主題的討論仍舊在啟蒙階段，我們的論點將只是提供參考、而非規範。

86　許多「隱藏的動作施做者」在被動的用法上重疊。有些類別是處於大段落的層面，有些則是句法的層面。

87　亦可參見太3:16；可4:6，5:4；路4:16，5:6，10:9；約2:10；羅3:19；林後3:10；加2:7；啟7:4

2) *經文的重點在於強調主詞；過於強調動作施做者可能會模糊焦點*。[88]舉例來說，太2:12，博士「在夢中被主指示」（χρηματισθέντες κατ' ὄναρ），雖然經文中沒有提及，但很顯然地是被主的天使指示。在撒種的比喻當中，撒種者只有提到一次（可4:14），緊接著的子句是以五個被動語態 σπείρω 說明（4:15〔兩次〕、16、17、18、20）。在符類福音中沒有一處指出撒種者的身分：比喻的焦點乃在於撒的種子和土地。[89]

3) 某些被動語態動詞的本質並不隱含有動作的施做者（如路4:2中 *συντελεσθεισῶν αὐτῶν*〔*日子滿了*〕）。[90]

4) 有些動詞是作為*對等動詞*用（如太2:23中 *πόλιν λεγομένην* Ναζαρέτ ...... Ναζωραῖος *κληθήσεται*〔一座城，名叫拿撒勒……他將*稱為*拿撒勒人〕）。[91]

5) 一個類似的用法是*隱含的一般性動作施做者* (implicit generic agent)。希臘文中時常使用簡單被動、不帶動作施做者，對應的口語化英文是「有人說」。「有人說癌症的治療法已經被發現了」，這在希臘文為「據說癌症的治療法已經被發現」。因此，太5:21，耶穌宣告：「你們聽見**有吩咐古人的話** (ἠκούσατε ὅτι ἐρρέθη)。約10:35「**經上的話**是**不能廢的**」(οὐ δύναται λυθῆναι ἡ γραφή)，隱含的施做者是「有人說」。[92]

6) 一個*明確的施做者*有時候會太過顯眼，或使得句子太過複雜、減低當中的文學果效。在林前1:13，三個被動語態都沒有提及動作施做者：μεμέρισται ὁ Χριστός; μὴ Παῦλος **ἐσταυρώθη** ὑπὲρ ὑμῶν, ἤ εἰς τὸ ὄνομα Παύλου **ἐβαπτίσθητε**;（基督是**分開的**嗎？保羅為你們釘了十字架？你們是奉保羅的名**受了洗**嗎？）。[93] 林前12:13，因為信徒乃是受洗歸入基督（ἐν ἑνὶ πνεύματι ἡμεῖς πάντες εἰς ἓν σῶμα **ἐβαπτίσθημεν**〔都從一位聖靈受洗，成了一個身體〕），[94]如果再提到基督是動作施做者，祂以聖靈

---

88 Young 指出這是即便施做者很清楚時，仍舊使用被動語態的基本理由：「被動語態最普遍的功能，是將段落的主題或將先前的話題做為這個句子的主詞。」(*Intermediate Greek*, 135) 這使得即使動作施做者沒有提及，仍舊可以聚焦論述。

89 亦可參見太2:2-3、12、18，4:12，5:10；約5:10、13，7:47；羅1:18；林後4:11，這些例子有些採用隱藏動作施做者的修辭功能（見以下討論）。

90 亦可參見約7:8；徒2:1；來1:11。

91 亦可參見太4:18；約4:5，5:2；徒1:23。

92 亦可參見徒2:25；加3:15；彼後2:2。

93 林後1:13中的被動語態也屬於這個類別：μεμέρισται 沒有提到動作施做者；其他兩個被動語態也可能屬於總類的類別。

94 亦可參見徒1:5；羅3:2；啟5:6 (ἐσφαγμένον)。動作施做者隱藏了是因為表達*負面*的言外之意，但如果明確表達，也可以符合這裡的表達（參見約2:20——這殿（是四十六年才）**造成的**……(οἰκοδομήθη ὁ ναὸς οὗτος)）。

施洗，句子會顯得累贅，並且使得隱喻的內容混淆；因為信徒是受洗進入*基督的身體*。

7) 與上述相似，*為了修辭的影響，不提起動作的施做者是為了引導讀者進入故事中*。舉例來說，耶穌對癱子的談話（可2:5）：τέκνον, **ἀφίενταί** σου αἰ ἁμαρτίαι（*小子，你的罪***赦了***）。*[95]在羅1:13，保羅提到他希望拜訪羅馬，提到他被耽擱了這麼久（ἐκωλύθην）。雅2:16，動作施做者的隱藏是作為一般性的控訴：εἴπῃ τις αὐτοῖς ἐξ ὑμῶν· ὑπάγετε ἐν εἰρήνῃ, **θερμαίνεσθε** καὶ **χορτάζεσθε**, μὴ δῶτε δὲ αὐτοῖς τὰ ἐπιτήδεια τοῦ σώματος, τί τὸ ὄφελος;（你們中間有人對他們說：平平安安的去罷！願你們**穿得暖，吃得飽**；卻不給他們身體所需用的，這有什麼益處呢？）[96]

8) *當神顯然是動作的施做者時，也會使用被動語態*。許多文法學者稱之為*神聖的被動語態*（*divine passive*）（或*神學上的被動語態*（*theological passive*），很可能是因為猶太人避諱直接提到神的名字。[97]舉例，祝福常使用被動語態：「他們必得安慰」（παρακληθήσονται〔太5:4〕）、「他們必得飽足」（χορτασθήσονται [v6]）、「他們必蒙憐恤」（ἐλεηθήσονται [v7]）。Young 認為「這種婉轉用法最常出現於福音書當中」。[98]而 Jeremias 認為特別是在耶穌的講論當中可以看見，這類的例子稱為*主的話語的逐字引用*（*ipsissima verba*）。[99]

雖然新約中有一些神聖被動語態用法，上列的例子或許太誇張。[100]因為並不是只有「神」為主詞的時候才用，即使是耶穌的講論中也可看見，[101]但是 θεός 作為主格主詞的情況*更常出現*於耶穌講論的時候。[102]尤有甚者，神聖的被動語態在新約中

95　在許多抄本中看到的是 ἀφέωνται，包括 $\mathfrak{P}^{88}$ ℵ A C D L W Γ Π Σ 579 700 892 f^1 *Byz*；而在 G Φ 0130 828 1010 1424 f^{13} *et pauci* 看到的是 ἀφέονται；在 Δ 看到的是 ἀφίονται 在 Θ 看到 ἀφίωνται。

96　亦可參見太5:29；可2:20；路4:6、43；約3:14，9:10；羅1:1、21，3:19；帖後2:2-3、8；多1:15；啟2:13，6:2，這些經文當中有的用法與所謂「神聖的被動」用法重疊，而其他經文中的施做者則是耐人尋味地模糊。

97　亦見 *BDF*, 72 (§130.1)；Zerwick, *Biblical Greek*, 76 (§236)；Young, *Intermediate Greek*, 135-36；亦可參見 J. Jeremias, *New Testament Theology* (New York: Scribner's, 1971) 9-14。

98　Young, *Intermediate Greek*, 135.

99　Jeremias, *New Testament Theology*, 9-14；亦可參見 Zerwick, *Biblical Greek*, 76 (§236)。

100　亦見 Porter, *Idioms*, 65-66。

101　參見如太3:9，6:30，15:4，19:6，22:32；可10:18，12:27；可13:19；路1:32，8:39，12:20、24、28，16:15，18:7，20:38；約3:16，4:24，θεός 在主的講論當中是為主詞的情況，通常是不證自明的狀況，因而某種程度是不必要提及的（從猶太人避諱的觀點可以看出）。舉例來說，在可13:19中，耶穌提到災難比起「從**神**創造萬物直到如今」（ἀπ' ἀρχῆς κτίσεως ἣν ἔκτισεν ὁ θεός ἕως τοῦ νῦν）更大。

102　例如，在馬太福音九個句子當中，有七次 θεός 用在主的談話當中。

出現的情況相當多。可以找到相當多如下面的句子，都暗示神為動作施做者：「人稱義」（δικαιοῦσθαι ...... ἄνθρωπον〔羅3:28〕）；「神所給我的恩」（τὴν χάριν τοῦ θεοῦ τὴν δοθεῖσάν μοι〔林前3:10〕）；「你們是重價買來的」（τιμῆς ἠγοράσθητε〔林前7:23〕）；「你們蒙召是要得自由」（ὑμεῖς ἐπ᾽ ἐλευθερίᾳ ἐκλήθητε〔加5:13〕）」；「你們得救是本乎恩」（χάριτί ἐστε σεσῳσμένοι〔弗2:5〕）；「你們得贖，脫去你們祖宗所傳流虛妄的行為」（ἐλυτρώθητε ἐκ τῆς ματαίας ὑμῶν ἀναστροφῆς〔彼前1:18〕）。

這些表達顯然地並不是因為作者基於任何猶太人避諱的理由，不願意提及神的名字。更好的說明應當是這些現象，乃基於配置的理由好使得神的名字不會過度地甚至太過唐突地重複出現，換句話說，*神聖的被動語態是先前的類別當中的一種特定模式*（為的是要把焦點要放在主詞上，或者避免過度顯眼，或者為了某些修辭的理由）。幕後的神不當然是新約作者世界觀的一部分。[103]不論有沒有提及神，這本書的本質都要我們看見祂。

2. 被動語態動詞與直接受詞並列 (Passive With an Accusative Object)

a. 定義

雖然從英文的角度來說有一點奇特，但希臘文有時候使用直接受格卻帶一個真正的被動語態動詞。這類結構的大部分用法將直接受格保留為受詞。[104]在這種情況，*直接受格用法如果是物件*，在雙重直接受格，人——*物的結構當中，帶著主動的動詞而保有其格變式*，而動詞可以使用*被動語態*。直接受格用法如果是人，在這類的例子當中，就會成為主詞。[105]即便在新約當中真正出現的情況不多，這種直接受格的用法最常出現的情況是帶著驅使性的動詞。

「我教導你們*這個功課*」變成以被動的動詞表達：「你們被我教導*這個功課*」，當動詞轉為被動的時候，人稱的直接受格則轉為主詞（主格用法），而物件的直接受格則仍保留在原先的位置。

103　亦可參見太3:10、16，5:4-9；羅1:18，2:13，3:2，4:7，9:22；林前15:4；來3:3；雅2:12；約壹4:12，或許常見的 γέγραπται 也該被看為是神聖的被動語態。

104　其他的情況雖然較少使用但也會出現，見 *BDF*, 87 (§159)。

105　然而卻並非總是明顯的，參見帖後2:15在以下的討論。

b. 例子

林前12:13　πάντες **ἓν πνεῦμα** ἐποτίσθημεν[106]

> 都飲於一位聖靈
>
> 「都」是指著人而言，以主格帶被動動詞表示，物件的直接受格「一個聖靈」則保留，如果動詞是為主動語態，則整個經文就要變成「他使我們都飲於一位聖靈」（ἐπότισε πάντα ἓν πνεῦμα）

路7:29　οἱ τελῶναι ...... βαπτισθέντες **τὸ βάπτισμα** Ἰωάννου

> 稅吏既受過約翰的洗

帖後2:15　κρατεῖτε τὰς παραδόσεις **ἃς** ἐδιδάχθητε

> 站立得穩，凡所領受的教訓

啟16:9　ἐκαυματίσθησαν οἱ ἄνθρωποι **καῦμα μέγα**

> 人被大熱所烤

亦可參見加2:7；腓1:11；西1:9；來6:9。

B. 被動的用法

→ ## 1. 簡單被動 (Simple Passive)

a. 定義

這是被動語態最常見的用法，用以表達主詞接受該動作。在主詞這邊沒有任何關於該動作認知、意願或原因，這個用法可以在有或沒有明確的施做者的情況下出現。

b. 例子

可4:6　ὅτε ἀνέτειλεν ὁ ἥλιος **ἐκαυματίσθη**

> 日頭出來一曬，（因為沒有根，）就枯乾了

路6:10　**ἀπεκατεστάθη** ἡ χεὶρ αὐτοῦ

> （他的）手就復了原

徒1:5　ὑμεῖς ἐν πνεύματι **βαπτισθήσεσθε** ἁγίῳ

> 你們要受聖靈的洗

106　有些證據顯示以 πόμα 取代 πνεῦμα (177 630 920 1505 1738 1881)：「讓一個人有可喝的」，轉變圖像為主餐的用法（亦見 BAGD, s.v. πόμα）。

羅5:1 **δικαιωθέντες** οὖν ἐκ πίστεως εἰρήνην ἔχομεν πρὸς τὸν θεόν

我們既因信稱義，就（藉著我們的主耶穌基督）得與神相和

林前12:13 ἐν ἑνὶ πνεύματι ἡμεῖς πάντες εἰς ἓν σῶμα **ἐβαπτίσθημεν** ...... καὶ πάντες ἓν

πνεῦμα **ἐποτίσθημεν**[107]

（我們）都從一位聖靈受洗，成了一個身體，飲於一位聖靈

有些人提到聖靈的洗是後期歸信的事件（好像五旬節的情況），但是這裡雙重
強調「都」的意義，並且帶著被動的語態，意思是生在歸信的那一刻。比擬於
五旬節是不合適的，因為門徒並沒有完全理解，或沒有在當天屬靈事件發生的
時候理解這些事件（注意徒2:3、4中的被動語態用法）。

來3:4 πᾶς οἶκος **κατασκευάζεται** ὑπό τινος

房屋都必有人建造

亦可參見路1:4；約12:5；徒1:2，2:3，4:9；羅1:13，2:13，7:2；林前5:5；林後
1:6；加1:12，3:1、16；腓1:29，2:17；西2:7；門15；雅2:7；彼前2:4；約參12；猶
13；啟7:5。

2. 驅使性或允准性被動 (Causative/Permissive Passive)

a. 定義

驅使性或允准性被動用法，類似於關身用法，主詞方面隱含了對於該動作的贊
成、允許或驅使。這種用法相當少見，[108]通常用以終止命令語氣（就如所預期的，
命令語氣從本質上來說包含了決定的意願）。[109]要決定究竟為驅使性用法 (Causative
Passive) 或是允准性用法 (Permissive Passive) 並不容易，[110]因此，為了實用的理由將

---

107 Codex A 以 σῶμα ἔστιν 取代 πνεῦμα ἐποτίσθημεν

108 並非所有的文法學者會把它視為合法的類別（如 Robertson, *Grammar*, 808）。

109 可是並非所有被動、命令語氣，都可以被視為是「驅使性或允准性用法」。舉例來說，在可1:
41中，耶穌命令那個痲瘋病患「你潔淨了吧！」(καθαρίσθητι)，不容易解釋為「允許你自己被潔
淨吧！」反而應當看為一種宣告（表示實現願望的敘述）而使用命令語氣。亦可參見太21:21；
可7:34，11:23；羅11:10，在 *acCordance* 所列出的155個被動命令動詞，大部分都是屬於異態動
詞字形的被動用法（如太8:9中的 πορεύθητι；太9:38中的 δεήθητε；可11:30中的 ἀποκρίθητε），
或是表示實現願望的敘述而以命令語氣而產生修辭上的影響。還有，驅使性或允准性被動的
命令，通常如果不是禁止（如在路1:13中的 μὴ φοβοῦ）、就是表達情緒的狀態，為的是「要能
自制」（如在可4:39中的 πεφίμωσο；亦可參見約14:1；羅11:20）。

110 這些經文大部分都可以翻譯為「允許」，但這並沒有解決問題。當僅以容忍的角度來看待，
或是該看為主詞暗示的要求之一？如在徒2:38中，βαπτισθήτω ἕκαστος ὑμῶν 是否意涵為「你們
各人允許自己受洗」還是「你們個人要要求自己受洗」？

兩者合併在同一個類別當中。

b. 例子

路7:7　　ἰαθήτω ὁ παῖς μου[111]

我的僕人就必好了

路11:38　ὁ Φαρισαῖος ἰδὼν ἐθαύμασεν ὅτι οὐ πρῶτον ἐβαπτίσθη πρὸ τοῦ ἀρίστου[112]

法利賽人看見耶穌飯前不洗手便詫異

耶穌為法利賽人的客人，應當由其他人為他清洗。

林前6:7　διὰ τί οὐχὶ μᾶλλον ἀδικεῖσθε; διὰ τί οὐχὶ μᾶλλον ἀποστερεῖσθε;

為什麼不情願受欺呢？為什麼不情願吃虧呢？

弗5:18　μὴ μεθύσκεσθε οἴνῳ …… ἀλλὰ πληροῦσθε ἐν πνεύματι

不要醉酒……乃要被聖靈充滿

彼前5:6　ταπεινώθητε ὑπὸ τὴν κραταιὰν χεῖρα τοῦ θεοῦ

你們要自卑，服在神大能的手下

　　亦可參見可10:45，16:6；路15:15，18:13；徒2:38、21:24、26；羅12:2，14:16；西2:20；來13:9；雅4:7、10。

3. 作為異態動詞的字 (Deponent Passive)

　　一個不具有主動形式的動詞，可以透過被動的形式表達主動意涵，兩個最普遍的異態動詞字形為 ἐγενήθην 與 ἀπεκρίθην，參見作為異態動詞字形關身的用法討論，這些內容與異態動詞字形與被動的用法一樣相關。

111　在許多手抄本中找到的用法為 ἰαθήσεται，包含 ℵ A C D W Δ Θ Ψ *f*[1, 13] 28 33 565 579 700 892 1292 1424 *Byz*，而被動語態命令語氣的用法則可以在 𝔓[75vid] B L 1241 *et pauci* 當中找到。

112　可以在 𝔓[45] 700看到 ἐβαπτίσατο 的讀法，而大部分其他的文本則顯示 ἐβαπτίσθη。被動語態很可能才是原始的讀法，有外證顯明、並且是較為困難的讀法（既然法利賽人的詫異，可能是因為耶穌有意地不洗手）。

語氣

綜覽語氣與它們的用法

參考書目

BDF, 181-96 (§357-87); **J. L. Boyer**, "The Classification of Imperatives: A Statistical Study," *GTJ* 8 (1987) 35-54; **idem**, "The Classification of Optatives: A Statistical Study," *GTJ* 9 (1988) 129-40; **Burton**, *Moods and Tenses*, 73-143 (§157-360); **Chamberlain**, *Exegetical Grammar*, 82-87; **Dana-Mantey**, 165-76 (§160-65); **Moule**, *Idiom Book*, 20-23, 142-47; **Moulton**, *Prolegomena*, 164-201; **Porter**, *Idioms*, 50-61; **Robertson**, *Grammar*, 911-1049; **Smyth**, *Greek Grammar*, 398-412 (§1759-1849); **Young**, *Intermediate Greek*, 136-46; **Zerwick**, *Biblical Greek*, 100-24 (§295-358).

簡介

A. 關於定義

1. 一般定義

正如時態與語態一樣，動詞的語氣也是它形態學的特徵。*語態*指出主詞是*如何*與動詞的*動作*或狀態*相關連*；*時態*主要是用以表達動作的種類 (the *kind* of *action*)。一般而言，語氣是用以表達出「動詞的動作或狀態」關於*現實*或*擁有可能性的程度* (*actuality* or *potentiality*)。以前的文法書稱之為「模式」（"mode"）[1] 或「態度」（"attitude"）[2]。在希臘文中有四種語氣：直說語氣、假設語氣、祈願語氣、命令語氣。[3]

2. 對於語氣

文法書傾向於簡略地描述「語氣」（好像我們在上述所做的）。[4] 不過，如此簡單的敘述卻可能誤導讀者。二類的定義，需要特別地評論一下。首先，有些文法書說到語氣時，好像它所表達的是*客觀的實體事物*。這一點在*直說語氣*時，更是如此。舉例說，有人說直說語氣表達的是「簡單的事實」。[5] 但是這明顯不是事實：謊言往往是用直說語氣表達的，錯誤的認知也都使用的是直說語氣；至於誇張的言詞、虛構的事件也都用的是直說語氣。「小綠人 (little green men) *住在*我置於前院的鞋盒內」使用的是直說語氣，「我不再*犯罪*」使用的是直說語氣，或者「Forrest Gump *是*如今還活著、最偉大的籃球球員」使用的是直說語氣。這些用句都沒有與

1　E.g., Robertson, *Grammar*, 911; Chamberlain, *Exegetical Grammar*, 82.

2　E.g., Moulton, *Prolegomena*, 164：「所討論的『語氣』具有主觀的成分，特別是說話者的*態度*（斜體是我加上去的）。」Porter 在他的 *Idioms* 這本書第二章 "Mood and Attitude"，定義「語氣」為「說話者對事件的態度」(50)。

3　大部分的文法書不將不定詞或分詞歸納在語氣的類別裡；它們的確有好理由。作為從屬的動詞，它們所透露出說話者態度的肯定 (attitude toward certainty) 是決定於主要動詞。因此，既然這個肯定是衍生的，它們當然不能說具有語氣的本質。但是為著字詞分析的方便，這二詞類往往還是被放在「語氣」的類別中來討論。

4　在我們所給簡單的定義裡，我們避免將語氣與說話者的觀點相混淆，不過，過分簡單的定義無法說清楚為什麼說話者要選用這種文法形式來表達。

5　Dana-Mantey, 168 (§162). 雖然他們加上了說明，給人一種印象、直說語氣相對而言，是比較客觀的。請參見 Burton, *Moods and Tenses*, 73 (§157)。我們不是要說這些文法學者誤解了語氣的意涵，而是他們並沒有說清楚語氣還可能有什麼涵義。

一個絕對客觀、或與現實有一對一的關係。[6]

　　第二類的定義，有改善、但仍然容易誤導人。許多文法書說到「語氣」，說它指的是說話者對於現實的*認知* (a speaker's *perception* of reality)。但若說「語氣指的是說話者*認*為自己在表達的真實性 (factuality)。」[7]這似乎是意味著，是說話者自己在嘗試為他的說話 (verbal action) 作精準的描繪。[8]他的嘗試或許失敗，但是至少他的目標是精準的。但是事實上，不是這樣。

　　另一方面，錯誤的理解、諷刺的含意、誇張的用法、虛擬的敘述、雙重的世界觀 (dualistic worldview) 等等，都不可能傳遞。舉假說語氣例說，若是我們知道公羊隊 (Rams) 已經被淘汰了，我們不可能說「我想公羊隊*很可能會贏*得今年的橄欖球超級盃」嗎？若是我真的說了，那很可能是帶有諷刺的意思，但是字句本身並不指出我的認知來。命令語氣也可以被用來表達一種修辭效果，特別是當說出來的是一個不可能完成的命令：「*以三個或更少的句子仔細描述這個宇宙*」；「*投票給那個每一點主張都與你相同的候選人*」。

　　有時候，這二個命題（也就是，語氣所反映是現實 (reality) 或是一個人的認知／感受 (perception of reality)）在同一文法書中並存。因此，它會說直說語氣是比較客觀，而其他語氣是比較主觀。[9]

　　難怪有一位文法學者說「語氣是希臘文法中最困難的部分！」[10]

3. 仔細的定義

　　鑑於上述，一個更為精確的定義列在下面：*語氣是動詞的形態學特徵，說話者用以**表達描繪**出他／她對於動作或狀態的確定、肯定到什麼程度（無論是關乎事實的或是關乎可能性的 (whether an actuality or potentiality)）*。在這個定義中，重要的

6　事實上，這本文法書一直在強調的是，*語言與事實之間* (between *language* and reality) 並不必然有一對一的關係。這二者有相交集之處，但是並不全然相同。要把這一點說清楚，可以舉例這樣解釋，「福音書的作者經常引用耶穌的用句 (Jesus verbatim)、所記下的比喻都是真實的故事（不只是真實的生活）、沒有字彙或文法場域的重疊 (no overlap in lexical or grammatical fields)，因為一個事件只有一種描述是可能的，因此，象徵性的語言是不存在的！」明顯地，這種對於語言的觀點，是荒謬的。簡言之，*所有的語言表達都是一種解釋的活動*。

7　Young, *Intermediate Greek*, 136（斜體字是我加上去的）。

8　Young 對此表示肯定，他說「語氣透露出說話者於動作或狀態相較於現實的觀感 (perception of the action or state in relation to reality)。」（同上）參見 Moulton, *Prolegomena*, 164; Robertson, *Grammar*, 911-12; Zerwick, Biblical Greek, 100 (§296)。

9　E.g., Dana-Mantey (166, [§161]) 認為語氣包括有二種觀點，「真實的」(actual) 與「可能的」(possible)。

10　Robertson, *Grammar*, 912.

的因素指出：語氣 (a) 不必然對應於現實 (reality)， (b) 也不必然指向說話者對現實的*認知*，而是 (c) 指向說話者所作的*描繪*或*表現* (*portrayal* or *representation*)。[11]

B. 語氣的語意學

另外還有五點內容需要增補在語氣的內涵裡。

• 第一，語氣的一般語意可以藉著以下表格的比較顯示：

語　氣	直說語氣	假設語氣	祈願語氣	命令語氣
希臘文例子	λύεις	λύῃς	λύοις	λῦε
描繪	肯定／宣稱	很有可能／期待的	有可能	有意的
（英文）翻譯	you are loosing/ you loose	you might be loosing/ you should be loosing	you may be loosing	loose!

表格8

不同語氣的語意比較

這個表格的比較是相當簡化的，只是要給學生一個關於不同語氣的最基本概念。在這個比較以外，還有許多因為其他因素而導致的例外。

• 第二，語氣還得從二個向度來看：(1) 語氣反映了不同*程度*的肯定 (*degrees* of certainty)；說話者所作的描繪是一個連續的光譜 (a continuum of certainty)，[12] 從*現實*到*可能* (actuality to potentiality)。一般來說，直說語氣是與其他的語氣有別，因為它是最常用來表達現實的語氣，而*其他的*語氣 (*oblique* moods) 常用來表達不同程度的可能性 (potentiality)。[13] 既然後者主要不是用來表達現實，它們當然也就不包含時間的元素。(2) 命令語氣常用以表達說話人的意志 (*volition*)，儘管祈願語氣、假設語氣、以及特殊是直說語氣都可以表達*認知* (*cognition*)。也就是說，命令語氣訴求意志，而其他語氣則多一點訴求心智的層面。

---

11   *所有文法書都訴諸簡略的定義*，以避免冗長的解釋。之間的拿捏，就在不必要的精準與教育功能的簡化。無疑地，這本書可能被認為是太過詳細，儘管它也無可避免地會犯後者的錯誤。

12   這裡的解釋都要歸功於 Dr. Hall Harris。

13   當然有例外的情況。第一類型的情形是有把握地講述一個*論證*（也就是，「若是 X 的條件滿足」這話的意思是，是「為把事情說清楚，所以我們假設了 X 的敘述為真」的前提）。但是質詞 εἰ 在這個情況是影響了語氣的表達：是它們合併的用法，使這個子句有它的特色。

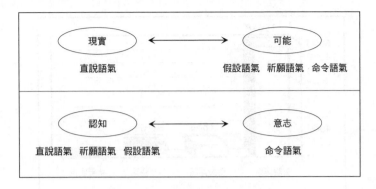

圖表43

從二個向度觀察語氣的運用

・第三，以上所述的二個層面 (dual matrix) 提醒，*作者往往並沒有選擇*他所用的語氣。[14] 舉例說，記敘文往往是用直說語氣來描述的。但是在其他地方，當要描述某人有意要做某一個可能的動作時，若干語氣（直說語氣以及很可能祈願語氣）都被預先刪除可能性了。但是當要描述某人的認知活動時，命令語氣首先就被排除了。

・第四，直說語氣是最普遍被使用的語氣，儘管將它形容成「襯底的語氣」（"unmarked mood"）或許是有點太過分。[15] 還有其他涉入的因素，限制了在某特定處境、可以選擇語氣的空間（見先前的討論）。以下是新約中不同語氣出現的頻率。

14　這個意見與Porter, *Idioms*, 50的觀點相反：「（希臘文）說話者選擇語氣來表達，可能是他僅次於『觀點』(verbal aspect)、第二重要的語意選擇 (semantic choice)。」儘管在語氣之間有諸多重疊之處（好比說，第一、第三類型條件句型〔直說語氣與假設語氣〕、表達意志的子句〔命令語氣、假設語氣、直說語氣未來時態〕，多數情況下，這種選擇太多已經被其他事實決定了（譬如說，表達意志、目的性敘述的 ἵνα 子句裡，時態就很重要）。（還有，就算是在表達意志的子句裡，選擇假設語氣，而不是命令語氣的理由，多半是不確定的、或僅僅是風格所致，因為沒有意圖的差別 (no modal difference)）。似乎真實的情況是，說話者有更多的自由選擇*語態*、多過於選擇語氣。

15　*Contra* Robertson, *Grammar*, 915; Porter, *Idioms*, 51.

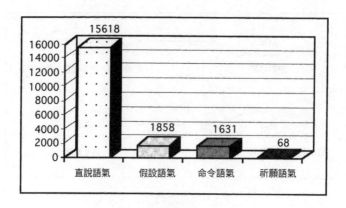

圖表44

新約中不同語氣出現的頻率[16]

　　‧第五，儘管是在有選擇語氣的空間情況下，*被選用的語氣也不是按照它一般的意涵被使用*。舉例來說，在禱告中宣告祝福時（好比說，「願神允准你……」），當然就需要到祈願語氣了。然而這並不是意味著說話者認為這樣的祝福（相較於假設語氣）較不太可能發生。禁制的口吻往往以假設語氣、而不是以命令語氣說出來的。但是這也不意味著說話者認為這樣做會比用命令語氣、更讓人留意。同樣地，命令語氣有時會被用在條件句的假定子句裡（好比約2:19耶穌說「你們拆毀這殿，我三日內要再建立起來」）；但是這並不意味著說話者認為、所說的動作真的不可能成真。相同地，在希臘化時期，祈願語氣已在消逝中、假設語氣逐漸侵入祈願語氣的語意範疇（參見以上討論）。因此，儘管有些地方祈願語氣是較為合適，但是因為作者使用假設語氣更為自在，所以事實上是更多的假設語氣被使用。在這種情況下使用假設語氣，並不意味著說話者認為事件（會比使用祈願語氣）更有可能發生。另一方面，假設語氣的用法往往是跟在 ἵνα 這個字後面，但是這也不意味說話者認為事件更可能發生。

　　最後這一點的解經意涵是，相較於其他的因素（諸如字彙、上下文、或文法細節），語氣需要特別被檢視。一視同仁地以為所有的語氣都擁有一致的語意特色，顯然是危險的。幸好，不同的語氣所擁有的語意特色，都是獨特的。這使得由於語氣而起爭議的例子，相較於其他字形──句法所引起的問題，是少得多。

16　這一份統計是根據希臘文聖經 UBSGNT[3]、按照 *acCordance* 的搜尋的結果。其中若干單字的字詞解析有點問題（好比說，有些第二人稱是直說語氣或假設語氣，又或者 δώη 這類型的字應該被當作是祈願語氣 [δώη] 或者假設語氣 [δώῃ]）；再者，若干經文也都不確定。但是就總體的比例與一般的輪廓而言，細節並沒有影響。

C. 語氣的類別

本章將會處理主要的類別。至於更詳盡的研究，請見相關於的討論：Burton, *Moods and Tenses*；Robertson，*Grammar*；以及 Moulton, *Prolegomena*。

I. 直說語氣

A. 定義

一般而言，直說語氣表達宣告或對*事物肯定的程度* (*presentation of certainty*)。光說「直說語氣是表達肯定或現實」(certainty or reality)，並不正確。它的特徵在於「表達」(presentation)（也就是說，直說語氣可以表達肯定或現實的事物，儘管說話者不一定相信它）。我們這樣理解直說語氣為一種表達宣告或對事物肯定的程度的語氣，意味著 (1) 使用直說語氣的人不會對要表達的事物撒謊（但是另參徒6:13）；(2) 使用直說語氣的人不會對要表達的事物犯錯（但是另參路7:39）。因此比較正確的說明「直說語氣」是「宣告的語氣」或表達確定。

B. 特殊用法

→ 1. 宣告性的直說語氣 (Declarative Indicative)

a. 定義

這種直說語氣的用法，往往用於表達一個宣告 (*present* an assertion)、非偶然性的敘述 (as a non-contingent or unqualified statement)。這種用法非常普遍。

b. 例證

可4:3　ἐξῆλθεν ὁ σπείρων σπεῖραι

有一個撒種的**出去**撒種

約1:1　Ἐν ἀρχῇ **ἦν** ὁ λόγος

太初**有**道

徒6:8　Στέφανος ...... **ἐποίει** τέρατα καὶ σημεῖα μεγάλα ἐν τῷ λαῷ

司提反……**間行了**大奇事和神蹟

羅3:21　χωρὶς νόμου δικαιοσύνη θεοῦ **πεφανέρωται**

神的義在律法以外**已經顯明**出來

腓4:19   ὁ θεός μου **πληρώσει** πᾶσαν χρείαν ὑμῶν[17]

        我的神必……使你們一切所需用的都充足

彼前4:7   πάντων δὲ τὸ τέλος **ἤγγικεν**

        萬物的結局近了

    另參見徒27:4；腓3:20；來1:2；雅2:18；彼後1:21；約壹3:6；啟1:6。

➡ 2. 詢問性的直說語氣 (Interrogative Indicative)

a. 定義

直說語氣也可以用來表達詢問。這個問題*期待一個宣告*，期待一個宣告性的直說語氣作為回答（這與假設語氣的用法相反，後者詢問一個道德或義務上「應該與否」的問題，或者詢問可能性）。這種詢問性的直說語氣探詢資訊。也就是說，它並不詢問「*如何*」或「*為什麼*」之類的問題、而是問「*什麼*」之類的問題。[18]

常常這類直說語氣都有一個疑問詞伴隨著，使得它與前述的宣告性的直說語氣明顯有別。[19] 詢問性的直說語氣是一種普通的用法，儘管未來時態的直說語氣較少作這種用法（參見以下的 deliberative subjunctive）。[20]

b. 例證

太27:11   σὺ εἶ ὁ βασιλεὺς τῶν Ἰουδαίων;

        你是猶太人的王嗎？

約1:38   λέγει αὐτοῖς, Τί **ζητεῖτε**; οἱ δὲ εἶπαν αὐτῷ, Ραββί, ... ποῦ **μένεις**;

        耶穌問他們說：「你們要什麼？」他們說：「拉比，在那裡住？」

約11:26   πᾶς ὁ ζῶν καὶ πιστεύων εἰς ἐμὲ οὐ μὴ ἀποθάνῃ εἰς τὸν αἰῶνα. **πιστεύεις** τοῦτο;

        凡活著信我的人必永遠不死。你信這話嗎？

羅11:2   οὐκ οἴδατε ...... τί **λέγει** ἡ γραφή;

        你們豈不曉得經上……說的呢？

        在這個問題裡。有另一個問題。後者期盼一個宣告：「你們是知道經上說了……」。

---

17   在若干抄本中有祈願語氣的用字 πληρώσαι，包括 D* F G Ψ 075 33 69 81 1739 1881 1962 *et alii*。

18   這種用法並不排除修辭性的用法。不少情況，並不預期有答案回覆（參見雅2:4；啟7:13-14）。

19   Robertson, *Grammar*, 915-16。他將林前1:13與羅8:33-34列在界分模糊的經文類別裡。

20   但是參見可13:4。

雅2:5 οὐχ ὁ θεὸς **ἐξελέξατο** τοὺς πτωχοὺς τῷ κόσμῳ πλουσίους ἐν πίστει;

神豈不是**揀選**了世上的貧窮人，叫他們在信上富足……？

另參見太16:13，21:25，27:23；可8:23，15:2；徒12:18（間接問句）；約9:17；羅2:21-23；林前1:13；雅2:7；啟7:13。

→ 3. 條件性的直說語氣 (Conditional Indicative)

a. 定義

這種直說語氣，是用在條件句的假定子句中。而假定子句往往是藉著εἰ這個連接詞，清楚顯示。這種用法非常普遍，雖然多是第一類型（超過三百個案例）、第二類型較少（少於五十個案例）。

第一類型的假定子句，假設事實而作論證，但是第二類型的假定子句，就是*假設非事實來作論證。*[21]

b. 例證

以下例證，前二者是第二類型的假定子句，之後的三個例子是第一類型的假定子句。

約5:46 εἰ **ἐπιστεύετε** Μωϋσεῖ, ἐπιστεύετε ἂν ἐμοί

你們如果信摩西，也必信我

第二類型的假定子句，預設非事實來作推論。概念是「若是你們相信摩西——但是你們沒有……」。

林前2:8 εἰ **ἔγνωσαν**,οὐκ ἂν τὸν κύριον τῆς δόξης ἐσταύρωσαν

他們若知道，就不把榮耀的主釘在十字架上了

太12:27 εἰ ἐγὼ ἐν Βεελζεβοὺλ **ἐκβάλλω** τὰ δαιμόνια, οἱ υἱοὶ ὑμῶν ἐν τίνι ἐκβάλλουσιν;

我若靠著別西卜趕鬼，你們的子弟趕鬼又靠著誰呢？

第一類型的假定子句，假設事實而作推論，但是這並不意味著說話者必然相信所假設的事實。這節經文的意思是「我若靠著別西卜趕鬼——讓我們就以此假設作推論——那麼，你們的子弟趕鬼又靠著誰呢？」

林前15:44 εἰ **ἔστιν** σῶμα ψυχικόν, ἔστιν καὶ πνευματικόν

若有血氣的身體，也必有靈性的身體

21　更詳盡的討論，請見以下「條件句型」的章節。

啟20:15   εἴ τις οὐχ **εὑρέθη** ἐν τῇ βίβλῳ τῆς ζωῆς γεγραμμένος, ἐβλήθη εἰς τὴν λίμνην
τοῦ πυρός

若有人名字沒記在生命冊上，他就被扔在火湖裡

另參見太23:30（第二類型）；路4:9（第一類型），6:32（第一類型）；徒16:
15（第一類型）；羅2:17（第一類型），9:29（第二類型）；加2:18（第一類型）；
帖前4:14（第一類型）；來4:8（第二類型）；雅2:11、約貳10（第一類型）；啟13:
9（第一類型）。

➔ 4. 意願性的直說語氣 (Potential Indicative)

a. 定義

這種直說語氣，常是表達責任、期盼、渴望 (desire) 的動詞、與不定詞連用。
是這些動詞字根本來的意思、而不是直說語氣，使這個字的語意有「非直說語氣」
(a potential mood) 的意涵。這種用法相當的普遍。

這類動詞表達責任（好比 ὀφείλω 這類的字）、期盼（好比 βούλομαι 這類的
字）、意欲（好比 θέλω 這類的字），往往跟著不定詞一起連用。這樣的用字限制了
宣告的內容，使得它有「可能」的意涵 (a potential action)。在這種情況下，直說語
氣的一般性意涵並沒有失去，只是所宣告的內容是渴望、而不是在做的事 (the
doing)。因此，這種用法可視為前述「宣告性的直說語氣」的一個子類。[22]

b. 例證

路11:42   ταῦτα **ἔδει** ποιῆσαι

這原是你們當行的

徒4:12   οὐδὲ ὄνομά ἐστιν ἕτερον ὑπὸ τὸν οὐρανὸν τὸ δεδομένον ἐν ἀνθρώποις ἐν ᾧ
δεῖ σωθῆναι ἡμᾶς

在天下人間，沒有賜下別的名，我們**可以**靠著得救

林前11:7   ἀνὴρ οὐκ **ὀφείλει** κατακαλύπτεσθαι τὴν κεφαλὴν

男人本**不該**蒙著頭

提前2:8   **βούλομαι** προσεύχεσθαι τοὺς ἄνδρας

我**願**男人……禱告

---

22   不過，當情況是一個不完成時態時，所透露的是有意圖的行動；如羅9:3。

啟2:21　ἔδωκα αὐτῇ χρόνον ἵνα μετανοήσῃ, καὶ οὐ **θέλει** μετανοῆσαι[23]

　　　　我曾給她悔改的機會，她卻**不肯**悔改她的淫行

　另參見太2:18 (θέλω)；徒5:28 (βούλομαι)；羅15:1 (ὀφείλω)；林前11:10 (ὀφείλω)；猶5 (βούλομαι)；啟11:5（θέλω；第一類型的條件句）。

5. 勸服性的直說語氣 (Cohortative, Command, Volitive Indicative)

　　*未來時態*的直說語氣，有時用來表達命令、特別是在舊約引句裡（主要是因為由希伯來經文直譯而來）。[24] 不過，這種用法在古典希臘文中並不常見。就是在新約中，也僅見於馬太福音。[25] 它常用作強調，合併直說語氣與未來時態的特性。「它不只是溫和地或一般性的吩咐。預測是有影響力、表達冷漠、強制、退讓。」[26]

太19:18　οὐ **φονεύσεις**, οὐ **μοιχεύσεις**, οὐ **κλέψεις**, οὐ **ψευδομαρτυρήσεις**

　　　　不可殺人；不可姦淫；不可偷盜；不可作假見證

　　　　這句話在可10:19與路18:20的平行句，都是 μή + 假設語氣、簡單過去時態動詞 (a prohibitive subjunctive) 來表達的。

太6:5　οὐκ **ἔσεσθε** ὡς οἱ ὑποκριταί[27]

　　　　不可像那假冒為善的人

　　　　這是一個勸服性的直說語氣用法，不是用在舊約引句裡。

彼前1:16　ἅγιοι **ἔσεσθε**, ὅτι ἐγὼ ἅγιός εἰμι[28]

　　　　你們要聖潔，因為我是聖潔的

　另參見太4:7、10，5:21、27、33、43、48，21:3，22:37、39；可9:35；羅7:7，13:9；加5:14。

→ 6. 帶有 Ὅτι 這字的直說語氣

　　直說語氣可以用在獨立子句與附屬子句中。而在後者中，最頻繁被使用的形式，就是 ὅτι 子句的用法。

　　以下所包括在這個類別中的，主要不是根據直說語氣的句法、而是按著

23　有些抄本（如 A 1626 2070）有的是 οὐκ ἠθέλησεν、而不是 οὐ θέλει。

24　請見以下「未來時態」的討論。

25　簡潔一點的討論，請見 *BDF*, 183 (§362)。

26　Gildersleeve, *Classical Greek*, 1.116 (§269)。

27　好些抄本有的是 ἔσῃ，唯一的一個異文並不影響這裡的文法觀察。

28　有些抄本有 γένεσθε 這個字、代替 ἔσεσθε（如 K P 049 1 323 1241 1739），但是大部分抄本有的是 γίνεσθε。

ὅτι（＋直說語氣）子句的功能。但是直說語氣也常常出現在這個結構中，所以放在
這裡來討論。有三個子類：作實名詞、作同位格、提供「原因」用。[29]

a. 作實名詞用的 Ὅτι 子句

ὅτι（＋直說語氣）子句經常作實名詞用。這樣的用法，亦稱為名詞子句(noun or
nominal clause)、內容子句 (content clause)、或宣告子句 (a declarative clause)，雖然
我們傾向接受後者為間述句。在這種情況底下，往往以（英文）"that" 來翻譯 ὅτι
這個字。就如名詞一般，ὅτι 子句可以作主詞、作直接受詞、作其他名詞的同位詞。

為了凸顯 ὅτι（＋直說語氣）子句作實名詞的用法，以下例證都以括弧將此子句
包裹。如果你有懷疑某個 ὅτι 子句可以作實名詞，那以一代名詞替代就可以作為測
試。若是原句可以有意義，那此 ὅτι 子句就很可能是作實名詞用。這個代名詞有什
麼功能？你的回答就告訴你這個 ὅτι 子句作為實名詞用的功能。

1) 作主詞的 Ὅτι 子句

偶爾，ὅτι 子句可以作為句子的主詞。

可4:38　　οὐ μέλει σοι [ὅτι **ἀπολλύμεθα**];

〔我們喪命〕，你不顧嗎？

約9:32　　ἐκ τοῦ αἰῶνος οὐκ ἠκούσθη [ὅτι **ἠνέῳξέν** τις ὀφθαλμοὺς τυφλοῦ γεγεννημένου]

從創世以來，未曾聽見〔有人把生來是瞎子的眼睛開了〕[30]

徒4:16　　[ὅτι γνωστὸν σημεῖον **γέγονεν** δι' αὐτῶν] πᾶσιν τοῖς κατοικοῦσιν Ἰερουσαλὴμ
φανερόν

〔他們誠然行了一件明顯的神蹟〕，凡住耶路撒冷的人都知道

另參見約8:17（可能）。

2) 作直接受詞的 Ὅτι 子句

有三個子類別在這裡：作直接受詞、作直述句、作間述句；後二者在新約中相
當普遍。三者在新約中並不都容易區別，就是希臘人也有重疊的認知。不過，在口
語希臘文時期，希臘文漸趨平易，直述句更為普遍，儘管間述句仍然是最頻繁被使
用的用法。

29　這裡所討論的是 ὅτι 子句（＋直語氣動詞）的最主要用法。其他的用法，參見 BAGD, 588-89。
30　把這裡的結構視為是一種修飾受詞（之後有被動的動詞跟在後面）的直接受詞，也是有可能
的。

a) 作直接受詞的 Ὅτι 子句

偶爾 ὅτι 子句可以作及物動詞（但不是感官動詞，如看、聽、說等）的受詞。若干例證有爭議。

路20:37 [ὅτι ἐγείρονται οἱ νεκροί], καὶ Μωϋσῆς ἐμήνυσεν

〔至於死人復活〕，摩西……指示明白了

這有可能是一個宣告性的 ὅτι 子句。

約3:33 ὁ λαβὼν αὐτοῦ τὴν μαρτυρίαν ἐσφράγισεν [ὅτι ὁ θεὸς ἀληθής ἐστιν]

那領受他見證的，就印上印，〔證明神是真的〕

啟2:4 ἔχω κατὰ σοῦ [ὅτι τὴν ἀγάπην σου τὴν πρώτην ἀφῆκες]

我要責備你，〔就是你把起初的愛心離棄了〕

另參見路10:20b；啟2:20。

b) 作直述句的 ὅτι 子句（亦稱為 Recitative Ὅτι 子句、Ὅτι *Recitativum*）

1] 定義

這是一種接在感官動詞 (a verb of perception) 後面、作直接受詞的特殊用法。在希臘文希臘化時期，這是 ὅτι 子句的一種普通用法。在直述句的情況下，ὅτι 通常不翻譯出來；就直接把引述的句子用括弧標記。

2] 解說

我們得記得，使用括弧將 ὅτι 子句以引用文字標記的方式，是現代的作法。這當然不意味著所引用的文字，是逐字引用。一些這樣的例子，因為主要動詞的主詞就是直述句的主詞，因此，也可以視該 ὅτι 子句是一個宣告性的間述句 (declarative [indirect discourse] clauses)。請見以下討論。

3] 例證

路15:2 διεγόγγυζον οἵ τε Φαρισαῖοι καὶ οἱ γραμματεῖς λέγοντες [ὅτι οὗτος ἁμαρτωλοὺς **προσδέχεται** καὶ **συνεσθίει** αὐτοῖς.]

法利賽人和文士私下議論說：「這個人**接待罪人**，又同他們**吃飯**。」

約6:42 πῶς νῦν λέγει [ὅτι ἐκ τοῦ οὐρανοῦ **καταβέβηκα**;]

他如今怎麼說「我是**從天上降下來的**」呢？

約4:17 ἀπεκρίθη ἡ γυνὴ καὶ εἶπεν αὐτῷ· οὐκ ἔχω ἄνδρα. λέγει αὐτῇ ὁ Ἰησοῦς· καλῶς εἶπας [ὅτι ἄνδρα οὐκ **ἔχω**]

婦人說：「我沒有丈夫。」耶穌說：「你說『（我）沒有丈夫』是不錯的」

在這段經文中，耶穌引用這個婦人的話，但是字序是顛倒地引用。這樣字序的改變，並沒有因此就使引述句成為間述句；因為這需要引述句的動詞 (εἶπας) 與

引句的動詞〔句中的 ἔχω 應該換為 ἔχεις 才對〕有一樣人稱、「你說得對，你**現在沒有**丈夫」。

在所更動的字序裡有一個強烈的修辭用意，把這位婦人所沒有的（丈夫 [ἄνδρα]，置於他話語用詞的第一個位置、用以強調（「丈夫，我現在沒有」）。如同耶穌這樣說的，「女士，你說得對，你家裡是有男人，但他不是你的丈夫」。緊接著的經文正確地指出所以安排這樣字序的理由（「因為你已經有五個丈夫，你現在有的並不是你的丈夫。你這話是真的」）。

偶爾，有中級希臘文的學生對於 "recitative ὅτι clause" 這個名稱，有點不自在，因為他們對於直述句的概念有點誤解。古時候的作者或說話者，一般而言，在引述文句時並不在意要引述得一模一樣。他們並不是要寫碩士論文；因此，用字的精確並不是他們在意的事（儘管他們的確專注於精確地表達概念）。這一點在新約中也是一樣地清楚：舉例說，新約中許多作者引用舊約經文的方式、符類福音引用耶穌教訓的方式、或者施洗約翰回溯自己先前的話（約1:15、30）。

這些中級希臘文的學生所感受的不自在，先前的聖徒也同樣如此。兩份最早期的大楷體抄本(MSS、א、D)的文士，就有不同意的，因此，他們更改了字序。但是沒有改變耶穌用字的次序、只更改了這位婦人的字序。結果變成好像是「耶穌沒有引述得正確；其實是她起先就說得不對！」[31]

另參見太2:23（或許），4:6，16:7，19:8；可1:15、37，3:28，5:23；約1:20，8:33；羅3:10；林後6:16；來11:18；猶18；啟18:7（第二個 ὅτι 子句）。

c) 作間述句的 ῞Οτι 子句（亦稱為宣告性 [declarative] 的 ῞Οτι 子句）

1] 定義

這個用法，是 ὅτι 子句接在感官動詞後面、作直接受詞的子句。其中 ὅτι 子句帶有一個*說出來的話語*或思想 (*reported speech* or *thought*)。這種用法與前者、表達直述句的 ὅτι *recitativum* 恰好呈對比。這種用法非常普遍，常用 "*that*" 翻譯 ὅτι、引之後的間述句。

2] 解說／語意

如同前述的作直述句的用法，宣告性 ὅτι 子句是跟在感官動詞（如看、聽、說、思想、知道、相信等）。它如同是以報告的方式、重現先前的說話或思考內容。但是有二點是需要提醒的。

31　有幾個抄本將耶穌敘述中的 ἔχω、改為 ἔχεις (א C* D L *pauci*)；但是大部分義大利 (Itala) 抄本二次都保有第一人稱，只改變了這個婦人說話的次序。這一點尤其清楚地呈現了早期文士——甚至是非拜占庭文士 (non-Byzantine scribes) ——出於敬虔動機的作為。Dean Burgon 看五個大楷體抄本 (אA B C D) 都是異端的結果、來回答這個異文的問題。

第一，*許多情形下，原先的敘述並無須再重述*。好比說，「使徒在耶路撒冷聽見撒瑪利亞人領受了神的道 (ἀκούσαντες οἱ ...... ἀπόστολοι ὅτι δέδεκται ἡ Σαμάρεια τὸν λόγον τοῦ θεοῦ)〔徒8:14〕」，沒有必要再還原一個直述句「撒瑪利亞人領受了神的道」。路加已經*簡略地敘述*他們所聽到的內容。至於當撒瑪利亞婦人告訴耶穌，「我察覺你是個先知」（θεωρῶ ὅτι προφήτης εἶ σύ〔約4:19〕），其實再無須重現*原來的*陳述（「你是個先知」）。在太2:16（「希律見自己被博士愚弄，[Ἡρῴδης ἰδὼν ὅτι ἐνεπαίχθη ὑπὸ τῶν μάγων]），我們不能假設有一個原初的敘述「我被博士愚弄」。因此，間述句並不必然需要假設有一個隱含的直述句。[32]

第二，另一方面，好些作間述句的 ὅτι 子句，很可能該是宣告性的或是作直述句的 ὅτι 子句 (declarative or recitative)。其間模糊的地帶，是因為主要句子的主詞與直述句的主詞是同一人的緣故。因此，在約4:35，οὐχ ὑμεῖς λέγετε ὅτι ἔτι τετράμηνός ἐστιν καὶ ὁ θερισμὸς ἔρχεται 這個句子（「你們豈不說『到收割的時候還有四個月』嗎？」或者是「你們豈不說，到收割的時候還有四個月嗎？」）。大部分這樣的例子，二者之間意思差異甚小。不過，我們還是得記得，古代作者往往並無意作精確字句的引述。

3] 在希臘文與英文間譯文的差異

最後一點得再補充說明的。一般而言，直述句裡希臘文動詞的*時態都仍會保留*在間述句裡。[33] 這一點與英文不甚相同：在間述句中，我們往往將*時態*由直述中往後倒退「一格」（特別是當引入間述句的動詞是過去時態時），也就是說，我們會將間述句中的過去時態翻譯為（英文）過去完成時態；以此類推。請注意以下表格內的英文時態。[34]

直述句	間述句
He said, "I **see** the dog"	He said that he **saw** the dog
He said, "I **saw** the dog"	He said that he **had seen** the dog
"I **am doing** my chores"	I told you that I **was doing** my chores
"I **have done** my chores"	I told you that I **had done** my chores

表格9

在直述句與間述句中的英文時態

32　事實上，間述句是個錯誤的名稱。或許應該使用「被理解成的用句」（"perceived formulation"）、「略述的受詞子句」（"summary assessment object clause"），或者類似的用詞。間述句因此可以被視為是一個更大類別的子類。

33　這個通則是有例外的，特別是當不完成時態取代了現在時態的狀況。請見 Burton, *Moods and Tenses*, 130-42 (§334-56)。

34　請參見 Burton, *Moods and Tenses*, 136-37 (§351-2) 有更多的例證。

不過，在希臘文中，直述句的動詞時態往往保留在間述句中。請注意以下例證。

4] 例證

太2:23 πληρωθῇ τὸ ῥηθὲν διὰ τῶν προφητῶν [ὅτι Ναζωραῖος **κληθήσεται**]

這是要應驗先知所說，他將稱為拿撒勒人的話了

儘管這後半句可以視為是直述句，但是它也一樣可以視為是間述句。若是如後
者所述，就不必再看它是個引述舊約用句的問題了（也就是說，到底福音書的
作者所引述的經文是那一節？）至於帶直說語氣、未來時態動詞的間述句，另
參見徒6:14。

太5:17 μὴ νομίσητε [ὅτι **ἦλθον** καταλῦσαι τὸν νόμον ἢ τοὺς προφήτας·]

莫想我來要廢掉律法和先知

這句話總結了耶穌敵對者的論點。原來的直述句可以寫成「他來是要廢掉律法
和先知。」

可2:1 ἠκούσθη [ὅτι ἐν οἴκῳ **ἐστίν**]

人聽見他在房子裡

這個 ἐστίν 對等動詞，在這裡是翻譯為過去時態，但是它不是在表達一個過去
已經發生的事件 (a historical present)。後者的語意是相當不同於一個保留在間
述句中的現在時態動詞。特別是 εἰμί 這個動詞在新約或任何希臘文獻中，是從
來不作過去已經發生的事件用的。

約4:1 ὡς ἔγνω ὁ Ἰησοῦς [ὅτι **ἤκουσαν** οἱ Φαρισαῖοι [ὅτι Ἰησοῦς πλείονας μαθητὰς **ποιεῖ** καὶ **βαπτίζει** ἢ Ἰωάννης]]

主知道法利賽人聽見他收門徒，施洗，比約翰還多

經文中的間述句，還包含了*另一個*間述句。它可以充分說明英文與希臘文的差
異。希臘文保留直述句動詞的時態，但是英文卻將它往後倒退了「一格」。因
此，ἤκουσαν 被翻譯為「*已經聽見*」(had heard)，儘管它是（希臘文的）簡單過
去時態動詞（直接的陳述句為「法利賽人已經聽見……」）。至於 ποιεῖ 與
βαπτίζει 這二個動詞，儘管都是現在時態，都該被視為（希臘文的）不完成時
態（直接的陳述句為「耶穌*持續*在收門徒、為人*施洗*，且比約翰更多」）。

再次我們看見，區分一個表達一個過去已經發生的事件的用法與一個保留在間
述句中的現在時態用法，是很不一樣的。一方面來說，過去已發生的事件表達
的觀點是很簡單的，它們就像（希臘文的）簡單過去時態、（英文的）過去時
態。但是 ποιεῖ 與 βαπτίζει，就當被視為是（希臘文的）不完成時態。

約5:15 ὁ ἄνθρωπος ἀνήγγειλεν τοῖς Ἰουδαίοις [ὅτι Ἰησοῦς **ἐστιν** ὁ ποιήσας αὐτὸν ὑγιῆ]

那人就去告訴猶太人，〔使他痊癒的是耶穌〕

徒4:13　θεωροῦντες τὴν τοῦ Πέτρου παρρησίαν καὶ Ἰωάννου καὶ καταλαβόμενοι [ὅτι ἄνθρωποι ἀγράμματοί **εἰσιν** καὶ ἰδιῶται], ἐθαύμαζον ἐπεγίνωσκόν τε αὐτοὺς [ὅτι σὺν τῷ Ἰησοῦ **ἦσαν**]

> 他們見彼得、約翰的膽量，又看出他們原是沒有學問的小民，就希奇，認明他們（先前）是跟過耶穌的

這是最好用來說明希臘文與英文差異的例子。這句子中的二個 ὅτι 子句，都是宣告性的，也都保留了原直述句的動詞時態，但是在英文翻譯裡，時態是向後退後了「一格」。因此，εἰσιν 是譯為「他們是」(they were)，而 ἦσαν 則譯為「他們先前是 (they had been)……」。而原直述句可寫為「他們是 (are) 沒有學問的小民」與「他們*過去*是 (were) 跟過耶穌的。」

　　另參見 太 2:16，5:17、21、33；路 8:47，17:15；約 6:22，11:27；徒 8:14；門 21；約壹 2:18；啟 12:13。

3) 作同位語〔*英譯為 namely, that*〕

a) 定義與特徵

ὅτι 子句常常作為一個名詞、代名詞、或其他實名詞的同位語。當它作如此功能時，ὅτι 最好英譯為 *namely*（雖然 *that* 這個譯字也可以）。另外一個測試的方式，就是看這個作為同位的 ὅτι 子句是否可以代替它的前述詞（在這種情況，ὅτι 可以翻譯為 that）。這與補述的 (epexegetical) ὅτι 子句有別，後者不能替換前述詞來用。

　　這種用法常作為指示代名詞 τοῦτο 的同位語，來表達「我告訴你*這事*，*就是*……」這樣的句子結構。在這樣的結構中，代名詞可以是後置的 (kataphoric or proleptic)，因為它的內容是被緊接著的、而不是在前面的子句所揭露。

b) 例證

路10:20　ἐν τούτῳ μὴ χαίρετε [ὅτι τὰ πνεύματα ὑμῖν **ὑποτάσσεται**]

> 不要因〔鬼服了你們〕就歡喜

這個 ὅτι 子句在這裡是作為 ἐν τούτῳ 的同位語。它可以完全代替它（「不要歡喜鬼服了你們」），作為這節經文的後半節。

約3:19　αὕτη ἐστιν ἡ κρίσις [ὅτι τὸ φῶς **ἐλήλυθεν** εἰς τὸν κόσμον καὶ **ἠγάπησαν** οἱ ἄνθρωποι μᾶλλον τὸ σκότος ἢ τὸ φῶς]

> 〔光來到世間，世人因自己的行為是惡的，不愛光，倒愛黑暗〕，定他們的罪就是在此

前述詞是 αὕτη；後面的 ὅτι 子句可以代替它：「他們的罪就是〔光來到世間，世人因自己的行為是惡的，不愛光，倒愛黑暗〕。」

羅6:6　　　τοῦτο γινώσκοντες [ὅτι ὁ παλαιὸς ἡμῶν ἄνθρωπος **συνεσταυρώθη**]

因為知道〔我們的舊人同釘十字架〕

腓1:6　　　πεποιθὼς αὐτὸ τοῦτο, [ὅτι ὁ ἐναρξάμενος ἐν ὑμῖν ἔργον ἀγαθὸν **ἐπιτελέσει**

ἄχρι ἡμέρας Χριστοῦ Ἰησοῦ]

我深信那〔在你們心裡動了善工的，**必成全這工**，直到耶穌基督的日子〕

啟2:14　　ἔχω κατὰ σοῦ ὀλίγα [ὅτι **ἔχεις** ἐκεῖ κρατοῦντας τὴν διδαχὴν Βαλαάμ]

有幾件事我要責備你：〔因為在你那裡有人服從了巴蘭的教訓〕

這是個罕見的例子，它的前述詞是*形容構成的實名詞*。

　　另參見約5:28，9:30，21:23；徒20:38，24:14；林前1:12，15:50；林後5:14，10:11；弗5:5；帖後3:10；提前1:9；提後3:1；彼後1:20；約壹1:5；啟2:6、14。

b. 作同位補語用 (Epexegetical)

　　有時候 ὅτι 子句也可以作為補述語，用來*解釋*、*澄清*或*補述*前面一個字或一個句子的意思。這有點類似於前述的同位語用法，只是作補述語用法的 ὅτι 子句 (1) 不作確認或命名功能，而是解釋前述詞；(2) *不能替代它的前述詞*；(3) 可以用以解釋或補述任何結構（除了實名詞以外）。在一些例子裡（特別是在實名詞之後），它附註的地位透露出它解釋*的功能*。不過，有許多例子可能既是同位語也可能是補述語（雖然前者的用法比後者更為普遍）。

路2:49　　εἶπεν πρὸς αὐτούς τί [ὅτι **ἐζητεῖτέ** με;][35]

耶穌對他們說：「為什麼找我呢？」

路8:25　　τίς οὗτός ἐστιν [ὅτι καὶ τοῖς ἀνέμοις **ἐπιτάσσει** καὶ τῷ ὕδατι, καὶ **ὑπακούουσιν**

αὐτῷ;]

這到底是誰〔他吩咐風和水，連風和水也聽從他了〕？

羅5:8　　　συνίστησιν τὴν ἑαυτοῦ ἀγάπην εἰς ἡμᾶς ὁ θεός, [ὅτι ἔτι ἁμαρτωλῶν ὄντων

ἡμῶν Χριστὸς ὑπὲρ ἡμῶν **ἀπέθανεν**]

〔惟有基督在我們還作罪人的時候為我們死〕，神的愛就在此向我們顯明了

　　另參見太8:27；路12:24；約2:18，14:22；林前1:4-5。

35　**ℵ*** W Δ 161 346 828 *et pauci* 有的是 ζητεῖτε。

c. 引進解釋性副詞子句〔英譯為 because〕

1) 定義

ὅτι 子句頻繁地用以引入附屬的、表「原因」的副詞子句。在這種用法裡，它常被翻譯為「因為」。雖然它跟宣告性的 ὅτι 子句有功能相近的模糊地帶，但是以下二個問題有助於區別二者的不同：[36] (1) 這個 ὅτι 子句澄清的是在它之前上下文的*情境*（宣告性的 ὅτι 子句）或是給了它上下文的*原因*（引入表「原因」的副詞子句）(2) 在 ὅτι 子句內的動詞時態是保留原樣（引入表「原因」的副詞子句）、或是退後「一格」（宣告性的 ὅτι 子句）。[37]

2) 例證

太5:3　μακάριοι οἱ πτωχοὶ τῷ πνεύματι, ὅτι αὐτῶν **ἐστιν** ἡ βασιλεία τῶν οὐρανῶν
　　　　虛心的人有福了！因為天國是他們的

徒10:38　ὃς διῆλθεν εὐεργετῶν καὶ ἰώμενος πάντας τοὺς καταδυναστευομένους ὑπὸ τοῦ διαβόλου, ὅτι ὁ θεὸς **ἦν** μετ' αὐτοῦ
　　　　他周流四方，行善事，醫好凡被魔鬼壓制的人，因為神與他同在。

弗4:25　λαλεῖτε ἀλήθειαν ἕκαστος μετὰ τοῦ πλησίον αὐτοῦ, ὅτι **ἐσμὲν** ἀλλήλων μέλη
　　　　各人要與鄰舍說實話，因為我們是互相為肢體

啟3:10　ὅτι **ἐτήρησας** τὸν λόγον τῆς ὑπομονῆς μου, καγώ σε τηρήσω ἐκ τῆς ὥρας τοῦ πειρασμοῦ
　　　　因為你既遵守我忍耐的道，我必在普天下人受試煉的時候，保守你免去你的試煉

約4:27　ἐπὶ τούτῳ ἦλθαν οἱ μαθηταὶ αὐτοῦ καὶ ἐθαύμαζον ὅτι μετὰ γυναικὸς **ἐλάλει**
　　　　當下門徒回來，就希奇因為耶穌和一個婦人說話
　　　　大部分的英文譯本將這節經文視為宣告性的 ὅτι 子句，譯成「當下門徒回來，就希奇耶穌和一個婦人說話」。儘管二者都可以，[38] 但是有利於理解成一個引入表「原因」的副詞子句，主要的因素是 ὅτι 子句中的（希臘文）不完成時態

36　唯一可能會引起困擾的情況是，當主要子句中的動詞是*及物的*感官動詞時（因為這類宣告性的 ὅτι 子句都是屬於「感官動詞+直接受詞」這個類別）。

37　不過要記得，不是所有這類宣告性 ὅτι 子句內的時態都要如此「倒退一格」。請見前一節的討論。

38　若是這個 ὅτι 子句是宣告性的 (declarative)，那 ἐθαύμαζον 就是及物的；若是這個 ὅτι 子句是解釋原因的 (causal)，那 ἐθαύμαζον 就是不及物的。

動詞不翻譯成（英文的）過去完成式（"he had been speaking"），因為耶穌與
這位婦人的談話，是當門徒們回來時，還一直在進行。因此，既然只有當這個
ὅτι 子句是宣告性的、才會將 ἐλάλει 翻譯為（英文的）過去完成式，[39] 那最好
的選擇也許是將這裡的 ὅτι 翻譯為「因為」。

另參見太5:7、8、9；可4:29，5:9；路2:30，6:20；約1:17；徒1:5，4:21；林前
3:13；加4:6；彼前2:15；啟17:14，22:5。

II. 假設語氣

A. 定義

1. 一般性的定義

假設語氣是新約中僅次於直說語氣以外，最普遍被用到的語氣。一般而言，假
設語氣是用來表達一個動作（或狀態），儘管不是完全確定、但是很有可能發生。
單單稱呼這種語氣表達的是「不確定」是不正確的，因為祈願語氣也表達同樣的「不
確定」(mood of uncertainty)。因此，最好稱呼假設語氣為一種表達「很有可能」的
語氣 (mood of probability)，用以區別祈願語氣的功能。當然，就新約的用法而言，
這是過於簡單的定義。

2. 仔細的定義

假設語氣是涵蓋了許多的細節。一個更為仔細的定義，除了「很有可能」以外，
還要求更多的說明，特別是它在希臘化時期的用法沿革。也許最好的描述，是藉著
區隔它與其他「非直說語氣」語氣（祈願語氣與命令語氣）的用法。

a. 假設語氣與祈願語氣的區隔

在標準的文法書中，在描述假設語氣與祈願語氣時，往往假定後者在口語希臘
文時期 (Koine period) 還普遍被使用。但是事實上，它已經在快速退化當中。主要的
原因是，對於希臘文是第二語文的人來說，它的用法太精細、不易完全掌握。[40] 這
一點很容易理解：就是以英文為母語的學生，也有困難掌握這二者的區別。舉例說，

---

39   參見約9:18。不過，宣告性的 (declarative) ὅτι 子句中，的確是有相當數目的例外、帶有不完
      成時態動詞的。

40   Moulton, *Prolegomena*, 165記著說：「所有語言中，只有希臘文還在口語中、保有將假設語氣
      與祈願語氣分離的用法；希臘化的希臘文已經傾向於慢慢消除之間的差異了。」

在本章一開始的表格裡，我們簡單解釋了假設語氣是「有可能」(might)與祈願語氣是「可能」(may)。不過，要區別二者，的確不容易。在新約中，有1858次假設語氣的用法以及不及七十次的祈願語氣用法——比例是27:1！這個簡單的比例數字告訴我們，在希臘化時期，*假設語氣的用法已經侵入祈願語氣的語意領域*。也就是說，假設語氣偶爾也用作表達*有可能* (*possibility*)、或僅僅*假設的*可能性 (*hypothetical possibility*)；當然，其他時候是用作表達「很有可能」(probability)。這特別見於假定子句（新約中有大約三百個使用假設語氣的第三類假定子句，卻沒有一個完整的〔使用祈願語氣的〕第四類假定子句）。

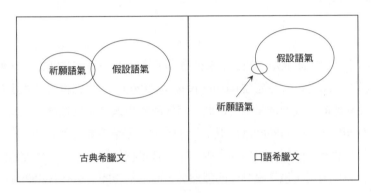

圖表45

假設語氣與祈願語氣的語意重疊

另一方面，假設語氣也表現得有如直說語氣、未來時態的用法。二者的字形也略微相似（可能是因為都源於相同的字根）。[41] 好比說，在附屬子句中，假設語氣表現得更像是直說語氣、而不是像祈願語氣。但當用在一個表達結果的子句裡時，假設語氣就不再是表達「很有可能性」(probability)。不過，要以一個字的字形來描述語氣，那只能說是線索、而不是定論。只有仔細條列語氣的用法，才可能產生有用的解經洞見。

41　Moule, *Idiom Book*, 21-22, 提醒我們，「沒有假設語氣、未來時態」，並且「直說語氣、未來時態與假設語氣、簡單過去時態是有衝突的（"mutually exclusive"）。」至於林前13:3的異文 (καυθήσωμαι) 是假設語氣、未來時態，但是這是一個不可能的字形。除非我們可以另外找到一個這樣的史料證據，否則我們可能只能看它是一個異文而已 (a mere itacism)。至於大部分拜占庭小草體抄本都是源於口語希臘文之後的時期，「其特異處不是源於保羅。」(Metzger, *Textual Commentary*2, 498) 另參見 *BDF*,15 (§28)；Howard, *Accidence*, 219。

b. 假設語氣與命令語氣的區隔

正如我們在本章開始所見，語氣的特點可以用二個向度來表達：從現實到可能 (actuality vs. potentiality) 與從認知到意志 (cognition vs. volition)。直說語氣多被用在表達現實，雖然其他語氣比較多用在表達不同程度的可能性。不過，*假設語氣也多用在表達意志的概念上*，特別是在勸服性與禁制性的用法。就是在附屬子句（如在 ἵνα 子句之後），假設語氣也常用來傳遞意志。一個可以接受的（英文）翻譯是 *should*，當然這也是有點模糊（可以表達可能 (probability)、責任 (obligation)、或偶發性 (contingency)）。

c. 總結

總而言之，假設語氣是文法上用來表達*可能性 (potentiality)* 的方式。一般而言，它是表達*認知層面的很有可能性 (cognitive probability)*，但是它也可以表達有認知層面的可能性 (cognitive possibility)（因此，有與祈願語氣功能重疊處），或者*意志層面的意圖 (volitional intentionality)*（因此，有與命令語氣功能重疊處）。[42]

關於假設語氣的時態，可以再多說一點，就是它如同其他「非直說語氣」語氣一樣，包含的是*觀點*（也就是動作的種類）、而不是時間。只有直說語氣的時態，明顯表達出時間的意涵。

B. 特殊用法

1. 在獨立子句中

假設語氣在獨立子句中的四種主要用法：勸服性的 (hortatory)、刻意提問的 (deliberative)、清楚否決 (emphatic negation)、禁止 (prohibition)。前二者多不與否定詞連用，但是後二者往往在之前會帶有否定詞。「勸服性的」假設語氣用法與「禁止」的假設語氣用法，訴諸意志 (volition)，但是「刻意提問」的假設語氣用法，訴諸意志與認知；至於「清楚否決」假設語氣用法，僅訴求認知。

---

[42] Robertson, *Grammar*, 928-35也有一個類似的分類。他將假設語氣分為三個子類：表達未來（也因此是認知層面的）、意志的 (volitional)、刻意的 (deliberative)。他的分析中，漏掉的是假設語氣與祈願語氣的重疊部分。

→ a. 勸服性的假設語氣（亦稱為 Volitive Subjunctive）〔*英譯為 let us*〕

1) 定義

假設語氣常被用來勸告或吩咐人與他的同伴。這種用法是用來「勸服人、就行動的層面來與說話者的決定附和一致。」[43] 因為並沒有第一人稱的命令語氣，勸服性的假設語氣用法就被用來執行這個功能。因此，假設語氣就被用來表達對*第一人稱、複數*的勸服；對應的（英文）翻譯是 *"let us"*、而不是 *"we should"*。

在以下五種情況，也有第一人稱、*單數*被用在勸服的情況。它的功能類似於尋求*允准*一個動作被執行。「讓我」或「允准我」這樣的譯文，是充分表達出它的意思。辨識的關鍵在於在於假設語氣[44]動詞*前*[45]，都有一個 ἄφες 字（「讓……」，是 ἀφίημι 這字的簡單過去態、命令語氣）或 δεῦρο 這個副詞（「來！」）。

2) 例證

可4:35　καὶ λέγει αὐτοῖς, ... Διέλθωμεν εἰς τὸ πέραν
　　　　耶穌對門徒說：「我們渡到那邊去吧。」

路6:42　ἄφες ἐκβάλω τὸ κάρφος τὸ ἐν τῷ ὀφθαλμῷ σου
　　　　容我去掉你眼中的刺

徒4:17　ἀπειλησώμεθα αὐτοῖς μηκέτι λαλεῖν ἐπὶ τῷ ὀνόματι τούτῳ
　　　　讓我們恐嚇他們，叫他們不再奉這名對人講論。

徒7:34　δεῦρο ἀποστείλω σε εἰς Αἴγυπτον[46]
　　　　你來！我要差你往埃及去。

羅5:1　δικαιωθέντες οὖν ἐκ πίστεως εἰρήνην ἔχωμεν πρὸς τὸν θεόν[47]
　　　　我們既因信稱義，就藉著我們的主耶穌基督得與神相和。

---

[43] Chamberlain, *Exegetical Grammar*, 83.

[44] Robertson, *Grammar*, 931記著說，新約中所有這類勸服性單數的假設語氣用法，都有這類用字在假設語氣動詞之前。

[45] 這類用字往往都出現在假設語氣動詞之前、而不是之後。路17:3的假設語氣動詞之後，有 ἄφες 這個字，是因為它是一個條件句型。

[46] 抄本 H P Ψ 33 *Byz et plu* 有 ἀποστελῶ 這個異文。上文中的 ἀποστείλω，有亞力山大與西方類型經文的強力支持（儘管 ℵ 與 E 有 ἀποστίλω 這個異文）。

[47] 這裡的假設語氣異文，是有別於 NA[27]/UBS[4] 的直說語氣動詞 ἔχομεν。儘管 ἔχωμεν 有外部的證據，但是內證的支持更為有力、使得 UBS[4] 編輯給了這個文本一個 A 的評級（比 UBS[3] 提高了二個層級！）。

抄本的異文往往使得這節經文被譯成「讓我們享有 (enjoy) 這份我們已經擁有的平安」。這個動詞在新約中，很少是被譯為「享有」的（參見來11:25），也從來沒有被用為假設語氣的。[48]因此，若是原來抄本真是假設語氣的話，那原句的意思是「讓我們來與神相和」，但是這個概念與上下文實在有出入，特別是上文已經預設「稱義」的事實了。

林前15:32 εἰ νεκροὶ οὐκ ἐγείρονται, **φάγωμεν** καὶ **πίωμεν**, αὔριον γὰρ ἀποθνῄσκομεν

若死人不復活，我們就吃吃喝喝吧！因為明天要死了。

加6:9 τὸ καλὸν ποιοῦντες μὴ **ἐγκακῶμεν**

我們行善，不可喪志

來4:14 **κρατῶμεν** τῆς ὁμολογίας

我們當持定所承認的道。

啟21:9 δεῦρο, **δείξω** σοι τὴν νύμφην τὴν γυναῖκα τοῦ ἀρνίου

你到這裡來，我要將新婦，就是羔羊的妻，指給你看。

有可能，句中的 δείξω 是直說語氣、未來時態（如同 RSV，NRSV，NIV 等譯本的譯文），那譯文就是「來，我要指給你看……」。相似地，啟17:1。

另參見（單數例證）太7:4（平行經文，路6:42）；啟17:1。[49]

另參見（複數例證）太27:49（伴隨著 ἄφες 這個字）；羅13:12；林前5:8；林後7:1；加5:25、26；弗4:15；腓3:15；帖前5:6；來4:1，12:1；約壹3:18；約壹4:19（有可能性）；[50] 啟19:7。

→ b. 刻意提問的假設語氣（亦稱為 Dubitative Subjunctive）

定義

這種「刻意提問」的假設語氣用法，是藉著問一個*真實*或是*修辭性的*問題

---

48 ἔχω 這個字的假設語氣用法，出現四十四次。約10:10這裡的用法比較接近所說的意函，但是所意味的「享有」(enjoyment)不是來自於這個動詞本身、而是來自於之前的 περισσόν 這個字。參見約16:33 (εἰρήνην ἔχητε)，但是這節經文的後半節並沒有幫助 (ἐν τῷ κόσμῳ θλῖψιν ἔχετε)。同樣地，約17:13；林後1:15；約壹1:3也有類似的問題。在其他經文裡，假設語氣（即使是現在時態的假設語氣用法）*從來沒有藉著此字表達出什麼*「享有」已擁有之事物的意涵。舉例來說，在約5:40，耶穌對那不信的人（參5:38）說「你們不肯到我這裡來得 (ἔχητε) 生命」。這句話不可能是說「你們來享有你們已有的生命」！若是「享有」真是這個字衍生的意涵，那當然可以擁有這意涵。請參見太17:20，19:16，21:38；約3:16，6:40，13:35；羅1:13，15:4；林前13:1-3；林後8:12；弗4:28；來6:18；雅2:14；約壹2:28。

49 所有的單數、勸服性假設語氣用法，都按此規則。

50 ἀγαπῶμεν 這個字很可能是個直說語氣。

(*rhetorical* question)。一般來說，這種「刻意提問」的假設語氣用法可以說成是「就是將一個勸服性的句子改成問句」，儘管二者的語意十分不相同。二者都對回應存有*疑慮*，但是*真實*的問題是在*認知的*層面（好比說，「我們怎能 (How can we)……？」，其中的問題是在詢問方法），但是*修辭性的*問題是有關於*意志性的*（好比說，「我們要 (Should we) 這樣做嗎？」，其中問題與道德責任有關連）。用法都常與*第一人稱*動詞連用，然也都有與第二、第三人稱動詞連用。*直說語氣、未來時態*的動詞也可以用來表達這種「刻意提問」的語意，儘管用假設語氣還是比較常見。[51]

因為這二者之間語意的差異，最好還是區別這二類的問題。以下這個表格說明*一般性*的區別。[52]

問題類別	問題的種類	期待的回應	疑問的層面
真實的問題	這個可能嗎？	問題的解答	認知性的
刻意提問的問題	這個對嗎？	意志性的／行為性的	行為的

表格10

刻意凸顯問題的語意

1) 刻意提問*真實*問題的假設語氣用法 (Deliberative *Real* Subjunctive)

a) 定義

就如名字所暗示的，*真實的*問題 (the *real* question) 期待一個可信的答案 (a genuine question)。說話者以這種語氣表達，他的話就透露出對於答案的不確定。這種假設語氣的用法、不像直說語氣的疑問句、它並不是在問一個有關事實的問題、而是在問有關*可能性、方法、位置*等。也就是說，它不是在問「*什麼？*」或「*是誰？*」這樣的問題，而是在問「*如何？*」、「*是否？*」、或「*在那裡？*」的問題。偶爾，這種用法可以問一個有關道德責任的問題、有如「刻意提問」的問題，但是當提出問題時，所期待的答案卻是存疑的。

b) 例證

太6:31　μὴ μεριμνήσητε λέγοντες· τί **φάγωμεν**; ἤ· τί **πίωμεν**; ἤ· τί **περιβαλώμεθα**;

不要憂慮說：吃什麼？喝什麼？穿什麼？

51　參見太12:11，16:26，17:17，18:12、21；可6:37，8:4；路6:39；徒13:10；羅2:26，3:3，8:32。

52　不是所有刻意提問的問題 (deliberative questions)，都是顯而易見的。主要的原因是我們不知道作者使用假設語氣的理由。

儘管問題似乎是在問一個特定的內容，以 τί 來指明因此，是個關乎事實的問題，但是所使用的假設語氣卻透露出不同的意涵。假設語氣的用法，質疑是否飲食、衣裳就能以使人滿足？

可6:37　λέγουσιν αὐτῷ ἀπελθόντες **ἀγοράσωμεν** δηναρίων διακοσίων ἄρτους καὶ δώσομεν αὐτοῖς φαγεῖν;

門徒說：「我們可以去買二十兩銀子的餅，給他們吃嗎？」

問題只是提供了一種可能性。門徒只是在問「你期望我們怎樣餵養這些人呢？」值得注意的是，直說語氣、未來時態的動詞 δώσομεν 在這裡是與假設語氣、簡單過去時態的動詞連用，當然也是個「刻意提問」的用法。

可12:14　ἔξεστιν δοῦναι κῆνσον Καίσαρι ἢ οὔ **δῶμεν** ἢ μὴ **δῶμεν;**[53]

納稅給該撒可以不可以？

這個由法利賽人與希律黨人提出來的問題，可能各自所給的答案都不同。既然問了耶穌，就是一個真實的問題；只是問題的答案不確定而已。

另參見太26:17、54（第三人稱）；可11:32；路3:12，23:31（第三人稱）；約18:39；林前14:7（異文）；來11:32。

2) 刻意提問*修辭性問題的*假設語氣用法 (Deliberative *Rhetorical* Subjunctive)

a) 定義

就如名字所暗示的，*修辭性的*問題 (the *rhetorical* question) 並不期待一個真實的*動作*回應 (*verbal* response)；其實問題不過是個表面的敘述、要以暗示的方式吸引讀者來思想經文。說話者以這種語氣表達，他的話就透露出他對於讀者是否會聽從他隱含的吩咐本身就有很大的不確定性。不同於直說語氣的疑問句，這種用法並不詢問一個關於事實的問題，而是詢問一個關於*責任*的問題。它是一個關於「應該與否」（"oughtness"）的問題。

b) 例證

可8:37　τί **δοῖ** ἄνθρωπος ἀντάλλαγμα τῆς ψυχῆς αὐτοῦ;

人還能拿什麼換生命呢？[54]

背後隱含的意思是「沒有什麼可以彌補這種損失」。[55] 儘管問題本身似乎是在問是否可以作這種交換，但是事實上，它其實是在控訴「賺得全世界、卻失掉自己的生命」的不當。

53　D 346 (1424) 省略了以下這個句子 δῶμεν ἢ μὴ δῶμεν;。

54　ℵᶜ L 擁有古典希臘文的假設語氣動詞 δῷ；𝔓⁴⁵ A C D W X Γ Θ Π Σ Φ 33 *f*¹, ¹³ *Byz* 則有直說語氣、未來時態動詞 δώσει。

55　BAGD, s.v. ἀντάλλαγμα.

羅6:1　　**ἐπιμένωμεν** τῇ ἁμαρτίᾳ, ἵνα ἡ χάρις πλεονάσῃ; [56]

我們可以仍在罪中、叫恩典顯多嗎？

問題並不在「人是否可以持續犯罪」，而是在「人持續犯罪在道德層面上是否是可以接受的？」保羅的答案當然是「斷乎不可」(μὴ γένοιτο)。

羅10:14　πῶς **ἀκούσωσιν** χωρὶς κηρύσσοντος; [57]

沒有傳道的，怎能聽見呢？

隱含的意思是，若是沒有傳道的人，他們是絕不可能聽到福音的。但是問題本身是刻意說成要聽眾仔細思考的形式。

另參見太23:33（第二人稱）；路14:34；約6:68（異文）；羅6:15；啟15:4。

c. 清楚否決的假設語氣用法 (Emphatic Negation Subjunctive)

1) 定義

這種清楚否決的假設語氣用法，往往藉著 οὐ μή 與*假設語氣、簡單過去時態*連用來表明，或者藉著 οὐ μή 與直說語氣、未來時態詞連用同樣顯明（參見太26:35；可13:31；約4:14，6:35）。這種用法是一種最強烈的拒絕方式。

一般常會以為，否定的假設語氣不如否定的直說語氣來得強烈。但是當「οὐ + 直說語氣」用為否認*確定性* (denies a *certainty*)時，「οὐ μή +假設語氣」則是用為否定*可能性* (potentiality)。這份否定沒有更弱，相反地，而是更不肯定 (less firm)。οὐ μή 排除了有可能性 (possibility) 的概念：「ου μή 是表達拒絕未來某事最明確的方式。」[58]

這種清楚否決的假設語氣用法，最常在耶穌的教訓裡被發現（包括福音書與啟示錄）；其次，是在從七十士譯本引述的舊約經文。在二者以外，就很少出現了。同樣地，*救恩論*的主題也常在這些敘述中出現，特別是約翰福音中：被否定的內容都是指著「失喪救恩」的可能性。

56　這個假設語氣 ἐπιμένωμεν 有二個直說語氣的異文、一個假設語氣的異文：ἐπιμενοῦμεν 在614 945 1505 *alii*；ἐπιμένομεν 在 א K P 1175 1881 2464 *et pauci*；ἐπιμείνωμεν 在 L 88 1928。

57　相對這裡的 ἀκούσωσιν，𝔓⁴⁶ 有的是 ἀκούσωνται；א* D F G K P 104 309 365 436 1505 1739 1881 *et alii* 則另有 ἀκούσονται；拜占庭抄本草體有的是 ἀκούσουσιν。至少我們看到有假設語氣、簡單過去時態與直說語氣、未來時態的重疊語意。

58　請參見 BAGD, s.v. μή, 515-17，特別是 III. D. on 517。

2) 例證

太24:35　οἱ λόγοι μου οὐ μὴ **παρέλθωσιν**[59]

　　　　　我的話卻不能廢去。

約10:28　δίδωμι αὐτοῖς ζωὴν αἰώνιον καὶ οὐ μὴ **ἀπόλωνται** εἰς τὸν αἰῶνα

　　　　　我又賜給他們永生；他們永不滅亡

約11:26　πᾶς ὁ ζῶν καὶ πιστεύων εἰς ἐμὲ οὐ μὴ **ἀποθάνῃ**

　　　　　凡活著信我的人必永遠不死

羅4:8　　μακάριος ἀνὴρ οὗ οὐ μὴ **λογίσηται** κύριος ἁμαρτίαν

　　　　　主不算為有罪的，這人是有福的

來13:5　　οὐ μή σε **ἀνῶ** οὐδ' οὐ μή σε **ἐγκαταλίπω**[60]

　　　　　我總不撇下你，也不丟棄你

　　　另參見太5:18、20，13:14；可9:1、41，13:2；路6:37，18:7，21:18；約6:37，8:12、51，20:25；徒13:41；加5:16；帖前5:3；來8:12；彼前2:6；啟2:11，3:5、12，21:27。

→ d. 表達「禁止」的假設語氣用法 (Prohibitive Subjunctive)

1) 定義

　　　這種用以表達「禁止」的假設語氣用法，就是否定性的命令 (a negative command)。它常用來禁止某個動作的發生。結構常是藉著「*μή +假設語氣、簡單過去時態動詞*」出現，並且往往是*第二人稱*。[61] 它的功能相當於「*μή +命令語氣動詞*」；因此，應翻譯為 *"Do not"* 、而不是 *"You should not"* 。[62]這種用以表達「禁止」的假設語氣用法，在新約中很常見。

59　ℵ² W X Γ Δ Θ Π *f*[1, 13] *Byz* 有的是直說語氣、未來時態的 παρελεύσονται。

60　從外證的觀點，ἐγκαταλείπω 是更好的解讀方法，有在 𝔓[46] ℵ A C D² K L M P Ψ 0243 33 1739 1881 *Byz et plu* 抄本發現。以上正文中的假設語氣、簡單過去時態動詞（也是NA²⁷接納的），儘管被接受的抄本 (D* 81 326 365 1175 1505 *et alii*) 位階較低。不過，假設語氣、現在時態動詞（Ellingworth 看它是個異文 [*Commentary on Hebews*, NIGNTC, *loc. cit.*]）不太可能是來自於原本。

61　事實上，新約中沒有在 μή 這個字之後，還有*命令語氣、簡單過去時態、第二人稱*動詞的。若有人要在第二人稱表達「禁制」(prohibition)，那假設語氣還是個常見的選擇。

62　請參見「表達意志子句」(volitional clauses) 的章節。

2) 例證

太1:20 μὴ **φοβηθῇς** παραλαβεῖν Μαρίαν τὴν γυναῖκά σου

不要**怕**！只管娶過你的妻子馬利亞來

約3:7 μὴ **θαυμάσῃς** ὅτι εἶπόν σοι· δεῖ ὑμᾶς γεννηθῆναι ἄνωθεν.

我說：『你們必須重生』，你不要以為**希奇**

羅10:6 μὴ **εἴπῃς** ἐν τῇ καρδίᾳ σου· τίς ἀναβήσεται εἰς τὸν οὐρανόν;

你不要心裡**說**：誰要升到天上去呢？

啟22:10 μὴ **σφραγίσῃς** τοὺς λόγους τῆς προφητείας τοῦ βιβλίου τούτου

不可**封**了這書上的預言，因為日期近了

另參見太3:9，5:17；可10:19；路3:8，21:9；徒7:60；西2:21；來3:8；雅2:11；彼前3:14；啟6:6。

2. 在附屬（從屬）子句中

以下這些假設語氣用法的類別，是主要用在附屬（從屬）子句中。最普遍的類別是由「ἵνα +假設語氣動詞」所構成。

➔ a. 在假定子句中的假設語氣用法

1) 定義

這裡所指的是在條件句型中，用在假定子句 (protasis) 中的假設語氣動詞。往往假定子句是明顯地藉著 ἐάν 這個質詞開始的。是這個質詞（εἰ 與 ἄν 的連用）與假設語氣動詞一起，構成一種偶然性意義的條件 (contingency)。這是假設語氣最普遍的用法，在新約中出現近三百次之多。

2) 解說與相關的語意

假設語氣出現在*第三類*以及*第五類*的*假設句型*中。結構而言，這二者都是一樣的：*後者*的假定子句中需要直說語氣、現在時態動詞，*前者*的假定子句則沒有語氣、時態的限制、不必然需要直說語氣、現在時態動詞。

然而在語意上，卻是有點區別的。*第三類*的條件句，在口語希臘文中包含了一個很寬的可能性區域 (a broad range of potentialities)。它可以包括那些*未來似乎可能 (likely) 發生*的事，*有可能 (possibly) 發生*的事，甚至只是*假設 (only hypothetical)* 會發生、卻是不會真的發生的事。在古典希臘文中，第三類的條件句僅侷限在第一類

型的用途（也就是*未來最有可能發生的類別*），但是在希臘化時期，假設語氣的用法侵入祈願語氣的語意範疇，第三類的類別就隨之擴大了。上下文很有助於決定作者是如何使用這個第三類的條件句。

第五類的條件句，提供一個*在現時*、允諾得實現的條件。這個條件被稱為是「*現時的一般條件句*」(the present general condition)。大部分時候，這個條件是個*簡單的條件* (a *simple* condition)；[63] 也就是說，說話者沒有指出允諾實現的可能性。他的表達是中性的：「若 A，則 B」。

由於第三類條件句的擴大語意範疇，以及第五類條件句的含糊性質，許多條件句都有待澄清。若是有疑問，可能最好先歸類在*第三類*，因為第五類條件句本來就是第三類的一個子類。[64]

3) 例證

太4:9　ταῦτά σοι πάντα δώσω, ἐὰν πεσὼν **προσκυνήσῃς** μοι

你若俯伏拜我，我就把這一切都賜給你。

這是個第三類的條件句，因為假定子句裡有直說語氣、未來時態的動詞。

可5:28　ἔλεγεν ὅτι ἐὰν **ἅψωμαι** κἂν τῶν ἱματίων αὐτοῦ σωθήσομαι

她（對自己說）說：「只要 (only if) 我摸他的衣裳，就必痊癒。」

這個婦人罹患了十二年的血漏，是極其絕望的。她在醫生的手下卻愈來愈糟。未完成的動詞 ἔλεγεν 很可能是表達重複 (iterative)：「她重複地說」，彷彿這樣做會帶給她勇氣與信心。因此，在馬可的描繪裡，這位婦人的確有極多的疑慮，這個舉動真的會治癒她。

約3:12　εἰ τὰ ἐπίγεια εἶπον ὑμῖν καὶ οὐ πιστεύετε, πῶς ἐὰν **εἴπω** ὑμῖν τὰ ἐπουράνια

πιστεύσετε;

我對你們說地上的事，你們尚且不信，若說天上的事，如何能信呢？

這個第三類的條件句，隱藏在一個刻意提問的問題裡。它跟隨在一個第一類的條件句型後面；在它的結論子句裡，說到「一個不信的心」。考慮到這裡的上下文與平行敘述，這第三類的條件句可以寫成：「若是我告訴你天上的事（非常可能，我願意這樣做），你怎麼可能會信呢？」

約5:31　ἐὰν ἐγὼ **μαρτυρῶ** περὶ ἐμαυτοῦ, ἡ μαρτυρία μου οὐκ ἔστιν ἀληθής

我若為自己作見證，我的見證就不真。

63　儘管許多文法學者、特別是 Goodwin 學派的，常將第一類的條件句視為「簡單」條件句，但是我認為最好將它列在第五個類別較好。請參見「條件子句」的章節。

64　更詳盡的討論假設語氣所構成的條件子句，請參見「條件子句」的章節。

在結論子句 (apodosis) 中的現在時態動詞 (ἔστιν)，允准這個句子被視為第五類的條件句。在這個上下文情境裡，這可能是最好的選項：耶穌不是在說他很有可能將會為自己作見證。他其實只是在陳述一項假設而已（若 A，則 B）。

林前13:2 ἐὰν ἔχω προφητείαν καὶ **εἰδῶ** τὰ μυστήρια πάντα καὶ πᾶσαν τὴν γνῶσιν καὶ ἐὰν ἔχω πᾶσαν τὴν πίστιν ὥστε ὄρη μεθιστάναι, ἀγάπην δὲ μὴ ἔχω, οὐθέν εἰμι.

我若有先知講道之能，也**明白各樣的奧祕**，各樣的知識，而且**有全備的信**，叫我**能夠移山**，卻**沒有愛**，我就算不得什麼。

這裡四重出現的假設語氣，有相當寬廣的意涵。保羅的立論是從現實（他確實有先知的話語）到假想的層面（他的確不了解所有的奧祕或所有的知識〔否則，他就是全知的了！〕）。這是他在哥林多前書十三章前三節經文中的類型：從現實到假設的層面。因此，他很可能在說的是人的方言、而不是*天使的方言* (13:1)。因此，林前13:1並不鼓勵看這裡的「方言」是天上的言語。

另參見路5:12；徒9:2，15:1（現時的一般條件句）；羅2:25（現時的一般條件句），10:9；林前11:15；西4:10；提前3:15；來10:38；雅2:17；約壹1:8、9、10；啟3:20。

➤ b. 在 Ἵνα 子句中的假設語氣動詞

新約中使用假設語氣的最大類別，就是 ἵνα 子句；它佔了所有例證的三分之一。就功能而言，它有七種基本用法分別表達：目的、結果、目的與結果、作實名詞、作補述用 (epexegetical)、輔助功能 (complementary)、命令。當口語希臘文時期，它的用法已經比古典用法多了，特別是用來代替普通不定詞用。

1) 表達目的的 Ἵνα 句子（亦稱為 final or telic Ἵνα）

在所有的功能中，ἵνα 子句最常被用來表達目的。在古典希臘文中，這個功能常是以不定詞來表達的。焦點是放在主要動詞的*意向* (intention)，不管這個意向是否真的已經完成。藉著假設語氣的特質，這個從屬子句更多回答的是「*為什麼*」(why) 的問題、而不是「*什麼*」(what) 的問題。對應的翻譯是 "*in order that*" 或以一個不定詞 ("*to*") 表達。

我們不該以為這種假設語氣的用法，必然意含著說話者有動作能否成就的懷疑。這可能有、也可能沒有，都需要由個案來決定。不過，會使用假設語氣是因為它回答了一個暗含「刻意提問」的問題 (the implicit deliberative question)。另外，許多表達「目的」的 ἵνα 子句有侵入表達「結果」語意範疇的現象，特別是當（語意上的）

主詞是神的旨意的時候就更是如此（見以下「目的——結果」的類別）。

太12:10　ἐπηρώτησαν αὐτὸν λέγοντες εἰ ἔξεστιν τοῖς σάββασιν θεραπεῦσαι; ἵνα **κατηγορήσωσιν** αὐτοῦ

有人問耶穌說：「安息日治病可不可以？」意思是要**控告**他

太19:13　προσηνέχθησαν αὐτῷ παιδία ἵνα τὰς χεῖρας **ἐπιθῇ** αὐτοῖς καὶ **προσεύξηται**

有人帶著小孩子來見耶穌，要耶穌給他們**按手禱告**

再來的句子顯明，這個 ἵνα 子句是表達「目的」：「門徒卻責備那些（帶著小孩子來的）人」。

可6:8　παρήγγειλεν αὐτοῖς ἵνα μηδὲν **αἴρωσιν** εἰς ὁδόν[65]

嚼咐他們：行路的時候……什麼都不要帶。

約1:7　οὗτος ἦλθεν εἰς μαρτυρίαν ἵνα **μαρτυρήσῃ** περὶ τοῦ φωτός, ἵνα πάντες **πιστεύσωσιν** δι᾽ αὐτοῦ

這人來，為要作見證，就是為光作見證，叫眾人因他可以信。

徒16:30　τί με δεῖ ποιεῖν ἵνα **σωθῶ**;

我當怎樣行**才可以得救**

約壹2:1　ταῦτα γράφω ὑμῖν ἵνα μὴ **ἁμάρτητε**[66]

我將這些話寫給你們，是要叫你們**不犯罪**。

　　另參見可1:38；路9:12；約20:31；徒4:17；羅1:11；林前4:6；弗2:9；雅1:4；約壹3:8；啟2:21，8:6。

2) 展示結果的 Ἵνα 子句（亦稱為 consecutive or ecbatic ἵνα）

　　「ἵνα＋假設語氣」的結構也可以用來表達主要動詞帶來的「結果」。它所指的結果，不必是動詞行為*所意圖的*(intended)。這個 ἵνα 可以一般性地翻譯成（英文）*"so that"* 或 *"with the result that"*。

　　在古典希臘文中，ἵνα 這個字並不用來表達「結果」。不過，在新約中，它卻的確有少數幾次是表達「結果」。

約9:2　ῥαββί, τίς ἥμαρτεν, οὗτος ἢ οἱ γονεῖς αὐτοῦ, ἵνα τυφλὸς **γεννηθῇ**

拉比，是誰犯了罪？是這人，還是他父母？**使**他生來就眼瞎呢？

羅11:11　μὴ ἔπταισαν ἵνα **πέσωσιν**;

他們失腳是要他們**跌倒**嗎？

65　ℵ C L W Δ Θ Π Φ 565 579 *f*[13] 有的是 ἄρωσιν 這個字樣。

66　一些較晚抄本 (35 429 614 630 1505) 有的是 ἁμαρτάνητε 這個字樣。

另參見可4:12（平行經文路8:10）；[67] 路9:45（很可能也屬這個類別）；林前5:2（很可能也屬這個類別）；加5:17；帖前5:4；約壹1:9（很可能也屬這個類別），2:27。

3) 同時表達目的與結果的 ἵνα 子句

在新約中，ἵνα 子句不只可以用來表達「結果」，它也被用來表達「目的與結果」。也就是說，它可以表達*同時動作主詞的意圖與動作所完成的結果*。BAGD 指出這個關連：「在許多例子裡，目的與結果不容易清楚區隔，因此，ἵνα 就被用來指著神或主詞動作的目的所帶出來的結果。如同猶太人或異教徒所思想的，『目的與結果』在宣講按著神（神明）的旨意上，其實沒有什麼不同。」[68] 同樣地，Moule 指出，「閃族人尤其不願意在目的與結果之間作出區隔。」[69] 換言之，新約作者使用這個語言表達他們的神學：神所定意的，必然發生，因此，ἵνα 子句表達的是目的與結果。

這並不是說，自古典希臘文到口語希臘文時期 (from classical to Koine)，句法有什麼改變；其實是主詞不同的緣故。當然可以把以下這些例子都當作是表達「目的」，在說話者的觀點裡無疑是有已經完成的成分。因此， *"in order that"* 是個可以接受的翻譯。[70]

約3:16　τὸν υἱὸν τὸν μονογενῆ ἔδωκεν, ἵνα πᾶς ὁ πιστεύων εἰς αὐτὸν μὴ **ἀπόληται** ἀλλ᾽ **ἔχῃ** ζωὴν αἰώνιον

神將他的獨生子賜給他們，叫一切信他的，不至*滅亡*，反得*永生*。

在 ἵνα 子句裡的假設語氣動詞，[71] 並不會使得信徒的結局變得不確定。這一點是很確定的，不只從經文來的，也是從約10:28的 οὐ μή 與11:26、與整卷約翰福音的神學而來。

腓2:9-11　ὁ θεὸς αὐτὸν ὑπερύψωσεν ...... ἵνα ἐν τῷ ὀνόματι Ἰησοῦ πᾶν γόνυ **κάμψῃ** ...... καὶ πᾶσα γλῶσσα **ἐξομολογήσηται** ὅτι κύριος Ἰησοῦς Χριστός[72]

67　這節經文帶來一個神學的謎題：到底這裡的 ἵνα 子句是作目的、結果、或目的——結果來理解？

68　BAGD, s.v., ἵνά II. 2. (p. 378).

69　Moule, *Idiom Book*, 142.

70　BAGD 認為這類 ἵνα 子句的功能是同時表達了目的 (in order tha) 與結果 (so that)，儘管它並沒有給予這樣雙重的解釋。

71　新約中有十多個 ἵνα 子句是包括了直說語氣、未來時態動詞這樣的例子，還另外有差不多等數目的異文。

72　一些抄本 (A C D F G 33 1739 *et plu*) 有的是 ἐξομολογήσεται 這個直說語氣、未來時態的字樣。

神將他升為至高……叫一切在天上的、地上的，和地底下的，因耶穌的
名無不屈膝，無不口稱「耶穌基督為主」，使榮耀歸與父神。

保羅不只是在說神要高舉基督的*意圖*而已。顯然比這個還多。使徒是說，神所
定意的，他就（以行動）將它實現。支持這個觀點的證據是，保羅在這裡引用
了賽45:23，稍微更改了部分枝節、他將它編織進入一個表達「目的」的 (ἵνα)
子句裡（七十士譯本的宣告性陳述是由一個帶著直說語氣、未來時態的 ὅτι 子
句構成）。保羅在羅14:11也引用了這節經文，雖然在那裡他有一個引入的公式
(γέγραπται γάρ)、沿用了七十士譯本的語氣與時態。要點是因為保羅不是直接
或正式地在引用舊約經文，而是沿用了經文、將它納入自己的寫作，因此，他
改以「ἵνα + 假設語氣」這樣的結構轉述神這個高升（基督）的目的。若是賽
45:23與羅14:11的直說語氣、未來時態是一種預言式的未來用法，那保羅就是
在用以賽亞書來宣講「耶穌基督就是那位要來應驗耶和華預言的人」。若是這
就是直說語氣、未來時態的意涵，那保羅在腓2:10-11、要不是錯解了舊約預
言、就是他正是在宣講耶穌基督就是那位真神。這節聖經經文是幾十節新約作
者引用的舊約經文中的一節，這些原本在舊約中是耶和華在說話的經文，都被
新約作者用在基督身上。

另參見太1:22，4:14；路11:50；約4:36，12:40，19:28；羅3:19，5:20，7:13，
8:17。

其他可能例子，請參見可4:12（平行經文路8:10）；[73] 羅7:4；弗2:7；彼後1:4，
約壹1:9。[74]

4) 作實名詞用的 Ἵνα 子句（亦稱為 sub-final 子句）

如同 ὅτι 跟隨著直說語氣可以有作實名詞的功能，ἵνα 跟隨著假設語氣也可以作
實名詞。有四種方式：作主詞、作主格述詞、作直接受詞、作同位語。如同上述我
們將作實名詞的 ὅτι 子句以方括弧括起來，以下我們也同樣如此將 ἵνα 子句以方括
弧括起來、用以凸顯出它作為實名詞的功用。不過二者，都不是太普遍。

a) 作主詞

太18:6　συμφέρει αὐτῷ [ἵνα **κρεμασθῇ** μύλος ὀνικὸς περὶ τὸν τράχηλον αὐτοῦ]
　　　　倒不如把〔大磨石拴在這人的頸項上〕

林前4:2　ζητεῖται ἐν τοῖς οἰκονόμοις, [ἵνα πιστός τις **εὑρεθῇ**]
　　　　所求於管家的，〔是要他有忠心〕。

73　這也可以視為是同位用法或是表達結果。

74　這節經文帶來一個神學的難題：到底這裡的 ἵνα 子句是作目的、結果、或結果——目的來理
　　解？

另參見太5:29，10:25（很可能也屬這個類別），18:14；約16:7；林前4:3。

b) 作主格述詞

約4:34　ἐμὸν βρῶμά ἐστιν [ἵνα **ποιήσω** τὸ θέλημα τοῦ πέμψαντός με καὶ **τελειώσω** αὐτοῦ τὸ ἔργον]

我的食物就是遵行差我來者的旨意，做成他的工。

c) 作直接受詞（亦稱為傳遞內容的 Ἵνα 子句）

這種 ἵνα 子句作直接受詞的功能，常是跟在一個表達「命令」、「要求」、「禱告」的動詞後面。因此，這個 ἵνα 子句給予主要動詞的內容、並且回答「*什麼*」(*what*) 的問題、而不是「*為什麼*」(*why*) 的問題。[75]

太12:16　ἐπετίμησεν αὐτοῖς [ἵνα **μὴ** φανερὸν αὐτὸν **ποιήσωσιν**]

又囑咐他們，不要給他傳名。

路4:3　εἰ υἱὸς εἶ τοῦ θεοῦ, εἰπὲ τῷ λίθῳ τούτῳ [ἵνα **γένηται** ἄρτος]

你若是神的兒子，可以吩咐這塊石頭變成食物。

另參見太4:3，16:20；羅16:1-2（很可能也屬這個類別；林前1:10；弗1:17，3:16；[76] 提前5:21；彼後1:4（很可能也屬這個類別）；約壹5:16。

d) 作同位語 (appositional)

作同位語功能的 ἵνα 子句，常翻譯成（英文）"*that*"。儘管不是太普遍，但是它可能是約翰文學的特點。

約17:3　αὕτη ἐστὶν ἡ αἰώνιος ζωὴ [ἵνα **γινώσκωσιν** σὲ τὸν μόνον ἀληθινὸν θεόν][77]

〔認識你獨一的真神〕……這就是永生。

約壹3:11　αὕτη ἐστὶν ἡ ἀγγελία ἣν ἠκούσατε ἀπ᾽ ἀρχῆς, [ἵνα **ἀγαπῶμεν** ἀλλήλουj]

〔我們應當彼此相愛〕。這就是你們從起初所聽見的命令。

另參見路1:43（很可能也屬這個類別）；約15:8、12；徒17:15；林前4:6（第二個 ἵνα）；[78] 約壹3:23，4:21，5:3；約貳6；約參4。

5) 作補述語 (epexegetical)

作補述語的 ἵνα 子句，將這個子句置於*名詞或形容詞*之後，用以解釋或澄清這個名詞或形容詞。在古典希臘文中，這種結構往往是藉著一個同樣作補述功能的不

75　作直接受詞的 ὅτι 子句也回答「*什麼*」(*What*) 這類的問題，但是它是藉著填入一個*陳述*、而不是一個命令。每一個這個類別的句子，都是與之前的動詞相配合。

76　這個子句表達出3:14禱告內涵動詞的內容（「因此，我在父面前屈膝」）。

77　A D G L N W Y Δ Λ 0109 0301 33 579 1241 *et alii* 有的是 γινώσκουσιν、而不是 γινώσκωσιν。

78　這可以理解為「結果」。

定詞來表達的。

路7:6　　οὐ ἱκανός εἰμι [ἵνα ὑπὸ τὴν στέγην μου εἰσέλθῃς]

　　　　〔因你到我舍下〕，我不敢當。

約2:25　　οὐ χρείαν εἶχεν [ἵνα τις μαρτυρήσῃ]

　　　　也用不著〔誰見證人怎樣〕

　　另參見太8:8，10:25（很可能也屬這個類別）；林前9:18；腓2:2（很可能也屬
這個類別）；[79] 約壹1:9。[80]

6) 作補助語 (complementary)

　　作補助語的ἵνα子句，將主要動詞（如θέλώ δύναμαι 等字）的意思表達得完整。
在古典希臘文中，這種結構往往是藉著一個同樣作補助功能的不定詞 (complementary
infinitive) 來表達的。儘管功能是補助的，這整個「主要動詞+作補助語的ἵνα子句」
的結構往往是（與主要動詞一起）表達「*目的*」。

太26:4　συνεβουλεύσαντο [ἵνα τὸν Ἰησοῦν …… κρατήσωσιν καὶ ἀποκτείνωσιν]

　　　　大家商議要……〔拿住耶穌，殺他〕。

路6:31　καθὼς θέλετε [ἵνα ποιῶσιν ὑμῖν οἱ ἄνθρωποι] ποιεῖτε αὐτοῖς ὁμοίως

　　　　你們願意〔人怎樣待你們〕，你們也要怎樣待人。

林前14:5　θέλω πάντας ὑμᾶς λαλεῖν γλώσσαις, μᾶλλον δὲ [ἵνα προφητεύητε]

　　　　我願意你們〔都說方言〕，更願意你們作**先知講道**

　　　　這一節經文的前後二部分有著平行的關係；前半節是用一個作補助功能的不定
　　　　詞 (complementary infinitive) 來表達目的，後半節是用一個作補助語的ἵνα 子句
　　　　來作同樣表達。

　　另參見可9:30，10:35；約9:22，17:24。

7) 作命令語 (Imperatival)

　　極少數的情況下，ἵνα 子句也被用來表達「*命令*」(command)。雖然就*結構*而
言，它看似為假設語氣動詞的附屬用法，但是在子句裡的假設語氣動詞都是主要動
詞。因此，這種用法被視為是假設語氣動詞的獨立用法。[81]

79　與此相反的論點是 Moule, *Idiom Book*, 145（他認為這裡的ἵνα 子句是作直接受詞／內容來理
　　解的）。

80　這可以理解為「目的──結果」或是「結果」。

81　我們處理這個類別仍然是按著本書「結構優先」的順位。

可5:23　τὸ θυγάτριόν μου ἐσχάτως ἔχει, ἵνα ἐλθὼν **ἐπιθῇς** τὰς χεῖρας αὐτῇ ἵνα σωθῇ καὶ ζήσῃ

我的小女兒快要死了，求你去**按手**在他身上，使他痊癒，得以活了。

很明顯地，這裡的 ἵνα 子句並不在邏輯上跟隨著前述的內容，因此，並不附屬於它。

弗5:33　ἕκαστος τὴν ἑαυτοῦ γυναῖκα οὕτως ἀγαπάτω ὡς ἑαυτόν, ἡ δὲ γυνὴ ἵνα **φοβῆται** τὸν ἄνδρα

你們各人都當愛妻子，如同愛自己一樣。妻子也當**敬重**他的丈夫。

ἵνα 子句表達「要愛」(ἀγαπάτω) 的命令用法，與上半節的意思平行，凸顯它用法獨立的特點。

另參見太20:33；可10:51；林前7:29；林後8:7；[82] 加2:10；啟14:13。

另外參見其他可能的例證可14:49；約1:8，14:31，15:25；林前16:16；約壹2:19。

c. 與表達「害怕」之類的動詞連用的假設語氣用法

1) 定義

表達「*害怕、警告、提醒儆醒*」的動詞後面，有接著「μη +假設語氣」結構的用法。較佳的作者（保羅、路加、希伯來書的作者）不乏使用這個結構，來表達警告或憂慮。

2) 例證

路21:8　βλέπετε μὴ **πλανηθῆτε**

你們要謹慎，不要受迷惑

林前8:9　βλέπετε μή πως ἡ ἐξουσία ὑμῶν αὕτη πρόσκομμα **γένηται** τοῖς ἀσθενέσιν

只是你們要謹慎，恐怕你們這自由竟成了那軟弱人的絆腳石。

來4:1　φοβηθῶμεν ...... μήποτε ...... **δοκῇ** τις ἐξ ὑμῶν ὑστερηκέναι

我們……就當畏懼，免得你們中間或有人似乎是趕不上了。

另參見可13:5；徒13:40，23:10，27:17、29；林後11:3，12:20。

82　V. Verbrugge 有不同的觀點， "The Collection and Paul's Leadership of the Church in Corinth" (Ph.D. dissertation, University of Notre Dame, 1988) 195-204。他辯稱林後8:7的 ἵνα 子句「更像是個期望」、而不是個命令 (204)。若按此理解，Verbrugge 建議，這之前似乎有一個動詞 θέλομεν 在前面、而以這個 ἵνα 子句作受詞。

d. 在間述句中的假設語氣用法

1) 定義

假設語氣動詞也可以用在間述句中。這種用法往往跟在主要動詞後面，但在語句結構中（即使沒有連結）也顯得尷尬。因此，在這個假設句氣（及其伴隨的疑問質詞 (interrogative particle)）需要梳理使譯文流暢。這個在間述句中的假設語氣動詞，反映出來的是一個在直述句中的假設語氣用法，因此，可以視為是一個間述、刻意提問的 (indirect *deliberative*) 假設語氣用法。[83]

2) 例證

太15:32　ἤδη ἡμέραι τρεῖς προσμένουσίν μοι καὶ οὐκ ἔχουσιν τί **φάγωσιν**

　　　　　他們同我在這裡已經三天，也沒有**吃**的了

　　　　　直譯原句，「他們沒有東西**可吃**了 (they do not have *what* **they might eat**)」。原句的直述句該是「我們有什麼可吃 (τί φάγωμεν)？」

路9:58　ὁ υἱὸς τοῦ ἀνθρώπου οὐκ ἔχει ποῦ τὴν κεφαλὴν **κλίνη**

　　　　　人子沒有**枕**頭的地方。

　　　另參見太6:25，8:20；可6:36，8:1-2；路12:17。

→ e. 在不定關係子句中的假設語氣用法 (Subjunctive in Indefinite Relative Clause)

1) 定義

假設語氣動詞常常可以用在 ὅστις (ἄν/ἐάν) 或 ὅς (δ') ἄν 這些質詞後面。這種結構是要表達主詞的一般性 (generic) 或不確定性 (uncertain)（另參路9:4；約1:33；羅9:15；林後11:21）；因此，將偶發性質詞 (the particle of contingency) 與假設語氣動詞連用。這種結構大體與*第三類或第五類條件句型相當*（差別只是在，不定關係子句 (indefinite relative clauses) 中，偶發質詞不是時間、而是人）。因此，其中的假設語氣動詞常被翻譯為直說語氣，因為可能性要素 (potential element) 指的是主詞、而不是動詞。

83　不過使它略有不尋常的是，它跟在 ἔχω 這個動詞後面；一個不常用以引入問題的動詞。

2) 例證

可3:29   ὃς δ' ἂν **βλασφημήσῃ** εἰς τὸ πνεῦμα τὸ ἅγιον, οὐκ ἔχει ἄφεσιν εἰς τὸν αἰῶνα

         凡褻瀆聖靈的，卻永不得赦免，乃要擔當永遠的罪。

約4:14   ὃς δ' ἂν **πίῃ** ἐκ τοῦ ὕδατος οὗ ἐγὼ δώσω αὐτῷ, οὐ μὴ διψήσει εἰς τὸν αἰῶνα[84]

         人若喝我所賜的水就永遠不渴。

加5:10   ὁ ταράσσων ὑμᾶς βαστάσει τὸ κρίμα, ὅστις ἐὰν **ᾖ**

         攪擾你們的，無論是誰，必擔當他的罪名。

雅2:10   ὅστις ὅλον τὸν νόμον **τηρήσῃ πταίσῃ** δὲ ἐν ἑνί, γέγονεν πάντων ἔνοχος[85]

         因為凡遵守全律法的，只在一條上跌倒，他就是犯了眾條。

     另參見太5:19、21，10:33，12:50；路8:18；徒2:21，3:23；羅9:15，10:13；林前11:27；林後11:21；約壹3:17。

➜ f. 在不定時間副詞子句中的假設語氣用法 (Subjunctive in Indefinite Temporal Clause)

1) 定義

     假設語氣動詞也常跟在表達「*時間*」的副詞（或*假介系詞* (improper preposition)）後面，用以表達「*直到*」（好比說 ἕως、ἄχρι、μέχρι），或者跟在表達「時間」的連接詞 ὅταν 後面，用以表達「*無論何時*」(whenever)。它是從主要動詞的時態觀點，表達未來的偶發性 (a future contingency)。

2) 例證

太5:11   μακάριοί ἐστε ὅταν **ὀνειδίσωσιν** ὑμᾶς

         人若辱罵你們……你們就有福了

太5:26   οὐ μὴ ἐξέλθῃς ἐκεῖθεν, ἕως ἂν **ἀποδῷς** τὸν ἔσχατον κοδράντην

         你若有一文錢沒有還清，你斷不能從那裡出來。

---

84   西方經文 (ℵ* D) 有這個讀法 ὁ δὲ πίνων，明顯受前一行經文影響。

85   我們會期待相關的質詞 (ἄν 或 ἐάν) 與 ὅστις 並假設語氣動詞連用。文士受到影響、想要改變經文的用字：τηρήσῃ 與 πταίσῃ 只有 ℵ Β C 與少數的抄本支持。大多數抄本看直說語氣動詞在文法上較為合理，但是各自所有的動詞不太一樣：K L P 𝔐 有的是 τηρήσει πταίσει；在 A 有的是 πληρώσει πταίσῃ；Ψ 81 1241 et alii 有的是 τελέσει πταίσει；33 有的是 πληρώσας τηρήσει πταίσει。

約13:38   οὐ μὴ ἀλέκτωρ φωνήσῃ ἕως οὗ **ἀρνήσῃ** με τρίς

          雞叫**以先**，你要三次不認我。

羅11:25   πώρωσις ἀπὸ μέρους τῷ Ἰσραὴλ γέγονεν ἄχρι οὗ τὸ πλήρωμα τῶν ἐθνῶν
          εἰσέλθῃ

          以色列人有幾分是硬心的，等到外邦人的數目添滿了，

林前11:26 τὸν θάνατον τοῦ κυρίου καταγγέλλετε ἄχρι οὗ **ἔλθῃ**

          你們……表明主的死，直等到他來。

林後12:10 ὅταν **ἀσθενῶ**, τότε δυνατός εἰμι.

          我什麼時候軟弱，什麼時候就剛強了。

        另參見太2:13，5:18，6:5；可13:30；路8:13，12:11，22:16；約2:10，15:26；
徒2:35，23:12；羅11:27；林前4:5；加3:19；弗4:13；帖前5:3；來1:13；雅1:2；彼
後1:19；啟6:11，20:7。

III. 祈願語氣

A. 一般性描述

        新約中僅有少於七十處的祈願語氣動詞。一般而言，祈願語氣是說話者要表達
一個行動是*有可能的* (portray an action as *possible*)。它往往表達的是認知，但是可以
傳遞意志。與假設語氣、命令語氣一樣，祈願語氣也是一種「非直說語氣」(potential
or oblique moods)。

        如同我們在前述（假設語氣）所說，到口語希臘文時期，祈願語氣逐漸為假設
語氣代替。這使得祈願語氣的用法，與古典時期相當不一樣。一旦希臘文成為第二
語言、跨越母語的藩籬，那這個語言的細節就會失去。新約中四分之一的祈願語氣
動詞，是以一固定的公式 (μὴ γένοιτο) 出現。其他的祈願語氣，也以類似的公式出
現。這樣的祈願語氣用法，不能按它們古典的用法來理解。但是若要說新約作者都
沒有抓到祈願語氣的功能，也是言過其詞。新約中只有很少的祈願語氣動詞，說明
了此一句法規則自古典到口語希臘文時期一種句法轉換的原則中：*當希臘化希臘文
的某個字形──句法的特徵* (morpho-syntactic feature) *正被另一個逐漸代替時，一位
作者使用一種較為罕見的形式時，他是有意識、且知道他為什麼要如此用的。*這意
味著這種「逐漸代替」，是只朝向一個方向的：儘管在古典希臘文時期是用祈願語
氣的，但是當希臘文希臘化時期的作者會用假設語氣來表達。但當古典希臘文時期

是用假設語氣的，希臘化希臘文的作者並不會改用祈願語氣來表達。[86]

B. 特殊用法

→ ## 1. 表達意願的祈願語氣 (Voluntative Optative, Optative of Obtainable Wish, Volitive Optative)

a. 定義

這種在獨立子句中的祈願語氣用法，表達的是*禱告*或一種*可以得到的期待*。它常用來表達期待意願的*意志* (an appeal to the *will*)，特別是用在禱告。

b. 語意

這種表達意願的祈願語氣用法，可以分為以下三類：

・*表達可能性而已*：有可能發生，只是說話者自己有高度懷疑會發生。這是沿用古典的片語，但是在新約中極罕用。

・*制式用語* (stereotyped formula)：這種用法已經失去它的祈願特色；μὴ γένοιτο 僅剩厭惡、反對的意涵，[87] 在一些脈絡下可以用以與「οὐ μή + 假設語氣、簡單過去時態」等同（一種語氣相當強烈的否定）。

・*禮性的用語*：這種用法並不必然暗示特定回應。我們今天仍保有這樣的用法；舉例說，我可能會對我太太說「你今天晚餐後可以幫我洗盤子嗎？」。這是一種較為委婉的說法；至於說成「請幫助我洗這些盤子」，後者顯然太生硬了。但是二者所期待的回應，倒沒有差別。

86　這是一個重要的觀念得好好掌握。二相關連的例子可以說明：(1) 口語希臘文中 ἀντί 不用為「*代表*」(*on behalf of*) 的意涵，而 ὑπέρ 卻可以用來表達「*代替*」(*in the place of*) 的意思。其間意涵的重疊，（隨著時間進展）是沿著單方向移動的。因此，當作者使用 ἀντί 這字時，關於這個字是有先前使用的預設，但是當作者使用 ὑπέρ 時，沒有任何猶疑是可以指著「代替」說的。(2) ὥστε + 直說語氣（新約中二次被用在從屬子句中〔約3:16與加2:13〕）仍然帶有「實際結果」的意涵，但是當 ὥστε + 不定詞卻可以用來表達「自然結果」或「實際結果」。當作者使用較為罕見的類別時，仍然是正確的。（關於 ὥστε + 不定詞，*BDF* 有一段新穎卻又古怪的評論：因為這個結構的意涵在新約中沒有出現——〔所以〕它「不可能被用為新約的片語」[197, §391.2]——因為這個原因因而修改約3:16經文的文本，將會導致更加折衷的窘境 [198, §391.2]）。

87　在保羅十四次的使用中，其中十二次「用以表達出他對攪擾干預的懼怕、惟恐自己的論述被它們誤導了。」(Burton, *Moods and Tenses*, 79 [§177])

　　這種表達意願的祈願語氣用法，常見於*禱告*的用詞。它也有如 μὴ γένοιτο 一樣，是個從古典希臘文承習的用語，儘管它的意涵已經改變。這種改變並不是源於句法，而是源於神學觀點的改變。向古雅典半神人的禱告，往往是可以討價還價的、可以反駁、或不回答的。但是新約的神比他們更大。向他的禱告（應允與否）是決定於他的權柄與美善。因此，雖然新約中許多禱告語言的形式僅有很小的可能性，但是既然是向那位叫耶穌基督從死裡復活的神祈求，這種祈願語氣的意思就指向盼望的範疇。若是有不確定性包含在這種祈願語氣用法裡，那不是在質疑神的能力，而是源於在那超越者面前祈求者的謙卑而已。

　　這種表達意願的祈願語氣用法，是祈願語氣的最普通用法（在六十八到六十九個例子中佔了三十五次之多）。[88] μὴ γένοιτο 這一組片語，佔了約半數的這種用法，在新約中出現十五次（十四在保羅書信中）。

c. 例證

路20:16　ἐλεύσεται καὶ ἀπολέσει τοὺς γεωργοὺς τούτους, καὶ δώσει τὸν ἀμπελῶνα ἄλλοις. ἀκούσαντες δὲ εἶπαν, **Μὴ γένοιτο.**

　　　　他要來除滅這些園戶，將葡萄園轉給別人。聽見的人說：「**這是萬不可的！**」

　　　　這裡的用法屬於第一種類別：「我們希望他千萬不要這樣做」；但是這是一種徒然的寄望。

羅3:3-4　εἰ ἠπίστησάν τινες, μὴ ἡ ἀπιστία αὐτῶν τὴν πίστιν τοῦ θεοῦ καταργήσει; (4) **μὴ γένοιτο·** γινέσθω δὲ ὁ θεὸς ἀληθής, πᾶς δὲ ἄνθρωπος ψεύστης

　　　　即便有不信的，這有何妨呢？難道他們的不信就廢掉神的信嗎？**斷乎不能！**不如說，神是真實的，人都是虛謊的。

　　　　明顯地，保羅使用 μὴ γένοιτο 這個片語的意思，與路加不盡相同。在這裡這個片語一如往常，是指著他對「有人會從前面一個句子、推斷出錯誤的結論」表達他的反駁。他可以以 οὐ μὴ γένηται 同樣表達他情緒，但是祈願語氣似乎更多訴求意志：*你斷不可以這樣結論！神不會允准你這樣思想的。絕不可能！*類似的語調。另參見羅3:6、31，6:2、15，7:7、13，9:14，11:1、11；林前6:15；加2:17，3:21，6:14。

---

[88]　除了門20的第一個動詞以外，所有的都是第三人稱、單數；而所有的這類用法中，除了徒8:20以外，都是簡單過去時態。可11:14；徒8:20，可能也還包括猶9在內，是在新約中極少出現的咒詛禱告。

帖前3:11　Αὐτὸς δὲ ὁ θεὸς καὶ πατὴρ ἡμῶν καὶ ὁ κύριος ἡμῶν Ἰησοῦς **κατευθύναι** τὴν ὁδὸν ἡμῶν πρὸς ὑμᾶς

願神我們的父和我們的主耶穌一直**引**領我們到你們那裡去。

這句話有著複合主詞、卻用了單數的動詞，可能是有特別意義的。有幾種可能性：(1) 這個新信仰的初期階段（帖撒尼迦前書是保羅書信中的第二早的初期作品），一個清楚的聖父、聖子區隔還沒有成形（但是位格的不同是已經藉著各自的冠詞明顯的區別了）；(2) 這個祈願語氣藉著目的、將父與子連結，並且也就因此承認耶穌是在神的類別裡；(3) 在新約中也很普遍的是，當複合主詞使用單數動詞的情況時，第一個主詞比第二個重要[89]（儘管這種情況往往都是發生在敘述文、直說語氣時）。[90]

提後1:16　**δῴη** ἔλεος ὁ κύριος τῷ Ὀνησιφόρου οἴκῳ

願主憐憫阿尼色弗一家的人

這是一個禮性請求的例子；明顯地是期待請求被答應。

彼後1:2　χάρις ὑμῖν καὶ εἰρήνη **πληθυνθείη** ἐν ἐπιγνώσει τοῦ θεοῦ καὶ Ἰησοῦ τοῦ κυρίου ἡμῶν

願恩惠、平安因你們認識神和我們主耶穌多多的加給你們

很有可能，作者就是期盼這份祝福會臨到他的讀者。這種用語，明顯是由保羅書信借用而來，只不過另加上祈願語氣而已。

另參見可11:14；路1:38；徒8:20；羅15:5、13；帖前5:23；帖後2:17，3:5、16；提後1:18；門20；來13:21；彼前1:2；猶2、9（很可能也屬於這個類別）。

→ ## 2. 表達間述句的祈願語氣 (Oblique Optative)

a. 定義

祈願語氣也可以用在*間述問句中、緊跟在任何一個非現在時態動詞後面* (after a secondary tense)（也就是帶往昔號的時態動詞，簡單過去時態、不完成時態、或過去完成時態）。在這種情況底下，*祈願語氣動詞可以代替在直述句中的直說語氣或假設語氣動詞*。這種用法在新約中有十多次（要看若干的異文是否包括在內）[91] 都只在路加著作當中。

89　請參見可8:27，14:1；約2:2，3:22，4:53；徒5:29。

90　請參見「複合主詞帶單數動詞」的章節，特別是「人稱」與「數」的段落。

91　特別是有關於是否用到 ἄν。有 ἄν 這字出現的情況，很可能不是屬於「表達間述句的祈願語氣」(Oblique Optative) 的類別。

b. 例證

路1:29　διελογίζετο ποταπὸς **εἴη** ὁ ἀσπασμὸς οὗτος

馬利亞反覆思想這樣問安何意。

直述句應該是「她反復思想這樣問安是什麼意思」。

路8:9　ἐπηρώτων αὐτὸν οἱ μαθηταὶ αὐτοῦ τίς αὕτη **εἴη** ἡ παραβολή

門徒問耶穌說：「這比喻意指為何？」

直述句應該是「這比喻是什麼意思呢？」。

徒21:33　ἐπυνθάνετο τίς **εἴη**

千夫長又問他是什麼人。

另參見路18:36，22:23；徒17:11，25:20。

3. 表達出可能性的祈願語氣 (Potential Optative)

這種祈願語氣的用法，是藉著與在*結句* (*apodosis*) 中的質詞 ἄν 連用，構成不完整的第四類條件子句。[92] 它用來指出在未來一個不太可能發生情況的結果。新約中沒有這類條件句的完整句形。假定子句（也可能有祈願語氣的動詞在其中）需要被補充。它完整的概念是這樣的：*若是他可以做點什麼的話，他就會做它*。新約中只有幾個案例，都在路加福音中。

路1:62　ἐνένευον τῷ πατρὶ αὐτοῦ τὸ τί ἂν **θέλοι** καλεῖσθαι αὐτό

他們就向他父親打手式，問他要叫這孩子什麼名字。

隱含的假定子句是「若是他可以說出聲音、給他（兒子）一個名字的話」。

徒17:18　τινες ἔλεγον τί ἂν **θέλοι** ὁ σπερμολόγος οὗτος λέγειν

有的說：「這胡言亂語的要說什麼？」

隱含的假定子句是「若是他可以說出什麼有道理的話。」

另參見徒5:24，8:31。

4. 表達出條件性的祈願語氣 (Conditional Optative)

這種祈願語氣的用法，僅出現在不完整的*第四類條件子句*裡（藉著 εἰ 引入假定子句）。它是用來指出未來一個僅僅有可能的情況，往往可能性極其微小（好比說，*若是他真的可以做點什麼的話，若是這真的有可能發生的話*）。新約中沒有第四類條件句的完整句形。有時候這類類條件句，是與一個不帶祈願語氣動詞的結句相連

92　請參見「條件句型」的章節。

使用（有如徒24:19）。另外的情況，甚至不帶結句，之前的假定子句所具有的功能就有如一個老套的插入語一般（如同林前15:37）。[93] 這種祈願語氣的用法，有如前述表達可能性的祈願語氣用法，都是罕見的用法。[94]

徒20:16　ἔσπευδεν εἰ δυνατὸν **εἴη** αὐτῷ τὴν ἡμέραν τῆς πεντηκοστῆς γενέσθαι εἰς Ἰεροσόλυμα

　　　　他急忙前走，巴不得趕五旬節能到耶路撒冷。

彼前3:14　εἰ καὶ **πάσχοιτε** διὰ δικαιοσύνην, μακάριοι

　　　　你們就是為義受苦，也是有福的。

這個句子是新約中所有第四類條件句，最接近完整的句型。事實上，彼得前書這卷書的讀者還沒有為義受逼迫，而所說的逼迫、即將發生的可能性並不高。作者在第17節用一個祈願語氣動詞強調：「為義受苦當然比因作惡受苦為好，*如果神的旨意是前者的話，就更是*」（εἰ **θέλοι** τὸ θέλημα τοῦ θεοῦ）。儘管彼得前書的讀者被認為是在（為信仰）受苦的情況裡，經文本身卻與這樣的假定相違。很可能的情況是，作者本身是在受苦的狀態，他以自身的經歷向那些會置身這樣處境的信徒建言。

另參見徒17:27，20:16，24:19，27:12、39；林前14:10，15:37；彼前3:17。

IV. 命令語氣

A. 一般性說明

命令語氣是一種表達意*願*的語氣。這個語氣所表達說話者的確定感很低（那些有強烈自己意願的孩子就懂！）。就本體論而言，命令語氣既然是一種「非直說語氣」(a potential or oblique mood)，它是往「意志」(volition)（包含著將自己的意思強加在其他人身上）與「有可能性」(possibility) 的方向移動。

命令語氣在實際上的用法，往往不都擁有以上雙重的特色，儘管它仍然帶有命令語氣的*修辭性*功能 (*rhetorical* power)。因此，當保羅說「倘若那不信的人要離去，就**由他離去吧** (χωριζέσθω)！」（林前7:15），這種明顯帶有允准意涵的命令語氣用法，是比他說「倘若那不信的人要離去，無所謂」更加強烈。在雅4:7，帶有祈求意涵的條件式命令語氣用法，是表達「**務要抵擋魔鬼** (ἀντίστητε)——而你的確應該這樣做！——魔鬼就必離開你們逃跑了」。就術語而言，並不合適稱呼這種用法是*命令*語氣，因為它所表達的不是命令。但是在這種命令語氣的用法以下，仍然有說話

93　Boyer, "Optatives," 135.

94　請參見「條件句型」的章節。

者的意志，儘管他發命令的話沒有說出來。

B. 特殊用法

→ ## 1. 命令

a. 定義

　　命令語氣絕大多數是用來表達命令，[95]大部分（五比一）都用在禁止性質的命令 (prohibitive imperatives)。命令本身已經隱含了是一種上對下的階層關係。它常以現在時態或簡單過去時態表達（只有很少的幾次用的是完成時態）。[96]

　　這種表達命令的用法，用在不同時態多少有不同的意涵。當命令語氣是以*簡單過去時態表達時，所吩咐的行動是被視為是一個整體* (command the action as a whole)，不著重它的歷程、重複等等細節。伴隨著觀點的意涵，簡單過去時態傳達一個*簡述的命令* (a summary command)。然而*現在時態的命令語氣用法，傳達一個有持續動作的命令* (command the action as an ongoing process)；這是與現在時態的觀點一致，表達的是一個*內在的* (internal) 觀點。還有許多關於時態與命令語氣的關連，可以再多陳述的，但是目前最重要要提醒的是，命令語氣就是陳述一個*命令*。

　　最後，*第三人稱*的命令語句，往往翻譯為「*讓他做……*」(Let him do) 等譯詞。這往往會與英文允准 (permissive) 的用法相混淆，但是它的用法是更接近於「*他得做某事*」(he must) 或者稍微委婉一點「*我吩咐他做某事*」(I command him to......)。[97] 不管精確的譯文為何，解釋者都當觀察解釋該希臘字的（時態）字形。

95　請參見「表達意志的子句」的章節。

96　請參見可4:39 (πεφίμωσο)；徒15:29 (ἔρρωσθε)，23:30 (ἔρρωσθε〔異文，見於 P1241〕，ἔρρωσο〔異文，見於 ℵ *Byz et plu*〕)；弗5:5；來12:17；雅1:19。在後三者經文中，ἴστε 可以是命令語氣、完成時態、主動語態，或者是直說語氣。

97　有一些經文在英譯中很容易被誤解為是「允准」（有些這類經文的祈願對象不清楚，儘管他們祈求的內容很明確。好比說，提前4:12〔「不可叫人小看你年輕」〕並不是「*你沒有叫人小看你年輕吧？*」或是「我咐其他人不可小看你年輕」的意思。但是第二個翻譯就得有一個第三人稱的動詞才行，如同它在希臘文中的用法 [καταφρονείτω]）。希臘文的表達較為強烈，呈現意志、提出要求：太5:31、37，11:15，13:9、43，16:24，18:17，19:12；可4:9、8:34；路16:29；徒1:20、2:14；羅14:5、15:11；林前1:31、3:18、4:1、7:3、9（很可能也屬於這個類別），11:6；林後10:17；加6:4；弗5:33；腓4:5、6；西2:16；提前2:11，3:10，4:12，5:16、17；來1:6、13:1；雅1:4-6、9；5:14、20；啟2:7、3:22、13:18。

b. 例證

可2:14　*ἀκολούθει* μοι

你跟從我來！

可6:37　**δότε** αὐτοῖς ὑμεῖς φαγεῖν

你們給他們吃吧。

約5:11　**ἆρον** τὸν κράβαττόν σου καὶ **περιπάτει**

拿你的褥子走吧。

林前1:31　ὁ καυχώμενος ἐν κυρίῳ **καυχάσθω**

誇口的，當指著主誇口。

這裡的命令語氣用法，不是一個行動的選項而已；這個誇口的人當 (must) 指著主誇口。

林後13:5　ἑαυτοὺς **πειράζετε** εἰ ἐστὲ ἐν τῇ πίστει

你們總要自己省察有信心沒有

來13:17　**πείθεσθε** τοῖς ἡγουμένοις ὑμῶν

你們要依從那些引導你們的

雅1:5　εἴ τις ὑμῶν λείπεται σοφίας, **αἰτείτω** παρὰ τοῦ ...... θεοῦ

你們中間若有缺少智慧的，應當求⋯⋯神

這裡的命令語氣用法，很可能不只是「要求」或「允准」而已（如同在英文的傳統翻譯裡），而是一個命令，儘管在英文的翻譯裡。一個口語的翻譯是「你們中間若有人缺乏智慧，他就得禱告」。也就是說，缺乏智慧（在遭遇試探時，1:2-4）不只是當「尋求神」的選項，而是責任。

　　另參見可6:10；路12:19；約2:5、16；徒5:8；羅6:13；林後10:7；加6:1；提後1:14；來12:14；猶21；啟1:19，19:10。

→ 2. 禁止

a. 定義

　　命令語氣很普遍地用來表達禁止一個行動。[98] 它是一個否定性的命令。在一個命令語氣動詞前面，以 μή（或者類似意思的字）表達禁止。差不多所有新約的例

98　請參見「表達意志的子句」的章節，特別是用以表達「禁止」的時態問題。

子，都是使用現在時態。簡單過去時態，只用在有如禁止意涵的*假設語氣用法*。[99]

b. 例證

太6:3　　μὴ **γνώτω** ἡ ἀριστερά σου τί ποιεῖ ἡ δεξιά σου

　　　　不要叫左手知道右手所做的

可5:36　　μὴ **φοβοῦ**, μόνον πίστευε.

　　　　不要怕，只要信！

徒10:15　　ἃ ὁ θεὸς ἐκαθάρισεν, σὺ μὴ **κοίνου**

　　　　神所潔淨的，你不可當作俗物。

　　　　「禁止」的意涵，藉著代名詞 σύ 的連用而增強。構成「不要玷污神已經潔淨的物」的意思。

羅6:12　　μὴ **βασιλευέτω** ἡ ἁμαρτία ἐν τῷ θνητῷ ὑμῶν σώματι

　　　　不要容罪在你們必死的身上作王

弗5:18　　μὴ **μεθύσκεσθε** οἴνῳ

　　　　不要醉酒

提前5:16　　μὴ **βαρείσθω** ἡ ἐκκλησία

　　　　不可累著教會

　　　　這句話的英譯意思似乎是「我不容許教會因此被拖累」。但是希臘文的文意更為強烈，好像說的是「我吩咐教會不得被拖累」。命令語氣可以用來表達「允准」，但是它的語意與這裡「禁止」不同。

　　參見路10:4；約2:16、5:14（與 μηκέτι 連用），20:17；徒1:20，27:24；林前3:18；加6:17；西2:16；帖前5:19-20；來12:5；約壹2:15；啟5:5。

→ 3. 請求（亦稱為 Entreaty, Polite Command）

a. 定義

　　命令語氣可以用來表達「請求」。這種用法常見於說話者以下對上的口吻。命令語氣的動詞（*經常是簡單過去時態*）在禱告中指向神，是這個類別的特徵。要求的內容，可以是肯定或否定的（「*請……*」或「*不要……*」）；在後者的情況則有

99　根我的計算，只有八次命令語氣、簡單過去時態用在表達「禁止」的用法中，所有的情況都是耶穌自己為講者（太6:3、24:17、18；可13:15〔二次〕、16；路17:31〔二次〕）。如此多重的證據、伴隨著「不協同律」(criterion of dissimilarity)（沒有與當代相同的字形——句法表達 (morpho-syntactical convention)），都證實這些耶穌的語錄都是真實的。

質詞 μή 在動詞之前。

　　偶而這種表達「要求」的命令語氣，會見於上對下的說話裡，特別是當有權威的人在請求的時候。所以有困難判定是否屬於這個類別，是因為我們手上有的是一個「書寫語言」。我們並沒有聽到他們的聲音。

b. 例證

太6:10-11　**ἐλθέτω** ἡ βασιλεία σου· **γενηθήτω** τὸ θέλημά σου ...... τὸν ἄρτον ἡμῶν τὸν ἐπιούσιον **δὸς** ἡμῖν σήμερον

　　　　　願你的國降臨；願你的旨意行在地上……我們日用的飲食，今日賜給我們

路11:1　κύριε, **δίδαξον** ἡμᾶς προσεύχεσθαι

　　　　　求主教導我們禱告

路15:6　συγκαλεῖ τοὺς φίλους καὶ τοὺς γείτονας λέγων αὐτοῖς· **συγχάρητέ** μοι

　　　　　就請朋友鄰舍來，對他們說：『你們和我一同歡喜吧！』

約4:7　λέγει αὐτῇ ὁ Ἰησοῦς, **Δός** μοι πεῖν

　　　　　耶穌對他說：「請你給我水喝」

約4:31　ἠρώτων αὐτὸν οἱ μαθηταὶ λέγοντες, Ῥαββί, **φάγε**.

　　　　　門徒對耶穌說：「拉比，請吃。」

　　　　　引入間述句的動詞（「請求」(ἠρώτων)）顯示所作的舉動是請求、而不是命令。

林後5:20　δεόμεθα ὑπὲρ Χριστοῦ, **καταλλάγητε** τῷ θεῷ

　　　　　我們替基督求你們與神和好。

　　另參見太6:9，26:39、42；可9:22；路7:6（帶有 μή）、7，17:5；約17:11；約19:21（帶有 μή）；徒1:24；林後12:13；門18；啟22:20。

4. 允准 (Permissive Imperative, Imperative of Toleration)

a. 定義

　　命令語氣偶爾用來表達「允准」，或者說「容忍」。這種用法一般性並不意味著該行動是個選項或是認可的，而是看它是個*既成事實 (fait accompli)*。在這種情況下，命令語氣被稱為是個「指定」的用法 (an imperative of resignation)。總而言之，最好看這種用法是個表達「*允准、許可、容忍*」的陳述。不過，只理解這種用法為「允准」，往往過於肯定而不足以正確傳達這種用法的細節。

b. 例證

太8:31-32 εἰ ἐκβάλλεις ἡμᾶς, ἀπόστειλον ἡμᾶς εἰς τὴν ἀγέλην τῶν χοίρων. (32) καὶ εἶπεν αὐτοῖς· ὑπάγετε.

> 鬼央求耶穌，准他們進入豬裡去。耶穌准了他們、「去吧」，
>
> 在這個例子，這個命令語氣動詞有雙重的意涵：主將這些污鬼趕出去（因此，所說的話確是個命令），並且他同意它們的請求、進入豬群（允准）。

林前7:15 εἰ ὁ ἄπιστος χωρίζεται, χωριζέσθω

> 倘若那不信的人要離去，就由他離去吧！

林前7:36 ἐὰν ᾖ ὑπέρακμος καὶ οὕτως ὀφείλει γίνεσθαι, ὃ θέλει ποιείτω, οὐχ ἁμαρτάνει, γαμείτωσαν

> 若有人以為……事又當行，他就可隨意辦理，不算有罪，叫二人成親就是了。

另參見太23:32，26:45（很可能也屬這個類別）；[100] 林後12:16（很可能也屬這個類別）。[101]

5. 表達有條件的吩咐 (Conditional Imperative)

a. 定義

命令語氣偶爾可以用來表達一個假定的情況 (protasis)，條件滿足時的結果 (apodosis) 由動詞表達。新約中僅有約二十個這樣的案例。[102]

b. 結構與語意

這種命令語氣的用法，往往以「*命令語氣動詞+ καί +直說語氣、未來時態動詞*」的結構出現。[103] 它的概念是「若 X 的條件滿足，就會有 Y 的結果成就」。與此相同地，另有幾種結構，它的結句有命令語氣的動詞[104]或是「οὐ μή + 假設語氣

---

100 見 Robertson, *Grammar*, 948。

101 這也可以被歸納在「表達條件句」(conditional imperative) 這個類別裡。

102 Boyer, "Imperatives," 39.

103 所有 Boyer 所發現沒有爭議的例子，都包括這個結構（"Imperatives," 39）。

104 請參見約1:46，7:52。另外請見 D. B. Wallace, "'Οργίζεσθε in Ephesians 4:26: Command or Condition?" *CTR* 3 (1989) 352-72, specifically 367-71（這篇論文重印於 *The Best in Theology*, vol 4, ed. J. I. Packer [Carol Stream, Ill.: Christianity Today, 1990] 57-74。所有內容都與原來在 *CTR* 的文章相同）。

的動詞」；[105] 儘管都還有爭論。

　　但就算這些爭論是對的，在每一種情況下，尾隨的*動詞都擁有與直說語氣、未來時態相同的語意*。以下用約1:46為例：

εἶπεν αὐτῷ Ναθαναήλ· ἐκ Ναζαρὲτ δύναταί τι ἀγαθὸν εἶναι; λέγει αὐτῷ ὁ Φί

λιππος· ἔρχου καὶ ἴδε

拿但業對他說：「拿撒勒還能出什麼好的嗎？」腓力說：「你來看 (Come

and see)！」

　　若是 ἔρχου 是條件性的，那跟在後面的命令語氣動詞就有直說語氣、未來時態的意涵：「若是你來，你就會看到」。所有這些有爭議的例子都透露了相同的語意，也就是，這跟在後面的動詞有作為直說語氣、未來時態的功能。[106]

　　因此，我們可以這樣說，新約中所有不具爭議的表達有條件的吩咐的動詞，都使結句有直說語氣、未來時態的語意；而所有這類條件性命令動詞都使得其後、第二個動詞的功能有如直說語氣、未來時態的語意（不管它是命令語氣或是假設語氣）。以下我們會看到，這一點在那些有爭議的經文就顯得更重要。

　　還有，*這些沒有爭議的條件性命令動詞似乎仍然保有它們「吩咐」的意涵*。也就是說，就算這樣的命令動詞被翻譯為「*若是你做某事的話*」這樣的譯句，也是因為這樣的命令語氣所表達的內涵是其他語氣不能表達出來的。[107] 因此，約1:39的 ἔρχεσθε καὶ ὄψεσθε（「你們來看」）意思是「*若是你來（而我是希望你來）你就會看見*」。

c. 例證

1) 明確是屬於這個類別的例子

太7:7　αἰτεῖτε καὶ δοθήσεται ὑμῖν

　　　　你們祈求，就給你們

105　舉例，路6:37。Burton, *Moods and Tenses*, 81 (§183) 力爭在這節經文中「命令語氣動詞可以在這裡作提出　假設 (suggesting a hypothesis)……。」在我先前對「表達有條件的吩咐」(conditional imperative)的研究中，我不小心忽略了假設語氣在結句中的這種可能性 (Wallace, "Ephesians4:26")。

106　Wallace, "Ephesians4:26," 367-71.

107　有一二個「命令語氣動詞＋καί＋直說語氣、未來時態子句」，是有爭議的（特別是約2:19；見以下討論）。不過重要的是「所有這一類句型中，這二十一個可能是『表達有條件的吩咐』的例子，都保留了吩咐的意涵。」(Wallace, "Ephesians4:26," 371)

這節經文所要表達的意思是「若是你祈求的話（而你實在是應該祈求），你就
會得著」。

太8:8　　μόνον εἰπὲ λόγῳ, καὶ ἰαθήσεται ὁ παῖς μου

只要你說一句話，我的僕人就必好了

約2:19　　λύσατε τὸν ναὸν τοῦτον καὶ ἐν τρισὶν ἡμέραις ἐγερῶ αὐτόν

你們拆毀這殿，我三日內要再建立起來

這個命令動詞可以被視為表達的意思是「若是你們拆毀這殿的話」。但是若是
λύσατε 是按照一般表達有條件的吩咐的語意型式來理解的話，它的意思會更強
烈：「若是你們拆毀這殿的話（而我鼓勵你們這樣做）我在三日之內必再建立
起來」。雖然這項理解在第一眼會覺得有點勉強，但是事實上卻是很可能的。
這種先知性的陳述，令人回想起猶太先知的「帶有諷刺含意的吩咐」（參見賽
8:9；摩4:4）。因此，它是有點嘲諷或激將的味道，類似於「去做啊！摧毀這
殿，如果你敢的話！我必再建立起來」[108] 這個觀點非常接近於約翰對耶穌的描
繪。[109]

雅4:7　　ἀντίστητε τῷ διαβόλῳ, καὶ φεύξεται ἀφ’ ὑμῶν·

務要抵擋魔鬼，魔鬼就必離開你們逃跑了

這節經文所要表達的意思是「若是你抵擋魔鬼的話（而你實在是應該如此），
牠就會離開你們逃跑了。」

另參見約1:39；弗5:14；雅4:10。

2) 一段解經有爭議的經文

弗4:26　　ὀργίζεσθε καὶ μὴ ἁμαρτάνετε

生氣卻不要犯罪

有些文法學者認為在結句 (apodosis) 裡的條件性命令動詞，可以有「命令」的
意思。但是，這個如此認定的結果套用在這節經文上（弗4:26），是相當具有爭
議的。[110] 建議的理解是「若是你在生氣的話，不要犯罪」。

108　這裡要感謝 Dr. Hall Harris 的幫忙，他提醒了我關於命令語氣的修辭性功能、以及它在先知書
　　中的平行用法。

109　這個帶有諷刺意味的吩咐，亦可見於啟示錄（22:11，說：「不義的，叫他仍舊不義；污穢
　　的，叫他仍舊污穢（ὁ ἀδικῶν ἀδικησάτω ἔτι καὶ ὁ ῥυπαρὸς ῥυπανθήτω ἔτι）」）。

110　請參見 BDF, 195; Robertson, Grammar, 949; Boyer, "Imperatives," 39. BDF 以這節經文作為
　　「表達條件句」(conditional imperative) 這種用法的唯一例證（命令語氣動詞在結句裡）。
　　Boyer 也沒有提供其他的例證。

就文法而言，視 ὀργίζεσθε 為一個條件性的命令動詞，會帶來三方面的問題。[111]
第一，在新約中沒有其他不具爭議的例子，是「條件性命令動詞 + καί + 命令
語氣動詞」這樣結構的。[112] 與以上關於弗4:26的討論不同的是，所有沒有爭議
的例句都在結句中有一個直說語氣、未來時態的動詞。但是就算公認新約中所
有這類結構的例子都不無爭議，仍然有幾個例句是不錯的。這就導致以下的第
二點。

第二，所有在「條件性命令動詞 + καί + 命令語氣動詞」這樣結構裡的條件性
命令動詞，都需要一個後隨的命令動詞表達直說語氣、未來時態的語意。約1:
46就不再翻譯為「你來看」、而該譯為「你若來，你就會看見」（另參見約7:
52）。這一點若應用於弗4:26，該節經文就當譯為「若是你生氣的話，你將不
會犯罪」（一個顯然荒謬的意義）。

第三，所有在新約中的條件性命令動詞（不管是那些沒有爭議的或是有可能有
的），都保有「命令」的意涵。就是這一點語意上的差異，使得與弗4:26的條件
性功能有別。那些看這裡是一個條件句的人，也不會翻譯這節經文為「若是
你生氣的話——而我希望你如此⋯⋯」。當合併以上所論及的語意，看這裡是
條件性功能的觀點，顯然有點自相矛盾：「若是你生氣的話（而我希望你如
此）那你也不要犯罪」。這當然不是經文的意思。但是若是堅持這裡的
ὀργίζεσθε 是條件性功能的話，那就必然導致這個意思，因為所有結構平行的經
文都是此被理解的。

如果 ὀργίζεσθε 不是條件性命令動詞的話，那弗4:26會是什麼意思呢？二個命令
語氣動詞都當按表面的意思來理解（分別是「吩咐」與「禁止」）：「就是生
氣，也不要犯罪。」支持這樣解釋的理由是下半節經文：「不可含怒
(παροργισμῷ) 到日落。」[113] 按著這樣重新理解，第27節的意思是，不要對信仰
群體之中的罪不做處理，而給魔鬼留地步。與「反省」的觀點全然相反，經文
似乎是教會紀律的速記，言下之意是義憤 (δικαία ὀργή)（如希臘文所示）是有
聖經支持的。

---

111 反對 ὀργίζεσθε 是一個「表達條件句」(conditional imperative) 的用法，有上下文及解經二方面
的問題。請見 Wallace, "Ephesians4:26," 的討論。

112 請見以下討論 Wallace, "Ephesians4:26," 367-71。

113 παροργισμός 這個字相當一面倒地被用在指明怒氣的「根源」、而不是「結果」。也就是說，
所指涉的是一個外在的原因或挑釁、而不是內在的反應。請參見王上15:30；王下23:26；尼9:
18；所羅門詩篇8:8-9（一段與弗4:26極為相近的經文，很可能都是回溯於過去猶太的文獻）。
唯一不帶這種功能的，只有耶21:5（異文）。

† 6. 表達有可能性（Potential Imperative；這個類別的存在與否有爭議）

這種命令語氣的用法，會出現在條件句型的結句裡。伴隨著這種用法，會有另一個條件性的命令動詞出現在假想的假定子句中 (the implied protasis)。但是這種表達可能性的命令動詞是很有爭議的。所有可能的例子（除了弗4:26的 ἁμαρτάνετε 之外）都與直說語氣、未來時態有相同的語意。相關的討論，見以上「條件性的命令動詞」章節。

7. 宣告內容 (Pronouncement Imperative)

偶爾*被動語態*的命令動詞，可以用來表達（在說話當時）一個已經完成的陳述。這種用法常以被動語態出現，是因為該動作的接受者無法自行完成。表面上看來它像是個命令，但是因為它本質上就無法被接受者遵行、就在話一說出口，就成真了。所宣告的內容（或是意圖有所作為的陳述 (performative statement)），是藉著命令語態的動詞來達到它的修辭果效。

可1:40-41 ἐὰν θέλῃς δύνασαί με καθαρίσαι. (41) καὶ σπλαγχνισθεὶς ἐκτείνας τὴν χεῖρα αὐτοῦ ἥψατο καὶ λέγει αὐτῷ· θέλω, **καθαρίσθητι**

「你若肯，必能叫我潔淨了。」耶穌動了慈心，就伸手摸他，說：「我肯，你潔淨了吧！」

耶穌吩咐那個患大麻瘋的話，不可能被理解為「你讓自己潔淨了吧！」

太21:21 κἂν τῷ ὄρει τούτῳ εἴπητε· **ἄρθητι** καὶ **βλήθητι** εἰς τὴν θάλασσαν, γενήσεται·

就是對這座山說：『你挪開此地，投在海裡！』也必成就。

另參見可7:34，11:23；羅11:10。

8. 作為習慣性的問候

有時候命令動詞可以用來表達例行的問候，而原先的命令功能被抑制了。命令語氣減低為感嘆語氣。特別是用在問候語。

路1:28 **χαῖρε**, κεχαριτωμένη, ὁ κύριος μετὰ σοῦ

「蒙大恩的女子，*我問你安*，主和你同在了！」

約19:3 **χαῖρε** ὁ βασιλεὺς τῶν Ἰουδαίων

「*恭喜*，猶太人的王啊！」

徒15:29 **ἔρρωσθε**

願你們平安！

耶路撒冷教會給外邦教會的提醒，最後以一個例行的問候作結（命令語氣、完成時態）。另參見徒23:30（異文）。

林後13:11 λοιπόν, ἀδελφοί, **χαίρετε**

還有末了的話：願弟兄們都平安。

當然這話也可以理解為「願弟兄們都喜樂」。但是鑑於這個字在希臘文獻中例行性作為問候的用法，最好是將它在這個上下文裡譯為有如上述。

另參見太26:49，27:29；可15:18；腓3:1（很可能也屬這個類別）。[114]

---

114 視 χαίρετε 是個最後的結語、就如同 τὸ λοιπόν（「最後」），有如林後13:11。不過，它僅僅是個簡單的命令或請求，因為 (1) 它有一個修飾語 (ἐν κυρίῳ)；(2) 它緊跟在一個句子後面、使得 χαίρετε 命令的意涵有意義，因為這個子句得回溯先前的敘述（「*重述先前說過的事*」〔參2:18、28〕）；(3) 這封信從這裡又再往下發展了二章的內容（這可以是一個*最後的*結語嗎？）；(4)「喜樂」是腓立比書的主題，即使在這節經文之後仍然如此（參1:18，2:17、18、28，4:4、10）。

時態：導論

綜覽

參考書目

BDF, 166-67 (§318); **Burton**, *Moods and Tenses*, 6-7, 46 (§5-7, 95); **D. A. Carson**, "An Introduction to the Porter/Fanning Debate," *Biblical Greek Language and Linguistics: Open Questions in Current Research*, Journal for the Study of the New Testament, Supplement Series 80; ed. by S. E. Porter and D. A Carson (Sheffield: Sheffield Academic Press, 1993) 18-25; **B. M. Fanning**, "Approaches to Verbal Aspect in New Testament Greek: Issues in Definition and Method," *Biblical Greek Language and Linguistics*, 46-62; **idem**, *Verbal Aspect*, 1-196; **K. L. McKay**, *A New Syntax of the Verb in New Testament Greek: An Aspectual Approach* (New York: Peter Lang, 1994); **idem**, "Time and Aspect in New Testament Greek," *NovT* 34 (1992) 209-28; **Moule**, *Idiom Book*, 5-6; **Moulton**, *Prolegomena*, 108-19; **Porter**, *Verbal Aspect*, 75-109; **idem**, *Idioms*, 20-28; **idem**, "In Defence of Verbal Aspect," *Biblical Greek Language and Linguistics*, 26-45; **Robertson**, *Grammar*, 821-30; **D. D. Schmidt**, "Verbal Aspect in Greek: Two Approaches," *Biblical Greek Language and Linguistics*, 63-73; **Moisés Silva**, "A Response to Fanning and Porter on Verbal Aspect," *Biblical Greek Language and Linguistics*, 74-83; **Turner**, *Syntax*, 59-60; **Young**, *Intermediate Greek*, 105-07; **Zerwick**, *Biblical Greek*, 77-78 (§240-41).

簡介

在 Douglas Adams 的極度令人愉悅的瘋狂著作 *The Restaurant at the End of the Universe*[1] 有一章描繪時間旅程中最主要的問題：

> 顯而易見，主要的問題是關乎文法的；而處理這問題的主要著作是 Dr. Dan Streetmentioner 的 *Time Traveler's Handbook of 1001 Tense Formations*。它告訴你，例如，如何描述一件過去曾發生在你身上的事，而你可以藉著時空跳躍向前兩天而去避免它。那事件可以描述得完全不同，端看你在那一個時空框架內的觀點來描述它，從你現在的立足點、從一個未來的時間點、還是從過去的某一個時間點，當你假想自己就是你爸爸或你媽媽，帶著他們的觀點從某個時間點跑到另一個時間點，這種說話方式把情況搞得更複雜。

> 大部分讀者頂多可以撐到 Future Semiconditionally Modified Subinverted Plagal Past Subjunctive Intentional 這章；而事實上，在這本書以後的幾個版

1　這裡所摘錄的版本，後來合併在 Adams 這本書 *The More than Complete Hitchhiker's Guide* 第三版合訂本內 (New York: Wings Books, 1989)。

本，這章以後的篇幅都是空白、以節省印刷的費用。[2]

希臘文複雜的動詞判斷，以及近來許多的研究，新約的學生可以相當地同情時光旅行者的困境！[3]我們的進路是盡量試著簡化，但是，因為希臘文動詞的精華大部分是時態，我們將好好地挖掘它如同豐富礦產的複雜性。「雖然它是個錯綜複雜並且困難的主題，但是沒有任何一本希臘文法提供更完整的回報。」[4]

I.時態的定義

一般說來，「時態」，在希臘文裡牽涉兩個元素：*觀點*（一種對活動的理解，有時候稱為 *Aktionsart,* 雖然兩者需要加以區分），和*時間*。觀點，是希臘文時態的主要價值，而時間是其次，如果確實有關連。換言之，*時態是說話者藉著它的觀點(aspect)以及（某些情況下）他所關聯的時間(time)對於動詞的動作（或狀態），所做的表達。*

希臘文的時態有現在式、未來式、完成式、未完成式、過去式、過去完成式。[5]各種時態出現的次數如下：現在式11,583次；簡單過去式11,606次；不完成式1,682次；未來式1,623次；完成式1,571次；過去完成式八十六次。[6]

2　同上，213。

3　我們對於動詞的時態的處理是刻意地化簡化，主要是因為直到目前為止，希臘文的時態還有許多沒有解決的議題 (*Biblical Greek Language and Linguistics: Open Questions in Current Research* 這本書的前半部就是特別針對這個議題在討論)。本章以及下一章所提出關於時態的觀念，當被視為是種假說，還有待修正。必需處理的主要爭論是：是否直說語氣的時態是包括有文法性的時間概念（見本章中的「附註：對於動詞時態所擁有時間的意涵的評估」這一節）；不過就是在這裡，雙方*由此產生*（實用上）的觀念相距還不算大（參 Fanning, *Verbal Aspect*；McKay, "Time and Aspect"）。不過，還有其他的議題，引起學者的感嘆：「這個彼此觀點的不一致，是給解經者與牧者最好的提醒，盡量少提觀點 (aspect)。」(Silva, "A Response to Fanning and Porter," 81-82)

4　Dana-Mantey, 177 (§166).

5　未來時態的完成式也有出現，但在新約中都帶有 εἰμί動詞。

6　這裡的數目不包括那些帶有 εἰμί動詞的例證。也就是說，帶有 εἰμί動詞的過去完成式時態，是當作直說語氣不完成時態及完成式分詞來計算。總額是以 *acCordance* 軟體計數的。不過，所有現在時態與不完成時態的累積，並不與這裡的數目完全相同。差異約在千分之一以內。

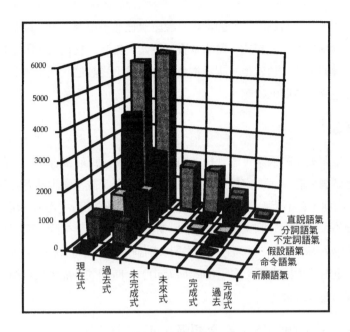

圖表46

新約中不同時態出現的頻率

II.時間的元素

A. 時間的三種描述

　　時態描繪的時間型態有三種：過去、現在、未來。這三種對英語來說很自然，但在其他的語言裡還有其他的型態，例如：過去，非過去；近、遠；完成、未完成等。

B. 語氣決定作者使用的時間因素

　　大部分時候，動詞的*語氣*決定了時間是否是時態的一個元素。[7]

1. 直說語氣

　　時間這個元素清楚地囊括在內。我們可以在某種程度上說，在直說語氣裡，時間是*絕對（或獨立）的*，因為它直接倚賴說話者的時間框架，而不是倚賴表達內容

7　這是傳統對時態的觀點。最近的幾位文法學者（以Porter與McKay為首）都對此觀點提出質疑（見本章中的「附註：對於動詞時態所擁有時間的意涵的評估」這一節）。

的本身。當然，有些時候，時間因素在直說語氣裡並不重要。這是因為其他因素，例如文體、詞彙本身、主體或客體的本質（例如，具有一般性或是限定性）等等。但在不受影響的情況（也就是，詞彙本身的意思並不受其他狀況干擾），直說語氣的時態的確包含了時間的標記。

2. 分詞語氣 [8]

時間常是個重要的因素，儘管在這裡它僅是*相關*（或*附屬著*）。分詞的時間含意（特別是副詞片語），決定於主要動詞的時間。分詞並不與說話者的時間框架有直接關連，因此，它不能說是絕對的。儘管如此，時間的三分（過去、現在、未來）仍然是一樣的。只是對分詞來說，「過去」是指著對於動詞來說、而不是對說話者（稱為*前述* (antecedent)），「現在」也是對於動詞來說（*同時* (contemporaneous)）、「未來」也是對於動詞來說（*之後* (subsequent)）。時間的分隔大致是相同的，但是指涉的框架則會有改變。

3. 假設語氣、祈願語氣、命令語氣、不定詞語氣

除了在間述句中，時間往往不直接與這些語氣關連。因此，假設語氣的簡單過去時態可以表達未來的意涵，儘管在直說語氣中，簡單過去時態總是傳遞一個過去的概念。因而我們可以這樣說，大部分時候，時間的因素在這些旁系（非直說語氣裡）語氣裡，幾乎是不存在的。

簡言之，一般而言，*時間的因素在直說語氣中是絕對的，在分詞的情況是相對的，在其他語氣中是不存在的。*

C. 真實的時間與描繪的時間

儘管作者用的是直說語氣的時態表達，但他所用時態要表達的時間可能不同於、或更寬廣於實際事件的時間。所有這類的例子，是屬於現象的 (phenomenological)，（或「會受影響的」）類別。若干因子（上下文、文體、字彙、其他文法特色）解釋了何以時間這個向度被壓抑的理由。

1. 要表達的時間不同於實際事件的時間

時態所表達的時間可以*不同於*實際（直說語氣）事件的時間，包括有表達一個

---

8   嚴格來說分詞與不定詞不是表達語氣，但是因為它們站在語氣的位置，因此，在語意上還是得討論它們與時間的關係。

過去（已經發生）的現在式用法 (historical present)、表達未來的現在式用法 (futuristic present)、用以凸顯預言特徵的簡單過去式用法 (proleptic aorist)、表達一封書信內容的簡單過去式用法 (epistolary aorist)。

2. 要表達的時間更寬廣於實際事件的時間

時態所表達的時間*更寬廣於實際*（直說語氣）事件的時間，包括表達一個格言內容的現在式用法 (gnomic present)、保留在間接引述句裡的現在式用法 (extension-from-past present)、表達一個格言內容的未來式用法 (gnomic future)。

III. 觀點的元素（行動的種類）

A. 觀點的定義

1. 基本的定義

關於動詞所表達的觀點 (verbal aspect)，一般性是指描繪動作（或狀態）的方式；描繪成*在進行中、著重結果、或僅僅是一個事件*。

2. 觀點與 *Aktionsart*

了解觀點與 *Aktionsart* 的區別是很重要的。一般而言，**觀點**指的是「*不受影響的意涵*」，而 *Aktionsart* 是「*會受（上下文、字彙、文法特色）影響的觀點*」。因此，現在時態的觀點是從內部看行動本身，不考慮該行動的開始或結束（觀點）；但是若干現在時態的特別用法，可以表達反覆的、歷史性的、或未來式的等等不同意涵（這些都是屬於 *Aktionsart* 範疇、是會受其他語言特色影響的意涵）。這種用以區別的界分，我們先前稱之為本體論的 (ontological) 與現象學的 (phenomenological)（可以用在**任何字形**——句法的 (morpho-syntactic) 類別，不只是適用於動詞的時態的術語）。

至於未加解釋就說「觀點是主觀的、*Aktionsart* 是客觀的」，嚴格說來是不正確的（雖然有文法書支持這樣的區分）。會這樣說是因為它認為在語言與實在之間有一個「一對一對應」的關係。然而 *Aktionsart* 並不是真的客觀，儘管它可以*呈現出更貼近現實的描述*。[9]

9　說 *Aktionsart* 是客觀的，就好像說直說語氣總是表達事實一般。事實上，在直說語氣與 *Aktionsart* 之間並沒有必然對應的係，除了用在譬喻、小說、誇張的用詞、刻意表達的誤解或錯誤的理念。

實務上，指出觀點與 *Aktionsart* 之間的區別，在三方面是有助益的：

1) 任何時態的基本意義是它的「觀點」，而各種類別的用法是 *Aktionsart*。因此，儘管它的最基本定義是單純的、最沒有「會受影響的意涵」考量的，但也是最不自然的。因為沒有真正這樣單純的現在時態。每一個動詞都有至少七種不同的字形標誌 (morphological tags)（現在時態只是其中之一），一個字彙標誌（字根）可以在同一個（文學性與歷史性）脈絡之下。就算我們有意單單分析現在時態的意思，其他那些語言特色無法避免地也一起擠進來。

2) 一個常犯的錯誤，就是將某個使用上的特例 (*Aktionsart*)，視為這個時態的一般用法（觀點）。也就是說*太過特殊化*。好比說「簡單過去式陳述的是一個一次過 (once-for-all) 的行動」這類的敘述。沒有錯，簡單過去時態在某些情況下可以表達一個片刻的事件，可是要說「這就是簡單過去時態的不受影響的意涵」，當然是一種危險、是強加入這個時態的理解。因此我們往往就會忽略這種與我們看法不合的簡單過去時態（而這些可以在新約各章中找到），而當它們與我們看法相符時，就大聲宣揚這種「一次過」的簡單過去時態。[10]

3) 另一個常犯的錯誤，就是將不受影響的意涵僅僅視為既有的時態用法。也就是說，*太過一般化*。舉例來說，看簡單過去時態是「預設的」基本時態即是如此。其問題在於沒有意識到時態並不是存在在真空裡的。其實各種用法的類別是合宜的，因為時態是合併了許多語言的特色來表達不同層次的意涵。[11]

B. 不同類別的行動

希臘文這個語言對於行動的觀點，可以大致分為三類：內在的 (internal)、外在的 (external)、以及完成——狀態的 (perfective-stative)。當然，這些用詞都不是描述性的，因為我們愈用描述性的詞彙，其涵蓋的意思就愈狹窄。因此，這些用詞乃用以代替一個範疇的意涵、而不是要用一個設定的標籤來稱呼；那當然是不適當、或只是稱呼了部分的內容。

或許在此，用一個例證是有幫助的。幾本文法書用「遊行的類比」來描述不同的觀點。[12] *內在的*觀點就好像一個人坐在台階上、看著遊行的隊伍從他身旁走過去

10　F. Stagg, "The Abused Aorist," *JBL* 91 (1972) 222-31，試圖透過研究的成果，更正先前視簡單過去時態表達的是一種「一次過」(once-for-all) 的意涵。

11　Stagg 在 "Abused Aorist," 這篇文章中有時說得太滿，甚至認為這只是簡單過去時態在某些上下文裡、所擁有「不受影響的意涵」。C. R. Smith, "Errant Aorist Interpreters," *GTJ* 2 (1980) 205-26 的立場更為極端。

12　請再參考 Porter, *Idioms*, 24。

一般：他看著這個遊行隊伍的行徑，並不特別關注它的開始或結束。*外在的觀點*，就好像記者坐在幾百呎高的空氣船上、看到整個遊行的隊伍，但是並不清楚行伍中的細節。至於完成——*狀態的觀點*，就好像負責遊行隊伍的清理人員，他們在遊行隊伍過去之後、沿街善後，他們知道遊行已經結束（外在的觀點）、但是還在處理這次遊行的善後工作（內在的觀點）。

1. 內在（或還在進行）的觀點

內在的觀點「*著重在行動的發展或進行，並且將發生的事件視為這個行動的內部細節，但是並不關注它的開始或結束。*」[13] 它是在行動過程中仔細的或結果開放的描繪，有時這被稱為「還在進行中的」用法；它「基本上呈現一個還在進行中（或行進間）的行動。」[14]

相關的時態，有*現在時態與不完成時態*。

2. 外在（或總結）的觀點

外在觀點的描繪「將一個事件呈現為*概括的，從事件的外部看整個事件，而不關注它的內部細節。*」[15]

相關的時態，有*簡單過去時態與未來時態*。[16]

3. 完成——狀態的（亦稱為 Stative, Resultative, Completed）的觀點

這個觀點的「不受影響的意涵」，是內在觀點與外在觀點的結合：*行動是以外*

13　Fanning, *Verbal Aspect*, 103。斜體字是原稿中的強調。「線性的」(linear)（或者「持續的」）是較早、眾所皆知的用詞。最近的研究顯示，這種表達更多一點是現象學的用法、而不是本體論的描述。也就是說，它只是現在時態的特殊用法，而不是現在時態的一般概念。

14　McKay, "Time and Aspect," 225. 儘管這個描述是有助於解釋，但就應用而言，還是太侷限了。

15　Fanning, *Verbal Aspect*, 97。亦比較 McKay, "Time and Aspect," 225。同樣地，得記得這個定義是針對簡單過去時態的*觀點*、不是 *Aktionsart*，因為後者是合併了本體論意涵與其他的語言特色。因此，一個簡單過去時態動詞在特定上下文裡，作者可能要表達的是該動作內部的運作。

16　文法學者常常將未來時態動詞視為擁有描述動作內在觀點的意涵。因而它的觀點偶而被視為是內在的，偶而是外在的。這個時態仍是一個謎。它是唯一的時態，僅與時間關連、而與語氣無關。儘管它的（被動）形式與簡單過去時態相同（都來自第六主要部），偶而也傳遞內在的觀點（有如現在時態），不過我們最好還是看未來時態表達的是個與簡單過去時態相反的時間意涵：二者都可以用於簡略重覆性或進行中的行動，但是只有當與其他語言特色並列時才可以如此。未來時態的「不受影響的意涵」並不包括作者內部的描繪。

*在、總結*的觀點描繪，但是行動所造成的結果卻是以*內在、還在進行*的觀點呈現。[17]
相關的時態，有*完成時態*與*過去完成時態*。

C. 真實的觀點與描繪的觀點

1. 二者之間並沒有清楚的關連

對行動的*描繪*與行動的真實*進行*二者之間顯然不同。作者可以將行動*描繪*成一個概述、也可以描繪成一個還在進行的過程或狀態等。這可以以照相動作的不同角度來類比。簡單過去時態就好像是*快照*，看行動為一個整體、沒有細節。對於行動的描述，使得敘事輕快流暢。不完成時態在敘述事情，就好像*電影*在描繪行動，更有靠近、與個人性的親近。

這一點在敘事文體中，看得最清楚。例如說，馬可福音的*敘事*部分是馬太福音的二倍篇幅。對馬可而言，敘事*就是*故事。但是對於馬太來講，*敘事*是為耶穌的講論預備台階之用。因此，馬太使用簡單過去時態只是為了舖陳事實。馬可用不完成時態來描繪相同事件，卻更特殊地顯示已發生的事[18]（馬可福音有二倍於馬太福音的不完成時態用法）。[19] 馬太可能會說「他們從耶路撒冷城出去了 (They went out)」，但是馬可卻說的是「他們就從耶路撒冷城出去了 (They were going out)」。

就是在同一卷福音書中，同一個事件也可能以二種不同的時態來描述。這解釋了一個事實，*作者往往是選擇性的採用時態來描繪；他的描繪還是與現實有別*。舉例：

---

17 文法學者對於完成時態有相當的共識（就是同時表達完成的動作與所成就的狀態），儘管對於定義的細節還有些許的歧見。好比說，McKay 認為完成時態是個觀點，但是 Fanning 卻視它同時保有觀點、時間、與 *Aktionsart*。Fanning 認為「新約中的完成時態是複雜的類別，基本上表達了一個基於先前動作而來的狀態。因此，它的確含有三個經常性的意涵：靜態的 *Aktionsart* 特色、一個基於先前動作而來的時態特色、以及一個簡述事件含意的觀點」（同前，120）。儘管我是有點猶疑完成時態是否真有他所謂的*經常性*意涵（也就是說，那是它經常性存在的意涵），不過至少這三層經常性的意涵提供了若干有幫助的洞見。

18 參考，太13:57與可6:4；太9:10與可2:15；太12:10與可3:2；太4:16與可3:12；太16:6與可8:15；太19:2與可10:1；太26:39與可14:33；太26:47與可14:43。不過，馬可還有許多（在句子或片語中）使用的不完成時態，在馬太福音是沒有平行經文的（請見可1:21、45、2:2、4、13、3:8、11、4:21、24、5:9、20、6:6、10:10、14:57）。也有的情況是，儘管二者都使用的是簡單過去時態，但是馬可卻以不完成時態增添更多的細節。

19 按照 *acCordance* 軟體，馬可福音有293個不完成時態，馬太福音只有142個。就比例而言，馬可福音所使用的不完成時態，是馬太福音的三倍（前者在一千字中有22.6個不完成時態，後者卻只有6.75個）。

可12:41　πλούσιοι **ἔβαλλον** πολλά

有財主正往裡投了若干的錢

不完成時態在這裡呈現了「在進行中」的景象，使得有如現身其景一般。

可12:44　πάντες γὰρ ἐκ τοῦ περισσεύοντος αὐτοῖς **ἔβαλον**

他們都是自己有餘，**拿出來投在裡頭**

簡單過去時態在這裡總結了耶穌的結論，使得這個故事的摘要有如見證一個事件。

2. 作者的選擇因素

a. 講者的選擇

　　一項重要的議題就是，講者*有多少意願*要表達行動是「在進行中」或是「它所產生的結果」、或者他是要用來*強調*。這不是描繪準確不準確的問題，而是仔細描繪或者只是匆匆帶過、或者是一個強調點相較於另一個強調地描繪*同一個*動作而已。舉例：

羅3:23　πάντες γὰρ **ἥμαρτον**

世人都犯了罪

*簡單過去時態*在這裡，並沒有完全解答這個行動。「所有人都犯了罪」(all sin)與「所有人都在犯罪」(all have sinned)（強調犯罪的持續影響），二者都是對的。因此，保羅選用簡單過去時態來強調一個觀點（或*強調人有罪的事實*）、而不是用現在時態或完成時態。不過，這三者都可以用來強調人的罪性。作者的描繪是選擇性的，僅僅用來帶出他當下所要強調的觀點，而不是要仔細描繪事件的全面。

b. 受限於所用的詞彙、上下文等

　　許多學者不太注重時態的獨特。舉例說，若是一位講者要表達一個動作要本身*表達終結*（好比說，「找著」、「死」、「出生」這類的字），他可以選擇的時態就非常有限了。我們不會說「他正在找到他的書」，因為使用不完成時態在這裡是不恰當的。[20]

　　另一方面，若是作者想要表達一個*狀態*的不會改變的特質（好比說，「我有」、「我存活」），他若使用簡單過去時態就不太合適了。確實，表達狀態的動

20　舉例說，新約中 εὑρίσκω 這個字，七十一次是以直說語態簡單過去時態出現，只有四次是直說語態不完成時態，而這四次都是在片語的結構裡。

詞也有簡單過去時態，但是那往往是在表達*進入那個狀態*時才用。[21] 因此，譬如，ζάω（「我存活」）這個字在新約中以直說語氣的現在或不完成時態出現二十九次，全都用以表達一個狀態的意涵（比如說，西3:7 ἐν οἷς καὶ ὑμεῖς περιεπατήσατέ ποτε, ὅτε ἐζῆτε ἐν τούτοις〔當你們在這些事中活著的時候，也**曾這樣行過**〕）。反過來說，八分之七的直說語氣、簡單過去時態，都用以表達在過去某時刻才開始的動作（舉例說，羅14:9 Χριστὸς ἀπέθανεν καὶ ἔζησεν〔基督死了又**活過來**〕）。[22]

重點是，作者總是選用合用的時態來描述所指涉的動作。偶而，他*只有一個時態*的選項可以用以描繪。三個決定的因素：動詞的字彙涵義（譬如，動詞的字根所表達的是一個獨立事件、一個狀態等）、上下文、以及其他文法因素（譬如，語氣、語態、是否是及物動詞等）。[23] 這都是因為觀點與 *Aktionsart* 有差別的緣故：觀點是時態的最基本意思、用語的「不受影響的意涵」，然而 *Aktionsart* 卻是作者講說所用時態、會受到語言其他特色影響的部分。

IV. 附註：對於動詞時態所擁有時間的意涵的評估

這一節的內容是*比較進深的內容*。中級希臘文文法的學生按著老師的指示，可以跳過這一節。

傳統上，在直說語氣的情況下，新約文法學者往往將時間視為希臘文時態的一部分。[24] 可是近年來，這種看法已改變了，主要是因為 S. E. Porter[25] 與 K. L. McKay 的研究。因為傳統看法是已經遍及所有的文書，並且普遍*假設*為真，[26] 這一節就是

---

21 Fanning, *Verbal Aspect*, 137.

22 同上，138。

23 在這個領域的主要研究，請見 Fanning, *Verbal Aspect*, especially ch. 3: "The Effect of Inherent Meaning and Other Elements on Aspectual Function," 126-96. 他認為詞彙的意思是最大影響的因素 (126)。他所提供的例證是很有幫助的 (127-63)。也請參考 Silva, "A Response to Fanning and Porter," 他強調文法因素對觀點的影響。

24 不過這樣的文法書往往又說，時間是次要的、希臘文的時態原本並沒有包括文法性的時間概念在內 (so *BDF*, 166 [§318])。

25 Porter 的這本書 *Verbal Aspect* (1989)，約略與 Fanning 的書差不多同時完成。二者都是博士論文，分別完成於 Sheffield 與 Oxford。儘管二者之間有相當多的相同（特別是關於不同時態的觀點的功能），但是二者對於時態與時間的關係仍然有相當的差異。

26 有點點諷刺的是，若干*假設*這個與時間無關論述的人並不打算證明它。McKay 在他的文章（"Time and Aspect"）中說：「如果它是對的（如今看來似乎也是），那這個古代希臘文的字形是反應了它的觀點（與它的語態與語氣），不過不包括時間……。」(209) 但是在別處，McKay 論到這個論述，卻認為是個侷限於例外的陳述（也就是說，是從現象學的角度出發的），而不是個語言學的規則（請見 McKay, "Time and Aspect," 209, n. 1）。這樣的看法當然有它的缺欠，請見以下的討論。

要集中注意力在那些非時間的觀點上，而後會有一個評價。[27]

A. 時態與時間無關的論述議題

有四方面的論述，看希臘文的時態其實不必然包括時間的概念在內。[28]

1. 現象學

直說語氣的幾個類別，沒有跟時間或無預期的時間有關連：好比說，historical present、futuristic present、proleptic aorist、gnomic tenses。這些現在時態的用法很難解釋時間果真是直說語氣、時態的一個元素。

2. 歷時性研究

Homer 時代的希臘文，其直說語氣，有表達過去含意的簡單過去時態卻不帶有往昔號的，也有帶往昔號的簡單過去時態卻不表達過去的含意。

3. 語言學

在敘述文體中，不完成時態往往用作前景，但是簡單過去時態卻用作背景。也就是說，不完成時態描繪事件的進行，但是簡單過去時態僅僅總結事件的內容、然後就繼續散文的行程。因而，往昔號並不指示時間，而只不過是個文學手法而已。

4. 字形 (Morphology)

希臘化希臘文的簡單過去完成式，並不一定帶有往昔號，因此，往昔號並不是一個顯示時間記號。

B. 對於以上這個與時間無關的論述的評價

儘管上述僅僅是個簡略的敘述，但的確許多細節是有相當支持的。舉例說，Porter 仔細研究了許多時態的使用，系統性地指出以上這個與時間無關論述的不足。但是這個論述還有一些嚴重的問題。下面我們會先針對以上四方面的論述作回應，然後我們會有額外的評價。

---

27 儘管針對這個與時間無關的論述，始終都有些批判的聲音，但都不夠系統。請見 Fanning, Schmidt, and Silva 在 *Biblical Greek Language and Linguistics* 這本書裡的文章。

28 我們的討論多與 Porter 有對話，因為他的看法最有系統。McKay 承認，儘管他與 Porter 原則上多有相同，但是「我多是憑著直覺、而不是按邏輯發展的。」與 Porter 謹守系統性、語言學來架構的方式顯然不同 (McKay, "Time and Aspect," 209-10)。

1. 現象學 (Phenomenology)

從現象學來看，有二方面的問題：

a. 與英文類比

儘管要在英文與希臘文之間尋找一對一的語言關係很荒謬，但是尋找之間的類比是恰當的。特別的是，二者都有 historical present（描述一個過去〔已經發生〕事件的現在式用法）、futuristic present（用以表達未來的現在式用法）的用法。可是在英文中，時間是有隱含在時態中的。假設二千年以後，英文已經是個死的語言、並且那時候有語言學者觀察到、英文的時態是沒有包括時間的概念在內的（如同 historical present、futuristic present 的用法所顯示的），這樣的論述當然不成立。若果這樣的論述不能成立，那為什麼我們會認為同樣地假設古代希臘文、卻有可能成立呢？

b. 「會受影響的意涵」與「不受影響意涵」的用法

所有動詞時態包括非與時間有關的用法，都帶有「會受影響的意涵」(affected meanings)（也就是現象學的用法 (phenomenological uses)、而不是本體涵義 (ontological meaning)）。我們甚至可以這樣說，這樣的類別並不是常例。[29] 正如我們先前所主張的：不當強加本體涵義在現象層面的資料上 (phenomenological data)。[30] 事實上，就是因為有若干文法上的例外、甚至是當代希臘人也不如此用的例子存在，就更加支持了我們的關切。[31]（舉例說，historical present 的確有口語的用法，講者是用以表達一個事件。但是「路加這位文字作者，使用 historical present 不像馬可〔這位較不具文筆的作者〕那樣頻繁」這樣的事實，的確比較吻合「當代希臘人理

---

29 好比說，Fanning (*Verbal Aspect*, 199) 將直說語氣現在時態的用法分為三個子類別：窄時域 (a narrow time frame)、寬時域 (a broad time frame)、與*特殊*用法（就是與一般現在時間概念不同的）。要記得的是，將非表達時間意涵的現在時態用法視為不尋常的用法，Fanning 的研究與 Porter 相反、發表於 Porter 以先，Fanning 認為現在時態多少還是與時間有關。

30 十九世紀末，針對禁制含意的現在時態與簡單過去時態的用法，就已經作了*根本*的區分。簡單過去時態的禁制用法根本的意思是「不要開始做某事」，而現在時態的禁制用法*根本*的意思是「停止、不要再做某事」；這種觀察其實基於非常有限、選擇性的數據而得來的結果。肯定地，若干細節還可以再深入探討，但是它們都沒有討論到禁制用法的基礎。

31 即使 Porter 也承認，historical present（描述一個過去〔已經發生〕的事件）也是被用來強調、凸顯生動 (*Verbal Aspect*, 195-96)。

解 historical present，與今日的我們相距不遠」的敘述）。[32]

2. 歷時性研究

關於語言的歷時性研究，有二個主要的問題。第一，共時性研究往往似乎對於詞彙與文法，認為是比歷時性研究更有關連。事實上，許多提出歷時性研究議題的人也如此認為。[33] 這些被提出來的議題，往往因為新約與荷馬時代相距久遠，研判變得更加困難：畢竟主前九百年的那些議題到底跟古典希臘文、或希臘化希臘文時期不同。

第二，那些與荷馬時代平行的用句，也帶來若干困擾之處，也就是說，荷馬時代的希臘文文體主要是*詩體*（音節是主要元素），但是新約的文體卻主要是散文。在過去，希臘文一如其他語言，詩歌的手法是文學表達的主要形式，甚至重要到使人幾乎總以為那就是文法的規則。[34]

3. 語言學

希臘文的不完成時態與現在時態一樣、都是源於第一主要部，而過去完成時態與完成時態一樣、都是源於第四主要部；基於以上觀察，在對應的時態之間必然有一些相同或相異之處才對。但是與時間無關的論述在這一點上也不好處理。因為不完成時態與過去完成時態也都有直說語氣，它們與其他時態之間所有的差別當然就是時間了。傳統上認為只有直說語氣才有時間觀念，而次要的時態也擁有與主要時態相同的*觀點*，因此，不完成時態與過去完成時態當然在直說語氣以外的其他語氣裡、就是多餘的了。

32　更引起困惑的是 gnomic aorist，因為它在英文中沒有平行的用法（不是也有英文的用法在希臘文中沒有平行用法的嗎？）。不過，對這種簡單過去時態的用法，是有解釋的（就是，這種簡單過去時態原本是標準、指著過去事件說的，只不過因著重複敘述、就逐漸變成箴言式、恆常的用法了），只不過這還是解釋不清楚的事實，說明了為什麼它什麼被置於「例外」的理由。

33　好比說，Porter, *Idioms*, 13。

34　參見 V. Bers, *Greek Poetic Syntax in the Classical Age* (New Haven, Conn.: Yale University Press, 1984); A. C. Moorhouse, *The Syntax of Sophocles* (Leiden: E. J. Brill, 1982) 1, 10, 13, 135, 143, 177; N. Cosmas, "Syntactic Projectivity in Romanian and Greek Poetry," *Revue roumaine de linguistique* 31 (1986) 89-94。

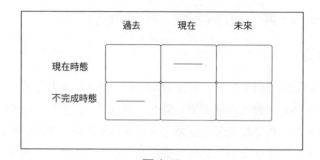

圖表47

現在時態與不完成時態有著相似的時間——觀點概念

　　從以上圖表可見，³⁵ 若是不看時刻的話，其實現在時態與不完成時態二者之間並沒有什麼差別。這當然使得在其他語氣中，其中之一成為不必要（完成時態與不完成時態，也可見於類似的表格裡）。

　　簡言之，這個與時間無關的論述並不是那麼簡單就可以簡化多種時態（好比說，若是現在時態與不完成時態都擁有相同觀點，那何必還要有這二種時態呢？），當然也不足以說明這二種時態是否在直說語氣以外、就不再必要。若是尚未完成的時態（包括現在時態與不完成時態）都用在凸顯前景，那必然有其一不是必要的。若真是如此，那為什麼二者又都會在同一個情境中出現呢？這個與時間無關的論述，也沒有能解釋為什麼過去完成時態與不完成時態僅出在直說語氣中。傳統上認為，因為時間只與直說語氣有關，並且各自親近關連的時態（現在時態與不完成時態、完成時態與不完成時態）都有差不多相同的觀點；至於在其他語氣中，這些次要的時態卻沒有什麼特色。

　　還有另二個關於這個進路的問題。

　　第一，大部分的文法書看 historical present 幾乎不具什麼*觀點*價值。所用到的動詞 λέγει 與 ἔρχεται，都僅被視為是夾雜在許多簡單過去時態動詞中、引入一個動作，但卻一點都沒有任何暗示「是作者有意要表達一種內在或在進行中的觀點」。若是傳統、那種與時間無關的觀點是對的，那我們就會期盼觀點有更多的發展。³⁶

35　這個關於第一主要部的線性圖示，是為凸顯示現在時態與不完成時態二者都有平行的觀點概念，而不是說二者有相同的觀點（因為很難以圖示表明行動的內在觀點）。

36　Porter 辯稱：「基於 historic Present 在希臘文中的用法，它可以一般性地被視為是看事件沒有完成的觀點 (aspectually imperfective)。」(*Verbal Aspect*, 195) 不過，他所謂「*生動*」的意思（而不是個內在、進行的描繪）是被當作觀點的功能。因此，他的看法似乎更適合時間概念：作者使用現在時態表達一個生動的概念，彷彿事件的發生是與寫作同時。因此，我們認為 historical present 是壓抑了它的觀點、而不是時間。時間的元素是用作修辭性的、而不是真實的。

第二，若是直說語氣簡單過去時態並不與時間相連，那我們就會期盼，直說語氣簡單過去時態會經常性地與「簡略敘述現在式事件」(an instantaneous present event) 的用法相連。我們有 gnomic aorist（用以表達一個格言的內容）的用法，但是它表達的是一個「簡略敘述過去式事件」（"instantaneous aorist"）的用法嗎？同樣地，我們也不會期盼一種「簡略敘述現在」(an instantaneous present) 的用法（在這種用法中，觀點幾乎被完全壓抑，而「現在」這個時間元素成為主要強調。[37] 如此這種與時間無關的論述能處理太13:19與約10:29經節中 ἁρπάζω（「奪」）這個字現在時態的意涵嗎？

4. 字形

跟字形有關的論述是過去完成時態簡略了往昔號。儘管隨著時間發展，這個省略愈來愈明顯，[38] 可能的理由是因為 (1) 過去完成時態的字尾顯然與完成時態有別；(2) 因為過去完成時態的字形比較複雜，[39] 因此不精於用希臘文表達的講者就很可能地將此較為複雜的部分省略了、間接地使得字尾變化的次要特徵如今成為主要標記了。[40]

37　Fanning 的進路有點問題。他辯稱，時間這個元素不是被壓抑、只不過是被「壓縮」(*Verbal Aspect*, 202)。他認為，著重點是在說話的「同時」；在直說語氣以外的其他語氣，現在時態是用作描述單純事件發生，因為同時間發生、性性質未被觸及 (ibid., 205)。有二點評論：(1) 這個用作來描述現時狀態的現在時態，指涉的是一個（當說話的時候）已經完成的行動、並沒有意含內在的觀念（Fanning 甚至稱它是在說話之之、已經「完畢」[202]）；(2) 這個用作來描述現時狀態的現在時態分詞，並不必然是與主要動詞同時發生的行動（注意在以下這個表述法中冗用的分詞，ἀποκριθεὶς εἶπεν〔參太4:4，12:39，25:12；可6:37，11:14；路4:12，5:22，9:20，19:40等〕）。

38　當新約聖經的時期，簡單過去完成時態是更為普遍地被省略。然而，就是在這本書中，帶有往昔號的簡單過去完成時態也比沒有的多（與 Porter, *Idioms*, 42 的觀察相反；他說帶有往昔號的簡單過去完成時態僅有偶而才如此）。

39　即使 Porter 也承認，簡單過去完成時態是一個「難處理的區塊。」(*Idioms*, 42)

40　這個現象在那些「助動詞」（好比說，δύναμαι, θέλω 等）找到類比的現象。傳統上，那些不帶有往昔號的形式，是有一個前置的 ε 的；但是帶往昔號的，有的是一個 η。在口語希臘文中，主要時態的 ε 被省略了；但是帶往昔號的，要不就是帶著ε、要不就是帶著η。歷時性的希臘文研究指出，這個是否帶往昔號的改變，主要是由於方便的原因、多過於規則。按照句法規則來說的話，ἐδυνα- 當被視為是早期希臘文 (Attic) 現在時態的字尾，但是事實上在口語希臘文中它卻是不完成時態。過去完成時態就差不多是這樣，它沒有往昔號，卻有較長字尾、以及較一般動詞更為麻煩的形式（不必說，更為獨特）。

5. 古代希臘人對時態的理解

好些古代希臘作者（舉例說，Protagoras, Aristotle, Dionysius Thrax）是清楚地區別出不同時態的用法，並且顯示出它們各自與時間的關連。

儘管我們不能將希臘文的知識奠基於這些古代希臘作者對時態的理解（不必說，他們的希臘文也的確顯露出他們的用法沒有那麼複雜），但是他們似乎的確是有藉著動詞的時態傳遞時間的訊息 (tenses grammaticalized time)。

6. Occam 的觀點：愈簡單愈好

McKay 正確地說，「假說最好的測試，不是它是否已經解決了所有的困惑，而是它提供了最為一致的解釋、留下最少的例外 (anomalies)。」[41] 但是前述這個與時間無關的論述，仍然留有許多的問題與不一致之處。還有，若有二個理論相互競爭，二者都解釋資訊，那最簡單的就是最好的（稱為 Occam's razor，以一位中世紀哲學家 [William of Occam] 命名）。那一個論點是最主流、卻又能以精確描述最多的資訊？我們認為，傳統的進路（加以些許的修正）仍然是最好的。請特別留意 McKay 有一篇對於「希臘文是如何決定時間」的摘錄：

> 至終我們都得再衡量各項因素的比重：上下文、動詞的形式、時間的標記、句型結構，段落性質、章篇、或甚全書的性質，以及個人、社會、政治、以及其他作者所帶入他個人寫作的預設。[42]

這個理解的角度，是包括了許多複雜的地方與細節。使得 Occam's razor 的原則不適用於它，但是它隱含著二點意義：(1) 要全然理解古代希臘文的時間意涵，就得多方理解這個語言的上下文與它的前解 (preunderstanding)；這當然是個沉重的負荷。(2) 在每日的用語、會話、以及多少是有情境下的言談，我們的用詞當然多少都會有時間指涉的模糊，但是並沒有證據可以證明它。[43]

---

41   K. L. McKay, "Aspect in Imperatival Constructions in the New Testament Greek," *NovT* 27 (1985) 214. Porter 在他的文章（"A Systemic Analysis of Greek Verbal Aspect"）一開始 (*Verbal Aspect*, 75)，就引用了這裡的內容。

42   McKay, "Time and Aspect," 227-28.

43   McKay 寫著說，「作為現今的解釋者，我們明顯地缺乏若干重要的資訊，並很可能地我們所做的背景重新建構都有問題……。」(ibid., 228) 若是這對今日的解釋者尚且如此，那對古代的解釋者就更是如此。心裡迫切需要這個與時間無關的論述，就會在記錄的對話、蒲草文獻、以及類似文書產生對時間元素錯誤的理解（簡言之，任何包括迅速主題轉移的文字敘述）。

7. 字源的謬誤

最後，這個與時間無關的論述，有可能因著強加動詞的觀點進入個別的例證，而扭曲這個論述的理解。（我們已經注意到了，historical present 極可能是不帶著任何觀點）另一方面，持傳統觀點者很可能錯誤地以為時態總是擁有不變的意涵。當然，時間這個元素可能因為（好比說）其他的因素而被壓抑，就如同觀點這個元素可能被壓抑一樣。[44] 語言學者早已注意到過分著重字源的意涵，可能導致至誤解字義的陷阱。但是文法學者可能在許多句法規則中，仍然堅持其中某一個規則的優先順位。[45]

我們的觀點是，*直說語氣的時態的「不受影響的意涵」，是包含有觀點與時間。然而，二者都可能因為字詞、上下文、或文法的影響而被壓抑。*[46] 因此，一個對語言的整全觀點，並不是要把一組意思帶進任何一種字詞的意思裡。其中若干語言的特色，有更為明顯的決定性。

因為過分執著字源的謬誤仍然普遍散布在文法書中（不只是關乎時態而已），因此若是藉著一些英文的例證、將可有效說明這種壓抑或基本句法規則的改變。[47]

• "Those kids will come up here and throw rocks every day"（「那些孩子往往每天來到這裡、扔掉石塊」；使用未來式來表達一個在過去時間裡、相當固定的習慣）

• "I could care less"（否定詞省略掉了，很可能是「為著」的理由）

• "near miss"（我們是不是該假設必然有二個物件相撞，儘管沒有說出來？）

• 使用現在時態不定詞來表達一個完成時態不定詞的意思："Yesterday, when the game started, he would have liked to see the roster ahead of time"（「昨天，遊戲已經開始了，他才想起來應該先*看*過輪序表才對」）

• "If I was a pirate"（「使用過去時態直說語氣來表達一個與現實相反的過去假設用法」）

---

44 我們已經針對描述現在狀態的現在時態、說過了與 Fanning 的差異（見「語言學」這個段落）。

45 Silva 對於 Porter 與 Fanning 有一段評論的話（"A Response to Fanning and Porter," 78-79）：想要給予「觀點」一個清楚、充分的定義，是能夠理解的，但是我有點想說，這是不是被誤導了。Porter 明顯不願意承認他所觀察的例證，其實都是例外：許多提案都一再被否認，不被認為能解釋所有的情況。Fanning 一直在強調「需要鑑別不同『觀點』的不變意涵」。不過，有鑑於語言本身的變動，這個（企圖給予『觀點』一個清楚、充分定義）努力，似乎不太實際。

46 以下還有數章會繼續討論到不同的時態。

47 我要在此謝謝我的同事 R. Elliott Greene，謝謝他提供我好幾個英文的類比例證。

• "You don't know nothing"（一個雙重否定，在希臘文中用來加強否定的用法）

• 使用未來時態來表達一個未來、完成時態的意思："If he wins the next race, he will break the school record"（「如果他贏得下一次的比賽，他將破了學校的記錄」；而不是 "if he wins the next race, he will have broken the school record"）

• "are" 一般是與複數主詞併用，但是卻常以縮略的方式用在第一人稱："I'm doing a good job, aren't I?"[48]

• "Can I have some milk" 句中的 "can" 是用為詢問「允准」（"may"）的意思

• 使用受格、而不是主格，特別是在人稱名詞的後面："It is me"（同樣參考 "who" 代替 "whom" 的用法）

• 老式的英文使用 "was, is" 在第二人稱單數，以與第二人稱複數區隔（使用 "you was"、而不是 "you were"）

我們都知道英文這個語言的進展，無論在詞彙或文法方面。我的論點是，英文本身並不是與世隔離的；所有的語言都隨著時間在改變。希臘文也沒有例外。我們需要注意到動詞的時態只是這個變異的部分內容，因此，不必要堅持它必得有一個不會改變、穩定的核心涵義。[49] 因此，看觀點時總是以為是現在式或看時間總常在直說語氣中，這本身就是個類似字源的謬誤。

---

48   這個例證以及其他幾十個類似的例句，可以在 Bill Bryson 的 *The Mother Tongue: English and How It Got That Way* 這本書中找到 (New York: William Morrow, 1990) 134-46。另參 *The Oxford Guide to the English Language* (Oxford: Oxford University Press, 1984) 137-91。

49   這個理解可以在希伯來文中到類比。聖經希伯來文，嚴格來說，並沒有著時態標定時間的概念。不過，「米示拿與現代希伯來文的時態卻明顯較為有時間的概念」(B. K. Waltke and M. O'Connor, *An Introduction to Biblical Hebrew Syntax* [Winona Lake, Ind.: Eisenbrauns, 1990] 347, n. 110)。

現在時態

綜覽

參考書目

BDF, 167-69, 172, 174 (§319-24, 335-36, 338-39)；**Burton**, *Moods and Tenses*, 7-11, 46, 54-55 (§8-20, 96-97, 119-131)；**Fanning**, *Verbal Aspect*, 198-240, 325-413；**K. L. McKay**, *A New Syntax of the Verb in New Testament Greek：An Aspectual Approach* (New York： Peter Lang, 1994) 39-42；**idem**, "Time and Aspect in New Testament Greek," *NovT* 34 (1992) 209-28；**Moule**, *Idiom Book*, 7-8；**Porter**, *Verbal Aspect*, 163-244,

321-401；**idem**, *Idioms*, 28-33；**Robertson**, *Grammar*, 879-92；**Turner**, *Syntax*, 60-64, 74-81；**Young**, *Intermediate Greek*, 107-13.

簡介：基本用法

觀點

當我們討論到*觀點*，現在時態是屬於*內部的*（亦即其描繪動作的方式是由事件的內部著眼，並不特別著重開始或結束），對於事件的完成（或結束）並無評論。現在時態對於事件的描繪「*聚焦於其發展與歷程，並且從內部目睹其發生，但並不直接討論開始或結束。*」[1]有時候稱呼為*進行式* (progressive)：「基本上表達出一個進行中（或在過程中）的動作。」[2]

時間

當我們論及*時間*，現在時態*直說語氣*通常是指稱現在的時間，但卻可能是指事件發生的當下之外或更廣的情況（例如當我們描述一個過去〔已經發生〕的事件或表達一個格言的內容的情況）。

觀點＋時間 （不受影響的意義）

我們需要記得，在檢視每一個時態時，其「不受影響的意涵」與「會受影響的意涵」的差異，並且它們彼此之間的關係。這差異在於觀點與*Aktionsart*（與時態的時間元素有關的另外一個部分〔僅限於直說語氣〕）。直說語氣中，觀點與時間一起構成時態的「本體性的意涵」或不受影響的意涵。在這樣的情況底下，這就是現在時態會有的意義，如果一個時態不受上下文、詞彙特徵、以及其他文法特色的影響（不管出來自於動詞本身，或句子中有影響力的其他字彙）。換句話說，現在時態之不受影響的意義，是它*最基本的概念*。然而，這裡所謂「不受影響的意涵」，只是理論上的。沒有人能真正觀察到在時態的「不受影響的意涵」，因為我們只能觀察到一個依附於動詞的時態（這個動詞擁有詞彙的涵義）：-ω 是一個字型，而 πιστεύω 是一個現在時態的動詞。動詞的意涵是由其「不受影響的意涵」延伸出它實際的用法來。

---

1   Fanning, *Verbal Aspect in New Testament Greek*, 103.

2   McKay, "Time and Aspect," 225，雖然這個說明提供了此概念一個較好的理解，但在實際應用時，卻有太多的限制。

類比來說，縮略動詞 (contract verb) 的字根由 α、ϵ、或 o 等作為結尾，因此我們將發現 ἀγαπάω、φιλέω 或 πληρόω 在新約當中是處於非縮略的狀態，[3] 我們延伸此非縮略的狀態，類似於我們所描述時態的基本概念。

理解時態所具有的理論性知識，有什麼價值呢？至少有兩個層面（我們將透過討論 historical present，來說明其中的價值）。

1) 既然會受影響的意義乃被稱為「特殊用法」，我們愈明白時態如何受到影響，我們就愈有把握確定它在段落中的用法。以上所描述的三種影響因子（詞彙、上下文、文法）乃是用為建構出「會受影響的意涵」的主要內容。當我們愈多分析這些影響，我們將更能預測當某一種時態（或格、或語氣、或其他的型式——句法等語言當中的任何一個元素）被使用時，是屬於哪一個類別的用法。例如，所有 historical present 無爭議的實例都出現在直說語氣（文法因子）、第三人稱（文法因子）、敘述文體（上下文因子）裡；並且，只出現於某些動詞使用時（詞彙因子）。

如此一來，如果我們要確認特定的動詞現在時態的用法是 historical present（用以描述一個過去〔已經發生〕的事件），我們將查驗其是否擁有已知 historical presents 的共同特徵、而不是輕易斷定。為了要如此訂出其特徵，我們必須要找出這個現在時態是否與已知 historical presents 之間有足夠的語意平行。[4] 若缺乏這些平行元素（特別是妥善定義為 historical present 的話），我們將很難稱此現在時態是 historical present。許多人認為在約8:58中第一人稱的現在時態動詞 εἰμί，是 historical present。但既然所有無爭議的 historical present，都是使用第三人稱、並且沒有任一例句是包含著對等動詞的 (equative verb)，因此他們的認定是可疑的。[5]

2) 了解到「不受影響的意涵可能被上述元素跨越」這一點，是很重要的。也就是說，以為不受影響的意涵會在任何上下文裡、都始終擁有它完整的功能，這樣的認定是不正確的。因此「不受影響的意涵」並非時態意涵的最小公分母，不過這一點也不是完全不對。一個作者選擇其特定的時態有他的理由，就如他有理由地選擇語氣、詞彙根源等，所有的一切都為了要更準確表達出他所想要呈現的意義。就拿

3　當然，這個類比並並不完全：在古典希臘文中，某些方言就有不縮略的動詞型式 (uncontracted verb forms)。

4　我指的是詞彙、文法與上下文三種因子。

5　由於有人本身期待所獲致經文的神學是很確定的，就自己變出一個文法類別（借用文法、卻不查就它正常的語意處境），然而這卻是不負責任的「文法」解經。可是，我們卻都曾這樣做過——有時候因為我們習於憑直覺、而沒有經過仔細查考語言運作的細節（許多細節是直到有相關電腦軟體才可能深入查考的），有時候的確是因為有偏見（儘管有人比其他人更為偏頗）。但是更多掌握口語希臘文的細節，是有助於新約學生更為準確地解釋新約信息。這個「更為準確地解釋」，不只是有可能性 (merely possible)，而是很有可能 (probable)。

historical present 為例，一個作者在敘述文當中使用現在時態，理由很簡單：若不是為了表達觀點、就是為了表達時間的意義。多數學者認為，若從觀點的角度來看，historical present 與簡單過去時態無異。若果如此，那作者選擇使用現在時態乃為*時間的緣故*。當然作者並非使用 historical present 以表達一個真實的時間，而是為了戲劇性的效果、要表現得更為生動。[6]

總而言之，要注意會影響時態意義的諸多因素。伴隨著現在時態的這些元素，提供了以下不同類別的用法。[7]

特別用法

現在時態的特別用法可以區分為以下三大類：狹義的現在時態、廣義的現在時態，與特別用法，「狹義的類別」表示該動作描寫為一個相對較短的間距；「廣義的類別」表示該動作描寫為一個相對較長的時距；「特別用法」包含了不符合以上類別的句子，特別是那些包含超出現在時態的時間框架之句子。[8]

I. 狹義的現在時態用法 (Narrow-Band Presents)

定義

此用法是將行動表達成一個在進行中或者還在運作中的動作，[9]在直說語氣中，從時間的角度討論，是用以描述一個現在正在運作的動作（「現在」），這樣的情況包含了兩個特別的現在時態用法：Instantaneous Present 與 Progressive Present。

---

6   然而，諷刺的是，有人會說 historical present 是一種特別的現在時態，它的觀點降到最低、僅
     有時間因素仍有功效（儘管不是按照字面來理解）。

7   在這個領域，最有貢獻的就是 Fanning, *Verbal Aspect*, 特別是第三章 "The Effect of Inherent
     Meaning and Other Elements on Aspectual Function," 126-96。他討論了詞彙的意義乃是一個主
     要的影響 (126)。他的討論對於了解這個主題相當有助益 (127-63)。至於 Silva, "A Response
     to Fanning and Porter," ，更多強調了*文法因子*對動詞觀點的影響。

8   從實用的角度來說，從*時間*的角度來對這些類別進行討論是有助益的，不是因為現在時態總
     是時間的標記、而是因為大部分的現在時態（就如其他時態）是以直說語氣表達的。並且，
     有些用法還限定在直說語氣裡（就如 historical present）；而這些時態都只能以時間的角度來
     討論。

9   用另一個標題 (durative present) 來同時表達 Instantaneous Present 與 Progressive Present，不會
     是一個合適的選項；因為現在時態的觀點都被壓抑了。我們提到這個用法，是為了與其他文
     法書有連續性。

→ A. 表達在說話的當下已經完成的動作 (Aoristic or Punctiliar Present)[10]

1. 定義

這種現在時態是用以表達在說話的*當下*已經完成的動作。這樣的情況*只見於直說語氣*，為相當普遍的用法。

2. 釐清

在這個用法當中，*時間*的元素非常顯著，以致於它進行的觀點差不多都被壓抑了。Instantaneous Present 的用法，是典型受詞彙影響的現在時態：常帶有一個藉著*說話、表達思想*的動詞 (a *performative* present)。[11] 該行動在說話的同時、已經完成（因此我們可以看出為何說話或思想上的動詞常在這類情況中被使用。當所宣講的內容由「說」、「應許」、「講」等動詞所帶進來時，引介動詞的時間架構隨著所宣講動作終結而結束，好比說，「我告訴你這件事實，『這就是這場比賽的最後一分鐘』」）。

過去	現在	未來
	•	

圖表48

Instantaneous Present 的功能

注意：關於時態的指稱圖表使用，只用在直說語氣。因著相對高的比例乃屬於直說類別中的時態，於是可以看出這裡原本就包含著時間的元素。對於那些非直說語氣的例子，我們可以忽略其中的時間架構。

---

10 相較於 Aoristic Present 與 Punctiliar Present 這二個用詞可能延續對簡單過去時態的誤解，instantaneous present 這個用詞是更為合適的，因為它正確地指出一個瞬時的動作。

11 Fanning, *Verbal Aspect*, 202，Fanning 提出另一種形式，亦即一個與說話同時、卻不相同的動作。但就我們的目標而言，我們將二者都視為一種 instantaneous present。

3. 例子

可2:5　ὁ Ἰησοῦς...... λέγει τῷ παραλυτικῷ· τέκνον, **ἀφίενταί** σου αἱ ἁμαρτίαι.[12]

　　　耶穌……對癱子說：小子，你的罪赦了。

約3:3　ἀμὴν ἀμὴν **λέγω** σοι

　　　我實實在在的告訴你

徒9:34　εἶπεν αὐτῷ ὁ Πέτρος· Αἰνέα, **ἰᾶταί** σε Ἰησοῦς Χριστός

　　　彼得對他說：以尼雅，耶穌基督醫好你了

徒25:11　Καίσαρα **ἐπικαλοῦμαι**

　　　我要上告於該撒

　　亦可參照太10:42；可5:7；徒19:13，24:14；羅16:1；啟1:8。

➜ B. 表達一個已經開始了的動作 (Progressive or Descriptive Present)

1. 定義

　　這種現在時態用來表達一個在進行中的動作，特別是記敘文體裡。它有較 Instantaneous Present 更為寬廣的時間架構，儘管比 customary present 或 gnomic Present較為狹窄。這個用法與iterative present（或 customary present）的差別，乃在於後者包含了一個重複的動作，而 progressive present 則通常包含了一個連續的動作。[13] 這種用法相當普遍，[14] 不論在直說語氣中或是在其他語氣中。

2. 辨別的關鍵（英文）：*at this present time, right now*

過去	現在	未來
	———	

圖表49

Progressive Present 的功能

12　許多抄本都有 ἀφέωνται 這個字，包括 𝔓[88] A C D L W Γ Π Σ 579 700 892 *f*[1] *Byz*；而在 G Φ 0130 828 1010 1424 *f*[13] *et pauci* 另有 ἀφέονται；在 Δ 中有 ἀφίονται；Θ 中有 ἀφίωνται。

13　這是因為兩方面的理由：(1)因為詞彙的緣故，作 progessive present 用法的動詞多半是表達狀態的動詞；(2)從上下文來看，時間架構通常是狹義的、以致行動被描繪為如同是不間斷的。

14　Descriptive present 在許多文法書中，都被視為與 progessive present 不同；其間的差別在於 descriptive present 擁有更窄的次序帶，但是我們將兩者放在一起便於討論。

3. 例子

太25:8　αἱ λαμπάδες ἡμῶν **σβέννυνται**

我們的燈要滅了

這裡也可能可以將之視為表達講者的意願之現在時態：「我們的燈即將要滅了」。

可1:37　πάντες **ζητοῦσίν** σε

眾人都找你

徒2:8　πῶς ἡμεῖς **ἀκούομεν** ἕκαστος τῇ ἰδίᾳ διαλέκτῳ ἡμῶν;

怎麼聽見他們說我們生來所用的鄉談呢？[15]

徒3:12　ἡμῖν τί **ἀτενίζετε**;

為什麼定睛看我們？

羅9:1　ἀλήθειαν **λέγω** ...... οὐ **ψεύδομαι**

我……說真話，並不謊言

以下所陳述的是保羅對於以色列民族的哀傷。

亦可參照太5:23，8:25，27:12；可2:12，3:32，4:38（除非此為有傾向性的用法）；路11:21；約4:27；徒4:2，14:15；林前14:14；加1:6；帖前5:3。

II. 廣義的現在時態用法 (Broad -Band Presents)

定義

以下現在時態的四個類別，包含那些用為指稱一個事件或較長的間距中發生的情況，或一個事件延伸的結果。

A. 表達過去已經開始、如今仍舊繼續進行中的行動 (Extending-from-Past Present)

1. 定義

這種現在時態是用以表達一個動作，是過去已經開始、一直持續到現在。強調

15　最好是將此處的用法理解為 descriptive present，因為時間的元素在此幾乎瓦解了（與 *Extending-from-Past Present* 的用法相對）。例如，Fanning 不認為這是 *Extending-from-Past Present* 的用法，因為後者「總是包含有一個副詞片語或者其他時間的指標顯露出它為過去的含意。」(Fanning, *Verbal Aspect*, 217) 不過 Brooks-Winbery 則反駁此論點 (*Syntax*, 77)。

的重心是現在。

　　這種用法有別於*完成時態*，因為完成時態只看重的那個持續到現今的*結果*。這種現在時態與 progressive present 不同，因為它回溯一個先前的動作、並且通常有著一個有如副詞片語的時間指標，指出過去的時間。[16] 此類別定義有多嚴謹，就決定了這種用法是較少使用或是還算普遍。[17]

2. 辨別的關鍵

　　此用法的關鍵在於通常將現在時態翻譯為*英文的現在完成式*，然而有些例子卻不適合這樣的註解方式。

過去	現在	未來

圖表50

Extending-from-Past Present 的功能

3. 例子

路15:29　τοσαῦτα ἔτη **δουλεύω** σοι

　　　　我服事你這多年

彼後3:4　πάντα οὕτως **διαμένει** ἀπ' ἀρχῆς κτίσεως

　　　　萬物與起初創造的時候**仍是一樣**

約壹3:8　ἀπ' ἀρχῆς ὁ διάβολος **ἁμαρτάνει**

　　　　魔鬼從起初就**犯罪**

　　亦可參照路13:7；約5:6；[18] 徒15:21，27:33；[19] 林前15:6（可能的例子）。

16　Fanning, *Verbal Aspect*, 217.

17　Fanning 認為它是較為罕見的類別，限制性說法如下：「通常包含一個*副詞片語*或其他的時間指稱元素。」(*Verbal Aspect*, 217) McKay 的敘述就較為模糊，即便他所提到的與 Fanning 少有不同 (*New Syntax of the Verb*, 41-42)。Brooks-Winbery 則給予較為寬廣的定義，但他們所給林後12:9的討論，很有爭議性（*Syntax*, 77；見 Fanning 的討論 *Verbal Aspect*, 217, n. 30）。

18　這個例子是在間述句中現在時態的實例。

19　Fanning 宣稱這兩個例子在使徒行傳中僅有的二個例子 (*Verbal Aspect*, 218)。

→ B. 表達一個頻繁或重覆的動作 (Iterative Present)

1. 定義

現在時態可以用為表達一個*重複*發生的事件（一個動作施做於好幾個目標 (*distributive* present)，也屬於這個類別）。這在命令語氣裡最為常見，因為有一個行動被要求被施行。這個表達一個頻繁或重覆的動作，使用得很普通。

這個 iterative present 與表達一個習慣性動作的 customary present 不一樣；二者有不同的時間架構與規律性。前者動作的間隔比較短、不規則。不過有許多經文不容易歸類，歸在任何一類好像都可以。

2. 辨別的關鍵（英文）：*repeatedly, continuously*

過去	現在	未來
	．．　．．　．	

圖表51

Iterative Present 的功能

3. 例子

太7:7　Αἰτεῖτε ...... ζητεῖτε ...... κρούετε

祈求……尋找……敲門

現在時態命令語氣的強調是「要不斷地祈求、反覆地……要不斷地尋求……要不斷地敲門、反覆這樣做」。

太17:15　πολλάκις πίπτει εἰς τὸ πῦρ

他屢次跌在火裡

路3:16　ἐγὼ ὕδατι βαπτίζω ὑμᾶς

我是用水給你們施洗

這是個 distributive present 的例證：施洗約翰為每個人都施洗一次，但是他施洗的動作卻一直在反覆。

徒7:51　ὑμεῖς ἀεὶ τῷ πνεύματι τῷ ἁγίῳ ἀντιπίπτετε

你們常時抗拒聖靈

帖前5:17　ἀδιαλείπτως προσεύχεσθε

不住的禱告

現在時態命令語氣用在這裡，並不是說每天、每分鐘都要禱告，而是說，我們應該不斷禱告神。使我們習於常常在神面前。

亦可參照可3:14；約3:2、26；徒8:19；羅1:9（也可能是 customary present）、24；林前1:23；加4:18；腓1:15。

→ ## C. 表達一個習慣性動作；習慣性或持續性 (Customary, Habitual, General Present)

1. 定義

這個表達一個習慣性動作的 customary present，顯示一個*經常性發生*的動作或者是一個*持續進行的狀態*。[20] 這個動作是*經常性的*、重複的，也可能有中斷。這種用法很平常。

這種 customary present 的用法與之前的 iterative present，差別有點模糊。可以這樣說，*前者*「現在」的時域*較寬*，並且所描繪的事件較有*規則性*。customary present 也是一種 iterative present，只是沒有時限罷了。

customary present 有二個類別，表達經常重複發生的動作或者是持續進行的狀態。後者 (stative present) 比 customary present（前者）與 gnomic present（表達一個格言的內容）更為壓抑它的時間因素。

2. 辨別的關鍵（英文）：*customarily, habitually, continually*

二個類別的 customary present 都很受詞彙的影響：一類表達經常重複發生的動作（habitual present, 常翻譯為英文的 *customarily, habitually*），另外一類表達一種持續進行的狀態（stative present, 常翻譯為英文的 *continually*）。

過去	現在	未來
.... 或		

圖表52

Customary Present 的功能

---

[20] 因此在 Fanning，*Verbal Aspect*，206，n.12 有這樣的解釋：「一般的 present 或 customary present 不必然都是 iterative。若是動詞詞彙的意思是表達狀態的 (stative)、或具有延伸意涵的，那它的意思就可以是不中止的連續……。」有的文法學者喜歡區別表達*狀態的*現在時態 (stative present) 與 customary present。但是我們將它們都置於同一類。

3. 例證

a. 清楚的例句

路18:12 **νηστεύω** δὶς τοῦ σαββάτου

我一個禮拜禁食兩次

約3:16 πᾶς ὁ **πιστεύων** εἰς αὐτὸν μὴ ἀπόληται

（叫）一切信他的，不至滅亡

這例句也可以是 gnomic present, 但是若是它不是個箴言式的用句，那它也不是個一般格言。在約翰福音中，一個始終「相信」的狀態與一個作成「相信」的動作，是顯然有別的。

約14:17 παρ' ὑμῖν **μένει** καὶ ἐν ὑμῖν ἔσται

他常與你們同在，也要在你們裡面

林前11:26 ὁσάκις γὰρ ἐὰν **ἐσθίητε** τὸν ἄρτον τοῦτον καὶ τὸ ποτήριον **πίνητε**, τὸν θάνατον τοῦ κυρίου **καταγγέλλετε** ἄχρι οὗ ἔλθῇ

你們每逢吃這餅，喝這杯，是表明主的死，直等到他來

來10:25 μὴ **ἐγκαταλείποντες** τὴν ἐπισυναγωγὴν ἑαυτῶν καθὼς ἔθος τισίν[21]

你們不可停止聚會，好像那些停止慣了的人

亦可參照約1:38，4:13、24；徒15:11，27:23；約壹2:8。

b. 有爭議的例子

參見約壹3:6、9這個有神學爭議的討論（我們認為該是 gnomic，但是較早的注釋書有認為是 customary）。參見以下 "Gnomic Present" 這個段落。

→ D. 表達一個格言的內容 (Gnomic Present)

1. 定義

這個現在時態可以用來表達一個一般性、沒有時間關連的事實。「它不必說某事*正在發生*，而是指出有事*的確發生*」。[22]這個動作或狀態持續著、沒有時間限制。動詞是用來「表達一個始終都成立的箴言或格言。」[23]這種用法很普遍。

---

21 ℵ* 90 436 擁有 ἐγκαταλίποντες 這個讀法，但 𝔓[46] D* 有的是 καταλείποντες。

22 Williams, *Grammar Notes*, 27.

23 Fanning, *Verbal Aspect*, 208.

2. 反應的語意與語意處境

gnomic present 的用法，與 customary present 有別；*後者*往往指涉一個經常性發生的動作，可是*前者*多指著一個一般性、沒有時間關連的事實。gnomic present 與前述的 stative present 也不同；因為 stative present 帶有時間的限制，而 gnomic present 通常是*無時間性的*。

gnomic present 發生在二個主要的語意處境。[24] *首先是那些以神性或自然作為動作主詞的情況*；對應敘述是像「風吹」、「神愛」等。這種 gnomic present 敘述，*總是真實的。第二類的用法，與定義稍有不同：是一般性地說到某事在任何時刻都是真實的*（相較於 gnomic present，後者總是真實的）。[25] 這類 gnomic present 的用法，是更為普遍的。因此，實用上來說，注意一個特別的文法影響是有幫助的：*作這種用法的動詞 (gnomic verb) 往往帶著一個一般性的主詞或受詞。*一般性的用詞 (generics)，都可以作主詞（參見以下的第一個例證）。再者，現在分詞，特別是滿足以下公式〔πᾶς ὁ + 現在時態分詞〕以及類似的用法都屬於這個類別。[26]

3. 辨別的關鍵

一個祕訣，就是一個*一般性、沒有時間關連的事實*。但是這個祕訣沒有涵蓋所有的情況。另一個關鍵指標就是，動詞都是翻譯成英文的*現在時態*、而是不是*現在進行式*。還有，就是注意是否主詞是否一般性的用詞（是一個不定代名詞 τις，或是作實名詞用的分詞〔特別是帶著 πᾶς 這個字〕，或是作實名詞用的形容詞）。

圖表53

Gnomic Present 的功能

---

24   Fanning 的重要的研究，請見 *Verbal Aspect*，208-17。

25   Ibid., 209.

26   同上。參太5:32，7:21；路6:47，16:18。我們將約3:16列在 "Customary Present" 這個類別裡，因為約翰福音這卷書的強調，就在持續的相信。其他「πᾶς ὁ+現在分詞」作為 customary Present 或 iterative Present 用法的，（例如，參見路18:14；約4:13；羅21）。

4. 例證

a. 清楚的例句

太5:32　πᾶς ὁ **ἀπολύων** τὴν γυναῖκα αὐτοῦ[27]

　　　　凡休妻的

可2:21　οὐδεὶς ἐπίβλημα ῥάκους ἀγνάφου **ἐπιράπτει** ἐπὶ ἱμάτιον παλαιόν

　　　　沒有人把新布縫在舊衣服上

約3:8　τὸ πνεῦμα ὅπου θέλει **πνεῖ**

　　　　風隨著意思吹

林後9:7　ἱλαρὸν γὰρ δότην **ἀγαπᾷ** ὁ θεός

　　　　捐得樂意的人是神所喜愛的。

　　　　gnomic present 論及一件真實發生的行動、而不是一件正進行的動作；這可見
　　　　於這個例證：捐得樂意的人是神所喜愛的（而不是「捐得樂意的人是神正喜愛
　　　　的」）。

來3:4　πᾶς οἶκος **κατασκευάζεται** ὑπό τινος

　　　　房屋都必有人建造如前所述，

　　　　gnomic present 往往聚焦在一個箴言性質的行動上。

　　　亦可參照路3:9；約2:10；徒7:48；林前9:9；加3:13；約壹2:23，3:3、20。

b. 有爭議的例子

約壹3:6、9 πᾶς ὁ ἐν αὐτῷ μένων οὐχ **ἁμαρτάνει**· πᾶς ὁ **ἁμαρτάνων** οὐχ ἑώρακεν αὐτὸν
　　　　οὐδὲ ἔγνωκεν αὐτόν (9) Πᾶς ὁ γεγεννημένος ἐκ τοῦ θεοῦ ἁμαρτίαν οὐ **ποιεῖ**,
　　　　ὅτι σπέρμα αὐτοῦ ἐν αὐτῷ μένει, καὶ οὐ **δύναται ἁμαρτάνειν**, ὅτι ἐκ τοῦ θεοῦ
　　　　γεγέννηται.

　　　　凡住在他裡面的，**就不犯罪**；凡犯罪的，是未曾看見他，也未曾認識他
　　　　……凡從神生的，**就不犯罪**，因神的道（原文作種）存在他心裡；他也
　　　　不能犯罪，因為他是由神生的

　　　　許多早先的注釋書將這些粗體字（以及若干在3:4-10的類似字）的現在時態視
　　　　為 customary present（這種觀點在英國特別普遍，以 Westcott 為首）：*不會持*
　　　　續犯罪……不會持續犯罪……不會犯罪……不會習慣於犯罪。如此解釋似乎與

27　D E G S U V (0250) 579 *et plu* 有的是 ὃς ἂν ἀπολύσῃ 子句，而不是分詞結構。

之前的1:8-10相符，因為不認罪就是否認神的判決。但是幾個理由不支持這種理解：(1) 若干細節與此理解相違；(2) 這種理解似乎與5:16相矛盾 (ἐάν τις ἴδῃ τὸν ἀδελφὸν αὐτοῦ ἁμαρτάνοντα ἁμαρτίαν μὴ πρὸς θάνατον 若有人看見他弟兄*正在犯一個不至於死的罪*〕)。作者交錯地將「弟兄」與*現在時態*的 ἁμαρτάνω 並列、宣講所犯的是一個不至於死的罪。注釋者若持 customary present 這樣的觀點，那作者就不該作此宣告；(3) gnomic present 經常性地以一般性的用詞作主詞（或受詞）。並且，「這個普及性的話，所說的是一個關乎個人舉止的*絕對敘述*、而不是一個關乎個人習慣性的動作。」[28] 這節經文當然是符合 gnomic present 的類型。

那我們又如何理解這裡的現在時態呢？鄰近的上下文似乎是說到末世的實景。[29] 在更寬的上下文情境裡，講到末世情境的光明面：既然基督徒是已經在末世裡了，那他們對基督再來的期盼，就該生出敬虔的生活來 (2:28-3:10)。作者首先解釋了何以一個末世的盼望會生出聖潔來 (2:28-3:3)。然後他繼續他的討論、給了聖潔一個遠景 (3:4-10)——也就是說，他對信徒與非信徒末後的情景、給了一個雙曲線式的圖像，說明即使信徒如今還未成為完全、但他們確是往那個方向移動（3:6、9都得從預示的觀點來理解），但是非信徒卻是愈來愈遠離真理 (3:10; cf. 2:19)。因此，作者以一個絕對的口吻、描述那尚未成就的真理，因為他是在末世盼望 (2:28-3:3) 與審判 (2:18-19) 的情境裡，講說這事。

提前2:12 διδάσκειν γυναικὶ οὐκ **ἐπιτρέπω** οὐδὲ αὐθεντεῖν ἀνδρός

我不許女人講道，也不許他轄管男人

若是這裡真是 *descriptive* present（有如一些人所說的），意思*可能就是*作者將來某日他會允准：「*我現在不准*」。不過有好幾方面的理由與此相反：(1) 太複雜了。缺少表達時間的字眼（ἄρτι 或 νῦν），這個立場徒然引起問題；(2) 如果我們以這種理解用在其他現在時態的命令的話，我們得到的結果就會顯得任性而可笑。弗5:18 μὴ μεθύσκεσθε οἴνῳ ......, ἀλλὰ πληροῦσθε ἐν πνεύματι 的意思真的是「*目前*不要醉酒，但是*目前*要被聖靈充滿」，也就是說，這個道德規勸將來有可以會改變？一般來說，在教育文獻中的現在時態，特別是用在勸誡，都不是 descriptive present、而是 gnomic present。[30] (3) 就文法而言，與這個現

---

28 Fanning, *Verbal Aspect*，217.

29 Sakae Kubo 也為此末世的景像辯護，堅持這個立場 (S. Kubo, "I John3:9: *Absolute or Habitual*", *Andrews University Seminary Studies* 7 [1969] 47-56)。

30 參見羅6:11、12、13，12:2、14，13:1；林前3:18、21，6:9、18，10:14，15:34；林後6:14；加1:8，5:13、16；弗4:25，5:1-3，6:1-2；腓2:5、12、14，4:4-9；西3:2、16；帖前5:15-22；提前3:10、12，4:7，5:1、22，6:11；提後1:13，2:1、8、22，3:14，4:5；多2:1，3:1、14。在保羅書信中，沒有第一人稱現在時態的動詞，加上不定詞，是作為勸勉／勸誡用的（就如

在時態連用的是一個一般性受詞 (a generic object, γυναικί)，暗示著它是個表達格言內容的現在時態 (a gnomic present)；(4) 就上下文而言，這份勸勉奠基在創造的這個主題上（注意 v13 與引言 γάρ）、而不是一個暫時的情況。

III. 現在時態的特別用法

以下五種現在時態的用法，不太符合上述的類別；這包括了描述一個過去〔已經發生〕的事件 (historical present)，描述一個持續有影響力的事件 (perfective present)，表達講者的意願 (conative present)，用以表達未來 (futuristic present)，以及留在間述句中的現在時態用法。前面四者可以視為是因著實務的理由而有時間的因素（它們也大部分只用在直說語氣），從單純的過去 (historical present)、到過去的事件仍有持續到現今的結果 (perfective present)、到直到目前還未完成或還有可能 (conative present)、到未來式 (futuristic present)。第五個類別，基本上不是個句法的類別、而是個結構的類別。

† A. 描述一個過去〔已經發生〕的事件 (Historical Present, Dramatic Present)[31]

1. 定義

Historical Present 常在敘述文體中、用來描述一個過去（已經發生）的事件。

2. 解說／語意學

a. 使用的目的：生動的描繪

一般使用 historical present 的*理由*是為了更*生動地*描繪一個事件，讓讀者在作者

我要你〔這樣做〕，我勸你〔要這樣〕），並且這個第一人稱現在時態的動詞也沒有在表達*馬上、不要遲疑*的意思（不過，林前7:7有可能有這個意思，只是上下文似乎給了時限 [v 26].）。有些經文的時態可能符合多個類別，但是以 gnomic present 最可能。參見羅1:13，11:25，16:19；林前7:32，10:1，11:3，12:1；腓4:2；西2:1；提前2:1。

31　我們幾乎可以稱此為 "Walter Cronkite" 這個類別的現在時態用法、或 "You Are There" 的現在時態用法。但是這可能只合適我而已。對於 X 世代的學生，可能會說這是 "Quantum Leap" 的現在時態用法、或者是 "Bronx" 的現在時態用法（暗示在美國紐約州的那個地域，常見生動的言談方式）。

敘述同時、就彷彿置身在當場。[32] 這種臨場感可能是*修辭的*（聚焦在敘述的某個焦點）或*文學性的*（指出主題的改變）。[33] 現在時態用來指繪一個事件，可以是為了指繪*更生動*、或者是為了強調敘述的某個*焦點*。它可以是講說者*意向性的*（自覺的）、或是*非意向性的*（不自覺的）。若為非意向性的，那這種用法就是用來使事件凸顯。若為非意向性的，那這種用法就是用來使事件的描繪更為生動，彷彿作者在使他的經驗活化起來。[34]

不過，當作者使用 λέγει 或其他動詞引入直述句（或間述句時）時，historical present 多半失去了它原先的修辭功能、只是作為一個習以為常的片語而已。[35] λέγει/λέγουσιν 是 historical present 用法裡、出現次數最多的動詞，差不多佔了一半以上的次數。[36]

b. 時間與觀點

Historical Present 的*觀點*價值，往往降低到幾乎為零。[37] 當動詞（好比 λέγει 與 ἔρχεται）夾雜在一連串的簡單過去時態中時，它一點都沒有帶有內在或連續性的觀點意涵。[38] Historical Present 是壓抑了它的觀點，而非時間的概念。但是它的時間要

---

32 雖然近來語言學文獻中已有許多對於historical present用法（希臘文或其他語言）的討論，但最近論道新約中動詞觀點的著作都同意：*生動的或戲劇性的*敘述是這種用法存在的理由。見 Fanning，*Verbal Aspect*, 226（第226-39頁都在討論 historical present）；Porter, *Verbal Aspect*, 196（第189-98頁都在討論 hsitorical present）。

33 Fanning 記著說，「這樣的描繪往往是藉著*吸引注意力到重要的事件或強調在敘述中的新事件或演員*」，並且這種功能常常用為「一個文書記述的結構，作為一個段落的開始、引入新的人物、顯示演員的移動。」(*Verbal Aspect*，231-32)

34 當然，這並不必然意味著說作者是在使經驗生動。否則，我們只好說，當耶穌受魔鬼試探時，福音書的作者是在場（太4:1-10）而婦女們發現墳墓是空的的時候，是有門徒們跟隨著（約 20:1-2）！

35 同樣亦見 *BDF*, 167 (§321); Fanning, *Verbal Aspect*, 231-32。

36 參見 J. C. Hawkins, *Horae Synopticae: Contributions to the Study of the Synoptic Problem*, 2d ed (Oxford: Clarendon, 1909) 144-49。除此以外，請見 J. J. O'Rourke, "The Historical Present in the Gospel of John," *JBL* 93 (1974) 585-90（儘管他的名單中有幾個現在時態其實是在間述句中的，另外還有的不是 historical presents）。Fanning (*Verbal Aspect*, 234, n. 75) 將馬太福音——使徒行傳中的historical presents都列表出來，430個 historical presents 中有286個動詞都是「說話」的動詞（因此，是佔了三分之二）。

37 亦見於 *BDF*，167 (§321); Robertson, *Grammar*, 867（儘管他說，有些句子是相當於不完成時態）；Fanning, Verbal Aspect，227-31。

38 如果時態非時間性的看法所言不虛，那我們會期待觀點的分量達到極致。Porter 說明這確實是如此 (*Verbal Aspect*, 195)。然而，在他的論述中，他論證觀點的功能是*生動的*（而非在進行中的描繪）。但是時間性的看法似乎是比較合適的：作者以相當生動的方式來使用現在時態，猶如描述的事件與撰寫同時發生。

素是修辭性的，而非實際的。[39] 下圖用以解釋這一點。

過去	現在	未來
•		

圖表54

Historical Present 的功能

c. 用法與文體

Historical Present 多半是文學程度較低的作者在用，給予它較為口語、生動的言說功能。但是文學程度較高的作者，或是那些渴望報導之前歷史的人，就會儘量避免用這種方法。約翰用了162次，馬可用了151次，馬太用了九十三次之多，但是路加只用了十一次、而且絕大多數都是在耶穌的比喻裡（另外十三次在使徒行傳中）。Historical Present 明顯是說書人的工具，因此都（絕大部分都）出現在敘述文體內。[40]

3. 澄清／語意的處境

儘管我們已經給 Historical Present 清楚的定義，但是仍然需要澄清它的語意處境。[41]

a. 與人有關

Historical Present 只有用第三人稱（單數或複數）。請參見約4:11、15、19、21、25、26、28、34、49、50，20:1（二次）、2（二次）、5、6、13（二次）、

---

39 Fanning 有相同的結論 (*Verbal Aspect*, 228)：「historical present 的這種用法，重點並不在看得見事件的發生、而是在它是以修辭性的方式被說是在『現在』發生。」他繼續說，「*時間性*意義支配、並且抵銷了*觀點的*功能。」儘管我們完全同意他的觀點，但是這個敘述似乎與他自己所說時態「不變」的意涵有點抵觸（在這個個案裡，現在時態是有一個內在觀點不變的意涵）。

40 Porter (*Verbal Aspect*, 197) 另外找到一些非敘述的例證（特別是在羅馬書與啟示錄中）。他從羅11:7所舉的例子，已經被 McKay 駁斥（"Time and Aspect," 210-12）。至於他從啟示錄所舉的例子，似乎都該屬於其他的類別，因為這些在啟示文學中時態使用的特例，不太在其他文體中發現（在啟示文學中，*未來*〔事件〕都描繪得極為生動，有時候彷彿是現在，有時候彷彿是剛過不久）。

41 這是基於 John Hawkins 的書 *Horae Synopticae*；它將有的 historical present 都列出來。他並沒有分析其中所有的動詞（因為他有其他的目的）。但是單單觀察一下他所列出來的例子，也已經透露出若干現在時態的事實。

14、15（三次）、16、18、19、26、27、29等等。[42]

b. 關於動詞的種類

因為 historical present 僅用在*敘述*文體當中，很自然地，它只有第三人稱出現。並且因為它只用來使表達更為生動或更為強調，也很自然地它使用的都是*表達行動*的動詞。λέγω 是最普遍使用為 historical present 的動詞（事實上，上述所論及的出處〔約4與20〕，二十三處中的十五處 historical present，都是使用 λέγω 這個字）。ἔρχομαι 在上述所論及的出處中，算是少數了（在五處非 λέγω 的出處中，四次是它）。

特別的是，εἰμι *這個對等動詞* (equative verb) *不用作* historical present 的功能。[43] 再者，當 γίνομαι 作對等動詞用時，它也不能擁有 historical present 的功能；不過它有時可以有其他的功能。[44]

c. 關於語氣

因為只有在直說語氣裡，時間作為時態的要素才是正確的，這解釋了何以 historical present 只用在*直說*語氣裡。至於分詞，因為它的時間指涉來自於主要動詞，因此說「分詞也可以作 historical present 用」，並不全然正確（即使它所關連的主要動詞是作 historical present 用）。[45]

42　這恐怕在其他希臘文文獻中也是這樣的情況。參見 R. L. Shive, "The Use of the Historical Present and Its Theological Significance" (Th.M. thesis, Dallas Theological Seminary, 1982)。
　　新約中偶而有第一人稱動詞的 historical presents。但是不變地是，這往往引起 historical presents 與保留在間述句中現在時態之間的困擾：二者在英文中都可譯為相同時態（至少就時態而言），但是其相關的語意與語意情境是大不一樣的（請見「保留在間述句中的現在時態」這個段落）。

43　儘管這個 εἰμι 動詞可以被視為是個保留在間述句中現在時態，但那是一個完全不一樣的用法。許多的困惑產生，就是因為二者之間是如此相像。

44　Hawkins 列出來二三個帶有 γίνομαι 這個動詞的例句；但是沒有一個例子是作為對等動詞用。（參可2:15）。

45　早期版本的 NASB 錯誤地將一個現在時態分詞標示為 historical present，只是因為它與一個 historical present 主要動詞相連（在約20:1，οὔσης 是依賴 ἔρχεται、來決定它的時間；它是個同時發生動作、表達時間的分詞）。在另外二個例子裡，早期的 NASB 版本將一簡單過去直說語氣的動詞，視為是個 historical present。

4. 例子

a. 清楚的例句

太26:40　**ἔρχεται** πρὸς τοὺς μαθητὰς καὶ **εὑρίσκει** αὐτοὺς καθεύδοντας, καὶ **λέγει**

　　　　來到門徒那裡，見他們睡著了，就說……

可1:41　αὐτοῦ ἥψατο καὶ **λέγει** αὐτῷ

　　　　耶穌伸手摸他，說……

　　　　其他包括有 λέγει 的例子，見太4:6、10，8:4、7、20，12:13，16:15；可6:31、
　　　　38，9:5，10:23；路 11:45；約 1:21，2:4、5、7、8、10，4:7、9、11、15、18:
　　　　4、5、17，19:4、5、6、9、10。

可6:1　ἐξῆλθεν ἐκεῖθεν καὶ **ἔρχεται** εἰς τὴν πατρίδα αὐτοῦ, καὶ **ἀκολουθοῦσιν** αὐτῷ
　　　　οἱ μαθηταὶ αὐτοῦ[46]

　　　　耶穌離開那裡，來到自己的家鄉；門徒也跟從他

　　　其他包括有 ἔρχεται 的例子，見太26:36；可1:40，3:20，5:22，10:1，14:17；路
8:49。

b. 有爭議的例子

1) 約 8:58

　　　這節經文是這樣：πρὶν Ἀβραὰμ γενέσθαι ἐγὼ **εἰμί**（「還沒有亞伯拉罕，就有了
我」）。Dennis Light 為這節經文、曾寫了篇文章，為新世界譯本的譯文辯護 (July-
December, 1971)。在他的文章中，他討論了 ἐγὼ εἰμί 的功能（新世界譯本的譯文是
"I have been"。Light 為這個翻譯辯護，說「這個希臘文動詞 εἰμί 是現在時態，當
視為是 historical present，因為在它之前有一個指著亞拉罕的簡單過去不定詞子
句。」(p. 8) 可是這個理解有幾個弱點：(1) 跟隨在簡單過去不定詞之後的現在時態，
跟它的功能無關。事實上，historical presents 往往插在*直說語氣*的簡單過去時態（或
不完成時態）用字之間，而不是不定詞之間；(2) 若果這裡真是 historical present 的
用法，那它就將是新約中唯一使用 εἰμί 動詞作 historical present 功能的地方。因此，
接受這個說法的人就得證明它；(3) 若果這裡真是 historical present 的用法，那它就

46　在 A (D) E F G H K M N S U V Y Π Σ Φ Ω 0126 *f*[1,13] 28 33 565 579 700 *Byz* 中，是以 ἦλθεν 代
　　替 ἔρχεται。直說現在時態被 ℵ B C L Δ Θ 892 2427 *et pauci* 這些抄本所支持。

將是新約中唯一不是以第三人稱出現的 historical present。[47]

新世界譯本的譯者了解他們的譯文所隱含的意思,因為在註腳中,他們透露了所以看這裡的 εἰμί 為 historical present 的理由:「這裡的字句與出3:14的 ὁ ὤν(七十士譯本 "The I Am")不同」。事實上,這是一個否定性的承認,若這裡不是 historical present 的話,那耶穌必然是在宣告自己就是那位先前在焚燒荊棘裡向摩西說話的、那位「我是」永存的耶和華神,(參出3:14〔七十士譯本〕,ἐγώ εἰμι ὁ ὤν)。[48]

2) 約5:2

這節經文是這樣:ἔστιν δὲ ἐν τοῖς Ἱεροσολύμοις ...... κολυμβήθρα(「在耶路撒冷……一個池子」)。因為對等動詞從來沒有作為 historical present 的,因此,這裡的現在時態應該被當作是講說者從自己的角度指著現時 (present time) 說的。[49] 自然的推論就是,這本福音書當是在主後七十年、耶路撒冷被毀以前寫的。[50] 儘管許多人反對約翰福音是在主後七十年以前成書的說法,但是他們還是得思索這節經文支持自己的看法。

47　有的時候,第一人稱的 εἰμί 動詞會被視為是具有 historical present 用法,但是大部分人會拒絕這種認定(參見 R. L. Shive 對這個議題的處理, "The Historical Present in the New Testament," and D.B. Wallace, " John 5,2 and the Date of the Fourth Gospel," *Bib* 71 [1990] 177-205.)。一個合適的句法分析,必須奠基在那些合適、沒有爭議的例證上,而所謂「沒有爭議的例證」則是必須有清楚明晰、經過判斷的案例。這並不是說,εἰμί 動詞不可能有 historical present 的用法;比如說,約8:58。而是說,證明的責任是落在說它是作此用法的人身上。不幸的是,對此文法爭議的解決方案,依次是 (a) 預先設定一個可能的所屬類別;與 (b) 忽略了該類別的語意處境,就以上下文與巧思力爭合理性。當然,上下文在解經的程序裡,是僅次於文法,最重要的步驟,但是我們在意的是,文法往往僅被賦予提供選項而已。

48　更細緻地說是,εἰμί 是個從過去延伸到現在的現在時態用法(McKay, *New Syntax*, 42,就是持這樣的看法)。不過,約8:58缺少足夠平行的敘述來證明這種看法。

49　McKay, *New Syntax*, 40,也是持這樣的看法。

50　認為這裡的 ἐστίν 是個表達狀態的現在時態,是與絕大部分新約學者的觀點相反。一般而言,新約學者傾向於繞過 ἐστίν 常用的意思,而採用以下五種之一:(1) ἐστίν 是一個 historical present(Schnackenburg, Knabenbauer, Carson, *et al.* 也是持這樣的看法);(2) ἐστίν 是一個不規則用法的 present (McNeile);(3) 作者這裡搞錯了,不知道這個池子早已被毀了 (Bleek?);(4) 畢士大池必然是逃過耶路撒冷戰禍的損害(Plummer, Dods, Tholuck, Weiss, *et alii* 都支持這個建議,但是傾向於一個 historical present 的理解〔但是只有 Jeremias 說出來〕);(5) 基於編修的理由:約5:2的敘述是個早期版本的記載,但是在最後出版以前、沒有經過修正 (MacGregor, Brown?)。以上這些看法,都有嚴重的問題。請見 Wallace, "John 5,2," 177-205。

3) 羅 7:14-24

在這一整段經文裡，保羅以第一人稱、單數、現在時態的口吻說話。舉例說，在7:15，他說「因為我所作的，我自己不明白；我所願意的，我並不作；我所恨惡的，我倒去作」(ὃ γὰρ κατεργάζομαι οὐ γινώσκω· οὐ γὰρ ὃ θέλω τοῦτο πράσσω, ἀλλ' ὃ μισῶ τοῦτο ποιῶ)。有人看這裡的現在時態，是戲劇性或者是 historical present。既然保羅在這裡是以第一人稱說話，這些看法就不可能。也就是說，人不可能訴諸一個 historical present 的片語來支持保羅自己過去、非基督徒的經驗。[51] 若是有人說，保羅在這裡不是在描述他自己的經驗，或者是在說一個集體性的經驗（將自己的經驗包含於一般性的經驗中），句法不是回答這問題的好途徑。[52]

B. 描述一個持續有影響力的事件 (Perfective Present)

1. 定義

Perfective Present 用來*強調*一個先前行動的結果、如今仍然持續著。這種用法不是十分常用。

2. 澄清

這種用法有二*種形式*：其一是詞彙的 (lexical)，另一是上下文的 (contextual)。*前者*是藉著若干特別的詞彙（特別是 ἥκω 這個字常常帶著 perfective present 的用法）。[53]另一是藉著*上下文的*：常是藉著 λέγει 這個字引入舊約引文。[54] 這種用法

51　對於認定羅7:14-25這裡是個 historical present 的說法，參見 Shive, "Historical Present," 67-70, 74，所給的評論。Cranfield, *Romans* (ICC) 1.344-45，正確地否認這些動詞是作 historical presents 用途，但是他的觀察半再加上對語意情境的關注，就更有說服力。

52　我已經為這節經文掙扎許多年了（以超過一種以上的方式），可以有以下三種不同觀點。我*現在*認為，使徒是以一個一般人的口吻說話，描述任何一個企圖藉著遵守律法規條、來討神喜悅的人心裡的掙扎。就應用的層面來看，這可以是指著一位未信者或是信徒說的，因此，這裡的現在時態可能是*gnomic present*、而不是 historical present，因為它們可以指著*任何人*、在描述一個普世皆準的經驗。這個觀點在7:7-13與7:14-25之間的「我」字，沒有涵義的轉移（這一點在其他立場，是一個重要的問題），相當一致地理解7:9、14、25。只是這個觀點就將抽象性地理解「我」這個用詞、而不是採取字面的。並且句法與修辭語言之間互動的難題，還得進一步的探討。

53　按照 Fanning 的看法，下列動詞可以偶爾作為 perfective presents：ἀπέχω、ἀκούω、πάρειμι（*Verbal Aspect*, 239-40，對此有討論）。請也注意路1:34的 γινώσκω 這字的用法。

54　這種用法很獨特，可以另立一個類別、稱為「作為引言公式的現在時態」(*introductory formula present*)。

是表達，儘管陳述是過去說的，但是它的果效今天仍然說話，並且對聽者仍有約束力。[55]

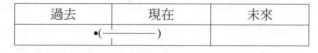

過去	現在	未來
•(━━━━)		

圖表55

Perfective Present 的功能

注意：（————）這個符號指出一個行動的*結果*

3. 例子

路1:34　εἶπεν δὲ Μαριὰμ πρὸς τὸν ἄγγελον, Πῶς ἔσται τοῦτο, ἐπεὶ ἄνδρα οὐ **γινώσκω**;

　　　　馬利亞對天使說：「我沒有出嫁，怎麼有這事呢？」

羅10:16　Ἡσαΐας γὰρ **λέγει**· κύριε, τίς ἐπίστευσεν τῇ ἀκοῇ ἡμῶν;

　　　　因為以賽亞說：「主啊，我們所傳的有誰信呢？」

　　　　保羅引用賽53的方式隱含著，以賽亞的話仍然適用於保羅的處境。一般而言，引用舊約經文（除了預言）都藉著 γέγραπται（「它記著說」）這個字。不容易評估這二個用字之間的差異，但是它們時態*有可能的*特別意涵如下：(1) γέγραπταί 是個完成時態，用來強調聖經持久的*權威*；(2) λέγει 是個現在時態，用來強調聖經對現今處境的*適用性*。

弗4:8　**λέγει**

　　　　經上說

　　　　新約的作者引用舊約經文時，不常指明 λέγει 這字的主詞。一個很可能的理由是，聖經說了什麼都被視為是神說的，所以，二者之間沒有差異。一段經文弗5:14值得特別留意，儘管有 λέγει 這個字引入用語，但它並非舊約經文。它可能是早期基督徒的信條詩句。

提前5:18　**λέγει** ἡ γραφή· βοῦν ἀλοῶντα οὐ φιμώσεις

　　　　經上說：「牛在場上踹穀的時候，不可籠住他的嘴」

約壹5:20　ὁ υἱὸς τοῦ θεοῦ **ἥκει**, καὶ δέδωκεν ἡμῖν διάνοιαν

　　　　神的兒子已經來到，且將智慧賜給我們

　　　　此處的 perfective present 藉著 καί 與另一個完成時態動詞連結，愈發凸顯它的

55　換個角度來看，這種用法可以視為一種「作為見證功用的現在時態」（*testimonium* present）；往往帶著一個名詞子句：「經上記著說……。」參見 約1:19（αὕτη ἐστὶν ἡ μαρτυρία τοῦ Ἰωάννου）。

　　功能。[56]

　　那些藉著詞彙凸顯 perfective present 功能的例證，請見太6:2；路15:27；約8: 42；帖後3:11。

　　那些藉著上下文凸顯 perfective present 功能的例證，請見羅9:15，10:8、11、 19，11:9，12:19；林後6:2；加3:16，4:30；雅4:5、6。

C. 表達講者的意願；宣傳性的、意願性的 (Conative, Tendential, Voluntative Present)

定義

　　Conative Present 用來描繪主詞正*有意願*做某事 (*voluntative*)，*有意圖要做某事* (*Conative*)，或者*傾向*做某事 (*tendential*)。[57]這個類別的用法，相較之下，是較為少用的。[58]

　　我們細分這種用法為二類：其一為在進行中、卻還沒有結束的動作 (true conative)；另一類是還沒有開始、卻即將／有意要開始的動作 (voluntative, tendential)。

　　這個用法須要跟 futuristic present 有所區隔，後者很明確地暗示必會施行動作。

1. 在進行中、卻還沒有結束的動作 (True Conative)

a. 定義

　　這種現在時態的用法，指出主詞在當下（直說語氣）*正有意施做*某事。往往具有意涵，所意指的行動*不會完結*；也就是說，它是個在進行中、卻尚未完工的努力。[59]

56　有幾個 ἥκω 的例子是與簡單過去時態相連，因此，在有些情況下，當作 perfective present 來理解是有點困難（參路15:27；約8:42）；儘管在這裡的幾個例證都是 perfective present。

57　Williams, *Grammar Notes*, 28.

58　不過，conative present 這種用法符合現在時態的一般特質，因為它的確從*內在的*角度看行動本身、不關心它的結局。

59　以下是例外的例證：羅2:4；林後5:11。

b. 辨別的關鍵（英文）: is attempting (unsuccessfully)

過去	現在	未來
		——O

圖表56

Conative Present 的功能

注意：O 這個符號指出行動要不是沒有完成、就是沒有開始。

c. 例子

徒26:28　ὁ ᾿Αγρίππας πρὸς τὸν Παῦλον· ἐν ὀλίγῳ με **πείθεις** Χριστιανὸν ποιῆσαι.[60]

亞基帕對保羅說：「你想少微一勸，便叫我作基督徒啊。」

這節經文有幾種不同的理解。有的翻譯成「才這麼一會，你*就想說服我*」，另有的翻成「用這麼點功夫，你*就想說服*我成為基督徒嗎？」無論如何翻譯，Conative Present 的意思都在。

加5:4　　οἵτινες ἐν νόμῳ **δικαιοῦσθε**

你們這要靠律法稱義的

若這裡是一種持續一段時間的現在時態，那翻譯就當是「你們這些*要持續被律法稱義*的人」。但是這樣的理解，明顯地是與加拉太書這卷書的信息相違。保羅不是要宣告他們*持續*被律法所稱義，而是他們*想*他們可以這樣被稱義（或者，他們試著這樣被稱義），雖然他們的努力至終都必失敗。

亦可參照羅2:4；林前5:11；加6:12。

2. 還沒有開始、卻即將／有意要開始的動作 (Voluntative/Tendential)

a. 定義

這種現在時態的用法，指出主詞就在現時（或不久的將來）、有意願要做某事、或企望做成某事。企望的行動可能或不可能被施行。

60　抄本 A 以 πείθῃ 取代了 πείθεις。

b. 辨別的關鍵（英文）：*about to*

過去	現在	未來
		O

圖57

Tendential Present 的功能

c. 例子

約10:32　διὰ ποῖον αὐτῶν ἐ ; ργον ἐμὲ **λιθάζετε**;

你們是為那一件拿石頭打我呢？

約13:27　ὃ **ποιεῖς** ποίησον τάχιον

你所做的，快做吧！

→ D. 用以表達未來 (Futuristic Present)

定義

　　這種現在時態用來指涉一個未來事件（與前面的 Conative Present 不同），儘管它具有更為強調立即性與確定性的意涵。[61] 大部分屬於這個類別的例子，都包括有意涵「期待」的字彙意義（如 ἔρχομαί -βαίνώ πορεύομαι 等）。[62] 這種用法相當普遍。

1. 單純的未來 (Completely Futuristic)

a. 定義

　　這種現在時態用來指出一個全然未來的事件，儘管它好像發生現在。

---

[61]　當然有的例子可以被當作是 conative present 或 futuristic present。Fanning 舉例說，看約13:6的 νίπτεις 是作 tendential present 的功能（因此，意思是「*你不會是要洗我的腳吧，你真的要洗嗎？*」）儘管我們認為它是一個否定的 futuristic present（「*你斷不可洗我的腳，你真的一定要洗嗎？*」）。二者的差異並不麼明顯。

[62]　仔細而詳盡的討論，見 Fanning, *Verbal Aspect*, 221-26。

b. 辨別的關鍵（英文）：*is soon going to, is certainly going to, will*

過去	現在	未來
		•

圖表58

Futuristic Present 的功能

c. 解說

　　僅有檢視上下文可以幫助解答，是否這裡的現在時態是否在強調*立即性*或*確定性*。從這個觀點看來，一個全然用指未來事件的 futuristic present，就像是單字 μέλλω 所要表達的（可以意指「我將要」〔立即性〕或「我必要」〔確定性〕）。

d. 例子

約4:25　Μεσσίας ἔρχεται

彌賽亞要來

這個觀念至少包含確定性，也可能有立即性的意涵。

羅6:9　Χριστὸς...... οὐκέτι **ἀποθνῄσκει**

基督就不再死，死也不再作他的主

明顯地，藉著所用的 οὐκέτι 這個字，強調的重點是確定性。

啟22:20　ναί ἔρχομαι ταχύ

是了，我必快來

這節經文有點困難評估，到底重點在主再來的確定性或是它的立即性。但是關鍵點不在 futuristic present、而在所用的 ταχύ 這個副詞。 因此，這個句子可能是指「無論何時我一旦要來，我就會*很快*來到」，其中強調的重點在主再來的*確定性*（參太28:8）。也可能指，「我已經在路上，*很快*就要來到」。若果如此，那強調的重點就在主再來的*立即性*。

　　亦可參照路3:16；約11:11；林前16:5；林後13:1。

2. 大致的將來 (Ingressive-Futuristic?)

a. 定義

　　這種現在時態是用來指出，一件現時*已經開始*、但在未來才要完成的事件。特別是當動詞是「來」、「去」這類用字時；儘管它不如前述的 completely futuristic present 那麼普遍。

b. 辨別的關鍵

往往這一類的動詞，可以翻譯為英文的現在進行式（如 *is coming*）。

過去	現在	未來
		•———

圖表59

Mostly Futuristic Present 的功能

c. 例子

可10:33　　*ἀναβαίνομεν* εἰς Ἱεροσόλυμα

　　　　　我們上耶路撒冷去

約4:23　　*ἔρχεται* ὥρα καὶ νῦν ἐστιν

　　　　　時候將到，如今就是了

　　　　　另外附加的 καὶ νῦν ἐστιν 幾個字，使得這未來的時間明顯是已經*部分*臨到了。

　　　　亦可參照太26:45；徒20:22。

➔ E. 保留在間述句中的現在時態

1. 定義

　　一般而言，希臘文間述句中的動詞*時態*是*保留*住它在直述句中的原樣。[63]（間述句往往跟在一個感官動詞後面，〔好比說，以英文為例，saying、thinking、believing、knowing、seeing、hearing 這類的字。〕它也可以藉著 ὅτι、λέγων、εἶπεν 等字引進講說的內容）。[64] 這與英文不太相像：在英文裡，間述句往往將時間由直述句的*時態*往回倒推「一格」（特別是當引進動詞是過去時態時），也就是說，簡單過去時態要翻譯成簡單過去完成時態，而現在時態則當翻譯成過去時態，以此類推。

　　但是在希臘文，原來用句中的時態保留在間述句中。*現在*時態也是其中一種。這種用法非常普遍，特別是在福音書與使徒行傳。

63　在規則以外，有相當多的例外，特別是當不完成時態站在現在時態的位置時。請見 Burton, *Moods and Tenses*, 130-42 (§334-56)。

64　在直說語氣裡、陳述宣講內容的 ὅτι 子句，請見「直說語氣」這個章節。

嚴格說來在這種情況底下,現在時態並不是個句法的類別。也就是說,間述句中的現在時態也屬於一般現在時態的用法。所保留的現在時態只是個*翻譯*的類別、不是句法的類別。

2. 類比

假設有一位郵差來我家門口、說「我*有*一個包裹要給你 (I *have* a package for you)」。我打開包裹以後,才發現那是給我的鄰居的。隔天我告訴那位郵差:「你還記得昨天你給我一個包裹嗎?(you *had* a package for me) 但那其實是給我鄰居的」。在英文中間述句的時態("I *have* a package"),從真實的時態倒退回去一格("that you *had* a package")。往往是藉著 *that* 這個字引入間述句(希臘文間述句往往藉著 ὅτι 引入)。不過在希臘文中,直述句與間述句都是用相同的時態。

3. 解說

保留在間述句中的現在時態,往往用法都是進行中的、而不是有如英文的現在時態。不要將此與 historical present 相混淆。對等動詞常保留在間述句中(因此,常翻譯成英文的過去時態,雖然在希臘文中仍是現在時態);不過,它們並不呈現 historical present 的功能。

4. 例子

約5:13   ὁ δὲ ἰαθεὶς οὐκ ᾔδει τίς **ἐστιν**

那醫好的人不知道是誰

這裡這個現在時態的對等動詞,被翻譯為過去時態,儘管沒有 ὅτι 這個字。不過,這個在間述句中的子句、沒有引介的連結字,在希臘文中是很普遍。[65]

可2:1   ἠκούσθη ὅτι ἐν οἴκῳ **ἐστίν**

人聽見他(是)在房子裡

儘管在這裡的對等動詞ἐστίν 被翻譯成英文的過去時態,但它確定不是historical present 的功能。historical present 的語意與這裡間述句中的現在時態,截然不同。尤其是,新約中的 εἰμί 動詞從來不作 historical present 功能用的。

約4:1   ὡς ἔγνω ὁ Ἰησοῦς ὅτι **ἤκουσαν** οἱ Φαρισαῖοι ὅτι Ἰησοῦς πλείονας μαθητὰς **ποιεῖ** καὶ **βαπτίζει** ἢ Ἰωάννης

---

[65] 大部分的英文譯本都適當地譯為 "was",確認這裡的結構是間述句(參見 KJV、NKJV、ASV、NASB、RSV、NRSV、NIV、JB)。

主知道法利賽人聽見他收門徒，施洗，比約翰還多

這段經文的間述句包含了*另外一個*間述句。它提供了範例，可以用來說明英文與希臘文間述句的差異。希臘文保留直述句的時態，但是英文卻倒退回去一格。因此，ἤκουσαν 在此被翻譯為「*先前有聽見*」(*had heard*)，它是過去時態（原來的敘述該是「法利賽人聽見」["the Pharisees have heard ......"]）。而這裡的 ποιεῖ 與 βαπτίζει，雖然都是希臘文現在時態，但都該翻譯成英文的不完成式（原來的敘述該是「耶穌*目前*比約翰*招收、施洗*更多門徒」["Jesus is *making* and *baptizing* more disciples than John ......"]）。

再一次我們看見，區分出 historical present 與間述句中現在時態的不同，是很重要的。舉例來說，historical present 是扁平的，它表達一個事件如同簡單過去時態、英文的過去時態。但是 ποιεῖ 與 βαπτίζει 翻成過去進行式比較合適。

約5:15　ὁ ἄνθρωπος...... ἀνήγγειλεν τοῖς Ἰουδαίοις ὅτι Ἰησοῦς **ἐστιν** ὁ ποιήσας αὐτὸν ὑγιῆ

那人就去告訴猶太人，使他痊癒的是耶穌

徒4:13　θεωροῦντες τὴν τοῦ Πέτρου παρρησίαν καὶ Ἰωάννου καὶ καταλαβόμενοι ὅτι ἄνθρωποι ἀγράμματοί **εἰσιν** καὶ ἰδιῶται, ἐθαύμαζον

他們見彼得、約翰的膽量，又看出他們原是沒有學問的小民，就希奇，

亦可參照太2:16，5:17、21、33，20:30，21:26；可3:8，6:49、52；路8:47，17:15，19:3；約4:47（帶有一個 perfective present, ἥκω）；6:22、64，11:27；徒8:14，23:24；門21；約壹2:18；啟12:13。

不完成時態

用法綜覽

參考書目

BDF, 169-71 (§325-30); **Burton**, *Moods and Tenses*, 12-16 (§21-34); **Fanning**, *Verbal Aspect*, 240-55; **K. L. McKay**, *A New Syntax of the Verb in New Testament Greek: An Aspectual Approach* (New York: Peter Lang, 1994) 42-46; **idem**, "Time and Aspect in New Testament Greek," *NovT* 34 (1992) 209-28; **Moule**, *Idiom Book*, 8-10; **Porter**, *Verbal Aspect*, 198-211; **idem**, *Idioms*, 28, 33-35; **Robertson**, *Grammar*, 882-88; **Turner**, *Syntax*, 64-68; **Young**, *Intermediate Greek*, 113-16; **Zerwick**, *Biblical Greek*, 91-93 (§270-76).

序言

至於第一主要部 (the first principal part) 的時態，不完成時態在普遍的觀點與特殊用法二方面，都反應了現在時態（唯一的差別，就是不完成時態主要用在過去的時間裡）。因此，我們無須再像現在時態的討論那麼詳盡。

不完成時態，一如現在時態，可以顯示*內在的觀點*。[1] 也就是說，它描繪一個動作是從內在的觀點，不在乎開始或結束。它顯然與簡單過去時態相對比，後者描繪動作是以一個相當簡捷的方式。一般來說，簡單過去時態對動作的描繪是採「*瞬間成像*」的方式，但不完成時態（像現在時態）則描繪動作如同一部*影片*。因此，不完成時態所述的往往是沒有結束，並且是聚焦在該動作的*過程上*。[2]

論到*時間*，不完成時態所述的往往是在*過去*的時間裡（請注意：因為不完成時態在新約中僅出現在直說語氣裡〔1682次〕，這個時態往往帶有時間的意涵）。然而，它偶爾還有另外的用法（好比說，conative imperfect 就是這樣，而第二類型的條件子句指涉的是現在的時間，但是這樣的用法更多是來自於觀點、而不是這個時態的時間因素）。[3]

一般而言，不完成時態的功能可以圖示如下。

過去	現在	未來

圖表60

不完成時態的性質[4]

特殊用法

I. 狹義的不完成時態用法 (Narrow-Band Imperfects)

這種不完成時態的用法，描繪動作正在進行中、或者還在*過去的*時間裡運作中（因為所有的不完成時態在新約中都僅出現在直說語氣裡）。這包括了三種用法：instantaneous imperfect、progressive imperfect，與 ingressive imperfect。

1　針對「不受影響的意涵」與特殊的用法，請見現在時態的引言部分。

2　針對簡單過去時態與不完成時態的觀點差異，請見 "Portrayal Vs. Reality of Aspect" 這本書的 "The Tenses: An Introduction" 這一章。

3　關於不完成時態除了用在過去時間裡的用法以外，其他用法的理由見以下的討論。

4　以「線條」圖示作為不完成時態性質的特徵，很難顯示其內在的觀點。

A. 用來生動描繪一個過去的事件／狀態 (Instantaneous or Aoristic or Punctiliar Imperfect)

1. 定義

這種很少用的不完成時態有點像直說語氣的簡單過去時態，用來指過去的事件。這種用法只限定在敘述文體裡、ἔλεγεν[5] 這個字的用法。[6] 但即使是這個字，不完成時態的用法也傳遞了一個不一樣的意涵。

過去	現在	未來
·		

圖表61

Instantaneous Imperfect 的功能

2. 例子

太9:24　ἔλεγεν· ἀναχωρεῖτε, οὐ γὰρ ἀπέθανεν τὸ κοράσιον ἀλλὰ καθεύδει.[7]

　　　　他說：「退去吧！這閨女不是死了，是睡著了。」

可4:9　καὶ ἔλεγεν· ὃς ἔχει ὦτα ἀκούειν ἀκουέτω.

　　　　他說：「有耳可聽的，就應當聽！」

　　　　這是耶穌在一個比喻的最後、所給的宣告。因此，不太可能是 ingressive imperfect的用法（「他開始講」(he began saying)）、或 progressive imperfect 的用法（「他正在講」(he was saying)）、或 iterative/customary imperfect 的用法（「他就會講」(he would say)）。

5　同樣的功能，也可以以複數的ἔλεγον 來表達，但是複數的用字也有可能是distributive imperfect 的用法、表達一個 *iterative* imperfect 類別的意思。

6　*BDF*, 170 (§329) 的觀察相此相反：「簡單過去時態用以回溯一個先前的講論（特別是某人的宣布），不完成時態則用以描述一個講說的內容。」許多不完成時態的例子符合這個描述（請參見可4:21、26，6:10，7:9，12:38；路5:36，6:20，9:23，10:2，21:10），但是並不整全（參見太9:11；可4:9、8:21、24）。還有，不完成時態用在指過去的事件時，往往有直說語氣簡單過去時態的異文 (εἶπεν)。這種情況下的不完成時態，擁有與 instantaneous present 相近的功能，因為它總是包含有一個說話的動詞。

7　因為馬可平行經文的緣故，一些抄本在這裡以作 historical present 功能的 λέγει，取代 ἔλεγεν（見 C L N W Θ 𝔐 *et alii*）。

可5:30 ἔλεγεν· τίς μου ἥψατο τῶν ἱματίων;[8]

他說：「誰摸我的衣裳？」

這個問題裡，明顯有情緒的成分。不完成時態常用來引入這種*生動的*講說。從這個觀點來看，這種用法是平行於 historical (dramatic) present 的用法。再者，要將這裡的 imperfect 視為有內在的觀點，的確有點困難（除非它是 iterative imperfect），因為上下文要求這裡的動作有被視為「瞬間」的果效。

可8:24 καὶ ἀναβλέψας ἔλεγεν· βλέπω τοὺς ἀνθρώπους ὅτι ὡς δένδρα ὁρῶ περιπατοῦντας.[9]

他就抬頭一看，說：「我看見人了；他們好像樹木，並且行走。」

路23:42 καὶ ἔλεγεν· Ἰησοῦ, μνήσθητί μου ὅταν ἔλθῃς εἰς τὴν βασιλείαν σου.[10]

他說：「耶穌啊，你得國降臨的時候，求你記念我！」

這裡的不完成時態被用來引進一個生動、帶有情緒的敘述，因此，是可以等同於一個用來使過去事件的描繪更為生動的用法 (*dramatic* imperfect)。

約5:19 ἀπεκρίνατο ὁ Ἰησοῦς καὶ ἔλεγεν αὐτοῖς ......

耶穌對他們說……

將不完成時態與簡單過去時態交錯使用（特別是當二者都在描述同一件事時），確定了這個不完成時態被是用來單純指著過去事件的用法。事實上，大部分手抄本是以 εἶπεν 代替不完成時態的異文 (cf. A D W Θ Ψ *Byz et plu*)。

亦可參照可6:16，8:21；路3:11，16:5；約8:23，9:9。

➔ B. 表達一個在過去已經進行了一段時間的動作 (Progressive or Descriptive Imperfect)

1. 定義

這種不完成時態的用法，是從主說者的角度，將一個過去的動作或是一個狀態、描述成在進行中。這種描繪是比之前的 instantaneous imperfect 更寬廣一點，但是卻比 customary imperfect 較為狹窄。這種不完成時態的用法，是為了使一個動作*更為生動*、或是*更具*「*同時性*」。[11]

8　D W Θ 565 700 等抄本有的是簡單過去時態 εἶπεν。

9　有些抄本有的不是ἔλεγεν、而是簡單過去時態的 εἶπεν（參 𝔓[45] ℵ C Θ 487 1071 1342 *et pauci*），另外的抄本有的是作 historical present 功能的 λέγει（參 D N W Σ *f*[13] 565）。

10　抄本 D 有的不是 ἔλεγεν、而是簡單過去時態的 εἶπεν。

11　Fanning, *Verbal Aspect*, 241（這種不完成時態的用法，請見241-44頁）。

2. 辨別的關鍵（英文）：*was (continually) doing, was (right then) happening*

過去	現在	未來
——		

圖表62

Progressive Imperfect 的功能

3. 例子

太8:24　σεισμὸς μέγας ἐγένετο ἐν τῇ θαλάσσῃ ...... αὐτὸς δὲ **ἐκάθευδεν**

　　　　海裡忽然起了暴風……耶穌卻睡著了。

可9:31　**ἐδίδασκεν** γὰρ τοὺς μαθητὰς αὐτοῦ καὶ **ἔλεγεν** αὐτοῖς

　　　　於是他教訓門徒，說……

　　　　儘管這裡的不完成時態可以視為一種 customary imperfect 的用法（「他（照例）又教訓他們、對他們說……」），但是上下文建議這裡是一個特殊的情境。

徒3:2　τις ἀνὴρ χωλὸς ἐκ κοιλίας μητρὸς αὐτοῦ ὑπάρχων **ἐβαστάζετο**

　　　　有一個人，生來是瘸腿的，天天被人抬來……

徒15:37　Βαρναβᾶς δὲ **ἐβούλετο** συμπαραλαβεῖν καὶ τὸν Ἰωάννην τὸν καλούμενον Μᾶρκον

　　　　巴拿巴有意要帶稱呼馬可的約翰同去

　　　　這裡的不完成時態不是一種 conative imperfect 的用法，因為這種表達意欲用法的特徵在字彙。再者，巴拿巴並沒有努力打算要這樣做 (*try* to desire)，他僅是想要帶馬可（約翰）同行而已。

　　亦可參照太26:58；可9:28；路1:62，6:19；徒2:6，4:21，6:1，15:38，16:14。

→ C. 表達一個在過去已經開始了一段時間的動作 (Ingressive or Inchoative, or Inceptive Imperfect)

1. 定義

　　這種不完成時態常被用來強調動作的開始，並且暗示有這個動作還會持續一段時間。

2. 解說與詳述

Ingressive *imperfect* 與 ingressive *aorist* 的不同是前者強調動作的開始，而暗示著這個動作的*持續進行*；但是後者強調開始，卻沒有行動持續的暗示。因此，用以區別的（英文）翻譯是：前者應該翻譯為「開始（*繼續*）*做*」(began *doing*)，後者應該翻譯為「*開始去做*」(began *to do*)。[12]

3. 語意的情境

Ingressive imperfect 常常見於敘述的文體，特別是當一個活動改變時。它引進一個主題的改變。下面許多例子可以被視為是 progressive imperfects，但是上下文指出主題的轉移或者方向的改變。

4. 辨別的關鍵（英文）：*began doing*[13]

過去	現在	未來
• ——		

圖表63

Ingressive Imperfect 的功能

5. 例子

太3:5　τότε **ἐξεπορεύετο** πρὸς αὐτὸν Ἰεροσόλυμα

那時，耶路撒冷……的人，**都出去**到約翰那裡

太5:2　καὶ ἀνοίξας τὸ στόμα αὐτοῦ **ἐδίδασκεν** αὐτούς

他就開口**教訓**他們

可9:20　πεσὼν ἐπὶ τῆς γῆς **ἐκυλίετο** ἀφρίζων

他倒在地上，**翻來覆去**，口中流沫

12　有些文法書將這個類別的用法，歸類在 *conative* imperfect 裡，儘管承認二者之間確實有別。好比說，Robertson 說：「強調的重心在動作的起始，不管是與前一個簡單過去時態對比（剛剛開始）」、或者是這個動作被中斷了（已經開始，但是沒有完成）……在英文中，會這樣翻譯「開始做某事、試圖做……。」(*Grammar*, 885) 他事實上是在描述 ingressive 與 conative imperfect，因此，最好的作法是把二者分開較好。

13　這個解釋是有助於理解不完成時態的觀點，但是這個譯文卻太過學究了點。

可14:72   καὶ ἐπιβαλὼν ἔκλαιεν

　　　　　他就[14]哭了[15]

約4:30   ἐξῆλθον ἐκ τῆς πόλεως καὶ ἤρχοντο πρὸς αὐτόν

　　　　　眾人就出城，往耶穌那裡去

在不完成時態與簡單過去時態之間有一個細節的對比。簡單過去時態略述撒瑪利亞人從敘加(Sychar)出來，但是不完成時態卻著重於眾人在路上往耶穌那裡去。福音書的作者用這一點篇幅來吊讀者胃口：他們正往耶穌那裡去，但是還沒有走到。戲劇化地，場景轉移到耶穌與門徒的談話，將讀者可能關切的撒瑪利亞人置於一側。直到好一陣子之後，耶穌說：「舉目向田觀看，莊稼已經熟了，可以收割了。」(4:35) 他們才又再出現；那時他們已經到達了。

徒3:8   ἐξαλλόμενος ἔστη καὶ περιεπάτει καὶ εἰσῆλθεν σὺν αὐτοῖς εἰς τὸ ἱερόν

　　　　　就跳起來，站著，又行走，同他們進了殿

　　亦可參照太4:11；可1:35；路5:3；[16] 約5:10；徒7:54，27:33。

II. 廣義的不完成時態用法 (Broad-Band Imperfects)

　　像現在時態一樣，好些不完成時態的用法也帶有相當寬的時距。不過，後者沒有像現在時態那樣的 *gnomic* imperfect，因為若真的有的話，就會與 gnomic present 的用法重疊了。[17]

→ A. 表達一個頻繁或重複的動作 (Iterative/distributive Imperfect)

1. 定義

　　這種不完成時態是用來表達過去一個*重複發生*的動作。它有點類似 customary imperfect，但是並不是那麼規律發生的。只是 iterative imperfect 僅在一個短時距內重複發生而已。

14　這裡這個 ἐπιβαλὼν 的意思是有爭議的，但是它最可能的涵義是「*開始*」(*beginning, having begun*)（參 BAGD, s.v. ἐπιβάλλω, 2.b.）。

15　注意 καὶ ἤρξατο κλαίειν 這個異文（在 D Θ *et pauci* 抄本裡的）；它顯然是作 ingressive imperfect 的功能。新約中還有幾個這樣的異文。

16　Fanning 記著說，διδάσκω 這字的不完成時態總是帶著有 ingressive imperfect 的用法 (*Verbal Aspect*, 253)。

17　換句話說，gnomic imperfect的文法結構是不必要的，因為二者唯一的區別已經被格言這個概念跨越了（因為這種用法是超越時間了 (omnitemporal)）。Fanning 的觀點有點不同 (*Verbal Aspect*, 249)，他認為 gnomic imperfect 表達的是「過去沒有限制、普世皆準的事件」。

Iterative imperfect 的用法有二種：(1) **Iterative** imperfect 指的是*同一位施做者重複做相同的動作*；以及 (2) **Distributive** imperfect 指的是*多位施做者做相同的動作*。[18]

2. 解說

許多文法書不區別 iterative imperfect 與 customary imperfect。[19]但是後者的確有二點差異是前者沒有的：(1)後者指著相當規則重複發生的動作（或者，相當規律、重複發生的動作）；(2)後者多半是發生在一相當長的時段裡。因此，可以這樣說，customary imperfect 是 iterative imperfect 的子類別。更進一步的區別，可以在以下的例證中看見。

3. 辨別的關鍵（英文）：

往往翻譯都會重複 *"kept on doing, going"* 這樣的用字，來幫助學生看到不完成時態的特點，但這並不是唯一的特點，特別當所用的 distributive imperfects 的時候。另外的翻譯提示是 *repeatedly, continuously doing*。

過去	現在	未來
·· · · ·		

圖表64

Iterative Imperfect 的功能

4. 例子

太3:6　ἐβαπτίζοντο ἐν τῷ Ἰορδάνῃ ποταμῷ ὑπ' αὐτοῦ

他們在約旦河裡受他的洗

Robertson 對此經文有以下評論：「簡單過去時態簡述這個故事，但是不完成時態描繪個故事的圖案。它幫助你看到整個行動的來龍去脈，在你眼前展示歷史的流轉……如此，描繪出在約旦河河畔的生動景象。」因此，馬太隨即就在緊跟的下一節經文3:7），改用簡單過去時態。[20] 這是一個關於 *distributive* iterative imperfect 的範例。

太9:21　ἔλεγεν ἐν ἑαυτῇ, Ἐὰν μόνον ἅψωμαι τοῦ ἱματίου αὐτοῦ σωθήσομαι

因為他心裡說：「我只摸他的衣裳，就必痊癒。」

18　見 McKay, *New Syntax of the Verb*, 44。

19　好比說 Robertson, *Grammar*, 884; Fanning, *Verbal Aspect*, 244。

20　Robertson, *Grammar*, 883.

這個例子當然是有其他類別的可能，但是 iterative imperfect 最能符合上下文與這段經文的心理因素。經文的圖像顯示，一個悲慘失意的婦人多次反覆地思想「只要我能觸摸到他的衣裳」，藉此她鼓起勇氣做出行動（請也留意平行經文，可5:28）。

太27:30　ἔλαβον τὸν κάλαμον καὶ **ἔτυπτον** εἰς τὴν κεφαλὴν αὐτοῦ

他們拿葦子**打**他的頭。

這個例子當然可以視為是 ingressive imperfect（「他們就開始打他」），但是在這個例子裡，這並不排除其他的可能性。何況，場景似乎呈現 distributive imperfect 與 iterative imperfect 二者*都*可能的情況（也就是說，每個士兵可能都打了他不只一次）。

約3:22　ἐκεῖ διέτριβεν μετ' αὐτῶν καὶ **ἐβάπτιζεν**

耶穌和門徒（他們）在那裡居住、**施洗**

約19:3　**ἔλεγον**, Χαῖρε

他們說……

徒2:47　ὁ κύριος **προσετίθει** τοὺς σῳζομένους καθ' ἡμέραν

主將得救的人天天**加**給他們

亦可參照太12:23；可12:41 (distributive)；路19:47；徒16:5；徒21:19。

➔ B. 表達一個有規則性的習慣性動作 (Customary or Habitual or General Imperfect)

1. 定義

這種不完成時態經常用來表達過去一個*有規則性*重複發生的動作（習慣性）或一個已經持續了一段時間的*狀態*。[21]

這種不完成時態的用法與 iterative imperfect 的區別，並不明顯。可以簡單這樣說，customary imperfect 是在更寬廣的時距裡描述動作，描述的動作也較有規則性。

2. 辨別的關鍵（英文）：customarily, habitually, continually

customary imperfect 有二種由字彙所決定的形式：其一是與重複動作有關 (habitual imperfect [*customarily, habitually*])，另一個類別是關乎持續的狀態 (stative

---

21　一些文法書區分 stative imperfects 與 habitual imperfects。按著所描繪的動作，這樣的區別是合法的。但若只是就時間架構而言，二者卻十分相近。如同先前，我們它們也置於 customary present 這個類別裡好方便處理。

imperfect [*continually*]）。Habitual imperfect 可以翻譯為（英文）*customarily*、*used to*、*were accustomed to*（習慣上、習於）。

過去	現在	未來
·················· 或 ——————		

圖表65

Customary Imperfect 的功能

3. 例子

太26:55　καθ' ἡμέραν ἐν τῷ ἱερῷ **ἐκαθεζόμην** διδάσκων

我天天坐在殿裡教訓人

可4:33　τοιαύταις παραβολαῖς πολλαῖς **ἐλάλει** αὐτοῖς

耶穌用許多這樣的比喻，對他們講道。

路2:41　**ἐπορεύοντο** οἱ γονεῖς αὐτοῦ κατ' ἔτος εἰς Ἰερουσαλήμ

每年，他父母就上耶路撒冷去。

徒3:2　ὃν **ἐτίθουν** καθ' ἡμέραν

有一個人，天天被人擡來

這個「κατά +直接受格」的片語，經常性地被用指明緊鄰的不完成時態是作 customary 的用法，但是另參見約21:18。

羅6:17　**ἦτε** δοῦλοι τῆς ἁμαρτίας

你們從前雖然作罪的奴僕

加1:14　**προέκοπτον** ἐν τῷ Ἰουδαϊσμῷ

我又在猶太教中……更有長進

　　亦可參照路6:23，17:27；約11:36；徒11:16（或者是 iterative）；林前6:11；加1:13 (ἐδίωκον)。

III. 不完成時態的特殊用法

　　有三種不完成時態的用法，無法歸類為以上的類別：包括 "pluperfective" imperfect、conative imperfect、與保留在間述句中不完成時態。前二者是句法的類別，第三者嚴格說來不是句法的類別、而是結構上的類別。

A. 往往指著一個比主要動詞更早的持續動作（ "Pluperfective" Imperfect）

1. 定義

這種不完成時態不常指著一個出現在敘敘文中，*先於*動作的時間。因此，它指著一個比主要動詞*更早的*時間（而這個主要動詞常指著一個過去的動作）。[22] 這種用法與過去完成時態相較，前者（ "Pluperfective" Imperfect）保留了不完成時態的*內在描繪*。

2. 例子

可5:8　ἔλεγεν γὰρ αὐτῷ ......

因耶穌曾吩咐他說……

這裡的不完成時態顯然是回指著先前的陳述，儘管它的功能在上下文裡是隱含的。見 RSV，NRSV 等譯本。

可6:18　ἔλεγεν γὰρ ὁ Ἰωάννης τῷ Ἡρῴδῃ ὅτι οὐκ ἔξεστίν σοι ἔχειν τὴν γυναῖκα τοῦ ἀδελφοῦ σου

約翰曾對希律說：「你娶你兄弟的妻子是不合理的。」

因為前二節經文才說到施洗約翰被斬首一事，因此，這裡的不完成時態顯然是回指著先時的陳述。

路8:29　πολλοῖς γὰρ χρόνοις συνηρπάκει αὐτὸν καὶ ἐδεσμεύετο ἁλύσεσιν καὶ πέδαις ...... διαρρήσσων τὰ δεσμὰ ἠλαύνετο ὑπὸ τοῦ δαιμονίου

原來這鬼屢次抓住他；他……被鐵鏈和腳鐐捆鎖，竟把鎖鏈掙斷，被鬼趕到曠野去。

這節經文是作為編輯者為向讀者闡述的旁白，緊接著之前路加的記述、耶穌吩咐污鬼從那人裡面出來。特別的是，領先的動詞是過去完成時態 (συνηρπάκει)，因此預備好給予讀者一個較早的事件描述。緊跟著的一系列的不完成時態動詞，同時有 iterative Imperfect 與 "pluperfective Imperfect 雙重的用法。

亦可參照太14:4。[23]

---

[22]　見 McKay, *New Syntax of the Verb*, 45。

[23]　太14:4是與可6:18平行的經文，只是後者是倒敘事實、前者是按時序敘事。

B. 指著過去某時、試圖成就某事的努力或意圖 (Conative or Voluntative or Tendential Imperfect)

定義

　　這種不完成時態偶爾[24]用來描繪一個意欲 (*voluntative*)、嘗試 (*conative*) 的行動，或者是一個*幾乎發生* (*tendential*) 的行動。[25]

　　我們將這個類別再區分為二：「還在進行中、但是尚未完成」(true conative) 以及「尚未開始、但是有意嘗試」(voluntative, tendential)。

1. 在進行、卻還沒有結束的動作 (True Conative)

a. 定義

　　這種不完成時態是用來指出過去某時、*試圖成就*某事的努力。多少是有暗示所致力的努力尚未達成成功、所期待的結果。

b. 辨別的關鍵（英文）：*was attempting* (*unsuccessfully*)

過去	現在	未來
——O		

圖表66

(True) Conative Imperfect 的功能

　　注意：圖示中的符號 O 是用來表示動作的狀態：或尚未完成或尚未開始。

c. 例子

太3:14　ὁ δὲ Ἰωάννης **διεκώλυεν** αὐτόν

　　　　約翰想要攔住他

24　不過，conative imperfect 的使用是比 conative present 更為普遍。Fanning 認為這是因為與直說語氣簡單過去時態相對比的結果；使用現在時態就沒有同樣（時間）的對比 (*Verbal Aspect*, 249-50, n. 111)。McKay 認為差異是在於文體的緣故：「要表達的意思，使用不完成時態的比使用現在時態的更多……，而只是因為過去導向的敘述，往往能夠比現在導向的對話提供更廣的範圍。」(McKay, *New Syntax of the Verb*, 44) 另一個理由，是因為敘述的上下文的明確結局使得讀者明確地得知該動作沒有達成（至於現在直說則通常懸而未決）。

25　Williams, *Grammar Notes*, 28.

可15:23　　**ἐδίδουν** αὐτῷ ἐσμυρνισμένον οἶνον· ὃς δὲ οὐκ ἔλαβεν

　　　　　　他們拿沒藥調和的酒給耶穌，他卻不受。

徒26:11　　αὐτοὺς **ἠνάγκαζον** βλασφημεῖν

　　　　　　我屢次用刑強逼他們說褻瀆的話

　　　亦可參照路9:49；徒7:26，27:17（除非這裡的用法是 ingressive imperfect）：加
1:13 (ἐπόρθουν)；來11:17。

2. 還沒有開始、卻打算即將開始的動作 (Voluntative/Tendential)

a. 定義

　　　這種不完成時態是用來指出過去某時、*有試圖*或*意欲成就某事的打算*。不過這
個打算並沒有真正實現。通常所傳達的概念是，這個「行動」不只一次地思考（因
此，不完成時態很自然地被使用）。

　　　往往這種用法要強調的是*現時*、所思想的動作在現今完全沒有實現。這種不完
成時態用來指出現今沒有成就的情況。[26]

b. 辨別的關鍵（英文）：*was about to, could almost wish*

過去	現在	未來
O O O		

圖表67

Tendential Imperfect 的功能

c. 例子

路1:59　　**ἐκάλουν** αὐτὸ ἐπὶ τῷ ὀνόματι τοῦ πατρὸς αὐτοῦ Ζαχαρίαν

　　　　　　他們要照他父親的名字叫他撒迦利亞。

　　　　　　這裡很可能就是一個 true conative imperfect 的範例：「他們持續地要稱呼
　　　　　　……」。

羅9:3　　　**ηὐχόμην** γὰρ ἀνάθεμα εἶναι αὐτὸς ἐγώ

　　　　　　就是自己被咒詛……我也願意。

26　　這種功能也在第二類的條件子句中見到。見 Burton, *Moods and Tenses*, 15 (§33); Fanning, *Verbal Aspect*, 251。

這裡使用 tendential imperfect（或稱為 "desiderative" imperfect），[27] 保羅不是說「我一直都在期望」(I was wishing; progressive imperfect)、或者「我在努力期望」(I was attempting to wish; true conative)。

　　亦可參照徒25:22；加4:20；門13（除非這裡是 true conative 的用法）。

→ C. 不完成時態保留在間接引述句裡

1. 定義

　　不完成時態，跟現在時態一樣，可以將直述句保留在間述句型裡。[28] 不過在英文當中，習慣上會將它譯為過去完成式。如同前述、保留在間述句中的現在時態，這是一個*翻譯的*類別、而不是*句法的*類別。[29]

　　間述句往往跟在感官動詞後面（好比說，那些表達說話、思想、相信、知道、看見、聽見）。它往往是藉著 ὅτι、λέγων、εἶπεν 這樣的字樣引進宣布的內容。[30] 在英文中，間述句往往將直述句的*時態*倒退「一格」（特是當引入動詞是過去時態），也就是說，我們將過去時態翻成過去完成式、將現在時態翻成過去時態等等。

2. 例子

路1:58　ἤκουσαν οἱ περίοικοι καὶ οἱ συγγενεῖς αὐτῆς ὅτι **ἐμεγάλυνεν** κύριος τὸ ἔλεος αὐτοῦ μετ᾿ αὐτῆς

　　　　鄰里親族聽見主向他**大施憐憫**

約2:22　ἐμνήσθησαν οἱ μαθηταὶ αὐτοῦ ὅτι τοῦτο **ἔλεγεν**

　　　　門徒就想起他**說過**這話

約9:18　οὐκ ἐπίστευσαν οἱ Ἰουδαῖοι ...... ὅτι **ἦν** τυφλός

　　　　猶太人不信他**從前是**瞎眼

徒4:13　καταλαβόμενοι ὅτι ἄνθρωποι ἀγράμματοί εἰσιν καὶ ἰδιῶται, ἐθαύμαζον ἐπεγίνωσκόν τε αὐτοὺς ὅτι σὺν τῷ Ἰησοῦ **ἦσαν**

　　　　他們……看出他們（彼得、約翰）原是沒有學問的小民，就希奇，認明

27　desiderative imperfect 用來指出「還在思索意圖、但是尚未達到期望的階段」(Fanning, *Verbal Aspect*, 251)。

28　這項規則有例外。偶爾不完成時態替代現在時態。見 Burton, *Moods and Tenses*, 130-42 (§334-56)。

29　更仔細的討論，見前一章的「時態保留在間述句」這一章節。

30　對於直說語氣中宣布內容的 ὅτι 子句，請見「直說語氣」這一章節。

他們是跟過耶穌的；

這節經文有二個間述句，第一個間述句保留有一個現在時態的動詞，第二個間述句保留有一個不完成時態的動詞。如此二個不完成時態引進第二類的 ὅτι 子句 (ἐθαύμαζού ἐπεγίνωσκον)，它們是最可能是表達在過去已經開始了一段時間的動作。

亦可參見可11:32；約4:27（可能也是），[31] 6:22，8:27，9:8；徒3:10，17:3。

---

[31] 約4:27的不完成時態在一個表達「因為」功能的 ὅτι 子句之後，最好當作是 progressive（請參見太14:5；可6:34，9:38；路4:32，6:19，8:37，9:53，19:3、4；約3:23，5:16、18；7:1，9:22，16:4，18:18，19:20、42；徒2:6，4:21，6:1，10:38；約壹3:12；啟17:8，18:23）。幾個最近的譯本將這裡的 ὅτι 子句視為有宣布內容的功能，而翻譯 ἐλάλει 為 progressive imperfect（如 ASV，RSV，NRSV；另外 NIV，JB，NEB 也接近於此：他的門徒「非常驚訝地發現他正在與一位婦女說話」）。這可能是因為 ἐθαύμαζον 是及物動詞（參可15:44；路7:9，11:38；約3:7，5:28；徒7:31；加1:6；猶16），在這裡 ὅτι 引進一個直接受詞。儘管如此，θαυμάζω 卻也經常性地作不及物動詞（參太8:10、27，9:33，15:31，21:20，22:22，27:14；路1:63；徒13:41）。附帶說一下，KJV（「在這個時候，門徒來了，很驚訝於他曾與這位婦女說話。」）犯了好幾個句法的錯誤：ἐθαύμαζον 被視為彷彿是簡單過去、ὅτι 子句被視為是表達內容、ἐλάλει 被當作是簡單過去時態、且被限定在間述句內、而 μετὰ γυναικός 被當作是指著特定對象）。更多的討論，請見以下「語氣：直說語氣」裡的「῞Οτι 子句」這個章節。

簡單過去時態

用法綜覽

參考書目

BDF, 169-75 (§329, 331-35, 337-39); **Burton**, *Moods and Tenses*, 16-31, 46-47, 52-53, 59-70 (§35-57, 98, 113-14, 132-51); **Fanning**, *Verbal Aspect*, 255-90, 325-416; **K. L. McKay**, *A New Syntax of the Verb in New Testament Greek: An Aspectual Approach* (New York: Peter Lang, 1994) 46-49; **idem**, "Time and Aspect in New Testament Greek," *NovT* 34 (1992) 209-28; **Moule**, *Idiom Book*, 10-13; **Porter**, *Verbal Aspect*, 163-244, 321-401; **idem**, *Idioms*, 35-39; **Robertson**, *Grammar*, 830-64; **F. Stagg**, "The Abused Aorist," *JBL* 91 (1972) 222-31; **Turner**, *Syntax*, 68-81; **Young**, *Intermediate Greek*, 121-26; **Zerwick**, *Biblical Greek*, 78-90 (§242-69).

簡介：基本意義

A. 觀點 (aspect) 和時間概念 (time)

1. 觀點：「快照」

簡單過去時態「從外在的觀點摘要式地呈現一個事件，並且視事件為一個整體，

不考慮其內部細節。」[1]

簡單過去時態與現在時態、現在不完成時態形成對比,後兩者將動作描繪為正在進行的過程。我們可以把簡單過去時態想成動作的快照,把現在不完成時態(如同現在時態)想成描繪動作逐漸展現的動畫。[2]以下的比喻也許可以幫助讀者明白這個差異:

> 假設我為一個在準備希臘文期中考的學生照相,並在照片下方加上這個標題「小明讀書準備期中考」。當你看到這張照片和這個標題,你所能確確實實陳述的是:小明讀書準備期中考。接著,你注意到小明面前的希臘文課本是打開的。你不能就此說:「因為這是一張照片,不是影片,所以小明只在照相的瞬間打開希臘文課本。」這個陳述也許是對的,但並不是一張照片所能告訴你的。你能確實知道的只有:小明面前的希臘文課本是打開的。你不能從一張照片知道他的課本翻開多久了;你不能分辨小明是持續讀了四個小時,還是斷斷續續地讀了八個小時;你也無法曉得他是讀得很好、考試及格,還是考試失敗。照片不能告訴你這些事情。照片這個形式本身不能告訴你這個動作是一次完成、還是規律地重複、還是過了很長一段時間才又發生。從這個粗糙的例子我們了解,如果有人說:「因為是用照相的方式記錄小明唸書,而不用影片的方式記錄,所以小明的唸書時間一定很短。」那他一定是個傻子。

2. 時間概念

在*直說語氣中*,以說話者所處的時間(絕對時間)為準,簡單過去時態通常指

1　Fanning, *Verbal Aspect*, 97. Cf. also McKay, "Time and Aspect," 225.

2　把簡單過去時態視為一種尚未清楚定義的時態、或視為一種摘要式的時態,是有差異的;雖然這兩種看法彼此密切相關。我們認為簡單過去時態有用於概述、摘要。因此,它並不是一種尚未清楚定義、沒有特徵的時態。也就是說,簡單過去時態並不必然是「預設」的時態(當一個人沒理由用其他時態的時候,才使用的時態)。似乎關鍵是在時態和語氣合併的結果(tense-mood combination)。在直說語氣之外,簡單過去時態都還是有其特性的(就統計而言,現在時態這一點和它差不多)。
不過,在直說語氣時(至少在敘述文學中),簡單過去時態的功能的確如此。現在不完成時態、(historical) present(〔描述一個過去已經發生的事件的〕現在時態)、完成時態、過去完成時態也都會用在敘述文體裡。但簡單過去時態是最常見的。因此,我們適合用「過去某一個動作的瞬間成像」這個類比,讓學生瞭解簡單過去時態的基本觀點。

*過去的*時間。簡單過去分詞通常表示比主要動詞*更早的*時間（也就是說，*相對意義上的過去*）。當然也有例外的狀況，但那是因為其他語言學特徵的競爭干擾（請看下文）。

在直說語氣和分詞語氣之外，時間概念並非簡單過去時態的特徵。[3]

過去	現在	未來
•		

圖表68

簡單過去時態直說語氣的功能

B. 解凍簡單過去時態：上下文和語彙素的角色

簡單過去時態並非總是僅僅用於概述、摘要。當簡單過去時態與其他語言學特性（像是語彙、上下文）並置時，常常變得更加豐富。

例如，有些動詞只適於某種時態。如果要講一個「表達起始*端點*」(intrinsically *terminal*) 的動作（像是找到、死掉、生出），能用的時態就大幅減少。例如，我們不會說：「他正在找到他的書。」一般而言，這種狀況就不適合使用現在不完成時態。[4]

另一方面，如果想要敘述一種在本質上不改變的*狀態*（像是我有、我住），簡單過去時態往往就不適用了。的確，以簡單過去時態來表達這類狀態性動詞 (stative verbs) 時，大多數都是要強調：*進入這個狀態*。[5]

重點是，說話者在決定使用哪種時態的時候，往往是按著他所要描述的動作來決定。有時候，他所選用的時態是唯一能用來表達的。有三個主要的決定性要素：動詞的字典意思（例如，動詞的字根意味著一個終端或是點狀的動作、還是一個狀態……等等）；上下文；其他文法要素（語態、語氣、及物不及物……等等）。[6] 而這也就是觀點和 *Aktionsart* 的不同：觀點是時態的基本意義，不受語調、言詞考量的影響，而 *Aktionsart* 是作者在使用這個時態的時候，在某種特殊的語調下，受到

3　間述句 (indirect discourse) 中的簡單過去不定詞，不在此規則之內。這是因為這類的簡單過去時態*代表直述句中的直說語氣*。見「語氣」的章節。

4　例如，在新約中 εὑρίσκω 以簡單過去直說語氣出現七十一次，以現在不完成直說語氣出現只有四次，而且這四次全都是慣用語。

5　Fanning, *Verbal Aspect*, 137。亦可見我們在「時態：簡介」這一章節的討論。

6　在這個領域的主要研究工作，請見 Fanning, *Verbal Aspect*, especially ch. 3: "The Effect of Inherent Meaning and Other Elements on Aspectual Function," 126-96。他的觀點繼承了「字彙意義是主要的影響要素」的看法 (126)。關於這個主題，他的資料很有幫助 (127-63)。

其他語言特性影響後的意思。

在任何情況下，簡單過去時態的用法都取決於它與其他語言特徵的結合。

C. 簡單過去時態的濫用：將鐘擺盪回原位

處理簡單過去時態，需要避開兩個錯誤：說得太少，以及說得太多。

第一，對於簡單過去時態，有些人*說得太少*。他們假定簡單過去時態只具有「不受影響的意涵」。這樣的人沒有了解到，簡單過去時態（如同其他時態）並不存在於真空狀態。不同類別的用法之所以合法，是因為時態與其他語言學的特徵結合，形成了各樣不同的意義、用法。[7]

第二，許多研讀新約的學生，視某一類的特殊用法的類別 (*Aktionsart*) 優先於整個時態的用法（觀點）。這就犯了說得太多的錯。宣稱「簡單過去時態就是在講某個『一次做過，永遠有效』的行動」就屬於這類。的確，簡單過去時態在某些特定狀況下，會用來描述一個（實際上的）瞬時的事件。但我們若說這是簡單過去時態的「不受影響的意涵」，就很危險了。因為這會導致我們刻意地把這個意義強加於經文之上，然後忽視那些與我們的想法不合的例子（這些例子遍布在新約的每一章當中），並大聲宣布那些支持我們的想法的例子。[8]

特定用法

→ *I. 單純的過去 (Constative, Complexive, Punctiliar, Comprehensive, Global Aorist)*

A. 定義

一般而言，這種簡單過去時態把某個行動視為*一個整體*，並不探究其內在行動的運作；並以摘要的方式表達，不特別強調行動的開始或結束。到目前為止，這是最常見的簡單過去時態用法，特別在直說語氣時。

---

7   Stagg 的看法有點以偏概全。在他的著作 "Abused Aorist" 中，他認為在很多地方，簡單過去時態只具有「不受影響的意涵」。在這方面，更極端的是 C. R. Smith, "Errant Aorist Interpreters," *GTJ* 2 (1980) 205-26。

8   Stagg, "Abused Aorist," 做了一些初步工作，以解除這個「一次做成、永遠有效 (once-for-all) 概念」的迷思。不幸的是，注釋家和牧師們仍在重複這個錯誤，在 Stagg 的論文發表之後，至今超過二十年了，他們卻仍在說這類話，像是：「簡單過去時態*意謂著*瞬間成像的動作」、或是「簡單過去時態*指出*一個『一次做成、永遠有效』的概念。」

　　〔單純的過去〕的簡單過去時態 (Constative aorist) 涵蓋許多動作。這些事件可能性質上是反覆的、持續的、瞬間的。但是簡單過去時態並不會告訴你這些訊息，[9] 它只強調所發生的事實，而非性質。

B. 例子

太8:3 　　**ἐκτείνας** τὴν χεῖρα **ἥψατο** αὐτοῦ

　　　　耶穌伸手摸他

約1:21 　**ἠρώτησαν** αὐτόν, Τί οὖν; Σύ Ἠλίας εἶ;

　　　　他們又問他說：「這樣，你是誰呢？是以利亞嗎？」

約4:20 　οἱ πατέρες ἡμῶν ἐν τῷ ὄρει τούτῳ **προσεκύνησαν**

　　　　我們的祖宗在這山上禮拜

徒9:40 　**ἤνοιξεν** τοὺς ὀφθαλμοὺς αὐτῆς, καὶ **ἰδοῦσα** τὸν Πέτρον **ἀνεκάθισεν**

　　　　她就睜開眼睛，見了彼得，便坐起來。

羅5:14 　**ἐβασίλευσεν** ὁ θάνατος ἀπὸ Ἀδὰμ μέχρι Μωϋσέως

　　　　然而從亞當到摩西，死就作了王

林後11:24 πεντάκις τεσσεράκοντα παρὰ μίαν **ἔλαβον**

　　　　被猶太人鞭打五次，每次四十減去一下

啟20:4 　**ἐβασίλευσαν** μετὰ τοῦ Χριστοῦ χίλια ἔτη

　　　　與基督一同作王一千年

　　　　「一千年」讓我們曉得，這個用簡單過去時態表達的動作，持續了一段很長的時間（持續性的）。但是，簡單過去時態只概述這個動作。簡單過去時態的功能不是告知讀者，他們統治了多久，而是他們統治的*事實*。

　　亦可參照太1:19；路4:43；徒12:23；羅1:13；林後11:25；來11:23。

→ II. 表達在過去某時刻才開始的動作 (Ingressive, Inceptive, Inchoative Aorist)

A. 定義

　　簡單過去時態可能用來強調開始一個動作的開始，或是進入一個狀態。不同於

9　討論到哪些字彙 (lexemes) 會用作〔單純的過去〕的簡單過去時態用法 (constative aorist) 的功能，見 Fanning, *Verbal Aspect*, 255-61。他把「表示最近」的簡單過去時態用法 (recent past) 包含在這個類別裡。我們已經把這個表達時間概念的類別與 constative aorist（單純的過去）區分開來，因為在一些情境裡，它有解經上的重要性（見下文）。

〔表達在過去某時刻才開始的動作〕的現在不完成時態 (ingressive imperfect)，簡單過去時態並不暗示這個動作會持續下去。動作是否持續，簡單過去時態並不說明。〔表達在過去某時刻才開始的動作〕的簡單過去時態 (ingressive aorist) 相當常見。

B. 釐清

這種用法通常限於兩類的動詞：(1) *狀態性動詞* (*stative* verbs)，用以強調進入*某個狀態*。(2) 也用在表示動作、行動的動詞，特別當這個動作在上下文中[10]被視為一個新的項目時。

許多簡單過去時態可能被視為〔表達在過去某時刻才開始的動作〕的簡單過去時態 (ingressive) 或是〔單純的過去〕的簡單過去時態 (constative)，這端賴解釋者認為焦點為何。在兩者之間，並非總是有一個不容變通的區隔。

C. 幫助辨認的關鍵字：開始做某事，成為

這種簡單過去時態的意思可以藉著以下的解釋闡明清楚：*開始一個新的動作*（連接著動作）、*成為*（與表達狀態的動詞連用；提醒：現在不完成時態的概念則是開始一個新的狀態／動作 (*began doing*)，並意味著持續該行動）。

D. 例子

太9:27　**ἠκολούθησαν** αὐτῷ δύο τυφλοί

　　　　有兩個瞎子*開始*跟著他。

　　　　接下來的經文幫助我們辨明這是一個〔表達在過去某時刻才開始的動作〕的簡單過去時態用法 (ingressive)，因為那兩個瞎子持續跟隨耶穌。

太22:7　ὁ δὲ βασιλεὺς **ὠργίσθη**

　　　　王*就*大怒

約4:52　κομψότερον **ἔσχεν**

　　　　（他就問什麼時候）*見好*的

林後8:9　δι᾽ ὑμᾶς **ἐπτώχευσεν** πλούσιος ὤν, ἵνα ὑμεῖς τῇ ἐκείνου πτωχείᾳ **πλουτήσητε**

　　　　他本來富足，卻為你們*成了*貧窮，叫你們因他的貧窮，可以*成為*富足。

啟20:4　**ἔζησαν** καὶ Εβασίλευσαν μετὰ τοῦ Χριστοῦ χίλια ἔτη

　　　　他們*就復活*，與基督一同作王一千年。

　　　　第一個簡單過去時態是〔表達在過去某時刻才開始的動作〕的簡單過去時態用

10　相似看法可見 Fanning, *Verbal Aspect*, 261-63。

法 (ingressive)；第二個則是〔單純的過去〕的簡單過去時態用法 (constative)。

亦可參照太9:18；路15:32；約10:38，11:31，13:5；徒15:13；羅14:9；林前4:8；多2:12；彼前2:24；啟2:8，13:14。

→ III. 簡述、綜論一個已經結束的動作 (Consummative, Culminative, Ecbatic, Effective Aorist)

A. 定義

這種簡單過去時態在強調停止一個動作或狀態。某些動詞，按著他們的*字彙*意思，本質上就歸於這種用法。[11] 例如說，「他死了」通常不會是個〔表達在過去某時刻才開始的動作〕的概念 (ingressive idea)。有時候，上下文也會幫助讀者確認這種用法：它先暗示一個動作已經在進行了，然後以一個簡單過去時態結束這個動作。這不同於〔用以強調一個過去的行動所具有的影響〕的完成時態 (consummative perfect)，因為後者強調的是 (a) 完成一個動作，而不只是停止；[12]此外，後者還特別強調 (b) 完成這動作之後持續的效果。

B. 例子

可5:39 *τὸ παιδίον οὐκ ἀπέθανεν ἀλλὰ καθεύδει*

孩子還沒死，是睡著了。

許多現代的譯本翻作「孩子不是死了，是睡著了。」而這裡整段敘述的重點就是要達至這個結論。在這句話中，簡單過去時態和現在時態的差別是很清楚的：她的生命並非告終（簡單過去時態），乃是要繼續下去的（現在時態）。

路19:16 *παρεγένετο* δὲ ὁ πρῶτος λέγων ......

頭一個上來，說……

Παραγίνομαι 是個富有字彙色彩的動詞，幾乎總是具有〔簡述、綜論一個已經結束的動作〕的功能 (consummative force)。這個字在新約中出現三十七次，而其中三十三次都是簡單過去時態。而以現在時態出現的三次都屬於〔描述一個

---

11 Fanning 注意到它與表示高潮、完成、活動、精確的概念的動詞一起出現 (*Verbal Aspect*, 263-64)。

12 雖然按照慣例，〔簡述、綜論一個已經結束的動作〕的簡單過去時態用法 (consummative aorist) 暗示完成了了的動作，但這更是因為語彙的干擾 (lexical intrusion)，而非因為時態的文法功能，儘管因為簡單過去時態基本上將動作*視為一個整體*，它不會遠離其核心的性質、將簡單過去時態視為摘要、且作了結論 (summarizing and concluding)。

過去〔已經發生〕的事件〕的現在時態 (historical presents)（這種用法在觀點上等同於簡單過去時態〔參照太3:1、13；可14:43〕）。唯一一次不同的，是現在不完成時態，屬於〔表達在過去持續了一段時間的重複動作〕的現在不完成時態 (iteratively/distributively)（約3:23——眾人都去受洗 (παρεγίνοντο)）。

約1:42　**ἤγαγεν** αὐτὸν πρὸς τὸν Ἰησοῦν

他領他到耶穌面前。

徒5:39　**ἐπείσθησαν** αὐτῷ

公會的人聽從了他

啟5:5　**ἐνίκησεν** ὁ λέων ὁ ἐκ τῆς φυλῆς Ἰούδα

猶大支派中的獅子……他已得勝

約2:20　τεσσεράκοντα καὶ ἓξ ἔτεσιν **οἰκοδομήθη** ὁ ναὸς οὗτος

這殿是四十六年前造成的

許多文法學家將之列為〔單純的過去〕的簡單過去時態用法 (constative aorist)，若歸於這類，就應該翻譯為「這殿是（用了）四十六年才造成的。」[13]

我們通常認為 ναός 指的是希律聖殿殿區。約瑟夫指出，希律聖殿殿區要到 Albinus 擔任巡撫時 (A.D.62-64) 才完工。當耶穌說這段話的時候（約2:20），工程仍在進行。這樣說來，這句話的意思就是「聖殿的建造工程已經進行了四十六年。」然而，這個說法有幾個問題，包括約翰福音中 ναός 的意思、此處的間接受格所指的時間、還有此處的簡單過去時態的用法。而這簡單過去時態的功能*也許*會影響到釘十字架的日期。[14]

第一，新約在使用 ἱερόν 和 ναός 時，通常會加以區隔。ἱερόν 指的是希律聖殿殿區（包括外邦人院），而 ναός 指的只有聖所區 (the holy place or sanctuary proper)。[15]如果約翰福音2章20節也採用這樣的區分，那麼簡單過去時態 οἰκοδομήθη 所指的，就只有聖所區。值得注意的是，聖所區在主前十八年至十七年間就完成了。[16]從這個時間點算起，四十六年後就是主後二十九至二十年。

13　E.g., Robertson, *Grammar*, 833; Dana-Mantey, 196 (§180); Moule, *Idiom Book*, 11; Young, *Intermediate Greek*, 123.

14　見 H. W. Hoehner, *Chronological Aspects of the Life of Christ* (Grand Rapids: Zondervan, 1977) 38-43, 有一段討論，牽涉到釘十字架的日期。

15　見 BAGD, s. v. ἱερόν ναός。雖然他們舉出五個明顯是用 ναός 來表示整個建築物的例子，但其中兩處是約 2:20 在對觀福音書的對照經文，出現在受難週。但約翰使用 ἱερόν 十次，全都是籠統的用法（2:14、15；5:14；7:14；7:28；8:20、59；10:23；11:56；18:20）。而當他使用 ναός 時，都只限制在這段經文裡（2:19、20、21）。Hoehner, *Chronological Aspects*, 40-41, 指出 Josephus 也作了相同的區分。

16　見 Hoehner, *Chronological Aspects*, 38-40的討論。

第二，這裡的間接受格 (τεσσεράκοντα καὶ ἓξ ἔτεσιν) 最自然的用法是指某個時間點，而不是一段時間。[17]而這也與聖所區完成的時間相符（在四十六年前〔某個時間點〕建造）。

第三，要用簡單過去時態來表達一個仍在進行中的動作（聖殿已經〔進行〕建造四十六年了）仍有困難。使用現在不完成時態會顯得自然的多，[18]但並不需要。[19]這些證據都指向，視簡單過去時態為〔簡述、綜論一個已經結束的動作〕的簡單過去時態用法 (consummative) 會顯得更自然。若真是如此，而且此事發生在耶穌傳道的第一年（如同約翰福音2章所說的），那耶穌釘十字架的時間很可能就是三年後，也就是公元三十三年。[20]

17　間接受格通常指的是某個時間點（參閱本書關於間接受格的討論），雖然用於 ἔτος 的時候，有可能用來表示「一段時間」。BAGD 就認為本段經文和徒 13:20的ἔτος，是以間接受格表示「一段時間」（新約中，只有這兩處經文是 ἔτος 以間接受詞出現，而且沒有與介係詞連用的〔在路 3:1中與 ἐν 連用〕）。對於後一節經文的判斷，他們是正確的，但用在約2:20卻是有問題的。

在七十士譯本中，ἔτος 的間接受格通常指的是某個時間點：創 14:4；出 21:2；40:17；利 19:24；25:4；民 13:22（與約 2:20平行的有力經文——「原來希伯崙城被建造／完成〔簡單過去時態 ᾠκοδομήθη；某個時間點〕比埃及的瑣安城早七年」）；王上 6:1；22:41；王下 18:13；王下 23:23；代下 35:19；以斯拉二書 1:20；5:54；斯 2:16；瑪加比書二書 13:1；14:4；該 1:15；但 9:2。

另一方面，關於使用間接受格來指一段時間，我們也可以找到約 2:20的平行經文，王上 7:38（「所羅門為自己建造宮室，十三年方才造成〔簡單過去時態〕」）。然而，這節經文其餘的部分說到「最後他完成了這整座建築」(RSV)。這樣看來，雖然這裡是表示一段時間，但簡單過去時態的功能卻不是表達一段時距、或內在的觀點 (not durative or internal)。在七十士譯本中，這是唯一一處用 ἔτος 的間接受格表示一段時間的例子。

18　L. Morris, *The Gospel According to John* (NICNT) 200, n. 81, 他覺得「要把這種〔簡單過去〕時態應用到許多年來都尚未完成的建築，並不容易。」他指出重要的平行經文，在拉5:16（ἀπὸ τότε ἕως τοῦ νῦν ᾠκοδομήθη καὶ οὐκ ἐτελέσθη〔這殿從那時直到如今（在過程中）尚未造成〕）。

19　Fanning, *Verbal Aspect*, 257-58.

20　這是 Hoehner, *Chronological Aspects*, 38-43的論點。為了確實性的緣故，他的觀點不只建立在一處經文之上。他的主要論點包括了來自許多證據的線索（95-114）。

然而，要用約 2:20來論證釘十字架的日子有兩個問題。第一，如果這個簡單過去時態屬於〔簡述、綜論一個已經結束的動作〕的簡單過去時態用法 (consummative)，那這個立場表達了什麼呢？要說「這座聖殿已經建立四十六年了，你現在卻要在三日之內將它重建？」，這樣的理解顯然不合理 (non sequitur)，也不像它第一眼所給人有分量的理解。它所要表達的是個隱含的理解：「若是這座聖殿在這裡已經建立四十六年了，它是已經完工了。那麼耶穌怎麼還可能在在三日之內將它重建呢？」。因此，這句話的原意可能是「這座聖殿已經持續建築四十六年了。」第二個問題是看這段經文會不會是更動了時序來陳述。潔淨聖殿的動作在對觀福音中，是發生在受難週。如果這裡所指的是同一件事，那麼這裡這個簡單過去時態作 consummative aorist 來理解，就更加*證實*釘十字架的日期是在主後三十年。

亦可參照太1:22，27:20；徒17:27，27:43；羅1:13；林前4:6；彼前3:18。

IV. 用以表達一個格言的內容 (Gnomic Aorist)

A. 定義

簡單過去直說語氣有時會用來表達一個不具時間性 (timeless) 的一般事實。[21]在這種情況下，它指的就不是一個*曾經*發生過的事件，而是一個*確定*會發生的一般性事件。在翻譯時，通常可以視之為一個單純的現在時態 (simple present tense)。[22]這種用法在新約中相當罕見。

B. 釐清

Robertson 認為：「〔用以表達一個格言的內容〕的簡單過去時態用法 (gnomic aorist) 與現在時態的不同在於，現在時態可能有持續性。」[23]但這種簡單過去時態，在特定的狀況下，會用於實際上會反覆出現或是習慣性的動作。[24]

C. 例子

太23:2　　ἐπὶ τῆς Μωυσέως καθέδρας **ἐκάθισαν** οἱ γραμματεῖς καὶ οἱ Φαρισαῖοι

文士和法利賽人坐在摩西的位上

有些人視之為〔戲劇性的〕簡單過去時態用法 (dramatic aorist)，也許是歸因於閃語文化的影響。[25]

彼前1:24　　**ἐξηράνθη** ὁ χόρτος, καὶ τὸ ἄνθος **ἐξέπεσεν**

草必枯乾，花必凋謝

亦可參照路7:35；雅1:11。

21　一些文法學家沒有在新約中看到這種用法（如 Moule, *Idiom Book*, 12-13）。

22　討論到〔用以表達一個格言的內容〕的簡單過去時態用法(gnomic aorist)，是假定直說語氣的簡單過去時態是有表達時間意涵的文法功能，見 Fanning, *Verbal Aspect*, 265-69。但假定「希臘文的時態不會有表達時間意涵的文法功能」的論點，見 Porter, *Verbal Aspect*, 221-25。

23　Robertson, *Grammar*, 836.

24　從這個角度看，它與〔表達一個習慣性動作〕的*現在時態*用法 (customary present) 沒有太大的差異，但與〔表達在過去持續了一段時間的習慣動作〕的現在*不完成時態*用法 (customary imperfect) 非常不同。〔用以表達一個格言的內容〕的簡單過去時態用法 (gnomic aorist) 不是用來描述一個「過去時常發生」的事件（這是現在不完成時態所描述的），而是描述一個在一段很長的時間裡、「會發生」的事件，或是像現在時態所傳達的，*確實會發生*的事件。

25　同樣參見 Fanning, *Verbal Aspect*, 278。

V. 用以表達一封書信的內容 (Epistolary Aorist)

A. 定義

在書信中，作者使用這種簡單過去直說語氣，來表達他是有意識地從讀者的時間觀點，來書寫這封信。πέμπω 的簡單過去直說語氣，在本質上就屬於這類。這類用法不常見，但在解經上具有重要性。

B. 例子

徒23:30   ἐξαυτῆς **ἔπεμψα** πρὸς σέ

我就立時解他到你那裡去

這段關於解送保羅的聲明，是在克勞第·呂西亞寫給巡撫腓力斯的信件中（參25-26節）。而31節指出，寫完信之後士兵才把信件和保羅解送給巡撫腓力斯。

加6:11   ἴδετε πηλίκοις ὑμῖν γράμμασιν **ἔγραψα** τῇ ἐμῇ χειρί.

請看我親手寫給你們的字是何等的大呢！

有些人不認為這是〔用以表達一封書信的內容〕的簡單過去時態用法 (epistolary aorist)，並認為它所指的是先前的段落。然而，從抄寫的慣例我們得到豐富的證據（古代書記的慣例是，他們會寫下作者的口述），顯示這句話是保羅親自加上的附註。[26] 然而，卻很難斷定，到底是什麼時候保羅從書記的手裡拿過筆來自己寫。[27]

腓2:28   **ἔπεμψα** αὐτόν

所以我就越發急速打發他去

想當然爾，這裡的簡單過去時態是讀者的時間角度。因為以巴弗提，這位被打發去的人，正是帶著這封信去給腓立比教會的人。

亦可參照林前9:15；[28] 林後8:17、18、22，9:3、5；弗6:22；門12。

還有一些麻煩的經文。在這些經文中出現的簡單過去時態可能是指作者*現在*撰寫的部分（這樣，就屬於〔用以表達一封書信的內容〕的簡單過去時態用法 (epistolary)；也可能是指全封書信；或者，指的是作者剛剛寫完的部分（這樣，就屬於〔用以表達剛才發生的事〕的簡單過去時態用法 (immediate past aorist)；事實

---

26   見 R. N. Longenecker, "Ancient Amanuenses and the Pauline Epistles," in *New Dimensions in the New Testament Study* (Grand Rapids: Zondervan, 1974) 281-97。關於加 6:11的討論在289-91。

27   同上，290頁。Longenecker 認為保羅只寫了 vv 11-18。

28   也許是指同一封信前面的部分（這樣，就屬於〔用以表達剛才發生的事〕的簡單過去時態用法 (immediate past aorist)）。

上，有時候它可能指的是之前寫成的書信。在這方面，有好些經文例子（有明顯的解經暗示），參考羅15:15；林前5:9；弗3:3；門19；約壹2:21。

VI. 用以表達一個使預言／預期成就的行動〔用以表達未來事件〕(Proleptic, Futuristic Aorist)

A. 定義

這種簡單過去*直說語氣*能把一個尚未告終的事件，描述成已經完成的樣子。這種用法並不常見，雖然有幾處重要經文（在解經方面）可能含有這種用法。

B. 釐清

為了強調某件事的確定性，作者有時會使用簡單過去時態來表達未來的事。這樣是以「修辭性的轉化」來描繪一個未來的事件，好像已經過去的事件。[29]

C. 例子

可11:24　πάντα ὅσα προσεύχεσθε καὶ αἰτεῖσθε, πιστεύετε ὅτι **ἐλάβετε**, καὶ ἔσται ὑμῖν.[30]

凡你們禱告祈求的，無論是什麼，只要信是*得著的*，就必得著。

約13:31　λέγει Ἰησοῦς· νῦν **ἐδοξάσθη** ὁ υἱὸς τοῦ ἀνθρώπου καὶ ὁ θεὸς **ἐδοξάσθη** ἐν αὐτῷ.

耶穌就說：「如今人子*得了榮耀*，神在人子身上也*得了榮耀*。」

羅8:30　οὓς δὲ ἐδικαίωσεν, τούτους καὶ **ἐδόξασεν**

所稱為義的人又叫他們*得榮耀*。

從保羅的觀點來看，這些被稱為義的人得著榮耀，就像是已然成就的事一般。

啟10:7　ὅταν μέλλῃ σαλπίζειν, καὶ **ἐτελέσθη** τὸ μυστήριον τοῦ θεοῦ[31]

但在第七位天使吹號發聲的時候，神的奧祕*就成全了*。

亦可參照太18:15；約15:6；林前7:28；來4:10；猶14。

29　Fanning, *Verbal Aspect*, 269。見他在269-74頁的討論。

30　最常出現在抄本中的，並不是簡單過去時態 ἐλάβετε。大部分的抄本是現在時態 λαμβάνετε (so A F G K U V X Y Γ Σ Ω *f*[13] 28 33 543 *Byz et plu*)；其他的則是未來時態 λή(μ)ψεσθε（D Θ *f*[1] [22] 205 544 565 700 *et pauci* 亦同）。這些經文資料顯明了〔用以凸顯預言的特徵〕的簡單過去時態用法 (proleptic aorist) 及其語意功能都很少見。

31　簡單過去直說語氣 ἐτελέσθη 出現於 ℵ A C P 和其他一百處抄本。其他六種變化，則出現在其餘的抄本中，最值得注意的是 τελεσθῇ 和 τελέσθει。

有可能而又具有爭議性的例子，參照太12:28；[32] 弗1:22 (ὑπέταξεν)，2:6 (συνεκά θισεν)；帖前2:16。

VII. 用以表達剛才發生的／戲劇性的事 (Immediate Past Aorist/Dramatic Aorist)

A. 定義

這種簡單過去直說語氣會用於剛剛發生的事件。可以用*現在*、*剛才*來表示其意，例如：*我剛剛才告訴你*。這種用法可能受到字彙意思的影響（發生在關於*情緒*、*理解*的動詞），但更多時候，它是由於閃族語言的影響，反映出閃語表達狀態的完成時態 (semitic stative perfect)。[33]有時候，這種簡單過去時態也會叫人難以分辨它所指的是剛才發生的事，還是現在發生的事（戲劇性）。[34]

B. 例子

太9:18 　ἄρχων εἷς ἐλθὼν προσεκύνει αὐτῷ λέγων ὅτι ἡ θυγάτηρ μου ἄρτι **ἐτελεύτησεν**

　　　　有一個管會堂的來拜他，說：「我女兒**剛才死了**。」

太26:65 　ἴδε νῦν **ἠκούσατε** τὴν βλασφημίαν

　　　　這僭妄的話，現在你們都聽見了。

弗3:3 　καθὼς **προέγραψα** ἐν ὀλίγῳ

　　　　正如我以前略略寫過的

　　　　作者在此處要講的是關於上帝給他的啟示，也就是猶太人與外邦人和好，成為一個新人的道理。因此這裡的簡單過去時態所指的，很可能是他在2章11-22節所寫的，而非更早以前的另一封不知名的書信。

亦可參照太3:17（可能），6:12；可1:8；路1:47，16:4；約21:10；啟12:10（可能）。

32　如果〔用以凸顯預言的特徵〕的簡單過去時態用法 (proleptic aorist) 有時受到字彙意思的影響，出現在太 12:28和帖前 2:16的簡單過去時態 φθάνω 就可能是重要的。

33　Fanning, *Verbal Aspect*, 275-6（完整的討論則見275-81）。

34　Fanning 把這兩類區分開來，他視前者為〔單純的過去〕的簡單過去時態用法 (constative aorist) 的一個子類，而稱後者為〔戲劇化〕的簡單過去時態用法 (dramatic aorist)。

未來時態

綜覽

參考書目

BDF, 178-79 (§348-51); **Burton**, *Moods and Tenses*, 31-37 (§58-73); **Fanning**, *Verbal Aspect*, 120-24, 317-18; **K. L. McKay**, *A New Syntax of the Verb in New Testament Greek: An Aspectual Approach* (New York: Peter Lang, 1994) 52; **idem**, "Time and Aspect in New Testament Greek," *NovT* 34 (1992) 209-28; **Moule**, *Idiom* Book, 10; **Moulton**, *Prolegomena*, 148-51; **Porter**, *Verbal Aspect*, 403-39; **idem**, *Idioms*, 24, 43-45; **Robertson**, *Grammar*, 870-79; **Turner**, *Syntax*, 86-87; **Young**, *Intermediate Greek*, 117-19; **Zerwick**, *Biblical Greek*, 93-96 (§277-84).

簡介

　　就*觀點*而言，未來時態似乎是從外部*觀點*來描繪一則事件、如同簡單過去直說語氣。[1]從外部觀點描寫乃是「*以摘要的方式呈現一件事，從外在將之視為一個整*

1　並非所有文法學者都同意這種（試驗性的）判定。第一，有些人認為未來時態的觀點有時是外部觀點、有時是內部觀點。其他人認為未來時態在觀點上是中性的，是真正「無記號」的時態。未來時態時態仍然是個謎，無關乎觀點。這是唯一一種時態總是關連到時間，不論語氣為何。從這方面來看，未來時態是個真正的*時態*。雖然它的型態無疑是從簡單過去時態來的（例如，注意第六主要部，這兩種時態〔簡單過去時態與未來時態〕的以主動和關身語態，都具備特有的 *sigma*、插入字母；而簡單過去假設語氣與未來時態直說語氣也很相似）。只在極少的情況，隱含有內部觀點的概念 (Moule, *Idiom Book*, 10)。

　　我們把未來時態視為一個真正的觀點且僅限於外部觀點的時態，是因著字型 (morphology) 和用法的基礎：表示它與簡單過去時態共享相同的觀點（正如現在不完成時態與現在時態共享相同的觀點、過去完成時態與完成時態共享相同的觀點）。這使未來時態成為一種摘要式的時態。進一步來說，就如簡單過去時態可以在某些*上下文*中，用以表示反覆、進行中、或持續性的行動，未來時態也就可以在類似的情況下使用。但是，也正如簡單過去時態在本質上不具有進行中或持續性的觀點，我們也不應強逼未來時態套用這種模式。如此推知，未來時

體，並不考慮其內部細節、構造。」[2]

至於*時間概念*，未來時態總是表達未來的事（以說話者的時間為準），當以分詞語氣出現時，則是指主當以分詞形式出現時，則是在主要動詞的時間以後動詞而言，在相對意義上的未來。

出現在新約中的未來時態有直說語氣、分詞語氣、不定詞語氣。在1623次的未來時態當中，只有十二次的分詞語氣和五次的不定詞語氣，其餘的都是直說語氣。[3]

一般來說，未來時態時態可以用下圖表達（兼顧到時間概念和觀點）：

過去	現在	未來
		·

圖表69

未來時態的功能

特定用法

→ I. 表達單純的未來 (Predictive Future)

A. 定義

未來時態所指的也許是將要發生、出現的某件事或人。是從外部觀點、摘要式地描寫一個行動：「將發生」。無疑地，〔表達單純的未來〕的未來時態用法

態的未受影響的意義，並不具有*內部的*描繪（關於這個議題最精彩的討論見 Porter, *Verbal Aspect*, 403-16。不過我們的結論並不相同〔他和 Fanning 一樣，認為未來時態在觀點上是中性的〕）。

不過，帶對等動詞（εἰμί等）的未來時態得另外處理。Fanning (*Verbal Aspect*, 317-18) 列出十一處這類的未來用法（用 εἰμί的未來時態直說加上現在時態分詞），其中一處異文出現在 D 抄本（太 10:22，24:9；可 13:13、25；路 1:20，5:10，21:17、24，22:69；徒 6:4〔在 D 抄本〕；林前14:9）。這些都具有內部觀點，但並不是因為未來時態本身，而是因為他們與*現在時態*分詞連結。

2 Fanning, *Verbal Aspect*, 97.

3 這十二次的未來時態分詞語氣出現於太27:49；路22:49；約6:64；徒8:27，20:22，22:5，24:11、17；林前15:37；來3:5、13:17；彼前3:13。五次的未來時態不定詞語氣則出現在徒11:28，23:30，24:15，27:10；來3:18。而這些經文，在時間概念上通通是指稱「在……之後」。

在本章裡，我們的討論將限制在直說語氣，因為非直說語氣的部分是可以忽略的。

在新約裡有一些未來時態假設語氣在新約的異文中（林前13:3），但在Koine Greek中並沒有這樣的例子。見我們在「假設語氣」的討論；亦可參照 *BDF* 15 (§28); Howard, *Accidence*, 219。

(predictive future) 是最常見的未來時態用法。

B. 例子

太1:21　**τέξεται** υἱόν, καὶ καλέσεις τὸ ὄνομα αὐτοῦ Ἰησοῦν· αὐτὸς γὰρ **σώσει** τὸν λαὸν
　　　　αὐτοῦ ἀπὸ τῶν ἁμαρτιῶν αὐτῶν.

　　　　她將要生一個兒子，你要給他起名叫耶穌，因他要將自己的百姓從罪惡
　　　　裡**救出來**。

　　　　這節經文含有三個未來直說語氣：第一個和第三個是〔表達單純的未來〕的未
　　　　來時態用法 (predictive)；而第二個 (καλέσεις) 是〔傳遞命令語氣的內容〕的未
　　　　來時態用法 (imperatival)「你要給他起名……」。

約4:14　ὃς δ᾽ ἂν πίῃ ἐκ τοῦ ὕδατος οὗ ἐγὼ **δώσω** αὐτῷ, οὐ μὴ **διψήσει**

　　　　人若喝我所賜的水就永遠不渴。

　　　　本節中的第二個未來時態也可視為強調對未來動作的勸阻 (emphatic negative
　　　　future)。簡單過去假設語氣通常會和 οὐ μη 一起出現，而未來直說語氣有時也
　　　　會如此。不過，在這個例子中，它也具有〔表達單純的未來〕的未來時態用法
　　　　(predictive) 的功能。

徒1:8　**λήμψεσθε** δύναμιν ἐπελθόντος τοῦ ἁγίου πνεύματος ἐφ᾽ ὑμᾶς καὶ **ἔσεσθέ** μου
　　　　μάρτυρες

　　　　但聖靈降臨在你們身上，你們就**必得著**能力，並要……**作我的見證**。

　　　　第二個未來時態也許是〔遞命令語氣的內容〕的未來時態用法 (imperatival)。

徒1:11　οὗτος ὁ Ἰησοῦς ...... **ἐλεύσεται**

　　　　他還要怎樣**來**

腓1:6　ὁ ἐναρξάμενος ἐν ὑμῖν ἔργον ἀγαθὸν **ἐπιτελέσει** ἄχρι ἡμέρας Χριστοῦ Ἰησοῦ

　　　　那在你們心裡動了善工的，**必成全**這工，直到耶穌基督的日子

　　　　在這裡，作者先使用簡單過去時態 (ἐναρξάμενος)，再於結尾處使用未來時態 (ἄ
　　　　χρι)，似乎會使我們認為此處的未來時態表示了一個進展的概念。但是未來時
　　　　態本身完全沒有這樣的意思。[4]

帖前4:16　οἱ νεκροὶ ἐν Χριστῷ **ἀναστήσονται** πρῶτον

　　　　那在基督裡死了的人**必先復活**

　　亦可參照可2:20，9:31；路2:12；加5:21；提前2:15；來6:14；彼後2:2；啟20:7。

4　ἄχρι 有時也用簡單過去時態表達，甚至放在表示進行概念的上下文中（例如徒3:21，22:4；
　　羅1:13；啟2:25）。但是文法學家卻一致同意簡單過去時態不會用來表示進行的概念。那麼
　　我們為何要對未來時態另眼相看？

II. 傳遞命令語氣的內容 (Imperatival Future)

A. 定義

未來時態直說語氣有時用來表示命令。這種情況幾乎總是出現在引用舊約的時候（因為新約作者逐字翻譯希伯來文經文）。不過，雖然不常見，但在古典希臘文也看得到這種用法。除了馬太福音，這種用法並不常見。[5]

B. 語意

〔傳遞命令語氣的內容〕的未來時態用法 (imperatival future) 的功能並非等同於命令式。一般而言，它具有普遍而永恆，而且（或者）慎重其事的意涵。[6] 其中一個原因是：絕大多數含有這種用法的新約經文，都是引用、摘錄自舊約，特別是摩西五經中的法律文獻。而摩西五經的誡命，在本質上就相當合於這種慎重的概念，因此自然地，會在新約中保留下來。但即使沒有舊約背景，〔傳遞命令語氣的內容〕的未來時態用法 (imperatival future) 的功能也是強調性的，這是與直說語氣和未來時態時態的功能並行。「它並非溫和的命令式。一則預告是暗示了不可抗拒的力量或者冷酷的漠不關心、強制或者特許。」[7]

C. 例子

太19:18 　οὐ **φονεύσεις**, οὐ **μοιχεύσεις**, οὐ **κλέψεις**, οὐ **ψευδομαρτυρήσεις**

不可殺人；不可姦淫；不可偷盜；不可作假見證。

太6:5 　Οὐκ **ἔσεσθε** ὡς οἱ ὑποκριταί[8]

不可像那假冒為善的人

這個例子是一個非引用舊約的〔傳遞命令語氣的內容〕的未來時態用法 (imperatival future)。

5　更為簡潔的討論，見 *BDF*, 183 (§362)。

6　這不是說命令語氣不會這樣用，只是說它不會像未來時態直說語氣那樣清楚強調。命令語氣被用於這類命令的證據，可藉由對觀福音的平行經文（當一卷福音書用命令語氣時，其他平行福音書經文則用未來時態直說語氣來表示）以及異文（一些抄本使用命令語氣，另外的抄本則使用未來時態直說語氣）的對比顯示出來。

7　Gildersleeve, *Classical Greek*, 1.116 (§269).

8　大部分的抄本是單數形式 ἔση，但這並不影響所討論的文法重點。

太20:27　ὃς ἂν θέλῃ ἐν ὑμῖν εἶναι πρῶτος **ἔσται** ὑμῶν δοῦλος[9]

　　　　誰願為首，就**必作**你們的僕人。

太22:37　**ἀγαπήσεις** κύριον τὸν θεόν σου

　　　　你**要**盡心、盡性、盡意愛主──你的神。

彼前1:16　ἅγιοι **ἔσεσθε**, ὅτι ἐγὼ ἅγιός εἰμι[10]

　　　　你們**要**聖潔，因為我是聖潔的。

　　　　亦可參照太 1:21 (καλέσεις)，4:7、10，5:21、27、33、43、48，20:26，
　　　　21:3，22:39，27:4、24；可9:35；路1:31，17:4；徒18:15；羅7:7，13:9；
　　　　加5:14；雅2:8。

III. 用以提問問題 (Deliberative Future)

A. 定義

　　用以提問問題的未來時態用法 (deliberative future) 是要問一個對於對方的意見
暗含疑惑的問題。這樣的問題，以*第一人稱單數*或複數表達，通常會是*認知的*
(*cognitive*) 或是*意志性的* (*volitional*) 問題。認知的問題會問：「我們要如何⋯⋯？」
(How will we)，而意志性的問題則會問：「我們應該⋯⋯？」(Should we)。因此這
類問題的作用是表達「應然」──也就是：可能性、願望、必要性。比起未來直說
語氣，簡單過去假設語氣比較常用來詢問這種「用以提問問題」。[11]

B. 例子

可6:37　ἀγοράσωμεν δηναρίων διακοσίων ἄρτους καὶ **δώσομεν** αὐτοῖς φαγεῖν; [12]

　　　　我們要拿兩百個銀幣去買餅給他們吃嗎？

　　　　很多時候，用以提問問題的未來時態直說語氣 (deliberative future indicative) 應
　　　　該被視為「假設語氣」來翻譯。請留意此處的簡單過去假設語氣 (ἀγοράσωμεν)
　　　　與未來時態直說語氣是用 καί 連接。

9　命令語氣 ἔστω 出現在 B E G H S V X Γ Λ 28 892 1010 1424 *et alii*。

10　在 K P 049 1 1241 1739 *et alii*，以 γένεσθε 取代 ἔσεσθε；而在 L *Byz et alii* 則是 γίνεσθε。

11　見「語氣：假設語氣：提問性假設」的討論。

12　在 E F G H K S U V W Γ Θ Π Σ Ω *f*[1] 579 700 *Byz* 中，以簡單過去假設語氣 δῶμεν 取代 δώσομεν，
　　同樣地，簡單過去假設語氣取代 δώσομεν，同樣地，簡單過去假設語氣 δώσωμεν 則出現在 ℵ D
　　N *f*[13] 28 33 565 892 1424。

羅6:2 πῶς ἔτι **ζήσομεν** ἐν αὐτῇ; [13]

   我們在罪上死了的人豈可仍在罪中活著呢?

   保羅在這裡並非詢問一種可以在罪中生活的方法,他在講的是「應然」的問題。

來2:3 πῶς ἡμεῖς **ἐκφευξόμεθα** τηλικαύτης ἀμελήσαντες σωτηρίας;

   我們若忽略這麼大的救恩,怎能逃罪呢?

  亦可參照太17:17;羅3:5,6:1,9:14。

IV. 表達一個格言的內容 (Gnomic Future)

A. 定義

  這種未來時態幾乎都不是要表達將來可能會發生一個一般的事件。這種用法不是要指某個特殊事件,而是說這類事件在人生中真的會發生。「在 gnomic future(〔表達一個格言的內容〕的未來時態用法)中,這動詞所說的內容,總是真的。」[14]

B. 例子

太6:24 οὐδεὶς δύναται δυσὶ Κυρίοις δουλεύειν· ἢ γὰρ τὸν ἕνα **μισήσει** καὶ τὸν ἕτερον **ἀγαπήσει**, ἢ ἑνὸς **ἀνθέξεται** καὶ τοῦ ἑτέρου **καταφρονήσει**.

   一個人不能事奉兩個主;不是惡這個,愛那個,就是重這個,輕那個。

   在這裡,〔表達一個格言的內容〕的未來時態用法 (gnomic future) 意味著料想他會恨……料想他會愛……

羅5:7 μόλις ὑπὲρ δικαίου τις **ἀποθανεῖται**

   為義人死,是少有的

   保羅也可能會用現在時態來表達,然而未來時態更強調「可能性」。

羅7:3 ζῶντος τοῦ ἀνδρὸς μοιχαλὶς **χρηματίσει** ἐὰν γένηται ἀνδρὶ ἑτέρῳ

   所以丈夫活著,他若歸於別人,便叫淫婦[15]

---

13 在 𝔓⁴⁶ C F G L Ψ 33 81 1241 1464 *et alii*,以簡單過去假設語氣 (ζήσωμεν) 取代未來時態直說語氣。

14 Robertson, *Grammar*, 876.

15 Turner, *Syntax*,認為此處的未來時態直說語氣幾乎是〔傳遞命令語氣的內容〕的未來時態用法 (imperatival):*讓她被稱為* (86)。

V. 與設假設法動詞連用的諸多雜例 (Miscellaneous Subjunctive Equivalents)

有時候，「未來時態直說語氣」會用來表達一般都以「簡單過去假設語氣」表示的用法。這點我們已經在〔用以提問問題〕的未來時態用法 (deliberative future) 討論過了。其他的類別還包括「絕對的禁止」(emphatic negation) (οὐ μή +未來時態直說語氣〔約4:14〕)，ἵνα 子句（加2:4），以及「不定關係子句」(indefinite relative clauses)（可8:35）。見本書「假設語氣」的部分，討論了含有這類未來時態的經文。

完成時態與過去完成時態

用法綜覽

參考書目

BDF, 175-78 (§340-47); **Burton**, *Moods and Tenses*, 37-45, 71-72 (§74-92, 154-56); **Fanning**, *Verbal Aspect*, 290-309, 396-97, 416-18; **K. L. McKay**, *A New Syntax of the Verb in New Testament Greek: An Aspectual Approach* (New York: Peter Lang, 1994) 49-51; **idem**, "On the Perfect and Other Aspects in New Testament Greek," *NovT* 23 (1981) 290-329; **Moule**, *Idiom Book*, 13-16; **Moulton**, *Prolegomena*, 140-48; **Porter**, *Verbal Aspect*, 245-90, 321-401; **idem**, *Idioms*, 39-42; Ροβερτσον, *Grammar*, 892-910; **Turner**, *Syntax*, 81-86; **Young**, *Intermediate Greek*, 126-31; **Zerwick**, *Biblical Greek*, 96-99 (§285-91).

簡介

　　大多數的時候，完成時態和過去完成時態在觀點上是一致的，而在時間概念上則有所不同。他們都在陳述一件過去完成的事件（在直說語氣時），其造成的結果在之後仍然存在——用完成時態陳述時，結果存於現在，而過去完成時態陳述時，其結果則存留在過去。

　　完成時態與過去完成時態的觀點，有時被稱為*狀態的、結果的、完成的、或既是完成也是狀態的*。不管怎麼稱呼，它都結合了外部 (external) 與內部 (internal) 的觀點（就其未受影響的意義而言）：以外部的觀點（摘要地）呈現某個行動，而從這行動產生的結果則是以內部的觀點（連續的狀態）呈現。[1]

　　至於時間概念則會在討論每種時態時加以處理。

I. 完成時態

簡介

　　雖然討論完成時態的篇幅很簡短，但這個主題卻非常重要。我們很容易就能了解完成時態的基本用法，但是他們並非不重要。正如 Moulton 所指出的，「完成時態是所有希臘文時態中，在解經上最重要的時態。」[2]完成時態不像現在時態、簡單過去時態、未來時態、或是現在不完成時態那樣常見；當作者使用完成時態時，通常是作者有意地選擇。[3]

定義

　　完成時態的功能就是：當它描述一個過去完成的事件時（在此，我們講的是完成時態直說語氣），其結果仍存於現在（就說話者的時間而言）。或者，如 Zerwick 所說，完成時態「不是指某件過去的行動本身，而是指起因於過去行動的現今（事情的狀態）。」[4]

1　關於完成時態的意涵，學者們有起碼一致的共識（指著一個已完成的行動與產生的狀態），雖然在一些特點上，還保有不同的意見。例如，Mckay 認為完成時態乃是一種觀點，而 Fanning 則認為它包含了觀點、時間概念、以及 *Aktionsart* 等因素。

2　Moulton, *Prolegomena*, 140.

3　它出現了1571次：其中835次是直說語氣、673次是分詞；四十九次是不定詞；十次是假設語氣；還有四次是命令語氣（在新約中並沒有出現祈願語氣的完成時態）。

4　Zerwick, *Biblical Greek*, 96.

BDF 則認為完成時態「本質上包含了所謂的現在時態和簡單過去時態，指出了一個*已完成行動* (completed action) 的*連續性* (continuance)……。」[5]

而 Chamberlain 講得太過頭了，他認為完成時態有時用以「描述一個具有*持久效果的*行動。」[6] 這暗示了「完成時態*告訴你某件事發生了，並且*仍然*具有重要的*效果。」[7] 這樣的推論超越了文法的範疇，因此是誤導人的。在一些注釋書中有一種更誤導人的概念，認為完成時態指出*恆常的、永遠的*結果。這樣的宣稱就像有人說簡單過去時態就是指某個「一次做過，永遠有效」的行動，這類的含意都不是從「文法本身」、而是依據其他考量所做的判斷。我們必須要謹慎，別把自己的神學讀進句法 (syntax) 裡。

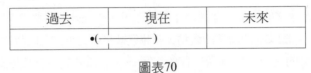

過去	現在	未來
•(——————)		

圖表70

完成時態的功能

注意：此符號（——）代表行動的*結果*

此圖表顯示完成時態可被視為簡單過去時態和現在時態的結合。它陳述一個完成的行動（簡單過去時態）具有現存的結果（現在時態）。而基本的問題就是：放在上下文中會比較強調哪一種觀點。

特定用法

完成時態的用法可分為三組：基準的 (normative) 用法、扁平的 (collapsed) 用法、特殊化 (specialized) 的用法。*基準的*用法兼具外部 (external) 和內部 (internal) 觀點，但在重要性上有些微的差異。而*扁平的*完成時態用法則是指那些因為上下文或字義的影響，而偏重於內部觀點 (internal) 或外部觀點 (external) 的用法。至於*特殊化*的用法是極為罕見，它是比扁平的完成時態、更為偏離基準的用法。

---

5   *BDF*, 175 (§340).

6   Chamberlain, *Exegetical Grammar*, 72 (italics mine).

7   Ibid. (italics mine).

➔ A. 用以強調一個先前行動所產生、直到如今仍然持續的結果／效果 (Intensive, Resultative Perfect)

1. 定義

這種完成時態用以*強調*一個先前行動所產生、直到如今仍然持續的結果／效果。翻譯時，英文的現在時態常是最適合的譯法。這種完成時態的用法很常見。

2. 注意

學習新約希臘文的學生，經過幾年研讀之後，往往瞭解希臘文文法勝於了解英文文法。結果，希臘文完成時態的觀點，有時就被移植到英文完成時態。也就是說，會傾向認為英文的完成時態強調現存的結果——一種外於英文文法的概念。正如 Moule 指出：「希臘文的時態關注於結果，而英文的時態則只關注於缺乏時間的間距。」[8] 所以，在把希臘文的完成時態翻譯成英文時，要注意不要總是翻譯成英文的完成時態。而當如此翻譯時，希臘文完成時態的意涵應該是〔用以強調一個過去的行動所產生的結果或效果〕的完成時態用法 (extensive)，〔用以強調一個過去的事件所具有的結果或效果〕的完成時態用法 (not intensive)。

值得注意的是，在希臘文完成時態的翻譯上，KJV 常常處理得比許多現代譯本好（別忘了 KJV 產生於英語的黃金時代、莎士比亞的年代）。例如，弗2:8 KJV 譯為「因為藉著恩典，你們得救了」(for by grace are ye saved)，而許多現代譯本（例如，RSV、NASB）則譯為「因為藉著恩典，你們已經得救了」(for by grace you have been saved)。然而，KJV 的譯者不如現代的譯者、對於帶有 εἰμί 動詞的完成時態有那麼好的掌握，但對於英文的掌握，卻似乎比現代譯者好。他們很清楚地意識到，如果把弗2:8譯成英文完成時態，就無法表達出得救這個行動所產生的狀態。[9]

3. 語意／辨認的關鍵

這種完成時態用法並不排除「完成的行動」的概念；不過，它的*焦點*在於「所產生的狀態」。所以，*狀態性*動詞 (*stative* verbs) 特別會用於這類用法。這類用法的

8　　Moule, *Idiom Book*, 13.

9　　在英文譯本中，英王欽定本 (KJV) 似乎比其他的現代譯本（例如 RSV），更常把完成時態譯為 resultative。例如，比較路1:1；約3:21、28；羅6:13，13:1；林後12:11；弗2:5、8；帖前2:4；門7；來10:10，12:11；彼前1:23；彼後3:7；啟18:24。若干例子肯定是過時的英文了（例如，"I am become a fool" 林後12:11）。

最佳翻譯是英文的*現在*時態（不過，許多完成時態的例子可能被視為 intensive 或
extensive）。以下的表格與前一個表格（完成時態未受影響的意義）的不同，在於
這裡的表格強調「結果的狀態」。[10]

過去	現在	未來
	·(——————)	

圖表71

Intensive Perfect 的功能

4. 例子

可6:14   Ἰωάννης ὁ βαπτίζων **ἐγήγερται** ἐκ νεκρῶν[11]

施洗的約翰從死裡*復活了*

希律的宣稱似乎反映出他比較在意約翰活著，而非約翰*已經*復活。煩擾他的是
復活所帶來的現存的結果，而非復活本身。

路5:20   ἄνθρωπε, **ἀφέωνταί** σοι αἱ ἁμαρτίαι σου

你的罪*得赦了*

約17:7   νῦν **ἔγνωκαν** ὅτι πάντα ὅσα δέδωκάς μοι παρὰ σοῦ εἰσιν·[12]

如今他們*知道*，凡你所賜給我的，都是從你那裡來的

第一個完成時態 (ἔγνωκαν) 是 intensive，而第二個完成時態直說語氣 (δέδωκας)
視為 extensive 較佳。

羅3:10   καθὼς **γέγραπται** ὅτι οὐκ ἔστιν δίκαιος οὐδὲ εἷς

就如經上*所記*：沒有義人，連一個也沒有。

這種引述舊約的「公式」似乎要強調的是寫下來的文字至今仍存。雖然超過文
法，此處解經與神學的重點似乎在於（就新約的用法而言）現存、有約束力的
權威。[13] 換句話說，γέγραπται 常可以改寫為：「雖然聖經是很久以前寫的，它
的權威仍然及於我們。」（*很*不嚴謹的改寫）![14]

---

10   這個圖表限於完成時態直說語氣，顯示出它時間上的特點。

11   幾處抄本以較熟悉的 ἠγέρθη 代替完成時態（亦見 C F G K N S U V W Q Σ Φ Ω 0269 $f^{1, 13}$ 28
      Byz et plu）；有的則以 ἀνέστη 取代 (A K Y 110 220 302 465 474)。

12   抄本 ℵ 中是簡單過去時態 ἔγνων 而非 ἔγνωκαν；而 ἔγνωσαν 則出現在 C U X Ψ f^{13} 33 429 700
      1241。

13   與此對比，λέγει 似乎強調字句的立即適用性。

14   γέγραπται 用於倫理、末世論方面，也就是說，它引導出仍然有約束力的誡命（例如：太4:4、
      7、10，21:13；路2:23，19:46；約8:17；徒23:5；林前1:31，9:9；彼前1:16）與成就了的預言
      （例如：太 2:5，11:10，26:24；可 1:2，9:12；路 3:4，徒 1:20，13:33；羅 9:33，11:26）。

來4:13　　πάντα γυμνὰ καὶ **τετραχηλισμένα** τοῖς ὀφθαλμοῖς αὐτοῦ

　　　　　萬物在那與我們有關係的主眼前，都是赤露**敞開**的。

　　　　　這個完成時態分詞強調的，很明顯是個產生的狀態，強調神的全知。

　　亦可參照約5:45，11:27；徒8:14；羅2:19，5:2；林前15:3；林後1:10、24；門21；來2:18，3:14；約壹4:14；啟3:17。

→ B. 用以強調一個先前運作、導致現今結果／效果的行動 (Extensive, Consummative Perfect)

1. 定義

　　這種完成時態用以強調一個先前運作、導致現今結果／效果的行動；從那行動產生出現今狀態來。通常被翻譯為英文的現在完成時態。這種用法很常見。

2. 語意／辨認的關鍵

　　相較於現今的結果，這種完成時態用法更強調已經完成的事件、而不是著重在現今的狀態。跟 intensive perfect 的用法相較，並不表示它失去了「另一半」的觀點，只是不強調而已。例如林前15:4 ἐγήγερται τῇ ἡμέρᾳ τῇ τρίτῃ（第三天復活了），雖是 extensive，但仍然包含著與保羅的讀者密切關係（許多希臘文的完成時態用法都得開放理解，看它是 intensive 或 extensive）。其中一個辨別的關鍵是：及物動詞常屬於後者。

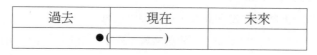

過去	現在	未來
●(———)		

圖表72

Extensive Perfect 的功能

3. 例子

約1:34　　**ἑώρακα** καὶ **μεμαρτύρηκα** ὅτι οὗτός ἐστιν ὁ ἐκλεκτὸς τοῦ θεοῦ.[15]

　　　　　我看見了，就證明這是神的兒子。

γέγραπται 在新約中出現六十七次，其中十六次都在羅馬書。

γέγραπται 在約20:31的用法有些不尋常。它並未帶出舊約經文的引用，而是帶出關乎福音本身的結論。

15　在此，雖然大多數的抄本都是υἱός而非ἐκλεκτός，但就內證而言ἐκλεκτός是個較佳的選擇（儘管僅有 𝔓[5vid] ℵ 少數抄本的支持）。不過不論那種讀法，都不會影響對於完成時態的理解。

約翰的見證似乎強調過去發生、完成的事件，而非現在的結果。換句話說，約翰強調他是看耶穌看得夠清楚〔完成的行動〕，以致於他能做出可靠的報導。

徒5:28 ἰδοὺ **πεπληρώκατε** τὴν Ἰερουσαλὴμ τῆς διδαχῆς ὑμῶν[16]

你們倒把你們的道理**充滿**了耶路撒冷

羅5:5 ἡ ἀγάπη τοῦ θεοῦ **ἐκκέχυται** ἐν ταῖς καρδίαις ἡμῶν

所賜給我們的聖靈將神的愛**澆灌**在我們心裡。

這節經文嵌在羅馬書5章（論及神在救恩方面的工作）的中間，建立成聖的基礎。因此，強調的重點似乎些微地偏重於基督在十架上完成的工作，也就是信徒現今成聖的堅固根基。

亦可參照可5:33；約5:33、36，19:22；羅16:7；林後7:3；提後4:7；來2:8；彼後2:21；約壹1:10；猶6。

C. 用以生動表達一個過去的行動 (Aoristic, Dramatic, Historical Perfect)

1. 定義

完成時態直說語氣在罕見的情況下，會以修辭的方式，極度生動地描述一個事件。這個〔用以生動表達一個過去的行動〕的完成時態用法 (aoristic/dramatic perfect)「好像單純的過去時態、與現在的結果無關……。」[17]

就這方面而言，這種用法類似〔描述一個過去（已經發生）的事件〕的現在時態用法 (historical present)，在新約中有少數的例子，並只出現在*敘事*的上下文中。[18] 因此，藉著*上下文的*引導（敘事）得以覺察出這種用法。而辨認這種用法的*關鍵*在於，它不關切任何現存的結果。[19]

2. 釐清

Robertson認為「在此，一個過去完成的行動，為了生動地表達，是以現在的時

16　出現在 𝔓[74] ℵA 36 94 307 1175 *et pauci* 這些抄本裡的簡單過去時態 ἐπληρώσατε、而不是完成時態 πεπληρώκατε。

17　Fanning, Verbal Aspect, 301.

18　並不是說它一定只得出現在福音書與使徒行傳。例如，在哥林多後書中也夾雜了歷史性的敘事。

19　參照 Burton, Moods and Tenses, §80, 88。Burton 懷疑新約中有任何名副其實的例子。見 Fanning, Verbal Aspect, 299-303。Porter 顯然不承認〔用以生動表達一個過去的行動〕的完成時態用法 (aoristic perfect) 的例子 (Verbal Aspect, 264-65)。

間來理解。」[20]在新約中這類例子的缺乏，使得學生難以掌握其功能。也許最好的理解方式，是視之為敘事文中的 *intensive extensive perfect*（也就是說，它是一種具備 extensive perfect 特質的 *intensive* 用法）。也就是說，它是如此強調「行動」，以致於無暇關注「結果／果效」。它在上下文中，可以被視為英文的過去式，以致於上個世紀初往往被視為作者不懂這類文法的例證。[21]

過去	現在	未來
●		

圖73

Dramatic Perfect 的功能

3. 例子

徒7:35　τοῦτον ὁ θεὸς ...... **ἀπέσταλκεν**

這（摩西）……神……**差派**

林後11:25　τρὶς ἐρραβδίσθην, ἅπαξ ἐλιθάσθην, τρὶς ἐναυάγησα, νυχθήμερον ἐν τῷ βυθῷ **πεποίηκα**

被棍打了三次；被石頭打了一次，遇著船壞三次，一晝一夜在海裡漂浮。[22]

從前面的簡單過去時態到最後的完成時態，保羅所指稱的時間都沒變。他使用完成時態，似乎只是為了生動而已，幾乎就像是他親口說：「我甚至有一晝一夜在海裡漂浮！」另一個支持此為修辭性用法的理由，乃在於其在句子中的位置（放在句尾，以達到漸強效果）。

亦可參照太13:46；林後2:13（書信中的敘事）；啟5:7，7:14，8:5，19:3。

➙ D. 單純表達現在的結果 (Perfect with a Present Force)

1. 定義

有些動詞經常或甚絕對地以完成時態時態出現，但不帶有一般完成時態在觀點上的意涵。其用法如同現在時態時態。[23]這種用法很常見。

20　Robertson, *Grammar*, 896.

21　參照 Moulton, *Prolegomena*, 143-47的討論。啟示錄的作者尤其受到這類指責 (ibid., 145-47)。

22　把 πεποίηκα 譯為「*漂浮*」是依據上下文的情境。考慮到直接受格表達出時間的意思，它可能意思是「*費時、停留*」（見 BAGD, s.v. ποιέω, I.1.e.δ. [682]）。

23　要注意到的是，這類完成時態會以直說語氣呈現，因為不只是時間、也有觀點的因素在內。下列表格只限於直說語氣，顯示出它時間上的特點。

過去	現在	未來
	——	

圖表74

〔單純表達現在的結果或效果〕的完成時態用法

2. 語意／辨認的關鍵

在語意和語意情境兩方面，這種完成時態的用法與〔用以生動表達一個過去的行動〕的完成時態用法 (aoristic perfect) 常在光譜的相對兩極。

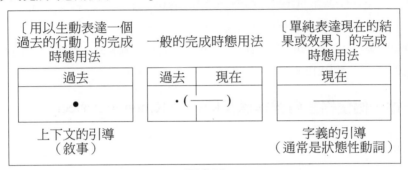

圖表75

比較 Aoristic Perfect 與 Perfect with Present Force

在這類用法中，Οἶδα 是最常見的動詞。另外有些動詞似乎也會這樣用：ἕστηκα、πέποιθα、μέμνημαι。為何這樣的完成時態會有與現在時態相同的語意？*常是因為在行動與其結果之間幾乎沒有差異。他們是狀態性動詞 (stative verbs)。*「知道」的結果就是「知道了」。當一個人「站立著」，就是他「始終站著」。說服某人動作持續的結果，就是他／她持續被說服。如此說來，這類用法特別容易發生在「行動」會滑入「結果」的動詞。它們是 resultative perfects 這類的動詞、但是動作本身幾乎被漠視、以致於最後只有結果被注意到，甚至最後結果就就成為這個動作本身。

總而言之，要記住 (1) 這種完成時態用法總是受到*字彙意思的影響*（也就是說，這種用法只限於特定的動詞）。(2) 許多的完成時態必須要被視為現在時態，不具有任何觀點上的重要性（新約當中，光是 Οἶδα 這個字就佔了所有完成時態的四分之一）！

3. 例子

可10:19　τὰς ἐντολὰς **οἶδας**

誡命，你是曉得的

約1:26　μέσος ὑμῶν **ἕστηκεν** ὃν ὑμεῖς οὐκ **οἴδατε**[24]

有一位站在你們中間，是你們不認識的

徒26:27　πιστεύεις, βασιλεῦ Ἀγρίππα, τοῖς προφήταις; **οἶδα** ὅτι πιστεύεις.

亞基帕王阿，你信先知麼？**我知道你是信的**。

來6:9　**πεπείσμεθα** περὶ ὑμῶν, ἀγαπητοί, τὰ κρείσσονα

我們……深信你們的行為強過這些

　　　亦可參照太16:28；可5:33；路4:34，9:27；約3:2；羅8:38；林後2:3；門21；雅
3:1；彼後1:12；啟19:12。

E. 表達一個使格言內容得滿足的行動 (Gnomic Perfect)

1. 定義

　　　完成時態可用於表達格言，講述一般性的、或是諺語式的事件。[25]完成時態在
觀點方面的功能仍然保留，但它具有個別的價值、適用於許多狀況下、針對許多人。
這類的例子很少見。

2. 例子

約3:18　ὁ δὲ μὴ Πιστεύων ἤδη **κέκριται**

不信的人，罪已經定了

這裡 gnomic perfect 的用法也是著重於 extensive。說它是 gnomic，因為它是個
一般性事件；說它是 extensive，因為它著重在審判的決定性行動。

羅7:2　ἡ γὰρ ὕπανδρος γυνὴ τῷ ζῶντι ἀνδρὶ **δέδεται** νόμῳ· ἐὰν δὲ ἀποθάνῃ ὁ ἀνήρ,
κατήργηται ἀπὸ τοῦ νόμου τοῦ ἀνδρός.

丈夫還活著，就被律法約束；丈夫若死了，就脫離了丈夫的律法

此處的 gnomic perfects 也是 intensive 用法。

　　　亦可參照約5:24；林前7:39；雅1:24。

24　B L 083 f^1 *et pauci* 以 στήκει 取代 ἕστηκεν，而 εἱστήκει 則出現於 𝔓 [75]（ℵG〔皆有 ἑστήκει〕）
1071 *et pauci*。

25　這方面的討論，見 Fanning, *Verbal Aspect*, 304。

F. 用以表達一個使預言／預期成就的行動 (Proleptic, Futuristic Perfect)

1. 定義

這種完成時態用法論及一個未來（就說話者的時間而言）的狀態，起因於一個先行的行動。這種用法類似 proleptic aorist 的一支。這種用法常常發生於與「條件子句」相連的「結果子句」（不管是明說還是暗示），並且端賴於條件子句的時間。這種用法相當罕見。[26]

2. 例子

羅13:8　　ὁ ἀγαπῶν τὸν ἕτερον νόμον **πεπλήρωκεν**

愛人的，就完全了律法

雅2:10　　ὅστις γὰρ ὅλον τὸν νόμον τηρήσῃ πταίσῃ δὲ ἐν ἑνί, **γέγονεν** πάντων ἔνοχος.[27]

因為凡遵守全律法的，只在一條上跌倒，他就是犯了眾條。

歸類於 proleptic perfect 的原因在於其（暗示的）條件相當於一個未來可能成就的條件。這個例子（連同其他的例子）也可能是 gnomic perfect，因為所說的罪人，是相當的一般性。

約壹2:5　　ὃς δ᾽ ἂν τηρῇ αὐτοῦ τὸν λόγον, ἀληθῶς ἐν τούτῳ ἡ ἀγάπη τοῦ θεοῦ **τετελείωται**

凡遵守主道的，愛神的心在他裡面實在是完全的。

亦可參照約20:23；羅14:23。

G. 用以凸顯舊約引文的預表特徵 (Perfect of Allegory)

1. 定義

這種完成時態用於指出一個舊約的事件，而著眼點則在其譬喻 (allegorical) 或應用方面 (applicational) 的價值。這種用法很少見，不過希伯來書的作者很愛用。[28]

26　這方面的討論，見 *BDF*, 177 (§344)。

27　Ψ 有的是 ἔσται、而不是 γέγονεν。

28　見 *BDF*, 176 (§342.5)的討論；Fanning, *Verbal Aspect*, 305；還有 Moule, *Idiom Book*, 14-15（特別值得參考）。

2. 釐清

稱呼這種用法為「寓意用法的完成時態」並不表示聖經作者是以譬喻、寓意的方式表達；而是因為這種用法聚焦在舊約事件的預表性上。「這類的詮釋，是將舊約敘事注釋為當代的事件，而可說成是『*某某事件已經發生了*』。實際上，這乃是延伸了希臘文完成時態的概念，一個過去發生、但仍然相關的事件。」[29]

3. 例子

約6:32　εἶπεν οὖν αὐτοῖς ὁ Ἰησοῦς· ἀμὴν ἀμὴν λέγω ὑμῖν, οὐ Μωυσῆς **δέδωκεν** ὑμῖν τὸν ἄρτον ἐκ τοῦ οὐρανοῦ, ἀλλ' ὁ πατήρ μου δίδωσιν ὑμῖν τὸν ἄρτον ἐκ τοῦ οὐρανοῦ τὸν ἀληθινόν.[30]

耶穌說：我實實在在的告訴你們，那從天上來的糧不是摩西賜給你們的，乃是我父將天上來的真糧賜給你們。

以第二人稱代名詞為 δέδωκεν 的間接受詞，表明這是一個〔用以凸顯舊約引文的預表特徵〕的完成時態用法 (perfect of allegory)，正如本節的後半段、以天父為主詞的現在時態用法 (δίδωσιν)。

來7:6　ὁ δὲ μὴ γενεαλογούμενος ...... **δεδεκάτωκεν** Ἀβραὰμ καὶ τὸν ἔχοντα τὰς ἐπαγγελίας **εὐλόγηκεν**.

獨有麥基洗德，不與他們同譜，倒收納亞伯拉罕的十分之一，為那蒙應許的亞伯拉罕祝福。

來11:28　Πίστει **πεποίηκεν** τὸ πάσχα

他因著信，就守逾越節

亦可參照徒7:35（可能是）；[31] 加3:18，4:23；來7:9，8:5，11:17。

II. 過去完成時態

簡介

正如一開始的簡介所說，大部分的狀況下，完成時態與過去完成時態在觀點上一致，而在時間概念則有差異。兩者都陳述一個起因於先前事件的狀態——完成時

29　Moule, *Idiom Book*, 15.

30　有些抄本有的是簡單過去時態 ἔδωκεν（B D L W *et alii*）、而不是 δέδωκεν。

31　Moule, *Idiom Book*, 14 就是如此認定的。較早時，我們視之為〔用以生動表達一個過去的行動〕的完成時態用法 (dramatic perfect)。

態所陳述的是存於現今（以說話者而言）的結果；而過去完成時態所陳述的是存於過去（因為它只在直說語氣時）的結果。因此，也許可以說過去完成時態結合了簡單過去時態的觀點（事件）和現在不完成時態的觀點（結果）。[32]

換句話說，過去完成時態的功能在於：它描述一個完成於過去的事件，具有存在於過去（就說話者的時間而言）的效果（結果）。*過去完成時態並沒有說「結果直到說話時都還存在」*。也許在說話的時候結果仍然存在，也許不存在，但針對這點，過去完成時態沒有論及（然而，常常可藉著上下文確定在說話的時候結果是否仍然存在。）

過去	未來
• (————)	

圖表76

過去完成時態的功能

注意：此符號（————）代表行動的*結果*。

在新約中只有八十六處單純的過去完成時態。另外，還有許多迂迴的過去完成時態句法（譬如，εἰμί 直說語氣＋完成時態分詞）。[33]

特定用法

→ ## A. 用以強調在過去某個時段裡、持續存在的結果／狀態 (Intensive, Resultative Pluperfect)

1. 定義

這種過去完成時態強調，在過去某個時段裡、持續存在的結果／狀態。藉著翻譯成單純的過去式，可以表達其功能。然而，這種用法與簡單過去時態 (aorist) 不同，因為簡單過去時態並沒有談及事件產生的狀態 (resultant state)。[34]而它也不同於

32　*BDF*, 177 (§347).

33　亦可參照太9:36；可15:26；路2:26，4:16，5:1、18，8:2，15:24，23:51、55；約3:24，12:16，18:18，19:41；徒8:16，13:48，14:26，18:25，22:29；加4:3。帶有 εἰμί 動詞的完成時態的數目很難確認，因為 (1) 有時主要動詞與分詞之間會離得稍遠；(2) 在這類例子中，有些完成時態分詞會被視為具述詞功能的分詞用法，而非主要動詞的用法。而這兩種分類的差異，會影響人看待句中的時間順序。

34　*BDF*, 178 (§347).

現在不完成時態，因為現在不完成時態所描述的是進行中的事件，而過去完成時態
描述的是事件所造成的狀態仍然持續。這類用法很常見。

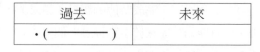

圖表77

Intensive Pluperfect 的功能

就像用以強調「一個先前行動所產生、直到如今仍然持續的結果或效果」
(intensive perfect) 一樣，有些放進本類用法的例子，也許歸類在 extensive 用法裡較
佳，因為兩者的不同只在於強調的重點。

2. 例子

太9:36　　ἰδὼν δὲ τοὺς ὄχλους ἐσπλαγχνίσθη περὶ αὐτῶν, ὅτι **ἦσαν ἐσκυλμένοι** καὶ
ἐρριμμένοι ὡσεὶ πρόβατα μὴ ἔχοντα ποιμένα.

他看見許多的人，就憐憫他們；因為他們**困苦流離**，如同羊沒有牧人一
般。

帶有εἰμί 動詞的完成時態分詞指出當耶穌看到群眾時，他們的光景。而馬太使
用過去完成時態，且與牧人的主題並置，也許暗示著這樣的苦境很快就會消
失。

路4:29　　ἤγαγον αὐτὸν ἕως ὀφρύος τοῦ ὄρους ἐφ' οὗ ἡ πόλις **ᾠκοδόμητο** αὐτῶν

就起來攆他出城，他們的城造在山上

這是個好例子，讓我們知道過去完成時態沒有告訴我們什麼事：它沒有論及現
今的狀況（就說話者的時間而言）。實質上，過去完成時態是一種敘事的時
態，在此不能用來推論這城不再存在。

約6:17　　ἤρχοντο πέραν τῆς θαλάσσης εἰς Καφαρναούμ. καὶ σκοτία ἤδη **ἐγεγόνει** καὶ
οὔπω ἐληλύθει πρὸς αὐτοὺς ὁ Ἰησοῦς[35]

上了船，要過海往迦百農去。天已經黑了，耶穌還沒有來到他們那裡。

這節經文中的第一個過去完成時態是 intensive（藉由 ἤδη 可知）；而第二個過
去完成時態則是 extensive (ἐληλύθει)。

加4:3　　ὅτε ἦμεν νήπιοι, ὑπὸ τὰ στοιχεῖα τοῦ κόσμου **ἤμεθα δεδουλωμένοι**

我們為孩童的時候，受管於世俗小學之下

35　抄本 ℵD 以 κατέλαβεν δὲ αὐτοὺς ἡ σκοτία 取代 καὶ σκοτία ἤδη ἐγεγόνει。

帶有 εἰμί 動詞的過去完成時態句法很明顯是 intensive，描述與主要句子（ὅτε ἤμεν νήπιοι〔我們為孩童的時候〕）同時的狀況。從上下文中（而不僅是從過去完成時態）可推測「受管的情況」已經過去了。藉此瞭解過去不完成時態也可用於這樣的狀況，但它本身並不會表示這方面的訊息。

亦可參照可15:7；路4:17；約11:44；徒14:23，19:32。

→ B. 用以強調在過去某個時段裡、已經完成的行動 (Extensive, Consummative Pluperfect)

1. 定義

這種過去完成時態用法強調，在過去某個時段裡、已經完成的行動；並不*那麼*強調它持續存在的結果／狀態。英文翻譯時最好使用過去完成時態（*had* ＋完成時態被動分詞）。一些放在這類用法的例子也許應該歸類在 intensive 用法裡較佳。這種用法相當常見，特別在約翰福音。[36]

過去	未來
●（———）	

圖表78

Extensive Pluperfect 的功能

2. 例子

可15:46　ἔθηκεν αὐτὸν ἐν μνημείῳ ὃ **ἦν λελατομημένον** ἐκ πέτρας
　　　　安放在磐石中鑿出來的墳墓裡

路22:13　Εὗρον καθὼς **εἰρήκει** αὐτοῖς
　　　　所遇見的正如耶穌所說的

約4:8　　Οἱ μαθηταὶ αὐτοῦ **ἀπεληλύθεισαν** εἰς τὴν πόλιν
　　　　那時門徒進城

約9:22　　ἤδη γὰρ **συνετέθειντο** οἱ Ἰουδαῖοι
　　　　因為猶太人已經商議定了

36　「事實上，比起符類福音，約翰更常使用過去完成時態。他以此帶領讀者到『舞台的幕後』並常常使用插入的方式。」(Robertson, *Grammar*, 904-5)更多近來的文法學家將之描述為*最基本的*時態用法。

徒8:27　　ἰδοὺ ἀνὴρ Αἰθίοψ εὐνοῦχος …… **ἐληλύθει** προσκυνήσων εἰς Ἰερουσαλήμ

一個埃提阿伯人，是個有大權的太監，……他上耶路撒冷禮拜去了。

這個過去完成時態為腓利見太監的這段故事，設立了背景：太監已經去到耶路
撒冷，而且在過去某一時段裡、待在那裡。

　　亦可參照可14:44；路8:2；約1:24，11:13；徒4:22（可能），9:21，20:38。

→ C. 表達單純的過去 (Pluperfect with a Simple Past Force)

1. 定義

　　某些動詞經常（或是僅僅）以完成時態、過去完成時態出現，但不帶有它們對
應觀點的意涵。Οἶδα（ᾔδειν）是這類動詞中最常見的。會如此用的動詞還有：
ἵστημι、εἴωθα、πείθω、παρίστημι。[37] 這些都屬於狀態性動詞 (stative verbs)；這類的
過去完成時態都源於字彙意思的*引導*。在新約中，常見到這類的例子（是過去完成
時態中最多的）。更多的討論請看之前〔單純表達現在的結果〕的完成時態用法
(Perfect with a Present Force) 這個段落。

　　這類帶有 εἰμί 動詞的結構，就翻譯而言，是更接近於現在不完成時態、而不是
簡單過去時態。

2. 例子

可1:34　　οὐκ ἤφιεν λαλεῖν τὰ δαιμόνια, ὅτι **ᾔδεισαν** αὐτόν.

不許鬼說話，因為鬼認識他。

可10:1　　ὡς **εἰώθει** πάλιν ἐδίδασκεν αὐτούς

他又照常教訓他們

約1:35　　τῇ ἐπαύριον πάλιν **εἱστήκει** ὁ Ἰωάννης καὶ ἐκ τῶν μαθητῶν αὐτοῦ δύο

再次日，約翰同兩個門徒站在那裡

徒1:10　　ἄνδρες δύο **παρειστήκεισαν** αὐτοῖς

忽然有兩個人身穿白衣，站在旁邊

徒16:9　　ἀνὴρ Μακεδών τις **ἦν ἑστώς**[38]

有一個馬其頓人站著

37　　見 Fanning, *Verbal Aspect*, 308-9。他指出 οἶδα 的過去完成時態出現三十二次、ἵστημι (14)、εἴ
　　ωθα (2)、πείθω (1)、and παρίστημι (1)。

38　　現在不完成時態 ἦν 沒有出現在 D* E 3 90 209* 463 *et pauci*。

啟7:11　　πάντες οἱ ἄγγελοι **εἱστήκεισαν** κύκλῳ τοῦ θρόνου

眾天使都**站**在寶座和眾長老並四活物的周圍，在寶座前

參照路5:1；約1:33，5:13，6:6、64，7:37，18:18；徒23:5。

不定詞

參考書目

BDF, 196-212 (§388-410); **J. L. Boyer**, "The Classification of Infinitives: A Statistical Study," *GTJ* 6 (1985) 3-27; **Brooks-Winbery**, 119-29; **Burton**, *Moods and Tenses*, 143-63 (§361-417); **Dana-Mantey**, 208-20 (§187-94); **K. L. McKay**, *A New Syntax of the Verb in New Testament Greek: An Aspectual Approach* (New York: Peter Lang, 1994) 55-60; **Moule**, *Idiom Book*, 126-29; **Moulton**, *Prolegomena*, 202-21; **Porter**, *Idioms*, 194-203; **Robertson**, *Grammar*, 1051-95; **Smyth**, *Greek Grammar*, 411, 437-54 (§1845-49, 1966-2038); **Turner**, *Syntax*, 134-49; **C. W. Votaw**, *The Use of the Infinitive in Biblical Greek* (Chicago: by the Author, 1896); **Young**, *Intermediate Greek*, 165-78; **Zerwick**, *Biblical Greek*, 132-36 (§380-95).

簡介

定義與基本特徵

　　不定詞乃是一種*無字尾變化的動作名詞* (indeclinable verbal noun)。它兼有動詞與名詞的特徵。

　　如同動詞，不定詞具有時態 (tense) 和語態 (voice)，但沒有人稱 (person) 或語氣 (mood)。它可以帶受詞，也可以用副詞修飾。不定詞總是呈單數型。在非直說語氣中，不定詞通常以 μή 表達否定而不用 οὐ。

　　如同名詞，不定詞可以有一般名詞不同格變式的功能 (case functions)，例如作

主詞、受詞、或同位語。它可作為介系詞的受詞，可以不帶冠詞、也可以帶冠詞，也可以用形容詞來修飾。雖然嚴格地說，不定詞並沒有「性」(gender)，但通常會帶中性單數冠詞。所以，從結構的觀點來看，可以看不定詞為中性（雖然在字解析中(parsing) 不會有這項）。

*中性*冠詞只具有在形式上附帶的功能，並沒有其他重要性（雖然有時候冠詞的*格*也許是重要需要觀察的）：[1] 千萬不要因為附帶了中性冠詞，就視某個不定詞有非人格化 (impersonal) 的概念。

不定詞通常放在*介系詞之後*。而當它出現在介系詞之後*總會帶冠詞*。然而，若就此假定這樣的不定詞是作實名詞用，卻是錯誤的。對此我們需要更寬廣地觀察：介系詞片語常與動詞連用，因此其本質上乃是副詞。當不定詞出現在介系詞之後，這個連著不定詞的介系詞，是作副詞用。

結構、還是語意？

首先我們要按著*語意的類別* (semantic categories) 介紹不定詞。（例如，表達目的、結果、原因、時間……等等。）關於這些類別的討論，會幫助學生看出每一類所具有的不同意義。這對於了解不定詞的功能是很重要的。然而，當我們開始讀經文 (*text*) 時，這種方法不太管用。

假設你研讀帖撒羅尼迦前書，然後你在帖撒羅尼迦前書2章16節看到 εἰς τὸ ἀναπληρῶσαι。你要怎麼處理這個不定詞？你也許非常了解語意類別，但這樣還不夠。什麼是*這類結構*可能帶有的意思？我們還需要另一種進路。因此，在本章的結尾，列出一份以*結構*來分類的清單，列舉各類別可能有的語意功能。對於研讀經文的讀者而言，先從結構著手是比較方便的。[2]

我們先從語意著手，為這些語意下定義。然而，一旦你掌握了這些基本意義，

---

1   然而 Boyer 認為 (1) 既然，大多數的不定詞作實名詞用的時候，都是作主詞或是受詞，中性的冠詞就不能幫助辨認格 (case) 了。(2) 帶所有格冠詞的不定詞，「也可以有一般名詞*不同格*的功能。」 (Boyer, "Infinitives," 24-25 [here quoting 25]) 不過，他所舉的一個帶有所有格冠詞的不定詞作主詞的例子（徒10:25 ("Infinitives," 4, n.9)）最好視之為「與主動詞動作同時的不定詞用法」。

2   大多數按照結構分類的文法學者會把不定詞分成兩大類：帶冠詞與不帶冠詞。這是依從 Votaw 的想法（例如，他指出新約有1957處不帶冠詞的不定詞、和319處帶冠詞的不定詞 (*Infinitive in Biblical Greek*, 50)；*acCordance* 指出其他十五處不定詞，乃是 Votaw 忽略的或不在 Westcott-Hort 版本的經文裡的。而 Boyer 使用 *Gramcord/acCordance*〔以 UBS[3]為本〕，算出有1977處不帶冠詞的不定詞、和314處帶冠詞的不定詞。）這很有幫助，但還不夠。我們用了不太一樣的組織方式。見「結構的類別」的章節。

在進行解經時，你很可能要優先從結構入手。

語意類別

我們已經說過，不定詞兼具名詞和動詞的功能，因而就其質來說，我們可以圍繞著這兩部分來探討。當不定詞的用法在強調它動詞的涵義 (verbal emphasis) 時，它通常是附屬的 (dependent)──也就是說，它本質上是副詞。在非常少見的狀況下，它是單獨使用 (independent verbally)。而當不定詞的重點落在它名詞的功能時，它可能是附屬的（形容詞）、也可能是獨立的（實名詞）。這樣的語意歸類於下表中（然而，因為獨立的動詞用法和形容詞用法較為罕見，我們將以不同的方式來歸類）。

	強調動詞方面的功能 (Verbal)	強調名詞方面的含意 (Nominal)
獨立的用法 (independent)	（作動詞用 (Verbal)）傳遞命令語氣的內容 (imperatival)、作簡短問候語 (absolute)	（作實名詞用 (Substantival)）作主詞、受詞等
附屬的用法 (dependent)	（作副詞用 (Adverbial)）表達目的、結果、原因、方法等	（作形容詞用 (Adjectival)）同位的 (epexegetical)

圖表79

不定詞的語意範圍

I. 作副詞用

作副詞用的不定詞有六種基本的用法：表達目的、表達結果、表達時間、表達原因、表達方法、與作為動詞的補語。

→ A. 表達目的 (to, in order to, for the purpose of)

1. 定義

這類不定詞用法用以指出主動詞 (controlling verb) 的目的。它要回答的是「為何」(why) 的問題。它預先說出了這個動作預期、意圖要產生的結果。這是不定詞最常見的用法之一。[3]

3　Votaw算出，在新約中有294處「表示目的」的不定詞用法，其中261處是不帶冠詞的 (*Infinitive*

有時候，很難分辨不定詞是要表達目的還是表達結果。然而，深受這方面判斷影響的經文並不少。

2. 結構上的線索

表達目的的不定詞用法，可藉由下面的結構特徵表達：

a) 單純或「落單的」不定詞（通常接著一個〔不及物〕、表達行動的動詞 [verb of motion]）

b) τοῦ＋不定詞[4]

c) εἰς τό＋不定詞

d) πρὸς τό＋不定詞

在新約中，以下兩種罕見的結構也用來表達目的：

e) ὥστε＋不定詞[5]

f) ὡς＋不定詞

3. 辨認的關鍵

（在英文翻譯中）雖然在大多數的例子裡，使用「*to* 的觀念」就可以恰當地翻譯出來，但遇到有困惑時，你仍要插入一些字詞來測試討論的不定詞適合其他類別。如果你不確定它是不是一個表達目的的不定詞，就試著插入「為著……」(*in order to*) 或 「為著……的目的」(*for the purpose of*)，並把不定詞翻譯成一個動名詞 [gerund]），或「為……」(*in order that*)。

4. 例子

太5:17   μὴ Νομίσητε ὅτι ἦλθον **καταλῦσαι** τὸν νόμον

          莫想我來要**廢掉**律法

---

in Biblical Greek, 46-47)。單純的不定詞佔了其中的211處。他把「作為介系詞的受詞的不定詞」另外當作一類，但這些可能也是「表示目的」的不定詞用法（特別是「εἰς τό＋不定詞」這樣結構）。

4   將帶有所有格冠詞的不定詞用於「表達目的」的例子，Votaw 指出的三十三處幾乎都在馬太福音、路加福音和使徒行傳 (Votaw, *Infinitive in Biblical Greek*, 21)。

5   視「ὥστε/ὡς＋不定詞」為「表達目的」的八個例子中，Boyer（"Infinitives," 11-12) 質疑其中七個目的是「表達目的」（太10:1〔二次〕，15:33、27:1；路9:52 [ὡς]；20:20 [ὥστε；有抄本異文 εἰς τό]；徒20:24 [ὡς])。Boyer 只承認 路4:29（有抄本異文 εἰς τό）的例子，是以「ω″στε＋不定詞」表達目的。Takamitsu Muraoka 則認為還有另外幾處也有可能是表達目的，"Purpose or Result"Ωστε in Biblical Greek," *NovT* 15 (1972) 205-19（特別是 210-11）。

這節經文透露了一些〔表達目的〕的不定詞用法的特徵。我們看到一個單純的不定詞跟在一個表達行動的不及物動詞後面。再者，我們可以把翻譯擴張為「……我來是為了 (in order to) 廢掉律法」而不會改變原來的意義。

太27:31　ἀπήγαγον αὐτὸν εἰς τὸ **σταυρῶσαι**

帶他出去，**要釘十字架**[6]

約1:33　ὁ πέμψας με **βαπτίζειν**

只是那差我來**用水施洗**的

這節經文說明了 (1) 不定詞的主動詞 (controlling verb) 不一定要是句子的主要動詞（在這個例子裡，主動詞是一個作實名詞用的分詞 [substantival participle]）；(2) 解釋的詞句為了 (in order to) 只是用來幫助測試，若把這詞句放在真正最終的翻譯裡，就會太笨拙了（「只是那差我來的，是要我要用水〔給人〕施洗的」）。

弗6:11　ἐνδύσασθε τὴν πανοπλίαν τοῦ θεοῦ *πρὸς τὸ* **δύνασθαι** ὑμᾶς στῆναι

要穿戴神所賜的全副軍裝，**好叫你們能**抵擋魔鬼的詭計。

彼前3:7　οἱ ἄνδρες ὁμοίως, συνοικοῦντες κατὰ γνῶσιν ...... *εἰς τὸ* μὴ **ἐγκόπτεσθαι** τὰς προσευχὰς ὑμῶν

你們作丈夫的，也要按情理和妻子同住……**便叫你們的禱告沒有阻礙**。

這節經文是說丈夫按情理和妻子同住的目的是為他的禱告沒有阻礙？還是如此一來，他的禱告*就*不會有阻礙？「εἰς τό + 不定詞」的結構可用來表達目的、也可用來表達結果。面對這個問題，還需要其他解經的考量。

　　亦可參照太6:1；可14:55；路4:16、29，22:31；約4:9；徒3:2，7:19（也可能是表達結果）、42；羅4:11；帖前2:12；雅3:3。

➔ B. 表達結果 (so that, so as to, with the result that)

1. 定義[7]

　　表達結果的不定詞用法，指出藉由主動詞 (controlling verb) 產生的結果。就這

6　仔細的讀者會注意到，在例句中，希臘文用斜體標示的介系詞和連接詞，與英文翻譯中以粗體標示的部分有差異（以本處馬太福音的經文為例）。事實上，此處的 εἰς τό 只是協助表達不定詞 σταυρῶσαι 的意思而已，此不定詞本身已經意味著*要釘十字架*。只有當介系詞片語含有不定詞不具有的意義時，我們才會在英文翻譯中以斜體表示（參見「表達時間的不定詞」）。

7　兩種〔表達結果〕的不定詞用法 (result infinitives)：一種是實際的，是主動詞在時序上的結果；另一種是主動詞動作結果的意思或影響（像是同位的概念，但不全然等同同位的不定詞。它的解釋會是：「這是主動詞的意思」；或是「當我說 X 的時候，這是我的意思。」〔參照來11:8；羅6:12〕）。

方面而言，它與表達目的的不定詞用法相似，但前者（表達目的的不定詞）是把重點放在意圖（可能會、也可能不會達到期待的結果），後者（表達結果的不定詞）是把*重點放在效果*（或許動作不見得是有意圖的）。這種用法相當普遍。

2. 解說

表達結果的不定詞會用來指出*實際發生的* (*actual*) 或*應該會發生的* (*natural*) 結果。上下文會指出已經發生的*實際結果*；而應該會發生的結果則是被認為*會接著發生的結果*。許多例子（特別在可能是「應該會發生的結果」）和表達目的的不定詞難以區分，留下解經討論的空間。[8]然而，以普遍的原則而言，碰到有問題時，最好將之歸類為「表達目的」（其出現的頻率大約是「表達結果的不定詞」的三倍）。[9]

3. 結構上的線索

a) 單純或「落單的」不定詞（通常接著一個〔不及物〕的表達行動的動詞 [verb of motion]）

b) τοῦ＋不定詞

c) εἰς τό＋不定詞[10]

d) ὥστε＋不定詞（「表達結果的不定詞用法」最常見的結構）[11]

e) ὡς＋不定詞（很少）

f) ἐν τῷ＋不定詞（很少）[12]

值得注意的是，頭三項結構特徵與〔表達目的〕不定詞用法的前三項結構特徵是一樣的。

8　Boyer 列出可7:4；路1:25，24:16、45；徒7:19，10:47，15:10，20:30；羅1:24、28，11:8（二次）、10；林後10:16（二次）；加3:10；帖前3:3；啟16:9、19 (Boyer, "Infinitives," 12, n. 25)。但這些例子只是冰山一角。他認為特別是在 ἵνα 子句的狀況，不定詞有時可能負有雙重意涵 (ibid., 25)。

9　Votaw 列出294處〔表達目的〕的不定詞用法與九十六處〔表達結果〕的不定詞用法 (*Infinitive in Biblical Greek*, 46-47)。但這還沒有包括在介系詞之後的不定詞，其中還有許多可歸入這兩類中。

10　關於這點，早先有很多爭論，但是在新約和聖經外的文獻中，卻是個成型的慣用語。見 I. T. Beckwith, "The Articular Infinitive with εἰς," *JBL* 15 (1896) 155-67。

11　見 Boyer, "Infinitives," 11；Votaw, *Infinitive in Biblical Greek*, 14。

12　很明顯地，來3:12是新約中唯一以「ἐν τῷ＋不定詞」來表示結果的例子。

4. 辨認的關鍵

不同於〔表達目的〕的不定詞用法，表達結果的不定詞用法，在翻譯成英文時，使用一般性的 *to* 的觀念通常是不足的。事實上，這樣做常會誤導（甚至產生令人誤解的翻譯）。解釋詞句 (*so that*，*so as to*，或 *with the result that*) 較為明確地表明這種不定詞的用法。[13]

5. 例子

路5:7　ἔπλησαν ἀμφότερα τὰ πλοῖα ὥστε **βυθίζεσθαι** αὐτά

把魚裝滿了兩隻船，甚至船要沉下去。

這個例子闡明了「表達結果」與「表達目的」的不同。這艘船並非有意要下沉（目的），但結果是船滿了魚、開始下沉。[14]

羅1:20　τὰ γὰρ ἀόρατα αὐτοῦ ἀπὸ κτίσεως κόσμου ...... νοούμενα καθορᾶται ...... *εἰς τὸ* **εἶναι** αὐτοὺς ἀναπολογήτους

雖是眼不能見，但藉著所造之物就可以曉得，叫人無可推諉。

林前13:2　ἐὰν ἔχω πᾶσαν τὴν πίστιν ὥστε ὄρη **μεθιστάναι**

而且有全備的信，叫我能夠移山

這也許可稱為是「表達暗示」的不定詞用法 (implicational infinitive)，所提及的並非保羅有全部的信之後、隨之而來的結果，而是暗示這結果源於信心。有幾處表示結果的不定詞，都可以歸於這個子類。

亦可參照太13:32；可1:45，3:20；羅1:24（除非是表達目的），7:3；弗6:19；帖前2:16（或表達目的）；來6:10，11:8；彼前3:7（或表達目的）；啟2:20。

→ C. 表達時間

這類不定詞用法在指出它所表示的動作與主動詞動作之間的時間關係。它回答了關於「何時」的問題。共有三種類型，都仔細地依照結構來定義：比主動詞更早

13　然而，在現代的口語英文中，*so that* 也可以用來表示目的。

14　這一個「ὥστε＋不定詞」的例子也闡明了希臘文的另一個特性（就某種程度而言，這點已經在希臘化時代消失了）：在古典希臘文中，「ὥστε＋不定詞」表達的是自然的結果 (*natural result*)（預期的結果，並非意圖；是可能會、也可能不會有的結果），而「ὥστε＋直說語氣」則表達真實會有的結果 (*actual result*)（確實有發生的結果，雖然通常不是事前會預期的）。在口語希臘文中，「ὥστε＋不定詞」如今肩負起雙重意義，而較罕見的「ὥστε＋直說語氣」的用法還維持著與在古典希臘文中 (Attic) 的一樣用法（在新約中，只在附屬子句中出現兩次，在約3:16和加2:13）。

的時間 (antecedent)、與主動詞同時的狀態 (contemporaneous)、比主動詞更晚的時間 (subsequent)。學生應該分辨這三類，而不只是簡單地歸類為「表示時間的不定詞」。[15]總括而言，表示時間的不定詞相當常見。你需要學習其中的每一種子類。[16]

1. 比主動詞更早的時間（μετὰ τό＋不定詞）(after ......)

〔在主動詞動作之前〕的不定詞用法，所表示的動作發生在主動詞的動作之前。其*結構*是 μετὰ τό＋不定詞，（英文翻譯）應該為在一個適當的主要動詞之前加上「之後」(after) 的連接詞。[17]

要辨認「表示時間的不定詞」時會有一些困擾。有人會錯把「在主動詞動作之前」的不定詞用法當作「在主動詞動作之後」的不定詞用法，也有的相反為之。[18]這類困惑是很自然的：如果我們稱呼其為「在主動詞動作*之前*」的不定詞用法，為何在翻譯時，我們要翻譯成「之後」(after) 呢？原因在於，不定詞明確地告訴我們「*主動詞所表示的動作*」所發生的時間。如同「在他上船之後，船沉下去」。在這個句子裡，「他上船」是不定詞，而「沉下去」是主要動詞。船沉是在上船之後發生的，或者反過來說，上船發生在船沉之前。這樣，不定詞所表示的動作，發生在主動詞所表示的動作之前。

在這點上，學生常常困惑。有些人甚至會說：「我們為何不乾脆把句子翻譯成：在船沉下去之前，他上船？」不這樣做的理由，主要在於句子中間沒有「之前」這個字，並且動詞不是在介系詞片語裡（事實上，是這個介系詞片語提供了「之後」這個字）。[19]這也許有助於我們的記憶：在不定詞之後，主要動詞發生了。

太26:32　　*μετὰ δὲ τὸ ἐγερθῆναί με προάξω ὑμᾶς εἰς τὴν Γαλιλαίαν.*

　　　　　　但我復活以後，要在你們以先往加利利去。

15　為了方便的緣故，「結構上的線索」、「辨認的關鍵」、以及「例子」會一起放在〔表達時間〕的不定詞類別下。

16　〔與主動詞動作同時〕的不定詞用法是至今最常見的；相對之下〔在主動詞動作以先〕的不定詞用法比較少見，但應該與其他用法放在一起學習（因此，把三種都標記出來以便記憶）。

17　用 *acCondance* 聖經軟體所得的粗略研究顯示，這種結構所使用的時態只有簡單過去時態（十四次，包括 可16:19在抄本異文中的例子）以及完成時態（只有一次，在來10:15）。

18　亦可參照 Williams, *Grammar Notes*, 43；Brooks-Winbery, 123-24；Young, *Intermediate Greek*, 166-67。

19　希奇的是，若干文法書對此有點困擾，因為它們認定所有時間在前的*分詞*都應該翻為「在……之後」(after)。問題是在於它們將（不定詞的）主動詞的時間視為是相對於不定詞、而不是反向為之（「主要動詞的動作出現在不定詞的動作之前」(Young, *Intermediate Greek*, 166)）。這樣的定義是預設了主動詞成為介系詞的受詞。

可1:14　　*μετὰ δὲ τὸ* **παραδοθῆναι** *τὸν Ἰωάννην ἦλθεν ὁ Ἰησοῦς εἰς τὴν Γαλιλαίαν*

　　　　　約翰下監*以後*，耶穌來到加利利，宣傳神的福音

來10:26　*ἑκουσίως ἁμαρτανόντων ἡμῶν μετὰ Τὸ* **λαβεῖν** *τὴν ἐπίγνωσιν τῆς ἀληθείας*

　　　　　因為我們得知真道*以後*，若故意犯罪

　　　亦可參照可14:28；路12:5，22:20；徒1:3，7:4，10:41，15:13，19:21，20:1；林前11:25。

2. 與主動詞同時的狀態（*ἐν τῷ*＋不定詞）(*while, as, when ......*)

　　　〔與主動詞動作同時〕的不定詞用法，所表示的動作與主動詞的動作*同時發生*。其*結構*是 *ἐν τῷ*＋不定詞。[20]（在英文翻譯中）應當被翻譯為*在那段時間裡* (while)（當不定詞是現在時態時）或是*當那個時刻* (as, when)（當不定詞是簡單過去時態時）加上該不定詞的*主要動詞*。[21]

太13:4　　*ἐν τῷ* **σπείρειν** *αὐτὸν ἃ μὲν ἔπεσεν παρὰ τὴν ὁδόν*

　　　　　撒的時候，有落在路旁的，飛鳥來吃盡了

路3:21　　*ἐν τῷ* **βαπτισθῆναι** *ἅπαντα τὸν λαὸν*

　　　　　當百姓都受了**洗**

來2:8　　 *ἐν τῷ γὰρ* **ὑποτάξαι** *αὐτῷ τὰ Πάντα οὐδὲν ἀφῆκεν*

　　　　　既叫萬物都服他，就沒有剩下一樣不服他的

　　　亦可參照可4:4；路1:8、21；11:37；17:11；24:51；徒2:1；8:6；11:15；羅3:4；林前11:21；來3:15。

3. 比主動詞更晚的時間（*πρὸ τοῦ, πρίν*，或 *πρὶν ἤ*＋不定詞）(*before ......*)

　　　〔在主動詞動作之後〕的不定詞用法，所表示的動作發生在主動詞的動作之後。其*結構*是 *πρὸ τοῦ*、*πρίν*、或 *πρὶν ἤ*＋不定詞，翻譯時在子句加上「*之前*」。這個結構往往在句子主要動詞的動作之前。

　　　有的文法書將此「表示時間的不定詞」的歸類，引起一些困擾。有人會錯把「在

20　在新約中至少有一處「*διὰ τό*＋不定詞」（來2:15）、以及另一處以「帶有所有格冠詞的不定詞」表達「與主動詞動作同時」的例子（徒10:25）。此外，林後2:13的「帶有間接受格冠詞的不定詞」也可能屬於這類（很可能是表達原因）。

21　很快地用 *acCondance* 聖經軟體來檢視，結果顯示沒有其他時態用以表示「與主動詞動作同時」的用法。現在時態和簡單過去時態以這樣的結構出現過，大約三次。除了路加福音、使徒行傳和希伯來書以外，在新約中很少見到這類用法。

主動詞動作之後」的不定詞用法，當作「在主動詞動作之前」的不定詞用法。[22]這類困惑是可以理解的：如果我們稱呼其為「在主動詞動作之後」的不定詞用法，為何在翻譯時，我們要翻譯成「*之前*」(before)？原因在於，不定詞已經明確地告訴我們「*主動詞的動作*」發生的時間，就如「那隻兔子已經死了，在他用槍瞄準之*前*。」在這個句子裡，「瞄準」是不定詞，「已經死了」是主要動詞。死亡是在瞄準之前，或者，反過來說，瞄準在死亡之後。這樣說來，不定詞所表示的動作，就發生在主動詞所表示的動作之*後*。[23]

太6:8　　οἶδεν ὁ πατὴρ ὑμῶν ὧν χρείαν ἔχετε πρὸ τοῦ ὑμᾶς **αἰτῆσαι** αὐτόν

　　　　　因為你們沒有祈求以先，你們所需用的，你們的父早已知道了

可14:30　*πρὶν ἢ δὶς ἀλέκτορα φωνῆσαι τρίς με ἀπαρνήσῃ*

　　　　　雞叫兩遍以先，你要三次不認我

約1:48　*πρὸ τοῦ σε Φίλιππον φωνῆσαι ὄντα ὑπὸ τὴν συκῆν εἶδόν σε*

　　　　　腓力還沒有招呼你，你在無花果樹底下，我就看見你了

約4:49　*κατάβηθι πρὶν ἀποθανεῖν τὸ παιδίον μου*

　　　　　（求你趁著）我的孩子還沒有死，就下去

　　　亦可參照太1:18；路2:21，22:15；約8:58，13:19，14:29；徒2:20，7:2，23:15；加2:12，3:23。

➜ D. 表達原因

1. 定義

　　〔表達原因〕的不定詞用法，指出主動詞動作的理由 (reason)。這樣看來，它回答的是關於「為何」的問題。然而，不同於〔表達目的〕的不定詞用法，〔表達原因〕的不定詞用法所給的是*回顧過去的*答案（也就是說，回頭看理由或原因），但〔表達目的〕的不定詞用法給予*前瞻性的*答案（向前看所意圖達到的結果）。在路加福音——使徒行傳中，這類用法相當普遍，但在其他地方則很少見。

2. 結構上的線索

　　這個不定詞的類別有一個主要、常用的結構，和一個罕見的結構。[24]

22　見「比主動詞更早的時間的不定詞用法」中的討論。

23　關於這點，更周詳的討論請見「比主動詞更早的時間的不定詞用法」。

24　林後2:13的「帶有間接受格冠詞的不定詞」也許屬於「表達原因」（RSV 的翻譯就屬於這類），但它同樣可被認為屬於「與主動詞動作同時」。

1) διὰ τό＋不定詞（最常見）

2) τοῦ＋不定詞（罕見）

3. 辨認的關鍵

翻譯的時候，要翻出「*因為*」跟著一個適合上下文的主要動詞。

4. 例子

太24:12　διὰ τὸ **πληθυνθῆναι** τὴν ἀνομίαν ψυγήσεται ἡ ἀγάπη τῶν πολλῶν

　　　　只因不法的事增多，許多人的愛心才漸漸冷淡了

可4:6　διὰ τὸ μὴ **ἔχειν** ρίζαν ἐξηράνθη

　　　　因為沒有根，就枯乾了

約2:24　Ἰησοῦς οὐκ ἐπίστευεν αὐτὸν αὐτοῖς διὰ τὸ αὐτὸν **γινώσκειν** πάντας

　　　　耶穌卻不將自己交託他們；因為他知道萬人[25]

徒4:1-2　οἱ Σαδδουκαῖοι (2) διαπονούμενοι διὰ τὸ **διδάσκειν** αὐτοὺς τὸν λαὸν

　　　　撒都該人……因他們教訓百姓，本著耶穌，傳說死人復活，就很煩惱

來7:24　ὁ δὲ διὰ τὸ **μένειν** αὐτὸν εἰς τὸν αἰῶνα ἀπαράβατον ἔχει τὴν ἱερωσύνην

　　　　這位既是永遠常存的，他祭司的職任就長久不更換。

亦可參照太13:5、6；可4:5；路2:4，6:48，8:6，9:7，19:11；徒12:20，18:2；腓1:7；雅4:2。

E. 表達方法（ἐν τῷ ＋ 不定詞）（*by ...... doing, etc.*）

1. 定義

〔表達方法〕的不定詞用法，描述了「主動詞的動作」是以什麼方式完成的。就某些觀點而言，它也可被稱作「同位的不定詞」(epexegetical infinitive)（不過，我們將這個名稱保留給作實名詞／形容詞用的不定詞 (substantival/adjectival infinitives)）。它回答了關於「如何」的問題。這類的例子很少。

25　我們在這裡的翻譯並不與一般的原則相同，而非包括性 (gender) 取向的。因為在約2:25（耶穌知道人心裡所存的）與3:1（耶穌遇見一個人，尼哥底母）之間，以 ἄνθρωπος（「人」）相連。在此，作者從2:24-25的原則，進入第三章的實例。而概括兩性的譯詞（例如 NRSV）將無法表達這個連結。

2. 結構上的線索

這種用法幾乎總是以 ἐν τῷ +不定詞的結構表達。它的結構與〔與主動詞動作同時〕的不定詞相同。但是，這種用法遠比〔與主動詞同時的狀態〕的不定詞用法罕見。

3. 辨認的關鍵

（在英文翻譯中）這類的不定詞通常在翻譯時，在它對應的動名詞前加上一個 *by* 。

4. 例子

徒3:26   ὁ θεὸς ...... ἀπέστειλεν αὐτὸν εὐλογοῦντα ὑμᾶς ἐν τῷ **ἀποστρέφειν** ἕκαστον ἀπὸ τῶν πονηριῶν ὑμῶν.

神……差他到你們這裡來賜福給你們，*藉著**使**你們各人**回轉***，離開罪惡。

徒4:29-30   δὸς τοῖς δούλοις σου μετὰ παρρησίας πάσης λαλεῖν τὸν λόγον σου, (30) ἐν τῷ τὴν χεῖρά [σου] **ἐκτείνειν**

叫你僕人大放膽量講你的道，*藉著**伸出**你的手*[26]

亦可參照羅15:13（或屬於〔與主動詞動作同時〕的不定詞用法）；弗6:17（異文）；[27] 來2:8（或屬於〔與主動詞動作同時〕的不定詞用法），8:13（或屬於〔與主動詞動作同時〕的不定詞用法）。

➜ F. 作為動詞的補語 (Supplementary)

1. 定義

這類不定詞經常與「輔助動詞」（"helper" verbs) 連用以完成其概念。在沒有與不定詞連用的情況下，這類動詞很少出現。英文在這點上是一樣的。[28]

---

26   這個例子並不是總被歸類為「表達方法」；NRSV 譯為「當你伸出你的手」。

27   在許多抄本，特別是晚期的抄本 (A Dᶜ E K L P *et alii*) 中，都由單純的不定詞 δέξασθαι 取代命令語氣 δέξασθε。

28   在這裡的例證都多少（在英文翻譯時）擁有對應的動詞與時態。舉例說，「ἄρχομαι + 不定詞」反應了表達在過去某時刻才開始的簡單過去時態與不完成時態的用法。而「μέλλω +不定詞」是明顯地近乎於 conative 或 tendential 的用法。

2. 結構上的線索

　　辨認這類用法的關鍵是輔助動詞，[29]常用的有 ἄρχομαι、[30] βούλομαι、δύναμαι（最常見的助動詞）、ἐπιτρέπω、ζητέω、θέλω、μέλλω、ὀφείλω。[31]就結構而言，不定詞本身是*單純的*不定詞。

　　第二個線索則是：這類不定詞特別常與主格的主詞連用。例如，在路19:47我們讀到 οἱ γραμματεῖς *ἐζήτουν* αὐτὸν **ἀπολέσαι**（文士……*想要殺他*）。[32] 但是，當不定詞動作是有另一個行動者（作主詞）時，這個主詞呈現直接受格（例如，**γινώσκειν** *ὑμᾶς* βούλομαι〔我願意*你們*知道〕；腓1:12）。這個不定詞仍然會被視為〔作為輔助動詞〕的不定詞用法。[33]

3. 辨認的關鍵：見上面的結構的線索

4. 例子

太6:24　　οὐ *δύνασθε* θεῷ **δουλεύειν** καὶ Μαμωνᾷ

　　　　　你們不能又事奉神，又事奉瑪門

可2:19　　ὅσον χρόνον ἔχουσιν τὸν νυμφίον μετ' αὐτῶν οὐ *δύνανται* **νηστεύειν**[34]

　　　　　新郎還同在，他們不能禁食

加3:21　　εἰ γὰρ ἐδόθη νόμος ὁ *δυνάμενος* **ζῳοποιῆσαι**

　　　　　若曾傳一個能叫人得生的律法

　　　　　在這個例子，主動詞是個具修飾功能的分詞(adjectival participle)。類似的例子，亦見在猶24「那*能***保守**你們不失腳」(τῷ δὲ *δυναμένῳ* **φυλάξαι** ὑμᾶς ἀπταίστους)。

29　在歸類時，有可能會把〔作為輔助動詞〕的不定詞用法，視為〔作直接受詞〕的不定詞用法(Boyer, "Infinitives," 6)。若是如此，其數量就大大增加。我們認為〔作為輔助動詞〕的不定詞用法是「強調*動詞方面的*概念」：助動詞與不定詞都是傳遞此一動詞概念的必要元素。更多這方面的討論，請見「（不定詞）作直接受詞」的討論。

30　所有的例子都在福音書與使徒行傳中，除了林後3:1。

31　Boyer在新約中找到有七十二種不同的動詞〔作為輔助動詞〕的不定詞用法("Infinitives," 6)。他特別指出，當 ἔχω 用以表示「有（能力）」時，經常這樣用（二十三次）(ibid., 7)。

32　亦可參照可8:11，13:5，15:8；路9:12；約11:8；徒13:44。在很少見的情況下，主詞與受詞之間擁有可以交換的關係，可能導致不定詞的（直接受格）主詞與它主動詞的（主格）主詞是同一人的情況（亦可參照來5:5）。

33　關於不定詞的主詞，請見本書中「直接受格」的部分。在那裡也指出當兩個直接受格與一個不定詞連用時，要怎麼決定哪個是主詞、哪個是補語。

34　在以下的抄本中（D U W *f*¹ 33 326 468 700 1525 *et pauci*），這整個子句都被省略。

腓1:12　　**γινώσκειν** δὲ ὑμᾶς βούλομαι, ἀδελφοί, ὅτι τὰ κατ' ἐμὲ ......

　　　　　　弟兄們，我願意你們**知道**，我所遭遇的事⋯⋯

提前2:12　**διδάσκειν** δὲ γυναικὶ οὐκ ἐπιτρέπω οὐδὲ **αὐθεντεῖν** ἀνδρός, ἀλλ' **εἶναι** ἐν ἡσυχίᾳ.

　　　　　　我不許女人**講道**，也不許他**轄管**男人，只要**沉靜**。

　　亦可參照太12:1；可10:28，15:31；路1:22，4:42，13:24，23:2；約13:5、33；徒2:4，15:1，18:26，28:22；羅8:13；林前10:13；林後3:1；提後3:15；來1:14；彼前5:1；約壹3:9；啟1:19，15:8。

II. 作實名詞用 (Substantival Uses)

　　作實名詞用的不定詞有四種基本用法：作主詞、作直接受詞、作同位詞、作補語。[35] 直接受格當中的一種特殊用法是用於間述句。但因為這種用法太常見了，所以將之分開處理。如此，不定詞作實名詞用有五種基本用法：作主詞、作直接受詞、引進間接引述句、作同位詞、作補語。

➔ A. 作主詞

1. 定義

　　不定詞或不定詞片語經常用作主要動詞的主詞，特別是當不定詞是*非人格化動詞時* (impersonal verbs)（像是 δεῖ、ἔξεστιν、δοκεῖ等）。[36]

2. 結構上的線索

　　這類不定詞可能帶冠詞，也可能不帶冠詞。然而，這種不定詞不會與介系詞片語一起出現。

3. 辨認的關鍵

　　除了注意定義和結構上的線索以外，以下的方式也有幫助：用 **X** 取代不定詞

35　〔作補語〕的不定詞用法，也許更合適稱為獨立的、具形容詞功能的實名詞 (adjectival, or dependent substantival)。

36　嚴格來說，希臘文不同於英文，它沒有非人格化的主詞 (impersonal subjects)。而與 δεῖ 連用的不定詞，就屬於〔作主詞〕的不定詞用法。如此，δεῖ με ἔρχεσθαι 的英文直譯就是 "to come is necessary for me"，而不是 "it is necessary for me to come"。把這類希臘文表達地更清楚的方法，就是把不定詞翻譯為（英文的）動名詞（見啟20:3的例子）。

（或不定詞片語），然後再唸這個句子。如果X可以用一個適當的、作為主詞的名詞來取代，那麼這個不定詞很可能是〔作主詞的〕不定詞用法。

例如，在腓1:21保羅寫道：「就我而言，活著就是基督，（我）死了就有益處。」，用 X 取代不定詞之後，我們得到如下的句子「就我而言，X 就是基督，X 是益處。」然後，我們會看到X可以用名詞（像是「生命」或「死亡」）取代的。

4. 例子

可9:5　ὁ Πέτρος λέγει τῷ Ἰησοῦ· ῥαββί, καλόν ἐστιν ἡμᾶς ὧδε **εἶναι**

彼得對耶穌說：拉比，我們**在**這裡真是好！

約4:4　ἔδει δὲ αὐτὸν **διέρχεσθαι** διὰ τῆς Σαμαρείας.

他必須經過撒瑪利亞

乍看之下，這個不定詞並不像是ἔδει的主詞；反而像是〔作為動詞的補語〕的不定詞。但這是從英文翻譯的角度、而不是從原意來看。如果我們把這節經文翻譯為：「對他而言，經過撒馬利亞是必須的」，我們就可以清楚地看見這個不定詞（「經過」）是主詞。不過，在英文翻譯中，通常需要加一個 "it" 來作主詞。

腓1:21　ἐμοὶ γὰρ **τὸ Ζῆν** Χριστὸς καὶ **τὸ ἀποθανεῖν** κέρδος

因為對我而言，活著就是基督，死了就有益處。

（在英文翻譯中）這些不定詞可以翻譯為動名詞 (living is Christ and dying is gain)。這節經文顯示出另外兩個有關希臘文句法方面的重點 (1) 這個主格帶冠詞（在第一個子句，因為主格帶冠詞，而另一個是〔保羅書信中的〕專有名詞，所以最後是靠字序來決定主詞）；[37] (2) 不定詞的時態受到字典意思的左右。不令人意外地，第一個不定詞是現在時態（繼續活著），而第二個是簡單過去時態（死）。

腓3:1　τὰ αὐτὰ **γράφειν** ὑμῖν ἐμοὶ μὲν οὐκ ὀκνηρόν

我把這話再寫給你們，於我並不為難

用 X 取代不定詞片語，就清楚地呈現出這是一個〔作主詞的〕不定詞用法：「X是不為難的」。這是一個用不帶冠詞的不定詞作主詞的例子。

啟20:3　Μετὰ ταῦτα **δεῖ** **λυθῆναι** αὐτὸν μικρὸν χρόνον.

等到那一千年完了，以後必須暫時釋放他。

亦可參照太13:11，14:4，15:20；可3:4，9:11；路20:22；約4:24，5:10；徒16:21、30；羅7:18，12:3；提前3:2；來2:1；啟10:11。

37　見本書中「主格」這個章節的討論。

B. 作直接受詞

1. 定義

有時候，不定詞或不定詞片語會用作一個主要動詞的直接受詞。除了間述句以外，[38]這種用法很罕見；[39]不過正如下列例子所顯示的，這類用法在解經上很重要。

2. 結構上的線索

這類不定詞可能帶冠詞、也可能不帶冠詞。[40]然而，這類不定詞的用法不會出現在介系詞片語中。

3. 辨認的關鍵

除了注意定義和結構上的線索以外，以下的方式也有幫助：用 X 取代不定詞（或不定詞片語），然後再唸這個句子。如果 X 可以用一個適當的、作為直接受詞的名詞來取代，那麼這個不定詞很可能是作為直接受詞（這種方法也適用於引進間接引述句的不定詞）。

4. 例子

約5:26　　ὥσπερ γὰρ ὁ πατὴρ ἔχει ζωὴν ἐν ἑαυτῷ, οὕτως καὶ τῷ υἱῷ ἔδωκεν ζωὴν **ἔχειν** ἐν ἑαυτῷ.

因為父怎樣在自己有生命，就賜給他兒子也照樣在自己有生命。

明顯地，這是新約當中，唯一一個不帶冠詞的不定詞作直接受詞用的例子。另一種可能，是把這個不定詞視為間述句中的不定詞（照樣，他賜給他兒子「有

38　在歸類時，有可能會把〔作為動詞的補語〕的不定詞用法，視為〔作直接受詞〕的不定詞用法 (Boyer, "Infinitives," 6)。若是如此，其數量就大大增加。（Boyer 算出在新約中有892 處〔作為動詞的補語〕的不定詞用法），使其成為數量最多的一類 (ibid., 8)）。而較好的方法是視〔作為動詞的補語〕的不定詞用法是「強調*動詞方面的概念*」：助動詞與不定詞都是傳遞此一動詞概念的必要元素。更多這方面的討論，請見「（不定詞）作直接受詞」的討論。

39　Boyer（"Infinitives," 9）只列出兩段經文為「作直接受詞」的不定詞用法（林後8:11；腓4:10），顯然忽略了約5:26；腓2:6，也忽略了腓2:13的可能性。他另外將啟13:10放在「作直接受詞的不定詞用法」這個類別裡，但是特別說明「這其實並不是真的*受詞*」（它到底不是實名詞，因此，最好看它是一個主格述詞的用法）。注意本節經文的異文也顯示如此。

40　雖作簡單受詞的不定詞都會帶冠詞，但是在間述句中的不定詞常常不帶冠詞。

生命在你自己」），但是這樣顯得很彆扭，而且主動詞不合乎間述句的一般性語意。

林後8:11　νυνὶ δὲ Καὶ **τὸ ποιῆσαι** ἐπιτελέσατε

如今就當辦成這事。

腓2:6　οὐχ ἁρπαγμὸν ἡγήσατο **τὸ εἶναι** ἴσα θεῷ

不以自己與神同等為強奪的

這是一個例子，在受詞——補語的結構中，不定詞作直接受詞用。在這裡，不定詞是受詞，而不帶冠詞的 ἁρπαγμόν 則是補語，符合一般受詞——補語的結構模式。[41]

腓4:10　ἤδη ποτὲ ἀνεθάλετε **τὸ** ὑπὲρ ἐμοῦ **φρονεῖν**

如今，你們所有對我的思念

腓2:13　θεὸς γάρ ἐστιν ὁ ἐνεργῶν ἐν ὑμῖν καὶ **τὸ θέλειν** καὶ **τὸ ἐνεργεῖν** ὑπὲρ τῆς εὐδοκίας

因為那位在你們心裡興起「要立志與行出〔他的〕美意」的是神。

這段經文的句法被幾項要素複雜化了：θεός 的角色（是主詞還是受詞？這個議題因著異文的存在而變得更為複雜：因為在幾處抄本中，θεός 之前有 ὁ），ἐνεργῶν 在這裡是及物動詞、還是不及物動詞，還有 ἐνεργέω 的語意。把 ὁ ἐνεργῶν 當作主詞，θεός 當作主格述詞是很有可能的；[42] 但是其餘的部分就難以確定了。在此有兩種可能的翻譯：「在你們裡面工作的是神，（使你們）立志與行事，都是為著成就他的美意」；或者「那位在你們裡面*興起*立志與行事的是神」。「興起」這個*及物*的概念，有出現在保羅的作品中（參林前12:6、11；加3:5；弗1:11；亦可參照雅5:16）、也合乎保羅的觀點：他認為在信徒的生命中，神具有主動的角色。如果把不定詞當成 ὁ ἐνεργῶν 的直接受詞，似乎會肯定神在這成聖過程中的主動性。[43]

41　與此相反的是 N. T. Wright, "ἁρπαγμός and the Meaning of Philippians 2:5-11," *JTS*, NS 37 (1986) 344，他視冠詞為指著前述的 μορφῇ θεου。這個看法很吸引人，但它很可能只是神學上的可能，卻在文法方面的基礎很薄弱。見本書中「直接受格：受詞——受詞補語」這個章節的討論。

42　見本段的討論與「主格：主格述詞」的原則。

43　這個看法並沒有與12節衝突（就當恐懼戰兢作成你們得救的工夫），反倒是為「如何能達成這個命令」提供了基礎。

→ C. 引進間接引述句

1. 定義

　　這種不定詞（或不定詞片語）用法，跟在一個表示*感覺*、*了解*或*溝通*的動詞之後（嚴格地說，間述句是直接受詞的一種子類）。[44] 由主動詞引出間述句，而不定詞作為這間述句的主要動詞。「當一個不定詞作為一個表示感覺、理解或溝通的動詞的受詞，並表達了這溝通／思想的內涵，這個不定詞就可被歸在間接引述句中。」[45] 這種用法在新約中相當常見。[46]

2. 解說與語意

　　間述句的用法與英文類似，所以我們可以透過英文來瞭解。例如，「我已經告訴你要洗盤子」這句話包括了一個表示溝通的動詞（「告訴」），並接著一個在間述句中的不定詞（「洗」）。在間述句中的不定詞，就像是直述句中的*主要動詞*一樣。解釋者必須將之重建為直述句。在這個例子裡，直述句是「你要洗盤子。」而從這個例子裡我們看到，〔間述句中〕的不定詞用法可能用以表示*命令語氣*。

　　不過，換個例子：「他聲稱他認識她。」在這個子句裡，不定詞所表示的就是*直說語氣*：「我認識她」。

　　從這兩個例子，我們看到有些句子會「嵌入」〔間述句中〕的不定詞用法。這類不定詞的一般原則是：〔間述句中〕*的不定詞用法會保留原來在直述句中的時態*，[47] *並且通常表示命令語氣或直說語氣*。[48]

44　Boyer 視之為〔作為動詞的補語〕的不定詞用法的子類（"Infinitives," 7），並把〔引進間述句〕的不定詞用法與〔作為動詞的補語〕的不定詞用法、都放在〔作直接受詞〕的不定詞用法之下。

45　Boyer, "Infinitives," 7.

46　關於間述句的概括性討論，見「語氣」這一章節中「ὅτι + 直說語氣」與「ἵνα + 假設語氣」的部分。

47　然而，在這點上也不總是如此。例如，在多3:12中的簡單過去不定詞 παραχειμάσαι，就表達了直述句*未來時態*直說語氣的內容（我已經定意在那裡過冬＝我已經定意「我*將*在那裡過冬」）。

48　這也可能是假設語氣；但若真是假設語氣，也會帶有命令的味道（如同〔禁制性假設〕(prohibitive subjunctive)、〔勸告性假設〕(hortatory subjunctive) 的用法）。

3. 引入間述句的動詞

有許多表示理解／溝通的動詞能引導出一個〔引進間接引述句〕的不定詞用法。[49]
這些動詞包括了認識（知道）、想、相信、說、問、要求、命令。最常見的動詞是
δοκέω、ἐρωτάω、κελεύω、κρίνω、λέγω、νομίζω、παραγγέλλω、παρακαλέω。[50]

4. 例子

可8:29   αὐτὸς ἐπηρώτα αὐτούς· ὑμεῖς δὲ τίνα με λέγετε **εἶναι**;

          又問他們說：你們說我是誰？

可12:18   Σαδδουκαῖοι …… οἵτινες λέγουσιν ἀνάστασιν μὴ **εἶναι**

          撒都該人常說沒有復活的事。

約4:40   ὡς οὖν ἦλθον πρὸς αὐτὸν οἱ Σαμαρῖται, ἠρώτων αὐτὸν **μεῖναι** παρ' αὐτοῖς

          於是撒瑪利亞人來見耶穌，求他在他們那裡住下

約16:2   ἵνα πᾶς ὁ ἀποκτείνας ὑμᾶς **δόξῃ** λατρείαν **προσφέρειν** τῷ θεῷ

          凡殺你們的就以為是事奉神。

          原本的直述句如下：「他會以為：『我在事奉神』」。現在時態直說語氣被轉
          化為間述句中的不定詞。

羅12:1   *Παρακαλῶ* οὖν ὑμᾶς, ἀδελφοί, …… **παραστῆσαι** τὰ σώματα ὑμῶν

          所以弟兄們，我以神的慈悲勸你們，將身體獻上

雅2:14   τί τὸ ὄφελος, ἀδελφοί μου, ἐὰν πίστιν λέγῃ τις **ἔχειν** ἔργα δὲ μὴ ἔχῃ;

          我的弟兄們，若有人說自己有信心，卻沒有行為，有什麼益處呢？

          還原成直述句會是：「我有信心。」如果原來的句子是：「我有信心，卻沒有
          行為。」假設語氣 ἔχῃ, 也應該要改成不定詞。

彼前2:11 *παρακαλῶ* …… **ἀπέχεσθαι** τῶν σαρκικῶν ἐπιθυμιῶν[51]

          我勸你們要禁戒肉體的私慾

弗4:21-22 ἐν αὐτῷ ἐδιδάχθητε …… (22) **ἀποθέσθαι** ὑμᾶς …… τὸν παλαιὸν ἄνθρωπον

          你們已受教於他……就是你們已脫去……舊人。

          另一種可能的翻譯是：「你們已受教於他，那麼你們就要脫去舊人。」因為間
          述句中的不定詞可能表示命令語氣或直說語氣，所以這兩種翻譯都有可能。這

---

49 在總共362處〔引進間述句的不定詞用法〕的例子中，Boyer找到八十二個具有這類功能的動
    詞 (ibid., 8)。

50 同上，8-9。

51 經文的異文是 ἀπέχεσθε (𝔓[72] A C L P 33 81 *et al.*)，這個字更清楚地表達了命令的概念。

嵌入的句子可能是「脫下舊人」（簡單過去命令語氣），或「你們已經脫下舊人」（直說語氣）。這是個困難的抉擇，並具有解經上的含意。既然這是個重要的問題，我們需要討論。

Burton 認為「很明顯地，在新約裡沒有任何例子是『間述句中的簡單過去不定詞代表直述句中的簡單過去直說語氣』。」[52]如果是這樣，這段經文的意思就是「脫下舊人」（簡單過去命令語氣）。[53] Burton 的論點常被引用，好像這個議題就這樣確定了。但是 Burton 沒有指出「在間述句中的簡單過去不定詞」的出現頻率；他也沒有針對主動詞加以分析。然而，近來的研究[54]得到一個暫時的結論 (1) 在新約裡至少有150次間述句中的簡單過去不定詞，而且 (2) 的確，所有的例子似乎都支持 Burton 的論點。但是，進一步地分析卻顯示，*所有例子的主動詞，都已經暗示了命令或告誡*。因此，這些統計資料似乎變得沒有相關性，若是語意情境在這裡與其他的新約例子都不一樣（事實上，弗4:22的主動詞 διδάσκω 可以視為命令，但也可以視為直說語氣〔講述信心〕）。我們有其他的考量因素來幫助決定這個問題，但在這裡只是要說，不能光是引述 Burton 的話，就當作這個問題可以這樣解決。[55]

亦可參照太8:18；可5:17；路8:18，18:40，22:24，24:23、37；約12:29；徒3:3、13，10:48，12:19，19:31，27:1；羅2:22；林前2:2，3:18，8:2；林後2:8，11:16；加6:3；多2:6；雅1:26；彼前2:11；猶3；啟2:9。

➜ D. 作同位詞（appositional；譯詞，namely）

1. 定義

如同其他的實名詞，當不定詞作實名詞用時，也可能作為一個名詞、代名詞、作實名詞用的形容詞 (substantival adjective)、或其他實名詞的「同位詞」。當不定

52　Burton, *Moods and Tenses*, 53 (§114).

53　有些注釋家稱呼此處 (vv22-24) 的不定詞為〔傳遞命令〕的不定詞用法，但這是很不精確的說法。它也許其表達了直述句中的命令語氣 (imperative)，但這與〔傳遞命令語氣的內容〕的不定詞用法並不相同。頂多只能說，它傳遞了「命令」的語氣，因為原本直述句的意思是匆匆超過了。令人驚訝的是，Boyer 也視這些不定詞為〔傳遞命令〕的不定詞用法（ "Infinitives," 15, n. 29）。

54　這份資料來自 Peter Chiofalo 在「進深希臘文文法」這門課的學期報告，在一九九一年春，於達拉斯神學院。

55　其他有助於了解這個爭議的因素包括 (1) 保羅書信中「舊人」觀；(2) 4:25使用διό（這個字通常接在加以應用的陳述後面）；(3) 4:25 ἀποτίθημι 的重複，伴隨著帶冠詞的 ψεύδος（它是回溯前面的敘述？因此25節可以翻譯為「因此，你們既然已經棄絕謊言」嗎？(4) vv 22-24 中不定詞時態的轉換。

詞作實名詞來用時，它其實是一個帶有修飾詞、特別的名詞類別。這種用法蠻常見的。

這類用法很容易與〔作補語〕的不定詞用法 (epexegetical infinitive) 混淆。不同之處在於，〔作補語〕的不定詞是用以*解釋*與其相關的名詞或形容詞，而〔作同位詞〕的不定詞 (appositional infinitive) 則是用以*定義*之。[56] 也就是說，作同位詞與作補語的不同在於，〔作同位詞〕的不定詞用法更像實名詞而非形容詞。這種細微的差別可以用另一種方式表示：〔作補語〕的不定詞（或片語）無法有代表性地取代其前述詞，而〔作同位詞〕的不定詞（或片語）可以取代其前述詞。不過，即使兩者間的區別很容易讓人混淆，當你碰到這類狀況，不管將之歸於哪一類，在解經上很可能一點也不重要。

2. 辨認的關鍵

一種方法，是在不定詞之前插入「*就是*」(namely)。另一種測試的方法是：用冒號來取代 *to*（雖然這種方法不總是適用）。[57] 例如，雅1:27（「那清潔沒有玷污的虔誠，就是看顧在患難中的孤兒寡婦」）可以翻譯為「真實的宗教，就是，看顧在患難中的孤兒寡婦」或者「真實的宗教就是：看顧在患難中的孤兒寡婦。」

3. 例子

帖前4:3　τοῦτο ἐστιν θέλημα τοῦ θεοῦ, ὁ ἁγιασμὸς ὑμῶν, **ἀπέχεσθαι** ὑμᾶς ἀπὸ τῆς πορνείας

*神的旨意就是要你們成為聖潔，**就是遠避淫行***

在個例子裡，不定詞另成為一個詞的同位詞。

雅1:27　θρησκεία καθαρὰ ...... αὕτη ἐστίν, **ἐπισκέπτεσθαι** ὀρφανοὺς καὶ χήρας

*那清潔沒有玷污的虔誠，**就是看顧在患難中的孤兒寡婦**，*

腓1:29　ὑμῖν ἐχαρίσθη τὸ ὑπὲρ Χριστοῦ, οὐ μόνον **τὸ** εἰς αὐτὸν **πιστεύειν** ἀλλὰ καὶ **τὸ** ὑπὲρ αὐτοῦ **πάσχειν**

因為你們蒙恩，不但得以信服基督，並要為他受苦。

與冠詞連用，使得 ὑπὲρ Χριστοῦ 成為一個實名詞，作 ἐχαρίσθη 的主詞。如此，「這個代表基督的身分，是已經賜給你了」。這個實名詞接著兩個帶冠詞的不定詞，πιστεύειν 和 πάσχειν（在冠詞與不定詞之間，都有插入介系詞片語幫助釐清意思）。這個「作實名詞用的介系詞片語」本身是主詞，帶有兩個帶冠詞的不定詞作它的同位詞。

56　此外，〔作補語〕的不定詞不會與代名詞連用，而〔作同位詞〕的不定詞則經常如此。
57　因為省略 *to* 會使不定詞變成命令語氣，所以只有在適當的上下文中才能這樣翻譯。

亦可參照徒3:18，9:15，15:20、29，24:15，26:16；羅14:13，15:23；林前7:
25、37；多2:2（作為一個「暗指的代名詞」的同位詞）；啟2:14。

→ E. 作同位補詞 (Epexegetical)

1. 定義

〔作同位補詞〕的不定詞，釐清、解釋，或修飾一個名詞或形容詞。[58] 這類不
定詞用法通常限於具有某些字意特徵 (lexical features) 的名詞或形容詞。也就是說，
他們通常是用以表示能力、權柄、渴望、自由、盼望、需要、義務、或願意的字眼。
這種用法非常普遍。

這種不定詞用法很容易與〔作同位詞〕的不定詞用法混淆。如何辨別這兩者，
請見「〔作同位詞〕的不定詞用法」中的討論。

2. 例子

路10:19 δέδωκα ὑμῖν τὴν ἐξουσίαν τοῦ **πατεῖν** ἐπάνω ὄφεων καὶ σκορπίων

我已經給你們權柄**可以**踐踏蛇和蠍子

約4:32 ἐγὼ βρῶσιν ἔχω **φαγεῖν** ἣν ὑμεῖς οὐκ οἴδατε

耶穌說：我有食物**吃**，是你們不知道的。

林前7:39 ἐλευθέρα ἐστὶν ᾧ θέλει **γαμηθῆναι**

妻子就可以自由，隨意再**嫁**

雅1:19 ἔστω πᾶς ἄνθρωπος ταχὺς **εἰς τὸ ἀκοῦσαι**, βραδὺς **εἰς τὸ λαλῆσαι**

但你們各人要快快的**聽**，慢慢的**說**

亦可參照路22:6，24:25；徒14:9；林前9:10；腓3:21（可能）；提後2:2。

III. 獨特的用法

不定詞有兩種獨特的用法，在新約中都相當罕見：〔傳遞命令〕的不定詞用法
和〔作簡短問候語〕的不定詞用法（如同直說語氣）。

---

58 有些文法書認為這可視為是動詞，但是當不定詞修飾動詞時，它應該被視為是〔作為輔助動
詞〕的不定詞用法。請看「作為輔助動詞的不定詞」這一章節的討論。

† A. 傳遞命令語氣的內容 (Imperatival)

1. 定義

非常少見的情況下，不定詞的作用會像是命令語氣。

2. 辨認的關鍵

只有當不定詞清楚地不倚賴其他動詞的時候，才可能被視為〔傳遞命令〕的不定詞用法。但是明顯地，以下三個例子（在兩節經文中）是新約中*僅有的*例子。[59]

3. 例子

羅12:15　χαίρειν μετὰ χαιρόντων, **κλαίειν** μετὰ κλαιόντων.

　　　　　與喜樂的人要同樂；與哀哭的人要同哭。

腓3:16　πλὴν εἰς ὃ ἐφθάσαμεν, τῷ αὐτῷ **στοιχεῖν**.

　　　　　然而，我們到了什麼地步，就當照著什麼地步行。

　　　　　比起命令語氣，這個例子更像是勸告性的假設語氣用法 (hortatory subjunctive)。

† B. 作簡短問候語 (Absolute)

1. 定義

如同〔獨立分詞片語〕(genitive absolute) 的所有格用法，不定詞也可以獨立運作於句子的其他部分之外。如此，它與句子的其他部分就沒有句法的關連。以下 χαίρειν 這個字是作〔作簡短問候語〕的不定詞用法，表達「我問候你安」（與直說語氣相同），或是「你好！」（與感嘆詞相同）。

2. 例子

雅1:1　　Ἰάκωβος ...... ταῖς δώδεκα φυλαῖς ...... **χαίρειν**.

　　　　　雅各*請*散住十二個支派之人的安。

59　*BDF* 只提出三個例子，但 Boyer 卻找到十一個例子（"Infinitives," 15），但是混雜了〔作簡短問候語〕不定詞的例子（徒15:23，23:26；雅1:1），以及引入一些可疑的例子。他的弗4:23-24〔原來是 4:22-24〕應當歸為〔引進間述句〕的不定詞用法（請看前面的討論）；而帖後3:14則幾乎確定是「表達結果」的不定詞用法；至於多2:9，*BDF* (196 [§389]) 認為是省略了一個說話的動詞，而將這個例子置於一個古典的類別、視為表達的是命令。

亦可參照徒15:23，23:26；來7:9。[60]

結構類別

I. 不帶冠詞的不定詞

在新約中，絕大多數的不定詞都不帶冠詞（在2291處不定詞中有差不多二千處）。

A. 單純的不定詞

單純的不定詞是用來表達最多用法的結構類別，可以表達十五種用法中的十一種。

1. 表達目的
2. 表達結果
3. 作為動詞的補語
4. 表達方法（罕見）
5. 作主詞
6. 作直接受詞（罕見）
7. 引進間接引述句
8. 作同位詞
9. 作同位補詞
10. 傳遞命令（罕見）
11. 作簡短問候語（罕見）

B. Πρίν (ἤ)＋不定詞：比主動詞更晚的時間

C. ῾Ως＋不定詞

1. 表達目的
2. 表達結果

D. ῞Ωστε＋不定詞

1. 表達目的（罕見）

60　這個在來7:9慣用語是相當古典的，與雅1:1的語意情境不同。

2. 表達結果

II. 帶冠詞的不定詞

　　在新約314處帶冠詞的不定詞中，約有三分之二由一個介系詞所引導。反過來說，所有由介系詞所引導的不定詞都會帶冠詞。

A. 前面不帶介系詞的不定詞

1. 帶有主格冠詞的不定詞

　　　a. 作主詞

　　　b. 作同位詞（罕見）

2. 帶有直接受格冠詞的不定詞

　　　a. 作直接受詞

　　　b. 作同位詞

3. 帶有所有格冠詞的不定詞

　　　a. 表達目的

　　　b. 表達結果

　　　c. 與主動詞動作同時（罕見）

　　　d. 表達原因（罕見）

　　　e. 作直接受詞（有爭議性）

　　　f. 作同位詞

　　　g. 作同位補詞

4. 帶有間接受格冠詞的不定詞

　　新約中只有一個這樣的例子（林後2:13）。若不是「表達原因」的不定詞，就是「與主動詞同時的狀態」的不定詞。

B. 前面帶有介系詞的不定詞

1. Διὰ τό＋不定詞

　　　a. 表達原因

b. 與主動詞動作同時（罕見）

2. Εἰς τó＋不定詞

a. 表達目的
b. 表達結果
c. 作同位補詞（罕見）

3. ʼΕν τῷ＋不定詞

a. 表達結果（罕見）
b. 與主動詞動作同時
c. 表達方法

4. Μετὰ τó＋不定詞：比主動詞更早的時間

5. Πρòς τó＋不定詞

a. 表達目的
b. 表達結果

6. 雜項用法

關於其他與不定詞連用的介系詞，包含「正常」與「不正常」的用法討論，請見 Burton, *Moods and Tenses*, 160-63 (§406-17)；以及 Boyer, "Infinitives," 13。

分詞

參考書目

BDF, 174-75, 212-20 (§339, 411-25); **J. L. Boyer**, "The Classification of Participles: A Statistical Study," *GTJ* 5 (1984) 163-79; **Brooks-Winbery**, 126-38; **Burton**, *Moods and Tenses*, 53-72, 163-77 (§115-56, 418-63); **Dana-Mantey**, 220-33 (§196-203); **K. L. McKay**, *A New Syntax of the Verb in New Testament Greek: An Aspectual Approach* (New York: Peter Lang, 1994) 60-66; **Moule**, *Idiom Book*, 99-105; **Moulton**, *Prolegomena*, 221-32; **Porter**, *Idioms*, 181-93; **Robertson**, *Grammar*, 1095-1141; **Turner**, *Syntax*, 150-62; **Young**, *Intermediate Greek*, 147-63; **Zerwick**, *Biblical Greek*, 125-31 (§360-77).

簡介

A. 理解分詞使用的困難性

　　有人說：掌握分詞的句法就能掌握希臘文的句法。為什麼分詞會如此難以理解呢？有三重原因：(1) *就用法上*，分詞可以（以各種不同的語氣）用作名詞、形容詞、副詞，或是動詞；(2) *就字在句子中出現的順序上*，分詞常常被放在句子最後，或者是出現在任何一個讓人理解為難的地方；(3) *句子的主動詞*有時在許多經節之後才會出現，有時它只在句中暗示，有時卻甚至連暗示都沒有。簡而言之，分詞令人難以掌握的原因在於它變化多端。這多變性造成多重的誤解，但也使分詞得以展現豐富的細節。

B. 分詞與解經的關連

　　比起其他希臘文文法的領域，*上下文*對於分詞有更大的影響。換句話說，就大多數的分詞意涵而言，我們不能單看句子的結構（當然，冠詞的出現與否的確是最重要的結構特徵）來決定其屬於何種功能的分詞用法。不過，學生仍應掌握某些結

構線索，以便細查某個分詞在所處的上下文中、真正可能要表達的語意。相較於其他詞類，分詞更常考驗一個人的解經功力。

C.分詞是具有動詞性功能的形容詞 (verbal adjective)

分詞是*有格變化、具有動詞性功能的形容詞* (declinable verbal adjective)。從其動詞的功能衍生出時態 (tense) 及語態 (voice)；從其形容詞的特性則衍生出性 (gender)、數 (number)、格 (case)。就像不定詞一樣，在動詞功能方面，分詞通常是以附屬的方式呈現；也就是說，相較於獨立的動詞，分詞更常用來引進*附屬的*副詞子句。就其形容詞的特性，它可以作為實名詞（獨立用法）或形容詞（附屬用法）。二者都很常見（但是作實名詞用更常見）。

1. 分詞的動詞性功能 (The Verbal Side of the Participle)

a. 時間概念 (time)

我們需要仔細考量分詞所表達的*時間概念*。一般而言，分詞的時態所具備的概念和直說語氣一樣。唯一的差別在於：分詞的參照依據乃是主動詞 (controlling verb)、而非說話者。在直說語氣中，時間概念 (time) 是絕對的（獨立的）；在分詞中，時間概念則是相對的（依附的）。

	過去	現在	未來
絕對的 （直說語氣）	簡單過去時態 (Aorist) 完成時態 (Perfect) 現在不完成時態 (Imperfect) 過去完成時態 (Pluperfect)	現在時態 (Present)	未來時態 (Future)
相對的 （分詞）	簡單過去時態 (Aorist) 完成時態 (Perfect)	現在時態 (Present) （簡單過去時態 [Aorist]）	未來時態 (Future)
	比主動詞更早的時間 (Antecedent)	與主動詞同時的狀態 (Contemporaneous)	比主動詞更晚的時間 (Subsequent)

圖表80

分詞中的時間概念

舉例來說，*簡單過去時態分詞* (*aorist* participle)，通常表示比主動詞 (controlling verb) *更早的*時間。[1] 但是，如果主動詞也是簡單過去時態，那麼這個分詞則*有可能*表示與主動詞同時的狀況。[2] *完成時態分詞* (*perfect* participle) 也同樣表達比主動詞*更早的*時間。*現在時態分詞* (present participle) 則用於表示與主動詞*同時的*狀態（然而這同時性往往是概括性的，端賴於主動詞的時態）。*未來時態分詞* (*future* participle) 則表達比主動詞*更晚的*時間。[3]

上述的分析能幫助我們決定某個分詞是屬於那一種副詞性功能的分詞 (adverbial usage)。譬如說，*表達目的的*分詞通常是未來時態、有時是現在時態、卻（幾乎）不曾以簡單過去時態或是完成時態 (perfect) 出現。[4] 為什麼呢？因為主動詞要達成的目的會發生在比主動詞運作*更晚的*時間（有時是同時發生）。同樣的，*表達原因的*分詞，不會是未來時態（完成時態、副詞功能的分詞 (perfect adverbial participle) 多半表達原因；不過，簡單過去時態和現在時態更是經常如此）。[5] 表示結果的分詞從來沒有以完成時態出現過。表示方法的分詞呢？通常是現在時態，雖然簡單過去時態亦被廣泛的使用（特別在無須考量「進行中」的觀點時）。許多注釋者出錯都因為他們忽略了這些簡單的原則。

b. 觀點 (aspect)

在許多方面，分詞的*觀點*與其相對應的直說語氣相似。有兩個基本的影響會塑造分詞的動詞性功能；然而，就其*Aktionsart*這個面向而言，卻幾乎是不變的。[6] 首先，因為分詞同時包含兩種特質，這兩種性質不可能完全各自獨立作用，所以分詞

---

1   我們在此所講的，主要是關於具副詞功能的分詞。

2   參照 Robertson, *Grammar*, 1112-13。從我粗略檢視之後所得到的資料來看，簡單過去分詞在書信中比在敘述文中更常表示與主動詞同時的狀況。簡單過去分詞也可以表示比主動詞更晚的時間，但相當罕見。

3   說未來時態分詞表示未來的時間是不正確的，因為它常用於上下文是「過去的時間」的情況。例如約6:64：「耶穌從起頭就知道……*誰要賣他*。」(ἤδει γὰρ ἐξ ἀρχῆς ὁ Ἰησοῦς ...... τίς ἐστιν ὁ παραδώσων αὐτόν)。亦可參照路22:49（作實名詞用）；徒8:27，22:5，24:11、17（具副詞功能的分詞用法）。

4   有些人注意到簡單過去分詞偶爾在希臘化希臘文中具有「表達目的」的功能，因為在對話、鄉談中，未來時態分詞通常不是可行的選擇 (A. T. Robertson, "The Aorist Participle for Purpose in the Κοινή," *JTS* 25 [1924] 286-89)。

5   現在時態分詞可能用以「表達原因」似乎否定了其所具有的「同時性」(contemporaneity)。但在這樣的例子中，「同時性」乃是概括性的；或者，分詞的功能是要表達*邏輯上的*原因，而在*時序上*仍是同時的。

6   關於觀點與 *Aktionsart* 的區別，請見本書討論動詞時態的引言部分。

的形容詞性功能持續地在文法上侵犯其動詞性的功能。這樣的*趨勢*削弱了觀點的效力。舉例而言，在希臘化希臘文中，有許多名詞的前身就是分詞（例如ἀρχιτέκτων、ἄρχων、γέρων、ἡγεμών、θεράπων、καύσων、τέκτων、χείμων）。而持續來自形容詞屬性的壓力使得僅存的動詞觀點都被壓垮了。這不是說新約中分詞的觀點都不明顯——事實上，許多時候正好相反！但是我們不能假設每一次的景況皆是如此。特別當一個分詞*作實名詞用*時，觀點的影響力更容易被削減。

其次，新約中許多作實名詞用的分詞都用來表達普遍性。πᾶς ὁ ἀκούων（或ἀγαπῶν、ποιῶν 等等）總是（或幾乎總是）表達普遍性、一般性；以致於我們會預期*格言式的*概念。[7]大多數這類的例子都含有現在時態的分詞。[8]但若真是格言的屬性，任何想要強加更多的企圖——譬如說，持續不斷的概念——就可能是我們過度的解釋。[9]所以，以太5:28為例，「凡看見婦女(πᾶς ὁ βλέπων γυναῖκα)就動淫念的」並不表示有「持續地觀看」或是「習慣性地觀看」的意思；更不用說四節之後的經文：「凡休妻的」(πᾶς ὁ ἀπολύων τὴν γυναῖκα αὐτοῦ) 也沒有「重複不斷地離婚」的意思！這不是要否定在這些格言中慣常的*Aktionsart*，但是我們的確應該謹慎小心。最起碼，我們應該避免類似下列的陳述：「（在太5:28中出現的）現在時態分詞βλέπων 表達了這人*持續觀看*的行為。」[10]這可能是*福音書作者*所要表達的意義，但是單單就現在時態分詞而言，我們不能強行套用這類既定模式。[11]

2. 分詞的形容詞性功能 (The Adjectival Nature of the Participle)

作形容詞時，分詞可以獨立使用或作附屬的用途。也就是說，一個分詞可以像任何一個普通的形容詞一樣，具形容、修飾功能 (attributive) 或具述詞功能 (predicate)。它也可以當作實名詞，如同任何一個形容詞的用法。

7　見〔用以表達一個格言的內容〕的現在時態用法 (gnomic present) 的討論。

8　簡單過去時態有時也會用以表達普遍性。參照太10:39（「得著生命的 [ὁ εὑρών]，將要失喪生命；為我失喪生命的 [ὁ ἀπολέσας]，將要得著生命。」）；23:21、22，26:52；可16:16（一段非真實的經文）；路8:12、14，20:18；約5:25，6:45，16:2；羅10:5；林前7:33；加3:12；雅5:4、11、20。如此看來，Boyer 針對作實名詞用的簡單過去分詞 (substantival aorist participle) 的論點，乃是言過其實：「它似乎*總是*特定的，不是普遍性的。」（"Participles," 166 [italics added]) 有些例子兼具這兩種可能性（例如彼前4:1；約壹5:1）。

9　不可否認，作實名詞用的現在時態分詞 (present substantival participle)，即使是格言式的，也可以具有「進行中」的概念。（沒什麼事可以禁止一個作者這樣說：「每個持續這樣做的人」）。在 ὁ πιστεύων 的例子中似乎特別是這樣。見下文中關於約3:16的討論。

10　Lenski, *St. Mathew's Gospel*, 226.

11　注意下文中關於 ὁ πιστεύων 的討論（620-21頁，註22），在其中從幾方面的證據來論述「進行中」的概念。

3. 摘要

所有的分詞都分屬於這兩個範疇中的一種（符合它們都是具有副詞功能的形容詞）：每一個分詞可能強調其動詞性功能、或強調其形容詞的特性。而在這特定的強調中，每一個分詞也可能是獨立使用，或作附屬的功用。若我們能記住這簡單的框架，我們對於分詞將會有粗略、架構性的理解。

	副詞性	容詞性形
獨立用法	**（作動詞用）** 祈使語氣 直說語氣	**（作實名詞用）** 主詞、受詞等等
附屬用法	**（具副詞功能）** 表達時間、原因、態度、方法等等	**（作形容詞用）** 定語 述詞

圖表81

分詞的語意變化

雖然在歸類時，每個分詞都可歸類為強調動詞性功能或是形容詞特性；也可歸類為獨立或是附屬的用法，但在此我還沒列出另一類的分詞（獨立分詞片語）。雖然它們也符合上述的分類範疇，但是我們仍需將它們分別出來作探討。將「獨立分詞片語」分開討論的原因在於它們具有特殊的句型結構線索（尤其是在特定的例子中），需要額外解釋。

特定用法

I. 具形容詞功能的分詞 (Adjectival Participles)

這個範疇包含了附屬的和獨立的（即作形容詞用或是作實名詞用）。從結構上的線索來看，學生應注意冠詞的出現：如果有冠詞，並且有修飾的功用（即正常的用法），則這分詞必定是具形容詞功能。若是這個分詞沒有冠詞，那它則有可能是具形容詞功能。所以我們在決定一特定分詞在使用上的細節時，我們要問的首要問題是：有冠詞的出現嗎？如果答案是「有」，那它就是具形容詞功能；[12] 如果答案

12　似乎有個例外的狀況：在 ὁ μέν ＋分詞或 ὁ δέ＋分詞的結構中，冠詞可能具有人稱代名詞的功能。在這樣的例子中，冠詞就不是修飾分詞，而是作句子的主詞，而這分詞就會是具副詞功能的分詞。亦可參照可1:45，6:37……等等。在新約中有超過一百個這類的結構（福音書和使徒行傳中有大量的例子）。關於這類現象的討論，請見本書討論「冠詞」的第一部分。

是「沒有」，那它就可能是具形容詞功能，或是其他功用（好比說具副詞性功能）。

→ A. 作形容詞用（附屬的）(Adjectival Proper, Dependent)

1. 定義

分詞可以作形容詞用來修飾一名詞（具形容、修飾功能）或確認一事物（具述詞功能）。前者很常見，而後者不常見。[13]

2. 說明／分辨的關鍵

決定一個分詞究竟是具形容、修飾功能 (attributive) 或是作述詞用 (predicate)，與決定一個*形容詞的功用*（作形容用法？或作敘述用法？）完全相同。形容詞分詞可以佔在三個形容位置中的任何一個地方，也可以出現在兩個述詞位置。一般而言，我們應將*具形容、修飾功能的分詞 (attributive* participle) 翻譯成關係子句（舉例而言，太6:4：ὁ πατήρ σου ὁ **βλέπων** ἐν τῷ κρυπτῷ ἀποδώσει σοι〔你那在暗中**察看**的父，必然報答你〕）。

所以更精準地說，一個*具敘述用法的*分詞不會帶冠詞（只有具形容、修飾功能、以及作實名詞用的分詞才會帶冠詞）。

3. 範例

→ a. 具形容、修飾功能 (Attributive Participles)

太2:7　τοῦ **φαινομένου** ἀστέρος

那閃亮的星

這是出現在第一形容位置 (First attributive position) 的例子。

約4:11　τὸ ὕδωρ τὸ **ζῶν**

活水

這是出現在第二形容位置的例子。這是具形容、修飾功能的分詞最常見的句法結構。

13　就 Boyer 的了解，只有二十個第二述詞位置的例子（"Participles," 166, n. 4），沒有任何第一述詞位置的例子。但有幾個他所舉的例子應該另作解釋（例如，林前8:12中的分詞很可能是「表達時間」；林後4:15中的分詞則是「表達方法」），此外，他似乎還忽略了一些其他的例子。

約4:25   Μεσσίας ...... ὁ **λεγόμενος** χριστός

         彌賽亞（就是**那稱為基督的**）

         這是位於第三形容位置———一種常見的與分詞連用的結構，但不常與形容詞連
         用。亦可參照路7:32；約4:5，5:2；徒1:12；林前2:7；彼前1:7、21。

約4:10   ὕδωρ **ζῶν**

         活水

         這是第四形容位置 (fourth attributive construction) 的例子。亦可參照可14:51。

         亦可參照太4:16，6:18，7:13，16:16，17:17；可1:38，3:22，6:2，11:10；路3:
         7，15:6；約1:6，5:23；徒7:55，13:43；羅12:3；林前3:7；林後8:20；加3:23；提前
         1:10；來6:18；啟12:9。

b. 具敘述功能、作述詞用 (Predicate Participles)

徒7:56   ἰδοὺ Θεωρῶ τοὺς οὐρανοὺς **διηνοιγμένους**

         我看見天開了

         這是出現在第二述詞位置 (second predicate position)。完成時態（被動）分詞的
         功能，像在這裡一樣，似乎往往會是具有述詞功能的分詞。[14]

來4:12   **ζῶν** ὁ λόγος τοῦ θεοῦ

         神的道是活潑的

         這是出現在第一述詞位置的例子。

羅12:1   παραστῆσαι τὰ σώματα ὑμῶν θυσίαν **ζῶσαν** ἁγίαν εὐάρεστον τῷ θεῷ

         將你們的身體獻上為祭———是活的、是聖潔的、是神所喜悅的

         θυσίαν 是在「其一為受詞、另一為受詞補語 (object-complement)」結構中的受
         詞補語 (complement)，因此它是作為述詞的直接受格 (predicate accusative)。但
         問題在於，ζῶσαν 是修飾 θυσίαν、還是 θυσίαν 的述詞？與 σώματα 無關。如果
         ζῶσαν 是具形容、修飾功能，那就應該翻譯為「將身體獻上，當作活祭」。這
         是個難題。但因為緊跟在後的形容詞最有可能是述詞，且這個分詞與之緊緊相
         連，這樣，就暗示了這分詞也是述詞。比起作形容用法的形容詞 (attributive
         adjective)，述詞用法會更強調這句論述。然而，正如 Robertson 所說：「不帶
         冠詞的具形容、修飾功能的分詞 (attributive participle) 與附加說明、作述詞的分
         詞 (predicate participle) 很難畫出清楚的界線。」[15]

---

14   亦可參照太21:9，23:39；可11:9、10；路1:18、42，2:36，18:34；羅15:16。
15   Robertson, *Grammar*, 1105.

雅2:15　ἐὰν ἀδελφὸς ἢ ἀδελφὴ γυμνοὶ ὑπάρχωσιν καὶ **λειπόμενοι** τῆς ἐφημέρου τροφῆς

若是弟兄或是姐妹，赤身露體，又缺了日用的飲食

很明顯地，這個分詞具有敘述功能，因為它以 καί 連著一個作述詞用的形容詞 (predicate adjective)。

亦可參照太7:14，21:9，27:37；可6:2；路12:28，16:14；徒19:37；林後6:14；提前5:13；來7:3；彼後1:19。

→ B. 作實名詞用（獨立的）(Substantival, Independent)

1. 定義

這是具形容詞功能的分詞的獨立用法（並不連於一個名詞）。其功能等同於一個實名詞。如此，它的功能實際上就與名詞一樣，可作主詞、直接受詞、間接受詞、同位語……等等。[16] 這類用法在新約中相當常見。[17]

2. 辨認的關鍵

第一，如果分詞帶有冠詞，那它若不是作形容詞用、就是作實名詞用。第二，如果分詞帶冠詞且不附屬、關連於句子裡的任何一個實名詞，那麼這個分詞就是作實名詞用。在英文翻譯時常翻成 the one who/the thing which 加上被轉譯為主要動詞 (finite verb) 的分詞（例如，ὁ ποιῶν 翻譯為 the one who does）。

3. 釐清

作實名詞用的分詞雖然幾乎都會帶冠詞，但它也可能不帶冠詞。而判斷它的格 (case) 就像判斷普通名詞的格 (case) 一樣，要藉著它在句子中的功能來判斷。

4. 語意上

首先，相較於不定詞 (infinitive) 而言，雖然許多時候分詞和不定詞在翻譯的結果上是相同的（特別是將不定詞翻譯作動名詞的時候），但是在這當中仍有明顯的差異。「不定詞表達抽象的概念，說明一事件的*行動*或*事實*；而分詞是具體的，說

16　當然，有幾個作名詞的實名詞類別。作實名詞用的分詞本質上不符合名詞的副詞性用法，因為附近就具副詞功能的分詞。

17　Boyer 算出1467次的作實名詞用的分詞（"Participles," 165, n. 3），其數量遠多於作形容詞用的分詞。

明是*誰*（人）或是*什麼*（物）造成的。」[18]

再者，論及其動詞性功能的屬性：就如同分詞可以是具形容功能或作述詞用，這不表示其動詞性觀點全然被削減了。大多數作實名詞用的分詞仍然保留*某些*它們的觀點。基本律是這樣的，分詞所指涉的對象愈特定，它的動詞性功能就愈明顯。（請見引言中詳細的討論。）

第三，*現在時態*分詞的觀點可能會因著上下文的特殊性而消減。[19]例如，在可1:4中，ὁ βαπτίζων 的意思就不是「那個持續施洗的人」，只是「施洗者」。[20]在可6:14中，它更不可能是前者，要不然，約翰就是以無頭的樣子在為人施洗了（「施洗的約翰從死裡復活了」）![21]同樣地，在帖前1:10所說的 Ἰησοῦν τὸν **ῥυόμενον** ἡμᾶς ἐκ τῆς ὀργῆς τῆς ἐρχομένης，意思很可能不是「耶穌，那位持續拯救我們……」而是「耶穌，那位救我們脫離將來忿怒的」。其後的介系詞片語提及未來，成為這立論的證據。但另一方面，這段話也許與來7:25相似，論及那位會持續拯救我們脫離神在將臨之日的憤怒。

5. 例子

可6:44   ἦσαν οἱ **φαγόντες** τοὺς ἄρτους πεντακισχίλιοι ἄνδρες

那些吃餅的有五千個男人

當兩者都是名詞時，在此運用了與分辨主詞與主格述詞的原則（如果其中一個帶冠詞，它就是主詞）。

路1:45   μακαρία ἡ **πιστεύσασα**

這相信的女子是有福的

約3:16   πᾶς ὁ **πιστεύων**

一切信他的

此處的概念兼具格言性（gnomic）與連續性（continual）：「一切持續相信的人。」不只因為使用了現在時態，也因著 πιστεύω 這個字的緣故，特別是它落在新約救恩論的情境裡。[22]

---

18   Williams, *Grammar Notes*, 50. Cf. also Robertson, *Grammar*, 1101-02.

19   這不像其他時態的分詞那樣常見。似乎是因為現在時態分詞合於一個普遍性的概念，使它成為格言式時態的用法。而其他的時態，在應用上通常都更具特定性。關於這方面的討論，請見 Boyer, "Participles," 165-66。

20   Cf. N. Turner, *Syntax*, 151.

21   亦可參照可5:15-16。

22   現在時態 ὁ πιστεύων 的觀點似乎與 ὁ πιστεύσας 形成對比。簡單過去時態只有八次（在馬可福音增添的結尾中，還有另外兩次）。簡單過去時態有時會被這樣用來描述信徒，就這樣有了

約4:13   πᾶς ὁ πίνων

凡喝這水的

也許福音書作者的心裡的確存著一個慣常性的概念（就如同他的心裡存著格言性的概念）。此處的現在時態分詞與下文的簡單過去、假設語氣形成對比，好像在說：「所有人都這樣喝水，但是唯有那品嚐的……(whoever should taste......)」。

約6:39   τοῦτο δέ ἐστιν τὸ θέλημα τοῦ πέμψαντός με

差我來者的意思就是……

此處，作實名詞用的分詞的功能乃是作為驅動者的所有格 (subjective gen)（「這就是那位差我來者的意思」）。

徒1:16   Ἰούδα ...... ὁδηγοῦ τοῖς συλλαβοῦσιν Ἰησοῦν

猶大……作那些捉拿耶穌的人的嚮導

帖後2:6-7 νῦν τὸ κατέχον οἴδατε ...... (7) ὁ κατέχων

現在你們也知道，那攔阻他的……(7) 有一個攔阻的

提前6:15 ὁ βασιλεὺς τῶν βασιλευόντων καὶ κύριος τῶν κυριευόντων

那些管轄者的王、那些統治者的主

與啟17:14以名詞來表達（萬主之主，萬王之王）相互對照。

亦可參照太1:22，5:10，22:3；可13:13，14:69；路2:18，19:32，20:17；約1:22，5:11，7:33，18:21；徒4:4，21:20；林前12:3；加1:6；提後2:4；雅5:4；約壹3:9；約貳1；啟22:19。

II. 具動詞性功能的分詞 (Verbal Participles)

這個類別乃是強調分詞的動詞性 (verbal) 功能、過於形容詞特性 (adjectival)。這個類別兼具獨立的與附屬的（更為常見）。在此釐清：不管是強調形容詞特性還是

一般性的含意（最清楚的例子請參照可16:16〔異文〕；亦可參照帖後1:10；來4:3；可能性很高的例子有約7:39；此外，還有否定的例子，指那些不[μή]信的人：帖後2:12；猶5）。而現在時態出現的次數有六倍之多（四十三次），而且最常出現在新約救恩論的情境裡（參照約1:12，3:15、16、18，3:36，6:35、47、64，7:38，11:25，12:46；徒2:44，10:43，13:39；羅1:16，3:22，4:11、24，9:33，10:4、11；林前1:21，14:22 [bis]；加3:22；弗1:19；帖前1:7，2:10、13；彼前2:6、7；約壹5:1、5、10、13）如此，似乎既然簡單過去分詞是可行的選擇，可用以描述一個「信徒」，那麼，當作者選用現在時態來描述時，其觀點就不太可能是平淡無奇的。現在時態是最適合的選擇，因為一般而言，新約作者視持續的信仰為得救的必須狀態。在此，要提一件似乎蠻重要的事：提到救恩的應許時幾乎總用 ὁ πιστεύων（請參照上述幾段經文），幾乎從來沒用 ὁ πιστεύσας 來表達（除了可16:16、約7:39和來4:3接近這個意思〔希伯來書中從未出現 πιστεύω 的現在時態〕）。

副詞性功能，*任何*分詞的動詞性特點都不會消失（注意：上文談及一些例子，其觀點特性幾乎消逝，但即或如此，它們仍然具有功能）。然而，當一個分詞被歸類為引進副詞子句的分詞，我們只是單純地指出其動詞性功能較為重要）。

A. 引進附屬動詞性子句的用法 (Dependent Verbal Participles)

在兩大類分詞中，這一類顯然比較龐大。它包含了以下幾種子類：具副詞功能 (adverbial or circumstantial)、伴隨主要動詞、說明附屬的動作 (attendant circumstance)；引進間述句；作為動詞的補語；合併主要動詞、作為助動詞 (periphrastic)；冗筆用法 (redundant)。[23]

1. 具副詞功能的分詞 (adverbial or circumstantial)

a. 定義

具副詞功能的分詞，在文法上附屬於其主動詞 (controlling verb)（通常是那個子句的主要動詞 [main verb]）。就像一般的副詞、這類分詞用以修飾動詞、回答下列問題：*何時*？（表達時間）；*如何*（表達方法、表達態度）；*為何*（表達目的、表達原因）……等等。

b. 專有名詞

許多文法書稱呼這類分詞為*情境的分詞* (circumstantial)。但這樣的說法太含糊了。[24] 稱之為*具副詞功能的分詞* (*adverbial* participle) 會更清楚也更合理：具副詞功能的分詞、就像副詞一樣、需倚賴動詞。這意味著這類分詞「乃是單純用以修飾動詞的一個修飾詞，所以說它具副詞功能很適切。」[25]不過，這樣只說了一半的實情：分詞是一個*具有動詞性*功能的形容詞，它的副詞功能來自於它的動詞性功能與形容詞功能二方面。[26]

23　當然，廣義來說，所有引進附屬副詞子句的用法都可算是具副詞性功能的分詞。

24　*American Heritage Dictionary* 提供了 circumstantial 前兩項定義：「1.關連或附屬於環境、情境；2.在重要性上，不是首要的而是次要的。」對這類分詞用法而言，上述兩個定義都不恰當。同樣地，把這類分詞命名為 circumstantial 也不足與〔伴隨主要動詞、說明附屬的動作〕的分詞用法(attendant circumstance) 做出清楚的區分。

25　　Dana-Mantey, 226.

26　當然，要稱呼這類分詞為具副詞功能的分詞也有障礙。一方面，它太廣泛了（不同於副詞，具副詞性功能的分詞不能修飾形容詞或其他副詞）；另一方面，它又太狹窄了（有其他幾種分詞〔像是 attendant circumstance、引進間接引述句、冗筆用法〕也依附於動詞，因此就某種意義而言，它們也可稱作具副詞功能的分詞）。

c. 詳細說明與辨認的關鍵

第一，我們已經說過：在判斷希臘文分詞的功能時，上下文扮演了主要的角色。而具副詞功能的分詞更是如此。「這類分詞會有各種用法不是因為核心功能改變，而是因為相關名詞與主動詞乃上下文的關係。」[27]

第二，這類分詞的主詞通常就是主要動詞的主詞，所以這類分詞通常都是*主格*（佔了幾乎70%）。[28]

第三，在翻譯上，這類分詞與對應的英文譯文有相當高的一致性（相較於不定詞）。就這點而言，這類分詞並不會太難掌握。

第四，英文的分詞通常比希臘文含糊，希臘文分詞幾乎都嚴謹地按照既定的模式（例如：字序、分詞的時態、主動詞的時態），這使我們面對特定的經文、進行文法判決時，會縮小可能的選項。反之，如果我們只照著英文的分詞，範圍就很寬鬆了。這也是為何我們要鼓勵學生、在翻譯分詞的功能時，不要只是簡單地翻譯為 —*ing*。

d. 具副詞功能分詞的功能要點 (Specific Nuances of the Adverbial Participle)

大部分的具副詞功能的分詞都屬於以下八類中的一類：表達時間、表達態度、表達方法、表達原因、引進條件子句、表達退讓、表達目的、表達結果。

→ 1) 表達時間 (Temporal)

a) 定義

表達時間的分詞回答了與其主動詞有關、論到「*何時？*」的問題，包括三種時間：比主動詞更早的時間 (antecedent)；與主動詞同時的狀態 (contemporaneous)；比主動詞更晚的時間 (subsequent)。表達比主動詞更早的時間的分詞應該翻譯為*做了之後 (after doing, after he did)*。一般來說，*表達與主動詞同時的狀態的分詞應該翻譯為當 (while doing)；而表達比主動詞更晚的時間的分詞應該翻譯為* before doing, before he does 等等。[29] 這種用法很常見。

---

27   Dana-Mantey, 226.

28   按著 *acCordance*（少數地方有修正），新約中有6674個分詞。其中有4621處是主格 (69%)，957處是直接受格 (14%)，743處是所有格 (11%)，353處是間接受格 (5%)，還有一個呼格。

29   實際上，幾乎所有〔表達比主動詞更晚的時間〕的分詞用法 (subsequent participles) 都合於其他的類別，特別是「表達目的」與「表達結果」。因此，*之前 (before)* 通常不會是適合的譯法。

b) 辨認的關鍵

我們剛剛說過，表達時間的分詞回答了關於「*何時？*」的問題。如果某個具副詞功能的分詞被歸類為表達時間的不定詞，那麼這就應該是作者*首要的*強調重點（因為幾乎所有的分詞、不管它是不是具副詞功能的分詞、「時間概念」至少也會是個次要的意思）。[30]

因此，一旦你認出某個分詞具有表達時間的功能，你應該繼續問：作者是否想要表達其他更明確、特定的語意（雖然表達時間的分詞很常見，但是學生們容易太常把分詞歸入這類）。你應該問一些問題，像是：「作者*只*描述這件事何時發生？還是他也指出這事為*何*會發生、或是這事是*如何*發生的？」

例如，弗1:19-20談到復活的能力、是與信徒的成聖有關連的：τὸ ὑπερβάλλον μέγεθος τῆς δυνάμεως αὐτοῦ εἰς ἡμᾶς τοὺς πιστεύοντας κατὰ τὴν ἐνέργειαν τοῦ κράτους τῆς ἰσχύος αὐτοῦ, (20) ἣν ἐνήργησεν ἐν τῷ Χριστῷ **ἐγείρας** αὐτὸν ἐκ νεκρῶν（他向我們這信的人所顯的能力是何等浩大，就是照他在基督身上所運行的大能大力，〔就是〕使他從死裡**復活**，叫他在天上坐在自己的右邊）。表達時間的分詞會強調神運行大能的時間（復活的時刻）；而表達方法的分詞則強調神如何行使祂的能力。這兩個概念都是真的、且這個分詞都有傳達。而問題就在於：到底作者要強調的是哪一個？

c) 詳細說明

1] 簡單過去時態分詞

一般而言，*簡單過去分詞常用以表達比主動詞更早的*時間。但是，當簡單過去分詞關連於一個*簡單過去時態*主動詞時，分詞卻常表達與主動詞同時的狀態。

從下列這個冗筆用法的分詞 (redundant participle) 的常見公式：ἀποκριθεὶς εἶπεν（他回答說），我們可以看到「回答」並不是發生在「說」之前──回答和說是同一回事。[31]

我也可以在書信中看到這樣的例子。在弗1:8-9我們看到 ἐπερίσσευσεν [τὴν χάριν] εἰς ἡμᾶς ...... γνωρίσας ἡμῖν（祂賞給我們〔祂的恩典〕……叫我們知道）。神賞賜恩典的同時 (contemporaneous)，就是祂使我們知道祂的恩典。[32]

30　即使一個分詞被標定為「表達時間」，也不必然表示這就是它唯一的功能。通常會含有次要的概念，像是「表達方法」或「表達原因」。這樣一來，例如來1:3，就很可能應該譯為「**當他使**罪得潔淨，就坐在高天至大者的右邊」(καθαρισμὸν τῶν ἁμαρτιῶν **ποιησάμενος** ἐκάθισεν ἐν δεξιᾷ τῆς μεγαλωσύνης ἐν ὑψηλοῖς)，雖然 ποιησάμενος 兼具「表達時間」和「表達原因」的功能。坐在神的右邊表示工作完成了，而工作要完成*得*等到洗淨罪惡的工作成就了。

31　可參照太13:37，26:23；可11:14；路5:22，7:22，13:2，19:40。

32　事實上，有些抄本是作不定詞 γνωρίσαι 而非 γνωρίσας (F G 1913)。

　　新約充滿了與表達時間分詞有關、在神學上很重要的經文。在以弗所書第一章中就出現：弗1:4-5（ἐξελέξατο ...... προορίσας〔揀選與預定是同時發生？還是有先後關係？〕）；1:13-14（ἀκούσαντες ...... πιστεύσαντες ἐσφραγίσθητε〔受聖靈為印記是在他們相信福音之後？還是正當他們相信福音的時候？〕）；[33] 1:19-20（雖然這段經文已經討論過了，但這裡要探究的是：神的能力顯明出來是在他使基督從死裡復活之後？還是*正當*他使基督復活的時候？[ἐνήργησεν ...... ἐγείρας]）。

　　與現在時態主要動詞 (main verb) 連用時，簡單過去分詞通常都表示比主動詞更早的時間。[34]

　　2] 現在時態分詞

　　在時間方面，*現在時態分詞通常表示與主動詞同時的狀態*。特別當主動詞是現在時態的時候，更是如此（事實上，它常跟在一個現在時態命令語氣之後，作為表達方法的分詞）。但這類的分詞也可能會概括地表示比主動詞更早的時間，特別當它帶冠詞的時候（這樣就屬於具形容詞功能的分詞；參照可6:14；弗2:13）。*有時候*，現在時態分詞也會表達比主動詞更晚的時間。在這種情形出現時，這個分詞具有「表達（主動詞的）目的或是結果」的意味（參照弗2:15）。但正如 Robertson 所指出的：「在此，現在時態分詞並非真的表示未來、或比主動詞更晚的時間，它是用來表達主要動詞同時或之後、要達成的目的。」[35]

　　3] 未來時態分詞

　　在時間方面，*未來時態分詞總是表達比主動詞更晚的時間*（參照太27:49；徒8:27）。

　　4] 完成時態分詞

　　完成時態分詞幾乎總是表達比主動詞更早的時間。它如果表達與主動詞同時的狀態，乃是因為要強調一個過去的行動所產生的結果 (intensive perfect)、或因為完成時態的字彙細節本身就具有現在時態的功能。[36]

33　雖然的確有可能將這段經文翻譯為「聽見之後……相信之後……你們受印記」，文法上為同時的可能性和整體的上下文引導我們相信此處的簡單過去分詞屬於「表達與主動詞同時的狀態」，就上下文而言，此處三重對神的讚美中，頭兩重都源於神早先的作為（揀選、救贖）。因此，為求一致，第三重也應該如此解釋（至少，不應該在相信之後才受印記）。此外，接下來的經文 (2:1-10) 也更進一步說明關於神拯救之恩的主題。在本段中，死亡的隱喻並不支持歸信先於重生。

34　　關於這點，例外常出現於主動詞是〔*描述一個過去（已經發生）的事件*〕的現在時態用法 (*historical* present)、簡單過去分詞是「冗筆用法」的狀況。參照可3:33，5:7，8:29，9:5、19，10:24，11:22、33，15:2；路13:8，17:37；約21:19。

35　Robertson, *Grammar*, 1115.

36　關於更精細的討論，請見本章的引言及完成時態之章。

下列表格指出：一般而言、各種時態的分詞會表達的時間，特別當他們與其他分詞的副詞功能有關時。

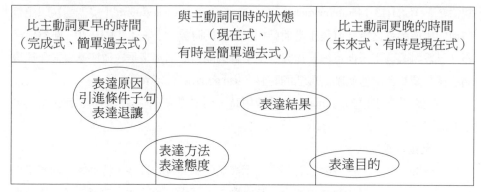

比主動詞更早的時間 （完成式、簡單過去式）	與主動詞同時的狀態 （現在式、 有時是簡單過去式）	比主動詞更晚的時間 （未來式、有時是現在式）

圖表82

具副詞功能的分詞的時態

d) 例子

太4:2　**νηστεύσας** ...... ὕστερον ἐπείνασεν

　　　　禁食四十晝夜後，他就餓了

可2:14　**παράγων** εἶδεν Λευὶν τὸν τοῦ Ἀλφαίου

　　　　耶穌經過的時候，看見亞勒腓的兒子利未

可9:15　πᾶς ὁ ὄχλος **ἰδόντες** αὐτὸν ἐξεθαμβήθησαν

　　　　眾人**一見**耶穌，都甚希奇

弗1:15-16　**ἀκούσας** τὴν καθ’ ὑμᾶς πίστιν ...... (16) οὐ παύομαι εὐχαριστῶν

　　　　我**既聽見**你們信從主耶穌⋯⋯就為你們不住的感謝神

腓1:3-4　εὐχαριστῶ ...... (4) τὴν δέησιν **ποιούμενος**

　　　　感謝我的神⋯⋯**每逢為你們眾人祈求的時候**

啟19:20　**ζῶντες** ἐβλήθησαν οἱ δύο εἰς τὴν λίμνην τοῦ πυρὸς

　　　　他們兩個就**活活的**被扔在燒著硫磺的火湖裡

　　亦可參照可1:19，3:31，5:22、33；路8:8，10:33，11:33；約4:47，9:1；徒1:4，7:45，8:40，11:26，14:18；羅5:10；林前11:4；林後10:1；弗4:8；來1:3，11:23；啟1:12。

2) 表達態度〔by + 情緒或態度的分詞〕(Manner)

a) 定義

這類分詞指出主要動詞的行動執行時、所蘊含的*態度*。

b) 辨認的關鍵

第一，這類分詞很容易與表達方法的分詞搞混，因為兩者都回答了關於「*如何？*」的問題。除此之外，兩者通常沒什麼相似處。比起表達方法的分詞，表達態度的分詞較為少見。[37]

第二，表達態度 (manner) 的分詞指出伴隨著主動詞的*情緒*（有時是*心態 [attitude]*）。[38] 就這點而言，它為故事「增添色彩」。因此，它適於稱為*凸顯風格的分詞 (the participle of style)*。而表達方法的分詞則*定義了*主動詞的行動。因此，幫助辨認的問題乃是：這個分詞*解釋或定義了*主動詞的行動（表達方法）？還是它僅僅為主動詞的行動增添*額外的色澤*（表達態度）？

c) 例子

太19:22　　ἀπῆλθεν **λυπούμενος**

就憂憂愁愁的走了

注意：這個分詞回答了關於「如何？」的問題，但沒有定義這個人的交通方式。如果我們問：「他如何離開？」憂憂愁愁是表達態度的分詞，而*行走*則是表達方法的分詞。

路8:47　　**τρέμουσα** ἦλθεν

就戰戰兢兢的來

徒2:13　　ἕτεροι δὲ **διαχλευάζοντες** ἔλεγον

還有人譏誚說

徒5:41　　ἐπορεύοντο **χαίροντες**

他們離開公會，心裡歡喜

這個分詞賦予了這段描述相當程度的韻味；既然它增添風味，就是個「色彩注釋者」。而這也正是表達態度的分詞的功能。

亦可參照路2:48，7:38；約20:11；腓3:18。

---

[37]　大多數的文法書和注釋書不太區分這兩者、或以接近我們定義「表達方法」的方式來定義「表達態度」（例如 Burton, *Moods and Tenses*, 172：「表達態度或方法的分詞，常指向主要動詞所要表達相同的行動，但是從不同的觀點來描繪。」）然而，兩者之間通常有著清楚的語意差別。在大多數情況中，有問題的是術語、而非實際上的內容。當注釋書作者提到 "modal participle"（一個兼顧表達方法和表達態度的用語），在大多數情況中最好視之為表達方法的分詞。

[38]　然而，也可能會用表達方法的分詞來表示態度 (attitude)——如果這是主動詞意涵的主要或定義性特點。

→ 3) 表達方法 (Means) [by means of]

a) 定義

這類分詞指出了完成主要動作的方法。這種方法可能是外在物質層面的、也可能是內在心理層面的。這種用法很常見。

b) 辨認的關鍵

第一，就像我們在上文所指出的，表達態度的分詞與表達方法的分詞都回答了關於「*如何？*」的問題。因此，兩者間有點混淆。

第二，翻譯成英文時，可以在分詞之前加上*藉著*（*by* 或 *by means of*）。如果不適合，就不是表達方法的分詞。

第三，除了上述的方法，以下還有一些學生可用的分辨方針：

· 表達方法的分詞回答了關於「如何？」的問題。但在此（與表達態度的分詞相對），這是個更為必要、但較為隱晦的問題。[39]

· 如果缺少表達方法的分詞（或被挪走），主要動詞意涵的*重點*也會被挪走（而表達態度的分詞通常不會如此）。

· 表達方法的分詞往往定義了主動詞的行動；也就是說，它使作者想要透過主要動詞表達的意思更加清楚。

第四，表達方法的分詞可被稱為分詞補語 (epexegetical participle)，定義或解釋了主要動詞的行動。

c) 詳細說明與重要性

這類分詞往往與不明確的、籠統的、抽象的、或是隱喻的主動詞連用。此外，它常常*尾隨著*主要動詞，[40] 造成它擁有兩方面的特性（第一是字義方面的、第二是結構方面的）的原因在於：分詞解釋主要動詞。如果動詞需要解釋，就表示它的意思較為含糊。例如，太27:4中猶大說：「我犯罪了 (ἥμαρτον)，賣了無辜人的血 (παραδούς)。」主要動詞先出現，並且意思較為籠統。其後接著一個表達方式的分詞，更加精確地定義了主要動作的內涵。

應該注意：在時間方面，表達方法的分詞幾乎總是與主動詞同時（這是很明顯的，如果表達方法的分詞定義了主要動作如何完成，那麼在時間上、兩者當然是相

39　表達方法的分詞為「*如何？*」的問題，提供了*預期 (anticipated)* 的答案，但表達「態度」則通常不是如此。關於「他是怎麼去球賽的？」這個問題，你可以回答「開車」（表達方法）或是「存著勝利的期望」（表達態度）。

40　例外的經文請參照太6:27；彼後3:6。

伴而行）。[41]

d) 例子

太27:4　ἥμαρτον **παραδοὺς** αἷμα ἀθῷον

賣了無辜之人的血，是有罪了。

徒9:22　Σαῦλος …… συνέχυννεν τοὺς Ἰουδαίους …… **συμβιβάζων** ὅτι οὗτός ἐστιν ὁ χριστός.

掃羅……駁倒住大馬色的猶太人，藉著證明耶穌是基督

林前4:12　κοπιῶμεν **ἐργαζόμενοι** ταῖς ἰδίαις χερσίν

並且勞苦，親手做工。

弗1:20　ἣν ἐνήργησεν …… **ἐγείρας** αὐτὸν ἐκ νεκρῶν

就是照他在基督身上所運行的大能大力，使他從死裡復活，

弗2:14-15　ὁ ποιήσας τὰ ἀμφότερα ἕν …… (15) τὸν νόμον …… **καταργήσας**

將兩下合而為一……藉著廢掉冤仇……

多1:11　οἵτινες ὅλους οἴκους ἀνατρέπουσιν **διδάσκοντες** ἃ μὴ δεῖ

藉著將不該教導的教導人，敗壞人的全家

彼前5:6-7　ταπεινώθητε ὑπὸ τὴν κραταιὰν χεῖρα τοῦ θεοῦ …… (7) πᾶσαν τὴν μέριμναν ὑμῶν **ἐπιρίψαντες** ἐπ᾽ αὐτόν, ὅτι αὐτῷ μέλει περὶ ὑμῶν.[42]

你們要自卑，[43] 服在神大能的手下……藉著將一切的憂慮卸給神，因為他顧念你們

雖然幾種現代譯本（例如修訂標準本[RSV]、新修訂標準本 [NRSV]、新國際本 [NIV]）都視之為獨立的命令，不過這個分詞應該要連於第6節的動詞ταπεινώθητε。這樣看來，它不是提供一個新的命令，而是定義信徒該*如何*謙卑自己。把這個分詞視為表達方法的分詞，能豐富我們對這兩個動詞的理解：自卑不是負面地否定自我，而是積極主動地倚靠神的幫助。[44]

腓2:7　ἑαυτὸν ἐκένωσεν μορφὴν δούλου **λαβών**

反倒虛己，藉著取了奴僕的形像

41　有時，表達方法的分詞會些微地混入「表達原因」，特別在簡單過去分詞。這樣的例子中，分詞可能用於表示一個兼具「比主動詞更早」與「與主動詞同時」的行動。參見弗6:14：「要站穩，**藉著以真理束腰**」（στῆτε **περιζωσάμενοι** τὴν ὀσφὺν ὑμῶν ἐν ἀληθείᾳ）。

42　然而，有些抄本是命令語氣的動詞ἐπιρίψατε 而非分詞（𝔓25 0206vid 917 1874）。

43　更精確的翻譯是「使你自己謙卑下來」驅使性或允准性被動。見「語氣：被動語態」這個章節的討論。

44　Michaels, *1 Peter* (WBC) 296.

這段經文合乎表達方法的分詞的一般規則：(1) 分詞跟在主動詞後面；(2) 主動詞意思含糊，需要定義。把它歸類為表達結果的分詞，是有些問題，因為它是簡單過去時態；若歸納為表達時間的分詞，則使得ἐκένωσεν的意思沒有被解釋（除非靠著後繼的經文，這個動詞就不會被解釋清楚）。要把λαβών歸類為表達方法的最大問題是：一般都認為「虛己」是個減損，而非加增的行動。但是這個圖像不可能同時被此四者解釋。作為一首早期的詩歌，它有著相當的詩歌特點。此外，保羅在第三節是有話要對聖徒說：各人不要單顧自己的事（κενοδοξίαν）。腓利比教會被提醒，「不可貪圖虛浮的榮耀 (κενοδοξίαν)」，因為基督自己就是一個這樣放下自己榮耀 (emptied his glory) 的人。若是二者之間的關係是作者刻意的，那麼這首*基督之歌* (*Carmen Christi*) 就有以下的意涵：
不要貪圖虛浮的榮耀，總要效法基督的榜樣；他儘管有神的尊榮，卻還放下自己榮耀、隱藏在普通的人性後面。

亦可參照太6:27，28:19-20；徒9:8，16:16，27:38；羅12:20；弗4:28；腓1:30，2:2-4；提前1:6，4:16；彼後2:15（除非它表達的是原因），3:6。

→ 4) 表達原因 (Cause) [because]

a) 定義

表達原因的分詞指出主動詞的行動的*原因*、*理由*、或*根據*。這是一種常見的用法。

b) 辨認的關鍵

這種分詞回答了關於「*為何？*」的問題，可以藉著*因為* (*because*) 或*既然* (*since*) 闡明其意。（通常*因為*這譯詞較為可取，因為*既然*常用在描述時序、而不是因果的關係）

兩項額外的線索（一項是關於時態，另一項是關於字序）：(1)除了簡單過去時態和完成時態分詞以外，現在時態分詞也經常出現。[45] (2) 表達原因的分詞，一般都出現在它所修飾的動詞之*前*。這樣的結構是跟著它的功能（也就是說，一個行動的原因是出現在這個行動之前）。[46]

---

[45] 簡單過去時態有可能也屬於其他幾種用法，但完成時態具副詞功能的分詞卻幾乎總是屬於這類。現在時態、表達原因的分詞，可以被理解為與主動詞 (the controlling verb) 大約是同時，正如〔表達一個習慣性動作〕的現在時態用法 (customary present) 是與「現在」(present time) 同時一般。新約中沒有表達未來、原因的分詞。

[46] 我們已看到這類「結構源於功能」的模式，就某種程度而言，出現於表達方法的分詞。而這個模式也可以套用於表達結果、表達目的的分詞：它們都跟在主動詞之後。

c) 例子

太1:19　Ἰωσὴφ ...... δίκαιος **ὢν**

約瑟……**因為他是個義人**

約4:6　ὁ Ἰησοῦς **κεκοπιακὼς** ...... ἐκαθέζετο

耶穌因走路困乏，就坐……

具有副詞功能的完成時態分詞幾乎總是屬於這類。[47]

約11:38　Ἰησοῦς οὖν πάλιν **ἐμβριμώμενος** ...... ἔρχεται εἰς τὸ μνημεῖον[48]

耶穌因為心裡悲歎，來到墳墓前

徒7:9　οἱ πατριάρχαι **ζηλώσαντες** τὸν Ἰωσὴφ ἀπέδοντο εἰς Αἴγυπτον

先祖因為嫉妒約瑟，把他賣到埃及去

徒16:34　ἠγαλλιάσατο πανοικεὶ **Πεπιστευκὼς** τῷ θεῷ

他和全家，**因為信了神**，都很喜樂。

雖然不常見，但表達原因的分詞可以跟在主動詞之後。

腓1:6　**πεποιθὼς** αὐτὸ τοῦτο

因為我深信這事

亦可參照路9:33；約4:45，12:6，13:3，18:10；徒2:30；羅6:6；腓1:25；帖前1:4；提後3:14；多3:11；彼後1:14。

➔ 5) 引進條件子句 (Condition) [if]

a) 定義

這類分詞暗示了一項條件，而主要動詞所蘊含的構想需要依賴它才能完成。在英文翻譯時，可以用*如果*(*if*)來表示它的功能。這種用法相當常見。[49]

b) 詳細說明

這類分詞幾乎總是等同於第三類條件子句（通常表示有點不確定）而非第一類

47　即使用法上有如現在時態的完成時態，也是如此。像是οἶδα，參太12:25，22:29；可6:20，12:24；路8:53，9:33，11:17；約4:45，7:15；徒2:30，16:34；羅5:3，6:9，13:11；林前15:58；林後1:7，2:3，4:14，5:6、11；加2:16；弗3:17（？），6:8、9；腓1:16、25。照著上述現象來看，將弗1:18中的完成時態分詞πεφωτισμένους視為「表達原因」：「因為你們心中的眼睛已被照亮」，就顯得說服力不足。

但不帶冠詞的完成時態分詞，經常屬於其他類別（特別是作助動詞 [periphrastic] 或是作述詞的形容詞功能），即使第一眼瞥過時，它看起來像是具副詞功能的分詞。

48　在不同的抄本中，這個完成時態分詞有幾種相抗衡的異文，主要的是 ἐμβριμησάμενος (C* (K) X 892ˢ 1241 1424 *et pauci*) 和 ἐμβριμούμενος (ℵ V 296 429 1525 1933)。

49　在此要感謝 Chai Kim 在達拉斯神學院一九九一年夏天所出版的進階希臘文法 (Advanced Greek Grammar) 中，對於引進條件子句的分詞用法的所做的貢獻。

條件子句。[50] 有時，這類用法與表達方法的分詞，有時會重疊。

c) 例子

1] 明確的例子

太21:22　πάντα ὅσα ἂν αἰτήσητε ἐν τῇ προσευχῇ **πιστεύοντες** λήμψεσθε

你們禱告，無論求什麼，只要信，就必得著。

路9:25　τί γὰρ ὠφελεῖται ἄνθρωπος **κερδήσας** τὸν κόσμον ὅλον ἑαυτὸν δὲ **ἀπολέσας**; [51]

人若賺得全世界，卻喪了自己，賠上自己，有什麼益處呢？

加6:9　θερίσομεν μὴ **ἐκλυόμενοι**

若不灰心，到了時候就要收成。

提前4:4　οὐδὲν ἀπόβλητον μετὰ εὐχαριστίας **λαμβανόμενον**

若感謝著領受，就沒有一樣可棄的

亦可參照路15:4（參照太18:12）；徒15:29（或是表達方法），18:21（獨立分詞子句）；羅2:27，7:3；林前6:1，8:10，11:29；[52] 西2:20；提前4:6（或表達方法），6:8，來2:3，7:12，10:26，11:32；彼前3:6；彼後1:10（或表達方法）。

2] 有爭議的經文

提前3:10　οὗτοι δὲ δοκιμαζέσθωσαν πρῶτον, εἶτα διακονείτωσαν ἀνέγκλητοι **ὄντες**.

這等人也要先受試驗，若沒有可責之處，然後叫他們作執事。

這樣的翻譯表示執事可能是從一群有資格的人當中被選出來。這樣的理解假設了 ὄντες 是引進條件子句的分詞，而 διακονείτωσαν 則是表達允准的命令語氣 (permissive imperative)。然而，這個分詞也可能是作實名詞用 (substantival)，而 διακονείτωσαν 是表達命令 (command) 的命令語氣：「讓他們先受試驗，然後那些沒有可責之處的**應該成為執事**」。若是如此，那*所有*有資格的人都變成執事，辦公室就會擠不下了。

來6:4-6　ἀδύνατον τοὺς ἅπαξ φωτισθέντας ...... (6) καὶ **παραπεσόντας**, πάλιν ἀνακαινίζειν εἰς μετάνοιαν

論到那些已經蒙了光照……**若是離棄道理**，就不能叫他們從新懊悔了

παραπεσόντας 常被認為是條件性的（這種解經的傳統可見於 KJV 與許多現代譯本與註釋書）。但是這是不合理的。來6:4-6是接近於一個滿足 Granville Sharp

---

50　參照 Robertson, *Grammar*, 1129。這個論點不只建立在意思上，某種程度而言也按著符類福音中平行經文的對照。例如 ἐὰν ...... κερδήσῃ（太16:26）的平行經文中出現 κερδήσας（路9:25）。（這個例子的問題在於我們也可能會在福音書的平行經文中找到第一類和第三類條件子句的對應，例如太5:46——路6:32）。

51　抄本 D* 047中不是分詞，而是〔作為動詞的補語〕的不定詞用法 (κερδῆσαι、ἀπολέσαι)。

52　這有可能等同於第一類條件子句（持這種看法的有 Robertson, *Grammar*, 1129）。

複數結構的例子（唯一的差別是，它在6:4的第二個分詞 γευσαμένους 是藉著 τε、而不是藉著 καί，與其他分詞片語連結的：τοὺς φωτισθέντας γευσαμένους τε……καὶ μετόχους γενηθέντας …… καὶ …… γευσαμένους …… καὶ παραπεσόντας）。[53] 若是這個分詞是作副詞用，那我們不能把前二或前三個分詞都當作如此功能嗎？企圖區別之間的歧異，是沒有根據的。不過，若把 παραπεσόντας 當作是形容詞用法，它就給這整個群體一個深入的描述。[54] 因此，一個更好的翻譯是「論到那些先前一度蒙光照……**後來離棄真道 (and have fallen away)** 的人，是不可能再使這樣的人回復、悔改了。」

→ 6) 表達退讓 (Concession)

a) 定義

表達退讓的分詞表示：隱含著強調*主要動詞*的動作或狀態都是真實的，*儘管*有分詞的動作或狀態存在。在英文翻譯中，這類用法通常的最佳譯法乃是加上*雖然* (*although*)。這種用法很常見。

b) 詳細說明

第一，在語意上，這類用法與表達原因的分詞相對，但在結構上兩者相同（也就是說，分詞通常位於動詞前面、並與表達原因的分詞的句型一致——也就是說，表達比主動詞更早的時間，因此常是簡單過去時態、完成時態、或有時是現在時態）。第二，常有質詞幫助使得表達退讓的概念更加明顯（像是 καίπερ、καίτοιγε 等）。

c) 例子

可8:18　ὀφθαλμοὺς **ἔχοντες** οὐ βλέπετε καὶ ὦτα **ἔχοντες** οὐκ ἀκούετε;

你們雖然有眼睛，看不見麼？雖然有耳朵，聽不見嗎？

羅1:21　**γνόντες** τὸν θεὸν οὐχ ὡς θεὸν ἐδόξασαν

他們雖然知道神，卻不當作神榮耀他

弗2:1　ὑμᾶς **ὄντας** νεκρούς

你們雖然死……

彼前1:8　ὃν οὐκ **ἰδόντες** ἀγαπᾶτε[55]

你們雖然沒有見過他，卻是愛他

53　見「冠詞，第二部分」關於 Sharp construction（單一詞帶有數個以 *kai* 連結的（實）名詞）的討論。

54　見 J. A. Sproule, "Παραπεσόντας in Hebrews6:6," *GTJ* 2 (1981) 327-32。

55　𝔓[72] ℵ B C K L P 81 142 323 630 945 1241 1505 1739 2138 2464 *Byz* 等抄本是 εἰδότες 而非 ἰδόντες。

腓2:6   ὅς ἐν μορφῇ θεοῦ ὑπάρχων

他雖然有神的形像

在一個講論原因的上下文裡，這裡的分詞理解為退讓的功能，的確是有不清楚的地方。這個分詞可能屬於表達原因或表達退讓。

在腓2:6-7中，有兩個與這個分詞的判定相關的解經問題。第一當然是文法上的：它是表達退讓還是表達原因。第二，第6節的 ἁρπαγμόν 的意思是*搶奪的動作 (robbery)*、還是*被抓住的事物*。而這兩個問題相互影響，無法分開處理。因此，如果 ὑπάρχων 是表達原因的分詞，ἁρπαγμόν 的意思就是*搶奪者*（他*因為*有神的形像，不以自己與神同等為強奪的舉動）；若 ὑπάρχων 是表達退讓，ἁρπαγμόν 就意為*被奪取的事物*（他*雖然*有神的形像，不以與神同等為須要抓住的事物）。前者的吸引力可能是神學方面的，並不能令人信服。終究，這節經文不能單獨解釋，一定得從第7節的宣告——「反倒虛己」——來看（分詞 ὑπάρχων 同等地依靠 ἡγήσατο 與 ἐκένωσεν）。只有視分詞為表達退讓並視 (ἁρπαγμόν) 為*須要抓住的事物*能與第7節相合。[56]

亦可參照約10:33；徒5:7；林後11:23；腓3:4；來5:8。

➔ 7) 表達目的 (Purpose, Telic)

a) 定義

表達目的的分詞指出主動詞的行動目的。不同於其他分詞，若只譯為（英文）

---

[56] 或許這段經文最大的爭議在於 ἁρπαγμόν 的意思，是須要*抓取的事物*、還是*須要保留的事物*？若是前者，意思乃是雖然基督本有神的形像，卻不企圖變成與神相等。若是後者，意思即為雖然基督本有神的形像，但他並不強要維持與神同等。雖然，在此 τὸ εἶναι ἴσα θεῷ 與 μορφῇ θεοῦ 的關係發展到了關鍵時刻，但兩種解釋本質上都與表達退讓的分詞相符。

論點的爭議集中在之前帶有冠詞的不定詞結構，視之為回溯的用法（anaphoric，這樣的人有 N. T. Wright, "ἁρπαγμός and the Meaning of Philippians 2:5-11," *JTS*, NS 37 [1986] 344）。若真是如此，「神的形像」就等於「與神同等」，而 ἁρπαγμόν 的意思就是*須要保留的事物*。但是，就像我們在別處討論過的（見「直接受格」與「不定詞」），這個冠詞的功能更可能是在受詞——補語的結構中作受詞。如此，這個片語與「神的形像」的關連仍是開放的。鑑於 ἁρπαγμόν 這個字較多地被用為「*須要抓住的事物*」，我傾向認為 μορφῇ θεοῦ 與 τὸ εἶναι ἴσα θεῷ 有所差異。這並沒有否認這段經文肯定了基督的神性，只是這概念是藉著 τὸ εἶναι ἴσα θεῷ 表達的。μορφῇ θεοῦ 自有其重要性（除了其他論據，還有上下文的論點：如果有人否認耶穌是真神，也就必然否認他是真正的僕人〔注意第7節的 μορφὴν δούλου〕）。那麼，這個分詞片語的意義為何？似乎它表達的是職權的隸屬性 (hierachy)、而非本體論 (ontology)。

把上述所有元素的解釋放在一起產生下述的意義：雖然基督是真神（μορφῇ θεοῦ），卻伴隨著兩種結果：(1) 他不試著要「逾越」天父（參照約14:28類似的概念：「父是比我大的」）；(2) 相反地，他順服於天父的旨意，甚至直到十字架死亡的時刻。如此，促使基督成肉身、受難的並不是他的神性，而是他的順服。

單純的-ing 會錯失重點。翻譯時，這種用法幾乎都可以（往往也應該）翻得像是英文的*不定詞*。這種有法相當常見。

b) 辨認的關鍵／語意學

第一，要弄*清楚*某個分詞屬於表達目的的分詞，可以把它當成一個不定詞來翻譯，或是在翻譯時，單單在分詞前面加上 *with the purpose of*（為了）就行了。

第二，既然目的達成正是主要動詞行動的*結果*，完成時態分詞就不會屬這類（因為它表示比主動詞更早的時間）。而未來時態具副詞功能的分詞則*總是*屬於這類；[57] 現在時態分詞常常屬於這類；而簡單過去分詞也有一兩個代表，但並不普遍。[58]

第三，許多屬於這類的現在時態分詞都受到字典意思的影響，像是*尋找* (ζητέω)、*表示* (σημαίνω) 本身的字意就含有目的的概念。

第四，表達目的的分詞幾乎總是*跟在*主動詞之後。[59] 因此，字序本身就呈現了它所描繪的。有些分詞，當它跟在主要動詞之後時，就差不多表示它屬於表達目的的分詞（例如 πειράζω）。[60]

c) 含義

這類的分詞，就像表達原因的分詞，回答了關於「*為何？*」的問題。但是表達目的的分詞是往前瞻望，而表達原因的分詞則是向後回溯。而表達目的的分詞與表達目的的不定詞 (purpose infinitive) 的差異則是：分詞強調*行動者*，而不定詞強調*行動*。

---

57 新約中只有十二處未來時態分詞。其中五處是具副詞功能的分詞，而這五處通通都是表達目的的分詞。參太27:49；徒8:27；22:5；24:11、17。其他七處是作實名詞用（參路22:49；約6:64；徒20:22；林前15:37；來3:5，13:17；彼前3:13）。

58 在希臘化希臘文中，有少數情況，簡單過去分詞可以具有「表達目的」的功能，因為在對話與鄉談中，未來時態分詞通常不是可被接受的選項（持這種看法的有 A. T. Robertson, "The Aorist Participle for Purpose in the Κοινή," *JTS* 25 [1924] 286-89）。參徒25:13（異文包括有未來時態分詞倒不令人意外）。

59 林前4:14是個不尋常的例外。

60 在新約中，幾乎每一個 πειράζων 現在時態、具副詞功能的分詞，位於主動詞後面時，都暗示著目的（參太16:1，19:3，22:35；可1:13，8:11，10:2；路4:2，11:16；約6:6〔8:6，雖然這段經文是不真實的〕）。來11:17是唯一的例外（表達時間）；雅1:13的分詞位於主要動詞之前。可1:13與路4:2（和合本在4:1）可能也是例外（他在曠野四十天，受撒但的*試探*），不過，曠野試探與聖靈引導的關係，似乎暗示著這兩段經文也是「表達目的」。（照著下述方式來理解路4:1是合理的：「他被聖靈引到曠野 (2) 四十天，*為了要受魔鬼的試探*。」同時注意在太4:1，以單純的不定詞 πειράζω 來描述聖靈的行動：ἀνήχθη εἰς τὴν ἔρημον ὑπὸ τοῦ πνεύματος πειρασθῆναι ὑπὸ τοῦ διαβόλου）。

d) 例子

太27:49　εἰ ἔρχεται Ἠλίας **σώσων** αὐτόν

看以利亞來（為了要）救他不來。

路10:25　νομικός τις ἀνέστη **ἐκπειράζων** αὐτὸν λέγων· διδάσκαλε, τί ποιήσας ζωὴν αἰώνιον κληρονομήσω;

有一個律法師起來要試探耶穌，說：「夫子！我該做什麼才可以承受永生？」[61]

路13:7　ἰδοὺ τρία ἔτη ἀφ᾽ οὗ ἔρχομαι **ζητῶν** καρπόν

看哪，我這三年來到這無花果樹前（為了要）找果子

約12:33　τοῦτο δὲ ἔλεγεν **σημαίνων** ποίῳ θανάτῳ ἤμελλεν ἀποθνήσκειν.

耶穌說這話為要指示自己將要怎樣死。

徒3:26　ἀπέστειλεν αὐτὸν **εὐλογοῦντα** ὑμᾶς

就先差他到你們這裡來，（為了要）賜福給你們

　　亦可參照太16:1，19:3，22:35，27:55；可1:13，8:11，10:2；路2:45，4:2，10:25，11:16；約 6:6、24，18:32，21:19；徒 8:27，22:5，24:11、17，25:13；羅 15:25；林前4:14，16:2。

➔ **8) 表達結果 (Result)**

a) 定義

　　表達結果的分詞指出主要動詞的行動所導致的實際結局、效果。[62] 它與表達目的的分詞相似，都遠眺主動詞的行動*結果*，但兩者的不同在於：表達目的的分詞會指出或強調行動的意圖、目的，而表達結果的分詞則強調實際上的行動結果。這種用法還算普遍。[63]

61　分詞 ποιήσας 屬於「引進條件子句的分詞用法」（「**如果我做**點什麼，我就可以承受永生？」），但我們若看這裡的分詞有如勸告性／提問性假設 (hortatory/deliberative subjunctive)，那翻譯就會順暢得多。

62　在此要感謝 Brian Ortner 在達拉斯神學院一九九四年春所出版的進階希臘文法中，關於這個主題的貢獻。

63　雖然多數的文法書都沒有包含這獨立的一類（反對的有 Young, *Intermediate Greek*，他稱之為「相當罕見」、「有爭議性的類別」[157]），但這並不是由於語言學的原則。以 Burton (*Moods and Tenses*, 173-74 [§449-51]) 為首，這些文法書認為表達結果的分詞常混在伴隨主要動詞、說明附屬動作的分詞用法 (attendant circumstance participle) 中。但這樣的看法純粹來自英文的觀點。這兩種分詞應該要分開，因為它們在結構方面、語意方面都不相同。請見 Attendant Circumstance 的討論。

b) 詳細說明與語意學

第一，表達結果的分詞並不一定與表達目的的分詞對立。實際上，許多表達結果的分詞所描繪的結果*也是意圖*。因此，兩者的不同在於哪個是最被強調的。藉著下圖也許可將兩者的關係表明：

表達目的			表達結果
有意圖、但尚未完成	已完成的意圖	有意圖、是已經完成	不帶意圖的完成
	（強調意圖）	（強調完成）	

模糊地帶

圖表83

表達目的與表達結果的分詞在語意上的重疊

第二，有*兩種*表達結果的分詞：

· *內在*（*internal*）或*邏輯上的結果*：指出主動詞的行動所具有的*暗示、蘊含的意義*。因此，它實際上是與主動詞*同時*、賦予其邏輯方面的結果。因此，約5:18：「稱神為他的父，（**結果就是**）使 (ποιῶν) 自己與神平等。」

· *外在*（*exteranl*）或*時序上的結果*：指出主動詞的行動所具有的真實結果。它是在主動詞之後，指出*時序上*的結果。可9:7：「有一朵雲彩來（**結果就是**）遮蓋 (ἐπισκιάζουσα) 他們。」

c) 辨認的關鍵

表達結果的分詞會是*現在時態分詞*、並接在主動詞之後。學生應該在翻譯（英文）時，於分詞之前插入 *with the result of*（*結果就是*），以檢驗是否這分詞真是表達結果。

d) 例子

可9:7　ἐγένετο νεφέλη **ἐπισκιάζουσα** αὐτοῖς

有一朵雲彩來（**結果就是**）遮蓋 (ἐπισκιάζουσα) 他們。

路4:15　αὐτὸς ἐδίδασκεν ἐν ταῖς συναγωγαῖς αὐτῶν **δοξαζόμενος** ὑπὸ πάντων.

他在各會堂裡教訓人，（**結果就是**）眾人都歸榮耀給他。

約5:18　πατέρα ἴδιον ἔλεγεν τὸν θεὸν ἴσον ἑαυτὸν **ποιῶν** τῷ θεῷ.

稱神為他的父，（**結果就是**）將自己和神當作平等。

弗2:15　ἵνα τοὺς δύο κτίσῃ ἐν αὐτῷ εἰς ἕνα καινὸν ἄνθρωπον **ποιῶν** εἰρήνην

　　　　而為要將兩下藉著自己造成一個新人，如此便成就了和睦。

弗5:19-21　πληροῦσθε ἐν πνεύματι ...... (19) **λαλοῦντες** ...... **ᾄδοντες** καὶ **ψάλλοντες** ......

　　　　(20) **εὐχαριστοῦντες** ...... (21) **ὑποτασσόμενοι**

　　　　乃要被聖靈充滿……（結果就是）說……唱……和……感謝……順服（和
　　　　合本：18-21節）。

學者們對於這段經文的這五個分詞的類別有爭議。有些人認為是表達方法的分詞、表達態度的分詞、伴隨主要動詞、說明附屬的動作的分詞 (attendant circumstance)、甚至是傳遞命令語氣的內容的分詞 (imperatival)！*如果*我們照著前文討論過的原則來檢視，會發現這裡不太可能是表達態度的分詞。這原則就是：如果把分詞（表達態度的分詞）移除，主要動詞（在這裡是5:18的 πληροῦσθε）的概念不會隨之移除。而我們之後也會看到，伴隨主要動詞、說明附屬的動作的分詞 (attendant circumstance) 和傳遞命令語氣的內容的分詞 (imperatival) 都很少出現在這類的結構中。而表達方法的分詞則在文法上與這段經文相合（表達方法的分詞常跟在現在時態命令語氣之後，以現在時態時態出現）。然而，在此，表達方法的分詞卻與保羅書信的神學不合，[64] 換句話說，若這段經文是說人是藉著五個階段、有些呆板公式的方式被聖靈充滿，真令人難以置信。[65] 表達結果的分詞則在句法上、解經上都符合：表達結果的分詞總位於主動詞之後；在此，結果的概念暗示了：要如何衡量某人完成命令 (5:18) 的程度？是藉著跟在命令之後的分詞來衡量（請注意進展的困難：從說神的話到凡事感恩、到彼此順服。當然，這樣的進展顯示出聖靈充滿不是即刻、絕對的；而是漸進、相對的）。關於這些分詞是表達結果，還有其他的論據。就其普遍性與對弗5:18的誤用而言（特別在福音派的圈子裡），這個議題的確很重要。

　　亦可參照可7:13；來12:3；雅1:4（有可能），2:9；彼前3:5（除非是表達目的）；彼後2:1、6。

64　不管認為以弗所書的作者是誰——保羅或他的門徒——此書的神學也許都該合理地歸類為「保羅神學」。

65　新約神學的重要趨勢之一是成聖方法的研究領域。也就是說，聖經作者一方面積極地談論聖靈的工作，一方面卻避免談論這工作如何在信徒的生命中生效。很有可能，他們的神學建基於耶31:31、34：「我要……另立新約……他們各人不再教導自己的鄰舍和自己的弟兄說：『你該認識耶和華』，因為他們從最小的到至大的都必認識我……這是耶和華說的。」這種也許會被歸類為「溫和的神祕主義」的「新約」思想，在新約聖經中很盛行。

e. 摘要

　　如同上述，具副詞功能的分詞用法有八類：表達時間、表達態度、表達方法、表達原因、引進條件子句、表達退讓、表達目的、表達結果。然而，在此要申明：分詞本身並不蘊含這些概念。希臘文的分詞的功能與它在句子中相關的句型密切關連。藉著觀察時態、字序的安排、上下文、動詞和分詞的字彙意思，你通常可以縮小可能的範圍。就整全的解經而言，仔細留意每一個引進附屬副詞字句的分詞的語意情境 (semantic situation) 乃是不可少的功夫。

→ 2. 伴隨主要動詞、說明附屬的動作 (Attendant Circumstance)

a. 定義

　　Attendant circumstance 分詞用於表達一個就某種意涵而言與主要動詞協調的行動。就這方面而言，它不是附屬的，因為它會被翻譯為主要動詞。然而，它在*語意上*仍然是附屬的，因為它不能沒有主要動詞 (main verb) 而獨立存在。在英文翻譯上，這類分詞會譯為一個主要動詞，並與主要動詞以 *and* 相連。事實上，這種分詞跟著主要動詞的語氣。這種用法相當常見，但常被誤解。[66]

b. 釐清

　　第一，我們把這種分詞歸類為「引進*附屬副*詞子句的分詞」是因為它從未獨立存在。也就是說，一個伴隨主要動詞、說明附屬的動作 (attendant circumstance) 總是與一個主要動詞相關連。雖然在翻譯時，它會被譯為一個主要動詞，但其「語氣」卻得自於句子中的主要動詞（這是就語意而言，不是就句法而言）。

　　第二，有一點很重要，就是要從意*涵* (sense) 著手討論而不是從翻譯著手。為了更清楚看清某個分詞的意涵，我們需要應用下列的標準：如果一個分詞可以合理地歸為「具副詞功能的分詞」，我們就不應該視之為 attendant circumstance。這樣可以把討論縮減到那些沒有爭議的例子，再從那些例子，我們可以推斷這類分詞的特點。

　　第三，有幾件事會造成判斷上的困擾：不精確的翻譯、[67] 將表達結果的分詞與

66　感謝 Clay Porr 和 Jeff Baldwin 在達拉斯神學院的進階希臘文法中（分別出版於1990年春和1991年春），關於 attendant circumstance 分詞研究的貢獻。

67　在這方面 NIV 惡名昭彰，因為它把很多分詞都翻譯地好像它們是 attendant circumstance 似的。無疑地，這大部分得歸咎於現代口語英文（NIV 屬於這個層次），而非歸咎於翻譯者對於希臘文經文的理解。

attendant circumstance 分詞混在一起（看稍早的討論）。

c. 有效性

我們所說的 attendant circumstance 分詞這個類別是有效的嗎？有些文法學家否認其有效性；其他的文法學家則認為非常常見。就我們的觀點而言，這個分類是相當有效、且相當常見的。需要留意的是幾段經文的解釋。因此，這一節的篇幅是非常的長。

例如，在太2:13中，天使對約瑟說：ἐγερθεὶς παράλαβε τὸ παιδίον καὶ τὴν μητέρα αὐτοῦ καὶ φεῦγε（「起來！帶著小孩子同他母親逃往埃及」）。若將 ἐγερθεὶς 視為具副詞功能的分詞，只有一種合適的可能用法——表達時間（如果你想清楚，會發現其他的用法都不合理）。如果是表達時間的用法，那比較可能是表達比主動詞更早的時間 (antecedent)（雖然非常接近）。但是，這樣的歸類卻無法表達此命令的急迫性（「*你起來之後，帶著……逃……*」）。這樣的翻議會顯得約瑟何時起床是他的選擇；只是一旦他起床了，就要遵照天使的命令。在此，attendant circumstance 的分詞更為適合——兩者主要動詞的*語氣*被分詞沿用（「*起來！帶著……逃……*」）。很明顯的，對約瑟的命令不只是帶著他的家人逃走，也包括立刻起來。

太2:13顯示了幾個選擇 attendant circumstance 分詞的重要標準：(1) 上下文清楚地顯示沒有任何一類具副詞功能的分詞能適當地表示此處分詞的功能；(2) 上下文同樣清楚地顯示這個分詞真正的功能（語意上）是一個命令語氣——它是這串命令中的一部分；(3) 這個分詞與一個命令語氣的主要動詞相關連。最後，我們應該注意到，在太2:14約瑟的反應是：ἐγερθεὶς παρέλαβεν ...... νυκτός（約瑟就起來，夜間帶著……）。此處用了 νυκτός（夜間），強調約瑟立刻順服了天使。換句話說，在第13節與第14節的分詞都是 attendant circumstance。這兩節的不同之處在於其主要動詞的語氣改變了，所以分詞的「語氣」也改變了。

總而言之，我們可以說太2:13-14是一個清楚的例子，表明 attendant circumstance 的分詞這個分類是有效的，而且在主要動詞是命令語氣與直說語氣時都有效。[68]

---

68 有時會以一個質詞 (particle) 來表示整體的急迫性（如路17:7, εὐθέως παρελθὼν ἀνάπεσε〔你快來並且坐下（吃飯）〕）。

d. 結構與語意

1) 結構

在新約中（如同其他古希臘文學中），某些結構模式顯示出與 attendant circumstance 的分詞有關。這不是絕對的。但是，我們也許可以說他們是「90%規則」，也就是說，*以下五種特性都出現在至少90%的 attendant circumstance 例子中*。在此所得到的結論就是：如果這五項特性都沒有出現（或如果它們其中的一兩項沒有出現），要把分詞歸類於 attendant circumstance 就需要進一步的有力證據。當然，這並非不可能，但需要在決定前重複確認其他的可能性。這五項的特性是：

- 分詞的時態通常是*簡單過去時態*。
- 主要動詞的時態通常是*簡單過去時態*。[69]
- 主要動詞的語氣通常是*命令語氣或直說語氣*。[70]
- 分詞會*先於主要動詞* (main verb) ——不管是字序 (word order) 還是動作發生的時間（雖然通常兩者的發生時間非常相近）。
- Attendant circumstance 的分詞經常出現在敘述文，很少出現在其他的文體。[71]

這些標準都可以在太2:13-14看見。第13節是個簡單過去分詞 (ἐγερθείς)，其後跟著一個簡單過去命令語氣 (παράλαβε)。而14節則是一個簡單過去分詞 (ἐγερθείς)，其後跟著一個簡單過去直說語氣 (παρέλαβεν)。

2) 語意

關於這類分詞的語意有兩件事需要注意。第一，attendant circumstance 的分詞有

69　然而，〔用以描述一個過去（已經發生）的事件〕的現在時態用法 (historical present) 卻不時會出現。見下文關於太9:18的討論和注釋。

70　雖然會出現假設語氣，特別是〔用以描述勸告性假設〕的假設語氣用法 (hortatory subjunctive)（見關於來12:1的討論與例證）。

71　有些特性會比其他的更重要。特別是：(1) 所有（或幾乎所有）attendant circumstance 的分詞都是簡單過去時態；(2) 幾乎所有 attendant circumstance 的分詞都位於動詞之前；(3) 大多數簡單過去分詞＋簡單過去時態直說語氣的結構中，其分詞都屬於「具副詞功能的分詞」，雖然也有許多是 attendant circumstance；(4) 在敘述文中，幾乎在所有簡單過去分詞＋簡單過去*命令語氣*的結構中，分詞都是 attendant circumstance（不過路22:32是個例外）。
　　若某個分詞含有前兩個特性，當然，不必然就是 attendant circumstance；但若具備了第四個特性，卻必然是 attendant circumstance。因為所有的簡單過去分詞＋簡單過去、*命令語氣*的結構中，實際上都包含了 attendant circumstance 的分詞。上述原則對太28:19的 πορευθέντες 的某些譯法，像是 "having gone"、或更糟的 "as you are going"，都十分值得懷疑。

開始做某個動作的意思。也就是說,它常用於引出新的行動或帶出敘述中的轉折。這與具副詞功能的分詞形成對比,也成為辨認這類用法的關鍵。

第二,這類分詞的語意重心乃是這樣,*句子所要強調的重點在於主要動詞 (main verb) 的行動、而非分詞*。也就是說,這類分詞是讓主要動詞所表達的行動得以發生的先決條件。約瑟得先起床,然後才能帶馬利亞和耶穌去埃及。但是,起床並不是主要的事件──得離開這城才是重點![72]

e. 例子

1) 清楚的例子

太9:13   **πορευθέντες** δὲ μαθέτε τί ἐστιν ......

這句話的意思,你們且**去**揣摩。

太9:18a   ἰδοὺ ἄρχων εἷς **προσελθὼν** προσεκύνει αὐτῳ

有一個管會堂的**來**拜他

這是個在簡單過去分詞之後、接著現在不完成直說語氣的例子。這類例子很少,較常見的例子是以〔*用以描述一個過去(已經發生)的事件*〕(historical present) 的現在時態用法)為主要動詞。[73]

太9:18b   ἡ θυγάτηρ μου ἄρτι ἐτελεύτησεν· ἀλλὰ **ἐλθὼν** ἐπίθες τὴν χεῖρά σου ἐπ' αὐτήν, καὶ ζήσεται.

我女兒剛才死了,求你**去**按手在他身上,他就必活了。

句子的主要概念仍落在主要動詞(「按〔手在他身上〕」);而「去」則是必要的前提。

太28:7   ταχὺ **πορευθεῖσαι** εἴπατε τοῖς μαθηταῖς αὐτοῦ ὅτι ἠγέρθη ἀπὸ τῶν νεκρῶν

快**去**告訴他的門徒,說他從死裡復活了

路5:11   **ἀφέντες** πάντα ἠκολούθησαν αὐτῷ

就**撇下**所有的,跟從了耶穌。

如果路加在這裡用了兩個直說語氣,兩者的重要性就會較為一致。然而,用了 attendant circumstance 的分詞,焦點就不在於門徒撇下所有的(要跟隨一個巡迴佈道者,這是必要的條件),而在於跟隨耶穌。

---

72   如果作者希望兩個命令的地位相等,他通常會用兩個命令語氣,並以 καί 相連。這在新約中出現了179次。

73   參照太15:12;可5:40,8:1,10:1,14:67;路11:26,14:32。這個例子傾向證明在〔用以描述一個過去(已經發生)的事件〕的現在時態用法 (historical present) 中,時態所具有的觀點崩潰。

路5:14　ἀπελθὼν δεῖξον σεαυτὸν τῷ ἱερεῖ

去把身體給祭司察看

路16:6　καθίσας ταχέως γράψον πεντήκοντα[74]

快坐下，寫五十

路17:19　ἀναστὰς πορεύου

起來，走吧！

在此，我們看到一個不尋常的結構：簡單過去分詞與現在時態命令語氣連用。

徒5:5　ἀκούων δὲ ὁ Ἀνανίας τοὺς λόγους τούτους πεσὼν ἐξέψυξεν

亞拿尼亞聽見這話，就仆倒，斷了氣

句首的分詞是現在時態、屬於表達時間的用法；而接下來的簡單過去分詞是 attendant circumstance。在這裡的語意仍按著這類分詞的一般用法：重點不是亞拿尼亞仆倒，而是他斷氣。

徒10:13　ἀναστάς, Πέτρε, θῦσον καὶ φάγε.

彼得，起來，宰了吃！

徒16:9　διαβὰς εἰς Μακεδονίαν βοήθησον ἡμῖν

請你過到馬其頓來幫助我們。

來12:1　ὄγκον ἀποθέμενοι πάντα ...... τρέχωμεν

就當放下各樣的重擔……奔跑

在這裡我們看到五項特徵中的兩項（簡單過去分詞置於主要動詞 [main verb] 之前）。而不同之處有三項：(1) 主要動詞是現在時態；(2) 主要動詞的語氣是假設語氣；[75] (3) 不是敘述文體。此外，決定某個分詞是否為 attendant circumstance 的首要判別是意涵、不是結構。在這裡，意涵相當符合上下文：分詞的「語氣」來自於主要動詞〔（用以描述勸告性假設）的假設語氣用法〕(hortatory subjunctive)──不過，*在語意上*這種用法等同於命令語氣）。沒有哪種具副詞功能的分詞用法適於這段經文。[76]

亦可參照太 2:8、20，9:6，11:4，17:7、27，21:2，22:13，28:7；路 4:40，7:22，13:32，14:10，17:7、14，19:5、30，22:8；徒 1:24，2:23，5:6，9:11，10:20，11:7。

74　καθίσας ταχέως 在抄本 D 中被省略。

75　關於其他以 attendant circumstance 的分詞帶著一個假設語氣的例子，可參照太2:8，4:9，13:28，27:64；可5:23，6:37，16:1；路7:3。我要感謝我的同事 Elliott Greene 提供這些例子。

76　雖然「表達時間」的用法可能適合（「在放下各樣重擔之後……讓我們奔跑」），不過因為這個分詞引進了一個新的行動，最好將之視為 attendant circumstance。

2) 有爭議的例子

弗5:19-21 πληροῦσθε ἐν πνεύματι ...... (19) λαλοῦντες ...... ἄδοντες καὶ ψάλλοντες ......
(20) εὐχαριστοῦντες ...... (21) ὑποτασσόμενοι

乃要被聖靈充滿……說……唱……和……感謝……順服（和合本：18-21
節）

有些解經者認為這幾處分詞為 attendant circumstance。但是在這樣的結構中，
attendant circumstance 的分詞如果有出現過，也很少見（分詞位在動詞之後，
而且主要動詞和分詞都是現在時態）。這裡的分詞到底屬於哪類？得在「表達
結果」與 attendant circumstance 中做出抉擇。既然二者都讓這幾個分詞成為對
等的吩咐 (coordinate commands)，那前者使得「這些動作成為被聖靈充滿者的
結果」的理解更為充實（加5:22-23有相近的概念）。

太28:19-20πορευθέντες οὖν μαθητεύσατε πάντα τὰ ἔθνη, βαπτίζοντες αὐτοὺς εἰς τὸ ὄνομα
τοῦ πατρὸς καὶ τοῦ υἱοῦ καὶ τοῦ ἁγίου πνεύματος, (20) διδάσκοντες

所以，你們要去，使萬民作我的門徒，奉父、子、聖靈的名給他們施洗
……教訓……

關於這段經文有幾個觀察：第一，第一個分詞 πορευθέντες 合乎 attendant
circumstance 的分詞的結構特性：簡單過去分詞位於一個簡單過去主要動詞之
前（在這裡主要動詞是命令語氣）。

第二，沒有好的文法立場可叫這裡的分詞僅僅作表達時間的用法。把 πορευθέντες
變成一個具副詞功能的分詞，就是把大使命變成大建議！事實上，所有在敘述
文中的簡單過去分詞＋簡單過去命令語氣都含有 attendant circumstance 的分詞。
特別在馬太福音中，其他所有的 πορεύομαι 的簡單過去分詞＋簡單過去時態的
主要動詞（不管是直說語氣還是命令語氣）都很清楚屬於 attendant
circumstance。[77]

第三，我們得先從大使命的歷史背景中來理解它，而不是從二十世紀後半葉的
讀者的觀點來理解。這些即將成立的教會的使徒們沒有離開耶路撒冷、直到司
提反殉道。他們如此保留的原因，至少部分與其猶太背景有關。身為猶太人，
他們在傳福音的行動上是種族中心主義者（將可能的歸皈者帶往耶路撒冷）；
現在，身為基督徒、是外族中心主義者 (ektocentric)，把福音傳到非猶太人的
地方。藉著許多方式，使徒行傳細膩地記載了這些使徒們如何完成馬太福音28
章19-20節的大使命。[78]

---

77   參照太2:8，9:13，11:4，17:27，21:6，22:15，25:16，26:14，27:66，28:7。

78   關於此處 πορευθέντες 的用法的進一步資訊，參照 Cleon Rogers, "The Great Commission," *BSac*
      130 (1973) 258-62。

最後，其他兩個分詞（βαπτίζοντες、διδάσκοντες）不該被視為 attendant circumstance。第一，他們不合乎 attendant circumstance participles 的一般模式（他們是現在時態，而且位於主要動詞之後）。第二，明顯地，他們可以合理地歸於表達方法的用法；也就是說，使人成為門徒的方法是施洗與教訓。

3. 引進間述句 (indirect discourse)

a. 定義

　　一個不帶冠詞、*直接受格*的分詞，與一個直接受格的名詞或代名詞相連，有時是作一個感官或溝通動詞所引進的間述句用法。[79] 這種用法相當常見（特別在路加與保羅的書信中），不過整體而言，在希臘化希臘文中比在古典希臘文裡少見。

b. 詳細說明

　　與〔引進間接引述句〕的不定詞用法 (infinitive of indirect discourse) 相較，〔引進間接引述句〕的分詞用法 (participle of indirect discourse) 保留了原來在直述句中的時態。[80]

c. 例子

徒7:12　　ἀκούσας δὲ Ἰακὼβ **ὄντα** σιτία εἰς Αἴγυπτον

　　　　　雅各聽見在埃及**有糧**

腓2:3　　ἀλλήλους ἡγούμενοι **ὑπερέχοντας** ἑαυτῶν

　　　　　各人看別人**比**自己**強**

約貳7　　ὁμολογοῦντες Ἰησοῦν Χριστὸν **ἐρχόμενον** ἐν σαρκί

　　　　　耶穌基督**是成了肉身來的**

　　亦可參照路14:18；約4:39（或許屬於這個類別）；徒7:12，9:21，17:16；林後8:22；啟9:1。

4. 作為動詞的補語 (complementary)

a. 定義

　　〔作為動詞的補語〕的分詞用法 (complementary participle) *用以完成另一個動詞*

79　Robertson, *Grammar*, 1123. Cf. also Williams, *Grammar Notes*, 57.

80　Robertson, *Grammar*, 1122.

〔通常是主要動詞〕的思想。這種用法特別會與一個意味著「完成」的動詞（例如：「停止」(παύω)）連用；有時會與一個意味著「進展中」的動詞（例如：「繼續」[ἐπιμένω]）連用。[81] 在新約中，這樣的慣用語很少見。

b. 例子

太11:1   ὅτε ἐτέλεσεν ὁ Ἰησοῦς **διατάσσων**

         耶穌吩咐**完了**十二個門徒

徒5:42   οὐκ ἐπαύοντο **διδάσκοντες** καὶ **εὐαγγελιζόμενοι** τὸν χριστόν Ἰησοῦν

         不住的教訓人，傳耶穌是基督。

徒12:16 ὁ Πέτρος ἐπέμενεν **κρούων**

         彼得**不住的敲門**

弗1:16   οὐ παύομαι **εὐχαριστῶν**

         就為你們**不住的感謝神**

     亦可參照太6:16；路5:4；約8:7 (v.l.)；徒6:13，13:10，20:31，21:32；加6:9；西1:9；帖後3:13；來10:2。

→ 5. 合併主要動詞、作助動詞用 (periphrastic)

a. 定義

     一個不帶冠詞的分詞可以與一個 be 動詞（像是 εἰμί或 ὑπάρχω）連用、來形成一個主要動詞的概念 (finite verbal idea)。這類的分詞被稱為 periphrastic（合併用法的），因為它以委婉的方式來表達某個單一動詞的意思。在這點上，它與英文有本質上的相符：ἦν ἐσθίων 意味著*他正在吃 (he was eating)*，如同 ἤσθιεν 的意思。這種用法常以現在時態分詞、完成時態分詞出現，但不常以其他時態出現。[82]

b. 結構與語意

     第一：在語意方面，這樣的用法在古典希臘文中強調觀點的功能。到希臘化的時代，特別在新約中，這樣的強調即使沒有完全喪失，也常常缺席。[83]

---

81   在古典希臘文中，有意味著「進入」概念的 ἄρχομαι ＋分詞的例子。但在新約中沒有發現。

82   Boyer（"Participles," 172）算出這類用法有153次現在時態分詞、115次完成時態分詞，並可能有兩次（「非常令人懷疑的」）簡單過去分詞（在路23:19和林後5:19）。

83   另一個與語意有關的議題，是要區分這類分詞與作述語、呈現形容詞功能的分詞 (predicate adjective participle)。這個問題在碰到完成時態、被動分詞時，特別嚴重（在這樣的狀況下，它的形容詞概念似乎更為明顯）。見 Boyer（"Participles," 167-68, 172-73）關於原則的討論。事實上，他認為上下文有助於判斷，特別當分詞具形容詞概念時。

第二：在結構方面，要注意，這類分詞幾乎總是主格且常常位於動詞之後。[84]
就如很久以前 Dana-Mantey 所說：

> 這類遍布於所有語言的表達方式，廣泛地用於希臘文中。雖然在簡單過去
> 時態中很少見，但它在所有語態、所有時態都會出現……某些時態，好比
> 說，完成時態、關身——被動語態、假設語氣和祈願語氣。常使用 εἰμί 作
> 為主要動詞，雖然也會用 γίνομαι 和 ὑπάρχω，也可能用 ἔχω 的完成時態（參
> 照路14:18，19:20）及過去完成時態（路13:6）。而 periphrastic imperfect
> 的是新約中最常出現的型態。[85]

最後，不同的主要動詞——分詞，結合為一個主要動詞的時態請見下表：

主要動詞 (εἰμί)	+	分詞	=	等同的時態
現在時態	+	現在時態	=	現在時態
現在不完成時態	+	現在時態	=	現在不完成時態
未來時態	+	現在時態	=	未來時態
現在時態	+	完成時態	=	完成時態
現在不完成時態	+	完成時態	=	過去不完成時態

表格11

Periphrastic Participle 的各種形式

c. 例子

1) 現在時態 (Present Periphrastic)

林後9:12　ἡ διακονία ...... ἐστὶν **προσαναπληροῦσα** τὰ ὑστερήματα τῶν ἁγίων

　　　　因為辦這供給的事……補聖徒的缺乏

西1:6　　καθὼς καὶ ἐν παντὶ τῷ κόσμῳ ἐστὶν **καρποφορούμενον**

　　　　也傳到普天之下，並且結果

　　亦可參照太5:25；可5:41；路19:17；約1:41；徒4:36；林後2:17，6:14，9:12；
西2:23；雅1:17（有可能）。[86]

84　按照 Boyer（"Participles," 172) 的看法，有兩個例子是直接受格；二十八個例子位於動詞之
　　前。

85　Dana-Mantey, 231.

86　雅1:17的意思可能是「各樣全備的賞賜都是從上頭來的，……降下來」；或是「各樣從上頭
　　來的全備的賞賜正在降下」（πᾶν δώρημα τέλειον ἄνωθέν ἐστιν **καταβαῖνον**），後者的譯法視此分
　　詞為 periphrastic。

2) 現在不完成時態 (Imperfect Periphrastic)

太7:29　　*ἦν* **διδάσκων** *αὐτούς*

　　　　　因為他教訓他們

可10:32　*ἦσαν* ...... **ἀναβαίνοντες** ...... *καὶ ἦν* **προάγων** *αὐτοὺς ὁ* ᾽Ιησοῦς

　　　　　他們行路上耶路撒冷去。耶穌在前頭走

　　　亦可參照太19:22；可1:22，5:5，9:4；路4:20，19:47；約1:28，13:23；徒1:10，2:2，8:1，22:19；加1:22。

3) 未來時態 (Future Periphrastic)

　　　因為結合了未來時態動詞和現在時態分詞，這類未來時態的觀點會是「進行中」(progressive)（不同於其單純的時態）。這類用法很罕見。[87]

可13:25　*καὶ οἱ ἀστέρες ἔσονται* ...... **πίπτοντες**[88]

　　　　　眾星要從天上墜落

林前14:9　*πῶς γνωσθήσεται τὸ λαλούμενον; ἔσεσθε γὰρ εἰς ἀέρα* **λαλοῦντες.**

　　　　　怎能知道所說的是什麼呢？這就是向空氣說話了。

　　　亦可參照太10:22，24:9；可13:13；路1:20，5:10，21:17、24，22:69；徒6:4（在 D 抄本裡）。

4) 完成時態 (Perfect Periphrastic)

路12:6　　*ἓν ἐξ αὐτῶν οὐκ ἔστιν* **ἐπιλελησμένον** *ἐνώπιον τοῦ θεοῦ.*

　　　　　但在神面前，一個也不忘記

林後4:3　*Εἰ δὲ καὶ ἔστιν* **κεκαλυμμένον** *τὸ εὐαγγέλιον ἡμῶν*

　　　　　如果我們的福音蒙蔽

弗2:8　　*τῇ γὰρ χάριτί ἐστε* **σεσῳσμένοι**

　　　　　你們得救是本乎恩[89]

　　　亦可參照路14:8，20:6，23:15；約3:27，6:31、45，12:14，16:24，17:23；徒21:33；羅7:14；弗2:5；來4:2；雅5:15；約壹1:4。

87　Fanning (*Verbal Aspect*, 317-18) 列出十一處未來時態的 periphrastics 用法 (εἰμί的未來時態、直說語氣＋現在時態分詞)，只有一個是在 D 抄本中的異文（見以上說明）。這些例子都具有內部觀點 (an internal aspect)。但不是因為未來時態，而是因為它們與*現在時態分詞*相連。

88　有些抄本不是 πίπτοντες、而是 πεσοῦνται（包括 W Λ^c 213 565 700）。

89　見本段經文在完成時態那章的討論。

5) 過去完成時態 (Pluperfect Periphrastic)

太9:36　ἦσαν **ἐσκυλμένοι** καὶ **ἐρριμμένοι** ὡσεὶ πρόβατα μὴ ἔχοντα ποιμένα

　　　　他們**困苦流離**，如同羊沒有牧人一般。

徒21:29　ἦσαν γὰρ **προεωρακότες** Τρόφιμον

　　　　因他們**曾看見**以弗所人特羅非摩

　　亦可參照太26:43；可15:46；路2:26，4:16，5:17，8:2，9:45，15:24，23:53；約3:24，19:11、19、41；徒8:16，13:48；加4:3。[90]

6. 冗筆用法 (redundant, pleonastic)

a. 定義

　　一個表示說話（或思考）的動詞可與一個基本上意思相同的分詞連用（例如 ἀποκριθεὶς εἶπεν）。就英文而言，這樣的慣用語是陌生的，所以很多現代的譯本只翻出主動詞 (controlling verb)。

b. 釐清

　　有些人稱呼這種用法為冗筆用法或同位用法 (appositional participle)。在某種意義上，這是表示方法的分詞子類，因為它定義了主要動詞 (main verb) 的行動。大致可以這樣說，這類用法很可能源於閃語的慣用法，幾乎只出現在符類福音書中。

c. 例子

路12:17　διελογίζετο ἐν ἑαυτῷ **λέγων**

　　　　自己心裡思想**說**

太11:25　**ἀποκριθεὶς** ὁ Ἰησοῦς εἶπεν

　　　　耶穌**回答**說

　　　　ἀποκριθεὶς εἶπεν 二字連用的結構「在某種程度上，已經變成一個例行的公式 (empty formula)，有時甚至前文沒提到什麼需要『回答』的，也會接著這公式……。」[91]

---

[90] 特別是（被動語態）過去完成時態的 periphrastics 會與具形容詞功能的分詞中的具述詞功能的分詞用法 (predicate adjective participles) 混淆（例如啟17:4）。這樣的例子中，有些也許更適合歸納於具形容詞功能分詞的類別。

[91] Zerwick, *Biblical Greek*, 127.

亦可參照太11:25，12:38，13:3、11、37，15:22，17:4，26:23，28:5；可9:5，11:14；路5:22，7:22，13:2，19:40。

B. 引進獨立子句的動詞性分詞 (Independent Verbal Participles)

這類分詞的功能如同主要動詞 (finite verb)，也沒有在語氣上 (mood) 依賴任何動詞（以此與 attendant circumstance 有區別）。引進獨立子句的動詞性分詞用法的功能也許是直說語氣或命令語氣（雖然兩者都極端罕見）。

† 1. 傳遞命令語氣內容 (as an Imperative [Imperatival])

a. 定義

這類分詞的功能如同命令語氣。這類分詞並不依附上下文中的任何動詞，在文法上它是獨立的。傳遞命令語氣的內容的分詞用法相當罕見。

b. 釐清的說明與解經上的重要性

「一般而言，若一個分詞能適當地連於某個主要動詞 (finite verb)，就不應該被解釋為這種用法。」[92] 這是個重點，但不只一位注釋書作者會忘記這點。

c. 例子

1) 清楚的例子

羅12:9   ἀποστυγοῦντες τὸ πονηρόν, **κολλώμενοι** τῷ ἀγαθῷ

惡要厭惡，善要親近

彼前2:18   οἱ οἰκέται, **ὑποτασσόμενοι** ...... τοῖς δεσπόταις

你們作僕人的，凡事要……順服主人

亦可參照羅12:10、11、12、13、14、16、17、18、19；林後8:24；彼前3:7。值得注意的是：新約的這類例子大多都在羅馬書12章或彼得前書。

2) 很有爭議的例子

弗5:19-21   λαλοῦντες ...... **ἄδοντες** ...... **ψάλλοντες** ...... (20) **εὐχαριστοῦντες** ...... (21) **ὑποτασσόμενοι**

說……唱……和……(20) 感謝……(21) 順服

---

92   Robertson, *Grammar*, 1134.

雖然大部分的人都視前四個分詞為具副詞功能的分詞（見前文中關於這段經文的討論），許多人，包括最近的希臘文新約版本，卻視最後一個分詞為傳遞命令語氣的內容的分詞用法 (imperatival)。這樣的二分令人質疑，特別因為最後一個分詞也是現在時態不帶冠詞的分詞，和前四個分詞一樣。在此，基本的規則很簡單：如果某個分詞可以被視為附屬的（也就是說，它可以附屬於某個動詞），它就應該被視為附屬的分詞。進一步來說，有些人會視 ὑποτασσόμενοι 為傳遞命令語氣的內容的分詞用法的原因，基本上有兩個：(1) 5章22節明顯缺少了命令語氣動詞 ὑποτάσσεσθε，[93] 得由前文的動詞來填補。因此，將21節與下文加以連結。(2) 這個分詞與前面的分詞中間隔了幾個字，因此把它與下文相連似乎會比與上文相連恰當。

以下是對這兩點理由的回應：(1) 雖然21節與22節有明顯的關連，21節卻可能只是兩個段落間的鉸鍊。15節到21節的思路流入22節到六章9節的段落中。不管從21節開始還是從22節開始，這個關於（延伸的）家庭的段落，都是以弗所書的主要段落中唯一沒有用連接詞開頭的。而這個前段中的命令就像是轉換到家庭的議題時聽眾的「耳邊鈴聲」。[94] 總之，任何將兩者戲劇化區分的企圖都不能成立，這個分詞是平等地屬於兩者。(2) 就句法與文體的層面而言，這裡的語意情境不該會出現〔傳遞命令語氣的內容〕的分詞用法 (imperatival participle)（和其他元素擺在一起會發現，在此〔傳遞命令語氣的內容〕的分詞用法是非常罕見的用法），此外，在這封書信中，附屬的分詞用法也不少見（例如，弗1:13-14有幾個附屬的分詞串連）。視這裡的分詞為〔傳遞命令語氣的內容〕的分詞用法乃是只從英文的角度判斷、忽略希臘文的結果。

弗4:1-3 Παρακαλῶ ὑμᾶς ...... περιπατῆσαι ...... (2) **ἀνεχόμενοι** ἀλλήλων ...... (3) **σπουδάζοντες** τηρεῖν τὴν ἑνότηατ

我……勸你們……行事為人……(2) **互相寬容**……(3) **竭力保守**……合而為一

Barth 以絕對的口吻說：「這裡增加的 "be" 動詞以及『寬容』都應該因為之前的『我……勸你們』用語以及後者的分詞形式，該視為命令的語氣」。[95] 他認為第三節的分詞呈現命令語氣。[96] BDF 和 Robertson 也視這幾個分詞為「傳

---

[93] 雖然在抄本中，缺少動詞的抄本只有 𝔓46 和 B，但是內在的理由卻要求人得接受這個省略。

[94] 顯然，沒有以連接詞開頭的原因，在於5:22-6:9並沒有進一步的論證，它只是一段插入的話。以弗所書的論證是以語句交錯排列的方式 (chiasmus) 構成。焦點在第二章，並從此處開始發展。一個含蓄的問題從2:11-22（本卷書的教義段落）發源，等待解答：如果，基督身體中的猶太人與外邦人現今已在屬靈上平等了，那麼，是不是所有的社會階層也該都被拔除嗎？5:22-6:9回答說：「不是」！

[95] Barth, *Ephesians* (AB) 2.427.

[96] Ibid., 428.

遞命令語氣的內容」，[97] 然而他們都警告，若是有與主要動詞附屬性的連接（比如說，4:1的 παρακαλῶ ...... περιπατῆσαι），這種結論將不會發生。Moule 明確地視這幾個分詞為「傳遞命令語氣的內容」，因為他們是主格[98]——這很可能也是其他持相同看法的人所認定的理由。實際上，若不將之歸類為「傳遞命令語氣的內容」，需要就其「格」做出解釋：如果與 ὑμᾶς 缺乏協調，我們怎麼能說這些主格的分詞是「具副詞功能的分詞」、是附屬的？

這些分詞很可能是附屬的。至於他們為何是主格？原因如下：παρακαλῶ ὑμᾶς περιπατῆσαι 帶有一個完整的動詞概念 (verbal idea)，以直說語氣和不定詞表達的。這個不定詞是作主要動詞的補語，用以完成主要動詞的概念。它也可藉著一個命令字 περιπατήσατε，來表達同樣的概念（儘管更為有力，可是也較為不禮貌）。若將這句話的字詞作圖析，那這二個句子會看起來像這樣：

$$(\dot{\epsilon}\gamma\dot{\omega}) \mid \pi\alpha\rho\alpha\kappa\alpha\lambda\hat{\omega}\ \pi\epsilon\rho\iota\pi\alpha\tau\hat{\eta}\sigma\alpha\iota \mid \dot{\upsilon}\mu\hat{\alpha}\varsigma \quad = \quad (\dot{\upsilon}\mu\epsilon\hat{\iota}\varsigma) \mid \pi\epsilon\rho\iota\pi\alpha\tau\dot{\eta}\sigma\alpha\tau\epsilon$$

因此，我們有 constructio ad sensum（結構是按著概念而來、而不是遵循著嚴謹的文法規則）這樣的例子。4:2-3的分詞是主格，因為它們與「命令」的概念相符，儘管它看起來不是命令語氣的用字。因此，這二個是附屬的副詞功能分詞。更可能它們是表達方法（要記得現在時態的分詞常常跟在現在時態或簡單去時態的命令語氣用字；這裡，分詞的用法是按著概念而來）：定義讀者該如何行事。

結果這段經文的概念是：作者以 οὖν (4:1) 這個字總結前述直述語氣的信仰陳述，繼續吩咐那當行的行動。這些行動包括「行事為人就當與蒙召的恩相稱」。施行的方式有二重：(1) 消極而言，「要用愛心互相寬容」；(2) 積極而言，「要竭力保守聖靈所賜合而為一的心。」因此，弗4:1-3呈現了作者在這本小書卷中的信息。

其他應當審慎查考的例子包括：弗3:17，6:18；西2:2，3:13、16；彼前5:7等等。[99]

2. 表達單純的直說語氣 (as an indicative; independent proper or absolute)

a. 定義

這類分詞可以獨立使用、且具有陳述宣告的意涵，就像子句或句子中的單一動

---

97   *BDF*, 245; Robertson, *Grammar*, 946.

98   Moule, *Idiom Book*, 105.

99   參照 Smyth, *Greek Grammar*, 478，能幫助了解「傳達命令內容的分詞用法」。

詞一樣。這樣的分詞可視之為一個直說語氣的動詞。這種用法相當罕見。

b. 釐清與詳細說明

這類用法很明顯是源於閃語的影響，因為在希伯來文[100]與亞蘭文[101]中都有這樣的現象（啟示錄中的例子證實了這個看法）。在古典希臘文中有沒有這類用法令人懷疑。[102]

c. 例子

啟1:16   καὶ ἔχων ἐν τῇ δεξιᾳ χειρὶ αὐτοῦ[103]

        他右手拿著

啟19:12   ἔχων ὄνομα

        又有寫著的名字

亦可參照羅5:11，12:6；林後4:8，5:6，9:11；啟4:7，10:2，11:1，12:2，17:5，21:12、14、19，是一些有可能的例子。

總之，就〔引進獨立子句〕的分詞用法 (independent participle)；包括「傳遞命令語氣的內容」與「表達單純的直說語氣」）而言，我們完全同意 Brooks 和 Winbery 的看法：「*毫無疑問地，只要有任何其他方法可以解釋，分詞就不應該被視為〔引進獨立子句〕的分詞用法 (independent participle)*」。[104]

III. 引進分詞片語 (The Participle Absolute)

在這最後一段中，我們要處理一種在特殊的「格」結構中的分詞（包括〔以實名詞呈現、作破格主格補語〕的分詞用法 (nominative absolute) 和〔引進獨立分詞片語〕的分詞用法 (genitive absolute)。不過，這類的分詞其實符合上述兩大類別〔具形容詞功能的分詞與引進副詞子句的分詞）。在此將之分別處理的原因是，它們多少在「格」方面還多有超越了前述兩個主要類別的*額外內涵*。

---

100   GKC, 357-60.

101   Rosenthal, *A Grammar of Biblical Aramaic*, 55.

102   Smyth, *Greek Grammar*, 477.

103   有些抄本不是分詞，而是現在不完成時態、直說語氣 εἶχεν（包括 א* 172 424 2018 2019 2344 *et plu*）。

104   Brooks and Winbery, 138（斜體為原有）。

A. 以實名詞呈現、作破格主格補語 (Nominative Absolute)

1. 定義

　　實際上，nominative absolute 的分詞就是一種合於 *nominativus pendens*（破格主格補語）描述的〔作實名詞用〕的分詞用法 (substantival participle)。雖然它稱作 nominative absolute，但不要與討論格 (case) 的時候提到的 nominative absolute（作標題、稱呼用的主格）搞混（名稱是導致困擾的原因，是 nominative absolute 的分詞很可能是因為與 genitive absolute 的分詞有些相似）。為了更新記憶，*nominativus pendens*（破格主格補語）「是在句首表明句子邏輯上（不是文法上）的主詞，緊跟著一個包含著這個主詞的句子；然而這個主詞在這個句子裡的格是由句法來決定的。」[105]

2. 釐清

　　雖然這類分詞與〔引進獨立分詞片語〕的分詞用法 (genitive absolute participle) 有些相似，但 nominative absolute 的分詞總是作實名詞用，而〔引進獨立分詞片語〕的分詞用法 (genitive absolute participle) 則總是*作副詞用* (adverbial)，至少是作為*引進附屬副詞子句*的用法 (dependent-verbal)。[106]

3. 例子

約7:38　　ὁ **πιστεύων** εἰς ἐμέ ...... ποταμοὶ ἐκ τῆς κοιλίας αὐτοῦ ῥεύσουσιν

　　　　　信我的人……從他腹中要流出活水的江河來

啟3:21　　ὁ **νικῶν** δώσω αὐτῷ καθίσαι

　　　　　得勝的，我要賜他在我寶座上……

　　亦可參照可7:19，12:40；啟2:26，3:12。

105　Zerwick, *Biblical Greek*, 9.

106　在這種情況之下，文法學者如 Robertson (*Grammar*, 1130) 與 Funk (*Beginning-Intermediate Grammar*, 2:675) 將這個類別置於 circumstantial participle 之下，就實在是令人困惑了，特別是他們認為它們根本不是作 circumstantial 用的。

➔ B. 引進獨立分詞片語 (Genitive Absolute)

1. 定義

在定義引進獨立分詞片語 (genitive absolute) 這種分詞結構，我們有兩個選擇：我們可以從*結構*來定義、也可以從*語意*來定義。我們應該從兩方面來定義，以致於你可能可以辨認出其結構；並且一旦辨認出來，你可以了解其語意功能。

a. 結構

就結構而言，引進獨立分詞片語的分詞用法包含了以下幾個要素：

1) 一個所有格的名詞或代名詞（有時會缺少這部分）；

2) 一個所有格*不帶冠詞*的分詞（總是會有這部分）；

3) 整個結構會位於句首（通常如此）。

b. 語意

一旦你辨認出結構（要注意上述結構不限於引進獨立分詞片語），就要注意語意方面的三件事：

1) 這結構與句子的其他部分沒有關連（也就是說，其所有格名詞或代名詞的主詞與主要子句的主詞不同）；

2) 此分詞*總*是具副詞功能的分詞，或者至少也是引進附屬副詞子句的用法 (dependent-verbal)（換句話說，它不可能是作形容詞用或作實名詞用的分詞）；

3) 這類分詞一般而言（大約90%）都是表示*時間的*分詞用法，[107] 儘管偶爾，它可以表達任何一類副詞概念。[108]

2. 例子

太9:18　ταῦτα αὐτοῦ **λαλοῦντος** ...... ἄρχων εἷς ἐλθὼν προσεκύνει αὐτῷ

　　　　耶穌說這話的時候，有一個管會堂的來拜他

羅7:3　**ζῶντος** τοῦ ἀνδρὸς ...... γένηται ἀνδρὶ ἑτέρῳ

　　　　丈夫仍活著的時候……她歸於別人

107　參見 Henry Anselm Scomp, "The Case Absolute in the New Testament," *BSac* (January 1902) 76-84; (April 1902) 325-40。

108　「所有作 circumstantial 用的分詞，都可能具〔引進分詞片語〕的分詞用法 (absolute participle) 的功能。」(Robertson, *Grammar*, 1130)

這是一個少見、出現在書信中的例子（亦可參照弗2:20）。大多數引進獨立分詞片語的例子都在福音書與使徒行傳。

約5:13　Ἰησοῦς ἐξένευσεν ὄχλου **ὄντος** ἐν τῷ τόπῳ

耶穌已經離開在那裡的群眾了

這個例子有些不尋常，引進獨立分詞片語的結構不是位於句首、而是位於句尾。不過，ὄχλου 可以被視為表達驅離動作的所有格 (gen. of separation)；ὄντος 則是具形容詞功能的分詞 (adjectival)，句子的意思為：「離開在那裡的群眾。」

亦可參照太8:1、5、16、28，9:32、33，17:14、22、24、26，18:24、25（在此為表達原因），20:29、21:10、23，22:41、24:3；可5:2、18、21、35，15:33；路11:14，18:36、40；約4:51；徒13:2；彼前3:20。

希臘文子句

章節綜覽

I. 導論

A. 本章教學觀

本章的意圖僅在於提供一個新約子句結構的概觀。由於子句的專屬類別在前面已經有所討論，此處只需要稍加處理。[1]

B. 定義

子句是一個複合或合成 (compound or conplex) 句型組成的單位。子句通常會包含一個主詞、一個述詞，或一個不能帶主格主詞的動詞 (nonfinite verb)（也就是不

---

1   此處要歸功我的同事 John Grassmick 提供了本章所需的基本架構，還包括許多處的示例及定義。

定詞或分詞）。

複合句型是由兩個以上處於平行關係的子句所組成，又稱為*對等* (*paratactic*) 結構。

合成句型是一個或多個子句從屬於另一個子句的結構，又稱為*從屬* (*hypotactic*) 結構。

II. 兩種類型的子句

A. 獨立子句

獨立子句不從屬於任何其他子句。

獨立子句通常以主詞——動詞——（受詞）作為它的核心，[2]由平行連結詞將兩個獨立子句連接為平行（即對等）結構（從而形成複合句型）。

「她吃了一份熱狗，他*卻*喝了牛奶」（"She ate a hot dog *but* he drank milk."）。

「他去了圖書館，*並且*（他）做了作業」（"He went to the library *and*（he）worked on his assignment."）。

B. 附屬子句

附屬子句對應於其他子句（不論是獨立子句或附屬子句），處於實名詞或從屬（附屬）關係。

「他*為了*做作業而去了圖書館」"He went to the library *in order* to work on his assignment."；從屬關係。

「*那*去圖書館的學生準時完成了他的作業」"The student *who* went to the library completed his assignment on time."；實名詞關係。

III.獨立子句歸類

A. 由對等連接詞所引導

子句前導*對等連接詞*的「邏輯功能」，通常會決定獨立子句的功用。[3]這些邏輯功能有：

1.*連結名詞、代名詞、實名詞*，主要牽涉 καί 或 δέ。

---

2   當然，希臘文主詞可以是被包含在動詞之中。

3   詳細的討論請見「連接詞」的單元。

2. *形成對比*，主要牽涉 ἀλλά、δέ，或 πλήν。

3. *連結獨立子句*，通常牽涉 μέν……δέ 或 καί……καί。

4.*連結對比或相反的用詞*，如 ἤ。

5. *解釋功用*，通常牽涉 γάρ。

6. *作推論用*，主要牽涉 ἄρα、διό、οὖν 或 ὤστε。

7. *作轉接用*，通常牽涉 δέ 或 οὖν。

B.由介系詞片語所引導

有時獨立子句會由介系詞片語引導，其功能將決定獨立子句的功用。例如：

1. διὰ τί ——「為什麼？」（參見太9:11）

2. διὰ τοῦτο ——「為此……」（參見太13:13）

3. εἰς τί ——「為什麼？」（參見可14:4）

4. ἐκ τούτου ——「由此以致……」（參見約6:66）

5. ἐπὶ τοῦτο ——「為此……」（參見路4:43）

6. κατὰ τί ——「如何？」（參見路1:18）

7. μετὰ τοῦτο ——「這事以後……」（參見啟7:1）

C.破格結構（無正式的介紹）

偶爾獨立子句*並非*由連接字詞或片語所引導。這種現象稱為*破格*（連接詞省略）。[4]這種情況下獨立子句的功用將取決於上下文脈。破格是一種生動的文筆風格，經常用於強調、表現莊重，或製造斷奏效果等修辭價值；另也用於話題有急遽轉折之時。[5]因此，我們可以在下列例子中看見：

1.命令和規勸：被接二連三地急促提出（參見約5:8；弗4:26-29；腓4:4-6；帖前5:15-22）

2. 一連串的句子（參見太5:3-11〔登山寶訓八福〕；提後3:15-16）

3. 不相關的句子／話題轉移（參見林前5:9）[6]

4　有關「破格」的綜合討論，可參看 *BDF*，240-42頁（§459-63）。

5　*BDF*，241頁（§462）寫道：「即使破格會加添莊嚴與話語的重量，但卻不是一種刻意的修辭學策略……。然而，某種程度上，新約書信中有許多修辭性破格很棒的例子，特別是保羅（書信）……。」

6　破格偶爾也會出現在段落與段落之間，但一般講求文筆的寫作者會避免這樣的使用。有時在寫作極為隨性的書信體中會發現到這樣的例子（*BDF*，242頁［§463］）。

以弗所書是一個較為講求文筆、較少情緒抒發的信件。然而出乎意料的事，我們竟然在「治家格言」(5:22) 的開頭看到了這樣的用法：αἱ γυναῖκες τοῖς ἰδίοις ἀνδράσιν ὡς τῷ κυρίῳ（本

IV.附屬子句歸類

附屬子句的歸類可以採納結構型態或是句法功用的分析。按照基本結構可以有四種歸類方式（不定詞、分詞、連結詞，及關係子句），句法功能則分為三大類（實名詞、形容詞，和副詞子句）。

A. 結構

附屬子句有四種構句方式。

1. *不定詞子句*：含有一個不定詞。

2. *分詞子句*：含有一個分詞。

3. *連結詞子句*：由從屬連接詞所引導。

4. *關係子句*：

- 由關係*代名詞*所引導 (ὅς [*who, which*])
- 由關係*形容詞*所引導 (οἶος [*such as, as*]，ὅσος [*as much/many as*])
- 由關係*副詞*所引導（例：ὅπου [*where*], ὅτε [*when*]）

關係子句也可以由*句法功能*來分析：[7]

a. 限定關係子句

限定關係子句包含一個*直說*語氣的動詞，並有一個特定指稱對象，它可以是某個人物、群體、特殊事項、事件，或行動（例：在可10:29的 οὐδείς ἐστιν ὃς ἀφῆκεν

卷書信從1:3起的正文〔譯註：書信的開頭結尾都有傳統書信格式的問候語，正文係指不包含這些部分〕中的其他每一個段落都由連接詞作為開頭）。這個缺少動詞的命令句借用了21節的分詞 (ὑποτασσόμενοι)，而且這個分詞在語氣上必須作為命令式理解。沒有動詞的命令句，再加上22節也缺少連接詞，讓許多學者決定以21節作為段落的起點，把 ὑποτασσόμενοι 視為命令語氣（接受這樣理解的新約經文版本／譯本諸如：NA[27]、RSV、NRSV、NIV）。但這種做法無疑帶出更多的問題：這個分詞本身跟隨在一連串現在式具副詞功能的分詞後面，而它們都附屬於18節命令語態的 πληροῦσθε。因而最自然的理解方式就是把 ὑποτασσόμενοι 跟它們歸為同一掛（儘管跟主要動詞的距離已經有點遙遠）；這樣做更是基於命令語態的分詞在新約中極為罕見。再者，21節本身是個大標題式陳述（「又當存敬畏基督的心、彼此順服」），大意上對教會全部階層的人都適用。除非解經上刻意安排，否則我們難以把這個陳述直接雙向套用在5:22-6:9所涉三組人倫關係上（難道父母對兒女的關係也用順服這個字眼嗎）。

比較好的處理方式是將21節視為一個承先啟後的樞紐，一方面總結了聖靈充滿所有的表現（表「結果」的分詞），另一方面也導入此書信主軸論述之外的*插入論點*，即5:22-6:9，所謂的「治家格言」。它的作用本質上無助於發展主軸論述，然而它算是回答了2:11-22背後帶出的疑問：也就是，如果說猶太人和外邦人在基督身子裡的立足點是相同的話，是否代表那些既存的社會階層關係也就此被廢除呢？答案看來是個鏗鏘有力的「不」。

7   關於關係代名詞的較為詳細的討論，請見「代名詞」單元。

οἰκίαν〔沒有一個撇下房屋的……〕）。關係代名詞在此處代換的是它在句中的*前述詞*（名詞、代名詞，或名詞片語），且和前述詞必須*性數*配合。但是它的*格位*則由它在關係子句中的地位所決定。

b. 不定關係子句

不定關係子句包含一個*假設語氣*動詞加上一個質詞 ἄν（或 ἐάν），且沒有任何定的指稱對象（例：在太20:4 ὃ ἐὰν ᾖ δίκαιον〔*所當給的……*〕；太20:27的 ὃς ἂν θέλη ἐν ὑμῖν εἶναι πρῶτος〔*誰願為首……*〕）。不定關係子句*沒有前述詞*。

B. 句法功能

附屬子句的句法功能有三大類：實名詞，形容詞，以及副詞功能。

1. 實名詞子句

附屬子句在這個用法底下作為名詞功用。

a. 結構

附屬子句的名詞用法可以由下列結構型態來表現：[8]

1) 實名詞*不定詞*子句。

2) 實名詞*分詞*子句。

3) 實名詞*連接詞*子句。

4) 實名詞*關係代名詞*子句。

b. 基本用法

1) 主詞

 a) 實名詞*不定詞*（例：來10:31）。

 b) 實名詞*分詞*（例：約3:18）。

 c) ὅτι + *直說語氣*（例：加3:11）。

 d) ἵνα +*假設語氣*（例：林前4:2）。

 e) *關係代名詞* ὃ（例：太13:12）。

2) 述語主格

 a) 實名詞*不定詞*（例：羅1:12）。

---

8 下列的每一種結構都有一個特定慣用模式。細節請參看它們各自的單元。

　　　　b) 實名詞分詞（例：約4:26）。

　　　　c) ἵνα +*假設語氣*（例：約4:34）。

　　3) 直接受詞

　　　　a) 實名詞*不定詞*（例：提前2:8）。

　　　　b) 實名詞*分詞*（例：腓3:17）。

　　　　c) ὅτι +*直說語氣*（例：約3:33）。

　　　　d) ἵνα +*假設語氣*（例：太12:16）。

　　　　e) *關係代名詞* ὅ（例：路11:6）。

　　4) 間接引述

　　　　a) 實名詞*不定詞*（例：路24:23；林前11:18）。

　　　　b) 實名詞*分詞*（例：徒7:12；帖後3:11）。

　　　　c) ὅτι +*直說語氣*（例：太5:17；約4:1）。

　　5) 同位語

　　　　a) 實名詞*不定詞*（例：雅1:27）。

　　　　b) ὅτι +*直說語氣*（例：路10:20）。

　　　　c) ἵνα +*假設語氣*（e.g. 約17:3）。

2. 形容詞子句

　　附屬子句可以作為形容詞，修飾一個名詞、名詞子句，或其他實名詞。

a. 結構

　　附屬子句的形容詞用法可以由下列結構型態來表現：[9]

　　1) 具補述功能的*不定詞子句*

　　2) 具形容詞功能的*分詞子句*

　　3) *連接詞子句*

　　4) *關係代名詞和關係形容詞子句*

b. 基本用法

　　形容詞子句用於*描述*、*解釋*，或*限制*一個名詞、代名詞，或其他實名詞。它在功能上不再細分，其基本用法表現於下列的結構型態：

9　　它們各自帶有特殊的結構（例：形容詞、分詞通常是帶冠詞的），請參看它們各自的單元。

1) *具補述功能的不定詞*（例：羅1:15）

2) *具形容詞功能的分詞*（例：林後3:3）

3) ὅτι +*直說語氣*（例：路8:25）

4) ἵνα +*假設語氣*（例：約2:25）

5) *關係代名詞子句*（例：弗6:17；約壹2:7）

3. 副詞子句

這類用法的附屬子句就像副詞，用於修飾動詞。

a. 結構

附屬子句的副詞功用表現於下列結構：

1) *不定詞子句*

2) *具副詞功能的分詞子句*

3) *連接詞子句*

4) *關係代名詞及關係副詞子句*

b. 基本用法

1) 表達目的（包含上述四種句構）

a) *不定詞*（例：雅4:2）[10]

b) *具副詞功能的分詞*（例：羅5:1）[11]

c) ὅτι +*直說語氣*（例：弗4:25）[12]

d) *關係代名詞* οἵτινες（例：羅6:2）

2) 表達比較（包含連接詞和關係子句）

a) καθὼς +*直說語氣*（例：弗4:32）[13]

b) *關係形容詞* ὅσος（例：羅6:3）[14]

10　表達目的的不定詞照理都會跟隨著片語 διὰ τό。參看「不定詞」單元中的討論。

11　大多數的表達目的的性分詞都會位在它們所修飾的動詞之前。參看「分詞」單元中對字詞順序和時態選用的討論。

12　從研經軟件 *acCordance* 查詢的結果，多達1291次的從屬子句和433次的表達*目的*的從屬子句是由 ὅτι 所引導，γάρ 也有241次是用來引導表達目的的從屬子句。另外的五個用來引導表達目的的連接詞一共被用上六十一次。

13　καθὼς 用作為引導比較從屬子句有174次（根據 Accordance）。按照頻率排列接著是：ὡς（一〇七次）、ὥσπερ（二十九次）、καθάπερ（十一次）。

14　用關係形容詞來引導對照比較在新約中相當罕見。較為常見的是關連副詞（如：οὕτως）。

3) 表達讓步（除了不定詞子句之外的三種句構）

a) 具副詞功能的*分詞*（例：腓2:6）[15]

b) εἰ καί +*直說語氣*（例：路11:8）[16]

c) *關係代名詞* οἵτινες（例：雅4:13-14）

4) 表達條件（除了不定詞子句之外的三種句構）[17]

a) 具副詞功能的*分詞*（例：來2:3）

b) 連接詞子句：

1] 在*第一類條件句*中說話者的心裡認定假定子句 (protasis)（「如果」子句）所陳述的條件為真，意圖在於論證，好讓結果子句 (apodosis)（「就」子句）的內容可以邏輯通暢地接上。（例：在加5:18、25；路4:3中的 εἰ +*直說語氣*）。其實結果子句內容往往和當下事實*不符的*，但說話者仍煞有其事地表達，其目的是為了論證（例：太12:27-28；林前15:14）。

2] 在*第二類條件句*中，子句的條件被假定為*並未成立*（與事實相反）。說話者在結果子句中陳述的事物為真，其假定子句會如何成立（例：在約5:46，11:32的 εἰ + *過去時態、直說語氣*）。假定子句的條件當然是有可能成立的，只是有可能說話者當下並未有這樣的認知（如路7:39）；或是說話者在知情的情況下故意要表達反諷（*但是新約希臘文中沒有提供這樣的例子*）。

3] *第三類條件句*表達在假定有可能的情況下，在假定子句中可以發現的多種細微不同的可能。某些例句中，它所要表達的甚至是一種「大略現況」（參見太9:21；林前13:1-3；1約1:7、9的 ἐάν +*假設語氣*）。

c) *關係形容詞* ὅσοι（例：羅2:12）

5) 補助功能（包含不定詞和連接詞子句）

a) *不定詞*（例：約壹3:16）[18]

15　在分詞單元中可見到這段經文的討論。

16　εἰ καί 結構相當多的時候是用作讓步子句（僅次於具副詞功能的分詞，但具副詞功能的分詞幾乎無固定的結構特徵可循）。Boyer 在二十二個在觀察到的 εἰ καί 結構當中，把其中十八個判定為讓步子句，並指出這四個例外是受到了中間插入的連接詞（δέ或 γε）的影響。(J. L. Boyer, "Adverbial Clauses: Statistical Studies," GTJ 11 [1991] 71-96 [here, 81])。讓步連接詞也有出現過，但是都很罕見（新約中一共有八個例子：καίπερ〔五次出現都有帶一個讓步分詞〕、καίτοιγε、καίτοι）。

17　詳見「語態」單元，特別有關是「條件句型」的部分。

18　作補助功能的不定詞在新約中出現頻率有數百次之多。它們習慣上會跟隨著一些特定的助動詞，例如：δύναμαι、ὀφείλω……等等。更多的討論請看不定詞的單元。作補助功能的不定詞也可被視為動詞觀念本質上的一部分，而未必要作為隸屬於主要動詞的副詞修飾語來理解。

b) ἵνα +*假設語氣*（例：路6:31；約8:56）

6) 表達地點（*包含連接詞和關係副詞子句*）

a) οὗ +*直說語氣*（例：羅4:15）

b) *關係副詞* ὅπου（例：可4:5）[19]

7) 態度／手段（*除了連接詞子句之外的三種句構*）

a) *帶有冠詞的不定詞*（例：徒3:26的 ἐν τῷ + 不定詞）[20]

b) *具副詞功能的分詞*（例：徒16:16）[21]

c) *關係代名詞* ὅν（例：徒1:11）

8) 表達目的（*包含上述四種句構*）

a) *不定詞*（例：提前1:15）[22]

b) *具副詞功能的分詞*（例：林前4:14）[23]

c) ἵνα +*假設語氣*（例：彼前3:18）

d) *關係代名詞* οἵτινες（例：太21:41）

9) 表達結果（*包含上述四種句構*）

a) *不定詞*（例：加5:7）

b) *具副詞功能的分詞*（例：約5:18）[24]

c) ἵνα +*假設語氣*（例：羅11:11）

d) *關係副詞* ὅθεν（例：來8:3）

10) 表達時間（*包含上述四種句構*）

a) *帶冠詞不定詞*（例：太68的 πρὸ τοῦ + 不定詞）[25]

19　ὅπου (ἄν) 用於引導地方從屬子句，是最常出現在這個語意類別中的方式，有八十二次。其他可以用於相同語意類別的方式，按照出現次數排下來分別是 οὗ/οὗ ἐάν（二十三次）及 ὅθεν（七次）。

20　表達方法的不定詞一般為表現為 ἐν τῷ + 不定詞的結構。然後，這種結構更常被用於表達「同時」。

21　分詞是表達方法還是態度，必須根據解經所帶出的結果予以判別。參看分詞單元中的討論。

22　表目的的不定詞在新約中出現過數百次，但在口語希臘文中已經在被 ἵνα+假設語氣所取代。參看「不定詞」單元對表達目的的不定詞種類的討論（例：帶冠詞或無冠詞）。

23　現在時態、具副詞功能的分詞，最常被用來表達目的。五種未來時態具副詞功能的分詞也都是用來表目的；而過去時態具副詞功能的分詞，僅有一兩次用來表達目的。參看「分詞」單元中的討論。

24　表結果的分詞有時會和伴隨情境分詞 (attendant circumstance participle) 有所混淆。但是這兩種分詞的結構和語意都是不同的。參看「分詞」單元中的討論。

25　表達時間的不定詞牽涉到事件先前、事發當時，及事件後續的時間狀態。表達時間的不定詞還是遠不如表達時間的分詞來得普遍。有關不定詞結構和意涵的討論，參看「不定詞」單元。

b) 具副詞功能的分詞（例：太21:18、23）[26]

c) ὅτε +*直說語氣*（例：太19:1）[27]

d) *關係代名詞子句*（例：西1:9的 ἀφ' ἧς⋯⋯；可2:19的 ἐν ᾧ ⋯⋯）

C. 如何歸類附屬子句

1. *辨別子句的結構型態*：

不定詞子句？分詞子句？連接詞子句？關係子句？

2. *辨別子句的句法功能*可藉由歸類子句中的關鍵結構特徵（意即：不定詞、分詞、連接詞，或關係代名詞）。其中只需要進行兩個步驟：

a) 辨別它的主要功能類別：實名詞、形容詞、還是副詞？

b) 在主要功能類別下辨別它最適切的此要功能類別（例：若句法功能是*副詞*，那它是表達目的？表條件？還是表目的、結果、時間等等？）

3. 注意那些在附屬子句相關上下文脈中出現的單字或字詞。例如，在腓1:6 ὅτι 所引導的連接詞子句是一個實名詞，和1:6a 的 τοῦτο 作為同位語。

26　儘管有些具有副詞功能的分詞*單單*表達時間，但所有具副詞功能的分詞都隱含了時間性。如同不定詞一般，具副詞功能的分詞可以表示先前的狀態、事發當時，或後來接續的時間狀態。參看「分詞」單元中的討論。

27　按照軟體 *Accordance* 的搜尋結果，新約中出現364次表達時間的從屬連接詞。最常見的有「ὅταν +假設語氣」（123次）、「ὅτε +直說語氣」（103次）、「ὡς +直說語氣」（六十九次）、「ἕως +直說語氣或假設語氣」（四十次）。

連接詞的功用

章綜覽

參考書目

BAGD, *passim*（參見 "specific conjunction" 條目）；*BDF*, 225-39 (§438-57); **Burton**, *Moods and Tenses*, 83-116, 119-25, 126-42 (§188-288, 296-316, 321-56); **Dana-Mantey**, 239-67 (§209-42); **Robertson**, *Grammar*, 1177-93; **Turner**, *Syntax*, 329-41.

導論

A. 定義

　　連接詞 (*conjunction*) 一語彙來自於拉丁語 *conjungo*，意思是「連結在一起」。連接詞可用於連結字，子句，語句，或段落，將語言的各個部件以及／或著各個思想單元聯繫在一塊，也就是繫詞。[1]

B. 連接詞的特性

　　連接詞的主要特性是讓語言產生連貫性。它們能夠建立兩種類型的連貫結構：對等（並列 (paratactic)）和附屬（從屬 (hypotactic)）。*對等*連接詞連接地位相等的詞素，例如主詞（或語句中的其他部分）對主詞（或對語句中的其他部分）、語句對語句，或段落對段落。[2]*附屬*連接詞則是將一個從屬子句連接到獨立子句或是另一個從屬子句—它們負責支撐語句的主要概念，附屬連接詞和它的子句只是接著修飾。

---

[1]　我要在這裡感謝我的同事約 Grassmick，本章節的基本架構、範例，還有許多定義都是由他所提供的。

[2]　儘管對等的兩者在*句法上* (*syntactically*) 具有同等的地位，*語意* (*semantic*) 上通常仍不難發覺其有從屬的概念在內。例如，「我走進店裡，*並*買了麵包」(I went to the store *and* I bought bread) 是兩個對等子句由「*並且*」(*and*) 這字結合。但是從「深層結構」上看，很明顯它要表達的並不是對等的觀念：「我走進店裡，*為了*要買麵包」(I went to the store *in order that* I might buy bread.)。

閃族語言特別重並列 (paratactic)，希臘化希臘文 (Hellenistic Greek) 的階梯層次的語言結構 (lower echelons) 即是一例。敘事文學經常表現出這點，甚至偏文學風格的作家也不例外。新約書卷中，啟示錄（每一千個字中出現103次καί）和馬可福音（每一千字中出現八十四次）在使用 καί 的頻率上遙遙領先。路加福音以千分之六十六的使用頻率落在第三位。

另外值得一提的是，大量使用並列句法說明句法分析所能得到的成果相當有限，尤其是針對敘事文學所做的。並列結構（亦即當全部子句都先後連結成一系列時）不一定真的能夠呈現清楚的語意關係。反過來說，從屬結構卻能夠說明深層結構。從屬結構並不會被用來表現並列的意思，因為這個類別能展現較為細緻的語意差異、精確地反映出作者的真正意圖。

以下先列出英文的語句範例，接著希臘文。

約翰**與**吉姆是希臘文學者 (John **and** Jim are Greek scholars.)。

與 (And) 是對等連接詞，連接了兩個都是主詞的名詞。

我學習希臘文，**為的是**增進研經技巧 (I study Greek **in order to** improve my Bible study skills.)。

為的是 (in order to) 在這個例子中當作附屬連接詞，導入的子句修飾了語句的主要概念「我學習希臘文」。從屬子句表達了我學習希臘文的**目的**。

約1:1　Ἐν ἀρχῇ ἦν ὁ λόγος, **καὶ** ὁ λόγος ἦν πρὸς τὸν θεόν

太初有道，**且**道與神同在。

καί 是對等連接詞連接二個獨立子句

約3:16　Οὕτως **γὰρ** ἠγάπησεν ὁ θεὸς τὸν κόσμον, **ὥστε** ......, **ἵνα** πᾶς ὁ πιστεύων......

〔**因為**〕神愛世人，**甚至**……叫一切信他的

γάρ 作為對等連接詞，將本句和稍早在約3:14所述及的概念聯繫起來。本句解釋了為何上帝將永生賜下。ὥστε 為附屬連接詞，接入了「神愛世人」之下所帶出的後果，也就是祂賜下自己的兒子。ἵνα 是表達目的的附屬連接詞，解釋了上帝賜下祂兒子的目的，便是要讓一切信祂的都能得到永生。

C. 連接詞在解經中的用法

連接詞的作用是標明一個句子段落和另一個句子段落之間的思想關係，在解經上舉足輕重。決定連接詞用法的其中一個關鍵便是辨別連接詞所串連的兩組觀念互為何種關係。首先是連接詞所修飾的語句主要概念，亦即將連接詞串連的語句要素或是較大範圍的文意單位。往往可能的連接關係會出現不只一種，這時就要讓上下文和作者的表達風格來幫助我們決定最適切的選項。

我走路回到家，讀希臘文，**為的是**晚上能夠看棒球賽 (I walked home and studied Greek **in order to** be able to watch the baseball game tonight)。

在這個句子中「為的是」後面的附屬子句的語意關係就不太清楚。我們不知道它到底是作為「走路回家」的目的，是「讀希臘文」的目的，還是作為兩者共同的目的。

將這個例子和先前約3:16的例子對比，我們很明顯地看見這裡 ἵνα 子句表達的是「上帝賜下兒子」的目的，而不是「神愛世人」的目的。因為後者的解釋無法將上下文意連貫。然而有時候，連接詞（特別是像 ἵνα 或 ὅτι 這樣的附屬連接詞）所帶入的內容是有爭議性的，這就是為何我們有必要將連接詞所連接的觀念內容和連接詞本身的性質同時釐清。當多種解釋連接詞的可能性同時出現時，我們便須留意

這些選項。試著把他們的意思都翻譯出來，看看哪一種意思最通暢。

D. 普通希臘文連接詞

出現頻率最普遍的*對等*連接詞有（按照頻率多寡）：

καί、δέ、γάρ、ἀλλά、οὖν、ἤ、τε、οὐδέ、οὔτε 和 εἴτε。[3]

一般伴隨直說語氣的*附屬*連接詞中出現頻率最普遍的有（按照頻率多寡）：

ὅτι、εἰ、καθώς、ὡς、γάρ 和 ὅτε。[4]

一般假設假設語氣的*附屬*連接詞中出現頻率最普遍的有（按照頻率多寡）：

ἵνα、ὅταν、ἐάν、ὅπως、ἕως、μή 和 μήποτὲ。[5]

特定語意類別

以下將會希臘文連接詞用法的主要類別作一個概覽。

前言

連接詞可以用三種方式整理歸類：按照語意、按照結構，以及按照詞彙。

1. 語意性（功能性）類別

按照語意／功能性類別，連接詞又可以被分類為三種：*實名詞性*、*副詞性*，與*邏輯性*。*實名詞*的類別為表述內容的用法，例如直接或間接引述，或是也可以作為同位補語的用法。*副詞性*類別包含那些標示時間、地點、目的、結果，以及其他常被認為是副詞性的觀念。

*邏輯性*的類別包含標示句子中思想流動的各種用法，其方式可以是補充說明、形成對比、總結、轉移話題，或是其他類似這樣的關係。

---

3 根據研經軟體 *acCordance*，新約中一共有三十三個不同的對等連接詞，累積出現14,183次。以上列出的十種共佔了其中13,777次（相當於97%）。καί 作為對等連接詞就佔了超過一半的次數。

有些被 *acCordance* 列為連接詞的，其實是屬於言說 (speech) 的一部分，其作用類似連接詞。這些數據資料必須要隨之調整。不過大體上的模式不變：新約聖經每一節就包含將近兩個連接詞。

4 新約聖經使用了4107次附屬連接詞（根據*acCordance*），並包含四十四個不同的連接詞。其中四分之三後面接的是直說語氣的動詞。同樣地，並非所有被*acCordance*作這樣歸類的都是真正的連接詞，但大致上的模式並不受此影響。

5 以上列出的只是一個連接詞基本上的所屬類別。有些連接詞的功能橫跨兩種以上的類別。

2. 結構性類別

同樣也可以將連接詞分成兩個廣義的結構性類別：*對等*連接詞和*附屬*連接詞。但是這個結構分法對學生解經上的幫助並不如上述那種藉助語意來歸類的區分方式。

3. 詞彙的類別

最後，連接詞還可以按照詞彙的類別來整理，也就是根據它們的拼法來照字母順序排列。字典就是用這種方式編纂的。學生在接觸連接詞時，使用諸如 BAGD 的這樣一本字典會是相當有必要的。本章給予了連接詞一個概觀，用意只是在正規字典的描述之外作為補充，並不能取代字典。[6]

我們在這裡選擇的處理方式將是按照廣義的語意／功能性類別，將資料內容分為：邏輯性、副詞性，和實名詞性。[7]

I. *邏輯性連接詞 (Logical Functions)*

藉由表達觀念相連之後呈現的邏輯關係，此類連接詞幫助一段思想脈絡和另一段的內容作邏輯性的連結。絕大多數的情況下這裡使用的會是對等連接詞。

A. 強化語氣連接詞 (Ascensive)〔甚至〕

1. 定義

用於表達*語末的增添*或*焦點重心*，通常翻作甚至 (even)。一般可藉由上下文判斷一個連接詞是否該屬於這類別。作為這種用法的連接詞有 καί、δέ，和 μηδέ。

2. 例證

林前2:10 τὸ πνεῦμα πάντα ἐραυνᾷ, **καὶ** τὰ βάθη τοῦ θεοῦ

聖靈參透萬事，就是神深奧的事也參透了。

弗5:3 πορνεία δὲ καὶ ἀκαθαρσία πᾶσα …… **μηδὲ** ὀνομαζέσθω ἐν ὑμῖν

至於淫亂，並一切污穢……在你們中間連提都不可……

---

6   BAGD 除了提供豐富的參考書目和一些解經的洞見之外，在大多時候都盡量「包羅萬象」，將各種用法全部羅列。本章跟它採取的做法截然不同，只會帶到用法的基本類別。

7   想要一份廣義結構類別的綜覽，可參看「希臘文子句導論」一章。

B. 連結名詞、代名詞、實名詞（Connective，表達延續性，對等性）〔以及、還有〕

1. 定義

這個用法只是單純地*將一個額外的詞句連結*到論述中，或是為原先的思想脈絡增加一個觀念的補述。它翻作以及 (*and*)；如果作強調用法，它可以翻作還有 (*also*)，表示它是一個重要增補。後面這個「還有」的用法有時候又稱作**附屬性** (adjunctive) 用法。主要的連結名詞、代名詞、實名詞、連接詞有 καί 和 δέ。δέ 在這個用法底下意思通常是保留不翻的。

2. 例證

弗1:3　εὐλογητὸς ὁ θεὸς **καὶ** πατὴρ τοῦ κυρίου ἡμῶν Ἰησοῦ Χριστοῦ
願頌讚歸與我們主耶穌基督的父神

路6:9　εἶπεν **δὲ** ὁ Ἰησοῦς πρὸς αὐτούς
耶穌對他們說

C. 對比連接詞 (Contrastive) [but, rather, however]

1. 定義

這個用法指的是形成*對比的* (*contrast*) 或是和所相連的觀念相反的意念。它通常翻作*但是* (*but*)、*倒是* (*rather*)、*可是* (*yet*)、*雖然* (*though*)，或*然而* (*however*)。主要的對比連接詞有：ἀλλά、πλήν、καί（根據上下文決定）、δέ（看上下文決定）。

2. 例證

太5:17　οὐκ ἦλθον καταλῦσαι, **ἀλλὰ** πληρῶσαι
我來不是要廢掉，**乃**是要成全〔律法〕

太12:43　διέρχεται δι᾽ ἀνύδρων τόπων ζητοῦν ἀνάπαυσιν **καὶ** οὐχ εὑρίσκει
污鬼……就在無水之地、過來過去、尋求安歇之處、卻尋不著

約15:16　οὐχ ὑμεῖς με ἐξελέξασθε, **ἀλλ᾽** ἐγὼ ἐξελεξάμην ὑμᾶς
不是你們揀選了我，（**而**）是我揀選了你們
在這裡耶穌和門徒呈現了一個絕對的反差，有祂才有了〔門徒的〕揀選。
ἀλλά突顯出了這個重點。若是比較級的對比，意思則會成為「與其說你們揀選

了我，不如說我揀選了你們」，但這並不在原文的脈絡中。

D. 關連獨立子句連接詞（Correlative，一組連接詞）

1. 定義

以成對的連接詞用來表達各種不同的關係。像這樣的組合包含：μέν ...... δέ（一方面說來……另一方面）；καί ...... καί（兩者……都）；μήτε ...... μήτε（既不……也不）；οὔτε ...... οὔτε（既不……也不）；οὐκ ...... ἀλλά 或 δέ（並非……而是）；οὐ ...... ποτέ（永遠……不會）；ποτέ......νῦν（當時……而如今）；τε ...... τε（隨著……也就）或（不但……尚且）；ἤ ...... ἤ（或……抑或）。

2. 例證

太9:37　ὁ **μὲν** θερισμὸς πολύς, οἱ **δὲ** ἐργάται ὀλίγοι

　　　一方面，要收的莊稼多，**另一方面**，做工的人少

　　　較為順暢的翻譯是：「莊稼很多，做工的人少」上述例子用 μέν ...... δέ 連接詞來形成一種對比。

可14:68　**οὔτε** οἶδα **οὔτε** ἐπίσταμαι σὺ τί λέγεις

　　　我不知道，**也**不明白你說的是什麼

路24:20　ὅπως **τε** παρέδωκαν αὐτὸν οἱ ἀρχιερεῖς καὶ οἱ ἄρχοντες ἡμῶν εἰς κρίμα **θανάτου καὶ** ἐσταύρωσαν αὐτόν

　　　祭司長和我們的官府，竟把他解去定了死罪，釘在十字架上。

E. 連結對比或相反用詞的連接詞 (Disjunctive)〔或〕

1. 定義

這個用法在所連結的觀念之後增加了一個可能的*替代選項* (*alternative possibility*)。它翻作「*或者*」。連結對比或相反用詞的連接詞主要就是ἤ。它可以用來表示相反或相關的替代選項。

2. 例證

太5:17　μὴ νομίσητε ὅτι ἦλθον καταλῦσαι τὸν νόμον **ἤ** τοὺς προφήτας

　　　莫想我來要廢掉律法和先知

太5:36　οὐ δύνασαι μίαν τρίχα λευκὴν ποιῆσαι **ἢ** μέλαιναν

你不能使一根頭髮變黑變白了……

F. 作強調用的連接詞 (Emphatic)〔確實、的確〕

1. 定義

這個用法有很多不同的展現形式，因此要看上下文決定。它通常牽涉連接詞一般語意的*強化*。舉例如下：強化後的 ἀλλά 會翻作「*的確*」(certainly)；οὐ 加上 μή 就成為了「*當然不*」(certainly not) 或「*絕非*」(by no means)；οὖν 成為「*的確*」。本身就是作強調用的連接詞有：γε、δή、μενοῦνγε、μέντοι、ναί，和 νή。

2. 例證

羅8:32　ὅς **γε** τοῦ ἰδίου υἱοῦ οὐκ ἐφείσατο

〔神〕既不愛惜自己的兒子……

腓3:8　ἀλλὰ **μενοῦνγε** καὶ ἡγοῦμαι πάντα ζημίαν εἶναι

不但如此，我也將萬事當作有損的

G. 作解釋用的連接詞 (Explanatory)

1. 定義

這個用法表示在原本的敘述上提供了額外的資訊。它通常可以被翻為原來 (for)、可見 (you see)、或也就是 (that is)、亦即 (namely)。重要的連接詞在這有：γάρ、δέ、εἰ（接在情感動詞之後），以及 καί。

2. 例證

約3:16　οὕτως **γάρ** ἠγάπησεν ὁ θεὸς τὸν κόσμον

神愛世人

約4:8　οἱ **γὰρ** μαθηταὶ αὐτοῦ ἀπεληλύθεισαν εἰς τὴν πόλιν

那時門徒進城……去了

H. 作推論用的連接詞 (Inferential)〔因此〕

1. 定義

這個用法是對先前的討論作一個*推導* (deduction)、*總結* (conclusion)，或*摘要* (summary)。一般作推論用的連接詞包含：ἄρα、γάρ、διό、διότι、οὖν、πλήν、τοιγαροῦν、τοινῦν，和 ὥστε。

2. 例證

羅12:1　παρακαλῶ **οὖν** ὑμᾶς ...... παραστῆσαι τὰ σώματα ὑμῶν
　　　　所以……我……勸你們將身體獻上…

羅15:7　**διὸ** προσλαμβάνεσθε ἀλλήλους, καθὼς καί ......
　　　　所以你們要彼此接納，如同〔基督接納你們一樣〕……

I. 作轉接用的連接詞 (Transitional)〔現在、那麼〕

1. 定義

這個用法牽涉的是話題的轉移。它通常可以翻作*現在* (now)，儘管 οὖν 很常被翻作那麼 (then)。具有這類句法效力的主要連接詞有：οὖν 和 δέ。δέ 絕對是最為常見的。οὖν 只見於敘事文體當中，特別是約翰福音。

2. 例證

太1:18　τοῦ **δὲ** Ἰησοῦ Χριστοῦ ἡ γένεσις οὕτως ἦν
　　　　耶穌基督降生的事，記在下面

約5:10　ἔλεγον **οὖν** οἱ Ἰουδαῖοι τῷ τεθεραπευμένῳ
　　　　……所以猶太人對那醫好的人說……
　　　　οὖν 作轉接用的句法效力有時和作推論用的句法效力接近，一如這裡所顯示的。但是將連接詞歸類為轉接用法則意味重心將放在連結的時間先後順序，而非邏輯關連性。亦參見 約1:22，2:18、20，3:25，4:33、46，5:19，6:60、67，7:25、28、33、35、40，8:13、21、22、25、31、57，9:10、16。

II. 副詞性連接詞 (Adverbial Functions)

這類的連接詞以其特殊方式擴展動詞的概念。這類用法通常涉及*附屬*連接詞。

A. 表達原因的連接詞 (Causal)〔因為、既然〕

1. 定義

這個用法用於表示一行動的根據或基礎。使用在這裡的主要連接詞為：γάρ、διότι、ἐπεί、ἐπειδή、ἐπειδήπερ、καθώς、ὅτι，以及 ὡς。他們通常翻作「*因為*」或「*既然*」。

2. 例證

路1:34　Πῶς ἔσται τοῦτο, **ἐπεὶ** ἄνδρα οὐ γινώσκω

　　　　既然我沒有出嫁，怎麼有這事呢。

約5:27　ἐξουσίαν ἔδωκεν αὐτῷ κρίσιν ποιεῖν, **ὅτι** υἱὸς ἀνθρώπου ἐστίν

　　　　……**因為**他是人子，就賜給他行審判的權柄。

B. 比較連接詞（Comparative，手段）

1. 定義

這個用法標示著兩個連結觀念之間的*類比* (analogy) 或*比較* (comparison) 關係，或也可以用來展現一件事情達成的手段。作這個用法的主要連接詞為：καθάπερ, καθώς, οὕτως, ὡς, ὡσαύτως, ὡσεί, 以及 ὥσπερ。它們通常翻作：*如* (*as*)、*正如* (*just as*)、*同樣地* (*in the same way*)、*於是* (*thus*)，或*照這樣* (*in this manner*)。

2. 例證

林前2:11　**οὕτως** καὶ τὰ τοῦ θεοῦ οὐδεὶς ἔγνωκεν εἰ μὴ τὸ πνεῦμα τοῦ θεοῦ

　　　　　像這樣，除了神的靈，也沒有人知道神的事。

　　　　　這裡的比較關係是人的靈知道人的事（想法）

弗4:32　γίνεσθε εἰς ἀλλήλους χρηστοί …… χαριζόμενοι ἑαυτοῖς **καθὼς** καὶ ὁ θεὸς ἐν Χριστῷ ἐχαρίσατο ὑμῖν

　　　　並要以恩慈相待……，彼此饒恕，**正如**神在基督裡饒恕了你們一樣。

C. 引進假定子句的連接詞 (Conditional)〔如果〕

1. 定義

這個用法引入了在發話者的表達當中引入了一個條件，這個條件的發生必須先於某個特定的行動或結論。該假定子句不一定反應現實，倒不如說它僅是作者對現實的感知或表達。連接詞作為這假定子句的一部分，負責引導**假定子句 (protasis)**（亦即「*如果⋯⋯就*」句式中，*如果*的部分）。εἰ 和 ἐάν 為主要的假定子句連接詞。它們翻作*如果* (if)。[8]

2. 例證

林前2:8　εἰ γὰρ ἔγνωσαν, οὐκ ἂν τὸν κύριον τῆς δόξης ἐσταύρωσαν

　　　　他們*若*知道〔神的智慧〕，就不把榮耀的主釘在十字架上了。

約5:31　**ἐὰν** ἐγὼ μαρτυρῶ περὶ ἐμαυτοῦ, ἡ μαρτυρία μου οὐκ ἔστιν ἀληθής

　　　　我*若*為自己作見證，我的見證就不真。

D. 表達空間、位置的連接詞（Local，場域）

1. 定義

這個用法表現的是位置或（隱喻性的）場域，亦即一項行動發生的「情境」。作這個用法的主要連接詞有：ὅθεν、ὅπου、以及 οὗ。它可以翻作*哪裡* (where)、*從此處* (from where)，或*⋯⋯的地方* (the place which)。

2. 例證

太6:19　μὴ θησαυρίζετε ὑμῖν θησαυροὺς ἐπὶ τῆς γῆς, **ὅπου** σὴς καὶ βρῶσις ἀφανίζει

　　　　不要為自己積儹財寶在地上，**地上**有蟲子咬，能鏽壞⋯⋯

羅4:15　**οὗ** δὲ οὐκ ἔστιν νόμος, οὐδὲ παράβασις

　　　　那裡沒有律法，那裡就沒有過犯

　　　　注意連接詞 οὗ 和否定副詞 οὐ 的拼法差異。

8　詳情可參看討論條件句型的章節。

E. 表達目的的連接詞 (Purpose)〔為的是〕

1. 定義

　　這個用法用於指出行動的目標或目的。屬於這個類別的主要連接詞有：ἵνα、ὅπως、μήπως（否定的目的）、μήπου（否定的目的），以及μήποτε（否定的目的）。其中ἵνα 的出現頻率遠較其他來得高。這個用法的翻譯包含為的是 (in order that)、鑑於……的目標 (with the goal that)、以期 (with a view to)、為要 (that)。

2. 例證

約3:16　　τὸν υἱὸν τὸν μονογενῆ ἔδωκεν, **ἵνα** πᾶς ὁ πιστεύων εἰς αὐτόν ......
　　　　　　……將他的獨生子賜給他們，**叫**一切信他的，〔不至滅亡，反得永生〕

約5:34　　ἀλλὰ ταῦτα λέγω **ἵνα** ὑμεῖς σωθῆτε
　　　　　　然而我說這些話，**為要叫**你們得救。

徒9:24　　παρετηροῦντο δὲ καὶ τὰς πύλας ἡμέρας τε καὶ νυκτὸς **ὅπως** αὐτὸν ἀνέλωσιν
　　　　　　他們又晝夜在城門守候要殺他。

F. 表達結果的連接詞 (Result)〔以致於、從而導致〕

1. 定義

　　這個用法指出行動的成果或結局。焦點放在行動的成果，而非意圖。作這個用法的主要連接詞有：ὥστε、ὡς、ὅτι；ἵνα 較少見。這個用法可以被翻作：致使 (that)、以致於 (so that)，或從而導致 (with the result that)。ὥστε 是明顯最為常見的。

2. 例證

約3:16　　οὕτως γὰρ ἠγάπησεν ὁ θεὸς τὸν κόσμον, **ὥστε** τὸν υἱὸν τὸν μονογενῆ ἔδωκεν
　　　　　　神愛世人，**甚至**將他的獨生子賜下……

約9:2　　τίς ἥμαρτεν ...... **ἵνα** τυφλὸς γεννηθῇ
　　　　　　這人生來是瞎眼的，是誰犯了罪……呢？

G. 表達時間的連接詞 (Temporal)

1. 定義

這個用法指出行動的時間。作這樣用法的主要連接詞有：ἄχρι、ἕως、ὅταν、ὅτε、οὐδέποτε（否定地表達時間）、οὐκέτι（否定地表達時間）、οὔπω（否定地表達時間）、ποτέ，以及 ὡς。隨著不同連接詞的使用會有各種不同翻譯。

2. 例證

路21:24 Ἰερουσαλὴμ ἔσται πατουμένη ὑπὸ ἐθνῶν, **ἄχρι οὗ** πληρωθῶσιν καιροὶ ἐθνῶν

耶路撒冷要被外邦人踐踏，**直到**外邦人的日期滿了。

約6:24 **ὅτε** οὖν εἶδεν ὁ ὄχλος ὅτι Ἰησοῦς οὐκ ἔστιν ἐκεῖ

現在，當眾人見耶穌……不在那裡。

III. 實名詞性連接詞 (Substantival Functions)

這裡的用法僅僅用來包含用於導入「名詞子句」和「具補述功能」的連接詞。

A. 具名詞功能的連接詞 (Content)〔那〕

1. 定義

連接詞作這個用法時，它負責引進子句作為主詞、主格述詞、直接受詞、間接受詞、間述句、同位語。直述句與間述句在表達動詞或感官動詞之後，是特殊作受詞的子句。

這裡的主要連接詞包含：ἵνα、ὅπως、ὅτι，以及 ὡς。ἵνα 和 ὅτι 是最為常見的。[9] 連接詞作這個用法時可以翻作*那 (that)*；而若是在導入直接引述句時（例如，*宣講性的* ὅτι）則保留不翻（譯注：中文句法中，名詞子句的連接詞一律傾向不翻）。

2. 例證

林前4:2 ζητεῖται ἐν τοῖς οἰκονόμοις, **ἵνα** πιστός τις εὑρεθῇ

所求於管家的，是要他有忠心。

此為*主詞子句*。

9　　參看討論語氣的章節，在直說語氣和假設語氣的條目下分別是針對 ὅτι 和 ἵνα 的詳細討論。

林前15:3　παρέδωκα γὰρ ὑμῖν ...... **ὅτι** Χριστὸς ἀπέθανεν ὑπὲρ τῶν ἁμαρτιῶν ἡμῶν

　　　　　我〔當日所領受又〕傳給你們的……*就是基督……為我們的罪死了*

　　　　　此為*直接受詞子句*。

約4:17　Καλῶς εἶπας **ὅτι** Ἄνδρα οὐκ ἔχω

　　　　　〔耶穌說：〕你說沒有丈夫，是不錯的

　　　　　此為直接引述的受詞子句。

約4:19　κύριε, θεωρῶ **ὅτι** προφήτης εἶ σύ

　　　　　先生，我看出你是先知

　　　　　此為間接引述的受詞子句。

B. 具補述功能的連接詞 (Epexegetical) [that]

1. 定義

　　這個用法是藉著一個連接詞引進子句，好讓一個名詞或形容詞的意思完整。它往往是作為同位不定詞的功能。作這種功能的主要連接詞，往往是 ἵνα 與 ὅτι，常翻譯為 *that*。

2. 例證

路7:6　οὐ ἱκανός εἰμι **ἵνα** ὑπὸ τὴν στέγην μου εἰσέλθῃς

　　　　因你到我舍下，我不敢當。

太8:27　ποταπός ἐστιν οὗτος **ὅτι** καὶ οἱ ἄνεμοι καὶ ἡ θάλασσα αὐτῷ ὑπακούουσιν

　　　　這是怎樣的人，連風和海也聽從他了

條件句

本章綜覽

I. 導論

A. 條件句在新約中的重要性

1. 量

　　新約中有超過六百個*具備形式*的條件句（亦即，帶有一個明顯的「*如果*」字樣在句子中）。這樣算起來，Nestle[27]版本的希臘文聖經大約每一頁就會出現一個。除了這些形式上的條件句，還分布著數百個隱藏的條件句。因此，對條件句的正確理解會影響對每一頁的經文理解。[1]

1　沒有依循我們的慣例，這一章的參考書目並沒有放在開頭，而是在本章節的附錄當中。探討條件句的參考書目資料，一如該主題本身，很容易就讓人怯步。為了讓條件句的主題給中級學生看來更為可親，把整組參考書目挪到附錄去似乎是有必要的。

2. 質

一些聖經神學的重要議題，若不先對條件句有正確的理解，便不可能適當地釐清。這不是誇張的講法。

只是對希臘文條件句的誤解依然普遍。每個主日有關條件子句的錯誤資訊，從講壇散播到台下，很多時候，神學系統和信仰生活就是建基在這樣的解讀謬誤上。

舉一個誇張的例子，多年前有在美國中西部主要城市的基督教學校，有一位大學生正在閱讀登山寶訓。這位虔誠的年輕人讀到太5:29（「若是你的右眼叫你跌倒，就剜出來丟掉」）。他對這段希臘文的理解是，既然這是第一類條件句，它的意思是*既然*。那麼，為了順服經文，他便拿了螺絲起子把眼睛挖了出來！這個年輕人的自殘行為雖然後來沒有導致送命，卻讓他丟了一隻眼睛。[2] 對條件句的獨特理解，確實地改變了他的生活方式！

B. 如何理解條件句

本質上分析條件句有三種進路：結構性、語意性、語用性 (pragmatic)。*結構性*（或形式）進路注意的是條件質詞（不論是 εἰ 或 ἐάν）以及在假定子句（*如果子句*）與結句（*那麼子句*）所使用的語態和時態。條件句所展現的基本意義，就從這些結構組成中顯現。

語意性（或「通用文法」）進路主要問的是，條件句的兩個半部各代表什麼意思。也就是，它們之間的關係是什麼？這個進路從基本結構（如果……那麼）著手，但是它所關切的是所有條件句都適用的一般原則，例如「假定子句和結句的關係是否等同於因果關係，或是其他？」[3]

語用性[4]（或言說行為理論）進路在廣義上檢視、當人們使用條件句時他們試圖要表達的是什麼。這個進路關注的，並不是條件句兩個半部之間的關係、而是這條件句是否被說話者用作為一種隱含的恫嚇、要求、命令……等之類的。

上述都是理解條件句的有效進路，只是我們會將重點放在前兩者，因為語用進路欠缺形式上的規律性，無法輕易上手；它更確切的歸屬應該是說詞分析 (discourse analysis)、而非句法 (syntax)。[5]

2　這是我從那位年輕人的一個同學身上聽到的真實故事。

3　我們此處所說的*語意進路*又可被歸類為*邏輯進路*，因為它特別著重於條件子句的邏輯。

4　我們此處所稱的「語用」是就語言學的意義而言的，語言學領域牽涉著發生語言行為的全部情境，不僅僅是包含上下文脈，還有諸如歷史、政治、社會等其他情境。

5　這個進路的簡述可以在附錄中找著，並附帶推薦讀物。

II. 一般條件句

條件句有某些特質是在所有語言裡，都適用的。這樣的特質在特定情境下，可以被直觀地察覺出。但是我們必須在一開始就將之點明，以糾正若干關於條件句在典籍中的錯誤認知。

A. 定義

條件句可以分別就它的結構和語意二個層面來定義。

1. 結構面

條件句分成兩個部分：「如果」(if) 和「那麼」(then)。「如果」即假定子句；「那麼」意為結句。

2. 語意面

條件句可以藉由對整體結構的觀察，也可以透過個別的元件來作語意上的定義。

a. 條件句結構的意義（亦即，假定子句之於結句的關係）

假定子句表示*原因*，而結句述說*結果*，常常變成一種不成文的認知。但這並不是該兩者間唯一的可能關係。本質上，假定子句和結句可以有三種基本的關係：表達因──果、證據──推論，以及等同。就這些基本用法間的細微差異來查考經文，是相當有幫助的。

1) 表達因──果

條件句兩部分間的第一種可能關係，就是因果。「如果」表示原因；「那麼」就是結果。例如：

‧如果你把手伸進火中，你會被燙傷的 (If you put your hand in the fire, you will get burned)。

‧如果你連續一個月每天吃三磅的巧克力，你會胖得像條汽艇 (If you eat three pounds of chocolate every day for a month, you will look like a blimp)！

新約中也有不少範例：[6]

---

[6] 這個表達因──果的關係並不限於某一特定類別的條件句。它的出現可以橫跨第一、第二，和第三類條件句（如同在例句中所顯示的）。

羅8:13   εἰ κατὰ σάρκα ζῆτε, μέλλετε ἀποθνῄσκειν.

         你們若順從肉體活著必要死。

太4:9   ταῦτά σοι πάντα δώσω, ἐὰν πεσὼν προσκυνήσῃς μοι.

         你若俯伏拜我,我就把這一切都賜給你。

林前2:8   εἰ ἔγνωσαν, οὐκ ἂν τὸν κύριον τῆς δόξης ἐσταύρωσαν.

         他們若知道,就不把榮耀的主釘在十字架上了。

         這是一個「不真實」的條件句,句中所聲稱的和實情不符。但是「表達因──
         果」的關係仍然可見:知識(對上帝智慧的認識)本來能阻止世上的統治者將
         榮耀的主釘死。

2) 證據──推論

假定子句之於結句的第二種可能關係,是作為推論的理由或證據。在這裡說話
者從證據中推論出某些東西(結句)。也就是說,他從片段證據中針對隱含的意思
做出推論。例如:

- 如果今天是星期二,這裡一定是比利時(一部老電影的片名)。
- 如果她左手上戴著一枚戒指,那她便是已經結婚了。

注意這裡的假定子句,它並不是結句的*原因*。事實上往往它〔因果的關係〕正
好相反:「如果她結婚了,她必會在左手戴上一枚戒指。」因此,儘管不是一定如
此,證據推論的條件句往往在語意面上是表達因──果條件句的逆向推論(converse)。

羅8:17   εἰ δὲ τέκνα, καὶ κληρονόμοι

         既是兒女,便是後嗣……

林前15:44 εἰ ἔστιν σῶμα ψυχικόν, ἔστιν καὶ πνευματικόν.

         若有血氣的身體,也必有靈性的身體。

         顯然,血氣的身體並不會導致靈性的身體。反倒是保羅單純地從肉身存在的確
         據中,推論出有一個靈性身體的存在。

3) 等同

兩者相互間的第三種可能關係是等同。或說,我們可以這樣來描述它的公式:
「若 A,則 B」完全意味著「A = B」(這通常和「證據──推論」看起來極為相
似)。舉例來說,

- 如果你是亨利的兒子,那亨利就是你的爸爸 (If you are Henry's son, then Henry
is your father)。
- 如果你對上帝順服,你就是個過正直生活的人 (If you are obedient to God, you

are living righteously.[more loosely equivalent])。

加2:18　εἰ γὰρ ἃ κατέλυσα ταῦτα πάλιν οἰκοδομῶ, παραβάτην ἐμαυτὸν συνιστάνω.

　　　　我素來所拆毀的，若重新建造，這就證明自己是犯罪的人。

雅2:11　εἰ ...... φονεύεις δέ, γέγονας παραβάτης νόμου.

　　　　你……殺人，仍是成了犯律法的。

4) 原則

從這簡短的分析中，可以得出幾個原則。

· 這三個類型的條件句並非全然獨立不相干，它們中間其實有不少重疊。[7]

· 不過，學生要盡可能嘗試區分他們之間的差異，這在解經上是很重要的。我們在探討「一般性指引」的章節段落中，會把這點說得更清楚。

· *一個複合、假定子句，並一定不意味著它的這兩個條件都和結句具有相同的關係*。請注意，我們就以下面的範例為參考：

假設一個四分衛和他的後衛隊友說：「如果你轉向右側、並衝刺十碼，你就可以達成第一次推進 (If you veer right and go ten yards, you'll make a first down)。」但是兩個假定子句，彼此之於結句並不是一樣的關係。這名後衛還是可以轉攻左側或是直直向前壓迫。而最根本的事情是，他要能前進十碼！

b. 條件句各成分的意義

基本上，條件句各成分的意義就是「推測──結果」的意涵關連。特別是：

1) 結句

結句在文法上是獨立的，但在語意面具有依賴性。亦即，它可以獨立地作為一個完整的句子（例：如果我死了，我就死了 (If I die, *I die*)），但是它的「事實性」卻要依靠假定子句內容的實現（如果他贏得這場競賽，他便是新科冠軍了 (If he wins this race, he'll be the new champion)）。

7　尤其是等同的類型往往也能夠被視為某一種特定類別的表達證據──推論結構形式。然而，並非表達所有的證據──推論的句構形式都會牽涉到等同（例如：林前15:44）。

2) 假定子句

另一方面，假定子句*在文法上具有依賴性，在語意面反倒是獨立的*。亦即，它沒辦法自己成為一個完整的意念（*如果我明天去游泳，我就會感冒*），但是它內容的實現與否，卻跟結句是否成真一點關係都沒有。

B. 解釋條件句的一般性指引

1. 條件要素

只有*假定子句*能算是條件要素。亦即，事物發生的可能性取決於這個*如果*，而非*那麼*。如果假定子句能夠成立，那麼結句也會成立。

2. 與現實的關連性

條件陳述和現實的關係是什麼？這就進入了語言和現實的關係中更大的議題。一如我們通篇所探討過的，*語言在本質上是對現實的**描繪***。描繪永遠不會是一副現實的完整圖像。這並不一定表示它是不正確的，但同樣也不表示描繪必然就是正確的。

這個內涵對文法總體，又特別是條件子句說來是事關重大。舉例來說，在太18:8作者描繪了主說：「倘若你一隻手叫你跌倒，就砍下來丟掉！」他使用的是*第一類條件句*。然而馬可，在相對應的經文中 (9:43)，描繪了主用*第三類條件句*說這句話。的確有可能是兩位作者中的一位把祂的訊息搞錯了。但同樣也可能是第一和第三類條件句的語意範圍並非完全各自獨立的。也許它們都是相當有彈性的，並且在一些情況下可以用來指同樣的一件事。

3. 條件句語意面的逆向推論 (converse semantically)

「若 A，則 B」的逆向推論是「若 B，則 A」。那它的意義呢？*一個條件句倒裝過後不**必然**還會成立*。例如，「如果現在下著雨，那麼天空一定多雲。」，反過來就是「如果天空多雲，那麼現在一定下著雨。」這個例子中逆向推論的結果，顯然是錯誤的。

換到經文中，可以注意如下的例子：

羅8:13　εἰ κατὰ σάρκα ζῆτε, μέλλετε ἀποθνῄσκειν.

你們若順從肉體活著必要死。

這個句子倒過來就不一定對了：「如果你就要死了，你一定是順著肉體而活。」但是除了順從肉體而活之外，人死去還有其他的原因。

加3:29　εἰ ὑμεῖς Χριστοῦ, ἄρα τοῦ Ἀβραὰμ σπέρμα ἐστέ

　　　　你們既屬乎基督，就是亞伯拉罕的後裔

　　　　這個句子倒過來也不一定對：「如果你們是亞伯拉罕的後裔，你們便屬乎基督。」但仍可能有些人身為亞伯拉罕的後裔，卻不屬乎基督。

羅8:14　ὅσοι γὰρ πνεύματι θεοῦ ἄγονται, οὗτοι υἱοὶ θεοῦ εἰσιν.

　　　　因為凡被神的靈引導的、都是神的兒子。

　　　　這是一個隱藏條件句（沒有一個形式上的「如果」），但仍然算是條件句。它的逆向推論可能為真，也可能不真；至少文法並沒有告訴我們：「如果你們是神的兒子，你必定是被聖靈引導。」這個條件的倒裝究竟能否成立，必須要建立在句法以外的根據上。

　　把這點釐清了，可以讓你避免錯解不少經文。

4. 條件句語意面的反向推論 (reverse semantically)

　　我說條件情況的逆向推論，指的是相反的條件情況。將「如果 A 發生了，B 就會發生」的條件情況反轉，會得到「如果 A 沒有發生，B（仍然）會發生」。

　　要記得一個重點，就是*條件情況的反轉並不必然不為真*。這有雙重*原因*：(1) 並非所有的條件句都是表達因──果的類型；(2) 即使是在表達因──果類型的條件句中，原因的陳述也可以毋須作為一則必要條件或排他性條款。也就是說，如果條件不成立，這也不必然意味著結句不得為真。

　　・在「如果你把手伸進火中，你會被燙傷的」這個陳述句中，它的否定面情形並不一定成立；亦即「如果你不把手伸進火中，你是不會被燙傷的。」因為你可能是把你的腳伸進火中（或是把你的手伸進烤箱中之類的）。

　　・或是：「如果我死了，我的太太可以得到一萬美金。」否定面是：「如果我不死，我的太太就得不到一萬美金。」（這也不一定成立：她可以去搶銀行……）

　　回到聖經，參看下列的例子：

提前3:1　εἴ τις ἐπισκοπῆς ὀρέγεται, καλοῦ ἔργου ἐπιθυμεῖ.

　　　　人若想要得監督的職分，就是羨慕善工。

　　　　顯然，這並不是說如果某人不想得到監督的職分，他就不羨慕善工。

雅2:9　εἰ προσωπολημπτεῖτε, ἁμαρτίαν ἐργάζεσθε

　　　　但你們若按外貌待人，便是犯罪

　　　　除了偏見以外，人絕對在其他方面還有犯罪的可能。

羅10:9　ἐὰν ὁμολογήσῃς ἐν τῷ στόματί σου κύριον Ἰησοῦν καὶ πιστεύσῃς ἐν τῇ καρδίᾳ σου ὅτι ὁ θεὸς αὐτὸν ἤγειρεν ἐκ νεκρῶν, σωθήσῃ

　　　　你若口裡認耶穌為主，心裡信 神叫他從死裡復活，就必得救。

這段經文的一種解讀方法是，將*口裡認信*視為「就必得救」所根據的由來或證據。但它不等於原因。原因乃出現在條件句的第二個部分「心裡信神……」這段。將假定子句的每一段和結句視為具有相同關係，是沒有必要的。

5. 總結

如果條件句語意面的反向推論未必不成立，條件句語意面的逆向推論也不一定持續成立，那條件句道理是什麼意思？再換個方式說，如果條件句中的結句，並不是*必然*仰賴假定子句的實現才會成立，那麼條件陳述到底是有麼目的？

答案的關鍵就在表述 (presentation) 身上。*只要有**被表述**出來*，儘管有時候結句*可以*在無視假定子句的情形下成立，但當假定子句成立時結句也*必定*要成立。這就是說，就以所描繪的情況看來，一旦假定子句成立，結句便會成真。因此，「如果你把手伸進火中，你會被燙傷的」指的是，一旦你達成了它的條件，它的後果就是真確的。這些都可以歸結為如下：

a) 條件陳述只涉及對現實的描繪，而非現實本身。然而，在這個界定之內，以下的看法便可以成立：

b) 若 A，則 B ≠ 若 B，則 A（倒裝不一定成立）。

c) 若 A，則 B ≠ 若非 A，則非 B（反轉未必不真）。

d) 若 A，則 B 並不*會否定*「若 C 則 B」（條件句不一定具備排他性，以及條件不一定總是為因果關係）。

III.（新約）希臘文中的條件句

現在既然我們已經將條件句的邏輯功能檢視了一遍，我們就可以更進一步來解析希臘文條件句的多種結構了。

A. 希臘文表達條件的說法

條件句可以用來傳達*暗示*（亦即，欠缺形式結構上的記號）或*明示*（亦即，帶有形式結構上的記號）。

1. 暗示

a. 帶有表達處境的分詞

情況分詞可以用來表條件。

來2:3　　πῶς ἡμεῖς ἐκφευξόμεθα τηλικαύτης **ἀμελήσαντες** σωτηρίας;

我們若忽略這麼大的救恩，怎能逃罪呢？

b. 實名詞分詞

「表達條件性的實名詞分詞」這個句法類別實際上並不存在，但是實名詞分詞仍然可以引含條件的概念。它通常會帶著一個「ὁ＋分詞（＋分詞）＋未來直說」的公式（見以下例句）。

太5:6　　μακάριοι οἱ πεινῶντες καὶ διψῶντες τὴν δικαιοσύνην, ὅτι αὐτοὶ χορτασθήσονται.

饑渴慕義的人有福了，因為他們必得飽足。

這句明示條件句的方式說出：「如果你饑渴慕義，便有福了，因為你必得飽足。」

可16:16　ὁ πιστεύσας καὶ βαπτισθεὶς σωθήσεται

信而受洗的必然得救。

這是馬可福音加長版結尾的一部分，這部分非常不可能是原本經文的一部分（不過還是具有教學上的參考價值）。它條件性地說出：「如果你相信且受洗，你必然得救。」

這段文本可以用來說明條件句的另一個重點。還記得一組假定子句中的兩個條件之於結句的關係未必都要相同。可能一個用來表原因，另一個作為根據或證據。如果此處是這種情形，「如果你相信」就是原因，並且結句是否成立要取決於它；而「並且受洗」僅作為相信的證據，結句的成立並不受到它的限制。這樣就可以解釋下一句話的內容：「不信的必被定罪。」

c. 命令語氣

命令語氣可以用來表達條件。

約2:19　　**λύσατε** τὸν ναὸν τοῦτον καὶ ἐν τρισὶν ἡμέραις ἐγερῶ αὐτόν.

你們〔若〕拆毀這殿、我三日內要再建立起來。

d. 關係子句

它通常會帶有不定關係代名詞，但這並非絕對。

太5:39　　**ὅστις** σε ῥαπίζει εἰς τὴν δεξιὰν σιαγόνα σου, στρέψον αὐτῷ καὶ τὴν ἄλλην·

有人打你的右臉，連左臉也轉過來由他打；

林前7:37　**ὃς** δὲ ἕστηκεν ἐν τῇ καρδίᾳ αὐτοῦ ἑδραῖος …… καλῶς ποιήσει.

倘若人 (But whoever [= "if anyone"]) 心裡堅定……如此行也好。

e. 疑問句

在少數情況下，直接疑問句也可以帶有條件句的效力。

太26:15　τί θέλετέ μοι δοῦναι, καγὼ ὑμῖν παραδώσω αὐτόν;

　　　　我〔若〕把他交給你們，你們願意給我多少錢？

f. 牽涉到的語意學

隱含的條件句一般等同於第三類條件句。這和許多經文段落的解經具有密切關係。[8]

2. 明示

明示條件句藉由假定子句中陳述的*如果*來表達。希臘文最常用來表示*如果*的有兩個字——εἰ 和 ἐάν。本章剩下的部分都將用來專門探討明示條件句。

B. 條件句的結構類別

在新約希臘文中明示條件句會謹守四種結構模式。[9]模式又稱作*類* (*class*)，因而這四種模式就是第一類、第二類、第三類、第四類。個別類別所代表的意義，可到探討條件句語意類別的章節中參看。

類型	假定子句 (if)	結句 (then)
第一類	εἰ + 直說語氣、任何時態 （否定詞：οὐ）	任何語氣、任何時態
第二類	εἰ + 直說語氣、過去時態 （簡單過去式、未完成式……） （否定詞：μή）	(ἄν) + 直說、過去時態 ……簡單過去式（表過去時間） ……未完成式（表現在時間）
第三類	ἐάν + 假設語氣、任何時態 （否定詞：μή）	任何語氣、任何時態
第四類	εἰ + 祈願語氣 現在式或簡單過去式	ἄν + 祈願語氣 現在式或簡單過去式

表格12

條件句的結構

8　參見分詞一章中「引進條件句的分詞」條目下的討論。

9　我們在此處將第五類條件句和第三類結合了，因為第五在結構面上其實是第三類的子類別。如果我們要在結構面上區分它們，那我們就不得不也把第二類條件句的兩種類別在結構面上分開。

C. 條件句的語意類別

→ **1. 第一類條件句（說話者假設自己所言為真）**

a. 定義

第一類條件句指的是*對真相提出的假定*，以利論證。於是，它一般的邏輯就是：如果——*暫且用這樣的假定來進行論證*——那麼……。該類假定子句使用分詞εἰ 並帶直說語氣（任何時態）。在結句中，任何語氣和任何時態都可能出現。這是一個常見的條件子句，在新約中出現大約三百次。[10]

b. 詳述

1) 不是「既然」

針對第一類條件句有兩種不當的看法應該避免。第一種錯誤是把它的意思過度誇大。第一類條件句廣泛地被用來表示現實的條件或真相的條件。許多人會從講臺上聽到這個：「在希臘文中，條件句意味著*既然*。」[11]

這就把第一類條件句說得誇張了。首先，這個看法認定語言和現實之間有一種直接對應的關係，意思是直說語氣為一種事實的語氣。其次，論據確鑿，可以說明這個看法對條件陳述是不通的：(a) 顯然僅有37%的例句可以看到現實對應關係（意味著該條件句能夠被翻作*既然*）。[12] (b) 再者，新約中的第一類條件句有三十六則無法被被翻作*既然*。這點可以藉由兩起對立的條件陳述而特別突顯出來。[13] 見如下例句：

太12:27-28 εἰ ἐγὼ ἐν Βεελζεβοὺλ ἐκβάλλω τὰ δαιμόνια, οἱ υἱοὶ ὑμῶν ἐν τίνι ἐκβάλλουσιν;

...... (28) εἰ δὲ ἐν πνεύματι θεοῦ ἐγὼ ἐκβάλλω τὰ δαιμόνια, ἄρα ἔφθασεν

---

10 Boyer（"first class conditions," 76-77, n. 5）試算出306個第一類條件句，並附帶但書說明精確地估算是有困難的，因為「有些是混合句型（一部分是第一類，一部分是第二類）；有些是不完整的（假定子句或結句隱藏未顯明）；有些則是不明確（動詞隱藏而沒有顯示出來）。」

11 諸如 Gildersleeve、Roberts、Robertson、*BDF* 等文法學家過去一直是從條件句中語氣使用的情況來理解條件句的意涵，他們辯稱直說語氣在第一類條件句中是最顯著的。但是他們的話經常被誤解：「對真相的假定」被斷章取義為「真相」。

12 我們將論證的是，第一類條件句*絕對*不該被譯為*既然*（見第三部分，「說話者假設自己所言為真」）。

13 對這些要點的詳細討論，見 Boyer，「第一類條件句」，特別是76-80頁。

ἐφ'ὑμᾶς ἡ βασιλεία τοῦ θεοῦ.

> 我若靠著別西卜趕鬼，你們的子弟趕鬼，又靠著誰呢？……(28) 我若靠
> 著 神的靈趕鬼，這就是 神的國臨到你們了。

> 顯然，將兩句一同翻作我*既靠著……趕*，是不合邏輯的，因為兩段論述是彼此
> 對立的。把第一個分詞翻作*如果*、第二個翻作*既然*，會變得前後不一致。

林前15:13 εἰ δὲ ἀνάστασις νεκρῶν οὐκ ἔστιν, οὐδὲ Χριστὸς ἐγήγερται

> 若沒有死人復活的事、基督也就沒有復活了。

> 使徒保羅此處的第一類條件句不可能是「*既然沒有死人復活*」的意思，這是不
> 言而喻的！

> 另參見太5:29-30，17:4，26:39 與 26:42；約10:37，18:23；林前9:17，15:14。

2) 並不「簡單」

第一類條件句未必對應現實，已不證自明，所以有些學者將其認定為簡單條件
句。[14] 這個看法要追溯到 W. W. Goodwin 這位古典學者：「當假定子句*單純地陳述*
某一特殊的假定，針對條件的實現不帶有任何指涉的時候，它就會使用直說語氣加
上 εἰ。」[15] 根據這個看法，第一類條件句有時就會被稱為「簡單條件句」、「邏輯
連結條件句」，或「中立條件句」。也可以叫它「不明條件句」，因為該假定具備
真實性與否是不得而知的。

但是這個看法有諸多欠缺。基本上，它在句法結構中預設了意義的一個點，卻
忽略了語氣（直說語氣的用法是*有意義的*），[16]因而使得各條件句彼此之間沒有分
別了。[17] 事實上所有的條件句可以說是都建立在它前後兩半之間的邏輯關係（例如
可8:3的第三類條件句—— ἐὰν ἀπολύσω αὐτοὺς νήστεις εἰς οἶκον αὐτῶν, ἐκλυθήσονται
ἐν τῇ ὁδῷ〔我若打發他們餓著回家，就必在路上困乏〕）。這是條件句普遍上的本
質，並非只有在第一類條件句上發生。

問題不在於第一類條件句少說了什麼，而是在於它說了什麼。它的不同之處為

---

14 對這個觀點的批判，見附錄。

15 Goodwin-Gulick, *Greek Grammar,* 294 (§1400).

16 這個進路同意：第二類條件句中使用直說語氣時，便代表它承認了其命題不真（Boyer,
    "Second Class Conditions," 82：「它們比起其他句型，得到更多文法學家的一致共識，也較
    沒有解經上的問題」）。但一方面聲稱「直說語氣要成為理解某一類型條件句語意的關鍵，
    卻又在別處否認」，這樣的論點顯然有違理論架構整體所要求的正當性。

17 Boyer 稱邏輯連結觀點符合「新約中三百則句例，而且對每一則都同樣適用。」（"first class
    conditions," 82) 但這對*所有*條件句都是最基本適用的說法，不管第一類，第二、三、四類，
    都可以這麼說。

何？[18]

3) 為證論而假設所言為真

　　若理解正確，直說語氣的效力應為現實的*呈現*。在第一類條件句中，條件質詞將「呈現」轉換成了「假定」。這*並*不表示條件必定為真，或它就變成*既然*的意思！但是在它所描述的範圍內，它確實表示了論點有所依據，依據的正是它對現實的假定。

　　諸多例子會接著用來說明這一點。這裡則有三點必須要先提出。

　　•首先，即使在某些地方說話者對其論點顯然相信，*質詞 εἰ 也不應該被翻為既然*。希臘文中有好幾個字可以作為*既然*，新約作者並不會排斥使用它們（例如：ἐπεί、ἐπειδή）。只是*如果 (if)* 一詞有其強健的修辭力道，將 εἰ 翻譯為既然，會讓本來該是與人對話的邀請淪為一陣說教。[19]通常它的概念類似於鼓勵對方回應，作者藉此試圖讓聽眾們進到結句代表的結論（既然他們已經都同意了他的假定子句）。因而它在功能上具有勸說的工具性質。注意以下範例，它們會說明這點。[20]

　　•再者，我們如何分辨說話者是否確實肯定假定子句為真相？上下文脈當時是關鍵，不過有一個不錯的概略方針就是去注意結句：當假定子句和結句同時為真，它是否能夠邏輯相符？通常當結句是一個問句時（譯注：這類的結句在中文中通常可以用「難道」、「豈不」來作為問句開頭），作者並不認同假定子句的真實性。這些只是簡單的指引，有疑問最好是查驗更多的上下文脈。

　　•第三，條件句的修辭用法往往不囿於表面結構。因此就一個層面而言，結構可以說明一些東西；來到另一個層面，見識到的意義卻截然不同。舉例而言，有一位媽媽對孩子說：「如果你把手伸進火中，你會被燙傷的。」我們可以就結構或是邏輯層面來分析這個條件句，這些的確不該被忽略。但是這則陳述的用意卻是：「別把你的手往火裡面伸！」因此，它事實上是個禮貌性的命令，隱藏在間接句法當中（這個進路在附錄中有簡短的說明）。

18　　Boyer 在處理條件句時，援引了古典學派：「古典文法學家同老一輩的新約學者一樣、擁有相同的正確看法。」（"First Class Conditions" 83）這個說法是種誤導，因為 Boyer 訴求的其實不過是古典學派當中的一家觀點，亦即 Goodwin；而他的觀點本身是針對 Gottfried Hermann 以降標準觀點的一種反動。Gildersleeve 針對 Goodwin 的前衛立場予以痛斥，並正確地指出他忽略了語氣的缺失。大多古典學者（如果不是將近全部）都在 Gildersleeve 站同一陣線反對 Goodwin。

19　　儘管有許多譯本在各個地方都這樣翻，這個翻譯錯失了條件陳述最字面語言效力。

20　　這個用法可被視為是條件句的一個語用功能。由於這種*回應*或*遊說性*假定子句帶第一類條件句在新約中的頻繁出現，我們因而有正當理由將這個用法一同擺在這裡。

太12:27-28 εἰ ἐγὼ ἐν Βεελζεβοὺλ ἐκβάλλω τὰ δαιμόνια, οἱ υἱοὶ ὑμῶν ἐν τίνι ἐκβάλλουσιν; …… (28) εἰ δὲ ἐν πνεύματι θεοῦ ἐγὼ ἐκβάλλω τὰ δαιμόνια, ἄρα ἔφθασεν ἐφ' ὑμᾶς ἡ βασιλεία τοῦ θεοῦ.

我若靠著別西卜趕鬼，你們的子弟趕鬼，又靠著誰呢？…… (28) 我若靠著神的靈趕鬼，這就是 神的國臨到你們了。

藉由這組對句我們已經知道條件質詞無法上下一致地翻作既然。但是把它放作簡單條件句而不顧並不夠恰當。它的語言效力是「如果（*就讓我們假定這點為真來作論證*）我是靠著別西卜趕鬼，你們的子弟趕鬼，又靠著誰呢？……但是如果（*換個方式來假定這個對的*）我是靠著神的靈趕鬼，這就是神的國臨到你們了。這樣子上下兩半就都有令人滿意的解釋了。

太5:30 εἰ ἡ δεξιά σου χείρ σκανδαλίζει σε, ἔκκοψον αὐτὴν καὶ βάλε ἀπὸ σοῦ

若是右手叫你跌倒，就砍下來丟掉。

耶穌對其現行的猶太正統作法經常提出許多挑戰，諸如一般認定是作為附帶物的、外在的事物叫一個人污穢。在此動機之下閱讀經文，就會產生如下的語言效力：「如果（*就讓我們假定這是對的來作論證*）你的右手叫你跌倒，就砍下來丟掉！」接下來的句子只不過是這個解釋更堅固（「寧可失去百體中的一體，不叫全身下入地獄」），於是耶穌藉法利賽人的觀點帶出它的邏輯結論。他說的彷彿是：「如果你真的相信你的身軀是罪惡的根源，那就開始來把一些肢體器官切掉吧！當個天堂的『左撇子』至少好過整個人在地獄裡被炸熟吧？」

這起條件句照這麼樣看，就有一股挑釁的力量。就如同耶穌的相反立場是肯定身外之物能導致罪惡（這裡用了第一類條件句，可見許多人是真的這麼認為的），耶穌的用意是要讓他的聽眾仔細思量自己觀點的矛盾。導致犯罪的並不是手或是眼睛，而是心。

路4:3 εἶπεν αὐτῷ ὁ διάβολος· εἰ υἱὸς εἶ τοῦ θεοῦ, εἰπὲ τῷ λίθῳ τούτῳ ἵνα γένηται ἄρτος.

魔鬼對他說：你若是神的兒子、可以吩咐這塊石頭變成食物。

這句話的語言效力是「如果（*就讓我們假定這是對的來作論證*）你是神的兒子，那就吩咐這塊石頭變成食物啊。」顯然，魔鬼來自密蘇里州（「我要看證據」的那州 (the "Show Me" state)）！

帖前4:14 εἰ γὰρ πιστεύομεν ὅτι Ἰησοῦς ἀπέθανεν καὶ ἀνέστη, οὕτως καὶ ὁ θεὸς τοὺς κοιμηθέντας διὰ τοῦ Ἰησοῦ ἄξει σὺν αὐτῷ.

我們若信耶穌死而復活了，那已經在耶穌裡睡了的人，神也必將他與耶穌一同帶來。

許多現代譯者將這裡的質詞翻作*既然*。儘管保羅對這項事實的接受是無庸置疑的，把它翻為*既然*容易將聽眾拒於千里之外。這個句子變成說教而不是對話。翻作*如果*，聽眾便會被吸引到結句代表的論證。他們的響應就會類似「我們若信耶穌死而復活？我們當然相信啊！你意思是說那些在基督裡死了的人到了被提時都不會被丟下？」在這類的例子中遭受質疑的都不是假定子句，而是結句（再者，說它們只有邏輯的關連性，對這類的經文有欠公正）。新約中並不乏此情形，就是說話者將聽眾帶入這樣的關連性中，將其論點建立在說者和聽者兩造的既有共識上。這些例子不無解經上的重要性。其他例子參見羅3:29、30，5:17；林後5:17；加3:29，4:7；提後2:11；門17；來2:2-3；彼前1:17，2:2-3，2Pet2:4-9；約壹4:11；啟13:9；20:15。

羅8:9　ὑμεῖς δὲ οὐκ ἐστὲ ἐν σαρκὶ ἀλλὰ ἐν πνεύματι, **εἴπερ** πνεῦμα θεοῦ οἰκεῖ ἐν ὑμῖν.
如果神的靈住在你們心裡，你們就不屬肉體，乃屬聖靈了。

這裡的條件質詞 εἰ 用於強化上升的語調。這裡和帖前4:14非常類似—亦即，它也似乎是一種「回應」條件句。聽眾極有可能隨著這些句子而回道：「如果神的靈住在我們心裡？祂當然在！那這就表示我們不是屬肉體，乃屬聖靈了？真是太奇妙了！」

另參見可14:29；路4:9，6:32，19:8；約10:24，18:23；徒5:39，16:15，25:5；羅2:17，4:2，6:5，7:16、20；林後3:7、8，11:15；加2:18，5:18；腓2:17；西3:1；提前5:8；來12:8；雅4:11；約10；啟14:9。[21]

➜ 2. 第二類條件句（與事實相反）

a. 定義

第二類條件句指的是對*非真實的假定*（為了論證的緣故）。[22] 為此它被貼切地

---

[21]　見 Boyer，"First Class Conditions," 83-114，有完整的清單，並列出希臘文和英文的經文。

[22]　就新約而言其實冊須特地註明「為了論證的緣故」，因為新約中每一則第二類條件句的講者／作者顯然都已經認定了假定子句為不真。不過這樣的同質性一部分也是因為句例的不足。廣泛說來，最好還是能把這樣的區分標示出來，因為作者亦有可能認定假定子句為真，即便他的陳述方式讓它看起來不真（尤其是在反諷的情境中：「如果達拉斯牛仔一九九五球季的表現好一點，他們早就打進一九九六的超級盃了」）。

Boyer 聲稱第二類條件句在語意面上並非第一類的顛倒，因為說話者在第二類條件句中總是假定了其主張的不真，但在第一類中他則並不必然假定其主張為真（"Second Class Conditions," 83-84）。藉由宣稱他們並非語意上的對立，他得以將直說語氣在第二類條件句中看作舉足輕重、同時在第一類條件句中則無足輕重。但這樣的進路是將一個現象學上的用法和一個本體論上的意義混淆了：直說語氣在任何條件句中*都不可能含蘊事實*。他這樣是把語言和現實混淆了，或說至少是和可知現實 (perception of reality) 混淆。

叫作「與事實相反」的條件句（或作不實條件句）。然後，或許稱作認定與事實相反會更好，畢竟有時候它的條件顯現出來是真的，只是說話者以為它不真（例如，路7:39）。它在假定子句中結構是 εἰ + 直說語氣的第二時態（通常為簡單過去式或未完成式）。結句通常帶有 ἄν（但有些例子不具備這個質詞），[23] 使用直說語氣和第二時態。新約中大約有五十則第二類條件句的句例。[24]

b. 詳述：與過去及現在的事實相反

第二類條件句有兩種：與*現在*事實相反和與*過去*事實相反。[25]

與*現在*事實相反的條件句在假定子句和結句中都使用未完成式。[26] 它用於指涉某件以現在時刻來看不成立的事情（根據說話者的描繪）。它典型的翻譯為*如果 X ……的話，那麼 Y 就應該會*（如「如果你是個好人，那麼你現在就不會出現在這裡了」）。

與*過去*事實相反在假定子句和結句中都使用*簡單過去式*。它用於指涉某件以過去時刻來看不成立的事情（根據說話者的描繪）。它典型的翻譯為*如果 X 有發生的話，那麼 Y 就可以……了*（如「如果你昨天有在這裡，你就可以看到精彩的比賽了」）。

c. 例句

路7:39　οὗτος **εἰ** ἦν προφήτης, ἐγίνωσκεν **ἂν** τίς καὶ ποταπὴ ἡ γυνὴ ἥτις ἅπτεται αὐτοῦ, ὅτι ἁμαρτωλός ἐστιν.

　　　　這人若是先知、必知道摸他的是誰、是個怎樣的女人、乃是個罪人。

約5:46　**εἰ** ἐπιστεύετε Μωϋσεῖ, ἐπιστεύετε **ἂν** ἐμοί

　　　　你們如果信摩西、也必信我。

　　　　這裡的概念是「你們假如信了摩西——但（現在）你們並不……」它牽涉到未完成時態，是一個與現在事實相反的條件句。

23　這些句例中有三十六個帶有 ἄν，另外十一個則沒有 (Boyer, "Second Class Conditions," 82, n. 6)。

24　Boyer 在 "Second Class Conditions," 81中計算出四十七個新約中這樣的例子。

25　在五處地方，第二類條件句的假定子句使用了（參見太24:43；路12:39；約4:10，8:19；徒26:32）。當中的四次出現的是 οἶδα 的過去完成型態 ᾔδειν（唯一例外的是徒26:32），作用則顯然與一般簡單過去時態無異。

26　顯然並非所有的「未完成式＋未完成式」第二類條件句都表示與現在事實相反；大部分的例外情況其假定子句都帶有了 εἰμί 的未完成式（參見太23:30；約11:21；加4:15的句例）。討論詳見 Boyer, "Second Class Conditions," 85-86.

林前2:8　εἰ ἔγνωσαν, οὐκ ἂν τὸν κύριον τῆς δόξης ἐσταύρωσαν

　　　　　他們若知道、就不把榮耀的主釘在十字架上了

　　亦參見太11:21，23:30，24:22；可13:20；路10:13，19:42；約5:46，9:33，15:19；徒18:14；羅9:29；林前11:31；加1:10，3:21；來4:8，8:4、7；約壹2:19。

➜ 3. 第三類條件句

a. 定義

　　第三類條件句所表達的條件經常是*不確定是否會成立，但仍然有可能*。不過它的例外情形不少，為該句結構貼上單一語意標籤並不容易，在希臘化希臘文中尤其困難（見以下討論）。其假定子句的結構包含質詞 ἐάν 並後面接著可以在任何時態顯現的*假設語氣*。質詞（εἰ 和質詞 ἄν 的合體）和假設語氣兩者共同賦予了條件句一層隨機的意味。結句可以任何時態、任何語氣的面貌出現。[27] 這是條件子句常見的類別，在新約中出現將近三百次。[28]

b. 釐清語意

　　第三類條件句包含的語意範圍相當寬廣：(a)*邏輯連結*（若 A，則 B），現時適用，單純指涉假定子句的成立（有時又被稱作*一般現在條件句*）；(b) 純粹*假設*情境，或是那種多半在現實中不會實現的；以及(c)一種*在未來較有可能實現*的情境。[29]

　　從實用技術面上看來，**第三類條件句和第五類條件句**都使用假設語氣。結構面上兩者也很難看出差異：*第五類條件句*的結句規定用現在時態、直說語氣，但第三類的結句可以使用任何語氣——時態的結合，也就包括了現在直說語氣。

　　語意面而言，它們的含意則有些微不同。口語希臘文中的*第三類條件句*有相當寬廣的潛在可能性。它能描述什麼事在*未來可能發生*、什麼事*很可能發生*，或甚至一些只是*假設性的事*，並不會真的發生。在古典希臘文中第三類條件句的用法通常限定在上述第一種（被稱為可期將來），但隨著假設語氣在希臘化時期不斷侵蝕祈願語氣的領域，這組結構類別也隨之擴充。[30] 上下文脈永遠是在決定作者如何使用第三類條件句時最大的幫助。

27　可見 Boyer, "Third (And Fourth) Class Conditions," 164，有數據資料。

28　Boyer "Third (And Fourth) Class Conditions," 計算了 277 組第三類條件句 (163, n. 1)。

29　Boyer 給予第三類條件句8種語意類別，從「確定實現」、「大概實現」到「不太可能實現」與「無法辨別機率」(ibid., 168-69)。佔最大部分的類別是「無法辨別實現機率」（有120句），再來是「大概實現」（有六十三句，加上「確定實現」的部分則達到八十二句）。

30　針對這點的討論請參見探討語氣的章節。

　　第五類條件句所提供的條件是在現在時刻成立。這個條件句叫做一般現在條件句。多半情形中它也是簡單條件句。[31]*亦即*，說話者並未透露條件成立的可能性是高或低，僅中性地表示著：「若 A，則 B。」

　　由於第三類條件句寬廣的範圍，加上第五類條件句無法明確定義的本質，有許多條件子句便有待解釋。但是大致說來，一般現在條件句都是描繪（廣義的）現在時刻下某一類型情況。而*可期將來條件句*則針對未來時刻的情況*特例*。[32]

c. 例句

太4:9　　ταῦτά σοι πάντα δώσω, **ἐὰν** πεσὼν **προσκυνήσῃς** μοι

　　　　你*若俯伏拜我*、我就把這一切都賜給你。

　　　　這是一個典型的第三類條件句，它的結句帶著未來式直說。

可5:28　ἔλεγεν ὅτι **ἐὰν** ἅψωμαι κἂν τῶν ἱματίων αὐτοῦ *σωθήσομαι*

　　　　意思說：*我只摸他的衣裳，就必痊癒*。

　　　　這個女子罹患了血漏十多年，非常焦急無助。她到了醫生手下病情反而更重。未完成式 ἔλεγεν 大概是用作表達頻繁重複的動作：「她一再不斷地自言自語」，彷彿這麼做就能讓她鼓足信心和勇氣。因而在馬可的描繪中，這婦人心中似乎還有相當的懷疑，不知這樣一個舉動是否真能治好她。

約3:12　εἰ τὰ ἐπίγεια εἶπον ὑμῖν καὶ οὐ πιστεύετε, πῶς **ἐὰν** εἴπω ὑμῖν τὰ ἐπουράνια

　　　　πιστεύσετε;

　　　　我對你們說地上的事，你們尚且不信，*若說天上的事，如何能信呢*？[33]

　　　　這是個第三類條件句，被鑲嵌在一個慎重的問題當中。在它前面的是一個第一類條件句，其結句的內容是不信。從句意的平行和上下文脈，我們應該如此來理解這個第三類條件句：「要是我向你們說天上的事（而我是很可能打算這麼做地）你們又怎麼可能會相信？」

---

[31]　許多文法學家，特別是 Goodwin 學派，將第一類條件句視為「簡單」條件句；儘管如此，這應該作為第五類條件句的代稱比較恰當。見上述歸在第一類條件句之下的討論，就可以知道為何「簡單條件句」並不適用於用來稱第一類條件句。

[32]　Boyer 反對一般現在條件句，聲稱所有假定子句中為「ἐάν +假設語氣」的條件句都涉及未來性的元素。他的根據是語氣的使用：作者對假設語氣的選用，表示有一個共同元素存在。它們兩者都是懸而未決、有隨機的成分，指向未來時間的。」(Boyer, "Third (and Fourth) Class Conditions," 173) 但是假設語氣的概念其實並不僅限於*時間*的不確定性；往往，它也被用來呈現主詞的不確定性（例如在不定關係子句中）。因此，只要是不確定性發生的地方，假設語氣能夠適用任何類型條件句，不論是未來的特定情境，或是現在的一般情境（見約11:9後半的句例）。

[33]　在 𝔓75 和少數抄本中，第二個假定子句中出現的是 πιστεύετε 而非 πιστεύσετε。

約11:9　　*ἐάν* τις *περιπατῇ ἐν τῇ ἡμέρᾳ, οὐ προσκόπτει*

人〔若〕在白日走路、就不至跌倒。

這是個一般現在條件句。沒有任何跡象暗示這個事件發生的不確定性，但也沒表現其偶發的必然性。它是條道理、格言。之所以用假設語氣，是因為主詞是不定的，並不是因為時刻在將來。

林前14:8　　*ἐὰν* ἄδηλον σάλπιγξ φωνὴν *δῷ*, τίς *παρασκευάσεται εἰς πόλεμον*;

若吹無定的號聲，誰能預備打仗呢？

儘管保羅把他的條件放在了第三類，他可不是希望號兵在兩軍短兵相接之際吹著胡亂的號角！由於口語希臘文的假設語氣已經把祈願語氣給蠶食鯨吞了，它已包含有大量不同的條件情形。

林前13:2　　*ἐὰν* ἔχω προφητείαν καὶ *εἰδῶ* τὰ μυστήρια πάντα καὶ πᾶσαν τὴν γνῶσιν καὶ *ἐὰν* ἔχω πᾶσαν τὴν πίστιν ὥστε ὄρη μεθιστάναι, ἀγάπην δὲ μὴ ἔχω, οὐθέν εἰμι.

我若有先知講道之能，也明白各樣的奧祕、各樣的知識；而且有全備的信，叫我能夠移山，卻沒有愛，我就算不得什麼。

這裡的四重條件的用法相當寬鬆。保羅將其論點從事實上（他的確有先知講道之能）跨到假設上（他並沒有明白各樣的奧祕、各樣的知識〔否則他就是全知者了！〕）。他在林前13章前3節的論點也是遵循同樣從事實轉到假設的套路。因此，保羅的確有可能會說各樣人類方言，而*非天使*的話語（1節）！那麼對那些把方言看作天堂語言的人，林前13:1可要讓他們失望了。

約壹1:9　　*ἐὰν* ὁμολογῶμεν τὰς ἁμαρτίας ἡμῶν, πιστός *ἐστιν* καὶ δίκαιος, ἵνα ἀφῇ ἡμῖν τὰς ἁμαρτίας καὶ καθαρίσῃ ἡμᾶς ἀπὸ πάσης ἀδικίας.

我們若認自己的罪，神是信實的、是公義的，必要赦免我們的罪，洗淨我們一切的不義。

這一節經常被視為未來很可能發生的條件句。同樣地，它有時候也會被認為是在針對尚未悔改認罪的非信徒（儘管*我們*一詞很難交代過去）。[34] 其實，它更可能是一般現在條件句，並且主詞是分配詞（distributive，「如果我們當中的任何一人」）。[35] 因而在這裡使用假設語氣，便是因為哪些人包含在我們當中

---

[34] *我們*通常有三種類別的用法：代表作者（editorial，僅指作者一人）、單指作者群但不包括讀者（exclusive，僅指作者和他的同夥），或包括作者與讀者（inclusive，包含作者、他的同夥，以及讀者）。將約壹1:9的我們視作針對未信者，將把代名詞的主要指稱對象變成「你們，而不包括我」。當然，這並非是不可能的，然而會這樣做的機會實在不大，新約中也顯然沒有這樣的先例。見「人稱和數」的單元，有針對第一人稱多數用法的討論。

[35] 然而，因為καθαρίσῃ這個字的抄本歧異，更可期將來條件句也有可能成立；在 A 33 2464和一些其他抄本中找到的是未來直說型態的καθαρίσει。未來直說可以和ἐστίν作連結（因而翻作：

是隱晦不定的。

另參見太6:22、23；可4:22，10:30；路5:12；約6:44，8:31；徒9:2，15:1，26:5；羅2:25，7:2-3，10:9；林前6:4，11:15，14:28，西4:10；帖前3:8；提前3:15；提後2:5；來10:38；雅2:17、5:15；約壹1:8、10，4:12；啟2:5，3:20。[36]

4. 第四類條件句（不可期將來）

a. 定義

第四類條件句表達一個在未來可能實現的條件，通常是非常不可能生的情況（例如*假使他能這麼做……，假使這件事能發生……*）。它的假定子句使用 εἰ + *祈願語氣*。結句也用*祈願語氣*，並加上 ἄν（以凸顯偶發性）。由於希臘化希臘文中假設語氣的擴張使用以及祈願語氣的衰頹，新約中再也找不到一則完整的第四類條件句，也是在意料之中。

有時條件子句有混雜過，在結句中帶有非祈願語氣（例如，徒24:19）。在另外兩個案例中，有結句竟然不帶動詞（彼前3:14、17）。還有的情況是沒有結句跟在後面的，假定子句充作插入的括弧用（例如林前14:10，15:37）。[37]

b. 語意

儘管第四類條件句的結構在新約中向來是不完整的，它的語意重要性還是不容忽視。如同我們所指出的，在口語希臘文中假設語氣逐漸侵入祈願語氣的語意範疇。[38] 因此，假設語氣的語意範圍擴充，但這並不表示他們的重疊是雙向的；祈願語氣仍然在其較為狹隘的疆界內運作。這裡有一個原則是：作者都是在刻意的情況下，才會選用較為罕見的形式（在此，指的是祈願語氣）。[39] 以下例句將展現這一點的重

「祂是信實和公義的……且祂必會洗淨我們……」），但是它也同樣地可能和 ἀφῇ 連在一起讀（「祂是信實和公義的，以致會赦免我們和洗淨我們…」）。在接著往下看就會發現一個有趣的現象：在約翰的著作中，未來直說接在 ἵνα 後面出現的情況比任何其他聖經作者的書都多（參照約7:3；啟3:9，6:4、11，8:3，9:4、5、20，13:12，14:13，22:14）。然而，這裡的抄本歧異極可能是來自後人的增補。

36　詳見 Boyer, "Third (and Fourth) Class Conditions," 在各處都有列出完整的清單。

37　參見 Boyer, "Third (and Fourth) Class Conditions," 171-72的討論。

38　衡量這點的一個標準是七十士譯本和新約之間使用頻率的變化：七十士譯本用了516次祈願語氣，而新約中只有六十八次。照比例說來，如果祈願語氣的使用頻率沒變的話，我們應該要在新約中看到目前兩倍（約125次）的祈願語氣動詞才對。

39　這點可以透過詞彙選用的譬喻來說明：當小孩子說一本「書」的時候，成人因為照理擁有較豐富的詞彙量，就會說「簿子」、「典籍」、「冊」……等等。文法上，口語表達和寫作句法的差異同樣是顯著的（例如口語會用「誰」（"who"）來代稱「被誰」（"whom"），但反過來就不會這樣用）。

要性。[40]

c. 例句

第一則例句僅包含了第四類的假定子句；後兩則只有結句。

彼前3:14 εἰ καὶ *πάσχοιτε* διὰ δικαιοσύνην, μακάριοι[41]

你們就是為義受苦，也是有福的

這段經文在新約中要成為完整的第四類條件句，幾乎只差一步了。*乍看之下，*這封信的讀者並未為義受苦，而短期內也似乎不會有這樣的可能性。作者在3:17鞏固了這個觀點，再次使用了第四類條件句的假定子句：神的旨意若是*叫你們因行善受苦* (εἰ θέλοι τὸ θέλημα τοῦ θεοῦ)，總強如因行惡受苦。儘管彼得前書的情境時常讓人認定作為受信者的一方正處在患難的情境當中，這一段原文卻似乎與這樣的假設相違。因此較正確的解讀應該是：作者正從自己目前遭受患難的親身經歷對信徒們提出勸誡，因他們距離危難還太遙遠。

路1:62 ἐνένευον τῷ πατρὶ αὐτοῦ τὸ τί ἂν **θέλοι** καλεῖσθαι αὐτό

他們就向他父親打手式，問他要叫這孩子什麼名字

這裡的暗示假定子句是：「假使他的聲音能夠回來，並能夠給他起個名字。」然而，大家對他開口這件事的發生卻沒什麼期待（注意1:65這事發生時他們的反應）。

徒17:18 τινες ἔλεγον· τί ἂν **θέλοι** ὁ σπερμολόγος οὗτος λέγειν;

有的說：「這胡言亂語的**要說什麼**？」

這裡的暗示假定子句是：「假使他能夠說出什麼有道理的話！」顯然這些哲學家們並不認為有這個可能。

40　Boyer 的直覺是正確的，他發現到：當新約文法學家們在作第三類和第四類條件句的意義比較時，他們不自覺認定了「假設語氣和祈願語氣在希臘文時期有同樣的使用頻率。」（"Third (and Fourth) Class Conditions," 171-72）這也就是說，大部分的新約文法學家天真地將第三類和第四類條件句在古典希臘文中的意義轉嫁到口語希臘文時期，彷彿這段時間什麼變化都沒有發生。不過 Boyer 過度地宣稱「這些條件句的意義在新約希臘文中完全沒有適用空間，原因顯而易見，就是新約沒有第四類條件句。」(ibid., 171) 這個評斷由三個層面上看，都是不精準的：(1)即使少了完整的第四類條件句，新約中還是有不完整的（只含有假定子句或結句的）第四類條件句；(2)說第三類條件句的範圍被擴充，並不代表第四類條件句的範圍也同樣地被擴充，這是因為重疊涵蓋的部分只有單方向地在增長移動。(3)如我們先前所論述的，既然祈願語氣在口語希臘文時期已經在消逝中，作者還使用它必會有特別的原因。基於這些理由，我們斷定第四類條件句仍然維持它表達「較不可期將來」的語言效力；而假設語氣除了其他用法外則也涵蓋了這一層面的意義。

41　少數抄本在 μακάριοι 後面加上了直說語氣動詞 ἐστε（抄本 ℵ C 也是這麼做）。在這種情況下，意思就會成為：「即使你們有可能為義受苦，你們仍然是有福的。」

另參見徒5:24，8:31，17:27，20:16，24:19，27:12、39；林前14:10，15:37；彼前3:17。

條件句附錄：進階的資料

參考書目

J. K. Baima, "Making Valid Conclusions from Greek Conditional Sentences" (Th.M. thesis, Grace Theological Seminary, 1986); *BDF*, 182, 188-91, 194-95, 237 (§360, 371-76, 385, 454); J. L. Boyer, "First Class Conditions: What Do They Mean" *GTJ* 2 (1981) 76-114; idem, "Second Class Conditions in New Testament Greek," *GTJ* 3 (1982) 81-88; idem, "Third (and Fourth) Class Conditions," *GTJ* 3 (1982) 163-75; idem, "Other Conditional Elements in New Testament Greek," GTJ 4 (1983) 173-88; A. F. Braunlich, "Goodwin or Gildersleeve" *AJP* 77 (1956) 181-84; Burton, *Moods and Tenses*, 100-116 (§238-88); C. J. Fillmore, "Varieties of Conditional Sentences," *Proceedings of the Third Eastern States Conference on Linguistics*, ed. F. Marshall (Columbus: Ohio State University, 1987) 163-82; M. L. Geis, "Conditional Sentences in Speech Act Theory," *Proceedings of the Third Eastern States Conference on Linguistics*, 233-45; D. G. Gibbs, "The Third Class Condition in New Testament Usage" (Th.M. thesis, Dallas Theological Seminary, 1979); B. L. Gildersleeve, "On εἰ with the Future Indicative and eva,n with the Subjunctive in the Tragic Poets," *TAPA* 7 (1876) 5-23; W. W. Goodwin, *Greek Grammar*, rev. C. B. Gulick (Boston: Ginn & Co., 1930) 292-302 (§1392-1436); idem, "On the Classification of Conditional Sentences in Greek Syntax," *TAPA* 4 (1873) 60-79; idem, " 'Shall' and 'Should' in Protasis, and Their Greek Equivalents," *TAPA* 7 (1876) 87-107; J. H. Greenlee, " 'If' in the New Testament," *BT* 13 (January 1962) 39-43; W. R. Hintze, "The Significance of the Greek First Class Conditional Sentence in the Structure and Interpretation of the Gospels" (Ph.D. dissertation, Southwestern Baptist Theological Seminary, 1968); R. C. Horn, "The Use of the Subjunctive and Optative Moods in the Non-Literary Papyri" (Ph.D. dissertation, University of Pennsylvania, 1926); J. J. Kijne, "Greek Conditional Sentences," *BT* 13 (October 1962) 223-24; C. D. Morris, "On Some Forms of Greek Conditional Sentences," *TAPA* 6 (1875) 44-53; Moule, *Idiom Book*, 148-52; H. C. Nutting, "The Order of Conditional Thought," *AJP* 24 (1903) 25-39, 149-62; idem, "The Modes of Conditional Thought," *AJP* 24 (1903) 278-303; Porter, *Idioms*, 254-67; W. K. Pritchett, "The Conditional Sentence in Attic Greek," *AJP* 76 (1955) 1-17; J. W. Roberts, "The Use of Conditional Sentences in the Greek New Testament as Compared with Homeric, Classical and Hellenistic Uses" (Ph.D. dissertation, University of Texas, 1955); Robertson, *Grammar*, 1004-27; J. B. Sewall, "On the Distinction Between the Subjunctive and Optative Modes in Greek Conditional Sentences," *TAPA* 5 (1874) 77-82; J. R. Searle, *Speech Acts: An Essay in the Philosophy of Language* (Cambridge: Cambridge University Press, 1969) especially 60-71; **Smyth**, *Greek Grammar*, 512-39 (§2280-2382); **E. A. Sonnenschein**, "Horton-Smith's Conditional Sentences," *Classical Review* 9 (1895) 220-23; **E. C. Traugott, A. ter Meulen, J. S. Reilly, C. A. Ferguson**, editors, *On Conditionals* (Cambridge: Cambridge University Press, 1986); **C. L. Tune**, "The Use of Conditional Sentences in Hebrews" (Th.M. thesis, Dallas Theological Seminary, 1973); **D. R. Waters**, "Conditional Sentences in Romans" (Th.M. thesis, Dallas Theological Seminary, 1976); **M. Winger**, "If Anyone Preach: An Examination of Conditional and Related Forms in the Epistles of St. Paul" (M.Div. thesis, Union Theological Seminary, 1983); **idem**, "Unreal Conditions in the Letters of Paul," *JBL* 105 (1986) 110-12; **R. A. Young**, "A Classification of Conditional Sentences Based on Speech Act Theory," *GTJ* 10 (1989) 29-49; **idem**, *Intermediate Greek*, 227-30; **Zerwick**, *Biblical Greek*, 101-13 (§299-334).

I. 簡介

威廉莎士比亞給他的一位角色安插了這麼一句話:「『如果』是位和事佬……,在『如果』身上可以見到許多美德。」("If" is [a] peacemaker ...... [there is] much virtue in "If") 顯然,他指的是「不必然性」和「妥協」作為促成和平的要件。然而,若莎士比亞生活在今天,他恐怕會說「如果」在希臘文文法學家眼中*絕對*不可能是位和事佬。可以說當中牽涉的議題正是文法學家之間最重要的爭論!

A. 條件句的爭議

大致說來,爭議的焦點在於誰對條件句的語意具有優先決定權,*語氣還是時態*?兩種學派於是誕生。他們都源自於古典希臘文。然而新約學生常常在還沒搞清楚古典和口語希臘文有什麼差異之前就在兩學派之間選了邊站。我們的處理方式會是包括對這些學派作個簡短的評介,特別是當中和新約希臘文有關的部分。不過也許我們應該先從第三種可能性開始看起。

B. 題外話:條件句和言說行為理論

我們在本章的主要章節中已經提過,學者們處理條件句的進路有三種:結構、語意(邏輯),和語用(言說行為理論)。第一種進路是因為它是希臘文的條件句;後兩種進路則是補充性的,以通用文法概念來探討條件句。當然,並非所有人都這樣看待議題。

在新約研究圈中,R. A. Young 曾批判過往針對希臘文條件句的探討太過注重在條件句的結構爭議,以致於對更廣義的語意議題未有相對的重視。他的作法就是改

採用「言說行為理論」(speech act theory) 為基礎，對條件句進行分析。[42] 言說行為理論（語用）進路檢視條件句使用時的溝通意圖。它注意到條件句在發話時可能是傳達一種潛在的脅迫、請求、或命令……等等。這個進路在語言學上並不新穎，因而條件句並不例外。[43] 然而 Young 不但將它套用到新約研究，並據此宣稱條件句的結構之爭基本上已經荒廢過時了。[44] 我們該如何看待這個條件句的語用（或言說行為理論）進路呢？簡言之有兩點，一個正面一個負面。

首先，這個進路能帶來許多寶貴的解經觀念。有些話照原本句式中表達會太過莽撞直率，條件句經常被用於*間接地*傳達這樣的內容，這點單純認知即是相當有幫助的洞見了。[45] 在約11:21，馬大向耶穌宣稱：「主啊，你若早在這裡，我兄弟必不死。」儘管*形式上*是第二類條件句，卻有*責難*的意味。實際上她是要說：「主啊，你早應該要在這裡！」有時候假定子句也是個「緩和劑或禮貌標誌」。[46] 因此，它通常用在間接請求，甚至包括不可能達成的那種。話說耶穌在客西馬尼園中的訴求：「倘若可行，求你叫這杯離開我……。」（太26:39）儘管形式上是第一類條件句，從較深的層面上看，卻是淒苦的展現。[47] 這個暗示性的請求已知是不可能實現了。條件句還有被用在勸勉（約壹4:11）、試探（太4:3）、哀歎（太11:21）、說服或論辯（太12:27-28）、斷言（可8:12），以及嘲諷（太27:40）。

這些洞見有助於學生掌握經文意義的全貌，甚至可說是必要的。在文本的表面之下有更深層的意義，需要藉助現代的語言學進路才能挖掘。但接著，這個進路有其缺陷。我們已經提過，有時言說行為理論的操作者太過執著於它的價值貢獻，而完全抹煞結構的意涵。[48] 儘管我們同意，傳統進路的確是錯誤地陷入「形式」和「意

42　尤其可參看他的文章 "A Classification of Conditional Sentences Based on Speech Act Theory"。

43　這份書目中特別值得注意的有 Searle、Geis 和 Traugott、Meulen、Reilly，以及 Ferguson。

44　這篇文章中經常出現「非此即彼」的說法，例如「言說行為理論能夠帶來比傳統進路還更有意義的成果」(29)，以及「言說行為理論按照功能、而非形式來區分話語。用這種方式來歸類條件句，能夠帶來更多的解經和講道學價值」(39)。當然，Young 也聲明了「以語氣、時態、質詞來分析條件句並非不對，但是它所檢視的只包含了組成意義要素的一部分。」(47) 但是在大多處地方他又似乎認定結構進路根本就是方向錯誤。例如在他的「傳統理解的不足之處」（"Inadequacy of the Traditional Understanding,"）單元中，他抨擊結構主義進路針對加4:15所推衍出的意義，說那「不過老生常談，等於什麼都沒有說」(32-33)。

45　例句和類別取自 Young, "Speech act theory," 36-46。這篇論文中提供新約學生許多出色的資料。

46　Ibid., 42.

47　我們可以從十字架上對詩22:1的引述中看到這點：「我的神、我的神，為什麼離棄我？」形式上是個問句，表達的卻是深刻的苦楚。

48　別忘了 Young 將言說行為理論定義為「按照功能*而非*形式來歸類言語」（"Speech Act Theory," 39〔斜體為額外加上〕），並且他將這個理論視為避開結構主義之爭這淌渾水的脫身之道。

義」的對號入座關係當中，但完全摒棄語言的結構規範而轉往他處尋找意義，同樣是不當的。分析耶穌客西馬尼園禱告（「倘若可行，求你叫這杯離開我」），第一類條件句的選用絕對是*有意義的*。例如第二類條件句就無法表現相同的意義。如果想要對語言有更多的認識，就必須對結構進行分析。

在我們看來，條件句的語用進路並不會取代結構進路，而是*補足它*。事實上，它也必須要*預設*某種結構主義進路，才能進一步地進行衡量。倘若一開始的預設立場就不正確，恐怕從語用學推演出來的結論也站不住腳。[49] 言說行為理論充其量仍是「置外於句法的」(extra-syntactical)。這並不是錯，僅說明它本身並不是句法分析。文法學家並沒有認為句法就是意義的一切，而是說它提供了一個必要的根基，用以評斷意義。言說行為理論正是在這樣的根基上立起的建築物之一。語用學派，連同其他語言學派，對聖經研究帶來深刻的影響。但這樣的進步是唯有當頭不對腳說：「我不需要你了」才有可能。

II. 條件句分類的爭議

針對結構分類的爭議已經是一場上百年戰爭了。爭論的焦點在於針對希臘文條件句的結構與意義，何者為最佳的分類系統。[50]

按照背景，條件句有多種可能分類方式：

1) 按照**形式**

2) 按照**時間**

3)該條件句說明的是**特定性**（個別性的）還是**一般性**（總類性的）

4) 按照其**語氣**所代表的意涵。

從這幾組方案中脫穎而出的有兩套古典研究的觀點。

---

49 諷刺的是，Young 將傳統學派斥為無稽之談時，卻仍然多少要依據某些傳統學派對條件句的看法。例如，他似乎聲稱直說是現實的語氣；第一類條件句不但可以、而且有時應該翻譯為*既然*；第二類條件句中的簡單過去式表示與過去事實相反（在他對加4:15的翻譯判斷）；以及四種不同條件句結構的語意範圍之間都有重疊的部分。上述這些觀點，不論正確與否，很大程度上都是根據對這些結構作的一些預設評斷。在幾個點上我們得以挑戰他的結構詮釋。例如在我們看來，說第一類條件句有時應該*既然*，這是不正確的，會讓語言學的結構喪失一部分它原有的修辭力道（參見本章中先前在「第一類條件句」條目下的討論）。不過在這裡我們的重點，還是在於他的語用進路並無法否定結構主義觀點，反而是依賴著後者才能成立。

50 這一部分要歸功於 Buist M. Fanning 的貢獻。

A. 兩套觀點

1. W. W. Goodwin

William Watson Goodwin 是位古典希臘文的文法學家。他在《美國文獻學會報》(*Transactions of the American Philological Association*) 寫了幾篇煽動性的論文，在 1870 年代面世。他的條件句觀點是採用如下的進路：

a) 一般性（第三類、第四類）與特定性（第一類、第二類）

b) 時間（第三類和第四類表未來，第一類為現在）

c) 描繪的生動性（第三類是較生動的未來；第四類是較靜態的未來）

d) 簡單條件句或邏輯連結（第一類）與和第四類中有意義的語氣選用。

換句話說，第一類用於特定性的現在情況中。第三類條件句用於一般性和未來的概念；而相較於第四類，它表現了更加生動的未來觀念。第四類用於較為靜態的未來陳述。第一類條件句對於其實現機率不置可否，在其他類別中語氣好歹會透露些蛛絲馬跡，儘管不一定關於實現機率的線索。

2. B. L. Gildersleeve

Basil Lanneau Gildersleeve 同樣也是位才智過人的古典希臘文文法學家睿智。他可以說是一位文法科學家。Gildersleeve 在接下來幾期的《美國文獻學會報》中投書回應 Goodwin 的系統，另也在《美國文獻學期刊》(*American Journal of Philology*) 撰文（他是這個期刊的編輯兼創辦人）。

Gildersleeve 系統的主要面向在於「實現」與「未實現」。換個方式說，Gildersleeve 在條件句結構與*語氣*之間建立了一個有力的連結。

B. 對兩套觀點的批判（特別針對與新約間的關係）

1. 針對 Goodwin 的系統

針對 Goodwin 的系統在和新約相關的部分，至少有四個反對立場。[51]

---

[51] 有一點要留心的是，這些批判並非針對這個學派本身，而是它和希臘化希臘文普遍相關的地方，特別是希臘文新約相關的部分。

a. 一般性（第三類）之於特定性（第一類）的關連並不是本體論的差異。

‧ εἰ + 直說語氣並不一定指向「特定性」，亦即，特定的人物或情境。在新約超過300筆*第一類條*件句的例子當中，有六十個以上的條件句是一般性的。換句話說，大約20%的第一類條件句是一般性，而非特殊性。當不定代名詞τις被用在假定子句當中時這點更是明顯。例如在林前8:2：「若有人以為自己知道什麼，按他所當知道的，他仍是不知道。」同樣參照太16:24；可4:23，9:35；路14:26；羅8:9；林前3:12、15、17，7:13，14:37，16:22；林後5:17，11:20；加1:9，6:3；腓2:1，3:4；帖後3:10、14；提前3:1，6:3；雅1:5、26，3:2；彼前4:11；約10；啟11:5，13:10，14:9，20:15（備註：所有的在啟示錄中的第一類條件句*都*是一般性的）。

‧ ἐάν + 假設語氣並不一定等同於一般性的陳述。大多情況下，這個用法僅限於結句搭配現在直說的例子中（如同Goodwin所主張的）。但即使結句使用現在時態、直說語氣，特別的、具體的情境有時候還是會出現。例如，在約19:12：「你若釋放這個人，就不是該撒的忠臣（原文作朋友）」(ἐὰν τοῦτον ἀπολύσῃς, οὐκ εἶ φίλος τοῦ Καίσαρος)。同樣參照太21:26；約13:8，14:3，15:14；林前9:16。

b. 時間的評判標準不是一個本體論的評判標準。

說第一類條件句只會涉及現在時態或過去時態是不正確的。新約中有二十個以上第一類條件句的例子，在假定子句中出現的是*未來直說*。可參見太26:33；可14:29；路11:8；羅11:14。

c. 「生動」是一個含糊的觀念，缺少根植於詞型／句法範疇的清楚依據。

假設語氣比較*生動*、而祈願語氣較欠生動性的根據是什麼？「生動」是語氣的元素之一嗎？再者，新約中祈願語氣的罕見，幾乎是消弭了將這兩種類別分界的概念。完整的第三類條件句也不存在。因此，我們難以接受說聖經作者（至少新約作者）在使用第三類和第四類條件句總是為了表達其間生動性的明確差別。

d. Goodwin 的系統並未將條件句牽涉到的語氣充分納入考量。

Goodwin 主張，第一類條件句完全是中立性質的，對假定子句的肯定性質沒有任何影射。這個看法不但誤解了另一方學派對事物的觀點，也忽略了條件句中語氣的使用。Gildersleeve學派並沒有說第一類條件句指*既然*，而是說語氣的使用和「呈現」有相關性，而非「現實」。將第一類條件句看作單純的邏輯連結，似乎對和它相應對的第二類條件句（同樣使用直說語氣）有欠尊重，也不足以為第一類條件句

提供辨識度。[52]

此外，假設語氣和祈願語氣「本體上」的語言效力在於「潛在性」，而非「生動性」。有時候「生動」會和所使用的*時態*有關（如同「在描述一個過〔已經發生事件〕的現在時態中」），但若將生動性和語氣作牽扯，那條件子句中的語氣就必須違反它在其他地方的正常用法。

2. 針對 Gildersleeve 的系統

Gildersleeve 的系統需要仔細檢驗。針對這個學派時常被提出來的批判主要有如下幾點：

a.第一類條件句的假定子句並不一定、甚至不常宣稱其假設為事實。

但常常有人誤以為是如此，甚至誤以為其*經常*如此，結果導致了嚴重的解經謬誤。這謬誤很早就有人指出，而最有說服力的不外是 Boyer 在一九八一寫的文章。他提出只有37%的*第一類條件句可以被準確地表達為「既然」的意思*。這裡必須要強調第一類條件句不表示「既然」。最佳證據之一就在早先談論過的太12:27-28。

新約中有不少這種「組句」(couplets)，當中上下聯*都用*第一類條件句來作論證。在這類經文段落中，上下聯的第一類條件句都表示既然的可能性並不少見。參見：約10:37-38，15:20（兩次），18:23（兩次）；徒25:11（兩次）；羅8:13（兩次）；林前9:17（兩次）；林後7:8-9；提後2:12 (thrice)；彼前2:20（兩次）。

然而站在為自己辯護的立場，Gildersleeve 聲稱直說語氣只和事件的描繪相關，而非現實情形。[53] 因此，他和上述批判的觀點是一致的。

更有說服力的控訴是：第一類條件句未必是表達論點。耶穌在園子裡的禱告說明了這點。「倘若可行，求你叫這杯離開我。」不太可能是說「倘若（*暫且用這樣的假定來進行論證*）可行，求你叫這杯離開我。」這些字句中並沒有論點，只有哀慟。

b.第三類和第四類條件句之間的區分不完全有效。

這裡有兩個問題：(1)說第三類條件句表示「比較可能」發生的事情，忽略了許

52　參見第一類和第二類條件句的章節，我們在那裡處理了這個議題。

53　Boyer, "First Class Conditions," 78-81，在對 Gildersleeve 學派（他並沒有用這個名字稱呼它，反而用三個不同的標籤來處理它）的批判中正確地評斷了其觀點，然後他說這個觀點應該被摒棄，因為新約學生無法真正把它搞懂！

多經文的特性。例如在林前13:2第三類條件句被用來一件不可能的事情：「我若……明白各樣的奧祕、各樣的知識……」(2) 即使 Gildersleeve 對古典希臘文的看法是正確的，白話希臘文絕對不是這麼回事。這並不是要批評 Gildersleeve，而是批評那些對 Gildersleeve 進路不假辨別而予以採用的新約文法學家，畢竟其語氣和條件句在這時期都經歷了些許重大的轉變。[54]

假設語氣和祈願語氣在標準文法中的敘述有時對這項變化默不作聲，彷彿祈願語氣在白話時期仍然盛行。但事實上它已經在消逝。原因是它的表達太過細緻，讓將希臘文用作第二語言來學習的人難以完全掌握。[55] 在希臘化時期*假設語氣在使用上蠶食了祈願語氣*。因而第三類條件句不時被用於表達單純的*可能性*或甚至*假設*可能性（在其他地方也有時表達或然性）。如 Gibbs 所說，希臘化希臘文中的條件句「單純是一個大籃子，用來裝載各種未來條件，可能或不可能的、可行或荒謬的。」[56]

c. 時間在條件句中似乎確實起到作用。

舉例來說，這點可以在第二類條件句中看見。它從不指涉未來。同樣地，第四類條件句從不指涉過去。第一類條件句（通常是現在時刻）和第三類條件句（一般現在以及特定未來時刻，並不包含過去）也有各自的傾向。因此條件句在某種程度上和時間是有所關連的。

3. 總結

總結說來，Gildersleeve的系統之所以較為精確，在於它大部分都是根據*語氣*的正常用法。也就是說，它的觀點對希臘語言的特性較為貼切。它還有些缺陷，尤其是和口語希臘文有相關性的部分。

54　我們在本章的主幹中已經提及，說因為新約中沒有完整的第四類條件句，就把第三類和第四類條件句之間的差異完全抹消；這個堅持是站不住腳的。原因是：(1) 儘管第三類條件句在用法上擴增了，第四類條件句並沒有一重疊涵蓋的範圍是單方面地在；(2) 既然祈願語氣在口語希臘文時期已經在消亡，作者還使用它時必會有特別的原因。基於這些理由，我們斷定第四類條件句仍然維持它表達「較不可期將來」的語言效力；而假設語氣除了其他用法外則也涵蓋了這一層面的意義。其他有關第三類和第四類條件句之間區分的論述可見先前的章節。

55　Moulton, *Prolegomena*, 165提及：「沒有一個語言像希臘文一樣，同時保存了假設語氣和祈願語氣，使其作為有分別且活躍的口語元素。希臘化希臘文以非常戲劇化的方式終止了此一特立獨行。」

56　Gibbs, "Third Class Condition," 51.

C. 一種解決方案

1. 替代方案（邏輯性）

從邏輯角度我們至少有四種選項：

1) 拒絕 Goodwin 的系統，並接受 Gildersleeve 的系統。

2) 拒絕 Gildersleeve 的系統，並接受 Goodwin 的系統。

3) 摒棄拒絕這兩個系統，另尋方法。

4) *部分地*接受這兩個系統，但並不完全聽信任何一方。

這裡提議另一種方案。

2. 結構和語意

怎麼有可能接受每個系統裡各自的要素呢？

首先，兩個學派都*假定*只要他們能夠在對方的系統中找到例外，不論多麼微小，他們就已經推翻了對方的整套系統。如果這個作法在文法學的其他研究領域中採行，那我們可得對一切的文法規則都要採取不可知論的立場。只因為系統不是完美無缺，不代表它就一無是處。

第二，為每個條件句類別假定一個*固有觀念*，然後宣稱它在每個例子的每個地方都一定要出現，這是錯誤的進路。這就和字詞的用法類似。字詞會改變意義，文法結構亦然。

第三，文法結構如同字詞，具有意義的場域，而非只有死板固定的意思。舉例來說，ἀφίημι 並不只有*饒恕*的意思，它還有*准許、放行、容許、斷絕、留下、放棄*等意思。文法上可以用不定詞來當作例子說明。不定詞並不表達單一的目的；它還能代表結果、手段、時間、命令、緣由等等。不同的條件句類別可以擁有意義的場域，而非只有死板固定的意思——認清這點*將*為我們條件句意義的釋疑工作帶來長足的進展。

同時，我們必須了解，某一條件句類別的意義場域有時會和另一類別互相重疊（參照例句太18:8和可9:43：「倘若你一隻手叫你跌倒……」，一個地方用的是第一類，另一個地方則用第三類），[57] 作者對某一特定類別的條件句的選用亦決非武斷的作為。亦即，即使兩者的意義有重疊的部分，也不表示它們完全等義。

---

[57] Winger 同樣證實了在第一類和第二類條件句中也有這樣重疊的情形。參見他的 "Unreal Conditions," 110-12。

3. 總結

我們的觀點同意條件子句類別之間有重疊之處，而非有明確畫分的個別意義。基本重點可以歸類如下：

· 條件句的*語氣*需要被仔細考量，並且要和它在其他文法地方的用法觀念一致。直說語氣乃是表達肯定主張，儘管它經常被誤以為表達現實的語氣。其他的語氣都是表達可能而已。特別是在口語希臘文假設語氣涵蓋廣泛，範圍從極可能 (probability) 到很不可能 (hypothetical impossibility)。祈願語氣由於已經罕用，說話者在刻意情況下才會選用，用法也大致和古典希臘文時期無異。它表達的是在未來相對上僅有渺茫的可能性。

· *第一類*和*第二類*條件句基本上都意味著「假定一個真相／假象，以利論證」。這點符合直說語氣慣有的效力。這類條件句主要作為遊說的工具。通常說話者對假定子句中的論述是贊同的。但即使如此第一類條件句也不該被翻作*既然*。這是因為這類條件句具有遊說的性質：它將讀者帶到討論當中。「既然」將讀者拒於門外，「如果」則邀請讀者一同對話。[58]

當然，這些細節可能被上下文脈或文體等其他因素所蓋過。但即便如此，第一類條件句仍具有*某種*意義。早先耶穌在園中禱告的例子，現在便需要通過這樣的檢視。[59]「倘若可行，求你叫這杯離開我」是條件子句，從一個層面上它可以解讀為：「倘若可行─而我推測是可以的─求你叫這杯離開我」。耶穌內心的哀慟因而在這個別條件句結構中表露無遺，且不能忽略：他感到掙扎，因為想要迴避十架苦難的試探是非常真實的。倘若嘗試用第四類條件句，恐怕就難以有同樣程度的表達了。[60]

· *第三類*條件句使用假設語氣一則標明一個潛在的*行動*，或一個潛在的*動作施做者*。並非所有的第三類條件句的時間都指涉著將來；有相當大的比例是指涉著現

58　參見先前「第一類條件句」章節中的討論。

59　那些不同意 Gildersleeve 學派的人經常把這個例子當作他們的王牌。例如 Boyer 和 Young 都藉著它來指出「說話者假設自己所言為真」觀點的荒謬。

60　這當然還是無法將耶穌宣告中所包含的東西全部都說出來。Young 在這點上正確地指出耶穌這裡的表達與其說是一個邏輯論證，不如說是個更近似於一則〔被理解為〕無法實現的請求。不過，由於第一類條件句，哀慟得以更鮮明地呈現。
　　我們並不是說十字架對於成就救恩沒有必要。但就算是給予客西馬尼的禱告其完整發展的救恩論意涵（以及十字架對於拯救罪人是不可欠缺的），當前還是必須先問一個問題：神真的有必要拯救任何人嗎？或許這正是客西馬尼園中所體現的掙扎。再怎麼說，若否定了有任何情緒攪擾或內在掙扎的發生，等同於否定了基督完全的人性。我們自是無法完全掌握神人二性位格那深奧的本質，不過幻影說的解釋可是老早就被聖徒們所否定的。

在。因而一般現在條件句（有時又作第五類條件句）採用的通常是總類性 (generic)
或一般性 (distributive) 主詞。它是所有條件句類別當中最接近「簡單過去」條件句
或邏輯連結條件句的了。它的語言效力就是「若 A，則 B」，完全不帶有對假定子
句實現的期盼（考量一般性主詞之中，只有一部分會將假定子句實現，其他則不
會）。

在設想未來情境時，它（如同口語希臘文中的假設語氣）涵蓋了從可預期將來
到單純假設情境之間的範圍，如何取決要看上下文脈絡。因此舉例來說，就不能夠
光根據林前13:3使用第三類條件句，就推斷保羅大概懂天使的語言。第1-2節之間的
對仗已經大大地反駁了這種觀點。

・最後，第四類條件句表明在未來時光中不太可能發生的情況。它是不可期將
來條件句。

有關方法的細節和例證，請參看本章節的討論主幹。

表達意志的子句
（命令與禁制）

本章綜覽

參考書目

BDF, 172-74, 183-84, 195-96 (§335-37, 362-64, 387)；**J. L. Boyer**, "The Classification of Imperatives: A Statistical Study," *GTJ* 8 (1987) 35-54；**Fanning**, *Verbal Aspect*, 325-88；**K. L. McKay**, "Aspect in Imperatival Constructions in New Testament Greek," *NovT* 27 (1985) 201-26；**Moule**, *Idiom Book*, 135-37；**Porter**, *Idioms*, 220-29；**idem**, *Verbal Aspect*, 335-61；**Young**, *Intermediate Greek*, 141-45.

導論：表達命令和禁制的語義
（「別去做……」與「停止做……」？）

了解如何表達命令和禁制是至關重要的。他們塑造了信仰群體的態度和行為。我們要盡力弄懂它們的意義；這是個命令（開個雙關語的玩笑）。

除了他們顯著的語用價值，表達意志的子句還包含了希臘文文法中一個近年被重塑過的特殊區塊。時態的用法大體上得到了突破，詳細的部分則像是現在時態和簡單過去時態在命令句中的用法，他們讓文法學家和解經家轉變了過往看待新約中表達命令和禁制的方式。[1]

A. 觀點的起源

在超過八十年的時間中，新約學生對表達命令和禁制的語義一直是抱持著某種觀點。這個觀點通常要追溯到 Henry Jackson 在一九〇四年的一篇短文。[2] 他談論到他的友人 Thomas Davidson 正為現代希臘文中表達命令和禁制的問題所苦惱：

---

[1]　本章的焦點在於表達命令和禁制句型中時態—語氣組合的用法，在形式特徵上並不會有詳細著墨。相關的討論煩參見探討語氣的章節。

[2]　"Prohibitions in Greek," *Classical Review*, 18 (1904) 262-6。這裡的主張已經由 Jackson 向 Walter Headlam 提出過，他在更早的一篇短文中無意間注意到這點（"Some Passages of Aeschylus and Others," in *Classical Review*, 17 [1903] 295, n. 1）。Jackson 的資料來源是被誤解的，促使他在 *Classical Review*, 18 做出了解釋。次年，Headlam 將主題擴充得更為完整（"Greek Prohibitions," *Classical Review* 19 [1905] 30-36）。不過 Headlam 和 Jackson 並不是最先提出過去簡單過去時態和現在時態禁制差異的人。一如 Headlam 在其第一篇短文中提及的，Gottfried Hermann 在將近一世紀之前就提出了這個在日後成為熱門的觀察（在他的 *Opuscula* [Lipsiae: G. Fleischer, 1827] 1.269），儘管是 Headlam 和 Jackson 讓這個觀念從死裡復活和用英文呈獻給世人的（為求在歷史上精確，必須注意 Jackson 並沒有從 Hermann 身上得到這個觀點，儘管 Hermann 提出這個觀點的確是早於 Jackson）。諷刺的是，同時候 D. Naylor 的主張（"Prohibitions in Greek," *Classical Review* 19 [1905] 26-30) 是更為嚴謹清晰，但還是完全被忽略了。

Davidson 告訴我，當他在學現代希臘文時一度被兩者的分別所困擾，直到
他聽到一位希臘友人使用以命令語氣、現在時態表達的句型喝止一隻吠叫
的狗。這讓他有了線索。他攤開 Plato 的 *Apology*，立刻就在20 E 中遇上了
一個絕佳的例子，騷動開始之前出現了 μὴ θορυβήσητε，以及在21 A 騷動開
始之後使用了 μὴ θορυβεῖτε。[3]

換句話說，一個英語使用人士學習現代希臘文發現了使用簡單過去時態的禁制
意味著*別去做*，而採用現在時態的禁制則意味著*停止做*。他很快地查閱 Plato 的著
作，並發現這樣的分別方式在古典希臘文中亦然。

這個觀點兩年之後在 Moulton 的著作 *Prolegomena* 中得到了推廣，[4]在文中他提
及簡單過去時態為禁制一個尚未開始的行動，而現在時態則是禁制一個已於行進當
中的行動。從此這個有關現在和簡單過去時態禁制的「已然未然」(already/not yet)
觀點，便堂而皇之地進入許多新約文法教科書並風行往後數十載，在和肯定性命令
作為類比的情形下傳為人知。[5]

直到最近，這個觀點在呈現新約希臘文禁制句的本質意義時，一直都是廣受採
納的假說。

B. McKay 與其他人的修正觀點

在1985年 K. L. McKay 在他的重要論文〈新約希臘文命令結構的語態〉
("Aspect in Imperatival Constructions in New Testament Greek") 當中挑戰了這個觀
點。[6]他稱「在使用假設語氣的命令和祈使句中能找到的觀點系統 (aspectual
system)，期待上來說和直說語氣中所找著的本質上該是一樣的。這道理應該放諸四
海皆準……。」[7]什麼是直說語氣中能找著的觀點系統呢？「過去觀點和未完成觀

---

3   Jackson, "Prohibitions in Greek," 263.

4   Moulton, *Prolegomena*（一九〇六的第一版），122.。除非另外標註，本書中所有牽涉到
     Moulton 的 *Prolegomena* 都是指其第三版 (1908)。

5   這點以Dana-Mantey為代表。他們給予每種時態的基本定義如下：「(1)於是以*現在時態*表達
     的禁制要的是終止某個已經在行進中的動作。」(301-2)「(2)以*過去簡單時態*表達的禁制則是
     針對一件尚未開始做的事作出警告或勸誡。」(302) 類似的觀察也出現在 Brooks 和 Winbery,
     116；Chamberlain, *Exegetical Grammar*, 86。Robertson 同樣地在書中一頁處稱許 Moulton 的規
     條，然而他卻在後面另外三頁中大踩倒車，列出一大堆此規條的例外 (*Grammar*, 851-854)。
     類似的處理方式還可參看 Turner, *Syntax*, 76-77；H. P. V. Nunn, *A Short Syntax of New Testament
     Greek*, 5th ed. Cambridge: University Press, 1938) 84-86。

6   *NovT* 27 (1985) 201-26.

7   Ibid., 203.

點（包含現在時態和未完成時態）間的差異，在於前者將活動表述為一個完整的行動，呈現其整體而不拘泥於內在的細節；而後者則將活動表述為一個在行進中的過程，注重它的行進或發展。」[8] McKay 接著造了很多例子，並用它們來推斷「在命令語氣中過去觀點和未完成觀點的*本質差異*，在於前者將活動促成為一個*完整的行動*，後者則將它視為*在行進中的過程*。」[9]「行動是否已經開始」這點，與命令語氣所使用的兩種觀點沒有本體論上的相關。

這個針對命令語氣更為基礎的理解方式也為後來的其他人鋪路。[10] 緊接著James L. Boyer、Stanley E. Porter，和 Buist M. Fanning 等人的作品論證的與 McKay 也是本質上一樣的要點。傳統觀點因而暴露其缺失。然而較舊（一九八五年之前）的文法書在其他方面依然提供很棒的材料，可是在遇見命令和禁制時，就需要懂得審慎明智地使用。[11]

C. 對傳統觀點的批判

傳統觀點的問題如下。首先，它並沒有根據希臘化希臘文。它是一個現代希臘文的線索，發現後被很快地應用在古典希臘文的一個文本中（！），接著又混入新約的幾起文本當中。這是*歷時研究*語言學進路最拙劣的展現，因為一開始就混淆了年代。

第二，如 McKay 所指出的，傳統觀點並沒有從時態中「不受影響的意涵」(the *unaffected meaning*)的大框架來著手命令語氣。它把命令語氣從直說語氣、不定詞、分詞等中間獨立出來，彷彿時態的基本觀念在這起個案中應該被揚棄。它以為命令語氣與生俱來可以不受規範。[12]

第三，傳統進路根本的問題在於它將一個現象學上合宜的用法（亦即，意義會受到用詞、文脈，以及其他文法特徵的影響），[13] 然後假定這樣一種「會受影響的意涵」能夠表達「不受影響的意涵」。但是它所給的範例並沒有大到可以產生有意義的結論，足以說明簡單過去時態和現在時態的*本質差異*。這變成在提倡直覺。只

---

8   Ibid., 203-04.

9   Ibid., 206-07.

10   然而 McKay 並不是第一個破除 Jackson-Moulton 包袱的人。J. P. Louw 在 "On Greek Prohibitions," *Acta Classica* 2 (1959) 43-57中已論述過類似的觀點。功勞被算在McKay身上，是因為他讓這個已站穩根基的語言學進路獲得了新約學生的注意力。

11   由於這個原因，我們的書目只包含了兩項一九八五年之前的著作。

12   如我們先前所見，Goodwin 學派在有關條件子句見解上，也受到同樣的內在矛盾的困擾。

13   參看我們對「會受影響的意涵」之於「不會受影響的意涵」的討論，穿插在「時態」的導論和「現在時態」的導論中。

要出現無法符合這個觀點的經文，就把他們忽略、曲解，或乾脆說那叫例外。

第四，俗話說得好：「欲知布丁味，必待親口嚐。」傳統進路導致的成果幾乎是場鬧劇。過去數十年的解經和釋經作品充斥著不可信的言論。將傳統奉為圭臬的觀點套用到弗5:18將導致：「*停止再醉酒……，乃要繼續地被聖靈充滿*」(μὴ μεθύσκεσθε, πληροῦσθε)。依照這個觀點，人們會問：「停止醉酒的必要何在？如果它沒有妨礙到我們被聖靈充滿？」再者，如果以弗所書是一個廣為流傳的信件，又為何會有這樣針對性的評判？舉例來說，注意「*不要再惹兒女的氣*」（μὴ παροργίζετε 於6:4）；*不要再叫神的聖靈擔憂*（μὴ λυπεῖτε 於4:30）；「*不要再作糊塗人*」（μὴ γίνεσθε 於5:17）。[14] 或考量約5:8：「拿〔過去簡單時態：ἆρον〕你的褥子，*繼續地行走*〔現在時態：περιπάτει〕罷。」一個瘸子過去三十八年都沒能辦到的事，怎麼叫他能夠*繼續行走*呢？[15]

總的說來，簡單過去時態在命令／禁制的基本語言效力在於它將行動視為一*個整體*，而現在時態在命令／禁制的基本語言效力在於它將行動視為一個*行進中的過程*。當然，這個基本意義有可能受到文章脈絡的影響，以符合於過去簡單時態中要求一個動作回應的觀念。因而如果這樣的條件是正確的，過去簡單時態禁制的確可以擁有「別去做……」的語言效力。這是它「會受影響的意涵」或是它的特殊用法，但若說它是過去簡單時態的*核心概念*便是不正確的了。

特殊用法

I. 命令

命令在希臘文之中一般由下列三種時態之一來表達（每一種都有各自的差異特

14　特別參看 Kenneth Wuest 的 *Word Studies in the Greek New Testament* 這本書，它提供了隸屬於此一規條的諸多範例。

15　其他的經文如果遵照這個規條，也會顯得相當荒謬。下列的例子包含了明顯相當滑稽的翻譯。關於現在時態，可見太4:10（「撒但，繼續地退去吧」）；5:44（「繼續地愛你的仇敵」〔聽道的人根本還沒開始做這件事〕）；太7:23（「繼續離開我去吧」）；可5:41（「繼續起來」），7:10（「咒罵父母的、必繼續治死他」），路8:39（「繼續回家去」）；約10:37（「我若不行我父的事，你們就可停止再信我」，19:21「不要再寫……」——寫在耶穌名字上的頭銜，在 v19 已經說了這是一個已經完畢的動作）。至於過去簡單時態的例子，可注意可9:43（「倘若你一隻手叫你跌倒，就開始把他砍下來」）；路11:4（「開始赦免我們的罪」）；約3:7（「你不要開始希奇」〔尼哥底母已經感到稀奇了〕）；來3:8（「不可開始心硬」〔他們早已心如鐵石了〕）。過去簡單時態經常用在尚未發生的行動，但規勸的對象卻是行為整體（例如在可9:25耶穌斥責那污鬼：「從他裡頭出來」；並參可9:22、47，10:37、47，14:6；路3:11，4:9、35，7:7，11:5；約4:7、16，10:24，11:44）。

色）：未來時態、簡單過去時態、現在時態。[16]

A. 以直說語氣、未來時態表達 (Cohortative Indicative, Imperatival Future)

　　直說語氣、未來時態表達有時用於命令，在舊約經文的引述中則幾乎一貫為命令（由於將希伯來文照字面翻譯）。[17]然而，古典希臘文也會這麼用，只是不常罷了。這樣的用法在馬太福音之外並不常見。[18]它的語言效力是用來強調，保有直說語氣和未來時態的綜合意涵。它傾向帶著一種普世性的、無時限的，或莊嚴的效力。（不過，這仍然主要是舊約法典文學的緣故）「它並不是一個較為溫和與委婉的命令句。一個預言可以隱含無可抗拒的力量、冷漠、強制，或退讓。」[19]

太4:10　　κύριον τὸν θεόν σου **προσκυνήσεις** καὶ αὐτῷ μόνῳ **λατρεύσεις**.

　　　　當拜主你的神，單要事奉他

太22:37　**ἀγαπήσεις** κύριον τὸν θεόν σου ἐν ὅλῃ τῇ καρδίᾳ σου καὶ ἐν ὅλῃ τῇ ψυχῇ σου καὶ ἐν ὅλῃ τῇ διανοίᾳ σου

　　　　你要盡心、盡性、盡意、愛主你的神。

16　完成時態命令語氣只在新約中偶然出現。參見可4:39 (πεφίμωσο)；徒15:29 (ἔρρωσθε)，23:30 (ἔρρωσθε〔在 P 1241上的異文〕，ἔρρωσο〔在 ℵ Byz 及眾多手稿上的異文〕；只有少數抄本〔A B 33 及少數其他抄本〕省略了這個最後的「告別」，但這顯然是比較優越的判讀，因為上面的異文都是很容易在上下文中預測得到的）；弗5:5；來12:17；雅1:19。在最後三處經文中，ἴστε 可能是完成主動命令語氣，也可能是完成主動直說語氣。甚至這些範例也並非全是命令語氣的命令（注意使徒行傳的句例）。完成時態命令語氣在七十士譯本亦是相當罕見，只出現了二十次（參看瑪喀比二書9:20，11:21、28、33；瑪喀比三書7:9〔都是 ἔρρωσθε〕；其他還有十五起完成時態命令語氣的動詞，像是耶22:20，31:20，40:3 [33:3] 中的 κέκραξον）。在最後一處經文中它的功能是條件式命令：「你求告我，我就應允你。」）此外，希臘文還有別種方式可以表達命令：傳遞命令語氣內容的 ἵνα (imperative ἵνα)，傳遞命令語氣內容的不定詞 (imperative infinitive)，以及傳遞命令內容的的分詞 (imperative participle)。這些在新約中都屬罕見。同樣地，間接命令也可以在其他結構中找到，像時常接在欲望動詞或規勸動詞後面時（如「我要你明白……」）、作為動詞補語的不定詞 (complementary infintive)；以及伴隨命令語氣的主要動詞、說明附屬動作的分詞 (attendant circumstance participle)；有實現機會的祈願語氣動詞；還有各種接在規勸動詞後面的間接引述句結構。所有這些現象的討論，參見這本文法書中它們各自的詞態——句法章節。

17　亦可參看未來時態章節中的討論。此處為求方便，只會簡單地複製該章中有關資料的要點。

18　簡潔清晰的討論在 BDF, 183 (§362)。

19　Gildersleeve, Classical Greek, 1.116 (§269)。

彼前1:16　ἅγιοι **ἔσεσθε**, ὅτι ἐγὼ ἅγιός εἰμι[20]

> **你們要聖潔，因為我是聖潔的。**

也可參見太5:33、48，22:39；可9:35；加5:14。

B. 以命令語氣、簡單過去時態表達

以命令語氣、簡單過去時態表達的基本概念是將行動視作為一個整體的命令，且無視於行動的內在組成結構。然而，當它出現在不同的脈絡中時，其意義會受到影響，尤其是在不同的用詞及文脈特徵下。於是，大多數以命令語氣、簡單過去時態表達都可以被安置在兩個廣泛類別之下：「要求開始一個〔新〕動作」或「要求持續一個〔舊〕動作。」

再者，過去簡單時態最常被用作為下達一個*特殊*命令，而非禁止一個一般性的動作（這通常是現在時態的任務）。因此，「禁止一個一般性的動作時，特別是與態度和舉止有關的，就會偏好用現在時態。在和舉止相關的命令中，則要在特定情況下（相較於前者，在新約中這罕見得多）才會偏好使用過去簡單時態。」[21] 何以過去簡單時態會被獨立出來被用作為下達一個特殊命令中呢？「特殊命令一般說來會要求將行動視為一項個別的整體，要求行動於該場合中被完整執行，那麼過去簡單時態自然就符合於這點了。」[22]

1. 開始一個〔新〕動作

這是一個要求*開始一個〔新〕動作*的命令，是很普遍的用法。重心在於行動的*急迫性*。它可以再拆成兩個子類別。

a. 要求一個具體的動作

這裡要表達的，通常是一個特殊的情境，而非禁止一個動作。

可9:25　　ἐγὼ ἐπιτάσσω σοι, **ἔξελθε** ἐξ αὐτοῦ

> **我吩咐你，從他裡頭出來**

---

[20]　在 K P 049 1 1241 1739以及其他抄本以 γένεσθε 代換了 ἔσεσθε；L *Byz* 和其他抄本中有的則是 γίνεσθε。

[21]　*BDF*, 172 (§335)。亦參見 Fanning, *Verbal Aspect*, 327-35.

[22]　Fanning, *Verbal Aspect*, 329。Fanning 貼了一張圖表，用以展現十五部新約書卷（路加、使徒行傳至提多書、雅各書，以及彼得前書）當中的時態用法，大致的統計如下。禁止一個法則性的動作：449次現在時態、145次過去簡單時態（三比一的比例）；特定性的命令：280次過去簡單時態、八十六次現在時態（3.3比1）。因此，即使例外情形只在限定的模式中發生，這個規律還是只能當作參考方針（出處同上，332）。

約19:6　σταύρωσον σταύρωσον[23]

釘他十字架、釘他十字架

重心在於行動的急迫性，並且它被視為一個單獨事件——亦即，釘他在十字架上*被當作*是一起單獨的事件，儘管他被掛在十字架上是持續性的。

太6:11　Τὸν ἄρτον ἡμῶν τὸν ἐπιούσιον **δὸς** ἡμῖν σήμερον

我們日用的飲食，今日賜給我們

這個請求不但是急迫性的，還是瞬間的。過去簡單時態是在禱告和請願時的通用時態。[24]

b. 單純開始一個〔新的〕動作

重心在於行動的起始，上下文通常會釐清它不是一個瞬間成就的行動。

羅6:13　μηδὲ παριστάνετε τὰ μέλη ὑμῶν ὅπλα ἀδικίας τῇ ἁμαρτίᾳ, ἀλλὰ **παραστήσατε** ἑαυτοὺς τῷ θεῷ

也不要將你們的肢體獻給〔現在時態〕罪作不義的器具，倒要…將自己獻給〔簡單過去時態〕　神

腓4:5　τὸ ἐπιεικὲς ὑμῶν **γνωσθήτω** πᾶσιν ἀνθρώποις.

當叫眾人知道你們謙讓的心。

雅1:2　Πᾶσαν χαρὰν **ἡγήσασθε**, ἀδελφοί μου, ὅταν πειρασμοῖς περιπέσητε ποικίλοις

我的弟兄們，你們落在百般試煉中，都要以為大喜樂。

這裡的概念似乎是：「開始來作這樣的思考……。」

2. 採取一個法則性的行動

這是一種莊嚴的、或決斷性的命令，其重心既不在「開始一個〔新〕動作」，也不在於「要求一個具體的動作」，而是在於強調該行動的*莊嚴*和*急迫性*。因而，「我鄭重地吩咐你去做，現在就做！」就是過去簡單時態在「要求一個法則性的動作」(general precepts) 的用法。儘管過去簡單時態在這裡有侵犯現在時態的地盤之嫌，它卻額外添加了一種的味道。作者像是在說：「將這〔個任務〕視為首要。」如此，過去簡單時態通常就被用於命令一個已經著手進行的動作。這麼一來，莊嚴性和加強的急迫性同時成為其語言效力。[25]

23　第二個命令語氣被 𝔓[66*] 1010和少數抄本所省略。

24　路加當中的平行經文使用的卻是現在時態的 δίδου。

25　在這類禁止一個法則性的動作中，使用過去簡單時態和未來時態的直說語氣表達之間的差異，似乎在於過去簡單時態帶有急迫性，而以直說語氣、未來時態表達則並不強調這個元素。

約15:4   μείνατε ἐν ἐμοί, καγὼ ἐν ὑμῖν.

你們要常在我裡面，我也常在你們裡面。

顯然這個命令並非單純開始一個〔新的〕動作：「開始留駐在我裡面。」它也
不是要求一個具體的動作。這是「要求一個法則性的動作」的用法，只是以過
去簡單時態的語言效力強調急迫性和優先性。

林前6:20   ἠγοράσθητε τιμῆς· δοξάσατε δὴ τὸν θεὸν ἐν τῷ σώματι ὑμῶν.

因為你們是重價買來的，所以要在你們的身子上榮耀神。

提後4:2   κήρυξον τὸν λόγον

務要傳道

這裡的概念不太可能是「開始傳道」，而是「我鄭重地吩咐你去傳道，將這
〔個任務〕視為首要」（而下文也接著清楚地這麼陳述了）。

總結來說，以命令語氣、簡單過去時態表達的要求採取一個行動，可以被理解
為是吩咐一個法則性的動作；所發出的命令不涉及行動的起始或延續。它基本上擁
有的語言效力是「把它視為首要！」我們對說話者的情境和上下文的理解，會幫助
我們判別聽眾是有把它當作一回事，還是完全置若罔聞。

C. 以命令語氣、現在時態表達

以命令語氣、現在時態表達，是從內在的觀點來看行動。它大部分都是用於呈
現「要求一個法則性的動作」（亦即是要求一個人表現出相稱的態度與舉止），而
非只在特定的情境。[26]行動可能已經開始，也可能還沒有。它可以是一個持續的動
作，無論是有規律性的、或習慣性的。

然而，現在時態有時也被用於特殊命令。在這脈絡下它通常是要求開始一個持
續性的動作。

1. 開始採取一個持續性的動作

這裡的語言效力是*開始並且繼續*。它和過去簡單時態的單純要求開始一個新動
作的不同之處，在於它同時強調開始以及持續這個被交代的行動，但是以命令語氣、
簡單過去時態表達，是僅單純開始一個新的動作，只強調開始、但對行動是否持續
則不置可否。

太8:22   ἀκολούθει μοι καὶ ἄφες τοὺς νεκροὺς θάψαι τοὺς ἑαυτῶν νεκρούς.

任憑死人埋葬他們的死人，你跟從我吧。

耶穌在這裡敦促一個有意成為門徒的人開始並持續地跟從他。

---

26   有關過去簡單時態當中的差異和討論，見「以命令語氣、簡單過去時態表達」的單元。

約5:8　　ἆρον τὸν κράβατόν σου καὶ **περιπάτει**

　　　　拿你的褥子走吧。

　　　　這句先用了過去簡單時態要求一個具體行動，接著用現在時態要求開始一個持
　　　　續性的動作。這個子句的語言效力是：「〔現在立刻〕拿起你的褥子，並〔開
　　　　始並持續地〕走罷。

弗4:28　ὁ κλέπτων μηκέτι κλεπτέτω, μᾶλλον δὲ **κοπιάτω**

　　　　從前偷竊的，不要再偷，總要勞力。

　　　　這裡先用了現在時態禁制（「不要再偷」），語言效力明顯為「停止再偷竊」
　　　　（由μηκέτι加強），接著用了現在時態要求開始一個持續性的動作，「讓他開
　　　　始並持續地勞力工作。」

2. 要求採取一個〔新的〕習慣

　　以命令語氣、現在時態表達的要求開始一個新的習慣，其語言效力單純地就是
繼續。它作為命令，要求行動的持續，不管動作之前是被中斷了或是仍然在進行中。
這種命令通常帶有「性格塑造」的特性，並有「當養成這樣的習慣」、「當這樣自
我要求」的意思。這是以命令語氣、現在時態要求一個法則性行動的用法。

太6:9　　οὕτως οὖν **προσεύχεσθε** ὑμεῖς

　　　　所以你們禱告，要這樣說……

　　　　焦點並不在於急迫性，也不是要求一個具體的動作。在主禱文之初的這個開頭
　　　　命令意味著：「當養成按照下面方式來禱告的習慣。」

路6:35　ἀγαπᾶτε τοὺς ἐχθροὺς ὑμῶν καὶ **ἀγαθοποιεῖτε**

　　　　你們倒要愛仇敵，也要善待他們。

弗5:2　　**περιπατεῖτε** ἐν ἀγάπῃ

　　　　也要〔繼續地〕憑愛心行事。

　　　　只有從全本以弗所書的脈絡才能判別，這裡的現在時態是要求要求一個〔新
　　　　的〕習慣、而非要求開始一個持續性的動作。在1:15作者已聽見以弗所人且
　　　　「親愛眾聖徒」，因此在這裡，他只是勸誡他們要*繼續持守*這樣的愛心。

3. 要求採取一個重複性的動作

　　以命令語氣、現在時態表達的要求開始一個重複性的動作，其語言效力是*重複
性的動作*，亦即是「一而再、再而三地做」。它要求的不是一個持續的行動，而是
重複性的動作。實用辨明它的原則，就是如果命令的內容是有關*態度的*，那麼以命
令語氣、現在時態表達的語言效力不是開始採取一個*持續性的動作*，就是要求*採取*

一個〔新的〕習慣；而要求的如果是*行動*，以命令語氣、現在時態表達的語言效力，是要求採取一個*重複性*的動作。然而，它和前者、要求採取一個〔新的〕習慣並不容易區分。

太7:7　　Αἰτεῖτε ...... ζητεῖτε ...... κρούετε

　　　　祈求……*尋找*……*叩門*……

　　　　這一組命令的語言效力是：「不停地祈求……不停地祈禱……不停地叩門……」

林前11:28　δοκιμαζέτω δὲ ἄνθρωπος ἑαυτὸν καὶ οὕτως ἐκ τοῦ ἄρτου *ἐσθιέτω* καὶ ἐκ τοῦ

　　　　ποτηρίου πινέτω·

　　　　人應當自己省察，然後吃這餅、喝這杯。

　　　　這裡的概念是，每逢舉行主的聖餐時，都當省察（然後吃、喝）。

II. 禁制

禁制，如同命令，在希臘文之中一般由下列三種時態之一來表達：未來時態、簡單過去時態、現在時態。

A. 以直說語氣、未來時態表達（＋οὐ，有時則是 μή）

將以直說語氣、未來時態表達的命令句加以否定形式，就恰好是它的語言效力了。它典型上說來是莊嚴普世性的、或無時限的的。例子可以參看出20的十誡（七十士譯本）以及新約中時常重複引述的十誡（留意在「命令」單元下的討論）。

太19:18　οὐ *φονεύσεις*, οὐ *μοιχεύσεις*, οὐ *κλέψεις*, οὐ *ψευδομαρτυρήσεις*

　　　　不可殺人、不可姦淫、不可偷盜、不可作假見證

太6:5　　οὐκ *ἔσεσθε* ὡς οἱ ὑποκριταί

　　　　不可像那假冒為善的人

　　　　這不是個引述舊約的例子。

　　　　亦參看太4:4、7，5:21、27、33；羅7:7，13:9。

B. 以命令語氣、簡單過去時態表達（＋μή）

禁制的過去簡單時態幾乎都是以假設語氣呈現的。當使用第二人稱時，更是只會使用假設語氣。[27]

27　在我計算中，以命令語氣、簡單過去時態表達的禁制只有出現過八次，全部都是以第三人稱呈現（太6:3，24:17、18；可13:15〔兩次〕、16；路17:31〔兩次〕）。

　　過去簡單時態禁制一般用於特殊情境，和它的肯定命令句型一樣。過去簡單時態的語言效力便在於將動作視為一個整體來禁制。因此，它有時有要求*開始一個*〔*新*〕*動作*的意味：*別開始做*。

　　但並非所有的過去簡單時態禁制都是這麼用。尤其當使用在禁止一個動作時，它似乎有將動作*視為一個整體*來禁制的語言效力。但即使在這裡，它仍然可以帶有一部分要求停止一個〔新〕動作的意味。這是因為那個被禁止的動作，一般來說都還沒開始進行。上下文會說明這點。

　　在這兩者概念間取決並不容易，可以從如下例子說明中看到。畢竟，要求停止一個動作和停止一個行動的觀點，幾乎總是參雜混合著。

太1:20　μὴ **φοβηθῇς** παραλαβεῖν Μαρίαν τὴν γυναῖκά σου·

　　　　不要**怕**，只管娶過你的妻子馬利亞來。

太6:13　μὴ **εἰσενέγκῃς** ἡμᾶς εἰς πειρασμόν

　　　　不**叫**我們遇見試探。

路6:29　ἀπὸ τοῦ αἴροντός σου τὸ ἱμάτιον καὶ τὸν χιτῶνα μὴ **κωλύσῃς**.

　　　　有人奪你的外衣、連裡衣也由他拿去。

帖後3:13　μὴ **ἐγκακήσητε** καλοποιοῦντες

　　　　你們行善不可**喪志**。

C. 以命令語氣、現在時態表達 (+ μή)

1. 要求停止一個在行進中的動作

　　這裡的概念是頻繁進行中的，因而要禁制的是「停止某個已經在行進中的動作」。[28]它的概念是：*停止繼續做……*。因而 μὴ φοβοῦ 自然成為了要平息對方疑慮時的慣用語。[29]

太19:14　**μὴ κωλύετε** αὐτὰ ἐλθεῖν πρός με

　　　　不要禁止他們〔到我這裡來〕。

　　　　這裡呈現的是停止一個可見的行動，線索來自前一節經文。那裡說到門徒們因著有些人帶著小孩子來見耶穌、而感到攪擾。

路1:30　εἶπεν ὁ ἄγγελος αὐτῇ· μὴ **φοβοῦ**, Μαριάμ

　　　　天使對她說：「馬利亞，不要**怕**！……」

28　Dana-Mantey, 302.

29　新約中五十則 μή＋命令語氣或假設語氣的句例中，有四十則使用了以命令語氣、現在時態表達；使用以命令語氣、簡單過去時態表達只有十則。

天使訪客典型的開場白都是「不要怕」。令人驚嚇的場景，叫人惴惴不安是可想而知。其他的句例（包括非天使報信），可參看路2:10，8:50；約6:20；徒18:9，27:24；啟1:17。

約2:16　μὴ **ποιεῖτε** τὸν οἶκον τοῦ πατρός μου οἶκον ἐμπορίου.

不要將我父的殿當作買賣的地方。

啟5:5　εἷς ἐκ τῶν πρεσβυτέρων λέγει μοι· μὴ **κλαῖε**

長老中有一位對我說：「不要哭！」

2. 禁止一個動作（要求停止一個習慣）

現在時態禁制也可以帶有禁止一個*法則性動作*的語言效力。這樣的禁制對行動是否正在進行中完全不置可否。

約10:37　εἰ οὐ ποιῶ τὰ ἔργα τοῦ πατρός μου, **μὴ πιστεύετέ** μοι

我若不行我父的事，你們就不必信我。

林前14:39　τὸ λαλεῖν **μὴ κωλύετε** γλώσσαις

也不要禁止說方言。

弗6:4　οἱ πατέρες, **μὴ παροργίζετε** τὰ τέκνα ὑμῶν

你們作父親的，不要惹兒女的氣。

約貳10　εἴ τις ἔρχεται πρὸς ὑμᾶς καὶ ταύτην τὴν διδαχὴν οὐ φέρει, **μὴ λαμβάνετε** αὐτὸν εἰς οἰκίαν

若有人到你們那裡，不是傳這教訓，不要接他到家裡。

在許多新約書信中，並不是每一則現在時態禁制的語言效力都聚集在「將一個行進中的活動給中斷」。所以，說「作者使用現在時態禁制，有當下控訴聽眾沒有仔細在聽命令的意味」，這是*不夠*準確的講法。其他的因素—特別是整體文脈和成書的*背景情境*都必須被納入考量。

語法規則簡述

　　以下材料是簡略地敘述本書主體部分的基本類別。每一個類別都以大綱稱呼；其中一些會列出識別的要訣（以斜體表示）。每一個在新約中頻繁出現的類別，都以粗體字標示出來。那些較罕見或有爭議的類別，就以加底線的斜體字標示。*附帶括弧內的頁數，是相對應章節（在英文版中）的頁數*。在此摘錄的最末尾，有一份「概覽表格」，將所有的大綱都以小字體標示。

名詞與主格實名詞 (Nouns and Nominals)

格

主格 (Nominative)

（特別指定）

主要功能 (37-48)

　　1. 主詞：主要動詞的主詞 (37-39)

　　2. 主格述詞：意涵類似於主詞，可能可以對調或作為子命題 (subset propositions) (39-47)

　　3. 同等主格補語：二個鄰近的實名詞指向同樣的人／事／物 (47-48)

文法上是獨立使用的主格用法 (48-60)

　　1. **作標題、稱呼用的主格 (Nominative Absolute)**：僅作為引言、本身不成句子 (48-50)

　　2. 破格主詞補語 (Nominativus Pendens, Pendent Nominative)：在句首、作語意上而非句法上的主詞 (50-51)

　　3. 作為**插語**的主格：用來解釋子句的主詞是在另一個子句裡 (52-53)

　　4. *引入諺語的主格用法*：用在沒有主要動詞的諺語 (53-54)

　　5. 作呼格用的主格（作稱呼用）(55-58)

　　6. 表驚嘆的主格：這裡的驚嘆與句子其他部分沒有關連 (59-60)

主格取代斜格 (60-64)

1. 作為稱謂的主格：這裡的稱謂有類於專有名詞被引用的用法 (60)
2. 作為斜格同位詞的主格 (61)
3. 作介系詞受詞的主格：僅見於啟1:4的 ἀπὸ ὁ ὤν (62-63)
4. 表時距的主格 (63-64)

呼格

（直接的稱謂或表達驚嘆）

直接的稱謂 (67-70)

1. **簡單的稱謂**：不帶 ὦ（除了在使徒行傳中的用法）(67-68)
2. **強調性**（或情緒性）的稱謂：帶 ὦ（除了在使徒行傳中的用法）(68-69)

表達驚嘆 (69)

所表達的驚嘆沒有文法的連結

表達同位 (69-70)

二個鄰近的實名詞指向同樣的人／事／物

所有格

（定性的描述與〔偶爾〕用以區別）

形容性用法 (77-109)

1. 用作一般性的描述與修飾功能 (Descriptive Genitive)：〔對應的英文譯文〕 *characterized by, described by* (78-80)

2. 用作表達擁有 (Possessive Genitive)：〔對應的英文譯文〕*belonging to*、 *possessed by* (80-82)

3. 用作呈現關係 (Genitive of Relationship)：家族關係（是前述「擁有關係」的子集合）(82-83)

4. 用作凸顯部屬關連 (Partitive Genitive)：指出被修飾的名詞 (head noun) 是所有格（實）名詞*的部屬* (83-85)

5. 用作形容功能 (Attributive Genitive)：指出被修飾名詞的一個*特點*或內在性

質；譯文是將所有格（實）名詞換成同字根的形容詞字彙 (85-88)

6. **用作被修飾功能** (Attributed Genitive)：語意上是與前述功能相反的質；譯文是將被修飾的名詞換成同字根的形容詞字彙 (88-91)

7. 指明材質：〔對應的英文譯文〕*made out of*、*consisting of* (91-92)

8. **指明內容物**：〔對應的英文譯文〕*full of*、*containing* (92-94)

9. **指明簡單的同位語** (Simple Apposition)：鄰近前一個所有格實名詞、用以表明是個相同的人／事／物 (95)

10. **指明補述同位語** (Appositional, Epexegetical)：鄰近前一個所有格實名詞、用以表明是個與被修飾的名詞相同類別的人／事／物 (95-101)

11. 指明目的 (Genitive of Destination, Direction or Purpose)：〔對應的英文譯文〕*for the purpose of*、*destined for*、*toward*、*into* (101-02)

12. 作為述詞補語 (Predicate Genitive)：藉著一個對等動詞 (*equative* verb) 的*分詞形式*、以一個簡單的同位語作為*強調* (102-03)

13. 指明從屬 (Subordination)：表達出所有格實名詞是*附屬於*被修飾的名詞 (103-05)

14. 指明施做者 (Production/Producer)：所有格實名詞是被修飾名詞、這個結果的*施做者* (106-07)

15. 指明結果 (Genitive of Product)：所有格實名詞是被修飾名詞、這個施做者的*工作成果* (107-09)

表達「離開」這個意涵的所有格用法 (Ablatival Genitive, 109-14)

1. 表達「分離」(Genitive of Separation)：指明*動作*是將被修飾的名詞從所有格實名詞*分離出來* (109-10)

2. 表達「根源」(Source or Origin)：指明所有格實名詞是被修飾的名詞的*根源* (110-12)

3. **表達「比較」**(Comparison)：所有格實名詞緊接著一個*比較級形容詞*，作為「*更*」(*than*) 的概念 (112-14)

動詞性用法（Verbal Genitive，與一個表達動作概念的名詞連用）(114-33)

1. **指明動作的施做者** (Subjective Genitive)：表明所有格實名詞是動作的*施做者* (115-18)

2. **指明動作的接受者** (Objective Genitive)：表明所有格實名詞是動作的*直接接受者* (118-21)

3. 雙重角色的功能 (Plenary Genitive)：表明所有格實名詞同時是動作的施做者與接受者（有如 "Revelation of Jesus Christ" = "revelation *about* and *from* Jesus Christ"）(121-23)

副詞性用法 (Adverbial Genitive, 123-30)

1. 指明「價錢、價值、或品質」(Genitive of Price or Value or Quantity)：所付予的價錢 (124)

2. 指明「時間（的類別）」(Genitive of Time)：〔對應的英文譯文〕*within which*、*during which* (124-26)

3. 指明「地點」(Genitive of Place)：動作施做的地點 (126-27)

4. 指明「方法」(Genitive of Means)：動作完成的方法 (127-28)

5. 指明「動作的施做人」(Genitive of Agency)：表明所有格實名詞所關涉的動作，是被動性地由所有格實名詞所完成 (128-30)

6. 作獨立分詞片語的主詞 (Genitive Absolute)：請見「分詞」(130)

7. 指明作為參考的對象 (Genitive of Reference)：〔對應的英文譯文〕*with reference to* (130-31)

8. 指明關連的對象 (Genitive of Association)：〔對應的英文譯文〕*in association with* (131-33)

跟在若干特定的字彙後面 (134-39)

1. 跟在動詞後面（作直接受詞）：特別是那些表達感官、*情緒*／*意志*、分享、*管理*等的詞 (134-37)

2. 跟在形容詞後面（或副詞）：如 ἄξιος（「配得」）(137-38)

3. 跟在名詞後面 (138-39)

4. 跟在介系詞後面：參見「介系詞」章節 (139)

間接受格

（利益、參考點、位置、方法）

單純的間接受格用法 (Pure Dative Uses, 144-57)

1. 用作間接受詞 (Dative Indirect Object)：若干間接受格是作及*物*動詞的間接受詞 (144-46)

2. 表達與利益有關的接受者（Dative of Interest；得利 (Advantage) 或受損

(Disadvantage)〕(146-48)

    a. **得利**：帶來好處或利益 (147-48)

    b. **受損**：帶來損失或不利的處境 (147)

    3. **作為觀點的參考點** (Dative of Reference/Respect)：〔對應的英文譯文〕*with reference to* (148-50)

    4. **作為倫理的參考點** (Ethical Dative)：以某人的觀點或感覺為倫理的參考點 (150-51)

    5. 指明目的 (Dative of Destination)：特別是用在不及物動詞 (151-52)

    6. 指明動作的接受者 (Dative of Recipient)：特別是用在*沒有附帶動詞*的情況下（好比說頭銜或問候）(152-53)

    7. 指明所有物的擁有者 (Dative of Possession)：常與對等動詞合併使用 (153-55)

    8. **指明所擁有的所有物**（Dative of Thing Possessed, 這個類別有爭議性）：〔對應的英文譯文〕*who possesses* (155)

    9. 作為述詞補語 (Predicate Dative)：藉著一個對等動詞的分詞形式、以一個簡單的同位語作為強調 (156)

    10. **作為同位語** (Simple Apposition)：鄰近前一個間接受格實名詞、用以表明是個相同的人／事／物 (156-57)

作度量衡使用 (Local Dative Uses, 157-63)

    1. 表達地點 (Dative of Place, 157)

    2. **表達動作的範疇** (Dative of Sphere)：〔對應的英文譯文〕*in the sphere of* (158-59)

    3. **表達時間** (Dative of Time, 159-61)

    4. **表達行的規則** (Dative of Rule)：〔對應的英文譯文〕*according to*、或 *in conformity with* (161-63)

指明工具 (Instrumental Dative Uses, 163-76)

    1. **表達關連** (Dative of Association/Accompaniment)：與動作有關連的人／事／物 (163-65)

    2. 表達態度 (Dative of Manner)：指明完成動作的態度 (165-66)

    3. **表達方法** (Dative of Means/Instrument)：指明完成動作的方法 (167-68)

    4. **指明動作的施做者** (Dative of Agency) (168-71)

    5. 指明程度的差異 (Dative of Measure/Degree of Difference)：典型的公式是

πολλῷ〔間接受格〕+ μᾶλλον (171-72)

6. 指明原因 (Dative of Cause, 172-73)

7. 表明強調 (Cognate Dative)：以與動詞相同字根的間接受格用字來作強調 (173-74)

8. 指明材質 (Dative of Material)：用以完成動作所需要的材料 (175)

9. 指明內容物 (Dative of Content)：伴隨著動詞表達「盛裝」的意思 (175-76)

跟在若干特定的字彙後面 (176-81)

1. **跟在動詞後面作直接受詞**：往往是那些表達關係 (personal relationship) 的動詞 (176-79)

2. 跟在名詞後面：如例，"service to the saints" = "serve the saints" (179)

3. 跟在形容詞後面 (180)

4. **跟在介系詞後面**：參見「介系詞」章節 (180-81)

直接受格

（程度與限制）

作實名詞用 (185-206)

1. **跟在動詞後面作直接受詞**：往往緊接著及物動詞 (185-87)

2. **在有雙重受詞的情況** (187-95)

a. 人與物：有的動詞帶有二個受詞，一個關乎人、一個關乎事 (187-88)

b. 受詞與受詞補語 (Object-Complement)：緊跟著動詞的二個直接受格，一個是受詞、另一個是受詞補語；類似於主詞與主格補語 ("I call him lord", 189-95)

3. **表明強調** (Accusative of Inner Object)：以與動詞相同字根的直接受格用字來作強調 ("do not treasure treasures", 195-97)

4. **作為述詞補語** (Predicate Accusative)：藉著一個對等動詞的分詞或不定詞形式、以一個簡單的同位語作為強調（此直接受格與不定詞語意上的主詞等同）(197-98)

5. **作不定詞語意上的主詞** (199-204)

6. **作為殘留受詞的指標** (Accusative of Retained Object)：這裡*事物*的直接受格是原本主動主詞的二個受詞之一，但當動詞轉為*被動*時，此直接受格便成為殘留受詞的指標（"I taught you *the lesson*" 成為 "You were taught *the lesson* by me"）(204)

7. **破格受詞補語** (*Accusativum Pendens*)：置於句首、這裡的直接受格在緊接其

後的句子中，有另一個代名詞以它為前述詞（是 acc. of reference 的子集）(205)

8. **指明簡單的同位語** (Simple Apposition)：鄰近前一個直接受格實名詞、用以表明是個相同的人／事／物 (205-06)

作副詞用 (206-13)

1. **表達態度** (Accusative of Manner)：*定性*描繪動作的性質、而不是動作的*數量*或程度（δωρεάν 最頻繁作「*自由*」解）(207-08)

2. **指明程度的差異** (Accusative of Measure)：空間或時間程度。〔對應的英文譯文〕*for the extent of, for the duration of* (208-10)

3. 作為觀點、參考點 (Accusative of Respect, Reference)：〔對應的英文譯文〕*with reference to* (211)

4. 作為起誓的基礎 (Accusative in Oaths)：用指賴以起誓的人／物 (212-13)

跟在若干特定的字彙後面 (213)

跟在介系詞後面

冠詞

（用來表達概念、作為確認，而不只是表達確定性）

規則用法

1. 作為代名詞（〔有時候〕獨立的用法）(219-24)

a. **人稱代名詞**：在 μὲν ...... δέ 的結構中，以第三人稱主格代名詞方式出現，或與 δέ 連用 (219-21)

b. 一組代名詞：一個……另一個（往往是 μὲν ...... δέ 的組合）(221-22)

c. **關係代名詞**：站在第三、第四形容位置的修飾語，不是形容詞 (222-23)

d. 表達「擁有」(223-24)

2. 伴隨有實名詞（表明從屬或修飾的功能）(224-41)

a. **表達個別化的功能** (225-27)

1) **單純的確認**：區別彼此 (225-26)

2) **回溯前述** (Anaphoric)：回溯先前經文已經述及內容 (226-29)

3) **展望未來** (Kataphoric)：展望緊跟在其後的經文內容 (229)

4) **現場指示** (Deictic, "Pointing" Article)：指向說話者目擊可見的人／事／物 (230)

5) **指明是最出眾的** (*Par Excellence*)：指涉的對象本身就是一個類別 (231-32)

6) **指明是唯一的** (Monadic)：指涉的對象本身就是該類別唯一的成員 (233-34)

7) **指明是眾所周知的**(Well-Known)：除了上述理由之外，有特別為眾人熟知的特點 (234-35)

8) **指明指涉對象的抽象性**(Abstract)：用以確認一種性質或抽象的概念；冠詞往往不翻譯出來 (235-37)

b. **表達一般化** (Generic Article, Categorical Article)：區別不同的類別 (237-41)

3. 作實名詞用 (With Certain Parts of Speech) (242-49)

這種用法可以將用句中的任何部分，藉著冠以冠詞而概念化成為一個實名詞

a. 副詞 (242-43)

b. 形容詞 (243-44)

c. 分詞 (244-45)

d. 不定詞 (245)

e. 所有格（實）名詞或片語 (246)

f. 介系片語 (246-47)

g. 分詞 (247-48)

h. 主要動詞 (Finite Verbs) (248)

i. 子句、陳述、引句 (248-49)

4. 用來標示功能 (249-54)

a. 用來標示形容詞的位置：特別是當形容詞是在第二形容位置時 (249-50)

b. 與所有代名詞連用 (250)

c. 用來指明所有格片語的確定性：被修飾名詞與所有格實名詞 (both the head noun and the genitive noun) 要不就是都同時擁有冠詞；要不就同時沒有 (Apollonius' Canon, 250-51)

d. 與沒有格變式的名詞連用：這個冠詞透露出這個名詞的格來 (251-52)

e. 與分詞連用：作實名詞用 (252)

f. 與指示代名詞連用：指示代名詞站在述詞的位置、呈現形容功能；指示代名詞不修飾不帶冠詞的名詞 (252-53)

g. 與主格名詞連用：表明主詞 (253)

h. 用以區別主詞與主格補語、以及受詞與受詞補語：主詞與受詞往往都帶有冠詞、用以區別 (253-54)

i. 與不定詞連用：參見「不定詞」章節 (254)

不帶冠詞的情況

（它可以是不確定性的、確定性的、或定性的）

1. 不確定性的 (255)

用以指一個類別中一員、卻不作特定指示；沒有認定的指涉

2. 定性的 (255-56)

強調品質、特性、內涵；著重特質

3. 確定性的 (256-67)

強調個別的身分；有獨特的指涉內容

a. **專有名詞**：無論有無冠詞，都是確定性的 (257-58)

b. **介系詞的受詞**：這個受詞可以是不確定性的、確定性的、或定性的 (258-59)

c. **帶有序數** (Ordinal Numbers)：數字透露實名詞的總數，使得該序數指向確定性 (259)

d. **主格補語**：若是主格補語是位在對等動詞的前面，它必是確定性的 (259)

e. **受詞──受詞補語結構中的補語**：若是此受詞補語是在受詞之前，它可以是確定性的 (260)

f. **唯一的名詞** (Monadic Nouns)：它們無須有冠詞也可以表明確定性；而所有藉著修飾語呈現這樣特點的，也都是如此（如「聖靈」這用詞中的「聖」字、或「神的兒子」中的「神」字）(260-61)

g. **抽象名詞**：愛、喜樂、和平等，都常是不帶冠詞的，但不一定都是不確定性的 (261-62)

h. **一個特殊的有格結構** (Apollonius' Corollary)：不帶冠詞的被修飾名詞 anarthrous head noun) 不帶冠詞的所有格實名詞 (anarthrous genitive noun)，往往帶著相同的語意、同是表達確定性的或定性的 (definite or qualitative, 262-64)

i. **有代名形容詞** (Pronominal Adjective)的情況：名詞與 πᾶς, ὅλος 這類形容詞連用時，不需要冠詞來表達確定性，因為它們都表明是一個整體（"all"）或指定一個群體中的個體（"every", 264-65)

j. 一般性名詞 (Generic Nouns)：著眼於整個群體，帶不帶冠詞沒有什麼語意上的差異 (253-54)

冠詞的特殊用法或不帶冠詞的用法

A. 在動詞前、不帶冠詞的主格述詞補語（包含了 Colwell's Rule 的情況）(268-83)

1. **這個規則的陳述**：一個在動詞前、具有確定性的主格補語，往往是不帶冠詞的 (268)

2. **這個規則的解說**：逆向的敘述是不對的；在動詞前、不帶冠詞的主格補語，往往是*定性的*。約1:1c 的 θεός 字，極可能是定性的（因此，λόγος 不是一位 ὁ θεός，而是強調二者共有一個特質：「神的特質是什麼，道就是」[NEB]）(268-83)

B. 冠詞與許多實名詞透過Καί 連接的用法（Granville Sharp Rule 論及的結構；TSKS 結構）(283-304)

1. **Granville Sharp Rule 這個規則的陳述**：藉著καί 連接著的二個實名詞（名詞、分詞、形容詞）是指著同樣的對象 (TSKS)，唯有當這二個實名詞：
   - 都是人格化名詞 (personal)
   - 都是單數
   - 都不是專有名詞（就是一般名詞、不是專有名詞）

   例如：ὁ θεὸς καὶ πατήρ（弗 1:3）(283-85)

2. **這個規則在新約中的真確性**：總是真確的；多2:13與彼後1:1尤其有關連。新約以外的例外，都有其特別的語言因素，並不影響其適用於新約中有基督論意涵的經文 (285-90)

3. **TSKS 結構帶有非人格化名詞、或複數名詞、或專有名詞** (291)

   a. **專有名詞**：常是獨特的個人（如，「彼得與雅各」）(291)

   b. **複數名詞**：二組不同的語意有三個可能：(1) 不同；(2) 相同；(3) 有語意重疊。又可再細分為：
   - 分詞 + 分詞 = 有相同的語意
   - 名詞 + 名詞 = 語意不相同或有重疊（影響弗 2:20，4:11 二段經文的理解）
   - 形容詞 + 形容詞 = 有相同的語意或有重疊
   - 混合類型：有混合的語意 (291-300)

   c. **非人格化名詞**：同樣地，二組不同的語意有三個可能：(1) 不同；(2) 相同；

(3) 有語意重疊。各種類別都有例證，惟有第二類較為罕見（影響徒2:23，20:21；帖後2:1三段經文的理解）(300-04)

形容詞

形容詞的非形容性用法

具副詞功能的形容詞 (307)

　　常常是保留給特殊的詞彙

形容詞的獨立用法、作實名詞用 (308-09)

　　經常是帶有冠詞

形容詞的原級、比較級、最高級用法

A. 形容詞的原級用法 (310-12)

　　1. 一般用法：只修飾一個對象 (311)

　　2. 原級形容詞作比較級用：隱含著將二個實名詞作比較 (311-12)

　　3. 原級形容詞作最高級用：隱含著將三個、或更多個實名詞作比較 (312)

B. 形容詞的比較級用法 (312-16)

　　1. 一般用法：明顯地將二個實名詞作比較；形容詞經常跟著一個所有格（實）名詞或 ἤ 這個字 (313)

　　2. 比較級的形式作最高級用：將三個、或更多個實名詞作比較 (313-14)

　　3. 比較級的形式作強調用 (for Elative)：重點不在比較；〔對應的英文譯文〕 *very* + 原級形容詞（因此，ἰσχυρότερος 是 "*very strong*" 的意思、而不是 "*stronger*"）(314-16)

C. 形容詞的最高級用法 (316-20)

　　1. 一般用法：是三個、或更多個實名詞中最頂級的 (316-17)

　　2. 最高級的形式作強調用：〔對應的英文譯文〕 *very* + 原級形容詞 (317)

　　3. 最高級的形式作比較級用：只有二個實名詞在比較；經常有 πρῶτος 出現，極少有其他字彙 (317-20)

形容詞跟名詞的關係

A. 當冠詞存在時 (320-23)

　　1. **當形容詞作修飾用時 (Attributive)**：形容詞修飾名詞 (320-22)
　　a. **站在第一修飾位置**：冠詞——形容詞——名詞 (ὁ ἀγαθὸς βασιλεύς = the good king, 320-21)
　　b. **站在第二修飾位置**：冠詞——名詞——冠詞——形容詞 (ὁ βασιλεὺς ὁ ἀγαθός = the good king, 321)
　　c. **站在第三修飾位置**：名詞——冠詞——形容詞 (βασιλεὺς ὁ ἀγαθός = the good king)（僅僅偶爾接著形容詞，大部分是跟著其他類型的修飾語）(321-22)
　　2. **當形容詞作補述用時 (Predicate)**：形容詞增補名詞的內涵 (322-23)
　　a. **站在第一補述位置**：形容詞——冠詞——名詞 (ἀγαθὸς ὁ βασιλεύς = the king is good, 322)
　　b. **站在第二補述位置**：冠詞——名詞——形容詞 (ὁ βασιλεὺς ἀγαθός = the king is good, 323)

B. 當沒有冠詞存在時 (324-26)

　　1. **不帶冠詞的「形容詞——名詞」結構**：大部分是修飾功能，偶爾作補述用 (324-25)
　　2. **不帶冠詞的「名詞——形容詞」結構**：大部分是修飾功能，偶爾作補述用 (325-26)

代名詞

語意類別：主要類別

A. 人稱代名詞 (Personal Pronouns)：ἐγώ、σύ、αὐτός (335-40)

1. 主格用法 (335-38)

　　a. **用來強調** (335-36)
　　1) 用以對比：種類（相對的）或程度（比較的）(336-37)
　　2) 強調主詞：用以確認、凸顯、澄清；雖然有時為現在時態，但對比不明顯

(337-38)

    b. 贅詞：有時候作為「轉換鍵」，用來變主詞或書寫風格 (338)

2. 斜格 (338-40)

    a. **一般用法**：佔在名詞實名的位置，回溯先前已經說過的人／事／物 (338-39)

    b. **表達擁有**：藉著人稱所有格 (339)

    c. 表達反身的動作 (Reflexive)：〔對應的英文譯文〕himself、herself、itself (339-40)

B. 指示代名詞 (Demonstrative Pronouns)：指標性的用詞——οὗτος、ἐκεῖνος、ὅδε (340-50)

1. 一般用法（作為指稱的功能）(340-45)

    a. οὗτος（指在近處的人／事／物）：*this* (341-42)

    b. ἐκεῖνος（指在遠處的人／事／物）：*that* (342-43)

    c. ὅδε（經常用為後述用法）：*the following* (343)

2. 作為人稱代名詞：οὗτος 與 ἐκεῖνος 有時不用指稱的功能、而用為相當是第三人稱代名詞 (344-45)

3. 不尋常的用法（從英文的觀點）(345-50)

    a. 冗筆用法 (Pleonastic, Redundant, Resumptive)：往往因為修辭的緣故，而不必要的重複 (345-46)

    b. *基於概念相同、而違反文法規則的結構* (*constructio ad sensum*)：違反代名詞當與其前（後）述詞保持性、數一致的文法規則（好比說 τὰ ἔθνη ...... οὗτοι〔外邦......他們〕）(346-50)

    1) 性：代名詞與其前（後）述詞沒有維持「性」一致的文法規則 (346-47)

    2) 數：代名詞與其前（後）述詞沒有維持「數」一致的文法規則 (348)

    c. **追溯前（後）述的概念**：οὗτος 這個字的中性用詞往往用以指前（後）述的一個片語或子句 (348-50)

C. 關係代名詞 (Relative Pronouns)： ὅς 與 ὅστις 常被用來關連不只一個子句 (351-60)

 1. ὅς (351)

 a. 一般用法：將一個實名詞與一個關係子句相連，用以描述、解說、限制該實名詞的意思 (351-52)

 b. 不尋常的用法：一個與前（後）述詞有些許文法的差別 (352-60)

 1) 概念上的性與文法規則的性 (Natural Gender vs. Grammatical Gender, 352-53)

 2) 格 (354)

 a) 正向影響（Attraction，亦稱為 Direct Attraction）：關係代名詞被影響與前述詞的格一致 (354)

 b) 反向影響（Inverse Attraction, 亦稱為 Indirect Attraction）：前述詞的格被影響與關係代名詞一致 (354)

 3) 有關前述詞較複雜情況 (355-59)

 a) 前述詞被省略：因為指示代名詞省略、或詩體文體的緣故 (355-57)

 b) 作副詞或連接詞用：特徵是緊跟在一個介系詞後面、作副詞或連接詞用、沒有文法或概念上的前述詞 (357-59)

 2. ὅστις（不定關係代名詞；表達一般性或定位的含意 (Generic or Qualitative)）(359-60)

 a. 一般性含意：關注整個類別 (whoever = everyone who) (359-60)

 b. 定位的含意：關注特定的人／物 (the very one who, who certainly, who indeed) (360)

 c. 與 ὅς 混用：展示有如一個確定性關係代名詞的功能 (360)

D. 疑問代名詞 (Interrogative Pronouns)： τίς 與 τί、ποῖος、πόσος (360-62)

 1. τίς 與 τί：問一個關乎身分的問題 (Who? What?)；見於直接問句或間接問句。有時候 τίς 問的是定性的問題 (What sort)，而 τί 問的是原因 (Why? 361)

 2. ποῖος 與 πόσος：問的是定性的 (What sort?) 與定量的 (quantitative) 問題 (How much? 362)

E. 不定代名詞 (Indefinite Pronouns)：引進一個類別的成員，但沒有進一步的說明 (τις, τι, 362-63)

 1. 作實名詞用：〔對應的英文譯文〕anyone、someone、a certain (363)

2. 作形容詞用：〔對應的英文譯文〕*a(n)* (363)

F. 「擁有」代名詞 (Possessive Pronouns)：希臘文並沒有獨特的擁有代名詞，它是以下列二種方式來表達 (363-64)：

　　1. 藉著表達「擁有」的形容詞 (ἐμός、σός、ἡμέτερος、ὑμέτερος) 以字彙來表達 (364)

　　2. 藉著人稱代名詞的有格 (αὐτοῦ) 用文法規則來表達(364)

G. 用為強調的代名詞 (Intensive Pronoun)：αὐτός (364-65)

　　1. 作強調功能的代名詞：〔對應的英文譯文〕*himself*、*herself*、*itself*（站在帶冠詞名詞的述詞位置）(364-65)

　　2. 作強調功能的形容詞：〔對應的英文譯文〕*same*（站在帶冠詞實名詞的形容位置）(365)

H. 反身代名詞 (Reflexive Pronouns)：ἐμαυτοῦ（我自己），σεαυτοῦ（你自己），ἑαυτοῦ（他自己），ἑαυτῶν（他們自己）；用以表明動作的施作者也是動作的直接接受者、間接接受者、或強化者(366-67)

I. 相互代名詞 (Reciprocal Pronouns)：ἀλλήλων（彼此）用以表明動作是二群會眾間施作，因此，往往是複數的 (367)

按照字彙──句法分類 (Lexico-Syntactic Categories)：主要詞彙

A. *ἀλλήλων*：反身 (368)

B. *αὐτός*：人稱，「擁有」（帶所有格），作強調用的代名詞 (368)

C. *ἑαυτοῦ*：反身 (368)

D. *ἐγώ*：人稱，「擁有」（帶所有格）(368)

E. *ἐκεῖνος*：指示，人稱 (368-69)

F. *ἐμαυτοῦ*：反身 (369)

G. *ἡμεῖς*：人稱，「擁有」（帶所有格）(369)

H. *ὅδε*：指示 (369)

I. *ὅς*：關係代名詞（確定性的）(369)

J. *ὅστις*：關係代名詞（不確定性的）(369)

K. *οὗτος*：指示，人稱 (369)

L. ποῖος：疑問（定性的）(370)

M. πόσος：疑問（定量的）(370)

N. σεαυτοῦ：反身 (370)

O. σύ：人稱，「擁有」（帶所有格）(370)

P. τίς：疑問 (370)

Q. τις：不確定性的 (370)

R. ὑμεῖς：人稱，「擁有」（帶所有格）(370)

介系詞（〔對應的英文譯文〕）

A. Ἀνά（帶直接受格）(381)

1. 部分的：*in the midst of*（ἀνὰ μέσον + 所有格）；*each*、*apiece*（帶著數目）

2. 空間性的（伴隨著動詞）：*up*、*motion upwards*

B. Ἀντί（帶所有格）(381-85)

1. 代替：*instead of*、*in place of*

2. 交換／相當於 (Exchange/Equivalence)：*for*、*as*、*in the place of*

「代替」與「交換」的概念相當接近，常常彼此混用。

3. 原因（有爭議）：*because of*

C. Ἀπό（帶所有格）：*separation from*、*from*、*of*(385)

1. 分離（從一個地方或一個人）：*away from*

2. 來源：*from*、*out of*

3. 原因：*because of*

4. 部分的（代替整體裡的一個部分）：*of*

5. 動作的施做者（很少如此用）：*by*、*from*

D. Διά（帶所有格，帶直接受格）(386)

1. 帶所有格 (386)

a. 動作的施作者：*by*、*through*

b. 方法：*through*

c. 空間性的：*through*

d. 時間性的：*through* (*out*)、*during*

2. 帶直接受格 (386)

a. 原因：*because of*、*on account of*、*for the sake of*

b. 空間性的（很少如此用）：*through*

E. Εἰς（帶直接受格）(386-88)

1. 空間性的：*into*、*toward*、*in*

2. 時間性的：*for*、*throughout*

3. 目的：*for*、*in order to*、*to*

4. 結果：*so that*、*with the result that*

5. 參考點／觀點：*with respect to*、*with reference to*

6. 有利於：*for*

7. 不利於：*against*

8. 代替 ἐν（這字的許多細節）

F. 'Εκ（帶所有格）：from, out of, away from, of (388-89)

1. 來源：*out of*、*from*

2. 分離：*away from*、*from*

3. 時間性的：*from*、*from* [this point] ...... *on*

4. 原因：*because of*

5. 部分的（代替整體裡的一個部分）：*of*

6. 方法：*by*、*from*

G. 'Εν（帶間接受格）(389-93)

1. 空間性的／領域：*in*

2. 時間性的：*in*、*within*、*when*、*while*、*during*

3. 關連（往往指著親密的關係）：*with*

4. 原因：*because of*

5. 工具的：*by*、*with*

6. 參考點／觀點：*with respect to/with reference to*

7. 方法：*with*

8. 被擁有之物：*with*（用以表達被擁有）

9. 標準（＝相當於「表達規則的間接受格用法 (Dative of Rule)」）：*according to the standard of*

10. 相當於 εἰς 的用法（與表達運動的動詞連用）

H. Ἐπί（帶所有格，帶間接受格，帶直接受格）(393-94)

1. 帶所有格

a. 空間性的：*on*、*upon*、*at*、*near*

b. 時間性的：*in the time of*、*during*

c. 原因：*on the basis of*

2. 帶間接受格

a. 空間性的：*on*、*upon*、*against*、*at*、*near*

b. 時間性的：*at*、*at the time of*、*during*

c. 原因：*on the basis of*

3. 帶直接受格

a. 空間性的：*on*、*upon*、*to*、*up to*、*against*

b. 時間性的：*for*、*over a period of*

I. Κατά（帶所有格，帶直接受格）(394)

1. 帶所有格 (394)

a. 空間性的：*down from*、*throughout*

b. 相對：*against*

c. 來源：*from*

2. 帶直接受格 (394)

a. 標準：*in accordance with*、*corresponding to*

b. 空間性的：*along*、*through* (extension)；*toward*、*up to* (direction)

c. 時間性的：*at*、*during*

d. 部分的：「用以指整體裡的一個部分」[1]

e. 目的：*for the purpose of*

f. 參考點／觀點：*with respect to*、*with reference to*

J. Μετά（帶所有格，帶直接受格）(395)

1. 帶所有格 (395)

a. 關連／伴隨：*with*、*in company with*

---

1   BAGS, s.v. κατά II. 3 (406).

b. 空間性的：*with*、*among*

c. 方法 (Attendant Circumstance)：*with*

2. **帶直接受格** (395)

a. 時間性的：*after*、*behind*

b. 空間性的（很少如此用）：*after*、*behind*

K. Παρά（帶所有格，帶間接受格，帶直接受格）(396)

1. **帶所有格**：從（一個人）那裡

a. 來源／空間性的：*from*

b. 動作的施作者：*from*、*by*

2. **帶間接受格**：靠近

a. 空間性的：*near*、*beside*

b. 領域：*in the sight of*、*before*（某人）

c. 關連：*with*（某人／某物）

d. 用法相當於簡單的間接受詞

3. **帶直接受格**

a. 空間性的：*by*、*alongside of*、*near*、*on*

b. 比較：*in comparison to*、*more than*

c. 相對：*against*、*contrary to*

L. Περί（帶所有格，帶直接受格）(397)

1. **帶所有格**

a. 參考點：*concerning*

b. 好處／代表性：*on behalf of*、*for* (= ὑπέρ)

2. **帶直接受格**

a. 空間性的：*around*、*near*

b. 時間性的：*about*、*near*

c. 參考點／觀點：*with regard/reference to*

M. Πρό（帶所有格）(397)

1. 空間性的：*before*、*in front of*、*at*

2. 時間性的：*before*

3. 階層／順位：*before*

N. Πρός（多半帶直接受格）(398-400)

1. 目的：*for*、*for the purpose of*

2. 空間性的：*toward*

3. 時間性的：*toward*、*for* (duration)

4. 結果：*so that*、*with the result that*

5. 相對：*against*

6. 關連：*with*、*in company with* (with stative verbs)

O. Σύν（帶間接受格）(400)

表達伴隨／關連：*with, in association* (company) *with*

P. Ὑπέρ（帶所有格，帶直接受格）(401-08)

1. 帶所有格 (401)

a. 好處／代表性：*on behalf of*、*for the sake of*

b. 參考點／觀點：*concerning*、*with reference to* (= περί)

c. 替代：*in place of*、*instead of* (= ἀντί)

（代替的例子都有「代表」的意思）

2. 帶直接受格 (401)

a. 空間性的：*over*、*above*

b. 比較：*more than*、*beyond*

Q. Ὑπό（帶所有格，帶直接受格）(408-09)

1. 帶所有格

a. 最終的動作施作者 (Ultimate Agency)：*by*

b. 中介的動作施作者 (Intermediate Agency)：*through*

c. 方法：*by*（很少如此用）

2. 帶直接受格

a. 空間性的：*under*、*below*

b. 從屬：*under* (the rule of)

動詞與表達動作的用詞 (Verbs and Verbals)

人稱與數

人稱與數都保持一致的一般情況，就不在這一章討論了；所包括的是那些不尋常、有解經重要性的經節。

人稱 (411-19)

A. 以第一人稱代替第三人稱（「我」＝「某人」）：在一般化的用法裡用以表達生動 (411-12)

B. 以第二人稱代替第三人稱（「你」＝「某人」）：在新約中沒有清楚的例子 (412-13)

C. 第一人稱複數的用法：「我們」的範疇 (413-19)

1. 編輯性的「我們」（editorial "we", epistolary plural）：作者的「我們」只意味他自己 (414-17)

2. 包容性的「我們」(inclusive "we")：作者的「我們」包括他自己與他的讀者 (418)

3. 排他性的「我們」(exclusive "we")：作者的「我們」包括他自己與他的同工而已 (418-19)

數 (420-26)

A. 中性複數主詞使用單數動詞：是因為非人格名詞的緣故通常使用單數動詞；當作是一個整體；但是當使用複數動詞時，著重在每一個個體 (420-21)

B. 集合（單數）名詞的主詞使用複數動詞：ὄχλος 這一類的主詞帶著複數的動詞，是強調這個群體裡的每一個個體 (421)

C. 複合主詞使用單數動詞：用以強調先提名的這個主詞（如，"Jesus and the disciples comes"）(421-22)

D. 不定複數主詞 (Indefinite Plural)：「他們」＝「有人」（將動詞轉換為被動型態時，主詞就成為受詞；如例 "Have they discovered a cure for cancer" ＝ "Has a cure for cancer been discovered" (423-24)

E. 概括性稱呼的主詞 (Categorical Plural, Generalizing Plural)：「他們」＝「他、她」（好像一個不確定性的複數主詞；可以與複數名詞連用）；重點在動作而非主詞 (424-26)

語態

（指出主詞與動詞所表示的動作之間的關係）

主動 (431-35)

主詞*施作、產生、經歷行動*，或者*經歷動作*或*置身在動詞所表達的狀態裡*

A. **簡單的主動**：主詞施作或經歷這個行動 (431)

B. **驅使性主動** (Causative Active, Ergative)：主詞不是直接參予、而是行動的終極施作者 (432-33)

C. **靜態描述性主動** (Stative Active)：主詞置身在動詞所表達的狀態裡 (433-34)

D. **有反身動作含意的主動** (Reflexive Active)：包括含著一個主動的主詞＋反身的代名詞（主詞施作動作在自己身上）(434-35)

關身 (435-52)

用以*強調主詞親身參予施作、產生、經歷的行動*；主詞以*既得利益*來行動

A. **直接關身** (Direct Middle, Reflexive or Direct Reflexive)：動詞＋*self*（作直接受詞）；主詞施作動作在自己身上 (437-39)

B. **累贅的關身用法**：動詞關身的用法，還帶有一個*反身代名詞* (439-40)

C. **間接關身** (Indirect Reflexive, Benefactive, Intensive, Dynamic)：主詞為自己或*獨自*完成行動 (*for/by* himself)；主動動詞＋間接受格的反身代名詞 (440-44)

D. **驅使性關身** (Causative Middle)：主詞是*有意志地*完成動作 (444-46)

E. **允准性關身** (Permissive Middle)：主詞*允准*某個動作施加在他的身上 (446-48)

F. **相互性關身** (Reciprocal Middle)：*複數的主詞*施作動作在彼此身上 (449)

G. **作為異態動詞的關身** (Deponent Middle)：僅表達主動意思的關身，這類動詞沒有主動語態的字形 (449-52)

被動 (452-61)

主詞接受或受到動詞所表達的動作。

A. **被動的結構** (453)

1. **被動動詞帶有或沒有帶動作的施做者** (453-60)

a. 帶有動作的施做者 (453)

1) 最終的動作施做者 (Ultimate Agent)：最常是藉著 ὑπό（＋所有格），或者 ἀπό

（＋所有格）、παρά（＋所有格），指出是某人至終要為某個行動負責的 (453-54)

2) **中介的動作施做者** (Intermediate Agent)：διά（＋所有格），指出是某人代替最終的動作施作者、完成某個行動的人 (455-56)

3) **非人格化的方法**：ἐν（＋間接受格）、簡單的間接受格、或 ἐκ（＋所有格），指出完成某個行動的方法 (456-57)

b. **沒有帶動作的施做者**：許多理由解釋了為什麼動作的施作者沒有被列出來（如：上下文已經很明顯了、為要強調主詞、某些特殊動詞、對等動詞 [equative verbs]、一般性的動作施作者、動作的施做者是誰已經非常明顯、修辭性的理由、主詞是*神而改用被動*的情況）(457-60)

2. 被動動詞跟著它直接受格的受詞：特別是指著「事」的直接受格（在同時有「人」、「事」雙重直接受格的結構裡）是遺留下來的受詞 (retained object)；而「人」在動詞改為被動後、轉為主詞（舉例，"She taught you *the lesson*" becomes "You were taught *the lesson* by her"）(460-61)

B. 被動的用法 (461-63)

1. **簡單的被動**：主詞接受動作的結果 (461-62)

2. **驅使性／允准性被動** (Causative/Permissive Passive)：主詞接受表達同意、允准、原因之類動詞的動作 (462-63)

3. **作為異態動詞的被動** (Deponent Passive)：動詞以被動的字形呈現主動的語意 (463)

語氣

（說話者用以表達自己對於動作或狀態有不同程度的肯定或把握
[actuality or potentiality]）

直說語氣 (471-84)

直說語氣表達宣告或對事物*肯定的程度*

1. **宣告性的直說語氣** (Declarative Indicative)：往往用於表達一個宣告、一個非隨機性的敘述 (471-72)

2. **詢問性的直說語氣** (Interrogative Indicative)：用來表達詢問，並且期待一個*宣告性的*直說語氣作為回答 (472-73)

3. **條件性的直說語氣** (Conditional Indicative)：往往是藉著 εἰ 開始第一類型的*假定子句、假設為真而作推論*，但是第二類型的假定子句，*假設為假來做推論* (473-74)

4.意願性的直說語氣(Potential Indicative)：藉著表達責任、期盼、意欲的動詞、與不定詞連用，使這有「非直說語氣」(a potential mood) 的意涵 (474-75)

5. 勸服性的直說語氣(Cohortative, Command, Volitive Indicative)：未來時態的直說語氣，有時用來表達命令 (475)

6. 帶有 Ὅτι 這字的直說語氣 (475-84)

a. 作實名詞用的 Ὅτι 子句 (476-82)

1) 子句作主詞：相當於動詞的主詞 (476)

2) 子句作受詞：相當於動詞的受詞 (476-81)

a) 作直接受詞：作一個及物動詞（但不是感官動詞）的受詞 (477)

b) 作直述句：作一個感官動詞的受詞，譯文可以不管 ὅτι、改用*括號* (477-78)

c) 作間述句：作一個感官動詞的受詞，Ὅτι 可以譯為（英文）"that"、包含報告的內容或思想 (478-81)

3) 作同位語：〔對應的英文譯文〕*namely, that* (481-82)

b. 作補述語：用來解釋、澄清或補述前面一個字或一個句子的意思（類似於前述的同位語用法，只是不能替代它的前述詞）(482)

c. 表達原因：〔對應的英文譯文〕*because*（引入表「原因」的副詞子句）(483-84)

假設語氣 (484-504)

一般而言，假設語氣是用來表達一個動作（或狀態），儘管不是完全確定、但是很有可能發生；不過，當口語希臘文時期，它侵入祈願語氣的語意範疇、擴展了它表達可能、假設、或不可能的用法。

1. 在獨立子句中 (486-93)

a.勸服性的假設語氣(Hortatory, Volitive Subjunctive)：〔對應的英文譯文〕*let us*（第一人稱複數用以勸告同儕）；較為罕見地是用第一人稱單數 (*let me*, 487-88)

b. 刻意提問的假設語氣 (Deliberative, Dubitative Subjunctive)：問一個*真實*或是*修辭性*的問題；將一個勸服性的句子改成問句；問一個有關*可能性*、*必要性*、或*道德責任*的問題 (488-91)。

c. 清楚否決的假設語氣用法 (Emphatic Negation Subjunctive)：在 οὐ μή 後面跟著簡單過去、*假設語氣*的動詞（強烈否認、*絕對沒有可能例外*）(491-92)

d. 表達「禁止」的假設語氣用法 (Prohibitive Subjunctive)：經常性的結構是 μή +*簡單過去、假設語氣動詞*，往往是第二人稱；相當於 μή+命令語氣動詞（*Do not*；

而不是 *You should not*）(492-93)

2. 在附屬（從屬）子句中 (493-504)

　　a. 在假定子句中的假設語氣用法：假定子句中有 ἐάν 與假設語氣動詞；*第三類的有條件句型*（用以指出未來極有可能、有可能、或者只是假設有可能）；*第五類的有條件句型*（用在現時的一般情況）(493-94)

　　b. 在 ἵνα 子句中的假設語氣動詞 (494-501)

　　1) **表達目的 (Final or Telic ἵνα)**：〔對應的英文譯文〕*in order that*、*so that*（指出主要動詞的目的或意圖）(495-96)

　　2) 展示結果 (Consecutive or Ecbatic ἵνα)：〔對應的英文譯文〕*so that*、*with the result that*（指出主要動詞非意圖性、帶出來的結果）(496-97)

　　3) 同時有目的與結果：指出主要動詞的意圖以及帶出來的結果 (497-98)

　　4) 作實名詞用 (Sub-Final Clause)：ἵνα 子句帶有實名詞的功能 (498-99)

　　a) 作主詞 (498-99)

　　b) 作主格述詞 (499)

　　c) 作直接受詞：回答 *What*、而不是 *Why* 之類的問題 (499)

　　d) 作同位語：〔對應的英文譯文〕*namely*、*that* (499)

　　5) 作補述語："Iνα 子句置於名詞或形容詞之後，用以解釋或澄清這個名詞或形容詞 (499-500)

　　6) 作補助語："Iνα 子句將主要動詞（如 θέλω δύναμαι 等字）的意思（經常是目的性的）表達得完整 (500)

　　7) 作命令語：被用來表達「命令」（這種用法被視為是假設語氣動詞的獨立用法）(500-01)

　　c. 表達「害怕」的動詞的假設語氣用法：在表達「害怕、警告、提醒儆醒」的動詞後面，「μη +假設語氣」的結構用來表達警告或憂慮 (501)

　　d. 在間述句中的假設語氣用法：跟在主要動詞後面，有時有一個伴隨的疑問質詞使譯文流暢，作為一個間述、刻意提問的假設語氣用法 (502)

　　e. 在不定關係子句中的假設語氣用法：在 ὅστις (ἄν/ἐάν) 或 ὅς (δ᾿) ἄν 這些質詞後面，表達主詞的一般性或不確定性；常被翻譯為直說語氣，因為隨機質詞指的是主詞、而不是動詞 (502-03)

　　f. 在不定時間副詞子句中的假設語氣用法：跟在表達「*時間*」的副詞（或假介系詞）後面，用以表達「*直到*」（好比說 ἕως、ἄχρι、μέχρι），或者跟在表達「時間」的連接詞 ὅταν 後面，用以表達「無論何時」(503-04)

祈願語氣 (504-09)

要表達一個行動是有可能的

1. **表達意願的祈願語氣** (Voluntative Optative, Optative of Obtainable Wish, Volitive Optative)：表達的是禱告或一種可以得到的期待（如例，μὴ γένοιτο「斷然不可」）(505-07)

2. **帶出間述句的祈願語氣** (Oblique Optative)：用在間述語句中、緊跟在任何一個非現在時態動詞後面，用以代替在直述句中的直說語氣或假設語氣動詞 (507-08)

3. **表達出可能性的祈願語氣** (Potential Optative)：藉著與在結句中的質詞 ἄν 連用，構成不完整的第四類條件子句；用以補齊假定子句（如例，[*If he could do something*], he would *do this*）(508)

4. **表達出條件性的祈願語氣** (Conditional Optative)：僅出現在不完整的*第四類條件子句裡*（藉著 εἰ 引入假定子句），用來指出未來一個僅僅有可能的情況，往往可能性極其微小（好比說，*若是他真的可以做點什麼的話，若是這真的有可能發生的話*）(508-09)

命令語氣 (509-20)

這是一種表達*意願的*語氣（重點在意志、不在認知層面）

1. **命令**：用來表達一個待執行的命令，通常用在上對下的階層關係裡 (510-11)

2. **禁止**：使用「μή＋命令語氣動詞」表達一個禁止的行動，通常用在上對下的階層關係裡 (511-12)

3. **請求**：用來表達「請求」、而不是「要求」，通常用在下對上的階層關係裡 (512-13)

4. **允准**：偶爾用來表達「允准」，或者說「容許」一個已經施做的動作；「*允准、許可、容許*」的意涵 (513-14)

5. **表達有條件的呼吩**：表達一個假定的情況 (protasis)，條件滿足時的結果 (apodosis) 由動詞表達；往往以「*命令語氣動詞＋* καί *＋直說語氣、未來時態動詞*」的結構出現 (514-17)

6. **表達有可能性**：在條件句型的結句裡，有一個條件性的命令動詞出現在假想的假定子句中 (518)

7. **宣告內容**：*被動語態*的命令動詞，可以用來表達（在說話當時）一個程度已經完成的狀態 (519)

8. **作為習慣性的問候**：它命令的意涵被壓抑。功能轉為*呼喊、問候*（如，χαῖρε

〔*作問候語*〕）(519-20)

時態

（用以指出說話者是如何藉著觀點與〔在某些情況〕時間，來表達詞的動作或狀態的）

現在時態 (542-67)

對於事件的描繪，往往從*內部*目睹其發生或*進行*，但並不*直接*討論開始或結束；這一點在直說語氣裡最貼切

I. 狹義的現在時態用法 (542-45)

A. 表達在說話的當下已經完成的動作 (Aoristic or Punctiliar Present)：將行動表達成為在進行中；往往有一個表達思想的敘述（*a performative* statement, 如 "I *tell* you the truth, the Rams won the game"）；只見於直說語氣 (543-44)

B. 表達一個已經開始了的動作 (Progressive or Descriptive Present)：用來表達一個*在進行中的動作*，特別是敘述文體裡；〔對應的英文譯文〕*at this present time, right now* (544-45)

II. 廣義的現在時態用法 (545-53)

A. 表達過去已經開始、如今仍舊繼續進行中的行動 (Extending-from-Past Present)：表達一個動作，是過去已經開始、一直持續到現在；翻譯成有如英文的*現在完成式* (545-46)

B. 表達一個頻繁或重覆的動作 (Iterative Present)：*表達一個重複發生的事件（一個動作頻繁或重複施做於好幾個目標，distributive present 也屬於這個類別）* (547-48)

C. 表達一個習慣性動作；習慣性或持續性 (Customary, Habitual, General Present)：表達一個*經常性*發生的動作或者是一個*持續進行的狀態*；相較於之前的 iterative present，customary present「現在」的時域較寬、並且所描繪的動作較為規則 (548-49)

D. 表達一個格言的內容 (Gnomic Present)：它不必說某事*正在發生*，而是指出有事*的確發生*；這個動作或狀態持續著、沒有時間限制，往往表達一個始終都成立的箴言或諺語 (549-53)

III. 現在時態的特別用法 (553-67)

A. 描述一個過去〔已經發生〕的事件 (Historical Present, Dramatic Present)：常

在敘述文體中、用來描述一個過去的事件（只見於*直說語氣、第三人稱*，用以表達「生動」；最常用 λέγει，卻沒有用 εἰμί；觀點相當於簡單過去時態）(553-59)

B. 描述一個持續有影響力的事件 (Perfective Present)：用來*強調*一個先前行動的結果、如今仍然持續著（有字彙〔如，ἥκω 這類字〕與*上下文*〔引用舊約經文〕二類）(559-61)

C. 表達講者的意願；宣傳性的、意願性的 (Conative, Tendential, Voluntative Present)：用來描繪主詞正*有意願*做某事 (*voluntative*)，有意圖要做某事 (*conative*)，或者*瀕臨*做某事 (*tendential*, 551-63)

1. 在進行、卻還沒有結束的動作 (true conative)：指出主詞現時（in the present time，直說語氣）*正有意施做某事*；往往有暗示指出，所意指的行動是個在進行中、卻尚未完工的努力 (561-62)

2. 還沒有開始、卻即將開始的動作 (Voluntative/ Tendential)：指出主詞就在現時（或*不久的將來*）、*有意願要做某事*、或做成某事 (562-63)

D. 用以表達未來 (Futuristic Present)：用來指涉一個未來事件，儘管它更為強調*急迫與確定*，往往都包括有意涵「期待」的字彙 (563-65)

1. 單純的未來：〔對應的英文譯文〕*is soon going to*、*is certainly going to*、*will* (563-64)

2. 大致的將來（從此開始的──未來的？）：用來指出，一件現時已經*開始*、但在未來就要完成的事件，特別是當動詞是「來」、「去」這類用字時 (564-65)

E. 現在時態保留在間接引述句裡：希臘文間述句往往跟在一個感受動詞後面、其中的動詞時態是保留住它在直述句中的原樣；翻譯成英文時，間述句往往將時間由直述句的時態往回倒推「一格」(565-67)

不完成時態 (556-82)

以*內在*或*進行*的事件來描繪動作、有如一部影片，不在乎開始或結束。（通常）僅見於*直說語氣、過去時間*

I. 狹義的不完成時態用法 (569-74)

A. 用來生動描繪一個過去的事件／狀態 (Instantaneous or Aoristic or Punctiliar Imperfect)：這種用法只在敘述文體裡、ἔλεγεν 這個時態的用法有如英文的過去時態 (570-71)

B. 表達一個在過去已經進行了一段時間的動作 (Progressive or Descriptive Imperfect)：*將一個過去的動作或是一個狀態、描述成在進行中* (571-72)

C. 表達一個在過去已經開始了一段時間的動作 (Ingressive or Inchoative, or Inceptive Imperfect)：用來強調動作的開始，並且暗示有這個動作還會持續一段時間；常用作新段落的開始 (572-74)

II. 廣義的不完成時態用法 (574-77)

A. 表達一個頻繁或重複的動作 (Iterative/distributive Imperfect)：用來表達過去一個*重複發生*的動作 (574-76)

B. 表達一個有規則性的習慣性動作 (Customary or Habitual or General Imperfect)：經常用來表達過去一個有規則性重複發生的動作（習慣性）或一個已經*持續了一段時間*的狀態 (576-77)

III. 不完成時態的特別用法 (577-82)

A. 往往指著一個比主要動詞*更早*的持續動作 ("Pluperfective" Imperfect)：往往指著一個比主要動詞更早的動作（而這個主要動詞常指著一個過去的動作）(578)

B. 指著過去某時、*試圖成就某事*的努力或意圖 (Conative or Voluntative or Tendential Imperfect)：用來描繪一個意圖 (voluntative)、嘗試 (conative) 的行動，或者是一個*幾乎發生 (tendential)* 的行動 (579-81)

1. 在進行、卻還沒有結束的動作 (True Conative)：*用來指出過去某時、試圖成就某事的努力* (579-80)

2. 還沒有開始、卻打算即將開始的動作 (Voluntative/Tendential)：*用來指出過去某時、有試圖或意欲成就某事的打算* (580-81)

C. 不完成時態保留在間接引述句裡 (Imperfect Retained in Indirect Discourse)：直述句保留在間述句型、往往跟在*感官動詞*後面。在英文中，間述句往往將直述句的時態倒退「一格」（將過去時態翻成*過去完成式*、將現在時態翻成過去時態等）(581-82)

簡單過去時態 (583-95)

是從外在的觀點、*摘要式*地呈現一個事件，並且視事件為一*個整體*，不考慮其內部細節；特別是在直說語氣中，用來表達過去事件。

A. 單純的過去 (Constative, Complexive, Punctiliar, Comprehensive, Global Aorist)：把某個行動視為一*個整體*，並不探究其內在細節；並以*摘要*的方式表達 (586-87)

B. 表達在過去某時刻才開始的動作 (Ingressive, Inceptive, Inchoative Aorist)：*用*

來強調開始一個動作，或是進入一個狀態 (587-89)

C. 簡述、綜論一個已經結束的動作 (Consummative, Culminative, Ecbatic, Effective Aorist)：強調停止一個動作或狀態 (589-92)

D. 用以表達一個格言的內容 (Gnomic Aorist)：用來表達一個具有恆常性的一般事實；在翻譯時，通常可以視之為一個單純的現在式 (592)

E. 用以表達一封*書信*的內容 (Epistolary Aorist)：在書信中，作者使用這種簡單過去直說語氣，來表達他是有意識地從讀者的時間觀點，來書寫這封信 (593-94)

F. 用以表達一個使預言／預期成就的行動〔用以表達未來事件〕(Proleptic, Futuristic Aorist)：把一個尚未告終的事件，描述成已經完成的樣子 (594-95)

G. 用以表達剛才發生的／戲劇性的事 (Immediate Past Aorist/Dramatic Aorist)：用於*剛剛發生*的事件；但也會叫人難以分辨它所指的是剛才發生的事，還是現在發生的事 (595)

未來時態 (596-602)

是從外部觀點來描繪一則事件、如同簡單過去直說語氣，*未來時態總是表達未來的事*

A. 表達單純的未來 (Predictive Future)：所指的是將要發生、出現的某件事或人 (597-98)

B. 傳遞命令語氣的內容 (Imperatival Future)：用來表示命令；幾乎總是出現在引用舊約的時候 (599-600)

C. 審議性提問 (Deliberative Future)：是要問一個對於對方的意見暗含疑惑的問題、表達可能性、願望、必要性 (600-01)

D. 表達一個格言的內容 (Gnomic Future)：這種用法不是要指某個特殊事件，而是說*這類*事件在人生中真的會發生 (601)

E. 與設假設法動詞連用的諸多雜例 (Miscellaneous Subjunctive Equivalents)：有時候，「未來時態直說語氣」會用來表達一般都以「簡單過去假設語氣」表示的用法 (602)

完成時態 (603-04)

它描述一個過去完成的事件時（在此，我們講的是完成時態直說語氣），其*結果仍存於現在*（就說話者的時間而言）；本質上包含了所謂的現在時態和簡單過去時態的意涵。

A. 用以強調一個先前行動所產生、直到如今仍然持續的結果／效果 (Intensive,

Resultative Perfect)：用以*強調*一個先前行動所產生、直到如今仍然持續的*結果／效果*。常翻譯成英文的現在時態；動詞常是表達*狀態*的動詞 (606-08)

B. 用以強調一個先前運作、導致現今結果／效果的行動 (Extensive, Consummative Perfect)：用以*強調*一個先前運作、導致現今結果／效果的*完成行動*；從那行動產生出現今狀態來。通常被翻譯為英文的現在完成時態；動詞常是及*物動詞* (608-09)

C. 用以生動表達一個過去的行動 (Aoristic, Dramatic, Historical Perfect)：以修辭的方式，極度生動地以*簡單過去時態*描述一個事件、與現在的結果無關；只出現在*敘事*的上下文中，藉著*上下文*透露出這種用法來 (609-10)

D. 單純表達現在的含意 (Perfect with a Present Force)：有些動詞（如，οἶδα、ἕστηκα）經常或甚絕對地以*完成時態*出現，但不帶有一般完成時態在觀點上的意涵 (610-12)

E. 表達一個使格言內容得滿足的行動 (Gnomic Perfect)：用於表達格言，講述一*般性的*、或是諺語式的事件。在觀點方面的功能仍然保留，但它具有*個別的*價值、適用於許多狀況下、針對許多人 (612)

F. 用以表達一個使預言／預期成就的行動 (Proleptic, Futuristic Perfect)：這種用法論及一個未來（就說話者的時間而言）的狀態，起因於一個先行的行動 (613)

G. 用以凸顯舊約引文的預表特徵 (Perfect of Allegory)：這種完成時態用於指出一個舊約的事件，而著眼點則在其譬喻 (allegorical) 或應用方面 (applicational) 的價值麥基洗德「從亞伯拉罕那裡*得了十分之一* (δεδεκάτωκεν)」(613-14)

過去完成時態 (614-19)

所陳述的是存於過去（因為它只在直說語氣時）的結果；本質上包含了所謂的不完成時態和簡單過去時態的意涵。

A. 用以強調在過去某個時段裡、持續存在的結果／狀態 (Intensive, Resultative Pluperfect)：強調在過去某個時段裡、*持續存在的結果／狀態*；常翻譯成英文的簡單過去時態 (615-17)

B. 用以強調在過去某個時段裡、已經完成的行動 (Extensive, Consummative Pluperfect)：強調在過去某個時段裡、已經完成的行動；英文翻譯時最好使用過去完成時態（had ＋完成時態被動分詞）(617-18)

C. 表達單純的過去 (Pluperfect with a Simple Past Force)：某些動詞經常（或是僅僅）以*完成時態、過去完成時態*出現，但不帶有它們*對應觀點的*意涵。這類動詞中最常見的，有 Οἶδα (ᾔδειν)、ἵστημι、εἴωθα、πείθω、παρίστημι (618-19)

不定詞

（沒有對應的格變式）

語意的類別

引進副詞子句的用法 (623-34)

　　A. **表達目的**：〔對應的英文譯文〕*to*、*in order to*、*for the purpose of*（用以指出主動詞的目的）(623-25)

　　B. **表達結果**：〔對應的英文譯文〕*so that*、*so as to*、*with the result that*（指出藉由主動詞產生的結果；重點放在效果，雖然動作不見得是有意圖的）(625-27)

　　C. **表達時間** (627-30)

　　1. 在主動詞動作之前：μετὰ τό ＋不定詞，英文翻譯應該為在一個子句之前加上 *after* 的連接詞 (628-29)

　　2. 與主動詞動作同時：ἐν τῷ ＋不定詞，英文翻譯應該為在一個子句之前加上 *while*、*as*、*when* 的連接詞 (629)

　　3. 在主動詞動作之後：πρὸ τοῦ、πρίν、op πρὶν ἤ ＋不定詞，英文翻譯應該為在一個子句之前加上 *before* 的連接詞 (629-30)

　　D. **表達原因**：διὰ τό ＋不定詞，英文翻譯應該為在一個子句之前（後）加上 *because* 的連接詞，用以解釋原因 (630-31)

　　E. **表達方法**：ἐν τῷ ＋不定詞，英文翻譯應該為在主要動詞之後加上 *by ...... doing* 之類的連接詞，用以表明使用的方法 (631-32)

　　F. **作為輔助動詞** (Complementary, Supplementary)：這類不定詞經常與「輔助動詞 (ἄρχομαι、βούλομαι、δύναμαι、ἐπιτρέπω、ζητέω、θέλω、μέλλω、ὀφείλω)」連用以完成其概念 (632-34)

作實名詞用 (634-42)

　　A. **作主詞**：不定詞或不定詞片語經常用作主要動詞的主詞，特別是當不定詞是*非人格化動詞時*（像是 δεῖ、ἔξεστιν、δοκεῖ等等） (634-36)

　　B. **作直接受詞**：用作感官動詞（表達溝通的動詞）的直接受詞 (636-37)

　　C. **引進間接引述句**：由一個表示感覺、了解或溝通的動詞引出間述句，而不定詞作為這間述句的主要動詞（"I told you *to do* the dishes" 的直述句為 "*Do the dishes*"）；不定詞用法會保留原來在直述句中的時態，往往是*命令語氣*或*直說語氣*

(638-40)

D. **作同位詞**：作為一個名詞、代名詞、作實名詞用的形容詞、或其他實名詞的「同位詞」、用作*定義*的功能 (640-42)

E. **作補語**：用作*釐清*、*解釋*、或*修飾*一個名詞或形容詞，它們通常是用以表示能力、權柄、渴望、自由、盼望、需要、義務、或願意的字眼 (642)

獨特的用法 (642-44)

A. **傳遞命令**：功能像是命令語氣；不倚賴其他動詞、顯然與間述句中的不定詞功能有別 (643)

B. **作簡短問候語**：獨立於句子的其他部分之外，表達「問安」（與直說語氣相同），或是「你好！」（與感嘆詞相同；如，χαίρειν＝平安）(643-44)

按照結構的分類

I. 不帶冠詞的不定詞 (644-45)

A. **單純的不定詞** (644)

1. 表達目的
2. 表達結果
3. 作為動詞的補語
4. 表達方法（罕見）
5. 作主詞
6. 作直接受詞（罕見）
7. 引進間接引述句
8. 作同位詞
9. 作補語
10. 傳遞命令（罕見）
11. 作簡短問候語（罕見）

B. Πρίν (ἤ)＋不定詞：比主動詞更晚的時間 (644)

C. Ὡς ＋不定詞 (644)

1. 表達目的

2. 表達結果

D. Ὥστε + 不定詞 (644-45)

1. 表達目的（罕見）
2. 表達結果

II. 帶冠詞的不定詞 (645-46)

A. 前面不帶介系詞的不定詞 (645)

1. **帶有主格冠詞的不定詞** (645)
a. 作主詞
b. 作同位詞（罕見）
2. **帶有直接受格冠詞的不定詞** (645)
a. 作直接受詞
b. 作同位詞
3. **帶有所有格冠詞的不定詞** (645)
a. 表達目的
b. 表達結果
c. 與主動詞動作同時（罕見）
d. 表達原因（罕見）
e. 作直接受詞（有爭議性）
f. 作同位詞
g. 作補語
4. 帶有間接受格冠詞的不定詞 (645)
新約中只有一個這樣的例子（林後2:13）。可能是「表達原因」或是「與主動詞同時的狀態」

B. 前面帶有介系詞的不定詞 (645-46)

1. Διὰ τό + 不定詞 (645-46)
a. 表達原因
b. 與主動詞動作同時（罕見）
2. Εἰς τό + 不定詞 (646)
a. 表達目的

b. 表達結果

c. 作補語（罕見）

3. Ἐν τῷ＋不定詞 (646)

a. 表達結果（罕見）

b. 與主動詞動作同時

c. 表達方法

4. Μετὰ τό＋不定詞：比主動詞更早的時間 (646)

5. Πρὸς τό ＋不定詞 (646)

a. 表達目的

b. 表達結果

6. **雜項用法** (646)

分詞

（有格變化、具有動詞性功能的形容詞）

I. 具形容詞功能的分詞：*分詞的形容詞性功能比動詞性功能更明顯；如果帶有一個修飾性的冠詞，則這分詞必定是具形容詞功能。若是這個分詞沒有冠詞，那它僅有可能是* (652-57)

　　A. *作形容詞用（附屬的）*(653-55)

　　1. **具形容、修飾功能**：*who*、*which*；功能有如一般站在形容位置 (attributive position) 的形容詞 (653-54)

　　2. 具敘述功能、作述詞用：功能有如一般站在敘述形容位置 (predicate position) 的形容詞（儘管是站在敘述位置，這個分詞是副詞性功能的）(654-55)

　　B. **作實名詞用（獨立的）**：*the one who*、*the thing which*；功能有如實名詞，有名詞所有的特徵；保留有它動詞性的觀點 (655-57)

II. 具動詞性功能的分詞：*這個類別乃是強調分詞的動詞性 (verbal) 功能、過於形容詞特性 (adjectival)；這種用法都不帶冠詞，常是主格、附屬用法* (657-89)

　　A. *引進附屬動詞性子句的用法* (658-86)

　　1. 具副詞功能的分詞：修飾動詞、回答有關*何時*（表達時間）、*如何*（表達方法、表達態度）、*為何*（表達目的、原因）……等類的問題 (658-75)

　　a. **表達時間**：回答有關*何時* (when) 的問題；相較於主要動詞，可以是事前 (*after doing, after he did*)、*同時* (*while doing*)、或事後 (*before doing*、*before he does*) (659-62)

　　b. **表達態度**：回答有關*如何* (how) 的問題；*by ＋ 帶情緒*的動詞或態度（容易與

方法混淆）(662-63)

c. **表達方法**：*by means of*（回答有關*如何* (how) 的問題）；指出完成主要動詞動作的方法；*定義*或*解釋*主動詞；常跟在動詞*後面* (663-66)

d. **表達原因**：*because*（回答有關為*何* (why) 的問題）；指出造成主要動詞動作的原因或理由；常出現在動詞*前面* (666-67)

e. **引進條件子句**：*if*（隱含著一個讓主要動詞動作得以完成的條件）(667-69)

f. **表達退讓**：*although*（隱含著強調*主要動詞*的動作或狀態都是真實的，*儘管有*分詞的動作或狀態存在）(669-70)

g. **表達目的**：（英文）翻譯成有如不定詞或 *with the purpose of*（指出主要動詞的動作目的）；常跟在動詞*後面* (670-72)

h. **表達結果**：*with the result of*（指出主要動詞的動作結果）；描述方式可以是*內部的* (internal, logical) 或是*外部的* (external, temporal)；常跟在主要動詞*後面* (672-74)

2. **伴隨主要動詞、說明附屬的動作**：翻譯成「動詞 + *and*」（表達一個就某種意涵而言與主要動詞協調的行動；跟著主要動詞的語氣）；有以下*五個特徵作識別*：

- 分詞的時態：*簡單過去時態*
- 主要動詞的時態：*簡單過去時態*
- 主要動詞的語氣：*命令語氣或直說語氣*
- 分詞的位置：*在主要動詞之前*（字序與時序都是）
- 經常出現於敘述文體中，鮮少出現於其他文體 (675-81)

3. **引進間述句**：一個不帶冠詞、*直接受格*的分詞，與一個直接受格的名詞或代名詞相連，有時是作一個感官或溝通動詞所引進的間述句用法。這種用法往往保留了原來在直述句中的時態 (681)

4. **作為動詞的補語**：用以*完成*另一個動詞〔通常是主要動詞〕的思想；如例，「我斷不會停止為你們*禱告*」(681-82)

5. **合併主要動詞、作助動詞用**：一個不帶冠詞的分詞可以與一個be動詞（像是 εἰμί 或 ὑπάρχω）連用、來形成一個主要動詞的概念；用法詳見以下表格 (682-85)：

主要動詞 (εἰμί)	+	分詞	=	等同的時態
現在時態	+	現在時態	=	現在時態
現在不完成時態	+	現在時態	=	現在不完成時態
未來時態	+	現在時態	=	未來時態
現在時態	+	完成時態	=	完成時態
現在不完成時態	+	完成時態	=	過去不完成時態

6. 冗筆用法：一個表示說話（或思考）的動詞可與一個基本上意思相同的分詞連用（例如 ἀποκριθεὶς εἶπεν）(685-86)

B. 引進獨立子句的動詞性分詞 (686-89)

1. 傳遞命令內容：這類分詞的功能如同命令語氣。這類分詞並不依附上下文中的任何動詞，在文法上它是獨立的 (686-88)

2. 表達單純的直說語氣：這類分詞可以獨立使用、且具有陳述宣告的意涵，就像子句或句子中的單一動詞一樣。這樣的分詞可視之為一個直說語氣的動詞 (688-89)

III. 引進分詞片語 (689-92)

A. 以實名詞呈現、作破格的主格補語：是一種合於破格主格補語 (*nominativus pendens*) 描述的作實名詞用的分詞用法；它在這個句子裡的格是由句法來決定的 (690)

B. 引進獨立分詞片語：這種不帶冠詞的所有格分詞連同所有格實名詞，有副詞性功能（經常是時間性的），但在文法上卻是獨立於主要動詞以外的 (691-92)

子句

子句概論

I. 獨立子句：*獨立子句不從屬於任何其他子句* (694-96)

A. 由對等連接詞所引導

B. 由介系詞片語所引導

C. 破格

II. 附屬子句：附屬子句對應於其他子句，處於從屬（附屬）關係 (696-702)

A. 按照基本結構可以有四種歸類方式 (659-60)：

1. *不定詞子句*

2. *分詞子句*

3. *連結詞子句*

4. *關係子句*（包括限定關係子句與不限定關係子句）

B. 句法功能 (697-702)

1. 實名詞子句：可以作為主詞、主格述詞、直接受詞、間接受詞、間述句、同位語。

2. **形容詞子句**：作為形容詞，用以*描述*、*解釋*、或*限制*一個實名詞。

3. **副詞子句**：就像副詞，用於修飾動詞，表達原因、比較、退讓、條件、補助、位置、態度／方法、目的、結果、時間。

連接詞

I. **具邏輯功能**：幫助一個小段思想脈動和另一段的內容作邏輯性的連結 (707-12)

　　A. **強化語氣**：*even*（最後附加，再提醒重點）；καί、δέ 與 μηδέ (707)

　　B. **連結（表達延續性，對等性）**：*and*、*also*（用以*強調*、*連結*額外的因素）；καί 與 δέ (708)

　　C. **表達對比**：*but, rather, however*（表達*對比*或相反的思緒）；ἀλλά、πλήν，偶爾 καί 與 δέ (708-09)

　　D. **取得關連**：以一組連接詞用來表達各種不同的關係；如 μέν …… δέ（一方面……另方面）、καί …… καί（不但……並且）(709)

　　E. **連結對比或相反**：*or*（在所連結的觀念之後增加了一個可能的*替代*選項）；ἤ (709-10)

　　F. **作強調用**：*certainly*、*indeed*（通常牽涉一般語意的強化）；ἀλλά (*certainly*)、οὐ μή（確定不是或絕對不是）、οὖν（確定地）；本身就是作強調用的連接詞有 γε、δή、μενοῦνγε、μέντοι、ναί 與 νή (710)

　　G. **作解釋用**：*for*、*you see*、或 *that is*、*namely*（在原本的敘述上提供了額外的資訊）；γάρ、δέ、εἰ（接在情感動詞之後）與 καί (710)

　　H. **作推論用**：*therefore*（對先前的討論作一個推導、總結，或摘要）；ἄρα、γάρ、διό、διότι、οὖν、πλήν、τοιγαροῦν、τοινῦν 與 ὥστε (711)

　　I. **作轉接用**：*now, then*（話題的轉移，常見於敘事文體中）；οὖν 與 δέ (712)

II. **引進副詞子句的用法**：以特殊方式擴展動詞的概念。通常涉及附屬連接詞 (712-15)

　　A. **表達原因**：*because, since*（用於表示一起行動的根據或基礎）；γάρ、διότι、ἐπεί、ἐπειδή、ἐπειδήπερ、καθώς、ὅτι 與 ὡς (712)

　　B. **比較（方法）**：*as*、*just as*、*in the same way*、*thus*、或 *in this manner*（標示著兩個連結觀念之間的*類比*或*比較*關係，或也可以用來展現一件事情達成的手段）；καθάπερ、καθώς、οὕτως、ὡς、ὡσαύτως、ὡσεί 與 ὥσπερ (712)

　　C. **引進條件子句**：*if*（在條件句型中引導假定子句）；εἰ 與 ἐάν (713)

　　D. **表達空間、位置**：*where*、*from where*、*the place which*（表現的是位置或〔寓意上的〕場域，亦即一項行動發生的情境」）；ὅθεν、ὅπου 與 οὗ (713)

E. **表達目的**：*in order that*（指出行動的目標或目的）；ἵνα、ὅπως、μήπως（否定的目的），μήπου（否定的目的，與 μήποτε（否定的目的）(714)

F. **表達結果**：*so that, with the result that*（指出行動的成果或結局）；ὥστε、ὡς、ὅτι 與 ἵνα (714)

G. **表達時間**：*translations vary*（指出行動的時間）；ἄχρι、ἕως、ὅταν、ὅτε、οὐδέποτε（否定地表達時間）、οὐκέτι（否定地表達時間）、οὔπω（否定地表達時間），ποτέ 與 ὡς (715)

III. **引進子句作實名詞用**：用於導入「名詞子句」和「具補述功能」的連接詞。(715-16)

A. **具名詞功能 (Content)**：*that*（引進子句作為主詞、主格述詞、直接受詞、間接受詞、間述句、同位語；直述句與間述句在表述或感官動詞之後，是特殊作受詞的子句）；ἵνα、ὅπως、ὅτι 與 ὡς (715-16)

B. **具補述功能 (Epexegetical)**：*that*（引進子句，好讓一個名詞或形容詞的意思完整）；ἵνα 與 ὅτι (716)

條件句

I. **條件句的語意**：假定子句與結句之間的關係（無論條件句是那一類的句型）(720-22)：

A. **表達因──果**：假定子句是因，而結句是果 (720-21)

B. **表達證據──推論**：假定子句是證據，而結句是推論 (721)

C. **等同**：假定子句與結句所說的是相同的指涉（"If A, then B" 意即 "A = B"）(721-22)

II. **（新約）希臘文中的條件句** (725-39)

A. **第一類條件句**：它一般的邏輯就是：如果─暫且用這樣的假定來進行論證─那麼……。（不意味著既然，不是簡單的邏輯關係）；它的假定子句 εἰ + 直說語氣（任何時態）╱結句：任何語態、時態 (727、728-32)

B. **第二類條件句**：*指的是對不實的假定（以利論證）*；它的假定子句 εἰ + 過去時間的（簡單過去時態或不完成時態）直說語氣╱結句：ἄν（經常有）+ 過去時間的直說語氣 (727、732-34)

C. **第三類條件句**：包含的語意範圍：(a) *邏輯連結*（若 A，則 B），現時適用，單純指涉假定子句的成立（*有時又被稱作一般現在條件句*）；(b) *純粹假設情境*；以及 (c) *一種在未來較有可能實現的情境*。它的假定子句 ἐάν + 任何時態的假設語氣╱結句：任何時態任何語氣（第五類條件句：直說語氣、現在時態）(727、734-37)

D. 第四類條件句（較不可能在未來發生）：表達一個在未來*可能實現*的條件，通常是非常不可能生的情況（例如，*假使他能這麼做……，假使這件事能發生……*）。它的假定子句 εἰ +*祈願語氣*；結句：祈願語氣 + ἄν (727, 737-39)

表達意志的子句

（表達命令和禁制）

I. 命令 (754-60)

A. 以直說語氣、未來時態表達 (Cohortative Indicative, Imperatival Future)：往往用在舊約經文的引述中 (755-56)

B. 以命令語氣、簡單過去時態表達：將所吩咐的行動視作為*一個整體* (756-58)

1. 開始一個〔新〕動作 (Ingressive)：要求開始一個〔新〕動作的命令，重點在*急迫性* (756-57)

a. 要求一個具體的動作 (Momentary or Single Act)：要表達的，通常是一個特殊的動作 (756-57)

b. 單純開始一個〔新的〕動作 (Pure Ingressive)：重心在於行動的起始，它往往不會馬上結束 (757)

2. 採取一個法則性的行動 (Constative)：強調該行動的*莊嚴和急迫性*；「將這〔個任務〕視為首要」(757-58)

C. 以命令語氣、現在時態表達：要求表現出*持續的動作* (721-60)

1. 開始採取一個持續性的動作 (Ingressive-Progressive)：*強調開始以及持續這個被交代的行動* (758-59)

2. 要求採取一個〔新的〕習慣 (Customary)：*continue*；要求行動的持續，不管行動之前是被中斷了或是仍然在進行中；通常帶有「性格塑造」的特性，要求一個法則性行動 (759)

3. 要求採取一個重複性的動作 (Iterative)：要求開始一個*重複性的動作*；和前者、要求採取一個〔新的〕習慣並不容易區分 (759-60)

II. 禁制 (760-62)

A. 以直說語氣、未來時態表達（+ οὐ，有時則是 μή）：禁止的命令，通常是莊嚴普世性的、或無時限的（常先於舊約引文）(760)

B. 以命令語氣、簡單過去時態表達（+ μή）(760-61)

1. 要求停止一個動作 (Ingressive)：別開始做 (760-61)

2. 將動作視為一個整體來禁制 (Constative)：被禁止的動作，一般來說都還沒開始進行 (760-61)

C. 以命令語氣、現在時態表達 (+ μή) (761-62)

1. 要求停止一個在行進中的動作 (Progressive)：*停止繼續做* (761-62)

2. 禁止一個動作（要求停止一個習慣）(Customary)：禁止一個法則性的動作，但對行動是否正在進行中完全不置可否 (762)

章節對照表

Accusative 直接受詞

Accusative Direct Object 作直接受詞的直接受格

Double Accusative 緊接著動詞的雙重直接受詞

    Person-Thing 其一為人、另一為物

    Object-Complement 其一為受詞、另一為受詞補語

Cognate Accusative 與同字源動詞連用的直接受格

Predicate Accusative 作為述詞的直接受格

Accusative Subject of Infinitive 作為不定詞主詞的直接受格

Accusative of Retained Object 作為殘存直接受詞的直接受格

Pendent Accusative (*Accusativum Pendens*) 破格直接受格補語

Accusative in Simple Apposition 作同位詞的直接受格

Adverbial Accusative (Manner) 表達態度的直接受格

Accusative of Measure (Space, Time) 表達時空量度的直接受格

Accusative of Respect or (General) Reference 表達指涉涵義的直接受格

Accusative in Oaths 表達據以起誓的直接受格

Accusative After Certain Prepositions 緊接著若干介系詞

Article 冠詞

Regular Uses 一般用法

As a Pronoun 作如同代名詞用

    Personal Pronoun 人稱代名詞

    Alternative Pronoun 多重略有對比含意的人群組

    Relative Pronoun 關係代名詞

    Possessive Pronoun 所有代名詞

With Substantives 與實名詞連用

    Individualizing Article 特定化所指涉的物件或對象

    Simple Idenitification 單純等同

    Anaphoric (Previous Reference) 前述詞在前面的情況

    Kataphoric (Following Reference) 前述詞在後面的情況

    Deictic ("Pointing") 標定所指涉的物件或對象

    Par Excellence 具有出眾特質的指涉物件或對象

    Monadic ("One of a Kind") 具有單一特質的指涉物件或對象

    Well-Known ("Familiar") 具有出名、普遍為人所熟知特質的指涉物件或對象

    Abstract 與抽象（實）名詞連用

    Generic (Categorical) 與抽象（實）名詞連用所表達的特定類別

As a Substantiver of: 與其他詞類連用、作實詞用

Adverbs 與副詞連用

Adjectives 與形容詞連用

Participles 與分詞連用

Infinitives 與不定詞連用

Genitive Word or Phrase 與一個所有格的字或片語連用

Prepositional Phrase 與介系詞片語連用

Particles 與質詞連用

Finite Verbs 與主要動詞連用

Clauses, Statements, & Quotations 與子句、前述句、引用語連用

As a Function Marker 作為功能的標記

    Denote Adjectival Positions 表明形容詞的功能

Adjectives 形容詞

ποῖος、πόσος: qualitative, quantative (respectively) 作定性或定量的描述

Indefinite Pronoun 不定代名詞
Substantival 作實名詞用
Adjectival 作形容詞用

Possessive "Pronoun" 表達「所有」的代名詞
Possessive Adjective 以所有形容詞達成此功能
Personal Pronoun in Genitive 以人稱代名詞的所有格達成此功能

Intensive Pronoun: αὐτός 用為強調的代名詞
Intensive Pronoun 凸顯名詞的代名詞
As Identifying Adjective 作定位、形容用的代名詞
As Third Person Personal Pronoun 作單數第三人稱代名詞

Reflexive Pronoun 反身代名詞

Reciprocal Pronoun 相互代名詞

Prepositions 介系詞

Person & Number 人稱與數

Person 人稱
First for Third Person 第一人稱代替第三人稱用
Second for Third Person 第二人稱代替第三人稱用
First Plural Constructions 第一人稱複數的特別用法
　Editorial "We" (Epistolary Plural) 代表作者
　Inclusive "We" 包括作者與讀者
　Exclusive "We" 單指作者、但不包括讀者

Number 數
Neuter Plural Subject, Singular Verb 中性複數主詞、卻用單數動詞
Collective Singular Subject, Plural Verb 集合（單數）名詞用複數動詞
Compound Subject, Singular Verb 複合主詞用單數動詞
Indefinite Plural 不定複數主詞
Categorical Plural 一般性類別的主詞

Voice 語態

Active 主動
Simple Active 簡單主動
Causative Active (Ergative) 驅使性主動
Stative Active 靜態描述性主動
Reflexive Active 有反身動作含意的主動

Middle 關身
Direct Middle 直接關身
Redundant Middle 冗筆的關身
Indirect Middle 間接的關身
Causative Middle 驅使性關身
Permissive Middle 允准性關身
Reciprocal Middle 相互性關身
Deponent Middle 作為異態動詞的字形

Passive 被動
Passive Constructions 被動的結構
　With & Without Agency Expressed: 帶有或沒有帶動作的施做者
　　Ultimate Agent 最終極的動作施做者
　　Intermediate Agent 第一線的動作施做者
　　Impersonal Means 非人格化的工具性用法

No Expressed Agency 隱藏的動作
施做者
With Accusative Object 與一直接受
詞並列
Passive Uses 被動的用法
Simple Passive 簡單被動
Causative/Permissive Passive 驅使性
或允准性被動
Deponent Passive 作為異態動詞的字
形

Moods 語氣

Indicative 直說語氣
Declarative Indicative 宣告性的直說語
氣
Interrogative Indicative 詢問性的直說
語氣
Conditional Indicative 條件性的直說語
氣
Potential Indicative 意願性的直說語氣
Cohortative (Command, Volitive)
Indicative 勸服性的直說語氣
Indicative with ῞Οτι 帶有 ῞Οτι 這字的
直說語氣
Subject 作主詞用
Direct Object 作直接受詞用
Direct Object Proper ῞Οτι 子句作
直接受詞用
Direct Discourse 引進直接引述句
Indirect Discourse 引進間接引述
句
Apposition 作同位詞用
Epexegetical 作同位補語用
Causal 引進解釋性副詞子句

Subjunctive 假設語氣
Independent Clauses 用在獨立子句中
Hortatory Subjunctive 勸服性的假設
語氣

Deliberative Subjunctive 刻意提問的
假設語氣
Emphatic Negation Subjunctive 清楚
否決的假設語氣用法
Prohibitive Subjunctive 表達「禁
止」的假設語氣用法
Dependent Clauses 用在附屬子句中
Subjunctive in Conditional Sentences
在假定子句中
῞Ινα + Subjunctive 在 ῞Ινα 子句中
Purpose 表達目的
Result 表達結果
Purpose-Result 表達目的與結果
Subject 作主詞用
Predicate Nominative 作主詞補語
用
Direct Object 作直接受詞用
Apposition 作同位詞用
Epexegetical 作同位補語用
Complementary 作動詞含意的補
語用
Imperatival 表達命令語氣
Subjunctive with Verbs of Fearing 表
達「害怕」的動詞的假設語氣用
法
Subjunctive in Indirect Questions 在
間述句中的假設語氣用法
Subjunctive in Indefinite Relative
Clause 在不定關係子句中的假設
語氣用法
Subjunctive in Indefinite Temporal
Clause 在不定時間副詞子句中的
假設語氣用法

Optative 祈願語氣
Voluntative Optative (Obtainable Wish)
表達意願
Oblique Optative 帶出表達間述句
Potential Optative 表達出可能性

Conditional Optative 表達出條件性

Imperative **命令語氣**

Command 表達命令

Prohibition 表達禁制

Request (Entreaty) 表達請求

Permissive Imperative (Toleration) 表達
允准

Conditional Imperative 表達有條件的
咐吩

Potential Imperative 表達可能

Pronouncement Imperative 宣告內容

Stereotyped Greeting 作為習慣性的問
候

Tense 時態

Present **現在時態**

Instantaneous Present 表達在說話的當
下已經完成的動作

Progressive Present 表達一個已經開始
了的動作

Extending-From-Past Present 表達過去
已經開始、如今仍舊繼續進行中的
行動

Iterative Present 表達一個頻繁或重複
的動作

Customary Present 表達一個習慣性動
作

Gnomic Present 表達一個格言的內容

Historical Present 表達一個過去（已經
發生）的事件

Perfective Present 表達一個持續有影
響力的事件

Conative Present 表達講者的意願

In Progress, but not Complete 一個在
進行、卻還沒有結束的動作

Not Begun, but About/Desired to be
Attempted 一個還沒有開始、卻
即將開始的動作

Futuristic Present 用以表達未來

Completely Futuristic 用以表達單純
的未來

Mostly Futuristic 用以表達大致的將
來

Present Retained in Indirect Discourse
現在式保留在間接引述句裡

Imperfect **現在不完時態**

Instantaneous Imperfect 用來生動描繪
一個過去的事件／狀態

Progressive (Descriptive) Imperfect 表
達一個在過去已經進行了一段時間
的動作

Ingressive Imperfect 表達一個在過去
已經開始了一段時間的動作

Iterative Imperfect 表達一個頻繁或重
複的動作

Customary Imperfect 表達一個有規則
性的習慣性動作

"Pluperfective" Imperfect 往往指著
一個比主要動詞更早的持續動作

Conative Imperfect 指著過去某時、試
圖成就某事的努力或意圖

In Progress, but not Complete 一個在
進行、卻還沒有結束的動作

Not Begun, but About/Desired to be
Attempted 一個還沒有開始、卻
即將開始的動作

Imperfect Retained in Indirect Discourse
現在不完式保留在間接引述句裡

Aorist **簡單過去時態**

Constative Aorist 表達過去一個單純的
動作

Ingressive Aorist 表達在過去某時刻才
開始的動作

Consummative Aorist 簡述、綜論一個
已經結束的動作

Gnomic Aorist 用以表達一個格言的內容

Epistolary Aorist 用以表達一封書信的內容

Proleptic Aorist 用以表達一個使預言／預期成就的行動

Immediate Past/Dramatic Aorist 用以表達剛才發生的事

Future 未來時態

Predictive Future 表達單純的未來

Imperatival Future 傳遞命令語氣的內容

Deliberative Future 用以提問問題

Gnomic Future 表達一個格言的內容

Miscellaneous Subjunctive Equivalents 與設假設法動詞連用的諸多雜例

Perfect 完成時態

Intensive Perfect (Resultative) 用以強調一個先前行動所產生、直到如今仍然持續的結果／效果

Extensive Perfect (Consummative) 用以強調一個先前運作、導致現今結果／效果的行動

Aoristic (Dramatic, Historical) Perfect 用以生動表達一個過去的行動

Perfect with Present Force 單純表達現在的結果／效果

Gnomic Perfect 表達一個使格言內容得滿足的行動

Proleptic Perfect 用以表達一個使預言／預期成就的行動

Perfect of Allegory 用以凸顯舊約引文的預表特徵

Pluperfect 過去完成時態

Intensive Pluperfect (Resultative) 用以強調在過去某個時段裡、持續存在的結果／狀態

Extensive Pluperfect (Consummative) 用以強調在過去某個時段裡、已經完成的行動

Simple Past Pluperfect 表達單純的過去

Infinitive 不定詞

Adverbial Uses 引進副詞子句的用法

Purpose 表達目的

Result 表達結果

Time 表達時間
    Antecedent 比主動詞更早的時間
    Contemporaneous 與主動詞同時的狀態
    Subsequent 比主動詞更晚的時間

Cause 表達原因

Means 表達方法

Complementary (Supplementary) 作為動詞的補語

Substantival 作實名詞用

Subject 作主詞

Direct Object 作直接受詞

Indirect Discourse 引進間接引述句

Appositional 作同位詞

Epexegetical 作同位補詞

Independent 獨特的用法

Imperatival 傳遞命令語氣的內容

Absolute 作簡短問候語

Participle 分詞

Adjectival Participles 具形容詞功能的分詞

Adjectival Proper 作形容詞用
    Attributive 具形容、修飾功能
    Predicate 具述詞功能

Substantival 作實名詞用

Verbal Participles 引進副詞子句的分詞

Volitional Clauses
表達意志的子句

Commands 表達命令
Future Indicative 以直說語氣、未來時
  態表達
Aorist Imperative 以命令語氣、簡單過
  去時態表達
  Ingressive 要求開始一個新動作
    Momentary or Single Act 要求一
      個具體的動作
    Pure Ingressive 要求單純開始一個
      新的動作
  Constative 要求採取一個法則性的
    行動
Present Imperative 以命令語氣、現在
  時態表達
  Ingressive-Progressive 要求開始採
    取一個持續性的動作

Customary 要求採取一個〔新的〕
  習慣
Iterative 要求採取一個重複性的動
  作

Prohibitions 禁制
Future Indicative 以直說語氣、未來時
  態表達
Aorist Subjunctive 以命令語氣、簡單
  過去時態表達
  Ingressive 要求停止一個動作
  Constative 要求停止一個行動
Present Imperative 以命令語氣、現在
  時態表達
  Cessation of Activity in Progress 要
    求停止一個在行進中的動作
  General Precept 禁止一個動作（要
    求停止一個習慣）

NOTE

NOTE

NOTE

工具書系列　17

中級希臘文文法

著　作　者：華勒斯（Daniel B. Wallace）
翻　譯　者：吳存仁
編　　　輯：中華福音神學院編輯部
出　版　者：中華福音神學院出版社
　　　　　　新北市中和區連城路 236 號 3 樓
　　　　　　電話：(02)3234-1063　傳眞：(02)3234-1949
　　　　　　網址：http://blog.yam.com/cclmolive

發　行　人：李正一
發　　　行：華宣出版有限公司 CCLM Publishing Group Ltd.
　　　　　　新北市中和區連城路 236 號 3 樓
　　　　　　電話：(02)8228-1318　郵政劃撥：19907176 號
　　　　　　傳眞：(02)2221-9445　網址：www.cclm.org.tw
香港地區：橄欖出版（香港）有限公司
總 代 理　Olive Publishing (HK) Ltd.
　　　　　　中國香港荃灣橫窩仔街 2-8 號永桂第三工業大廈 5 樓 B 座
　　　　　　Tel:(852)2394-2261　Fax:(852)2394-2088
新加坡區：益人書樓 Eden Resources Pte Ltd
總 代 理　29 Playfair Road #02-00 Lin Ho Building, Singapore 367992
　　　　　　Tel：6343-0151　　E-mail：eden@eden-resources.com
　　　　　　Fax：6343-0137　　Website：www.edenresource.com.sg
北美地區：北美基督教圖書批發中心 Chinese Christian Books Wholesale
經 銷 商　603 N. New Ave #A Monterey Park, CA 91755 USA
　　　　　　Tel：(626)571-6769　Fax：(626)571-1362
　　　　　　Website：www.ccbookstore.com
加拿大區：神的郵差國際文宣批發協會
經 銷 商　Deliverer Is Coming International Publishing
　　　　　　B109-15310 103A Ave. Surrey BC Canada V3R 7A2
　　　　　　Tel：(604)588-0306　Fax：(604)588-0307
澳洲地區：佳音書樓 Good News Book House
經 銷 商　1027,Whitehorse Road,Box Hill, VIC3128, Australia
　　　　　　Tel：(613)9899-3207　Fax：(613)9898-8749
　　　　　　E-mail：goodnewsbooks@gmail.com

美術設計：李君懿
承 印 者：世和印製企業有限公司
行政院新聞局登記證局版台業字第 258 號
出版時間：2011 年 09 月初版一刷　　　　　　　　　著作權所有，翻印必究

國家圖書館出版品預行編目(CIP)資料

中級希臘文文法 / 華勒斯(Daniel B. Wallace)著；
　吳存仁譯. -- 初版. -- 新北市：中華福音學院出版：
華宣發行, 2011.09
　　面；　公分. -- (工具書系列；17)
　　譯自：Greek grammar beyond the basics : an
exegetical syntax of the New Testament
ISBN 978-986-6355-11-0(平裝)

1.希臘語 2.語法

804.16　　　　　　　　　　　　　　　　100011976